中篇小说卷

2021年河南文学作品选

何　弘　主编

南飞雁　编

郑州大学出版社

图书在版编目(CIP)数据

2021年河南文学作品选. 中篇小说卷 / 何弘主编 ;南飞雁编. — 郑州 : 郑州大学出版社, 2022.8
ISBN 978-7-5645-8812-0

Ⅰ. ①2… Ⅱ. ①何… ②南… Ⅲ. ①中国文学 - 当代文学 - 作品综合集 - 河南②中篇小说 - 小说集 - 中国 - 当代 Ⅳ. ①I218.61②I247.5

中国版本图书馆 CIP 数据核字(2022)第106153号

2021年河南文学作品选 · 中篇小说卷
2021 NIAN HENAN WENXUE ZUOPINXUAN · ZHONGPIAN XIAOSHUO JUAN

策 划	李勇军	封面设计	小 花
责任编辑	暴晓楠	版式设计	小 花
责任校对	孙精精	责任监制	凌 青 李瑞卿

出版发行	郑州大学出版社(http://www.zzup.cn)
地 址	郑州市大学路40号(450052)
出 版 人	孙保营
发行电话	0371-66966070
经 销	全国新华书店
印 刷	河南新华印刷集团有限公司
开 本	890 mm×1 240 mm 1 / 32
总 印 张	61.75
总 字 数	1 301千字
版 次	2022年8月第1版
印 次	2022年8月第1次印刷

书 号 ISBN 978-7-5645-8812-0 总 定 价:198.00元(共六册)

序

故乡的种子

墨　白

这部集子共选入九部作品，作者分别为“60后”“70后”“80后”“90后”，不但年龄呈阶梯形，而且分布广泛：维摩来自黄河岸边的豫西，赵大河、罗尔豪来自伏牛山腹地的豫西南，安庆来自太行山脚下的豫北，其余张运涛、邵远庆、李知展、甄明哲、王苏辛的故乡分布在淮河流域的豫东与豫东南地区，他们和如今活跃在文坛的刘庆邦、周大新、张宇、朱秀海、行者、刘震云、阎连科等20世纪50年代出生的河南作家，还有60年代出生的赵兰振、李洱、冯杰、汪淏、张晓林、柳岸、赵文辉，70年代出生的周瑄璞、乔叶、梁鸿、李清源、陈宏伟，包括80年代出生的南飞雁等，有着共同的身份背景，这个背景就是农村，他们都是农民的后代。

这是一个十分有趣的现象：河南生于20世纪50年代、60年代、70年代的作家，即便像李佩甫、邵丽这样出生于小城镇或干部家庭的作家，都有丰富的乡村经历与土地记忆。后来，他们要么考学，要么参加工作或参军，总之离开故乡的时间大多是在成年之后。但到了李知展、王苏辛、甄明哲，还有郑在欢、尚攀、智啊威、小托夫等这些“80后”“90后”的作家这里，虽然他们也多出生在农村，可他们是更早地离开了故乡，而且出走的路径也和生于20世纪50年代、60年代、70年代的作家很不相同，他们不再通过像参加工作、参军、推荐上学等路径出走，而是通过参加高考或者外出打工这样更为主动的方式；也不再集中在像北京这样的城市里，而是分布在上海、成都、西安、东莞等这些相对更加自由的城市里。由于生活经历与文学观的不同，年轻一代的作家在写作上也逐渐发生了质的变化。

一、60年代出生的小说家

一个名叫马洛的三十六岁的作家，通过网络向“梦想成真局”的审查官递交申请，他想和肖肖合为同一个人。肖肖出生在一个富商家中，童年缺少家庭亲情，长大出国留学后形成叛逆性格，在不断索取和堕落的生活中四处寻找刺激，在父亲身遇车祸遇难后离婚再结婚，最后成了马洛的情人。堕入情网后他们难分难解，从网络“梦想成真局”的云门出来之后，合成一体的“我们”进入了各自的私人生活：“我们”同时拥有两个人的感觉器官，拥有两个人的思维，拥有两个人的审美，拥有两个人的价值观。“我们”有时会到马洛家，和马洛的妻子一起生活；有时会到肖肖的家，和肖肖的画家丈夫一起生活……

赵大河的《我。我。我们》（原载《作品》2021 年第 9 期）是一部具有哲学意味的小说，“我们”暗喻着一个人的精神分裂，有着强烈的窥窃别人隐私的欲望。这部小说最初让我想起了卡达莱的《梦幻宫殿》。“梦想成真局”应该是这部小说里的一个重要意象，尽管后面被走丢了有些可惜，但小说的“我”在进入云门按下人生过往的快进键后，所回闪的他生命中经历的难忘的羞辱、羞愧、性的启蒙、初恋、失恋、自杀、偷情、婚姻等往事，承接了他在长篇小说《我的野兽我的国》中运用的蒙太奇的叙事手法。同时，小说中对灵魂犀利的拷问也承接了他的另一部长篇小说《侏儒与国王》所表达的主题。

1966 年，赵大河出生于内乡县大桥乡灵山村，是我在河南省文学院的同事，他虽然在影视与话剧创作领域多有建树，但始终致力于小说创作，特别是新历史小说。2020 年，他又有以腾冲抗战为背景的长篇小说《羔羊》发表，这和 1969 年出生于淅川的罗尔豪的写作十分相近，罗尔豪也写出了像《潘金莲的泪》这样的历史小说。

很难断定，赵大河、罗尔豪的新历史小说写作是否受到同样生活在南阳、以写历史题材小说著名的二月河的影响，但罗尔豪在《潘金莲的泪》里从人性的角度出发，用意识流的叙事手法来挖掘隐藏在人物灵魂深处的精神世界，重塑了武大、潘金莲、西门庆与武松等人物形象，这和二月河的历史小说有着本质的区别。让我们更加欣喜的是，我们在这里看到的是赵大河、罗尔豪关注现实生活的小说。

一对无根的在城市里打拼的情侣站在一座金碧辉煌的大楼前吹牛，男子对女孩豪迈地说，改天我请你在这里吃饭，吃最贵的西餐，米兰式小牛肉、乳猪、鹅肝酱和鸡蛋鱼子酱；吃过饭我们好好游个泳，然后在他们最好的房间，痛痛快快做爱；我们再去奢侈品商店，把他们最好的东西，芬迪、古驰、卡地亚全部买下来；最后，我们把他们，那些富豪，还有当官的叫到面前，叫他们立正站好，给他们训话，谁不听话打谁屁股！那个名叫小吉的女孩快乐地应和着，好呀好呀，就这样！他们说得欢欣鼓舞，可生活的现实却是男子因去讨债被人打伤，女孩在小心陪伴的同时还说等你伤好了我们就分手。他们随后去吃火锅，女孩就着透着世俗烟火的火锅和男友讨论着要不要去做别人的二奶来养活他。饭后他们回到地下室潮湿的出租屋，他们就这样苦楚而快乐地生活着。他们就职的公司因为违法都被查封了，小吉要不是刚参加过马拉松比赛跑得快，还险些被警察抓走。男子重新找了一个卖保险的职业，但半月过后他的第一单业务是给自己情人买了保险，并在她自己都忘记的生日那天送给了她，直至后来小吉在大火里救人……小说塑造了一个内心柔软温润却意志坚强的女性形象。

如果你读过《安乐死》和《野猪林》，对罗尔豪写出《小吉快跑》（原载《长江文艺》2021年2月上半月刊）就不足为奇，《小吉快跑》在为我们呈现出辛酸的人生时光之后，让我们看到了生活的意义：我们太多的人都是在艰辛的岁月中无可选择地活着，虽然贫穷，但仍在不停地寻找温馨，哪怕那温馨只存在于我们生活中的一瞬。《小吉快跑》不能算是罗尔豪的上乘之作，但是我们能从中看到他琢磨生活与叙事的能力。

罗尔豪的写作能力也出现在安庆这里：写下遗书的陈沉木在一个大雪纷飞的夜晚，掂着那把伴随他度过晚年的夜壶走向埋葬着他祖先的墓地。他要去寻死，不是因没吃没穿，不是因夜宿街头，也不是因儿女不孝，而是为了暮年的生命已经无法排解的孤独与凄楚。伴随着他踏进积雪咯吱咯吱声的是夜壶在寒夜的朔风里吹出的哨声，哨声在寂静的雪夜是那样刺耳，像刀子一样割着我们的神经。可是，在白色的原野里走了一夜的陈沉木又回到了自己熟悉的村庄，在雪夜中迷路的他连墓地都没有找到。到了暮年的陈沉木就这样一次次地去寻死，可是，他却死不成，在寻死不成之后，他还要在世上活下去，还要继续经受活的折磨，这比死亡还要艰难的生彰显出生命的无限悲壮……在《一切漫长》（原载《四川文学》2021 年第 9 期）里，安庆写生命日落的黄昏，写人到暮年的孤独与苦楚，写人类怎样面对死亡的来临，具有震撼人心的力量。安庆的文笔扎实，具有捕捉生活细节的能力。比如写陈沉木的那把夜壶，这把被赋予生命意义的夜壶，成了一个内涵丰富的意象，朔风在穿过夜壶之后发出的哨子声，可以与人世间任何乐器相媲美。安庆也懂得尊重他的小说人物，即便是使用第三人称也是小说人物的内视角，始终贴着人物写，把老人晚年的日常生活琢磨到了骨子里，写出生命到了黄昏时刻的凄凉与无奈，写出了人到暮年无法排解的孤单与无望。安庆所塑造的陈沉木这样一个血肉丰满的典型人物，具有普遍的社会意义。

张运涛和安庆均出生于 1968 年，同是“中原小说八金刚”中的“金刚”；所不同的是，安庆生活在太行山脚下的卫辉，而张运涛则生活在豫东南平原的淮河岸边。张运涛的《赛马》（原载《湖南文学》2021 年第 10 期）写了一个生活在社会底层的普通家族：“我”的父母与小姨，“我”的兄弟和表姊妹，还有“我”的后辈，一代接一代，春夏秋冬、风风雨雨，家长里短、酸甜苦辣，虽然平淡却生生不息，充满了人间的烟火气息。

在张运涛的叙事里，人物虽简单却形象鲜明。就像小姨说话，表面是那么平静，但话里深藏着惊涛骇浪。父亲意识到生命将尽，就把远的近的亲朋好友都走了一遍，最后，父亲要去淮河对岸的陈湾看“我”的小姨，母亲对“我”肯定说是“看看你小姨”，但“小姨”没说出来，突然就泪流满面。在陈湾，在小姨和父亲那里，深埋着我们很难看到的秘密。在这部接近自传体的小说里，运涛把生活的秘密埋得很深，把爱恋与怨恨都深埋在他的文字里，看似平淡，而生活的河流里却处处布满了旋涡。那把被父亲装进帆布袋挂在门后的二胡，那把琴筒的一侧刷着红色的“毛宣”（毛泽东思想宣传队）琴杆仍旧亮堂的二胡，与《一切漫长》里陈沉木的那把夜壶异曲同工，成了父亲的记忆，父亲把忧伤深深地浸入二胡里，可是后来父亲再也不摸那把二胡，那把二胡里所隐藏的秘密仿佛早已摧毁了父亲对美好生活的向往，属于“我们”家族的曲子只能是“天上布满星”，像《赛马》那样欢快的曲子再也不属于我的父亲和母亲，当然，也不属于我们，那样欢快的曲子只属于灯光齐聚的舞台，只存在于我们的想象之中。

是的，生活就像我们的梦境，现实从来不是游戏，我们无法重来，就像淮河里东逝的流水，永远无法回返。

二、70年代出生的小说家

一个杀猪的姓马，一个卖肉的姓张，两个本分的生意人因活路受阻，异想天开，决定到北京去闯世界，他们其中一个找到自己在京城做防水的姓周的老表，学了防水技术之后开始另立门户；一个在河边摸虾捉鳖姓郭的小混混因为结识了当地一个姓屈的住建局局长，两个趣味相投的人使用极其卑鄙的手段拿下了一片黄金地段的地皮做房产开发，东窗事发后局长把姓郭的给卖了，姓郭的就逃到了京城找到了姓马的周姓老表，姓周的认识一个首长，首长一个电话打到县里就撤了姓郭的案子，姓郭的就在首长的启发下在北京做起了房地产，并通过首长的关系从银行贷款拿下一块地皮，起名唐古拉公馆；因周姓老表的介绍，姓马的和姓张的来到姓郭的房产项目做工程。就这样，原本一个杀猪的，一个卖肉的，还有一个捉鱼拿鳖的，就在北京相遇了。后来他们为了摆脱资金的困境，姓马的借遍了亲朋好友，姓郭的不但注册了信贷公司非法集资，还重新注册了另一家公司，在利用新公司贷下一笔巨款后他就在人间蒸发了。公安部门很快以涉嫌非法集资罪和诈骗罪立案调查，对姓郭的发出了红色通缉令，而那个姓周的和首长也不知所终，最终，姓马的和姓张的成了替罪羊。

邵远庆的《马六甲案件始末》（原载《莽原》2021 年第 4 期）是一部充满喜剧色彩的反讽小说，小说的戏谑与幽默风格因日常生活准确的口语得到彰显，叙事里人物的口语化不但彰显了人物个性，同时也推动了对人物形象的刻画。小说的意义在于：巧妙地利用了普遍存在的社会现象使虚构达到了艺术真实，并揭示出我们所处时代的社会本质。

正如熟悉 1973 年出生于豫东西华县农村的邵远庆一样，我对维摩也熟悉，“维摩”是王小朋的笔名。1979 年出生的王小朋不但喜好足球、艺术和美酒，这位潇洒地生活在古城洛阳的编辑家还写出了这部让我感到有些意外的《黄梅路鱼铺简史》（原载《清明》2021 年第 5 期）。和《赛马》不同，《黄梅路鱼铺简史》写了一条街，写了在这条街上居住的人们：陈鱼家、有余家、老丁家、陈校长家、任海潮家，写了豆腐西施李脂、台商老吴、老丁，写了鱼美人陈鱼、陈文军、三有。黄梅路街上的日常生活就像三有教陈鱼杀鱼一样，敲头、刮鳞、破肚、清肠、切块，样样细致，被王小朋写得热气腾腾、生机昂扬，就像从湖心深处刮过来带着锋利湿气的寒风吹过一锅咕嘟嘟的滚汤一样，四处散发着略带鱼腥的香味。

《黄梅路鱼铺简史》这个题材，用王小朋自己的话说，就像陈鱼妈在镇里街道上劈脸打陈鱼的那个白亮亮的耳光一样，他酝酿了十几年。现在，我们从文字的缝隙间闻到的带着新鲜热辣的气息，就同在三有的婚宴上燃放的大地红闪光雷放出的硝烟味儿经久不散；就像从豆腐西施和鱼美人铺子里买来豆腐和鲜鱼炖出的鱼头豆腐汤，汤白味鲜，健脾补气；就像在任海潮的铺子里那个打工的女人快刀杀出的三文鱼薄片，被王小朋放在冰块上端给了我们，我们蘸着兑了辣根的万字酱油，感到鲜爽适口。“小说也会遇到这样的情形，找对了语气，能把一个司空见惯的事情写得别具风味；找错了角度，会导致表达困难，甚至半途而废。故事通过这种方式来选择属于自己的讲述者，似乎是另一种通灵术的展现。这个讲述者未必是亲历者，但一定是与读者有着某种默契的人，他们甚至可以改变事件的细节和场景，但是总会让故事饱含张力。”王小朋的这话我认同，他这酝酿了十几年的生活素材，终于被他准确地表达出来。

三、80 年代、90 年代出生的小说家

收入本卷的《红鬃烈马》〔原载《中国作家》（文学版）2021 年第 9 期〕是一个删节本，尽管小说里人物的命运因删节出现了断裂，但从中仍不难看出这是一部关于命运与抗争、苦难与成长、欺凌与复仇的小说。小说以陆四清夫妇和他们患有小儿麻痹症的儿子陆卫平，夏长林和女儿夏青苗两个家庭生活的交集为主线。陆四清因没有从夏长林那里借到钱而烧毁了夏长林的商铺，不但使夏家深陷生活困境，阻断了夏青苗的学业，而且种下了仇恨。夏青苗和陆卫平以弱者、受害者身份在屈辱

与挣扎的成长历程中，逐渐建立了渗入了邪恶的人生信念，虽然这信念有邪恶的成分，却是他们对自身尊严获取的过程。这个人性由善良逐渐转换成恶的过程，或许就是当年陆四清们所经历的。这部小说的深刻是对不劳而获仇富心理的批判，是对贫富差异所构成新的社会矛盾的关注。

2014 年，以笔名“寒郁”获取第二届“紫金·人民文学之星”短篇小说佳作奖的李知展在创作上勤奋而执着，仅 2021 年他就发表了五部中篇、四部短篇小说。本名李会展的李知展 1988 年出生在豫东永城一个偏僻的小乡村，后来外出南方打工，曾做过流水线工人、建筑工、企业文案、文学编辑等，从小说集《只为你暗夜起舞》到入选“21 世纪文学之星丛书”的《孤步岩的黄昏》来看，李知展是个以生活取胜的作家，他文字里想极力表达的底层民众在现实生活中的焦虑与精神迷茫，他文字里的悲悯心与使命感，基本符合从中原土地上走出的众多的现实主义作家所走过的创作路径。

与李知展不同，1990 年出生于漯河的甄明哲的《柏拉图手表》（原载《青年文学》2021 年第 1 期）在叙事风格上却为我们呈现出另外一种景象：一个沉迷于哲学对世界懵懵懂懂一知半解的青涩学子从偏僻小县城来到大学，遇到一个在他看来已经深谙世界哲学与中国哲学的学长张云亮，并通过他前去参加在陌生的城市里一个环境在他看来十分豪华的读书会，在读书会上他遇到了一个名叫李梦的女孩，于是，另外一个阶层的生活对他慢慢展开，因无知与生活习惯带来的尴尬，因女性的气息与目光带来的自卑，引起了他的内疚和不安，深刻地触动了他的内心世界并改变着他……

也是因为删节，使得我们无法看到小说所着力塑造的张云亮后来是怎样成为一个见利忘“道”的道士的，但由于和主人公有着同样生活经历，这篇《柏拉图手表》让我感到亲切，甄明哲具有穿透力的叙事语言让我感到意外，在平稳而沉静的叙事里他把深奥的哲学话题日常化，并把笔触探入人物灵魂深处，人物形象逐渐地明晰。“有时候我觉得，在剥去了技巧、理论、格调、品味之后，故事最终剩下的实质，是对价值的选择和判断……每一个词语都自有其分量，小说不能做脱离写实的幻想。只不过在这里，‘实’的指涉是无边无际的，是陌生而异质的，和‘现实’根本不是一回事。这样的写实，和‘现实’有很大的不同，它已经是虚构了。”以上是甄明哲在《小说即自由》里对创作的感悟，持有这样文学观的“90 后”小说家，已经和传统的现实主义作家分道扬镳。

在叙事风格上，更具有辨识度的是王苏辛的《冰河》（原载《花城》2021 年第 1 期）：章敬业、许亚洲、钟娟娟、索罗，还有后补的〇五三一，都是由城外通往城内轮流值班的门卫；被称为章爷的章敬业手里常常端着印有“钓鱼岛是中国的”字样的白瓷缸子，不是喃喃自语，就是修改前一篇日记，使其成为新的一天的内容；而许亚洲值班时总在拼接一张永远也拼不完的世界地图，或者喜欢看着别人检查挂在墙壁小黑板上的错别字；岁数最大的钟娟娟整天骂骂咧咧；〇五三一总是随身背着自己的蓝色帐篷；而年纪最小的索罗学的是软件开发，在大学毕业时正赶上互联网科技公司大批量倒闭，他就很务实地选择了当门卫。外来者想入住的“城内”位于冰河附近，由被废弃的像垃圾山一样的大楼组成。住进城内的人不但要接受监控，而且不能使用手机，不能组建家庭，不能集体居住，更不允许生育，姓名由各自居住房屋的编号来代替。在城里没有属于“自己的钱”，每人花出去的都是城里的配额。所以城内人不太使用现金，而是喜爱拿东西兑换，仿佛回到了原始社会。人们阅读的报纸被剪得斑斑驳驳，报纸上支离破碎的语句隐藏起城外的信息，很多涉及城外变革的词句都被打了码，甚至有一张报纸上的新闻整版抄袭了三年前报纸的旧闻，而这小小的仿佛被禁锢的门卫室，则掌握着进入城内的特权。

《冰河》描述了在一个非日常的世界里，人们企图建立起新的秩序，但后来人们发现这个秩序仍然是旧有秩序的流动与循环。这是一个充满隐喻的文本，这里人口荒疏、经济萧条，人类仿佛进入了末世状态，人们虽然不停地出出进进，但仍然没法阻挡临近崩溃的状态。《冰河》的叙事语言准确而干净，比如写钟娟娟：“她嘴巴太碎，常常拿着对讲机一个人在门卫室喋喋不休……年近六十的年纪，双目炯炯有神，抬头纹很重，戴着复古感十足的细框眼镜。”985 院校、煎饼馃子摊、《南泥湾》、互联网、外卖、快递员、带 X 编号的身份证等，这些叙事语言中出现的词语，显示出作者已经具备了把想象转换成日常生活的能力，并使用这种能力来探索文学的本源。

1991 年生于汝南县的王苏辛在少年时不但学过绘画，而且还为一部动画片写过故事续集，这直接影响了她后来认识世界的方法，小说《我们都将孤独一生》里的人们会因离婚变成雕像，会使我们想起宫崎骏的《千与千寻》；在她的小说里，城市会变成鸟飞走、护城河里的鲤鱼暗藏怪病、生活在中原小城的人要逃离故土到异乡去重建一个新的家园、照相馆的摄影师专门为人伪造身份……王苏辛擅长以稀奇古怪充满着奇思妙想的故事来书写日常生活中的荒芜与怪诞，她小说里的人物虽然都在孤独中面临精神困境，但他们仍然企图在人生的暗河中寻找亮光。

现居上海的王苏辛已出版中短篇小说集《白夜照相馆》《在平原》《象人渡》《马灵芝的前世今生》，以及长篇小说《他们不是虹城人》，其作品曾获第三届“紫金·人民文学之星”短篇小说佳作奖，她还被评为第三届“《钟山》之星年度青年作家”，这些已经证明了她的写作实力。不知为什么，在初读《冰河》时我想起了爱德华·凯里的《废物小镇》和拉斯·冯·提尔的《狗镇》。我想，如果这个文本能像《狗镇》那样设置一个贯穿始终能承载人物命运的事件，可能就会摆脱现在文本的平缓，这虽然有些不尽人意，但“90 后”的王苏辛已经给我们带来了惊喜。

每天凌晨来临的时候，我常常会看到王苏辛发在朋友圈里的一些文字，比如我在刚刚过去的 2022 年 2 月 2 日朋友圈看到的：“对于写作者来说，只要写作状态可以，似乎很多东西都变得没有那么重要了。以至于常常陷入对其他东西的恐惧。有时候会怀疑，连爱情也只是对生活的抒情。实际上只是依然并不真正愿意承担责任。除非有一天，喜欢一个完完整整的东西，然后说：我从不期待一个事物的某个好部分，我喜欢的只是它本身。”我不知道这样的喃喃自语和她写作的关系，但应该说，王苏辛的写作是一个人的想象与具象世界的碰撞，在她那里，想象虽然是建立在神秘无边的由网络构成的虚拟的平面世界，但立体可见的具象则深入她本人生命中所遇到的困惑，她企图通过自己的写作与现实达到和解。

这部集子体现出了编选者的眼光，可以说呈现了2021年河南文学创作的实绩，也可以说是过去一年中国文学中篇小说创作的一个缩影。我们在欣喜的同时，也应该看到这些作品里所存在的问题同样不容乐观：陈旧的文学观不止表现在60年代作家那里，而且延伸到了70年代与80年代的作家身上；由于现实语境的改变，写作资源在有些作家那里发生了从源到流的转变，这些都构成了我们写作要突破的瓶颈；在90年代的小说家这里，虽然他们在努力地挣脱旧有的文学观念，并为建立新的文学观念做出了努力，但我们看到的现有文本却缺少震撼人心的力量，这是需要我们认真面对的。

在中国文坛产生的由50年代、60年代、70年代、80年代和90年代构成的阵容庞大的文学豫军，不管走了多远，他们的根已经深深地扎入了和他们血肉相连的土地，文学豫军的形成和中原乡村构成的关系，与中国自改革开放以来所走过的曲折道路的吻合，是一个应该引起批评界关注与研究的丰富课题。

2022 年 2 月 3 日于郑州

（墨白，著名作家，河南省小说研究会会长，河南省文学院原副院长、河南省作家协会原副主席。）

目　录

contents

001 / 我。我。我们　　赵大河

055 / 冰河　　王苏辛

093 / 一切漫长　　安　庆

135 / 赛马　　张运涛

181 / 黄梅路鱼铺简史　　维　摩

213 / 红鬃烈马　　李知展

250 / 马六甲案件始末　　邵远庆

282 / 小吉快跑　　罗尔豪

305 / 柏拉图手表　　甄明哲

我。我。我们

赵大河

这是我（马洛）的故事。

这是我（肖肖）的故事。

这是我们（马洛和肖肖）的故事。

一、我（马洛）

我走进梦想成真局，坐到审查官面前。我有预约。他冲我点点头，算是打招呼。他四十多岁年纪，脸像倒放的梨子，鼻子大且红，下巴尖而长，眼睛稍有些鼓。这双眼睛不看你则已，看你必然能将你一眼看穿，仿佛他眼睛里有雷达，能捕捉到你头脑里的信息。瞧，他那高深莫测的表情。一支圆珠笔在他手指间来回翻滚，手指够灵活啊！桌上有个旋转的陀螺，不知什么原因，永不停歇。办公室的墙壁和地板由巨大的屏幕组成，逼真的三维投影，可以营造出任何视觉奇观。比如现在，脚下是波澜壮阔的云海，云上阳光普照，许多云朵像是镶了金边，闪耀着温暖的光芒，只有在飞机上才能看到这般绚烂景象。我们如同悬浮在万米之上的高空，四周寥廓无边。

他问我喜欢这种感觉吗，没等我回答，就接着说，我猜你会喜欢的。好吧，我确实喜欢。他说梦想就是要在天上实现。

我的申请是通过网络递交的，他已经审查通过，基于程序，他必须与我面谈一次。他说谈话会全息录像存档。我没有异议。他要我不用紧张，他说在进云门之前，你都可以改变主意。我没紧张，我也没想改变主意。没紧张就好，他说，那我们开始吧。

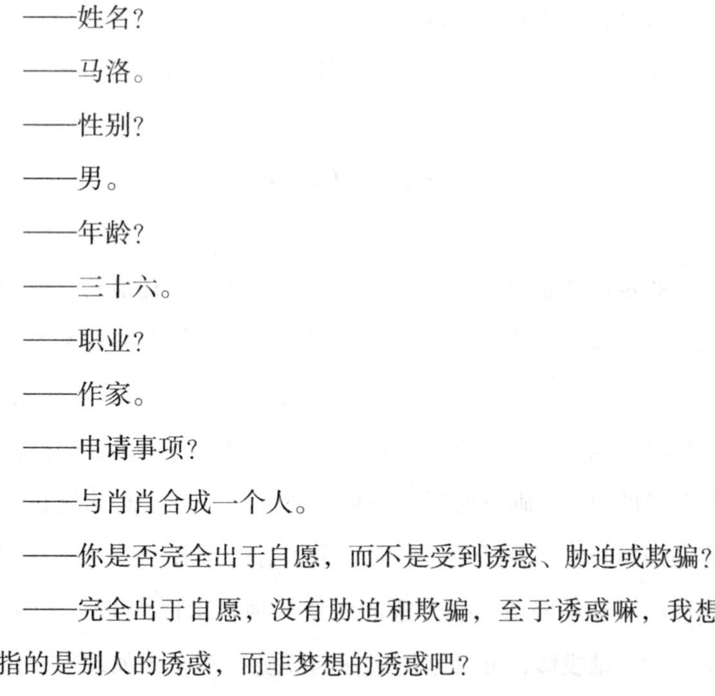

——姓名？

——马洛。

——性别？

——男。

——年龄？

——三十六。

——职业？

——作家。

——申请事项？

——与肖肖合成一个人。

——你是否完全出于自愿，而不是受到诱惑、胁迫或欺骗？

——完全出于自愿，没有胁迫和欺骗，至于诱惑嘛，我想你指的是别人的诱惑，而非梦想的诱惑吧？

——当然，这里指的是人的诱惑，而非别的。

——没有。

这想法还是我先提出的，要说诱惑，也只能是我诱惑肖肖。事实上，我没有诱惑肖肖，我一说出想法，肖肖立马拍手赞同，她说好啊好啊没问题。我们一拍即合。我清楚地记得当时的情景，她一翻身爬到我身上，搂住我，把我抱得紧紧的，说好啊好啊这样好这样好，然后一阵狂吻。瞧，我们臭味相投，一拍即合。我们赤身裸体坦诚相见，这时候做出的决定大多是基于本能。

审查官说他没有问题可问了，他的工作已完成。也就是说，我现在就可以走进云门。

在我的右侧，刹那间出现一个圆形的空洞。空洞里什么也没有，只是一团神秘莫测的白光。我知道这就是云门。走进去，我就可以实现我的梦想。

我站起来，面向云门。审查官站在我身旁。我们之间的桌子消失了。他刚才穿的是白色西装，此时却是黑色燕尾服，头上还多了一顶圆筒高帽，手中多了一根黑色手杖。我说他看上去像巫师，他说增加点仪式感嘛。

我很紧张。我感到心脏跳得特别快，手和腿在微微颤抖，头脑里思绪翻滚。

审查官看出来了，他说你在进去之前随时可以改变主意。

我紧张并不等于我犹豫或要改变主意，只是……心中有些忐忑罢了，我也不知道为什么。

这是一个重大的决定，他说。

我承认，是这样。无论如何，这是不可逆的。也就是说，进去之后就不能反悔了。合体之后，我们无法再分开。现在的技术，做不到这一点。我忽然想起管道升的《我侬词》：

> 你侬我侬，忒煞情多；情多处，热如火。把一块泥，捻一个你，塑一个我。将咱两个一齐打破，用水调和；再捻一个你，再塑一个我。我泥中有你，你泥中有我；我与你生同一个衾，死同一个椁。

与这首词有所不同的是，把咱两个一齐打破，用水调和，不是再捻一个你，再塑一个我，而是只塑一个“我们”。而“我们”不能再分为你和我，技术做不到。

这是一趟冒险之旅，审查官说。

我知道。

你会后悔吗？

我从不后悔。这是父亲教导我的，永远不要后悔，要往前看。父亲说他一生没有后悔过。尽管历经坎坷，但父亲不后悔。他接受命运安排的一切。或者说，他承担所有选择的后果。

云门的侧面是不锈钢的弧形墙壁，如哈哈镜一般，映出我们光怪陆离的形象，有的高大，有的矮小，有的宽如大坝，有的细如铁丝。这才是真实的，审查官说。

什么？我没明白，哈哈镜中的形象怎么会是真实的。

我们在不同人眼中的形象是不同的，他说，你是作家，你明白我的意思。

我明白了。一千个人心中有一千个哈姆雷特，同样，一千个人心中也会有一千个马洛。想到此，我突然有些悲哀。我一直努力塑造一个形象……天啊，这不可能，你的形象是由千万人塑造的……我能做的……我做不了什么……我只能改变我自己眼中自己的形象……这像绕口令……其实就是这样，审查官说得对……每天照镜子时，我都厌恶镜子中出现的形象……这不是我想要的……瞧，这个人！……尼采会盯着镜子说：我为何如此睿智，我为何如此聪明，我为何能写出如此优秀的书……我则相反，我会盯着镜子说：我为何如此愚笨，我为何如此怠惰，我为何写出如此拙劣的书……所以，我要改变，要与肖肖合二为一……

尽管我与肖肖合并成“我们”后，“我”并不会消失，我还是在云门前停下来，如同一只飞翔的鹰，在空中停留，为了思考生命的意义。假若人的头脑是一个马达，那么，有时候这个马达转速很慢，有时候则很快，像疯了一般，譬如现在——过往的人生突然像按了快进键，以三十二倍或六十四倍的速度快进着，电光石火，噼啪作响……因为速度太快，大部分人生是晦暗的，像没有曝光的胶片，放出来是持续不断的黑……或曝光过度，放出来是一片白……总之，没有影像。你的人生呢？你存在的证据呢？你做了什么？你做成了什么？必须时不时地按下暂停键，看看真的是一片黑，还是一片白，还是有影像……

以下，即按下暂停键之后的所得：

空白。

空白。

空白。

光……鸟叫……一只火焰般的鸟从虚空中飞来，栖息在梧桐的枝头上……一滴雨落下，雨滴越来越大，越来越大，像装满水的气球……砸在瞳孔上……一个湖泊泛滥开来……

空白。

一个光屁股小孩在田塍上奔跑……阳光像五颜六色的珠子撒在地上，踩上去发出清脆的爆裂声……远处，远处，远处……有什么在召唤，他跑过去，跑过去……一条彩虹在天边绚烂着……

空白。

噩梦……一群丑陋的怪物，如鬣狗，穷凶极恶地扑向他……他大哭不止……父亲写下：天惶惶，地惶惶，我家有个夜哭郎，过路君子念三遍，一觉睡到大天亮……

空白。

一次羞辱，他永远记得，一次不公的羞辱，一个成年人借着开玩笑羞辱一个孩子……他偷东西了吗？没有。他只是在垃圾中捡了一沓还能写字的记账凭证。那些，显然是被人扔掉的。他捡起来。如此而已。一个成年人抓住他，说他偷东西，恶狠狠地训他，说要将他送到派出所……他害怕极了。他哭起来。有人说吓到孩子了，那个人才松开手，说是开个玩笑……好一个玩笑！他恨他。

空白。

他上学时什么也不会，不会数一二三四五，更不用说六七八九十了。第一次放学回家，老师布置的作业他不会做……他坐在凳子上，面对作业本，哭起来……没人理他……他就那样哭，哭，哭……天色渐渐暗淡……

空白。

性是神秘的。他想探究小女孩的身体，她们为什么和他不一样……她们会生孩子吗？他和其他几个小孩躲在一个小屋里，研究女孩的身体……你和我生个小孩吧，他对小女孩说……好啊，小女孩同意，可是怎么生？对他们来说，这是一个难题……他爱那个小女孩……这是他的秘密……

空白。

他放羊。羊能听懂他的话。他和羊说心事，羊咩咩叫，嘲笑他……

空白。

他在飞机跑道上写英语单词……飞机跑道好大好长啊，他写不到边，也写不到头……从空中俯瞰，一个少年在飞机跑道上，像只蚂蚁……

空白。

他看到一个裸体的女人，彩虹般美丽，在清晨的霞光中奔跑……他目瞪口呆……美是震慑，你只能目瞪口呆，什么话也说不出……

女人。女人。女人。

比食物更诱人的是女人……秀色可餐……初吻，仿佛开启一个世界……一个吻，他能回味三个月……天堂之门在味蕾上打开……哦，幸福啊，幸福啊……他心里叫道……

空白。

性，烟火般绚烂……

失恋是一个黑洞……把光吸走……把生命吸走……痛苦，痛苦啊……一个人担负整个世界的不幸，如阿特拉斯扛起大地……夜晚，无目的地行走，在地狱边缘……一首丢人的歌，在我破裂的唇上……

空白。

他曾三次走到自杀的边缘。

他在楼顶徘徊，计算楼的高度和自由落体需要的时间，他只要纵身一跃，就能飞翔两秒钟……

在水中能坚持一分钟，再有一分钟，肺里就会灌满水，然后窒息而亡……

买一把猎枪，压上子弹，把枪管塞进嘴里，扣动扳机。

如果手指够不到扳机，可以用脚趾……用力，猛然一蹬，一声巨响之后，一切归于寂静……

自杀的念头让人羞愧。

自杀等于认输，你与生活扭打在一起，你输了，你认了。雅各与天使打架，还胜过了天使呢。你，只能说是个懦夫。

空白。

“在深夜一点钟的钟声敲响时，您到花园来。井边有花匠的长梯子，您把它搬过来，靠到我的窗口上，爬进我的屋里。今夜月色明亮，不要紧。”玛蒂尔德给于连的信。

“今夜月色明亮”，为什么跟着是“不要紧”？这明明是要紧的。偷情，在黑暗中最好。月色明亮，邻居能够看到他，恰恰这是要紧的。

她表达的是什么意思？

空白。

一条大狼狗。这是他见过的最为凶残的狼狗，它壮实得像小牛犊。铁链拴着它。铁链摩擦的声音彰显出它狂暴的性格。别害怕，她说。他能不害怕吗？

狼狗扑上来，他从窗子跳出去，摔断了腿。

这是偷情的代价。

在医院，她每天送他一支玫瑰，从不间断。

空白。

婚姻，一扇打开的门……

空白。

遇到肖肖。她让他改变了审美观。他的审美回到了唐朝。

喜欢吗？

喜欢。

他立志成为一个作家。

她也是。

她问他敢做危险的事吗，他说敢。

裸奔呢？

敢。

走，裸奔去。

他们在公园里裸奔……

她说他不够坏，当作家，要够坏。

他理解她说的坏是什么意思，不是世俗的坏，而是离经叛道，敢于冒犯所有的道德与规范，敢于置身文明的荒野……一句话，敢于本真！果戈理说过，人类一切的恶，他身上都有。你呢？我也有，他说。他不比任何人更好，也不比任何人更坏。他是一切人中的一。一的一切。

要打破自己。

这个自由的女人，身上有他所不具备的一切。她感性。她洒脱。她蔑视道德。她真诚。她善良。她柔软。她神秘。她勇敢。她直率。她满世界行走。她探访隐士。她在沙漠里居住。她到南极看企鹅。她到非洲看狮子。她为黑人占卜。她在埃博拉疫区当志愿者。她在水上行走。她在布达拉宫打坐。她在雪山之巅放歌。她在帕劳潜水。她尝试飞翔。她敢于纵身跳向虚无。她大胆写性。她会讲故事。她同情弱者。她表示死后捐献所有器官。她每天成长。她说她会长成巨人。她砍柴。她喂马。她周游世界……

他呢？只是银行小职员。足不出户。他每天和数字打交道。他不喜欢旅游。从农村到城市后，从城市到农村。农村是同一个农村，城市是同一个城市。两点一线。两点间的直线是最短距离。他从不绕道。你不了解社会，写什么？能写的很多。卡夫卡和佩索阿是他的榜样。卡夫卡躲在地洞里写作。佩索阿在他的蜗居中写作。他们有写不完的东西。王国维说有客观之诗人和主观之诗人，客观之诗人不可不多阅世，主观之诗人则不必。偏居一隅，幻想即可。他属于主观之诗人。肖肖则属于客观之诗人。

二者结合呢？

天下无敌，肖肖说。

我们合二为一如何？

好啊好啊这样好这样好，肖肖说。

审查官说，自从有这项业务以来，还没有人申请过，你们是第一对。

他什么意思？是说我会后悔吗？在我的基因里，没有“后悔”这个词。我不会后悔。永远不会。我说，就让我做第一个吃螃蟹的人吧。

请吧，审查官做个手势。

我再无犹豫，抬脚走进云门。

二、我（肖肖）

“在一个像我这样的女孩子的命运里，一切都应该是不寻常的。”我对马洛说。

我的童年着实不幸，几乎没有留下任何愉快的记忆。现在看来，那真是一段漫长而痛苦的岁月。

我出生在一个有钱人家。这是幸，还是不幸？很难说得清。他们有钱，但没有时间。他们总在忙生意，永远如此。睡梦中也是。据说父亲睡到半夜会突然醒来，说又想到一片地，那里可以开发楼盘。我外公是高官，有很多资源。我母亲协助父亲很好地利用了这些资源。我出生的时候，他们的生意正在暴发式增长。他们没有工夫陪我。我是由保姆带大的。我从保姆那儿学会了说脏话。有一次我说的脏话把母亲吓坏了，母亲问我从哪儿学的，我不敢说。保姆恐吓过我，说我如果敢对母亲说是她教给我的，就把我的舌头割了。尽管我没出卖保姆，但母亲还是把保姆赶走了。母亲给我聘请了一位高学历的保姆。她叫小紫。我叫她姐姐。她对我影响至深，我对她有深深的依恋。

六岁时，父亲有了情人，她是父亲公司的出纳。母亲知道了，大闹一场，逼着父亲解雇了这个情人。出纳离开时拿走一大笔钱，母亲要报警，父亲按住没让报。家丑不可外扬。这场风波平息后，母亲发现她完全是白费力气，因为父亲的情人太多了，她处理不过来。母亲只好睁只眼闭只眼，听之任之。

八岁时，在黄河滩骑马，马受惊狂奔，我从马上摔下来，昏迷了三天三夜。所有人都以为我要死了，或者要成为植物人，我却奇迹般地醒了过来。

十一岁时，我爱上了父亲的朋友高一宠。他是个典型的花花公子。到现在我也想不通自己到底被他哪一点迷得神魂颠倒，以至于写下轻狂的情书，说非他不嫁。他后来娶了一个有钱的寡妇，我对他恨之入骨。

十二岁时，母亲提出离婚，在家里闹出很大动静。我记得那段时间，家里忽然冒出许多老亲旧眷，连退休的外公也出面了，他们都是来阻止灾难发生的。最终母亲只得放弃。母亲为什么闹这一出呢？后来我明白了，那时母亲有了情人。她的情人是个大学教授，教艺术史。母亲想与大学教授双宿双飞。母亲离婚失败，他们就分手了。大学教授转身就娶了他的一个女学生。所有人都在考虑家族利益，没有人顾及我的感受。我无足轻重。我像一个碍眼的物件，他们不想看见我，手一挥，就把我扔到万里之遥的英国。

我被送到英国上学。

十六岁时，我已发育得很好，该凸的地方凸，该凹的地方凹，不亚于二十岁的女生。我不知道为什么，认为贞操是一种负担。一个男生约我，开车出去兜风。突然下起了大雨，视线不好，他把车停到路边。雨声喧嚣。天地晦暗。他出其不意地亲了我一下。我僵住了。这个笨蛋以为我不愿意，停了下来。我能听到他的呼吸声。我坐副驾。我把副驾往后调了调，放下靠背，腾出空间。他看着我做这些动作。我知道他很想做爱。我也很想。你还等什么？我说。他马上明白了我的意思，松开安全带，扑了过来……这就是我失去童贞的过程，就这么简单。

之后，我玩疯了，和不少人发生过性关系。父母不知从哪里听到风声，飞到伦敦，很严肃地和我谈了一次话，并拿艾滋病吓唬我……再这样下去，你会得艾滋病，你会死得很惨……我又不是小孩，我会保护自己……此后，我收敛了许多。

高中毕业，我顺利进入伦敦国王学院。大一下学期，我瞒着父母办理了休学，满世界跑着玩。父母知道后非常生气，断了我的钱粮，希望我能回心转意。我在微信朋友圈连发三天流浪的图片……我乞讨，捡食生菜叶，睡涵洞……他们撑不住，赶快给我打了一笔钱。

父母对我提出新的要求，只要我完成大学学业，就给我股份。否则……

好吧，不就是学业吗，我完成就是。

虽然胡闹，但我不笨。我又申请入学，修学分。拿到学士学位后，父母兑现了他们的诺言，给了我一点股份。

这下我可以随心所欲了。每天早晨醒来，我头脑里就会蹦出两个字：玩啥？有一段时间我头脑里全是性。我看到过一张漫画，不，是两张，一组，分别表现的是男人和女人的大脑，仔细一看，一个大脑是由男性生殖器组成，另一个是由女性生殖器组成，真是不要太生动啊。我喜欢的男人没有得不到的……唾手可得……就这么回事……俗话说男挑女隔座山，女挑男隔层纱……总之，这方面我没有失败过。可是，容易的事，能有什么意思呢。性已失去神秘感，不再吸引我了。能玩的花样我都玩过，和男人做爱已没有新鲜感，我就试试和女人……噢，你知道，这是另一个世界……瞧，也就这么回事。

我岩洞潜水。我高山滑雪。我蹦极。我暴走。我滑翔。我还想学翼装飞行……那要完成最少五百次自由下落式跳伞，之后才能进行低空飞行，又是数百次的循环练习，才能开始学习翼装飞行……天啊，这得多少时间！我没有耐心，只好作罢。

我喜欢做危险的事……越危险就越刺激……与死神擦肩而过……发出一声尖叫……没有比这更刺激的了。读了弗洛伊德，我才知道我这是死亡冲动。潜意识中，我是在找死。

我的身体中有个巨大的空洞，我想把它填满，却怎么也填不满。你知道我缺什么吗？缺爱。我想得到爱，越多越好。

一个心理咨询师对我说，是原生家庭的问题，童年缺少父母的陪伴和爱抚，造成我缺爱。长大后，我不断索取，可是……什么也满足不了我，于是，我有死的冲动……我不光做危险的事，我还自杀过七次……

突然，晴天霹雳，我爸出车祸死了。他开车撞到一棵树，警察也说不清是自杀还是事故。据说，出事的时候，路上没有别的车。车上还有一个女子，是他的情人，也死了。这件事……对我影响至深。好几个月我才从噩梦中摆脱出来。我信了佛，开始吃素。

你不知道我有多爱我父亲。我嫉妒我母亲，因为他嫁给了我父亲。如果他不是我生身父亲，我会嫁给他。我会为他拈花惹草的事儿吃醋。我会痛苦不堪。我会和他吵。我会彻夜不眠。但是，我一如既往地爱他。

他是我在世上最爱的人。

父亲生前对我很失望，我想……也许我能做些什么，以慰父亲在天之灵。做什么呢？父亲期望于我的是什么？我想莫过于结婚了。父亲曾对母亲说过：肖肖爱玩，是受西方影响，结婚后就该正常了。好，那就结婚吧。我干了那么多荒唐事，也该做一件靠谱的事了。

众所周知，我喜欢艾伦。他是我父亲公司的欧洲合作伙伴，有钱，会玩，帅，还有趣。我们睡过。一天，艾伦带我登上埃菲尔铁塔，我正凝望着美丽的巴黎，他忽然向我求婚。我欣喜异常，连忙答应。可谁知话刚出口他就后悔了。但后悔已晚了，我不允许他反悔。第二天，我们就到民政局登记结婚。

婚后，我的心情忽然低落下来。艾伦更是如此。我们认真探讨过这个问题，为什么会这样？艾伦说我们做情人可能比做夫妻要好。我说中国有句古话，叫作：妻不如妾，妾不如嬖，嬖不如偷，偷得着不如偷不着。艾伦大笑。我也大笑。

我们的婚姻持续了三年。这三年如狂风暴雨一般激烈……婚姻啊，像火药桶，只要溅上一个小火星，就会引起可怕的爆炸……过了很久，我才顿悟，当丈夫成为“前夫”，他们才会变得可爱。

我的现任丈夫是个画家，叫里克。我们结婚也三年了。他爱我，我在他眼中是个真正的女人。他向我展现了一个全新的世界。他说唯有艺术能够填补我心灵的空虚。我要学画画吗？他说不，你学写作。于是，我开始写作，并爱上了写作。写作让我拥有不同的人生。

他爱女人，更懂女人。他有情人，他也不反对我有情人。于是，我遇到马洛，并和马洛成了情人。

马洛在所有方面都是一个与我截然相反的人。我不明白自己为什么会喜欢马洛，可能就因为他像是我的另一个。

马洛是个隐士。他写纯幻想小说，写螃蟹，写树，写蠹虫，写雨，写玻璃球，写木桶，写词典，写外星人，写鬼，写不存在的生物……总是煞有介事，总是匪夷所思，总是趣味盎然……读他的小说，你会哈哈大笑，你会愁肠百结，你会忍无可忍……那滋味，天啊，真是复杂，一言难尽……没人看好他的小说，杂志社退他稿，出版社不给他出书……一般人经受这样的打击，早就心灰意冷了，他不，他满怀信心地说这恰恰证明他写得好。他说千里马常有，而伯乐不常有。他还没遇到伯乐。

我喜欢你的小说，我说。

伯乐啊，他说，向我竖起大拇指。

作为交换，他也必须看我的散文。我主要写散文。这个孤傲的人，他会怎么看我的散文呢？我对自己的散文没有信心，我不知道自己写的是什么文体，散文，随笔，感想，日记，游记，小说，诗歌……好像什么都是，因为什么都有一点，又什么都不是，因为什么都不纯粹。姑且叫散文吧。他会怎么看呢？这家伙损起人来可有一套，他只要一个不屑的表情，再加上一声"嘁——"，那作品基本上就可以扔垃圾桶了。如果作者在他面前，估计恨不得找个地缝钻进去。天啊，我这是干吗？文章一给他我就后悔了。我提心吊胆，忐忑不安，茶饭不思。我等了一天。十二时辰。二十四小时。一千四百四十分钟。八万六千四百秒。每一时辰，每一小时，每一分钟，每一秒，我都如坐针毡。我等他的电话。我盯着手机。这哪儿像我干的事。我一贯什么都不在乎，现在怎么这么看重他的评判呢，真是奇怪。俗话说一物降一物，酸浆点豆腐，他就是来降我的吗？我是豆腐，他是酸浆？终于……我等到他的电话，他说要和我当面谈。

你不是想做爱吧？我说。他说，做爱也是题中应有之意。我从他话中听不出褒贬。反正伸头是一刀，缩头也是一刀，好吧，我去。

见面他就给我一个下马威，他指着文章对我说，你写的是什么呀？

我……

我没见过谁这样写，把乱七八糟的东西都往一起糅……

我被他激怒了，正要怼回去："我写的什么也不是，是汉字，看不出来吗？"他没给我机会，因为他马上话锋一转，开始夸我：

你好就好在不讲章法，浑不懔，敢打敢拼，我手写我心……一杆长枪，一匹快马，冲入荒野……哇呀呀，我来也！……

我不敢相信，你是在夸我吗？

当然！他说，真，难能可贵的真！你把心捧给读者，热乎乎，活泼泼，嗵嗵跳动着……

我快晕过去了，当然是高兴的眩晕。我说，我们之间没必要互相吹捧吧。我们都视说真话为美德。他说的是心里话……关于我的散文，他还说了许多褒奖的话，他让我相信我是一块璞玉，稍加琢磨，就会大放光芒。

我很开心，然后我们就做爱了。做爱之后，我们继续谈论文学。我们分析了我们的优势和劣势，我是火，他是水，但我们并非水火不容，而是水深火热（这个词在这里只能从字面上理解）。他说他写作妨碍太多，他的书桌上站着五十个大师，他写作前首先要把这五十个大师扫下去，腾空书桌。我呢，毫无顾忌，我的书桌干干净净，随时可以写作。他说我是天真的，他是伤感的。我们是如此不同，如果我们结合呢？

我说天下无敌。

他问我是否愿意合二为一，也就是说两个人合成一个人。梦想成真局有这项服务，我们可以申请。看来，他早有研究。嗯，这个想法不错。冒险，刺激，结局难以预料，我喜欢。我立即响应，我说：好啊好啊这样好这样好。

我们向梦想成真局申请合二为一，并交了一大笔费用。

一切都在网上完成。

只是走进云门前，必须与审查官见一面。这是例行公事。就像婚姻登记处的工作人员询问来登记的人是否自愿结婚一样，审查官也问我们是否出于自愿。确认没有问题后，他就会打开云门，让我们进去。

审查官先把马洛叫进去。我不明白的是，为什么不让我们一起进去呢。他问的问题我们完全可以一起回答。即使问下面的问题，也没必要让我们背靠背。

——申请事项？

——与马洛合成一个人。

——你是否完全出于自愿，而不是受到诱惑、胁迫或欺骗？

——完全出于自愿。

云门打开。马洛在门内等着我。审查官做了个“请”的手势，示意我进去。

我朝云门走去。

三、我们（马洛和肖肖）

从云门出来之后，马洛和肖肖就成为一个人了。两个肉体合二为一，两个心灵合二为一，两个灵魂合二为一。

“我们”，这个第一人称复数，在此却应视为第一人称单数。

“我们”是什么形象呢？读者一定很好奇，其实“我们”也很好奇。云门的不锈钢表面明亮如镜，“我们”看到了什么？当然是“我们”的形象。

“我们”的形象其实不难描述，它完全取决于“我们”想看到什么。也就是说，想看到马洛时，“我们”看到马洛；想看到肖肖时，“我们”看到肖肖；想看到马洛和肖肖时，“我们”看到马洛和肖肖。想看到鸟时，“我们”看到一只鸟，一只大雁。怎么会这样呢？审查官说，“我们”是量子态。

量子态本身的特性是不稳定的，它最大的特点是未观测则状态不确定，一旦观测则状态就被确定了。这句话理解起来其实不难，著名的思想实验“薛定谔的猫”就描述了量子力学的真相：在量子系统中，一个原子或者光子可以同时以多种状态的组合形式存在，而这些不同的状态可能对应不同的甚至是矛盾的结果。

那么，“我们”在他人眼中是什么样？双面四手四足吗？那岂不成怪物了。审查官说，取决于看你们的人，他们想看到什么，就会看到什么。所以，没人会对你们的形象感到惊讶。比如，遇到马洛的朋友，他看到的是马洛。遇到肖肖的朋友，他看到的是肖肖。陌生人呢？他看到什么重要吗？不重要。审查官说，总之，没人会把你们看成怪物。

——我们是一个人吗？

——是一个人。

——我们是两个人吗？

——不，你们只是一个人。

——那为什么我们有时在镜中看到马洛，有时在镜中看到肖肖？

——那并不影响你们是一个人，只是这一个人的形态是不确定的，可以是马洛，也可以是肖肖，还可以是别的。

——“我们”在变化吗？

——没有，你们不是孙悟空，没有七十二变，你们只是形态不确定罢了。

这理解起来的确不容易，但“我们”已完全明白。只是你别问“我们”，你一问，“我们”就又说不清了。

“我们”现在去哪儿？

回家。

“我们”有两个家，一个是马洛的家，一个是肖肖的家。回哪个家呢？两个家都回。而且“我们”居然做到了。“我们”同时回到两个家中。就如同“我们”没有合体，仍是两个独立的个体，各回各家。其实不是这样，是“我们”同时回到两个家中。

“我们”怎么能同时回到两个家中呢？“我们”又没有分身术。科学的解释是，“我们”合体后，就进入了六维空间。在六维空间，不需要分身术，就可以同时出现在两个地方。这司空见惯，不足为奇。

“我们”在马洛家中，马洛的妻子把“我们”看成了马洛。

马洛的妻子叫佩佩，很漂亮，也会打扮，而且贤良淑德。无论从哪方面来说，她都称得上是个好妻子。她无条件支持马洛写作，即使他发表不了一个字。在她眼中，马洛是世界上最好的作家，没人比得上。她虽然不懂文学，但她有信念。她的信念就是：丈夫是天底下最优秀的作家，比托尔斯泰优秀，比福克纳优秀，比莎士比亚优秀，比巴尔扎克优秀，比曹雪芹优秀，比鲁迅优秀……这些是她知道的很牛的作家，但他们都没有丈夫牛。

她负责挣钱。她负责带孩子。她负责处理杂事。总之，所有与写作无关的事她都承担。不能让丈夫分心。一个优秀作家就应该油瓶倒了也不扶。作家要写作，唯有写作重要。

马洛对写作环境要求很高。他写作时，屋里不能有一丝声音。她不能咳嗽，不能走动。必须走动时，她要踮着脚，最好是赤脚。不能刷牙。刷牙要到外面，即使十冬腊月也是如此。不能用抽水马桶，那声音马洛无法忍受。她经常到外面上公共厕所。呼吸，也要平稳，当然，还得离他远一点。马洛的书房是绝对不能去的。那是禁区。马洛平时脾气很好，写作时就变成了魔鬼，但凡她弄出一点声音，他都会暴跳如雷。

马洛有散步的习惯。他散步是一个人，不许她跟着。马洛散步不只是散步，他是在构思和创作。

马洛散步时，佩佩就好好利用这段时间，飞快地做家务，拖地抹桌，刷锅洗碗……她会统筹学，往往同时做几件事，比如先把脏衣服丢进洗衣机里，按下自动按钮；灶上打火，热牛奶；然后刷锅洗碗。刷完锅，洗好碗，牛奶已热好，盛杯子里，放桌子上，等丈夫回来喝；这时衣服也洗得差不多了……如果衣服还没洗好，她就拖地抹桌，收拾屋子……总之，马洛回来前，她会把该干的活儿都干了。屋里干净整洁，一尘不染。所有东西各就各位，没有一处不妥帖。

马洛回来后，端上热牛奶，进书房工作。她则出去溜达，估摸着马洛该中场休息了，她才回来。

今天，一如往常，一杯热牛奶已准备好，放在桌上。佩佩并不知道，今天回来的不是马洛，是“我们”。

“我们”端上牛奶，进入书房。这是马洛的圣地。“我们”进来一点没有违和感。一切都是熟悉的，到处都是书，乱。马洛喜欢这样，事物都保持着进行时的状态，比如，一本翻开的书，马洛知道看到哪个段落了，他随时可以拿起来接着往下看。比如，一张纸，上面散乱地写着一些句子，那是他捕捉到的灵感，他要放进某本正在创作的书中，他知道还有一个词要再斟酌斟酌。比如，桌上几支圆珠笔，他知道哪支是红的，哪支是黑的，还知道哪支流利，哪支滞涩，哪支已经没有墨了。比如，那一堆刚买的书，他知道哪本已经看完，哪本他怎么也看不下去，哪本他连翻都没翻呢……

马洛每天的大部分时间都待在他神圣的书房里。他写作，或者准备写作。其实，这句话颠倒过来更准确：他准备写作，或者写作。假如，他每天在书房中待的时间是十二小时，那么这十二小时是这样分配的：两小时浏览新闻，看各种八卦；六小时读书，差不多要翻阅五十本书；两小时发呆，胡思乱想；一小时焦虑地踱步，像困兽一样在书房里转来转去……最后，还剩下一小时，他要喝一杯牛奶，上三次厕所，挪两次凳子，擦一次桌面，再闻一闻放在抽屉里已经腐烂的苹果……然后，开始写作。

马洛写得很少。他相信，少即多。他推崇那些写得少的作家，比如胡安·鲁尔福，比如巴别尔，比如特朗斯特罗姆，比如鲁迅（单就小说而言）……

"我们"与马洛不同。"我们"一进入书房，就直扑书桌，打开笔记本，立即投入写作之中。如同打开了水龙头，词句哗哗往外流，喷珠溅玉，满纸烟云。一会儿工夫，写的文字就超过了马洛一周所写。

继续，继续！

“我们”回到肖肖家中。

通常，肖肖会喝上一杯红酒，进入书房写作……直写得天昏地暗，日月无光……往往，忘了吃饭，忘了上厕所，忘了喝水……里克总是在画室作画，永远如此……他们两人的生活都缺乏规律……他们习惯这种无规律的生活，自由。他们做爱也没有规律，肖肖兴起，就跑到里克的画室，如果画室只有里克一个人……没有模特，没有朋友拜访……她会挑逗他，抚摸他，与他在画室做爱。同样，里克兴起，就会进入肖肖的书房，从背后抱住她，揉搓她的乳房，在书房与她做爱。他们俩都不怕对方打扰。不但不怕，还欢迎。

里克会和他的模特做爱。有一次，肖肖撞上了。模特很慌乱，里克说继续。他们继续做爱，肖肖看着他们做爱。里克让肖肖加入进去，肖肖就加入进去。事后，里克对肖肖说，他需要激情，与模特做爱让他有激情。肖肖说她知道，也理解。艺术家嘛，激情很重要。没有激情，何来艺术。

肖肖并不常到里克的画室。她的激情在写作上，有时候一天能写两万字，写得眼冒金星，腰酸背痛，走路打摆子。

今天，“我们”回到家中，没喝红酒，也没立即投入写作之中，而是开始看书。书架上的书都蒙尘了。翻一会儿书，没看进去多少。“我们”关上门，去里克的画室。

里克看到“我们”，点一下头，算是打招呼。“我们”知道里克看到的是肖肖。他以为是肖肖来了。其实是“我们”。

里克请了一个女模特。

女模特一丝不挂，斜倚在沙发上，手中捧着一本《侏儒与国王》。女模特看到“我们”，双腿收拢一下，放下书，伸手去抓衣服。里克说，是我妻子……放松……不要紧张。女模特又看看“我们”，她放松下来，恢复了原来的姿势。

幽灵卧在窗台上，看着“我们”。幽灵是邻居家的黑猫，经常会光顾里克的画室。它行踪诡秘，一如其名。“我们”真想知道，在幽灵眼中“我们”是什么形象。

女模特很漂亮，乳房小巧，像青苹果，腿又长又直，很白，阴毛如同焗过油一般发亮，一丝不乱。“我们”不由得多看一眼。

里克介绍说，她叫茹梦，今年二十岁。

真漂亮！“我们”由衷地赞美。

看一眼里克的画板，“我们”笑了。为了不引起茹梦注意，“我们”立马收敛了笑容。里克真是暴殄天物，面对这么美的模特，你瞧他画的啥，他画的是模特身后的窗子，和从窗子看出去的风景。

“我们”不好说什么，就欣赏茹梦的裸体之美。

里克说，今天不写作吗？

“我们”说，寻找灵感。

里克自豪地给女模特说，我妻子是作家，她写得很棒。

女模特向“我们”投来崇拜的目光。

“我们”确定茹梦向我们放电了，因为“我们”真的被电到了。“我们”走过去，俯身亲吻茹梦。茹梦瞥一眼里克，就和“我们”亲在一起。这样的场景大概是里克乐意见到的吧，他没有犹豫，扔下画笔，就加入进来。

里克和肖肖曾达成协议，只把性看作性，不附加任何东西。二人都认为情欲是美好的东西，不应该加以约束。

当性只是性时，它单纯，朴素，热烈，激动，愉悦，澎湃……

这件事很快就过去了。它只是生活中一个花絮，一个即兴小曲，过去就过去了，没有留下一点痕迹。对“我们”来说，这不算什么。对里克来说，也不算什么。对幽灵来说……哦，幽灵已经不见了。

“我们”终于回到肖肖的书房，开始坐下来写作。打开电脑，“我们”发现屏幕上已写了很多……什么时候写的？不知道。接着往下写吧。“我们”看一下表，已是夜里十二点……噢，时间都去哪儿了？……抓紧写吧……“我们”又随手拿起一本书翻了翻，放到一边……写吧，写吧……嗯，先看看之前写的吧，找一找感觉……

同时拥有两个人的人生和经历，拥有两个人的感觉器官，拥有两个人的思维，拥有两个人的审美，拥有两个人的价值判断……真是妙不可言啊。

“我们”如同天使粒子，正反同体。

每个人都相信眼见为实，其实并非如此。比如现在，你认为看到的是马洛，其实不是马洛，是“我们”。你认为看到的是肖肖，其实不是肖肖，是“我们”。你认为看到的是一只鸟，其实不是一只鸟，是“我们”。

自今而后，马洛和肖肖已不存在，存在的永远是“我们”，只是“我们”。

“我们”是两个怀着文学雄心的人不计后果的冒险尝试。“我们”的使命是写出伟大的作品。

世俗生活没有对“我们”造成困扰，这很好。佩佩一如既往地尽她做妻子的本分，一如既往地相信马洛是最好的作家，一如既往地无条件支持马洛写作。里克一如既往地忙他的创作，一如既往地不干涉肖肖的生活和写作，一如既往地与肖肖共享自由。

“我们”文思泉涌，下笔有神，踌躇满志，睥睨四方……

“我们”毕竟不是马洛，不是肖肖，佩佩和里克没有任何怀疑吗？

有的。

比如，有一天，佩佩不小心打碎一只杯子，声音很响，在佩佩听来，不啻一声炸雷。佩佩惊呆了。杯子不算什么，关键是声音！这声音一定会打扰到马洛的创作，他会暴怒的。可是，出乎意料，马洛没有发怒。马洛从书房出来，看一眼现场，走到她身旁，关切地问，扎到手了吗？她的眼泪一下子涌了出来。

过去，马洛只关心写作，从不关心她。现在，她受宠若惊……马洛变了，她想，这是马洛吗？

另外一天，她刚收拾完屋子，马洛散步回来，她知道马洛该写作了，她最好出去，免得弄出声音。她正要出门，马洛对她说：没关系，你不用出去。

她诧异地看着马洛，像是不认识似的。

当然，因为她面对的是“我们”。

里克有一天很震惊，他要带肖肖去参加威尼斯双年展，肖肖竟然说她不想去，她要写作。

那可是威尼斯啊，里克说。

我知道，我去过了。

威尼斯值得去一百次。

肖肖笑笑说，以后有机会再去。

你在路上也可以写作啊，里克说。

我需要安静。

我不明白，你以前不是这样，你在飞机上，在轮船上，在火车上都照样写作，现在怎么变得这样……

嗯，还是安静一点好，我更能专心。

你开玩笑的，是吧，亲爱的，我知道你不会拒绝任何旅游，你怎么能忍受长期待在家里呢？

对不起，亲爱的，你知道写作对我很重要……

你变了，里克说，你变得我都不认识了……你是谁？还是我的肖肖吗？

他以为是肖肖拒绝他，其实是“我们”拒绝了他。

“我们”更多时候是独处。不用理会外部世界，丈夫或妻子，都不用应付。“我们”是自足的，既不缺少交流，也不缺少爱，更不缺少性。

“我们”也在留意自身的变化，并开始写日记。

最初的三篇日记，内容如下：

7 月 15 日

我们。

7 月 16 日

我们。

7 月 17 日

我们。

这说明什么？说明初始时“我们”的自我意识已经觉醒，因为写下的是“我们”“我们”“我们”，而非马洛或肖肖，也非别的。与“我们”比起来，其他都不重要。“我们”，哦，“我们”，真好！“我们”大于整个世界，重于整个世界。

越往后，“我们”越意识到这三篇日记的重要意义。仿佛天启，它让“我们”在最初就意识到“我们”的不同凡响。“我们”，你瞧，多么简单，多么单纯，多么纯洁，没有一个字是多余的，也不多写一个字。看上去干干净净，整整齐齐。

“我们”，你瞧，是一个整体，不可分割，如同合金一般坚实。

俗话说，重要的事说三遍，你瞧，“我们”就重复了三遍。

简单之中包含着幸福。比如，历史简单的民族是幸福的，历史简单的年份是幸福的，历史简单的人生是幸福的。如果罄竹难书（此处只取字面意思），不管是民族还是个人，都无幸福可言。

如果，“我们”能每天都在日记上只写“我们”，那该是多么幸福啊。

可是第四天的日记，就不是这样的内容了。

7 月 18 日

我们听到肚子咕呱咕呱，我们以为是饿了，其实不是。

那是什么？蛤蟆叫吗？不像。倒像是说话声，可一句也听不清。这是传说中的腹语吗？“我们”不知道。

7 月 19 日

我们听清了，肚子里有两个声音，一个咕咕，一个呱呱。咕咕，呱呱。咕咕，呱呱……

之后，这两个声音越来越清晰……又有更多的声音加入……

弗吉尼亚·伍尔夫说人有四个维度：我，非我，内在的我，外在的我。照此推理，那么“我们”有多少个维度呢？首先，“我们”包含马洛和肖肖。马洛有四个：马洛，非马洛，内在的马洛，外在的马洛。肖肖有四个：肖肖，非肖肖，内在的肖肖，外在的肖肖。其次，“我们”内的马洛和肖肖又不是原来的马洛和肖肖，而是似马洛的马洛和似肖肖的肖肖，于是，又各有四个维度。再次，“我们”作为一个整体，也有四个维度：“我们”，非“我们”，内在的“我们”，外在的“我们”。

如同不同颜色的墨水滴入一个水池中，它们互相渗透、交错、融合……最后会是什么形态呢？

“我们”内部后来变得众声喧哗，分不清是谁在说话。争辩最激烈的是两个声音。这两个声音并非来自马洛和肖肖，但有马洛和肖肖的影子。它们往往意见相左，观点对立，互相嘲讽反驳，你戳我鼻子我挖你眼睛，你拔刀我挥剑……为了不混淆这两个声音，“我们”曾想用“我”和“们”代表两个声音……

——这是什么鬼玩意儿，什么时候见过“我们”分开成“我”和“们”，“我”代表“我们”之一，“们”代表“我们”之一，哈哈哈哈，笑死人了！

——“我”和“们”在这里只是个符号，相当于 A 和 B。

——那为什么不直接用 A 和 B 呢？

——也可以啊，就用 A 和 B。

——不好不好，不够形象。

——那用什么代表？

——英语字母 I 和 O，或者阿拉伯数字 1 和 0，其实看上去差不多。

——为什么用英语字母 I 和 O，或者阿拉伯数字 1 和 0？

——笨蛋，这么直观，还看不出来吗？我们体内的两个声音，是不是一个偏男性，一个偏女性？I 和 O 是抽象化的男女生殖器符号，I 代表男性，O 代表女性。

——我们既然是由“我”和“们”合成的，为的就是不要有分别，要用符号代表两个声音，也只能用同一个符号，要用 I 都用 I，要用 O 都用 O。

“我们”很清楚，这样的对话记录下来，就是这种样子：

I 说……

I 说……

I 说……

I 说……

或者：

O 说……

O 说……

O 说……

O 说……

这已经失去符号的意义了。那么，干脆舍弃符号吧。关于符号的争论还有许多，“我们”将其中一部分记录如下：

——I 代表我，英语本来就是我。

——O 代表我吗？O 是 OUT 的意思，你要把我赶出去吗？

——O 只是一个符号，与 I 一样，代表的是我们身体内的一个声音，也许偏女性一点。

——我们是新的人，超越性别，非男非女，否则合成的意义是什么？

——我们非男非女，亦男亦女，既超越性别，又在性别之中，如此才能体现合成的意义。

…………

瞧，这就是“我们”肚子内的声音，连使用个符号都无法取得一致。

8月30日

生活出了问题……

佩佩的精神越来越不好，她怀疑自己有精神分裂倾向，她很害怕。

佩佩对“我们”（她仍认为是马洛）说，她夜里总做噩梦，梦到一个女人躺在床上……后来，她醒来也看到一个女人在床上……定睛一看，是马洛，她才松口气，为什么会这样？

——可能是梦中的影像被你带到了现实中，也就是说，你醒来了，但梦还没完全消失。

——我很害怕，我会不会是精神出了问题？

——不会。

——我可不想精神失常，那样还不如死。

——你不会。

——你怎么知道不会？

——我就是知道。

——你知道什么，你就会搪塞……我若疯了，都怨你！

…………

“我们”不知道怎么对付这种现象。之前，“我们”没想过这个问题。俗话说车到山前必有路，现在，路在哪里？

佩佩终有一天会发现，她的马洛已经不存在了。她必须面对这个现实。她不可能一直生活在假象之中。

9月11日

佩佩染了头发，一头红发像一团火焰……

对别人来说，这也许是一件寻常事，但对佩佩却不然。

——你怎么把头发染成这样？

——不好看吗？

——这不是你的风格。

——我要学会接受以前不能接受的东西，比如染红头发。

——再比如？

——再比如你变成女人，躺在我们的床上。

女人的适应能力可真强，她发现了生活中的荒谬，无法理解，就让自己变得荒谬，以适应它。可怜的佩佩！

9月11日

哦，威尼斯，威尼斯！

“我们”乘坐航班飞到威尼斯，出其不意地出现在军械库中国展馆。里克展览的是一件庞大的装置作品，名字叫《黄河要翻身》。他截取五百米黄河，按1∶10的比例制成3D影像，装置在一个悬空的透明架子上。架子一端有一个“之”字形手柄，摇动手柄，黄河就能翻身……

里克看到“我们”，笑了。他当然以为看到的是肖肖。肖肖不按常理出牌，他是领教过的。肖肖出现在他面前，他并不特别感到意外。

——啊哈，你还是来了。

——你什么时候做的这个装置？

——惊喜吗？

——嗯，我要体验一下。

——“巨龙巨龙你翻个身，漂漂亮亮翻个身……”里克唱道，同时做出一个藏族舞中“邀请”的姿势，欢天喜地，像个孩子。

虽然是缩小了的黄河，是装置作品，而且是用投影呈现，但黄河翻身的景象还是很震撼人心的。

——你在此待几天？

——我明天就回去。

“我们”本来并没想好要什么时候回去，里克一问，“我明天就回去”脱口而出，如同蹲在嘴唇上的跳水运动员，瞬间弹跳出去。

里克很诧异地看着肖肖，看她是不是开玩笑。一个视旅游为生命的人，厌倦了旅游吗？多么不可思议啊。

如同“雪夜访戴”，乘兴而来，兴尽而归，何其潇洒。

威尼斯之行，除了《黄河要翻身》，一件名为《城堡天使》的铜雕给“我们”留下了极为深刻的印象。

这是一尊马与骑手的雕塑，骑手忘我地伸开双臂，为

强调他舒畅的情绪，雕塑家给骑手添上了勃起的阳具。（标牌上如是介绍）

妙就妙在，阳具是活的，可以自由地取下、装上。据说，特殊的宗教节日，修女们从此路过时，阳具会被取下，藏起来，以免尴尬。其他时候，则让它保持昂扬状态。

它多么像“我们”啊，你想看到什么，你就会看到什么。

“我们”写了两篇“9 月 11 日”日记。这就是六维时空给予“我们”的自由，可以让“我们”在同一时间出现在万里之遥的两个地方。

表面上看，“我们”应付裕如，其实裂痕已现。佩佩的生活已经出现问题，她开始怀疑自我了。她一觉醒来会看到床上躺着一个女人，揉揉眼睛，再看，却是马洛。没错，就是马洛。刚才是怎么回事呢？如果只是偶尔现象，也就罢了。现在仿佛常态似的，每天都如此，她就感到恐怖了。佩佩开始失眠，起初是不敢睡，后来是睡不着。夜里睡意全无，眼瞪得很大，看着黑暗的夜空，胡思乱想。白天头疼，眼疼，但也睡不着。她悄悄去看医生，医生给她做了复杂的测试，说她的症状是精神分裂症的症状，但……不严重。怎样才算严重？就是无法区分想象与现实。她现在除了醒来那一刻，是完全能够区分想象和现实的。医生说她是疑神疑鬼。丈夫有外遇？她说是，但我已把这事放下了。这只是表面，你把它放到潜意识中了，现在是潜意识在作祟。医生给她一堆药。不吃药行吗？医生说最好还是吃药。这些药的副作用都很大，她吃药后，倒是能睡一会儿，但醒来后昏昏沉沉，一点也提不起精神。

马洛与肖肖合体前，为什么不处理好佩佩的问题？这是第一个要处理的问题，怎么会忽略呢？当然，没有忽略，只是马洛处理的方式过于消极了。

回到当时——

马洛（此部分向维特根斯坦致敬，显然借用了他发明的形式）

1. 首要的是写作。

1. 1 为了写作，他可以不惜一切代价。

1. 1. 1 可以贫穷。

1. 1. 1. 1 我从没富裕过，所以我不会为财富所累，我只需甘于清贫即可，这对我来说，不难。

1. 1. 1. 2 子曰："不义而富且贵，于我如浮云。"

1. 1. 2 可以孤独。

1. 1. 2. 1 心是孤独的猎手。

1. 1. 2. 2 我的孤独是一座花园。

1. 1. 3 可以牺牲健康。

1. 1. 3. 1 视力下降没关系，戴眼镜就是。

1. 1. 3. 2 腰椎颈椎出问题，按摩可以缓解，附近就有一家按摩店，技师的水平还不错。

1. 1. 3. 3 肥胖，哦，体型就不要在意了吧。

1. 2 为了写作，他可以冒一切风险。

1. 2. 1 最大的风险是失败。你已经把一生赌上了，你没有退路，失败就是彻底的失败，你没有机会重新选择。

1. 2. 1. 1 如果最终没写好，寂寂无闻属于正常。

1. 2. 1. 2 也可能写得很好，但不被认可，也就是说被埋没了。这是命。人不能和命争。

1. 2. 1. 3 如果写得介于好与不好之间，运气好，大红大紫；运气不好，无人问津。而他时运不济。徒唤奈何。

1. 2. 2 其次是生活一塌糊涂。

1. 2. 2. 1 写作挣不来什么钱，作家若没有其他收入，就等着饿死吧。

1. 2. 2. 2 写作使你远离正常生活，与亲人疏离。

1. 2. 2. 2. 1 写作时你脾气古怪，简直就是个暴君。

1. 2. 2. 2. 2 写作时你要求绝对安静，这对家人是多么苛刻啊。

1. 2. 3 最后是名誉扫地，被人嘲笑。

1. 3 美国作家福克纳在一次回答记者提问时说，小说家为了写好小说可以不惜打劫自己的母亲。他说这话的意思是，为了深入真实，小说家会不惜一切手段。

2. 生活很重要，但要为写作让路。

2. 1 作家有智慧解决好生活问题，但心思全用到写作上，他用于生活的智商就降低了。

2. 2 作家往往世事洞明，但却不屑于人情练达。

2. 3 作家也有七情六欲，否则怎么能写出让读者共情的作品？

2. 4 第一流的作家大都生活枯燥，因为他们的精力都用到写作上了。

3. 理想的婚姻存在吗？

3. 1 世上没有理想的婚姻，只有好的婚姻。

3. 1. 1 好的婚姻，一半是爱，一半是性。

3. 1. 2 我们对一夫一妻制的信仰根深蒂固……但其实是可以质疑的。

3. 1. 3 真挚永恒的亲密关系，只属于成熟睿智、懂得平衡艺术的头脑。（某书广告语）

3. 2 在婚姻中，比忠诚更重要的是责任。

3. 2. 1 婚外情是有风险的，它危险，不稳定，这些都会使人兴奋。

3. 3 在婚姻中，爱情是奢侈品。

3. 4 离婚是婚姻的重要选项，仅次于结婚。

3. 4. 1 维持不幸福的婚姻是不道德的。

3. 4. 1. 1 马洛想，我们的婚姻已经出现裂痕，需要维持下去吗？

3. 4. 2 配偶不是私有财产。

3. 4. 2. 1 不要想着“占有”。

3. 4. 3 换位思考能解决许多问题。

3. 4. 3. 1 马洛想：如果我是佩佩，我会选择离婚的。

3. 5 必须离婚时，和平分手于双方都好。

3. 5. 1 马洛和佩佩聊过，如果哪一天他们分手，他们不会互相伤害。

3. 5. 1. 1 马洛很难提出离婚，他怕伤害佩佩。

3. 5. 1. 2 可是，不离婚，对佩佩伤害更大。

3. 5. 1. 3 马洛决定选择消失。

3. 5. 1. 3. 1 与肖肖合体，他就自然而然消失了。

3. 5. 2 君子绝交，不出恶言。

3. 6 即使身处婚姻之中，你仍然有独立的人格。

问题出在哪里？马洛与肖肖合体后，本应消失的，可他又回到了家里，这无疑是个错误。错就错在，他想要的太多。他从不锈钢表面看到马洛，以为他可以冒充马洛，可以享有原来的一切。这是贪念。弥补错误的办法就是与佩佩离婚，不能让佩佩生活在假象中。马洛，他必须直面这一切。

“我们”不想再有婚姻的烦恼。必须摆脱婚姻。写作就要无牵无挂。尽管马洛现在已不存在，但佩佩不知道。佩佩以为她见到的仍是马洛。这方面“我们”有责任。到处理这个问题的时候了。

“我们”以马洛的身份与佩佩谈判。马洛提出离婚，佩佩很震惊，她问，为什么？马洛说，我想要自由。佩佩说，你还不够自由吗，一切都是你说了算，你想干什么就干什么，你哪点不自由？你写作，我支持，你搞婚外情，我也……没把你怎么着，你还想怎样？马洛说想离婚。佩佩说，铁了心吗？马洛说是。佩佩说，你太欺负人了。马洛无言。

——你怕我发疯，你想摆脱我？

——你不会发疯，你没事的。

——我发疯前会自杀，不会让你伺候一个疯子。

——不是这样的。

佩佩对离婚毫无思想准备。但她有尊严。她知道，马洛一旦提出离婚，那是非离不可的，没有商量的余地。家里，一贯是马洛说了算。这件事上，马洛还占上风。马洛大度地让她提条件，她说：你净身出户如何？

10月8日

佩佩，佩佩，我们对不起你。

那么，肖肖与马洛合体前处理好里克的问题了吗？

肖肖说，里克不是个问题。

里克最大的心愿是重塑肖肖，他在肖肖身上感知到了超凡的潜质，并成功地启发了这部分潜质，这也使他从肖肖身上得到很多他从别处得不到的东西。

里克与肖肖保持开放式的婚姻，各自有独立的空间，相互尊重隐私。更多时候，他们交换隐私，并以此增加性趣。

肖肖知道，无论她做什么，里克都会支持。里克鼓励她张扬自我。成为你自己。一个人来世上走一遭，并不是为别人活着，不要在乎别人怎么看你，那不重要。

肖肖在与马洛合体前一天，与里克有过一次交谈。肖肖虽然没有明说她要与马洛合体，但她暗示她可能从他的生活中消失。里克一点也不吃惊，他说，总有一天，我们都会消失，从这个世界上。

肖肖说：我有一桩秘密……

里克说：我也有一桩秘密……我们都先别说，让秘密保守得长久一些吧。

肖肖说：你知道我爱你。

里克说：我也爱你。

肖肖本来想说她要与马洛合体的事，里克要保守秘密，那就先保守着吧。她无所谓。同时，她对里克的秘密也没那么好奇，也让他先保守着吧。

她清楚，她的消失里克会很快适应的。

“我们”不需要以肖肖的身份做什么事。里克不是一个纠结的人。他的心思全在艺术上。参加威尼斯双年展是他的梦想。如今，他梦想成真。在威尼斯，“我们”见识过里克的兴奋与开心。他像个捡到宝的孩子。

“我们”与里克可以就这样相处下去。也就是说，在六维空间，“我们”以肖肖的身份与里克相处，没有任何问题。

然而，这一切突然就结束了。里克因为做手术，麻醉失败而丢了性命。他做什么手术？脚踵手术。肖肖从没说过他脚踵不舒服，为什么要做脚踵手术呢？这大概就是里克所保守的秘密吧。听到里克的死讯，曾有那么一瞬间，“我们”感到一丝宽慰，如释重负。哦，他走了，真好。尽管他不是“我们”写作的障碍，可他总是扮演导师角色，让“我们”反感。但是，随后“我们”却被悲痛的潮水淹没。

“我们”住在肖肖的家里。偶尔会去里克的画室看看，去的次数比里克在世时要勤得多。“我们”每次去都做一番清扫工作。只是清理灰尘，其他什么也不改变。所有物品都保持原样。如果擦拭时挪动某物，擦拭后立即恢复原状。调色盘里的油彩干得像胶。一幅素描只完成一半。茶壶里的茶叶已经长毛。纸篓里塞满揉皱的纸张。一本打开的书倒扣在凳子上，书名叫《现代艺术 150 年》，打开的那页在介绍一座从未建成的能够转动的大厦。“我们”想起里克的《黄河要翻身》，莫非灵感来源于此？

里克的画室有一种独特的味道，难以描述。如果非要描述，只能说是里克的味道。“我们”很享受这种味道。这种味道让“我们”浮想联翩。每次“我们”都要待一刻钟到半小时，仿佛在等待里克出现。那种感觉，像是里克出去买烟了，一会儿就回来。

窗口黑影一闪，是幽灵吗？

“我们”很少碰到幽灵，不知道幽灵在何处游荡。

“我们”决定写一写里克。里克的一生可谓跌宕起伏，充满戏剧性。他出生在一个公职人员家里，父亲在县财政局工作，母亲是小学老师。他是家中独子。他两岁的时候，父亲的同事和他母亲开玩笑，将他藏起来，说是小里克丢了。他母亲疯了一般满城寻找。找到时，他母亲把他紧紧搂在怀里，快把他肋骨搂断，他大哭起来。后来，人们渐渐发现他母亲神思恍惚，常常自言自语，说些什么，谁也不知道。上课也出现这种现象，她一个人旁若无人地嘟嘟囔囔，学生们一个字也听不清。校长建议里克的父亲带她去看看精神科。不出所料，精神出了问题，也就是，疯了。她时时刻刻要与小里克在一起，不允许小里克离开她的视线。小里克上厕所她也要跟着。里克六岁，该上学了，她不让。谁也拗不过她。里克八岁时，才勉强说服她，让里克上学，条件是她可以跟到学校。人们嘲笑说，他被母亲拴在裤腰带上。他引以为耻。但他摆脱不了母亲。十七岁时，他母亲去世。他说他总算摆脱了母亲的牢笼。那时他快窒息了。十九岁时，他父亲去世。他获得一位神秘人士资助，上了艺术学院。那时，他已显露出绘画天赋。大学毕业后，他闯荡几年，渐渐有了名气。又经历了许多……最后，他遇到肖肖……

再也没有什么干扰了。

“我们”全心全意投入写作之中。写小说要先确定风格。用哪一种风格呢？不妨多试试，权当风格练习。向雷蒙·格诺学习。雷蒙·格诺写过一本名为《风格练习》的书，写出了九十九种风格。“我们”这一试，也写出了九十九种风格。可是，该采用哪种风格呢？因为选择太多，“我们”举棋不定。

在“我们”内心深处，每一种风格都激起争论，总是有两个观点针锋相对，难以调和，一个赞成，另一个就反对；一个反对，另一个就赞成。

——这个，我看行。

——不，这个不行。

——这个 pass（放弃）。

——不，这个合适。

在“我们”内部有没有完全和谐一致的时候？没有。

“我们”头天写得洋洋洒洒，下笔万言，山呼海啸，挟风带雨……哦，看着黑压压的文字军阵，心中感叹，好壮观啊！你像统率千军万马的将军一样，踌躇满志，睥睨天下，自觉力量无限，可以横扫千军如卷席。睡觉之前甚至要奖励自己一杯。年轻人，喝杯甜酒吧。第二天，风云突变，一股狂暴的飓风扫向这些文字……所有文字都瑟瑟发抖……删除键一按……整屏整屏的文字灰飞烟灭……一场大战，即使失败，还有尸横遍野的震撼，可以激起复仇的决心……现在，删除键如同飓风扫荡马孔多一样，是连根拔起，直接抹去，只剩下一片白茫茫大地真干净……仿佛这些文字从来没存在过似的……而那些文字都是心血啊……

1月8日

“我们”该怎么办？

“我们”内心的两个声音，该死的，总也达不成一致。谁也不肯妥协。都是以艺术之名，攻击对方。

第一阶段，是在“怎么写”上意见分歧严重。如前所说，风格，风格，“我们”的风格呢？或者，“我们”要什么样的风格？

“我们”并不天生就拥有风格，风格是选择和磨炼的结果。

不能简单地将内心的两个声音理解为马洛和肖肖的声音。马洛和肖肖在许多方面是相互理解的，审美上也并非水火不容。他们欣赏的作家有很多重合的。所以，他们不可能那么对立。听腔调，也知道这两个声音不是马洛和肖肖。他们是陌生的。

马洛、肖肖、“我们”……“我，非我，内在的我，外在的我”……这些元素在内部重组、变异、异化，最后导致出现两个代表性的声音，极端对立。表面上看，都追求艺术，追求完美，其结果却是互相否定，你死我活，同归于尽。

说两个代表性声音是为了叙述方便，其实是一组组这样的声音，比如：A—B，C—D，I—O，M—N，X—Y，等等。“我们”也弄不清内部有多少组这样两两对立的声音。

“我们”该怎么办？没办法。

起初，是头天写的，第二天会删除，这往往是很大的篇幅，有时有两万字之多。之后，是上午写的，下午会删除。再往后，刚才写一段，接下来就是删除。再再往后，一个刚刚诞生的句子，如同刚出生的小牛犊，冒着热气，还带着来自母体的黏液，挣扎着爬起来，踉踉跄跄，试图站稳……马上就面临被杀死的命运。

第二阶段，是在“写什么”上意见分歧严重。前面说要写一写里克，现在，这成了问题。为什么要写里克？“我们”对里克足够了解吗？

——很了解啊，因为里克对肖肖敞开心扉，什么都谈，毫无隐瞒。

——有对肖肖了解吗？

——那倒没有。

——那为什么不写肖肖呢？

嗯，写肖肖也是一个不错的选择。肖肖个性鲜明，我行我素，其行为常常旁逸斜出，匪夷所思，其思想往往离经叛道，不合时宜。肖肖，嗯，的确能成为一个很棒的文学形象。肖肖，其独特性，与《蒂凡尼的早餐》中的霍莉有得一比。霍莉在寻找幸福的路上跌跌撞撞，直到有一天突然明白了幸福的含义。

（这是同名电影下面的介绍词，多么空洞啊！）“我们”已经想好要挖掘肖肖人生中哪些东西了。肖肖讲给里克和讲给马洛的那些经历都不是重点，重点是肖肖自己或有意或无意忘掉的内容，那些不堪的过往，那些不愿再面对的羞惭，那些付诸忘川的瞬间，那些可怕的无助，那些挥之不去的绝望……要像挖隧道一样，炸开坚硬的岩石，不断往大山深处掘进……抵达黑暗的心脏……剖开，揭开，切开，撕开，撬开，扒开，割开，剜开，挖开，砸开，踹开，撞开，轰开……瞧，这些动词，粗暴野蛮，不留情面，冷酷无情，散发着血腥味……一个人的人生被如此对待时，还有什么秘密能够遁形……

“我们”不是同样也很了解马洛吗，为什么不写写马洛呢？

——这与写肖肖并不冲突啊，可以先写肖肖，再写马洛。

——为什么不先写马洛，再写肖肖呢？

嗯，先写马洛也不是不可以。马洛也有可写的。马洛虽然没有肖肖那么传奇，那么叛逆，那么独特，但他恰恰是另一种类型。与肖肖相反的类型。他身上体现的东西更有代表性，能够引起人们共鸣。差不多每个人都能在他身上看到自己的影子。他代表普罗大众。普罗大众，这是一个民国时期的常用词语，不知因何，已经从公众视野中消失了。“我们”此处使用这个词并无深意。它自己蹦出来，出现在这里，干吗不用呢？得，就是它了。

马洛是个不懈的奋斗者，他身上充满正能量，他的故事很励志，写出来定能激励万千读者，说不定还能拍一部热播的电视剧呢。

——先写肖肖。

——先写马洛。

——先写肖肖。

——先写马洛。

又是无法达成一致。“我们”内部的两个声音互不相让。已经没道理可讲。他们只是斗气。他们是马洛和肖肖的代言人吗？不。马洛和肖肖不会这样，也不需要这样的代言人。那么，他们是谁？代表什么？为什么要如此对抗？没有答案。

最后，只能写“我们”。自“我们”走出云门诞生于世那一刻写起，写到现在……这也是一个很棒的选题。

“我们”，据说是第一个合体。既然是第一个，那么“我们”的体验便值得一写。占个“第一”，自然有话可说。“我们”内部至少有三组“我、非我、内在的我、外在的我”，他们排列组合，又诞生出很多个“小我”。每个“小我”都有强烈的意志，都要说话。“我们”给他们机会，让他们发言。众声喧哗才是小说嘛。

好不容易确定一个选题，写吧。写，写，写。接下来的情节，你们一定能够猜到，那就是删，删，删。尽管毛姆说过写作的诀窍就是删删删，但他绝不是让你删得那么干净，一个字也不留下。

“我们”写了很长时间，从夏到冬，从冬到夏，寒来暑往，岁月更替……留下的只是一个题目《我们》。

“我们”的使命就是写作，就是要天下无敌……“我们”每天的生活是写写写，删删删……如同西绪福斯每天滚石一般，周而复始，永无穷尽……写作终于挣脱发表、出版、稿费、获奖等俗务，而变得纯粹，变得高尚……如同写在沙上，写完被潮水抹去，然后再写……享受写的乐趣和删的痛快……过程才是最重要的……

“我们”终于成了真正的写作者。

一天，“我们”照镜子，可怕的事情发生了。“我们”在镜子中没有看到任何影像，连一只鸟、一片云彩也没看到。“我们”变成了无。“我们”不断调整镜子的角度，看到的仍然是无。“我们”无影无踪。

那么照镜子的“我们”呢？“我们”如何证明自己存在呢？

“我们”突然开悟：“无”并非一无所有，“无”包含着丰富的内容，比“有”更丰富。

至少，“我们”就存在于“无”中。

那么，毫无疑问，“我们”的文学成就存在于那些删去的文字中。一部杰作诞生了！只是作者与读者完全重合罢了。

（选自《作品》2021 年第 9 期）

冰河

王苏辛

一

坐在门内的人叫章敬业。他早上来，一般是六点钟，有时要七点一刻，今天例外，五点半他就来了。寒天的早上，全身裹着棉袄棉裤，踩着皮棉鞋，也依然觉得冷。他坐下来的时候看不出高矮，只觉得一个宽大的影子落下来了，尽管影子里他真正的身躯又瘦又小。

章敬业模样有些老，但分不清是五六十岁的老，还是六七十岁的老。他不太说话，长期的沉默让他看起来过于严肃，以至于显得不太有精气神。他面前是拼了一半的拼图，如果在往日，他定要把拼图拼完，但今天，他总想犯懒。

他面前是一本翻开的日记，日期还是几个月之前的某一天。第一句话写着“今天是地铁运行的最后一天”。章敬业看了一会儿，又把日记本合上，紧盯着右侧墙壁，也像只是对着空气，轻声读出，或者背出日记的内容。像这样记日记的日子并不多，章敬业只在从城外回来后才会写。刚搬进来的时候，他没什么出去的机会。后来，每年能有几天假期。他喜欢在固定的那个日子前后请假，仿佛是一种契约。也有时候，他从外面回来，并不写新的日记，只是不停修改之前的。有那么几次，改着改着，一篇日记就变成了另一篇，另一篇又变成了另另一篇。到最后，这些日记总能连在一起，像纸上的山脉，有时海拔高一点，有时矮一点，它们的曲线像章敬业心绪的变化。尽管他的情绪在脸上是看不出来的，但落在纸上，他就发现，自己只能在每年的那个日子，才稍微平静一些。

他手里端着个白色茶缸子，背面隐约印着“钓鱼岛是中国的”，那还是很多年前搬进城内时他带着的，当时杯子就不怎么新了，现在旧得更加明显，笔画已经掉漆了。除了他和钟娟娟，门卫室其他人，都不知道这句话是什么意思。章敬业用一个很小的电磁炉煮饭，茶缸子是锅也是碗，筷子用来喝汤，也用来吃米饭。有时，茶缸里是炒好的油豆腐和五花肉，有时是煮好的速食面，但今天里面只是一杯飘着油脂的开水。章敬业吸溜一口，看看面前荡着黄尘的马路，再啜一口，看看后面，那远处隐约的山。直到水有些温了，他干掉半杯水，没管窗外的来人到底在问些什么，只是大喊：“山在后边，河在右边。”最近，总有人敲门卫室的窗户，问些有的没的。比如最新一期的报纸是上个月的还是一年前的，又比如城内的租金是多少，申请条件是什么。还有一些住了很久的老住户，偶尔会敲敲窗户，低声说着听来的“新闻”，说冰河里的鱼虾都靠进口，放生到河里的。对此，章敬业不感兴趣，因为他从不去冰河。他已经快忘了自己最初是怎么进城内生活的，只记得，自己的养老金好多年都没有涨，但也足够支付在城内生活的费用，但在城外，要靠子女的帮助。搬进城内后，只有老伴的祭日，他才会觉得自己和城外的世界有关联。他不爱打听什么，不像有的人，眼睛会盯着来往的人看，他多半时候一动不动，就像所有的一切都和自己无关。实在担心会睡着，就玩面前的拼图。也有时，他会和来送邮件的邮递员聊天。城内所有收寄件只走平邮，一开始，邮递员每隔两周会来一次，有时候只是发放城内人看的精简版报纸，更多时候，他们会亲自把邮件送到每户人家，并写下一份翔实的访问记录，呈给上级。

城里的人不用手机，新来的手机都上缴了，或卖给二手商。报纸是他们了解外界的唯一途径。起初，这些报纸并没多少人要看，只是丢在门房。堆久了，就被值班的人丢出去，每个月都有收废品的人，守在门卫室外捡报纸。时间长了，报纸送得越来越晚，也越来越少。城内人不到必要的时候，也不太过问城外的样子，偶尔有些想出去的，或者出去了又回来的，嘴里也多是一些道听途说的消息，什么“外面什么也没有”，又或者“出城的方向错了，看见了几个扛着锄头的人，说要到我们这里来”。

门卫室其他几个轮班的，对章敬业有各种不同称呼。许亚洲喊章爷，岁数最大的钟娟娟喊阿业。年纪最小的索岁，有时候喊名字，有时候喊他〇五一六——这是章敬业住的那间屋的门牌号。只是城内的人，说话时都不爱看人的眼，偶尔往高处瞅，看见一两架飞机从头顶飞过，就赶紧低头向着地面，声音也低沉下来。但偶尔也有人故意高声大喊，比如钟娟娟。她会看着突然在滑板上跳起来的索罗，用家乡话大声咒骂他。也有时，她会骂一个似乎不存在的人。没人知道她骂的是谁，也没人去猜，毕竟大家心里都有想骂的人。只是总有看热闹不嫌事儿大的，说她骂的是头顶上的飞机。但很快钟娟娟又开始说一些无关紧要的事情，待到真的聚集了几个听众，她又不说话了。更多时候，城内的这群人都在咒骂天气，咒骂长期的断电、时不时的断水，他们只能轮流去冰河打水。而敲破冰层的铁锹被传来传去，常常不见踪迹。

这几年地震频发，暴风雪来了几趟，光照总是不够，城外的粮食往往也要靠进口，更不必说城内。城内没有四季，都是寒天，可即使稍微温和的日子，也不见冰层有松动的迹象。

只是章敬业从不参与大家的抱怨。今天上午，他没有继续枯坐在门房内盯着某处一直看，甚至没有完成一块拼图。他想起今天是每年的那个特殊日子，往年这一天他都在城外，由孩子带着给老伴扫墓，或者和几个老朋友聚一下。后来，朋友大都渐渐离世，孩子带他扫完墓，都匆忙回了家。他居住的房子越来越空。

此刻，章敬业又一次对着空气喊“唉”，一连唉了好几声。他很专注，眼睛一会儿眯着，一会儿瞪圆。盯着一处看久了，他的眼前就有重影，并觉得另一个影子朝自己压了过来，这么一恍神，他竟倒在座位上睡着了。只是刚睡了一会儿，他就觉得有人敲了门卫室的窗户。再一愣神，看见一个又高又瘦的女人，穿着宽大的暗红色毛呢大衣，说话声像喘着气。

她侧着身，左手搓着右手上一颗冻疮道："我是新来的，这是介绍信。"

介绍信的纸张已经泛黄，一些蓝色墨水字都已经看得不够清楚了。不过末尾的落款他很熟悉，这人也是曾经的门卫，好几年前据说去了城外，还有人说去了更远更荒僻的地方，说那里还不通信。女人又敲了敲窗户，章敬业回过神道："我们现在都不用介绍信了，那个你得走流程，先申请……"

"他们说拿着信就能住进来，我妈不住，我可以住。"

章敬业再看过去，发现介绍信上入住人的名字果然和女人身份证的名字不同，而女人的身份证，仔细看，也是多年前的版式了。

"这身份证该换了。"章敬业登记了一下她的身份证号道，"具体住哪儿，等通知吧。"

说完，他继续低头拼起拼图，直到困倦得趴下睡着了。

"我走了好久的路，草鞋被泥巴糊住了，能让我在门卫室后面扎个帐篷吗？"

"帐篷？"章敬业看过去，只见女人已经熟练地拿出一个深蓝色折叠帐篷，作势要铺开。章敬业比画了一下道："进来吧，低调点，别让人看着。"

女人点点头，椭圆形的身影在门卫室又荡来荡去了一下，很快消失不见。

二

许亚洲坐到章敬业的位置，照例低着头往下看。他个子高，低头时像犯了错误，仿佛正准备老实交代。刚搬进城内时，他总被调侃是劳改释放犯。许亚洲并不辩解，甚至也不反感，对他来说，城外的生活困难重重，他要么回到农村老家，要么为留在城外缴纳滞留金或者买下一栋小房子……不管哪一种，都十分困难。他一度效仿社会新闻里报道过的“占据者”，在城外各个因为人口迁徙和街道改建而被废弃的屋宇居住。那些小楼外面都写着“拆”字，有的说半年后要拆，有的说马上要拆。都已经断水断电，基本也没人居住。他流窜在那些屋子里，有时候早上在一栋屋里醒来，当天夜里却要逃到另一栋屋里睡觉。和他一道跑来跑去的人不少，大家也都心照不宣，偶尔碰到了，有的人还会递给他一支烟。和他一道打工的同乡多半回了老家，但有的人回去不久，也因为各种原因，纷纷去了更远的地方。其中一位同乡还给他寄信，地址是一个名叫“暂安处”的地方。他在上面写村庄已经没有自己的位置，他只得往更远处走。

“谁知道还有这么好的地方。”他写道，“说山清水秀不为过，住久了，人都清心寡欲了。我现在，不喝酒，不找妹子，干活儿也勤快了，手上茧子更厚了。你还记得吗，我太爷跟我们说过，他小时候河水是可以喝的，这个地方就是这样。”

同乡还在信里列举了暂安处的种种好处，嘱许亚洲也可以来，但是得先回到村里，村里待不下去了，才能申请去暂安处。

什么叫待不下去了？许亚洲内心冷笑，但又想，既然同乡找得着这么一块地方，那他又为什么找不着？难不成他真的要回村里，村里还有他能做的事吗？一番寻寻觅觅，终于，许亚洲发现了冰河附近的“城内”。这里不像暂安处那样有名字，也不是什么收容所，而是给一些没有家庭负担，同时不愿意缴纳滞留金或者无个人房产的城外居民住宿。起初城内也是由废弃大楼组成，后来，从城外运来的许多其他建筑废料，渐渐充实了废弃大楼，直到形成一座宛如垃圾山的居住楼。又经过一番环保改造，异味消除了，城内开始正式招纳一些符合条件的居住者，只需要付低廉的租金，就可以获得一间单人宿舍。但许亚洲身上连一个铜板都没有，只得申请了劳务居住，就是在城内担任清洁工或保安、门卫等职，没有薪资，但可以免费住宿，饮食需要自己解决，但既然决定了自给自足，这也不难。当然许亚洲也知道，住进城内的人不能组建家庭，不能集体居住，更不允许生育。一些想带着孩子住进来的单身母亲或者父亲，尽管其他条件符合，但因为有子女，曾被拒绝入住，还上过当年的《晚报观察》。

许亚洲想着，看看玻璃窗上自己隐约的轮廓，还有阳光下门卫室墙壁上挂表指针走动时的投影，赶紧挺了挺背，注意力也渐渐聚拢，盯着章敬业拼了一半的拼图。

这是一张世界地图，亚洲部分基本齐了，北美洲国家缺了两块，欧洲稀稀拉拉的，零星摆着几块，都不连着，仿佛这些“陆地”之间的缝隙都是看不见的大洋。许亚洲半低着头，感觉自己要被视觉中的大洋淹没了。

再回过神，面前的马路突然走动着不少人，有的还骑着马。许亚洲记得，城里确实有养着马，供住进来的富人打发时间。只是这些人后来都搬走了。马常年没人管，变成了无处奔跑的肥胖野马。直到城内这几年开始有人做小买卖，拉小摊做冰河炸鱼的，晨起卖早点的——不是外面那种面食早点，更接近创意料理，比如桑葚和烤茄子，野山果和煎鸡蛋，等等。许亚洲都不知道城里哪里有桑葚和茄子，野山果到底能不能吃。但当它们都出现在早点摊时，没有人怀疑它们的合理性。大家有钱的拿钱，有物的拿物，乐呵呵地享受着难得的集体时光。

而这些马，也因为有时需要拉货，能走动点了，便又活泼起来。只是这种日子也没有持续很久。许亚洲来的时候，马又被圈养起来了，只有上面来人的时候，它们才被允许走出圈养地。

不过面前的马，不像城里的，倒像一直被使用的坐骑。领头的满月脸高个儿男人似乎看出了许亚洲的疑惑：“我们也是城里的人，住得久了，就喜欢骑骑马。但之前没什么机会，现在这些马闲着也是闲着，我们就想出来玩玩……说起来，这马还是我以前公司捐的。”

许亚洲看见，队伍末尾的马看起来像得了白化病，毛色有的发灰有的发白，还时不时仰头想要嗷嗷叫一声。还有两个叽叽喳喳的女孩，骑在马上，丁零当啷的。许亚洲挨个看过来，觉得像哪个摄影棚跑出来的特型模特。只是看他们的样子，似乎还要往前走，许亚洲心不在焉地学着章敬业的样子，扯着嗓子：“山在后边，河在右边。”直到面前的人马仍旧没有反应，防护门栏也没有像往常那样自动打开，许亚洲才突然对眼前的人警觉起来。

“怎么……”许亚洲道，“你们既不是城里的人，跑到我这儿来干吗？”

“我们是新来的，他们让我们等一周，可我们早就没地方去了……我们想早点住进来，多交钱也行。这个我们跟介绍人申请过了，他也请示过上级了……”

“有介绍信吗？”许亚洲道，“要盖章的介绍信，日期得对得上。”

领头的男人爽快地拿出来。

许亚洲只觉得笔迹不太像那个介绍人的，想大声呵斥，转念又觉得自己这么认真做什么。他佯装认真地翻来覆去看了几下，问道：“你们以前是城里人啊？”

“我们在城里住了好几年了，去年出去了，可是不行，我们已经没法在外面生活了。”领头男人继续道，“我们运气不好，走到一片荒地，什么也种不出来。”

许亚洲倒是听章敬业，还有另外几个人说过，城里最早来的那批住户，比他们这些后面来的人更深居简出，在城内走动往往很难看到他们；他们也不写信，更不会借用公用电话联系谁，就像城外已经没有亲人那样。但他们中有几个人，也曾费尽心思出去，因为不习惯城外的生活，又回来了。回来之后，生活更加原生态，从衣物到吃穿用，全都自给自足。有外国的纪录片摄影团，特地来过一次。不过，这也是三四年前的事了。

最尾处的女孩跳下马："好了没呢？我们已经保证过，这次租金交了，我们不会再走了。"

"进来吧。"许亚洲说完，就又低下了头。这是他很不喜欢的时刻，一帮明明住在同一片社区的人，却像一队他似乎从未察觉过的陌生人。又或者，只是不合时宜的穿着与言辞，造成了这种印象。许亚洲刻意往下压了压自己的头，想象着现在是自己刚进城时的例行检查时间，他眼前的这列陌生人马正是刚从边境战场上下来的人，还带来了几双回潮流行的西部战靴，对城内人来说堪称新鲜，其实也只是更加古老的信息。有一些人围过去，而许亚洲更愿意像现在这样继续保持两耳不闻窗外事的悠闲。只是今时不同往日，尽管他努力低着头，仍注意到这些人的影子是怎么一个个跨过自己身体的，等到这些身影走远了，他才终于再次坐直了，用一种近乎专注的放空，让自己稍微松懈下来。他重新打散了拼图，从感觉上最远的南极洲开始拼起。只是没拼几块，他又突然站起身，看向窗外，大半条路都被城内高低不平的建筑遮进浅浅的阴影中。刚才那些马蹄的痕迹，很快又被一阵大风刮过去了，门卫室前水泥马路上的灰尘扬起，并很快形成了一垄一垄的土线。

三

钟娟娟是最先来接替许亚洲的。按照他们的座次表，第三个来的该是索罗，如若他不在，才轮得到钟娟娟。她嘴巴太碎，常常拿着对讲机一个人在门卫室喋喋不休，除了章敬业，没人受得了。他们都希望钟娟娟去值夜班，但她拒绝了，不仅如此，她还经常迟到，尽管她看起来不像会迟到的样子——年近六十的年纪，双目炯炯有神，抬头纹很重，戴着复古感十足的细框眼镜。钟娟娟是城外第一批自由职业者，毕业实习结束，没再上过一天班。从给地理报纸写稿，到写短视频文案，她服务过很多不太有名的旅行类博主。也因从不要求署名，她的收入在周围同行群体中也相当一般，但她不在乎。没有署名，收入不高，让她觉得不用担心节目效果，更不用担心流量和措辞失误。她一直交着最低的社保，搬进城内前才终于买了房——那还是因为当时的政策规定，入住申请者有购买三十平方米以上公寓的经济能力。钟娟娟也是城内唯一一个，能够每个月收到租金的入住人。那份租金，正好抵消了她在城内的租金和饮食。

今天，钟娟娟本来打算晚到一会儿，她要在冰河上的小吃摊流连一下，可冰面上居然什么也没有。没有人摆摊，更没有人钓鱼，连冰面上砸出的大洞也被一块不知哪里来的大理石盖住了。她只得先去了门卫室。

她把凳子搬离门卫室，把它放在大铁门前，目不转睛地盯着门外偶尔走动的人。直到一个怎么看都是陌生人的女人从她眼皮下进城，钟娟娟大声喝止了她。

“新来的？住哪个区？刚来就请假？”

“我去买了渔具。”女人指了指自己背着的东西。

“你叫什么名字？”钟娟娟仍旧盯着她。

“〇五三一。”她道，“到这里的不都没有名字吗？”

女人说得确实没有错，他们都有编号，只是都记在各自的心里，时间久了，也没人真的再喊彼此的编号。管理他们的人，更不会再刻意提起，只有每个月的例行检查，他们会像报数一样报上自己的编号，在那些属于自己的快递或者其他物件上，像签名一样签上自己的编号。

“很快你就会忘记编号的。”钟娟娟道，“最好先找个纸条记一下。”

“难道你忘了？”〇五三一道。

“你能记住别人的编号吗？你以为你能真的没有自己的名字吗？”钟娟娟不耐烦起来。

“我可以把你们的编号记下来。”〇五三一想了想说，“不过能不能对上脸还需要时间。”

“那交给时间吧。”钟娟娟看着她的眼，“现在，先告诉我你的名字。”

“张杰。”她艰难地吐出这两个字，“这其实是我哥的名字，但他饿死了，就变成了我的名字。”

“这年头还有人能饿死？”钟娟娟打量着她，“身份证号给我。到了城内，就不要说你们那边了，现在你是在我们这边。”

〇五三一张张嘴，只得把身份证号码写到了钟娟娟递过来的笔记本上。

“身份证有X。”钟娟娟看着她，“你从很远的地方过来？”

“我走了半个多月。”〇五三一道，“没有火车也没有汽车，我知道你们这边有，但是步行太难了，我只能蹭了一路马车。”她的右手在口袋里晃荡了很久，似乎在捏着什么东西，又像只是故意浪费时间。最终，她掏出一串字条。钟娟娟看见，第一张字条的一组签名里，有许亚洲和章敬业。

“他俩没开后门……”〇五三一道，“他们是看了我的介绍信……”

“他们看了你的介绍信，让你住在冰河边上？既然房间安排好了，就别再跑来跑去了。”钟娟娟扶了扶镜架，“以后想出去的时候多着呢，机会要省着点用，知道吗？”

〇五三一有些尴尬，但还是淡定道：“冰河不就在城内吗？去冰河也算出去？”

“你看好了，除了咱们这围墙里面的路，凡是穿过围墙的，都叫出城，有假期可以用假期请假。”

“这么长的日子，总要做点什么吧……”

钟娟娟不理她，一边查阅着一些消息一边道：“河面的冰层最近没有裂开的，你没有去钓鱼……”

“我只是喜欢水流的声音。”〇五三一道，“你不觉得那非常安静，就像这里的氛围一样？”

“这里的氛围？刚搬进来，你知道什么叫安静？”

钟娟娟激动地站起来。但很快，她又坐下了，对着桌面上完整的拼图道：“你知道吗，很多国家的国境线都差不多的……我是说拼图上的这些国家。你看这一块，狭长，弯弯绕绕。它可以放在现在的位置，但也可以放在其他大洲的其他角落。就像这样……按进去了……”

〇五三一道：“还是在之前的位置最合适。”

“确实啊。但如果我不说，你这样看过来，会觉得我拼错了吗？”钟娟娟道，“你不会发现，因为你根本不会仔细看，这只是一张拼图而已。安静吗？就是安静咯，谁还能确认安静是不是真安静呢？”

〇五三一不知她想表达什么，但见她脸部肌肉有些颤动，低着头，下巴和脖子上多条褶子都凝固着，分不清是皱纹还是肥胖。她转过头看着〇五三一：“以后你就知道什么是真安静了。”

“我能进去了吗？”

“先写记录。在冰河边做什么了，谁能证明，有没有未经许可使用工具。购买渔具的凭证……谁能做证……”

“我花自己的钱，也要写吗？”

钟娟娟扶了扶镜框，用笔在拼图下面压着的纸上一边记录一边对她说着：“在这里没有‘自己的钱’，这里花出去的，都是城里的配额……你花钱的配额用了，别人就得少用……有钱也花不出去的滋味，晓得？”

“那赚钱有配额吗?”

“赚钱吗，随便喽。如果你有本事。”钟娟娟道，“不过城里的人都没什么钱。就算你要做点小买卖，怕他们只能拿过冬衣服换。还有章敬业的茶缸子，还有谁祖上传下来的怀表……这些值钱不值钱的，都可能当这里的‘钱’。可在这儿，你到哪儿花钱呢?”

“我在我们那边……我是说我们以前住的地方……”〇五三一四下望着，“那边的钱庄有笔钱，但我来的路上，没有看见钱庄。”

“钱庄?”钟娟娟笑道，“这里只有银行，但也大都倒闭了。农工商银行，也有一阵叫商业发展银行。不过昨天也下通知了，ATM 都关了。窗口业务只在周一到周五上午开放。你到底是从多远的地方来的，钱庄的钱，不太好转啊。不过我记得前几年，有个很会骑马的人，从很远很远的地方来城内的。结果住了没两年，他又往另一个方向，更远的地方去了……”

“我们那边也有人往更远的地方去。”〇五三一认真地说，“有个人只会写简化字，在镇上找不到事情干，又做不动农活儿。时间久了，他说日子还不如他老家，就又走了。他走的时候，我们也不知道他老家什么样。不过，我手上现金不多，也不是现在你们用的货币了，有什么地方能赚点小钱?”

“城内不太用现金，尤其最近，大家爱拿其他东西换粮食，换衣服……可是你可以卖老货币呀，我听说，有人爱收藏这个，纸币也行的。”钟娟娟看了一眼〇五三一，发现她恰好也看着自己，她不免打了个喷嚏。

“好主意，就是我的钱数额不大，也不多，不知道有没有人感兴趣。”〇五三一说完，就要往里走。走了几步才想起说明书上还没签自己的名字，又折回去。签完字，她环顾四周，看见门卫室斜对着的那栋楼的楼顶有一个避雷针形状的摄像头。她在其他地方见过这种摄像头，暴雨来临前，它们被当作避雷针；放晴后，又成了平凡的摄像头。

“值班的话，方便出去吗？”

钟娟娟像听不懂似的看了她一眼：“我们不是为了出去才值班的。”

〇五三一不为所动，继续道：“如果我值班，是不是不用每次出去都要写条？”

“值班就不便出去了。”钟娟娟道，“值班的时候怎么出去？”

“哦。”〇五三一低下头，“那我替你的班，你是不是就能出去？”

钟娟娟吃惊地看着她：“我不想出去啊。”

“但如果你想的时候呢，如果其他人想呢？”

钟娟娟扶了扶镜框，想起索罗正不知在哪里跑着。自己原计划等会儿去敲他的门。此刻〇五三一在这里，倒是一个机会。反正上面的人只在乎有人值班，并不在乎是谁值班。

“好吧。”钟娟娟把眼前的拼图一推，不同的小色块就四散逃逸了，还有的滚落到她脚下，她也不去捡，只是继续说道，“可是接你的人不来，你就要一直在这儿，能行吗？这里什么也没有。”

“房间里不也什么都没有?”〇五三一道。

她们的对话很傻，就像故意似的。〇五三一又看了眼仿佛避雷针的摄像头，想着这里人多起来的时候会是什么样子……她不知道自己有没有机会看到这一幕。来城里居住之前，她还住在自己的帐篷小镇。据说，很多年前房价突涨，他们的祖辈就集体搬去了帐篷小镇，不买房，就睡各种帐篷，某些调皮的，还会今天把帐篷扎这里，明天把帐篷扎那里。他们还设计了能洗浴的帐篷，能煮饭的帐篷。成年的标志则是自己的帐篷距离父母的帐篷能有多远。

〇五三一成人后，接替了母亲的工作，在一个私人小作坊做事。有时做女佣的活儿，有时做账房女先生。她生活简朴，加上居住的地方没什么需要消费的，积蓄倒是存了不少。母亲生病的那段时日，告诉她，如果朝着某条直线一直往前走，能发现很多和自己生活的镇子不太一样的地方。那地方没有钱庄，只有银行，还有遍布全城的互联网。那里很多人不喜欢生孩子，四五十岁能保养得像小姑娘。她当时听得心惊肉跳，想起小时候母亲也跟自己说过，曾外出游玩，去过很多国家。末了，母亲补上一句，后来才知道那些地方都不是外国，就是自己的国家。只是他们所在的镇子，以及镇子周围的地方，和那些地方联系越来越少了。他们生活的地方刚刚有报纸，而那些地方，已经没有人看报纸，流行网络媒体了。

“你可别觉得他们奇怪。”母亲对〇五三一道，“没准啊，冉往前走，还有更不一样的地方。但是我当时走不动了。我听说，还有人去过一个叫核心城的地方，那里已经流行机器人了。他们没有邮递员，只有直线派送员，从一个地方到另一个地方走直线给你送信……”

〇五三一觉得母亲的话有些像神话传说，但还是激起了她的向往之情。她坚持读书，成了镇上唯一的女高中生，后来一切都顺理成章，除了婚姻。她在故乡找不到合适的对象，附近的外乡似乎也没有她能相中的。她的母亲是心大之人，叮嘱她往外走走。

“记得走直线。”母亲道，“别一圈圈地走，绕得慌。我有封信，你可以带着，带着它，到一个你觉得可以停下来的地方待着。”

那时候〇五三一不知道，自己这一走，居然是这么多年，她从一个适龄女性，一直走到了长出法令纹的年纪。她走上了瘾，轻易不肯停下来。到冰河附近，也是被它的流水声吸引了。她家乡的风俗认定——有流水的地方必然富庶。她便决定留下来。她本以为介绍信上没有写清她具体能住在哪个“城内”，可没想到，这封久远的介绍信，城内人并没有深究。也许是因为年代久远，也许只因为她从很远的地方来，大家对她便格外宽容。

这么想着，她却又有些心虚。她又想起在后面那座城的商场大屏幕上，看到的冰山驶过洋面的视频。她一面浪漫地想着冰山能“开走”多远，能路过几个大洲。一面又知道，它怕是根本连那片大海都无法穿越。它会沉没下去，又或更快化为水，成为一缕浮冰在洋面上微弱地闪烁，就像那下面有人在艰难地呼吸。

钟娟娟把章敬业的茶杯和许亚洲曾完成的拼图都推到桌子一角，把身后的广播打开。十几秒的短暂新闻后，流淌出一首仿佛是粤语的歌曲。

钟娟娟眯着眼，看向右侧墙壁还有柜子上铺满的凌乱报纸，上面一块块被切割掉的新闻，就像一片片镂空花纹。在〇五三一突然打开的窗户前，它们摆出要飞舞的姿势，但很快又在关窗的一刻突然停下。虽然只是一个间隙的仿若起飞，却依旧是稳稳落了下来。尽管仍是落在原处，但此刻的原地，还能与当时的原地一样吗？〇五三一走进来，煞有介事地把自己的编号用粗笔写在了窗户上，写完的那一刻，整个门卫室似乎也被这串数字标记了。

"别人还是要喊你名字的。没什么用。"钟娟娟道，"名字挺好的，反正也就是个代号，大家不会深究，也没什么可深究。不过，你这么纠结，只是在想以后的事吧。你不用看我，你心里若想别人怎么看你，就是在想以后的事。不过，你想的是这里的人怎么看你，还是外面的人怎么看你？老实说，这还是不太一样……"

钟娟娟喋喋不休地念叨了好久，直到〇五三一快睡着了，她的声音仍在。在晃动的飞蚊景象前，钟娟娟仰头看见天花板越来越高。她感觉眼前的一切都在升起，变得巨大，而她无限矮小。

四

索罗坐下来的时候，桌上是〇五三一留下的一摊水。沿着水渍的方向，他看见一个红色木桶。城里经常停水，老去冰河提水不太现实。常备一桶水，已经是大家心照不宣的一件事。不过，索罗从没有亲自提过水，他也没见其他人提过，就好像这桶水始终都在这里等着谁。反正每次走进门卫室，水就在那里了，每次都是清澈的，每次都是冰凉的。值班的时候，常有一些奇怪的声音响起，有时是白天，更多时候是夜里。索罗猜不出是什么。他觉得其他人肯定也听见过这声音，但没人说，于是他也不说了。

他是第二批住进城里的人，是当时年纪最小的一位。那时城里人员构成相对不复杂，没有人开火做饭，大家喜欢在假日，以及特殊时节请假外出采购蛋白棒。索罗吃过各种口味的蛋白棒，据说它们已经替代了城外前些年流行的现做现送的外卖。食品生产商热衷开发新口味，各种协会也开始用他们的公众影响力宣传蛋白棒这样的快餐式零食。甚至有人说，蛋白棒取消了食物的复杂性。尽管调料表上写着脂肪和蛋白质含量，但没有人知道这信息的准确性。毕竟蛋白棒已经不似前些年那般饱腹感明显，它似乎只是饭前的调剂，或者饭后的点心。索罗觉得这是商家促销行为，用新鲜的口感锁住人的味蕾，却不让他们获得期待的饱腹感，如此，人们只能继续吃下去，继续买更多蛋白棒。毕竟没有几家外卖了，连快递员都在变少。一部分返回原籍，一部分不知所终，也有说他们也去了更远的地方。有些人期待看到的地方繁荣景象并没有出现，社会反而呈现出更大程度的萧条。

等到第三批住户搬进来后，他们已经取消了在固定日子集体采购商品的计划。一些商铺关门，或被重新征用，或变成新的铺面。他们需要不断行走，才能发现一两家可以采购的商店。最终，城里开大会，定下种植农作物的计划。还有几个农业学院的教授来给他们上过几次培训课，只是农活儿到底是难做的，最后，还是几个原本有农事经验的住户领头，陆续完成了稻米和小麦的种植及收割。索罗记得，有一段时间，城里的广播歌曲是《南泥湾》。

记忆中，连爷爷奶奶辈都已经不听这样的歌曲，索罗也只是在一次新春晚会上听见过一次。那时他年纪还小，近视，课业成绩一般，被安排在倒数第三排，一百多人的课堂上，他看不见黑板，听不见老师的声音，功课全靠自学。即使如此，他还是喜欢在课下看闲书。不过那年头，书店已经在变少，偶尔几家开着的，除了练习册和理财类书籍，只有《夏洛的网》《穷爸爸富爸爸》等一些畅销多年的中外书籍。因为书少，有的书已经被翻得掉页，索罗每次路过，都会习惯性地把散开的纸张塞进原本的书里。尽管有时候，他也不知道有的书页究竟属于哪本书，只能乱塞一通。

索罗大学学的是软件开发，原本是很好找工作的，孰料毕业后，就业市场也在变化，互联网科技公司大批量倒闭，索罗始终找不到对口工作，在考研和降低就业标准面前，他很务实地选择了后者。毕业后的头三年，他奔跑在外卖快送、同城搬家、家居安装等体力工种间，因为长期超时劳动，常常感到四肢突然绵软无力，浑身冒冷汗。有一次，雇主要求他在一小时内来往城东和城西送两份餐，他终于爆发了，结果当月底薪都没拿到，平台上的提成也被扣除了百分之五十。不久，索罗通过城内招租的一则广告，用自己 985 院校的本科学历换来一间低价单人宿舍。只是没有财产证明，索罗签不了长期居住合同，只能签订劳务居住合同。这让他有了在城内给管理层打工的机会，同时还能给城内有现金的人跑腿，买各种生活用品，凿开冰河的冰层，钓起小鱼炸成鱼干售卖给其他住户，赚取外快。

只是，竞争很快就来了。有一天，索罗去晚了些，摊位被一架新的小车占据了。小车上架着的是煎饼馃子摊和烤冷面摊。原本属于索罗的长队，也全都聚集在新的摊点前。从那之后，每一天冰面上，都有新的摊位。有的人似乎也不是为了赚钱，而是为了交换食物，交换衣物，还有人只是为了打发时间。他们热络地聊着，索罗觉得冰面都要融化了。后来，这些摊位，都变成了城里资源共享的阵地。除了必要的交换物资，还有交换信息。城内许多人都有自己探听信息的途径，索罗甚至听到传言，说发放给每个人的报纸都是不同的，有一些报纸上隐藏着更多城外的信息。还有人说，那些被剪去信息的镂空报纸，彼此拼起来，就是城外新住宅区的地图。

只是索罗奇怪，还有新的土地可以建住宅区吗？还有多出来的人需要住房吗？那些来到城市的外地人，这些年有的回了老家，有的去了其他地方。曾经作为工业开发区的城市新区，也渐渐变得荒凉，成为楼形的“荒山”。

索罗为了适应没有电子产品的生活，开始制作文字游戏——把曾经玩过的网络游戏文字化或实景化，像幼年的过家家那样表演出来。这样一来，他们随时随地都可以玩到想玩的游戏，尽管看起来艰难一点。只是艰难也是刚开始的，随着游戏的深入，他们的游戏规则越来越复杂，简略版报纸上展现出的城外的落后，让他为自己轻微的领先得意起来。尽管很快，他意识到，依然是信息的有限性，给了他信心。他不知道，是不是在某个角落，城外的人也在冷冷地审视着他们，一边嘲笑他们这些城内的人只不过是被遗忘的，一边嫉妒他们可以长期居住在便宜到几乎等于免费的宿舍住宅里。只是，〇五三一的到来，让他开始渐渐怀疑这一切。〇五三一来自城外，但又不是来自城外。她走了很远的路，故乡具体在哪里，城内的人都不太清楚。她会看天色判断时间，会纳鞋底，会骑马。不像城内的人，骑马是后来学的，她一开始就会。她告诉索罗，城外的信息也是简略版。

“那就是比我们的信息多，但也是被过滤的？”索罗道。

“他们不是被过滤，是信息本来就那么多。”〇五三一道，“那么有限。”

索罗一开始不是很明白，随着城外渐渐变得萧条，他也懂了。搬到城内后，他没有再见过亲人，一开始他们还有信件往来，尽管信递过来时，很多涉及城外变革的词语和句子都被打码了，后来，几个表兄弟姐妹都跟他疏远了。这里面有信息量的错位，也有人心的距离。但这种距离，让他感觉每个曾经想远离的亲属都变得可爱起来，这让他内心升起一股耻感。他喜欢充满陌生感的集体生活，但在城内生活久了，许多居住者也都渐渐组成熟人圈，虽然大家掌握的信息都不多，但即使是重复的信息，经过一番交流和交换，也似有了生活的厚重感。

他和他们一起在冰面上摆摊，他学会了简单的捕捞，懂得使用工具探测鱼群的方向，甚至在暗夜，他还能像海洋生物那样感受超声波的音符在四周跳动。他的生活能力，伴随着他所在的集体生活，在变强。看起来只是搭伙做一些事，并不涉及精神交流，但其实他和他们已经是朋友。他充满了参与生活的欲望，他有了很多玩伴，被很多人信任。搬进城内前，他渴望的距离感荡然无存，他觉得城内并没有和城外有差别，但他为此感到兴奋。

有一次，在执勤申请表上，他甚至大方写上了自己的名字，尽管他认为，以他的资历，管理员肯定不会信任他，但也许因为他的积极，他的申请居然通过得最快。

起初，他和许亚洲分在一起执勤，他们骑着马，一路跟着摄像头的方向走。据说，摄像头会即时拍下他们的动作，自动传到城外，甚至更远的地方。并且，这些图片，将作为城内宣传片的素材。

“不是申请入住吗？还要宣传？”索罗问道，但没有人想理他。直到〇五三一幽幽地来了一句——

“早就没人申请了，现在，像我们的城这样的地方，不知道有多少。”

“有多少？”他继续不知趣地问道，“不是每一层掌握的信息都不一样吗？有再多我们这样的地方，信息的层级不还是不同？”

“确实不同。可信息总量就这么多，分给我们的是这些，分给别人的是那些，这些也许比那些多，但这些未必完全覆盖得了那些。”

索罗恍然大悟，但还是装出一副什么都不懂的样子，又跨上了马，走入了摄像头的视线。

大部分时候，许亚洲负责引路，索罗负责解说和控制身下的马匹。这样拍摄久了，他们甚至忽略了拍摄环境，开始自然地聊天。只是城里的人，看见他们走近了，就自然散开。

久而久之，他们三人都产生了自己是多余人的感觉，但许亚洲并不在意。索罗比较敏感，感到困扰的他甚至一度远离了他们的小群体，也远离了城内许多人，他喜欢收拾门卫室的信件和旧报纸，观察小黑板上的人名，甚至观察钟娟娟骂街。但他绝对不跟某一个人多说太多话。

只是，往往感到自己多余的人，会觉得别人多余。索罗就是如此，他决定主动认领这个“多余”，并开始制造机会，独自值班。从星期一到星期天，他们几个人轮流坐在门卫室，记录偶尔进出的人，接待难得来一次的邮递员，拼前面值班者留下的拼图。当然可以阅读报纸，但他们都没什么兴趣，甚至连讲话也没什么兴趣。索罗对游戏的热衷依然没有消退，他独自玩游戏，从打发时间，渐渐变成严肃钻研。休息的瞬间，他甚至开始计算从门卫室到冰河的最短距离，频繁跑到那里，仿佛在练习短跑。他相信，其他人一定也有对付时间的方式。并且，试图以此给予自己自律的机会。比如许亚洲喜欢看着索罗检查小黑板上的错别字，章敬业喜欢喃喃自语，钟娟娟继续大大咧咧骂人，所有人都有自己消磨时间的方式，除了〇五三一。她总是背着自己的帐篷，让人觉得她随时在进行新的跋涉。

更独特的是，她喜欢把自己的编号挂出来。先是挂在房门外，再是贴在衣服上。在需要签名的地方，她只写编号。久而久之，大家不再喊她的名字，但他们也不愿意叫她的编号，仿佛那样，他们也得以编号称呼彼此。他们只好喊〇五三一"哎"——这是刚刚搬进来时，他们对彼此的称呼。现在，它成了对〇五三一的特指。

但在城内久了，〇五三一的流动地点也渐渐固定起来——就是冰河的四个角。她也会在摆摊时间前起身离开，在白天，也不那么容易能在冰河碰见她。

五

这天是周几，几个执勤的人已经有些遗忘了。虽然他们中有的人只值班过几个月，也已经对星期几的概念渐渐模糊，喜欢用当天值班人的名字定义那一天。眼下，一轮的值班即将结束，城内会挑选新的门卫来接替他们，但大家都不愿提及这件事，仿佛执勤早已经成为习惯，仿佛即使他们没有享受到什么特权，也不愿意放弃门卫室那一块窄小又被禁锢的领地。

一大早，钟娟娟就来敲许亚洲的门，接着，许亚洲去敲索罗的门，再后来，〇五三一的蓝色帐篷再次移动了一下，大家就都清醒了。没有人去敲章敬业的门，大家都默认他已经在门卫室。

钟娟娟抬头看见飞机驶过留下的白烟，低声吼了一下。城外的小黑板上，写着新的入住人的名字。许亚洲数了数，有三个。过了一会儿，等到大家开始商量新的执勤顺序时，他们又发现入住人的名字被迅速擦掉了，换成了编码。还有人说，以后城内可以进人，但不能再出人了。

“那人多了怎么办?”许亚洲道。

“人怎么会多呢?”钟娟娟道，“城外还真有什么多余的人吗?”

“不能出人，那是不能回城外了吧。但到另一个城内还是可以的。”索罗努努嘴，“唉，你不是很清楚吗?”

〇五三一不回复他，而是沉浸在自己的记忆中：“我们那边，也有一个城内，但是它很小很小。有人说，我们那边快到头了，没什么人再被挤出去，早已经没有人了。但有天我们村里来了个老光棍，说是上面甩出来的，他走投无路只能申请到我们那儿了。那是我第一次知道，原来我们那儿也是一个‘收容所’……”

“照你这么说，哪儿都是收容所了。”索罗道。

“哪儿都是，但哪儿也都不是……”〇五三一道，“一直有人被甩出来，那就肯定有一直往上走的人。”

“但他们现在想隔绝上升通道。我们不去更远的地方，就只能在这里待着，我们不能再往上，他们不就是想这么干！”许亚洲道。

“城内和城外本来就没区别，你们才知道吗?”钟娟娟道，“都一样，不用出去，但非把我们赶走，那走也没啥。”

“去你的，你被赶走才是。”许亚洲道。

索罗通过定位，看到属于章敬业的蓝色图标一直在临近城里的一条街来回移动。那曾经是城外的墓群，“移风易俗，禁止土葬”的政策颁布后，墓群被夷为平地。但偶尔，依然有少数人前去缅怀。大家在垃圾箱附近烧纸，纠结纸灰应该是干垃圾还是可回收垃圾——这还是那列从外面回来的骑马人带来的消息。他踢踏着自己的西部军靴，说外面在进行革命，人们在清晨和黄昏排队丢垃圾，都不发一语，都戴着口罩。

“我怀疑他们是信教了。”骑马人道。

此时突然起了风，他们一边看着章敬业的位置在地图上变化，一边看见外面扬起的烟尘，才意识到，那只是灰尘而已。

城外的萧条已经是众所周知的了，不管信息多么隐晦，新闻多么稀少，他们也都能感觉得到了，即使有的人并没有去过城外。听说网络上依然有不少人在发言在讨论，但生活中，城外大街上常常看不到多少人。除了清洁工、交警，还有个别行色匆匆的路人，再看不到一个仿佛无所事事的人。大家都极为谨慎，尽量不在街上过多交谈。又或者，他们也并不想谈论什么。通过那些镂空报纸和本来就隐匿于字里行间的信息，城内的聪明人，也大概能猜出他们这些人已经成为城外人的讨论对象——这或许也恰好是城外希望看到的。

放在门卫室桌上的请假条，章敬业像往常一样写了“外出”二字，事由那一格是空着的，落款也只写了他的编号。

大家就这样待在门卫室，仔细看，更像一场悠闲的集体活动。喇叭响了，他们身后的冰河从热闹到沉寂，但他们却从沉默渐渐熟络起来。

索罗倒干净了新的拼图盒子，拼片堆满了桌子。钟娟娟坐在远处，盯着红色木桶的裂纹。○五三一走进来送给每人一根蛋白棒。他们站着把蛋白棒慢慢吃完，有人说几年前的蛋白棒更有饱腹感，也更加难吃。现在的口感越来越细腻，饱腹感却很弱。不过，过去他们吃完东西，会变得困倦，此时却变得更加精神。

“不如下次我们一起摆摊。”许亚洲道，“可以适当收费，我看最近陆续搬进来的人不少。”

“他们能接受收费？感觉也没什么人带货币。”

“可以按一般等价物算啊。但我们可以规定一下……比如旧衣服就不要拿来交换了……”

他们说着，又坐了下来。直到有人急切地敲门。许亚洲看见，正是上次穿西部军靴的那列人马，只是这次，没有马了，只有人。

“我们想出去。”为首的那个人道，“最近冰河的鱼太小。”

“城外也没有鱼啊。”钟娟娟道。

“你们刚才吃的什么？”

“蛋白棒，前阵子出去采购的蛋白棒。〇五三一最近在卖，你们可以去她那里买。”许亚洲道。

“我们没有钱了，我们只想出去。”为首的人脱下靴子，换成了更加日常的运动鞋，“城里太冷了。”

“外面其实也不暖和。只是我们心理上觉得这里冷。”索罗认真地拿出温度计，上面记录着上一次他出城时外面的温度，还有他本人的体温。

“那怎么办？总得出去，在这儿待着，我要发霉了。”穿上运动鞋的人蹦跶了几下，盯着视线中突然出现的“飞蚊”，“我感觉我又看不清了。”

“你们应该没有假了。”钟娟娟快速咀嚼完蛋白棒道，“假期都是固定的，你们出去的次数够多了，再出去，就抵消了明年的假，明年怎么办？”

“明年之后，还有后年。”有人道。

“后年怎么办？”钟娟娟说完，就觉得自己的话毫无意义，只得说，“你们不如直接搬出去。我听说，城外开始降租了。”

索罗突然来了兴致：“现在多少？”

钟娟娟伸出一根手指，大家纷纷摇头。

“也没便宜多少。”

“吃的东西贵了，除了蛋白棒，什么都贵。不是有人说，蛋白棒是蟑螂磨成的粉做的……”钟娟娟继续说，但这次没有人再理她。

许亚洲则突然跳起来：“章爷的位置又变了。”

一行人聚集在白墙面前，看着章敬业的位置从定位地图的上侧移动到下侧，再在中间徘徊，最后又回到城里和城外的那道围墙。

“嗐。他好歹走远一点。”索罗道，“这么跑来跑去，想做什么？”

只是，他刚说完，章敬业的位置又开始快速移动，大家怀疑他只是在跑步，又或是找到了另外一种消磨时间的方式。直到他又回到最初那个位置，那排墓群。然后，章敬业就像彻底不动了一般，凝固在那里。他外出的时间已超过三个小时，门卫室外，连接手环的警报器年久失修，突然开始放音乐。接着，变成一阵阵时而轻微时而喧闹的争吵——大家很快回过神，这声音，来自城外。他们不知道城外的警报器，或者其他的监控设备遇到问题时，是不是也响着城内的声音。但这种声音突然让他们感到亲切，他们也因此安静下来。宿管，还有平日见不到的几个管理者跟着就来了，大家才发现原来他们都住在城内。

“怎么，现在超过三个小时都要拉警报了?”钟娟娟道，“现在出去了，今晚都不一定回得来。地铁和快速公交都停了，只能骑车，还不知道有没有车。”

“不用寻了。”看起来是宿管的人道，“我们往城外发了消息，他们会派辆120救护车前去。”

“救护车? 章爷病了?”许亚洲道。

“城外没有车了，救护车是他们仅存的车。”宿管道。

许亚洲不禁来劲了:“没有车了? 他们的交通怎么办?”

宿管看了他一眼:“已经不需要车了，不像我们这儿，没有车，还非得骑马，非要走来走去……你们就是不安分。”

“不走来走去，怎么知道待在哪儿都一样?”钟娟娟笑嘻嘻道，“蛋白棒没有了，你要吃可以问〇五三一买。”

没人再接话，大家各自散去了。许亚洲在门卫室继续拼图，钟娟娟去了冰河，又在围墙处站了一会儿。〇五三一看见了她，很快就走了。索罗在自己的房间研究新的文字游戏，他准备把最近的旧报纸上的信息打散，重新安排文字的位置，用这些凌乱的信息拼出一个新的游戏方案。

六

章敬业回来已是晚上，他没有立刻去门卫室接替大家，而是先进了宿舍。许亚洲、钟娟娟，还有新加入的〇五三一，陆续从门卫室出来。按照摄像头的记录，门卫室在凌晨三点到五点之间，没有人在。这段时间，章敬业房间的灯一直亮着，他在写日记。看起来只是记录自己外出的具体情况，实际上记录的是城外的变化。

他把那些被剪得斑驳的报纸拿出来，通过支离破碎的语句，发现了更多执勤时没有察觉的重复信息，甚至有一张报纸，整版抄袭了三年前的一期报纸。某大型连锁超市接连倒闭的新闻，三年前就出现过，半年前新闻又出现了。还有暂停运营的快速公交、地铁，以及关闭的银行名录，都不止一次在报纸上出现过。不过，这也不能说明什么，报纸多年前就没什么人看了，如果不是到了城内，他们怕是现在也不会看。这些纸张印出来，也不过说明城外依然有媒体，它依然被往上再往上的，那个传说中的中心城照耀着。

城外一切都没有变，关掉的银行没有重新营业，也没有新的银行被关闭。然而，走在熟悉的路上，章敬业却觉得一切都像新的了。好像偶尔几个行色匆匆的人吃着的蛋白棒，也已经和章敬业自己手中的不同。仿佛不是他从另一个空间来，而是那些别的人，一直在另外一个空间，此刻遇见他，只觉得诧异。可惜，这些感受从他打开日记本的一刻，再度化为乌有。

他从头开始记录，认为这次外出和以往并没有什么不同。然而城内的人，对他外出超时一事居然表现出如此高的关注。他反复回忆为什么要在那个地方逗留那么久，却记不起当时的心情。他似乎是本能地走到了那里。那地方曾是一所职业技术学校，后来生源越来越差，原先的教室被改成付费自习室。一开始还真有不少人去自习，后来人越来越少，它被改造成桌游室，后又成了餐饮集市。再后来拆迁，市区最大的墓格纪念堂迁了过来，面积也扩大了。

老伴过世后，章敬业突然觉得子女离自己更远了。有时候独处久了，他会自言自语起来。起初，他不知道自己在对着空气说话，下意识地认为旁边还站着什么人，当时恰逢人口大迁移的末期，很多人去了外地，还有人直接去了乡下。劳动力少了，一些小企业纷纷倒闭，全市仅余市中心的几家大公司。刚毕业的学生，租不起市中心的房子，都住到了远郊，出来工作的，也多选择兼职。章敬业喜欢步行上街，从下午到晚上，有时候忘了回来的路，就给交警打电话。后来，交警也越来越少，他只得摸索着走回去。子女给他的手机装了导航软件，跟着导航中的女声在夜色中踏进小区的大门，章敬业内心有了一丝安全感，也有了一些陌生感。并且，每一次重新走进小区，这种陌生感都会加剧，他并不讨厌这种感觉，反而觉得生活有了一丝微妙的变化，他可以继续跟着一个声音往前走了，这甚至让他多了一些自信。

子女们在墓格纪念堂订好位置后，章敬业独自带着老伴的骨灰前去。他刻意避开子女，没有直接选择定期存放，而是选了一年一付费的方式。他这么做，是想每年拜会一下老伴，好像有这么一个日子在，往后的人生就是可以标记的。但很快，章敬业就知道这是自己的一厢情愿，因为接下来的一年一缴费，让他感受到了被提醒的负担。直到搬进城内，这种负担才变成微小的甜蜜。他必须请假才能抵达墓格纪念堂，在埋葬着老伴骨灰盒的墓园逗留。他为此有了多次去城外的机会，更有了观察城外变化的机会。

他在日记本上飞快地记录着："天气预报依然是假的，城外依然很空，几年前留在城外的外地户籍朋友并没有离开。人们很快接受了地铁停运、银行大批倒闭的事实。大家开始使用现金和其他等价物交易，虽然麻烦，但似乎刺激了留在城外的人赚钱的欲望。提着沉甸甸的纸币走进还开业的那家商场，被认为是提升幸福感的有效方式。

"房子在贬值，老房子贬值，新楼盘卖不出去。许多烂尾楼在某些角落错落着，没有人清理。赚钱的方式变得很原始，多数是小生意，一些原先就在公司做到管理层的，开始频繁和城市建设者与规划者打交道，参与了一些项目，有的人也赚到了一些钱。当然，多是小钱。即时消费成了许多人的首选。城外那家至今没有倒闭的商场，就是这样被撑起来的。"

章敬业记得自己远远地望过那家商场，穿过城外似有若无的雾气，商场的尖顶呈现出圆形盖头，仿佛有一缕微弱的青光向四周扩散。章敬业朝着那儿多走了几步，发现马路上人很少，也没什么车，红绿灯都变成间歇性闪烁，他便又走了几步。直到突然下雨，把他视线中模糊的圆顶浇成模糊的尖顶，他突然失去了继续走近的欲望。他的通行证在雨水中泡出了灰白色，可他还是攥着它，匆匆忙忙往回走，一直走到墓格纪念堂。纪念堂很空旷，没什么来悼念的人。纪念堂外面有一方墓地，当年的售价也不算很贵，但依旧没多少人选，大家习惯了小小一盒放着，墓格和墓格之间互相隔着一支小小的白色蜡烛，据说一直有人照看这些蜡烛，让它们时刻保持不灭的姿势。

墓格的排列让章敬业感觉到奇异的安慰，仿佛老伴待在一个微型社会中，那个社会也有闪烁不定的东西，她也住在类似城外的集体宿舍中，也一样喜欢沉默。站久了，章敬业觉得周围的气氛有些肃穆，总有喋喋不休的人，如同摇曳的烛火。他在不同人的牌位前穿梭，那些陌生的名字，此刻也都变成了编号，像弹幕一样在他面前一遍遍放映。纪念堂规定，只有亲属知道编号背后的名字。当然了，城外到底还是传统一些，有的牌位，在征得家属同意后，名字可以和编号排列在一处，据说此举也是为方便一些人吊唁，毕竟真正能记住亲属编号的人，也是极少数的。章敬业当时不同意摆放老伴的照片，也不同意放名字，因此老伴的牌位至今只有编号。每一次站在老伴墓格前，章敬业内心都有一丝丝后悔，他发现——那排编号无论看见多少次，都很难让他内心升起温度，而名字和照片永远有温度。

章敬业的日记越写越长，许多他没打算放进日记里的内容，也都出现了。他想删掉这些字，删掉这些细节，甚至撕掉日记本的某几页，但想到垃圾分类时，仍旧会被询问纸团上的内容，他便放弃了。毕竟这不是广播站的新闻稿，不会被公开，也就那几个人会看。章敬业想着，一边把过于私人的话用圆珠笔多画了几道。这样画着画着，已经画伤了几张纸。许多字从第一页印到后面几页，像旧信息叠加着新信息，章敬业突然觉得这一幕十分熟悉。他开始检查自己的描述，发现很多观感也都和前面外出时感受到的一样，只是表达方式有些变化。他不再感到那种属于公共的、共同的悲伤，而是注意力越来越集中于某一处。在老伴墓格前时，他注意的是墓格的排序和陈设，在城外游走时，他注意到红绿灯不再灵敏，却并没有像前几次那样不满，沮丧于交通的失灵。相反，他感觉到自由。仿佛一瞬间从城市抵达草原，他心中怀着规则，却突然发现怎么走都可以，他不适应，却不因为这种不适应而难过。他甚至对变化本身的适应力变强了，他内心深处有一个声音在提醒他——这里怎么变都可以。

那城内会变吗？这么一想，章敬业的目光再次失焦，视线在房间四处游动，仿佛能把空气中似有若无的浮尘一颗一颗托起、称重。他想站起来走走，却仿佛被眼前的日记困住了。可继续写，难道不是在原地兜圈，不断换着方法把重复的信息再灌输一遍吗？

章敬业把台灯的光调亮，拿出所有的日记本，从第一篇外出日记看起，他发现，城外的生活结构一直都是简单的。只是，最开始那几次外出中，他都忘记了这件事，仿佛它是那时那刻才变得简单的。他在城内生活越久，这种感受就越明显。后来，他到城外，看着它渐渐像倒退一般前进，推进着时间轴。他突然分不清，自己本质上，是在城内还是城外，他觉得有些惶恐，不知如何描述，更不知如何面对。他内心的差别感越来越弱，他的目光开始具体，更加具体，盯住小事，盯住小事的细节，他开始用这些细节排列事物的全貌。然后发现，所有的差异都消失了，他的生活像流水一样，从过去滑到现在。那些看起来增加或者减少的信息，看起来重复的信息，也像只是在填充这样一面事实……像为了迎接他前去，又或其他什么人的观察，所有信息在这里组成信息墙，只是为了不让人通过，或者只是为了让人徒劳地经过。他内心那些起伏不定，也只是因为他始终注意着一些细节和方向，比如墓格排列的变化，比如空气中浮尘的重量，还有自言自语的中途——当他发现自己在自言自语时，他倾向把这场面对空气的演讲叙说完整。

他甚至觉得自己不需要再出去了，除非他真的在城内找不到吃的，那些小庄稼地，旱死的旱死，冻死的冻死，城外到底有他们需要的食物。一些蛋白棒，一大袋一大袋的米面，还有城外的光照。他对阳光最深的记忆，依旧来自城外。阳光照在他身上，就好像他是从冰河里钻出来的海洋生物，他的鳞片，还有鳍，跟随着舞曲的节奏，一闪又一闪。

（选自《花城》2021 年第 1 期，有删节）

一切漫长

安　庆

一

陈沉木坐在马路边，街道两边布满半旧的房子。陈沉木身后是一家屠户，屠户的门口挂着又白又红的猪肉，夏天的时候，苍蝇不断在肉上飞，在肉厚的地方打架，发出嗡嗡嘤嘤的打闹声。陈沉木看不惯起哄的苍蝇，那些苍蝇让他对屠户家的肉都有了腻味。他举着手里的拐棍驱赶苍蝇，一边发誓再也不吃屠户家的肉，况且自己现在只能吃那些好嚼的东西，比如豆腐、南瓜之类，熬好的猪血和炒猪肺也行。屠户的老婆一会儿屋里一会儿屋外地跑着，风风火火，脚底板像长着钉子站不下来。女人手里握着一把扇子，出来一次朝肉上呼呼扇一阵，苍蝇暂时裹成团飞到一边去，等待着这个女人给别人称过了肉再飞回来。冬天好多了，肉架上没有了苍蝇的骚扰。可陈沉木在冬天也很少到街上去，路边的北风比胡同里还大两级，即使棉袄裹得再紧也还是冷，风总是找缝隙钻进身体。陈沉木觉得自己年龄大了，冷不起，就一直躲在自己的小屋里。

肉架的对过是一个门面房，房子里是一个看牙科的医生，每天穿着白大褂，有些炫耀地坐在门口，二郎腿晃动着，等着上门来看牙的人，有时忙起来一大晌都不出门。牙越来越脆弱了，所以这个牙科的医生很挣钱，很满足自己选了牙科这个行当。况且三里五村就瓦塘南街这一家专门看牙的，那些牙医都不屑到乡村来，这个牙医和他们不一样，很自豪自己开对了地方。牙科医生吹嘘过他已经拔过一万颗牙了，牙医说，拔牙算什么手艺，有一副拔牙的钳子就够了，和拔一颗钉子没什么两样。陈沉木就给他算了一笔账，一颗牙按十块钱计算，他已经挣十万块了，况且拔一颗牙不止十块。再加上安牙，一副烤瓷牙要更多的钱，这个年轻的牙医挣下一套在城里的房了。他证实过，牙医确实已经在县城里置了房子，学区房，孩子在附近的学校里上学。陈沉木后悔没有让自己的哪一个儿子当一个牙医，或者让女儿当一个牙医。女婿倒是开过一个门诊，后来弃医从商了。什么商？就是开一个奔马车，咚咚咣咣到处去收黄豆和黑豆，再把收购的豆子卖出去，盘算下来一年也挣不少钱，就是顶风冒雨走街串巷太辛苦了。闲下来的时候牙医也会和陈沉木打几句俏，说老陈你要是年轻些我再给你安一嘴好牙，软硬的东西都可以吃，有牙才能品出好味道。老陈说，我这把年纪你要是能给我安一嘴好牙才是本事。牙医看了看他的嘴，让他努力把嘴张大。牙医看过老陈的牙床后有些失望，那些牙床上的肉太少太薄了，空洞的嘴里还喷射出一股老年人的口臭。牙医迅速地把手放下来，躲开陈沉木，一只手在脸前扇着，说我是创不了这个奇迹了。陈沉木有些失望，把脸别过去，继续看着苍蝇在厚肉上舞蹈。

陈沉木每天都能看到的还有从县城通村里的班车，那种老式的中巴，颠簸着，每天几班，从村里走，再从城里开回来，从车上下来的人都灰头土脸的。村里人现在还习惯性地称为公共汽车，他喜欢隔一段时间就坐公共汽车到镇上去一次。镇叫老塘镇，镇里到底比村里热闹些，星罗棋布的门面和摊位，镇上也有肉架子，人家用一个纱网罩着，苍蝇什么的飞不到肉上去。十字路口的拐角楼有一家饭店，门口经常站着小车，据说镇里的人吃饭最多的地方就是拐角楼，楼上楼下都有雅间，烟囱里一股股油烟气可以证明一个饭店的生意。经常有喝得半醉的人歪歪趔趔地从小楼里出来，跟着他的人左右地招呼着，唯恐他撞到或歪到了哪里。陈沉木没有进过雅间，只是每次到镇上会到拐角楼吃一顿午饭，坐在大厅的一个角落里，吆喝着店里的服务员。那个四十多岁的女人已经认得他了，嘴很甜，喊他叔，一边把冒着热气的水给他倒上，一边问他今天吃哪一样。老陈喜欢吃拐角楼的饺子和酥肉烩饼，吃完了，拄着拐棍，在路边等往村里的公共汽车过来。

其实陈沉木到镇上，主要是去卫生院找医生。人老了，时常会有个头痛脑热、肠胃不舒服的时候。他喜欢往镇里的卫生院跑，尤其是办了老年金之后，每月的老年金和新农合上的钱都一次一次地消费在了卫生院里。瓦塘南街的地方太固定太狭窄了，他想到外边走走。卫生院里的人都认识了陈沉木，每次他拄着拐棍出现在医院大门口，就会有人去给医生报信儿，说瓦塘南街的那个老陈又来了。陈沉木最爱找的医生是个年轻人，那个姓费的医生和他的女儿是同学。因为这一层关系，费医生每次都格外有耐心，有时在陈沉木走进大门时会给他的女儿打个电话，先沟通一下。很多次，费医生听他报过病症后，给他开的药都是营养和有助睡眠一类的中成药。抓过了药，费医生帮他把药装在手提包里，送他走下台阶，不忙的时候也会送他到大门外。那些药味会从包里跑出来，在车厢里弥漫。陈沉木每年最后一次去镇上，是春节前去镇里的民政所照一张相，在档案上签字，证明一个叫陈沉木的老人在这个世界上还活着。也会带一些春节的慰问品回来，几副对联、一幅挂历什么的。

二

陈沉木是三年前开始轮住的。

陈沉木有两个儿子和一个女儿，他长期住的地方是当初分给二儿子的五间房，他住了两间。二儿子没意见，二儿媳妇有过微言，说老大也是儿子，凭什么就不该去他家住？说归说，陈沉木还是一直在二儿子家住。二儿媳妇是刀子嘴豆腐心，大大咧咧的一个人。大儿子在村里的另一个地方盖了宅子，有些远。女儿出嫁到和瓦塘南街隔两个村庄的元村，已经是另一个县的辖区。

轮住是陈沉木自己提出来的，他忽然不想再天天一个人做饭吃，那些锅碗瓢盆在他的视线里有些扎眼，掂在手里格外沉重起来。他看着靠墙的案板，用了几十年的案板上出现了一个深凹，像一片盆地。怎么就陷这么深了？那些木头的碎屑都跑到了哪里？吃进肚里了吗？他看看肚子，一层瘦瘦的皮，肋骨从皮下翘起来。他扫视着屋子，已经不像前几年那样有精力好好地收拾了，只有实在看不下去时才弯下腰规整一下房间，两个儿子和二儿媳妇也会偶尔帮他收拾一下。反正越老越不想动了，就是感到疲乏，对什么都没有兴趣。他看着闪着火光的炉子，炉子边的水缸，缸边的大瓷盆子，大盆边的小盆子，炉子边的温水壶。好像一家饭店，盆盆罐罐的这么多，越来越没有顺序，手懒到随便一扔不愿再管。靠墙是一张小床，床上现在成了放杂物的地方，一个纸箱子里搁着几把菜，还有预备的盐和调料等，反正愈加凌乱了。还有头顶的一台吊扇，生了锈，二儿子要给他换一个新的，他拒绝了。二儿子没有坚持，给他又买了个小台扇，那个台扇放在里间的床头，夏天午休或夜里睡觉时偶尔开一下。

回想起来他已经孤独地做了二十多年饭了。老伴在他五十多岁的时候就和他阴阳两分。那个时候大儿子和他们已经分开过，接着是小儿子娶了媳妇后也分开了，从小儿子分开后他一直就是自己过，自己做饭。那时的他还精力充沛，满身的劲儿，每天往锅里放一碗水，撒一点面，再在炒锅里炒一点菜，一顿饭很利索地就做好了，日复一日地就这样过来了。但那些日子，他对这样的生活越来越抵触，好像每天做那么一点饭已经做烦了。这可能和自己的体力有关，看看自己的模样，腰是越来越直不起来了，自己也搞不清腰怎么就成了这样，佝偻得快挨着地了。他没有照过镜子，只是在太阳下看到过自己佝偻的影子，他就觉得自己真是老了。也许走向暮年的人就是这样，是从弯腰、从驼背开始的。有一天他从收音机里听到“暮年”两个字，他自己笑笑，说得太准了，暮年，不就是离墓地越来越近的意思吗？这样想着，他的眼前出现了家族的墓地，那一大片墓地里埋着他的先人、他的妻子，那里迟早也会有自己的一席之地。人到了那里就扯平了。可是现在一个人还得一点一点地做饭，还得一天天地往前走，一天天尽力地活着。

他这样想着，自己不再做饭的愿望愈加迫切，不能等了。他急急地出了门，拄着一根棍子去找族里经常管事的家长，让他再催一催两个儿子。他说过几次，可儿子们在老子面前一次次地推诿，没有具体的答复，甚至对他说，你连饭都不想做了，你想干什么？人越老越要有点事儿干，要活动的。他承认儿子们说得有道理，可他实在不想把一个人做了几十年的饭再做下去，看起来一家人的事也得找个人说说。那个所谓的家长其实是他一辈的兄弟，比他小几岁，是他的堂弟，住在村的最北头，在村堤上。他走上护村堤，看见了野外的庄稼，秋苗儿在太阳下遍地发绿，没有庄稼的地方也有青色的野草，把黄土地盖严实了，知了在树上叫唤，天瓦蓝瓦蓝的。让他产生轮住想法的还有一个原因，这一年，他从春天就开始在女儿家住，小儿子要把老房子掀掉，老房子也实在该翻盖了，一到夏天整个地面都是潮乎乎的，房顶上不断地有细土落下来。在旗城工作的小儿子陈小马这年春天连续回了几趟家，和媳妇合计掀房子盖房子的事，紧接着拆房盖房的事就定下来了。小儿子陈小马提前来和他商量，要把他送到女儿家里。老房子要拆，他没有了住的地方，包括儿子儿媳也要去外边找房子住。本来商量着住大儿子陈小贵家，可大儿媳妇不同意，说他们家的房也紧张，说当初分家老院子里是给陈沉木留下了住房的。陈小马就什么也不说了，和妹妹商议着让父亲来元村住，妹妹和妹夫欣然同意了。所以，从小儿子家开始掀房，陈沉木就成了元村的暂住居民，女儿家的邻居都熟悉他，说，老陈，来住女儿家了？陈沉木回答，儿子家翻盖房，得在这里住一段。说完了，有些悲观地说，这把年纪了，不知道还能不能住上新房。女儿赶忙说，怎么住不上？三两个月房子就盖好了，二哥说房子能住了马上接你回去。女儿的婆婆也说，没问题的，别胡思乱想，要多往好处想，你这身体咋了，住新房一点问题都没有。陈沉木就咧着嘴笑。房子盖好后是农历的六月，整整一个春天过去了，又进入了夏天。搬新房前陈小马和媳妇把他接了回来，让他住上了新房子。房子是完全不一样了，现浇顶，地板砖，宽宽敞敞的，大窗户大玻璃。这一回来他最大的变化是不想再自己做饭吃了，再说老二家新盖的房不可能天天在屋子里烧煤，那样会弄得脏兮兮的，勉强支撑了半个月，他再也忍不下去。

在快到堂弟家时他临时改变了想法，要先到地里去一趟。地还是原来的地，看着村外的庄稼那样葱茏，他有些急切，手里的棍子已成为摆设。他佝偻着腰，脚下吧嗒起来，路过堂弟的家门径直上了朝地里的大路，一出村他听见了玉米叶子呼啦呼啦的响声，路边的野草抓着路沿，从野草中间蹿出的有喇叭花、蒲公英、蝴蝶花……他很快就找到了他种过的地。他的一亩半地现在在小儿子陈小马的名下，和陈小马原有的几亩地并在一起。他抓着拐杖往地里走，前几天下过一场雨，地面有些粘脚，那些半湿不干的土粘在脚上让他的腿发沉，有些吃力。他不敢再往深处走，他站在齐腰深的地里，想起地那头的蒲河，一场雨也该浑荡起来。他四处瞅瞅，和周围的庄稼比，二儿媳妇在家种的这几亩地长得不赖，齐刷刷的，玉米苗青得发黑。他拔起脚想往前再走几步，可是却有一只脚陷在了一个地洞，他拔了几次，整个脚都变成了泥浆。他累得喘气，只好坐下来，使劲把陷落的脚拔了出来。他坐在玉米地里，屁股下也洇湿了。他努力地往上站，拐棍却插不到硬实的地方，像一根针一样往土壤里扎下去。他想到了爬，爬到一片干硬的地方。他挣扎着翻身，青蛙一样往外扒，找着能抓住的东西，草或者玉米。他抓住了两棵玉米，嚓的一声，有一棵被他扒折了，另一棵也朝地上歪。他的脚在地里蹬着，一点一点地往前挣扎，喘着气……他爬出地头时，身上全成了泥浆。

他坐在地头，等着风把身上的泥浆吹干，找到一根细木棍一层层往下刮泥，样子有点狼狈。真是老了，自己种了一辈子的地都没有力气来了，连一点泥浆都承受不住，斗不过了。再陷深点儿，说不定就要躺下去，要走出来可能还要喊人，要有援军，如果人都喊不到那就害怕了。看来地已经不欢迎自己，也嫌弃老人。他手里死死抓着那根榆木棍子做的拐杖，想，该好好地吃几年清静的饭了，再下去怕是连锅都端不动了，在新房里好好住几年就是最大的福气。他想起他用了几十年的案板，那上边的凹坑，现在恐怕要和案板告别了，这破案板哪个儿子家都不会用。还有满地的锅碗瓢盆，把新房子都糟蹋了，不能强撑下去，好好地吃饭活下去就行。

他从地里钻了出来，找了个石块刮掉鞋上的泥，站起来，拖着湿鞋，倔强地去找堂弟。好像带着委屈，他见到堂弟的第一句话就是，我得轮着吃饭了。

三

陈沉木后来尝到了轮住的滋味。那滋味其实是不自在的，要看脸色，要等着喊你吃饭，要磨着性子，早了迟了都不能急，各家有各家的事，你得理解，不能倚老卖老，否则会招人烦。他甚至有些想念自己做饭的自由。按月轮住大概坚持了不到半年，两家经过商量改成了半个月。他们说出了自己的理由，半个月对两家对老人都有好处。怎么说呢，就是两家谁出去办事可以有自己的灵便，老人在家时总得有一个人照应着，不能想出门就出门。对老人呢，也来回走动走动，包括饭菜的味道，看似一样，其实是有区别的。反正最后就这样定下了，陈沉木呢，没说行也没说不行，他看着身边的碗，现在的主要问题就是吃饭，还能动能吃，对自己也就是活着和如何度过最后的日子。最好的日子不是奔，是慢慢地走下去、熬下去，走到不能走，熬到不能熬或熬干为止。人到了老年其实是很无奈的。

陈沉木努力让自己适应着。

一个七十多岁的人身上其实有很多既成的习惯，起居、饮食，在岁月里形成了规律。对于陈沉木，也有雷打不动的东西，比如每天早上喝一碗鸡蛋水，比如每天晚上的泡脚，到了70岁之后甚至泡腰。那些温水浸过自己的身体有一种舒服，好似血液被激活了，血液有了温度，流动得快起来，每次把脚泡进温水里，一种舒服从脚底板往上涨，然后浸遍全身。所以如果一天不泡脚就感到缺少了什么，浑身不好受。还有夜壶，老人起夜是比较频繁的，越是腰身不灵便越是起夜的频率更繁。那把夜壶怎么说呢，可以掂到床上，可以放到自己的身体下，用过了可以放到床边，放到可以够得着的地方，这把夜壶跟了他好多年了。一个老人图什么呢？就是图个方便。陈沉木第一次住到大儿子家，到了夜里突然想起了他忘带夜壶了，整个一夜勉强地憋着，睡觉前又出门去了一次厕所。第二天回到老二家里去取，二儿媳妇在家，问，忘啥东西了？老人吞吞吐吐，说，夜，夜壶。二儿媳妇摇摇头，也真是的，不能再买一个吗？这东西在大街上掂来掂去的，多好看？那夜壶放在厕所的一个角落里，是每天早晨处理后固定的地方，陈沉木钻进厕所一眼就看见了，仿佛在等他来取。陈沉木弯下腰将夜壶掂起来，出了厕所望一眼自己住的房子，刚盖起的一溜新房让他有些想念。他禁不住上了门台，推开门，在屋子里看着，看着一天前还睡过的床，每天吃饭的小桌，晒太阳的凳子……可是轮住是他自己提出来的，两个儿子轮住也是公平的，城里的规矩他不知道，乡下老人都是这样的。他在屋子里走了一圈儿，出来时才发现手里一直掂着夜壶。他把门关好，想着过一段就要回到这个地方，又回头看了一眼。天还没有完全黑下来，那夜壶在陈沉木的手里有些狰狞。二儿媳妇三艾拦住了他，说，你等等，这样隔街串巷的多不好看，我找个袋子给你装起来。说着风风火火地从屋子里拿出一个黑色的塑料袋，让陈沉木把夜壶装了。陈沉木一手拄着拐杖，一手掂着袋子蹒跚着走出院子。三艾站在门口，看着走在胡同里的陈沉木，有些心疼。

陈沉木到了这把年纪不得不逼着去改变自己，要随着儿子家的规矩和作息。早上的鸡蛋水基本上取消了，大儿媳妇好像不知道他的这个习惯，也没有问他，或者装作不知道。虽心有不甘，还是忍了。他在心里有些发怵大儿媳妇，话憋在心里没有说出来。不用做饭了，轮着吃，自己的习惯也得跟着改变。

每天晚上的泡脚，他不再像以前那样一边泡一边续水。他每天可用的就是大儿媳妇起到他暖瓶里的水，水除了泡脚还要喝，得计划着，泡脚可以保持就不错了。他在大儿子家的第一个月，几乎是在矛盾和煎熬中度过的，不适应又不想反悔。那时候天还热，中午前后的太阳毒，他试着接了水在太阳地里晒，盆里的水竟然晒热了，他找到了解决泡脚用水的方式，不过泡脚的时间他要提前到白天。他坐在房檐下，从一个盆子里往另一个盆子里续水。

人到了老年还有一个毛病——便秘。二儿子陈小马家翻盖房子建成了分开的男女厕所，如果他蹲在厕所的时间长了也没问题，就是陈小马在家，也不会为进厕所着急，还有另一个厕所可以用，反正都是一家人。可在老大家就成了问题，老大家还是一家人共用一个厕所，他待的时间长了就会担心儿媳妇会上厕所，那样会很难堪。他每次进厕所，都要把拐棍搁在厕所外边明显的地方，意思是提醒他在厕所里，听见外边有脚步声，还要故意咳嗽几声，说明厕所里有人。过了一段时间他不得不逼着自己改变上厕所的时间，即使多年的规律也得逼自己改一改，尽量忍到每天晚上稍晚一点，那时候儿媳已经不会出来了，而每天早晨他要起得更早一点。

他觉得自己要改出病来了。

还有，他在大儿子家时感冒了。人到了一定年龄，是怕感冒的，但感冒又是挡不住的。他嗓子疼，鼻子塞，难受，儿媳妇喊他吃饭时他不想起来。不是不想起来，是浑身疼，无力。他的咳嗽声从门缝里窜出来，咳得厉害。儿媳妇隔着门缝问他，到底咋回事？他说不想吃，没胃口。他想喝姜汤，那种姜块、葱花、醋熬出来的姜汤。往常感冒了，喝一大碗姜汤会慢慢减轻，会把身体逼出一身汗，把身上的凉气逼出来逼走，感冒就好了，至少身上会及时地感到轻松。很多次感冒都是这样的。

可是，他还是把话憋在了心里，尽力地压低着咳嗽声，在咳嗽里夹着喘息，摁着胸口。儿媳妇还好，去村里的医生那儿给他拿了药，吃了几天慢慢减轻，慢慢地有了胃口，慢慢地又敢坐在院子里，敢到路边走一走了。他想，差不多算是躲过了一劫。

他想到去女儿家住几天，女婿学过医，在村里开过门诊，以前感冒咳嗽严重的时候，会在女儿家让女婿帮自己打几天点滴，会好得快些。女婿说过，老人的病不敢拖，不像年轻人熬几天可能就过去了。回头再想，这毕竟不是长久之计，每年去女儿家住一段可以，不能把那里当成避风港，瓦塘南街才是自己的老窝、老根据地，儿子们都在这里。

奇怪的是，他感冒好了几天后大儿媳妇也感冒了，他怀疑是自己传染的，有些感冒是流行的，毕竟在一个院子里，吃的是一锅饭。他听着大儿媳妇的咳嗽声，比他咳得更厉害，有些愧疚。大儿媳妇躺在床上，看来饭也做不成了。眼看到了中午，太阳快到正头顶了，他去街上买了面条，进了厨房。做了几十年饭，做一顿饭是没有问题的。他下了两碗面，给儿媳妇做了一碗，对儿媳妇说，面在锅里热着，你等会儿起来吃……他进了自己的小屋，午休起来去厨房里看，看见儿媳妇把面倒在了潲水桶里。他拄着拐棍默默地往街上走，找了个石头墩子坐了许久。

陈沉木就这样轮着，按时间又该到大儿子家时，他动摇了，不想走。他左思右想后又去找了堂弟，提出的要求是在老院子里常住，就是住在二儿子家，反正陈小马给他留有住房，新盖的房子很舒服。至于吃饭问题，老大家在同意后提出了轮到他们家时每天给他送饭过来。陈小马没问题，陈小马的媳妇起初犹豫，后来答应了。三艾说，他想一直在这里住就在这儿住吧，反正两间房是留给老人住的。

陈沉木又在老地方常住下来，陈沉木想，这次一住就住到去见先人了，先人见不了，老爹、老娘、老伴是能见到的。每天到吃饭的时辰，陈沉木的面前是一只碗，等待着吃饭或等待着饭送过来。

人老了，差不多就是吃了。

四

陈沉木不再频繁往医院跑，是他见过罗瞎子之后。罗瞎子是个半路瞎，这个世界的样子他知道一些。陈沉木比罗瞎子大几岁，基本上算同龄人。

陈沉木所在胡同里原来是有过几个同龄人的，这几年说走就陆续地走了，走得胡同里没有了可以说话的人，陈沉木就觉得孤独。陈沉木的老婆走得早，有人说陈沉木能活大岁数是老婆的寿限匀给了他。老婆走时才五十多岁，那一年二儿子陈小马和女儿陈小莲都还在上学，陈小马要在第二年的夏天参加高考。葬过母亲，陈小马站在父亲面前，说如果家里困难他可以休学。陈沉木抬头看一眼儿子，陈小马说这话其实是不情愿的，头低着，泪已经从陈小马的眼里浸出来，有一颗泪珠挂在了脸颊上，陈小马抬起袖子擦掉了。那泪水让陈沉木的泪也掉下来，他拍了拍儿子的肩头，说，不用，你好好上你的学。女儿刚上初中，陈沉木要挣钱供两个孩子上学，大儿子那一年已经分开过，弟弟妹妹上学的事顾不上了，他们还要养自己的孩子。

陈沉木开始学着做一点小生意，夏天他赶着驴车去西瓜地里批西瓜，周游着到村庄去卖，起早贪黑去菜市场里批菜再走街串巷地卖出去。也去西河里掘沙，掘一车沙赶着驴车去县城沙石市场里等人买走。就这样，他把两个孩子都供完了学业，陈小马考上了大学，后来去了旗城，现在旗城的一家文化单位工作。女儿高考那年生了场病，考的成绩不理想，看着父亲辛苦，说什么不再复读，几年后找了个婆家，在他们村办了个幼儿园。

陈沉木一个人过了几十年。

罗瞎子有一个侄儿叫皮皮。有一天皮皮在陈沉木面前停下来。陈沉木正看着一个老人从牙科门诊里走出来，那个外村的老人比他年轻，他下意识地摸了摸自己的牙床，安牙的心还会不时地翻出来。他对这个牙科的医生有意见，为什么自己的牙就不可以再安？皮皮开着一辆小车，从他面前开过去又倒回来，从车上下来，先叫了一声大爷，说，我叔想见你。陈沉木不认识皮皮，很多年轻人他都说不上是谁家的孩子，就是他们本家的孩子他也有很多不认识的，认识的也叫不全名字。陈沉木看着皮皮，皮皮说了罗瞎子。皮皮说，我叔他想不起来几个人，我问他，他就说到你。陈沉木哦了一声，陈沉木知道皮皮是说活着的人里和罗瞎子同龄的人越来越少了。皮皮要拉陈沉木上车，陈沉木摆摆手，往后撤着身子，说，你走吧，找时间我自己去。

陈沉木去找罗瞎子的时候是一个黄昏，他走到一个胡同口停下来，脑子出现了暂时的短路，那根榆木拐棍提溜在半空，像吊在半空的一根丝瓜。他在想，我为什么要在这个胡同口停下来？他的身后是瓦塘南街的南北大街，电动车、摩托车不断从身后闪过，天幕上的星星慢慢拱出来，窗口的灯光开始明亮，胡同里显得更暗。他往路边又挪了挪，这一挪仿佛找到了短路的开关，片头又接上了。他朝胡同里继续走，看见了一棵枣树，枣树的皮愈加斑驳，看见枣树时他手中的拐棍落在了地上。他的眼前是一扇街门，举起拐棍朝门上捣，捣得还算有力，街门发出闷闷的回声。在他捣第五下时门自然开了，门原来是虚掩的，像被风吹开一样。他朝院子里走，院子很小，几步宽，小院子里的几棵树把地面占严了，天空中是树的枝杈，秋后的落叶往地面上飘，一片片落得满院子都是。他在落叶的院子里听见了二胡声，正在拉的是一段老曲子，有些哀婉，曲曲弯弯绕到院子里。他没急着进屋，拄着拐棍站在院子里听。几年了，很少进这个院子，他有些愧，这曲子罗瞎子拉得越发好听了。这个罗瞎子，快死了还把一首曲子拉得这样好。

他等待着曲落，听见了叮当一声，罗瞎子类似打哈欠，什么东西摔在地上。然后静了，一片树叶又在间隙处落地，发出轻微的响动。

他推开罗瞎子的门。

在微弱的灯光下，罗瞎子挤着瞎眼半倚在柜子上，疲惫而又享受的样子，那把弦子顺势挂在了他身后的柱子上，在身体一侧，一只手随时可以摸上去。罗瞎子像睡着了一样倚着，没有睁开眼睛，只是听着门又吱扭一声，跟着一根棍子落在地上，一只脚往前挪又停下来。陈沉木在仰头的瞬间看到了柜顶上的一双眼睛，他心一惊，那是一只猫，和那把二胡保持在一条线上，仿佛是二胡上结出的一个果子。那只猫不动，也没有叫，像罗瞎子一样始终保持着一个姿势，警惕地看着陈沉木的到来。陈沉木没有说话，让罗瞎子继续佯睡下去。他观察着罗瞎子的房间，除了柜子外还有一张小方桌、两把老式的椅子，在柜子的旁边就是罗瞎子的床，床对过的墙边是一个脸盆、一个炉子，炉子里的火不时泛起几点火光。陈沉木有点怀念自己做饭的日子，走近炉子，看到了炉子里煤球的火眼，一股热气朝上熏过来。他丢开一只手，朝火炉上伸，手掌上即刻暖暖的、热热的。猫在这时候终于叫出了一声，他也听见罗瞎子说，陈沉木，人都死光了你才来找我吗？

他看见罗瞎子的手又在勾头边的二胡。

陈沉木，我要不要给你拉一曲，拉一个欢迎的曲子？

陈沉木说，那你拉一曲那个啥马吧。

你说的是《赛马》吧？

哦，是吧。

罗瞎子展开弓，调了调弦，一曲《赛马》出来了，只是有些低沉，有些单调。

陈沉木听完，说，老罗，你的马跑不快了。

后来有一天，陈沉木对罗瞎子说，你泡脚吗？天天泡那种？

罗瞎子摇摇头。

陈沉木说，我都泡了半辈子了。

罗瞎子说，我不和你比，你有一双好眼。

我现在不方便了。

怎么就不方便了？

轮着住，轮着吃。

罗瞎子有些不明白，你不是还是你吗？

可还是不一样，他们主要是供我吃饭。

罗瞎子说，那就不要天天泡嘛。

陈沉木说，泡惯了。

陈沉木对罗瞎子说着他怎样两边跑，又怎样回到原地方住。最后说，现在还能动，能动的时候就多泡泡脚，泡泡脚全身都会舒坦。

罗瞎子说，我是隔三岔五地洗洗脚，我没有你的福气，不敢那样享受。

陈沉木朝屋子里看看，看见了温水的壶，对罗瞎子说，我帮你泡脚吧，天天泡，你试试。

罗瞎子说，你也是睁眼说瞎话，你能天天来吗？

陈沉木说，能，跑得动就来。

陈沉木真的天天往罗瞎子家去，陈沉木先是帮罗瞎子泡脚，泡完了帮罗瞎子把水倒了。后来陈沉木就在罗瞎子家把脚泡了，两个人也多说说话。两双脚先是轮流泡，后来泡在了一个盆子里，两双粗糙的老脚碰在一起。陈沉木负责温水，往盆子里续，一边泡一边聊天。罗瞎子记得还算年轻的时候陈沉木和自己聊过女人，聊过这个世界。罗瞎子问陈沉木，女人都长得什么样子啊？陈沉木问他，你不是见过吗？罗瞎子说，那时候小，不操女人的心，也都忘了什么样子了。你真的什么都看不见吗？罗瞎子说，最早的时候非常模糊，看见脚下有路，慢慢地更弱，不过还好，可以听见这个世界上的声音。

你听见的是好还是不好？

罗瞎子说，有好也有不好。

陈沉木问，你喜欢男人的声音还是女人的声音？

罗瞎子稍一迟疑，还是女人的声音，女人的声音比男人的好听。

陈沉木说，我现在告诉你女人长什么样子。接着他对罗瞎子说着……

罗瞎子听他说完，又问，你说说你和你老婆睡觉的事吧。

陈沉木笑笑，睡觉有什么好说的，这个世界上就是男人和女人，男人和女人睡在一起是成一个家，传宗接代，磕磕碰碰在一起过日子，日子有好也有坏。陈沉木说着伤感起来，老婆都离开几十年了，原来村里传说过他和李麦英好，李麦英的男人走得早，陈沉木年轻时帮助过她家，但没有走到一起的意思。一个村庄里寡下来的老人很多，却找不到谁和谁最后走到了一起，在一起过的。

陈沉木沉默下来，罗瞎子默默地又拉起二胡，这次拉的是《秋风吟》。

罗瞎子是有过师父的，那时候他的师父是魏村的魏瞎子。魏瞎子会说书会算卦，这些罗瞎子都没有学会，他学会的只有二胡，拉一手好弦子，从年轻一直拉过来。多年前说书这一行不再流行了，魏瞎子就失业了。前些年魏瞎子离开了世界，他一个人天天守在这一方小院里。来看他，帮他收拾屋子的是他的侄儿侄女，包括皮皮。

罗瞎子养成了泡脚的习惯。罗瞎子说，老陈，陈沉木，你要死在了我的前边，我就又泡不成脚了，我没有你的耐心，我不方便。

陈沉木说，就是我死在了你的前边，你还是要坚持泡脚，你能温水做饭，怎么不可以泡脚？

罗瞎子说，我每天都吃得很简单，一个瞎子只能这样，瞎着吃。

陈沉木又往盆子里续水。

续过水他们沉默地泡着脚，泡一会儿，陈沉木又往盆子里续水，水溅在了地上，盆子里渐渐地要被续满了。泡过了脚，陈沉木往外倒水，水多了端不动，他买来了一个塑料桶，把盆里的水舀到桶里，再往外掂。倒过了水，陈沉木说，瞎子你今天拉过了吗？罗瞎子问他，你还要听吗？陈沉木说，当然。罗瞎子伸出手将弦子解下来，压在腿上，两手动起来，委婉或者哀婉的声音传出来。陈沉木闭着眼，听着，慢慢地穿上鞋，抓牢了拐棍，在二胡声里出了罗瞎子的家门。

那两年陈沉木去得最多的就是罗瞎子家，在罗瞎子家聊天，完成了泡脚，听一段二胡。罗瞎子和他聊家里的猫，聊房顶上的鸽子，聊他跟在魏瞎子身边时发生的故事。罗瞎子说他其实知道女人的感觉，他拉过女人的手，摸过女人的身体，甚至和女人睡过。他说他想念那个村里的寡妇，不知道她是不是还在。罗瞎子说，那个女人是他在胡村的一天夜里去到他身边的，帮他吃过了饭，收拾了要睡觉的地方，女人没有走，女人窸窸窣窣地脱掉了衣服，搂住了他，把他的衣服脱了，给他抹了身。女人说，罗瞎子，你和女人睡过吗？罗瞎子抓住了她的身，抓住了她的奶子，浑身哆嗦……临走时，那个女人说，罗瞎子，这样死，你也值了。

罗瞎子说着掉了眼泪。罗瞎子不再说，摸了下二胡，手还在打战。

陈沉木说，就那一次吗？

罗瞎子点点头，说，再也没有过，那个女人像师父说书里的仙儿。

陈沉木慢慢地往回走，在路上想着罗瞎子说的那个女人到底是不是真的。

罗瞎子是在一个冬天走的。走的先天晚上，陈沉木还在罗瞎子的房子里，和罗瞎子泡脚，他们一起泡了两年的脚了，没有想到罗瞎子说走就走了。给他消息的是罗瞎子的侄儿皮皮，找到他时，皮皮一条腿跪在地上，这是当地行孝的规矩，陈沉木知道罗瞎子走了。

天空中飘起了雪花。陈沉木突然唱起来，唱的是一个地方小调。他站在雪中，拄着拐棍。他在雪中送罗瞎子一曲，陈沉木的嗓子无力而又沧桑，像一只老狼的哀号。二儿媳妇三艾把他往屋里搀，把陈沉木拉到屋里，给丈夫陈小马打电话，说罗瞎子走了。

几天后，陈沉木看着罗瞎子的棺木走在路上，他仰着头，掉着泪，而后连续几天都沉默着。他收藏了罗瞎子的二胡，至于那只猫，还守在罗瞎子的院子里，成了一只流浪猫。陈沉木也会过去看看猫，给猫带一些吃的东西。

陈小马在一个周末回到了瓦塘南街，他看到父亲站在马路边，不说话，往北边瞅。北边是罗瞎子的家，零星的纸幡还在风中飘着。

罗瞎子死后，陈沉木学会了和亡灵对话，他坐在出厦下，常常独语。他想起浓重的油漆味，大哥回到村子里在街道上制造的油漆味，大哥在外边上了半辈子的班，回来以后就是要他的油漆手艺。原来大哥在外边上班就是一个油漆工，半辈子不过是握刷子玩漆的。大哥回来后把家里的家具门窗都漆了，有的漆成红色，有的漆成绿色，有的漆成了黑色，把老娘小楼上的门窗也漆了。漆过了他们自己家院子的，把他家的门窗也过了漆。大哥的一只手里掂着一个小漆桶，另一只手握着一大一小两把刷子，穿着沾满漆点的工装。那时候二儿子陈小马家的房子还没翻盖，老门老窗户都腐朽了，大哥直接从老街门下手了，街门清理了一遍开始上漆，漆成了深红色。漆味从院子里飘出来，整个街道都弥漫着浓重的油漆味。上完漆，大哥很利索地把漆刷子扔到了垃圾坑里。在外几十年的大哥又到外边去了，去了县城，去了另外的县城，去给别人修轧路机、修汽车，原来这才是他真正的手艺。那几年到处都在修路，疯狂地修，到处都需要轧路机，到处都有用坏的轧路机和摊铺机。大哥从这个工地挪到另一个工地，大哥的手艺香得让人嫉妒。大哥的儿子借了父亲的光，让两个儿子跟着爷爷去修轧路机，还把坏了的轧路机买到一个地方，租赁了一个院子返修，修好了往机器上喷漆，旧轧路机穿上了新衣服，卖出去，赚回一笔钱。回到村里的大哥又风光了几年。几年后大哥回到了村里，这一回再也没有出去过，先是大嫂病了，他觉得在外几十年亏欠老婆，天天守在床边侍候。侍候走了老伴，老娘从床上起不来了，老娘是陈沉木和大哥一起侍候的，侍候了两年，老娘去了另一个世界。大哥就是这时候有了那辆三轮车，在大嫂和老娘都走后，大哥恋上了大戏，哪个村有戏都过去听，带着一个小暖瓶，一边喝水一边听。再后来把他带过去，他坐在三轮车上，大哥慢悠悠地骑着。那几年弟兄俩跑遍了周围的村庄，听了上百场的戏，尽管那些戏很多类同，也觉得享受。戏台下有卖饭卖零食的，兄弟俩在戏台下吃碗凉皮、炒凉粉，喝杯开水，等着下一出戏，近的地方听完了夜戏才回来。可大哥也说走就走了，和世界告别了。陈沉木没了老婆没了老娘没了大哥，天天守在院子里，上半月吃老二家的饭，下半月吃老大家的饭，胃口还不错，可就是觉得人活得太长了反而没意思。他最后找到了罗瞎子，罗瞎子竟然走得也这样快。

五

每次从床上下来，越来越艰难了。陈沉木弯着腰，手撑着床板，头慢慢地往上抬，慢慢地带动身板，像一条鱼渐渐地拱出水面，半拉屁股挪动着，之后又半拉屁股。接着是一条腿盘绕着先挪下来，那只脚挨着地面时感到了地面的坚硬，这样他才把另一条腿也慢慢地往下挪，两只脚都踩到了地面上，觉得踩结实了才敢直着腰往上站。不过，那腰是佝偻的，手要抓着床边的桌子，抓着紧挨床的一个桌角，桌面上久而久之摁出了一个掌印，仿佛那儿永远地放着一只手。他在床边找到鞋，一点点提上去，脚后跟长满了厚厚的茧子，结了硬壳，如果不是已经穿在脚上的袜子，那儿的茧子会刮着他的手。好在手指也越来越干燥、越来越粗硬，茧子和茧子形成了对抗，像两个刺猬接触在一起。每次兜鞋大约要五分钟时间，他曾经跟女儿说过，要买一双松口的鞋，很容易就穿上那种，可女儿还没有给他送过来。二儿子陈小马这一段时间也没有回家，陈小马从旗城回家要在每个周末，或隔一段才回一次家。他不好意思跟三艾说，三艾也是开通的，但儿媳和儿子兵分两地，能在家照顾自己他已经满足了。

陈沉木看到了夜壶，他每天起夜用的夜壶，他刚才穿鞋时脚碰到过夜壶。他再一次弯下腰，把那把老夜壶掂起来。说它老，是它已经跟了自己几十年了，掂进来掂出去，每天都要和这把夜壶打交道，和这把夜壶不知道接触了多少次。夜壶和人一样夜晚在房间里，当又一个日子到来，它会在日光里度过一个白天，夜幕降临再回到房间去。他在回忆昨天夜里自己是不是起过夜，是不是用了这把夜壶。每天夜里夜壶会放在床边的一把小凳子上，凳子有一个比较大的面，夜壶放上去会很稳当，这样搁是便于一伸手就可以抓起来。当然，再稳的东西也有不稳的时候，陈沉木碰倒过夜壶，凳子一倒，夜壶倾斜在地面上，里边的液体流出来，床边床底下都是，他要费力地把地面弄干净。陈小马在家他不用管，儿子会用拖把拖净了，再用涮净的拖把把地面拖干，在地面铺上一块废布，让他踩着废布走出来。或者把他拉到屋子外，让他等到地面干了再回到房间里活动。陈小马不在家，三艾拖过，也会在拖过的地面上铺一块旧布。和儿子不一样的是，三艾让他自己拿着拐棍慢慢地出来，在旁边招呼着，在后边抓着他的衣裳。夜壶倒过几次后，他就尽量不在小凳子上搁那把夜壶了，他把夜壶放在床头的地面上，那样不至于再碰倒了凳子又碰翻了夜壶。

他摸住了床边的拐棍，那根拐棍时常会放在床头，在床头和墙体接触的那个角落里，即使半夜里也可以伸手摸到，每次起来他要靠一根拐棍借力。拐棍，拉住我，他有时会这样对拐棍说。抓住了夜壶，也抓住了拐棍，他才慢慢地往外走。门都是虚掩的，人到了一定年龄门不用再关得那样结实，要手一抓就能拉开的程度最好。他早上开门，往往是用拿拐棍的那只手，拐棍在手掌里吊着，用几根手指去拉开门。门裂开一条缝就等于打开了，他感到了早晨的凉气或早晨的清爽。

大门往往也是陈沉木打开的，儿媳妇不会起这么早。早晨的胡同里看不到几个人影，他听见了从相隔几家的田老孩家传来的牛叫声。他走出大门，敲着地面走到胡同口，胡同外的南北大街上开始热闹，屠户家的肉架推了出来，十字路口摆上了卖菜的摊子，毛家的油条锅开始冒烟，牙医的门早打开了。牙医在擦门上荡了一夜的灰尘，擦过灰尘牙医端了一盆水把门前的地冲了，然后穿上白大褂，坐在门口等着上门看牙的人。这个时候的牙医还不忙，掂着盆子看到了陈沉木，斜过身子和陈沉木打招呼，陈沉木，你天天起这么早干什么？是要闻十字路上的油条味儿吗？陈沉木不搭理他，抽抽鼻子，果然有一股熟油的香气。

他常常等到通村里的第一班客车开过去才往回返。班车在村里的街路上开得很慢，看见招手的人就要停下来，卖票的女人站在车门口，时刻招呼着上车的人，偶尔会问陈沉木，大爷，你是等车吗？陈沉木笑笑，摆摆手。已经接近村口了，车呼的一声加快。

这时候如果是轮到小儿子家，三艾已经把饭做好了，如果轮到大儿子家管饭，饭也差不多该送过来了。他不敢一直站在路口，他拄着拐棍回到家，坐在门口，把碗放在面前的小桌上，等着大儿子或大儿媳妇把饭从保温饭盒倒进他的碗里，另一个小碗里则是和饭一块送过来的馒头和菜。陈沉木的一天就是这样开始的，然后是在等待午饭和晚饭。他坐在院子里，听着收音机，耳朵有些背，他就随里边的人呜里哇啦地唱着说着。他会在胡同里走几个来回，让吃过的饭在活动中消化，走到田老孩院墙外，听着田老孩家的牛叫一阵，牛粪味浓重地飘出来。天气不好，陈沉木就在院子里走几趟，拐棍当当地在院子里响。

夜壶的号子声是在一场秋天的风中突然听到的。那是几年前，他把夜壶清理了，放在了靠西边的墙头上，夜壶的口开着，或者说夜壶的口一直都是开着，口子上的盖儿早抛到什么地方了。那一天，在他转身时，听见了一种号子声，呜——呜——类似一种不知名的鸟叫，或像一个初生小牛犊的叫声，呜——呜——他站下来，寻找着声音的来处。好久，好久，他才恍然悟出那是风吹进夜壶，又从夜壶的嘴里钻出的声音。他奇怪地站着，盯着夜壶，那夜壶在墙头上倒是稳如磐石，没有被风吹倒。他想起一只夜壶是有重量的，有几斤重，不是一阵风就可以轻易吹倒的。他看着夜壶的口儿，口儿朝着胡同口的方向，正好对着和另一个小胡同交叉的角度，风从胡同的交叉处拐过来，一绺绺钻进壶口，再钻出来。陈沉木想象着那一绺风钻进壶里，又从壶口钻出来，像一只小老鼠。那声音可能是风从壶里往外钻时发出的哨子声，像一条线长长地拉扯着，间杂着声音的起伏，风小下来哨子声会暂时地消失或很短促。他想起那种泥捏的哨子，也是靠吹进去的风发出哨子声的，从夜壶发出的声音应该也是这个道理。

陈沉木站在门台上，和夜壶几乎平行的一个位置。他听见风从路上、从树梢上、从胡同口一阵又一阵地刮来，有点得意地穿过墙头的夜壶。他从门台上走下来，往墙根靠，那种声音还在，哨子声反而是听不见的。他离开墙根，和夜壶保持着一段距离，声音又大了起来。好像他离得太近影响了风速，阻碍了风流。这以后，陈沉木多了一种营生，他守在门台上，坐在一把小椅子上，等待着风，等待着风刮进夜壶再钻出的哨子声。风小的时候他走近墙头改换着壶嘴的方向，如果风太小了，哨子声发不出来，他有些失望。

夜壶似乎成为他每天出门每天还活着的标志。他每天早上起来，好像有了一种迫不及待的事情，他摸到鞋，把鞋兜上，慢慢地直腰，手颤颤地去摸到拐棍，手指弯曲着把拐棍握住，手上的茧子把拐棍磨得越来越光滑。他动了一步、一小步，拐棍着地的一头在地面上低微地响一声，新的一天就这样开始了。每一次每一天的开始都和拐棍和夜壶有关，都要费去十几分钟二十分钟的时间，时间从早晨开始熬，一点一点一天一天地再熬下去。他一手握着拐棍，一手掂着夜壶，慢慢地走下台阶，扶着墙把身子勉强地挤进厕所。从厕所出来，朝墙头瞥过去，找准了每天放夜壶的墙头，趔趄着身把夜壶放上去。夜壶的两边有两块砖，是他后来加上的，正好卡着夜壶，保持着夜壶的稳定。他离开墙边，要离开墙才能更有利于听到从夜壶里发出的响声，他坐在门台上，等待着哨子声。有一段时间这成了他生活中的一项主要内容，没有人知道他的这个秘密，他独自地期待和享受着。如果墙头上有夜壶，那就证明陈沉木还好好地活着，还活得正常，那夜壶发出的声音好像是对他活着的回应，是对他活着的证明。夜壶成为他活着的信物，那声音好像是他自己活在这个世上的声音，是他发出的号子声。没有风或风不正常，会让陈沉木失望，有些失落。

有几次他忘了掂夜壶，是号子声提醒了他。他从屋子里出来，在夜色笼罩的门前，寻找着还搁在墙头的夜壶。那夜壶像生着褐色翅膀的鸽子，或一只卧在墙头的黑猫，在夜色里叫。他坐在屋檐下，在夜色里听一阵夜壶的哨子声，才把夜壶从墙头掂下来，弓着腰回到他的屋子里。

那一年，由于二儿子重新翻盖房子，陈沉木要到女儿家住一段时间，女婿和女儿开奔马车来接他，要带的东西都搁齐了，儿子、儿媳妇站在门口送他走，说，等新房盖好了，第一时间就去接你。陈沉木看着就要拆除的房子，似乎要再多看房子几眼，他不说话，眼睛直直地看着老房子，他年轻时和老伴盖的房就要不存在了。陈小马走过来拉住他的手，说，爹，不会让你一直在妹妹家住，会早些接你回来的。车子启动，他又想起了什么，在车厢里喊，夜壶，夜壶……

六

陈沉木是夜里出来的。

村庄都睡着了，他慢慢打开门，夜色的微芒闪进来。这是他蓄谋好的，大门他提前放松了门闩，在最后的时光里，他反而做事都要先在心里预谋。他蹑手蹑脚走出来，没有人察觉，他的儿子和儿媳睡在另外的房子里，况且陈小马很少待在家里，即使回家待几天也会匆匆地回去，大儿子更不会半夜里过来。陈沉木走出了大门，返身轻轻地掩上。他拄着拐棍，仰头看一眼天，月亮出来得晚，但落下去也慢，一拱出来就亮亮堂堂的。天堂的那个地方是发着黄光的，天空高阔得很，整个天宇都是静的。他用拐棍探路，轻轻地点着地，响声一点一点的，嗒嗒、嗒嗒、嗒嗒……他带着嗒嗒声往南走，身影挪动着，幽魂一样，胡同很快就走过去了。他看到了村外的夜色，又沉又远，河流一样流淌着，一簇簇是河岸上的树。村庄和村外没遇上一个人，风带着凉意，一股股一阵阵地刮，往身上扎，朝身上钻着，风总能找到每一个缝隙。他裹了裹身上的衣裳，越过两个十字路口后，找到了他熟悉的一方麦田，他的思路此时竟然非常清晰。他站下来，在麦田的深处隐隐约约看到的是一片墓地，他有些激动地加快了步伐。

可是，他又活着回到了村庄。当太阳轻轻地罩住麦地，罩住他的身体时，他醒来了。他像一个卧在坟地的动物，慢慢地睁开了眼睛，慢慢地弓起了身子，裹在身上的大衣潮乎乎的，蒙上了黏黏的露水。他睁开眼看到了满地的麦子、脚脖深的麦子，看到了朝霞在晨曦里反光的露珠。我没有死？他嘟囔着，像问自己，我还活着？我八十岁，差不多了，他对自己说。这些年他不断改变着自己的目标，从七十岁计划着活过七十三岁。当跨过七十三岁的坎儿时，他又计划着，祈祷着活到七十五岁。然后他随着活过来的日子不断改变着他的目标：八十岁、八十五岁。人要是能确切知道自己能活到哪一天多好，就主动地在那一天做好准备，不劳烦别人。这一次他是带着可以走的信念来坟地的，昨天夜里他走得很艰难，他在来之前想过很多方式，他能感觉到自己的身体越来越垮塌下去，他越来越感到身体的无力感，包括对食物的淡薄，他越来越多地梦见那些死去的亲人：父亲、母亲、大哥、罗瞎子，更多周围的人。他们像鸟一样在他的身边飞翔，在他床的周围，在他的房间里，在他苍白的头发上飞翔……甚至他们给他带来了一双巨大的翅膀，要接在他的身上，带他飞走。他们一边飞翔一边看着他，向他挥动着，炫耀着他们的翅膀。他的梦里常常充满了翅膀的飞翔声，光线在众多的翅膀里闪电般或彩虹样炸裂，他在炸裂的缝隙里看到一条小路、一条小河、一道山脉、一片树林、一片草地、一只小鹿、一座房子、一些吃的东西……蝴蝶在小河边，在小房子上飞舞，河流上有很多蜻蜓，蝴蝶和蜻蜓在给他指路。很多次他觉得自己要走了，离开这个世界，到终究要到的另一个世界里去，见到很多成为灵魂的人，家里的人，拉一手好曲子的罗瞎子……

他就是在经历一次次这样的梦后来了麦地，来了墓地。那个夜晚他走得异常顺利，有一种力量推动着，身后像有很多只手在给他使力，甚至还有杂沓的脚步声，他想提前看到那些蝴蝶、那些蜻蜓、那些小房子……

他竟然很快地找到了家族的墓场。墓场里已星罗棋布了，他仿佛长了一双夜眼，在夜色里看到了一座座小山，每座小山前站着一个故人或故人的灵魂，看着他往哪里去，考验着他的智力。他在夜色里的力气特别大，从坟路间穿过，他在墓场间辨别着每个故人的坟丘，月亮照着他目光关注到的地方。一场小风在墓场里刮动，掀起尘土，夜鸟声从远处的河滩上刮过来。他在墓场里盘旋，好像在寻找自己的墓地、自己的位置。风把天色刮得越来越暗，他身上裹着的大衣越发地沉重，头开始旋转，脚在风中轻飘，他看到一块墓地，墓地上和墓地周围长满干燥的野草，他实在是困了，就顺势躺了下去。夜色退后，在晨曦里，他看到自己躺着的地方是大哥的墓地。大哥五年前死了，在大哥死去的那天他看到了大哥又高又长的身子，他想起最后为大哥剪下巴颏儿上的胡子，找来热毛巾擦着大哥的脸。后来，没有想到他会成为“大哥”，具体说是大哥的替身，大哥原来一直在外地工作，退休后回到村庄的，大哥在最初的几年，每年还要回到他工作的那个城市里去，回到那个他生活了几十年的大厂。慢慢地大哥不再回去了，大哥的工资也是汇过来的，再以后打到了卡上。但有一点，必须证明大哥是活着的，大哥年龄越来越大，不愿意动弹了，到那个城市要坐几十个小时的火车，对一个年龄渐长的老人已经是一种折腾。还有一个原因就是老人越来越恋家了，大哥长期在外和家庭的隔阂慢慢地被岁月消除，或者说被亲情暖化。陈沉木没有想到大哥会走得那么快，在一个冬日的傍晚，大哥在腾挪一个小箱子时，腰弯了下去，越来越弯的身子没有能够再直起来，最后弯到房间的地上，头直直地栽倒，被发现后已经不行了，送到医院没有苏醒过来。陈沉木就是这时候成了另一个人——他的大哥。他的侄儿，他的侄孙、侄儿媳妇在那几天连续地找他，给他买了奶粉、豆奶，那种态度让他感到温暖，他的面前充满笑脸。那是他这一生见到笑脸最多的几天，笑脸像开满鲜花的园子，他最后终于听到了他们的诉求，他犹豫着，还是答应了，他不好意思不答应，他桌子上的奶粉，够他喝一个月没有问题。然后是他们带来了大哥的衣服、大哥喜欢戴的帽子，让他穿上戴上，让他坐上了小车。那是一个早晨，那几天他一个人住在院子里，还是自己做饭吃，三艾去旗城找陈小马了。如果三艾在家会问他们，到底要干什么？也许会挡住他。那一天他被拉到了一个照相馆，给他照相，他已经知道他在那一刻是另外一个人了，他还问了侄孙，像吗？我不像啊，我能和你爷像吗？你爷比我高比我脸大，这样可以蒙混过去吗？别露馅儿，别再把我也牵连了，我这么大年龄了，我担待不起。侄儿和侄孙摆摆手，示意他不要说话。他停下来，端端正正地坐着，听凭照相师摆布，甚至化妆，让他一次次地端正身子，仰起头，照相师还在调整着距离，侄儿说，不用照那么清楚，模糊点更好。照相师不说话，左右地看着，开始照了。照完了，他终于可以起来了。他觉得很累，比每年在民政所照相累多了，在民政所，那个女孩就是简单地一照，证明他还活着就行，然后是每个月可以领到几十块钱。这也是证明一个人还活着，却费了这么大的功夫，看起来假的和真的还是不一样，做假也不容易。他听见照相师对侄儿他们说，我会好好修的，你们把真人的照片留给我。

现在，他要再艰难地走回村庄，因为自己真的还活着。在离开墓场前，他找到了大哥的墓地，他努力地站定，竟然咧开嘴笑笑，说，老大，你干吗慌慌张张地要先走了？你看我像你吗？咱弟兄有那么像吗？我没有觉得咱俩多像啊。可我现在成了你，要扮成你，这帮孩子什么事都干得出来，再找我，我可不想干了。你们厂里的人也太好骗了，那么大的厂子，里边的人这么傻！他找到了麦垄里的拐杖，拐杖潮潮的，浸泡了一夜，洗过一样。他又把日子拐回来了。

到家了，大门虚掩着，院子里没有动静，他推开门，儿媳妇的房子里静着，三艾还没有起床，其实天还早着，只是太阳早早地露了出来，院子里静着。

钻进屋子，他扔掉了大衣，身子瑟瑟地发起抖来，接着是连续的几个喷嚏，打得很响，没有关严的门呼嗒呼嗒地响了几声。他急匆匆地往被窝里钻，钻进去蒙住头，一股强烈的睡意袭来，头开始疼，他迷迷糊糊地睡着了。醒来时又是一个黄昏，他看见大儿媳妇、二儿媳妇都站在他的身边，女儿也过来了，村里的医生请来了，手里握着听诊器，把体温表往他的腋窝里夹。他迷迷糊糊地问，你们是谁？要干什么？医生说，没事了，吃点药估计就行。

七

陈沉木掂着夜壶走向墓地是一个雪夜。

他在梦里看到了一片白光，好像在为他铺路，雪地里站着一只黑色的鸟儿。他悄悄地打开门，门外一片雪亮，光线照着他的身体，他的身影晃在雪地上，他像白光中的异类，整个院子里仿佛一块巨大的白布，天空中扯着白色的雾幔。他听见了沙沙拉拉的雪声，这个冬天最大的一场雪悄然而至，除了雪的声音听不到任何杂音，世界万籁俱寂。他蓦然想到的是一个又一个他经历的葬礼，那无边的白色，丧葬的白色，孝布的白色。老娘的丧事铺天盖地的都是白布，老娘九十岁离世，家族中穿白孝的近二百口人，费了几十丈白布。那个卖布的人一匹又一匹地往家里送着白布，送得都有些不耐烦，撇着嘴，埋怨算得不准。大哥说，你不想送我们再换一家。那个卖白布的人把正叼在嘴上的烟狠狠地踩在地上，脚尖碾碎了烟头，残余的烟丝挤出来，说，我不烦，你们再要几丈我都送！大哥本想把整个门里门外都绾上白布，那样真的还得买几丈白布，更加气派。可侄儿、孙儿们，尤其侄媳、孙媳们提出了反对意见，就省下了几丈白布，白布也是葬礼一笔重要的开支。大哥几年后走的，他浪费的白布不及老娘，因为隔了一个辈分少了很多孝子，尽管儿子按照他的遗嘱，在院内院外都挂上了白布。几宗丧事的白布都是一个布贩子送的，电动车连续几次走的都是一个门。

没有想到临死前还能有一场大雪，或者说他一直在等待一场大雪的到来。

他返过去，找更厚的衣裳。他在老柜里翻，翻出了女儿为他准备的更厚的一件棉袄，他在柜橱里找到了一双帆布鞋，这双鞋防滑。陈沉木把一只脚先伸到雪里，探了一下雪的深浅，然后他开始出门，脚下发出咯吱咯吱的声响。他的手里掂着夜壶，他要把夜壶提到坟地里去。夜风在雪地上掠过，他听到了夜壶的声音，从夜壶里发出的哨子声，呜——呜——呜——呜——像一只遥远的夜鸟在叫，在寂静的深夜哨子声格外响亮。他故意找着风向，用壶嘴对着风口，壶嘴一阵一阵地发出叫声。

他在想着，这样儿子可以省下很多的白布。他在半个月前写下了一封遗书，他在遗书里说明了自己的意思，自己死后不用办轰轰烈烈的丧事，简单埋进祖坟里就好。盼望已久了，这样的天气，经历一场雪葬更有意思。他的遗书充满了错别字，放在床边桌子的抽屉里。

走到村外的十字路口时，雪下得更大了。他也是这时候突然迷路的，他沿着隐隐约约的一条小路往前走，也许这就是另一个世界的路吧。他战战兢兢地往前走，雪夜里其实是没有路的，管他呢，只要能走动就往前走，他的手里始终掂着那把夜壶，不舍得丢下。他感觉他没有走错方向，前边就是他最终的归宿，就是他上次来过的墓地。在雪夜里找一条路靠的完全是一种感觉，他庆幸自己还有记忆，还能走得那样稳。当雪路出现了一个高度，一个高坡，他似乎才有所醒悟，可能还是走错了方向。他看见了天光，天好像要亮了，隐隐约约看见一条宽宽的沟，低处的一条路。难道是通向另一个世界的路吗？他迷惘着，犹豫着是不是朝着这条路走下去。幸亏他的一只手抓住了栏杆，栏杆上的雪被他的手抓在手里，他把手里的雪甩在地上，再抓上去时才感觉到是他曾经抓过的桥栏。这是河吗？好久他才悟出是蒲河，他迷蒙地看到低处的一条河流，不是路，是落满了雪的河流。他站住了，朦朦胧胧的蒲河已经被一场大雪盖住了，河像一条深沟，两边岸上的树早变成了雪树。他又往前走，隐隐约约地看到了一个村庄，陈沉木搂住了一棵树，夜壶从他的手里落下来，闷闷的一声，早已经听不到夜壶里发出的声音了。当陈沉木看到愈加明朗的天光时，他有些遗憾地想，我又要活下去了！那个墓地看起来不是那么轻易就能进去的，雪让他迷了路，连墓地都没有找到，这个雪天看来不想成全他陈沉木，还要让他在世上活下去，继续经受活的折磨，死没那么容易，比生还要艰难。他仰望着树，竟然有不怕冷的麻雀落在树上。可是他不服气，他折回身，沿着桥下的路往回返，一步一步走得很慢。天和地混沌着，他已经不是一个人了，是一个可怜的雪团，要被雪覆盖了……

发现他的是屠户家的女人。她大清早去赶一头猪，看见路边坐着一个雪人，身子倚着机井房，机井房的后边就是陈家的坟地。她停下来，拍掉他身上的雪，惊讶地看到是陈沉木，她使劲叫着陈沉木，没有回声，人像是已经死了。她回头朝村里跑，雪路让她几次滑倒，她一边跑一边尖叫，喊着陈小贵，喊着陈小马，喊着三艾，声音尖厉地越过村庄。

陈沉木的大儿子陈小贵从工地上回到了村里，冬天，很多工地都停工了。

陈沉木的生命力格外坚强，他又活过来了，只是那场雪后陈沉木就不能动了。

陈沉木最后其实是不能用夜壶的，他已经无能为力了。陈小马要把他搀下来，他用的是一个陈小马为他新买的小桶，到最后陈沉木甚至用上了尿不湿。陈小贵和陈小马两个儿子轮流地看着他，最开始陈沉木被儿子勉强地搀到外边，颤抖着坐在那个他用了很多年的小饭桌边，勉强地抓住碗里的小勺子，往自己的嘴里灌饭。饭哩哩啦啦地流下来，流得满嘴都是。后来就起不来了，他坐在床上，被儿子托着，倚着床头，两个儿子轮流地往他的嘴里喂饭。吃完了，再坚持着在床头倚一会儿，有时候他倚着床头睡着了，没有人惊动他，让他好好地睡。

有一天晚上陈小马坐在他的身边，他好像特别地清醒，对陈小马说，小马，我去过旗城，去找过你。陈小马一惊。陈沉木说，那一次我去旗城买药，就是从收音机里听到的那种止疼的药，一个人老了总会感到身上乱疼，疼在哪里也不知道……陈沉木说，去旗城那天是一个半阴天，春天的花已经开了，脱掉了厚重的衣裳，身上感到了轻松。他选择了去村外坐车，他在大路边向过来的一辆车挥手，他顺利地坐上了。这一次他没有在镇上下车，直接去了县城，从县城的汽车站又坐车去了旗城。他拿着一张纸，那张纸上写着他从收音机里听来的内容。他找到了广告上的那个胡同。这个胡同他来过两次，在这里买过两次药，那种药吃了身上长了精神，会有几天不再感到那么疲惫，腰和肩也似乎减轻了酸痛。可已物是人非，胡同变得规矩了，路面重新硬化，街边的小门面统一制作了牌子，那个门诊不在了。他站在胡同里感到迷惘，他一连问了几个人，说胡同还是那条胡同，没有走错。他问那个门诊，那个门诊里的老人。一个女人说，什么老人，那个人并不老，他不过留了一个老人的胡子。那他去了哪儿？女人说，我们怎么知道他去了哪儿。陈沉木失望地走出胡同，他在旗城的大街上走，他在这一天找到了很多条旗城的胡同，很多他说的那种门诊，坐诊的医生都说他找的就是自己。陈沉木却一直摇着头，陈沉木记得清楚，那个人和那个人的胡子刻在他的记忆里。他茫然地走在大街上，兜里揣着钱，这个旗城让他失望，旗城在他心里已经是一个失望的城。陈沉木想到了儿子，儿子陈小马就在旗城，可他只在儿子家住过一次，后来再也没有来过。此刻他特别想见到儿子，让儿子帮帮自己，哪怕儿子嚷自己一顿，说那个医生就是一个骗子，专骗老人的钱，可他每次买了药总会感觉管用几天……陈沉木说他找到了陈小马的家，他凭着记忆，打听着找到了儿子的小区……可他没有进去，在小区门口犹豫着又回过了头。他赶上了最后一班回县城的车，他回到了县城，已经没有回瓦塘南街的班车，晚上他找了一家小旅馆住了一夜。开旅馆的是一个老人，特别照顾他，夜里几次过来看他，第二天又把他送上了回瓦塘南街的班车。

陈小马哭了，呜呜地哭，哭得很痛。他抓着老爹的手，还在哭，爹，你说的是真的吗？那一刻陈沉木特别清醒，回想了一下，说出了具体的时间。陈小马跪在父亲的床边，抓着父亲的手，呜咽着，一边呜咽一边说着，对不起，爹！是儿子混，儿子不孝！陈小马说，我在那一天有过感觉，心里一直发慌，我下楼去小区外找过，我记得清楚就是那天。他呜咽着，可我没有看见你，没有找到你，差一点时间就不会错过了。对不起，爹……陈小马抓着陈沉木的手，一直流泪。

八

陈沉木坚持到了次年的夏天。在最后的日子里，陈沉木不断发出自己的声音，他的语言里充满了叙述，不断地说到河流，说到了当年的一艘老船，船就在现在的桥那个地方。说有一次缆绳断了，船顺水漂流了十几里地，几十个人顶着水把船拉回来。陈沉木说着，自己嘿嘿地笑，陈小马和陈小贵跟着他笑。陈沉木说到当年的一头黑驴，说黑驴拉着他和他收来的东西，一天夜里差一点从桥头栽下去，他扯着驴的缰绳，把缰绳朝桥栏上缠，车子才没有滑到河里……陈沉木说着开始哭泣，抽着鼻子，说，你们都还记得我们家那头驴吧？两个儿子都说记得……陈沉木睡觉的时候越来越多了，他好像很累，吃过了东西就往被窝里缩，有时候半夜醒来了和身边的人说话，说的话越来越恍惚，说着他梦见的亲人，说他又梦见了河里的水和河里的船，还有那头被屠宰了的黑驴。

有一天，陈沉木自己忽然起来了。那天是陈小马值班，自从陈沉木病倒后，陈小马就请了长假。陈小马到隔壁去了一趟，回来看见了父亲从里间跑到了外间，他竟然自己坐到了沙发上，脸上又红又青，显然是跌倒过。陈小马找来碘酒往那个红肿的地方抹。陈沉木不说话，静静地坐着。陈小马又找来一件衣服为他披上。那是一个夏天的傍晚，慢慢地，陈沉木像是歇过来了，用有气无力的声音说，你把我拉出去。他说着向陈小马伸出了一只手，孩子一样可怜地看着儿子。陈小马赶忙拉住父亲，把父亲搀了出去。外边的阳光明亮地照着，陈沉木一下子受不了太明亮的阳光，低下头，挤挤眼。他被陈小马搀扶着下了台阶，看到了搁在墙角的夜壶，他的嘴颤抖着，手微微抖着举起来，他指挥着陈小马把夜壶放在了墙头上。他仰着头看着夜壶，起风了，天上飘满了柳毛子，风中的柳毛子像雪，纷纷扬扬。陈沉木坐在院子里一直闭着眼。他终于听见了哨子声，低低的，呜呜地响。慢慢地，他的眼闭得越来越紧。在小马的嘶喊里，从墙头上传来的是一声悠长又高亢的哨子声，接着，夜壶从墙头上刮了下来，在院子里打转。

葬过父亲的一个傍晚，陈小马找到了那把夜壶，父亲用了多少年的夜壶。陈小马看着夜壶，愿意相信父亲的一部分灵魂和这把夜壶有关，他要让这把夜壶继续守在某一个地方，发出父亲喜欢的声音。他看见了夜壶上的痕迹，父亲刻到了八十五。

他在父亲刻下的字迹后加了几个字——八十六。陈沉木那年八十六岁。

（选自《四川文学》2021 年第 9 期）

赛马

张运涛

一

我从医院回来，桌上已摆着一盆鸡汤一盆菜。鸡汤是我用砂锅提前炖好的，要是用炒锅，母亲肯定会将鸡肉、牛肉、青椒、土豆一锅烩了。放下东西我赶紧围上围裙，想去把准备好的鸡蛋西红柿、肉末萝卜缨炒了，母亲说你爸只喝汤，就咱俩，能吃多少？

说实话，我也没什么心情。诊断书上写有 Ca，我第一反应是癌，其实 cancer 这个单词我早忘了，直觉是它。医生的话证实了我的推测，直肠癌，中晚期。我问确定吗，他说基本确定，这种癌每年能遇到上百例，不会错。医生是我高中同学，没有保留。

吃罢饭去拣药？母亲盛汤的时候问。

父亲也看我。他的脸上只剩下骨头，一副典型的病人相——我以前怎么没发现？

医生说得做个手术，截掉一点肠子。我安慰他们，小手术，就跟阑尾炎一样。

得住院？母亲很惊讶。回去出完姜再过来……

我已经办好手续，下午住院。手术前还得做好多项检查，很麻烦的。怕他们怀疑，我又补充，有病及时治，不能拖。

父亲很少说话，像是有预感。

晚饭是莉莉来做的，六菜一汤。我们刚认识那会儿，她曾经笑过我，说我过于讲究形式。时间久了，她也习惯了我的形式——有时候，形式也很必要。

你们啥时候结婚啊？父亲在饭桌上突然问。

我不喜欢这个问题。要是搁以前，我肯定会变脸，要么不理他，要么噎他一句："操好你自己的心吧。"那天晚上我异常温和（我后来后悔了，我应该折中一下的。但怎么折中呢？别说那么短的时间，就是现在我也想不出来理想的折中方式），我跟父亲说快了，明年看吧。莉莉的眼睛亮了一下。父亲希望能更早一点，他有点得寸进尺。

送他们回医院，天已经黑透了。莉莉偎在我身上，要跟我回去。我让她回自己的家，我心里好难受。话说完，突然就泪流满面——到底没忍住。莉莉傻了，僵在那儿，不知所措。

对不起，突然觉得我爸好可怜。我说，他这辈子没享过几天福。

莉莉抱住我，头埋在我胸前。

我们就那样在医院外面抱了一会儿，直到我全身都暖和起来。

我们家最艰难的时候是我十八岁之前。我六岁的时候，父亲风湿严重，瘫痪了。据母亲讲，医院让拉回去准备后事，没法治了。后来小姨从婆家姑父那里讨到一个偏方，贴了几贴膏药，父亲竟然能下地了。命是捡回来了，从此下不了水，做不了重活儿，用他自己的话说，成了残废。

我哥思福读五年级时，我们从淮河南边的陈湾搬回到淮河北边的王畈。他不愿再念书，说一到考试头就疼。不念就不念，母亲正需要帮手。思福那时才十二岁，只能做放牛、锄草这样的小活儿，犁田耙地还是得请人。农村的活儿都是急活儿，家家都急，请人难，大多时候都是亲戚来帮忙。一忙起来母亲就烦，就跟父亲生气。

贫贱夫妻百事哀吧。有一年过年，一锅红薯丸子炸煳了，母亲看着黑乎乎的丸子，说只能喂猪了。父亲听到，骂她，那可是敬祖宗的……母亲破罐子破摔，有啥用？年年敬年年敬，还不是这样？

说是说，母亲骨子里对每年的祭祀还是很虔诚的。她跟父亲一样，试图借这些他们力所能及的仪式给家里带来转机。世界上哪有那么轻巧的事？整个青春期，我心里无数次地埋怨过他们，一样的劳作，怎么我们家就这么穷？多少年后我才体会到他们当年的无奈。我跟朋友总结说，世界上特别迷信的人有两种，一种是穷人，另一种是富人。

母亲和父亲生气不吵不骂，也不打，都是冷战，谁也不理谁。这种冷战有时候能持续一个月，搞得我们弟兄几个在家也小心翼翼的。我现在还记得父亲孤独地坐在当院里的背影，他心里一定很自卑，觉得自己是家庭的拖累。好像就是那时候，他开始了折腾。父亲折腾的第一件事是贩大米。王畈虽不像陈湾属鱼米之乡，但也紧靠淮河，灌溉方便，号称县里的小江南——“一半米来一半面”，在一个小麦生产大县极为难得。秋收一罢，父亲就开始买人家的稻米驮到县城去卖，赚差价。

县城离王畈三十公里，父亲第一次骑自行车，驮了不到一百斤。时令应该是初秋，还不冷。我是被吵醒的，家里好像发生了重大事件。母亲天不亮就起床了，稀饭已经煮好，正在煎鸡蛋饼——那可是我们家最好的伙食了。父亲吃饱喝足，母亲一再叮嘱，路上慢点，骑不动了就歇会儿。

父亲回来是傍晚，我正好也从学校回来。我们家的宅基地略高一些，父亲从自行车上下来，推着车进了院子。我们都看到了他脸上的伤，很小（不仔细看根本看不到），应该是摔倒在地蹭破了皮，有些微的血痕。

路上有人晾黄豆，不小心压上，滑倒了。父亲重重地坐到椅子上，让我给他倒一杯水。

水喝完了，他才指着自行车，差一点连人带车滑到沟里，幸好路边有树，挡住了。

车是借邻居老铁的，三脚架拱起来了。

哎哟，母亲努力抑制着自己的惊讶，咋还给人家啊？

回来的路上我等了几个赶集卖菜的，几个人将车子绑在树上拉了好长时间，拱平得多了。父亲说。

正好姑父过来，问咋不点灯，黑灯瞎火的。母亲说，你哥赶一次集，把人家老铁的三脚架撞拱了，咋还给人家啊？

姑父上前看了看，还能骑，就是不能吃重了。扳子找出来，把我的换给他。

母亲脸上放晴，却又不好意思，中吗？

咋不中？父亲说，咱是红旗的，不比他飞鹰硬？

东借西借跑了几个月，父亲见有利可图，买了一辆二手自行车。春上鸡开窝了，母亲在家收鸡蛋，父亲又开始贩鸡蛋。

天热的时候，父亲累倒了，不能见风，还浑身酸疼。母亲每天早上用开水给父亲冲个鸡蛋，搅点白糖。最初，弟弟思成也有一份，母亲说他小，体质弱，补补。后来鸡蛋跟不上，停了弟弟的，只有父亲一直在享用。我嘴上不说，心里觉得父亲矫情，不就骑自行车嘛，咋会累呢？那时候我已经到镇上上初中了，有天中午借了同学的自行车回家，吃罢饭还早，我骑着车子在去县城的柏油路上跑到快上课才回学校。骑自行车多舒服啊，怎么会累呢？况且，王畈跟我差不多年纪孩子的父母都是起早贪黑、天南地北地赶集卖菜，哪个喊过累？

父亲有好长时间没再做活儿。小姨不知道从哪儿听说了，捎信让去一趟，说是又弄了几贴膏药，看看管用不。思福走不开，第二天稻田放水——父亲不敢沾水——只有父亲去。

父亲出门前，母亲推我过去，小顺没事，跟你做个伴儿。

串亲戚我当然积极，更何况是去小姨家。

那条路我们走过无数次，从陈湾到王畈，从王畈到陈湾。有时候，大人骑自行车带着，有时候坐一段客车再步行，无论如何都要乘船过淮河。渡口在一个叫梅黄的小集镇那里，划船的先问我们哪儿的，远的，两毛钱船钱；近的，每年秋后上门收船粮。听说我们是王畈的，船夫问，老铁还好不？父亲说好好，现在不挑担子了，还是天天赶集，自己的菜卖完了兑人家的卖。船夫叹了声，都是吃力的命。那一问一答可不是闲话，有不想交船钱充附近哪个村的一问就会露出马脚。船划到河中间，没人再说话，只听到下面水哗啦啦地响。

上了岸就是梅黄。街道是青石板铺的，被两边伸出老远的房檐遮着，少见太阳，又临河，青石板像是在水里泡着，阴森森的。尤其是清早或黄昏，街上不见人影，头上只有一道细长细长的天空，好吓人。自行车咣咣当当地响，父亲目不斜视。

到小姨家时，一家人正在过道里吃饭。桌上四盘菜，一盆汤。小姨放下碗，上前把我揽在怀里，我们小顺长这么高了。小姨每次都这样，好像几年没见我了。

小姨和苗苗去厨屋炒菜去了——再加两个菜。豆豆、秀秀忙着给我们挪椅子，小旺还小，有点认生，姨父叫他给我们盛饭，先垫点底。

参加工作后我才知道四菜一汤是工作餐，是标配。但几十年前小姨家的家常菜就是四菜一汤，有客人更丰盛，那也是我乐意去小姨家做客的原因之一。我们家平时只有一盆菜，来客了才会装盘子。记得有一年，整个陈湾都在传小姨家的饺子全是瘦肉，那样的饺子该多香啊。母亲说，光是瘦肉也不好吃，没萝卜没粉条没豆腐，还叫饺子？现在想起来，母亲当时说的虽然有道理，但心里肯定也酸不溜秋的——我们家过年总共才买了五块钱的肉，还是赊的，饺子馅里的瘦肉比例可想而知。

吃罢饭，小姨让小旺拿出来一包膏药，哪儿疼贴哪儿。父亲接过去看看，从哪儿弄的啊？姨父替她答，集上。她是听风就是雨，一听说能治风湿非要买点试试，万一中了呢？万一中了，医院早关门了……父亲讪讪的，顺着姨父的话说，是，跑江湖的，也就一张嘴，一边收好，缠到车把上。现在不疼？小姨忙着将桌子靠墙摆好。

父亲没吭声。

贴上啊，哪儿疼贴哪儿。小姨背着他摆桌子——地有点不平，桌子放不稳。

父亲拿了两片出来，让我帮他贴到两个膀子上。

小顺，你爹残废，你可得争气。小姨在我身后说。

小姨不是亲姨，母亲只有一个姐，我们搬回老家的第二年就死了，跟婆婆怄气，喝了农药。小姨是母亲舅家的女儿，因为跟母亲都嫁到了陈湾，比亲姐妹走动还多。

没隔几天，父亲和姑父一道，又去小姨那儿拉回来十四箱汽水瓶，压盖机，香精、糖精、柠檬、小苏打。没想到生产汽水这么简单，水烧开，再放凉，兑上香精、糖精、柠檬，灌入汽水瓶。最复杂的工序是压盖，一人从旁边将小苏打倒入瓶里，另一人迅速压下瓶盖。得掌握好速度，不能快了，快了会压住人手。也不能慢了，慢了气泡就会翻飞出来，溅我们兄弟仨一脸一身，还不敢笑，怕母亲生气，一瓶汽水能卖一毛呢。

父亲负责销售，每次出去都要带六箱汽水，四箱挂在后座两边，后座上再摞两箱。哪个代销点卖完了，赶紧补上。

这活儿倒不累人，但量上不去。做了两个月，一算账，没赚到钱，煤是最大的开支。近门上的人指点说，人家都是直接灌井水。父亲犹豫再三，终是不敢，怕生水喝坏了肚子。

放鸭子是我上初三那年的事。鸭子也是从小姨那儿弄回来的——要不是后来方菲说出来，我一直都不会怀疑小姨扶助我们家的动机。

进了小姨家的过道就听到鸭子尖着嗓子的吵闹声。它们被暂时圈在当门——放过道里碍事，放院子里怕夜里冻死了——一个个黄灿灿的，伸长脖子欢迎我们。姨父好像有点烦，我那时候正敏感，清楚地记得姨父的第一句话："赶紧弄走！吵死了。"鸭子装上车，圈好，姨父看着遍地鸭粪，又嘟囔了一句："家里搞成粪坑了。"

父亲是指挥官，他不能下水，真正放鸭子的人其实是我。那个暑假本来就比之前任何一个暑假都长，又因放鸭子，我更觉得漫长得像一辈子的时光都集中在一起了。我整天抱着一根长竹竿赶鸭子，让每一只鸭子跟上大部队。坡地里还好，要是鸭子进了水里，竹竿又够不着，我就得跳进水里去赶。费了九牛二虎之力让它们入了圈，还要提着网兜转人家的厕所——鸭子喜欢吃蛆。水塘里的水锈多了浮萍多了鸭子游不走，我也得下去打捞……

我的中专录取通知书送来时，全村都知道了。我成公家人了，要吃公家粮住公家房了，父亲满心欢喜，见人就笑，见人就递纸烟。有人来收鸭子，父亲说不急，孩子开学还早，还可以再放几天，秋天上膘快。我只得穿着短裤，泥猴一样接着放那些鸭子，继续钻厕所捞蛆。

我开学头两天鸭子才卖。那应该是我们家有史以来最大的一笔收入吧。先还了小姨垫的鸭子钱。吃不用愁了，我上中专的钱也不用父母低头弯腰地出去借了。贩大米贩鸡蛋做汽水父亲都说没挣到钱，唯有放鸭子，同时解决了家里的好几个要紧问题。

二

方菲上午过来了，可能是听她爸说了。父亲床头上有一提冬虫夏草，估计是她拿来的。见我不快，母亲没敢多说。我也没细问，她就是把这个城市买来送给我，我也不愿再见到她。

还是复婚好，父亲的声音弱得跟他的病人身份极其一致。

后妈肯定不如亲妈。母亲听父亲说复婚，也有了劝我的底气。

方菲没有做他们的工作。我知道。这应该是他们的心里话——他们兴许刚刚还热烈地合计过这事。我想笑，这么快就忘了伤痛？

思福说他手术那天再赶回来，思成也是。手术定在后天，正好有个病人转院到市里，父亲顶了那个空。我本来也想把父亲转到郑州的医院的，同学说没必要，咱医院每年做这种手术近百次，早练出来了。在县城护理也方便，离家近。

猷猷他妈想回来，她知道错了，母亲又回到那个话题，你没看她认瓤了？

想回来是肯定的，要不想回来还能来看父亲？但她真知道错了？我不相信。

方菲是爱我的，我不否认。但她讨厌我父母，讨厌思福、思成，讨厌我这边所有的亲戚。我说的是讨厌，不是一般的不喜欢。她要是不喜欢他们我还能容忍，毕竟她是和我过日子，问题是她缺少对他们最基本的尊重。我们结婚后我想带她去看看我小姨，我小姨对我们家帮助那么大。她不肯去，她帮你们家你父母应该承那份情，跟我们有什么关系？（还好，她那时候没有用父亲和小姨的暧昧关系来拒绝，可能是忍着，也可能是还没听人说。）我这个人反应慢，当时觉得也有道理，过后想起来，不对啊，她说她小时候她姑父对她好难道不是她父母该承的情？事情过去了，再把这个提出来明显找别扭，我就按下了。思成结婚晚，有次来我们家，她说思成不该不打招呼就把女朋友往我们家领，硬是不做饭，说自己不舒服，带上猷猷径直出了门……

我没脸面，怪不得别人，自己浇灌的苦果。我和方菲都是王畈的，她家在南头，我们家在北头。结婚第一年拜完新年新娘那边应该回年，岳父没出面，打发她哥哥过来。农村里讲究这个，我父亲在我面前说时，我还怪他多心，有人来不就好？父亲闷声说，她姐那儿都第二年了，回年她爹还去了，明显看不起咱……

那样的开始注定不会有好结果。我们在一起磕磕绊绊十多年，离婚的导火索是一个沙发。她姐打工的家具店老板跑路了，她姐抢了一车货回来，送了我们一个沙发。沙发很大，也很时尚，通上电还能按摩。两年后我们搬新家，方菲带了辆工具车回去拉寄放在思成家的那个沙发，说是被人换了。思成老婆据理力争，有人来换她咋不知道呢，自己家里。方菲说知不知道你们心里清楚。思成老婆说，合着我们替你保管还落不是了？双方吵起来，方菲的父亲力挺自己女儿，坚持说确实不是原来的那个了，肯定是被人换了。后来还打了110……

我在一本书里看到一句话，说你最想杀掉的人如果是你的伴侣，说明你们已经没有继续的必要了。杀人我还真的不敢，也没有哪个人让我恨到这种程度，非得杀掉才解恨。我琢磨着，应该改为“你最希望消失的人”——在文字方面我好像有洁癖。我希望方菲从我的生活里消失，如果能有科幻电影里的技术的话。不管怎么说，我真是不想再坚持下去了。她也没有太坚持，我怀疑跟我头一年调进文联有关。我以前是乡政府副乡长，某日跟组织部部长同桌吃饭，部长说你既然书法这么好，到文联怎么样？我以为人家也就随口一提，又当着众人的面，回复因此干净利落，巴不得去清静清静，好好练练字。没想到，秋收毕，县里动人，我还真调到文联了，副主席，主持工作（没有正主席）。那个年过得还真不习惯，冷冷清清的，年货都得自己买不说，平时吆五喝六的好兄弟们也都不上门了——文联能给人家啥好呢？我也只能练字了。

第二年猷猷生日，方菲回来陪他吃饭。我没忍住，问她，那沙发怎么不一样了？

方菲说，原来的那个明显比这个大。

大了多少？我问。

大一圈吧。

好，我说，就算你记性好，原来的那个大了一圈。这就只剩下两种可能，一是被人偷了，二是被人换了。先假定被偷了，你听说过哪个小偷偷东西还带一个小一号的一模一样的放在那儿晃人眼？

我就说被人换了啊，方菲说。

好，再说被人换了。你去帮我找到一个一模一样的沙发试试容易不。

方菲不吭声。

即便找到了，先前的那个沙发和你新找到的沙发，能差多少钱？换你那个沙发合得着吗？

方菲听出我的意思了。

人家图啥呢，费一大把劲找一个新沙发，就为你那个“大一圈”的沙发？我忍不住，教训她，二十多岁时，你在你周围的女性中算是比较敏锐的。但这十年，你没有与时俱进，没有进步。简简单单的一件事，被你搞得无法收拾……重组家庭后，记住，善待对方，也要善待对方的亲朋。

手术那天，思福没来成，刚接了一个大单。思福在郑州，做水暖工程。他让我放心，手术费该摊多少只管吭声，马上打过来。思成来的时候父亲已经进手术室了，他怕人手不够，临时打电话叫来了两个城里的朋友。

手术很顺利，两个多小时就结束了。父亲回到病房，思成也要走，逢集，店里忙不过来。母亲紧张地盯着床头的机器，顾不上我们。

我送思成，想顺便和他说说父亲的病，和他商量一下要不要跟母亲说。他很客气，说了几句“全靠二哥照护，你辛苦了”之类的话，根本没问父亲的病。可能男人都这样粗心，要是弟妹来就会不一样。

到了一楼，他回转身说，二哥别送了，我给了咱妈两千块钱，我和大哥的意思。先用着，出院再算账，该摊多少我们再出。亲兄弟明算账。话跟思福说的一模一样。过后想一想，也是，那种场合，不那样说还能说什么？

我正要说正事，他像是突然想起来什么，问，二哥，文联到底是干啥的啊？

我笑，文联文联，就是文化联系，联系文化人。

人家都说你犯了错误才去那儿的。

什么错误？我问。

他眼睛移向别处，男女错误。

我收住笑，不知道该怎么解释。

还说，你离婚就是因为搞婚外恋。

没有的事儿，我和方菲离婚好长时间才认识莉莉。

二哥，我们不懂文化，但我们知道你文化多，去文联不正好？

我们？他和思福在一起议过我？我们弟兄仨，他俩明显要亲一些，过年过节的饭桌上，日常言语间，都能感受到。我在家少，初中毕业就出来了，一直到现在。他们有共同语言，思福小学没毕业就回去干活儿，思成勉强上到初二，读不下去，也回去了。两个人同吃同劳动那么多年，比我亲近，正常。思福结婚后在集上开了家百货商店，几年前去的郑州，跟他老婆的堂叔在那儿搞水暖装修。商店留给了思成，逢集忙不过来，父亲母亲都去给他帮忙。

三

有一天傍晚，病房里挤满了人，都是来探望另一个病号的。父亲向我招手，你妈呢？

回去做饭去了，我说，晚上吃鸽子，朋友送了几只鸽子来。

你得去看看你小姨……

啥？我凑上耳朵，屋里太吵了。

你得去看看你小姨，父亲说。

是，应该去，父亲说得对，我们弟兄仨，小姨对我最好。不光对我好，小姨还是我们所有亲戚中最关心我们家的。她给我的印象是知性、善良，我甚至幻想过，她要是我母亲就好了。

那一年，父亲又说，你小姨让我赶回来一头猪。

哪一年？

第二年，父亲伸出两个手指头，咱搬回来第二年。我去陈湾，你小姨问我年成咋样，我说不好，吃的都成问题。她就让我赶走一头猪……

我没印象，一点儿印象都没有。一头猪那么大……后来父亲临终前母亲提起这事，我才知道，那头猪没赶回来，半路上就卖了，换了一车粮食回来。

别跟你妈说，父亲又说。

我的心一沉，难道方菲说的都是真的？我知道那个年代一头猪的分量。我们搬家的时候，小姨好像是大队的饲养员。父亲瞒着母亲，瞒这么久，小姨是不是也瞒着姨父？还有一个难题，那么大一头猪不见了，她怎么向大队交代？

病房突然静下来，我才发现屋里只剩下我们父子——病人也下去送客了。父亲闭着眼睛，好像我们之间一直没说过话，刚才的对话只是我的幻想。

我其实早有去看小姨的念头。有一年我和方菲去叶寨看我姥爷，他像父亲现在一样，也是大病初愈。叶寨跟陈湾同属一个村，陈湾在村部最南头，叶寨在村部北头。过了河我们直接就到叶寨姥爷家了，要去陈湾还得绕过村部再朝南走一段。看过姥爷，我说干脆再去陈湾看看。方菲不同意，说万一他们要报复你呢？说实话，我也有这方面的顾虑，当年父亲送小旺遗体回去的时候就挨了我姨父的兄弟们一顿打——这也是我好多年都没有再去陈湾的原因。但我心里真想去，小姨对我们家那么好。我跟方菲说，小姨是我见过的最美的女人。我是搞书法的，书法艺术就要在不断的怀疑和否定中进步，我少有如此笃定的时候。小姨是最美的女人，我确定没有之一，也没有其他多余的限定词。也许方菲是因为这个生了女人的嫉妒心，开始绝地反击。她对你们家好？回去问问你妈，她是对你们家好还是对你爹好？谁不知道，那个小旺，是你亲……没等她说完，我就上去给了她一耳光。

我是跟莉莉一起去陈湾的。时间也是秋天，刚开学，猷猷换了新书包，双肩包，很酷。他故意在我面前显摆，莉莉姨给他买的。我一下想到我的第一个文具盒，小姨买给我的，薄薄的铁皮，上面是彩色的南京长江大桥，油漆闪着耀眼的光。一掀开，就能看到乘法口诀表，一一得一，从上到下，一直到九九八十一，多像天梯啊。小姨可能听营业员说了，我每天都去代销点看那些摞在货柜上的文具盒，眼巴巴的——小孩子不知道遮掩。小姨有天找到我，给了一张五毛钱的票子，让我去买文具盒……记忆中，那个时候父亲是缺失的，可能他正四处求医吧。猷猷的双肩包又让我想到了小姨。她当然是爱我的，除了母亲之外第一个爱我的女性。我还记得我再小一点的时候，她一见到我就会搂着我，搂得我都透不过气来。乖，我的亲外甥……我得去看她，立刻，马上。

我看到小姨了，但小姨没看到我。那一次我们没有坐船，枯水季，有人搭了一段简易桥，每人收费两块。事实上，20世纪90年代末县里就在淮河上架了一座大桥，在我们下游二十多公里的另一个镇上。要是走那座桥，得多绕十几二十公里。我们镇也在修桥，就在镇西头，一个桥墩已经浇灌好。那次我借了辆摩托，木桥太窄，我不敢骑，还是请人家骑过去的。过了河，似乎一眨眼的工夫就到了五里店，我有点不相信，还停下来问了问。我喜欢那里的方言，很软，像糯米糕。但我不喜欢其他任何地方的土话，总觉得有种生硬的拒绝感，拒绝你的融入。出远门时经常有这种感觉，一下车，周围做小生意的人都上来拉你，嘴里叽里呱啦的，一下子就让人意识到自己身在异乡，像一艘孤零零在海上漂泊的小船，很是无助。

为什么叫五里店呢？我长到爱问问题的年龄时，曾经问过大人。他们说，因为陈湾离五里店正好五里路。现在想起来当然可笑，他们以为陈湾是世界的中心，镇子是围绕着它来命名的。

过了五里店，我骑得很慢，从312国道下来还要走一段县道。县道窄，不留心很容易错过。下县道第一个村子叫刘湾，跟陈湾不属一个村。我很高兴，还能想起刘湾这个名字。我算了算，1986年到现在，十五年了，我十五年没来陈湾了——说实话，我迫切地想过来，除了想看小姨，还想看看我生活了十年的地方。

那儿的人把村子叫湾，发音很轻，更像是一声。他们说，北方的侉子才说庄子。刚搬到王畈的那段时间，我很委屈，人家都叫我蛮子。在陈湾，陈湾人又都叫我侉子。

路边一个有才小百货，店名歪歪扭扭地写在一块未刷漆的三合板上，两根铁丝从二楼阳台的栏杆那儿吊着那块像是随时都会掉下来的三合板。楼顶上搭满了衣服，外套，毛衣，还有女人的小衣服。

摩托车拐向向西的另一条土路。这条小路我还记得，我兴奋地跟莉莉说。老师课堂上讲渔夫和妖怪的故事时，我总是想象着渔夫就是从这条路走到湖边打鱼的。还是土路，还是两三米宽，还是平展展的。唯一让我意外的是，路像是地震时陷了下去，比两边的田地高不了多少。

路边的田里有一座小房子，配电房，1986 年我最后一次来陈湾时就有。向前两百米就是陈湾，我跟莉莉预告。还是老样子，没变，我心里念叨着，好像是在庆幸陈湾没有跑走，没有飞走。

村头还是水塘。塘半月状，整个陈湾就被这个半月状的水塘紧紧拥抱着。第一家的红色砖墙也在——这一家曾经是陈湾最显赫的人家，儿子做过五里店乡的乡长。村里的小路勉强能过去一辆车，路两边的小树亲热地挤过来。走不多远，又看到那个半月状的水塘了。小了，小得已经很不像话了，我怀疑是村里人为抢宅基地把塘填了一部分。过去我经常跟人炫耀，我能从塘的一头一猛子钻到另一头。现在看着这个不过十米宽的水塘，我好惭愧。

竟然没有遇到一个人。

小姨家在第一排，进门要走几级台阶。房子还是老房子，包括台阶。我没跟莉莉说，她也默契地不问。小姨家的门敞开着，我骑得更慢，几乎是在用脚滑行。我暗自希望小姨不在家，屋里没人。远处有几个孩子在打闹，他们太小，不可能认得我。十五年了，即使是老人也不见得能认出我。不不，我的头太特别，小时候他们都叫我瘪头，凭着这个特征，还是能认得出的。

一个老人在扫院子。地上有些落叶，极少。她的衣着与季节有点不搭——我们只穿着毛衣，她穿的是棉袄。人还很端正，有点像，红卫兵。我看过电影电视剧里的红卫兵，腰板硬硬的，一副誓不向谁低头的样子。小姨真的是那样，我没有带感情色彩，她很硬朗，不像一个老人。过后我跟莉莉说了，她也赞同，确实硬朗，像城里的退休干部。

小姨听到动静，转身，看到摩托车，以为是她某一个女儿女婿回来了，她脸上露出笑，将扫帚靠到墙上，朝我们走来。

我逃走了。是逃，我承认。不是怕，是觉得无法面对她。她像我们家的神，面对神，我怎能如此随意？

四

父亲出院那天，方菲又来了。我怀疑是母亲透的信。我给莉莉发短信，她在这儿，你别过来了。

办完出院手续，思福还没到——他说他早晨五点从郑州出发，九点前到县城。方菲说不等了，让她弟弟来，她弟弟新买了辆昌河。我说不用，早晚也得等思福的。

快十点了，思福还没到，倒是等来了莉莉——过后她解释说没看手机，不知道我发了短信。她是故意要在方菲面前露脸，我猜，让她知道她的存在。

莉莉，我介绍她。

亲戚，父亲从一旁说——我怀疑错了，透信的应该是父亲，或者他们俩合谋。

猷猷的妈，方菲介绍自己，思顺老婆。

以前的，我补充。

方菲笑，你姓樊？听说是二中的老师？

情报工作很细致啊，我揶揄地笑。

方菲还是不饶人，怎么了？她见不得人？

他单身，我未婚，有什么见不得人的？莉莉上来抱住我的胳膊。

思成的手机响，思福到了。大家忙活起来，莉莉和母亲扶父亲，我跟思成双手满满的。方菲上前要接过思成左手的箱子，被思成拒绝。

还没下到一楼，迎面碰到思福三口上来迎接。大嫂拍了莉莉一下，莉莉吧？这几天辛苦你了。

不辛苦不辛苦，都是思顺在忙活。

思福开的也是辆昌河，绿色的，后门上漆着“水暖装修”，下面是一串手机号码。大嫂坐副驾驶，父亲母亲坐第二排，我和思成带侄子坐后排。莉莉得给猷猷做午饭，她下午还有课，不能跟着回王畈。方菲想上来和小孩挤一个座，思福指着车门上面的铭牌，准坐七人。方菲说没事，县城不比郑州，没人查。父亲附和，嗯，没人查。大嫂嗓门大，猷猷妈，你可是有脸有面的，不能踢了我们的饭碗——超员要吊销驾照的。方菲脸上的肉僵在那儿，悻悻下了车。

有脸有面是方菲自己的话，大嫂的侄孙在方菲的学校上二年级，成绩不好，冲撞了老师，学校要开除他。大嫂托方菲讲情，方菲说我们可都是有脸有面的人，这样的情，张不开口。

方菲的尴尬我看得清清楚楚，我知道她这个时候不愿做外人，特别想融入这个集体。我没有心软让她上车，我曾经原谅过她多少次啊，她不还是那样？她的价值观不对，今天认了错，明天还会再犯。

路上，大嫂说莉莉不错。

思成说，大嫂，你这评价也太低了吧？

大嫂没听明白。啥意思？我会的好词不多，你替我整两个。

思成的意思是，我说，换了谁都比方菲好。

一车人都笑，包括父亲母亲。大嫂笑得最起劲。思顺，人家一个黄花大闺女，你咋勾引上的？

我们是在一个书法讲座上认识的，她来听我的课。

你的学生？思成问。

算是吧，我说。她也喜欢书法，隶书特别好。

文联把他们联到了一起，思成说。

算是吧，我说。她其实也结过婚，一年多就离了。医生说她生不了。

啊？那咋办？大嫂问。

正好，我说，反正有猷猷。她待猷猷可好了，猷猷跟她也亲。

猷猷不恨她？大嫂问。

为啥恨她？我说，人心换人心，小孩也一样。

中午就在思成量贩旁边的餐馆吃的饭，黑妞订的。黑妞是思成老婆，有点黑，从小当玩笑叫，一直叫到现在，改不了口了。量贩一天到晚都离不开人，她很少出去。

吃过饭一起回王畈，大嫂帮着母亲收拾屋子，我们弟兄仨躲厨屋开会。两个内容，一是算账，二是要不要跟母亲透底。账好算，一共花了三千多块钱，手术费、检查费能省的都省了。这是在小县城的好，人熟。这钱我自己出了，我说，我上学比你们花家里钱多，应该的。思福看看思成，不合适吧？你一个人出了，人家还以为我们俩不愿出呢。我说你们要是不好意思，一人再给两个老人兑点营养费吧。思成说好，一人兑五百。思福还在考虑手术费的事，老二有这个心我也不反对，住院费你结了，我跟思成也别五百了，一人一千，算是老头老太的营养费，对外就说这次住院分摊的费用，大家都有面子，你们看中不？

思成说中，我也点头。

第二个问题，我们仨出奇一致，都认为母亲经不起这个打击，即使不哭，她的脸也会暴露秘密。思成说，我最怕咱妈枯皱着脸，一副苦得不能再苦的样子。我说不怪她，要怪也要怪我们经过的那些苦日子，是那些苦日子把她浸泡成那样的。思福赞成，还是老二文化高，话能说到根子上。我说别夸我，现在问题是，她作为咱爸最亲的人，该不该知道这个？我们仨和她比起来，谁才是更有权利知道这个的人？思福说你可问住了我，咱妈好像比咱们更有权利吧？思成说对，我们不知道她也应该知道。

跟她说？我问。

思福思成相互看了看，按这个理，得说。

谁跟她说？什么时候说？我问。

你说，思福说，你有文化，知道该咋说。

不如现在就说，思成说，长痛不如短痛。

我去叫咱妈了？我从稻草堆上站起来。就在这儿，咱们都在。

去吧，思福思成异口同声。

母亲进来，思福把屋里唯一的一个小凳子让给她。

妈，我开门见山，我们刚才商量了一下，你比我们更有权利知道爸的真实病情——他得的是癌，直肠癌。

母亲竟然笑了，我看到她脸上的肌肉朝外咧了一下。我猜到了。

你咋猜到了？我问。

在医院这几天，你从来没有不耐烦过。母亲说。

我脸红了——我能感受得到，好烫。

在医院你爸就说了，他没想到他能活到五十多岁——那年，五里店的医生都让拉回去准备后事了。母亲安慰我们，你们也别难过，你爸说了，他赚了，这二十多年算赚了。没想到你们能有今天，老大都到郑州了，老二不用说，是公家人。还有老三，大小也算个老板……

我不争气地哭了。看看思福，脸上也是泪。思成背对着我，双手捧着头。一屋子人都在落泪，除了母亲。

五

决定正式去看小姨之前，我跟思福说了。小旺出事，我们家确实有责任，小姨他们不愿意再和我们走动，可以理解。但小姨当年为我们家做过那么多事，我们不去看看她，显得缺少人情味。思福在电话那头说是，以前我们年龄小，不懂事，现在应该补上。过年去，过年咱弟兄仨一块去。过年还得几个月，我等不及。电话打给思成，他答应得很爽快。出事的时候思成吓傻了，好长时间都恍恍惚惚的。但他那时候小，不知道还记不记得。

没打算跟母亲说，这是父亲单方面的意愿，他好像也不想让母亲知道。再私密一点说，这是我们父子之间的事，两个男人之间的秘密。很奇怪，儿子和父亲之间似乎天生就有一种特别隐秘的关系，好像是从血液里传承下来的。我最近一次搬家，猷猷和他妈帮我给书房里的书打包。中午我带来帮忙的朋友去吃饭，猷猷背着他妈递给我一个信封，里面有两千块钱，他说是夹在一本厚书中间。还有一次吵架，方菲把我的外套扔到楼梯口，猷猷放学拾回来——他那时还不到十岁。妈，我爸的衣服你要不愿洗，我洗好吧？

那是个周末，陡沟镇也不逢集。思成又临时有事，说是有供货商来谈事——我怀疑小旺的死在思成心里留下了阴影，他怕见小姨，怕见小姨那边的人，怕小姨那边的人报复他。如果真是这样，我能理解。谈就谈吧，生意要紧。但我不喜欢思成的算计，无论什么事，他都会合计划不划得来。直白一点说，就是值不值得——他的付出是不是比收获低，至少得持平。这个，可能跟他做的小生意有关。有一次我从他那儿拿了一提月饼，去乡中学看我老师。到了老师家我才看到包装下面的小字，某某烟厂赠。黑妞却跟我说，进价一百八十块钱，不赚我钱。

我带了一箱酒，给姨父的。其他都是土特产，不值钱。

开的是文联的车，一辆破桑塔纳。陡沟大桥还没建好，我们从王畈沿着河朝下开了十几二十公里才过了淮河。车停到小姨家门口，几个小孩围上来看车。小姨在厨屋做饭，没听到车响。见到我，她正往锅灶里添柴。

小姨，我是小顺啊。

小姨仍坐在那儿，没起来。

我拉过莉莉，你外甥媳妇。

小姨的眼睛略显混浊，她盯着我，没想到，你会来。不知道她是责怪，还是惊讶。

两个老妇人来串门。小姨站起来，我外甥来看我了。

小姨身上的衣服不算好，但很整洁。她有着农村老人身上罕见的优雅，我暗自为她骄傲。

进屋，都进堂屋坐。小姨说，这屋里脏。你姨父在你表妹那儿，二表妹。晌午咱做米饭，吃鸡，可以不？

我说好，吃啥都中，小姨。姨父不在家，我松了一口气。选择这个时候进陈湾，我其实并没打算留下来吃饭。

没想到你会来看我，小姨去做饭之前说，好像之前我也听到她这句话。

串门的人散了，莉莉陪小姨去做饭，堂屋剩下我自己。屋里很干净，也很简单，连沙发都没有。三个表妹都嫁到外面，一个在市里，一个在五里店，一个在广西。小姨应该住在东房，那里陈设也简单，就一张床，对面桌子上一台电视机。被子没有叠，平展展地铺在床上。这是小姨的风格。我踅到当院。正屋整修过，原来起脊的房子改成了平房，被两边的两层小楼匣着。

我进厨屋，小姨歪头看我。没想到，你会来看我。

这是第四遍了。小姨不是惊讶，也不是责怪，我肯定，是期盼。我鼻子有点发酸，没忍住，眼泪唰地一下流了出来。我把头埋在小姨的一只胳膊里，小姨，我早该来的。

小姨问莉莉孩子多大了，上几年级。莉莉说十岁，上四年级。我接过她的话，小姨，我跟莉莉正准备结婚。小姨还是那么聪明，一下子明白过来。她说我跟方菲，太近了，不好，双方家庭容易扯进去。

不是一家人，还是趁早，小姨又说，长痛不如短痛。

没想到小姨思想这么开放。

我们没提小旺，谁都没提。我本来还计划着安慰安慰小姨的，但实在找不到得体的语句。我向她汇报我的现状，小姨说我知道，听你舅说过，你当乡长了，出息了。我就知道我们小顺将来有出息。

小姨，你外甥现在是主席了。莉莉说，主席，官更大了。

主席啊？小姨又看了我一眼。

文联主席，我说。

莉莉抢着解释，他现在管写字的、画画的、唱戏的、跳舞的……

唱戏也管？小姨问，拉弦子的也管？

弦子是二胡，民间都叫弦子。我说不是管，是联系他们。

小姨问，你会不？你会拉弦子不？

莉莉向着我笑，说他不会拉，他是管拉弦子的。

…………

午饭五菜一汤，炒鸡，芹菜肉丝，小白菜豆腐，腌蒜瓣，土豆丝，鱼头汤。我问小姨，你平常还是四个菜？小姨说哪儿有，一个人吃不了。我说小姨，还记得不，好多年前你们家平常都是四个菜。小姨说咋不记得，那时候你三个表妹都在家，人多。

吃罢饭，小姨去洗涮。我问莉莉，怎么样，小姨是不是很美？莉莉说是，不像退休干部，更像城里退休的老教师。

苗苗和秀秀都回来了，还有姨父，秀秀从五里店捎的他们。小姨说我来得少，她跟他们都说了。

秀秀想要我一幅字，她在市里一个区宣传部工作，知道我。我说没带笔、纸，秀秀说她都备着哩。从车里拿出来，纸就铺在饭桌上。我写了两幅，秀秀认真收起来，说再写一幅，给大姐。苗苗说不要，我没文化，不懂这个。秀秀说写，一边跟苗苗说，大姐傻啊，你不知道咱表哥的字能换钱啊！国家级书法协会会员哩。苗苗问我，能换多少钱？秀秀抢着说，像这样的，得一千块钱。我说，有价无市。可惜没带印章。秀秀说没有印章有没有印章的好，下次去我那里记着带上印章补上就好了。

小顺写字也能换钱啊？小姨在一旁问，还是那么平静，但话里的意思却似惊涛骇浪，好像我真的多了不起似的。我有些担心，怕小姨会由我的“辉煌”对比小旺的苍凉。

那个夏天相当热，热得人饭都不想吃。小旺怎么来的我记不清了，好像是秀秀表妹送他过来的。小旺比我小太多，他跟思成年龄接近，整天黏着他。我那年上农校二年级，最上心的是找对象。刚跟方菲接上头，眼里哪有小旺他们那样的小屁孩？

方菲在镇小学教书。我之前并没有注意到她，我们不是一个年龄段的人，她比我大两岁。后来我考上中专，有人撺掇我们俩，她同意了。那个时候她刚刚和在镇政府工作的男朋友分手，我钻了个空子。她家境比我们家好，当过万元户，戴过大红花，在王畈，我们两家有点门不当户不对。她父母不同意，理由是我自然条件不好，瘪头，走路还有点外八字，最关键的是家境不好，这个恐怕得经过几年十几年才能改善。她父母反对得并不坚决，因为我是农校的，将来很可能分到乡政府，做官，而她只是个教师。再说了，年轻人嘛，爱情观非常感性，所有的条件都是次要的，只要相爱，冲破的障碍越多，爱越神圣。

出事头天晚上下了一场暴雨，持续时间不长，但是很猛，因为我们住的房子漏得并不厉害。我早总结出经验了，我们家房子最怕细水长流的那种雨，雨水下来得慢，容易沁透破瓦漏进屋里。但要是猛雨，下得再大也不怕，雨水很快顺着瓦槽流下去了。那天晚上我们并没有折腾太久，找了五六个碗盆接水，很快又睡了。

出事以后，我觉得是有天象的，那天早晨的朝霞异常诡谲，一层灰一层金黄，像一个巨人扒着百叶窗偷看人间。母亲也说她半夜听到了小旺说梦话，别拦我，谁也不用拦我……

方菲瞒着她父母到瓜棚和我幽会。年轻男女幽会无非是搂搂抱抱，都是新领域，其乐无穷，天热哪儿能挡得住。

快晌午时，有小孩慌慌张张回来说小旺淹死了。父亲出来怒骂人家放屁，那小孩怯怯地看着他，改口说，小旺掉河里了。

其实河水并不大，只是水比较浑，因为下雨。孩子们都下水了，别说这么小的水，就是平潮了，也照下。小旺学人家，也试着朝中间游。他不知道这个时候河水的危险，面上看着平静，其实下面汹涌。小旺不见了，他们还以为他在搞怪，一会儿就会出来。左等，右等，才惊……

姨父来了，小姨来了，三个表妹都来了，还有姨父的堂兄堂弟们……他们大多都是第一次来王畈，没想到是因为小旺。小姨坐在我们当院里哭。母亲拉她进屋，她还说在人家堂屋哭不吉利……

我能理解小姨的心情，三个女儿，抢着生了小旺，唯一的男孩，当然是宝。

我们找了三天，后来听说十公里外的一处河滩有具尸体。我们去了，尸体被河中间一个沙丘拦住，老远都能闻到尸臭味。我第一个游过去，拖到岸边。小姨他们围上来，再次哭得我揪心地疼。

朝陈湾运尸体的时候，我也要去，父亲说方菲正到处找我，让我先回去。方菲找我是幌子，父亲毕竟经历得多，防备着哩。果然，小旺入土那天，有人踢了父亲一脚。我后来听说，小姨站出来挡住了那人，哪个当姨父的想这样?!

我们都忘了思成，他当时瘫在河岸上，死了一样。小旺运回陈湾后，他在家里睡了好多天。母亲给他收魂，扯着嗓子叫他的名字，从河边到家，往返两次。

好长时间我都不相信这是真的，以为是个梦，梦醒后悲转欢，离转合，小旺能再回来。可惜，现实不是游戏，可以重来。

两家亲戚就这样断了。断就断呗，母亲到处跟人说，人穷了，谁都不想跟你走。

我觉得母亲有点狭隘，我们家是穷，可小姨一直没有嫌弃我们啊。

六

母亲打电话给我，说是想要回陈湾一趟。

为什么？放下电话，我想不明白。母亲是想回陈湾看看，还是亲情回归，想去看自己的表妹？电话里她只说是回陈湾，并没有说去看我小姨。母亲跟我们不一样，她后来又去过叶寨好多次，姥爷死，姥姥死，还有舅舅娶儿媳妇……红白事都是大事，小姨自然也不会缺席，我猜她们俩免不了碰头，但母亲回来从来没提过，父亲不问，我们更不会问。

第二天我就回王畈了——这是文联的好，轻闲，说走就走，没什么牵绊。从镇上带了思成回去，陡沟背集，量贩不忙。十月底了，天有点凉，父亲在厨屋后面晒太阳。王畈原来也有水塘，就在我们家厨屋后面，可早干了，现在一滴水也找不到，杂草丛生。我们家有两棵柿子树紧挨着原来的水塘，树叶快掉光了，没掉的也枯黄着。树杪上有几个柿子，红得异常，老远就能看到。母亲两次的解释都不同，一次说是给鸟留的，一次说是敬老天爷。我走近了，父亲才看见我们，向我们挥手。他坐在高高的椅子上，穿得很厚，显得有点笨拙。母亲听到动静，出来跟我们寒暄几句，转身跟父亲说，走，咱回院子里坐。说着，就把父亲从椅子上抱下来。是的，是抱，不是扶。我有点惊讶，父亲怎么突然这样了？

那是父亲手术后第四年，我除了每年给他们点生活费，几乎没有做过任何其他工作，买药，护理，做饭，都是母亲一个人。思成回去得多些，西头一间房子空着，充了他们量贩的仓库。他说每次回王畈，母亲总是围着父亲，两个人好像再没冷战过。

思成搬着高椅子，母亲抱着父亲。太阳还没进到院子里来，被两边的房子挡住了。母亲又指挥思成把椅子搬回到厨屋后面，放回太阳地儿里。安顿好父亲，她不放心，让思成先看护一会儿。

我跟着母亲回到堂屋。

也没啥，母亲说，你爸可能时候不多了。

看得出来。我没接母亲的话，不知道说什么好。

他也意识到了，前儿个才从你姑父那儿回来。大前儿个去了你舅爷家，初七去了老店你那个姑奶家……

他这是在跟人家告别呢，我心想。

亲戚都走了一遍，母亲说，远的近的，包括他年轻时出河工的一个朋友那儿都去了。

他没有说他想去陈湾，他不说我也知道他想去看看，看看陈湾，看看你小……母亲肯定是说“看看你小姨”，但“小姨”

没说出来，突然就泪流满面了。

我手足无措，妈……

母亲擦了一把泪，别笑你妈，你妈也是个女人。我知道你爸要我是因为你姥爷，他是大队（母亲那一代人依然把村叫大队）干部，我沾了你姥爷的光……你爸那时候风光，他是毛泽东思想宣传队的人，经常坐在台上给人家拉弦子……

怪不得小姨问我会拉弦子不，原来与父亲有关。

我怎么从来没听我爸拉过弦子？这是事实，也是想岔开话题，转移母亲的注意力。她这样直接，我不敢面对。

还有那心思！母亲直了一下身体，有思成的第二年他就瘫了……

这个我也清楚。

那时候还没有小旺，母亲说。我拉着架子车去五里店看病，医生说拉回去吧，拉回去准备后事吧，我们两个一路哭着拉回来的……

“还没有小旺”这个参照时间也不对，前面母亲已经说是有思成的第二年了，突然又说小旺那时候还没出生，什么意思？还有“我们两个”，哪两个？我没敢问，怕母亲控制不住悲痛。

我跟你小姨，母亲像是看出了我的疑问。

弦子呢？我问，还是想转移母亲的注意力，你们咋连弦子都没留一把？

那不是？母亲指着山墙上的那个长长的灰色包袱。

那包袱一直在门后挂着，暗红色，帆布的。我小时候以为亲戚拿来的果子都藏在那里面，垫着凳子摸过，里面硬硬的，不像是果子。后来新修了房子，帆布包掉了色，成了灰色，还挂在新房子的门后面。

我过去取下来，上面满是灰尘。帆布已经糟了，口还系得牢牢的。里面是一把半旧的二胡，琴杆亮堂堂的，可能是父亲长期抚摸造成的。琴筒的一侧刷着红色的“毛宣”两个字，母亲说，毛泽东思想宣传队。

我胡乱拉了两下。我不会拉，出来的声音没有旋律，僵着，很难听。

父亲会拉二胡，真让我吃了一惊。说母亲会，我还能接受。小时候，母亲教过我唱歌，“天上布满星，月牙亮晶晶，生产队里开大会，诉苦把冤申……”过后我问过思成，思成说他也从来没听父亲拉过。我还专门打电话问思福，他说父亲会拉二胡他知道，忘了听谁说的了，但他也没听父亲拉过。不知道是不是父亲的基因暗暗起了作用，我喜欢二胡的音色。第一次正儿八经听二胡是高中一年级学校的元旦晚会。主持人报“二胡独奏”，上去的竟然是我们的体育老师。体育老师上来坐到我们学生坐的凳子上，我们还没回过神，二胡就急促地响起来，有点百米赛抢跑的味儿。嘈杂的报告厅突然静下来，所有的耳朵和眼睛都集中到台上的体育老师身上。体育老师不看台下，闭着眼睛，头随着琴弓的拉扯一会儿仰起来一会儿又低下去。有清晰的马蹄声——过后问身边的同学，才知道曲名就叫《赛马》——由远及近，一阵比一阵强，层次感分明，与马的嘶鸣混在一起……老师合上弓站起来谢幕时掌声才响起来，经久不息。

母亲说搬家那天她心里难受，回来跟父亲怄了好多天。我问怄啥气，不愿回来？母亲说，东西都装上车了，你小姨说他们家新房下墙脚两千块砖就够了，另外两千块，让我们带走……

那不好吗？我记得咱原来的房子屋基是砖头垒的。小姨要不给那两千块砖，咱不得都是土墙啊？

母亲头转到一边，不想要她的。顿了顿，又说，你爸没志气，要人家的砖……

母亲说不下去了。母亲是不想要砖头啊还是不想承小姨的情？

你们是姊妹，我嗫嚅着，还不是……

小旺可能是父亲的儿子，父亲死后思成才跟我说。思成也是听思福说的，思福听大嫂说的，外面都这样传，小姨找父亲借的种。我极力否认，小姨，父亲，怎么可能？过后想想，那时候的乡下不乏这样的例子——小姨一连生了三个女孩，父亲膝下都是男孩。

院子里有太阳了，思成及时朝屋里喊了一声。他手里托着椅子和父亲，父亲仍坐在椅子上，眼睛却始终朝屋里瞅。

我已经放下二胡，把它重新装进那个糟帆布袋里。母亲脸上也干净了，不知道什么时候擦的。我们在院子里安顿好父亲，一家人围坐在一起。

我偷偷瞅瞅父亲，他瘦多了，脸上的骨头像要撑破皮戳出来，但脸型还在，四四方方的，符合那个年代的审美。

我们从陈湾搬到王畈，是1978年。我其实记不住具体的年份，但我记得我离开河南的学校时，头顶上有飞机飞过，老师们说，那是去参加郭沫若的葬礼。郭沫若的生平到处都能查得到，因为这个，我才记得我们搬家的年份。

王畈是我们老家，父亲说，我们得搬回去。我的记忆中没有小姨给我们家两千块砖头的事，那不是一个十岁孩子关注的事。我关注的是王畈当晚放电影，来帮我们搬家的亲戚在河对面喊，赶紧啊，回去还能看《两个小八路》。我坐在忘了谁的自行车前杠上，盼着快点快点，赶回去看《两个小八路》。还没赶到，我就睡着了……

第二年腊月，邮局送来一张汇款单。这个我也能记得，那时候汇款单少，左邻右舍都来看。寄了五块钱，没留汇款地址。但我记得上面的留言：记着买炮。五块钱能办很多事，还去年过年欠的肉账，还欠人家的化肥钱，还给思成接胳膊借来的钱……买炮不挡吃不挡饿，根本排不上。那张让我们买鞭炮的汇款单好像一下让我懂事了，懂了过年没有鞭炮放是因为穷，穷是羞耻的……过年那天我待在屋里，没再出去到处跑着拾人家没燃尽的鞭炮。吃完年夜饭我还主动洗了脚——我比任何时候都盼着母亲念叨的"三十晚黑洗个脚，来年打的粮食没地儿搁"能实现。可我记得很清楚，那一晚母亲却没说这句话，她木着脸，又和父亲开始了冷战。

我上中专，家里的日子仍然紧紧巴巴的。寒假前学校食堂改善生活，早晨油条，中午猪肉粉条。我兜里只剩下饭票，没有菜金，但又是敏感年纪，磨蹭到同学都吃完饭我才去食堂。油条没了，猪肉粉条也被抢光了，我心里舒了一口气，大声说，啥都没了，那就买馒头吧……

中专第一个寒假，回来不见父亲，说是我舅给他找了个差事，给人家卖馓子的当帮工，一方面也能学着炸馓子。后来才听说，引线的其实不是我舅，是小姨。

第二年六月，父亲突然去农校找我。我们学校在市郊，父亲摸到的时候已是晚上，学校食堂已关门。父亲带我下馆子，学校门口有好多小饭馆，专门针对学生的。父亲挑了一家，要了一盘卤肉，一盘青椒肉丝。我喊服务员，怎么筷子只给一根？服务员笑，接过去扯开，变成两根，递还给我。我看看父亲，他自己已经扯开——听说他在县城承包了一家医院的餐厅。

吃罢饭，我让父亲去找旅社，他说找什么旅社，多花钱，随便在你们住室住一夜吧。我说住室热得睡不着啊，同学都在外面睡。父亲说好啊，咱也在外面睡。可是，我没有凉席。但我没有说出来。冬天寝室里都是两个同学一张床，有一张席就行了。天热了，两个人没法再挤一张床，大家都拎着席片各自在外面找地方睡，房顶上，乒乓球台上，足球场上……我没钱买席，只好趁同学放了晚自习，将四张课桌拼在一起当床。

那一晚，父亲跟我一起睡在教室里。墙角突然有蟋蟀叫，因为安静，格外响亮。要搁往常，我肯定害怕，传说我们的教室先前是乱坟岗。灯早就熄了，半夜了，父亲和我都没睡着。让父亲看到我的窘迫，我心里很不安。外面有些微的月光，上弦月。有风，很轻，我能看到树叶晃动。月光被叶片撕碎，一闪一闪的……我经常想起那个晚上，我和父亲睡在同一间教室里，有些心酸，也有些甜蜜。一个很平淡的晚上，却坚实地印在了我的记忆中。

七

日子是母亲定的，说是请人看过，是好日子。不知道是母亲有意还是无意，正好逢集，思成去不了，但他异常大方，准备了好几箱礼品。后备箱快塞满了，两箱手工挂面和火腿肠只能放到母亲脚下。

陡沟淮河大桥已经通车一年了，比下游那座宽，也更高。父亲母亲都没走过这条路，风景真好。秋天就是好，满眼都是色彩，很有层次。银杏是金色的，松柏还绿着，大多数树叶都是黄的——黄也有很多种，即将枯掉的是金黄，已经枯掉的更像红……乡道车少人少，路上干干净净的，好有意味。

前面一堆人，我按了下喇叭。人群挪到路边。我看着不对劲，母亲也说，像是打架的，一群人打一个。我靠边停下，母亲督促我去看看，别打坏人了。

一群小青年，两个手里还拿了棍，地上躺着一个，只穿着衬衣，听到有人来，头翘起来看我。可不敢打坏人啊，母亲跑上来。

拿棍的一个又踢了地上那个一脚，眼睛迎着我，似乎在向我们示威。

我没理他，过去拉起那个躺在地上的。他左边的额头有血。母亲惊叫一声，打坏了你们要坐牢的。谁也跑不了！

我拿出手机要报警。多管闲事！那个刚才踢人的上来捅我一拳。心里还是怯了，捅了就跑。

被打的这个上来捂我手机，算了，都是哥们儿。

打这个样子了还是哥们儿！母亲伸手拨弄他的头发探看伤口，他后退一步，不让人动。

你确定？我问。

他点点头。怕我不信，又说，确定。

要不要送你去医院包扎？我问。前面就是五里店。

不用不用，他摆手，明显不耐烦，急着摆脱我们。

要得破伤风啊，母亲提醒他。

那小子指了指不远处的村子，我就回去。回去包。

小姨正好打来电话，走到哪儿了？

我说五里店，马上就到。

挂了电话，他们都走了。我安慰母亲，他自己不乐意我们不能报警，警察来了他不承认挨打咋办？

都出血了还不承认？

闹着玩闹的，他会说。他们是一个村的，即使不一个村，也经常在一起，搞僵了他的日子更不好过。

母亲的感觉跟我上次来不一样。到了陈湾村头，她说，嗯，还那样，没变。经过那个半月状的水塘时她又嗯了一声，还那样，没变。父亲像个稳重的将军，左看看右看看，一句话不说。

小姨门口一堆人。母亲叫着名字，一一跟人家打招呼。小姨跟姨父站在一边，脸上挤满了皱纹。秀秀从我手里接过父亲，问，姨父，还认得我不？父亲说，苗苗？小姨在一旁说，秀秀，老小。那个是苗苗，在五里店街上住。豆豆走得远，广西，没法回来。

吃罢饭再叙，姨父站在台阶上喊了一句，饭都凉了。左邻右舍就散了。

一大家人，一大桌菜。母亲说，有一年蛮子抓了个老鳖，手被咬住了，鳖头砍掉了还咬着手。姨父说他也记得，蛮子痛得叫娘。这事儿我们都不记得了，我们记住的都是自己的事儿。苗苗说，小顺哥那时候没胶鞋，老师让我下雨下雪照护他，路上有水洼时背他。有一天我去你们家等，小顺哥吃饭慢腾腾的，我干急不敢催。后来他见外面进来一个高年级的男生，马上丢下碗。过后我才知道，那男生是学校学雷锋标兵，下雨下雪来回都背着他……大家都笑，我说你编的吧，我怎么没一点儿印象？

吃过饭，秀秀说她自己清理，人多了碍事。你们好好聊聊。

父亲、母亲、小姨坐了长沙发，我和姨父他们还坐在吃饭时的椅子上。姨父问，你们还记得知青小李不？父亲点头。姨父说上次回来了，找了几个宣传队的人去见面，她还记得王哥。小姨说是，不知道她咋找到秀秀了，要了我的电话。她那时候小，才十几岁，都叫她小李。父亲说小李白白净净的，干不动活儿。小姨说，人家哪是干活儿的人啊。小李后来成了大学老师，现在退休了，年底还想在信阳组织一次聚会，把咱毛泽东思想宣传队的人都叫上，她请客。我问小姨，你也是？小姨笑，咋了，我不像？我没有你爸聪明，打梆子找节奏总还可以吧。

小姨和父亲都是宣传队的人。他们是队友。

小姨问父亲，还记得那个姓胡的不，拉手风琴的？父亲说记得，两个耳朵贴着头皮。小姨说是的，他中风了，让人送到大队部的，小李看到他眼泪流多长，说怎么不早说，我们上门去看您啊。

我问，小李是不是在学校当过老师啊？

小姨说当过啊，回城之前一直在当老师。

她好像当过我们语文老师，我说。是不是瘦高瘦高的，很白净？

白净是白净，不高，小姨说，比我还矮一点。

我宁愿相信我的记忆有偏差，就像村口的那条土路，我的记忆中高出两边田地很多，因为当年我自己很小。

李老师语文教得好。我还记得有一次作文课，李老师在黑板上画了一个陷阱，里面都是刺，一个鬼子掉进里面，她让我们看图作文。

小姨说小李的男人是市里的一个老领导，虽然退了，来的时候还是跟了好多领导，县里的，乡里的，大队的……

谁能想到小李会成大学教授？姨父说。

社会变了，小姨说，你能想到小顺写字也能换钱？好了，都好了。人家思福在郑州当老板了，还买了房子，大城市人了。思成也好，搞个大商场，至少吃喝不愁吧。小顺更不用说，国家干部，都当主席了。

母亲问，苗苗她们不也很好？

小姨说都好，苗苗近，在五里店做个小生意，大的今年考上大学了。

哪个学校啊？

苗苗说，武汉，华中师范大学。

我说师范好，现在老师待遇好。

有出息，母亲说。

小姨说人家还不满足呢，跟他妈说要复读。复读搞么事哟，再考不上呢？

苗苗接过话，他说他想学建筑。

小姨说，建筑还用学？咱湾里出去的不都在干建筑。

我说不一样，人家大学学设计、规划之类的，不是简单地垒砖头盖房子。

小姨说豆豆跑得最远，广西。他爸那时候也是嫌远了，我说他是自私，只想着自己，近了能多来看看他。我支持她，远是远点，只要他们两个好。秀秀喜欢读书——我们这个家你们也知道，愿意读，供得起，大学毕业跟小顺一样分到乡里，一步一步到了宣传部。三个女子都中，都不缺钱，也孝顺。

我很紧张，怕小姨接下来要说小旺。小旺没这个命，小旺要是还活着……这是说完三个女儿之后自然的话题。母亲握住小姨的手——我看到了，是母亲主动的，她伸出右手，侧了一下身，握住小姨的右手。

小姨的眼睛湿了。

母亲也是。

苗苗及时站起来，说你们聊，我要请表哥再写幅字。上次写的，工商所一个领导看到了，喜欢，要走了。

我开玩笑，说好，有人喜欢就好，不就费咱点墨水嘛，不值钱。

秀秀正好也收拾罢，说她领导也喜欢颜体，这次想替领导求一幅。

忘记总共写了多少幅，那天下午我像是在自己书房练字。每写完一幅，都要端详一番，嗯，这儿不够稳健，那儿不够厚重，有的地方不够雄浑，有的笔画不够宽博……再写，总觉得下一幅会更好，会“纵横有象，低昂有志”。我喜欢颜体，喜欢颜真卿这个人。一千多年前他在我们邻县待过一段时间，奉皇帝之命来平淮西之乱，留下很多真迹。

小姨进来，见莉莉和苗苗她们打成一片，说莉莉好脾气啊，你没有她喜俏。

我没有觉得小姨是在批评我。她说得对，这也是我喜欢莉莉的一个原因。一个家庭，总得有一个人来平衡亲朋好友之间的关系。

晚上回到县城已经很晚了，车刚停好，母亲就打来电话，你爸棉袄兜里塞了一个红包，一千块钱。

莉莉已经下车，朝楼上走。我仍坐在车里，觉得身子很重，抬不起来。一千块钱，这礼也太大了。还有红包，小姨早有预备啊。

八

父亲从陈湾回来的第二年就死了。十三年后，小姨也死了。小姨死的那天我在郑州，儿子刚办完婚礼没几天。

方菲在婚礼的第二天就回了老家，她不喜欢周娟红，她说与她理想中的儿媳妇恰好相反：幼年父母双亡，偎着奶奶长大，胖，不会做饭，职业中专毕业，地铁服务员……我最初也不喜欢。一年前，方菲与他们一起在郑州过了一个春节。我是节后过去的，方菲让我去当老法海，拆散他们。我道行太浅，也可能因为在文联待久了（我在那儿待了近二十年），做事过于感性，更不用说掐断一段没什么坏苗头的爱情——周娟红到阳台上晾衣服儿子也跟着，一人抖，一人搭，好像两个人必须如此默契才能把衣服搭到晾衣架上。儿子说周娟红性格好，乐观。确实，周娟红喜欢笑，笑声很清脆，听着就是一个没什么心计的人。另一个原因可能是年龄大了，人的心态也变了，觉得只要儿子与她在一起快乐，过几年离婚又能怎么着？毕竟他们这样幸福过几年。人活着，折腾来折腾去，还不是为幸福？

我和莉莉顺便在郑州小住了几天——天冷，儿子的小区有暖气供应。有一天晚饭后我在公园里散步，隐约听到哪里有人在拉二胡。循着声音到了一个公交车站台那儿，有人正和着琴声唱戏，“再不能中岳庙里把戏看，再不能少林寺里去看打拳，再不能摘酸枣把嵩山上，再不能摸螃蟹到黑龙潭……”唱腔凄切，苍茫，与二胡像是融成了一体。拉二胡的是个盲人，戴着大墨镜，坐在小马扎上，面前一个大音箱，音箱上一个瓷碗，里面几枚硬币。唱完《卷席筒》，过来一个中年妇女，手敲敲音箱，老范，《九儿》。可能是老搭档来了，那个叫老范的盲人也不寒暄，拉起架势。第一个音拖了很长——有炫技的成分，像一只手扯开你的神经，渐渐到了极限处，你只得屏声静气，生怕一不小心就会被扯断神经。然后弦音又一转，那只手又慢慢松回去，慢慢地，慢得你差一点就失去了耐心……老范像一个魔法师，将二胡的忧伤浸入人的肌肤。我想离开，又舍不得，那弦音似乎还扯着我的心。我不能不想到父亲，他抚弄二胡的情形跟老范应该差不多。老范成了乞丐，阿炳也是，父亲虽然没有到那一步，但二胡里一定有某种可怕的东西摧毁了他们。

中年妇女走了，老范又唱《铁窗泪》……

天冷，黑得早，老范像是也担心走黑路，开始收摊。我上去帮他，趁机问，你咋不拉欢快一点的曲子？

二胡本来就这个调啊。你看，它这样，两根弦，是不是在相依为命？老范很得意自己的俏皮——他一定也多次这样跟别人解释过。

《赛马》不欢快吗？我问。

老范一怔，诚实地答，《赛马》在这儿拉不合适啊。

是，《赛马》那样的曲子应该在灯光齐聚的舞台上，比赛，或是晚会。它属于学院派，离老范这样的人远，离我父亲更远。老范和我父亲应该会拉《天上布满星》。

表妹苗苗的报丧电话是第二天早晨打来的。小姨头天晚上咽下最后一口气，时间是六点十分。我当时拿着电话，耳边立即回响起二胡的琴声——六点十分我正在站台那儿听老范拉琴。

（选自《湖南文学》2021 年第 10 期）

黄梅路鱼铺简史

维　摩

一

说是要修地铁，路面上的法国梧桐都被剥了个精光，硬撅撅地杵着。原本绿波连漾的季节，到处都是白花花的阳光，刺得人眼睛生疼。李脂从 9 路公交站走到黄梅路，短短几十米，额头上已经布满了汗珠。鞋跟有些高，逛商场合适，来农贸市场显然力不从心。她捏着鼻子绕过北门腥臭的污水明沟，拐弯抹角来到 45 号鱼铺。那时候陈鱼正在弯着腰杀鱼剥鳞，湿漉漉的头发绑在脑后，两枚小小的乳房在领口里时隐时现。胸罩是黑色蕾丝的，有衬托肤色的奇效。丁老师站在对面，看得很认真，很用力，脑子里构思着不可描述的细节。构思过程很辛苦，所以他身体微微前倾，下巴上隐约挂着汗珠。李脂轻声走过去，“啪”地拍了一下他的屁股，他身子一抖，裤裆里立刻涌上来一股湿漉漉的热气。

汗珠自然也摔在地上，碎了。

李脂把他丢在一边，对陈鱼说，给我杀条花鲢，拣大的。

老丁还停留在湿气泄完后的酸麻里，声音又软又飘，你咋来了？

李脂说，你能来，我为啥就不能来？

我不是这意思，我是说，你来这儿干啥？

能干啥？买鱼，顺便看看陈鱼的奶子。

这话让丁老师脸皮发热，脖子后面涌出了汗，裤衩里的两条毛腿也夹得越发紧了。陈鱼把杀好的鱼装进黑色塑料袋里递给他，他没接住，塑料袋“啪”地摔在地上，溅起一蓬湿漉漉的腥气，他弯腰去捡，陈鱼却已经先于他伸出了手。他说着谢谢，一抬头，目光偏偏落进了陈鱼低垂的领口里，这次距离更近，两颗暗红色的枣仁触目惊心。陈鱼说换个袋子吧。他连声说不用，抢过鱼来转身要走。

李脂扯住他，别急着走啊，这么长时间没见了，也不想我？

不敢想。

怕啥？

怕你家老吴揍我。

李脂哧哧笑，他揍你，你就把这事写进书里。

停了一下，又问，你那什么狗屁简史写完没？

写着，没停。

有我没？

老丁偷眼看了一下陈鱼，陈鱼低眉忙着杀鱼，像是什么也没听见。

有你，也有老吴。老丁说完，舞动着两条毛腿，急慌慌就走。

这次李脂没拦他，老丁扭摆几下就出了农贸市场，如果没有那两腿黑毛，别人会误以为那条瘦浪的影子是个女人。人字拖的啪啪声逃掉了，李脂回过头来问陈鱼，前几天给你发那条微信看了没？陈鱼没说话，操着网在水泥池子里捞鱼，挑好了就把网子送到李脂面前说，这条咋样？花鲢健硕，凉气森森，尾巴打着挺，甩出的水雾在阳光里上下翻飞。李脂伸手挡着脸，说就这条，杀了吧。陈鱼从网子里把鱼抓出来，那条花鲢还在奋力挣扎，陈鱼取过刀背，在它脑门上轻轻一敲，那鱼就安静下来了。陈鱼低着眉，杀得两手血腥。李脂在对面举着手机补妆，嘴唇在手底鲜活起来。

找个人嫁了吧，别指望他，就是回来，那也是个蹲监的货。

我没你那么好的命，也没你那么白。

好命是自己挣来的，跟白不白没一毛钱关系。

那当初，老丁和老吴为啥争着买你家的豆腐？

李脂嫩豆花一样的脸哗啦啦绽开了，眼霜和粉底为她遮盖着岁月的痕迹，整个农贸市场的人流里，她依然是白得耀眼，小腿的曲线被高跟鞋顶起来，更让这白灿烂夺目。为了遮掩这白，她还覆上了一层薄薄的丝袜，把那些静脉曲张的细微凸起也巧妙地隐藏了。她大笑时，男人和女人都向她投来目光，鱼铺前自然就多了几个顾客，她夸张地挥着手，对陈鱼说，我也是豁出去了，四十出头怀孕生娃，容易吗？话说出口，她立刻意识到不妥，想说点什么缓和一下气氛，又找不到合适的话题，笑容就僵在脸上，好一会儿都散不去。

陈鱼已经剐完了鳞，这会儿杀开鱼腹，掏净了花鲢的体腔，花鲢还不想死，嘴巴微弱地翕动着。还不是我说的？命好，白，两样都让你占全了。陈鱼不紧不慢地说着，将鱼收进塑料袋递过去，天热，赶紧回去吧。

李脂接了鱼，从包里摸了张钞票塞在陈鱼手里，陈鱼又给她推回来。李脂说，我就怕微信转给你你不收，专门带了钱包出来，你别再让了。陈鱼又推，两人推来推去打了一会儿太极拳，终究还是取了个折中数。

陈鱼收了钱，李脂拿了鱼，凑过来对陈鱼说，老丁人不错，铁饭碗，你考虑考虑。

陈鱼没说话。

李脂问，嫌他岁数大？

陈鱼说，一个人过惯了。

屁。李脂说，还惦记任海潮呢，把你卖了还替他数钱。

我早死心了。

那就往宽处想，两腿松一松，男人自动送上门。

陈鱼没话。鱼池边上，氧气泵正在往里砰砰打气，水面上白浪翻涌，水面下游鱼摩肩，农贸市场如同一锅咕嘟嘟的滚汤，只有她是凉冰冰的。

李脂跺脚说，你这慢脾气，能把人急死。

二

陈鱼生在湖边。

北方人常把水库叫湖，有湖便有了风，风在水上呼啸着疾走的时候，陈鱼她妈扔掉手里的烧火棍，跌倒在炉膛边大呼小叫。没人应声，她家空着，她爸还在有余家打牌，没几圈就输得鼻涕溜光。从有余家出来，她爸一个人裹着袄子走在枯瘦的北风里，胸膛里空空荡荡，可以并排跑过两辆后八轮卡车。清早只吃了半块剩馍，喝了一碗蜀黍糁汤，嚼了两根腌萝卜干，这会儿饿得前胸贴后背。他疾风一样卷进院子，闯进灶火，看见女人下半身精赤条条，裤子扔在一边，裤裆里湿淋淋一片。女人额头淌着冰冷的汗珠，手心里捧着颤巍巍的粉红色肉团，她爸，又是个丫头。

她爸扑通一下就跌坐在炉灰里了。

陈鱼应该是有个姐的，她姐出生那年，她妈挨打挨了一个冬天，河开柳嫩的时节，她爸就把她姐抱到县城里卖了，她妈又哭又闹，就又挨打挨了一个春天，这一回彻底被打服了。她爸得意扬扬，说想当年这娘儿们是出了名的牙尖嘴利，现今被我敲断了舌头，服帖得很。有余听得眼睛放光，他怕老婆，偏偏最喜欢听打老婆的故事，不幸的是，每每听到紧要关头，他老婆总会破门而入，把一群老爷们撵得兔毛乱飞。有余老婆身量魁梧，全镇子的男人在她手底都走不过三五个回合。论模样论身条，这女人比陈鱼她妈差了十万八千里，可偏偏这个粗笨的胖女人肚皮里长了瓜秧，一连串给有余生了三个七斤多的大胖小子：大有、再有、三有，要不是因为被计划生育罚了款上了环，她还得一股脑儿地生下去，较劲儿似的，气得全镇男人两眼通红。

陈鱼她妈怯生生地说，她爸，弄条鱼吧。

陈鱼她爸充耳不闻，靠在灶火边如同半截朽烂的木桩，散发着颓废的腐臭。陈鱼她妈一手抱住陈鱼，一手抖抖索索套上浸满羊水和血水的裤子，强支起两条细而白的腿。那两条腿曾经直苗苗的，夏天穿裙子的时节，总是看得男人们眼跳耳热。如今形同两条枯槁的木柴，松松垮垮，没有了任何滋味。她摇摇晃晃地站起身，把陈鱼裹在怀里，又摇摇晃晃地出了门朝坡下走。慢坡不陡，倒是很长，她妈走得踉踉跄跄。坡下就是镇子，镇上只有一条街，有余家就在街上。那时候有余家的胖女人正好出门泼水，远远见了，扔掉盆子跑过来，扶住她说，妹子，你这是弄啥？

街上的风是从湖心深处刮过来的，又冷又硬，带着锋利的湿气，即便是血气方刚的男人也不敢轻易与之对抗。陈鱼她妈顶着风，腔子里的热气被抽得干干净净，纸片样的身板若是穿上绳子，就可以当作风筝高高放起。有余家的胖女人帮她挡住了冷风，她的脚尖才算是落了实地。她用一双软塌塌的眼睛盯着有余家的胖女人，抖了抖嘴唇却说不出话来。舌头已经冻透了，牙齿也不听使唤来回打架。有余家的胖女人捧住她的脸，热气从一对胖手里轰隆隆流进了她的身上，把那两片石板样的嘴唇上抹了些许红色。她终于说起话来，气若游丝，她婶儿，求口鱼汤吊吊奶吧。

有余家有的是鱼，那时节，镇上和村里的汉子们还按老辈人的活法在坡上捶土坷垃，下水讨生活的只有他们家一户，全水库的野鱼让他们家随便抓。在有余家，陈鱼她妈如愿喝到了热鱼汤，喝到鱼汤就有了奶，有了奶就救了陈鱼的命。刚从脐带上掉下来那会儿，陈鱼只哼了半声就没了响动，这会儿把她妈的两个窝头样瘦小的奶包吃瘪，才犹犹豫豫地把另外半截哭声送出了嗓子。有余家女人帮着把陈鱼洗干净，裹上她家三有用过的小褥子，说得给娃起个名儿。陈鱼她妈抖着青薄的嘴唇说，鱼救活的，就叫陈鱼。话没说完，暮色就啪嗒一下垂落在了街上。有余递了条新棉裤过来，去年给你嫂子买的，小了，你别嫌弃。

陈鱼她妈眼酸，泪珠子来得好没道理，她边擦边哽着嗓子说，陈鱼就许给你家三有吧。

事情就这样定下了，真是乏善可陈。

要说波折，多少还是有的。第二年春天，陈鱼她爸要上县城，临走之前抱上了陈鱼。这次陈鱼她妈长了心，她爸前脚走，她妈后脚就进了村主任家的门。太阳掉进湖里的时候，门外就传来了陈鱼断断续续的哭声，治保主任手里扯着绳子，绳子另一头捆着垂头丧气的陈鱼她爸。有余把陈鱼横抱在怀里，举着奶瓶边走边哄，村主任走在最后面，一迭声骂着，烟灰和唾沫星子溅落在柔软的草尖上。此后几年里，这样的事情又发生了两次，最后一次回来路过村口，夜已经深了，陈鱼她爸嘴里不干不净地说着浑话，惊得狗叫声连绵不绝，村主任紧走几步，突然飞起一脚踹在他的后腰上，在场的几个人听见耳边“咯嘣”一声脆响，从此以后陈鱼她爸的腰就再也没有直起来过，也走不得远路，出不得远门了。这真是遂了他的意，可以不再下地干活儿，名正言顺地焊在了牌桌上。

天下太平了，陈鱼她妈说着，话里满是惊喜和感激。倒是村主任表示出了些许愧疚，为了弥补这些愧疚，他总是找机会给这个女人补贴仨核桃俩枣。陈鱼在这些安稳如水的日子里一尺一尺地生长着，越长就越像她妈年轻时的样子，两条腿直苗苗的，背起书包时胸前也微澜起伏，看得男生们眼跳耳热。看完陈鱼，男生们就扯着三有说荤话，三有嘿嘿笑着，不答话也不反驳。只有文军不跟他们搅和，他是校长的儿子，跟镇长也沾亲带故，全镇子指望他能有出息，将来考上大学混个官，好让他们街头巷尾闲聊起来，能有个中心话题。

三有虽然跟陈鱼同在镇中上学，在学校却不怎么说话，倒是隔三岔五来她家送鱼，送完鱼没事找事赖着不走，陈鱼她妈就老是留他吃饭。陈鱼嫌三有一身鱼腥味，隔着桌子瞪他，筷子敲碗敲得叮当作响，三有充耳不闻，大口喝着滚热的蜀黍糁汤，抽空咬两嘴烙馍，嘴皮子吧唧个不停，气得陈鱼在桌子下狠劲踩他。

有时候陈鱼也想留三有一会儿，不是为别的，三有一走，杀鱼的活儿就得她来干。她手里捉不住那又凉又滑的东西，闻不惯蹿鼻子的腥气，沾不得温噉黏稠的鱼血；而三有不一样，他是湖里长大的。他只消用刀背在鱼头上轻轻一敲，再泼辣的鱼也得安静下来，斜过刀背从尾至头划拉几下，鳞片便刷刷落了一地。他左手捏住鱼背，右手利刃一闪，一条生命就被从尾至颈打开了。放下刀，右手在鱼腹里划拉一下，从鳃到肠清得干干净净，往水盆里一丢，静等着下锅，整个过程也不过三分钟时间。有时他也会给陈鱼表演别的杀法，尤其是遇到鲜活的大鱼，他就要展示一下这趟手艺：左手牢牢按住鱼头，右手取轻薄快刀，自鱼尾一角杀入，略微抬刃，稳稳控制行刀速度和力度，先将鱼向上的一侧连皮带鳞整张解下，然后翻身再解；解完鱼皮，沿鱼脊和腹部各开一刀，深不及骨，全鱼就被大致分为两半，自鱼颈再入刀，轻割至鱼尾，一整块鱼肉便被取了下来。用草纸裹住割下的鱼肉，然后动手割下另一侧，同样以草纸裹好。行刀过程中鱼犹未死，常常甩动尾巴，啪啪作响，故而要心平手静。行刀结束后，鱼骨完好无损，五脏俱在骨架中，可连头带尾弃之。此时草纸已将鱼肉里的血水吸净，切成薄片，即可蘸酱油生吃。陈鱼看得汗毛倒竖，她妈却并不介意，而且还吃得津津有味。陈鱼问三有，你从哪儿学的这一套。三有挠挠头说，自己摸索的，听说日本人最喜欢这个。陈鱼听完嗤了一声，刚巧院子里一阵凉风刮过，把这嗤声吹得满地都是。

三有知道陈鱼看不起他，回到家免不了啰唆几句。他妈说，当年许下的婚别当真，红颜命薄，丑妻是宝，我和你爸瞅机会再给你张罗一个。三有说，有好看的，为啥要丑的。他妈说，你要是能降住她，就尽管去。这句话直撅撅打在了三有的七寸上，因为镇中毕业后，全校学生只有陈鱼和陈文军考上了高中。高中在县城，需要翻一座山再走四十里地，当然只能住校。原本三有就和陈鱼搭不上两句话，这下可好，两句话的机会也没了。

陈鱼住校后，回来的次数就渐渐稀了。三有一如既往去她家送鱼，偶尔还能遇上，大都是周末或者假期。她也不再反感他浑身上下的鱼腥味儿，只是不敲碗、不说话，也不在饭桌下踩他的脚，热汤热馍吃得凉冰冰的。如果没有陈鱼她妈不时搅动空气，三有非得缺氧憋死不可。在这种半缺氧的状态里，三有他大哥和二哥相继结了婚，有了娃，单立了门户，在县城买了房，只剩他这么一个讨吃鬼在家混着。他爸也不嫌弃他，三有干活儿不惜力。有那么一段时间，水库里忙不过来的时候，三有还得替他爸去县里送鱼，送完总要绕路拐到县一高去见陈鱼一面。陈鱼已经不是小镇和湖边的陈鱼了，她是游过大河越过三冬的红鲤鱼，细腻紧实，浑身上下闪着光，让三有不敢抬头直视。三有把手里的东西一件一件交给她，重复着陈鱼她妈要他捎带的话。陈鱼抿着嘴听，听完回身就走。

回去后，三有跟他妈说，死心啦，你赶紧给我张罗媳妇吧。这消息不胫而走，惊动了湖边的十里八乡。谁都知道有余的家底，也都看得出三有是掌家的料，几十里的湖面上，只有他出没自如，你想要什么鱼，只消给他说一声，晚上保准给你送到家。除此之外，他家还承包着湖边几十亩浅水鱼塘，起鱼时节，半个镇子的男人都是他家的帮工。女人很快选定了，只是两个人都不到法定结婚年龄，只好先定下婚期。消息顺风爬上山坡，呼啦啦刮进了陈鱼家里。陈鱼她妈急火火地从坡上跑下来，单薄的身子再次如风筝一般左右摇摆起来，只是这次有余家的胖女人没有在街上迎她。她闯进有余家，扑通一下跪在水泥地板上，惊得一屋子人鸦雀无声。跪完她就站起来，风筝样摆到汽车站，摆进长途汽车里没了踪影。

三

那天正是周末，高三学习紧，放假只有半天，陈鱼她妈在空荡荡的校园里转了半个钟头，才打听到女生宿舍的位置。宿舍门关着，陈鱼不在里面，隔壁女生听说她找陈鱼，捂着嘴哧哧笑。她妈在楼道里等了一会儿，等得眼皮直跳。暮色奔涌而起，街灯纷纷点亮，她妈盘算着晚上到哪个亲戚家借宿，越想胸口越堵得慌。从学校出来，陈鱼她妈风筝样沿着大街走出好远，一街两行都是商店和饭店，她妈不敢进，腰包不鼓，腰杆不硬。盘算来盘算去，正想拐进旁边的背街小巷，就跟眼前突然闪出的人影撞了个满怀。

是陈文军。巷口光线不好，陈文军走得急，嘭的一下把陈鱼她妈弹得仰了过去。陈鱼听见“哎哟”一声，来不及多想，紧走几步，接住了她妈轻飘飘的身子。她妈散出脑壳的魂魄重新归了位，原本想道个谢，话到嘴边才看清眼前人是谁。陈鱼果真不是以前的陈鱼了，她眉眼舒展嘴唇殷红，分明已是个地地道道的女人。她妈跳起来，劈脸就给了陈鱼一个白亮亮的耳光。这耳光酝酿了整整一个下午，带着新鲜热辣的火气，一下就把陈鱼打傻了。陈文军挤过来想要撕碎这个纸片样的女人，陈鱼她妈迎上去，随手也给他送上了耳光大礼。陈文军在一片白光中扶稳了眼镜，满腹的愤怒变成了委屈，咽下去噎得嗓子生疼。倒是陈鱼很冷静，她说妈，有事咱找个地方说，别在大街上闹。

陈鱼她妈说，跟我回去。

不。

不回去就别再念书了。

不念书我也不回去。

你是想气死我。

不会，你要死也是受活死的。

这句话带着惊雷闪电轰隆隆砸向陈鱼她妈，一下就砸断了她的脊梁骨。她妈细弱的身子抖了抖，折叠起来，滑落在了马路边的树坑里。如果不是被后面的小树擎住，她还会稀泥般继续瘫软下去，和那些灰尘、垃圾、猫屎狗尿搅和在一起，就像当年她躺在炉灰柴草里生下陈鱼时一样。

陈鱼冷淡地看着她。这时陈鱼就想起了自家的门帘。

门帘外正是苦夏，瘸子路过陈镇中学时传话，说陈鱼她爸叫她回家一趟。自从她爸腰断了以后，瘸子就成了她爸最好的朋友，在镇上，他俩都是没人待见的一路货色。课间陈鱼请了假，一路小跑穿过街道，跑过长坡，跑到自己家院子门口。她爸没去打牌，坐在门口的青石上等她，她刚想张嘴发问，就被他呼啦一下捂上了嘴，她爸把青灰色的下巴凑到她耳朵边，麦草样的胡楂扎得她又疼又痒。他说你妈在屋里吃冰糖呢，你小声进去。说完他就勾着腰往坡下去了，脚下拖着一溜干热的黄土。

我妈多大的人了，还吃糖。

但她还是轻软软地走到了门前，蝉鸣淹没了细碎的脚步，她既没有喊妈，也没有推门——门开着，竹门帘里人影摇动，皮肉碰撞的汗腥一波波涌出来，冲得她脚跟不稳。她把身子藏在墙后，挑开一条缝朝里张望。她妈两条细而白的腿正被高高扛起，脚尖绷成豆荚即将裂开的姿势。男人的背影过于强健，她妈被捣碎了，闷哼声接二连三从嘴里跳出来。陈鱼看得湿淋淋的，却也无法挪开步子。男人倒塌的一刻，她妈还挂在他的腰上，小声说，受活，好死了。

这句话撞得陈鱼两耳嗡鸣。

这么多年，她一直在等这个机会。

说完，她感到了巨大的轻松。

那具干瘦的身子，实在不配享受那么大的快乐。

四

镇子上丢了两个人。

最先注意到这一事件的是陈镇中学的陈校长。陈文军俩月没照面，按说到了回家要生活费的时候，却连一通电话也没打，陈校长只好把电话打到县一高，县一高说陈文军早就请假回家了，陈校长说没有，县一高说我这儿也没有。一米七八的大活人，就这样不讲道理地丢了。镇上的人湖水样聚在陈镇中学校长办公室里，乌泱泱的声音掀翻了屋顶。有人小声嘀咕说，好像陈鱼她妈上月去过县里，人们这才醒过神来，呼啦啦卷上慢坡。陈鱼她妈正在院子里喂鸡，齐腰高的柴墙上挂着没摘完的丝瓜，焦黄的壳子呼啦啦迎风作响，陈校长隔着墙问，他婶儿，见陈鱼没？

见了。

见文军没？

见了。

搁哪儿去了？

死了。

死了？

死了。

陈鱼她妈说得很坚决，倒让陈校长心里打起鼓来。

咋死的？

受活死的。

人群哄的一声松弛下来，陈校长是读书人，脸皮被臊得明晃晃的，还没来得及多问几句，陈鱼她妈已经抄起铁锹，隔着矮墙往外扬鸡粪。离墙近的人群哎哟哟向后退着，后面的人往前挤着想看究竟，一进一退阵形就乱了起来，陈校长躲闪不及，鸡粪干脆利落地落在了他的皮鞋上。

鸡粪说明了一切。

陈鱼跟陈文军私奔了，或者陈文军跟陈鱼私奔了，不管是谁起的头儿，两个人终究是私奔了。陈校长干着急，把镇汽车站门口的水泥地踩得溜光发亮，也没人再去管这桩闲事。

雪一落，有余两口子就给三有张罗结婚。

八仙桌从院里一路摆到街上，大地红闪光雷放了一上午，整个镇子一片红色，硝火味儿经久不散。

坡上还是白的，雪地里两行新鲜的脚印，陈鱼她爸空着手走在脚印前面，走上红色的街道，走到有余家门口停住了。有余看了看他空荡荡的两手，脸上晕着的一团热气冻了一下，又立刻聚集起来，招呼道，哥，来席上坐下。坐定，给他倒上一盅九都大曲。

嫂子没来?

懒，还没起床。

有余心知陈鱼她妈是没脸来，怕是还有些怄火，哦了一声，说没事，等会儿带两瓶酒回去，让嫂子沾沾喜气。

妇道人家懂个屁，我替她喝了算了。

有余端起酒盅跟陈鱼她爸碰了一下，哧溜声响，一条热线扎进了肚子。肚里一热，眼神就有点飘，放下酒杯的当口，他看见一条人影从丁字路口走过来，折到街上，又走向东头。进陈镇，丁字路口是必经之路，前天一下雪，这两日长途车都没进得山里，也没从国道上回来的顺路摩托，想必这人是走回来的。从国道走到镇上，得半天光景，这样的天气就更费劲。街东头是中学，东头再东，是陈校长家。一条街的人都在西边暄腾腾地吃酒，倒显得这人伶仃单薄了。雪地里走不快，人影摇晃着，缓缓走远。

本来这人悄无声息，这一缓，半条街吃酒的都看见了他，有好事的就在酒桌上议论起来。

像是文军吧。

可不就是。

还是男娃子有心，丢了也能找到家。

说这话的人斜眼看了看陈鱼她爸，她爸已经半瓶酒下肚，眼里一片蒙眬，嘴里塞着一只鸡腿，筷子上穿着俩热腾腾的白蒸馍。

他呜啦啦说了点什么，像是骂人，又像是什么也没说。

三有也丢了。

新婚第二天，街上卖油盐的杂货铺还没开门，他就出了院子。瘸子踩着雪碴出来倒尿壶，看见他在陈校长家门口蹲着。瘸子问他干啥，他不答。瘸子说是不是没伺候好新媳妇，被撵出来了。他骂了一句滚。院子里狗被骂醒了，陈校长起来开门，正和他撞了个对脸。

晌午头上，三有就找不见了。

新媳妇大闹一场，砸了洞房要回娘家。娘家弟是个愣头青，借了辆手扶拖拉机，突突突一路黑烟前来接应。头天摆宴席的桌椅还没有收完，拖拉机掉屁股时撞散了两张桌子，磕坏了三条凳子，碾碎了一铝盆碗碟。包桌老板急得直骂，娘家弟一边回嘴一边掉过车头，要从包桌老板身上开过去，慌得他兔子样跳进了屋里。几个帮工的看不过去，合力把娘家弟从车头上拽下来，摁在雪地里劈头盖脸暴揍。有余赶忙去拦，又上烟又包赔损失，才把事情平息。

有余家的胖女人陪在新媳妇跟前说话，从房里拦到院里，又从院里拦到街上，终究还是拦不住，拖拉机吭吭哧哧往远处走了。

一条街安静下来。

有余蹲在街口唉声叹气，叹完气已经日头偏西。冷风四起，看热闹的走了个精光，杂货铺里隐约有几条人影，冲着他指指点点。他家胖女人叮叮咣咣扫着碎瓷片，扫两下哭一声，很有节奏感，只是声音干枯，像是半路出家学唱戏的烟酒嗓。有余心烦意乱，一盒烟抽完，他才想起来应该去陈文军家走一趟。

没见到陈文军，陈校长叫自家女人泡了浓茶待客。陈镇人把白开水叫茶，白开水里下荷包蛋叫鸡蛋茶，平日待客就这两样，贵贱之分就看鸡蛋的数量，家里有茶叶、真喝茶的只有陈校长家一户。有余出过门，见过世面，也在别处喝过茶叶水，都没陈校长家的浓。这东西放得合适，香气满口，放得多了，和中药不差多少，只剩下苦味。眼下的杯子里就散发着热腾腾的苦味，有余是真渴了，但也没勇气去尝一口。

文军回来了？

回来了。

三有来过？

来过。

三有没回家。

怕是……去了九都。

九都恁大，去哪儿找？

陈校长没接话，端着杯子只是喝茶，屋子里只剩下他缓慢沉重的咕咚声。有余看着他粗大的喉结，不知那样苦涩的水是如何接二连三咽下的，他期待从那喝下苦茶的嗓子里透出一星半点确切消息，哪怕是哪个区哪条街也行，或者是个电话号码。门外狗叫声突然又响成一片，脚步杂沓，门帘呼地掀开，镇长披着军大衣跨进来，后面跟着村主任和一阵冷风。看到屋里井然有序，两人有点意外。

瘸子和陈鱼她爸也跟着，没进屋，挑着门帘往里看。冷风顺着门帘缝隙往村主任后背上灌，他回头瞪了一眼，门帘立刻合上了。

有余看出来陈校长没有再多说的意思，就问，能不能跟文军说两句话？

不能，文军夏天就要高考，谁也不见。

有余还想说点啥，村主任呼啦一下把他从凳子上拽起来，天都黑了，还不回家吃饭。

三有从九都回来，已经是两个多月以后的事。街上的树开始返青，背阴处还聚着隔年的冷风。他爸蹲在门前阳光里呼噜着面条，头上渗出密密的细汗，堵塞的鼻腔渐渐松动，麻痒让他眯起了眼睛，他把筷子交到左手，擤了一管鼻涕，整个人都清透了。他揉了揉眼，看见灰头土脸的县乡小巴晃进镇子，停在丁字路口，三有从车上跳下来，走到他面前也没停，只是撂了句话。

我回来了。

他爸没应声，把嘴里的面条嚼匀了咽进肚子，又咔嚓咬了口糖蒜，才扭头朝院子里喊，孩子他妈，擀面去。

三有端着面出来，他爸还蹲在阳光里吸着烟，面前放着空碗，碗上搭着黑漆筷子。正午头上，原本街上没几个人，这会儿变戏法样涌出许多男男女女，他们端着碗站在自家门口，眼睛却盯着有余家的门。三有走进阳光里，靠着他爸蹲下，呼噜一声嚼起了面条。那一声“呼噜”有些太响，惊飞了街上寻食的麻雀，男男女女们哄的一声低笑，说三有回来了。三有哦了一声，算是应答，应完继续低头吃面条。

面还没吃完，手扶拖拉机就打东边突突突开过来，在三有家门口停住。娘家弟从车头上跳下来，一脸热气，一边递烟一边说，姐夫，我把我姐给你送回来了。

五

炖鱼要想好吃，一定要放些豆腐同煮。海鱼味重，宜用老豆腐熬，鲫鱼细嫩，宜用嫩豆腐煨，做法略有不同，但都是汤白味鲜，健脾补气。口味重的，可用猪油豆瓣酱先爆锅；口味淡的，清水生姜就可以煮起。爱这口的人不在少数，豆腐西施和鱼美人铺子里的东西，地道，新鲜，有些人起早赶公交来黄梅路，就是来买她们的东西。

豆腐西施李脂和鱼美人陈鱼，同在“西关四大美女”之列，老丁说，四大美女一同上街，公交车也得停下来给她们让路。

哄笑如潮水样席卷了半个农贸市场，李脂一边给老丁的豆腐过秤，一边问他，那你说，四大美女头一个是谁?

那还用问，肯定是你。

李脂在老丁递来钞票的手上拍了一下，把装好豆腐的塑料袋挂在他的小拇指上，收了钱，斜眼瞧了瞧对面的陈鱼。陈鱼正给顾客挑鱼过秤，像是丝毫没有听见市场里的那些关于自己的声音。

这个在任海潮铺子里打工的女人，有点来路不明，单论起模样来，肯定是最周正的一个，可她从来不收拾打扮，一身腥气两手血，看得人发怵。虽说待人也和气，总是话不多，唯一的好处就是手脚麻利，杀起鱼来写意得很，据说她还有片生鱼的好手艺。望海楼生意最火那两年，压桌菜便出自她手——三文鱼快刀杀薄片，放冰块上端出，蘸万字酱油兑辣根，鲜爽适口，每天限量二十份，先到先得，价钱高还是其次，晚了只能等明天。这么好的菜怎么不多进点料？不是不想，是真没有。钱不咬手，谁都想挣，可这偌大的九都，只有陈镇水库能养三文鱼，货源紧俏，连省城都要从那里进货。西关市场附近这群吃嘴精，如果不是托了任海潮的福，哪儿能尝到这样的鲜货。

倒是陈鱼很淡定，头天晚上还穿戴整齐在玻璃厨房里片鱼，惹得老大一群人围观；第二天一早便换了短裤胶鞋，用手帕皮筋扎了头发，去45号鱼铺开档。望海楼红火起来以后，任海潮生意越做越大，又与人合伙开了望海投资担保公司，玩金融挣大钱，左手进右手出，利息拿到手发软，座驾从别克换到霸道，再换成保时捷卡宴。一辆不够再来一辆，宝马奔驰也各需要一台，一台666，一台999，分开单双号，到了限行那几个月，就对号上街，车闲人不闲。他成了忙人，朋友圈里都是银行家企业家政府领导，红尘滚滚，歌来酒去，一刻也停不下来。据说房子也换到了河对岸的新区，错层大宅，高档社区，闲人免进。有眼尖的，说他老婆送完孩子没事干，就整天牵着一条苏牧扫街，爱什么买什么。有耳朵灵的，说可不是嘛，他老婆也见不着他本人，谁知道在外面还有几个家呢。任海潮再来黄梅路，多半是在街口喝牛肉汤，早起头一锅，还是老习惯。街坊们偶尔碰见，他就翻弄手机，瞧瞧，都是会议，都是领导，昨天晚上十一点还在通电话，喝酒喝到深夜两点，忙啊。

自然是没空到农贸市场去了，鱼铺的事情就都落在了陈鱼身上。别人家的生意，别人不操心，陈鱼倒是当自己的生意在做。

有人到鱼铺边看鱼，拐弯抹角问她，想放点钱到望海投资，能不能多给一分利？

她直起腰，指指街口，说往那儿再走 100 米，临着中州路，蓝色门头，就是望海投资公司，问他们去。

看来任海潮也没把陈鱼当回事，来人笑笑就走开了。也难怪，虽然经营鱼铺起家时，两人起早贪黑，汗水摔八瓣，看样子好像两口子，可任海潮毕竟还是有家有口的，而且，望海投资新进的理财顾问都是一水儿美女，大学毕业，个子高挑，职业装高跟鞋，花漾甜心或是黑色鸦片的淡香水，从对面走过来，能亮瞎人眼。处在这样的环境里，谁还把陈鱼那样的黄花菜当回事？

所以陈鱼那几分姿色，也就是在农贸市场里能亮一下了。

对李脂动心思那段日子里，老丁私下找过陈鱼，说要放点钱到望海投资，听说不够一百望海不收，他手头连棺材本算上满共也就三四十，求陈鱼看在老街坊的分儿上，找任海潮说说情，给他开个后门。陈鱼说老丁，咱小老百姓的，出多少力拿多少钱，何必去眼热那些。老丁脸一红，说我倒无所谓，学校这老房子也能住，可要想续个老伴，总得换换条件不是？

话说得恳切，陈鱼也只能带他去找任海潮。

任海潮不在公司，接待他俩的是一个年轻的投资顾问，工牌上印着“首席”俩字，衬衣是修身的，领口两粒扣子开着，露出的“事业线”既深且长，光彩夺目。

任总专门交代过了，女孩说，一定要给丁老师安排好。

她端上两杯咖啡，递过来一堆产品说明，您可以先了解一下，如果没问题就可以签字转款。老丁也没细看，唰唰唰大笔一挥，往桌上一放，豪气干云，仿佛金库大门正在向他隆隆打开。放笔的动作有些猛，签字笔晃了一下，滚落在地板上。听到签字笔落地的声音，女孩连忙走过去。女孩的一步裙又短又窄，蹲下捡笔时，美好的风光隐约闪了闪。老丁的目光被丝袜阻挡，看得不太真切，饶是如此，鼻子里忍不住冒了一下血气，端起咖啡来，咚咚咚喝个精光。

利息当月就开始结算，老丁菜篮里立竿见影多了排骨和鱼，脸上的眼镜逢人便亮，生动活泼。嘴皮子也渐渐放肆起来，在李脂面前屡屡夹带私货，偶尔还挤眉弄眼乱送秋波。李脂心里明白，却总是隔着那张纸，明知故问，你一个孤老头子，买那么多菜干吗？

俺闺女爱吃排骨，炖了给她送去。

闺女也爱吃豆腐？

我爱吃啊，最爱吃你的豆腐。

李脂啐他一口，说你这老不正经的，发财了也不请街坊吃饭。老丁说请，当然请。农贸市场里一阵欢腾，望海楼，要请就去望海楼。

还真请了一桌。

三文鱼自然是陈鱼切的，等她从玻璃厨房忙完走进包间，桌上已经杯盘狼藉。西关农贸市场四大美女插花坐着，老丁坐在上首，左边是卖豆腐的李脂，右边是榨香油的李曼，个个脸上晕着酒红。几个常来市场的老街坊也在，隔着桌子吆五喝六，老虎杠子鸡，门口空着一张凳子，想必是给她留的。陈鱼走过去，没坐，说，晚了，我回去，你们聊。

吃点儿再走呗。

陈鱼没接茬，转身就走。

没走成，被门外的人堵了回来。

来的是丁一蓝。老丁说，丁一蓝出生那日一天碧蓝如洗，半丝云也没有，这名字就像他给学生辅导作文一样信手拈来、顺理成章。只是有一样，这闺女天生急脾气，没到预产期就踢破羊水，从她妈肚子里爬了出来。上小学算不清应用题，考场上撕过卷子。大学自然没戏，勉强中专毕业当了护士，三天两头跟患者吵架。为给她介绍对象，老丁动员了半条街的邻居，临到三十岁头上，才给她成了家。

成了家，脾气也没改。

她推开陈鱼走到桌子跟前，扫视了一下全场，老丁指间蓄积的烟灰立刻断为两截。他早就戒了烟，这回是酒色当前，架不住劝，胡乱点了一根。丁一蓝指了指他，他迅速把烟屁股捏碎，丢在了凳子下面。指完老丁，丁一蓝的目光就聚在了李脂脸上。换了别人，这高压电非得把脑门击穿不可，可李脂不怕。

我警告某些人，别惦记我爸那点儿棺材本。我妈虽然没了，还有我呢。

还有你们，一把年纪了也不知羞，脏脏叽叽。

说谁呢！李脂啪地一拍桌子，茶碗和酒杯不约而同地跳了一下，在座的都是街坊邻居，论理你得叫叔叔婶婶，脏叽来脏叽去，你骂谁呢？

骂的就是你，别以为我爸看上你你就多牛，我告诉你，我不同意。

你同不同意关我屁事，就你爸那妖里妖气的劲儿，我还看不上他呢。没大没小，冒冒失失，也不知你妈是不是被你气死的。

丁一蓝说不过她，就咣当一下，掀了桌子。

第二天，老丁去 45 号鱼铺找陈鱼，啰里啰嗦道了一通歉，说能不能跟望海楼讲讲，少赔点钱。

不用了，陈鱼说，我已经拿工钱抵了。

六

等于挑明了，李脂跟老丁没戏。

老丁再去买她的豆腐，她都冷着一张脸，不卖。

我闺女得罪你，钱又没得罪你，送上门来的生意，为啥不做？

我的豆腐不进你闺女的狗嘴。

老丁碰了钉子，唉声连连。老吴看在眼里，喜上眉梢。老吴是台商，在人民公园对面赁房子开个影楼，生意不大不小。

人民公园在西工，黄梅路在老城，跨了区，五六站地，按说老吴买菜，不应该舍近求远，可他有个毛病，一到周末就要逛菜市场，越是热闹越要扎进去，不避污水腥臭。据说全九都城的农贸市场他都去过，哪个市场什么菜好，他门儿清。到过西关农贸市场以后，就再也不去别的地方买菜了。其实想想也就明白，逛市场这毛病不是因为菜落下的，是憋的。

从没谁见过老吴的家人，他总是孤单来孤单走，买的菜也不多。知情人说，他儿子在国外，老伴在台湾，两个人整天打架，腻了，他就一个人来到大陆，说是投资，其实是图个清静。

清静是清静了，可一旦离了自己的群，也是寂寞得很。老吴说，全天下只有菜市场是一样的，人来人往，讨价还价，聊天骂街，有意思得很。西关农贸市场尤其有意思。豆腐西施李脂最有意思。

李脂自然明白老吴话里的意思。

可老吴是风筝，不知线头拽在谁手里。老丁虽然妖气，总归是老街坊，知根知底。老吴就难说了，一口软绵绵的台湾普通话，总有点诈骗犯的感觉。

李脂说，你能不能把舌头捋直了。

不用理（捋），唱锅（歌）的时候就好啦。

就你这麻花舌头？

用四十（事实）说话啦，老吴抬腕看了看表说，我们现在去吃点饭，吃完去唱锅，我请。

李脂当真收拾起豆腐摊，老丁急慌慌说，还剩那么多，馊了咋办？老吴拍拍他的肩，说不用担心，我全都买下，送给街坊们，每人一斤，送完为止。停了一下，他又补充说，除了你以外，豆腐不进狗嘴。

有人说，老丁在KTV门口蹲了一下午，两个人没出来，他就又蹲到天黑，像是要跟门口的保安较劲。还是丁一蓝虎着脸去把他拉走的，他前脚一走，两个人就打里面出来了。李脂脸上晕着热气，扯着老吴边走边笑。

一顿晚饭自然是不能少的。

晚饭之后的事，老丁想都不敢去想。第二天一早，他就直奔菜市场，远远看见李脂在豆腐摊后坐着，心里的石头才算落了地，两条毛腿重又妖了起来，晃到45号鱼铺。照旧买鱼，跟陈鱼磨嘴皮子。

豆腐是陈鱼帮他买的。买豆腐时陈鱼问李脂，真打算跟老吴？李脂边切豆腐边说，我也吃不准。陈鱼扫了扫摊子上的支付码，手机传来叮咚一声，伴随这一声跌进耳朵的，还有李脂的叹息，总不能一辈子卖豆腐啊。

陈鱼抬头看见李脂的脸，还是豆腐样白，但已经不像豆腐样细腻了。

别亏了自己。陈鱼说。

豆腐只卖了一小半，李脂就收摊回去了。那几天，她摊子上进货越来越少，后来干脆就不来了。

隔了俩月，老吴在望海楼请客，八九桌，来的都是稀客。李脂拐到楼下敲厨房玻璃，陈鱼从里面走出来，扫了一眼她脖子上簇新的羊脂玉葫芦，问，想通了？

想通了。

扯证了？

扯了。费了点功夫，找了他在统战部上班的朋友，反正民政局和台湾也没联网，没人深究。李脂从手袋里取出一支口红，递给陈鱼，送你的，对自己好点。

我哪儿能用上这个。陈鱼说着，还是接了过来。李脂上楼时拍了拍她的肩，也不能卖一辈子鱼啊。

老丁满以为，李脂嫁给老吴以后，自己就吃不上这道豆腐炖鱼了，至少买不上相同品质的豆腐。其实这都是庸人自扰，新来的豆腐摊一样货物新鲜，除了豆腐，还卖粉皮，用来炖鱼一样好吃，炖老鳖更是人间美味。老板也和气，只是没人再拍老丁的手背，也没人再接他的黄腔。买鱼的时候，老丁站在陈鱼跟前，不知怎的就多了几分尴尬。

炖鱼的铁锅坐在炉子上，洗过的裤衩搭在阳台上，电脑嗡嗡作响。

在《黄梅路农贸市场简史》中，老丁修订了几个条目：

九都地铁：第一期规划由 4 条地铁线路组成，2016 年 2 月立项，2016 年 8 月 25 日获批。据《九都城市综合交通发展战略规划》载，一期工程线网总规模 105.4 千米，车站数 63 座，其中换乘站 8 个，将承担城市公共交通出行总量的 40% 以上，九都地铁将成为构建九都现代交通体系的重要组成部分。2017 年 6 月 28 日，九都地铁 1 号线开工建设，预计 2021 年年底开通运营。

黄梅路农贸市场：始建于 1957 年，早年为自然形成的集贸区，交通便利，人流密集，规模较大。为配合九都新城建设并解决东城区人民“菜篮子”问题，1988 年、1995 年分别进行了改造提升，现可容纳商户 300 余家，涉及肉、蛋、奶、鱼、菜、果等副食产品，年平均交易额约 1700 万元。

45 号鱼铺：45 号鱼铺位于黄梅路农贸市场西北角一楼，紧邻市场管理办公室，面积约 18.5 平方米。原为蔬菜仓库，后改为鱼铺，主营淡水鱼类，兼营虾蟹泥鳅等，年营业额约 14.5 万元。原摊主为任广禄，后过户给其子任海潮，后者 2016 年因故外逃失联，现由其帮工陈鱼经营。

七

李脂那句话缠上了陈鱼。

以前她从没想过一辈子的事，觉得太远太长，过好眼下的日子就已经不易了，哪儿有心思想那个。那年如果不是三有，她早就冻死在东下池的出租屋里了。陈文军一去不回，她两天没有吃口热的，被子稀薄，冻得嘴唇发紫。她心里有不好的预感，又不敢打电话去问，只能穿上所有的衣服，裹着被子苦等。

两天没吃正经饭，饿了就喝点白开水，啃半截干馍。等来的不是陈文军，而是一身鱼腥味的三有。接下来的半个月，是三有陪她在医院里度过的。原本指望陈文军回家拿钱打胎，这下打胎钱都省下了——又冻又饿，自然流产，给陈鱼止完血，医生说，宫寒，以后月事不一定正常，估计也要不了孩子了。医生出去后，病房里安静了好一会儿，三有感觉时间又黏又稠，好久都纹丝不动，等到墙上的挂钟走到整点，机械啪地闷响了一下，陈鱼才哇的一声大哭起来。

三有说，你跟我回家，我娶你。

我生不了孩子，你要我有啥用。

咱俩好好过日子。

你不是已经结婚了吗？你离婚，你爸妈老脸往哪儿搁？你娶陈文军的二手货，你自己的脸往哪儿搁？

三有没话。

没话胜有话。

陈鱼哭了三天，哭完她就硬实多了，她洗澡梳头，收拾东西，跟医生说要出院。三有劝她再住几天，她连连摇头，欠你太多，将来还不上了。三有说不要你还。陈鱼说，要不要是你的事，还不还是我的事，你要真想帮我，就把你的手艺教给我。

我就是个卖鱼的，有啥手艺。

杀鱼的手艺。

这个好说。东下池紧邻九都河，河里有的是鱼。城里许多退休没事的老头，都搬个小马扎在河边钓鱼，打发日子。有的一溜儿支上六七根鱼竿，边听收音机边钓，一天下来也能收获多半桶小鱼。三有没带渔具，只是让陈鱼拎着塑料袋，在岸边等着，他卷起裤腿、脱了鞋，往水里走几步，把大拇指浸在水里，呼啦一声，就有半尺长的鱼甩着尾巴被提上来。他把鱼一条条往岸上扔，陈鱼一条条往塑料袋里捡，一会儿工夫就装了满满一袋子。旁边的老头儿看得眼发直，说小伙子你这是啥钓鱼法？没钩没饵的，我从来没见过。三有嘿嘿笑，并不回答，只是把冻得发红发硬的脚唰唰擦干，又穿上鞋袜。老头说我在这河边钓了这么多年鱼，每一条都没你钓的大，真是邪门。

回到出租屋，三有就教陈鱼杀鱼，从敲头、刮鳞、破肚，到清肠、切块，样样细致。杀完鱼就教做法，清炖、红烧、油炸、辣炒，个个不漏。三五天下来，陈鱼变了样儿。原先是头发一丝不乱，说起话来带着学生气，现在是头发随便在脑后一绾，卷起袖子就拎刀，染得一身腥味。三有说行，有点混这行的样子了。然后就带她去农贸市场，教她认鱼，告诉她如何让鱼保持鲜活，然后买大鱼教她片鱼生。

听说南方流行吃三文鱼，但是三文鱼只能进口，贵得很，吃法就是生吃。三有边教她用刀，边自顾自地说，这种鱼只能在冷水里养，不知道咱家水库行不行。

陈鱼说，日本人的玩意儿，我不想学。

三有说，亏你还是高中生，知道啥叫“鱼脍”不？咱们老祖宗两千年前就吃生鱼片了，你就只知道跟日本人别劲儿。

陈鱼看了他一眼，那是她看他最认真的一次。

三有走前的一晚，陈鱼把自己剥光了塞进他的被窝，说我欠你太多，这辈子不一定能还上了。三有翻身上来，陈鱼抱住他，感到他的硬直和滚烫，有一种跃跃欲试在那里积聚着。她抓住了他，想给他一点鼓励，好让他勇猛地闯进自己的身体。她知道文军就是这样的，抓住以后就更疯更凶猛，像是要凿烂出租屋里的小床。她以为三有也是一样的，可就这一握，竟让三有变成了一团湿漉漉的烂泥。她说没事，等一会儿就好了，好了再来。她还没结婚，却比已婚的三有还要老到，说话的口气就像经历过许多岁月的三姑六婆。三有越想越气，他跳出被窝，周身热气四下流散，他说算了，我就让你欠着，让你一辈子还不上。

陈鱼轻叹一声，一夜就过去了。

再轻叹一声，二十多年就过去了。

那时候年轻气盛，只想凭自己的两只手养活自己。现在有了一口饭吃，才发现与别人相比，自己过的是没油没盐的日子。有时候夜深人静，走在回家的路上，影子又细又长，在风里面摆来摆去，太可怜。

太寡淡。

…………

（选自《清明》2021 年第 5 期，有删节）

红鬃烈马

李知展

一

东经 116 度竖线和北纬 34 度横线，交叉绑架着这座孤零零的豫东小城。就像是命运，绑架着他们弱小的肉身。

陆卫平长于乡村，对小城最初朦胧的记忆，是他不到四岁时母亲何秀英给他磕头的场景。何秀英将他按在医院西边的台阶上，她在下面一级台阶，跪下来，双手合十，念一声：“我儿，对不起，妈妈尽力了，你长大要怪就怪妈妈吧……”然后，对着他，一个头磕下去。冬日的斜阳映在母亲脸上，像是照在莽山庙里的土观音上，悲苦、痛心、土黄。何秀英还要再拜，他笑嘻嘻的，揪着母亲的头发，以为是场游戏，踩着注定一瘸一拐的脚步，扑在母亲脖颈，为她挡住围剿而来的寒风。

十四年后，那个无星无月的夜晚，当母亲再次六神无主地跪在他面前，他心说好吧，妈，你保护了我这么些年，该轮到我了。陆卫平拔出刀，笑了，对着眼前这个过早损耗的女人，抚平她花白的头发。我们母子这一生注定是互相保护的。

而事实上，陆卫平生来女相。身板柔弱，瘦得有些伶仃；一双大眼睛，睫毛长不说，尖端还微微打着卷儿，真像是女孩儿，且是洋娃娃一样好看的女孩儿；性格也是，腼腆多泪。人们都说，没见过这么会哭的。是会哭，不仅仅爱哭、能哭，而且哭得有水准，不浪费，直击心扉。陆卫平的眼泪是雨后的荷叶，稍有点风吹草动，叶脉上托着的水珠就会倾泻，并且，他每次都哭得认真，不是常见的熊孩子撒泼打滚，做个架势，以哭要挟。陆卫平哭得梨花带雨，眼圈儿真格红通通的，长长的、蜷曲的睫毛颤抖着，如拨动算盘珠子似的拨落泪珠，哭声却不大，压着的、隐着的、寂静的，类似冰山原则，明面上只是八分之一的哭，水下部分的委屈和伤心，那可就深不可测了。每当陆卫平胸腔起伏，静静地哭，人们就不由得唏嘘，一个小小的人儿，白白净净、娇娇弱弱，怎么会储藏那么盛大的悲意呢？所以，一见他哭，没几人能受得了。这受不了，都将化作疼惜，何秀英举着糖说："我的小乖儿哟，哪儿点不如你的意，你说嘛，快说呀，都答应你……"陆卫平自小包裹在这顺从心意的疼惜里。

唯独一人，绝不姑息。只要他哭，父亲陆四清就如踩了蒺藜的驴，弹跳甩蹄，怒意四起，嘴里吼着脏话，呵斥他，让他"闭住"，可陆卫平的眼泪似乎不受控制，仍不绝如缕。陆四清暴跳如雷，拍着桌子，要扇他的嘴。陆四清发起怒来，双眼通红，握着拳，杀气腾腾，最吓人的是，龇着牙，咬紧后槽牙，每吐一个字都像是啐出来的刀子。

有次，何秀英不在家，陆四清打牌回来，估计是手气不好，一屁股坐在方桌前，烟抽得小型烟囱似的。陆卫平躺在床上，持续腿疼，手里攥着母亲上班前留给他的糖。他疼得受不了，轻轻喊了声："妈，我疼……"没人理会，陆卫平眼里噙着泪影，小小地叹了口气，小心剥开糖纸。

陆卫平爱吃糖，也会吃，他吃糖有一套固定的程序。先铺开糖纸，从边角向中心舔起，舔两遍，直到舌尖垂钓完牛皮纸上所有微薄的甜，然后，将并不长的奶糖咬断，分作两半，另一半仍然用刚才的糖纸包好，放在枕头下，这些做完，才开始吃手心的这一半。准确来说，不是吃，是享用，陆卫平不再是单一地舔舐，而是轻咬一下，用牙齿磨散，再闭上眼，将碎糖聚拢在舌头上，让甜慢慢地铺展，慢慢地洇染，之后，反复流连，丰沛的糖水缓缓地流淌进胃里。半颗糖吃完，全身都是甜的、暖的。等实在忍不住了，再重复以上步骤，享用枕头下的另一半。一颗糖，被他吃出百转千回的珍惜感。也许是此生太为苦楚，他愿意在一颗糖跟前纵容自己，给命运的苦河里，加一点点甜意。

陆四清最看不惯他这个做派。爱吃糖不说，不给糖就咧个嘴哭不说，吃个糖还这么舔来舔去。"恶心！"陆卫平正闭着眼感受糖果的香甜呢，陆四清一巴掌扇过去，将惊落的糖块碾到泥地里。陆四清的手继续扬着，打算给陆卫平预料的哭泣以响亮阻击。陆卫平也不争气，哭得不出所料，他不单是心疼踩到泥里的半截糖果，还因为品尝行为被暴力中断。甜是小规模的致幻，猝然断开后，身体里的疼便扶摇直上，没了甜做麻痹或欺哄，这疼就显得越发锐利，陆卫平的哭，大部分是被疼给扎的。可陆四清的理解力还围绕在不给吃糖就咧个大嘴嗷嗷哭这一点上，太不像他的脾性，陆卫平哭，他怒，陆卫平哭得饱满，陆四清落下的巴掌也酣畅。这是一场错位的纠缠。“哭，就知道哭，老子还没死呢，哭你妈×，像不像个男人？”

到最后，陆四清将陆卫平的嘴唇都打烂了，还是纠正不过来他爱哭的天性。母亲收工回家，看到这个场景，疯了似的往陆四清身上撞：“陆四清，欺负一个孩子，你还算个人吗？你有本事，打死我！”

陆四清撒手，怆然长叹，给了妻子一拳：“你妈的，不像我的种。”他是在质疑妻子，这个孽子，到底和谁所生？

妻子不再言语，将满脸血痕的陆卫平抱到院子里，放在估摸着他听不见成人世界污言秽语的距离之外。然后，她抄起镰刀，撩起头发，静静走到酒气熏人的丈夫跟前，回道：“跟你爹生的，满不满意？”

陆四清望望镰刀跃跃欲试的光芒，笑了：“你个婊子养的，你跟小个子‘四眼’挤眉弄眼的，别以为我不知道。我真搞不懂你，‘四眼’那个熊样，老子叉腿站那儿，他那小个儿挺直从裤裆下走过去都够不到老子，你看上他什么了？”陆四清吐口唾沫，“尽管浪去，最好别被老子抓到现行，要不然，你娘俩早晚死我手里。”他晃着步点，还要说，“不要看不起老子，这几年是时运不济，等我翻了身……”

他还没啰唆完，何秀英右手挥出一道绝望的弧线，镰刀倏地划过陆四清的鼻尖。只觉鼻头一凉，陆四清一腔酒水便热了裤裆。何秀英将镰刀挂起，平静地说：“我嫁了你，那是没得选择，我认了，但是，你以后再敢动他一指头试试。”

二

此处地属豫东，盛产美貌的女孩和优质小麦。单说麦子，面白、筋道，做糕点做面条皆宜。“佳禾”是众多面粉厂的魁首，产品不单细分为高精粉、特精粉、富强粉、标准粉等，还有挂面、即食面饼、麦胚，磨面的下脚料麦麸另立门户，附加为饲料厂。范忠营的生意兴旺。

面粉厂多年轻女工，女工爱干净。范忠营顺应民心，挨着宿舍区建了一排随时供应热水的淋浴室。浴室常年雾气腾腾，如同梦境。谁都想去梦里看看，特别是夏青苗洗浴时冒出的那股热烟。可是，所有的男工，谁也不敢。范忠营立厂规矩森严，但凡哪儿点触犯了他，老范瞪起虚浮的眼泡，手一甩，烟灰飘散，说声“滚蛋”，你就得滚，别想再挣这份辛苦钱。以前，在庸城有个安稳体面挣钱的机会，颇难得。四围广袤的平原里，有星星点点数不清的村庄，数不清的村庄盛产源源不断的年轻壮力。于是，男工们望着夏青苗挽着洗澡篮，再望着淋浴间上方随即升起的缥缈雾气，远远地咽口唾沫，开着脐下三寸的粗鄙玩笑，撅着屁股，继续干活儿。

人们其实明白，老范是只许州官放火，并且他这把火终于烧得人尽皆知，余烬贯穿了几个人的一生。

在乡村，小门小户没有根基无可依傍的美丽，幸运了是翻身的入场券，不幸的话，就是一场灾难。夏青苗的漂亮在十里八乡当得起一个“最”字，所以灾难来得更为心碎。夏青苗的俊俏里有一种高级的东西，说不清道不明的，是什么呢，陆卫平要过很多年，才能大约参透：美得显而易见不难，但有回味的空间，回味之后，还叫人我见犹怜，这就很要命。夏青苗的眉眼里有一层水汽，总是湿淋淋的，抬头看人时，眼睛眯起一点，像是打量这个世界的羔羊，眼里有一份鹅黄的水意，迎着光，略带一丝茫然无措的柔弱，显得很无辜的样子。

不过是一场大雨，就破坏了夏长林对两位千金的美好设计。老夏命途蹇厄，寄望于姊妹二人好好读书，将来才能领略世界辽阔。老夏为此付出心血，在长女夏青苗高考的那个夏季，他贩足了一批玉米种子。

那年春旱，夏粮减产，收了麦子之后，势必要好好种植一季玉米，才能将年景过得像个样子。老夏在县种子站做临时工多年，因其工资低，心有不甘，决计出来单干，筹钱在镇上租了铺面，经营粮种、农药、化肥。自带专业性，从未失算过，且为人有厚意，贫苦人家到了抢种的时令，买不起种子化肥，求到老夏这里。“没事，先搬去，节令耽误不得，粮食卖了再还。”来人千恩万谢地搬走，急忙下到田地，赶在节气之前，洒下血汗，期待收获疲惫和满足的笑脸。有时收成不好，更多的是因为贫穷是持续的，加上家里孩子多、负担重，粮食卖了，有那欠账的仍然没来老夏店里销掉账单，到下一个播种季，镇上其余几家粮种店求了个遍，还是踅到老夏这里，继续点头哈腰，擎上一张黧黑的笑脸。老夏也不介意，最多无奈笑骂一句：“爷们儿，你呀，又来这套，下回得准时哦，我这一摊子，也不容易。”靠着这份小生意，老夏挣钱有限，却还是将小家庭庇护得不透风雨。两个女儿，都娇生惯养，要星星不给月亮，虽然生在乡下，姐妹俩无一点村气，十指不沾阳春水，养得皮肤白皙、模样可人，倒像城里殷实人家的娇女。

老夏颇为欣慰。

这次他算好的，多进点玉米种子，无特殊情况，不再赊账。他急需一笔钱。夏青苗马上高考，等到了大学，花销更大；小女儿中考已复读一年，即便仍考得不如意，老夏筹措打点，也要让她上市重点高中。这个县级市，只有市一中像点样子，每年能考上一两个清华北大，其他几所高中，据说风气都不怎么正，尤其是私立高中，经常传出女生早孕的秽事。老夏打听好了，市一中有两个班只要分数在规定范围内，交一笔肥硕的赞助性“建校费”，就可入读，和过线的考生享受同样的师资教育。女孩家，还是得上学，将来在比较宽阔的平台上，才有更多选择。并不仅仅是老夏开明，他是有切肤之痛。当年他考县里师专，后来才知道自己考上了，被人使了手段顶替了，顶替他的那人毕了业进了机关，一路顺风顺水，已官至正处，当然自有其过人之处。两相对比，下了学的夏长林回家种了几年地，不甘心，学了家电维修，自修了农技师，可错过了一个节点，再想翻身，就很费劲。很快，结婚生女，如套上轭的牛，在底部，翻不出命运的掌心。

老夏不希望女儿们重蹈他的覆辙。

新订的玉米种子，是省农研所这几年培育的品种。老夏常年订阅《农业信息报》，熟谙最新的农研成果。去年他小面积试验种植过，新种子耐旱、防虫、增产，老夏将粗壮的、尖端发紫的玉米穗子往柜台前一摆，无须赘言。为何老夏能在镇上数家粮种店脱颖而出呢？他代销的产品，不单经由自己试验把关，且免费给各村里人缘好、有威望的村民试用，效果好的话，自然口口相传。老夏对这款玉米种子信心满满，很多村民提前预购，老夏心说，两个女儿的前程有着落了。

可就在种子进来的当晚，店里失了火。

老夏从家赶到时，已烧得差不多了。化肥、药剂都易燃。街上有人，三三两两，静默地站着，没人去救。因为在这沉默的人群外，有几双虎视眈眈的眼睛。老夏当下明白，必是同行几家眼红他的生意，雇人纵火，应该是投掷的汽油瓶引燃的。老夏一辈子硬气，这会儿冲着黑影连续作揖，他每弯腰一次，当街站立的影子就烫着似的动一下。有人要迈步过去，远远地有手电照在那欲行动者的脸上，那人迈出去的脚就收回，继续抱着肩膀观看，或者看不下去，闷闷地叹口气转回屋里。老夏仍一个个作揖，腰弯下去，再弯下去，没人呼应。老夏一个头磕在地上，低喊一声：“爷们儿，我夏长林这辈子不会求人，今儿个，给大伙儿磕头了，不看我的面子，也请看在孩子的分儿上，你救救我家……”终于有人听不得，包子铺的老武和老夏最要好，两人闲下常喝几盅，老武一顿脚，骂一句“×他娘”，抄起水桶要去泼。当街忽然晃出一人，手里电筒顶出一道光柱，剧烈的光激射在老武脸上。老武睁不开眼，更显持灯者那个方向的黑暗。黑团里传出低声：“别逞能，为你好，反正老子知道你闺女在市里哪个学校……”老武闻言，一怔，铁皮水桶落在地上，发出滚动的轰隆声。不知因为愧疚还是因为什么，老武忽而仰天长号。倒是那边老夏从地上起来，拍拍膝盖上的浮土，将从家里着急赶来松散的衣服下摆掖好，系好扣子，凄然一笑，冲当街那人说道：“老陆，你觉得我好欺负是吧？但是，你记着，人不是你这么做的。”

陆四清还笑：“长林哥，你别跟我这种傻人计较，谁让三番五次借钱你都不给呢，我总得想法儿弄点花花。我知道，我做得不厚道，没事，报应来不来，我都等着。”

这仇算是结下了。

老夏怆然回去。家里，两个女儿还睡得甜美如昔。老夏转到卧室，抽出朋友给的藏刀，在娇弱的发妻惊恐的目光里，反复摩挲着刀锋，指肚被划出血道子，他仍不以为意。向来文雅的老夏，甩掉指头上的血珠，没来由骂句粗话：“妈个×的，老子要有俩儿子就好了。”有俩虎背熊腰的儿子，谅谁也不敢欺到头上。

长女夏青苗其实醒了，听得分明。

老夏啐了一口，喝杯茶，又悄然一笑。他押的宝，还有一些底子。新进的种子，店里因前一段存了一批复合肥，空间不够，部分种子拉到闲置的老屋去了。老夏开上机动三轮车，拉上玉米种子，连夜奔往临县。临县也有朋友，他想，好东西，总会销出去。

夏长林后半生都将为自己的洁癖而后悔。行到半路，土路上有泥浆，车碾过去，泥水激射到身上，脸上也溅了几团。驶到安稳地面，老夏停车，拿出随身的毛巾擦拭，可污渍太多，一时擦不干净。正是五六月天气，老夏解了外衣，喝水，吃点东西，以解溽热。正要继续赶路，西南方向阴云压阵，巨无霸的云团朝老夏头顶俯冲。咔嚓，一个闷雷，即时落起了暴雨。

雨下得太急，老夏完全没法抗衡。等他反应过来，车厢里已积了半尺的雨水，老夏打开车厢，可雨还在兜头瓢泼，老夏将玉米种子抱进怀里，抱了这一袋，落下那一袋，那么多袋……老夏怔怔地，忽然在弥天白雨中大放悲声。

种子皆遭雨水浸泡。

等他到了临县找到朋友，几天过去，种子已冒出芽苞。朋友眼瞅着，没法安慰，递过去一支烟："哥，憋不住的话，就哭一场吧。"老夏摇摇头，笑，深深抽口烟，呛住了，直咳嗽，许久，才抬起头："不提了，哥就这个命。走，喝酒去，就当来为看你一场。"

老夏所有的盘算，付之流水。店面没了，还欠着购进种子的账，加在一起，赔了七八万，是他所有的家底。1995 年，这笔钱对一个豫东镇子上的小店来说，算是塌了天。自此，夏长林一蹶不振，此生再没能越过命运的龙门。

这年，夏青苗高考失利，小女儿还算争气，考上了公立高中。事后来看，夏青苗是踏入危途，但在当时，却是懂事，她主动提出：“爸，我好笨，没考上，不想复读了，过几天打算去‘佳禾’上班。”她又说：“你少抽点烟。”父亲刚下班，跨坐在门前台阶上抽旱烟，他现在在工地给人砌砖，他以前不怎么抽烟的。老夏再也不讲究吃穿，脸上神情钝钝的，大裤衩子配件背心，上身都是汗碱。

老夏闻言，脸上半是愕然半是茫然，似乎没明白女儿说的什么，空洞的眼珠转动一下：“啊？乖囡囡，你说要去哪儿……”夏青苗的眼泪就下来了，像小时候那样攀着父亲的脖子：“不去哪儿，爸，囡囡哪儿也不去，就在家陪着你……”

她在面粉厂负责质检，活儿倒是不累，可很快，各路暧昧的眼神织成一张网，黏在她身上。

厂里洗浴区从此升起一道要命的白烟。

三

莽山春秋各有一场庙会，是方圆百十公里朴素的庆典。清明之前，秋收之后，农活儿暂未铺开或已告一个段落，携家带口，来到山上，五行百作，江湖聚合。打把式的、卖艺的、跳艳舞的、变魔术的、卖小吃的、卖衣服的，乃至骗钱的、行乞的、算卦的、唱地方小曲的，各式小玩意儿，应接不暇。吃吃、喝喝、看看、玩玩，热热闹闹，丰俭由人，在农人一年到头单调辛劳的日子里，是个很好的调剂。

不表庙会上别的花样，且说观音庙前有处土坡，坡上常驻的，是捏泥响的刘小个。小个是真矮，一米五多点，主要是瘦，这瘦和矮是相辅相成的，共同构成了个“小”。嘴损的捣蛋孩子见他来了，拍着手，有个顺口溜：“远看飘来一背篓，往下看不到脚，往上看不见头。不知是小个背背篓，还是背篓背着小个走。”小不说了，鼻梁上还架个大镜片——捏泥、纸扎，都是细功夫，费眼——可一个捏泥的，身上白白净净，头发一丝不苟，还戴着个眼镜，怎么看都有点滑稽。可是，看久了，也挺统一，就像每到庙会，没有站着还没别人坐着高的刘小个出现在土坡，人们还不习惯了。

小个人小，手却大。这是双挣钱的手，关节粗糙，筋骨分明，到最后，这样的手，掐在说他走过其裆下都够不着的那人脖子时，人们都为他焕发出的力道所震惊。这双手，是刘小个全身最体面的部分，珍贵、灵巧、乌黑。河泥经他摔打揉搓，捏出各种动物造型——燕子、老鹰、猴子、老鼠、骏马等，动物耳鼻屁股处有连通的小孔，吹口气，会发出锐利的哨音，阴干后烧出釉色，再涂上油彩，小巧精致，栩栩如生，是个有趣的小玩意儿。

除了捏泥响，刘小个还做纸扎。人死了，生前未曾享受到荣华或仍留恋阳世繁华，刘小个便明码标价，根据需求扎出童仆、彩楼、汽车、骡马、元宝，入葬时随着烧了，以期亲人在那边过得逍遥。

靠着这点手艺，刘小个供养了病怏怏的老娘之外，还常能接济何秀英一些。

捏制泥响，用的是雪湖一带沟底的胶泥，黏性好，可塑性强，色泽漂亮，呈凝固猪血状。做纸扎，要先用野柳扎出框架，再糊纸描画。雪湖旁边的沟坎里，野柳韧性最好。是以常在雨后，刘小个扛个背篓，去雪湖附近，选个水沟，挖胶泥，或割野柳。这是项慢活儿，刘小个也无别的事，慢慢地做，挖出的胶泥就地摔打，团成团，用青草覆住；割下的野柳枝摘掉叶子，码放好。间或抽支烟，看看流云，听听水声。

同样，雨后，何秀英来湖边打猪草。她不间断地养一圈猪，一年卖两次，能攒点像样的整钱。精饲料贵，她只好掺杂草料。雨后湖边嫩草繁茂，水浮莲、富富苗、灰灰菜成片，她隔段时间就来割次草。

一来二去，熟识了。也就点个头，各忙各的。刘小个是自卑或说自知，从不和女人搭腔；何秀英是一肚子烦心事，顾不上和人闲话。可架不住刘小个喜欢孩子，有时，何秀英带着儿子，她割草，陆卫平在旁边玩，刘小个看他玩得无聊，就逮个蛐蛐儿、随手捏个泥响、采个菱角，有意给他破个闷。刘小个和女人说话不行，和小孩玩儿却能欢声笑语。他的泥响招徕的就是小孩生意，在逗弄小孩上，自有造诣，主要还是他打心里喜欢小孩子，几个小孩玩，他能推着镜片汪着眼仁看上半天，时不时还笑一下。

陆卫平很黏他。觉得这个小个子叔叔实在太神奇了，一疙瘩胶泥，在他手里可以变换出无穷的景象。

“你喜欢捏个啥?”

“马。我妈妈说，马跑得可快了，我想变成马。”陆卫平望望自己的跛脚，又问，“叔，你喜欢啥?”

“鸟。鸟飞起来可好看了，看见没，就像湖里那缕水草在水里，自在得很，不管大鸟还是小鸟，都有一方天。”刘小个看看湖水里自己短小的倒影。

他就捏马，捏鸟。捏出的马骨架高大，四蹄健壮，马首昂扬，做驰骋状；捏出的鸟，翅膀展开，体型流丽，似乎迎一阵风，就能腾入碧空翱翔。两个人手里一个捧着马一个立着鸟，都很开心，头挨着头，叽叽咕咕，不停地说话。何秀英打好了猪草，陆卫平仍不舍地望着刘小个，然而他懂事，家里的猪还饿着肚子呢，就挥挥手：“小个叔叔，下次我们再玩儿呀。”刘小个也挥着手，笑。何秀英感谢他陪儿子玩耍，他还是笑笑。

可何秀英不是每次都带着陆卫平，他们碰到，仍是浅浅地打个招呼，各忙各的。这天，刘小个挖好胶泥，要到湖边洗洗手脸，再背回家去。他站上堤岸，听到风里裹着依稀的哭声，他踮起脚，再四处张望，顺着潮湿的水意，才看清是何秀英蹲在远处沟底哭。他多少知道点她的事。她可哭的事太多了，混账的丈夫、多病的儿子、纠缠的家事，桩桩件件，都能压塌一个女人内心的湖。他什么也不能做，什么也不会做，只能干站在那儿，望着她持续地哭，他看得眼睛也疼。

哭完了，何秀英洗洗脸，风平浪静，装上草，拉着车子要走。刘小个才瑟瑟缩缩追住，期期艾艾地喊她："姐，这个你捎给卫平吧。"是他捏的泥马，烈火煅烧，现出浑厚油亮的棕红，马首迎风，前蹄刨空，脖颈处的鬃毛根根分明，在奔驰的风中呈坚硬的倒伏状。这是他几十年泥响生涯中捏出的最满意的一匹马。

何秀英愣了一下，收拾好的眼泪就这么又寂静落下。刘小个没有相关处理经验，手足无措地傻站着，也说不出个安慰的话，只搓着手，嗫嚅着嘴。何秀英反手弹去眼泪，错错嘴唇，笑笑，说一句："他叔，谢了。"转身拉着车子走了。

何秀英都化成一个黑点，刘小个仍站在堤岸。他的心里回放了一千遍一万遍她刚才弹去眼泪的样子，那样美和心碎的姿势，轻描淡写的、日常的悲伤，想一次他就要心碎一次。小小的他，竟然涌起不相称无数的"大"，归结到底，他想保护她。

哪怕，让她少哭一次呢。

四

陆卫平决计再也不哭，是在一个暴雨的午后。

何秀英用自行车驮着他打针回来，已经过了饭点。何秀英骑车技术有限，遇到沟沟坎坎，就下来推着车子，走得格外小心。回来时，因是雨后，转弯时没刹住，车子打滑，连人带车，他们母子二人栽到旁边水沟里。陆卫平个子小，冲进水沟的瞬间，头朝下，在母亲看来，儿子一下子没有了，埋到水里了。何秀英手脚并用地扑腾，喉咙里含着水音，一个劲地喊："乖儿，我的乖儿……"惊惶得不成个样子，想去捞他而不得。陆卫平在泥水中，瞬时失明失聪，呛了两口脏水，可很快他就摸着地面，有了坚实的支撑，心里竟然出奇冷静。他自己甩着脸上的污水站起来，水其实并不深，他还冲母亲笑了笑，像是玩了次捉迷藏，一汪脏水就将母亲弄成这副慌张的模样。

母亲摇摇晃晃，要哭的样子，陆卫平奔过去，小小的个子，细细的胳膊，环绕着母亲，他要用小小的力气，将母亲抱起。何秀英似乎才反应过来，一把拉过他，浑身颤抖着，紧紧抱着陆卫平，失而复得，就这么站在泥水里，呜呜地哭了。他才看清，母亲的胸口被车把捣破了，血色洇透了衣裳……哭完了，娘俩合力，才将自行车费劲捞起。何秀英脱了外衣，给他擦头发，自己也擦了，取下挂在车把上的药，也浸了水——那是她花了几十块钱买的。何秀英怔怔的，忽然蹲下身，没来由地说一句："儿子，生在这个家里，妈妈对不起你。"

他不懂什么意思，只在当时，照自己萎缩的腿上捶了两拳，骂了句脏话。脏话是跟陆四清学的。他恨自己小儿麻痹的右腿，若不是如此，也不用定期去打针输水，或者，至少他可以骑车载着母亲。何秀英扬起巴掌，作势要扇他："再说脏话，撕烂你的嘴!”陆卫平做个鬼脸，搂住母亲，替她插好发簪：“妈，赶快回吧，我饿了，想吃葱花鸡蛋面。”

到了家，何秀英换了衣服，就去擀面。

陆卫平正在一旁玩积木，忽而来一个男的，他认识，叫老胡，陆四清的狐朋狗友。何秀英正在擀面，老胡瞟了一眼，冲陆卫平做个“嘘”的姿势，摆摆手，让他继续玩，还掏给他十块钱，示意他可以去村口的零食店。陆卫平腿疼，没动。玩了一会儿，再一转眼，见老胡溜到何秀英后面，坐在小凳子上，笑咧咧又津津有味地盯住她的臀部。何秀英穿了件旧旧的草绿裙子，此时，弯着腰，随着擀面杖的前后收送，身子有韵律地起伏，完全没有察觉到身后坐着一个人。

老胡看还不够，像被攥住脖颈的鸭子，勾着头，角度刁钻地输送邪念。瞥见陆卫平看他，故意逗弄他似的，老胡伸出右手两个指头，做出挑弄何秀英裙摆的姿势。似乎她的裙子是一扇门帘，他总要挑开往里面看看。陆卫平要喊，愣愣地，不知从何喊起，他隐约觉得羞辱，却又不能理解老胡下流姿势的意思。在这迟疑的间隙，老胡终于将何秀英的裙角轻轻撩起，那深藏的洁白，闪电一样乍泄而来，如同万千箭镞，刺痛陆卫平懵懂的眼睛。他学着大人，稚气地大喝一声：“×你妈老胡!”举着劈柴的斧子，冲将过来。

何秀英依稀感到背后不对劲，转身，遇上老胡露出烟垢的门牙。老胡瞪了陆卫平一眼，仍然笑咧咧地说：“弟妹哇，老陆说好的，今天还钱。钱在哪里呢?”

陆卫平的愤怒，偃旗息鼓。

于是，何秀英不得不矮下身段，呈上笑脸，拍拍手上的面粉，去端茶倒水。刘小个曾建议她强硬点，对讨上门来的债主，撇清责任："谁借的你找谁去，吓唬我们孤儿寡母算什么！"何秀英做过，没用，逮不到飘忽不定的陆四清，还得来家刁难他们娘俩，毕竟他们是一家的。

老胡大剌剌地坐着，接过茶水，用盖子滗着，吹着热气，吸溜吸溜喝一口，"啊呸"，吐出茶叶的残梗，说："这是哪辈子的茶叶啊，弟妹，一股子霉味。"老胡的眼神仍在何秀英身上搜寻，"老陆不在家，不难为你啦。忙你的吧，正好，我也饿了，先吃点弟妹的垫巴垫巴。"何秀英进退维谷，略一思忖，借口再去给他倒水，回屋换回路上湿透的长裤。

后来，陆卫平每每想起，心底都要哭，他的母亲，就仅有那两件过夏的衣服。

下好面，端上来，老胡也不客气，就着蒜瓣，呼噜呼噜，连吃了两碗，问何秀英："还有吗？弟妹手艺不错哇。"何秀英无奈，将锅底仅剩的一点也盛到老胡碗里。陆卫平眼巴巴地看着锅里汤水也不剩，他呜哇叫嚷发脾气。母亲给他使眼色："乖儿，待会妈妈再给你做，听话啊。"陆卫平认死理，凭什么给他做的面让这个红鼻子黑牙齿的吃呢？

老胡吃完，抹抹嘴，抽上一支烟，冲陆卫平挤挤眼，指着收拾灶台的何秀英后身，悄悄说一句："你妈里面的内衣都烂啦，屁股蛋子上俩窟窿，哈哈……"母亲外裤是湿的，穿得时间久了，磨损得都有些透亮。陆卫平这回听懂了他的羞辱，再加上没吃到饭，新仇旧恨一起，摸起刚才未能贯彻到底的斧头，朝老胡劈过去，却被老胡一把夺住，大猫逗弄小鼠似的。

何秀英急得团团转，不停央求：“他大伯，别和小孩一般见识，你放开手，我打他几下。”母亲揪他的耳朵，照他头上扇了两下，打完了，抚摩着陆卫平的头顶。陆卫平悲愤填胸，咻咻地喷着粗气，又忽而无比伤心：“妈，你不分好歹，我明明是帮你，你还打我的头……”他拽着被老胡攥住的斧头，哇哇呀呀，无计可施。何秀英被逼出哭腔：“儿啊，谁让我们欠他钱啊……”

陆四清从外面晃着身子进来，听了老胡谗言，先赔了支烟，当机立断，一脚将陆卫平踹倒，踢了几脚：“你反了天了！”九岁的陆卫平却没哭，也没求饶，回了一句：“傻×，是你老婆被他撩起裙子偷看了，你还打我？”“傻×”是当地男性的口头语，有出口成“脏”的父亲，陆卫平学习得很便利。

陆四清顺手就是一耳光。陆卫平扭过头，啐了他一口血水。主要是他不服气的眼神，一个小小的孩子，满眼都是鄙夷，他这个父亲的形象漏勺似的，实在盛不住什么威严。小狗×的，胆敢忤逆，陆四清抄起拖鞋，打得风生水起。

别人打孩子，来人一般都劝住：“算了，小孩子嘛。”可老胡不仅不劝，还重燃支烟，兴趣盎然地观战。仅从这点，何秀英就知道老胡这人忒不是个东西。老胡喷了口烟，给陆四清加了把火：“你别说，这么看，确实和刘小个有点像呵，都白净，桃花眼，方脸。”老胡意味深长地笑笑，掂着衣服走了。

陆四清喝醉时曾和老胡说过他的疑心，现在被老胡当面怂恿和印证，陆四清几乎将怀疑坐实了，脸上挂不住，像在打一个野种，更起劲了。陆卫平被踢倒、拽起，像个贫瘠的水袋子似的。

何秀英护在儿子身上，声泪俱下：“姓陆的，但凡你算个男人，不成天瞎胡混，我们娘俩也不用受这些恶心……”

陆卫平摊在地上，不知道磕碰了哪里，嘴里一直出血，他反手摸了下血痕，没有哭，反而瞪向陆四清。

这一顿打，仿佛将他的怕，从体内打出来了。在心底，他恶狠狠地命令体内孱弱的自己：陆卫平，你要赶快长大，赶快呀，长到膀大腰圆，将这帮子烂货，一个个全都干翻。

五

从嫣然浅笑到坟包丢在原野上如寂寥的心跳，夏青苗足足准备了三年。

范忠营终于提出要求，第一次载着她去市里奔赴酒席，夏青苗问了一句：“我能不去吗?”老范带着点被轻微冒犯后的好奇：“为什么不去?”“我妈生病，爸爸在工地，妹妹上学，我要回去照顾家里……”夏青苗言不及义。

老范笑了：“那就更要去了，我让食堂炖锅羊汤送到你家。”不由分说，拉了夏青苗一把。在厂里，虽安静寡言，夏青苗冰雪玲珑，明白他的用意。

但范忠营一点也不急。

宴席上，偶然聊起夏青苗的父亲——这个怪人，生在乡村，却怀有洁癖，还兴师动众地将女儿在假期送到名师那里学曲艺、声乐、钢琴。又议论夏青苗的母亲——当年的县豫剧团有名的美人，据说其师是陈素真的得意弟子。夏青苗的母亲深得陈派的细腻传神，唱念俱佳，身段优美，台步走得步步生花，一副小腰云缭雾绕。后来剧团解散，夏母身体不好，在家相夫教女，极少露面。一阵唏嘘。唏嘘完了，有人旋着酒杯，暧昧地看看夏青苗，又看看范忠营，牵线似的，目光里将两人重叠在一起，纷纷提议，让夏青苗唱一曲露一手，以窥家传，助助兴。

夏青苗第一次参加这样的饭局，揣着一面小锣似的，紧张得浑身发响，捂着嘴，喉咙发紧，在一众注目下，声音都打战，更别说唱了。老范弹弹烟灰，摆摆手，也没进一步相逼，只说："你们这帮狗×的，放斯文点，别吓着人家小姑娘。"倒让夏青苗感激几至欲涕。所以酒席完事后，夏青苗刚一上车，就连声说对不起，她自觉没给老板长脸，挺丢人。范忠营拍拍她初入社会的肩："没事，别理他们，现在就咱俩，没陌生人，来段《花庭会》，对一对，破个闷？"

夏青苗略一停顿，运腔发音，初时还怯，在范忠营鼓励的眼神里，她找到了温暖和自信，和老范轻哼着，对着唱完了一折。

是何人八岁上父丧命？是何人十岁上母丧生？
八岁上我的父丧了命，十岁上母亲娘命丧生。
是何人在家中无吃用，是何人流落到大街中？
文举我在家中无吃用，每日里乞讨大街中。
是何人把你来怜念，是何人把你收留俺家中？
我姑爹把我来怜念，收留在您家我把书攻。
为谁修下南学院，为谁又盖望花楼棚？
为我修下南学院，又为我盖下望花楼棚。
是何人望花楼内把书读，是何人昼夜间把你侍奉？
我文举读书望花楼内，有恩姐昼夜间把我照应。
…………

“跟我吧，”老范淡淡地说，突兀，倒也坦诚，真像长辈在替她长远谋划，“以后你会有花楼棚，也会有照应。”

夏青苗因为惊吓，小小地叫了一下：“啊。”她的心如被握住的鸟，她的人在他手心，只剩心跳——怦怦怦怦。

“你家什么情况，我都知道，”他说，“都跟你摊开说，也没啥，我也快老了，就一个儿子，惯坏了，管不住，前几年飙车出了车祸，伤着脑部神经，白瞎了。想寻个好女孩，再生个孩子，儿子更好，女儿也没事。所以，算求你帮我了，不会亏待你。”

夏青苗不敢喘息。

“不愿意？”范忠营笑笑，“没事的，又不急，再想想也好。”

“不是……不是……我……我……”

范忠营将车停在路口，要拉她的手。夏青苗感觉到他的这个念头，手交叉着，躲了躲，像一尾鱼，跳了几个波，觉得不合适，也无处可躲，乖乖伸出来，让他捉住。范忠营拿起她的手，摩挲着，握了握：“到家好好休息，按你自个儿的心思来，别想太多。”将她放在家门口，驱车走了。

夏青苗到院子里，冲到水龙头下洗手，打了几遍肥皂，却怎么也洗不掉心里的黏腻感。不知是出于恐惧还是惶惑，水龙头哗哗地流着，她哭了，眼泪寂静，像夜里的星。水声，泪影，漫天的星，缭乱的夜风。夏青苗怔怔地站在那里，直到父亲递过来毛巾，她赶紧回过神，胡乱擦擦脸，分开头发，想遮掩，可声音里有浓重的水分，只喊了一声“爸”，不行了，眼泪再次泄洪。

老夏微微揽下女儿的肩膀：“囡囡，怎么啦，上班累着了？累，咱就不干了。还是有人欺负你呀？说啊，爸爸饶不了他！”夏青苗一直摇头：“没有，没有，爸……”夏长林趔趄了一下。“爸，你的腿咋啦？”老夏下午在工地用两轮小车推砖头，贪工，装得多了些，路上沟沟坎坎没平衡好，车子急遽摔倒，砸在了脚背上，初时还不觉得，到晚上肿得拖鞋都穿不了。工头捏出一百元，让他“买个猪脚，补补”，还笑说：“怪你自己，这么大个人了，也太不小心了。”老夏不敢辩驳，毕竟他瘦削、力量小，工头一直有意见。有时他递砖送灰慢了半拍，就有那浑不懔的工友开玩笑：“老夏，晚上又加班啦？一把年纪了，悠着点嘛。”都知夏妻貌美，玩笑不言自明。夏青苗给父亲送雨具时，曾目睹过老夏吃饭时的场景——他有胃病，吃不下那些粗糙的伙食，可不能不吃，要不出不了力，所以老夏抱着馒头，像是抱着铅球，额头青筋毕露，大口咬嚼，机械吞咽，被噎得直打嗝。

“爸还是希望你上学，学校都打听好了，家里不用你操心，”老夏说，“要不然，到将来，你的人生和爸妈一样，你会后悔，爸更会后悔。乖，听爸爸一回吧。”

夏青苗帮父亲抹红花油，看着他血瘀溃烂的脚背，落了眼泪。她还是沉默地摇摇头，说：“爸，我考不上的，我都想过。妹妹聪明，让她好好上吧。你已经给我们够多了，以后，让我帮你分担一些。”

老夏凄然一叹：“爸爸给你点时间，在厂里做一段日子，让你知道这世道的深浅也好，明年秋天，不管怎么样，都得去上学。”

“好，爸爸，到时候再说吧，我先去睡了。”

老夏对着夏青苗的背影说：“孩子，别糊涂，做人不能没有远见。”他再次搬出自己做反面案例，“要不，到头来，你就真的只能和爸爸一样……”

没多久，夏青苗便领教到父亲说的“和爸爸一样”背后的命运是怎样的残酷和荒凉。

老夏因为脚伤，在工地没干长，只好做点小生意，在市场卖菜。地摊上卖菜和店里卖农药粮种不同，前者得吆喝，老夏不擅长，口拙，昔日做生意的精气神全没了。与旁边热闹的讨价还价相比，他的摊前，总显寂寥。镇上的早市，买菜闲逛的多是些妇女，精力旺盛，言语生猛，想招徕她们驻足，没有个死皮赖脸打情骂俏的痞劲儿，难以撼动。老夏甘拜下风。他只好主打短时不易腐坏的菜蔬——冬瓜、茄子、萝卜、土豆、山药……他是身在曹营，还期望有天能重开一间粮种店，回归他的本行。

这天晌午，夏长林正啃自带的烙饼，打算归置一下收摊回家。一辆黑色的轿车停在跟前，范忠营下来，递支烟过来，老夏摆摆手。“顺道帮伙房买点菜，你这儿还有多少？都包圆。”老夏口中的干饼子还未下咽，慌忙呈上笑脸，赶快将地上的土豆和西红柿装袋，因为急切了点，堆在顶端的一颗土豆滚到老范脚边。老范抬起脚，将冒犯的土豆踢开。土豆骨碌碌滚远。

“加一起，46 斤。”老夏过了秤，报了价钱。

“算 50。”

“46 嘛。”

“说了，50，啰唆。”老范给他钱。

老夏接过钞票，将多给的算好，给找出零：“谢了范老板，该多少是多少。”

范忠营呵呵一笑：“行，还挺固执。以后卖不掉的，就往我厂里食堂上送。”老范拍拍对方沉默的肩膀，转身要走，又回头说道：“你女儿在我那儿挺好的，但是呢，你这当爹的，确实有点疏忽，她和一男的搞对象呢，常在河边搂搂抱抱的，影响不好。你还不知道吧？”他再拍拍老夏满脸惊愕下僵硬的肩膀，“该管也管管。”说完，走了。

夏长林久久回不过神。

最后收拾完小摊，推着三轮车回去，走了几步，又折回来，将刚才滚落路边的土豆捡起。

六

此地有尚武风气。

家里男孩子多的，身子骨弱的，多送到莽山脚下鳞次栉比的武校，摔打摔打，锻炼几年，为的是强身健体，将来能为穷家破院出力。

初三没上完，陆卫平不吭不哈的，忽然不愿上学了，他决意去莽山练武。何秀英知道时，他已经打了包袱，带着刘小个送他的枣红泥马，和同学一起去了武校。母亲找到他，扯着他的耳朵，要他再回学校读书。耳朵被扭得通红，他不作声，不为所动。何秀英扯过一根藤条，打他，是真打，噼里啪啦，落在他屁股上。他不躲一下。母子二人对峙，他还笑着，什么也不说。

儿子性格里的倔强，和她一样。

何秀英撒了藤条，蹲在地上，哭了。

何秀英知道他为何不上学，他瘸着腿，在学校常受欺负；但他不说，即便有时脸上瘀青，问得急了，也坚持说自己不小心磕碰的。何秀英也知道他为何学武，除了不让自己再被欺负，还想保护她，不被陆四清打骂。

但最重要的一点，还是替她心疼钱。指望不上陆四清，时不时地他犯事进去了，还要凑钱捞他，地里的庄稼收成和打零工赚的钱，根本顾不上花销；也不能总要刘小个接济，毕竟，她什么也不能给他。陆卫平的学费和生活费常是何秀英卖血挣来的。县城时兴卖血浆，每到月初，各个乡村的妇女们赶集似的，挤挤挨挨坐着机动三轮车奔往血站，一次八十五块钱。有段时间何秀英一月去两回，胳膊上都是针孔，血站都不愿抽她的血。对着儿子，何秀英还不承认，说是去城里打零工。巴掌大的县城，哪有那么多零工可打呢？抽血不能吃早餐，妇女们摸索出一个经验，临抽血前拼命喝水，觉得这样抽出的血就稀释一点，更划算。陆卫平能做什么呢，只好将家里那个大号塑料水瓶藏起来，却仍阻止不了母亲。何秀英每次卖血回来，带来的肉菜额外丰盛，身子却摇摇晃晃的。陆卫平总觉得，再这样抽下去，母亲总有一天会被抽干，只剩个皮囊，像朵蒲公英一样，风一吹，就飘零而去……他不上学了，母亲至少不会枯萎得那么急遽。

儿子的心思，何秀英都懂。可是，她从贫瘠的经验出发，觉得上学才是农家孩子唯一的人生正途，是她寄望陆卫平走出去的唯一出路。为了他上学，她倾尽所有，种田，打工，和陆四清搏斗，都是为了他这仅有的、小小的希望，她生命里的光。她不能允许他偏航，又为他的懂事难过。何秀英心里太苦了，只有哭。

母亲打他，他不怕；她一哭，他就手足无措了。陆卫平也蹲下来，抱着母亲，望着她鬓角过早出现的零星白发，喉头发黏，眼角泛酸。

可是，这小小少年，打定主意后，就如一棵小树，坚定直立，内部血脉汩汩流淌，枝叶餐风露雨成长。

何秀英拗不过他，留下身上的钱，独自下山了。望着母亲的背影，陆卫平心头一恸，更加刻苦地训练。

两年下来，每日负重、爬山、挨打，不到十七岁的陆卫平身高蹿到一米七八，肩膀也加宽不少，因为高，更显瘦削，竹竿似的。小儿麻痹后遗症的腿也没有以前瘸得厉害了，只走得快时，还有点跛。

何秀英再见到儿子，眼泪唰就下来了。陆卫平黑黑的，咧着大嘴，冲母亲笑，只见门牙闪耀："妈，以后再也没人敢欺负你了。"他举起黑黝黝的手臂，展示肱二头肌。

何秀英寂静的哭忽而变成了号啕。陆卫平挠挠头，傻笑，依旧手足无措："妈，不怪我，你没遗传好，数学啥的都学不会，我打听好了，范忠营的'佳禾'招运输工，以后你不用那么辛苦了，我来挣钱养你。"何秀英掐他一下，陆卫平的每句话都让她想哭一场。她想，终于熬出头了，有这个儿子，值了。

但是，何秀英只给他两年期限，要是干着不行，还要去上学。何秀英打听好了，省城有家技校不要学历，交费就可以上，学成后分配到铁路检修上，挺有保障。陆卫平答应了。

他去找在“佳禾”食堂帮厨的本家叔叔。叔叔长久地盯着他的右腿，摸着下巴，牙疼的样子。陆卫平赔上笑，说：“又不是比赛跑步，再说我现在也不怎么瘸了，不就搬个粮食面粉嘛，别看我瘦，身上都是劲儿。”叔叔似笑非笑，勉强答应试试：“我尽力，可毕竟你这身体条件……”第二次再去，陆卫平从镇子上家境好、在武校认识的朋友那里借了点钱，置办了一兜子烟酒。叔叔接了礼物，有了笑意，拍拍他的肩头：“就是，又不是跑步比赛，没事。等叔消息。”

就这样，陆卫平成了“佳禾”的运输工。

“佳禾”的工资是计件，几个人搭成一班，负责装卸货物，有时运送到顾客指定的场地，大多是运到火车站货物装卸点。陆卫平很能干。他一心只想多出工，多挣点钱，交给母亲，他期待看到母亲的笑脸。陆卫平都盘算好了，等攒下的钱再多点，就在镇子上赁一间临街的房，让母亲卖馃子。何秀英炸制的馃子香脆，油亮亮的，挂着糖霜，好吃不说，非常有卖相。到那时，他们就可以相依为命，再不用见陆四清。陆卫平想想那温馨的场景，就怦然心动，干劲儿更足了。有时候他想，男子汉是否就如一种铁，放在命运的砧板上，反复锻炼捶打，人就变得延展阔大了起来？他胃口大增，一顿饭最多吃了十三个馒头，刚出锅的馒头，被他两只手掌拍扁，插在筷子上，穿成一串，抱着菜盆，吃起来似风卷残云。陆卫平肩膀日渐增宽，赤着脊梁，背部逐渐像是一小片广场，一抖身子，汗珠子在太阳下噼啪滚落，舒身一搭，一袋上百斤的面粉就扛在肩头，脸上笑着，不喘不急，双臂扬起，就将袋子扔进车厢。

搭班的也大都是同样精壮的小伙，稍微一闲，叼着支烟，就开黄腔，将厂里熟悉的姑娘一一剖析，说得眉飞色舞，言辞英勇，过个嘴瘾。碰到下班路过的女孩，一个个交换着眼神，窃窃私语，品头论足，说到兴奋处，带着互相鼓动的蠢劲莫名地大笑几声，胆大的，吹个呼哨，眼睛在姑娘身上扫荡。

可每当他们在道旁装车，夏青苗经过，忽而都闷声了。最多也只是装作在忙活的间隙，快准狠地朝关键部位看上两眼，然后眯着眼睛，回味似的，叹口气。

陆卫平早就知晓夏青苗的传言，一见之下，还是被夏青苗的美丽震惊。娇小的身形，头发柔软浓密，脸上似有羞怯的意态，看上去甜美圆润、温婉可人，和当时流行的那位甜歌女星很像。但有时，她眼珠一转、一抿鬓发，或是嫣然一笑，那种利落和机敏，你就知道，她心里藏着狡黠和坚定。这就产生一个误区，她柔弱甜美的外表、娇小的体格，让人看到她时，总想忍不住要抱一抱，并且是轻轻的那种抱，像是珍惜一件上好的瓷器，她有易碎的质地；可有时，你又忍不住让她碎一次，带着小小的罪恶，看她到底会碎成个什么样子，却不知，瓷瓶如果破碎，那碎掉的，就可以是扎人的利器。

工友冯元拍下陆卫平的后脑勺：“瘸子，还看呢！”他在陆卫平下身掏了一把，“这小子上劲儿了。”他们于是哈哈嬉笑，将陆卫平弄了个大红脸。冯元递给他一支烟：“漂亮吧？晚上回去做做梦就得了，下次可别这么下本地看了，容易挨打。”他嘀咕道，“真便宜范胖子啦。”

陆卫平愣愣的，还恍惚于夏青苗走过的余香里。冯元打他一下，喊他：“瘸子，干活儿了。”陆卫平就恼了。冯元是个老油条，领导跟前甩开膀子干得汗流浃背，领导一走他就划水，一会儿撒尿一会儿喝水，还特别会欺负新来的。陆卫平转过来，也在他头上拍了一掌。冯元没想到瘸子胆敢反抗，骂了句：“我×，瘸子你要造反？”上去猛地推搡。陆卫平浑身蛮劲，冯元竟没推动，觉得失了脸面，照他跛腿踢了一下。

陆卫平被激怒，怪叫一声，单脚跳起，抱定冯元撕扯，像是笼子里放出的野兽扑咬猎物，伴随着嘶吼，引得尚未走远的夏青苗回头。冯元来了精神，要在美人跟前大展雄风。陆卫平毕竟扎扎实实练过两年，虽然体格没有冯元那么壮，还是很快将他压制身下。陆卫平要吃人的架势只是声势浩大，并没有打算怎么打他，可冯元已吓得脸色煞白。陆卫平想，这些平日耀武扬威的祸害，真干起来，不过就一屄货吗？旁边的工友嚷着“不要打啦”，过来拉架。因为都和冯元熟识，基本上是合力抱住陆卫平的腰，让冯元得以翻身，拳脚挥舞，加倍报复。陆卫平鼻子破了，眼角烂了，嘴唇肿了，背上青紫……他还嘴硬，不停地骂：“×你妈，有本事打死老子！”冯元都打累了，却不能停、不敢停，除非真让他消失，一旦停手，陆卫平就可能再次制胜。冯元机械地挥动疲惫的拳头，打着打着，他甚至感到一种表演性的虚无。

“趁保卫科还没来人，接着打呀，”夏青苗踱过来，声音还是那么甜净，“打架斗殴，按老板的规定，要全部开除。我可都看到了。”她露出标志性的笑，翘起嘴角，习惯性地掠下鬓发，这波澜不惊里潜台词就很有威胁性了，不过她给了个台阶下，“冯元哥，给我个面子，好吗？”

冯元怔了下，浑身似乎都软了，只余一抹被伊人垂青的傻笑。他踢了陆卫平一脚：“算你走运，滚。”

摆脱了众人的钳制，陆卫平还要跳起反击。夏青苗及时一指：“你，去搬财务室的账本。”

当着夏青苗的面，陆卫平只好压住情绪，还没等他回应，冯元和他的朋友笑哈哈地抢着说：“让我去呀，我去。”

“积年的账目和各类清单，太脏了，哪儿能劳动几位哥哥呢？”夏青苗还是笑，领着陆卫平走了。

到了财务室，她将手帕丢给他：“真有出息，擦擦，走吧。”

手帕干净馨香，陆卫平不敢用，撩起衣裳胡乱擦擦，说声“谢了”，就要走，夏青苗又唤住，突然问：“陆四清是你爸吧，他还好吗？”

“他……我不知道。”陆卫平本想说他和陆四清没有关系，他不认这个爹，可当着夏青苗，一时无法解释清家庭中的缠绕，但他确实不知道陆四清最近去哪儿浪荡了。

“你可能没明白我意思。见了他，跟他说，让他先好好活着，别把自己作死了。”夏青苗说，“有天，我会找他算账的。”她忽而正色道：“我是镇上开粮种农药店夏长林的女儿。你爸这个吃喝滥赌的祸害，就因为我爸没借给他钱，被我爸其他心怀怨毒的同行一鼓动，为了两千块钱好处，烧了我家开了十五年的店……”似乎那场大火仍在她眼里烧着，夏青苗眼目灼灼，她说不下去了，转头盯着陆卫平。

被她的目光烫住，陆卫平心头一动。

夏青苗眼里的火焰慢慢黯淡，呈现出烬余后的荒寒和痛心，似在喃喃自语：“那单单是个小店吗？它是我爸半辈子的心血，是他最爱的事，也是我们家的希望，一把火，全毁了……我饶不了他！”

泪影中，她想起火灾前那些快乐的时光，父亲身形挺拔，在外受人尊重，在家美满幸福，对谁都和颜悦色的，做着自己喜欢的事，被妻子女儿环绕，夏青苗能感到父亲发自内心的满足和喜悦……然而，一切都回不去了，店面没有了，债务压在头上，母亲卧病在床，父亲佝偻了。那种突然的衰败，不单指多了几条皱纹或几根白发，是由内而外的精神状态，父亲还在消化猝然的命运，却明显消不了，也化不动。他将痛苦深深埋在心里，只是表现出枯槁和沉默……甚至，这些她都可以忍受，作为女儿，她最受不了的，是父亲眉目间再没了光，那种自信、英气、幸福共同散发的光芒。

夏青苗转过身去：“走吧，别让我再遇见你。”

陆卫平全身耸动，脑门上汗涔涔的，勾着头，灰溜溜地走开，走了很远，才发觉手里还攥着她给的手绢。陆卫平朝西边的财务室回望一眼，夕阳的光线柔软，却满目猩红，刺痛他的眼睛。

七

来到县城，看到的，无非是乏善可陈的主干道，错落分布着灰扑扑的楼房，凌乱的小巷、污水横流的街道、油腻的小餐馆，以及环境没治理时，西北风一起，到处的黄尘和飞扬的垃圾。林志良曾恨透了这没有生机的小城，却不得不委身其中。

唯有那片河岸，是他记忆中的净土。

沱河穿过这个小城，走在校园后边不远处，歇了一会儿，便汪成一片湖。湖很小，边上长草丰茂，是附近早生情愫的学生们的好去处。那些大大小小的树身上面，刻满了懵懂的誓言。流水在不停地流，草木枯了又青，刻字的人早已流散，只有一棵棵树替他们镌记深深浅浅的诺言。

林志良后来常到岸边看看。他们选择的那棵树在偏僻的土丘边缘，因为靠近麦田，没有草木遮挡，这里没几个人来。他们来了，也只是并肩站一会儿，望着潺湲的水面。有时夕阳洒下来，白色的水鸟盘旋，林志良张开手臂，迎风做出飞的姿态，他说："终有一天，我要到别处去看看。"夏青苗轻轻地问："带上我吗?"林志良点点头，很郑重的样子："这里太小了，我们都会走出去的。"望着他分明的眉眼，夏青苗心里漾出一抹暖意，往他这边靠近一点。

他们是什么时候确定彼此心意的呢？夏青苗后来经常想，是他在阳光下扣完一个漂亮的球，然后甩甩头发，洒落的汗粒如灿烂斑点时；或是他在课外兴趣组上当众宣言，自信轩昂神采飞扬时；还是后边熟悉了，他遇到她总要在她眼前虚抓一下，然后往嘴里一扔，嘴巴张大配合吞咽一下，调皮中透着可爱，因为他说过："你的眼睛好特别，有好几个光点重叠。"他喜欢她什么呢？是她的容貌，还是她在晚会上的才艺表演？或者她作为夏长林精心雕琢培养的杰作，她美得不单是皮囊，还有良好家庭教育出来的气质、举止、教养、清白。

"你成绩好，要好好考，"夏青苗说，"我也在努力呢。"林志良小心翼翼地牵住她的手，在潮湿的手里攥了攥，取下她的发卡，踮起脚，在树的高处刻下两个人的名字，没有再说什么。斜阳悄落，夜色四合，也无须再说。回去的路上，他将她的手握着，交扣一起，以为不会分开。

少年的爱恋，如镜花水月，挂在心头，不间断地以美好的想象虚构，落到现实里，往往千疮百孔。他们都没能如愿，夏青苗没考上，林志良也考得不理想，勉强能上一个所属地区的普通二本或是省城的专科。林志良约她出来，说："复读班下个月就开学了，你怎么打算的，青苗，要不要一起去？"

夏草已开始转黄，河水漠然流淌，他们刻下的名字，似乎随着树的生长，又高了一点。

夏青苗轻轻摇头："我不考了，已在城区的'佳禾'上班了，刚调到财务处，管账目，你知道，原来我就偏科，语文、英语都不行，就数理化还好，这下，也算没浪费。"她自嘲地笑。

“我听人说，你爸生意赔了，店面也失了火，是因为这个不上学吗?”

夏青苗望着远处，不说话。

“你要是有什么事千万和我说，”林志良说，“我愿意为你做任何事……真的，任何事情。”

夏青苗沁红了眼睛，不敢看他，已感到他因坦陈心迹而急促的呼吸。她拼凑出一个笑脸，说：“我知道自己考不上，复读也是耽误工夫。还有，我现在才认清楚自己的能力，我没你那么大的志气，我在这县城挺好的，在厂里都挺好的。”

“那……我们……”

“我们……还是朋友呀，”夏青苗仍旧笑盈盈地说，“可是，你的前程要紧。天要黑了，你快回去吧，我也要回厂子了，还有一批账目没盘查呢。”

在她转身的刹那，林志良突然跃过来，抱住她，他宽阔的胸膛，溢出胸腔的心跳声，让夏青苗怦然心动。时间若能停留在那一刻，就太美好了。可她不能留恋，她想抽身，林志良抱得更紧，喘着粗气。稍纵即逝的瞬息，她真切地感受到，爱从两个人身体里漫出来。那其实不过是瞬间，却如永恒。夏青苗的眼泪滑落，心说，哭什么呢，可心却碎得不成样子。

夏青苗低着头赶路，不敢回头，她默默念着：“志良，对不起，你别怪我，我没出息，只好局促在这里，我认了。可是，志良，你是我的星辰，是我的光，你要继续升起，发更亮的光，去更辽阔的地方。你的青苗，永远祝福你。”

她取自行车回去时，远处土丘后面似乎有人在往这边探望。

…………

［选自《中国作家》（文学版）2021 年第 9 期，有删节］

马六甲案件始末

邵远庆

杀猪的和卖肉的

马六甲和张利民怎么都不会想到——他们会扯上一宗轰动全国的诈骗案。

马六甲是个屠夫，他的屠宰场在自家院子里，不管白猪还是黑猪、花猪，但凡进了他家院子，就甭想再活着出去。马六甲把猪放倒后，他老婆王小花用双手和膝盖摁住猪腰和猪腿，猪就拼着一辈子的气力嚎叫；马六甲左手扳起猪下巴，右手拎起明晃晃的杀猪刀，对准猪脖颈毫不客气地捅进去，猪哼哼几声，然后就断气了。然后，猪被丢进大铁锅的热水里褪毛，然后，挂到旁边的一个木架子上，开膛破肚，大卸八块，一头活猪就变成了猪肉。

马六甲只管把活猪变成猪肉，把猪肉变成钱，那是张利民的营生。

同样作为一种营生，张利民的悠闲与马六甲的忙碌显然不能相比。从经济利益方面来看，都说养猪的不如杀猪的，杀猪的不如卖肉的，也不是没有道理。张利民的肉摊子设在一个农贸市场里，市场不大，就张利民一个肉摊子，肉价高低，基本由他一个人说了算。所以，他每天闲得看蚂蚁上树，却照样把票子赚得盆满钵溢。

这就让杀猪的马六甲心生嫉妒。不但嫉妒，而且嫉恨。马六甲每天早上给张利民送肉，送得早了，张利民还龟缩在温暖的被窝里睡懒觉，马六甲就得坐在摊位前干等；送得晚了，张利民就会黑着脸冲马六甲发脾气，你看看都啥时间了，再晚的话，让我把肉卖给谁？毕竟是相处多年的老搭档，张利民可能觉得自己言语过重，遂又换了种口气，跟马六甲开玩笑说，是不是只顾跟嫂子快活，高兴起来把时间给耽误了？

马六甲没接他的话茬，默默地掏出一根烟递给张利民，发牢骚说，我天天给你送肉，还得天天给你让烟。你就不能大方一回，买包烟犒劳一下你哥？

张利民闭上一只眼，用另一只眼盯着马六甲，嘻嘻哈哈地说，你挣钱比我容易嘛。

一句话差点儿把马六甲的痔疮给气犯了。他将大半截烟狠狠地丢在地上，再狠狠地用脚尖踩灭，说，别得了便宜还卖乖。烦了老子就甩手不干了，哪口凉水不上膘？

张利民揶揄说，你天生就是个杀猪屠子，给你个火车，你会开吗？给你个宇宙飞船，你能上天吗？

马六甲咬牙切齿地说，那可不一定，别人能，我为啥不能？

张利民哼了一声，说，挣钱的门路多了，大到给太平洋装护栏，小到给蚂蚁配眼镜，哪样都比你杀猪赚钱，你干得了吗？

不久，一件棘手的事让马六甲彻底产生了另谋职业的想法。

那是六月初的一个早上，马六甲刚刚放倒一头猪，正拿抹布擦着刀口上的血迹，外面突然有人敲门，两个邻居出现在大门口。起先马六甲还以为他们是来买肉的，毕竟是熟人，马六甲给他们的价格，肯定要比张利民的便宜。于是，马六甲很热情地请他们进门。

他们却没有进门。

一个邻居用手像蒲扇一样来回驱赶着面前飞舞的苍蝇，嘴里接连“呸呸”地吐着唾沫，嚷嚷说，马六甲呀马六甲，你家老这样可不行呀，臭烘烘、腥兮兮的，我们一天到晚直反胃，这日子可怎么过？

另一邻居用手掩着鼻子和嘴巴，说话倒还算客气，老马呀，眼看孩子该高考了，每天晚上复习功课到半夜，你家一大早便是猪叫声，把孩子惊扰得难以入睡，让孩子如何用心去迎接高考？老马呀，你总不至于逼我们到外面租房子住吧？

邻居的话句句在理，让马六甲无言以对，只好一迭声地向人家赔不是。

他老婆王小花却从厨房冲出来，像一扇门板挡在马六甲面前，气呼呼地说，猪又不通人性，能忍住不叫？命都没了，还不让它嚎两声？总不能每次都用胶带缠住它的嘴吧？

邻居见王小花泼妇一样凶悍，知道也说不出个子丑寅卯，摇摇头，离开了。

邻居前脚刚走，片警紧接着找上门了。随片警一起来的，还有环保、质检部门的执法人员。他们并不听马六甲两口多作解释，就下达了最后决定：“私屠乱宰，必须立即关停!”

第二天，马六甲果真住了手，也破例没有按时给张利民送肉。

这下可算把张利民坑苦了。因为是周六，趁双休日改善生活的人比较多，所以张利民特别兴奋，他一大早就扎好架势，单等着马六甲送肉上门。可眼看客户把摊子围成铁桶，张利民眼巴巴地苦等，两颗眼珠子都快跳出眼眶了，马六甲也没有露面。他忍不住给马六甲打电话，马六甲却关机了。

张利民骑上电动三轮车，急忙往马六甲家里赶去。

马六甲正卧在床上呼呼大睡，他这一辈子难得睡个懒觉，恨不能泡在梦里永不醒来。

张利民进门，王小花自然明白他的意思，朝屋里努着嘴说，还赖在床上没起来呢。

张利民冲进去，一把将马六甲揪起来，吼道，到底咋回事?咋回事，啊?

马六甲平静地说，没咋回事，不想干这一行了。

张利民说，你装什么孙子，不想干你倒是放个屁呀，也好让我有个准备……

看着张利民怒不可遏的样子，马六甲突然有些幸灾乐祸，坏笑着说，天气炎热，咱们都歇几天吧。

王小花也说了政府让他们停业的事。

张利民没有办法了，狠狠地骂了句“狗日的”。

张利民骑着电动三轮车，四处寻找供货商，可是找了好几天，也没有结果。他心里清楚，卖肉这一行，还真的离不开马六甲。

这天晚上，张利民拎着两瓶好酒，登门来找马六甲。他想说服马六甲尽快开张，这样的日子，张利民拖不起呀。

马六甲“咦”了一声，说，太阳打西边出来了，你平时连一根烟都不舍得拿，这次怎么突然大方起来了?

张利民说，不是我沉不住气，是广大客户吃不上鲜肉了。咱做人得讲诚信不是?

马六甲摆着手，满不在乎地说，得了吧，附近超市多了去了，哪家不能买到肉?

张利民焦急地问，你准备歇到啥时候?

马六甲一字一句，永久停业，不干了。

张利民愣了好大一会儿，才说，你一个屠夫，不杀猪你干什么?

马六甲信心满满地说，给太平洋装护栏，给蚂蚁配眼镜，干哪行都比杀猪强!

拿拿鱼捉捉鳖的郭长贵

这时候，马六甲和张利民都没想到他们会跟郭长贵搅到一起，他们甚至都没听说过郭长贵这个名字。

其实，郭长贵跟他们一个县的，只不过一家住在岭上，一家住在河边。岭上的马六甲和张利民靠杀猪、卖肉过日子，河边的郭长贵靠拿鱼捉鳖讨生活——杀猪、卖肉的马六甲和张利民怎么会认识拿鱼捉鳖的郭长贵呢?

郭长贵生在河边，长在河边，像鸭子一样深谙水性，而且对水里的生物有着超常兴趣。小时候，郭长贵就经常领着一帮小伙伴，一起到河边掏黄鳝。黄鳝又名鳝鱼，生活在靠近水面的泥洞里，而且洞口往往不止一个，外行人从这个洞口下手，它一旦有所察觉，就会从另一个洞口悄无声息地溜掉。那年夏天，郭长贵又去河里掏黄鳝。平常掏黄鳝对他来说很轻松，几乎是顺手拈来，但那天郭长贵遇上了对手。他的双手插进洞里，吭吭哧哧努力了半个小时，头上的汗珠都逼出来了，也没见黄鳝的影子。岸上的伙伴都等急了，跺着脚问郭长贵，里面到底有没有啊?没的话就算了，别耽误逮下一个。

郭长贵绷着脸不说话。

岸上的人更急，跺着脚说，你说话呀!

郭长贵依然没开口。这时，只见他将胳膊奋力一甩，一条比擀面杖还粗的大黄鳝跌落在岸上的草丛里。

伙伴们齐声尖叫着，奋不顾身地扑上去抓黄鳝。但是他们显然不是黄鳝的对手，黄鳝靠身上的黏液，几次从他们手中逃脱，并张开锯齿样牙齿拼命抵抗。眼看它要逃回水里，郭长贵纵身跃上岸，双手像钳子一样死死箍住黄鳝的颈部，提起来丢进了化肥袋子。

大家第一次见到这么大的黄鳝，都啧啧称奇。拿秤一称，足足八斤多。一个伙伴伸长舌头说，乖乖，这下我们可以一饱口福啦。

另一个伙伴灵机一动，说，不如拿到城里卖掉吧，再顺便买些酒菜回来，岂不更好？

郭长贵采纳了他的建议。

黄鳝刚一亮相，立即引来众人围观。这时，有个领导模样的人站出来，指着黄鳝问郭长贵，多少钱？

郭长贵一下子被问愣了，他还没来得及考虑这条鳝鱼的市值。犹豫片刻，他伸出两个指头，说，二百吧。

领导没还价，开始掏钱。

领导一边付钱，一边告诉郭长贵，说他姓屈，屈原的屈，在县城某局工作。今后再有这样的野货，别再去市场卖了，直接送到他家。

有天，郭长贵偶然捉到一只大鳖，形如锅盖，色如镔铁。郭长贵立马想到了屈局长，兴奋得如同打了鸡血，面包车径直开到了屈局长的别墅门口。

屈局长看见这只大鳖，乐得像一尊弥勒佛，拍着郭长贵的肩膀赞不绝口地说，今天正好是我老母亲的八十大寿，一会儿给老太太炖了。

郭长贵本想卖个好价钱，听说是屈局长母亲的八十大寿，怎么都不肯收钱了，说，既是老人家过寿，这就算我随份寿礼吧。千年王八万年龟，正好讨个彩头。

这时一位面相和善的老寿星出来了，看到眼前这个庞然大物，摇头说，这么大的宝物，少说也是上百年了，早已有了灵性，应该放生才对。又对郭长贵说，孩子，把它放生吧。就算为我老太太积份阴德。

局长的娘，自然不会缺补品，屈局长要的就是老太太高兴，便说，既然我娘大发慈悲，就拿去放生吧。

说着，就把钱强行往郭长贵手里塞。

郭长贵最终还是没收钱，他跟老太太一起去河边放了这只大鳖。

临别的时候，屈局长笑着问郭长贵，你家里有杨树苗吗？没有也不要紧，回头买一些，我告诉你交到什么地方。

郭长贵知道自己已经找到发家致富的门路了。

屠夫进京才能中状元

马六甲自己停业不当紧，顺便也把张利民的饭碗给踢了。

刚开始，张利民只当马六甲是为了避风头暂时歇业，风头过去，总有一天会复工的。依照他的了解，马六甲这个人，优点颇多，缺点也不少。最大缺点就是遇见屁大个事，就愁眉苦脸的，想撂挑子。但漫漫人生路，哪儿能老是一帆风顺？过不了多久，马六甲就想开了，就像一台机器，临时出现点小故障，简单维修一下很快便能重新启动。因此张利民总爱讥讽马六甲，说，放个屁还能臭上一阵子呢，你倒好，没等屁味散尽，就忘得一干二净了。

可是这次，马六甲好像中了邪，偏偏跟自己较上了劲。一个星期过去，半个月过去，马六甲仍然没有动静。眼看农贸市场的猪肉生意要被他人替代了，张利民每天都跑到马六甲的门前，像只打鸣的公鸡，气急败坏地冲着马六甲的窗口喊，马六甲，快点儿开工吧，我求求你啦！可他把马六甲的门槛都快踏平了，嘴皮子磨出老茧，也仍然没说动马六甲。

这天，张利民正在家里郁闷，马六甲却突然主动找上门来了。

马六甲的心情应该不错，他背着手，眯着眼，嘴里还细声哼着小曲。张利民以为马六甲是来跟他商量重操旧业的事，满脸愁云顿时一扫而光，像迎接天神一样把马六甲让进屋，还破天荒地为他泡了杯好茶。

马六甲大概从没有享受过如此高的待遇，有点儿受宠若惊。他夹烟的两根手指都有些颤抖了，指着另一个凳子对张利民说，你坐下，我有事跟你商量。

张利民的屁股还没落到凳子上，马六甲又说，杀猪这行当是坚决不能再干了，咱们得出去干点儿大事。

张利民正要落座，一听这话立马站直了，皱着眉头问他，你找我不是说复工的事？

马六甲泰然自若地说，不是。我找你商量的事，比杀猪卖肉挣钱快百倍。

张利民没好气地坐下，耷拉着脸说，说吧，我想听听你的高见。

马六甲说，去年中秋节，王威到我家走亲戚，刚进院子，就将鼻子捂上了，脚尖点着地，如履薄冰似的跳跃着行走，仿佛院里布满地雷一样。王小花很纳闷，问他，为啥这模样？王威皱着眉头说，你们的青春年华都要埋汰进去了。王小花说，没办法，你姑父天生就是个杀猪的料。听她这么一说，我立马从里屋跳出来，冲她吼，谁说我只会杀猪？给老子个航空母舰，老子照样能开！

张利民双手捧着脑袋，耷拉着眼皮，像听天书一样听马六甲的精彩演绎。

马六甲接着说，我杀一头猪，纯利润也就一百多块钱。你卖一头猪肉，撑死了也就二三百块钱。照这样下去，咱们即使不吃不喝，要想买辆宝马车，那些猪排成队可以绕县城一圈。常言说三十不富四十富，你我眼看都要奔五的人了，不但没能富起来，跟人家相比，差距反而越来越大了。

张利民垂下头说，那倒也是……

马六甲告诉张利民，我找你的目的，就是想和你一起出去闯一闯。

张利民瞪着眼睛问马六甲，你打算去哪儿闯？做什么？

马六甲反问张利民，我记得你好像有个老表在北京做防水吧？

张利民带着鄙夷的表情说，你是说周民吧？那是个不务正业的家伙。

马六甲说，听说周民本事大着呢，连大领导都跟他称兄道弟。

张利民说，他在北京混了十多年，倒是认识几个像模像样的人物。据说故宫的防水业务都是他做的。

马六甲吐了下舌头，乖乖，只听说给太平洋装护栏，给天安门贴瓷砖，他还真给故宫做防水啊？

张利民说，周民倒是挣了些钱，可常言说男人有钱就学坏，周民现在吃喝嫖赌样样俱全，钱又像倒流水一样装进了别人口袋。

马六甲开始怂恿张利民，咱不管别人学坏不学坏，把握好自己就行了。你跟他联系一下，看我们能不能去投奔他。

张利民惊讶地看着马六甲，痛心疾首地说，放着好端端的营生不做，干吗非要背井离乡外出打工？

马六甲鼓励张利民说，骑马找马。我们可以先学会防水技术，然后再另立门户，自己开公司当老板啊。

张利民瞪大眼睛说，想得倒美，开公司，当老板，钱呢？我看你比周民还能忽悠人。

马六甲拍拍张利民的肩膀，说，《屠夫状元》看过吗？不进京赶考岂能中状元？

功成名就和负案在逃

第一次供应杨树苗，郭长贵首战告捷，轻松赚了七八万。不过郭长贵并没就此罢休，他始终牢记“吃水不忘挖井人”那句老话，心想，只要跟着挖井人，就有取之不尽的甘泉。

当时，正赶上屈局长的女儿考上大学，郭长贵将五万块钱装进档案袋，敲响屈局长的家门。

没等屈局长搞明白，郭长贵理直气壮地说，又不是给你，我给侄女送几个路费不行？

屈局长扫一眼档案袋，发现很厚很重，像板砖一样把沙发压出一个凹坑。接下来，无须花费太多的力气，郭长贵就逐步包揽了县城周围的园林和绿化工程。

郭长贵后来选择房地产行业，跟屈局长的工作调动有关。屈局长调任住建局局长的时候，与郭长贵的关系已经到了无话不谈的程度，私人感情方面更是坚如磐石，牢不可破。

郭长贵开发的第一个房产项目，规模不算太大，在一家倒闭的小纸厂地盘上，扒掉厂房改建商品住宅。因为涉及职工安置问题，以老同志居多的几十名纸厂工人，组成一支上访队伍，天天围着县政府讨说法。领导怕影响社会稳定大局，只能答应把工业用地改为商业用地，又补偿给企业一大笔安置费，总算把事情给解决了。因为纸厂地处县城的黄金地段，土地使用性质的改变，瞬间让这块地身价倍增。政府领导做梦都不会想到，这起貌似合情合理的上访事件，其实是郭长贵以每人一千元报酬的成本，在幕后亲自策划和导演的。在屈局长的暗中授意下，几乎不费一枪一刀，就让郭长贵成为这片土地的主人。

那段时间，郭长贵做梦都在开怀大笑。

运作第二个房产项目的时候，渠道方面出了问题。郭长贵看上一块地，有上百亩，位置绝佳。本来活动经费已经送出，该打点的人也都打点到位，拿到手是板上钉钉的事，可到了最后关头，送出的礼金却被一一退回，那块地的批文也一直没有到手。郭长贵纳闷，找屈局长问究竟。屈局长轻描淡写地说，这块地你放弃吧，好像市里一个领导插手了，不好弄。

郭长贵问市里哪个领导？

屈局长白了郭长贵一眼，说，咋？你还想把人家拉下马不成？

郭长贵哼了一声说，只要不是天王老子，也不是没这个可能。

屈局长狠拍一下桌子，怒气冲冲地说，我看你是吃了熊心豹子胆！

又以劝导口气说，别以为你这几年腰杆硬实了，就不知道天高地厚。记住，胳膊永远拧不过大腿。

郭长贵嘴上没有反驳，心里却说，人活一口气，佛争一炷香。我郭长贵看中的东西，谁都别想得到。

暗箱操作失败，郭长贵又想通过公开竞标方式拿到那块儿地。还没开标，郭长贵就接到一个陌生电话，劝他要学会审时度势，知难而退，最好主动把标书撤回，否则极有可能落个身败名裂的下场。

郭长贵气得差点儿把手机摔在地上。

这时，屈局长推门进来，脸阴得几乎能拧出水来，他先是环顾一下四周，大概是看房间有没有摄像头之类的东西，然后将郭长贵送给他的一串门面房的钥匙扔在桌子上，说，你郭长贵现在腰杆硬了，再不是过去那个捉鳖拿鱼的郭长贵了，我高攀不起喽！

说完，转身朝门口走去。

郭长贵将钥匙拎起来，在面前晃悠着，对将要出门的屈局长说，你说不要就可以不要吗？咱哥俩儿早已是一条绳上的蚂蚱，要飞一起飞，要死一起死。

说着，郭长贵打开身后的保险柜，从里面取出一个 U 盘，对屈局长说，这是咱们每次打交道时的录音，要不要打开听一下？

屈局长头上的汗哗啦一下子下来了，用颤抖的手指着郭长贵，你……你小子可真够阴险的，卑鄙！

郭长贵咧嘴一笑，说，指使工人闹访一事，归根结底还是你在背后出谋划策。要说阴险、卑鄙，咱们两个好像没太大区别吧。

纸厂工人闹访的事，很快引起政府的重视，并成立专案组，开始跟郭长贵秋后算账了。结果是，屈局长什么事都没有，继续当他的住建局局长，而郭长贵却身负两项罪责：一是恶意扰乱公共秩序；二是采取不正当手段侵占国有财产。

无奈之下，郭长贵选择了逃跑。

郭长贵逃往外地，看似离马六甲和张利民越来越远了，谁知道这两个人也离开了蔡都，他们的人生轨迹，终将在某一点相交。

不想当老板的民工不是好屠夫

马六甲和张利民到北京找到了周民。

所谓把戏隔张纸，一点就破。在周民的防水公司干了不到一年，马六甲和张利民就把全套防水技术摸得滚瓜烂熟了。

那天发了工资，马六甲请张利民到小饭馆吃饭。到了饭馆，马六甲仰在椅子的靠背上，一副胸有成竹的样子说，我想自立门户。

张利民说，技术是学到手了，可咱们在北京人生地不熟，从何干起呢？

马六甲说，我都想好了，先租一套民房，然后去工商部门注册个营业执照。

张利民问，业务渠道呢？

马六甲说，先发小广告，接一些零碎活儿，挣到钱后再找关系接工程。

他们找到一家打字复印店，制作了一千张广告宣传页，内容简单明了：屋顶防水、我最专业。联系人是“马经理”和“张经理”，下面是两个手机号码。马六甲叮嘱张利民，北京查小广告的力度很大，张贴时一定要小心谨慎，别被城管抓住。

张利民想了想说，我们白天睡觉，晚上出去张贴，城管绝不会深更半夜出来巡视的。

马六甲说，这个主意好。又说，切记不要贴在繁华街道和严管路段，那样很容易出问题。我们最好沿着偏僻的街道贴，这些地方管理比较松散，小广告才能保持长久，一天不被清理，就能产生一天的广告效应。

广告还没有发完，马六甲就接到一个电话，说是有活儿给他们干。马六甲拉上张利民，兴冲冲地前去赴约。快到约定地点时，马六甲机警地发现他们张贴小广告的下面，有两个男人在交头接耳、窃窃私语。

马六甲突然多了个心眼儿，一把拽住张利民的衣袖，停下！

张利民差点儿栽个跟斗，不满地甩开马六甲的手，说，干啥呀，跟特务似的……

马六甲指指小广告下面的两个人，轻声说，你瞧见那两个人没有？别是城管故意钓我们上钩的。这样，你先在这里等我，我过去试探一下。

果然，马六甲刚搭上话，那男的就一下子抓住了马六甲。且不说马六甲早有防备，单从他屠夫出身的粗壮体格，那男的也不是他的对手。没等其他队员包抄上来，马六甲就逃得没影了。

马六甲逃到一个拐角处，双手摁在膝盖上，像缺氧的鱼儿一样大口大口地喘着气。张利民远远跑过来，一脸的惊慌，对马六甲说，我看算了，咱们还回周民介绍的公司干吧。无非是少挣几个钱，何必像现在一样担惊受怕？

马六甲狠狠地剜了张利民一眼，没好气地怼了他一句，要回你回，我自己留下来单干。

张利民幽幽地问，接下来怎么办？

马六甲说，广告先不贴了，咱们转移阵地，到街头等活儿。

马六甲找来两块小木板，用粉笔写上“专做防水”几个字，把其中一块交给张利民，说，找个交通要道，就坐在那儿等吧，我就不信钓不到鱼。

在一座天桥下面，马六甲坐在一个石墩上，然后把木牌往面前一竖，用脚尖当支架，开始他漫长的等待。张利民拎着木牌，走到天桥的另一端，学着马六甲的样子，用脚支撑起木牌，腾出手点了一支烟。

上午八九点钟，正是上班高峰期，来来往往的行人，如池塘里的鱼一样穿梭不停。以前张利民在农贸市场卖肉时，也见过不少陌生面孔，却从没感到过羞涩和胆怯，可是现在，或许因为身份不同，他觉得自己跟要饭的差不多，总觉得所有行人都在用异样目光打量着他，审视着他，目光里充满冷漠、嘲笑和鄙视，就像一大群蚊虫遍布他的全身，咬得他浑身不自在。一周后，马六甲和张利民接到了第一宗活儿：一户人家屋顶渗水，让他们过去修复。

赶到地方一看，活儿小得可怜，仅是一个针鼻大的沙眼造成屋顶渗漏。根据以往的经验，只需把沥青烤化后滴在沙眼上即可，分分秒秒的事，还不够跑路钱。张利民正失望，马六甲说话了。

马六甲指着房顶，用十分专业的语气对户主说，防水层老化，修修补补不顶事。要想解决根本问题，得把房顶重做一遍防水。

户主惊讶地问，我才做罢两三年呀，怎么可能老化？

马六甲依然面不改色，说，材质较差，加上技术问题，漏水是正常现象。

户主先是怒声责骂以前的施工队，接着又问马六甲，能修好吗？

马六甲摇头说，打补丁没用，若想长久，最好重新做一次。

通过此次谈判，张利民打心眼儿里佩服马六甲了：甭看这家伙平常说话没水平，可是到关键时候，竟然学会揣摩对方心理了。

马六甲和张利民顺利完成了自公司成立以来的第一笔业务。

大人物与小人物

马六甲和张利民收获第一桶金的时候，郭长贵刚刚来到北京，他正在南池子一家“王府家宴”请周民吃饭。

周大哥，我遇到难处了，你得帮我……他给周民端上了一杯酒。

周民接过酒杯，却没有喝，说，我这人没别的优点，就是热心肠；可心肠再热，也知道自己几斤几两。说，啥难处？

郭长贵就把在蔡都遇到的事说了一遍。

周民这才一口把酒干了，说，不就是个市里的头头儿吗？在北京厅局级都不算个官，随便一泡鸟屎都能弄湿三五顶厅局级的官帽。这事我跟首长说说，给你平了。

郭长贵连忙把酒给周民添上，自己也陪着端起酒杯，说，那，这事就仰仗周大哥，仰仗首长了！

郭长贵之所以敢跟市县领导公开叫板，并不是他财大气粗，而是因为他在京城有周民和那个首长做后盾。这次东窗事发，被县公安局列为追逃对象后，才直接进京，通过周民面见了首长。首长二话不说，掏出手机拨了一个电话。也就十来分钟的工夫，对方电话回过来，说没事了，县里已撤了郭长贵的案子。

首长说，长贵啊，你这条鱼长大了，县里那摊水太浅，养不住你了。留下吧，在京城干吧，也跟小周做个伴儿。

就这样，郭长贵在京城注册了唐古拉山实业有限公司，仍然从事房地产开发。他对这个行业轻车熟路，用蔡都一句土话说，叫“锅底洞里刨红薯——捡熟的吃”。

京城的地价，可谓寸土寸金。拿第一块地皮的时候，郭长贵立马被眼前的一组天文数字给镇住了。他心里清楚，自己账面上的数额，恐怕连这组数字的零头都不够，如何去拿下这块土地?

思来想去，郭长贵决定把电话打给屈局长，想让他从中帮忙协调资金。

没等郭长贵把话说完，屈局长就毫不客气地回绝了，我手里没钱，你另想办法吧。

郭长贵知道再跟他啰唆下去也无济于事，心里说，我看你是不见棺材不落泪!

没几天，屈局长就被纪检部门带走了，而且这一走，就再没能回到工作岗位上。

这期间，郭长贵曾无数次拿起手机，想给首长打电话，号码已经输入，可就在摁下拨打键的一刹那，他又放弃了。郭长贵担心打扰首长的次数过多，关系就像过度磨损的自行车闸皮一样，会失灵的。所以，郭长贵不但不主动给首长打电话，而且采取刻意回避的方式，从首长的视野里消失了。

果然，不到一周时间，首长就觉得不适应了。看不到郭长贵的影子，他感觉自己身上像是突然缺失了什么零部件，一个电话打过来，主动召见郭长贵。让他立即赶去一家银行，面见一个姓姚的行长。

驱车赶到银行总部的时候，已是华灯初上，除了个别房间有亮光外，整栋办公大楼显得冷清清的。郭长贵来到传达室，刚刚自报家门，门卫便如释重负，立即指着带有亮光的房间说，姚行长在里面等你呢。

姚行长很是热情，又是让座，又是倒水。郭长贵本来小心翼翼、忐忑不安，看到如此情景，胆子突然间大了数倍。郭长贵不卑不亢地告诉姚行长：能不能尽快把手续办了，首长那边还等着回话呢。姚行长说，当然可以，首长这是给我揽业务，几个部门都在等着您呢。

钱拿到手，地皮自然也顺利到手了。接下来的一切都顺理成章——郭长贵把地皮抵押给银行，不但偿还了那笔借款，又从姚行长那里贷到更为可观的数字。

郭长贵为他的房产项目取了个好名——唐古拉公馆。

蚂蚱肉与猪后臀

到了这时，马六甲和张利民才算攀上了郭长贵这根高枝——他们借着周民的关系，接下唐古拉公馆项目的防水业务。

很长时间，马六甲和张利民干得并不顺利，但不顺利并不等于没活儿干，他们承接的多是些零碎活儿，杂活儿，就跟老家十字街口的修鞋匠差不多，敲敲打打，缝缝补补，挣的都是些碎银子。对于这种三天打鱼两天晒网的日子，张利民有些失望了，厌倦了，恨不能把自己的肠子拽出来，看一下究竟是不是悔青了。

那天，他们正为一户人家做房顶。张利民负责热熔，马六甲负责铺油毡，正干得专心致志，如火如荼，张利民的手机响了。他把喷枪夹在腋下，一只手拽着衣角，一只手勉强把手机从口袋里掏出来。看了号码，张利民咦了一声，问，周民的电话，接不接？

马六甲说，接！有雨的云彩过来了！

接通电话，周民非但没怪罪两个人的背叛，反而很高兴，说你们这才像咱蔡都人，老是就着别人下巴吃涎水，永远也发不粗长不长。最后说有一个大活儿，问他们有没有实力干。张利民说得先跟马六甲商量一下，等会儿再给他回话。

听张利民说完，马六甲并没表现出太大的欣喜，他冷静地想了一会儿，问，既然是大项目，他自己为啥不干？

张利民说，他现在已经看不上这点蚂蚱肉了。

马六甲说，这可不是蚂蚱肉，是猪后臀啊！咱能啃得动？

张利民不耐烦了，说，没活儿了你熬煎没活儿，有了大活儿，你又前怕狼后怕虎的，到底干不干？周民还等着回话哩。

马六甲终于咬着牙点了头：干，舍不得孩子逮不住狼！

周民所介绍的大活儿，正是郭长贵的唐古拉公馆防水工程。

然而，此时马六甲和张利民并不认识郭长贵——他们是跟一个负责土建工程的包工头庞四签订的施工合同。按照合同规定，防水工程需全部完工并经甲方验收合格后，才能支付工程款，这就意味着前期所需材料费和人工费要全部由马六甲和张利民垫资。

垫资就垫资吧，马六甲和张利民倾其所有，把这个活儿接了下来，招兵买马，热火朝天地干了起来。

干了四栋楼，再想接着往下干时，资金就出了问题，不得不暂停了。这四栋楼的防水，每栋的成本需要三十多万，以马六甲和张利民的经济实力，仅够垫付两栋，另外两栋全靠马六甲和张利民求爷爷告奶奶，从老家借钱往里面填充。那段时间，马六甲和张利民都觉得自己像快被挤干轧净的豆腐渣，只剩下两团干巴巴的粉末了。

然而，四栋楼验收合格后，包工头庞四却迟迟没给他们付款。

张利民忧心忡忡地对马六甲说，再催一下庞四吧？先结清前面的工程款，我们再接着往下干。

去找庞四结算时，庞四正叼着烟卷，坐在项目部办公室内斗地主。几个人大概玩的时间过长，屋里烟雾缭绕，白茫茫的一片。马六甲将身子停留在室外，只把脑袋从门缝里挤进去，轻声说，庞总，找您说点儿事。

庞四翻起白眼，朝门口瞥了一下，不耐烦地说，没看我正忙吗？

马六甲像被开水烫了一下，急忙关上门，匆忙中差点儿把脑袋给挤了。然后倚在门口，耐心地等。

约莫一个小时过去，庞四被一泡尿憋得受不了，匆忙跑出来解决。马六甲趁机凑上去，先掏出一根烟，给庞四点上，说，庞总，找您汇报工作哩。

庞四一边解腰带，一边催促，有屁快放！

马六甲简明扼要地说，我们已经干好四栋楼的防水，总投入上百万了，再不拨付工程款，就没法往下干。又说，耽误了工期，责任算谁？

庞四皱着眉头说，才多大一点儿活儿呀？你连这个实力都没有，还敢牛哄哄地出来承包工程？又说，你不干可以，想干工程的人多了去了。

一句话把马六甲给噎住了。

马六甲回了趟老家，想找王威借钱。王威倒是豪爽，说，姑父啊，你是做生意的，我也是做生意的，常言说无利不起早，每月收您二分的利息，不算过分吧？

马六甲连忙点头，说正常，正常。

这笔钱投进去，工程又顺利向前推进了三栋。之后，马六甲和张利民再次油尽灯枯。因为囊中羞涩，马六甲这时连温饱问题都难以应对，十多个工人像嗷嗷待哺的孩子，每天眼巴巴地盯着马六甲和张利民，任凭马六甲把死蛤蟆说出热尿。

另外一个死蛤蟆

按郭长贵最初的想法，拿到银行贷款后，就能让唐古拉公馆项目顺利开工和预售，那么后续资金则像泉水一样源源不断地流进来。这等于空手套白狼，拿购房户的钱，干自己的事——这也是房地产行业的潜规则。然而，预售刚刚开始，一套房还没卖出去，住建局的人便找上门来，不由分说就给售楼部贴上封条，还以违规操作为由，罚了郭长贵一笔款。

手握罚单，郭长贵顿时蒙圈了。换作在老家县城的话，以他的脾气个性，郭长贵绝对敢当面怼人的，只要手里有钱，就没有摆不平的事。可这是在北京，天子脚下，高手如云，岂容他一个乡下人在此撒野！尽管背后有首长做后盾，但郭长贵心里跟明镜似的，不到万不得已，首长的关系是不能动的。

防水工程停工，郭长贵已经知道了消息，这倒不足为虑，毕竟只是一笔小钱，几乎可以忽略不计的。但他万万没有想到，星星之火，可以燎原，马六甲和张利民的停工，迅速引起连锁反应，最终导致工程大面积停工，整个项目瘫痪了。

庞四为郭长贵出主意，让他以唐古拉公馆项目的名义，公开向社会高息融资。郭长贵在心里算了一笔账：每融资一千万元，按照两分的利息标准，每月就有二十万块钱打水漂，这还不计业务人员的工资、提成等杂项开支。整个项目投资需要十多个亿，时间跨度三年以上，按此计算，他每月要白白损失好多套房子——唐古拉公馆有多少房子，禁得住如此折腾吗？

也是实在走投无路了，明知道向社会公开融资的风险和代价，郭长贵也不得不冒险而为之。

重赏之下必有勇夫。成立融资公司后的第一个月，公司账面上就进了四千多万元。但是这些钱对于一个庞大的工程项目来说，实在是僧多粥少、杯水车薪。分到马六甲和张利民手里，已经所剩无几。从财务室出来，马六甲那只握钱的手，始终在剧烈地颤抖，像是突然得了某种怪病。

张利民垂头丧气地劝马六甲说，还是赶快收手吧，这工程实在没法再干了，再往下干的话，我们只有卖血了。

马六甲沉思片刻说，我们去找周民吧，让他出面跟郭长贵打个招呼，看能不能优先照顾咱们，缓解一下咱的压力。

张利民带着哭腔，在电话里说了眼前的困境。周民答应得倒是爽快，说马上就给郭长贵打电话。几分钟后，周民回复说，郭长贵去外地了，等他回来后再给你们答复。又说，老郭运作那么大一个项目，目前资金也出现了缺口，这是房地产行业的通病。

马六甲想了想说，我们还得去找庞四要钱。他每天胡吃海喝，还在项目部聚众豪赌，哪里来的钱？分明是克扣我们的工程款嘛。

到项目部没找到庞四，工作人员说庞总去了公司，向郭总汇报工作。马六甲当时就惊呆了，刚刚周民还说郭长贵在外地，庞四去找哪个郭总汇报工作？

带着这个疑问，马六甲拉上张利民去了公司总部。路上，马六甲告诉张利民，郭长贵若是胡编乱造忽悠咱，就说明他这个人的品德有问题。一个不讲诚信的人，咱们跟着他也没啥出路，搞不好还会掉进去。这次如果能见到郭长贵，就别再顾忌什么脸面，你负责跟他闹腾，我负责从中调和，咱们一个唱红脸，一个唱黑脸，软硬兼施，只要把这出戏演好，看他有什么理由不给钱。

他们果然不但见到了庞四，也见到了郭长贵——原本一个杀猪的，一个卖肉的，还有一个捉鱼拿鳖的，他们怎么都不可能在北京相遇，可他们偏偏就这么相遇了，像三个垂死的蛤蟆。

张利民开门见山地质问庞四，说吧，我们的工程款啥时间拨付？

庞四看了看郭长贵，没开口。

他们哪儿知道，郭长贵此时也正被融资的事困扰着，如坐针毡。随着相关部门查处非法集资力度的加大，公司的集资户慌了，纷纷登门要求如数还款。眼见资金链就要断裂，公司很快就会崩盘，他能不愁吗？

张利民威胁说，你们今天若是不给个说法，我就不走了，吃喝拉撒都在这办公室。

郭长贵阴沉着脸，拳头突然狠狠地砸在桌面上，把在场的人都吓了一跳。他指着门口怒声喝道，给我滚出去！你俩现在就给我滚！

看张利民依然赖着不走，庞四上前拽住他的胳膊，一边好言相劝，一边使劲将他往外拉。张利民气得号啕大哭，撕心裂肺，满腹委屈和悲伤化作泪水喷涌而出。

张利民指着窗口威胁郭长贵，信不信我从这个窗口跳下去？

郭长贵怒吼道，老子从来不信这个邪！来人啊，将他给我拖出去！

马六甲和张利民怕事情闹大，慌忙跑出郭长贵的办公室。

回到工地，马六甲把要钱过程跟工友们一说，工友们都惊呆了。马六甲说这番话的目的，是想激起众怒，然后再带着工友去找郭长贵，人多势众，也许能逼郭长贵松口，把工程款要到手。他带着威胁的口气告知工友，要想顺利拿到工钱，大家必须心往一处想，劲往一处使，否则的话，我们只能空手而归，树倒猢狲散了。

出人意料的是，马六甲这番煽风点火，并没激起大家的斗志，反而引火烧身了。沉默了好大一会儿后，一个工友站出来说，我们没有跟你闹事的义务，工资的事，跟郭长贵没有关系，我们只能跟你和张利民要，大家说对不对？

人群顿时像炸开锅一样随声附和说，对对对。

张利民说，我俩就算剔骨卖肉，能值几个钱？

工友们说，那我们不管。从今天起，我们就跟定你俩了，你俩吃啥我们就吃啥，你俩睡哪儿我们就睡哪儿，拿到血汗钱为止。

捉鳝鱼的郭长贵成了鳝鱼

为了安抚和拉拢集资户，曲线解决资金之忧，郭长贵又注册了一家新公司，名叫盘古实业有限公司。新公司营业执照刚到手，郭长贵就亲自给集资户开了个会，说唐古拉项目引进了实力雄厚的盘古公司，强强联手，无往不胜。为确保集资户利益不受损失，公司愿意把现有楼盘按照建筑成本价，分别抵押给集资户，在大家的集资款没还清之前，保证该楼盘不会出现二次销售，否则盘古实业公司愿意承担一切法律责任。

打发客户们离开公司，郭长贵马不停蹄地去找姚行长。把密码箱往姚行长面前一丢，开门见山提出借款要求。姚行长为难地说，你的土地已经贷过款了，至今没能偿还，拿什么做抵押物呢？

郭长贵轻轻拍了下密码箱，说，可以做信誉贷款嘛。又说，这也是首长的意思。

姚行长直起身子，说，你先回去吧，我想想办法……

其实，姚行长能有什么办法？他的办法就是给首长打电话，证实一下郭长贵说的“意思”是不是首长的真实意图。首长说，你是银行家，其中的道理肯定比我明白，你给郭长贵续一口气，他活了，你先前的贷款就活了。你不给他续命，他死了，你先前的贷款就死了。

又一笔巨款到账后，郭长贵消失了——捉过鳝鱼的郭长贵，最后也成了一条鳝鱼，溜了。

郭长贵前脚刚跨出国门，集资户便像潮水一样再次涌来。那段时间，唐古拉和盘古两家公司像炸了锅。

公安部门很快以涉嫌非法集资罪和诈骗罪立案调查，对郭长贵发出了红色通缉令。周民和那位首长也不知所终。

丢牛逮住了拔橛儿的

讨薪的工友围成铁桶，把马六甲和张利民困在工地一栋楼里，从早上一直僵持到下午。马六甲咂着干得快要冒烟的嘴唇，苦苦哀求说，你们总得让我俩喝口水吧？

工友们都不说话，只是以愤怒的目光，死死地盯着马六甲和张利民。

马六甲接着说，老板跑路了，责任又不在我们。我和张利民跟你们一样，都是受害者。

工友们的嘴依然像贴了封条，一言不发。

突然，张利民像发疯似的，一下子冲破人体围成的牢笼，箭一般射向窗口，然后纵身一跃，整个人瞬间消失了。要知道他们所处的地方，是主体框架刚刚建好的十八楼啊！马六甲像杀猪一样嗷嗷叫着，和工友们一起飞奔过去。幸好，楼外的脚手架上围有防护网，这才保住张利民一条命。张利民紧闭双眼，两手抱在胸前，安静地躺在网兜内，宛若摇篮里熟睡的婴儿。

众人七手八脚地把死猪一样的张利民抬上来。张利民坐在地上，哇的一声哭了。

眼看讨薪无望，工友们也只能做个顺水人情。

马六甲和张利民像两只在鹰爪下侥幸逃生的兔子，连夜坐车跑回蔡都。

然而，蔡都也不怎么平静。那些借钱给马六甲和张利民的亲友，得知他们归来，立即像苍蝇嗅到腐肉一样找上门来。尤其是那个王威，干脆直接住在马六甲家里。马六甲无奈地感叹：我终于明白了，在金钱面前，亲情算个屁！

这天，马六甲突然接到庞四的电话，他问，你跟周民到底什么关系？

马六甲说，老表啊。

庞四说，想要工程款的话，你和张利民立即进京，有要事相商。

马六甲担心再次上当受骗，故意绕圈子说，想让我们去可以，但我得先弄清啥事啊，如果被人绑架咋办？

庞四停顿片刻，说，我想利用周民的关系，找首长出面协调警方，撤回对郭老板的红通令，让他能顺利回国。老板回来了，咱们才有活路。

马六甲听庞四这么一说，扑哧一下乐了，爽快地说，好，我们不见不散。

挂了电话，马六甲又将电话打给王威，想要钱可以，接下来你必须好好配合我。

王威问，怎么配合？

马六甲说，你平时那做派很像大领导。现在，我就让你装一次大领导，配合我把郭长贵拖欠的工程款要回来。

王威说，可以，只要能把钱追回来，让我装孙子都行。

和庞四见面后，马六甲故作轻松地告诉他，已经跟周民沟通过了，周民愿意从中帮忙，而且跟首长说好了，晚上见面详谈。

在一家豪华酒店，马六甲带着庞四见到了王威。王威果然派头十足，戴着金丝眼镜，穿着深蓝色夹克，说话慢条斯理，基本上只是微笑着点头或摇头。王威只坐了不到十分钟，就找个借口离开了。

马六甲问庞四，首长要两千五百万，你们同意吗？又说，郭老板是上了红通的人，值这个价吧？

庞四沉思片刻，指着外面说，钱都在车上装着，办不好我要你们的命。

庞四前脚刚离开包间，王威后脚就进来了。马六甲端详着这位“首长”，揶揄他说，你的级别升得也够快的，昨天还是个平头百姓，转眼就成高干了，嘿嘿……

笑声还没落，突然进来几个警察，上去就把他和王威摁住了。

马六甲挣扎着大喊，你们凭啥抓我？我犯了啥法？

警察轻蔑地说，郭长贵都回国投案自首了，你还装！

马六甲一下子老实了，抬眼果然看见了郭长贵。

郭长贵看了看马六甲，又看了看王威，对警察说，不是周民，也不是大首长……

警察问，周民在哪里？你们那位首长呢？

马六甲摇摇头，王威也摇了摇头——两个乡下人，他们哪儿认识什么大首长？人家偷了牛，却逮了他们两个拔橛儿的。

（选自《莽原》2021 年第 4 期，有删节）

小吉快跑

罗尔豪

一

小吉找我谈分手时，我正在跟一个三十多岁的老女人讲欠债还钱的道理。

我站在筒子楼狭窄的通道上，手里拿着小喇叭，吴良拿着手机，做全过程无漏点录像。我们面前，是个三十多岁名叫李阳的女子，正掐着腰和我们吵架。她的声音高，而且尖利，就像母鸡受惊发出的声音。我把小喇叭放在嘴边，想想还是放下了，我和颜悦色地跟她讲“杀人偿命，欠债还钱”的道理，可她说她就是没钱，没钱哟，她摊开手，挑衅地看着我们。我说，没钱你也得想办法，我们这是先礼后兵，如果你撑着不还，我们只有用其他法子了。没有办法，如果这笔欠债能收回来，我们就能拿到三千元提成，工资也不会被扣。

事情很简单，我放的一笔三万元贷款要不回来了，到这个程度，按照流程，就该是公司催收队的事。可我不能放弃，不单纯是职责的事，如果讨要不回来，我大半个月的工资就没影了。我和吴良商量一下，决定试试，总觉得一个女子不会为了三万元钱丢人现眼。我们要找的这个叫李阳的客户就在公司边上，直线距离不会超过两千米，但她不知道，互联网的好处就是你在他眼皮子底下使坏他也不知道。但这次我走眼了，刚接上火，就知道遇上了硬茬。我满脸堆笑，姐姐长姐姐短，近乎祈求地说，看在我们跑几百里路的份儿上，就把那点小钱还了吧，说着我还给她作了揖。她不应我的话，重复说着几句话，她说，你们骚扰我的朋友！我说，那都是没办法，你把钱还上就不会有这些事了。她说，你们打电话威胁我家人！我说，我们电话一直联系不上你，只有跟你家里人联系。她说，你们他妈的诅咒我和我家人出门被车撞死，吃饭噎死，屎尿憋死！我小了声音说，那客服不会说话，回去我就开了她。她又说，操你妈的在我门前喷漆写大字报，还给我送花圈。她说着凑到我面前，你知道我为啥不还钱吗？那是因为——我打一开始就没准备还钱，她说着笑了，笑声里透出清新脱俗的无赖样。

到这程度，我知道已经没有再待下去的必要，吴良也看出这一点，给我使眼色。我还有些犹豫，不能就这样灰溜溜走了，即使走了，也该体面一点，催收的让老赖的气势给压倒了，以后还咋在这行当里混。我还没有想好如何体面逃离，她接了一个电话，然后笑笑地看着我。我和吴良转身，可通道的口上站了三个人，袖筒里似乎藏着什么东西。我知道事情正朝不可控的方向发展。通道里只有我们几个人，恐惧把寂静放大，粗重的呼吸声异常清晰，看来他们并不比我们轻松。我随手从地上捡起一块板砖，我从不打架，但也不怕打架，因为遇到了怕也没用。

就在我做热身动作时，看见一个影子出现在通道口，开始还以为是他们的后续帮手，仔细看是小吉，我的头涨得老大，感觉全乱了。她还没看清眼前的形势，走到我旁边，说，找你可真难！说着似乎感觉气氛不对，看了眼几个男人，说，你们这是？我粗暴地把小吉拽到身后，对他们说，不关女人的事，就我们几个男人。他们点头同意。我又说，不报警。他们也表示同意。我说，就是这个事，犯不着拼命，监狱里的日子不好过，说着我把板砖扔在地上。他们很同意我的说法，把手里的东西丢在地上，钢管和铁尺之类的，发出当啷的响声。

借着短暂的混乱，我悄悄对小吉说，动手后你快点跑，到街上就没事了，其他的回去再说。她也跟我说句什么，可几个王八蛋已经斜着身子过来了。我们不再说话，几个男人簇拥在一起，拥抱似的，可手脚都不闲着，噼里啪啦，不吭声死打，身上脸上很快就挂了花，鼻血流得跟喷泉似的，好在都是拳脚，伤到的只是皮肉，这时候撑的就是体力。我有意识把他们引开，然后喊着小吉快跑。小吉看着我们，手捂着嘴巴，想哭的样子。我大声喊着，小吉快跑，我快顶不住了！小吉终于醒悟，往角门跑去，没有人追她，她也跑得磕磕绊绊，差点摔倒。看小吉在眼前消失，我最后的一点劲儿也散了。我不想打了，索性坐在地上，任由他们打。他们也很累，打人也是很累人的活儿，他们打在我身上的拳头已经失了力道，倒像是抚摸。到了最后，他们连抚摸的劲儿也没有了，就把我的血与他们的血糊到我和吴良头上、脸上、衣服上，死狗一样坐在地上喘气。那女人也在我身上踢了几脚，然后请几个男人去吃饭了。

歇了好一阵，我被一个声音弄醒，把糊在眼上的血痂扒开一道缝，我看到了小吉。我挺下身子，说，你还在这里干吗，不是叫你快跑吗？小吉不说话，帮我擦掉脸上的血，可那些血已经凝结，和汗毛黏在一起，她一点点抠掉，我不时抽着冷气。她说，疼吗？我说不疼，就是这样子一定丑死了。说着想站起来，可腿疼得我又跌下去。我想起了吴良，说，吴良呢？吴良靠在另一面墙上，看着我笑。小吉扶我们到水龙头前简单洗了下。我们把外衣脱下来反穿，从阴暗处走出来，已跟正常人没什么两样。

二

早上，风裹挟着雨打在玻璃上，发出噼啪的响声。我窝在地下室的床上，看一道道雨线顺着半扇玻璃流下去，几个行人从窗前匆匆走过，杂沓的脚步声震得我头疼。小吉站在雨帘后面，昏黄的雨线里，无论怎么看，都让人感到一种无法祛除的忧伤。

桌子上放着一盆绿萝，拳头般大，浓绿的叶片沁出的却是丝丝凉意。

什么时间了？我说。

过中午了。小吉说。养伤的这些天，小吉下班就过来照顾我。

我动下身子，身上的肌肉还是疼，连带着骨头也疼。一只蚊子挑衅似的在我眼前飞来飞去，薄如蝉翼的翅膀发出嗡嗡的声音，我一把抓住它，掐掉它的翅膀，看它在手上歪歪扭扭爬动。

肚子也咕咕叫起来。

饿了吧，小吉俯身看着我，眼睫毛像是被雨溅湿了。

她利索地把菜端过来，放在一张掉了一半漆的桌子上，我知道要吃火锅了。我们经常吃火锅，高兴不高兴都吃火锅。

外面的雨越下越大，火锅煮沸了，咕嘟咕嘟响，和外面的雨声很般配。吃了几口，我说，这样的天气，吃火锅咋能没有酒？小吉说，不好吧，你的伤还没有完全好。我说，哪儿有那么娇气，都是些皮外伤，医生都说没事，歇几天就好的。我说着在床底下摸索一阵，找出一瓶二锅头，手一拧把灰擦掉，没有酒杯，拿了两个纸杯，小吉把酒瓶抢过去，给我倒了半纸杯，剩下的全归她。我知道她为我好，就依了她。我端起酒，说，为这混账天干杯！她喝了一口，没有说话。

我看了看外面的雨，说，这样的天真是烦死人，把人堵在屋里哪儿也去不成。小吉说，我喜欢这样的天，钻在屋子里多好，有人，有火锅，还有哗啦啦的雨，多好。我同意她的说法，我喜欢喝点酒，可酒量不大，三两酒就晕了，晕了就跟条狗似的谁唤跟谁走。小吉不一样，她在地堡酒吧卖酒，喝酒少不了的，她的姐妹说她很能喝，能把男人喝趴下。

我突然想起一件事，说，那天找我有什么事吗？

她看着我说，不说了，等你好了再说。

我说，啥事还藏着掖着，还要等我好了？

她想了下说，今年的马拉松要开赛了，到时候想让你陪我参加马拉松比赛。

我说，就这事？

她看我一眼，还有，那天来例假了，烦得很，想着找你说说话。

我说，说什么，说例假？

她说，说什么都行，就是不想一个人待着。记得有一次，也是例假弄得我心烦，来找你的，都走到半路，突然心情就好了，就折返回去了。

我说，本乘兴而来，兴尽而返，何必见安道耶？

她说大概就是那个意思吧，那个人叫什么来着？

王徽之，王羲之的五儿子，很牛的。

我们掉了会儿书袋，感觉有些无趣，天已暗下来，我们都住了嘴，地下室里安静下来，安静得能听见雨注从玻璃上滑落的声音。我看着她，她也看着我，暧昧得不得了。她说，想什么呢，你个混蛋！我说啥也没想。她凑过来，眼睛里面荡漾着什么东西，说，那我走啦。作势去取雨衣，我一把抱住她，说，我们可不要做那傻瓜王大牛。

腻歪了一阵，我想坐起来，但被她压住了。她的脸悬在我上方，头发散在两边，目光专注而又空洞。我说，怎么了？她说，没什么，手捉住散在两边的头发，一根白发在黑发里突兀地白着，异常刺眼，她把白发拔掉，放在眼前看，说，都有白发了，看来真是老了。我想说句劝慰的话，可她突然说，我们分手吧！

三

白天出不去门，只能晚上出去，还要戴个帽子，有些怪模怪样。

我住的地方偏僻，靠着动物园，整天都能闻到动物体味和粪便的刺鼻味道，还能听到一种嗯啊嗯啊的奇怪叫声。但好处是租金便宜，还能免费听到动物的叫声。我们在外边闲逛，看各种颜色的灯鬼火一样闪烁。我突然想到，即使住得这么近，从没有进去看过一次，我问小吉想不想进去看看。小吉奇怪地看着我。我知道她的意思，怀疑我的脑袋被打坏了。我改口说，不是今晚，等头上的纱布拆除了，我们再进去看。小吉答应了，她说她在这个城市待了几年，从没有想过去公园或者动物园看看，也不知道自己整天在忙些什么。

我们沿着动物园的围墙走，闻着动物身上发出的尿骚味，偶尔还能听到一声动物的低嚎，我问她这是什么动物在叫。她站下听了听，说老虎吧。我说不是的。她说那是什么动物。我说我也不知道，也许是头母驴。她说方泰你个混蛋，说着来拽我耳朵，我不动，任由她拽。

小吉工作很忙，她就职的网众科技公司主要是卖东西，像卖茶叶，卖酒，卖古玩，卖字画，卖空气，逮什么卖什么，什么热卖什么，只要这世界上有的，没有他们不卖的，即使没有的，他们也能整出个概念卖出去。那公司和我入职的公司在一个楼上，我在十三楼，她在十八楼。我去过，一层打通的房间，聚着几十号人，每人面前一台电脑，有抠脚大汉，也有小吉这样的女孩子。我在写字楼上走了走，这样的科技公司不下十个。我跟小吉说，你可得小心点，别让警察给抓了。小吉说她只是给公司提供些照片，接个电话啥的。我说人家可不管你这些，遇上警察不爽就会把你们连窝端了，还是早点离开好。小吉撇了撇嘴，说你们网贷不也是骗人的，拍裸照逼学生跳楼不都是你们干的。我一下子气馁了，说，也许吧，不过我们主要是支持实体经济发展，支持年轻人创业，帮助的还是大多数。小吉说，骗鬼呢！

除了正常上班，小吉晚上还在地堡酒吧卖酒。有次，我去接她，她喝得醉醺醺的，酒桌上只剩下她一个。她执意要我陪她再喝一会儿，我劝她辞了这份工作，她醉眼蒙眬地说，辞了你养我？说着笑起来，但听上去感觉像是在哭。

现在，我们顺着胜利大道往前走，经过一栋灯火通明的摩天大楼，我们往里进，但被门口的服务生拦住了，问我们要邀请卡之类的东西。我们不屑地摆手，在门口站了一会儿，小吉说，这里我来过，是个超级富豪的写字楼，里面有游泳池，楼顶有停机坪，听说侍者就几十人，都是名牌大学毕业的。我看了看金碧辉煌的大楼，豪迈地说，改天我请你在这里吃饭！小吉说，好啊！我说，我们去最贵的饭厅，吃最贵的西餐，米兰式小牛肉，乳猪和鹅肝酱，鸡蛋鱼子酱，最后再来个墨西哥 Menudo 汤。小吉说，好啊！我说，吃过饭我们好好游个泳，然后在他们最好的房间，痛痛快快做爱。小吉说，好啊！我说，我们再去奢侈品商店，把他们最好的东西，GUCCI，FENDI，CELINE，CARTIER 全部买下来。小吉说，好啊，然后呢？我说，我们把他们，那些富豪，还有当官的，叫到面前，叫他们立正站好，给他们训话，谁不听话打谁屁股。小吉说，对，就这样！

我们高兴极了，在胜利大道上，唱着："他们是害虫，他们是害虫，正义的我们，正义的我们，一定要把害虫杀死，杀死！"气昂昂朝一家火锅店杀去。

火锅店里人声嘈杂，热气腾腾，透着世俗的烟火气。小吉的脸被热气熏得红扑扑的。吃了会儿，小吉突然说，我去给有钱人当个二奶怎么样？我老实说，当二奶恐怕岁数有点大了。小吉有些不高兴，说，我今年才二十八呢。我说，当二奶的都是二十岁以下的，越小越好，有些女子十几岁就开始做准备了。她似乎有些失望，说，那我还能干些什么呢？我说，还是跟着我算了，我养活你。她看我一眼，说，你连自己都养活不住，凭什么养活我。还是等我当了二奶，我养活你，带你去吃去买那些好东西吧。我说你可要小心，那些有钱的糟老头子坏得很，个个都是变态狂。小吉说，总比求爷爷告奶奶好吧。我有些生气，说你真要自甘堕落我也没办法。

出来，天暗得很，大团雾霾正弥漫开来，整个城市，整个街道陷落在雾霾里，很快对面连人都分辨不出来了。

我们已经商量好，等我身体恢复了就分手。

四

上班后，我感觉气氛不对，每个人都慌乱、烦躁，就像这天气一样干燥，似乎擦个火星都能爆燃起来。我不知道出了什么事，还是客服小青借着中午吃饭悄悄告诉了我。小青说，前几天网上爆了一个帖子，说咱集团幕后大老板之前在 A 省非法集资三十多亿，现在被查了，从咱这里募集的资金全部被冻结，包括集资的款子都弄不出来了，现在大家都慌得很，老总一个多星期都没见面了。

虽然总公司一直在辟谣，但我知道不过是稳定民心。公司还欠我们三个月工资，可听说公司账上已经没有一分钱。公司人心惶惶，员工无头苍蝇一样乱撞，我也懒得去上班，窝在地下室玩《小鸡快跑》的游戏。我喜爱那个叫特维迪的养鸡场，喜欢那群聪明可爱，勇于抗争，凭借智慧争取自由生活的小鸡们，看到它们打倒死对头特维迪夫妇，带领伙伴们一起逃出农场，去开始梦寐以求的自由生活，我会高兴得跳起来。但我的游戏水平很烂，关键时刻小鸡不是被特维迪夫妇捉住，就是被他的狼狗抓住，真是糟糕透了。我丢下游戏，烦躁地望着半个窗外，看窗台边那株月季花瓣落到地上，听着永远不会消失的咚咚的脚步声从头顶踩过，不知道日子该怎么打发。

我进入一个直播平台，看“豫妹”直播她收藏的罗汉榻、木雕屏风、根雕等。我送了个价值一百元的游艇，“豫妹”对着屏幕给我个飞吻。我打了一行字，说，前几天你介绍的那些木犁、牛梭头、连枷、木轮手推车、石臼、石磨啥的都把我看哭了，后面注了个傻瓜的表情。“豫妹”愣了下，然后对着屏幕说了几句感谢的话，就下了线。

少顷，电话打过来，是沙丽，她说，有段时间没见你了，怎么样？我说还能怎么样，跟以前一样。沙丽说，女朋友呢，小吉呢？我说，上班呢，我一个人在地下室看你推广传统文化。沙丽说，还是那间地下室？我说，可不是，现在还能嗅到你的气味。沙丽咯咯笑起来，说，这话可不能让小吉听见。我说小吉早就知道了，她都给你送过几个金项链，你就没看出来？沙丽说，不是你做的那个傻瓜表情，我也不会知道是你。我想起我们在一起的那些日子，也是这间地下室，我叫她傻瓜，她叫我方太（泰），贫穷而又温馨，可后来沙丽说她撑不下去了。她说她得了抑郁症，没有目标，没有前途，不知道自己每天在干些什么，不知道自己活着有什么意义，太多的生之疑问像炸了窝的鸟在她的脑子里乱窜，几乎要把她逼疯。她选择了回家，一去二三年，我们也断了音信，后来一个偶然的机会，我在直播间看到一个“豫妹寻宝”的，直播女子不露不脱不唱，只是介绍些民俗文化，像古牌匾、古灯具、农具等，既收藏也出货，如一股清流，人气挺旺的。看了几次，确认就是沙丽，断了的线才接上。

说了会儿话，我下了线，回过头，小吉站在身后，说，是沙丽姐吧？我说是的。小吉嘻嘻笑着说，旧情复燃了？我说啥话，就是看看她的直播，然后通了个电话。小吉说看你眼角都湿了。我擦下眼，说怎么会呢，我只是怀念过去那种苦中作乐的日子，就跟我们现在的日子一样，时间过去了几年，可我们的生活却没有改变，一点儿改变都没有，连你也要离开我了。小吉看着我说，你不说我倒忘了，你现在怎么样，是不是好了，好了咱们就兑现诺言。我说我的头还是疼，大概是打成脑震荡了，我装出一副难受的样子。小吉摸着我的头，说，不是骗我吧，然后又说，骗我也没有用，反正咱们都说好了，你也不能装一辈子，这有限的日子我要好好补偿你。她问我中午到哪儿吃饭，我让她自己选，她说去吃重庆火锅吧，那种麻辣酸爽的感觉更像是一种人生。

吃过饭，小吉问我到哪儿玩，我说陪你跑步，或是看日出。小吉翻我一眼。我看了眼快要落下去的日头，说，去动物园吧，我说过带你去动物园的。我耳边又响起那种嗯啊嗯啊的奇怪叫声。我们又回到我住的地方，买票进了动物园。动物园不大，狮子老虎都有，就是瘦，还脏，地上散落着鸡毛鸭毛，没有打扫的粪便和着尿水在水泥地上流淌，形成一个小小的溪流。老虎卧在地上打瞌睡，无精打采，早没有了顶级掠食者的威风。再厉害的动物被圈在笼子里，都会变成人们想要的那种样子，这种想法真让人绝望。又看了几只大猩猩，羊驼和几条鳄鱼，也没见到发出嗯啊叫声的史前怪兽，加之那刺鼻的臭味熏得人喘不过气，就失了兴趣。

小吉说去看看斑马吧，看完就走。我们就去看斑马，斑马园有两头斑马，但总感觉个头小了很多，有些怪模怪样。小吉说，怎么看着像是驴子。我说不会吧，动物园不至于穷得连头斑马都养不起，我说着凑近了看，那头可怜的“斑马”也在看我，它的条纹像是掉色了，灰突突的，耳朵也出奇大。小吉跟我打赌说就是驴子，我还在为“斑马”辩护，为动物园辩护，为这个城市辩护。就在我们争执间，“斑马”突然伸长脖子，嗯啊嗯啊叫起来，叫声洪亮。我笑得直不起腰，妈的，这家动物园管事的怕真是让驴踢了，这样的法子都想得出来。

小吉半天才说，怎么会是这样子呢？

五

国庆节这天，小吉邀我去给她参加马拉松比赛助阵，我爽快答应了，反正腻在地下室里也没什么事做。

这个城市隔一年就要搞个马拉松比赛，美其名曰全民健身运动，我对体育说不上热心，偶尔会看看球，但也就是看看而已，不会像那些球迷一样闻着明星衣服的汗臭味激动得大呼小叫。开赛这天，天出奇好，体育场上人山人海，旌旗漫天飞舞，一派歌舞升平。参加的外国人不少，搭眼一看有几十个，多是非洲人，真正的蜂腰长腿，据说这些非洲人很多是专业跑马拉松的，他们有自己的经纪人，负责给他们收集全国马拉松赛事，安排他们的衣食住行，他们的工作就是跑步得大奖，有的运动员一年可以参加几十上百场这样的比赛，拿到几百万的奖金。小吉不是专业运动员，这不过是她的业余爱好。

小吉在热身，女子跑道上有三个非洲选手，好像是索马里的，跟小吉很熟，叽里咕噜说着听不懂的英语，小吉倾身细听，不时点头。我给小吉拿水，顺便也给她们每人拿一瓶，她们用生硬的中文向我说谢谢，然后又对小吉说些什么。我看小吉鬼头蛤蟆眼地看我，就知道她没安什么好心。果然，那个叫Amanda的女子上来就搂着我，还要亲我。吓得我左冲右突总算逃脱了。她们笑得腰都直不起来。

比赛开始，我跟着跑了几里，就跑不动了，租了个小黄车，跟在后面。跑在前面的多是非洲选手，小吉始终跑在选手中间，不疾不徐，我知道马拉松拼的是耐力。比赛过了半程，几个用力过猛跑在前面的选手已经慢下来。我向小吉打了个加油的手势，她说，等着请我吃饭吧。

比赛中途，发生一个小插曲，一条小狗蹿到女子跑道上，跟着选手们跑起来，工作人员几次试图把狗撵出去，都没有成功。小狗的加入，引起人们的极大兴趣，记者们也把镜头对准这条喜欢长跑的小狗，加油的喊声也送给了它。

比赛到关键时刻，很多人已经退下来，跑也变成了走。小吉处在女子第四的位置，前三名都是外国选手。她的体力也到了极限，我问她能不能坚持下去，她喘着气说没事。距离终点还有几百米距离，她开始加速，我也紧张起来，嘴里脱口而出，说，小吉快跑！小吉看着我笑了，说，第一次听你这样喊。我没有理会她的调侃，继续说，小吉加油！很多人也跟着喊起来，他们希望小吉能超过那些外国选手，为国争光。还有不到一百米距离，选手都在做最后的冲刺，我很紧张，从没有过的紧张，就像参加比赛的是我，感觉额头上的青筋都要爆出来，嘴巴也像失了控，大声喊着，小吉快跑！小吉加油！还抓过身边一个小朋友手中的旗子，顾不上小朋友的冷眼，来回挥舞着，跟个傻瓜似的。

冲在第一位的小吉突然放慢脚步，她看到跑在身边的小狗，小狗跑得摇摇晃晃，大概是被踩伤了腿，一瘸一拐的，有几次差点被杂沓的脚步踩在脚下。小吉弯腰伸手把小狗揽到怀里，往前冲去。

颁奖结束，我们去地堡酒吧祝贺，一起去的还有她的两位非洲朋友，以及那条小狗。我说，今天你本来能得第一名的。Amanda 抱着那条小狗，用蹩脚的汉语说，爱心比名次更重要，小吉是最棒的。我说我的女朋友当然是最棒的。

地堡酒吧原来是一处防空洞，虽然装了灯，通道仍显幽暗。两侧有逃生通道，奇怪的是门被锁上了。拐过几个弯，远远就能闻到冲天的酒味，响到爆炸的舞曲。进门高台里，两个调酒师在调制鸡尾酒。一个女歌手在唱歌，但没几个人在听。我们找了卡座坐下，几个女子过来和小吉打招呼，都是一样的装束，短裙，胸领开得很低，乳沟若隐若现。小吉跟我介绍，叶舒、艾韵，都是很好的朋友，相互照顾，才一路走过来。叶舒我知道，就是以前跟她合租的女孩。我们说了会儿话，她们各自忙去了。

喝了几杯酒，她的两个外国朋友也走了。

我们找了个僻静地方，几杯酒喝过，我已经有些晕，说话也有些大舌头，我端起酒杯，跟小吉碰杯，边碰边庄重地说，祝贺你，吉星子为国争光，干杯！小吉笑得咯咯的，说，你是不是喝醉了？我说，就是喝醉了也高兴，看着颁奖台上就你一个中国人，这个人还是我方泰的女朋友，你说我高兴不高兴，太他妈兴奋了！实话跟你说，活这么大从没有这么高兴过，来，喝死也要喝，我说着一口闷了，喝得有些急，差点没把我呛死，咳了半天才缓过来劲。

酒吧里出现一阵躁动，夹杂着杂沓的脚步声。原来是电线短路引燃假绿植，很快就扑灭了。我看了时间，已经是深夜一点，我扶着她往外走。酒吧外，几个红男绿女站在门前说笑，一个女孩子明显是喝断片了，靠墙坐在地上，头发披散在脸上，露着鼻子眼，让人想起恐怖片里的角色。一个“捡尸”的鬼鬼祟祟过来问女孩要不要帮助，那几个正说话的男女哎了几声，男人慌张走开了。

我招手叫出租车，但被小吉拦住，她抱着小狗，对着我的耳朵用很小的声音“大声”说，我们现在跑步，你追上我了就和你“啪啪”，追不上就不能怪我了。几个正在说话的人明显听到了，看着我们，轰然笑起来。

六

网众科技公司被查封的这天，我回公司取走我的几样东西。在公司门前，看见几个警察押着老总往外走，我有些心慌，急忙躲到一边，怕他们顺便把我也掠了去。等他们走远，我才进了公司，公司没有几个人，多少值点钱的东西也不见了。我在位子上坐了一会儿，看着凌乱的办公室，地上飘散的纸片，阳光下水母一样轻轻浮动的尘埃。小青站在我身边，说，真的完了。我哦了一声。小青说，真没想到老总是那样的人！我说，什么样的人？小青说，杀人犯。我吓一跳，看着小青。小青说，警察说的，二十多年前他杀过一个人，还是一个女孩子，想象一天到晚坐在面前对我们发号施令的人是个杀人犯，感觉也太诡谲了。

我拎着可怜的几样东西往外走，刚走出大门，就看见几辆警车停在大楼前，呼啦啦下来十几个全副武装的警察，把大楼围住。这场景把我吓坏了，还以为是刚才那些警察回来抓我呢，急忙找了旮旯躲起来。警察训练有素，组织严密，部分人守住大门，其他人员上楼抓人，一会儿，三十多人被带下来，我一看，都是网众公司的人，应该是连窝端了。我分辨蹲在地上的人，没有小吉，也许是没上班，或者有事出去了。就在我暗自庆幸的时候，扭头看见小吉从拐角处往这边走来，耳朵里似乎插着耳机，一点儿没注意楼前的警察。我急得头上冒汗，却不知道怎么做。等到她抬头看见那些警察时，已经到了楼前广场。她稍微顿了下，穿过楼前广场，经过警察身边时，一个正在比对照片的警察看了她一眼，她没有停步，从容越过那些警察，直接进了一条巷道。那个看照片的警察从照片上抬起头，问蹲在地上的人，然后对着她的背影喊。她加快脚步往前跑，两个警察从后面追上来。小吉跑起来，经过我的身边，看了我一眼，甚至对着我笑了下，然后拐进一个胡同，不见了。

我的脸上身上都是汗，嘴里还在嘟哝着："快跑，小吉快跑!"两个警察在我身边站住，疑惑地看着我说，你在说什么？我跟个神经病似的摇晃着脑袋，对着警察笑，警察确认我是个神经病，转身走了。

晚上，我见到小吉，她闷在屋子里，灯也没开，只能看到烟头的红光在暗黑中闪烁。她抱着头闷坐了一会儿，说，我们去跑步吧。我说，现在？她说，现在。说着就往外走，我跟在后面。走了一站路，就到了半山公园，她经常跑步的地方。晚上锻炼的人不少，都在公园边上散步，往山上去，人就少了，还没有装路灯，阴森森的。小吉径直往山上跑，越跑越快，脚步声里透着一股狠劲。我跟在后面，随口说，你跑得真快，连警察都跑不过你。她回头看我一眼，似乎是想说句什么的，可没有说。我气喘吁吁，有些跟不上，叫她跑慢点。她突然停下来，对我吼，你能不能跑快点，怎么这么笨哪！说着步子越来越快，很快就没了影子，开始还能听到踢踏的脚步声，可很快什么也听不到了。

我靠在树上歇了会儿，茫然地看几颗星星贼头贼脑在树影里闪烁，草丛里的地灯发出暗绿色的光，蚊虫扑在上面啪啦直响。一个流浪汉突然从草丛里坐起来，嘴里发出嘘嘘的叫声，一只试图啃他脚丫的狗受了惊，吠一声跑开了。

我有些担心，满山跑，叫着小吉的名字，没有一点儿回音。晚练的人都在往回走，公园里渐渐冷寂起来，一只黄鼠狼叼只老鼠匆匆跑过，不忘回头看我一眼。夜鹰从树梢上掠过，发出急促尖利的叫声。

玻璃栈道旁，发现一个暗黑的影子站在悬出的看台上，喊了声小吉，影子动了下。我的心揪着，说吉星子，你在那儿干吗？说着急忙爬上去，抓住她的胳膊往后拉。她看我一眼，说，你往下看。我说看啥？她说你就往下看。我按她说的往下看，下面黑黢黢的，深不见底，有些眼晕。她说，盯着下面，看久了你就不会害怕，甚至会有跳下去的冲动。我把她的胳膊抓得更紧了。她甩开我的手，说，我不会跳下去的，傻瓜才会选择这种暴虐的死法。

七

浪荡一个多月，我知道这样下去，人迟早要废，承诺也会成为屁话，作为男人不可以这样的。我重新披挂上阵，去了一家保险公司卖保险，多少也算是和金融有关，和专业有关。我的第一个客户就是小吉。那天，她看着西装笔挺的我一脸诧异，说，方泰你发财了？我说，那就要看你支持不支持了。她说你又卖啥幺蛾子。我站直身子说，我已经成为一名优秀的保险推销员，说着把我的名片递过去，说声，希望多多关照。小吉笑得捂着肚子，说，卖保险你去找有钱人，跑我这儿干吗？我在破沙发上坐下来，说，已经跑了半个月，一个单都没有签。小吉说，那你找我干吗？你知道我从不买保险的。我说，买一个吧，就当帮忙了。小吉认真地看着我说，你不会是真的找我买保险的吧？我说咋不是，不然跑来干吗？说着从包里拿出一份保险单，递给她。她没有接保险单，盯着我说，方泰，你脑子是不是被驴踢了，有你这样卖保险的吗？我说，这是公司新推出的保险产品，我细心研究了，非常适合你，说着我已站起来，双手捧着保险单，做着不接不休的架势。

小吉在原地转了几个圈，然后重新看着我，满是鄙夷，说，你还是去找别人吧。我说，你就看下嘛。小吉跺了几下脚，说，你他妈有完没完，你知道我手里没余钱，却来叫我买什么保险，你他妈究竟是什么意思？我说，你为什么不看一下，看一下就那么难吗？小吉哆嗦着总算把保单接过来，看了几眼，怀疑地看着我。我点下头。她又看一遍，突然抱着我哭起来。我说，几万块钱就这样感动，我赚大发了。她说，你怎么想着给我买保险？我说，看你整天在外面跑，太辛苦也太危险，就想着给你买一个。我研究了这个产品，真的很适合，你快过生了，就把这个作为生日礼物送给你。她说，我快过生了吗？我说，不是明天吗？她擦了把脸，说，烦心事太多，都把生日给忘了。我说，你忘了没关系，我在给你记着呢！

小吉生日那天，我们出去吃饭，喝了不少酒，喝着喝着小吉就哭了。我说今天可不能哭。小吉说我不是哭是高兴，方泰你他妈的还记着我的生日，还给我买礼物。我说，去年生日不也是我给你过的吗？她说是吗？我怎么就忘了。我说，你就记不住我的好。她说我就那么混蛋吗？我说，你就整天惦记着跟我分手，好去给有钱人当二奶。小吉笑了，说，你可不要指望记着我的生日给我个礼物就把我给拴住了，我始终有个当二奶的红亮的心。我说，你真要当二奶把我也带去。她说把你带去干吗？我说保护你啊，那些老男人欺负你我就把他们的头塞到马桶里。小吉说，你真是这样想的吗？我抱了抱她，算是回答。

公司被查封后，小吉去面试了几个正规的公司，因为专业的关系，都没有下文。她更多的时间还在地堡酒吧卖酒，没办法，她摊了下手，想从良可没人给机会。我说，卖酒也不违法，只要不是假酒就行。她说，可总是有人被抓，叶舒知道吗？前些天被便衣警察带走了，说从事卖淫活动，真正的原因据说是没交管理费。我也遇到一个，私下里向我收钱，说是交了就不用担心被抓。我说你交钱了？她说，我哪儿有钱给他，至多是我不在那个酒吧干了，他妈的！

地堡酒吧出事这天，正好我去接她，已经是晚上十一点，我像往常一样骑着电车往地堡酒吧去，老远就看见一栋楼的后面冒着熊熊浓烟，包裹着火光，遮蔽了半个天空。消防车呜呜叫着从身边开过，人们惊慌失措，在街上飞奔。穿过一条街，离失火地越来越近，那个可怕的念头已经变成现实，我血管里的血流速加快，一股热气直冲脑门。地堡酒吧前，警察和消防人员已拉起警戒线。酒吧的通道口浓烟滚滚，不时发出噼里啪啦的爆裂声，物体烧焦的味道熏得人透不过气。侥幸逃出来的人瘫坐在地上，茫然看着四周。更多的人哭喊着，奔跑着，无头苍蝇似的，一个人大概迷失了方向，摇摇晃晃朝着火的地堡走去，幸亏被人拉住，送到安全的地方。

我在人群里寻找小吉，瘫坐地上的人都蓬头垢面，头发烧结在一起，散发出枯焦的味道。他们睁着惊恐的眼睛看着失火现场，也看着从面前飞奔而过的人们，身子不住抖动。没有小吉。我喊着吉星子，想往里面去，可被警察拦住。我跟条惊慌失措的狗一样四处乱窜，叫着吉星子，可没人回答我。更大的爆炸声响起，酒吧的地下通道塌了，几个人从半塌陷的通道里钻出来，搀扶着往前跑。借着爆炸的火光我看清了那张脸，是吉星子，我的心跳骤然加快，大声喊着吉星子，她朝我这边看一眼，似乎还笑了下，我大声喊着，往这边来，我在这边！她冲我摆手，把架着的人交给赶过来的救援人员，又冲回通道口，把半陷在通道里的人往外拉，然后架着往外跑。我看着她来回奔跑，有几次跑着跑着瘫坐在地上，人们都盯着她，我嘶哑着声音喊，小吉快跑，小吉快跑，快跑啊！她往这边扭了扭头，双手按在地上，撑起身子，可只站了一半，又跌坐下去。在她身后，通道口旁，有一个人拼命往前爬，可腿似乎被什么东西压住了，只是在原地打转。通道里的火舌向外喷涌，空气里飘浮着浓重的臭鸡蛋味。警察在疏散人群，消防人员已经停止救援，向后撤退。偌大的场地里，骤然空旷起来，只有小吉，和通道口死亡线上挣扎的人。她已经搬掉压在那人腿上的石头，架着他一瘸一拐往前挪，挪几步跌坐在地上，爬起来，再往前挪，一步，两步——我大声喊着，小吉快跑啊，快跑啊！——人们也跟着我喊，警察也跟着喊，消防员也跟着喊，在场的人都在喊。我看见她往这边看一下，跟只小龟一样，一步一步往前挪，还挥了挥手，那一瞬间，我泪流满面！

（选自《长江文艺》2021 年 2 月上半月刊，有删节）

柏拉图手表

甄明哲

一

我不敢确定那是不是他。

从大学开始，我就喜欢寻访道观，图个清静。和寺庙相比，道观要冷清很多。石板铺就的庭院空旷安静，而且似乎没什么用处。一种巨大的没什么用的东西总能让我心情放松，因为它既是人为的产物，又在人的目的之外。在道观中，我尤其喜欢看那些不苟言笑的道士，他们洒扫庭除，不慌不忙，与世无争，只要看他们一会儿，就觉得自己似乎也成了这样的人。

我倾心于那些少有人知、趋于破败的小观，妙云观是我无意间听说的，因为路远，筹备了许久才去。从小巴下来，步行上山。越往深处走，人迹越少，唯有鸟鸣。一日之后，鸟鸣消失了，白雪覆盖了植被，雾气弥漫在手边。第三天，积雪压没了石阶，只剩下深浅不一的冰窝。我在鞋底绑上“铁爪”，直到傍晚方才抵达。居舍很小，砖房通铺，棉被有些潮。除我之外，住了三四个人，吃饭的时候，能听到饭粒嚼碎的声音。

我烧了香，取了符，逛了大殿、庭院、藏经窟，看了清心池。在清心池不远，有一座忘返亭，挂着一副对联：

朝廷之人为禄，故入而不出

山林之士为名，故往而不返

从亭中看，厚重的白雾弥漫于山谷，久久不散。隐约可见的树木披着雪，像冻结在山体上的层层冰花。如此三天，相安无事。第四天中午，居舍内进来三个道士，向两个要返回的人低语了一番。没过多久，他们的声音逐渐加大，最后变成了争执。我逐渐明白，原来几日来烧香、取符、用餐皆要收费。这本属正常，只是道士手中拿着毛笔写就的账单，一笔一画记得清清楚楚，最后算下来，竟然不菲。

在争执的过程中，我注意到站在最后面的一个道士。他密切地观察着眼前的事态，一语不发，越是一语不发，越似乎在积蓄力量。两颊的咬肌，微微隆起，整个人散发着一股乌木似的阴沉气。最初，我只是被这股气质吸引，看了一会儿之后，我才突然惊醒，呼吸也急促了起来。

那是一张长而狭窄的脸，双目炯炯，鼻梁挺拔，嘴角拉得很低，有两道深深的饿纹。上唇和下巴的胡子，漆黑而长，但并不浓密。他脸上的皮肤，黧黑中泛着暗金，像一块年久而坚硬的乌木。

“没钱？没钱上什么妙云观！”他凶狠地冲两个居士吼，以至于所有人都愣住了。房间里非常安静，我似乎能听到他粗重的呼吸声。

“现在哪有求卦不给钱的！”他继续呵斥。两个居士就此沉默，僵了片刻，随后取了包裹，跟着道士们出了房间。我和房间里另外两个人面面相觑，感觉那怒喝的余音还回荡在房舍里，令人不安。随后，另外两个人也商议了一下，走出了房间，留下了我。

我脱掉拖鞋，盘腿坐在床上，掏出手机，找到了一张照片。隔了好一会儿，我仍不敢确定那是不是他。照片像素不高，很模糊，我换了几次手机，但一直保留着它。照片中，我跟一个人站在一起，腋窝下夹着一本《柏拉图全集》第二卷。他穿着黑色的棉袄，那狭长的脸、发黑的肤色、炯炯的眼睛和凌乱的毛发，相似又陌生，像一片浓重的阴影。我们站在一座图书馆前面，面对镜头露出了凝重、自负的眼神。晴朗而热烈的阳光照亮了我们背后的苏联风格的图书馆，形成了一种好看的暖黄色。我们的面孔看上去非常年轻。

照片上的人，名字叫张云亮。

二

高中毕业后，我考上了一所三本学院，专业是旅游管理。

我对管理根本毫无兴趣，真正让我着迷的是哲学。当时，我身边读哲学的人并不太多，几乎只有我一个。学校图书馆开放的第一天，我读到了叔本华，“世界是我的表象”，这句话像一道咒语一般灌注到我的内心，让我想起了一个遥远的困惑。

八九岁的时候，一双拖鞋让我着了迷。有天我起了床，为床底下的拖鞋感到无比惊讶。我搞不懂拖鞋为什么会在那里。那是一双极为普通、廉价的塑料拖鞋，我整个夏天都穿着它，踢球、奔跑、洗澡。这使它有点褪色和开裂，但鞋面上的“三枪”两个字完好无损。我盯着那双拖鞋，一个巨大的疑惑浮现在我的脑海：眼前的这个东西，究竟为什么会出现？

从那天起，我会时不时地发呆，像上瘾了一样着迷于脑海里那些古怪的问题。有一段时间，我搞不清世界上到底有几个我。疑惑是这么开始的。有天回家，站在街道上，我看到了自己房间的窗户。窗户在五楼，浅色的木制窗框因风吹日晒而有些斑驳。淡绿色的玻璃后面，窗帘是拉开的，像一池幽幽的绿水。我凝望着窗户，觉得那里变成了一个奇异的空间。等到我回到家，非常现实地站在窗户后面时，我又看到了几分钟前自己站立过的街角。几分钟是如此短暂，以至于我搞不懂刚刚窗外的那个我，和此刻窗内的这个我，究竟哪个是真实的。那年我大概九岁，在懵懂而固执的意识里，我坚决否认这两个我是同一个存在。

随着年龄的增长，问题变多了，目之所及的一切事物都令我惊诧。我惊讶于桌椅板凳，惊讶于公交车，惊讶于抹布扫帚，惊讶之程度，不亚于惊讶宇宙之浩瀚、天地之无穷。一把扫帚和一个黑洞具有相同的不可思议性，一颗花生就像一颗恒星一样令人困惑：它们本不应该存在的。白光像一块巨大的布，把什么东西给包裹了起来。在当时的我看来，毫无疑问，世界一定有一个更大的秘密，绝对不只是单纯的表象这么简单。我仿佛从来没有睁开过眼睛一样，进入一个表象的世界。

我不明白为什么周围的人都无动于衷。

这股执拗的疑惑在高考的压力下并未消退，而一直被保留到了大学，而且愈加猛烈。那是一所再普通不过的理工科三本，旁边有一条被称为“破街”的小街，每到傍晚，人声鼎沸，年轻的肉体散发出无穷无尽的能量，在烧烤摊冒着火星的浓烟中滚滚而来，滚滚而去。数不清的小旅馆招牌宛如一把散落的麻将，那些红色、绿色、黄色、白色的粗俗灯光，照亮了下面每一张兴奋、自信、稚嫩的脸庞。年轻的女同学一边挎着看上去努力显得很昂贵的包包，一边挎着男同学的胳膊，捧着奶茶慢悠悠地走，走得自信而不乏傲气。男同学则走得嚣张而漫不经心，大多叼着香烟，一只手揽在对方的腰上，另一只手里拎着度过一个快乐夜晚所需要的全部补给：矿泉水、零食、杜蕾斯。也有一些同学与众不同，他们背着有些脏兮兮的双肩包，神色紧张，面有菜色，塞着耳塞，似乎对周围的一切都充耳不闻。他们从入学的第一天起，就进入了考研的备战状态。

而这所有的一切都和我无关，都是表象。在当时的我看来，我没有时间了，世界上最重大而隐秘的问题急需要我去解决。

纵观世界著名的哲学家，大多在二十多岁已显山露水，而我时间紧迫。当时，我的状况基本上是这样的：身穿一套最朴素的运动套装和运动鞋，都是银灰色的；头发时长时短（本身是板寸，两个月不理，遮住眼睛后再次剃成板寸，如此循环）；腋下永远夹着一本《叔本华论人生》，面色永远铁青而凝重，肩膀和背部永远像是压着一副担子，仿佛肩负着从古至今人类的所有苦难以及那注定要靠我的不懈思索才能在黑暗中艰难地找到一条出路的沉重的未来。至于别人在干什么，我不是很关心。当怀揣一本哲学书籍的我从破街上一路跋涉走向图书馆时，我看着周围的男男女女，发现他们每一个人都长着一张没有读过叔本华的脸。这既让我感到痛心，又让我感到满意。

当时，我身边唯一可以跟我讨论哲学的是高中同学陈毛，他考上了同市的 N 大。陈毛对哲学浅尝辄止，保持了一种有分寸的兴趣，但我们见面次数不多，毕竟隔着四环的路途。除了他，我只能求助于图书馆。我们学校没有哲学院或者哲学系，我搜遍图书馆，找到的哲学书籍少得可怜。在这座号称拥有七十万册藏书的图书馆里，心灵鸡汤和穿越小说竟然为数不少，甚至还有不少盗版书。对这些书我向来不屑一顾，而只看《世界著名哲学家语录》这种上档次、有内涵的书。在许许多多个夜晚，在四周疯狂背诵导游证试题的嘈杂声中，我默默翻阅先哲箴言，时常感觉头昏脑涨、不知所云，但这种不知所云愈加让我敬仰和崇拜，于是我喝下一杯接一杯的速溶咖啡，神情紧张地继续阅读。

在一个夜晚，我找到了一本《萨特读本》。那时我刚刚接触存在主义不久，立刻沉浸在萨特文雅的表述和那些令人激动的句子中。“存在先于本质”，这不就是我九岁的时候想搞清楚的那个问题吗？我在小时候竟然和萨特不谋而合，不免窃喜且激动，随后又对萨特生出了一丝轻微的蔑视。但这种蔑视只持续了两秒钟，因为我很快被萨特的照片吸引了。照片上，萨特古怪的眼神让人心醉神迷，正是我想象中一个伟大哲学家应有的样子：眉头紧皱，苦心孤诣。同时，书里有更多的句子是我读不懂的，那些句子看上去比哲学更哲学，一句比一句更让人兴奋。我花了整整一个星期，都没有搞懂这本书的第一章。其实，里面的每一句话都令人费解，因而更令人着迷。我在头脑发热中愈加痴迷了，在图书室反复地阅读、琢磨，只有在最为疲倦的时候，我才会把精神从书本中略略放松出来，抬头呼吸一下庸常的空气。

环顾图书室，每一个人都不知道在忙着些什么。我把目光放在他们正在读的东西上，小说、杂志、英语，无论哪种，都是我看不上的，看来他们都在虚度年华，唯有我正在为真正有价值的事业而卖力猛干。就在这时，我注意到斜对面的桌子上放着的一些书，它们朴素的封面明显区别于其他书。我歪着脑袋，眯起眼睛，颇为好奇地去看书脊上的字，结果读到了“存在”这个词。我的心猛地震动了一下，觉得这一定和哲学有关。

座位是空的，我绕过桌子，看到几本书分别是《小逻辑》《纯粹现象学通论》《知性改进论》《存在与时间》《时间与自由意志》，光是这些名字，就足以令我震撼，相比之下，我的《萨特读本》竟然有点浅显了。我感到惊讶、诧异、不可思议，天下之大，原来有第二个人也在读哲学，而且看上去比我还猛。我只是一次读一本，这人竟然一次读五本。我隐约觉得触及了一扇隐藏许久的门：这些书不可能属于我们学校的图书馆，书脊最下方没有图书馆的标签，我必须搞清楚它们的来历。

怀着一股亢奋，我重新回到座位上，开始等待。这段时间无疑是漫长的，我心情复杂，多少有些激动，又有些许紧张。我想象着来人会是怎样一副面孔，回神看看手里的《萨特读本》，一个字都读不进去了。我不知道对方是不是一个熟读萨特、叔本华的人物，相比之下，我的所学必然是简陋的。我痛心自己读哲学太晚，已然被人超越了。

就在这时，有人拍了拍我的肩膀。我回头一看，看到了一双充满怀疑、不乏凶狠的眼睛。我不由得往后一歪，终于看清来者是一个乍看有三十多岁，其实只是有些显老的年轻人。他头发极长，脸瘦而黑，身上穿一件旧得发白的黑短袖。

他用一种低沉、严厉的声音质问："你是谁？从哪里来的？"

一时之间，我被问住了。我还从没有被人这么问过，而且他语气凶恶，不容分辩，我搞不清他的来路。他的眼神让人想起原始部落里未开化的山民，警惕而充满杀机。我问他又是谁，但他根本没有回答。

"你盯着我的书干啥？我看你半天了！"他有些恶狠狠地问。

我只好告诉他，我也读哲学，看到那些书，就想结识一下书的主人，仅此而已。说着，我把手里的《萨特读本》展示给他看。他的目光从我的脸上慢慢地转移到书本上，看过之后，又像摄像头一样转过来，重新对准了我。在我看来，那神色是有所放松了的。他又问了我另一些问题：

“你是学校里的？”

“是。”

“什么专业？”

“旅游管理。”

“学生会的？”

“不是。”

越往下问，我越感到古怪，甚至有些愤怒：这到底是在干什么呢？

三

当时，如果这个人继续问下去，我们会在图书馆打起来，但等我回答完，他猛然朝我展露出惊人的笑容。那笑容极为亲切，像一朵花似的从他那村野神汉般的脸上绽放开来，露出了一排黄色的牙齿，把人搞得颇不自在。

“原来，你也是一个有志气的读书人。”他颇为赞赏地说。

随后他告诉我，他叫张云亮，是市场营销专业大二的学生，正在研究哲学。他在外面租了一个房子，准备考研，打算考武汉大学。

那天晚上，时间有点晚了，我们约定第二天在他住的地方见面。第二天是周末，下着小雨，吃过早饭，我按着他给的路线图，走进了破街的一条小巷子。巷子曲折而深，两侧都是搭建的三层小楼，空调外挂不停地往下滴水，时常打在人的头顶和肩膀上。我问了两次路之后，终于找到了地方。

那是一座简陋的三层小楼，带一个小院子，堆积着很多杂物和废品。房子的外墙没有瓷砖，红色砖块间的水泥像僵硬的泥鳅和鳝鱼一样拥挤着。地面泥泞不堪，仿佛被猪拱过。我问了院子里一个正在收拾东西的中年男人，他停下手里的活计，上下打量了我一番，脸上露出来有些稀罕的笑，伸手指了指天空。

我抬头一看，只见楼顶矗立着一尊塑像似的黑影，仔细一看，似乎是张云亮。他的面孔隐藏在暗处，不知道站了多久。我喊了他一声，那铸铁一般的身影没有任何回应。我爬上了三层楼梯，黑影在原地浑然不动。等到我走到黑影前面，看着他的眼睛，才发现张云亮正在冲我微笑。

“你来啦。”他咧开嘴，非常热情地说，那笑容就像一棵千年老树裂开了口子。我那时终于明白了，这是一个沉默的时候极其沉默，不沉默的时候又极其突然的家伙。

我们进了房间。所谓的房间，其实只是用钢板搭建的阁楼，地上铺着灰色的毛毡布。房间比想象中宽敞很多，几乎可以跑步；但也很矮，一伸手就能摸到屋顶，总让人有一种要欠着身体的感觉。头顶上滴滴答答地响着雨水敲打铁皮的声音，单调而通透。窗户敞开着，因此还算敞亮，但仍有一股书籍、木屑和鸟粪的气息飘荡在四周。

像这样的房子，我路上见了不少，在我的印象里，这种铁皮房只能用来放杂物，养鸽子。我从临巷子的窗口看出去，真的看到一排鸽子拥挤在小巷对面的阁楼上，像一排哨兵。它们好奇地看着我，咕咕作声。

刚进房间的时候，我就看到好几个书架。我对书是最在意的，这也是此行的目的所在，于是我迫不及待地朝那些书看去。最先看到的是一套三卷本的《资本论》，刚看到书名便足以使我心头一沉。这套书太重要了，要读。我在心里暗暗记下。接着往下看，又看到了《1844 年经济学哲学手稿》《哲学的贫困》。好家伙，看来这个人还深入研究了马克思。我暗暗吃惊。接着我看到了一本沉甸甸的《西方哲学思想史》，那本书看上去晦暗、深刻、很有分量，怎么看都有好几斤，封面上印着许多哲学家的严肃面孔。那些苍老、深沉的脸，仿佛正在思想的深处目光炯炯地看着我。看来他不但研究了马克思，也早就把西方哲学摸了一遍，就和我猜测的一样。这时，我又看到了一本巨大的《中国思想史》，这本书是如此厚重，简直令人窒息，随之窒息的还有我的心情。

随后，我在旁边的书架上又发现了许多我闻所未闻的领域：社会学、心理学、人类学。尤其是那套列维-斯特劳斯全集，光《结构人类学》这个名字，就似乎能让我获得某种思想的启示。旁边两本黑色烫金的《金枝》，封面上那优雅、神秘、高贵的字体正是我想象中智慧应有的样子。这时，在这些书的缝隙里，我看到了一本《笑傲江湖》，看样子被翻过很多次，书页都发黑了。最后这本我觉得无可厚非，人也是需要娱乐的，毕竟我在一个月之前，连叔本华是谁还不清楚，更别提走进哲学之门了。一本盗版的金庸并不足以减损我对面前这个人的敬佩之情。

一切都一清二楚了，再也没有任何怀疑了，我面前的是一个读遍文史哲，打通古今中西的厉害人物。那堆书散发着权威、深邃和神圣的味道，震慑了我。

我喃喃地问："这些书，你全都看过?"

"也没有，看了一部分。"他微微颔首。

那也是很了不得的成就了，我想。但随后我又想到，他可能只是骗我，不想告诉我他早已读通这一切的真相。毕竟这是一个将来要考武汉大学的人。在当时的我看来，武汉大学极其遥远，极为了不起，其地位之高，仅次于北大。毫无疑问，全世界最出色的哲学家必须从这两所学校里走出来。至于这是为什么，是因为那时候我就知道这两所学校有哲学院。外面的雨变大了，风从窗口吹了进来。那一刻，我感到这风吹亮了我的灵魂，是那么新鲜，像智慧一样清晰明了，带着一股生机勃勃的鸟粪味，让我不再孤独。

房间里只有一个板凳，他让给了我，自己坐在了床上。他告诉我，昨天晚上遇见我之后，他算了一卦，算准了我大概十一点会到。于是，他起床后就像往常一样看书，十一点准时走出门外，只等了五分钟，就看到我走进了院子。

“你会算卦?”我诧异地问。

他浅笑着点点头。

“那不是迷信吗?”

他的笑稍微收敛了一些，回答说：“有一些是的，但也有一些不乏道理。我去过白马寺、普陀寺，在那些地方，还有很多别的旅游景区有一些老头算卦，可以说，那些大部分都是迷信，但也不能说里面没有高人。”随后，他跟我讲了《周易》以及卦象的来历，娓娓道来，如数家珍，于我而言，是完全不懂的。最后他讲，大一暑假的时候，他从一位高人那里学得了算卦的秘术，而那位高人造诣颇深，网上能查到他出的好几本书。

“高人在长白山，我学了一个月，略有小成。”张云亮缓缓地说。

我从没去过长白山，也没想到过要去，更不知道这座山的确切位置。实际上，这是生活中第一次有人当着我的面跟我这么说话。在我的认知里，长白山只存在于地理课本上，至于现实世界里是否真的有这个地方，我并没有十分的把握。一股幽深的玄妙之气从眼前这个人身上散发出来，仿佛他并不是坐在我面前，而是坐在抽象的思想之上。回过神来，我注意到他屁股下面是一张单人行军床，床上堆着一条毛毯，枕头又瘪又黑，几乎看不出原本的颜色。床头上面竟然挂着一把宝剑。真的是剑，剑鞘还有一层挺厚实的包浆。在旁边的墙上，挂着一个绿色的斜挎包，上面用红色的毛体写着“为人民服务”几个字。

从挎包的口袋中，伸出了一柄长箫。

“我就是背着这个包，上的长白山。”他似乎有些得意，指着包对我说。看到这些东西，我不由得对他越发敬仰，心想这个人真是博大精深。我突然想起来一件事，于是问他：“昨天晚上，你为什么问我那么多问题？”他的脸色显得神秘而暗淡，回答说：“思想领域的探索是最危险的探索。”

他就此沉默不语，而我再一次被他的话惊到，感觉若有所悟。只听得我们头顶的雨声越来越大，门是敞开的，毛毡布弄湿了一大块。旁边放着一个电磁炉，还有锅和铲子。他随后起身，问我要不要一起吃饭。已经是中午了，我完全忘记了吃饭这回事，问他麻烦不麻烦。他回答说很简单。

在他做饭的工夫里，我从书架上随手抽书来看。书很潮，纸页湿润润的。我又发现了一些古香古色的仿古线装书，扉页写着“道藏”“云笈”之类的字，搞不懂是什么意思。翻开读了几句，记得有这么几行：“彼有道者，安得不超然振翅乎风云之表，而翻尔藏轨于玄漠之际乎？山林之中非有道也，而为道者必入山林，诚欲远彼腥膻，而即此清净也。”

根本摸不着头脑。往后乱翻，书里还用毛笔画着图形，有一座炼丹炉，内含一团火，熊熊不止的样子。我把书放回书架，看到上面还搁着一块小小的八卦，材料既像金属，又像塑料，用红色和绿色的油漆画着许多符文，背面是一块圆圆的镜子。

我于是问他：“你对道教很感兴趣？”

他正在把面条从碗里捞出来，放在一个盘子里。听到我问，回答说有点兴趣，长白山那个高人告诉他，如果拜他为师，成仙不敢保证，但至少可以保证有一百二十年的阳寿。

“这都可以？他自己呢？”我有些惊愕。

“你应该听过道教的飞升吧？”

他随随便便地说着，像在讲一件极为普通、平常的事情，完全没有注意到我的表情。他在锅里放了番茄，简单翻炒两下，又打了两个鸡蛋放进去。炒好之后，他皱起了眉头。我问他怎么了，他回答说，平时只他一人吃饭，没有多余的盘子了。

他略一思索，说声罢了，然后从窗台上拿下来一个牙刷杯。牙刷杯是塑料的，像纸一样薄，边缘有一些白色的毛刺，能隐约看出天线宝宝的图案。他把牙刷拿出来，搁在窗台上，然后用木铲把刚炒好的番茄鸡蛋铲在了牙刷杯里。其动作之利落，以至于我根本没来得及提醒他洗一下杯子。

三下五除二，满满一杯子的番茄鸡蛋。随后，他把盘子里的面分出来一些，盖在上面。“分几次吃吧，杯子太小了。”他这时发现，也没有多余的筷子了。只见他从门外弯腰一捡，手里就多了两根一次性筷子。这次他冲洗了一下，但筷子中间还是黑得仿佛粗了一圈。他把筷子像上香一样笔直地插在那坨面中间，大手握住，机器似的转动，于是面条和番茄鸡蛋呈旋涡状转动起来。最后，他把手松开，面露喜色：“成了，可以吃了。”

我觉得，那是我有生以来吃过的最好吃的番茄鸡蛋面。他就着牙刷杯，一口一口吃得分外香甜，仿佛从来没吃过面似的。我看着他吃面的神情，觉得哲学家真是一群伟大的家伙。这应该就是生活中的哲学家吧。于是我也搅动筷子，开始吃面。我也像从来没有吃过面似的，吃下了鸡蛋、番茄、面条，感觉它们就是鸡蛋、番茄、面条的味道。清新可口，天人合一。加之门外的风景、鸽子的咕咕声以及头顶的雨滴声，简直是一种莫大的享受。时间在这里静静地流淌着，一切都那么平静，充满哲思。

吃完面，他给我倒了一杯水。他也没有多余的杯子，于是仍用牙刷杯喝水。我怀疑那水也是番茄鸡蛋味儿的。我们看着窗外的雨，像多年的老友一样探讨。我告诉了他自己关于拖鞋的困惑，他低头不语，静静地听。

“你的志向很好，你应该考武汉大学的西方哲学研究生。”听罢，他这么说。

一瞬间，我仿佛知道了未来的方向，心中平静又安定。不得不说，这是一个激动人心的建议，我的大学时光一下有了着落。我渐渐察觉，这人于我而言有一种定海神针的作用。实际上，在内心深处，对于我所追求的东西，我并非坚定不移，而是有所摇摆。我问他，最初他是怎么实现这一切的。

他告诉我，他参加了本市的一个读书会，读书会是一个退休教授举办的，有时候会介绍一些哲学书籍。“他的水平不如长白山那位高人，但人家毕竟是世俗中的过来人。”云亮说，“得道有得道之法，世俗有世俗之规，得道之前，必先得世俗。”

“什么时候举办？”我极为克制地问。

“大概两周一次，在一家书店二楼。”

“我能去吗？”

“没有问题。”

我的心澎湃起来，这一天真的没有白来。我有一种强烈的预感，在这个读书会上，我将真正意义上踏入伟大的哲学之门。

四

N 城比我生活的县城大多了，开学快两个月了，我还从来没有走出过校园，也想不到城市里还会有这样高档的书店。实际上，十八岁那年考上大学，是我第一次走出老家。在我当时的想象里，城市全都一样，都是我老家的模样，只不过大点罢了。在当时的我来看，这家位于市中心的书店堪称豪华。

书店有三层，地下一层原本是车库。当时，我几乎是怀着朝圣一般的心情踏入那里，蔚为大观的书籍令人望而生畏，没有一本是我听说过的。那些陌生的名字拥挤在我的眼前，就好像无数飞来的拳头，令我深受刺激。相比之下，我们学校的图书馆顶多算是阅览室。

书店二层有一半是饮料区，弥漫着一股浓郁的奶油味。身穿墨绿色围裙的店员看上去有种专业人员的严谨之感，各自忙着手里的活计，或者给客人切蛋糕，或者用壶嘴细长的咖啡壶冲咖啡，而顾客坐在椅子上，托腮欣赏店员的操作。香槟色的灯光洒落下来，把他们笼罩在柔和的光线中。我仰起头，有些自卑地朝吧台上方的小黑板看过去，感觉上面的价格像是假的。一杯咖啡竟然要三十块钱，周围竟然没有人愤怒地大叫“抢劫”，我们学校食堂的盖饭不过五块钱一份罢了。

相比之下，三楼更加安静，也更宽敞了。在一片划出来的角落，有张宽宽大大的木桌，可以坐十来个人，那就是开读书会的地方。落地窗外，车水马龙就像消掉声音的电影画面，流动不息。在这里举办读书会，每个人要点一杯饮料。我每次都点柠檬水，只花十六块钱。如此这般，参加了整整一个学期。

读书会成员不多，有八九个，有几位每次都来。第一次去时，我终于见到了云亮所说的那位教授。他看上去有六十多岁，个子不高，但很硬朗，看起来颇为壮硕，眼睛周围的皱纹显得很有智慧。他穿蓝色或者灰色的衬衫，总是敞开着，露出来里面的棉质T恤。他总是戴一顶灰色的鸭舌帽，我从来没有见到取下来过。讲到疲倦时，他就用随身的保温杯喝水。每次不需要起身，就会冒出来一个店员给他加水。他总是微微欠身，低声说谢谢。店员的动作看上去彬彬有礼。

“你知道他?”有一次我问那个店员。

“当然。他是老板的朋友，经常免单的。”对方回答。

我头一次听到“免单”这种说法，真是大开眼界。第一次参加读书会时，他让我做了自我介绍。我多少有些紧张，声音忐忑而不自然。当听说我下决心考武汉大学时，他赞许地说：“这个选择不错。”然后他提高了音量，用一种颇为威严的语气对在场的每个人说："我们这个社会之所以存在这么多问题，道德滑坡，价值观沦丧，就是因为人们读书太少，尤其是读哲学太少。如果每个人周末都愿意花一杯星巴克的钱买一本黑格尔看看，那么，整个社会的状况都会得到改善。然而，最大的问题在于，现在没有人进书店了，进书店也是为了喝咖啡、拍照片，像这样立志哲学的年轻人，越来越少了。"

他沉稳的声音回荡在书桌上。不得不说，他讲话真有水平，说到我心坎里了。我激动地朝他看过去，他却没有再看我了。那天，他讲的主要内容是柏拉图，大概是进度关系，我半懂不懂的。就在我昏昏沉沉的时候，一股欣欣然的香味不时袭来。我发现，香味是从右边一个女生那里飘来的。

她留着披肩长发，一丝不乱，柔顺得像橱窗里的商品。她侧着的脑袋微微仰着，露出来弧度好看的鼻梁和下巴。手指长而洁白，很好看地拢在膝头的书上。她可能注意到了我的目光，因此朝我看了过来，并微微一笑。那是一种直接又迅速的目光，一下子把我身上的某种东西看透了。我端起柠檬水，内心酸涩地喝了一口。

喝完水，我又不自觉地去看她。她再次笑了笑，然后晃动了一下头发，好像那些头发分量很重似的。在四十分钟的时间里，我看了她四五次。跟我们学校的女生不太一样，她没有那股寒酸的学生气，显得优雅、大方、成熟。在谈到某个问题时，她的发言让所有人都侧耳倾听。她的声音清晰，气场强大，讲话的时候眼神很自然地笼罩了在场的每一个人。好几个人频频点头。

“很优秀，对吗?”坐在我旁边的一个男生低声对我说。

我问她是谁。

“她是李梦，赵老师的学生。”

原来如此，我心里说。讨论的间歇，店员端来了蛋糕和水果，说是老板送的。大家都很开心。我没想到第一次来就有免费的蛋糕吃，心里一阵窃喜，把柏拉图忘了大半。蛋糕上点缀着巧克力和蓝莓，那也是我第一次见到货真价实的蓝莓，在此之前，我一直觉得这东西只存在于电影里。

我颤巍巍地用塑料刀切开蛋糕，送到嘴里，感到它好吃到不可思议，甜而细腻，入口即化，是我这辈子吃过的最好吃的蛋糕。美中不足的是，蛋糕太小了，等我吃完第三口，剩下的就只有蓝莓了。蓝莓一股酸味儿，几乎没怎么嚼就消失了。我用胳膊擦了擦嘴，发愁那张用来装蛋糕的塑料纸该怎么办。在我手忙脚乱的时候，奶油和巧克力弄得满手都是，我两手相互一搓，把它们全涂在了手心里。我觉得这个办法挺好。就在那时，我发现自己是第一个吃完蛋糕的人。

我的目光不由自主地被她吸引。我惊讶地看到塑料纸被她折了起来，小巧玲珑的样子，倒像是件装饰品。她切蛋糕的时候，蛋糕一点都没碎，而是像豆腐一样听话、整齐，那些细小的巧克力碎屑，竟然一粒都没有洒落。她不紧不慢、慢条斯理地吃了好一会儿，但那蛋糕看上去只少了一点点。

一块指甲大小的蛋糕她要分三口才能吃完。

她注意到了我，突然捂着嘴笑了，示意了一下我的脸。我意识到了什么，赶紧用手背擦了擦脸颊。但她摇摇头，笑得更厉害了，递给我一张纸巾。我伸手接过来，擦过脸之后，才发现纸巾脏得可以。我低头找垃圾桶，但哪里都看不到，只好把那一团花里胡哨的纸巾放在桌上。再去看她时，她笑着点了点头，那笑容让我激动不已。

读书会结束后，在书店门口，大家相互告别。在等出租车时，她刚好站在我旁边。

“你跟张云亮是同学?”她问我。

我回答说是同校，他比我高一级。她看着我，若有所思的样子，突然身子一倾，脸凑了过来。当时，她的鼻尖几乎碰到了我的侧脸，我再次闻到了那股沁人心脾的香味。

“跟你说……”

她那甜美的声音蜂蜜似的流淌进我的耳朵。

“你的鞋子有点脏了。”

我愣愣地看着她。她嫣然一笑，坐进了出租车。

晚上，躺在宿舍的床上，无数令人脸红的画面进入我的脑海，翻滚不息。我一遍又一遍地回忆她的每一个神态、举动，以及她靠近我讲的那句话。

“你的鞋子有点脏了。”

她说得多么优雅啊，身上的气味又那么好闻。有一个问题令我惊讶，我竟然完全忘记了她穿了什么衣服。几次尝试之后，我终于记得她当时穿的是黑色的套装，腰部配有金色的装饰。

在我那散发着光芒的印象里，她的衣服上找不到任何一条细微的褶皱。但很快，我开始不由自主地联想她不穿衣服的样子，这种出格的想象很快让我口渴难耐。身为一个立志投身于伟大哲学事业的年轻人，我以柏拉图般的自制力从床上站起，在卫生间接了一大盆清水，开始刷鞋。

之后的几天，我尽量不去想别的事情，而是埋头读柏拉图，然而无论我如何集中注意力，总忍不住幻想再次见到李梦。我没有告诉张云亮，我在破街逛了一天，花两百块钱买了一双新鞋的事。在十八岁的我的想象中，我那双新买的鸿星尔克运动鞋发出无比耀眼的光芒，照亮了在座的每一个人，也照亮了李梦的脸。她的眼睛里冒出惊喜无比的光，大声地说："哇，你穿了鸿星尔克!"一想到这里，我正在读书的手就会微微颤抖，甚至会笑出声来。

读书会终于到了，我和张云亮到得很早。我像是不会站似的，只有坐下来才能感觉好一点儿。赵老师是最后一个来的，比预定时间略微晚了十分钟，于是大家纷纷翻开了书本。讲了二十分钟，李梦还没有出现。读完《申辩篇》第一部分，她才终于姗姗来迟。

"抱歉，我刚回国，还在倒时差。"

随后，她跟我们解释，遇上了一个短期交流项目，去了趟耶路撒冷。大家纷纷表示理解，赵老师说："我听你导师说了，怎么样？有收获吗？"她露出甜蜜的微笑，说收获还是挺多的。

接下来没有人讲柏拉图了，大家围坐一团，听她讲在耶路撒冷的见闻。在著名的哭墙，她感受到一种极为神圣的力量，任何人亲身到那里后，都会被那种纯粹震撼。她甚至情不自禁地流下了眼泪：“在那一刻，我感到自己的灵魂被历史深深地触动了。”

所有人都发出了理解的叹息声，劝解说她应该好好休息，没有必要来参加读书会的。她微笑着说读书会是个大家庭，她必须到。虽然我只是第二次参加读书会，但仍然从她的话里感受到了一股强烈的温暖。我看得出来，虽然一直勉力支撑，但她的脸上仍然带有倦色，皮肤也比上次暗淡、粗糙了一些。她讲了那么久的耶路撒冷趣闻，根本顾不上跟我讲话，甚至没有机会看我一眼。耶路撒冷是我从来没有去过的地方，我对那里的人怎么吃饭、怎么睡觉、怎么上厕所非常感兴趣。我和张云亮在角落里坐了一个多小时，丝毫没有感觉到时间的漫长和无聊。我觉得这个夜晚因为她的讲述充满了异域风情。

一个多月之后，我终于在读书会上和她坐到了相邻的位置。经历了这么久的历练，鸿星尔克变得灰头土脸，颜色不像刚买回来时那么鲜艳，而且至今没刷过一次，飘散着淡淡的异味。但她似乎完全忘记了鞋子的事情，也似乎从没往我脚上看一眼。

我和她已经比第一次见面时熟悉一些，偶尔聊过几次了。我知道了她身上那股香味的来源，是一款我根本记不住名字的意大利香水。那天，她告诉我，在学校上课时，她会偷偷看时尚杂志。“就像现在这样。”她把一只手的五指并拢，竖在嘴边，悄悄地跟我说，另一只手放在膝头，给我展示了手里杂志的封面。封面上是一个模特，化着极为精致的妆容。类似的杂志我之前见到过，价格昂贵，想象不出什么人会买。我一直以为这些只是用来装饰店面的摆设罢了。

“你看这款胸针。”她展开杂志，指给我看。

我把脑袋探过去，只见那两页杂志上列举了一个法国品牌的首饰，十几种，有胸针、耳环、发插、手环、项链等。她指给我看的那款胸针，大概是金质的，上面点缀了一些白色、红色和蓝色的宝石。正当我眯着眼睛想要数清价格上有多少个零时，她美滋滋地跟我说：

“我非常喜欢这个牌子，你看到没，这是一只瓢虫，多可爱。”

我回答说很漂亮。接着，她随手翻着那本杂志，向我展示了里面的腕表、包包和时装。她细数了自己最钟爱品牌的掌故，说这个牌子今年不行，款式丑得要死，那个牌子这两年走下坡路，“也开始走轻奢路线了，自掉身价，以后我再也不买了”。说到疲倦时，她抬起头，像经常做的那样，脑袋后仰，下巴翘起，晃动满头的长发。她有些慵懒地斜着眼睛，优雅地跷起食指，指了指赵老师，说：“你看那个。”

我顺着她手指的方向，并没有看到什么。

“你看到赵老师穿的衣服吗？特别有品位。那件衬衣，看着灰不溜秋，其实跟小布什是同款。你看到他的保温杯了吗？”

我朝赵老师的保温杯看过去，在我看来，那是一个普普通通的杯子，大概用了很长时间，多少有点磕碰。杯子是灰色的，磕破的地方露出了里面的不锈钢。

“一看就是原装的日版。”她笃定地说，眼睛看着我，好像在观察我的表情。我只好配合地点点头，说：“你眼光不错，这都能被你看出来。”她看上去很满意地继续说：“你还没有见过赵老师的妻子，是个日本人，穿衣服更有品位，只穿山本耀司那几个屈指可数的日本设计师品牌——当然，品牌不是最重要的，最重要的是品位——那是我的人生理想，我以后穿衣服都要像她那样。”

从她眼里流露出金色的、饱含憧憬的光芒。我不由得开始想象赵老师的妻子是什么样子，同时，对李梦也产生了一种新的崇拜。她整个人仿佛都在发出金灿灿的光芒，洋溢着自信和美丽，可以说光彩照人。

当时，对刚从县城走出来的十八岁的我而言，李梦堪称完美：既读哲学，又读时尚杂志；不但了解柏拉图，还知道耶路撒冷的历史，而且通晓时装品牌的最新动态，甚至规划好了一个迷人的未来。我想不出她身上到底有什么缺点。就像当初问张云亮是怎么学会算卦的一样，我问了她是怎么做到的。她善解人意地微笑着，仿佛完全理解我的心情似的说：“也没有什么，买得多就知道了。”

我默然不语，就在那时，她像是从来没见过我似的把我从头到脚打量了一番。“至于你，我觉得……”她犹豫了一下，非常温和地说，“你穿得稍微干净点就可以了。”

毫无疑问，在穿衣打扮方面，她已经获得了最高权威。于是我赞同地笑了，回答说我一定尽力。

…………

（选自《青年文学》2021 年第 1 期，有删节）

短篇小说卷

2021年河南文学作品选

何弘 主编

姬盼 陈宏伟 编

郑州大学出版社

图书在版编目(CIP)数据

2021年河南文学作品选. 短篇小说卷 / 何弘主编 ;姬盼, 陈宏伟编. — 郑州 : 郑州大学出版社, 2022.8
ISBN 978-7-5645-8812-0

Ⅰ. ①2… Ⅱ. ①何… ②姬… ③陈… Ⅲ. ①中国文学 - 当代文学 - 作品综合集 - 河南②短篇小说 - 小说集 - 中国 - 当代 Ⅳ. ①I218.61②I247.7

中国版本图书馆 CIP 数据核字(2022)第 103858 号

2021年河南文学作品选·短篇小说卷
2021 NIAN HENAN WENXUE ZUOPINXUAN · DUANPIAN XIAOSHUO JUAN

策　　划	李勇军	封面设计	小　花
责任编辑	孙精精	版式设计	小　花
责任校对	暴晓楠	责任监制	凌　青　李瑞卿

出版发行	郑州大学出版社(http://www.zzup.cn)
地　　址	郑州市大学路40号(450052)
出 版 人	孙保营
发行电话	0371-66966070
经　　销	全国新华书店
印　　刷	河南新华印刷集团有限公司
开　　本	890 mm×1 240 mm　1 / 32
总 印 张	61.75
总 字 数	1 301 千字
版　　次	2022年8月第1版
印　　次	2022年8月第1次印刷

书　　号	ISBN 978-7-5645-8812-0	总 定 价:198.00元(共六册)

本书如有印装质量问题,请与本社联系调换。

序

这个时代的人生故事

李 勇

《2021 年河南文学作品选·短篇小说卷》收录作品十六篇，开篇是南飞雁的《枪王之王》。此作写到主人公小蔺时有这样一段话："小蔺小的时候，耻于父母是唱戏的，唱的还是草台班子粉戏，等大了，又耻于父母是烤肉的，烤的还是羊枪。"小说即从这种无以言表的尴尬写起，向我们呈现了一个青年的困顿：被女友抛弃，北漂失败，和父亲格格不入。此作的情节重心是父子冲突。和世间所有的父子冲突一样，小蔺和老蔺的冲突也症结复杂，但它却有一个确切的"结"点，即小蔺当年随父之戏班下乡演出时的那次遭遇——那是一个青年朴素的正义感的被戏弄，是一个涉世未深的年轻人（大学生）的道德感的被玷污。所以，这个表面上写父子冲突的作品，实质上写的是青年的理想湮灭。这湮灭，让人心痛。但更让人心痛的，却是作品结尾所呈现的青年对这湮灭的接受与认同，乃至安之若素、甘之如饴。

南飞雁的小说隐含着讽刺。同样具有这种讽刺意味的是丁威的《洗澡》——原本忠厚本分的下岗工人老张，也经历了人生的挫败，只是衰年之败象较于青年之败，显然更有着不可承受之重，我们不能不感到惶然和悲怆。作家也展示了一个失败小人物究竟是如何处置自己失败的人生的。这，其实也是上述这两部作品共同的主题。

如果把“关注世道人心”归结为上述两部作品共同的精神取向，那么李知展的《碧色泪》、赵大河的《大立柜》、陈宏伟的《细浪》，也让人联想到这点。这三部作品中，前二者是乡村题材。李知展，曾用笔名寒郁，他的小说一直有一种让人印象深刻的道德焦虑。时代的发展，社会的转型，带来了乡村的巨变。李知展也好，赵大河也好，陈宏伟也好，他们都似乎在寻找着“变”中的一种“不变”，并以一种执拗的姿态，守护着这“不变”背后的人性理想。这也让他们的创作在现实主义的表面之下更彰显出一种浪漫主义的气息。不过，这种精神姿态的孤绝和激愤，有时也会带来艺术上的困境，比如如何恰当处理虚构和现实的关系，等等。相对而言，郑在欢和智啊威的处理方式则更为“狡黠”一些。无论是《还记得那个故事吗?》，还是《安魂》，它们都一定程度上借鉴和使用了现代主义的技法，将沉重的现实进行一种语言和技术性的“再处理”，从而使之与我们拉开了一定的距离。

现实本就如此，艺术却有着不同的表现这现实的方式，然而万变不离其宗，所有的艺术都源于作家的生活。维摩的《细腰》、王文鹏的《狮子座流星雨》、王清海的《石凉粉》，都突出地展现着作者本人的生活印记。维摩笔下青春成长的伤痛，以及于这成长伤痛中所显现的时代生活的混沌与残忍，都在那个青梅竹马的女子让人心痛的堕落中尽显无疑。与维摩的青春颓唐气息不同，王文鹏的作品勾勒的是老成持重的人生（警察的生活），但他的叙述却一点儿都不老成持重，那让人忍俊不禁的对话和叙述，闪展腾挪的情节构思，都显出一种难得的沉稳、从容。维摩和王文鹏的作品，语言上有一种快意的轻喜剧风格，相对而言，王清海的语言则较为深情，他在更广阔的时空里向我们呈现了一个比较复杂的故事：父子冲突、家世悬疑、戏与人生……这一切，又以一碗“石凉粉”串联勾连，共同展现出一个家庭两代人由乡入城的迁徙。与上述几部作品都不同的，是吕刚要的《苏明杰汽车的内涵与外延》。它触及的是一个据说近年来稍有些敏感的题材——这也是河南作家和河南文学一直最擅长的题材之一。这个题材领域的人生命运、悲欢故事，是非有对此种生活的深度浸入而无法攫取其精华的，吕刚要的作品显现出他在这方面的实力和潜力。

上面述及的这些作品，大致可以用以下几组相互关联的关键词来概括：父与子、城与乡、理想与现实。而在这几组词语的对峙中，我们看到更多的仍然是：挫折，失落，逃离。正如牛红丽的《我的新欢叫子戎》所展示给我们的，那少女成长的病痛和哀伤，初恋的心疼与父亲的病亡，这一切的一切，都和那个魔法变出的月亮有关，只是变出那枚月亮的让“我”一直牵肠挂肚的“魔法师”，却已永逝不见。

毋庸讳言，上述作品最突出的，也是它们共同的精神特征，即它们的批判性。然而，批判并不是面对社会、历史和现实的唯一方式。在赵文辉的《小菜一碟》中，那对含辛茹苦开餐馆却一着不慎被坑倒闭的夫妻，他们于失败中更加彰显出的自尊、自爱和自强，让我们看到了面对失败的另外一种生命态度。这种态度，显然是作者所赋予他们的，然而却没有任何斧凿的、强加的痕迹，这不能不说与作者的真诚，尤其是对于特定生活中那些和他一直水乳与共的生命的深切体察有关。吴晓的《住在阁楼里的女人》也是一个于辛酸中饱含暖意的作品，出身农家的何晓楠和做保洁的男友在陌生的南方相依为命，昼夜颠倒和聚少离多的艰辛生活，并没有销蚀和瓦解他们来之不易的爱情和对未来的希望，男友做工时捡来的油画，仍然让这个“住在阁楼里的女人”体味到了甜蜜和幸福。

阅读上述这些人生故事，心里时常涌起一种难言的酸楚和感动。掩卷之余，也每每为这些新时代的写作者感到欣慰——他们用他们手中的笔，真诚地记录了时代。就像上述作品所写到的，今天的小人物群体，已经不再是当年“底层文学”塑造的形象，在南飞雁、吴晓、维摩等作者笔下，这个群体已多有高校毕业的大学生……文学来源于生活，来源于在生活中摸爬滚打着的这些写作者，特别是青年写作者。在纯文学边缘化如斯、黯淡如斯的当下，他们因缘际会结缘文学，并在微薄的回报中坚持着自己的理想和选择，这本身就是时代特有的人生故事之一种。

当代文学已然走过了它的黄金时代。和“50后”“60后”甚至“70后”作家相比，“80后”“90后”“00后”从事纯文学写作的处境显然更为坎坷和艰辛。但纯文学之“纯”，并不只是一种文学创作方式和存在形式，在这一切的背后，更蕴含着一种真诚的人生态度，一种探索生命固有疑难、抵达灵魂最初眺望的冲动。生命不息，冲动不止，纯文学应该也会不灭。祝福所有努力生活、真诚书写的写作者！

2022年2月18日

于郑州盛和苑寓所

（李勇，郑州大学文学院教授、博士生导师，二月河文学艺术研究中心主任，河南省文艺评论家协会副主席。）

目　录

contents

001 / 枪王之王　　南飞雁

032 / 大立柜　　赵大河

049 / 细浪　　陈宏伟

068 / 小菜一碟　　赵文辉

083 / 细腰　　维　摩

096 / 碧色泪　　李知展

118 / 还记得那个故事吗?　　郑在欢

136 / 安魂　　智啊威

168 / 洗澡　　丁　威

188 / 狮子座流星雨　　王文鹏

208 / 我的新欢叫子戎　　牛红丽

227 / 石凉粉　　王清海

243 / 綦毋潜的奇幻漂流　　周　亭

259 / 苹果花飞呀飞　　秦湄毳

281 / 住在阁楼里的女人　　吴　晓

296 / 苏明杰汽车的内涵与外延　　吕刚要

枪王之王

南飞雁

小蔺三个月没有夫妻生活了。头一个月责任在美菡。夫妻生活这事，按理说得两人通力合作，至少也要一人主动，一人配合。但那个月小蔺主动性不够，美菡配合度也不足，连个半推半就都没有。这让小蔺很不悦。小蔺不主动是因为失业，可以理解，而美菡不配合的理由就很牵强，只是说忙——以前她也总说忙，可也没影响到夫妻生活。待到下个月，小蔺依旧赋闲，美菡倒有了些主动的意思，小蔺当即半推半就，等推倒了要“就”之际，忽然却“就”不得了。眼瞅着美菡眉头皱起，小蔺不免又急又气，本能地先发制人，说你看你，上个月干吗去了？

美菡也是又急又气，说你在家闲了快俩月，明明是闲出来的问题！

小蔺激动在前，美菡说这话的时候，情绪也很激动，蓦地坐直身子，一手掩胸，一手怒指小蔺，像是钟表上九点的两根指针。小蔺本已狼狈，被这一指弄得更是窘愧，却也不能认输，认了输就是认了真有“问题”，只好虚张声势，骂咧咧裹上被子躺下，给美菡一个凉凉的背。冷战到第三个月，两人都觉得再冷下去就彻底冷了，好歹一起生活三四年，就这么冷掉有些可惜。于是小蔺又主动起来，美菡欣欣然半推半就，等她推完待“就”之际，小蔺瞥见她嘴角一抹揶揄的笑，蓦地又“就”不得了。而且此番之后，不管谁来主动，夜夜皆是如此。等到月底，美菡身心都冷了，索性一冷到底，竟断然搬了出去，留下一纸休书，说什么好聚好散，不要破坏各自心中最后一点美好。小蔺看罢休书，只觉肝胆俱废，坐在床头喘半天，给美菡打电话。美菡静静地听他气急败坏，最后一笑说：

你还是先好好治病吧。

小蔺一下子就不吭声了，想摔了手机，又不免心疼。漂在北京好几年，他分文积蓄都没攒起，饭碗已经砸过，手机不能再砸，这两样都是生存必需品。至于美菡，可能连必需品也算不上。其实话说回来，所谓夫妻生活，前提得是夫妻，两人连夫妻都还不是，夫妻生活之说自然名不正言不顺，不要也罢，何况这几年夫妻生活着实过了不少，算起来他也不吃亏。迅速安慰过自己，小蔺又看了看账户，下月房租尚无着落，买张回乡车票倒是绰绰有余。小蔺冷笑着买过票，觉得周身洁白如雪，这才倦极睡下。待到夜半一点，隔壁主卧东北哥带新女友回家，一时间莺莺燕燕风情一片。出租房本是两室一厅，房东巧夺天工，生生多造了一间房出来，租给小蔺；因为是生造，用料也不考究，隔音就差，又紧挨主卧，隔壁动静犹在耳畔，小蔺想不听都难。搁在以往，小蔺和美菡要么一笑了之，要么应和一局，可如今美菡走了，小蔺孤掌难鸣，不由得怒不可遏，捶墙大骂起来。东北哥那边诸事已毕正待入港，当然也是暴跳如雷，两下里叫骂不休，差点打将起来，幸好另一卧室的考研小情侣披衣出门，红着脸拦住两人，强忍笑好一阵劝，总算劝开了。小蔺气鼓鼓复又躺下，却再睡不着，翻江倒海全是心事。直到坐上火车，小蔺仍旧两眼灼灼似贼，看谁都像是东北哥和他那个脸大无当的新女友。

一路无话。车至省城，天刚过午，日头正旺，炫得小蔺一阵恍惚，好半天才看清身在何处。小蔺家在南郊，店在市里，车站在城东，距离尚远，却好像甫一出站，就已闻见店里凛冽的生羊味道。店不大，只够摆出三五张桌，人多时门口方丈之地也得用上，门头也老，一块“老蔺烧烤”的牌子自从挂起就没换过。小蔺到时，老蔺正端坐在门口砸炭料，用的手锤更老，手柄都盘出了包浆。但见老蔺怡然自乐，已在戏中，唱道：

来了我吃酒嫖风及时雨
吃酒嫖风数第一

忽又见老蔺脸色愠怒，愤愤然手起锤下，又唱道：

可那一日我到北楼去
婆惜她竟给我翻脸皮

老蔺神情移换，锤击合着锣鼓点，一板一眼再唱道：

俺二人北楼曾击掌
谁不见谁有志气
这几日来不曾上北楼去
我却又拿起东来忘了西

老蔺一声叹息，锤落下去，砸得炭屑横飞，感慨间唱出最后一句：

哎呀，拿起东来又忘了西

老蔺唱罢，小蔺母亲提刀过来，埋怨道，一段粉戏唱个没够，老戏早就改新编了，宋公明可不是吃酒嫖风——先把刀磨磨。

老蔺赧颜便笑，说坐楼杀惜，没这个还真不行。

小蔺母亲笑道，那招文袋呢？去哪儿给你踅摸一个？

老蔺接过刀，却愕然站起，显然是看见了小蔺。不等父子俩开口，小蔺母亲早叫起来，开口就问，美菡呢？她怎么没来？小蔺心里一酸，又想起那封休书，敷衍说她家里有事，这次来不了。小蔺说着谎话，目光里全是慌张。小蔺母亲还想再问，老蔺已是满脸的笑，说儿子回来了，赶紧弄点儿吃的去，这次来不了，下次再说嘛。

小蔺母亲满腹心事去了后厨，门口只剩老蔺父子。老蔺招呼小蔺坐下，也不再说话，只是默默看着儿子。老蔺发了福，肚子上像扣了口锅，所以他看小蔺，等于看缩水的自己。只看上一眼，就看出来问题。小蔺北漂日久，回来次数有限，既然是有限，就一定有问题。老蔺当然想把问题搞清楚，可小蔺满脸不耐烦，分明是不愿让他搞清楚。蔺家父子交手多年，老蔺战绩不佳，复起盘来还是小蔺占上风。老戏都可以新编，粉词都可以净化，宋江都能从嫖客改成好汉，偏偏自家儿子改也改不得，问也问不得。老蔺凝视儿子良久，总算憋出来一句，北京天热吧？

小蔺闷声道，也不太热。

那你是等打了烊一起回，还是先回家？见小蔺不语，老蔺又说，准备待几天？

老蔺一直跟小蔺明争暗斗，实践中慢慢也有了套路，一旦正面强攻无效，便迂回包抄。像老蔺刚才这句，就问得很有策略。小蔺冷不丁回家来，可谓反常，事出反常必有妖，老蔺不傻，深知此妖不是感情问题，就是经济问题。不管是何问题，如果待上几天就走，那问题就不大，反之就麻烦了。老蔺问毕，故作镇定地看着小蔺。不料小蔺早断定必有此问，也懒得再绕圈子，索性张口就亮出了底牌，说，北京混不下去了，想看看家里有没有机会。

老蔺一脸发自肺腑的欣慰，连连点头说有，肯定有，好歹是个本科生，还能找不到个饭碗？慢慢找，机会多得是，是吧？

小蔺说，再不济，也能跟你烤肉，是吧？

你还差得远，老蔺笑起来，说你以为谁都能干这个？自打咱家店火了，多少家来蹭咱的名头？不是吹牛，谁都烤不过咱。

小蔺酸酸一笑，忽然之间有些可怜老蔺。老蔺年近六旬，脸上都有老年斑了，能吹牛的地方并不多。小蔺算一个，烤肉也算一个，唱戏只能算半个，因为没干到头，老蔺认为亏吃在没文化。老蔺吃了亏，就铆足劲供小蔺念书，高二那年文理分班，他非要小蔺学文，小蔺本来还拿不定主意，见老蔺坚持，就本能地非要学理，不是他不爱文科，只因为从小跟老蔺对着干，习惯了。小蔺母亲破天荒没听老蔺的，老蔺急了，小蔺母亲却更急，说学文容易犯错误，小蔺姥爷的教训还不够深刻吗？老蔺半天无语，总算不再坚持。小蔺学理本就是跟老蔺置气，学了一学期，学得头破血流，实在坚持不下去，老蔺及时调整策略，天天加油鼓劲，劝儿子坚持到底就是胜利。小蔺到底还是年轻，上了当，老蔺让他学理，他就死活要拐回头去学文，老蔺一边痛心疾首，一边痛痛快快办了转班手续，这也是他为数不多的成功战例。老蔺常拿这个安慰自己，虽然儿子十有八九不听话，但人生大方向还是按老子的规划来的，大节已有，小节就不用太计较了。

小蔺母亲端了碗面过来，笑盈盈地递给小蔺，面里照例卧了蛋。小蔺抄起筷子，尖头捅破鸡蛋，一股熟悉的油黄淌开，稠得沉在汤底。老蔺向老伴点点头，两人朝店里去了。小蔺一夜不眠，早上也没吃东西，又知道老蔺一心欢喜要讲，便埋头吃起来。等一碗面吃尽，小蔺送碗筷到后厨，蓦地看见老蔺夫妇站在水池边，老两口都在偷偷哭，一见儿子又都绽开笑。小蔺母亲红着眼接过碗筷，问小蔺吃饱没有？店里有张行军床，你先眯会儿，上座的时候叫你。小蔺点头转身之际，只觉眼里一涩，竟也有了泪意。

行军床塞在冷柜后边，藏得像个通缉犯，小蔺挪开层层叠叠的物件，这才得见本尊。床已用过多年，饱蘸店里生熟羊肉氤氲，小蔺躺在上面，像是躺在羊肉堆里，左手边是羊肉，右手边也是羊肉，还有一大块冻得结结实实，压在胸口。小蔺很快就睡着了。他又看见了美菡，以及她嘴角那抹揶揄的笑。那笑容忽近忽远，渐渐铺陈开来，又红又软，像极了刚刚解冻，还滴着水的肉。那肉忽而就熟了，香气四溢，滋啦啦滴着油，小蔺兴冲冲咬在口里，却又成了冰冷的一坨膻臊。

等小蔺醒来，头茬客人已到。老蔺烧烤只在晚上营业，有前后两场，前场是正经晚饭，开始得早，后一场是消夜。蔺家店面小，人手少，只有老蔺两口，正餐忙不过来，消夜是主业。六七点钟陆续上座，九点前后食客最多，又以中年男人为主。这也正常。店里招牌是烤羊枪，太小或太老的都用不着吃这个。来人大多咋咋呼呼，仿佛嗓门越大，阳气就越旺，纯属来凑个热闹，并不太在意效果。小蔺被这喧闹弄醒，惺忪着睡眼看去，着实吓了一跳。他这几年春节才回家，待不上几天就想美菡，等不到初九开业就火急火燎走了，全然不知自家生意会如此红火。一茬茬客人就像地里长出来的，眨眼间郁郁葱葱，长满店里店外。老蔺里外穿梭，大声重复某桌羊枪多少，枪头多少，枪蛋多少，还有枪皮蛋皮枪宝枪裤，一根公羊生殖器连同附属物，没有一个零件浪费掉。小蔺看着老蔺跟各色食客打招呼，你来我往亲密无间，再搭配上几句恰到好处的黄段子，惹得哄笑声波浪般此起彼伏，羊和人的荷尔蒙热烈地混杂成团，红尘滚滚，涌动在各处。

这场面，小蔺其实很熟悉。他从小在戏班长大，随老蔺夫妇游走在村社乡间，一辆货车拉开板便是戏台，台上是老蔺领着众人唱戏，台下是四野八荒来的看客，后台是小蔺母亲带小蔺烧锅做饭，守着行头戏箱。看客里戏迷并不多，不过只要台子扎起来，气氛永远是兴高采烈，戏迷兴高采烈地看戏，其他人兴高采烈地嗑瓜子、聊天、吵架，有时还会打将起来，动静比台上都大，却也全然不会影响老蔺们兴高采烈地唱戏，台下台上相得益彰。村戏一般也有两场，中午吃罢饭一场，叫晌戏；晚上喝罢汤一场，叫夜场。夜场最热闹。光都在台上，台下漆黑一片，谈恋爱的，带老婆来的，带别人老婆来的，都可以摸黑做些事情。一旦有抓奸的来了，则到了整晚的高潮，场面顿时秩序井然，看客们自发空出场子，任由来者作法，老蔺们也配合着把灯光打过去，台上台下看得津津有味。待抓与被抓的离开，看客们意犹未尽，老蔺给琴师一个眼色，再由小旦来上一段，既是助兴，也是打点：

叫一声宋大爷你消消气
我劝你几句话要记心里
你看那门楼高来门楼低
门楼底下卧家鸡
家鸡打提溜团团转
野鸡扑棱棱满天飞
常言讲要吃还是家常饭
要穿还数粗布衣
家常饭粗布衣，知冷知热结发妻
要的儿不如亲生子
小寡妇不胜大闺女
我的公明大爷呀
我十八九，你四十七
你别看婆惜我长得好
你死后我跟你埋不到一个坟坑里

这套嗑台上台下都极熟，小旦每每唱到此处，看客们便哄然笑起来，总有人接话，大意是跟我埋吧，我比宋江年轻着哩！小旦媚眼一酥，朝那人抛个手绢花团之类，引来更大的动静。那时小蔺还小，缠着母亲问那小旦唱了什么，为何台下那么热闹。小蔺母亲就拿大勺打他一下，又笑起来。等小蔺大了，和美菡看电影时也忍不住动手动脚，摸黑做些事情，想起当年看戏，那场面那唱词都宛在身边，恍然明白原来时代再变，环境再不同，只要是黑灯瞎火的，这种事大概率都少不了。就像老蔺早就不登台了，改行烤羊枪，也需要唱戏般眼观六路，讲讲黄段子活跃气氛，招徕生意。老蔺毕竟当过班主，走过江湖，无非是迎来送往团结大多数，算是专业对口，摆布起来也得心应手。比如客人吃要满意，喝也要满意，老蔺不喝酒，却懂；店虽不大，也摆了好几个泡酒的玻璃罐子，泡物也讲究，有生有猛有虫有草，看上一眼都补壮阳气。老蔺管这叫行头，说咱梨园行讲究“三分唱七分样，三唱不如一亮相”，且不管唱得如何，先靠行头唬住人。不过老蔺到底是野台班子出身，也有不太讲究的地方，正经戏班里看重行头，规矩是“宁穿破不穿错”，他则但图能唬人，错对都无所谓，只要不破就好。这些花絮都是小蔺母亲一边割烤羊枪，一边跟小蔺絮叨的。小蔺听得只想笑，随口说，那罐子里还泡着长虫呢，不就挺讲究的？

弄过一条假的，小蔺母亲斩钉截铁道，你爸去小商品城买了条眼镜蛇，树脂的，也搁罐子里泡，不到三天，颜色泡没了，剩下根塑料棍子。

那酒呢？

你爸不敢让客人喝，倒了又舍不得，自己先试了二两。

后来呢？

去医院洗胃，大夫说他还不如直接喝敌敌畏呢。

小蔺又是忍不住笑，小蔺母亲还想继续，却听见老蔺扯嗓子催后厨上枪。小蔺就笑道，妈你忙，我去。小蔺母亲一愣神，小蔺已经端盘子走了。见他离开，小蔺母亲就很生气，生老蔺的气。刚才她察言观色，觉得儿子已经放松警戒，正想攻其不备问问美菡，老蔺冷不丁一喊，却是给小蔺提了个醒——小心翼翼做好的铺垫，全被老蔺搅了。生完气，小蔺母亲又不免欣慰。小蔺小的时候，耻于父母是唱戏的，唱的还是草台班子粉戏；等大了，又耻于父母是烤肉的，烤的还是羊枪。小蔺一直跟老蔺不对付，说到底还是觉得爹妈拿不出手。这个小蔺不说，老蔺夫妇也心知肚明，自知对不住儿子，从来不曾提过。今天小蔺肯屈尊送羊枪待客，是他平生头一回。思绪及此，小蔺母亲不禁心头一酸，匆忙拿手背揩去眼角的泪。

小蔺端羊枪到前边，老蔺正跟客人说笑，不知讲了什么段子，举座皆欢。老蔺满意地看看小蔺，介绍道，我儿子敬东，在北京发展，准备回来创业。小蔺来不及管理表情，一个白脸戴眼镜的男人笑起来，说创业做什么，眼前这家族生意不就挺好的？年轻人不要舍近求远。小蔺尴尬无话，不知怎么接。老蔺笑起来，说我小学文化，卖羊枪，他好歹是个本科生，怎么着也得进个写字楼，在空调房里上班吧。那人就一本正经说，本科不本科的不重要，去不去空调房也不重要，把空调房里人的钱挣到手，那才叫有本事，像我们辛辛苦苦挣的钱，不都搁你这里换成羊枪了吗？老蔺满脸的笑，给在座的人上烟点火，说不用都搁我这里，我也进不来那么多羊枪啊！天上下的是雨点子，又不下这个。于是店里又是一片愉快的笑声。

小蔺就在这笑声中走出店外，见不远处有个隔离墩，过去坐下，摸出烟，默默抽起来。他着实后悔了，不该送那盘羊枪，不该说在北京混不下去，更不该一回来就到店里。母亲絮絮叨叨拿老蔺开涮，兜了半天圈子，无非还是想问美菡。小蔺当然看得出来，也正因为看出来了，才赶紧找个借口逃走。他实在不想讲，更不想在这个时候讲。刚才被客人吵醒时，小蔺见到美菡的信息，问他在不在家，她有个快递到了。小蔺顿时快活得像只小鸟，恨不能立刻把自己快递过去，又后悔不该跟东北哥置气，说走就走，实在太盲目。想来美菡跟他毕竟三四年，多少也有旧情在，就算眼前过不了夫妻生活，总还能治吧！自家店就是弄这个的，烤羊枪吃一吃，壮阳酒喝一喝，不还是杠杠的？早知道美菡能给这个机会，就算东北哥在隔壁搞出人命来，他都不会去管，还得鼓掌给他助威。小蔺哆嗦着编信息，写了又删，删了又写，用尽平生所学。不料刚想发出去，美菡信息又到，说那快递东北哥已替她收了，还会亲自给她送去，她听说小蔺已退租回乡，祝他今后感情事业都顺利。这信息既冷漠，又客气，又拒人千里，可怜小蔺刚把满腹相思化成文字，本以为打得动铁石心肠，但文字力量毕竟有限，能打动的只是他自己。分手是美菡提的，理由是他有病，这本就是耻辱，那边东北哥热情拆台，还给他拆成了，更是加倍的不堪。这一刀补得又痛又快。小蔺几乎看见了东北哥和大脸女友得意的笑。

不知不觉，烟已抽到头了，指间倏忽一热。小蔺明白希望差不多也到头了。直到吃消夜的人都散了，老蔺夫妇都收拾打烊了，小蔺还坐在隔离墩上。其间那个白脸戴眼镜的经过，好像还打了个招呼，小蔺都忘了有没有站起来，是怎么敷衍的。

小蔺后来才知道，那个白脸戴眼镜的，是省里七厅八处的科长，姓叶。老蔺管他叫老叶。老叶其实并不老，说他老，是因为头发有些少。老叶是店里常客，去年刚生了二胎，又是个儿子。消息传来，老蔺比老叶还开心，母鸡般咯咯叫着宣传，所以往来食客都知道老叶能有这个儿子，蔺家的羊枪功不可没。其实老叶才四十来岁，老叶老婆也才四十出头，两人生出个把儿子并不奇怪，就像嘴角长了颗火疖子，吃不吃药都一样，等熟透自然掉了。不过老蔺并不管这些，既然老叶的确常来吃羊枪，那么生儿子当然就是羊枪的功劳，头发少也是，因为羊枪吃多了，阳气太旺。老蔺一直自诩在宣传文化系统干过，当年带班子行走乡野，广告打的是“三县无双，戏王之王”，如今坐地开张做买卖，广告更不能少，老叶就是本店行走的广告牌。老蔺讲这些时正开着车，眼里放光跟车灯交汇一处，照得前方一片灿烂。

小蔺不由哂笑，说老叶好歹也是个干部，就由着你这么宣传？

老蔺正色道，干部才是讲究人，实事求是，有一说一。

老蔺方向盘一拐下了国道，旁边有条小路，两侧都是树，树不密，车速也不快，车灯打过去像是两面黑灰相间的墙。凌晨五点，夜幕渐浅，离羊肉分割厂还有十来公里。老蔺见小蔺盯着导航，很不以为然，说连着网不费电吗，闭着眼都能开到。小蔺平静地打了个呵欠，说那你就闭眼开，到了喊我，我打个盹。

小蔺眯上眼，脸扭向了一边。老蔺看着前方，无声地一叹。小蔺回来好几天，父子俩一次架都没吵，连小蔺母亲都看不下去了。老蔺表面上不动声色，关起门就唉声叹气，叹是真叹，气也是真气。有一段戏文催人泪下，专讲老蔺心情：

奴才全将良心昧
气得我浑身打战心意灰
我的心意灰
十三年含辛茹苦人长大
羽毛长成你就要飞

小蔺母亲见老蔺置气，于心不忍，劝解说《清风亭》里的张继保是捡来的，咱家敬东是亲生的，气什么气？

老蔺就说，我不是气，我是怕！张继保不孝顺，天打五雷轰死的，敬东整天跟条摔不死的长虫似的，有事也不跟爹妈交底，这是孝顺吗？就不怕老天爷生气吗？他不怕，我怕！我怕老天爷一生气拿雷劈他！

小蔺母亲急得连连呸着跺脚，老蔺越说越激动，手锤砸得炭料粉屑横飞，眼看碎得再不能用。小蔺母亲一阵心疼，刚想开口去拦，老蔺继续道，他俩肯定闹矛盾了，矛盾还不小，估计要完了——看看咱这几年过的什么日子，不都是为了他吗？他有点儿良心吗？

小蔺母亲闻声眼神一暗，默默垂头不语。这正是老蔺夫妇的心事。十年前小蔺考到省城读二本，老蔺当即携妻尾随而来，来也来得彻底，县城的房子都卖了，只等着小蔺毕业，一家人落户在省城，从此蔺家也算改换门庭，当了省城人。不料小蔺毕了业一心要北漂，老蔺夫妇苦劝不得，只好随他漂去。后来小蔺跟美菡漂在一起，老蔺闻讯立即携妻赴京，专程考察美菡，虽然不甚满意，但更多的是惭愧，总觉得尚未婚配，人家姑娘就跟儿子搭伙住了，住的还是地下室。地下室见不得光，蔺家二老的颜面也无光。老蔺心比天高，竟还想有生之年再努把力，继续尾随儿子进京，当北京人。暗地里打听了一下房价，吓得他再不敢有此念头。小蔺那时工作也顺心，和美菡也融洽，根本没往长远处想过，只觉得老蔺夫妇一来，影响了他和美菡亲热，催着二老赶紧回去。回省城的火车上，老蔺一路唉声叹气，小蔺母亲以为是儿子催得急，伤了老蔺一颗热心，劝他别跟孩子计较，不料老蔺忽而垂泪，说自古至今天经地义，当爹的置地盖房子，就是给儿子娶媳妇，眼下得卖多少串羊枪，才够儿子不住地窖呢？小蔺母亲接不上话，老两口谁都不再言语。等回到家，小蔺母亲勒令老蔺戒了烟，吃喝用度全都砍半，一切能省则省，挣的钱存上，省的钱也存上。老蔺想换辆进货的车，念叨了好久，预算一压再压，最后小蔺母亲拍板买了辆二手昌河，缝缝补补一直开到去年，修车师傅一见老蔺来就躲，小蔺母亲这才又拍板，给老蔺换了辆不知几手的五菱。

省城做烧烤生意的多如牛毛，不是每家都直接到羊肉分割厂进货。老蔺天天四点起床，五点赶到，图的就是个便宜新鲜，主要还是便宜。老蔺带小蔺进货，本意让他忆苦思甜，进而能反思，再进而能悔改，以免老天爷不开心了要打雷。小蔺母亲则有些不同意见，一是儿子根本起不来，二是就算去了，指望突击培训能让他焕然一新，可能性太低。谁知老蔺躲躲闪闪地一提，小蔺痛痛快快就答应了，早上还是他叫醒的老蔺。老蔺反倒有些蒙，觉得小蔺此举太反常，事出反常必有妖，这妖多半还是美菡。出门前，小蔺母亲明确指示老蔺，此番务必问出个子丑寅卯，又不是便衣警察抓特务，一家人不能天天这么打哑谜。小蔺上了车，也不跟老蔺说话，一路上垂头摆弄手机。老蔺搜肠刮肚，把能聊的话题讲了个遍，连老叶都搬出来用了，小蔺却惜字如金，只回他寥寥几句，愁得老蔺神色慌乱，屁股底下的老五菱跟他心有灵犀，连熄了好几次火。老蔺一时技穷，唯有把车里喇叭开得震天响，放的是戏，想给小蔺一番灵魂洗礼：

吃饱哄你入了睡
俺去到磨坊把磨推
推磨推到三更后
恁娘她瘫软我的眼发黑
她为我擦去头上汗
我给恁娘把背捶
恁娘她问我累不累

我说道为儿愿把老命赔，老命赔

这戏名为《清风亭》，讲的是卖豆腐的张元秀夫妇无儿无女，含辛茹苦养大了弃儿张继保，张继保却跟着有权有势的亲爹跑了。张继保后来得中状元，忘恩负义不肯认张元秀，最终惹怒了老天爷，被雷劈死在清风亭上，故而又名《天雷报》。戏是老戏，当年老蔺唱过，蔺家班除了粉戏，正经戏也能唱的，这出是为数不多的一个。小蔺不但听过，还当龙套演过，那是十年前的事。大一暑假，小蔺在家闲得无聊，正好老蔺要带班下乡，他就跟着去了，权当是消磨时间。那时戏班已经难以为继，人也拢不齐整，来的都知道差不多是最后一回，所以情绪都有些悲壮。戏班走乡过村一个多月，没唱上几场，小蔺母亲兼着会计出纳，算来算去连汽油住宿都不太够，老蔺心灰意冷，打算就地解散拉倒。这天正准备着散伙饭，一崔姓老汉来找，张口就包下三天六台戏，点名要唱《天雷报》，而且要一天一演，连唱三天。老蔺等面面相觑，都觉得这老汉不是疯了就是傻了。乡村戏班的核心业务是红事、白事和寿宴，《天雷报》讲不孝子遭雷劈，办喜事的新婚夫妇不会点，办白事的孝子贤孙也不会点，办寿宴的老寿星更不会拿这个砸自己场子，日子一久别说戏迷听得少，连老蔺等都几乎忘了戏本。但不管怎样，生意接了，就得唱。老蔺组织大家连夜开会，群策群力回忆戏词，众人中小蔺文化水平最高，是个大学生，当仁不让地被推举做了记录员。众人七嘴八舌讨论 夜，争到激动处陈谷子烂芝麻的事都摆上台面，差点打将起来，总算把《捡子》《养子》《舍子》《认子》等折脑补了个七七八八，小蔺听得几乎要睡着，稀里糊涂记了一大本。老蔺看过记录，顿时热泪盈眶，感慨着后继有人，众人传阅一遍，也都赞扬小蔺笔头好，不愧是个大学生。戏本有了，人手又不够。就拿乐队来说，所谓“一鼓二锣三弦手，梆子手铙共八口”，老蔺连八人小乐队都凑不齐，更别提整台大戏。实在无奈，老蔺斗胆找儿子商量，想让他跑龙套当个状元的随从。小蔺见老蔺有求于己，本能地死活不干。老蔺拉上小蔺母亲，伙同众人一起劝，逼得小蔺走投无路，只好就范。

大戏三天，每天夜场都是《天雷报》。出事是在第二天。那天刚唱到第三折《舍子》，也就是张继保要跟亲爹走，张元秀痛不欲生，“十三年”那一大段唱。老蔺刚一开口，台下就乱了，七八个大汉冲进场来，驱赶看客们散开。夜场历来是故事大会，出什么意外都正常，看客们一边哄笑，一边不肯远去，欣欣然等着看热闹。崔老汉就在台下，一根拐杖抡得虎虎生威，大汉们靠近不得，为首的只好赔笑说，崔叔，老三好歹是个人物，你弄这一出算啥嘞？崔老汉只是冷笑，说我不跟梁子你讲话，让老三来。梁子说老三去省城谈生意咧，家里的事，他交代我来办。崔老汉大怒，说俺家的事用你办？便再不说话，抡起拐杖就打。梁子一脸无奈的笑，也不敢还手，被撵得满场飞奔。

夜深时人都散尽，老蔺再次组织大家连夜开会，讨论明天还唱不唱，众人争到激动处，又是陈芝麻烂谷子的事都摆上台面，差点打将起来。小蔺冷眼在旁瞧着，觉得根本没什么好争的，想要钱就接着唱，怕挨打就退钱走人，多简单的事情，至于这么争来争去，好像忠孝仁义全在他们这帮唱戏的手里。那晚老蔺很亢奋，坚持要继续演，不过不是为了钱。老蔺一脚踩在桌上，单腿独立，两手挥舞，大声说，咱梨园行百年千年了，祖师爷为啥创咱这行？教化百姓，不光是读圣贤书，咱这一出出戏，老百姓看了就知道，什么是英雄豪杰明君义士，什么是无道昏君乱臣贼子，做什么是光宗耀祖，做什么得遭雷劈！那个崔老三，上不养老下不养小，人家崔老汉没办法了，拿咱的戏教化儿子呢！咱能不唱吗？人都说戏子那什么，咱不能再给自己抹黑！

老蔺这话一讲，端的是祖师爷附体，大家面面相觑，就都没法吭声了。崔家老三就是这时候来的。从来到走，也就几分钟，扔给老蔺两万块钱，让他连夜带人滚蛋。老蔺接住钱，客客气气送走崔老三，又叫来小蔺母亲，细细算过账，当下就给众人分钱，果真是连夜就撤了。众人得钱在手，一个个喜出望外，刚才的争论好像根本不存在；不但争论不存在，连老蔺被祖师爷附体，夜场时崔老汉跟人抡拐杖，甚至崔老汉本人都统统不存在。明月高悬，星子暗淡，众人坐在车上笑逐颜开，喧笑声怕是要捅破了天。小蔺从头到尾看在眼里，止不住地冷笑。老蔺等只顾开心，没人当他是大学生，都当他只是孩子。次日午时三刻，戏班全体吃罢散伙饭，按老规矩祭拜过牌位，欢天喜地把一身能耐还给了祖师爷，再扯下车上“三县无双，戏王之王”的广告，分了行头留念，从此世间已无蔺家班。

回家路上又经过那村，村头土戏台上下空空荡荡，却有喇叭声浪奔涌，分明是台大戏的动静。众人都愣了，小蔺忽然叫车停住，跳下车直奔而去。走近了才看清，原来是那崔老汉端坐台上正中，手拄拐杖，两目洞然，身旁放着大喇叭。小蔺悚然一惊。但听见喇叭里老生唱得极是苍凉：

十三年冬夏只有一条被
十三年淡酒未敢喝一杯
十三年我衣不遮体人变鬼
十三年俺骨瘦如柴奴才肥
十三年受了多少罪
十三年希望全化伤悲
十三年做了一场梦
梦醒心头血刀锥
苦命人心血淘尽全白费
如今后悔呀我能怨谁，能怨谁

小蔺呆立于空场中，霎时间泪如雨下。他生在戏班，在戏班长大，听了十几年的戏，今天才听明白戏里到底讲了什么。可他越是明白，越是觉得惭愧，不但他自己惭愧，也替老蔺惭愧。小蔺真想问问老蔺，既然知道什么是明君义士，什么是乱臣贼子，怎么就能连夜走掉呢？怎么就能唱归唱、做归做呢？

他以前觉得老蔺拿不出手，是因为老蔺带班唱戏，粉戏唱得多，正经戏唱得少，同学们没少拿这个开他玩笑，如今总算见老蔺祖师爷附体了一回，却还不如不附体，本来倒掉的只是老蔺，这回算是连祖师爷一起倒了。那年暑假，小蔺在家度日如年，早早回了学校，国庆长假没回家，寒假拖到腊月二十九才离校。按他的计划，大二暑假也不打算回去。不过老蔺做事剑走偏锋，小蔺不肯回，并不代表老蔺就认了。老蔺一脚踩在桌上，单腿独立，两手挥舞，大声跟小蔺母亲说，好容易养大个儿子，他想不回来就不回，这不赔本了吗？“苦命人心血淘尽全白费”，咱不能当那苦命的人。于是春节刚过，老蔺就主动打上门来，半年时间看房、卖房、买房，果断置业于省城南郊，从此再用不着小蔺回县城，还得给老蔺帮忙装修搬家。老蔺只管尾随小蔺，不做“苦命人”，却从不去想儿子为何不愿回家。眼下老蔺还想拿“十三年”给小蔺洗脑，殊不知梆子一响，板胡一拉，小蔺眼前就出现了崔老汉，一人一台一椅一拐，孤零零好似一座死火山。不过小蔺这番心思，老蔺当然不知道。见儿子沉默听戏，老蔺还以为洗脑有效，不由得暗中感激祖师爷，觉得总算是触及了儿子的灵魂。老蔺故意放慢车速，恨不能把那戏文刻进小蔺脑子里。

不多时已到羊肉分割厂，老蔺一路昂首阔步，带小蔺进了车间。车间内冷气袭人，一只只羊去过头蹄，拥挤地排排吊起，放眼望去密密麻麻全是肉体。老蔺仿佛跟老友们见面寒暄，不时上前抓起羊枪掂量一二，扭头冲小蔺说，二两左右口感最好，大了沾火就硬，不行，小了太嫩，架不住火力，也不好。

附近几个工人正在操练，快刀所及之处皮开肉绽，肚腹中各种下水流进盆里，团团白气噗地喷出又消散，像是冬天的哈气，又猛烈，又短暂。小蔺有些目眩。老蔺异常兴奋，说敬东你来摸摸看，挑羊枪要上手，咱梨园行讲究“投师不如访友，访友不如经手”，你也来经经手。小蔺下意识地一退，连连摇头。他这一退，老蔺就笑了，旁边核算员也笑了，说老蔺你也是的，人家是念书的孩子，不是咱这买卖的！说完又冲着小蔺，说少爷你别嫌这东西腥膻腌臜，人间世没比这更干净的东西了。

小蔺到底待不住，脸也红了，不知是冻得还是羞愧，胡乱朝老蔺和核算员晃晃头，转身就走了。老蔺也不留他，拉着核算员继续经手验货。车间外是一片空地，晨雾中几辆卡车停着，车上满满当当都是羊，司机们聚在一处抽烟，羊在沉默，人也在沉默。小蔺把兜摸了个遍，发现烟没带。等走近了，他才看见人群中还有两只羊，一公一母，公羊小而母羊大，公羊正奋起前蹄搭在母羊背上，母羊也正奋起后蹄抵挡，蹬得公羊直趔趄。不多时二羊云收雨住，司机们终于哄然笑了，公羊主人得意扬扬，母羊主人愿赌服输，笑着塞给他两盒烟。小蔺问人讨了一根烟抽上，看着那公羊一瘸一拐被主人牵走，不知不觉脸上也是笑，笑着笑着眼里就模糊了，忙摘下眼镜揉了揉，这一揉倒更看不清楚了。小蔺感觉自己连它也不如，它死到临头还能再快活一回，他却不能，而且不是不想，是真的不能。看来这真是报应了，老蔺烤什么不好，非烤羊枪，就不能给儿子积点德。转而又一想，这似乎也怨不得老蔺。家里烤羊枪不是一天两天了，小蔺这问题是才刚有的事，从来鬼神怕恶人，就像刚才那公羊，比母羊小了一号，仗着凶悍不也能得遂所愿，羊尚如此，更何况人呢？他能读大学，能北漂，漂不下去还有个回头落脚之处，这不都是靠老蔺烤羊枪吗？

小蔺不知站了多久，老蔺抱着泡沫箱子过来，兴冲冲招呼他回家，他这才意识到小腿都酸了。回程时天光已起，来时的路也显得宽了许多，老蔺依旧喋喋不休，说累了就放戏，放的当然还是《天雷报》，小蔺当然还是一句也听不进，脑子里忽而是那公羊母羊，忽而是东北哥，忽而是考研小情侣，忽而又是美菡。等到了店门外，老蔺刚把车停稳，小蔺已经想明白了，蓦地睁眼开口，说，爸，教教我烤羊枪吧。

其实老蔺烧烤名头虽大，生意虽红火，功劳一多半却不在老蔺，而在小蔺母亲，这是老蔺自己说的。小蔺母亲姓马，马家祖上做过牛羊肉生意，小蔺姥爷识文断字，不爱卖肉，爱写写画画，后来果然犯了错误，只好又去卖肉。所谓家学渊源，小蔺母亲是有家传的。省城做羊枪生意的多了，失之于粗放，不似蔺家精细。小蔺母亲这样的高手做羊枪，不叫做，叫办。领导办公，职员办事，官差办案，蔺母办枪。一套羊枪在她手里，不再只是羊枪，还有枪头枪蛋、枪皮蛋皮、枪宝枪裤，分得一丝不苟。小蔺母亲办枪时神情肃穆，跟小蔺说，人生在世，唯有吃最不能糊弄，你糊弄它，它就糊弄你，为了让你吃，它们连命都不要了，大小也是一条命啊，得对得起它——你姥爷说的。

既然有这手艺，早干吗去了？小蔺不解，说唱戏又不挣钱，天天风餐露宿的。

老蔺在旁嘻嘻一笑，插话说当年你爹也是个俊小生，绰号“三县戏王”，听的人都说“迷戏王，戏王迷，三出戏勾跑大闺女”，你妈不放心，非要跟着。你爹我老实，坐科学戏，学的是小生，你妈就有见识了，坐科学老旦，平地里长我一辈，开口就是“儿啊，儿啊”。

小蔺母亲也不反驳，笑眯眯看着老蔺小蔺，手中刀法分毫不乱。老蔺夫妇心情好，是因为小蔺最近表现好。在店里干了一个月，小蔺除了闭口不谈美菡，与老蔺天天小吵，定期大吵，总算回归了正常轨道，这让老蔺夫妇很欣慰。老蔺一时兴起，还慨然给小蔺发了工资，说本店自开张至今，从未找过工人帮忙，这是头一回发工钱，算是兴旺发达的好兆头。小蔺对老蔺从不见外，不动声色接了工钱。老蔺见他毫无反应，多少有些失落，刚想说话，小蔺拎了手锤和炭料袋子，出门砸炭料去了。老蔺不由得一叹。小蔺母亲笑了，说你看你，儿子做什么都不如你的意，你还想他怎么样？

老蔺嘟嘟囔囔，说好歹是老板给员工发工资，不管多少，他总得有个意思吧？

小蔺母亲避而不答，却问道，隔壁家的二妞，你是真打算撮合了？

老蔺一愣，随即郑重地点头。小蔺母亲微微唏嘘，也不说话。老蔺就有些心虚，试探着问她怎么想，是不是怕儿子吃亏。小蔺母亲停下刀，呆了好半天才说，这种事，吃亏的不都是女的吗？老蔺苦笑道，她想吃亏，也得看咱儿子呢！小蔺母亲闻声怔住了，脸上冰碴子扑簌簌地掉。老蔺悔得满头大汗，支吾着凑过来，却不知怎么张嘴哄老婆。小蔺母亲低声说，让你备的那些东西，备上了吧？

老蔺烧烤隔壁是烩面刘，论年头比老蔺家还要早，生意一直不温不火。自从老蔺开张烤羊枪，烩面刘的买卖就好了，原因也很简单，羊枪花样再多，却当不得饭，想吃饱总差点意思，正好点个烩面攒底。刘家也是夫妻店，老刘夫妇要小几岁，人前人后都尊称老蔺一声大哥。刘家二妞去年专科毕业，找不着工作，一直在店里帮忙。老蔺怕儿子吃亏，说的是二妞腿脚不好，走路一瘸一拐，据说是从小落下的毛病，如果不走动，还算个水灵丫头，至少不差于美菡。老蔺思绪及此，顿时来了灵感，忍不住跟老刘勾兑一番，都是茅塞顿开。再到夜半时分消夜开场，蔺家食客要烩面，刘家食客要羊枪，两方家长就撺掇孩子去送，送过几次，小蔺就搞明白人物关系了，有些哭笑不得。他眼里的二妞宛如一碗烩面，白瓷大碗，汤水丰盈，面筋肉烂，能顶饥能发汗，可他从小吃到大，总感觉缺乏点新意。何况他刚吃过美菡的亏，就算有坑要填上，也不能只填上而已，得填得漂亮才行，二妞显然还不能胜任。老蔺再让小蔺送枪，小蔺就有些抗拒，一脸的不情愿。不过小蔺不积极，不代表一妞就不主动，或者说小蔺越不积极，二妞就越主动，一开始还只是送面取碗时打个招呼，慢慢话就多了。小蔺毕竟失恋日久，画的饼尚能充饥，何况二妞这饼实实在在，天天在他眼前晃悠。等领到第二个月工资，小蔺就没那么不情愿了。二妞来得更勤，她大专学护理，会推拿按摩，常给小蔺母亲揉肩膀，揉得小蔺母亲心花怒放，她也心花怒放。但即便如此，老蔺夫妇也没敢跟儿子提撮合的事。倒是老刘两口有些着急，老刘私下里问老蔺态度，老蔺愁眉苦脸，说儿大不由爹，二妞刚二十出头，还小，再让俩孩子处处。说完这些，老蔺又拍胸脯担保，只要小蔺点头，他绝无二话。老刘是老实人，回家如实汇报了情况，二妞母亲只知道唉声叹气，二妞却是一声冷笑，气得连筷子都摔了，埋怨老刘太软弱，不懂给自家闺女争取幸福。老刘被二妞训得灰头土脸，只得第二天又来找，却不想老蔺回老家了。小蔺母亲对老刘说，大兄弟，我是真喜欢二妞，巴不得俩孩子能好上，等他爹回来，就跟孩子把话挑明了。老刘提心吊胆，回家如实汇报了情况，二妞母亲还是唉声叹气，二妞还是连冷笑带摔筷子，训老刘说亲爹也指望不上，幸福还是得自己争取。

老蔺不在，店里只剩小蔺母子，自是忙得一塌糊涂。二妞抱定了自力更生的念头，主动过来帮忙。出事就是在这天晚上。老叶带朋友喝啤酒吃羊枪，半酣时聊起美国选总统，不知怎么惹到邻桌两个汉子，当时就吵起来。小蔺正接电话，忙挂掉了上去劝架，他没有老蔺劝架的本事，劝来劝去，劝得双方真动了手，推搡中小蔺一个趔趄坐在地上，捎带着汤汤水水浇了一身，胳膊也拉了个口子。他这一倒，小蔺母亲不干了，二妞也不干了，两个女人冲上来就砸，生生把两个汉子挤到墙角，连老叶都看不下去。本来都是熟客，好像之前还喝过酒，无非是口舌之争，争的还是八竿子打不着的美国人，犯不着。老叶到底是七厅八处的干部，很快平息了风波，拉着那两个汉子一起赔礼道歉。二妞一瘸一拐取来药箱，给小蔺上药包扎，小蔺从小怕疼，禁不住龇牙咧嘴，二妞急得脸都红了，眼角还挂着星星点点的光。

我请你吃个饭吧。小蔺忍痛一笑，对二妞说，反正也快打烊了，也没什么事。

那天晚上，小蔺和二妞都没有回家。据小蔺说，两人先吃了饭，又去看了通宵电影，二妞对此不置可否，只是低头笑。第二天老蔺就回来了，一到店里就被小蔺母亲拉到一旁，好一阵低声嘀咕。大概老家的事情办得顺利，老蔺一身的喜气洋洋，当下就把儿子叫来，问他跟二妞的情况。小蔺平静一笑，说挺好，先处着再说。老蔺盯着小蔺，说真的挺好？小蔺点头，说挺好，真的挺好。小蔺母亲拿出老旦训小生的派头，说问什么问，孩子的事，孩子说好就是好。又扯长了声音，冲隔壁嚷道二妞啊，来给婶子揉揉，这肩膀又酸了。

小蔺说挺好，其实也没撒谎。算上之前跟美菡那不成功的三个月，小蔺差不多半年没那个了，一开始的确有些紧张，二妞好像比他还紧张。事毕，小蔺觉得周身洁白如雪，连胳膊上的口子也不疼了。旁边二妞已经睡着，电视屏的光打过来，她像只天蓝色的小鼠，怯生生蜷缩着躺在那里，全无动手砸人的豪迈。小蔺看着她，想起她砸人之前的那个电话。电话是美菡打的，语气很冷淡，小蔺这才知道老蔺不是回了老家，是去了北京。老蔺找到美菡，客客气气求她跟小蔺和好，还拿出存折和两本房产证，说其中一本是给他俩准备的婚房。美菡说着话，忍不住夹进冷笑。这一说一笑间，小蔺仿佛看见老蔺坐上夜班火车，怀里抱着证明自家儿子分量的宝贝；仿佛看见老蔺毕恭毕敬呈上房产证，卑微地暗示蔺家也算有产业的；仿佛看见老蔺两眼期待，躲躲闪闪地看着美菡。小蔺渐渐什么都听不见了，只有眼前的老叶们一边吃羊枪喝啤酒，一边研究海那边的美国人选总统。不过，美菡的最后几句他还是听清楚了。美菡咯咯一笑，说：

哎，你知道的呢，我这人说话有些毒舌，我见你爸怎么都不肯走，就告诉他，你儿子不行，还是先回去给他治治吧。

说到这里，美菡顿了顿，又是咯咯一笑，说：

哎，你爸还蛮绅士呢，我看他脸都僵住了，还没忘去吧台买了单呢，替我谢谢他。

这时老叶跟邻桌汉子已经戗了起来。从头到尾，小蔺没跟美菡说一句话，也不打算再说，匆忙挂了电话上去劝架，他也不知道怎么劝的，反正劝着劝着就被推在地上……

烟已经到头了。小蔺摁灭了烟，又看着二妞，想起她冲过去砸人之际，似乎也没那么瘸的。小蔺被突如其来的倦意罩住，一下子就睡着了。不但睡着了，还做了个梦。他一个人站在大马路上，身边全是活蹦乱跳的羊，严丝合缝围着他，弄得他寸步难行。天空忽而下雨忽而下雪，下到最后居然是铺天盖地的羊枪。

小蔺三个月没有夫妻生活了。责任在二妞，不过归根结底，还在小蔺自己。二妞学护理专业，也算学医的，知识越多越反动，严禁孕前期跟小蔺同房。小蔺心中默念，这刚恢复不到俩月，就得叫停了，真是人算不如天算，不过好在马上就是春节，除夕一过，就满三个月了，正是新春新气象。其实最近小蔺很忙，店里家里都在装修，店里装修是鸟枪换炮，家里装修是收拾新房。老蔺烧烤自开张至今，连桌椅炉灶都没换过，这回装修着实下了血本，小蔺跟老蔺吵得跟仇人一般。蔺家分工是父子负责吵架，小蔺母亲负责干活儿，她天天监工装修，还得天天调解父子矛盾，最后威胁要撂挑子，老蔺小蔺才暂时握手言和。到了定招牌的时候，父子又吵起来，老蔺主张沿用旧名，理由是多年的老字号，换了不好；小蔺却连连摇头，说他早想好了新名，就叫“枪王之王”，是从当年蔺家班“三县无双，戏王之王”来的灵感。老蔺听得啼笑皆非，却也是心头一乐，说干脆再加上一句，叫“省城无双，枪王之王”，合辙押韵，这才有咱梨园行的本色。老蔺小蔺兴冲冲去工商局办手续，人家也是啼笑皆非，说烧烤店哪有用八个字的？而且涉嫌使用绝对化用语，寓意也不雅，不给批。于是老蔺召开家庭会议，集体研究决策。二妞和小蔺已经领了结婚证，可以正式参加会议，老刘夫妇也受邀列席。蔺家开会也是有传统的，老蔺父子争到激动处，又是把陈芝麻烂谷子的事都摆上台面，差点打将起来，老刘夫妇吓得如坐针毡，小蔺母亲刚要发飙，二妞却提议门头还是“老蔺烧烤”，再把“省城无双，枪王之王”当楹联列于两侧。众人听了大喜，当场鼓掌通过。

开完会，各回各家。蔺家现在除了老蔺那辆不知几手的五菱，多了辆新车，是二妞的陪嫁。车是二妞选的，七座车，将来生了二胎也够坐。目送小蔺两口和老刘夫妇离去，老蔺心里喜忧参半，说“苦命人心血淘尽全白费”，怎么感觉儿子倒插门似的，这就不要爹娘了。小蔺母亲说老刘家离新房近，顺路捎回去的，你吃什么醋？老蔺叹口气，就不吭声了。小蔺母亲继续说，二妞除了腿不利索，没啥毛病，我都去医院打听了，这病不遗传，她还懂医，还会推拿按摩，咱俩老了还能有人照顾，这多好！我就看不惯那个美菡，不是过日子的。老蔺终于一笑，说咱老两口活一辈子，活到最后，活成儿子儿媳的手下败将，这就是当爹妈的命，不过儿子最近有进步，走正道了，我很欣慰。

送完老刘夫妇，回到新房，时间已经不早了。二妞孕困，倒头就睡。小蔺却还精神，从冰箱里拿出只烧鸡，一罐啤酒，撕扯着边吃边喝。新房不大，两室一厅，没有东北哥和考研小情侣做伴，倒也显得草原般阔远。小蔺提着啤酒罐，挨个房间转悠，心想这都是老蔺夫妇硬生生烤出来的啊！这卧室，羊枪烤出来的，这洗手间，枪头烤出来的，阳台得是枪裤吧？以前总觉得爹妈拿不出手，现在想想，唱粉戏没啥丢人的，人家正经戏也能唱，烤羊枪也没啥丢人的，烤羊枪也能烤出一套新房，烤出来枪王之王。爹妈的确没啥本事，可能给的全都给他了。正感慨间，老蔺打电话过来，气急败坏地说店里空调预算超了，要砍掉一台。小蔺当场怼了回去，说这事不用你操心，家里投票三比一，你说了不算，这年头你还敢搞独裁？父子各不相让，电话里吵得星火燎原。到最后，老蔺大怒道，你这么跟老子吵，小心老天爷不高兴，你儿子将来也这么对你！

小蔺就说，我爷爷当年肯定也这么说！

说完这句，小蔺忍不住笑起来，笑得泪花都出来了，电话那头老蔺也笑了。二妞揉着眼睛过来，懒声说饿了，要吃面。小蔺忙挂了电话，给二妞做面。他一边做，一边想，跟二妞认识没几天就有了夫妻生活，有夫妻生活没几天就怀孕，怀了孕就结婚，是不是太快了？对她了解实在是不多，就比如这饭量，二妞她天天喊饿，到底是她想吃，还是肚子里的儿子想吃呢？

（选自《人民文学》2021 年第 12 期）

大立柜

赵大河

星期天我正在为杂志赶写一篇稿子，突然接到小萌的电话。两天前，我参加杂志社组织的采风活动，去一个叫阜平的地方待了两天，吃也吃了，玩也玩了，归来为人家写篇稿子是题中应有之义。我写的文章，题目叫《我看到……》，就写我在阜平之所见。比如：

> 我看到一个细雨中的村庄，像水墨画一样意境幽远，人们一点也不慌张，从容干着各自的活计，街上有游人，游人也不打伞，从容地逛着，享受着山村的闲适和恬静，还有细雨的润泽……

阜平和我老家一样，是个贫困县，经过扶贫攻坚，已经发生了天翻地覆的变化。至少我们采风的地方是一派欣欣向荣的景象，一个小村子变成了旅游小镇，吃的、住的、玩的，一应俱全。正如我所看到的，细雨中的山村，已经没有了贫困的影子，有的只是宁静和诗意。我很警惕“诗意”这样的字眼儿，担心过于主观，或被假象欺骗。许多时候，使用这类词语，只是因为你没有经历过高强度的、艰苦的、枯燥的、近乎绝望的劳动，比如割麦，一眼望不到头的麦垄，顶着烈日，你弯下腰不停地挥镰，一下，一下，一下，一下，一下，一下，一下，一下……重复着上千次上万次同样的动作，没多久，你就会感觉腰快要断了，但你知道腰不会断，那只是累和疼，没关系，坚持住，然后就麻木了。你的感觉会迟钝，你的动作更机械，你要把自己当成一个机器，机器是不会说累的，你咬牙坚持，也不说累，因为说也没用，什么问题也解决不了，要保持乐观，你要把每一棵麦子割下，把每一个麦穗收回去，打场，扬场，翻晒，让每一粒麦子归仓，真是粒粒皆辛苦……诗意吗？问问那些从农村出来的作家，有谁愿意回去干农活儿？他们无不对那片土地又爱又恨。我也一样。当我使用“诗意”这个词时，我知道我已经远离了农事。另外，我也知道现在的农村与以前大不相同，小型机械已经把农民从土地上解放出来了。青壮多不种地，而是外出打工——思绪跑远了，必须拉回来。我即使写一篇小文章也要全神贯注，回到那个情景之中……我不喜欢被打扰，可是小萌的电话不能不接。小萌是我弟媳，她很少给我打电话，除非母亲有什么事。果然如此，她开门见山地说：妈不见了。

这怎么可能呢？一个小村子，十几户人家，在一个山坳里，四面环山，只有一条小路通向外面，母亲能去哪里呢。母亲今年80岁，身体硬朗，即使这样，她也不可能一个人外出啊。每家都找了吗？小萌说村子里找遍了，没找到。她会不会去新村？这两天村里各家各户都在准备搬家，舍弃旧家，乔迁新居。这是政府行为，叫异地搬迁扶贫。新村的房子是政府掏钱盖的，人们只需要将旧房屋和宅基地交给政府，就能换一套新居。土地也要交给政府流转，或退耕还林，或统一转包出去。政府不白拿地，每亩地一年给农民800元，一次性给4年的，也就是3200元。老百姓会算账，这比种庄稼强多了。种庄稼一年种不出800元，还累得要死。新村还建有小工厂，加工半成品，生产一种奇怪的帽子，那帽子有两个护耳，看着很可笑……想上班的，可以在那里上班，计件工资，不偷懒的话，一个月能挣2000~3000元，这够买多少麦子啊。小萌说她给已经搬到新村的都打过电话，谁也没见到老太太。老太太能去哪儿呢？我提到几个家庭，小萌说都去找过，我没提的家庭她也去找过。她说每一家她都去找过，没有，连个影儿都没有，都说没见过。

小萌是我弟弟的第二任妻子。她比我弟弟小18岁，年轻、漂亮、时尚。我不知道弟弟是用什么手段把她追到手的。她为我弟弟生了一个儿子，小宝，今年5岁。我弟弟，亲戚邻居都说是“没尾巴鹰”。“没尾巴鹰”是我们那儿的方言，意思极其微妙，是说一个人经常不落屋，你抓不到他。我对这方言的由来不得而知。如今鹰已经很少见到，更不要说没尾巴的鹰了。我常常不知道弟弟在干什么。他变换工作（如果他干的事也叫工作的话）之勤，超过了我们联系的频率。比如上次他说他在倒地皮；下次再问他，倒地皮那事就不说了，他说他在开矿；再下次，开矿也不说了，他说他准备承揽一个橡胶坝工程，我免费给他们建橡胶坝，他们给我河边的土地，我在土地上开发房地产；再下次，他说他在做石油生意，准备趁油价下跌从沙特往中国倒一批石油……总之，他从不闲着，也从不缺项目。他说的都是大项目，大到让我目瞪口呆。比如倒石油，他可不是倒一万两万桶，而是一百万两百万桶。必须以百万计，他说，一万两万桶，这样的小单谁会接。瞧瞧！他不是吹牛，每次都说得有鼻子有眼，万事俱备只欠东风……他说的项目，只要做成一件，挣钱就挣海了，几辈子也花不完。可惜，几十年过去了，这些大项目他一件也没做成。我问小萌，弟弟在哪儿，她说在内蒙古。干什么？她说不知道，大概是……要承包一个沙漠，做旅游，贩卖荒凉，同时，种树，向国家要补贴，还要养一批骆驼，一举三得……他是这样说的，他还说承包费为零，真去了，旗里还会给贷款，税收也有优惠……我上周在老家还见过弟弟，他没说要去内蒙古，看来这是新项目。我只是想知道弟弟在不在家。既然他在内蒙古，就指望不上了。我问小萌，给大哥说了吗？小萌说大哥在张罗搬家。看来没说。大哥是我的堂兄，当着村支书。他对人热情，无论谁家有事，他都当作自己的事忙前忙后。这几年，精准扶贫的事很多，他更是忙得不可开交。搬迁是大事，可以说是村里最大的事，可以想见他有多忙。这事要给大哥说吗？小萌让我拿主意。我知道母亲不会丢，我说，再找找，还是先不麻烦大哥吧。

挂断电话，我想继续写文章，可是心绪烦乱，一个句子也写不出来，我唯一能写的就是：我看到……想回就回去一趟，妻子说，我陪你。我说我还有事，再说了，有必要吗？上周刚回去过，还去看了新房子，里面家具一应俱全，可以拎包入住。弟弟说老家具都淘汰不要了，新家新气象嘛。他又说，说不定一搬家就时来运转了。没有家具，搬家就简单多了。衣服、被褥、用具，一车就拉过去了。新家又是一楼，车能开到楼跟前，不费什么事。车，乡里统一安排，不用自己找。车前要挂大红花，还要放鞭炮，这是乡里一大政绩，自然要弄出点动静。仪式也很重要，县里市里电视台要采访报道，说不定省里电视台也会去人。我不愿凑这样的热闹。我对妻子说，妈会找到的，丢不了。妻子说，妈会去哪儿呢？就那么个地方，小萌都找过了，没找到。妈又不是一只鸟，会飞走。我看妻子一眼，她说，我只是打个比方。妻子对母亲很孝顺，总是劝母亲来城里住。母亲说城里住不习惯，跟坐牢似的，还是农村住着舒服，出门就能看到山。妻子说看了一辈子山，还没看够啊？母亲说看不够，看不够。我说相看两不厌。母亲偶尔也会来城里住几天，妻子给她买衣服，给她洗头、洗澡。母亲不愿意让妻子帮她，她说我自己能行。妻子说怕您摔跤，您要摔一跤可不得了。母亲说不会摔跤，哪能摔跤呢。妻子举出许多老人摔跤的例子，引起母亲的警觉。母亲最后答应让妻子帮她洗澡。母亲一般在城里只住一周。我周日将她接来，下个周日她一定要回，怎么劝说都不行。我如果说有事送不了，她就要坐班车，可以看出回家的决心有多大。我没有办法，再忙也得放下手中的事，送母亲回家。妻子说，妈，您就不能再多住一周吗？母亲说要回要回。我的方针是不勉强母亲，她在哪里住舒服就让她住哪里。回家开车要四个小时，不算远，也不算近。我看妻子有些担心，就说你放心，妈丢不了。妻子说，可是——我明白她没说出的话是什么意思，那么小一个地方，小萌找不到，难道不奇怪吗？的确奇怪。我也有点小小的不安。我猜想，我们回去，很可能走到半路就会接到小萌的电话说母亲找到了。我看看表，10：12，这时候搬家的车队可能正整装待发，县乡村领导要发表热情洋溢的讲话，电视台、报社的记者现场采访，大红花、鞭炮、欢笑和泪水……此时，小山村最热闹，也是最后的热闹，之后，这个村子将不复存在。热闹的时间不会超过两个小时，我们回去早就锣罢鼓罢了。好，回，我说，权当回去看看。那个村子我也需要告别。以前我恨死那些石头、坡地和山路了，现在透过时光的滤镜往回看，竟然看出故乡的美丽和诗意来……

说走就走。反正无心写文章，不如早点上路。妻子陪我，主要是怕我一个人来回开八个小时不安全。两个人，可以换着开。每次回去，她都会时不时地问我困吗，困了我来开。她开车比我熟练得多。

路上，妻子突然说，会不会是因为柜子？

柜子？

上次你没看到妈不高兴吗？

嗯，妈是不高兴。

上次回去前，弟弟先领我们去看新房子。妻子说还缺什么，我们给你燎锅底。弟弟说应有尽有，什么也不缺。妻子说我们总得表示表示。我说看了再说，看能添置点什么。原来毛坯房我们看过，对位置、楼层、户型、面积都满意，但毕竟是毛坯房，看不出效果。这次再看，完全不一样，堪称惊艳。瓷砖、墙漆、壁纸、灯饰、窗帘，档次都不低。空调、冰箱、电视机、洗衣机齐全。沙发、衣柜、餐桌餐椅、鞋柜等，一步到位。妻子说完全和城市里的房子一样。弟弟领我们看各个房间，这是主卧……这是妈的房间，朝阳，通风，这是新衣柜，协调吧……这是小静的房间，小静回来住这里。小静是弟弟和前妻生的女儿，在吉林上大学。弟弟说，你们觉得咋样？不错，不错，我说，比我想象的好。妻子马上和我们的房子做比较，说我们的房子连这一半都不如。弟弟说，你们的房子该重新装修了，这都多少年了。麻烦，我说。我和妻子也有过重新装修的念头，但一想到租房、搬家、找工人、买材料、监工等，就头疼。我是能拖则拖。这次看了弟弟的房子，妻子免不了又要叨叨装修的事。我和妻子正在琢磨，燎锅底送什么呢？弟弟又将我们领到妈的房间，问我们，满意吗？满意，当然满意，挺好的。你们看缺什么吗？弟弟说。不缺什么，我说。弟弟说，再看看，再看看。我说，有什么好看的。弟弟说，你们说这屋子里还能放下柜子吗？放不下，干吗还要再放柜子呢？别的地方呢？别的地方也放不下柜子。妻子觉得奇怪，问，干吗还要柜子？我们虽然说不上是极简主义者，但喜欢简单，不喜欢过多的家具。给人留下活动空间，比塞满家具要好。这时候，铺垫已经足够，弟弟便不再绕弯子，直接说：你们说咱家的大立柜要搬来吗？我马上明白了弟弟领我们来看房子的意图。大立柜，是母亲的嫁妆。母亲 1964 年嫁到十八沟。那年母亲 24 周岁，25 虚岁。那时候，女孩超过 20 岁还没结婚，就是剩女了，容易嫁不出去。母亲是家中长女，她母亲——也就是我外婆——去世得早，她担负起母亲的责任，照顾两个弟弟，直到两个弟弟成家，她才考虑出嫁。一来二去，年龄便大了，难以找到好人家。我们问过母亲，您是咋看上我爹的？母亲出身红色家庭，她二叔参加八路，牺牲了，新中国成立后她家被定为烈属。虽然母亲是大龄，但我父亲更大龄，那时候我父亲已 30 岁，与母亲家的三川比，十八沟更偏僻，更穷。母亲说，你爹有文化，我看中他有文化。接着又补充说，他人好。外公觉得委屈了母亲，所以母亲结婚，他就将家里唯一的家具——大立柜——陪嫁给母亲。大立柜存留下来，实属不易。大立柜，是一个好大的物件，运到十八沟时引起很大轰动。很久以来，大立柜就是我们家唯一像样的家具。我小时候捉迷藏躲进过大立柜。里面独特的气味，我至今仍记得。从我记事起，大立柜就是家中一个重要的存在。它，在那里，占据着它应有的空间。大家都习惯了，从不觉得它突兀、庞大、占地方。大立柜贮存过粮食、衣服和种子。10 年前父亲突发心脏病，倒在大立柜旁边，没救过来。弟弟看我们无言，又说，不要说放不下，就是能放下，大立柜那么破，那么旧，搬过来也不合适。我说，妈怎么说？弟弟挑明了，他请我们回来，就是让我们说服妈，放弃搬大立柜的想法。妈想搬过来，他说。弟弟又做他嫂子的工作，嫂子，你见过那个大立柜，不要钱送人都没人要，黑黢黢的，要多难看有多难看，好好的房子，放个这东西，成什么样子。妻子很聪明，这种事她不表态。回到十八沟，弟媳又说大立柜的事，她说妈要什么我们给什么，她要是嫌她房间的柜子不好，我们可以再买，但是，把这个大立柜搬过去，我不同意。弟媳说得很坚决。那么好的房子，戳上这么个大立柜，你们不觉得寒碜吗？她的用词，真是刺耳，什么“戳”啊“寒碜”啊，还当着妈的面。她大概也意识到了这点，赶快往回找补，她说，我说话不中听，但你们说是不是这回事？弟弟说，旧的不去，新的不来，你们看看，谁家还要那些旧家具。他说的倒也是实情，我们看到不少家庭都把旧家具像垃圾一样堆在门外。说实话，大立柜搬过去的确不协调。可是，母亲舍不得，怎么办啊？弟弟说，哥，你说句话。他在寻求我的支持。妻子碰一下我的手肘，我明白她不想让我表态。我看到母亲也在看着我。我说，我能说什么，房子是你们的房子，你们看着办。弟弟和母亲对我的话都不满意。弟弟说，好，只要你不……就好。“不”后面的动词他省略了，大概是“反对”吧。母亲说，我就是舍不得。父亲去世后，母亲的记忆力迅速衰退，许多事记不住。到医院检查，说是脑萎缩，没有药物可治。母亲主要是记不住近期的事，但久远的事她仍记得很清楚。和柜子有关的事，母亲都记得。弟弟说，和小静视频，小静也反对搬大立柜。小宝说，大立柜丑死了，不要，不要。四个人反对搬大立柜，4∶1。母亲是少数派。我们夫妻二人算弃权吧。

妻子说，妈想留下大立柜。

我知道。

妈会不会为这事离家出走？

不会吧，我说。其实我也拿不准。上次母亲看没人支持自己，便不再说什么，一直沉默着。她心里在想什么，我们都不知道。从感情上说，我们应该支持母亲，可是，理智一点，我们也知道弟弟、弟媳是对的。如果我们旗帜鲜明地站到母亲那边，主张搬大立柜，要是弟媳来一句：你们要是舍不得，可以搬到城里啊。我们就会哑口无言。我们无法想象把大立柜搬到我们家中是什么样子。妻子说，要是文物就好了。那是。可是，论年头，论材质，论工艺，它都与文物不沾边，就是一个老朽的大立柜，油漆剥落殆尽，露出老牛筋腱似的纹理，有两个老鼠咬的洞，蠹虫还从内部进行了破坏。这样一个大立柜，放到家中，的确既不实用，又不美观。

在高速上开两个小时后，我们进服务站吃午饭。服务站没什么好吃的，勉强填饱肚子而已。饭后，上厕所，洗把脸，再将杯子灌满开水。我还准备开，妻子说她开，让我休息一会儿。我吃过饭容易犯困。我坐副驾，将座位放倒，眯一会儿。我说，你要困了，就叫我。妻子说，好。

我很快就陷入一种迷迷糊糊的状态，似睡非睡，似梦非梦。这时候，能听到轮胎摩擦路面的声音和空气摩擦车体的声音，又似乎被这声音带到了遥远的过去。恍惚中，我听到母亲讲，我3岁时，鬼子扫荡，我躲进大立柜，怕得要命。大人呢？我不知道他们在哪里，都跑了。没带上你吗？我不知道他们为什么没带上我，可能他们没找到我吧。你怎么进的大立柜？我不记得了，我只记得我在大立柜里，那里很黑，一股霉味，外面静得可怕，突然，响起枪声，吓得我直哆嗦。后来呢？门突然被踹开，哐——有人进来，我想这下要死了，那时候我就知道什么是死，死有多可怕，我听外面的动静，有人在翻找东西，脚步声近了，我的心都蹦到嗓子眼了，大立柜的门被打开，一个鬼子出现在我面前，离我那么近，光线从亮瓦射进来，正好打在鬼子头上，鬼子手里提着枪，刺刀闪闪发光，他站那儿不动，我想，他会用刺刀扎我吗？没有。他用手在柜子里摸了摸，什么也没摸到，也没摸到我。我在下面，他没摸下面。我又那么小，我才3岁，是个小不点。我想那天，我一定是缩小了，小到他摸不着。也许，是神在保佑我，使了障眼法，他看不到我。鬼子往柜子里看，但看不到我。就是这样。后来，鬼子走了。我对这件事记得很清楚。3岁以前，别的事我都不记得了，但记得这件事。我记得……

我突然醒过来说，我刚才是不是做梦了？

你做没做梦，我哪儿知道，妻子笑道，你自己不记得吗？

我记得，我说。

梦到什么了？

我梦到妈3岁时候的事……妈钻进大立柜，躲避鬼子扫荡，我说，这事是真的，梦中我好像在向妈核实，我是不相信妈说的话吗？妈以前讲过这个故事，我从没怀疑过。梦中妈说她缩小了，所以鬼子没看到她……

缩小？

是，我想起童话《拇指姑娘》，妈肯定变得像拇指姑娘那么小……

梦中吗？

梦中，当然是梦中了。

嗯。

给小萌打个电话，我说。我拨通小萌的手机，问她，大立柜找过吗？她说，找过了，她第一时间就找了大立柜，妈不在里面。我问搬家搬完了吗。她说搬完了。你现在在哪儿？她说在新房子里。妈呢，找到了吗？没找到，她说。给大哥说了吗？说了，大哥就在这里。她将手机给大哥，下面我听到的是大哥的声音，大哥说，今天事多，省里、市里、县里、乡里都来人了，记者来了一大堆，刚刚才送走，我也是才听说，已经打了一圈电话，都说没见三妈（我父亲在堂兄弟中排行老三，所以他喊我妈为三妈），怪了，三妈能去哪儿呢？我问，十八沟还有人吗？大哥说，都来新村了，刚才回去几个，我让他们在那里再找找。新村呢？大哥说，都找过了，我打电话一家家问了，都说没见过，活动室也没有。那会去哪儿呢？你别着急，会找到的，大哥说。

妻子看我着急，说，我们快到了。

我看窗外，可不，马上就要下高速了。看来我眯了很久。随着时间的推移，我心中忐忑起来。十八沟终究是个很小的村庄，虽然住得分散，但找一个人还是很容易的，可是，竟然没找到。新村，那么远，母亲不可能一个人走去，她要去必须坐车。今天全村都在搬家，车倒是有，可是母亲若去的话，不可能做到神不知鬼不觉。这就奇怪了，母亲会去哪儿呢？一个人不可能凭空消失，她一定在某个地方，可是在哪儿呢？

母亲有点老年痴呆，在我们这儿住时，有次我们请朋友在小区外面的饭店吃饭，饭后我们聊天，就让她到楼下活动活动，等着我们。没多久，我们下楼，却没见母亲，于是分散开来，赶快寻找……最后找到了，却吓了我们一身冷汗。母亲说她想自己回去，可是找不到我们的小区了。此后，我们就再也不敢让母亲一个人待着了。十八沟就不一样了，母亲是无论如何也不会走丢的。

我又给大哥打电话，让他等着我，我们正下高速。

好，他说。

下高速后，就进入蜿蜒的山路。过去这条路坑坑洼洼很难走，现在修得很好，而且养护得不错。我说我来开，妻子说她开。她的驾龄比我长，车开得稳，山路也不在话下。

我们到达新村时，大哥和小萌已在村边等着。那里地上满是鞭炮的碎屑，看来上午放了不少鞭炮。用大哥的话说，这是百年一遇的好事。热闹一下，也在情理之中。我突然记起弟弟转述大哥在动员搬迁会上的讲话。弟弟说，大哥就讲三句话，一是这是百年一遇的好事；二是过这个村没这个店；三是鼓励搬迁，但不勉强。三句话讲完，没有一家说不搬，都不是傻瓜，政府掏钱盖房子，还盖在好地方，谁不想搬。在大哥的争取下，我们村被树为样板村。样板村上面重视，政策倾斜，老百姓得实惠。异地搬迁顺利吗？顺利极了。大哥一向沉稳，这时也有些着急。他说，这事怪我，没照顾好三妈。小萌说，哪能怪你，你那么忙。我也说，不怪你，不怪你。大哥说新村又找了一遍，还是没有。现在，我们回十八沟再找找，我总觉得三妈还在十八沟。

大哥和小萌上车，我们驱车回十八沟。

路上，小萌说，妈吃早饭时还在。早饭后，我收拾东西，准备搬家，没太注意。等东西收拾好，装车时，我想起来，妈去哪儿了，我就找，找来找去没找着，就给你打电话，那时候村里都找遍了，打电话后，我又床下、草垛、村林、崖畔、地里找一遍，还是没找到，我跟着车队来到新村，想着会不会坐谁的车来新村了，到新村后，东西卸下来，都没收拾，又挨家挨户找，还是没找到……

大立柜里找了吗？

大立柜有格子，里面钻不进去人，小萌说。

你看了吗？

看了，小萌说，没有。

妈舍不得大立柜。

我知道，小萌说，可是——

小萌有她的委屈，她着急上火，嗓子都哑了。

妻子说，小萌也不容易，搬家这样的大事，弟弟不在家，让一个女人张罗……小宝呢？

在新家里，小萌说。

他没和他奶奶在一起？

没有，小萌说，早饭后，小宝就和小山在玩。我问小宝。小宝说，没见奶奶；问小山，小山也说没见。

大哥说，不会有事的，咱那儿没水塘，也没野兽，不会有事……

但愿如此。这条进山路前年才修过，现在又要废弃了，着实可惜。不过，山里人都搬出来了，这条路还有人走吗？大哥说，还会有人走，山里有坡地，有林木，需要照看，只是走的人会少许多。路边是小溪，下大雨时，小溪就变成汹涌的山洪，像一头发怒的野兽，咆哮着冲下山……小时候，雨后，我们常站在村边看山洪奔涌，山洪往往时间很短，有时一个时辰，有时半个时辰，之后，就没那气势，没什么看头……有时，戛然而止，洪水瞬间没了，只有石头上新鲜的黄褐色印迹证明刚发过洪水。

这会儿，下午2：30，太阳像爆裂的火球，放射出灼人的光线。8月，正是一年中最热的季节。窗外热浪滚滚。母亲在哪里？她会不会中暑？还有，这么热的天，让大家行动起来帮我寻找母亲，我除了感激，心中还有一份歉疚。我对大哥说，给大家添麻烦了。大哥说，你这话就见外了，这难道不是我们自己的事吗……小时候，我爬到你们家枣树上偷摘枣，三妈装作没看见，钻进屋子里……她是怕惊动我，怕我从树上掉下来……我记得那棵枣树，枣子结得很稠，把树枝都压弯了。收枣子时，母亲让我给四邻送枣，一家一篮子。可惜呀，大哥说，那棵枣树后来死了。

十八沟，远远看上去像是休克了。村子也像人一样，会呼吸，有温度，有脾气。现在呢，人去屋空，村子的魂儿没了，也不再呼吸了……看上去让人伤感。几乎家家门口都有丢弃的废旧家具什物，断腿的桌子，没有靠背的椅子，躺上去吱吱作响的架子床，旧筐箩，旧锅盖，等等。我老远就看到我们家门口矗着大立柜。那个再熟悉不过的大立柜，阳光下，黑黢黢的，确实很丑陋。柜门半开着，一眼就能看到里面，空荡荡的，什么也没有。我有些失望。

妻子将车停下。我们下车，热气扑面而来，瞬间汗就冒出来了。大哥说，我们四个人分头再找一遍，随时保持联系。

我突然觉得有些不对劲，大立柜为什么在那里？既然不打算搬走，干吗把它从屋里挪出来呢，何况，这么大个物件，挪动起来并不容易，也不是一个人能完成的。小萌说，你弟弟在家时就挪出来了，他和妈生气，说，好，我把它弄出去，你好好看看，它到底值不值得搬。他叫老六和老七来帮忙，费了好大劲，才把大立柜搬到外面。你弟弟说，放太阳底下，让我妈能看清。他说，妈，你来好好看看，这是宝贝吗？他把妈拉到大立柜跟前，拍打着柜子说，妈，你瞅瞅，这还是个家具吗？

拉去新房子那里，不怕人笑话吗？妈半天就说一句，谁笑话？你弟弟哼一声说，谁笑话，谁都会笑话。他拿镢头要砸柜子，我拦住，没让砸。小萌说，那天妈生气了，晚饭都没吃，第二天，你弟弟就去了内蒙古。

我朝柜子走去。

小萌说，我看过了。

我没说什么。我想再感受一下这个柜子。到跟前，从半开的柜门看进去，里面是空的，一无所有。我拉开柜门，往下打量，看到的景象让我大吃一惊，瞬间，我血液凝固，打了一个寒战，人像被施了定身术一般，一动不动，完全僵住了……

（选自《西湖》2021 年第 2 期）

细浪

陈宏伟

一

但凡国有性质的老牌酒店，都喜欢用名山大川作为名字，似乎这样才显得正统、高雅。我们的饭店叫淮河饭店，意思自然是说处于淮河之滨。一天，淮河饭店收到一张大红烫金请柬，是黄河饭店寄来的。无疑，黄河饭店地处黄河之畔。不消说，我们两家饭店是友好单位。无论两家饭店的老总怎么更迭，这种天然的由店名类似产生的情感一直割舍不断，如同山脉相连，水系相通。请柬上说，黄河饭店即将举行开业四十周年庆典活动，邀请我们淮河饭店的阮总拨冗参加。阮总平时收到的请帖很多，一般是饭店职工婚丧嫁娶之类，虽然说礼金他会出，但人基本上不会亲自光临。这次不一样，阮总几乎想都没有想，他用手指轻轻一弹那张请柬，说，这回必须去给黄河饭店站台，也和广东珠江饭店、湖北汉江饭店、江苏扬子江饭店、安徽黄山饭店、四川峨眉饭店的几位老哥们聚一聚，他们肯定也会到场。

我们两家饭店相距三百公里，阮总决定驱车前往。他喜欢将烟、酒和茶叶，甚至赌资放在汽车后备箱，随时取用，乘火车不便携带。阮总钦定此行共三个人，除了他，还有我和樊露，我兼任司机。彼时我刚拿到驾照不久，还没买车，平时很少有机会摸方向盘练手，对阮总的信任诚惶诚恐。正日子是九月八号，阮总说六号下午出发。樊露有点疑惑，但她没有问阮总为什么，我更不敢吱声。

樊露原来是饭店的餐厅服务员，临时工，她是摆台能手，一张餐巾能折出二十八种花样，蝴蝶、信封、大风车、晚礼服、圣诞树、白天鹅……代表淮河饭店获过 X 市餐饮服务大赛的金杯。她长我五岁，五官标致，皮肤白净，身材匀称，尤其是穿上淮河饭店餐厅服务员的工作服，白 T 恤配红色短裙，显出纤细的腰身，看上去乖巧可人。阮总爱看古装宫斗电视剧，喜欢一个名叫小燕子的女演员，经常在办公室说樊露跟小燕子长得很像，赞叹她是优秀服务员的标准版。很多女服务员为了转正，与阮总闹出各种绯闻，搞得饭店里尽人皆知。樊露则没有，她比较洁身自好。

给樊露转正，阮总似乎也是被逼的。他情绪好的时候会在办公室里跟我聊起当时的情形，显得无辜而坦荡。某天夜晚，樊露推开阮总办公室的门。饭店的人都知道，阮总向来以店为家，夜晚住在办公室的套间里。他睡觉前会侧躺在办公室的沙发看一会儿电视，门虚掩着。餐厅的女服务员夜晚下班回寝室，会路过阮总办公室门口，透过门缝看见里面荧屏闪烁，往往会嬉笑着、脚步欢快地跑过去。她们彼此心照不宣，像不怀好意地猜出阮总在等某个想转正的女服务员去敲门。那晚樊露有些莽撞地推门进去，站在阮总面前一句话不说，噘着嘴巴，很痛苦、很受伤的神情。樊妮子，咋的啦？阮总笑眯眯地问。他以为樊露在餐厅受了客人的欺负，或者是和其他服务员闹别扭，这在饭店都不算稀奇事。樊露眼睛看着自己的脚尖，胸部一起一伏，像是憋着天大的委屈。阮总从沙发上坐起来，用脚找地上的皮鞋。他总是将皮鞋当拖鞋穿，已经转正的女服务员江思雅给他买了好几双皮鞋，后帮全被踩塌了。樊妮子，你到底咋的啦？阮总发现樊露眼睛里竟然噙着泪珠。我、我要辞职。樊露哇的一声哭了出来。原来X市的东亚商场在招工，新录用的女售货员只要干满两年，就可以转正。东亚商场是市商业局下属的大型国企，转正就意味着端个铁饭碗，无疑对樊露这样的饭店临时工充满诱惑力。樊露抽抽搭搭地将事情讲完，无比委屈地说，我家里、我爸爸让我来找你辞职。阮总听明白她的来意后，哈哈大笑，站起来在办公室来回踱了几步，戳着她的脑袋瓜说，我以为多大个事儿，回去跟你爸爸说，你的辞职我不批准！樊露停止了哭泣，用手擦拭脸上的泪水，不肯离开，欲言又止。阮总修着一头飘逸的长发，耳边的几绺总是时不时垂至额前，他用手一撩，像是看透了樊露的心思，说，我今天给你咬个牙印，明年淮河饭店也给你转正！樊露你记着，跟着我阮大珍干，肯定比投奔李大头强！李大头是东亚商场老总的绰号，他的名字叫李发图，跟阮总是二十世纪七十年代末期同一批下放的知青，两人是交往几十年的把兄弟。樊露听了，这才破涕为笑，安心留在了淮河饭店。

其他女服务员说起樊露转正，明里暗里讥讽她的指标是哭鼻子哭来的，羡慕嫉妒恨之余，也很佩服她的手段。因为普通女服务员假若真想辞职，跟餐厅经理说一声就行，然后去财务室结算工资走人，根本不用惊动阮总。樊露哭这一场，其实是向阮总撒娇，把辞职搞成了一种行为艺术。后来樊露从服务员干到领班，又升至餐厅经理。等我到淮河饭店入职的时候，她已被提拔到办公室当副主任。我俩的办公桌脸对脸，相处日久，对她很有好感。她温柔恬静，是个淑女型的大姐姐，像个可以依恋的人，所以阮总对于那个晚上的描述我有点半信半疑。

二

约好下午三点出发，直到三点半樊露才拖着拉杆箱匆匆赶到饭店。阮总坐在车内不停地看表，几次想发作。然而当看到樊露的时候，他的怒气瞬间烟消云散。我瞥了一眼樊露，原来她去做了头发，烫了个波浪卷，看上去俏皮而时尚，显然是专为此行打造的发型。更要命的是，她穿的镂空 T 恤太短了，时不时露出腰部的细肉，还飘散着一股浓郁的香水味。我隐隐感到有点不安，阮总是个出名的风流老总，我担心樊露会吃他的亏。人的本能有时候不好控制，我俩仅仅是办公室的同事，不对，樊露是我的领导。我总想要保护她，这很荒诞。他俩并排坐在后面，我偷偷瞄一眼后视镜，感觉心跳得有点加快，口干舌燥。

阮总说，小陈，不上高速，我们走省道，去逍遥镇。逍遥镇？我们去那儿干什么？樊露尖着嗓子问。她手里握着一只粉盒，时不时对着粉盒里的镜子照照，像看口红是否变形，又像是打量自己的发型。我们去看芦苇，阮总淡淡地说，还可以品尝地道的胡辣汤。喝胡辣汤，主意不错哈！樊露说话的时候眼睛仍盯着镜子。

阮总这句话貌似跟樊露说的，其实也像说给我听的。我们办公室的窗户对着饭店院子绿地上的几簇郁金香，有一次我曾跟阮总提建议，X 市位于淮河之畔，我们饭店也叫淮河饭店，应该种与淮河有关联的植物或花草。阮总问，那应该种什么？我说，芦苇。阮总眨眨眼，眼神很复杂。我又说，芦苇是淮河土生土长的标志性植物，况且它也很美，蒹葭苍苍，白露为霜。阮总微微一笑，仍然不置可否，转身在裤兜里摸钥匙去开自己办公室的门，此后再未谈起这事。

车子驶出市区，绕过城郊的宝月湖水库，穿过一大片树林，沿着湿地边的小路往前开，我们尝到了偏离高速公路的乐趣，田野和丘陵像为我们打开了一扇又一扇窗口，吹进来的风带着水草的腥气和庄稼地的清香。我的情绪慢慢放松下来，参加黄河饭店的庆典仪式其实如同参加朋友的 party（聚会），约等于尽情玩耍，这样的出差机会并不多。看，那儿有一片芦苇！樊露忽然冲湿地边的一丛绿色植物喊道。阮总看了一眼，说，不是芦苇，它们叫芦荻。真的假的？怎么区分？樊露撒娇似的问。芦荻看上去像茅草，叶子边缘有锯齿，芦苇比芦荻长得粗，叶子边缘是光滑的。阮总从兜里抠出一支烟，边吸边以自豪的口吻说，辨认淮河两岸的芦苇，我捂住眼睛用手摸都可以摸出来。你确定没有吹牛？樊露揶揄道。

阮总烟瘾很大，每天两包，如果打牌就没谱了。他不喜欢用烟灰缸，经常将吸两口的烟随手放在手机上，烟头悬空，免得烧到桌面，但往往因其他事情分神，手机就被燃尽的烟头烫伤，久而久之他的手机就千疮百孔。不过我很欣赏阮总这种随性而为的性格，他对身外物似乎都满不在乎。

阮总微微一笑说，樊露，我跟你说的事情，你考虑得怎么样了？

嗯……还没想好，不过……樊露欲言又止，脸上浮出很痛苦的表情。

我紧握着方向盘，心里微微一动，虽然不知他俩说的什么事情，但樊露显然对我在旁边有所顾忌，阮总则好像完全不设防。

小陈，我跟你讲，樊露在餐厅工作的时候，对自助餐提出一个颠覆性的建议，让头灶厨师做成本低的菜，让学徒做成本高的菜，使餐厅的营收增长立竿见影。阮总以一种讲故事的腔调说。为什么呢？我假装好奇，不怕学徒把高价菜做坏了吗？

阮总和樊露默契地相视一笑，像是早猜出我无法理解其中的奥秘。自助餐要把蒸鲈鱼、蒸基围虾等高成本的菜随便搞搞，没什么味道，客人不喜欢吃，刚好摆在餐台上充样子。要把鱼香肉丝、萝卜炒肉片、鸡扒豆腐这样低成本的菜，还有扬州炒饭、蒸卤面等主食用心用意做好，吸引客人吃这些家常饭菜。反正要让每个客人吃饱，不吃饱客人肯定不会罢休。如果萝卜肉片吃完了，再炒一锅，成本低廉，如果基围虾吃完了，还得蒸一屉，成本就上去了。这些小门道，其实是大智慧，晓得吧？阮总讲起饭店的管理经，精神头十足，烟灰抖落在腿上都浑然不知。

樊姐厉害。我回过头说，真是个金点子！搞饭店管理，还是要多琢磨、多用心才行。阮总叹口气说，我想让樊露回餐饮部任经理，把饭店最重的担子挑起来……阮总，人常说好马不吃回头草，樊露嘻嘻哈哈地打断阮总的话。妈的，阮总无奈地嘟囔道。

我开着车，神思缥缈。说心里话，我不认同樊露那个降低自助餐成本的办法，耍小伎俩而已，真和她当初闹辞职的聪明劲儿如出一辙。做餐饮的正途，难道不是应该把端给客人的每道菜品都做好吗？阮总何其聪明的人，竟也有大脑短路的时候。

淮河上游最重要的两条支流是沙河和颍河，逍遥镇处在沙河和颍河交汇地带，它们汇合后称为沙颍河，往东注入淮河。太阳西沉，热风开始凉下来的时候，我们抵达逍遥镇。樊露向附近村民打听过河的桥在哪里。村民说旧桥拆了，新桥还未建，附近有渡船，可以把我们的车子渡过去。好，我们坐船。阮总兴奋道。

按着村民的指引在羊肠小径上往前行驶了十分钟，一条宽阔的河流出现在眼前。河水清澈，微波荡漾。河边停着一只平板货船，一个老汉坐在船尾，旁边站个小女孩，看见我们的车子，老汉立刻朝我们招手，示意往船上开。我猛地踩住刹车，河堤的斜坡太陡峭，往下看一眼，两腿就不由得有点发软，对我而言开车上船的难度和驾驶战斗机往航空母舰上降落差不多。你们下车，我来开。阮总说。像是为了故意炫技，阮总开车下坡时竟然还加了油门，车子轰鸣两声，轮胎摩擦河坡上的碎石扬起一团灰尘，车子蹿上货船，眼看要失控栽入河中，但行至甲板中央，车身轻轻一颤，稳稳地停住。

我和樊露往船上走，她自言自语似的说，姜还是老的辣。我心想，这话阮总肯定爱听，可惜他没有听见。我低声问，你以前参加过这种同行业酒店的活动吗？跟你一样，我也是第一次。樊露冲我眨眨眼，俏皮地说，以前阮总出差喜欢带餐饮部的人，个个喝酒海量，一瓶不醉，两瓶不倒！

船尾挂着一台柴油机，老汉按下启动键，冒出一股黑烟，船就“嘭嘭嘭”地划向河心。河水倒映着傍晚天空的颜色，呈淡淡的蓝，水面上一波一波的细浪。假如盯着河面看，水流又仿佛是静止的，如我们饭店绸缎台布上的花纹。这条河叫什么名字？樊露问划船的老汉，他上身的灰色旧短袖敞开着，露出干瘦而黝黑的胸脯。

颍河。那个小女孩脆生生地答道。她七八岁，头发扎得有点乱，黑眼珠大而明亮。是吗？这条河真美。樊露笑着问小女孩，这条船是你爷爷的对吗？是的。小女孩点点头。你怎么不上学？樊露哈着腰逗小女孩，哦，今天是周末，你来给爷爷帮忙对吧？小女孩羞涩地笑笑，露出洁白的牙齿。

樊露忽然指着河畔的一丛高大的禾草说，看，那绝对是芦苇！阮总瞅了瞅，“哼”了一声，说，那绝对不是芦苇，它们是芦竹，秆上有分枝，芦苇的秆上没有分枝。樊露嗲声说，你认得就那么准？别蒙我的吧！阮总用手指着远处的黄昏中的田野说，前面是黄泛区，我曾经在这儿插队，经常跑到河边割芦苇，回去插在舞台上作为布景，营造出芦苇荡的效果，排演样板戏《沙家浜》，我们身着军服在芦苇中穿行，真跟新四军似的。看着阮总陶醉于往事的样子，我说，那是火红的年代啊！阮总沉吟道，小陈建议在饭店院内的绿地上种一片芦苇，我觉得这主意还真不错。樊露看了看我，脸上的表情似笑非笑。

阮总的手机响了，他站在船头，接着电话，一只手在空中不停地挥舞，向对方描述我们正在乘船过颍河，和对方约好等会儿见。

颍河是淮河最大的支流。我说。樊露眯着眼朝下游看去，河面在往前不远处拐个弯消失在树丛之中，看上去像个湖泊。难怪这么宽阔，真美。樊露说，你说沿着河一直往东走，会不会看见大海？我嘿嘿一笑，应该可以，前提是你别迷路，淮河流入洪泽湖，然后一半向东入黄海，一半向南入长江。

船到河岸，樊露问老汉，要多少钱？十块。老头竖起一根手指，又补充说，要零的，我没钱找。天啊，太便宜啦！樊露惊叹的语调很夸张。我们和阮总一块出差，她自然负责财务，所有开销都由她埋单，回去再报销。然而她拉开自己的豹纹坤包翻了翻，却叫嚷道，我只有银行卡，还没取钱呢，没现金咋办？我兜里带有一千多块钱，可全是百元面额的，就迟疑着要不要掏出来。没想到老头摆摆手说，你们回来时再给，跑不了。小女孩仰脸冲樊露说，回来一共要付二十。好！阮总笑着说，回头再给船钱，跟当年我在这儿插队时一样。樊露笑眯眯地摸了一下小女孩的脸说，行，我跟你拉钩吧，回来二十。

三

车过逍遥镇，阮总自己当起了司机。窗外夜色渐浓，影影绰绰的玉米地，一闪而过的树木，很难判定我们的位置和方向。阮总开的车速很快，像是进入他驾轻就熟的道路，要把前面被我磨蹭耽误的时间追回来。行驶了二十多分钟，车子穿过一条两边栽满苹果树的通道，停在了一个花园别墅前。从车上下来，我才看清别墅前的草地上卧着一块石头，刻有“颍河印象博物馆”几个字。一个身材略显肥胖的中年人站在门前的台阶上，见到阮总挥手大喊，老阮！老阮！

阮总紧走几步和胖子握手，回头介绍说，这是刘馆长，我当年下放时的农友，现在是著名企业家、收藏家。胖子哈哈笑着，从衬衣兜里掏出名片，递给我和樊露，说，先到我的工作室喝会儿茶，等会儿在黄泛区迎宾馆吃饭。樊露说，刘馆长……胖子面带微笑，眼神入木三分似的看着樊露，说，幸会，你可以叫我刘先生。

工作室在博物馆的二楼，陈设的是仿古的红木家具，一张像是用参天古树锯成的大桌案，上面摆着各式茶具，我们围桌而坐。刘先生一边烧水一边找茶叶，问喝老班章还是武夷山肉桂，又从身后的柜子里扯出一条中华烟，撕开封口扔在桌子上，很阔绰很有派头的样子。阮总坐在明式圈椅上，跷着二郎腿，却独自从裤兜里抠出一支烟来抽，脸上笑眯眯的。阮总对女人比较花心，但抽烟向来专一，几十年来只抽玉溪。X 市有句俚语，混得疵毛，抽个帝豪；混得牛 ×，抽个玉溪。阮总倒不是为迎合这句俚话而抽玉溪，他是喜欢玉溪的口味。我从衬衣兜里掏出刘先生的名片，方知他叫刘宝印，颍河印象博物馆创始人。樊露面前有个紫檀木座，上面卧着一只玉兽，她就伸手摸了摸，问，这是什么宝贝？刘先生一笑，说，老阮，你还没给我介绍呢，这位小姐贵姓啊？阮总说，她是我们饭店餐饮部的樊经理。樊露听了，装着恼怒的样子瞪了阮总一眼，嘴巴还气鼓鼓地噘了噘。阮总跟没看见似的，指了指我，这是办公室的陈主任。我觉得脑子里嗡嗡直响，有点头晕的感觉，到淮河饭店工作以来第一次被人称作陈主任，而且出自饭店总经理之口。当然，我明白这是阮总在外人面前说着玩的。

刘先生的眼神先落在樊露的手上，又无意间瞄向她腰上露出的白肉，说，樊小姐摸的是和田玉貔貅，这是羊脂玉级别的，可用你的玉手跟它比比哪个更细嫩。樊露惊叹道，哇，羊脂玉，很昂贵吧？刘先生洗着茶，淡淡地说，一台宝马吧。我面前有一只青花瓷笔筒，就忍不住指着它问，这个是什么年代的呢？刘先生说，崇祯青花市井人物笔筒，人们都知道康熙青花很牛对不？它是康熙青花的老师。樊露眼睛瞪得圆溜溜的，那它值多少钱呢？刘先生用公道杯将茶水沏进几只茶盏，又用茶夹分别推至我们面前，说，可以换台奔驰吧。我们看了看桌案，还有唐三彩骆驼俑、明代宣德香薰炉、清代十一面八臂观音造像、民国龙泉窑的笔洗……樊露装着顿悟的神情点了点头，说，我明白了，刘先生您这张桌子上等于停了十多台奔驰和宝马，对不？刘先生哈哈大笑，不置可否。阮总一直淡淡地笑，时不时看看腕上的手表，那是一块迷人的劳力士“绿水鬼”，像是静静地看着刘宝印炫耀，说，厉害啊，自己办个博物馆，每件藏品都价值连城！刘先生端起一盏茶在面前轻轻地摇晃，说，不能跟老阮你比啊，你手里捏一大把小妞，我手里捏的全是这些古董。你玩的是活物，我玩的是静物，真羡慕你啊！阮总嗓子眼一呛，刚入口的茶水差点儿全喷了出来，骂道，你个熊货，瞎掰个啥啊，我这个饭店老总，说白了就是伺候人的！就算如你所说，我也觉得活物是短暂的，而静物是永恒的，所以静物更好。樊露脸上笑嘻嘻的表情慢慢消失，她像是没有听懂刘先生的话似的，入神地看着那只玉貔貅。

刘先生嘿嘿一笑，忽然拍着脑门说，我倒想起来了，老阮，你电话里说李大头的事，是真的吗？现在怎么样了？阮总说，东亚商场改制，他被卷了进去，还没放出来。刘先生叹了口气，说，我真想去看看他，不说别的，烧鸡扒鸭子，给他带几只。阮总摇头道，我都不知他被关在哪里。事儿严重吗？刘先生问。阮总迟疑片刻，说，股权转让的事儿，职工告状比较凶，我到黄河饭店参加个活动，你最好能跟我一块去趟省城。说到这儿，阮总声音猛一低，像是不想让我和樊露听见似的，找找当年那些老弟兄，能帮多少算多少吧。刘先生沉默不语，重新泡好一壶茶，滗入公道杯。阮总又掏出烟来抽，说，其实我很理解李大头，他有时也身不由己。刘先生把茶壶放下，轻轻拍了拍桌面，说，都是钱财惹的祸，看到没，还是喜欢活物好，静物害人不浅。阮总笑着说，我们好像在谈艺术和人生似的，其实我觉得你对那些艺术品也不一定真喜欢，多半是附庸风雅。刘先生眼珠瞪得溜圆，遭受诬蔑似的脱口而出道，错！我创办这家博物馆，把自己的珍藏品展示出来，是因为信奉独乐乐不如众乐乐，不像你手里捏一大把小妞，喜欢独乐乐。樊露嘴唇紧抿着，像是厌烦刘先生的调侃之语，但不好表现出来，就悄悄放下茶盏，面无表情地起身寻找卫生间。看着她的背影，那黑色短裙紧裹着臀部，走路时略微显得有点紧。刘先生赞叹说，樊小姐真是美人坯子啊，老阮你用人好有眼光咧！阮总用手指着刘先生说，你若当酒店老总，比我坏多了。他说话的时候，脸上有一种自豪的光晕闪过。听刘先生说话的意思，仿佛阮总和樊露有一腿，已是半公开的秘密，而在那种轻狂而放任的氛围里，阮总大概也算是默认，只有我比较迷茫。我和樊露就像面前的两杯茶水，而我对她的了解只是轻掠过水面，还没有浸入水面之下的世界。不管樊露和阮总有没有那些事，我感觉她身边盘绕着一种说不清的危险。刘先生看着阮总有些心神不宁的样子，突然放下茶盏，说，老阮你不会在那个商场入股了吧？阮总先用眼角瞟了我一眼，继而向他做了个暂停的手势。

有个年轻人推门进来，手里提着两瓶茅台酒，哈着腰说，刘先生，那边可以了。刘先生站起身来说，我们去吃饭，今晚在隔壁的黄泛区迎宾馆订的全鱼宴，让你们尝尝颍河的特色风味。我压着步子拖在后面，直到看见樊露从卫生间里小碎步跑出来。真要命。她从椅子上抓过自己的坤包低声说，感觉阮总不应该来这儿。我说，夜晚还得住在这里。樊露说，我不会。我看着她，她忽然摇摇头笑起来。

坐进包厢，刘先生让服务员介绍全鱼宴的菜品，鳜鱼、青鱼、鳡鱼、刀鱼、银鱼、鳑鲏……阮总却看着那两瓶茅台酒说，酒就不开了吧，医生让我一个星期只喝一次，本周已经三次了。刘先生说，你把喝酒搞得跟干坏事似的。樊露反驳了一句，我们都不会喝酒。刘先生笑嘻嘻地说，樊小姐，在饭店工作不会喝酒可不行，我可以教你。我站起身想拦住正在开酒的年轻人，说，不要打开！正在拉扯的时候，刘先生说，这酒开过瓶的，喝多少算多少吧。年轻人从茅台酒纸盒里掏出酒瓶，果然轻轻一拧，瓶盖就打开了，里面剩多少酒不得而知。阮总态度含糊不明，脸上荡着微笑。第一杯酒入肚，我的嗓子眼留下火辣辣的一道线。我原本就无法分辨茅台酒的真伪，觉得开过瓶的更加可疑。刘先生像是看出了我的心思，说，我招待客人喝茅台，从来都是开过瓶的，因为我要先尝一下，像鉴定文物一样，确认是真品茅台才行，如果在酒桌上当场打开一瓶赝品茅台，可就丢人啦！樊露脸上带着一本正经又有些不快的神态，时不时转过脸去，端详包厢墙壁上挂的一幅山水画。

四

夜宿黄泛区迎宾馆，对我这样的饭店从业人员来说，随便扫几眼就判断出这大约是黄泛区农场的招待所，都是相似的格局和面孔。仿佛有一种职业病，见到同行业的宾馆，我总是忍不住拿它与淮河饭店做比较。它坐落在颍河之畔的一片柳荫之中，偏僻而幽静。我们并排住在临着院子的三间客房，从亮起的灯光看，大概整个宾馆就入住了我们三个客人。洗完澡，我去开窗户，看到樊露脚步匆匆地走出宾馆的大门，消失在昏暗的柳荫之中。这无疑有点诡异，我连忙给她发了条短信，你去哪儿？过一会儿，她回复，别担心，有阮总呢！我心想，你晓得什么，我最提心的就是阮总，但这话根本没法说出口。我又发信息过去，你们出去干什么？樊露再没理会我，如同消失了。

我躺到床上，可能是傍晚喝的茶太浓，完全没有睡意。我一直忍不住猜测阮总和樊露出去的原因，忍不住浮想联翩。明天还得驱车赶路，我越急于入睡，越觉得浑身不得劲。这几乎是从未有过的事情，老婆罗兰向来说我瞌睡大，躺下就打呼噜，一觉到天明。直到凌晨三点多钟，我手机“嘀”了一声，睁开眼，是樊露发来的短信，阮总说早上六点我们准时出发，赶到黄河饭店吃早餐。我回复两个字，你们……我故意点了个省略号。樊露很快发来一行字，不是你想的那样。我觉得她说话也真够冒失的，我也没说什么，她就武断地认为自己知道我想说什么。

早上六点钟，我准时收拾行李下楼，樊露正在前台办理退房。刘先生竟也在宾馆门口，旁边停着一辆白色丰田，阮总靠在车旁抽烟。我将车子发动以后，没想到阮总和樊露却坐上了刘先生的丰田。刘先生摇下车窗，笑着对我说，陈主任，你跟着我走，这里离黄河饭店不远，踩一脚油门就到了。阮总冲我点了点头，很放心、尽在不言中的样子。我才醒悟刘先生是要跟我们一起走，他真能胡咧咧，一百六十多公里，如何能叫踩一脚油门就到。

每到岔路口转弯时，刘先生的丰田车都在前面减速等我一会儿。尽管如此，跟着刘先生的车子也比我自己开车累得多。八点一刻，我们到达黄河饭店。阮总直接去了自助餐厅，让我和樊露去登记房间。樊露见缝插针地对我说，今天阮总让我跟他一块出去办事，你待在黄河饭店就好。我问，除了参加黄河饭店的庆祝活动，你们还有其他事吗？樊露说，今天是报到日，庆祝活动在明天。我怔了怔，想问她昨晚出去是不是也与今天要办的事有关，但看到樊露蹙着眉头、心事重重的样子，我就忍住了。

等我走进自助餐厅，阮总已经吃完早餐，他一边用餐巾纸擦嘴，一边对我说，小陈，今天会来很多全国各地的饭店同行，你可以跟他们互相认识一下。樊露冲我挤挤眼，笑着说，你也可以出去走走，或者看个电影。我故作轻松地说，不出去了，外面对我来说是盲区，我觉得黄河饭店可学习之处很多。刘先生站在阮总身后，听完我的话，冲我竖了个大拇指。

看着他们三人离去的背影，我想起阮总似乎还未与黄河饭店的老总见面，他带我和樊露提前两天从 X 市出发的用意，原来是要留出一天的时间出去办事。大堂里扯满了庆祝的条幅和彩带，还搭建了一个演出舞台，帷幕上绣着十个大字："辉煌四十载，诚信赢天下。"但这些好像都被阮总忽略了。我回到房间睡觉，可能是昨夜没睡好，竟一觉睡到了下午三点多，错过了午餐。

我吃了房间配的两根香蕉和几颗大枣，挨到下午六点钟，走到宴会厅，那里正在举办欢迎晚宴，每个人按席签就座。我找到自己的位置，身边坐着南腔北调的饭店业同行，我一个也不认识，也没心情喝酒，无法融入别人的喧闹。我悄悄退出来，走到自助餐厅里，盛了一碗扬州炒饭，咀嚼着米粒，感觉如同嚼淮河滩上的河沙似的。

晚宴结束，舞台上开始表演节目。我寻个角落的位置坐下，心不在焉地观看，时不时看一下时间，阮总和樊露他们一整天没有消息。舞台上有个年轻帅哥在唱歌：我爱你，爱着你，就像老鼠爱大米……原本熟悉的歌词，听起来却完全变了味道。

我忽然发现这歌词真令人无法理解，将自己比作老鼠，骂自己是鼠辈吗？竟然也能走红，真不可理喻。我看了看节目单，唱歌的年轻人来自黄河饭店的动力部，就向旁边的女服务员打听动力部是个什么部门。女服务员笑容可掬地回答说是锅炉房。我顿觉无聊，就起身回房间。

往床上一趴，快睡着的时候，我给樊露发了条短信，又夜不归宿哈！不知道过了多久，樊露回复信息，你的确有盲区。

五

早晨起来，我特意看了看日期，确认是九月八号，黄河饭店成立四十周年庆典活动的正日子，我感觉阮总来参加黄河饭店的庆祝活动只是个由头，并不是他此行的真正目的，这令我对黄河饭店的活动也产生懈怠之感。吃早餐的时候，我在餐厅里见到了阮总和刘先生，还有樊露。他们坐在相邻的两张桌旁，樊露嘴里咬着一根吸管，慢吞吞地吸着一杯柠檬汁似的饮料，脸上的表情有点冷漠。阮总已经吃完早餐，像是专门在餐厅等我。他冲我招招手，我紧走几步过去。阮总先从头到脚看了我一遍，像是看我着装是否得体，然后才说，北洋，我们三个等会儿提前回去，那边有点急事处理……你留在黄河饭店，代表我把活动参加完。我有点发愣，也谈不上吃惊，不过更加印证了我的判断，阮总根本不在意黄河饭店的庆祝活动，也没想过要去会他的一帮饭店同行朋友，他在围绕另外一件事情周旋。我怎么回去？我问了句有点傻的话。阮总说，乘火车，黄河饭店会给你订票。樊露一直目不斜视地看着餐厅门外，像是在想着我无法捉摸的心事。可能是发现我看她，她突然站起身离开餐厅。

我想起一件事，就问阮总，你们从哪条路线回去？阮总说，从京珠高速上走。我说，不行，你们得从原路返回，我们过颍河时还欠着渡船人十块钱。阮总眉头一皱，摆摆手说，这叫什么事嘛，十块钱有什么要紧的。我小心翼翼地反驳说，要紧的，那个小女孩在等着我们，不能失信于她。刘先生直着眼睛看我，他大概没想到我敢跟阮总辩理。阮总拉下脸说，不是失信，是没有必要为了还那十块钱绕许多冤枉路。我说，这理由好像不成立。阮总狠狠看了我一眼，像是要重新认识我，怔了一会儿，他语气又缓和下来，说，北洋，我们这样想，假如那十块钱对小女孩非常重要，那么我们就必须绕路去还她；假如那十块钱对她来说，并不像你想象的那么重要，尤其是今天这个时代，我们人人都不差十块钱，那么我们就不必绕许多路，大张旗鼓地去找她还钱，是不是这个道理？

我摇了摇头，眼前挥之不去的是那个小女孩闪亮的眼睛，我固执地相信她还在颍河上等待我们返程。阮总也摇了摇头，冲刘先生叹气道，你看我们淮河饭店的年轻人，个个都是死脑筋，还需要好好历练啊！刘先生笑呵呵地说，不然，我看小陈可做你的接班人。

（选自《青年文学》2021 年第 8 期）

小菜一碟

赵文辉

一大早，天空就没有好心情，阴云密布，透出阵阵寒意。人行道上的金叶榆经历了寒秋的浸染，黄色慢慢向叶边蔓延，小风吹过，打着旋儿一片一片飘落下来。落地玻璃窗里面，大伟和艳菊呆坐着，瞪视着濡湿了粘在一起的树叶。

俩人今天都没有吃早餐。一开始，大伟还想把气氛搞得轻松一些。他冲了两碗麦片粥，开始煎鸡蛋，由于积气过多，燃气灶“砰”地响了一声。鸡蛋迅速膨胀起来，然后慢慢凝固，贴在了平底锅上。“好嘞——”当他吹着口哨把煎蛋、麦片粥端到吧台时，他看到了艳菊一张凄冷的脸。艳菊根本没有心情碰它。水慢慢地变凉，碗也慢慢地变凉。饭馆里空空荡荡，曾经的喧哗和人声鼎沸已成过往，明天，这里的一切就不再属于他们了。转让合同签过好几天了，转让金都去了它们应该去的地方。

昨天晚上，大伟找了个没人认识他的小饭馆独饮，返回时已是黎明。儿子女儿都在学生公寓住，他把艳菊一个人丢在家里。他信任艳菊，知道可以让艳菊单独和打火机、煤气和安眠药待在一起。他一直认为，艳菊比他要坚强得多。

一直拖到今天没有交接，是因为他们非常留恋这里的一切，转让后他们不知道还有没有勇气踏进这里。同时，他们也在等一个人——木耳商——一个完全不像东北人的东北人，清瘦单薄，双眸明亮，宛如两泓清泉，微笑时，一抹胡子下面露出两排皓齿，粲然如雪。每次来送货，过完秤拿到收条就走，他连一句老板都不会喊。他活得不声不响。即便是那一次月结，他把几张收条都丢了也没着急，那是饭店给供货商的唯一凭证。不像那个粮油商，丢过一张欠条仿佛天塌了一样跑来找他们。粮油商个头矮小，相貌粗鄙，一年四季除了夏天，脚上总是一双棉拖。这一回又是第一个跑来要账，任艳菊怎么恳求，他的态度都十分强硬，一分钱的欠条都不让打。艳菊用手指做成一把手枪，对着拿到钱离去的粮油商的背影开了几枪，发誓这辈子再不和这种人打交道。

那次，艳菊和大伟翻看存根后就把木耳商的账结了，一共是 2380 元，木耳商很感激，只收 2000 元，说 380 元请大伟喝酒了。大伟一听眉眼都舒展开来，对木耳商说："那，兄弟就不客气了。"艳菊坚决不同意，狠狠瞪大伟一眼："人家一斤木耳能挣你几个钱？辛辛苦苦地送来，给咱的价格比市场还低。"木耳商收了全款，提出给他们写个证明，艳菊挥挥手："不用不用，你还会再要二回？"信任的力量一下子拉近了他们之间的距离，他们成了朋友。

木耳商再来送货总要拎两瓶好酒，跟大伟喝两口。喝到酣处，两人必定要划几拳。大伟性情温和从不与人红脸，就是指头上老得罪人，往往费老大劲儿才能输给木耳商几个枚，还没让他看出来。大伟很得意，冲木耳商笑："你们东北有三怪，我们河南也有三怪——"木耳商一下子竖起耳朵："真的?""有座不坐蹲着，有衣不穿披着，有酒不喝吵着。吵着，懂吗？就是喜欢猜枚！指上功夫就是这样练出来的！"木耳商恍然大悟，说怪不得赢不了你。接下来木耳商提出换个酒令，数螃蟹，问大伟敢不敢。俩人把燃着的烟卷放到烟灰缸的凹槽里，腾出手来："一只螃蟹这么大的壳，两只眼睛八只脚……"

木耳商抽烟抽得很凶，两缕烟气从他两个鼻孔里冒出来飘浮在酒桌上空，那是他独特的抽烟方式。木耳商酒量很大，每次没有两瓶"牛二"，战斗都不会结束。最后，一大碗鸡汁面端上来，里面还卧了两个蛋，每次，木耳商都会在挑起第一筷子面条时冲艳菊问："老板娘，有没有腊八蒜?"

大伟和艳菊一起回忆那些场景，还有那些安慰人心的卤肉，大伟的独特配方。就在平时，两个收头发、收废手机的小贩会在中午快要结束的时候，结伴儿来喝酒，把他们的电动车头碰头一齐放在店门口。一进门就冲艳菊喊："来点劲儿大的东西给我们喝！"自从那张 A4 纸打印的"转让启事"贴在玻璃上后，他们再没有出现。还有东关那个老酒鬼，每天晚上快关门时就会准时出现，打三两"女儿红"、买半份油炸花生米，总是一副神神道道的样子。"你们知道吧？有个小贩挨个往饭店跑，收五粮液、茅台酒瓶包装，50 元一个。"老酒鬼边出门边嘟囔，"他又会把这些盒子卖给谁?”

这一切，都将一去不复返了。想一想那些曾经暖人的场面，大伟的眼眶也禁不住潮湿了。半晌的时候，艳菊突然提议把饭店拾掇拾掇，她不想让接手的人看到这几天的混乱带来的狼藉。大伟立即表示同意。两人开始忙活起来，就像以往那些个年关大扫除一样，大伟迅速用报纸做了两只遮挡灰尘的纸帽子。

大伟和艳菊是从农村来的“80后”，属于那种“家里没矿、身后没人”的阶层，能在城里安个家、考个驾照、让儿女顺利进入县城某所学校，成了他们这一代人朴素而热烈的愿望。他俩在同一个饭店打工，非常优秀。大伟英气逼人又舍得吃苦，从配菜工、打荷工一直干到头灶，尽管他出身寒门，母亲天生残疾，艳菊那个圈子里的女孩儿们却依靠私下里用抓纸蛋的方式抢着做他的女朋友。艳菊从服务员到大堂经理，付出了常人难以付出的辛苦。三十岁那年，他俩用全部积蓄和借款开了这家不到100平方米的小店，主营私房菜和鸡汁面，还起了一个特别亲切的店名：小菜一碟。大伟的拿手菜，加上艳菊丰富的管理经验和人脉，“小菜一碟”开业后出奇地火爆。有一道“百年老汤鱼”锁住了很多客人的胃，不少生意人和公职人员慕名而来，公职人员习惯用一个矿泉水瓶盛酒。艳菊发现他们饿极了也跟平头百姓没什么两样，大伟尝过他们丢下的瓶底的白酒后目瞪口呆。有一天，“小菜一碟”的营业额突破了5000元，俩人都吓了一跳。他们像编制绳索般严谨地还清了最后一分钱，并在开店的第三个年头分期付款买下一套118平方米的单元房。

他们的一双儿女兴奋地在新房的地板上打滚儿，四岁的女儿认真地提出一个要求：她能不能也拥有一把新房的钥匙？

自从度过最初艰苦奋斗的岁月，他们懂得了珍惜，每一分钱都花得恰到好处。又过了两年，就在他们计划购买一辆哈弗小型越野车时，艳菊一个在秦皇岛发展的闺密田丽丽找上门来，执意带她去见识见识自己的事业。

田丽丽人高马大，一头浓密的黑发，惯以不分青红皂白地发表意见。她打小就护着艳菊，曾经把一个经常欺负艳菊的“混世魔王”揍得见了她们绕弯儿走。她原来和艳菊一样在饭店上班，干的是收银。一个经常来吃饭的副局长不断给她送花送巧克力，约她出去吃火锅。两人一度发展到了如火如荼的地步，副局长信誓旦旦说一定会娶她。田丽丽意外怀孕后，那个副局长却一次又一次劝她做流产，说时机还未成熟。田丽丽又一次怀孕后，副局长仍然说时机未到，正当他打算劝说田丽丽去妇幼保健院时，田丽丽却突然失踪了。八个月后，田丽丽挺着大肚子，拖着一个和她肚子一样硕大的拉杆箱雄赳赳气昂昂开进了副局长家里，在客厅里的沙发上安营扎寨。副局长和他的老婆目瞪口呆，好久都回不过神儿来。

那天一见面，田丽丽就扑上来猛揉艳菊的大胸。“想死你个浪 × 了！”这是她们十七岁就开始的见面礼，从来不避讳一旁难堪得目光无处投放的大伟。接着给另一个闺密打电话，嚷嚷着今晚不醉不归。那天，大伟给她仨做了几道青春怀念菜：烧腐竹、鱼香肉丝、宫保鸡丁和毛血旺。艳菊发现，这几道普通得不能再普通的菜，不光他们“80后”喜欢，“90后”也情有独钟。吃过饭去KTV，艳菊买了一个999元套餐，两件百威，一篮子零食。田丽丽喜欢啤酒白酒掺着喝，又要了两瓶水蜜桃味的江小白。

来到包房，上果盘的服务生想问她们还需要啥服务，刚一张口就被田丽丽撵了出去。艳菊把音响打开，用眼神请示田丽丽，田丽丽点点头，另一个闺密把门反锁上。三人把鞋脱了，一屁股坐到地上，握住脚脖，开始放声大哭。是真哭，谁也不看谁，谁也不听谁，眼泪横飞，声嘶力竭。不知何时起，她们选择了这种方式来发泄心中的委屈。那一刻，痛苦的往事带着猛烈的力量回到她们身边。田丽丽虽然取得了胜利，副局长跟发妻离婚娶了她，但是他们的日子却一刻也不得安宁——发妻不但要走了大部分财产，还一路告到省纪委，副局长被免职加开除，成了一个普通人。失了工作的副局长不会做生意也不愿去打工，一天三顿饭得给他端到桌上，像个大爷一样让田丽丽养着不说，脾气还大得要命，20元以下的香烟都嫌丢人。艳菊的“小菜一碟”没有专门的洗碗工，她每天中午迟走半小时，晚上迟走半小时，洗完大件餐具再洗小件餐具。仅仅体力上的付出也就算了，可是被酒鬼掀翻的桌子，营业高峰呼呼啦啦闯进来检查净化器、健康证的“制服们”，从天而降的罚单……尽管从干餐饮第一天起她就挑断了自己的自尊神经，可是有很多侮辱性的情节还是让她不能接受。那个闺密，超市杀鱼手，累死累活，工资连两个孩子的补课费都不够。

那一晚，她们喝光了桌子上所有的啤酒和白酒，哭一阵笑一阵，再唱一阵。田丽丽问艳菊一年能挣多少钱。艳菊扳起指头一样一样给她列举：流水多少，房租、工资、水电费……对，还有过年过节给那些职能部门小头头买的超市卡……田丽丽打断她，问："这些年，我们依靠牺牲所有的星期天、节假日和没完没了地延长工作时间，并且搭进去我们的健康，来换取财富，感觉有钱了但并不欣慰，是不是?"

艳菊拼命地点头。

田丽丽又说："这些年，我们拼上了每一分年轻的力量，每一个年轻的细胞。可收益呢?我们为什么不能跳出来，选择一个回报和投入成正比的，又不让我们失去尊严的行业呢?"

艳菊和另一个闺密又是拼命地点头，一脸崇拜地望着田丽丽激情澎湃的脸庞。

艳菊去了一趟秦皇岛，立即被那种热血沸腾的赚钱方式迷住了。这里云集了来自全国各地的冒险者，很多快捷致富的点子在这里不断诞生。艳菊先是说服大伟把饭店的节余全部拿出来，后来又动用了供货商的材料款，再后来就身不由己地借了高利贷。在秦皇岛半年，她收获了两件事：一次小型车祸造成的挥鞭式头疼，另外就是刷新了对闺密的认识——所谓闺密，就是让你在最短的时间内倾家荡产的人。

从秦皇岛回来，一开始艳菊还指望东山再起，手里不是还有一个生意不错的"小菜一碟"嘛。谁知突然有一天，供应商和别的债主蜂拥而至，围堵了"小菜一碟"。材料款已经拖欠了四个月，供应商都看出了端倪，最后不得不采取了这个激烈的方式：堵门，不给钱就不能营业。领头的是那个粮油商，他跳得最高嗓门最大，比起当年他丢了收条唯恐大伟艳菊不认账，那副低三下四的可怜样，还有不住赔笑的贱样，真是判若两人。就在几天前，他鬼鬼祟祟来找艳菊，让艳菊出去跟他说话，拐弯抹角地表达了一个意思：他可以免艳菊一个月的材料款，如果艳菊答应他的那个要求的话。粮油商习惯抠鼻子，抠过之后，还要在手里搓捏。艳菊恶心得只想呕吐。她回应了粮油商一个字：滚！

这一段时间，艳菊一直在干着拆东墙补西墙的差事，每天都过得提心吊胆，供应商的围堵反而让她一颗心掉到了地上，再也不用演戏了。最后，他们不得不把住了不到一年的房子卖掉，把“小菜一碟”转让给了一个觊觎已久的同行。这个同行没有趁火打劫，出了一个不菲的价格，交接期限也很宽容。交房那天，女儿死活不肯交钥匙，她哭喊着跑下楼，跑出小区，不顾一切地穿过马路。马路上骤然响起一阵汽车轮胎摩擦地面的尖叫声。跟在后面的艳菊心脏骤停，魂都吓飞了。

签过转让合同，供货商的欠款自然是头等大事。转让费根本不够支付这些欠款，只能按比例支付一部分，剩余的，艳菊跟他们约定了分期还款计划并重新打了欠条，然后认真地摁下自己的指头印。除了粮油商，没有一个人不同意这样做。干鲜调料商是一个风风火火、办事干脆利索的大姐，她攥住艳菊的手安慰：“妹子，我们也是被坑怕了才这样做，对不住了。余下的钱不急，姐不会再追着你要了。好好规划规划，打个翻身仗，你们两口都是好人。”她又提起了写错的那个单子，十桶“大红浙醋”写成了一桶的价格，是艳菊主动给她改过来的。其他供应商纷纷附和，他们也发生过类似的事情，艳菊没有亏过他们一分钱。最后，他们一致指责粮油商，要不是他添油加醋鼓动大家，根本不会有堵门这一说。

处理完供应商和朋友们的欠款，艳菊恳求“小菜一碟”的新主人再宽容几日，他们已经在朋友圈和饭店的贵宾群里发了告示：退还客人寄存的酒水和发放出去的充值卡。他们不打算逃避，在三十三年的人生履历上他们跌了一次大跟头，但是他们不愿意留下污点，为自己的名声，也为自己的子女。这些日子，艳菊和平时一样坐在吧台里，给前来退卡的客人办手续，脊梁挺得笔直。

他们发现，“小菜一碟”转让的前前后后，木耳商一直没有出现。兑付材料款时艳菊给他打了电话，却没见他来。今天是最后一天了，木耳商说去东北老家订购木耳，他在微信里回复今天一定来，还说有一个重要的消息要告诉他们。大伟和艳菊决定等到最后，其实他们一分钱都没有了，他们还是要等到最后。当面跟木耳商解释，然后把他的材料款转为借款，给他打新的欠条，注明还款日期，再摁上指头印。

他们认真而庄严地拾掇着即将不再属于他们的饭店。一整天，俩人都在刷、洗、扫，从前厅到后厨，里里外外，每个细部都不放过。在这个不足 100 平方米的小店里，随处可见一个脚踏实地的女人的精明和细心。中午的时候，两人把麦片粥和煎蛋热了热，吧台还有两盒过期的“花花牛”酸奶，也一起喝了。艳菊忽然想起那个送“花花牛”的小胖子告诉她的事，小胖子一家常年喝的都是过期奶。还有那个啤酒商也说过，他和老丈人一家喝的都是临期和刚过期的啤酒。谁舍得扔啊，他们都是这样说的。谁都过得不容易，艳菊在心里叹一口气。想一想这些天发生的事，她都不知道是怎么挺过来的。

从秦皇岛回来，艳菊多了一个毛病，头疼起来像斧劈，鼻血一碗一碗地流。她根本顾不上去医院，发作的时候就去小区门诊开点药。她发现有一款叫作“复方羊角颗粒”的冲剂喝了很管用。大伟有点儿扛不住了，天天出外借酒浇愁。艳菊努力装得没事人似的，不想把坏情绪带给孩子和双方的老人。有一天在家里，艳菊正给女儿碗里夹腐竹时，突然就崩溃了，哭得一塌糊涂。

就在那天，大伟回来得很晚，喝得酩酊大醉。艳菊闻到了除了酒味之外的另一种味道。几日后的七夕节，大伟冲澡时艳菊翻看他的微信，在交易记录里发现除了给她发了一个 13.14 元的红包，还给一个叫芳芳的女孩发了一个 51.2 元的红包。又在他们的对话框里发现了最近几次的聊天内容，措辞热情似火，提到西关出租屋的那张小床，还有堕胎和另一个丈母娘，这些事她从未察觉过。艳菊一下明白了：一个男人很爱他的家庭，并不就表示这个人干不了别的事。

艳菊在秦皇岛的日子，大伟和店里一个叫芳芳的服务员迅速打得火热。这是一个先令别人不能自拔，而后自己变得不能自拔的女孩。她没要过大伟一分钱，反而给大伟买了好几身衣裳，还有整条的玉溪烟。

艳菊决定先不打草惊蛇，她在等待时机。那一个雨夜，大伟说去找同学借钱，半夜了还没回来。艳菊心里一惊。她想到了一个快捷酒店的名字，这是她在大伟手机里又一重大发现：交易明细里有 N 次付款记录显示，他在这家快捷酒店开过房。艳菊冲进雨幕里等出租车时，发现自己竟忘了带雨伞。她遇到了罕见的雷雨，劈天闪电自地下升起，向天空伸展。她的双腿感到猛然一震。子弹般的雨点砸在柏油路面上，顺着排水井哗哗流淌。全身湿透的她找到那家门面豪华高大的快捷酒店，招牌很明亮，大堂却逼仄拥挤，从一个窄小的电梯上到七楼，走廊笔直，长得不到边，房间多得吓人。她扑空了！

她没有工夫跟踪了，她决定直接审问。艳菊要求知道那些罪孽是在哪里发生的。起初大伟还想回避，艳菊使用了连自己都吃惊的激烈手段。大伟吓坏了，交代了那个女孩的住所，艳菊接着追问这桩罪孽的开始。大伟支支吾吾，说自己记不清了。其实是不想说，也没法开口。大伟一个人在店里的那些日子，真是前所未有的轻松，加上捷报一个接一个从秦皇岛传来，他已经修改了当初的购车计划，哈弗小型越野换成了奥迪 Q5。他感觉不用亲自炒菜了，就招聘了个厨师，当起了甩手掌柜。有时候也看看吧台。他清晰地记得他是如何跟芳芳接上火的。芳芳来核对一桌客人的菜单，就在她探身的那一刹那，某个部位碰到了大伟的胳膊肘。下班后，大伟主动加了她的微信，约她去吃炒冰。吃炒冰的过程中，两个人都被对方的眼神点燃了，四条腿在桌子下面试探着对方。在快捷酒店里，随后赶来的芳芳倚在胡桃色的木门后面，松开辫子，一瀑金色的秀发落在脖颈和肩膀上。

艳菊去之前给那个女孩打了个电话，她在手机上保存号码姓名时不假思索地输入了一个“小三”。为了方便声讨，她还添加了芳芳的微信。

一进门她就看见了饭桌上的半瓶自制辣椒酱，那种撩人的色泽只能出自大伟之手。芳芳穿着人字拖，一件盖过屁股的白色男式T恤，两只奶头时隐时现，她的手背上有一条锯齿状的伤疤，在小麦色的皮肤上，一段粉红色的嫩肉凸起。艳菊认出来了，那件印着狮子图案的T恤是大伟的。艳菊一巴掌打过去，芳芳没有躲闪也没有还手，接下来又是一巴掌，芳芳的半边脸火烧火燎的，鼻子里流出一滴一滴的血来。芳芳冷静地等待着，一只手肘支在另一只手里，嘴上带着前一天晚上留下的创伤般的青紫吻痕。

“是我心甘情愿的。”她用抽纸擦拭着鼻子，对艳菊说，“你打吧，姐。”

她的妈妈，大伟微信里的另一个丈母娘，在一旁大喊大叫起来，艳菊才停了手。那个女人仿佛要和女儿论证什么似的，对芳芳说：“瞧，让我说对了吧，关键时候，不见人了吧？”

家里也乱了套，一双儿女站在裂缝越来越大的边缘——大伟参与制造的灾难边缘。她和大伟的战争即将结束的时候，大伟突然随口嘟哝了一句：“我可不想死了都不知道是啥滋味。”惹得艳菊再次爆发，她的吼声把两个孩子吓坏了，哥哥拉着妹妹的手不知道该往哪里躲。半夜的时候，他们才发现孩子们不见了，慌慌张张跑下楼去找。两个孩子蜷缩在地上，倚靠着小区唯一的一座铁皮房子，绿色的铁房子里发出嗡嗡的声音，一侧用白漆喷了几个字：“远离，危险”，上面还画了一个红色闪电。艳菊当时吓坏了。

她决定立即停止追究，把这一页翻过去。

傍晚的时候，终于结束了，大伟摘下戴在头上的纸帽子。他今天很落魄，不但纽扣扣错了，两只脚还穿了两只不同颜色的袜子。俩人坐下来喝水，艳菊额头冒着细密的汗珠，她把脖子上那条货真价实的千足金项链摘下来。那是他们定亲时大伟给她买的。大伟一阵惊慌：“不，不！”他的眼睛里噙满了泪水，艳菊装作没看见：“等将来有钱了，你再给我买。”艳菊突然心生愧疚，这些年，她对大伟是不是过于苛刻了？没让他歇过一个节假日，烟钱还得从她手里要。很多个晚上，大伟洗漱完毕兴致勃勃地看着她，她却因为疲乏甩给大伟一个冷脊背，或者把大伟伸过来的手打掉。难道自己已经变成那种跋扈的久婚妇女了吗？

暮色一点点儿加重，整个城市街道开始变幻，准备融入黑夜之中。商家纷纷拉下卷帘铁门，还有很多卷帘门根本就不用拉动，到处都是过剩的门面房。艳菊又开始头疼了，好像有根铁丝在她脑袋里搅动一样。她把十根手指头插进头发里，使劲揪拽，却一声呻吟都不愿发出。艳菊坐在那里，她看起来很脆弱，那种要命的伤心欲绝的感觉又梗在心头了。

后来实在忍受不了，她让大伟去药店买复方羊角颗粒，她决定加大剂量一次冲三包。大伟出门时差点跟一个人撞上。四季自吸门帘被撞开又合上，木耳商一脸倦容地站在他们面前。

木耳商端起桌子上的水就喝，脖子鼓了一下又一下，水珠顺着下巴滴下来。放下水杯他就从夹克兜里掏出红旗渠牌香烟，抽出一根递向大伟，又抽出一根，捏一下海绵嘴，往嘴里送。两只鼻孔冒出第一缕烟雾后，他开始说话了："我刚从老家订购木耳回来，你们知道不知道，今年木耳丰收了，品相好价格也不贵，我订购的数量是往年的双倍。"也许这就是他在微信里说的重要消息了。艳菊给他续上水，请他坐下来。艳菊把店里的情况简单说了说，她把那条项链拿出来："我们只能拿出这个了，余下的给你打欠条，我们按贷款利息……"

"我不是来要账的！"木耳商打断了她，"我需要帮手，需要在各县区设立送货点，你们明白吧？要是你们不嫌弃的话……"木耳商的声音在最低处有点深沉。接着，他抬起低垂的眼睛，面孔大大张开了，呈现出一个男人的全部诚意。艳菊面对这个木讷、诚实、不善于花言巧语的东北人感到很踏实，她轻轻叹了一口气，起身给木耳商往杯里加水。

大伟愣在那里，烟头燃疼了他的手指。他从内心感激木耳商的好意，显然，木耳商来之前已经知道了他们的遭遇。木耳商等待着他们的答复。"小菜一碟"出现了从来没有的寂静，只有门帘被风掀动的声音。

最后，大伟和艳菊还是拒绝了木耳商的好意。他们有自己的打算，他们决定还干老本行，几天前已经联系好了打工的地方。他们决定去深圳，几十年来很多人梦想破灭又燃起的地方。他们觉得自己还年轻，希望之火还没有熄灭。也许，他们会怀念这种诚实的赚钱方式。

无论如何，那个傍晚因木耳商的到来突然明媚起来。生活中有盏灯需要点亮。头突然不疼了，艳菊的手指从头发里抽了出来，她的头发很黑，像是上过漆似的。艳菊觉得，发生的这一切真算不得什么，她在心里对自己说，不过小菜一碟嘛。她去洗了洗手，开始张罗“小菜一碟”的最后一顿酒宴。

大伟进厨房精心烧制了一锅冬瓜排骨汤，余下的菜交给艳菊。一瓶“古井贡”被木耳商拧开口，咕嘟咕嘟倒进了两只酒碗里。8 年期年份原浆在碗里闪闪发光，香气扑鼻。

第一批星星已经悬挂在窗外的上空。艳菊在厨房的砧板上切细香葱，干饭店时间长了，大伟不在的时候，她也能抵挡一阵。砧板是好砧板，橡木做的，看起来庄重、坚固。这时，手机“嘀咕”一声，她打开微信，不由得苦笑了一下。又是那个女孩发来的 5 万元转款：“姐，我知道你需要。”已经拒绝过她一次了。艳菊怕她再坚持，点了退款后直接又点了删除。心说，这哪儿跟哪儿啊。

（选自《北京文学》2021 年第 12 期）

细腰

维　摩

何小腰人如其名，纤腰如柳，盈盈一握。

那腰纤细颀长，像用毛笔写了个“S”，走笔中途有意控制了笔锋，使中间那段狭长流利，曲线玲珑。无论在师大还是九都，同样身高的女孩，腰部总要比她短一两寸，更多的人则是比她粗一两寸，因这差别，使何小腰尤为出众。有此蛮腰，自然要时时拿出来炫耀一下。在阳光如火的夏日，何小腰常穿一件紧身露脐小背心，配月白色牛仔小热裤，趿一双凉拖鞋，怀抱琴谱，吮着雪糕打我们系教学楼前的阴影里走过，直奔南边的艺术楼而去。用现在的眼光来看，这种全身上下总共不到二尺布的穿法也算不上什么新潮，可在我上学那会儿思想还保守得很，大多数女生的裙子最短仅限于膝盖，即便如此，裙下那一截白净细腻的小腿就足以让人血压升高了，小腰这种裸肚皮露大腿的穿法简直就是谋杀。

音乐系和美术系都设在我们南边那栋楼里，也就是说，全校女生中最会穿和最敢穿的都必须打我们这儿经过，这里因此成为战略要地。我们扼守着要地，每当看到她清清爽爽如一缕风般走过，那腰腹、肚脐和双腿让趴在窗台边苦等很久的男生们兴奋不已，口哨和怪叫声此起彼伏。每每见此，小腰就会停下来，掀起咖啡色的太阳镜，不知冲那群活蹦乱跳的傻小子骂了一句什么，然后拉下眼镜，在一片目瞪口呆中扬长而去。

我混迹在那片目瞪口呆中，目送着她的背影消失在幽暗的楼道里。我当然知道何小腰骂人的脏话把我排除在外，但我也清楚自己其实完全配得上这个称呼，因为她爸和我爸是战友，从小一起长大，多年同学，知根知底，可我白白占据了这么好的有利条件，没能拴住这匹漂亮的野马，实在有负父辈重托，以至于后来她爸见了我，都吹胡子瞪眼恨铁不成钢。他说小王啊，难道还要我把小腰送到你屋里不成？我说叔啊，不是我不争气，是“鬼子”太狡猾。她爸哈哈一笑，说小王啊，要鼓足勇气，打一个歼灭战。我说好，我一定努力寻找有利战机……没等我说完，我爸就大喝一声：别耍贫嘴，赶紧滚蛋！这话如同雷鸣，我听到后立刻抱头鼠窜。因为小腰她爸转业以后成了我爸的领导，我还用部队大院里那一套去应对，活该挨骂。如今算起来，我与何小腰十年未见了。自打我离开九都市，电话里那些故旧的号码就被删了个精光，你当然可以理解为我是存心要与他们断绝联系，我在更大的城市，有了更好的工作，我需要的是一个新圈子，这个圈子能在工作上给我助益，在生活上给我关心，而原先高枕无忧地躺在我电话号码本里的那些人对我过于熟悉，我跟他们光屁股长大，我的底细挂在他们嘴边，一不留神就可能成为笑料和谈资，我决心要与过去的生活一刀两断，所以当我离开九都又买了新手机以后，随手就清空了旧手机里的号码，点下“确定”的时候，一个对话框跳了出来：“小腰是 SIM 卡联系人，确定删除?”这条提示让我犹豫再三，终于还是点了确定键。

有一回我被告知那个腰细腿长的女生正在四处找我，得知这个消息时我刚从操场下来，一脖子汗渍和污泥，球鞋里的袜子多天未洗，臭味悠长，大大小小的破洞夹得脚趾麻痒难耐，我叹息如果是双新袜子，刚才必定不会浪费那么好的进球良机，就在这个当口，何小腰的车缓缓开过来，停在了球场边上。毕业那年，何小腰是为数不多的开车上学的学生之一。她父母晚婚，到了三十多岁才得了这么个宝贝女儿，不知道怎么宠着才好。九都市的夏天总是炫目的，云上流火云下烧灼，偶尔有微风经过，捎来的也只有热浪没有蝉声。学校宿舍没装空调，何妈当然不愿意让女儿睡在热浪里，就批准她回家去住，上学的时候则开刚买的新车。她总是嘭地关上车门，腰肢摆摆便从球场边的栏杆间飘了进来。换了别人，只能绕行一百多米去走大门，可她是何小腰，她有着全校最细的腰，最柔软的身板，她从栏杆缝隙间流水一般穿过的时候，两边还空出不少距离，这使得她的衣裳不会沾染上一丝铁锈或者灰尘。何小腰慵懒地把这些栏杆抛在身后，迎面走过来，顺手递给我一瓶可乐。可乐带着晶莹的水珠，蕴含着透心透肺的凉意。云上的火焰瞬间熄灭了，操场气温正好，夕阳不燥，那些浑身臭汗的坏小子们怪腔怪调地一哄而散，走出好远还吹着浪荡的口哨。我猜他们会不时回头看我，并且对这个腰细腿长的女生多瞄几眼，可我没搭理他们，我接过小腰递来的可乐咕咚一阵，指指场外的车说，就这么点儿路，还开车来？

我的车又不花你油钱，怎么不行？

你这裸腰露大腿的已经够惹眼啦，再炫耀家境不是招人恨吗？

你他妈怎么跟老何一个德行！何小腰气呼呼转过身，腰肢摆了摆又从球场边的栏杆间流水般穿了出去，车身在轰鸣声中颤抖了一下，轧过马路牙子疾驰而去，路边柳树的树皮被刮掉一大块，痛得枝叶簌簌抖动，鲜嫩的伤口深达白色的树干。我记得中学物理课上学过，如果把电路的正负极直接连在一起，就会立刻造成短路现象，我现在正好处于这种状态之中。我熟知何小腰的脾气，虽然她脑子里只有一根犟筋，但也从未如此冲动过。要知道她手里还握着方向盘，这可真让人担心，我一边后悔，一边跑向远处的大门。刚跑出几步远，小腰的车就在我面前停下了。她兜了一个圈，猜到我要追出来，就在大门前等着，我被候了个正着，就这样我上了她的车。

车里冷气强劲，CD 机里播放着巴赫或者亨德尔，抑或是其他什么斯什么特之类的，那些名字绕嘴难记，我根本区分不清，每次都需要她来扫盲。

她说，你得替我去看看老何。

我说，腿在你身上长着，你自己去呗。

她说，老何不愿意见我。

我说，不愿意就不见，等愿意见了再说。

她说，你不懂，这事儿挺大的。

我忙着在她的纸巾盒里抽纸擦汗，没顾上接这个话，她就自顾自地说下去。老何安排我出国，我不同意，大闹了一场。

为什么？你原先不是挺向往出去的嘛。

现在不一样。

怎么不一样？

就是不一样。

哪点儿不一样？

她扭过头，盯着我的眼睛，我这才发现她的眼睛灰暗空洞，里面没有丝毫光彩，如同经历过无数岁月折磨后的老妇，看惯了一切风景，再也不会对任何奇观动容。我举着湿漉漉的纸巾，怔怔地看着她。音乐在车厢里静静流淌，发动机和空调发出微微的嗡嗡声，就像河流中的旋涡。车厢阻隔了热浪，同样阻隔了我们对外界的感知，现在想起来，那个瞬间似乎有十年之久，可它发生得就是那么突然，那么迅速，那么简短。

她说，我怀孕了。

她的话音不高，甚至因为酸涩而变得低哑，这只曾经在校际比赛中骄傲地唱着女高音的鸟儿，如今只能用少气无力的低音跟我说话了，可就是这低哑的声音却把我震得有些发晕，余音在我耳朵里来回鼓荡，袅袅不绝。这么好的姑娘我还没来得及动心思，却已经为别人怀了孩子，这真是让人绝望。绝望过后是愤怒，这愤怒好比自己后院里有棵桃树，桃子刚刚成熟，自己还没来得及吃，却被别人一夜之间全摘走了。我几乎是怒吼着问她，是不是小金？她没有回答，只是静静地靠着椅背，一只手托着腮，另一只手摩挲着方向盘。通常一个孩子做了错事，破罐子破摔时就是这副模样。车外的人行色匆匆，正是食堂打饭的点儿，没人愿意在路旁的车子上浪费注意力，有个男生骑着自行车匆匆迎面而来，为躲避行人骑得歪歪扭扭，随时可能撞上我们。小腰按了按喇叭，他悻悻地从车上跳下来，推着车绕开了。我早就该料到的，自从小金在必经之路上拦住了何小腰，他就再也没有跟我同时出现在同一块球场上，实话说，我确实动过跟他打一架的念头，可他足足比我高出一头，我掂量来掂量去害怕打不过他，平白无故地送上门去挨一顿揍也太不值得，就在这反复掂量的过程中，事情已经发生了。

发生就发生了，我生气只是徒劳。

何小腰从纸巾盒里拽出一张纸，递给我说，再擦擦？

不用了，我说，我回去洗澡换衣服。她说好，半小时以后我在宿舍楼下等你。

实际上我磨磨蹭蹭远远超过了半小时，她的车一直停泊在宿舍楼下那棵梧桐树影里，树影如海，在晚风里微微摇荡，出乎意料的是她居然没有打电话催我。我上了车，她还塞给我一个面包，说垫垫饥，省得见了老何发怵。我说其实每个人都有行差踏错的时候，知错就改还是好同志。她说我没错，为什么要改？我说等你知道错的时候就晚了，老何啥脾气你又不是不知道。她说我的事凭什么让别人判断对错，换了你会吗？她这话让我哑口无言，窗外夜色垂降，我们正在经过九都桥，桥下黑色的河水宽阔寂静，河岸的灯火倒映入水，粼粼闪光，如同一尾正在入睡的鱼。我揣摩着面对老何的措辞，心乱如麻。何小腰若无其事地穿出夜色，滑入灯影，把车停在自家的车位上，第一次没有停正，她下车看了看，又停了一次，这次完美地停到了车位正中间。她熄了火，拎着背包走下来，然后把车钥匙丢在我手里，说你把老何这心肝宝贝也带给他。

从那以后她就消失了，据说连毕业证也是别人代领的。我给她打过电话，她没有接。后来再打，就停机了。我本来想告诉她，她想说的话我一字不漏地转述给了老何，老何听完一语不发，问我还有吗。我说没了。他说好，我知道了。我还煞费苦心地准备了一大套劝慰老何的话，结果一个字也没派上用场。何妈把自己锁在屋里，直到我起身告别也没有出来，事情就这样过去了。人生如同河水，无论多大的狂风，也不过激起一时的水花，过后还是滚滚流入大海，那些水花只会在记忆里渐渐淡去，直到平如镜面，再也想不起来。

再次遇见何小腰是在一个画家的私人美术馆里。那次我出差到某个省城，这里距九都不过一百多公里，我曾多次来过。事情办完后，我本想回家去看看，但同行的上司叫住我，说我对这里熟悉，他想去拜访一位画家朋友，要我陪他一起去。举手之劳的事，拒绝起来不大好意思，于是我只能从命了。

在那位画家空旷的藏品展厅里，我一眼就看见了墙角的何小腰，虽然距离很远，我也能感觉到那就是她。于是我快步走过去，站在她的面前，确切地说，是站在她背后，因为我只看到了她的背影。她全身上下不着一丝，裸背光滑，蜂腰如故，曲线玲珑，坐在一架黑色的钢琴前深情弹奏着。琴盖上放着一只透明的长颈玻璃瓶，瓶子里插着一朵红色的玫瑰。玫瑰娇艳欲滴，如同火红的爱情。我猜她弹奏的必定是巴赫或者亨德尔。自从她消失以后，每次想起她我都会去买几张古典音乐的碟子，那些旋律在我的车厢里反复播放，我早就烂熟于胸，我几乎能从她手指的姿势猜到她弹到了第几章的第几小节，那些音符在我耳边叮咚作响，一下一下敲打着我的胸膛。我在画的边边角角逡巡着，极力想找出作者的署名，但这些努力都是徒劳。我的上司走过来，盯着何小腰看了许久，说画得真好，纤毫毕现，纤毫毕现啊，啧啧，这腰，要是真有这么细的腰，看上一眼也值啊。画家哈哈笑着，说那只是一幅画，并不代表真有这样的美人儿，艺术来源于生活，也要高于生活啊。上司说是啊，这个背影有一点比例失调，腰部似乎过于狭长了吧，现实中不会有这样的人。画家说是啊，这么好的画工，可惜在人体的结构比例上没有掌握好，因此作品也打了折扣。听着他们的对话，我嗓子突然就哽住了，我想说画上的人确实存在，而且我认识她。话在嘴边盘旋许久，我还是没有说出来。因为我没有勇气仅通过背影就确定她的身份，我怕这只是个意外的巧合。但我心里还是执拗地认为，画上的人一定就是何小腰。

从展厅走出的时候，我小心翼翼地掩藏着自己剧烈的心跳，装作漫不经心的样子向画家打听这幅画的来历。他说是一位姓吴的画家卖给他的，要价不高，所以他买下了。他停顿了一下，说好像那个姓吴的画家是在某个大学当过教师的，后来被老婆扫地出门，饭碗也砸掉了。停了一会儿，画家又说，传闻他老婆背景挺厉害的，人也泼辣，曾经带着几个中年妇女上街堵过他的小三，把那个年轻女人全身上下撕得只剩了丝袜，还把他俩鬼混的事儿打印成传单到处散发，弄得他在当地混不下去，只好跑到省城来了。

我突然想起来，那时候九都师大的美术系确实有位老师姓吴，我和何小腰还上过他的选修课，大约是美术欣赏吧。除了球星海报，我对这些文艺青年喜好的玩意儿一点儿也不感兴趣，可何小腰非得让我报，我只好改了睡午觉的地点，跟着她去美术系混学分。每次她听到得意的地方，都会满脸兴奋地把我摇醒，我一边擦着口水一边点头附和，夸她有品位有灵性。何小腰开车上学那段日子，我一边享受她车里的空调，一边喋喋不休地反对她炫富，只有吴老师最支持她。在吴老师眼里，何小腰是他最好的学生。这个学生不但冰雪聪明，而且连整个人都是冰雪做成的，在这样炎阳当空的日子里，若是没有车子遮蔽，没有空调降温，这个雪人非得化成清水不可。

所以何小腰特别喜欢他。

喜欢他还有另一个理由，就是吴老师跟老何年轻时长得很像。老何的书架上有张黑白照片，照片上的他头发还很茂盛，人很瘦，眼睛很亮，穿着“两面红旗”的军装，戴着军帽，英气勃发。何小腰看了照片后，啧啧嘴，跟何妈打趣说，要是我早生三十年，非得跟你争我爸不可，争个头破血流。

何妈说，那是你们年轻人的想法，我们那会儿都兴谦让，你要是喜欢，我让给你，发扬风格嘛。

不劳您费心了。何小腰说，我这儿现成有一个，吴老师，我爸的翻版。

你的那个吴老师是哪里人，有多大？何妈问。

在何妈的心目中，男人大个五六岁没什么不好，成熟的男人更体贴，更懂得谦让和包容。自己的女儿她当然是了解的，如果男人没有足够的胸怀，很难容得下她这把尖锐的刀。

何小腰长长的睫毛抖了抖，一朵花在脸上灿烂地荡漾开来，妈，您想招女婿上门啊？

既然你有想法，老妈帮你参谋一下又何妨？

还远远不到那一步呢，需要您老出马的时候，我会跟您说的。

老何冷不防地来了一句，王楚怎么样，你们俩光屁股的时候就一起玩，也算是青梅竹马了。

何小腰脆嫩的笑声洒落了一地，她说，太熟，下不去手。

说这话的时候我就在边上，差点背过气去。

那天晚上，画家做了东道，天气炎热，他就邀请我们在距离美术馆不远的背街小巷吃露天烧烤，喝鲜爽的扎啤。菜是早已点好的，只是烤肉迟迟未上，酒喝了一轮又一轮，桌子上的凉菜也见了盘底，画家不禁焦躁起来，他用扇子指指瘦弱的小工，说去去去，给我们催催烤肉。小工听了也不搭话，转身跑进店里去了。酒再次添上，又喝了几杯，邻桌的客人麻雀样轰然散去，立刻又被新来的一拨人占据，小工跑过来收拾狼藉的杯盘，手里却并没有捧着我们等待已久的烤肉。没有什么能比在饭桌前让肚皮失望更为气人的事儿了，画家就此发了脾气，他用扇子点了点小工的后腰，我疑心他如果是武林高手，一定会用那扇子戳穿小工的肚皮，他用刻意控制的温文语调说，去叫你们老板娘来。小工这次终于说了一个“好”字，说完他就抱了一捧歪歪斜斜的杯盘，要杂技一般往店里走去，将要走到门口的时候，不知是踩到了油污还是啤酒，踉跄一下，手里的杯盘纷纷摔落，乒乒乓乓地在地板上飞溅起来，惊得食客们纷纷侧目，有人趁机作弊，把猜枚输掉的啤酒偷偷倒进路边的下水道里。小工反应极快，如同闪电过后接踵而至的雷声，立刻抄起倚在门口的扫帚把那些碎片重新聚拢起来，可有人比他还要快，就在他刚刚握住扫帚的时候，屋里就炸响了一个高亢的女声：

你他妈能不能小心点儿!

这底气十足的声音立刻惊雷般洞穿了我。话音未落，一个魁伟迅捷的身影从店门里跳了出来，身影落地后浑身的赘肉颤了颤，如同海水般余波荡漾，身影的末端是愤怒的指尖。这指尖疾风般戳得小工抬不起头来，数落与责骂声连绵不绝地从她的双唇间吞吐出来，令旁观者难堪不已。画家放下酒杯高声叫，别训人了，老板娘，过来过来。责骂声戛然而止，拖鞋声踏踏响起，老板娘走到我们的桌边停下，说大哥要点啥？这声音与她肥胖的身形有着巨大的反差，触电般震颤着我的神经，我根本不敢想象，那个人淡如菊的影子竟然会变成泥坑大象般污浊的样子。我循着声音望过去，正好与她投来的目光相接。路灯与霓虹变幻的光影里，我和她只接触了一瞬，那一瞬里的眉眼依稀有些我曾经熟悉的影子。她显然没有认出我，扭过脸去听着画家的抱怨，道了歉，说烤肉马上来啊，马上，我再送你这桌三串大腰子，免费的，大补啊，今天晚上保证你生龙活虎，你等着。说到“大补”的时候，她换了一副面孔看着我们，挤眉弄眼，意味深长，像是面对一个久违的熟客。我的目光立刻退却了，画家本来还想说点什么，可她无暇再听，惊慌失措地转身离去了，因为一个拖着鼻涕的女孩从店里跳出来，大声喊着妈妈，妈妈，哥哥又在偷你的钱啦。她嘴里连声咒骂着，绕过桌子和食客们的哄笑声，急急忙忙地跑回店里去。不一会儿，里面就响起了连珠炮样的争吵。画家摇着头，说这女人还真是泼辣。他的话刚说完，店里就再次响起了高亢的女声，那声音里分明有着很扎实的声乐基础，听上去中气十足，余音缭绕：十号桌加三串大腰子，多放辣椒、孜然。

第二天我毅然回到九都。这个小城也隐然有些现代化都市的气象了，据说短短十年间城里的人口翻了三倍，昔日熟悉的街道如今也面目难辨了，老家属院依旧是老样子，只是与我擦肩而过的都是新鲜的军装和陌生的面孔，他们提醒我时间奔涌是何其澎湃。我有意隐瞒了省城的见闻，向我爸问起何叔的近况。他说老何退休后，夫妇俩都回农村老家了，如今通话很少，偶尔通一次也只谈农事，不谈其他，他总是小心翼翼地避开让对方伤感的话题。我不甘心，绕着弯子打听到几个大学同学的电话，其中两个还在省城工作，我期望他们光顾过那家背街小巷里的烧烤店，或是听说过它，这样便可以引出何小腰的话题了，可事与愿违，寒暄过后，我只要问起何小腰，他们都想不起这个人了，也难怪，毕竟他们没有与她做过同学。十多年了，趴在窗台上吹口哨的人还有几个能记起窗外行色匆匆的身影。我本来想打听小金的电话，转念一想又觉得没有必要，打破别人的生活节奏，并不能算一件好事，不如顺其自然。时间脚步如风，已经过去了这么久，如果更久些，可能连我的记忆都会恍惚起来。

或许，我们的青春岁月里根本就不曾有过何小腰这个人吧。

（选自《六盘山》2021 年第 4 期）

碧色泪

李知展

1

何无心出生时桐叶纷飞，落日将尽。其父老何手持菜刀，攥着鸭颈，翘望屋门。他在犹豫，鸡没逮着，鸭子是否也可以起到鸡汤的效果？两个儿子却很执着，将家里硕果仅存的芦花鸡逼出飞翔的潜能，哥俩不停地往树上投掷石头和鞋子，更多的叶子被击落，母鸡却趴在梧桐树的最高枝头，抓紧枝条，毫发无损。

儿子们在老何跟前急赤白脸地互相责备：“都怪你，刚才从你身边擦过都没抓着，这下好了吧，毛也够不到了。”“还不是怪你，使那么大劲撵，它能不飞吗?”老何没有调停纷争的意思，反而笑眯眯的，他们的责备，邀功似的，都是为了即将出生的妹妹。老何也觉得欣慰，好了，再有个女儿，圆满了。名字他都想好了，何晴晴。多好听。

在老何这里，起名是讲究的，俩儿子，老大，何入海，老二，何流洋，河水浩荡汇入海洋，取得有气象。女儿，叫晴晴，轻轻的开口音，在舌尖上弹破，晴晴，晴晴，每一声都带出心底含蓄、深沉的寄托。

别人家是盼儿子，到了老何这里，盼女儿。媳妇从怀孕显肚就经多个经验丰富的接生婆看过，大家结合肚子形状、孕吐特点、口味嗜好等，条分缕析一番，每一条都指向是女儿。一个人这么说老何还疑虑，个个都这么说，老何信心也就茁壮了。到临盆这天，老何早早劈柴生火，八角茴香桂皮大葱都下了锅，单等着宰杀老母鸡，却让它给窜了。老何是心思重的人，隐隐觉得不好，可众人之前的肯定分析扎了根，也就没多想。吩咐入海、流洋如哼哈二将，守在紧闭的门旁，隔一会儿兄弟二人便喊一句："奶，我妹妹出来没？"

如此问到余晖消泯，里面才传出一声："小鸡巴崽子，别催了，刚露出把儿，是弟弟。"

门外父子三人一愣，想再确认一遍，可生产不顺，接生的邻家二奶奶口气也恶："聒噪得烦死了！"让他们父子仨"闭住臭嘴"，"这个小狗日的头忒大，再拽不出来，等着挖坑去吧。"到了挖坑埋了的地步，谁也不敢再多嘴。三人靠在墙上，失望随着夜色涂上了脸，只余眼珠偶尔一转。老二何流洋问老何："爹，鸡还逮吗？"老何弹落烟蒂，一拧身，踩住鸭翅膀，手起刀落，一勾猩红划过，鸭子嘴在地上犹"嘎嘎"叫，已身首异处了。拔毛，开膛，斩块，清洗，丢进锅里。一气做完，才气急败坏回一句："逮个蛋的鸡。"

这头大难产的小小儿子，打了老何一个措手不及，等到鸭子都煮熟了，小儿终于亮出了孱弱的啼哭。夜已彻底黑下来，入海、流洋二将各倚门框睡得一栽一栽的。老何却在想，给狗日的取什么名呢？毫无准备。

2

用不了多久，老何就知道给他取啥名都是浪费，大家只会叫他"傻子"。也不是像地瓜似的，傻得实心，他的傻，大约像莲藕，有透气的孔，也有堵住的，傻得一阵一阵的，表现出来，愚钝，口吃，反应慢半拍。老何找医生分析过，许是生的时候，头大，经产道长时间挤压，缺氧了，把脑子里哪根筋挤乱了。

别人吼他笑话他，他不解其意，眨巴着眼，冲人笑。他的笑也有特点，不是一下子笑完，而是折纸拆开一样，围绕着中间的"笑"，嘴唇一点一点翻开，逐渐笑到最大，最傻，定住了，笑完了，却不知收回，嘴咧着，看着你。而他的眼睛那样大，像什么呢，如泥泞里汪着两泓活水，泥泞让人嫌恶，水却那么清澈，更凸显出无辜的意味。

每当他笑时，老何最看不下去，那种一往情深的、不计成本的、傻头傻脑的投诚，让人心动，更让人心酸。做娘的翻起袖子抹眼泪："我这儿命苦哇，头这么大，怎么会是个傻瓜？"问谁呢，天也不答话，地也不吭声，只好认作是命。老何碾灭烟蒂，叹息一声：“就叫他无心吧。”老何劝慰妻子，“他这副没心思的样儿，说不定比我们都活得开心呢。”

到底不甘心，接着一番操作，隔了几年，老何如愿以偿得了女儿。襁褓里的小天使，粉嘟嘟，胖乎乎，小小的手脚，弯弯的睫毛，可爱的鼻子，咿咿呀呀……一家人的爱，大面积转移过去，再看何无心，心里不说，也觉得多余。有时他摔洒了东西，说了几次，依然如故，老何压不住愤怒，按起巴掌甩了过去，打到他脸上，才幡然惊住，哦，这也是儿子呢，过分了，过分了。

挨了打，何无心却不知何为对错，咧开大嘴，哭。他不哭老何还觉得有愧，他一哭，老何简直火上浇油。这狗日的，太能哭了！何无心哭起来，就同他的笑，都是没完没了的。像身体里预存着一片湖，一哭，泪珠子扑簌簌，如两行源源不断的小溪。并且他还是瞪着眼哭，质问谁似的。谁能让你一个傻子质问呢？老何大吼一声：“憋回去!”可是没用，水龙头坏了，水一直出。他韧性而足量的哭，能让最有耐心的母亲都涌起连绵的绝望，直到这绝望转化成愠怒，再在他屁股上用鞋底盖几个戳。打完了，母亲抱住他，也哭了。他却不哭了，指着母亲的泪，断续地往外蹦单音节：“娘，你，脸，水，水……”他张开手，轻轻捂住娘的眼睛，他以为那样，就可以盖住那两眼井窟，水就不会再溢出。

仿佛他的一生是一根扁担，两头各挑着一筐笑一筐哭。一个傻子，路上总有坎坷，每走几步，脚下就磕磕绊绊的，笑和哭就不由得洒出。笑起来当然傻乎乎的，但总归人畜无害，可随着长大，好像他心里的暗湖也在扩展，哭起来，水量愈加丰沛，声势越发浩大。在“傻子”“大头”“丑八怪”这些称谓之外，他又实至名归地得了个“漏水桶”的外号。

3

十四岁那年，何无心差点被二哥何流洋打死。

在家里，除了齐心协力地将爱倾向于何晴晴之外，四个孩子里，论起来，老何当然更偏心老二。因为那是他的种。是他正常发挥的、能传宗接代的、和他如一个模子里倒出来的种。一样的身材矮小，皮肤黝黑，脾气暴躁，也一样的眼高手低，能说会道。老何对他寄予很大期望，可惜何流洋不争气，也可能毁于老何的宠溺。上到高中，他就走偏了，学会了抽烟喝酒，和县城的小流氓们混在一起。特别是在老大何入海的对比下，更突出老二残次品的属性。

何入海挺拔英俊，肤色白皙，怎么看，也和老何不是一个品种。四邻八舍都知道，老大是妻子丧夫改嫁带来的拖油瓶，要不然以老何的个头长相，何以能娶到如此贤妻？何入海知道自己的来历，在人屋檐下，凡事都看老何脸色行事，是顺从的，低矮的，乖巧的，也是始终有距离感的。老何知道，姓虽然改了，人，到底不是他的，自己确实也生不来这样齐整的儿子，对何入海，也就没有那种血脉相连的牵心扯肺。可是老大争气，学习好，不惹事，中考以优异的成绩考取了当时乡村孩子最热衷的市师专。因师专上学不交学费，还有补贴，毕业了，就是中小学教师。何入海从一开始就是后悔的，他的一生都陷在这懊悔和不得已里，在漫长而枯燥的教师生涯里，他总想，以当时的成绩，如果按部就班地上高中考入大学，他的人生该是怎样的一番锦绣前景？可当初，是直接考入师专还是从众读高中，他也曾试探着问过老何。老何抽完烟，才慢悠悠地说："你长大了，自己看着定吧。"这句话，何入海恨了几十年，一辈子都没法和老何达成和解。因为他不是亲儿，因为不舍得花钱，他才会说你长大了，自己定吧。何入海看着那些学习远不如他的同学后来考了大学，混得都比他得意，他心里不止一遍地骂，他妈的。不知是骂这命运还是骂老何。

对何流洋来说，尽管人们风言风语，说他和老大不是一个爹的，但毕竟母亲没有亲口说破，他便觉得那都是流言，因为有这样一个哥哥，他觉得体面，做什么事也有主心骨。何入海是他这辆冒失车的方向盘。从小到大，凡事都是他出面，在家里，当然他也方便出面，哥哥在后边给他拿主意。

等到哥哥上了师专，终于脱离家里不用手心朝上问老何要钱，他才看出哥哥绝情的一面。这绝情，仿佛压在心底的剑，憋了这些年，到了这一天，总算可以"唰"一下凌厉出鞘。何入海像是急于逃离家庭的风筝，一旦飞向独立的天空，对身后那个心存寄居感的家庭，再不愿看一眼。顺带的，连何流洋也冷漠起来。

没了哥哥规劝斧正，何流洋的人生随着性子肆意流淌开来，在高中花样作死了一年，终因打架斗殴被开除。老何无计可施，上下打点，只求入秋招兵，能顺利把小祖宗弄到部队里锻炼锻炼。

事情偏偏就毁在傻子老三的手里。

本来何无心上学虽迟钝，在大哥的辅导下，也没落到最后几名去，可到了初中，因为一次走错女厕所，惊起一顿风波，老何索性不让他上了。“一个傻子，识文断字就得了，再上也是白搭。”老何这样对妻子说。

何无心下了学，老何给他做了个木箱子，箱子刷了白漆，绑在自行车后座。夏天时，何无心从镇上批发一箱冰棍；冬天时，箱子旁插个草垛子，展销着糖葫芦。他将自行车扎在学校门口，挣点零花钱。何无心做得起劲，他有耐心。夏天时箱子厚实，冰棍盖得严谨，卖得也不贵；冬天的糖葫芦他舍得用糖，炸得香脆，糖浆厚厚的，亮亮的，色彩诱人。挣来的钱上交，然后大部分转手给何流洋败坏掉，小部分供何晴晴花销。

可妹妹不开心。还在镇子上中学的何晴晴，每次放学到门口，都要低着头，猛蹬一下自行车，急速走过。她不想听人故意逗弄说：“哎，何晴晴，那不是你哥嘛……”

这天，何无心卖完冰棍，循例沿着小道回家。正值玉米灌浆时节，遮天蔽日的玉米像是千军万马列阵，一望无垠，那盛大浓烈的绿色，乍看去像是固态的，风也仅能吹动边缘的绿波。小路几乎被两军夹峙的玉米军团给联手淹没了，何无心照常骑着车，到了路中间，忽听得绿色深处窸窸窣窣，然后是一声尖叫，他停住，拨开叶子，就看见几个半大的坏孩子在拉扯隔壁村的傻姑娘。

这些正在发育的乡野坏孩子，生得糊涂，活得盲目，坏起来也弄不出大动作，只是猥琐。他们将傻姑娘的衣服撕开，用腰带缠住她的眼睛，轮流去摸她的女性特征。他们一边摸一边咽着唾沫大笑，傻姑娘的眼被蒙着，看不清，手里抓挠着，不停喊叫："天黑啦，天黑啦……我要回家……"他们笑得更欢了。

何无心没想着和谁起纷争，而是女孩那陷入漆黑中恐惧的哭声，催动他想去解开她头上缠着的腰带，让她露出眼睛。所以他冲进去的时候，不是一脸怒容，而是先笑了一下。他们刚觉得两个傻子凑到一块，这下更好玩了，却只见何无心手里拎着一把铁铲——铲子是他随身带着，遇见娇艳的花草就采一点带回去给他养的小羊尝鲜的，他很宠那只小羊——他挥舞着铲子，没有章法，力气却大，那些坏孩子有两个被他划伤，避退不及，被玉米棵子绊倒在地。何无心扑上去。倒在地上的那人以为这下可要被傻子给铲死了，哭叫一声："哎呀……"一下㞞了，尿了裤子。傻子却把惨白的他拽起，咕哝一句："这个蚂蚱叫你压着了。"他们趁机狼狈逃窜，何无心去解傻姑娘脸上的腰带。可她在黑暗中，出于惶恐和自卫本能，溺水似的，终于抓住一根稻草，两只手将何无心一顿抓挠，到底还是被他给解开了一半，然后她露着半个脸跑。她跑，他在后面追。他认死理，还没给她完全解开呢。

一直追到大路上。

很快，就有人围观，傻姑娘的衣服几乎让那些坏孩子脱光了。然后有人通风报信，姑娘的直系旁支兄弟呼啦啦来了十几个，飞起一脚，将何无心踢倒，再揪着他的头发，问姑娘："是他干的吗？"傻姑娘不明所以，慌乱中点了下头。好了，一声令下，砖头、瓦片、泥块都成了帮凶，众人七手八脚将何无心揍得万紫千红。这还不算，扭着他一路游街示众，到了村子，占领村委前的制高点，先前戏弄傻姑娘的几人也成了观众，并反戈一击，向傻姑娘家人提供佐证："我们早就见他不怀好意，一直尾随着女孩，没想到，傻子这么不是东西！"

一时之间，傻子调戏姑娘就传开了去。还没等老何拿着赔礼的钱请村主任出面调停，老二何流洋就率先跑来，一声暴喝，一砖头将他兄弟的头砸破。然后，摁在地下，一拳一拳打得龙腾虎跃。那是真切的恨，有这样的兄弟，他感到丢人。更重要的是，秋季征兵名额，还会给他这个流氓犯的二哥吗？何流洋气急攻心，甚至落下眼泪，推着傻子："你怎么不去死？"

围观人群里，何晴晴最应该说一句："二哥，别打了，不是他的错。"可她始终没吭。她想起这个傻子哥哥在校门口让她尴尬的情景……却忘了何无心挣来的零钱有一部分支援了她。刚才在玉米夹道上，她远远地在后面，何无心是救那姑娘还是欺负她，何晴晴心知肚明。

母亲赶过来，何无心已被打得奄奄一息，她拉不住疯了一样盛怒的何流洋，挡在两个儿子之间，悲哀至极地喊：“他是你亲兄弟啊，别打了……”

何流洋愣了一下，继续打，说道：“我没有这样的傻 × 兄弟！”

4

小买卖做不成，何无心跟人在建筑队里做小工。别人下了工都干干净净的，唯他，回到家，天天像从沼泽里爬出来似的，一身的污泥混着汗渍，衣服皱巴巴的，浑身冒着浓重的酸臭，只一双眼睛是鲜活的，见了母亲，一眨一眨，摸摸肚子，翻着嘴唇，笑：“娘，饿。”

母亲一边生火热饭一边问他：“我儿，有人欺负你吗？”

“没有呀，都可好啦！”他说，“娘，我又不傻。”

到了何无心二十岁，母亲已分不清他是真傻还是假傻了，有时他的一些言语甚至让母亲觉得，或许是这个颠倒糊涂的世界傻掉了，他倒是清醒的那个。

不上工的日子，他经常是在那里愣愣地一蹲一站半天，盯住一朵云或一棵草，看，无穷无尽地看。母亲看看他那个样子，呆头呆脑，痴痴笑笑，一想到他之后漫长的人生，便心内焦灼，忍不住问他：“我儿，这么半天，你都在想什么呢？”做母亲的面容凄清，语气哀怜，有些恨铁不成钢，就知道哭哭笑笑，天上的云地上的草有什么好看的呢？哪怕你缺只胳膊少条腿，也比这样傻一辈子好啊……母亲蹲下身，摁住他的肩膀："孩子，告诉娘，你脑袋里想什么呢?"母亲摇晃他，越来越用力，何无心像一株枯瘦的树，经不住风浪的晃动，一脚跌在地上，撇撇嘴，要哭，看看母亲，没哭出，说道："娘，风生气了，刚才把云吹得可乱。"或者说："娘，蝴蝶迷路了，我引了它一上午，给它导航呢，它说回头给我一粒蜜，我坐这儿，等它回来。"再或者："隔壁二叔吵架破口一声大骂，把草里的蚂蚁吓得崴了脚，正疼呢……"

都是些没头脑的傻话。母亲揽住他，风吹来，撩动她鬓角渐生的白发。

入了夏，午间下了一场雨，眼瞅着一时半会也没停住的意思，何无心去干活儿没带雨具，母亲从窗台拿了伞，披了雨衣，奔去工地。到了地方，雨小了，远远看见一堆工人歇了工，在走廊上，抽烟聊天，中间一人，头上套个盛泥灰的小桶，众人以石子砸桶听声，取个乐子。

母亲走近，看清是何无心，当时就蹦起来。母亲替他摘掉灰桶，圆睁两眼，将那些人一个个看遍，扬着手，终于打了何无心一巴掌。似乎那一掌也打在所有围观的人脸上，众人低着头，脸上赧然，耷下眼皮抽烟。母亲颓然坐到地上，呜呜地哭了。

何无心没顾上哭笑，他被吓住了，蹲下来拉母亲。母亲如悲伤破碎的流水，怎么也拉不起来。他抱住母亲花白的头，"哦哦"地哼着，揉着母亲的头发，像母亲以前哄他那样。母亲的头巾被他弄松，包裹的三尺白雪流落肩头，哭得颤抖。

“咱不做了，”母亲起身，转身骂那些工友，“你们这些狗日的，欺负一个傻子，丧良心！”拉着何无心回家，快到家门了，母亲又打他，“他们让你戴你就戴啊，你傻啊？”

母亲似一下子老了十岁，看着痴痴呆呆的儿子，发愁该让他学点什么，才能有一技傍身，即便父母不在了，他也能养活自己。

母亲想了半年，在一只羊的葬礼上找到了答案。

5

那只羊，一度是何无心的另一个亲人。他割青草摘树叶，一点点把她喂大，春天出生的她赶上了好时候，春鸟啭声，春草丛生，二月兰、荠菜花、打碗花、蒲公英、千金草、富富苗，都是她爱吃的，何无心常从河沟边采一篮春天，捧到她嘴边，让她吃。小羊则卷着红润的小舌头，感激地舔他的手心。吃饱喝足的羊，卧在暖阳下，慵懒，雍容，很有一份贵妇气质。何无心用梳子梳理她白纱般的毛发，真是娇生惯养啊，养得她水灵丰润。在羊界，她应是大方美丽的，一双眼睛黑玉般闪着晶亮的光，嘴唇像花瓣一样，走起路来，四蹄轻巧，体态优雅，洋溢着活力。何无心一天天看着她从绒毛初覆到一只娴静的小母羊。

小羊做了母亲，生养的羊羔也都健康可人，四五年间，先后下了十来个崽儿，这些崽儿长大后，无不前赴后继换成了穷家的柴米油盐。可就是这样一只为家庭做出赫赫贡献的母羊，在她的壮年，却被人一棍拦腰打断。

这残忍的人，便是何流洋。

他当兵不成，窝在家里寻衅滋事了两年，离家出走的前一天，他晒在绳上的新衣服被风吹到地上，母羊新生的半大小羊在衣服上玩耍，还尿在了上面。何流洋回来，小羊一冲而散，他没撵上，转过身，拎起顶门棍，便将一腔无端的愤懑倾泻到拴于梧桐树的母羊身上，一棍下去，母羊腰身就塌了。

等何无心傍晚到家，母羊已奄奄一息。躺在地上的母羊如一段渐凉的月光，她的命像散开的水一样，身体竭力平摊着，似是让大地帮她分摊一些体内的痛楚。她在挣扎着，熬着，等他回来。何无心匍匐着，趴在她身旁，痛扎根在皮毛下、骨头里，看不见伤口，也感受不到她的疼，只看见她的身体一阵阵战栗，就好像痛在水底剧烈翻滚，却只能看见在水面不断漾开的波纹。等到夕阳沉落，她皮肤上不停抖动着的波纹渐渐弱下去了，她望向何无心的眼神，也如燃烧完的炭火，慢慢熄灭，只剩下灰白的余烬……到死，她都双眼圆睁，眼角挂着殷红的泪水。

何无心哭笑都不成，这急遽消逝的生命，这悲惨的场景，他不明所以，懵懂着，含混着，推推相伴六年的母羊，她却不会伸出舌头舔他的手心了。他拍打着，摇动着，她石头似的，再也不动。何无心久久看着，这才隐约觉得，身边的这个同伴永失了某种关键的东西。这就是死吗？他不知道。只血脉相连地真切感觉到，失去了一个朝夕相伴的“活”。

做母亲的一直手足无措地看着，揽着他的头，提醒他：“儿，你难过就哭哭吧，哭哭就好了……”可他没哭，转着眼珠，脸上飘忽、迷惘，似在确认什么而不得，只余下三只尚未长大的羊羔围着母羊哀哀叫唤。

何无心拿自己的被子给母羊盖了三天。这三天，他隔一会儿就要过来看看她是否有了动弹，好像她只是假寐片刻，闭住呼吸，和他捉迷藏呢，一会儿就又站起来活蹦乱跳和他玩了。然而，这三天里，她的身体越来越硬邦冰凉，采摘来的草花，她也一口没吃，他终于确定，她不是在假装，也不是在和他捉迷藏——谁会拿呼吸来捉迷藏呢——她是真的不会动了。

老何早不耐烦，要不是何无心守得紧，这几天都想趁热把死羊剥了。老二是做得不对，可不过一个畜生罢了，死了就死了，剥了还能落一张皮子和几十斤肉。所以当妻子在梧桐树下挖下深坑，老何眉毛一横，拽住羊腿：“干什么，你还真陪着一个傻货胡闹？”

母亲扬起铁锨，奓着头发，几乎是号啕着喊道：“你才是傻货！”

然后拽过母羊，落在坑里，下葬。渐渐黄土埋到只剩母羊一双张着的眼睛，母亲再铲一锨土，眼睛也被埋住。何无心终于大哭，爬过去，手忙脚乱扒开母羊身上的泥土，仿佛一颗水珠即将落入水坑的刹那，他才惊觉，这颗水珠自此再也找不出了，他急忙拼了命将这唯一的水珠从命悬一线的消失里拽住……何无心抚着羊头，大放悲声。

已多年不怎么哭的何无心又恢复了哭泣的天赋。

刚开始老何被傻儿哭得心烦，不就一只羊，再养就是了，多大个事？可何无心哭得没商量，那是他养大的羊，她的身上，投注了他所有孤独和喜悦的时光，早就不单是一只羊，还是他的时光博物馆，是他的伙伴。

这天村里的老光棍黄眼，取梁上的腊肉时踩翻了凳子摔下来，“嘎嘣”一声死了。老黄一辈子猥琐寒碜，手脚也不干净，常偷东家只鸡顺西家条狗，活得惹人嫌。可老黄有一点，种得好烟叶，叶脉巨大，绿意勃勃，摘了叶子，晴日曝干，细细切碎，拌了烧酒，发酵一番，再掺香油，卷而抽之，烟味醇厚。故此，和老何算个烟友。老黄死了，灵前没个孝子哭几声，太显零落。临埋入穴，老何拉着三儿，摁在墓坑前：“你不是爱哭吗，那你给他哭几声吧，是个意思就行，也算老黄死得不那么冷清。”

何无心就象征性地嗷嗷哭了几声。村人听了，都说哭得挺像那么回事，晚上吃杂烩菜时，多给何无心盛了半碗老黄未来得及享用的腊肉。

老何那天喝了酒，回到家，哭笑不得地跟妻子说：“经老黄这回事，我忽而想起，这狗日的，这么能哭，说不定也是条生计。”

妻子明白过来：“你是要我儿给人做孝子满处哭丧去？”

“是寒碜了点，可不也没办法，总比你我百年之后他饿死要好吧。”

何无心从此成了一名职业哭丧手。

6

这条路也没那么顺的。

隔壁村死了人，架着何无心，披麻戴孝，缟衣素裹，打扮停当，推他到灵前，何无心看看周围的人，迷迷瞪瞪的，像在梦游。母亲在旁边，眼含期待，手攥在一起，暗暗为他鼓劲。可过了许久，他也没个哭的意思。眼看要盖棺起灵，何无心还没哭出声，雇主很扫兴，嘟囔道：“我就说吧，一个傻子，能有什么情感，这不，瞎耽误事儿。”

母亲急了，上前拍打他的肩膀，比画着，复述着，重新让他回忆母羊死时的情景，以期唤醒他的泪腺，顺利哭出声。可何无心没能领会，咧着嘴，傻呵呵的，看着母亲手忙脚乱的着急神色，不知想到了什么，大约觉得有趣，也摆着手，学着母亲的样子，然后蠢乎乎地笑了。

这一笑把雇主彻底惹恼了，连声喊着：“架出去，架出去，滚!”

老何脸上挂不住，从后面抬起一脚，踹得何无心往前扑倒，脸撞在棺材板上，额头应声凸起个大包，嘴唇磕破，血和口水黏连着流了下来。许是触疼，这回何无心倒哭了，不过哭得很难看，情感不饱满，气势也不连贯，皱巴着脸，歪着嘴，呜呜而哭。

母亲见状，护也不是骂也不是，忽然悲从中来，扑在地上，哭得泼墨山水一样，淋漓酣畅。母亲替他哭了一路，整个葬礼都浮在她的哭声里。这气势浩大的悲伤，让葬礼很是风光，雇主比原定的价钱多给了两百，并说："这就对了嘛，你才是干这个的，还拉个傻子干什么，累赘。"

母亲接了钱，抽出那额外施舍的两张，丢在地上，把应得的塞进何无心的口袋。

母亲这一场哭，伤筋动骨，到底是老了，躺床上几天没起来。到了第五天，母亲挣扎着做了饭，让何无心吃过，给他把铁锨，在以前安葬母羊的旁边画好长短，让他沿线挖出个长方形土坑。

挖了一半，他似乎想起来什么，蹲在坑内挠头，看看母亲，又看看深坑，脸上呈现出努力在记忆中打捞光影的神情。母亲让他别停，继续挖。何无心正值一生中最蓬勃的年龄，半裸着上身，肌肉抖动，一锨一锨输送着青春和力量，半支烟的时间，大坑便完工。

母亲拢拢头发，走进坑里，躺下，面色平静。

"埋吧。"

何无心是疑惑的，然而他习惯于听母亲的话，或者他以为是个游戏，就一铲一铲往坑里扔土了。黄土从脚盖起，薄薄地覆上母亲的身体。到最后，只剩花白的头顶和一双望着天空的眼睛，母亲说一句："我儿，娘老了，以后哭不动了，你就当是哭娘吧……"

死去的羊，消失的生命，以及这即将被埋葬的娘，所有的事情他似乎都联系起来了，何无心猛然惊醒，他抛下铁锨，跳进坑里，拽着娘，一边哭一边喊："娘……羊……娘……羊……"

母子二人抱头痛哭。

以后在葬礼上，何无心哭起来就顺畅多了，特别是棺木落入墓坑，渐次被黄土埋没，他的泪水也随之滔滔滚落。之前仿佛水源和龙头之间的水管堵住了，母亲的死亡演习，疏通了他的泪腺，上下连贯，再哭就水到渠成，想什么时候来就什么时候来，想什么时候收就什么时候收，按照雇主的期望，提供足斤足两的悲伤，泪水汩汩，哭得挥洒自如。

7

先是院子里的那棵老梧桐树被雷电击了顶，来年再出叶子，便不复往日茂盛，阳光洒下来，枝叶松弛，一方阴凉不再严严实实，而是斑斑点点，力不从心的样子。它也老了。只是树的老去是安静的，得体的，偶尔一声的落叶叹息。

不像老何，老得煞是难看。

家族遗传的中风基因到了年纪便起兵造反，一路攻城掠寨，将老何扳倒在床，慢慢拥抱死亡。一辈子犟劲的老何心犹不甘，气得摔桌子砸板凳，可半身不遂，他的火气撒得也不能顺心如意，只好和自己置气，心绪暴躁，大呼小叫。

病魔掌控着老何破旧的身体和日常表情，可老何这倔驴不顺从，拔河似的和命运在争，于是整个人像是一场拙劣的提线木偶表演，半身偏瘫，嘴歪眼斜，面目狰狞。母亲喂药，他尚未僵硬的那只手一下就将水杯打翻，热水溅了母亲一脸。何无心在外面做自己的事，和他本不相干，老何也能寻出事端："老三，你个傻 × 在那儿笑啥呢，偷笑，笑你妈 ×！以为老子没看到？巴不得老子死？老子好着呢，照样揍你狗日的！"行动不便的老何，火力全转移到嘴上了，骂起人来别开生面，句句腌臜。母亲从地上拾起鞋底扇他臭嘴，老何甩胳膊蹬腿哭号起来，消停不大一会儿，崩出几个响屁。母亲急忙奔来，还是没来得及，老何淋淋漓漓，拉了一床，故意的。母亲气得落泪，老何阴谋得逞似的，倚在墙上，笑眯眯的，看着母亲和何无心在臭气弥漫中忙活……被中风摧残的老何，折磨着自己，也糟践着家人。

父亲的暴躁，是源于对死亡的恐惧，而且对它的步步紧逼无能为力，眼睁睁看着自己被死亡一刀刀收割一空。所以父亲死时，母亲和何无心都松了口气，像是一件糟心的事终于完了，画上了句号，好了，安静了。

老何瘫痪的五年，本就不是亲爹，且带着未释怀的怨恨，老大何入海不曾露面。执教十余年，他终于调入教育局谋了个科员，然而大约仍不甚得意。他这样的人，总活在被自己的野心和现实落差拉锯的苦楚里，即便做了科长，上面还有副局长、局长，一生都将陷入汲汲于更高目标的惶急焦虑里。

老二何流洋倒是来过几次。越过了青春湍急的虎口，血脉里激荡的风声渐渐熄火，何流洋才明白，年轻时，那些浮夸的放纵，压榨亲情，索取家庭，打架、使狠、瞎混，并以此向谁反抗似的，自以为很酷，实则肤浅得可怜。到了三十岁，终于向命运低眉顺眼，相亲结婚，在县城开一爿小店，他出去推销啤酒，妻子在家并不安分，听说最近夫妻不和，在闹离婚。何流洋回到老家，每回都是手掏进口袋，看似要拿钱的架势，却只问问："还有钱给爹买药吗?"得到何无心表示还有的点头，老二便不作言语，手从裤兜里掏出来，点一支烟，架在老何歪斜的嘴上，终是憋不住屋子里老爹浓烈的尿臊气，去院子里转转，等母亲把家养的鸡炖熟，吃完，抹抹嘴，走了。

何晴晴上完大学，在岭南沿海某城外资公司做了一枚白领，自有情感、婚姻、工作、房子等几座大山镇压住她，自顾不暇，每年也就是春节期间浅尝辄止地回来一下，时间还多半花在同学聚会之类上面。

时光和河水一样，确实都流向了远方，但未必能汇入海洋，更弗论中流击水，兴风作浪。老何的几个孩子，年与时驰，意与日去，挨近人生中场，都只好默默承受命运加诸自身的重量，用尽全力，也仅仅步入庸常的人生。

老何死后，何入海要将母亲接入城里。母亲明白，未必是孝心翻涌，用意是让自己接送孙子上学。母亲没应声。前几年孙子就是她带大的，也算对得起他了。母亲照顾父亲五六年，已被消耗得只剩一个空壳，自个儿也是一身病症，随时可能卧床不起。可老大还想索取。打着孝顺的名义劫持走了母亲，老三怎么办，谁给他做口热饭？何入海根本不做考虑。

带着先天的亏欠心理，母亲对长子的冷漠从未有过微词，这回忽然有些恨，她说：“我老了，过不几年也要死了，不带给你家晦气了。”

老大何入海讪讪的，摆摆手，说：“不去就不去吧，说这话干什么。”

老二何流洋偏还要追加一句：“娘，有福你不享，就知道照顾老三，我看你能伺候他一辈子？”

母亲终于爆发出来，将面前的瓷碗摔到地上，碎成一地云烟：“老大你家孩子放在老家让我带时你可曾给过一回奶粉钱？老二你县城的房子首付里的六万块是谁出的？晴晴你的大学学费是怎么来的？”母亲拉过何无心，“都是你们这看不起的傻子兄弟一回回给人家当孝子哭出来的血泪钱啊……”母亲说，“你爹这五六年的医药费不说，端屎把尿秽物清洗你们谁做过一次？”母亲站立当堂，白发巍峨，将老何的遗像摆于中央，端过一把椅子，将何无心摁在椅上，“当着你们的爹，都给我跪下！”

母亲要兄妹几人向傻子跪拜。

僵持中，何无心一弹身，跑出去了，到外面，抱住梧桐树，失声痛哭……

两年后，母亲临终前伸出手，哆哆嗦嗦地抱紧何无心，抱得那样紧，把他的头拽往自己腹部，像是要把他再塞回肚里。一个母亲，要走了，留下她的傻儿子在这荒凉的世上，她不放心。

母亲的葬礼上，四个孩子再次聚齐，老大何入海升任科长，老二何流洋生意也渐至顺风顺水，幺妹何晴晴即将嫁给殷实的岭南本地郎，三人商量，要把老母亲的葬礼大办一场，风风光光。何流洋甚至拍出一沓钱，给老三："娘死了，你好好哭一场吧。"

灵位前，他们三个哭得其貌哀哀，有模有样。

唯何无心自始至终一声不曾哭。他又现出那种迷惘的、无辜的神情，一遍遍摩挲着母亲的遗像，脸上如大风刮过，空茫茫的。

人们议论："真是个傻子，平常人家给几个钱就哭得嗷嗷的，自己的娘死了，都不知道哭，没心没肺……"

何无心靠在梧桐树上，像是寒冷，紧紧贴着树身，似乎自己也立成了大树的一部分。他看看树下的土地，又望望夕阳，眯着眼，笑了。这时几片尚还青碧的梧桐树叶子寂静飘落，乍看之下，倒像是眼泪滂沱。

（选自《长江文艺》2021 年第 1 期）

还记得那个故事吗？

郑在欢

下午没事儿，我给光明打电话，我们从没打过电话。我从他妹妹那里要来的号码，他妹妹是城里的中学老师，他姐姐是高中老师，他是一个空调装机员——有时候也卖空调。我找他不是为了买空调。

光明，是我，我是李青。

李青啊，咋想起来给我打电话了。有事吗？

我想问你个事。

啥事？

你给我讲过一个故事，还记得吗？

什么故事？噢，你说小三放牛（小三放牛是光明常讲的故事）啊。

不是小三放牛，是另一个故事。你还记得吗？有一年夏天，在你家院子里，你妹妹在，你姐也在。我们四个在玩牌，你讲了个故事，你还记得吗？

不记得了，什么故事？

这么多年我一直没忘。洗牌的时候，你讲了这个故事，把我们都吓坏了。

什么故事？你提个醒。

你妹妹第二天去打了耳洞，还有印象吗？打耳洞之前，她说了你们邻居的事。那个女孩睡在豆子上，睡得太久了，耳朵硌在豆子上，硌出了一个洞。听到这个我们都深吸了一口气，你还记得吗？后来那个女孩在豆子硌出来的耳洞里戴上了耳环。你妹妹很羡慕，所以决定去打耳洞，你还记得吗？

好像是有这么一天，豆子把耳朵硌穿，我们当时都觉得疼，都大口吸气，我记起来了，还是我给的五毛钱，让小娟去打耳洞。

对，就是那一天。

她叫乔乔，我记得这回事。

不是这个故事，是你讲的故事。你妹妹说完乔乔的事，你给了她五毛钱之后，你又给我们讲了个故事。你再想想。

不要一口一个你妹妹你妹妹的，她叫小娟，你不认识她吗？你平常都叫她什么？

我还能叫她什么，我叫她小娟。

那就叫她小娟啊。

好，我叫她小娟。

你们现在怎么样？你和小娟，你们什么时候能结婚呢？

你别打岔。我现在不想说小娟的事，我就怕你问小娟的事才说的你妹妹。我找你不是说小娟的事，我想让你给我讲讲那个故事。

什么故事？你和小娟是不是出什么事了？

没有出事，没出任何事，我和小娟很好，你能别提小娟了吗？

没出事为什么不让提？我跟你说，小娟可是个好姑娘，她都没有谈过恋爱！

我知道，我知道小娟是好姑娘，我很喜欢她，你尽可以放心。现在你能给我说说那个故事吗？

什么故事？我一点印象都没有。

怎么会呢，我一直都记得。是你讲的故事，你比我还大三岁，你怎么会不记得？

你记得？那你给我讲讲不就完了。

我以为我记得，我一直都以为我记得。我经常突然想起来，我们在葡萄架子下面打牌，先是小娟说了耳洞的事，我们都觉得疼，然后你说了那个故事，把我们都吓坏了。每次我想起来，都以为记得那个故事，我没有细想，我以为那个故事就在我脑子里。前几天我又想起来这事儿，本来可以像以前一样想一下就过去了，就去干别的事了。那天我太闲了，我在车上，我想把整个故事都想一遍，这时候我才发现，我想不起来了。

想不起来就算了吧，也不是什么要紧的事。

不是闲着没事嘛。这种感觉你肯定也有过，越想越想不起来，很难受，你肯定有过这感觉。

你就是太闲了，为什么非要想起来？想起来有什么用？你找工作了吗？没有工作你怎么结婚？小娟是个好女孩，你不要让她吃苦。

怎么又扯到小娟了！光明，故事可是你讲的。你能不能放松点，像小时候一样，就像小时候你给我们讲故事一样。你讲小三放牛的时候提过小娟吗？

现在不是小时候了。再说，小时候你也没跟小娟谈恋爱啊。

我要求你——我请求你，我求你，就当现在是小时候，能不能跟我聊聊那个故事。就聊那个故事，别的什么都不要说。你要是再说小娟，我现在就打电话跟她分手。

好，你别激动，你就爱激动，我不说小娟了，好吧。

谢谢你。我是有点激动，我先挂了，平静五分钟再给你打，你趁这会儿好好想想。

想什么？

想想那个故事！

我挂了电话。我又有点控制不住了。这两年不知怎么回事，我跟他们说话特别容易生气。这里的他们包括所有人。在北京的时候，我跟人说话从不生气，只是单纯地觉得没意思。在小酒吧和路边的饭馆里，我可以和任何一个朋友聊任何算不上事儿的事儿。我们可以聊一晚上，不管聊什么都能聊得津津有味。随便一个话题我们都能像对待哲学问题一样全神贯注。我们随着话题的深入而感到兴奋，好像已经触摸到思维的娇蕊。后来有一天，我突然觉得没意思，我意识到这个让人沮丧的事实：我们好像在聊一件事，其实我们在聊八件事，那七件我们根本不想聊的事情伪装成我们想聊的那一件事情，搞到最后我们都不知道自己在聊什么了。所有聊天都是这么结束的，我们突然忘了原来在聊什么。我们偷偷地看对方一眼，觉出尴尬，并迅速道别。

从北京回来，我没有别的考虑，仅仅是想换换心情。我想到闲人更多的地方去，和闲人聊天，不抱任何目的，最初的快乐就是这么来的。他们看我开的车，以为我是富人，其实我就这么一辆车，还是朋友给的。刚回来那阵确实快乐，我开着车四处游逛，看到个闲人就去跟他聊。大爷，钓鱼呢？这儿有鱼吗？然后我就开始听大爷给我讲鱼，鲫鱼是怎么从土里生出来的，泥鳅为什么也吃钩。作为回报，我告诉大爷在美国，他们都钓鳟鱼。鳟鱼个头很大，有十多斤，要钓鳟鱼，得用好线。大爷不服气，给我讲他年轻时候钓的草鱼，足足十七斤六两。年轻人，你可知道，猪大三百斤，鱼大无秤称。再大的鱼，我都不稀奇。这样的谈话让我快乐，“猪大三百斤，鱼大无秤称”，我第一次听到这话。我听到，并感到稀奇，再一想，觉得有理。

我找人聊天，不分对象，只是饶有兴趣地聊天。两个月后，我谈起恋爱，这是个意外。我跟小娟，得有八年没见过了吧，第一眼，我没有认出她来。姑娘，听歌呢？能给我听听吗？在北京，我绝对没有这种胆子，我从没有搭讪过女孩。那些天我到处找人说话，胆子确实大了不少。在傍晚的人工湖边，我看到她一个人坐在亭子里听耳机，我突然想到，还没找女孩说过话呢。我找大爷说话，找大叔说话，找大妈说话，就是没找大姑娘说过话。敏感的男女问题约束了我的热情。就在那一刻，我下定决心要找她聊聊，就像跟大爷大妈们聊天一样自然。那时候我怎么会想到，这次聊天还是造成了男女问题。她抬起头，看着我笑，并把一只耳机递给我，然后我听到了中学的英语：Where would you like to go?（你想去哪里?）你在学英语？她还是笑，我是英语老师，我在备课。我跟她说起我们小时候学英语的方法，给单词下面写上汉字，按汉字的发音念，go 是狗，to 是兔，go to school（去上学）是狗兔死过去，去用括号括住，老师抽查的时候只念狗兔死过。我说话的时候，她一直笑着看我，看得我有点不好意思。她不算美，不过笑起来很好看，嘴里像含着糖，不像别的女孩，都是抿着嘴笑。你真的认不出我了？我是小娟啊。我这才知道她那种笑，是故人相逢的笑。我们从故人再度成为熟人，她就不那么笑了。

光明，怎么样，想起来没？

没有，我一点头绪都没有。

怎么会呢，你到底有没有想，你是不是干别的去了？

我在算账。

你算什么账？

空调的账啊，我在算提成。

你能不能把工作放一放，先想想故事。

我真想不起来了。

你没想怎么说想不起来，你想想啊。

我想了，现在我就在想，我想不起来。

我真服了。你讲的故事你都想不起来，小三放牛你想得起来吗？

那还用想吗？小三放牛我熟得很。

小三放牛这样的破故事你都记得，为什么想不起来那个？你是不是在骗我？

我骗你干吗，就是小三放牛我也好久没讲了。我现在不讲故事了，我给我儿子都不讲。

你都在干吗？你连故事都不讲了，连你自己的儿子都不讲。那时候你讲故事，可不管是谁在听。现在你儿子到了听故事的年纪，你都不讲了？

有电视，讲故事干吗，看电视多好。

那能一样吗？故事可是你亲口讲的，就像这个故事，要不是你讲，我怎么会记那么久。

…………

我给你提个醒，这是个古代的故事，记起来了吗？故事说的是儿子吃太多包子了，当爹的一巴掌把儿子的脑袋拍下来了。这么惊险的情节你会不记得？

这是什么故事？我怎么会说这种故事，这太恐怖了。

就是你说的，小娟说了耳洞的事之后，你讲的。

好，我讲的，我忘了还不行吗？

现在呢，记起来了吗？

为什么非要我记起来，你记得不就行了？

我就记得这么多，我忘了前因后果，儿子为什么要吃那么多包子？当爹的为什么要打他？他的头为什么一拍就下来了？

我怎么知道为什么，为什么吃包子，他饿呗，饿就吃呗。

对！肯定是他饿，他饿才会吃包子。

你吓我一跳。这有什么稀奇的，饿就吃嘛。

你觉得这不稀奇？你太久没讲故事了。这很重要，他饿，所以他吃，所以我们知道了，他饿肚子，而且是长时间饿肚子。

是，古代人经常饿肚子。

他为什么饿肚子呢？

他是穷人呗。

你又说对了，他肯定是穷人，这是个穷人的故事。

穷人都会乱吃东西。

对！天哪，你还说你不讲故事了，你简直就是讲故事天才，你一语中的。他肯定乱吃东西了，这就接近故事的真相了，他乱吃东西，所以头一打就掉。

你在熊我吧，什么讲故事天才，我讲的故事都是从书上看来的。

我熊你干什么，我在认真跟你聊这事儿。你能不能也认真点，像装空调一样认真地讲故事。

你也知道我装空调，我装空调有钱拿，不认真能行？讲故事有什么用，讲故事要拧紧螺丝吗？你这种想法，不是我说你，你就是不知道轻重缓急，你有这时间怎么不把房子装修装修？我爸就这么一个要求，让你装装房子，你怎么不知道着急呢？小娟都多大了，她可等不起了……

我把电话扔了出去。这是惯性使然，以前，和女友吵架的时候，为了让她闭嘴，我会扔手头的东西。在小娟面前我还没扔过东西，我不确定是她脾气好还是我们没到那一步。我正努力发现她的优点，好下定决心跟她结婚。我不是装修不起房子，也不是不想装，我只是故意拖延。光明的意见就是从这来的，他一定是觉得我散漫惯了，他怕小娟跟着我受苦。我也怕小娟受苦。有多少看起来无比合拍的结合，到最后不欢而散。我和小娟还算不上合拍，我一直在北京，她一直在老家；我心里隐约还有点梦想，妄图通过写作闻达于世；她对生活大体满意，习惯了攒钱和评职称……我喜欢她，但不确定这种喜欢能支撑多久。我得尽可能多地从她身上找到让我离不开的地方，以防日后变心。反之，我觉得小娟也应该考察考察我。但我不能这么说，这么说就显得很鸡贼，好像我没有那么爱她。我爱她，毫无顾虑地爱，我爱她，所以顾虑越来越多。这种话跟光明怎么说呢，他现在连故事都不讲了。手机掉在书桌与墙的夹缝里，他的声音从那里面钻出来。

你到底有没有在听，别一说这事儿你就打马虎眼。

光明，能别说这事儿了吗？

那你说怎么办？

什么怎么办？

你和小娟的事，怎么办？

照你说的办，你说怎么办就怎么办，挂了电话我就办。

那好，就这么办，我挂了。

窗外传来孩子声，他们在花园里追逐打闹。他们的笑和惊叫特别大声，能这么叫一定很痛快。这世界对他们来说太新了。快要被抓住的人大叫，抓住了人的大笑，他们玩什么都那么专注，听故事也是。世界对他们太新了。我还保持着打电话的姿势。我只是想重温一个老故事，为什么要遭受这样的屈辱。像光明这样的人，我宁愿一辈子不和他说话。我站在窗前看了好久窗外的孩子，直到他们跑出视线。他们跑到远处的树影里，消失了。我又站了一会儿，等寂静再度完整地降临，我第三次打给光明。

光明，跟我聊聊好不好，算我求你。

瞧你说的，还求我，咱们什么关系。

那我们好好聊聊行不?

好啊，聊什么?

聊聊那个故事。

好，你说吧。

我们刚刚说到哪儿了，我想想……

乱吃东西，我说穷人就会乱吃东西。

对，你说得很对，穷人就会乱吃东西。现在我们要想想，他为什么乱吃东西?

这还用想吗，他穷呗。

我知道，光明，我们不要那么急着下结论，我们要多想几种可能，穷肯定是一方面，除了穷呢?要知道，天下的穷人多了，为什么这一个穷人被讲成故事了呢?这里面一定有它的特殊性。

能有什么特殊的，饿了就吃，这不是天经地义吗？

是，是天经地义，但我觉得事情没有那么简单。他是个孩子，一般来说，孩子吃东西都是跟着大人，为什么大人没事小孩就有事了呢？

抵抗力强呗，大人的身体肯定比小孩棒。

这也是一种解释，不过这个解释不构成故事，大人比小孩身体棒也是天经地义的事情，天经地义的原因不是故事的原因。

那什么是故事的原因？有人给小孩下药了？这是故事的原因？

这是故事的原因，不过这个原因又太强了，这么强的原因肯定不是好故事。你当时讲的可是个好故事，不然我怎么会记那么久。

小三放牛你还记得吗？

当然记得。

你不是说那是个破故事吗，怎么也记那么久？

…………

你真行，光明，你把我问住了，你抬起杠来倒是有一套。我收回那句话，小三放牛不是破故事，只是我听得太多了。你那时候总讲小三放牛小三放牛，我耳朵都磨出茧子了。

怨我吗？是你们老追着我让我讲的。

不怨你，我还要感谢你，你讲故事很棒，真的。

这有什么好感谢的，你现在说话怎么都是酸溜溜的。

一点都不酸，我是认真的，你不要怀疑我的诚意好不好。你想想，那时候为什么我们一帮孩子都愿意跟着你玩，因为你会讲故事。

不是因为我比你们大吗？小孩都爱跟着大点的小孩玩。

大点的小孩多了，为什么跟着你——好了，别说这个了，我们回到正题，我再问你一遍，他为什么乱吃东西？

我怎么知道，我说什么你都不满意。

你只管说，我不是对你不满意，我们在讨论问题，我是对答案不满意。你再想想，答案肯定不止一个。

好，我想，他为什么乱吃东西？他是穷人家的孩子所以他乱吃东西，他跟着他爸乱吃东西，他爸没事他有事，那他应该不是和他爸一起吃的东西，他肯定是在家里吃不饱才跑出去乱吃东西，他爸不给他做饭吃吗，他爸是不是工作很忙……

停，停，你提醒我了，他妈呢？

我怎么知道，你也没说过他妈的事啊。

这里面就有文章，我们从头到尾都在说这一对父子，完全没有提过孩子他妈，他妈去哪里了呢？

他妈死了？

对！这就是故事了。他妈死了，这很关键。

怎么关键了？

你想啊，故事一开始，就有一个人死了，这就是故事，有多少故事一开头就死了人，尤其是死了亲人。这个女人对于爸爸来说，是妻子；对于儿子来说，是母亲。她死了，对这两个人肯定是一件大事。

这倒是，不管是死了老婆还是死了妈，对人都是重大的打击，说是天塌下来了也不为过。

是啊，天塌下来了。这个孩子还小，可能还不太伤心，对于爸爸来说，肯定是伤心死了。他英年丧偶，要一个人抚养孩子，以前不会做的事，都得学着去做，他去做妻子做的那些事的时候，怎么能不想到她。他肯定想到她了，想到她有多好，多勤劳，她永远都回不来了，他能不伤心吗？

是啊，他肯定伤心死了。

人在伤心的情况下，是提不起精神的。他每天昏昏沉沉的，干什么都没心思，工作估计都没法干了，说不定还会借酒浇愁，又伤心又喝酒，哪儿还顾得了孩子……

对！对！他借酒浇愁，我想起来了。他借酒浇愁。

你想起来了！

我想起来了。

你真想起来了？

我真想起来了。

我就说你肯定忘不了。

我确实是忘了，是你说借酒浇愁，我想起来了。他在河边借酒浇愁，当时我还担心，怕他掉水里淹死，八贤王不就有一次喝多了掉到沟里去了吗。八贤王是天生爱喝酒，他是借酒浇愁，我记得这个词儿。我是第一次看到这个成语，书上好像是这么说的，“他终日地借酒浇愁”，我记得，当时我觉得这句话很好，终日地借酒浇愁。“终日”我也不太明白，还查了词典。

我就说，我就说你忘不了。

我也没想到还能记起来，我那时候喜欢记成语嘛。我床头还贴着一张成语接龙你记得不？

我记得，你还教我成语。

对，我那时候喜欢成语，我还有一本成语小故事呢，我给你们讲的故事就有从那上面看到的。

我知道，你讲过“掩耳盗铃”。

对，对，掩耳盗铃，那个太好笑了。

我们都笑惨了，其实我们一开始没觉得好笑，你又给我们比画了一遍我们才笑。

对，是的，太好笑了。

好了先别笑了，你赶紧给我讲讲，别又忘了。

讲什么？掩耳盗铃吗？

什么掩耳盗铃，我说那个故事，借酒浇愁，你不是记起来了吗？

我是记起来了，你说完我才记起来的。

那你给我讲讲啊。

讲什么？

借酒浇愁啊。

这有什么好讲的，不是你先说的吗，借酒浇愁。

你不是说想起来了吗？你想起什么了，给我讲讲啊。

不是借酒浇愁吗？你说完我才想起来，借酒浇愁，那个男人死了老婆，他借酒浇愁。

然后呢？

然后？然后……我就不知道了。

你这叫想起来？你就想起来这一个成语？你再想想。

我真想不起来了。

你肯定能想起来，你都想起借酒浇愁了。顺着这个往下想啊，他死了老婆，他伤心得要死，他借酒浇愁，他不管孩子，然后呢？

然后……然后他不能再这样了，再这样日子就过不下去了。我记起来了，有个人跟他说，你不能再这样了。

你又记起来了？

我记起来了，他的邻居，是个老头，跟他说，你不能再这样下去了，这样下去不是办法啊，你还有小孩。对，一个老头说动了他。他幡然醒悟，这又是一个成语，因为他老喝酒嘛，所以是这个词儿，幡然醒悟，有一种酒醒了的感觉。人的酒一醒，就注意到以前喝酒的时候有多邋遢了，他也就注意到自己的儿子有多饿了。所以他带着儿子到街上，给他买吃的。他儿子别提有多高兴了，他喝酒的时候，他儿子都没饭吃，天天叫饿，叫得烦了他就骂他，可能还打过他，我不记得了。反正他儿子可怕他了，再也不敢去烦他，饿了就自己出去找吃的。那一天，他幡然醒悟，又恢复了理智，带着儿子去街上买吃的。那孩子可高兴了，他爹又开始疼他了，别看他饿，他走路都带风。他恨不得让街上的每一个人都看看，他是跟着他爹出来的，他爹带他买吃的。他们来到包子铺，是那种马路边的包子铺，桌子摆在外面，我记得清楚，书上有一幅插画，画的就是他们在路边的包子铺吃包子。他们来到包子铺，爸爸对儿子说，想吃多少吃多少。儿子别提有多高兴了，他又饿又高兴，他特别想表现给他爸爸看，看看他有多能吃。他们吃的是南方那种灌汤包，包子里面都是热汤，刚出锅可烫嘴了。那孩子狼吞虎咽的，吃了一个又一个，都是囫囵个吃进去的。旁边的人看了都觉得奇怪，奇怪他为什么不觉得烫。他爸也看不下去了，觉得他吃得太急了，给自己丢脸了。他让儿子慢点吃，别烫着。儿子一边吃一边说：一点儿都不烫，一点儿都不烫。他爸还琢磨，是不是老板卖给他们剩包子了，怎么一点儿都不烫。他也学着儿子那样大口吃了一个，结果烫得吐出来了，他觉得儿子在蒙自己，明明就很烫却说一点都不烫。他一巴掌打过去，骂他骗自己，没想到这一巴掌下去，把儿子的头给打掉了。

是的，就是这个故事。光明，我服你了，你总算把这个故事讲出来了。就是这个故事，太好了，这个故事太好了，太神秘了，还很悲伤，是不是？

我也没想到还能记起来。这么一说确实有点古怪。这个故事很古怪，也很悲伤。

可还是有一个问题没解决，那个孩子的头，为什么一打就掉？

是啊，为什么一打就掉呢？是不是为了突出他们的惨，旧社会的穷人都惨。

也可以这么说，不过要是这样，这个故事就太高级了。你那时候还看不到这么高级的故事。其实我也记起来了，你讲完这个故事，我们都吓坏了，我们问你，他的头为什么一打就掉？这就是这个故事存在的原因，就是为了让人问，他的头为什么一打就掉？你还记得当时是怎么说的吗？

不记得了。

你说，因为孩子吃得太急了，他连碟子都吃到嘴里去了。碟子硌在他的脖子上，就像豆子硌在那个女孩的耳朵上一样，所以他爸爸一巴掌拍下去，他的头就掉了。

是吧，我好像是这么说的，因为小娟讲了耳洞的事嘛。

当时我们都信了，那时候小嘛，讲故事的人怎么说我们就怎么信。现在我才知道，又听你讲了这一遍我才知道，其实不是这么回事，把碟子都吃进去，太牵强了。

什么牵强？

就是勉强，把碟子都吃进去，这说不通，绝对不是因为这个。真正的原因你还记得吗？

不记得了，你不是说你知道了吗，你说给我听啊。

好，我跟你说，他的头为什么一打就掉，因为他吃了太多的生东西了。他爸不给他做饭，他只能去外面找吃的，他们是渔民，他很自然地去河边找吃的，又因为他是个小孩，他不会捕鱼，他只能找到河蚌、田螺、蛤蜊这些东西，他也不会做熟了吃，都生吃了。这些东西身上都有很多寄生虫，日久天长，这些寄生虫就寄生到了这个孩子的喉咙里，这就是为什么他吃灌汤包不会觉得烫。因为长期被寄生虫寄生，他的脖子已经空了，所以一打就掉。

妙啊，这就说得通了，就是这样，我想起来了。

肯定是这样，这就是这个故事成立的原因，看起来很有科学依据。虽然深究起来这也很牵强，不过一般人不会注意这个，水里的东西，谁能搞得明白呢。

是的，听起来很新奇，也很可怕，可不敢乱吃生的了。不过我也想问问你，你怎么知道他们是渔民?

我猜出来的。

猜出来的?怎么猜出来的?你怎么知道你猜的是对的?

这么说也不对，不是我猜出来的，是你讲出来的。

讲出来的?我没有讲渔民啊。

你讲了，你说他们吃灌汤包，这是南方的食物，你说他在河边借酒浇愁，你为什么提到河，因为河很重要，他们以河为生，所以，这个死了老婆的男人，他是一个南方的渔夫。

厉害啊你，头头是道的。我记起来了，这个故事的开头就是这么说的，一个渔夫，他的老婆死了。

这就连起来了。真是个不错的故事，你应该记住它。

是不错，不过也没有什么好记的，我现在不讲故事了。

再讲一次吧，光明，再给我讲一次小三放牛吧。

（选自《青春》2021 年第 1 期）

安魂

智啊威

推开老屋的门，一股寒气往领口里钻，紧跟着，双眼就掉在了黑暗中，好一会儿，才适应那幽暗的光线。

亮二蹲下身，把新弄来的牌位从背包里掏出来擦干净，小心翼翼地放在南墙类似书架的简易隔板上。他后退几步，借着从窗口透进来的微光，看到满墙牌位，一排排直抵屋顶，气势颇壮观。

他躺在老屋的破床上时还在笑。

天有点凉了，到了后半夜，亮二不得不借助白酒，才能使身子暖和些。

身上的暖气上来了，可睡意同时也消了不少。他从床上爬起，在老屋里踱步，脑袋里酝酿着改日把剩余的几面墙上也打上隔板，按照目前的进度，九百九十九个牌位的目标，很快就要完成了。想到这儿，亮二打量着老屋，忍不住笑出了声。

这栋老屋是爸爸留下来的，建房那年亮二六岁，妹妹四岁。爸爸用自己打工多年的积蓄，盖了这三间房子，如此气派的房子在当时还引来了很多乡邻的观摩和称赞。

正当一家人陷入对新房的欢喜中时，爸爸突然离开了这个家，没有人知道他的动机，也没有人能明确他的去向。紧接着，风言风语在他们一家人的耳朵里盘旋：有人说亮二的爸爸跟隔壁镇上的一个女人好上了，两个人私奔去了多雨的南方；有人说亮二的爸爸在砍柴时坠入山谷，或被仇人在植被繁茂处暗杀，尸骨已被抛入气势汹汹的西鲁河；也有人说，是亮二的妈妈逼走了他……

最后这种说法，曾一度把妈妈折磨得近乎崩溃。很长一段时间，她抱着妹妹，牵着亮二四处打听，寻觅。可找了一阵子后，不但音信全无，反而把一家人的生活耽误得一塌糊涂。最后，她开始疲惫，妥协，并默认丈夫已死。

可亮二不认。

每当放学，他就背着书包，不断去到陌生的山坡或山谷寻找爸爸的踪迹。如果赶上星期天或放假，他就背着干粮和水，到更远的山坡或山谷：有时在山野里迷路，看到夜色在林中暗涌，杂乱而奇怪的叫声从四周响起，那一刻，他感到皮肉发紧，心脏仿佛要从嗓子里跳出来。

天彻底黑透的时候，为了避免被野兽吃掉，亮二爬上树，半夜犯困时从上面栽下来，经常鼻青脸肿地回到家。

妈妈劝过他很多次都没有用，亮二铁了心要把爸爸找回来。

妈妈很无奈，但又要下田，为了避免亮二再去找爸爸，就把妹妹和亮二锁在家里。可这并没有用，亮二经常翻出院墙，漫山遍野去找爸爸的踪影，留妹妹一个人坐在院子里哇哇大哭。

每一次，亮二怀着失落的心情，踏着夜色往家走，隔老远，总会看到整个山坳里，就自家屋里的灯还亮着。他迈着沉重的双腿朝着那一星半点的灯火走去。随着脚步起伏，他感到连绵的群山在夜色中翻涌，而自己正身处这翻涌和波涛之中。

他不知道这股神秘的力量要把自己推向何处。

回到家时，妈妈还没睡。她看到儿子后，脸上一喜，瞬间又被怒火冲刷得无影无踪。

“你就不能当他死了吗？”

“万一没死呢？”

“没死就是一个负心汉，找回来干吗？”

“找回来打爆他们一家人的头！”亮二怒目圆睁，朝大虎家望去。

“算了，我们以后见了他们，低着头走过去就是了。”

“就不低！”亮二嚷了一声，直视着妈妈的眼。

“你是想把我气死是吧？”

妈妈的这句话一下子砸出了亮二的泪水，他扑到妈妈的怀里，哽咽着说：“妈妈，我不想让你死……”

虽然那时候，亮二还不知道什么才是真正意义上的死，但在他的观念里，死就意味着像爸爸一样，突然从家里消失，从此再无音信。他已经失去了爸爸，他无法再面对一个没有妈妈的家。

很长一段时间里，亮二没有再去找爸爸，因为他担心妈妈会死。即便如此，他依旧每天都生活在担惊受怕中。每当夜深人静的时候，他会突然喊一声妈妈，得到回应后才肯继续入睡。有很多次，他一连喊了几声都没有回应，就怯生生地伸出一根手指，放在妈妈的鼻孔下，去试探她是否还有呼吸。

整个童年，亮二一直生活在恐惧、耻辱和不安中。

学校里的同学四处传他爸爸的闲话，有时候为了制造喜剧效果，还故意瞎编滥造，引起笑声阵阵或窃窃私语。刚开始，亮二听到这些，就会冲上去跟人家打，但因为身材瘦小，反而每次都被别人暴揍。

亮二开始逃学，一个人跑到屋后最高的那座山峰上，爬上松树，俯视着群山发呆。有时候会有鸟雀飞来，停在头顶上叽叽喳喳叫上半天，又展翅而起，在山涧里翻飞。

那一刻，亮二希望自己下辈子能成为一只鸟，在山涧里飞呀飞，渴了喝山泉水，饿了吃树上虫，仿佛一生都没有什么紧迫的事儿，一直飞呀飞。

山中落起细雨，有时会有一大块云从山下升起，笼罩着亮二。他突然想从树上站起来，像孙悟空一样腾云驾雾，又担心会从云层里掉下去，摔死在陌生的山谷中。

想到死，他坐在树上，紧紧地抱着松枝没有动。

下山时雨下大了，他本可以找个山洞躲一躲，等雨停了再走，可他没有那样做，而是敞亮地走在雨中，被冷雨浇透的时候，一股从未有过的轻松和畅快油然而生。

他站在山腰上，抬起头，看到漫天的雨滴前赴后继，朝自己的脸上砸下来，啪嗒啪嗒，像天空的小手在扇自己的脸。这时候，他突然想到，在世界上某个角落里的爸爸，此刻是否和自己一样，正沐浴在无边无际的冷雨中？

家里空荡荡的，妈妈和妹妹都不在家。亮二换了一身干净的衣服，搬来凳子，坐在门口，望着烟雨迷蒙的群山发呆。

狂风劲吹，不时传来树木折断的脆响。这时，一道惊雷从天而降，巨大的声响在院子里炸开，亮二吓得从凳子上跌了下来。

他坐在地上，突然想起早晨上学的时候听妈妈说，今天要去山上收玉米。

亮二一惊，起身朝雨中冲去。

他冒着大雨跑到山顶，看到妹妹一个人抱着几个玉米，缩在一块大石头下面，乱雨已经把她淋成了一个落汤鸡。

“妈妈呢？”

“下山借雨布了。”妹妹的声音里灌满了雨水。

亮二牵着妹妹，冒雨朝山下走去，一路上焦急地喊着妈妈，但雨水很快就击落了他的声音。

后来，妈妈被人从山上抬了下来，因为山路湿滑，她摔进了路边的灌木丛中，断了一条腿。瞧过医生后，开始在家里养伤。

因淋了雨，妹妹也开始发烧。一时间，亮二伺候两个人，忙得脚不沾地，正在他焦头烂额时，姑姑来了。那天亮二正在煮饭，因为柴火潮湿，整个厨房里飘荡的都是呛人的浓烟。

亮二看到姑姑出现在烟雾中，以为自己在做梦，他揉揉眼，喊了一声姑。听到熟悉的回应后，声音里顿时塞满委屈："姑，我妈妈的腿断了。"

"没事儿，姑来了。"

"我妹也跟着发烧。"

"不怕，有姑在。"

"我家的玉米全都被大风刮到山崖下了。"

"没事儿，有姑在，饿不死。"

姑姑的声音平静，像静止的湖水。

自从爸爸消失后，逢年过节，姑姑都会翻过一座大山，带着好吃的来到亮二家门口，却从不进去。亮二听到姑姑的呼喊，会和妹妹一起跑出去。三个人坐在大门口的石碾子上，姑姑把带来的零食一一掏出来分给他俩吃。

"谁都不准吃独食，要学会分享，知道吗？"每一次，姑姑都要说一句。

天黑下来，姑姑要走时，亮二和妹妹会突然拽住她的衣角，或抱着她的腿，让她留下来吃饭，或住一宿，而她一次也没有答应过。

爸爸的消失，给这个家带来了太多的苦难，姑姑总觉得愧对妈妈，愧对这个家，因此很多年里她都没有再走进亮二的家：她惧怕看到那一双被艰辛打磨得失去了光泽的眼和无声的哭泣。

亮二坐在树上，看着姑姑进进出出，给妈妈和妹妹端药、洗衣、煮饭……他缓缓抬起头，把脑袋依在树上，看着头顶稀疏的枝叶，又想起了爸爸。

“如果爸爸在家，我们的庄稼也会像别人家的一样，早早就收入了粮仓中，那样，妈妈也不会摔断腿，且差一点丢了命；如果爸爸在家，大虎他们一家自然也不敢欺负我们；如果爸爸在家，就不会再有同学编我的笑话……”

可是爸爸不在家……亮二低下了头。

那天晚上，临睡前，亮二走到妈妈床头，望着黑暗中的妈妈，低声问道：“妈妈，你会死吗？”

他感到一双手在自己的头和脸上移动着。

“傻孩子，妈妈不会死。”

“你以前说过，会被我气死。”

“那是妈妈在开玩笑。”

“真的吗，妈妈？”

“真的。”

“你不会死，永远都不会死吗？”

“只要你和妹妹还活着，妈妈就永远不会死。”

“真的？”

“真的！”

第二天早晨，姑姑起床做好饭后，发现亮二并不在屋里，起初，她以为他出去玩了，并没在意。临近傍晚，也不见亮二回来，姑姑这才想起凌晨时分，自己隐约听到了开门声。

妈妈从床上坐起，透过窗户，朝外望去，看到西山的枫叶红了，像一团团燃烧的火。她知道，自己的孩子此刻一定正顶着这团深秋的火焰，游走在寻找爸爸的迷途中：他沿着山中的小路，一直往前走，他不知道自己究竟要走到什么地方去，也不知何时才能停下来，只知道要一直走，不停地走，在苍茫、幽静的群山中。

多年来，亮二只要一得空就往山里跑，靠着一双脚，他几乎走遍了方圆五六十公里的范围，翻遍了每一座山，查看过每一个洞，然而关于爸爸，还是一点音信都没有。但他也从未放弃过，刚开始妈妈担忧他的安危，每一次回家都要把他训斥一番，后来次数多了，妈妈也不再说什么。她知道无论她怎么说，亮二都要去找爸爸，去找那个如今不知身在何处是死是活的男人。

亮二和妹妹都很懂事，很小的时候，就知道帮妈妈干活儿。但所谓的重活儿，妈妈却从不让他俩做。

亮二至今还记得，十六岁那年的一个秋天，他跟妈妈一起在梯田里收豆子。一整袋剥了皮的豆子，足足有七八十斤。妈妈说："来，亮二，搭把手，把豆子抬到我肩膀上去。"

亮二一手抓着袋子口，一手反托着袋子底部，身子半蹲，猛一用力，整袋豆子就翻到了自己肩上。

他扛着豆子缓缓直腰，看到群山在自己面前矮了下去。亮二走两步，发现并没有想象中那么沉。他回过头，对着满脸愕然的妈妈微微一笑，继而朝山下走。

下山的时候，亮二清楚地意识到，从今往后，再也不用漫山遍野去找爸爸了，这个家，再也不需要那个虚无缥缈的男人。

也就是这一年，亮二辍学了，独自跑到江苏的一家小工厂打工，除了每个月基本的开销外，剩余的钱全部寄回家中，供妹妹读书用。

提起亮二辍学，每一次，妈妈的眼泪总要掉下来。她并不主张亮二这样做，她觉得自己再辛苦一点，两个孩子，勉强还能供得起。可亮二不这样认为，他不愿意再让妈妈多吃一点苦，因为他觉得他已经是一个男人了：肩膀已足够宽，拳头已足够硬。

妹妹的成绩一直名列前茅。高三那年，好几次的模拟考试，她甚至拿到了全年级的第一名。班主任曾斩钉截铁地说，她会考上一个好大学，且极有可能是县一高历史上，考上大学最好的那一个。

可天有不测风云，高考前的那个晚上，妹妹突然开始发烧。

第一场考试，她几乎是在疼痛和迷糊的状态中度过的，交卷铃声响起的瞬间，发现还有三分之一的题没做完，甚至连作文都还没写时，整个人瞬间崩溃了。

她从考场走出来，像一具行尸走肉，站在学校门口的湖边，望着粼粼波光，第一次想到了死。

高考成绩下来后，妹妹决定不再复读，亮二完全不能接受，他在电话里语气强硬地说："你必须复读!"

妹妹沉默了一会儿，望了一眼妈妈，然后对着电话里的亮二说："好。"

亮二悬着的心这才落下。

但妹妹并没有去复读，为了减轻家里的负担，她背着亮二去学了美甲。直到第二年高考后，亮二才知道，妹妹已经辍学整整一年了。

那一刻，妹妹以为哥哥会暴跳如雷，但电话那头的亮二却突然陷入了沉默，过了将近有十分钟，他才缓缓说：“你其实不用那么急着挣钱，这个家还有我。”说完，亮二挂了电话。

那一晚亮二没去上班，一个人在楼下的小店里喝酒。妹妹没有复读，他感到很遗憾，但他也不想去责备她了，虽然在他看来她还是个孩子，但即便如此，她也有权利去选择按自己的方式过自己的人生。他对她有期待，但也可以没有，只要她每天过得开心、满足，就够了，无论怎样，这个家不是还有他吗？想到这儿，亮二一仰脖子，又往自己嘴里倒了一杯。

亮二结婚那年，妹妹给他拿了五万块钱，而令亮二至今想起来依旧心怀愧疚的是，妹妹结婚那年，他东拼西凑，只凑够了一万块钱。

本来，亮二想给妹妹拿两三万，这样还稍微有点像个当哥哥的样子，但后来实在拿不出那么多。他卡包里的那六七张信用卡，买房的时候已经刷得干干净净，有几张的分期付款至今还没有还上，眼看着妹妹要结婚，他又从那几张卡里挤出来了六千五百块钱，这是他刚存上的，从自动取款机里取出来的时候仿佛还冒着热气。

“你今天去找你弟再借两万。”那天，亮二对着正在洗衣服的妻子说，声音里带着恳求。

妻子转过身，一脸不可思议。

“亏你还有脸这样说！买房子的时候，找我弟借了三万，现在过去两年了，你还一分了吗？就这，还让我去找人家借？你不要脸，难道我也不要脸了吗？”

亮二的妻子从地上站起来，双眼浑圆，用食指戳着亮二的脑袋：“亏你还是个男人哩，一天啥正事儿不干，天天就知道漫山遍野瞎跑，把死人的牌位往家里抱，神经病！”

面对妻子的怒骂，亮二自知理亏，就没接话。自从前年经济危机的时候工厂裁员，他丢了工作，至今没有找到正经的工作。但亮二认为，自己之所以不去找工作也并非懒，而是孩子到县城上小学后，报了七八个补习班，又加上买房，他明显感到家庭各方面的支出都在加重，而他和妻子挣的那点钱，应付这些，已经明显开始捉襟见肘。想到以后还要供孩子上高中，上大学，给他买房娶妻……

亮二蹲在地上挠起了头。

因此工厂裁员的时候，别人都往后退，亮二却硬着脖子往前挤。他签过字，摁罢手印，领了五千元的离职补贴金，边走边数。有人低声骂亮二傻，不知道再耗一耗，没准厂里最后会给他们提高离职补贴金。

但亮二清楚，那都是胳膊拧不过大腿的事儿。这个厂，他是一天也不想再多待，只希望能尽快离开这里，去开辟一段新人生，说白了就是能争取早日挣到钱，先把信用卡的窟窿填上再说。

半年不见，妈妈老了很多，脊背也弯了下去。

妈妈看到亮二回来，很激动，一直拉着他的手不肯松，左看看右看看，然后又在他脸上摸了摸。

“你可算回来了！”妈妈哽咽着，然后把脸贴在亮二坚实的胸膛上抹起了泪。

亮二搂着妈妈的肩膀，像搂着一小捆干柴。

吃过饭后，亮二跟妈妈坐在院子里的竹椅上，听她讲东家长西家短，以及山居生活的细枝末节。不知不觉间，清凉的暮色在四周弥漫，叽叽喳喳的鸟雀把松枝压弯，随即飞起，弯曲的枝条弹向空中，发出细微的声响……

亮二望着眼前的一切，心想，要是能一辈子陪着妈妈，在这深山老林之中度过往后的人生，该是一件多么幸福和惬意的事。这看似简单的愿望，对如今人到中年的亮二来讲，都成了一个遥不可及的梦。

他拉起妈妈的手，转身向那栋破败的老屋走去。

自从妹妹出嫁后，这栋屋子里便只剩下妈妈一个人。每天，陪伴她的除了山里的风，就是后半夜的月，偶尔会有小鸟飞到屋檐上或院子里，甩下两句没头没尾的话，又展翅而起，一头扎进满山的翠绿或枯黄中。

这一次亮二回来，想着多陪妈妈待几天……但谁曾料想，屁股还没暖热，他就坐上了老胡的那辆车，在山路上飞驰了起来。

亮二从后视镜里看着母亲的身影越来越小的那一刻，心里很不是滋味，却又无可奈何。近些年，他感到自己像一只皮影，看似活蹦乱跳，但背后始终有一只手，在操控着他的一颦一笑、一言一行。

他不止一次幻想过挣脱那只手，却又清楚，只要自己还活着，就永远不可能从那只手里挣脱。

他叹口气，收回视线，目光落在老胡光秃秃的后脑勺上。

老胡是亮二的小学同学。

小时候，老胡家穷，冬天上学只穿一条单裤，因为长时间不洗，已经分不清颜色。而更好笑的是，裤裆还经常开线。老胡妈妈的针线活儿很一般，总是缝不结实。亮二回忆那段时光，脑袋里都是老胡玩耍时撑破裤裆，夹着双腿，迈着小步，像个女人一样往家走时的滑稽光景。每当这时，同学们总是笑他，说老胡是一只老母鸡，正在找地方下蛋。

老胡气得咬牙，却又没有一点办法，他不敢去追，怕裤上的破洞会烂得更大。

但谁能想到呢，就是这样一个一年四季流着鼻涕，穿一条烂裤子的小男孩，几十年后的今天，竟然成了一个身价上千万的收藏家，还在市区成立了两家私人博物馆，每年仅政府给的补贴就有二十多万。

老胡剃了光头，为人低调，穿着打扮像一个老农民，因为常年在深山老林里乱窜，心胸开阔，但同时也疾恶如仇。尤其现在有了钱后，找老胡套近乎的人特别多，但大多都是热脸贴了他的冷屁股。

“亮二，你知道我为啥愿意带你？”

亮二摇了摇头。

“上学的时候，别人笑话我，就你不笑。”老胡说完，点了根烟，摇下车窗。外面的寒风像刀子一样，割着三个人的脸。

老胡的话令亮二一阵心虚。亮二清楚，自己当年也是处处被人欺负的主儿，虽然那时候的老胡也是个软柿子，但即便如此，他也绝对不敢拿捏。

谁能想到呢，阴差阳错，稀里糊涂，这事儿竟然被老胡在心里记了一辈子。难怪昨天老胡回老家给他妈妈上坟路过亮二家门口时，彼此寒暄几句，分别时，亮二半开玩笑地说：“胡哥，啥时候也带带我，别的干不了，帮你开个车跑个腿儿总还能干，你吃肉，我跟着蹭口汤。”

老胡停下脚，转过头：“当真？”

“当然！”亮二从凳子上站起。

“明天早晨六点，我跟彪子开车来接你，一起进山扫货。”

汽车沿逼仄的山路，一直朝大山的深处挺进。左边是高耸的峭壁，右边是深不见底的峡谷。亮二握紧安全把手，有一种强烈的眩晕和窒息感。左边山体上灌木的枝条不停地拍打着车厢，仿佛在抽打着亮二紧绷的心。

汽车停在一座古村前的空地上，亮二抹了一把额头上的冷汗，下车时双腿虚软得厉害。

正值下午，阳光把对面的山体照成了耀眼的金黄，村子静寂，除了流水的叮咚声外，安静得像一片墓地。

老胡和彪子开始挨家挨户问询，是否有老物件可卖。一个老太太拿出一个雍正年间的花瓶，品相不错，要价一千，不算贵。

彪子的眼都直了，目光在瓶子和老胡的脸上来回滚动。

“亮二，你拿下。”老胡道。

亮二面露难色，他并不是拿不出这么多钱，而是现在手头并不宽绰，拿一千块钱买这个瓶子，委实比割肉还疼。但同时，亮二也知道，搞什么都得下本儿，可话又说回来了，一个小小的瓶子，要价一千块，这都赶上自己在工厂干十天的工资了。

亮二在心里犯起了难。

老胡摇摇头，彪子赶紧接话道：“胡老师，我拿下！”

彪子迅速掏钱，从老太太手里接过瓶子的时候，手抖着像捡了个宝。

亮二跟着跑了几天，去了四个古村，但一件东西也没舍得买。

汽车沿山路盘旋的时候，老胡道：“亮二，以后，你只收一百元以内的老物件，首先这个价位里假的少，其次，即便买回来一时半会儿卖不掉，也不着急，毕竟便宜。”

亮二有点不好意思，搓着手点了点头。

但即便如此，不到万不得已，亮二也几乎不会掏钱去买那些所谓一百元以下的古董。为此，亮二内心也很矛盾，一方面是期待跟着老胡买点便宜货，过几年自己也在市区弄个博物馆，然后再填个表，托托人，每年也能领到十来万块钱的政府补贴。而另一方面，就是经济上实在太窘迫，尤其是自己辞职后，每月两千多的房贷，再加上还信用卡，有时候，亮二的兜里连一百块钱都拿不出。

后来，每到一处深山中的古村里，老胡和彪子挨家挨户去扫货，亮二自知买不起，便不再跟随，一下车就跟他们分道扬镳，一个人在荒寂的村子里寻摸，有时候能捡到一个民国时期的坛子，有时候会遇到一个道光年间的铜锁。为此，老胡不止一次当面批评亮二，说你那样搞不行！那些玩意儿虽然是老东西，但并没啥收藏价值，也不值几个钱，看似收集了不少，但很容易遭内行笑话。

老胡生性坦率，从不遮掩，尤其在朋友面前，更是喜欢直来直去。他也知道亮二的经济状况。但是，在收藏这条路上，自己毕竟是个过来人，有些时候，还必须敲打敲打亮二这个生瓜蛋子，最好一棍子能把他打醒，让他彻底明白收藏是怎么回事儿、该怎么玩。

亮二的这种行为，不仅令老胡瞧不上，同时，他自己也时常陷入矛盾和痛苦中。

这些东西看似不起眼，但捡走之后，在朋友圈或微拍堂上，多少也能卖个几十块钱。几十块钱，老胡这类人肯定是看不到眼里，但对亮二来讲就意义非凡了。很长一段时间，他就是靠倒卖自己捡来的所谓的老物件来对付捉襟见肘的日常生活。

亮二也常常为此陷入痛苦，感觉这样倒卖这些破烂玩意儿，虽然能挣一点生活费，但距离成立自己的博物馆还是遥遥无期。成立博物馆首先要明确收藏专项，可直到现在，亮二连自己的收藏专项都还没确定下来。

老胡曾建议亮二收集雕版，说这个专项里目前收藏家不多，板子的价格便宜，可以入手。但亮二一打听，当即就打了退堂鼓。老胡口中所谓的“便宜”也远远超出了亮二所能承受的范围。

“亮二，你透个底儿，搞收藏，你到底能拿多少本金?”

亮二沉默了好一会儿，然后嗫嚅道：“有没有一分钱都不花的那种?”

他抬起头，满脸羞怯，望着老胡。老胡惊呆了足足有五分钟，然后没好气地说：“你继续捡你的破罐子、烂瓷盆去吧!”

亮二在岑寂的村子里继续转悠，推开一扇大门，呈现在眼前的是一座颓败的清代四合院，院子里长满了枯草，墙上爬着藤蔓，门窗摇摇欲坠，屋里阴暗，像鬼屋。

亮二推开堂屋门走进去，发现屋子几乎已经被搬空，客厅的长条桌上供奉着几个牌位，蒙着一层厚灰。他打开手机上的灯，看到墙角和屋顶爬满了蛛网，因为长时间不住人，屋顶上塌了一个窟窿，几片碎瓦和黄土散落一地。

亮二在抽屉里找到了几个“乾隆通宝”，正准备离开时，再次瞥见长条桌上的那几个牌位，突然眼前一亮。

亮二抱着牌位，满心欢喜，走在空寂无人的村子里。起初牌位总是从怀里掉下来，他便找来一根绳子，拴住牌位的底座，穿成一串儿，挂在自己的脖子上，样子颇怪异。

这天下午，亮二走遍了这座古村里所有废弃的房子，一共收罗了二十一个牌位。因为后备箱装不下，就堆在了后座上，然后用自己的袖子反复擦上面的灰。

彪子打开车门时吓了一跳，一同归来的老胡瞪大眼睛，继而就奓了毛："亮二！你这是在弄啥?!"

"……"

"扔了!"

"不扔。"

"扔了!"说着，老胡从前面探过来半个身子，胡乱抓住两个牌位，就要往窗外扔。亮二眼疾手快，赶紧握住牌位的另一端。两个人拉扯了半晌，亮二的声音里带着恳求："胡哥，只许州官放火就不许百姓点灯吗？你们一个个收集古灯专项、瓷器专项、石兽专项，难道就不允许我收集个牌位专项吗？我刚才用手机查过了，牌位收藏，目前在中国收藏界还是一片空白，我现在入手，正是千载难逢的绝佳时机。你别瞧不起这玩意儿，等我收集几百上千个后，就成立一个牌位博物馆，到时候，一屋子牌位摆起来，肯定是既壮观又震撼!"

亮二说完，老胡松了手，靠在椅背上，望着窗外一闪而过的风景，说了三个字："瞎胡搞!"

山路沿流水的喧哗之音，一路向前，车厢里的空气有点沉闷，三个人一句话也没说。不知过了多久，从后排传来亮二的鼾声，老胡和彪子对视一眼，相互点了点头。

彪子把车窗摇下来，老胡侧过身，悄悄地把手伸到后排，抓起牌位就往窗外的悬崖下扔。

只片刻工夫，二十多个牌位被扔得一个不剩。

老胡长长地出了口气，感到周身舒畅，他点了根烟，哼起了小曲儿。

亮二一觉醒来，发现牌位不见了，迅速把头伸到座位下，左右前后找了半天，一个也没有。他抬起头，看到右边的窗户开着，顿感情况不妙。

亮二抱着双臂，喘着粗气，坐在后排，一声不吭，像一头即将爆炸的公牛。

到地方后，车停了，亮二不下来，依旧抱着双臂，浑身发抖。老胡和彪子见亮二的驴脾气上来了，也不搭理他，两个人头也不回朝眼前的村子里走。

这时，亮二的脑袋弹出车窗，咆哮道："我捡的牌位呢?!"

"扔了。"老胡漫不经心地回答。

"谁扔的?"

"我!"

亮二从车上蹿下来，捡起一根手腕粗的棍子，举过头顶，嘴里骂着脏话，朝老胡飞扑上去。

彪子迅速捡起两块石头，护在老胡面前，喝道："亮二，来吧！看你的脑袋硬还是石头硬!”

彪子人高马大，一脸狰狞，把手里的石头高高举起。

在距离老胡六七米远的地方，亮二突然停住脚，手里的棍子耷拉在地上，继而发力，朝自己的脑袋上夯去。

棍子在亮二的头上断成两截，老胡和彪子大骇，他们没想到亮二会这么狠。

亮二是在冲到一半的时候才突然意识到，这一棍要是夯在老胡头上，就麻烦大了：一棍子夯死他，自己要去偿命；一棍子夯不死，以老胡的脾气，一准会讹到他倾家荡产。

人到中年，上有老，下有小，哪儿能承受得起这么大的灾难？不考虑自己，还能不考虑家人吗？可棍子都举起来了，胸中的怒气未消，要是不夯，这张脸又该往哪儿搁？

情况紧急，容不得多想，亮二只得把举起的棍子夯在自己头上。

因为满腔怒火，所以下手很重，虽然在棍子将要夯到头上的瞬间，亮二又后悔了，但是，已经来不及了。

亮二以为这一下子不把自己夯死也差不多了，但是，谁承想，棍子内部早已被虫蛀空。亮二握着断棍，咧着嘴笑了，笑着笑着，眼泪就流了下来。他庆幸没把自己一棍夯死，不然留下妻子、孩子和妈妈活在这世上，该怎么办？

亮二转过身，朝山下走，彪子跑过来拉他，他甩开彪子的手，迅速扇了自己两耳光。彪子还要拉他，他又举起手，准备再次扇自己的脸。

彪子无奈，只得眼睁睁看着亮二捂着流血的脑袋，背影孤独，朝山下走去。

从那天起，亮二再也没有搭理过老胡。

后来，他不知从哪里搞来了一辆破摩托车，在后座上装了两个用荆条编织的箩筐，每次加油门时，摩托车后面就冒出一串黑烟。不知道的，还以为亮二的屁股着了火。

亮二骑着这辆摩托车，开始往大山深处的村子里跑着去弄牌位。很多村子都只住着零星的几户人家，且都是一些老人。亮二每到一个村子，就会先跟那些老人攀谈，其实也是为了从侧面了解一下村子里的大概情况，以免去那些无人居住的房子里拿牌位的时候，被邻居逮个正着。

有了摩托车后，亮二经常往山里跑，虽然风餐露宿，但干劲很足，觉得未来可期。只是偶尔看到别人家的牌位上写着“慈母 ×× 之灵位”时，会突然想到孤身一人在老家生活的妈妈。她年龄大了，亮二曾劝过她很多次，让她搬到县城跟自己一起住，她死活不肯。她总说，她还能顾住自己，等过两年顾不住了再说。

刚开始亮二很不高兴，觉得妈妈太固执。可后来转念一想，妈妈要是真答应去县城跟他们一起住，情况也不见得会比她一个人在山里好。首先是亮二为了能早日成立牌位博物馆而终日在山里乱窜，通常十天半月不回家一次。而妻子为了挣钱，每天早出晚归，晚上十点左右回到家，就要开始给孩子辅导作业，一般都忙到晚上十一二点才能睡。第二天早晨六点多起床后，又是连轴转上一整天。

妻子本来也是一个温柔的人，但这两年，生活的压力已经彻底磨掉了她的好脾气。亮二在家里时，经常会因为一些鸡毛蒜皮的小事儿，被她骂得狗血喷头，这种环境下，要是妈妈来了，又哪里能受得了？

但妈妈毕竟年龄大了，一个人在老家生活，亮二放心不下。常言道，养儿防老。可如今，自己却不能陪在她身边尽孝，每当想到这些，亮二就感到无比羞愧和自责。

有一天，亮二正走在山野间，两手各拎一个牌位，手机铃声响了，是妹妹打来的。

电话里的妹妹听上去很开心，她告诉亮二，她已经把妈妈接到自己家里去了。亮二既惊又喜，问她是怎么做到的，妹妹哈哈笑着，就是不说。

时令已进入深秋，亮二抬起头，感到从枯槁的山冈上吹来的风竟带着一股无以名状的暖意。他握紧电话，长长地出了口气，感到压在胸口多年的石头总算落了下来。至于妹妹用了什么方法，其实都无关紧要，只要妈妈有人照料，亮二就知足了。

按规矩来讲，赡养老人，本该是儿子的责任，让女儿去养，面子上总不好看。但是，亮二清楚，如今的自己，像泥菩萨过江，哪里还能顾得上妈妈。

亮二蹲下身子，点了根烟，他感到自己的身体摇摇晃晃，正走在一座破败不堪的吊桥上，很累，却又不敢停下来。他必须尽快走过去，因为手心已经开始出汗，而脚下又是万丈深渊。

为了节省开支，亮二自带了帐篷、干粮。饿的时候，就啃馒头，可不几天，布袋里的馒头就像石头一样硬，这时候，亮二就用酒精灯烧一点开水，把馒头直接泡进去。

在荒野里，在饥饿中，热水泡馒头加点糖，在亮二看来，简直就是人间美味。

但后来，亮二觉得，每次出来都带一包糖，还是太奢侈了，就没有再舍得买。

夏天的时候，亮二还能在溪边洗个澡，但秋冬天可就没这个好运了。他通常骑着摩托车，在山野里一窜就是一个多月，回到故乡时，整个人蓬头垢面，身上臭不可闻。

亮二总是在后半夜回到故乡，这时候村子里的人都睡了。他偷偷摸摸，像一个鬼，来到后山上，把捡来的牌位统一堆在一个隐蔽的山洞里。再悄悄下山，回到父亲留下来的那栋老屋里，洗洗涮涮，收拾一番，然后在母亲的嘘寒问暖中，美美地睡上一觉。

可自从妈妈搬到城里和妹妹一起住后，亮二再回到老屋，仿佛走进了一座冰冷而潮湿的墓穴。

妈妈把她能用的东西几乎全部带走了，屋子里剩下的都是一些破衣服和烂家具。

亮二从隔壁村找来两个闲人，用了一天时间，把屋子里的杂物清空，并在墙上钉了隔板，一排排直抵屋脊。

深更半夜之际，亮二背着箩筐，朝山上走去。他用了整整两个晚上，才把藏匿在山洞中的牌位全部背到家中，安置在隔板上。那一夜，亮二抹着额头上的汗珠，在满墙的牌位前来回走动，反复观摩。这还是他第一次看到那么多牌位被摆放在一起时的壮观模样，整个人因太过激动而微微颤抖了起来。

他伸出手，抚摸着那些寄托着一个个陌生死者灵魂的牌位，就像在摸着久别重逢的恋人一般。

亮二在老屋里摆满牌位的事，很快就传遍了整个村子，很多人不相信，特意跑过来看稀奇。他们一个个趴在窗户上，用小棍挑起挡窗户用的被单，看到幽暗光线下，整面墙上都是牌位时，不禁心头一惊，哆嗦着往后退去。

这两年，亮二不工作，终日骑着一辆破摩托车在山野里乱窜，大家都说他脑袋有病，起初还有人不信，但现在，当满墙牌位撞入众人视线中，几乎没有人再怀疑。

然而亮二并没有驱赶大家，他想着，大家也就是图个稀奇，看过后也就走了。但令他不曾料到的是，观看的人群中，有几个人怒声道："把这座房子烧了，免得这些牌位给村子里招来孤魂野鬼！"

亮二闻听此言，脑袋嗡嗡作响，旋即又给门上加了把锁，然后从厨房拎出一把斧头，蹲在堂屋门口，反复磨。他时而停下来，举起滴水的斧头，仔细观看是否已足够锋利，然后又低头继续磨起来。

这时，一只鸡踱步到他身边，亮二一脚踹去，嘴里骂了声：滚！那只鸡躲闪一下，继而拍打着翅膀，伸长脖子，朝亮二的脚上啄。亮二大喝一声，众人纷纷侧目，看到他拎着斧头，正在追那只鸡，人群纷纷躲开，唯恐斧头误伤到自己。

那天，人们眼睁睁地看着亮二用斧头把鸡头砍掉后，血像喷泉样喷射而出。同时，那只没头的鸡甩着脖子，跌跌撞撞，满院狂奔，亮二在后面穷追不舍。一时间，喷射到天上的鸡血飘落下来，众人纷纷从院子里奔出，然后趴在墙头上，看到亮二满身是血，举着斧头，号叫着，把那只鸡砍成了一摊肉酱。

众人惊得目瞪口呆。

别说他举着斧头砍鸡，他就是把一个人砍成了肉酱又能如何？精神病杀人不犯法。这一点常识，大家都懂。

那阵子，对亮二在自家屋里摆牌位的事，大家虽怨声载道，却也没有一个人敢当面表达不满。即便如此，亮二从大家看自己的眼神中，还是能明显地感受到某种愈加紧张的情绪。

亮二开始整宿失眠，甚至不敢长时间离开老屋，唯恐在自己离开或睡着的间隙，房子被人一把火烧掉。那样的话，他的博物馆梦，以及每年十几万的政府补贴，转眼就可能化成梦幻泡影。白天，亮二总是疑神疑鬼，看到谁向老屋走近，就立即警惕起来，目光一直追踪着那人，直到消失在自己视线中，才肯松一口气。

亮二的头发开始掉，整个人也瘦了一圈。因为整宿失眠，眼眶黑紫，目光呆滞。他站在镜子前，看到这副模样时，把自己吓了一跳。

前几日梦到姑姑后，亮二就酝酿着抽空去看看她。如今，姑姑的年龄也大了，儿子们嫌她脏，就在村头的山坡上给她盖了两间简易房，让她一个人在里面住。可如今别说去看姑姑了，就是连妈妈生病想见他，他都要谎称自己还游荡在深山中。

那天，亮二去村头的菜园子里薅菜，回来途中遇到几个上了岁数的人，并排坐在墙根儿下晒太阳，仿佛在静静等待着死神的到来，突然拧断他们的脖子。

鹿爷见亮二走近，张口道："亮二，弄那玩意儿干啥，怪不吉利的，扔了吧!"

亮二正欲发火，抬头看到说话的是鹿爷。鹿爷在村子里德高望重，他自然不敢顶撞他。

亮二走上前，蹲到鹿爷跟前，摊开双手道："鹿爷，您是个明事理的人，您告诉我，我错哪儿了。要烧我的房子？他们一个个哪儿有脸来烧我的房子？现在的年轻人，挣了俩钱，在城里买了房，一家人搬到那里过舒坦日子，却把自己祖宗的牌位丢在老家，不管不顾，等待着屋倒房塌的那一天把它们砸成粉末。他们嫌那东西晦气，不愿带走！他们的心又冷又硬啊鹿爷！这些年，我漫山遍野捡回那些被遗弃的牌位，我图个啥呢鹿爷？还不是因为想到我们每个人最终都会死！试想一下，当我们死后，牌位被子孙丢弃在即将倒塌的老屋里，我们又会是一个什么样的心情?"亮二的目光缓慢地扫视了一圈众人的脸，继续说道，"他们嫌自己祖宗的牌位晦气，我不嫌弃。我见一个捡回来一个，然后把它们供奉起来，逢年过节给它们烧点纸，陪它们说说话。不仅如此，过两年，我还计划着成立一个牌位博物馆，把这些牌位陈列出来，免费供人参观，权当是用这种方式，打那些不肖子孙的脸！”

亮二讲完，鹿爷的眼眶里闪着泪花。他伸出枯手，拉着亮二，张开嘴，想说话，却又说不出。而一旁坐着的上了岁数的老人，也被感动得哽咽了起来。

“就这，村里有些人还扬言要烧掉我的房子啊鹿爷！”

“哪个龟孙敢烧你的房子！”鹿爷颤颤巍巍站起来，把手中的拐杖用力地往下捣了捣。

“这帮不孝顺的子孙，想毁亮二屋里的牌位，比那些把祖宗牌位丢下不管的人还恶劣！”一旁的老人也陆续站了起来，一个个义愤填膺。有的甚至举起拐杖，朝眼前的空地上敲下去，权当是在敲那些不孝顺的子孙的头。

就这样，困扰亮二多日的难题解决了。鹿爷答应他，今晚亲自去动员村子里的老人联合起来，给自己的子女做思想工作：只要亮二屋里的牌位有一点闪失，村子里的老人，就集体死给自己的子女看。

这话虽然有点偏激，但震慑力巨大，那些原本有些歪点子的年轻人，听到自己的爸爸妈妈或爷爷奶奶以死相胁，明知道这是气话，但哪个还敢去冒这个险？

为了让村子里的老人们更加信服，第二天，亮二还特意跑到村头的小卖部买了一挂鞭炮、一箱白酒、两份点心，同时手里还提了四串用金箔纸叠成的元宝。他走在村子里，故意放慢脚步，遇到上了岁数的人，就停住脚，抖抖金元宝，道：“过节了，今儿个给他们送点钱花。”亮二说完，仰望着天，神情凝重，仿佛在思念一个远逝的亲人。

老人望着亮二的背影感叹道：“亮二这孩子，从小就是个孝子。小时候天天找他爸，后来又把他妈接到城里去享福，现在，为了那些死去的人能安魂，就把那些不孝顺的子孙丢弃的牌位捡回来，当自己的祖宗一样供着，这孩子，从小就是个孝子！”

亮二在堂屋里摆上供品，打开白酒，在鞭炮的噼里啪啦中，嘴里喊道：收钱喽，收钱喽！

村里上了岁数的老人，拄着拐杖来到亮二家，看着亮二像祭祖一般庄重、严谨，对着那些牌位，行三叩九拜的大礼，一个个感动得眼泪汪汪。

从那以后，亮二骑着摩托车去远处的村子里捡牌位时，村子里的老人，就围着亮二家的院墙晒太阳。于这群行将就木的老人而言，以前晒太阳就是晒太阳，但如今不一样了。当他们来到亮二家门前，蹲下去的那一刻，仿佛就有了一种神圣的职责，看守屋子里的牌位，就像在看守自己暴死荒野之上的尸体以免被动物吃掉一般小心、谨慎。

亮二收集的牌位数量已经达到了七百三十二个，距离成立牌位博物馆的要求已经越来越近。有时候他睡着睡着总是笑醒，梦里老是在数钱，而且越数越多。

虽然现实中的亮二欠了一屁股债，但他的腰板却挺得笔直，脸上也挂满了自信，因为他知道，随着牌位博物馆的成立，自己的好日子马上就要来临了。

一天中午，亮二正坐在一条陌生的溪边啃手里的干粮，手机响了，是一个本地的陌生号码。

电话里传来姑姑的声音，亮二很诧异，多年来，这还是姑姑第一次主动给他打电话。电话另一端，姑姑的声音嗫嚅着："亮二，你尽快……来我家一趟吧，你爸爸……回来了。"

"啥?"

"你爸爸回来了。"这一次，姑姑的语速有点快，仿佛这几个字有点烫嘴，急着把它们甩出去。

亮二举电话的手僵住了，身体微微战栗了一下，沉默半晌后，低声道："姑姑，你说啥?"

"你爸爸回来了……"

亮二挂了电话，嘿嘿笑了，然后继续啃手中的干粮，啃着啃着，突然一愣，迅速掏出手机，按照刚才的号回拨了过去，劈头问道："谁回来啦?"

"你爸爸。"

"他没有死吗?"

"没死。"

"……"

挂了电话后，亮二像失了魂，他骑着摩托车过弯道时忘了刹车，连人带车朝山崖下冲去，临到悬崖边上才反应过来，赶紧跳了车。

亮二瘫坐在地上，听到摩托车坠入山谷时发出的碰撞声，真实，刺耳，仿佛亲人的骨架在自己耳边炸响。

山梁上刮起了大风，亮二徒步往回走，感到自己像一只轻飘飘就要被挤炸的气球，脑袋里一片混乱。他想不明白，那个在他潜意识里已经死了几十年的男人，那个在一家人最需要他的时候突然消失的男人，那个从血缘上应该叫爸爸，但在感情上已无比疏远和陌生的男人，回来了，怎么办？如果他死了倒还好，但现在他没有死，没有死这么多年都不回而选择在这个时候回无疑印证了那种流言：他跟一个女人私奔去了多雨的南方。

现在他老了，成了一个没用的人，人家把他从那个家赶出来了。除此以外，亮二实在想不出他现在回来还能有什么别的原因。

一路上，亮二一直在想，该如何面对并接纳这个叫爸爸的陌生人。如果把他接回家，又该如何赡养他？为了早日成立牌位博物馆，拿到政府的补贴金改善日益窘迫的现实生活，他连妈妈都无暇照顾，而现在，爸爸回来了，怎么办？

亮二神情呆滞，走到自家门口，鹿爷和那帮老人站起来跟他打招呼，他看到他们张着嘴，却全然听不到他们在讲什么。亮二走进堂屋，反锁了门，拿出上次祭奠牌位时剩下的白酒，咕嘟咕嘟，像喝水一样倒进了自己的肚子里。紧跟着，房间里的事物开始旋转，他摔倒在地，想到多年来郁积心中的苦闷、羞愧和不得已，又联想到当下的艰难处境，一时间没忍住，竟失声痛哭了起来。

鹿爷和那群老人闻声，伏在窗前，劝慰道："亮二啊，你可不敢这么伤心，从小你就是个孝子，为找你爸爸吃了不少苦，后来又把你妈妈接到城里去享福，现在，为了那些死去的人能安魂，就把那些被不孝顺的子孙们丢弃的牌位捡回来，当自己的祖宗一样供着、拜着。现在，又在替那群不孝顺的子孙哭他们的祖宗……但是，你可不敢太伤心，意思到了就行了……你这孩子啊，从小就是个孝子!”

听到“孝子”两个字，亮二突然破涕为笑。为了早日成立牌位博物馆，他把年迈的妈妈一个人丢在乡下，而现在，爸爸回来了，自己却迟迟不敢前去见他，这样的一个人，究竟算不算一个“孝子”?

接连几天，只要亮二稍微从酒精中清醒一点，就感到无比纠结和痛苦，索性继续喝酒，再次把身体和意识拉回到晕眩和迷醉的状态中。

其间，姑姑又打来电话，问亮二怎么还没来。听到姑姑的声音，亮二的迷醉清醒了几分，他告诉姑姑，自己刚忙完，明天上午就过去。说罢，又喝起了酒。

高度白酒从喉咙灌下去，像一条火蛇在烧他的心。

他倒在地上，不知又昏睡了多少天。醒来的时候，摸到手机，看到八九个未接来电，都是姑姑打来的。亮二扶着疼痛的脑袋坐起身，给姑姑回拨了过去。

听到姑姑的声音后，亮二有点不好意思。他以为姑姑会责备自己，但没有，姑姑的声音依旧那么平静、温和：“你怎么一直没来?”

“我……我现在就去。”

“不用了，你爸爸又走了。”

“又走了？”

“嗯。”

“去哪儿了？”

“他不说。”

（选自《青年文学》2021 年第 5 期）

洗澡

丁　威

1

老张现在越来越不喜欢洗澡了，说具体点，老张现在越来越不喜欢去澡堂子洗澡了。搁从前，老张不是这样的。先前老张还没下岗，他顶爱去澡堂子洗澡。那时，老张每个月工资是九百元，每年他都会拿出一个月工资的三分之二在金龙浴池办张年票，这么看起来，老张算是阔绰了。其实不然，老张在南后街这条巷子里，是出了名的抠门，恨不得一个毛票子也掰成两半花，是那种去了菜市场，买一棵白菜也要向别人顺一棵青菜的主，慢慢地，老张就在南后街落了个“铁公鸡”的名声。

由这里，就看出老张对洗澡的喜欢，说雅气一点，都热爱了。

买了年票，就意味着金龙浴池是老张另一个家了，老张想什么时候去就什么时候去。在家门口端着饭碗，瞅着金龙浴池的烟囱子又开始冒烟了，老张的饭就扒得快点。老婆就在屋里叨唠了，天天都等着盼着澡堂子冒烟，工资没多少，权当闲钱往澡堂子里扔，赶明儿你铺盖一卷，跟澡堂子过去吧，想咋洗咋洗，爱咋洗咋洗，搓掉一层皮也没人管得着你。老张只顾扒他的饭，老婆的话全都擦着耳朵边飞走了。女人家哪儿能体会到澡堂子的乐趣，那种享受老张说都说不出来。有几次，老张想把这种享受说给老婆听，可脑子里空空如也，嘴巴张了，却没有声音出来，似乎有许多话往嗓子眼冲，却又一窝蜂地堵在那儿了，带动不了舌头，说一个哑巴话似的，老张就不说了。过后，老张又琢磨了下，这种享受嘴是说不出来的，老张嘴笨是一方面，另一方面这也不是嘴能说得清楚道得明白的事儿。假如要说，怎么办呢？这得留给身体，身体在澡池子里泡着呢，身体得到的享受让嘴巴去说，这哪儿能说得清呢？

夏天的时候，各家各户都是烧一锅子热水，站在院子里，淋淋漓漓地冲一个澡，纳一会儿凉，这天就算过去了。老张不，老张下了班，蹬着他那辆破凤凰不往家赶，他先往金龙浴池去。围着机器转了一天了，车间里又闷又热的，忙一会儿都是满身的汗，一干，就是一层盐巴，刺挠人，越挠越痒，老张就等着盼着下班。要是活儿都一样样干利索了，每次下班，老张都是第一个走出厂子的，澡堂子在那儿等着他呢，这都快赶上他第一次上他老婆的床了。满身黏腻，筋骨都被弄得生锈了，老张先往淋浴下一站，花洒一开，盐巴冲掉了，身体就有了点呼吸，算是透了气，可这也只算个半饱。而后，老张再往澡池子里一泡，缓缓地，一天干活儿耗出去的力气，似乎都往回攒了，拳头一握一个紧实，被汗水和盐巴捂住嘴巴的毛孔，都得了消息开了天窗似的，纷纷张开了，一个比着一个地使劲呼吸。毛孔呼吸够了，身体也就侍候好了，一站起身，老张就觉得身体轻盈盈的，竟有些空明的意味，好像人的意识还在地上站着呢，身体他跑了，爽朗了，升腾了。你让老张说，老张他说不好，可他心里明白，只有这么着，才对得起自个的身体。

到了冬天，就更能品出金龙浴池这个“家”的好处来了。

外面的风是冷的，还干巴巴的。金龙浴池的风不是，它暖融融的，又温润润的带着潮气，像是小鸡崽黄澄澄的绒毛，带着暖意，嗅嗅，鼻子里似乎也笼了一层暖，痒痒的，酥酥的，非要打一个喷嚏，然后就舒坦了。

这个“家”的另一个好处是没有差别，外面是分三六九等的，各色的衣物装饰出不同的人，各种的车子衬托出不同的阶层。金龙浴池里不是，到了金龙浴池，个个都脱得赤条条的，个别戴着金戒指金项链的，朦胧的水汽一晕，谁还瞧得清那闪着的金光呢？这里没有等级，没有差别，人人都一样，往大了说，人人都平等。有时候碰到厂长来洗澡，老张这样一想，看厂长的眼神就变了，要跟厂长平起平坐似的，恨不得朝厂长大喊一声，嘿，老王，说完再朝厂长的光屁股蛋子上“啪”的一巴掌，想到这，老张都能忍不住笑出声来。

这些个好处是说得出来的好处，说不出来的好处在那一个大澡池子里，满满地灌一池子热水，云雾缭绕的，一会儿工夫，屋子里就朦胧了。灯一开，光就毛茸茸的，幻境似的，往池子里一钻一躺，眼睛一闭，什么都别想，做美梦去吧！

有一次，老张偶然注意到老婆蒸馒头的时候，把面盆放在煤火炉子旁发面，也叫醒面。只有面团子发够了醒够了，蒸出来的馒头才饱满、糯实，嚼起来也才筋道、有味，才像刚结婚没孩子前老婆的两个奶子。现在不行了，老婆的那两个奶子被孩子、被岁月掏空了，耷拉着，蒙着一层皮，这样的馒头没人喜欢嚼，这样的奶子没人喜欢碰。老张琢磨着，泡澡大致也是这个道理，也需要发，也需要醒，只有发够了醒够了，全身的筋络才算被打通，像给机器上油似的，各个关节才能活络，甩胳膊踢腿的，才能有生气有虎气，这个澡也才算洗够了，人也才算泡透了。

有些人不行，说水烫了，说脑袋蒙蒙的了，说鼻子缓不过来气了……刚下池子没一会儿，就上去了，草草了事，不拿身体当回事，要是毛孔会说话，一个个肯定都扯着嗓子喊回去呢！

老张不。老张泡久了，身体里就有了个阀门，像他厂子里的那些机器仪表什么时候到一个阈值了，身体里也“啪嗒”响一声，这就算泡到位了，各个毛孔也都被侍弄好了，哪一个都不嚷。老张这才从水里钻出来，用手朝身体的这个地方摸摸那个地方摸摸，每个手指都透着爱意，都特别满足。老张就拍拍肚皮，吃饱了一样地笑，笑。

泡大澡池子还有一点是别人比不上老张的。泡过澡堂子的人都知道，澡堂子里都有两个池子，一个大一个小。大的水热，谁都能下去，温温的，泡起来很舒服。小的水烫，可不是谁都能下去得了的，拿脚去撩水，以为脚上慢慢适应了，就仓促地往里钻，那可不行，非让你闷一口气不可，烫得你叫唤不成，真有能耐下去了，也就扛个半分钟一分钟的，上来，浑身赤红一片，像是这小池子的水狠狠地给了你一巴掌。泡小池子得有技巧，脚试一下，再试一下，待脚适应了这烫人的狠劲，再一点点地加大入水的面积，起先是一只脚，后来两只脚，再后来小腿大腿的，这就算站住脚跟了。而后就能跟它缓着劲较量了，再拿手往身上慢慢撩水，等上半身也差不多适应了，就往下蹲，刚开始肯定还不行，别急，蹲一下多泡一会儿，再蹲一下再多泡一会儿，这烫水就怕你磨它的性子，只要你有耐心，可着劲跟它耗，慢慢地，它被你磨得没脾气了，你蹲下去，也就不用站起来了，这就算是个马到成功了，剩下的事就全是享受喽。闭上眼，静静地躺着，细细地品咂这烫水的好处，像是无数条小鱼的吻，又痒又酥，一个吻一个小小的电流，在各处神经的节点上闪一个瞬时的火花，一个接一个，特别美特别赏心，整个身体都像是一场盛宴了。

小池子里每天也就那么几个人下去，有些人烫一会儿就上去，有些人多耗一会儿，来来回回的，还扯着嗓子咋呼。唯独老张不是，老张有那个耐心，更有享受小池子的命。老张先是在大池子里泡个把钟头，这算是一个好觉了，然后钻到小池子里，老张把在小池子里的泡称为“回笼澡”。回笼觉人人都知道，是酣眠之后的画龙点睛，一个好的回笼觉抵得上一整个的酣眠，在老张这里，一个好的“回笼澡”是更上一层楼，是柳暗花明后的又一村，更何况还是个“杏花村”呢！

待这小池子也把老张侍弄好了，老张就到花洒下拿肥皂把自己细细地揉一遍，边边角角都照顾到，跟谁亲呢，还是自个儿跟自个儿的身体亲，想想在南后街这条巷子，也就老张把洗澡上升到人生得意的境界了。

冲干净了肥皂沫，拿手巾擦干，看着身上腾起的水雾，皮肤紧绷着，按住了一身子的力气似的，蓄势待发，走起路来，身体一下一下地往轻盈里升，呼吸下，清明似空山新雨后。

老张觉得生活像一坛子老酒，喝起来有味，喝完了，事后回想，品咂一下，还是有味！

2

金龙浴池迎门是两层帘子，夏天的时候，是单条的皮帘子，到了冬天，就换成密实的帆布帘子。掀了帘子进门，是一间摆了十几张床的大厅，过了大厅往里进，是一个窄长的隔间，对着面各有五个花洒，再往里钻，就是澡池子了。

金龙浴池有几个按摩师傅，都是短工，天凉了，他们放下田地里的活计，跑到金龙浴池来干几个月，直到来年开春天暖了，他们就又各自回家，金龙浴池就像个铁打的营盘，这些个按摩师傅就是流水的兵。有的人这样干了一年两年的，就外出到大城市打工去了，按他们的说法，就是去大世界挣大钞票，有的人算是短工里的长工，年年这个时候都来金龙浴池干几个月，李师傅就是其中一个。而随着洗浴城的不断增多，档次的不断提升，服务项目的不断拓展，金龙浴池越来越显得瘦小，像游离在大世界之外的一个小港湾，渐渐地，来金龙浴池洗澡的人越来越少了，放眼望去，都是老主顾，吆五喝六的，嗓子里都是黏滞的，显出老态。但对于这些老主顾来说，金龙浴池虽小，却五脏俱全，虽然是个小港湾，却也能避风避雨，洗澡就是洗澡嘛，哪儿来那么多的花花肠子，洗澡还能洗出花来不成？再往深了说，在金龙浴池洗了这么多年，这里面都是暖融融的回忆，闭上眼都能摸出它的七拐八绕来，这都像是家了，金窝银窝不如自己的土窝，说的就是这么个道理！

老张从有花洒的那个隔间走出来，就到了大厅，找放着他衣服的那张床，要一个毛毯子，舒舒服服地一躺，把毛毯子往身上一盖，安安稳稳地抽根烟，就是一种日暮黄昏的闲适了。别人喝酒能喝醉，喝醉酒的人要躺下来醒醒酒，老张泡澡也能泡醉，他眯上眼，好好地“醒醒澡”。

澡醒够了，老张有时候会喊李师傅过来。李师傅是金龙浴池的老师傅了，在金龙浴池搓背、按摩、捏脚，挺憨厚，红脸膛，人闷闷的，不怎么爱说话，看起来实在又老相，身体结实，手上有劲道，细说来，这是一双揉面的手，刚柔并济的，在身上这块捶那块捏的，每一处都很熨帖，每一处都恰到好处，人经李师傅这手一收拾，就真的像一块醒好的面似的，整个人都松松爽爽的了。

那个时候老张还没下岗，工资除去日常生活和存下来留给孩子以后上学结婚等的用处外，每个月还能结余一些，这是他个人的小金库，抽烟什么的都从这个小金库里抽取。因为毕竟有限，加上一大家子的开销，实际结余的并不多，老张的小算盘打得精明，小金库的每一笔开销都在心里盘算仔细喽，一分一角都花在实处，好钢用在刀刃上。这样小金库虽然不多，但每一笔都花得特别值，好像到了老张这里，都能顶多大用似的。

老张把李师傅喊过来，这样的时候并不多，洗澡对老张来说，必不可少，洗好了泡够了，也就对得起那张年卡了，但是按摩、捏脚什么的，就算是额外开销了。老张能很爽快地把李师傅喊过来，一般都是厂子里那天活儿多，浑身累散架了，他才敢奢侈一把，当作对身体的犒劳。老张挺喜欢李师傅沉默这一点，李师傅不吭不响，也不赶趟着要你按摩、捏脚，有人喊了，他就认认真真地捧出自己的手艺，把人往神游里领，没人喊他，他就坐在角落里抽烟，眯着眼把时间优哉游哉地挨过去。

3

随着改革开放，到处都翻滚着挣钱的浪潮，各个新兴的行业出现了，一个行业一个行业的更迭，让人应接不暇。昨天你还睡得好好的，工作还铁饭碗一样地端在手里，早上两眼一睁，工作说没就没了，掐一下自己，疼，再拧，还疼，才知道这不是梦。

厂子的效益越来越差，工资一拖拖个把月，老张心里没着没落的，想想，前面有个点在等着他似的，他就在心里念叨，能拖多久是多久，可是，天又不遂人愿，厂子里第一批下岗三十二个人里，就有老张。说有多突然，也不觉得，老张心里一直就知道有这么一天，只是不知道究竟是哪一天，当这天终于到来的时候，竟又觉得太快了，都有点猝不及防了。

起先，他们也闹，三十二个人伙同家人亲戚，黑压压的一大群，拉着横幅，写着标语，扯着嗓子，声讨围堵。其实各人心里也明白，厂子眼瞧着一天一天塌下去，改革的大潮推着，行业的更替撵着，是救也救不起的了，即使没下岗，瞅着这厂子一天天颓败，宁愿苦干不愿苦熬，这样熬下去，半死不活的，也终究不是个事。咽不下一口气的就是他们首先下岗了，愤怒就藏在这里。愤怒是有限的，以后的路是无限的，声讨完了，怒火该烧也烧得差不多了，只要人在心气在，哪儿还能讨不到一口饭吃呢，俗话说，树挪死，人挪活，这么一想，彼此劝慰着，就各自散了，生活还要继续不是?

念着这些年的情分，后来，厂长把下岗的这三十二个人召集起来，在饭店里喝了一场酒。大家都敞开了怀，觥筹交错又泪眼蒙眬的，之前大家天天在一个屋檐下，这一分开，都是各奔东西的，酒一多，伤心就多，回头想想这些年，处处都格外温馨，说到后来，都没了话，都在酒里呢。酒席散的时候，厂长掏出来一个纸袋子，下岗的三十二个人，一个人二百元的下岗抚恤金。厂长说话时，也动了情，说，两百块不多，就当我给你们创业的启动资金出一份力吧，对不住了，各位！

这天晚上老张没回家，出了饭店门，蹬着他那辆破凤凰就朝金龙浴池去了，他把澡池子里泡得一个人不剩了，才踩着轻飘飘的步子出来，躺在了浴池大厅的床上。

今晚老张挺难过的，酒劲又把这难过升了格，想想，二十多年，一晃眼就过去了，抓都抓不住。他想起他刚到厂里上班的第一天，他被师父劈头盖脸骂的那一通，前几年师父也过世了，这都像隔着几米似的，仿佛他迈几步就还能回去，酒劲又热辣辣地冲上来，他知道这才是现实，他摸着老脸，皱纹相互赶着，由不得他，除了更老下去，他没有办法。

老张躺在榻上，酒气还烈烈地往脑门上蹿，许多人影在晕黄的灯光里晃，杯盘磕碰的声响还在耳朵边回荡着。他记不起来他们说了什么，也记不起来自己说了什么，想起来，都是一张一合的嘴，你一言我一语的，都把人往流泪的路上引。老张想起厂长最后递到他手上的那两百块钱，他几乎看都没看就揣在了兜里，而后就搭着别人的肩膀继续说开去了，这会儿才想起那两百块钱，哎，二百块钱就这么把二十多年打发了！

老张扯着嗓子大喊一声，李师傅！

李师傅就把烟屁股狠狠地抽一口，摁灭在地上，搬个凳子坐到了老张面前。

老张说，李师傅，今天来个全套的，按摩、捏脚、修脚，除了拔火罐，有什么来什么，别着急，挨个来！

李师傅递根烟给老张，点上了，也不说话，这就开始了。

老张盯着明黄的烟头，把这二十多年草草地过了一遍，这比过生活容易多了，一年赶着一年，细想起来，全都一个模样，岁月哪会变呢，变的还是人，岁月催人老，一点都不假。不下岗倒不觉得，一下岗了，手头没有活计了，人也闲下来了，往那儿一坐，就特别爱回忆，越老越是这样，黄土把身体埋下半截的人了，按理说，早该不惑了，可你哪儿能敌得过生活呢，生活这双大手，啥时候想捏你了，你躲都没处躲，老张也不怪罪什么，咋说来着，命里有时终须有，这个小劫难，老张躲不过，硬着头皮，跟命运杠吧！

李师傅看出来老张内心压着一股气，所以他今天把手艺做得更是格外认真。他虽然不说话，可是话都在手上，他把老张的疲惫、无助都通过他的手来宽慰。他在老张身上一处一处仔细地捏，每捏一下都是一句知心话，半边身子的知心话说完了，他再换另外半边身子接着说。李师傅相信，老张把他手上说的话也一句一句全听到心里去了，所以李师傅也就更加得心应手，“得心应手”这个词，李师傅想想，用在这里，好得不能再好。李师傅听着老张慢慢地响起了鼾声，就像这鼾声是给他的一个奖励似的，李师傅觉得特别踏实。

4

老张那晚在金龙浴池睡了一夜，早上醒来，浴池里空荡荡的，他去淋浴简单冲了下，就回家了。在家待了几天，凭着在工厂里多年的车床操作维修经验，老张配了些工具，在路边摆起了修自行车的摊。

刚开始，生意冷冷清清的，每天裹住生活日常，差不多就没了，小金库也眼见着少下去，就有人劝老张，说，修自行车的，要没事往方圆百十米这一块地方，摔些瓶子、碎玻璃渣，这样才有人车坏，才有人来修，不然守着路边，也只是喝西北风……人家话还没说完，老张就挥起了手，铮铮的样子，说，我一辈子本本分分做人，宁愿守着摊子喝西北风，这种缺德事，想都不要想！

每天晚上收完摊子，老张第一件事还是往金龙浴池去，把自己好好收拾收拾，再回家把剩饭热一下，暖暖地吃下去，坐着看会儿电视，而后早早地睡下，也觉得挺好。

5

老张是怎么也想不到李师傅就那么没了！

这天，老张收了摊子，洗了澡，在大厅的床上躺了一会儿，因为小金库快见底了，身上也没余钱，老张洗澡后就没想着按摩什么的，这会儿想想才注意到，这几天似乎都没见着李师傅的影子。他问老板，这才知道，李师傅前几天下了班，路上被车撞了，司机喝了酒，快得奔命似的。李师傅现在还躺在医院，晕迷着，下半辈子不好说啊！老板把头摇着，老张心里“咯噔”一下。

老张从金龙浴池出来后，买了些水果，朝医院看李师傅去了。李师傅脑袋上裹着纱布，鼻子里吸着氧，病房里充溢着消毒水的气味。李师傅的老婆坐在病床边，看起来，泪都哭干了，无精打采的，老张站了一会儿，说了几句宽慰的话，就走了。

出了医院大门，一辆车的大灯照得透亮，老张眼睛一阵刺痛，风又一吹，两滴眼泪就下来了。这眼泪不明不白，却又什么都说尽，命运就喜欢捏实诚人，软弱的，一捏就是碎，非要把你打趴下，让你起不来，再踏上一脚。想到这儿，老张身上筛糠似的打起战来，他把衣领子裹紧，低着头摸黑回了家。

李师傅还是没能挨过这道坎，在医院躺了一个多星期，走了。出殡的那天，老张去了，同去的除了金龙浴池的老板和按摩师傅们，还有经常去金龙浴池洗澡的那些老主顾。天下着雨，一路上大家相互递着烟，也不多言语，老张抽烟抽得满嘴苦涩，心里很堵。加上去往坟地的路泥泞得很，这一路走过去，把人的坏情绪全走出来了。做什么好人呢，做什么实诚人呢，好人全他妈没一个好下场，反倒是那些个坏人，一个比一个活得精神，一个比一个活得趾高气扬，老张攥紧了拳头，腮帮子咬得生疼。

李师傅走了后，老张总觉得心里空落落的。其实在金龙浴池洗澡这么多年，老张跟李师傅也没什么交集，无非就是李师傅给他按摩、捏脚的时候递根烟，走在路上碰面点个头的交情而已。李师傅这一走，他再去金龙浴池，就觉得金龙浴池一下子就空了一大块。他朝李师傅经常坐的地方望过去，总觉得李师傅还坐在那里，只要他一招手，李师傅就会搬个凳子，把老张身体所熟悉的宽慰一样样在自个儿身体上艺术似的演绎一遍，可一遍遍望过去，哪儿有李师傅的影子呢？李师傅的坟地上也该有草往土外钻了吧？草木春秋，一年一年，总是绿了又黄，哎，老张往前想，都能看到老的时候，唯愿什么呢，唯愿命运不像对待李师傅似的，跟他也开这么一个要命的玩笑。

6

李师傅走了，顶替李师傅的，是一个小青年，因为这个小青年，渐渐地，老张就不愿意来了。

那一天，老张一进浴池，就迎上了一张笑脸，是个小青年，头发短短的，特别精神，一看就知道是个开朗的家伙，很殷勤地在大厅里招呼着。老张脱了衣服，把身体好好地泡了，刚走到大厅，新来的小伙子就喊上了，说，老板，按个摩，我新来的，今天第一天，半价，还希望以后老板多多照顾。还没等老张回话，小伙子就把凳子和装着工具的小筐挪过来了。

自从老张下岗之后，小金库没了钱，这按摩、捏脚对他来说就都是奢侈了。摆摊修自行车挣不了几个钱，儿子又准备考高中了，这一样一样的，哪儿都要花钱，堵了这儿堵不了那儿，老婆又整天絮叨着，烟都省着抽，老张哪儿还有闲钱往这儿扔呢！

看着小伙子开满花似的脸，老张也爱面子，磨不下来脸，无可奈何地就躺下了。小伙子手艺还行，虽然火候没到，但是年轻，胳膊上有劲，按起来是有棱有角的，加上老张许久都没再按摩了，身体倒显得更适应小伙子的蛮力了。

小伙子喜欢说话，跟李师傅完全两样。李师傅都是沉默着专注于手里的活计，小伙子天南海北什么都说，哪些个领导人上台下台了，谁摸奖中了多少万了，现在什么行业最挣钱了，他为什么跑到金龙浴池来上班了，等等。老张平时也不怎么爱说话，突然碰到一个爱说话的，也不能跟他唠上，只“嗯啊”地应答着，时不时地点点头，换作别人见到老张这个态度，肯定早就把话匣子合上了。小伙子不是，兴许是在浴池上班第一天，见什么都新鲜，小伙子依旧把话题聊得火热，全然不顾及别人是否在听，反正说就是了，像一个孤独的演讲者。

小伙子按完摩捏完脚了，说，老板，拔个罐子吧，去去寒。说完，就把薄薄的面皮往老张背上贴了，老张哪儿有拒绝的机会啊。

老张在金龙浴池洗了这么多年的澡，这还是第一次拔罐子，平时按摩、捏脚他都能接受，这能解乏，让人整个儿变得爽朗。可这拔罐子怎么说呢，一个火罐子，一张纸，点燃了，闷在身上，这就能治病、驱寒？老张一万个不相信，并不是老张不信这千百年的传统手艺，而是他实在不明白把一个罐子吸在身上，完事了，留一个个紫黑紫黑的罐子印，这都哪儿跟哪儿啊？弄不好，烧着了肉，更不是好玩的，老张也不是没听说过拔火罐被火烧得皮开肉绽龇牙咧嘴大叫大骂的，老张是打心眼儿里抗拒拔火罐的。

一个罐子吸上去，火烧火燎的，老张龇起了牙，烫，罐子里的压力又扯着老张的皮肉，疼。老张的背都要被罐子悬空吸起来了，一个罐子接着一个罐子地吸上去，老张数了数，一共十个罐子，身体就变得忽轻忽重，十个烫聚成一个大烫，十个疼又聚成一个大疼，老张心里有些恨恨的，这哪儿是治病、驱寒啊，这纯粹是花钱找罪受啊！

待小伙子把罐子一个一个拔下来时，说，老板这身体寒气重啊，全都拔黑了。

老张嘴上没说，心里是一百个不痛快。一翻身，背上散架似的疼，这按摩、捏脚得来的爽朗和舒服，全被这拔罐子搅和了，芝麻、西瓜全丢了。老张咬着牙，坐了起来，什么话都不说，憋着气穿衣服。

老张问，多少钱？

老板，一共是十五，收您一半，四舍五入算八块，图个吉利。

老张从衣襟里掏出十块钱，想想，这可是差不多一个星期的烟钱啊，花出去了，没得到好，倒是得了一身的疼，手伸进衣襟掏钱时都是抖的。小伙子找钱给他，他连看都没看，就揣进裤兜里了。

老板，您慢走，欢迎下次再来。小伙子朝老张欠着身子，老张头也没回。

回家后，老张动一下都龇牙咧嘴，他没敢喊疼，也没把花八块钱的事跟老婆说。老婆早上起来做饭，还是看到老张背上拔罐子留下的印子了，做饭的时候摔摔打打的，朝着里屋吼，天天没见你挣几个钱，花钱倒是大方，洗澡洗澡洗澡，哪天一个跟头扎进去，出不来你就不洗了，儿子这都要上高中了，咋不见你操心呢?！儿子在隔间就喊了，妈，你别说了，烦不烦！老张躺在被窝里，一直没出声。

7

第二天，老张收完摊子，很例外地没有先去澡堂子洗澡，而是先回家吃饭去了。

吃完饭，老张心里就伸出了一双手，在他的痒上一下一下地挠，老张坐立都不安，老婆在厨房里刷碗，水流“哗哗”的，多像浴池的流水。想到这儿，老张就去找换洗衣服，推门朝金龙浴池去了，老婆听见门响，想说什么，又止住了。

去的路上，老张心里的小鼓敲个不停，小伙子像个幽灵似的，白影子在他眼前不停地晃，他咬咬牙，在心里对自己说，这次无论如何也不能让小伙子得逞了。

一进金龙浴池，老张身上就毛刺刺的，爬满了小伙子热情的目光。小伙子又朝老张点头，说，欢迎老板。老张躲着他的目光，一声不吭地去泡澡了。洗完澡出来，小伙子又迎了上来，说，老板，再按按？老张摇着头，也不说话，自顾自地开始穿衣服。小伙子就又说，那老板下次吧！

老张从金龙浴池出来后，夜晚已经静悄悄的了，哈一口气，就看到白蒙蒙的水汽，为路灯一晕，变得昏黄，消散。老张心里挺不是滋味，人家小伙子的热脸贴着个冷屁股，心里肯定不好受，也是挣口饭吃，老张这样，未免显得不近情理。可生活里，他老张也是落魄的人呢，一个乞丐去跟另一个乞丐讲情理，想想都让他老张觉得既荒唐又可笑，哎！

这之后的几天，老张去金龙浴池一天比一天晚，每次去都不再像以前那样怀着涌动的心潮，却一天比一天多起了纠葛。小伙子要是想着热脸贴上个冷屁股，不再对他老张笑脸相迎，不再对他老张客客气气，他老张心里反倒踏实些，可小伙子不，小伙子很有耐心似的，还是像第一天那样对老张，每次去，都把那些话说一遍，即使老张不回应，与小伙子的目光躲闪开，这都不打击小伙子依旧百分百饱满的热情。老张心里的歉疚像是蜂巢，千疮百孔的，处处都能扎人，可这扎得又全都是老张他自己，这洗澡还图个什么啊？

8

那晚，老张在家吃了晚饭，还看了两集电视剧，看电视剧的时候，他的心不知道跑到哪儿去了，只是一根接着一根地抽烟。老婆在旁边耷拉着脸，屋子里被老张抽得乌烟瘴气的，电视剧没看完，老婆就脚步“噔噔”地去睡了。

老张收拾了一下，推门出去的时候，外面一片月明。老张抬头朝天上看了看，月亮圆鼓鼓的，特别精神，四周又格外静，把月亮衬托得都妖娆了，月光一片一片的，在各处飘着水似的虚晃的影子。老张的心情就像这月光，又凄清又荒凉。

老张知道，他今晚这个决定下得有多艰难。月是故乡明，老张不知道从哪里想起来这句话，他念叨着故乡，心里一阵难过。

这晚老张在金龙浴池泡澡的时间比往常任何时候都久，身体里的那个阀门响了，告诉他身体已经满足了，可老张还躺在那儿。时间在他身上静静的，显不出来流动的痕迹，可是分明啊，二十多年弹指一挥的，是时间把他丢了，还是他把时间丢了。他抬头望望水汽中亮着的灯，这正是回忆的颜色，暖暖的，昏昏的。金龙浴池建成时是这样，二十多年过去了，还是这样，一拨又一拨的人来人往，有的人走了再来，有的人走了就不再来了，有的人走了永远都不能来了。老张想起了李师傅，他老张几乎天天泡在澡堂子里，而李师傅每年都会来金龙浴池干活儿，他们算是半个同事了，说没就没了，人生连个挥手都没有。

老张从池子里出来，把池子边边角角都看到了，又踱到大厅里，把大厅边边角角也都看到了，李师傅经常坐的地方，他去那儿站了一会儿，他觉得金龙浴池里处处都有回忆，处处都有人情味，禁不住眼睛都要湿，他甚至还把小伙子仔仔细细地看了看，小伙子还是很精神，脸上笑意盈盈的。

好了，看够了，老张该走了，他在心里对着身后的浴池挥了挥手。

9

出了门，月光还是那么亮，路灯洒下默默的清辉，伙同月光，照着静寂的街道，远近皆无人影，只老张一个形影相吊，路越走越漫长，都像人生了。

突然，老张脚下一绊，而后是酒瓶清脆的响声回荡，往前一步，又是一个酒瓶，老张扭头瞅了瞅，两个破啤酒瓶打着旋儿。老张就又往前走，走到了巷子口，老张想起什么似的，四下望了望，还是空无一人，老张回转身，拎起两个啤酒瓶，一个挨着一个地，扔到了旁边的垃圾桶里。

（选自《山东文学》2021 年第 10 期）

狮子座流星雨

王文鹏

1

从火葬场出来，楚彤彤一直没说话，右手里攥着一朵白花，左手拎着黑色高跟鞋，光脚往东走着。我伸手去抓那双高跟鞋，她身子一晃，躲了过去，高跟鞋在她手里颠来颠去，跟小时候看的旱船似的，脚步虚浮不定。正是三伏天，温度上来得很快，热气自下而上，像是给人套了一件毛衣，热气直往我脑门上蹿。我说，还是得穿着，水泥路升温快，别烫着。她回头看看我，又看向火葬场的高炉说，你说那里边热不热？我说，节哀顺变。她说，要是正常走的，这四个字还能用，可我爸不是，所以这话就是瞎扯。我说，你得相信警察。她说，我要不是相信警察，我爸也不会死这么惨，你没看见那一身的洞，血都流干了……我说，凶手肯定跑不了。她没接话，抹着泪继续往前走，速度越来越快，到后来我竟然得小跑才能赶上。她一直到烈士陵园门口才停下，当着小门半蹲下来，从鞋沟里掏出袜子，抬起左脚，准备穿袜子。我挪向她左边，把肩膀递过去，她顺势靠着，穿完左脚，又穿右脚。我瞥了一眼，她右脚前脚掌有个泡。我说，别穿了，到里面坐坐，我去找点儿药膏。她说，不进去了，这辈子都不想进去了。我说，日子还得继续，好歹是个事业编制。她说，工作没了可以再找，爸没了就是没了。她这一早上的话，我都不知道该怎么接，在此之前，她从没这么会戗人。

楚彤彤还是走了进去。门卫柳大爷也刚从火葬场回来，胳膊肘上的白袖套还没摘，看见我俩，朝我点了点头，我朝他挥了挥手，扶着楚彤彤往她的办公室走。楚彤彤停了下来，转身朝柳大爷鞠了一躬，我慢了一拍，也跟着鞠了一躬。柳大爷没料到有这一出，有点不知所措，半截身子在玻璃框里怎么都不是滋味儿，干脆推开窗户大声问我，小子，闺女的脚没事吧？我说，起了个泡。他说，那不巧，我这儿没药膏。我说，您不用操心，我去买。他说，这泡不能挑，得等它自己塌下去。我说，明白。他对楚彤彤说，闺女，脚好了，带这小子到我家喝顿酒。楚彤彤点了点头，转身准备走，又转回来说，杀我爸的人不抓到，我就不结婚。说完，挣脱我的胳膊，从我手中夺过了右脚的鞋，歪歪扭扭往前快步走去。我朝柳大爷点点头，追了上去。照我从前的脾气，我铁定不会追过去，女人给你甩脸色，千万不能惯着，要不然以后天天都得看她脸色。眼前这情况明显不同，是我这身份惹她生气，这一点儿办法都没有。我不能因为她不高兴就辞职，毕竟为了考这个编制，我前后花了不少钱，现在远没有回本儿。

安抚好楚彤彤，时间已近中午，我瞌睡得不行，趴在她的办公桌上眯了一会儿。为了赶所谓的第一炉，我三点多就往她家赶，她妈哭得厉害，声音直冲脑门，时间一长，总觉得有锥子扎我太阳穴。她很安静，跟着尸体一起上了灵车。我绕到车前边，给司机塞了一个红包，司机递给我一支烟，给我点着火，说，你老丈人？我说，还差点流程。他说，跟着上车吗？我说，看她意思。他说，那悬，她妈都上不了车。我说，老两口都离了。他说，这我不清楚，不过得快点了，这个点儿抢第一炉并不是百分百能成。

我跑到知客面前，交代他两句，又隔着车窗喊楚彤彤，该上路了。她没回话。我对知客点点头，响器班子吹打起来。知客的吆喝中气十足，起灵！她妈这时候疯了一样，哭喊着捶打车门。车子发动，嗡嗡颤抖起来，车灯骤亮，像两只看穿黑暗的眼睛。车门突然开了，楚彤彤指着我，上来。我小跑过去，跳上车，顺手带上车门。车缓缓前行，哀乐缓缓响了起来，这声音时常在烈士陵园里响起，我都麻木了，干涩的眼睛挤不出泪来。

2

我跟楚彤彤是经人介绍认识的，那时候我刚经过岗前军训，被分配到了百塔社区派出所，当片儿警。大学毕业之后，我在北京闲晃了两年，要啥没啥，灰溜溜回来了，顺便还错过了以应届生身份考公务员的机会，可报的职位已经不多，挑来挑去，勉强选择了警察，咬着牙报了一个考试包过班，头一年没考上，第二年继续跟着上课，身边的同学又换了一批，更年轻，羞辱感倍增，人也激愤起来。这次我成绩不错，笔试第二，面试第一。公示那天，我请班上的老师吃饭，老师们个个乐呵呵的，有个半道儿喝多了，对着另外一个老师大骂起来，因为醉酒，说话不囫囵，大致是他觉得这老师和他媳妇儿有一腿。我还没到岗，就先解决了一场纠纷。方法很简单，先让他俩打，打够了我再一人打一顿。狗日的，办个补习班收这么贵，那都是我爸的血汗钱。到派出所，我把事情详细地说了一遍，把我打人的一段抹了。也挺有缘分，接待的民警就是后来我的师父，我和楚彤彤的介绍人——老范。

老范跟我说干片儿警得有社会经验，这样跟片儿区里的再教育人群交流没啥障碍，最好吸烟喝酒两项全能，这样什么事儿都能摆平。我拍着胸脯打包票说，别的不行，就经验多，大学毕业后先攒了几年经验，就为当好片儿警，说完又纠正，社区民警，不是片儿警。我拿着重点关注对象的档案，一家家敲门，多数都在家，人还没进门，烟就递了过来，一路上抽得嗓子疼。最后一家进门没人递烟，资料路上已经熟悉了，这个刘双喜比较特殊，是个少年犯，进去的时候还不满十八，打架斗殴，把人给捅了，又正好赶上“严打”，出来时已经小四十了，父母没了，有个兄弟搬走了。他现在住在父母的老院里，房子破得不行，抬头能看见破碎的天空。谈话的时候，他不敢看我，也不怎么看老范，一口一个报告政府，大腿偶尔还会颤抖两下，我们提什么要求，他都站直了答应。回来的路上老范跟我说，这家伙比较苦，在里面也没少让人收拾，据说自杀过两次，没成功，在禁闭室待出毛病了。说完他还特意指了指脑袋。我说，搁谁也受不了，人还没长开就进去了，跟那么些重刑犯待在一起，戾气都积着，不能朝别人发泄，只能向自己使劲。

老范跟我提起楚彤彤是在我熟悉了所有业务之后。那天中午他喝了点儿酒，到办公室身上还有酒味儿。我跟所长说了一声，拉着他出了派出所。工作时间喝酒被发现是要记过的，老范还是党员，指不定还得做公开检查。在路上老范说，心里郁闷，不喝点儿过不去。我说，你离退休没几年了，好好干，别临到门前了背个处分，这叫晚节不保。老范说，我年纪一大把了，在这事儿上还没你明白。我说，没啥明白不明白的，人一心想犯错，几匹马也拉不回来，人都这样，这叫旁观者清。老范说，还一套一套的。我说，这不是业务需要吗。老范说，古人说成家立业，你现在业务是行了，有没有想过成家？我说，光我有想法有啥用？老范说，那我给你介绍一个，配你没问题。人家工作稳定，事业编，话少，很安静，专治你这种话密的。我说，我爸跟我说过，一般媒人给人介绍对象都先画饼。老范说，画啥饼？我是你师父我能害你？不去拉倒，我再找别人。这么大个中国，给一个姑娘找对象还找不到？我从兜里掏出烟递给老范，说，你还能跟我生气？这不是开玩笑吗。找个周末安排一下，我请客，你先吃，吃完给我们留个相处的空间。老范笑了起来，酒气从嘴里往外冒，大口抽了两口烟，说，不是我说，除了我没人这么了解你，你俩绝配。

3

脚上起泡应该用什么药膏，这个问题把我给愁坏了。我岗前军训时，每天都要跑五公里，为了适应各种情况，有项是穿着皮鞋跑。工作之前，我短短的二十多年中穿皮鞋的次数屈指可数，无一例外都是为了配合演出，基本鞋没暖热就脱了。跑五公里就另说了，跑完，袜子跟脚都粘在一起了，脱袜子就像剥皮，再小心也要揭下来点儿。前脚掌和脚两侧几乎没了正形，泡挤着泡，像是一只发肿的癞蛤蟆。整队人情况都差不多，脚上烂了那么多，也没人说用药膏抹一下，注意一点儿的喷点云南白药，狠一点儿的直接用酒精，更多人根本不在意，觉得睡觉更重要。我属于不在意的那一批。我们教官说了，娇滴滴的男人不应该干警察，应该绣花儿。可现在情况不一样，不管楚彤彤用不用，我都得买。这就和给她买防晒霜是一个道理，重点不在她用不用，而是我心意到不到位。

我从东郊一路找到西郊，在一个熟人店里买了价钱最高的创伤药膏，回到烈士陵园时，楚彤彤已经没了影。我问柳大爷，他说他眯了一会儿没看见，我提出看看监控。从我走开始看，一直到我回来，楚彤彤都没出现。柳大爷说，指不定去园里溜达了，咱们这是烈士陵园，都是英魂，不带吓人的。我说，明白，我去里面找找。

其实我已经猜到楚彤彤在哪儿了，烈士陵园这巴掌大的地方，选项都不多。早上她爸才办过葬礼，休息了几个小时，悲伤应该漫上来了，人在忙碌之中，悲伤总是迟缓的。我一路小跑，绕过纪念碑和伟人雕像，跑向有些荒芜的侧园。楚彤彤就坐在一棵松树下边，指缝里还夹着一支燃了一半的烟，走近了，发现了那朵被捏坏的白花，稳稳地竖在地上，花心儿里埋了不少烟灰。我坐在她身边，从兜里掏出烟，给自己点着，举着打火机凑过去。我说，再点一下吧，都灭了。她没有说话，把烟叼在嘴里，脑袋伸向了打火机，火还没碰到烟头，一滴眼泪斜淌下来。有了先锋开路，后续部队再也不用等待，大军一路南下，不过三五秒，白花就被打湿，无力地瘫在地上。楚彤彤跟着瘫下来，头枕着我的左小腿，号叫的声音越来越大。我在心中默默向园中的英魂道歉，扰人清静总是不对的。

没用太久，麻劲儿就爬满了我整个左腿，楚彤彤每次用力地呼吸，都会点燃一次麻感。有一瞬间，我脑子里闪过一个危险的想法：要是有人这个时候砍了我的腿，我也觉察不出疼，这条腿已经属于楚彤彤了。哭号很费精气神儿，她现在已经不行了，只有嘴型，没声。

这棵松树长歪了，斜刺出来，恰好有片不大不小的荫凉，我尽量使我们二人在荫凉下。隔两步远的地方，有不少褐色的圆斑，顽固地渍在沙石地板上，那是血，人血，楚彤彤她爸的血。这是“6·22”凶杀案的第一现场。

4

我这辈子头一回相亲被安排在烈士陵园，心里怎么想都别扭。地方是老范选的，他说这样方便，也是女方给我的第一个考验。他理由还很多，说在这地方相亲，即便没成，这经历以后在酒桌上我也可以拿出来吹。我无所谓，烈士陵园小时候没少去，入少先队、入团都在那儿。我一直不觉得那地方诡异，反而正气凛然，那里的伟人雕像比火电厂前广场的大多了。再说，万一成了，这地方以后肯定不会少去。想了一圈儿，我发现我也给自己找了不少理由。

老范只负责把我领到地方，陪着我在门口抽了一根烟，递给我一沓泡泡糖就走了。楚彤彤来的时候，我正坐在门前的松树下玩游戏。她说，这种肃穆的场合，禁止玩娱乐游戏。我赶紧站起来，把手机揣进兜里，游戏没有关彻底，队友还在喊我支援，又是一通手忙脚乱，心里恨不得给自己一个嘴巴。她开了门带我进去，一句话不说，我这一身见招拆招的本事无处施展。我拿出老范给的泡泡糖给她，她也没客气，捏了一片填在嘴里。我问，你平常主要负责哪部分？她说，换个话题吧，关于工作的话题我都谈腻了。她这么一说，把我的套路堵死了。没等我问，她开始说话了。

我来这边工作就是图一个轻闲稳定，并没有抱着奉献自己的决心。

谁有这决心哪，我大学毕业那会儿，特别瞧不上公务员，也瞧不上稳定的工作，稳定是啥？不就是混日子吗?！我爸老老实实在厂里工作半辈子，临老了被裁员了。老一辈人都图个稳定，可是这世界大着呢，我就想出去看看，年轻不就是要燃烧自己吗！

现在咋想通了？

我把我爸买断工龄的钱都赔干净了。世界很大，赔钱如流水，挣钱如抽丝。

咋赔的？

在北京开河南烩面馆，在我大学门口，苍蝇馆。

这么旺的位置也能赔？

旺的位置哪儿能轮到我，我那店距离大学门口还挺远。大学门口的说法是房东宣传的。

干了多长时间？

两年。

总有点收获吧？

给我现在的工作提供了不少便利。

哦？

那时候店里没啥生意，我整天坐在门口跟隔壁小区的大爷大妈们聊天，他们祖宗八辈的底细都了解清楚了，随便指一个大爷，我都能说出他儿子孙子的事情。真是羡慕他们的生活啊，拆迁户，看起来其貌不扬，手里都有好几套房，天天的劳动生活就是收租子，没事搬一个小马扎，夏天追荫凉，冬天追阳光。我现在这工作，主要就是跟人聊天，调解纠纷，这本事我都练了两三年了。

你这心态不错。不过，房东真是好职业。

我大概十岁的时候吧，见过一次狮子座流星雨，那时候许了个愿：希望我以后可以不劳而获。

哈哈哈，从小不正经。

这叫心存大志，如今这个时代钱生钱，有钱了几乎可以不劳而获。

我们这些工薪阶级，还是得清醒点。

所以说人生苦短，好梦易醒。

…………

我们从中午聊到傍晚，没有诗词歌赋，也没有人生哲学，我们就像是两把水壶，一股脑把自己往外倒，从鸡毛蒜皮一直到人生大事。我得出以下结论：三观不冲突，工作都稳定，时间还充裕，适合往下相处。用数学思维总结，已知条件下，我们等价。

跟楚彤彤成了，我拎着酒去了老范家里。老范眼睛尖，看见两瓶梦之蓝就知道这事儿没跑了。到屋里也没跟我客气，把我的两瓶酒捧了起来，看了好几圈，笑嘻嘻地对我说，难得孝敬我，这酒先存着，咱们喝我的红星二锅头，咱们这底层的胃，就要消化底层的酒。这酒容易把嘴养刁了，以后还怎么展开工作？我说，这酒本来就是孝敬你的，你也别找太多理由，也别整太多菜，就咱爷儿俩，晕两盅就行，喝醉就没意思了。老范听了这话，啥话没说，拎着酒进了里屋。声音从屋里传来，你小子懂事儿，今儿给你弄点好的。我溜进厨房，看见水池里泡着一筐螃蟹，又大又肥。我说，没想到你生活可以啊，今晚我这酒钱能挣回来。他笑呵呵地说，你师父是让你吃亏的人吗！

螃蟹是主角，另外还有几个凉拌的小菜，是我刚刚跑出去买的。老范取出三两三的玻璃杯，每人满上一杯。酒贴着杯面拱起一道弧，似乎再来一滴，就得崩出来。我俩动作一致，弯腰先把这层酒盖儿抿了，然后动手拿蟹。

小子，我这媒人当得没毛病吧？

你不应该干警察，干媒人你早发财了。

是不是！我也这么觉得。你看看那闺女的条件，家里就有个爹，你不用担心丈母娘讹你钱。而且家里没姊妹兄弟，独苗，她爹在衡计厂工作一辈子，退休金一月三千多，到头来都是你的。人家也是正式编制，烈士陵园那地方，人少清静，又是咱们辖区，你这去辖区转悠，所长也不能把你怎么的。工作生活两不误，你说说，你说说，这世上的美事儿是不是都让你给占了。

来，师父，啥也不说了，全在酒里。

从老范家出来，人有点飘，我们俩灌了两瓶二锅头，他只喝了两杯，我喝了四杯，要不是他提前不行了，估计还得往下喝。电动车我是不敢骑了，毕竟是新买的，一个月工资，摔不起，电机锁和防盗锁都确认锁了，晕乎乎地往家走。

我走了没几步就觉得不对劲，身上痒，借着月光看看胳膊，看不清楚，掏出手机照了一下，发现不对了，全是红斑，已经挠出血了。这下一激灵，酒醒了不少，赶紧往回走。千算万算没算到这茬，咱北方人没这福气，吃螃蟹过敏，这还喝了酒，血液流动速度还加快了，再不去医院，估计我得搁这儿。大学时就听说过敏严重会死人，这回轮到我头上了，我这人生才算起步，不能在这儿急刹车。到电动车旁边，突然开窍，我又不是今晚唯一吃螃蟹的北方人，还有老范呢！我逮着手机使劲按，老范就是不接，估计醉成泥人了。我忍着头晕爬上楼，使劲敲门，没啥反应，倒是把邻居敲了出来。大妈问我有啥急事儿，我说这屋里人是我师父，刚刚我们吃了几十只螃蟹，酒也没少喝，怕他过敏。说着还把我挠得猩红的手臂给她看。大妈一看也着急了，匆匆跑回屋里，拿了一把钥匙，把老范家门捅开了。

老范果然没让我失望，已经开始口吐白沫了。

我和大妈连背带拖，把老范弄下了楼，救护车已经赶来。老范比较严重，要洗胃，我好点，到厕所抠了几回嗓子眼儿，啥都吐出来了。老范出了手术室，整个人还是难受得不行，在床上蜷成了一只大虾。我坐在他旁边打点滴，瞌睡得睁不开眼。

还是医生有办法，他跟我说，你们俩不是螃蟹过敏，是中毒，要不是喝了点儿酒，估计现在你们俩不在这屋，在楼下那屋，一人一个格子。我说，您还挺幽默。他说，我已经报警了，你们做好心理准备。我说，准备挺足的，我们爷儿俩都是警察，流程比较熟悉。医生看着我俩，有点结巴，问，寻仇？我说，不至于，我俩是片警儿，没啥英雄事迹，也没挡人财路。医生不再说话，检查了一下老范的状况，又给我换了一瓶药。

医生离开之后，我的左手开始哆嗦起来，起先还能用右手压住，后来不行了，晃得止不住，直到把针头晃下来，才停下。我按了一下护士铃，护士明显有点瞌睡，看见我手背正在冒血，气得不行，这么大个人了，咋还看不住自己？我没搭腔，心里还在哆嗦，护士刚准备离开，我浑身过了电似的，从板凳上滑了下来，随即晕了过去。

5

把楚彤彤弄上楼着实费了不少劲，以前我只知道人喝多了会变成液体，今天明白了，哭多了也会。就是原理搞不清楚，喝酒是往身体里灌液体，哭正好相反，为啥结果会一样？好不容易弄到家门口，拿钥匙开门又成了问题，平常找钥匙挺快，现在身上缠了一条随时下坠的蛇，怎么也找不准。她家里的钥匙是她爸给我的，时机也比较尴尬，我们刚在她家亲热过，还没来得及收拾，她爸就回来了。她爸没啥准备，我明显更没有。他走到我身边，在身上摸了一圈儿，最后从腰间取下钥匙链，抠出了一把钥匙说，你拿着这个，以后不用鬼鬼祟祟。我那时候才知道，他早就知道我俩的关系了，让我更加尴尬了。这时候想到他，确实挺伤感的，老头儿人不错，也没有什么不良嗜好，没事儿也不在广场上勾搭单身老太太，好不容易把闺女养大了，也没瞅见她嫁人。楚彤彤并没有给我更多感慨的时间，一弯腰，照着楼道吐了下去，因为没吃东西，吐出来的基本都是胃液，又酸又臭。

开了门，我把她扶到沙发上，出门收拾楼道。得亏她吐得不多，好收拾。家里出了这么大的事儿，邻里也都理解，见着我，都让我好好照顾她，没说其他难听话。收拾完回屋里，本来准备把她扶到床上就回去，转念一想，屋里现在没人了，把她一个人扔这儿实在不行，万一有个三长两短，我就后悔去吧。到客厅把沙发一收拾，空调打开，躺了上去，累了一天了，没几分钟，我就睡过去了。

这一觉睡得很好，没梦没打扰，要不是闹钟醒了，我还能再睡一会儿。我先去看了楚彤彤，人没在屋里，床铺挺整齐，空调也关了。我缓了一口气，这伤心劲儿算是过去了，时间再久点儿，生活又会回归常态。生活不就是这样吗，老范给我介绍楚彤彤那天，前妻没了，虽说俩人早不来往了，可也没忘彻底，人一没，两人之间的线算是彻底断了，牵了几十年了，一剪子剪断，怎么也得伤心一会儿。现在没啥了，跟对门老太太相处得挺好，没事儿还跳广场舞，舞姿骚得不行。我现在只希望楚彤彤能走出来，找个时间把证领了，婚礼就是个形式，啥时候弄都行。

楚彤彤回来时带着早餐，一杯八宝粥，一个茶叶蛋，两个肉包子。她把钥匙扔在茶几上，把早餐递给我，交代我吃了去上班。因为她爸这事儿，我请了三天假，加上双休，一共五天，掰着手指头一查，果然一天都没了。连续五天没上班，我已经忘了上班的感觉了。

到单位，我给刑警队队长打了个电话，他在“6·22”凶杀案专案组，我只能找他了解情况。我跟他有过节，刚到派出所时，我在刑警队。刑警听着好听，升职也快，容易搭顺风车，但风险挺大，也容易遭到报复。没干几天，我就申请去了巡警队，因为这事儿，他一直低看我一眼。他总在我面前说，干警察还怕死，这样的人靠不住。如今有求于人，我尽量让自己想他的好，想了一圈儿，除了老，没别的。

侯哥，案子进展怎么样了？有消息没？

情况比较复杂，今天我回所里，咱们面谈。

这样，侯哥，今天下班，咱们吃顿饭。

今天这饭吃不了，要是你不怕死，到枪库去领把六四。

可以收网了？

他挂了，可以理解，行动前接打电话都是大忌，被发现了，是要被处分的。没过一会儿，教导员叫我过去，最后问我一遍，是不是要领枪，我点了点头，他拿着单子去了所长办公室，不一会儿，领枪的单子就到我手里了。一直到枪库门口，我才算清楚，自我们派出所建制以来，已经牺牲了十二位警员了。我当警察不是为了成为英雄，我就图个安稳。没拿到枪之前，我都可以反悔，不过就是被人笑话，被笑话不会死。可反过来想想，我是警察，警察抓贼，这叫本分。

6

楚彤彤请了两天假来医院陪我，其实更多的是聊聊天。她的同事们都是孩子的妈，每天不是想着逃工作，就是讨论哪个超市什么东西打折，或者孩子报了什么班又花了多少钱，生活细碎难堪。她是唯一的未婚女性，这些话题与她无关。反过来说，插不上话也就融不进圈子，所以她总是被排斥的那个，总是干活儿多的那个，暂时请个假，倒是一身轻松。

楚彤彤很难相信有人会向警察投毒。我说，没啥奇怪的，和平时期，多数烈士不是军人，是警察和消防员。她脸一黑，照我腿上掐了一下，说，死得这么窝囊，还配叫烈士?！我说，估计是老天嫌我可怜，账还没还完，不让我走。她说，呸呸呸，狗嘴里吐不出个象牙。我说，这回投毒的，既不是冲我师父，也不是冲我。她说，咋回事？我说，我们两个都是误伤，真正被投毒的对象是我辖区里的一个观察对象，叫刘双喜，刚出狱没多长时间。她问，那咋最后毒着你俩了？我说，这就是老范的错了，他定点考察时，收了刘双喜的礼。刘双喜这人谨小慎微，估计怕不送礼就得罪老范了。叫老范师父都亏得慌，差点没让他这点小便宜害得英年早逝。她说，就你中毒了?！范叔不也在床上躺着。你还有人来看看，他就你一个徒弟，还跟着一块儿废了。说到这，我来了精神，扭动着屁股换了一个坐姿。我说，老范可不是一个人，那晚我发现不对之后，跑上楼叫老范，给我开门的不是老范，是邻居大妈。你想想，正常邻居能有他家钥匙？楚彤彤脸色沉了下去，我脸上的笑也跟着消了，我不知道哪句话说错了。我盯着她看，她眼神躲闪，站起来说，老范的邻居是我妈。

安静。

她又坐了下来，说，不用惊讶，她跟我爸早离了，小二十年了。我一年也见不了她几回，知道长啥样，仅此而已。我说，咋回事啊？我叔没跟你说？她说，他们离婚那会儿我都记事儿了。因为我弟，我俩是龙凤胎，前后脚出生。我从没听说楚彤彤有弟弟，这么算下来，只有一种可能。她接着说，死了，很小就死了，我妈带着他出去玩，碰见打群架的，她一害怕，自己跑了，把我弟扔那儿了。害怕劲儿过去了，她想起来还有个儿子，回来看，我弟已经不知道被谁给打了，脑袋埋在土里，血跟蚯蚓似的，在土里钻来钻去，医生到的时候，人已经没了。我爸把她打了一顿，实在过不下去了，就离了。这事儿她应该也挺后悔的，咋说也是亲儿子。我说，对于一个正常人来说，这是一辈子的阴影。她说，我弟是我一家人的阴影，但不是我的。我爸重男轻女，我弟没了，反倒成全了我，我从小一直特别感谢他，他把家庭的温暖留给我了。我接不上话。她说，瞧瞧，我内心多阴暗。我挪挪身子，伸手环抱住她。

我出院时，老范才稳定下来，中间几次呼吸不畅，差点没了命。我去他病房看他，他先给我道了个歉，因为没法儿站起来，就点了点头。他说，差点害了你，这事儿我求你原谅。我说，翻篇儿吧，你也差点过去，好好休息，过了这一阵，跟领导申请一下，退休吧。干咱们这行，说不定就得罪谁了。咱俩这次是误伤，万一有下次呢？年纪大了，不扛造啊。他说，你能咽下这口气？我说，我们是警察，又不是街头小流氓，不搞这些。他说，害我们的人抓到没？我说，没有，市里已经下了通缉令，这家伙是个累犯，很久之前跟刘双喜一块儿犯了事儿，闹出了人命，他跑了二十年，现在又回来了。他说，你把照片转给我。我说，你现在最重要的是养好身子，抓人的事儿有你徒弟。他没再说话，冲着我敬了一个礼。我站直了，整理一下衣服，给他回了一个。

7

抓捕刘双喜的行动由市刑侦队队长统一指挥，我被安排在火葬场门前的乡道上设卡，防止嫌疑人流窜到市里。工作中我极少配枪，少数的几次配枪行动，也都没机会掏出来。六四式手枪，小巧灵便，我反复上了几次膛，又确认子弹压满了，给枪上了保险，放入枪套。我老觉得身上不是别了一把枪，而是别了一个手雷，随时会炸。

昨天夜里，刑警队在烈士陵园找到了之前一直通缉的张丰年，他死了半年多了，就在烈士陵园侧园，埋在一个烈士墓里。侯哥说，楚彤彤的爸算是倒霉，撞上了翻墙去祭奠张丰年的刘双喜，刘双喜情急之下杀人灭口，事后做了伪装，嫁祸给死去的张丰年。我说，人不都是这样吗，用下一个错来掩饰上一个错。这下所有事情都通了，根本就不存在张丰年送蟹，刘双喜再转送蟹给老范，分明就是他要谋杀老范，甚至还有我。这一切的契机就是逃犯张丰年回来了，他借刀杀人，顺便发泄戾气。当年他跟张丰年一起打架斗殴，失手杀了一大一小。他坐了那么些年牢，张丰年却逃到内蒙古逍遥快活，如果不是又犯了事儿，张丰年现在还在内蒙古吃香喝辣呢，这事儿搁谁都受不了。积了多年的怨，化成最锋利的刀子，架着他往前冲，将张丰年扎得前后透亮。侯哥说，可能这么说你不爱听，刘双喜并没有泯灭人性，他还知道祭奠张丰年，这说明他还知道怕，还知道自己做了太多亏心事儿。我说，忏悔可以迟到，但正义不能，迟到了我们都得去忏悔。

到了卡点之后，我给同事让了一根烟，蹲在路边抽了起来。我们身边是一个探照灯，五千瓦，直刺黑夜，开出一条明亮的光路，隐约可以看见烈士陵园。光路边上，就是无尽的黑夜，我从没见过哪个夜晚黑得像今晚这么纯粹，似乎把手伸进去，就会出现猛兽将它啃掉。我和同事各自抽着烟，一言不发，空气中，只有探照灯发出的细密的电流声。我的思绪循着电流声不停往过去飞，飞到那个同样漆黑的夜晚。那夜堵街所有人都在街边站着，看着漫天的红蓝色警灯。西边发生一起群体斗殴事件，死了一个大人和一个小孩，据说那小孩挺可怜，不知道被谁踩了一脚，正巧踩到脑袋，当场就栽在土里，不动弹了。红蓝色的灯光和警笛混在一起，组成了那晚的天空。天气预报说了，当晚会有狮子座流星雨，我把脖子都仰断了，也没等来。但我还是许了愿，以后要当警察，威风凛凛，到哪儿都开着警笛。

对讲机突然响了起来，我和同事赶紧跑了过去。我对着对讲机询问，请求确认嫌疑人动向。里面传出刑警队队长的声音，林斐，你注意，那混蛋朝着你那边跑了。我下意识去摸枪，摸到了，又换成了警棍。

灯光里，一个人影出现，他在奔跑。我把对讲机给了同事，对着人影冲了过去。一个巨大的影子出现在我前面，他和我跑得一样快，一样矫健。我又回到了当初穿皮鞋跑步的日子，脚先出汗，然后整个脚开始在皮鞋里摩擦，跑出没多远，脚已经冒出了火，可是这条路似乎可以降温，我越跑越快，甚至飞了起来。影子越来越窄，却越来越长，它冲着黑夜去了，我也拼命地追赶着它，就像曾经逃离堵街那般努力。某一瞬间，我不想结婚了，什么都不想了，我只想融化在这空无一物的夜空里。

（选自《山西文学》2021 年第 7 期）

我的新欢叫子戎

牛红丽

时光院子

味子是从陈彦修的喷嚏里逃出来的，就像陈彦修挤眉弄眼，用力喷出一小人儿。等他再睁开眼睛的时候，味子早没了影。

味子骑着共享小黄车，直奔厚朴西郊的老白果，空荡荡的午后，她站在树下等。太阳晒得她浑身冒油。好在少年很快出现了，他身穿黑色大T恤，脚踩双轮平衡车，从坡顶俯冲而下，眨眼到了跟前。

平衡车经过改造，可以容纳两个人，味子跳上车，抱着他的腰催促，走，快走！然后乘着风，就有了飞翔的快感。

平衡车随地形在马路上沉浮，味子一路头后仰，嗬嗬嗬地吆喝着，怎么看都不像病孩子。

他们来到厚朴山脚下的吟园。吟园偏僻处有个“时光院子”，是老旧砌楼、工业厂房经过修复改造而成，成为一代人的记忆。院里到处是爬山虎、老构树，巨石林立，还有一格格神龛样的小房子。围墙边的残缺石碾盘，像被野兽叼了一口。味子跟着陈彦修来过，往碾盘上摊晒中药，现在上面还有瘦黄芩的酸味。

少年爬上最大的一棵构树，选好粗树枝踩着，让味子帮忙往下拉，折断后做成“木桩”。这样的木桩一共五个，绕碾盘弧形展开，外边围上黑绒布，就形成以碾盘为中心的独立空间。

少年拍拍手说，看，我们的魔术城堡。厚朴第一座城堡，要入县志的！

味子这才明白他们忙活的是什么。此刻太阳熟成了红柿子，晚霞点燃少年的双眼，放射出骇人的魔幻之光。味子心脏怦怦跳着，要从鼻孔里蹦出来了。她一把抓起手机，发消息邀同学，晚八点来时光院子看表演。这是她自休学以来首次与学校发生联系。

味子的病起于初二下学期，先是成绩猛跌，无论背书还是刷题，转眼就忘。好像有人拿着橡皮，随时擦去了她脑子里的字母公式。那种感觉很可怕。除了记忆滑坡，味子上课还无法集中注意力。她努力对抗过，没用，该记不住还是记不住，该分神依然分神，最后发展到不能见书不能见字，一见就恶心。听见上课铃她脑袋放电，看见上课老师眼晕，烦的时候劈手就扔东西，事后完全不记得拿的是什么。

味子当然没有自杀成功，她没有足够勇气往下跳。而割腕的后果，只是吓晕了老师，匆匆带她到医院缝合包扎，送回厚朴堂休学了之。自杀不成功的原因说起来匪夷所思，她力气小，裁纸刀划出的伤口不够深，血汩汩流淌一阵就自动停了。在她平静等待死神的过程中，体内血小板拼命聚集堵漏，伤口最终被人体强大的生理功能给堵上。她不得不认命。

而那位中医父亲则有的是办法帮她摆脱疾患。他们家开着厚朴县最大的中药铺。只是他想不通，锦衣玉食的味子怎么就抑郁了？汤药、五禽戏、针灸神门，轮番在她身上验证。

不能看书啊，好，咱看图册。

看图册不恶心了吧？这是《黄帝内经》，图文并茂，你看看，妙极。

然后是《天工开物》《中考作文》……

味子啊，这都不是课本，都不是。

陈彦修挤眉弄眼，软硬兼施，诱导她重新接纳书本，同时哄她开心。

可味子往往不开心。她有本事躺二楼床上一动不动，七天不下楼。不是不动，是动不了。乏力、头昏、大脑放空、极度悲观绝望，甚至呼吸都没力气了。

这种状况是从子戎来了以后好起来的。那孩子就是药引，配上陈彦修的治疗，迅速起了效。以前味子觉着体内气儿往下走，整个人只想往下坠，坠入地狱，万劫不复。后来那气儿上扬了，人的精神也出来了。她能感觉到蓝色气流在体内自由流转。眼看味子会动了，味子起床了，味子下楼了，坐电脑前可以帮忙刷医保卡收费了。陈彦修说，再过十天，十天后她就可以重返校园，夺回前三的好成绩。他一味夸大自己的医术，却从未见过味子跟子戎如何野。当然也从未认可子戎在其中所起的作用，还说子戎会把味子带到阴沟，船都翻不过来。他说这话的时候奋着八字眉，眼球跳到眼镜上方，一脸嗔怪。

那嗔怪落子戎眼里就是撒娇的认可，不管他承不承认，他只管拉着味子去偷玉米、扒花生、烤盐粒辣椒、嗑瓜子喝汽水、骂人嚼吃辣条，完了再玩把绝活。这些事味子一样没少干过。她悠长地叹口气说，我就是上学的机器，现在好，连上学也不会了。

陈彦修照例翻味子的口袋，说，以后不要跟着乱跑，他就是过去的小混混。

妈好的那会儿也没见你翻过。味子咕哝道。其实她还想说，要不是你只顾研究药丸，家底败光，妈也不会喝农药，更不会像现在这样整天待后院，一脸的若有所思。话到嘴边味子又咽下了，因为她知道，不能全怪父亲。妈妈有家族遗传病，姥爷就是犯病追扒火车被碾断双腿，躺床上疯死的。

晚上我要出去。味子说。

提起味子妈，陈彦修不再拦阻，他沉肩坐下，继续捣鼓牛黄粉。

味子很难想象，他手中的研磨物竟是动物结石，配上黄连、黄芩、麝香等做成丸散，就能用于高热昏迷、惊厥抽搐。若不是他总逼她回学校，她对那些膏方丸散倒挺感兴趣，甚至想过若高考落榜，就跟他做“药女”。当然，这些她从未跟他说过。

大人与孩子，说了也白说。

味子跟着子戎走上木桥，风擦着脸带了藿香水气。随着脚步声，桥下的蛐蛐和跳蛙立马闭了嘴。味子故意使劲跺脚。

他们越走越偏僻，时光院子没有灯，幸好是满月，让人能看清。

有两个同学已经躺在碾盘上了。子戎拍拍他们的膝盖。

戎哥来了！他们弹起问，几点了？

七点半。子戎头也不抬。

味子看看手机，七点五十。不过没人反对。他们都知道，表演现场戎哥从不戴表，也不带手机，戎哥说几点就是几点。

陆续又来了几位同学，嘻嘻哈哈闹一阵，分头扯开黑绒布，然后席地而坐。味子休学没多久学校放暑假，十多天没见，连文静的女同学都放肆起来。味子插不上嘴，低头抠手机。

子戎举着火柴盒样的钓鱼灯，站到碾盘上。蓝色光圈环绕着他，形成透明的玻璃盅。而外围大片黑暗汹涌，要将那亮光淹没了。他将电灯放“舞台”上，双手张开在光圈里滑动、翻转，让人看清他手里什么都没有。见证奇迹的时刻到了。味子闻到石头的气息、夜的气息，还有魔幻气息。电灯渐渐变暗，月光越发显得明亮。子戎眼神迷蒙，仿佛望着台下每一个人。味子随着他双手舞动而颤抖。那双手已然摆脱他的身体把控，成了独立活体。两只手慢了，凝滞了，在空中扯了浓稠的丝；手快了，一只追着另一只；上面的手挣脱下面的手，慢慢爬向夜空。瞧，它抓住了月亮！一只手抓着月亮送到少年嘴边，他咔嚓咬一口，就像吃饼干，脆亮有声。他咂咂嘴点点头，又将月亮放回天上去。天空悬挂一枚带缺口的月亮。

空气抖了一下，掌声响起来。同学们踮起脚议论着刚才到底发生了什么。

味子离子戎最近，可今晚他没要她任何帮助。她眼睁睁瞧着月亮给拿下，照出子戎脸上的汗毛孔。味子在脑中把之前所有事过一遍，也没找出魔术的裂隙在哪儿。

子戎呢，跟他们一起仰望月亮，满脸的无辜和小得意。

大家悄声说，下一个变什么？声音带了怯，仿佛下一秒碾盘上会跳出猛虎。

子戎却跳下碾盘撤去帷幕说，喜欢的明天再来。

这就像满盘饺子只让吃一个，同学们眼巴巴看着不想走。但他们知道戎哥性子，并不纠缠，一人扫码一辆小黄车，顷刻又兴奋了。他们大幅度摆动双臂，黄蜂样散开去。

味子还在望着月亮发痴。这个暑假，她就像被常年幽闭在小木屋的灰姑娘，被子戎破窗领出，看到外面森林的精彩。她跟子戎学的都是雕虫小技，像全部一种花色的扑克牌蒙人了，香蕉剥了皮还是皮啊，再深一点子戎打死都不说。追到山穷水尽，就像今晚，他会迷离了双眼，盯到她脑髓深处说，别问了，魔术好就好在魔性，隔着玻璃抓不到，抓到就没意思了。好比一咕噜看到头儿的人生好玩吗？他表现得比味子大好多，哲学家模样了。

魔术不要解密。他摊开双手下了结语。你相信有圣诞老人吗？信就好，只要天亮枕边出现你想要的礼物。小姑娘不要有思想，就想今天，上完课怎么玩怎么开心……

身边的人从来只夸赞她的成绩，包括陈彦修，谁问过她保持前三累不累、是不是开心呢？

味子虔诚地抓起子戎的手。那双手温、瘦、滑、韧，涂抹了月光夜露，焕发出诱人的清香。她拉近看，手背有青筋，小指曲着有长指甲。就是这双手，带她摆脱了铠甲。味子捧起那只手咬了一下，咸的。

兄妹七个，父亲跟子戎父亲最要好，味子、子戎又都是“子”字辈，她又这么黏子戎……味子叹息说，你怎么不早些来呢？我再不想那些鬼东西，就跟你学习怎么玩，顺便学魔术。可是怎么做到的？我也想咬月亮，教我好吗？她仰望着子戎，完全是动物的眼神了。

子戎认真地看着她说，你不属于魔术，你天生属于学校。

为什么？

因为不够野。这样吧，满十八岁，十八岁我就教你咬月亮，算成人礼。子戎背上牛仔包就走。

味子追上去抓着背包带，叽叽咯咯，半年的笑都放出去了。

只是她怎么都没想到，子戎有一天会朝同学动刀。

血色风筝线

回校那天味子特意提出跟子戎同桌。学校兴起流行语，管新换的同桌叫新欢，见面就问新欢是谁。这时味子就说，我的新欢叫子戎。子戎嘛，子戎当然大家都认识，就是上学期转来的黑小子，因上课研究扑克每每被训、被抓。上课玩扑克，在实验中学简直是不可忍。

开学不到一星期，子戎的老毛病又犯了。副班长再次从他抽屉里翻出扑克牌。

我去，还上课玩！

这是晚自习。

有区别啊？副班长拿出铅笔往本子上记。

猪猡。

咋说话？出去！

子戎斜斜肩膀，又从抽屉里拿出一盒扑克。

不得了，副班长拿走扑克。在子戎示意下，味子也从抽屉里拿出一张扑克，然后每位同学都诧异地举着张扑克。他们张开了嘴巴，像一群待哺的小燕。

副班长的鼻孔大得可以塞进溜溜球。他推搡着子戎，子戎又从他上衣口袋抽出红桃 K。

掌声未落，副班长挥拳砸向子戎，一拳又一拳，嗑栗子似的。子戎架起胳膊挡着，人转到他身后，只一下，血就溅到了墙上。

是喷溅。没人看清子戎怎么取刀伤人，又迅速藏起凶器的。

副班长看着自己的血一股脑地喷溅，身子越来越软。教室抽空了一般静寂。

忽然有人尖叫，一个叫跟着都叫，大家啊啊往外冲。子戎嘭一声关上教室门，眼一瞪，他们立马退后。味子从未见过这样的子戎，加上晕血，身子摇摇欲坠。子戎扶着她坐好，转而蹲下对副班长说，动手你动不过我。然后单手抚上副班长的伤口，血立马止住了。

子戎站起来掏出纸巾，擦擦手随意一挥，投进讲台上的玻璃杯。杯子即刻装满乳白色的牛奶。他取出一支吸管插进副班长嘴里。副班长哆嗦着嘴唇，伸手摸脖子，没有血。这下他真的晕了。

子戎拢了拢额前碎发，抽出吸管放自己嘴里，吊儿郎当坐上讲台，咕咕嘟嘟，牛奶液面随之下降。

大家都松了口气，哑在座位上。

班主任和教导主任跑进教室，面若青草膏。墙上血迹蒸发了，副班长脖子也光滑如初，要不是子戎眼眶肿着，大家甚至会怀疑共同做了一场梦。在老师逼问下，子戎到底没拿出匕首。

副班长的妈妈叫来了警察。这回事情闹大了。校长抓着从子戎口袋里搜出的红色尼龙风筝线，大发雷霆。

临近中考退学，这是最严厉的惩罚。子戎爸妈在外给老板打工，他跟着奶奶，住在厚朴县东郊。可苦了味子父亲，一趟趟去学校央人，最后改为停课一个月。陈彦修第一次拿起擀筋棒，抽在子戎身上，命他烧掉所有魔术道具。

味子第一次见子戎落了泪。子戎的泪珠掉进火里，噼噼啪啪，绽放出透明的蓝光。

她不敢再看子戎的眼睛。那双眼睛萎缩了，魔幻之光越来越暗淡。她很想问问他，没有了魔术，你怎么办？

从那天开始，子戎就蜗居奶奶家不再出门，每天自学功课。亲密之后的疏离更加重了味子的孤独感。她再次开启了恶性循环，严重遗忘，频繁地崩溃，想飞。有一回，她将水壶放水龙头下，转身就忘掉了，导致水漫厚朴堂，损失数千。陈彦修没有责怪，是味子自己无法原谅自己，她最终在消极厌世的泥淖中沦陷，变成一潭死水。只是这回似乎能克制，她一心占着课桌，等子戎重新归来。

关于咬月亮

子戎平时爱玩，经过最后冲刺，他勉强上了县一高。味子去了二高。高中学生没有周末，偶尔休息也错开了时间，他们很少碰面了。

经过魔术城堡的暑假，味子试着与同学微信交往，有了几个朋友。子戎呢，开学后学校严禁扑克、手机、风筝线、零食入校，这时他也不再满足于扑克牌，表面老实，暗里已开始研发新魔术。玫瑰、发带、夏日雪、海市蜃楼，条件允许他能变出味子喜欢的一切。可惜一高管理严，作业繁重，课间都不允许出教室，室内不许打闹，简直管得跟泥人一样，他没机会展示。

高二那年端午节，他们终于约好重返“魔术城”。

子戎身着白衬衫，衣领解开一粒纽扣，袖子挽着，指甲修得齐整。他稳坐在碾盘后边，膝盖微张，给人成年人的错觉。只是那翘翘的头发一甩，才隐隐透出昔日少年的风采。

他借了同学的手机，伸出修长手指，唰唰唰，五朵黄玫瑰滑出屏幕，掉到碾盘上。

他送给味子说，不带刺的，接了吧。成人快乐！

提前十多天收到成人礼，味子想欢呼，但最终只是笑笑。人与人之间忽然变得好遥远，她弄不清哪里欠了火候。

子戎双眼依旧迷离，眼底少了魔性燃烧，那迷离就近似于迷茫。味子敏锐地发现，子戎身条高了，也微微驼了。以父亲的眼光，他可能需要一套矫正带。

你……味子张了张嘴。

子戎竖起食指，然后从自己头发里、同学的耳朵里抓出一张张白色卡片。显然，他已没有纸牌可供魔术。卡片在子戎手上翻转，切豆腐样唰唰摆上碾盘，背面红线拼在一起，正是“WEIZI ♥ 18”。

“台下”响起久违的掌声，味子掩面跑了出去。

外面没有月亮。那天晚上云遮月，子戎忘记了关于成人礼的许诺。味子在夜色里痛哭。十八岁的味子不知道，自己是因没吃到月亮而哭，还是为了别的。

后记：空衣柜

没错，那跑出去的女孩就是我，我就是味子。

写到后记，我不得不重提我的父亲陈彦修。不管多么不愿回忆，我也要写一写父亲，他的死是如何让我们腐烂、枯萎，同时承接来自四面八方的骂名。它们如摇不掉的鸟粪，落满未亡人的生命枝丫，时时让人懊悔、警醒。我们懊悔没有早发现他的病，我们警醒自己善待身边每一个活着的人。因为一旦他们离去，你无论如何都抓不住。

我大学在河北，子戎上的武汉商学院。大二暑假快结束的时候，我受同学邀请去外地写生，子戎在家帮父亲打理药铺。有天晚上，我接到子戎电话，说他上超市演节目，表演魔术挣了五百块钱。那是子戎挣的第一笔钱。主办方留下他的个人信息，说完全够资格参加更高层次的魔术大赛。这足以说明，魔术并非不务正业，我可以堂堂正正跟子戎混了。

那天晚上子戎喊来几个要好的同学，第一次醉了酒。如果知道后来发生的事，他肯定一辈子都滴酒不沾。

父亲坐着研究药丸，长久缺乏运动，终有一日肠梗阻了。他没有去医院。夜间店员不在，还是老病号取药发现他开门姿势不对，问怎么出那么多汗，他才讷讷地捂着肚子跌下去，再没站起来。

凌晨两点我接到邻居电话，妈罕见地开了口，反复说，回来，你回来，带着钱，回来。我无法确认她是否清醒。

邻居说，你爸小肠梗阻，医生说位置靠上必须手术，很麻烦。

医生都习惯将病情往重了讲，我没有特别担心，只是网上订了车票，打电话让子戎帮忙照顾父亲。子戎醉得邻居去奶奶家叫都叫不醒。直到凌晨五点，他看到一串未接来电，才连滚带爬赶到医院。父亲已昏迷。

我只来得及喂他三口水。我到的时候父亲醒了，看起来状态还不错，只是说疼。

水，给我点水。他习惯性地抽眉毛。

医生不让术前喝水。子戎板着脸说。

我来之前关于水的纷争他们已经过了几个来回。听说马上要手术我彻底放了心，握着父亲的手说，术后就好了哈。我忽略了那只手的凉湿，放下它坐到对面妈妈身边。事后我无比懊悔，为什么没在他身边多待一会儿。十秒，仅仅十秒我就从包里掏东西，告诉妈妈说，这是我晚上陪护爸要用的小被子，那是擦手毛巾，还有两个面包。可她没有像我期待的那样再次开口说话，只呆呆地望着我，若有所思。

父亲不再挤眉弄眼，目光柔软地说，味子，给我点水，渴。

我拿起汤勺，滴了两滴在他张大的嘴里。

他合上嘴动了动，不够。

我看看子戎，又滴两滴。

嗯，再喝点，不够沾满舌头哩。

这回喂了小半勺。动作是利索的，语气是批评的。医生都不让喝，沾沾嘴好了不喝了。

我和子戎推他进手术室。不到五分钟，医生和麻醉师就叫，陈彦修家属！陈彦修家属！

他们语速很快。

心搏骤停……病情瞬息万变……冠心病……

不行了，你以为还能把他救活是吧……麻药一打病人立马会死……

是的，如果不手术，梗阻解除不了也要他的命……这是死局。

不手术还能拖延一会儿……

你不能逼我们给死人做手术啊！你们有没有明白人？现在是，要么拉回家要么进 ICU（重症加强护理病房）。

ICU 主任在旁摆手说，刚才我们会诊过了，到 ICU 我也没招，趁他还没断气，早拉回家……

子戎撑着我的肩对医生说，稍等一下，我跟她说。

他拉我到僻静处说，咱先冷静下来，医生的话很清楚了，三大不行了。我们要考虑后事，三大还没墓地吧？

我悲从中来，脑子里一直高速旋转想着怎么救他，他却劝我安葬。我抬起高跟鞋狠踢他一脚，哭着说，昨晚你为什么不来？他还在呼吸，安什么葬？

我沉浸在自己的悲痛里，完全忽略了子戎的感受，醉酒误事带给他的懊悔从来就不亚于我。子戎捂着膝盖，眼神慢慢暗下去。

一个女医生出来说，小妹，要不你们进去看他一眼吧，我们说你不信，你自己进去看。

我和子戎换上蓝色手术衣。我亲爱的父亲躺在手术台上，头后仰，嘴里插着粗管子。

我抚着他的额头，凉。听说人死后最后消失的是听觉。我叫，爸，爸？你能听到我叫是吧，能听到的话，你眨眨眼。

没有奇迹发生。

我强忍泪水，拉过子戎的手。子戎蜷着手指往后缩。

我一根一根掰直手指，抚过父亲的脸。金星闪闪。我绝望地闭上眼睛。

这时，我听到父亲哼了一声，忙叫道，听，他在呼吸，别耽搁了，求你们快手术！

唉，呼吸机带的，一拔什么都没有了，不能算呼吸。女医生说，你识字吧？她指指监护屏幕——那里没有我希望看到的数字；她掰开父亲的眼皮，我看到父亲失神的眼珠；她掀开布单，父亲的肚子胀大如鼓，硬若磐石。

不，我不能接受。子戎你怎么还站那儿不动？快啊！

很抱歉我还无法正常谈论我的父亲，请忽略掉我们在医院的大段时间，关于父亲的一切，我会平复悲伤之后，以整篇小说追念。

接下来听从医生的劝告，父亲带着呼吸套管，我们回家了。子戎买了家用小型呼吸机。

我长久握着父亲的手，难以置信他怎么会死。他还要搜我的口袋，逼我好好学习，做永久牌淑女。我哭得手脚发麻，甚至神志模糊，却哭不回活着的父亲。我第一次体味到了什么叫无能为力。学习不好可以有办法追，东西坏了可以修补，甚至太阳落了都可以再升起，只有亲人死亡你是一点办法都没有。

子戎说，你会把自己哭死。

好吧，我跟父亲一起死，那一定是最甜蜜的死亡。

我猛然想起副班长，说，你能不能把他肠子的梗阻拿出来？副班长的脖子不是一下就治好了？

你疯了，那是魔术！

对不起我不该踢你。救救他吧。

那都没什么，我就担心你。三大已经去了，我们要尊重他的离去，让他安心。

你给他做魔术把梗阻拿出来，我知道你行。他还有呼吸！

那都不是真的……子戎靠上墙，头颅轰然垂落。

不，我相信魔术，你说的要相信。我抓狂了。

子戎再抬起头的时候，我看到他眼睛里闪出魔幻的异彩，那绚烂的希望之光。

好，我带他去手术。他下了决心，抖擞精神拍拍身边的衣柜。我打开柜门，一件件取出里面的衣物。柜子空了，他让我帮忙架起父亲。

我们架着父亲，子戎口中猛发出一声嗨，拖着父亲冲向衣柜。我猝不及防，手心的落空感带来失去的恐惧，我也跟着猛扑过去。

可是我看到了什么？面前只飘落下他俩的衣裳，一个墨灰，一个黑白。柜子里空空如也。同时消失的还有子戎的牛仔包。

那是我看到子戎表演的最后一个魔术。从那天起，子戎和父亲就消失了。爷爷奶奶在悲痛之余开始骂人，骂医院骂子戎，连带骂他们的儿媳，中看不中用。这样骂了两天，他们猛然记起——或许子戎是被我缠不过，留下一个希望，打着手术的幌子，已将父亲运回老家安葬。他们风一样空着手坐上开往淮阳的长途汽车，三天后，又叶子一样从车上飘下来。他们始终躲着我的目光，不提寻找结果。我不敢问，更没有勇气像他们那样跑回去，印证一个或残酷或虚空的事实。

我宁愿相信，子戎带着父亲去做手术了。不久的将来，一个月或者两个月，他会迷蒙了双眼，笑着还给我们一个完整的父亲。可是他们再没有回来。小院里石榴树的影子短了长，长了短，除了我和母亲，没有人如我们希冀的那样，背着阳光浮尘踏进门槛。

厚朴堂没有倒，爷爷奶奶雇了中药师，维持日常用度。大学毕业后，我回县城找了份工作，白天上班，晚上研究心理。我渐渐明白，“抑郁是一种美丽的神经症”，不可根治，但经过调整可以维持正常生活。我找到附近的抑郁患者，组建了心理健康群，诱导他们试着突破，去偷花、脱口骂脏话，做情绪的主人。

是的，在魔术彻底退出生活以后，我学会了把控。我把控得很好，再没有抑郁。

母亲时常穿着白纱衫，半低着头读张恨水小说，无悲无喜。我羡慕她。休息日，我会带她走出后院，来到吟园。昔日的魔术城堡、爬山虎、石灰墙、巨石依旧，残缺的碾盘却不见了踪影。脚下的石缝长了草，有半尺长，细若琴弦。若是晚上，有蛐蛐和跳蛙来弹拨琴弦，比赛歌唱。而满天星星就是子戎撒出的一把银钉，里面藏着我的父亲。我固执地让自己相信，大自然中生命只有结束，没有死亡。而结束，只不过是生命进入新的发展阶段。父亲的下一阶段，就是子戎抛出的银钉。他只是以银钉或星星这样崭新的方式存在于太空，安心等着我们发现罢了。

我不再想飞。我记得子戎临走说的话，好好活着，我会回来看你。

算起来，子戎也大学毕业了，以他的性格，想必会一边工作，一边找到专业老师，走上渴慕已久的魔术之路吧。

我做过一个梦，梦见子戎穿着黑上衣，举着一轮白月亮，从构树上明晃晃地走下来。他递给我月亮说，咬一口！我被月亮的巨大压垮，节节后退。他撩了撩头发，继续举着月亮往前走。月亮越来越近越来越大，直至遮住他的面孔。我要被月亮吸进去了，转身落荒而逃，扭头却见子戎站在碾盘上，还在固执地举着月亮。他就那样举着，举着，折身滚到了月亮里。月亮里赫然坐着我的父亲。

翻开日历，新的一年开始了。

一年三百六十五天，总有那么一天我会摆脱一厢情愿，认清现实，带着母亲返乡印证一方墓地。

到那时，子戎的消息定会翩然而至。

（选自《广西文学》2021 年第 6 期）

石凉粉

王清海

我妈把我领进了屋子，对满登登的人说，都出去一下吧，他爹老何交代了点事，我得守着他单独说给阳阳。屋子里一下子空了很多，老婆王爱云拉着儿子，站在我的旁边。我说，你们也出去吧。我跟王爱云是大学同学，她是当年女同学里少有的不嫌弃我说话哑着嗓子的人，从相恋到结婚我有什么话都跟她说，除了没有告诉她为什么嗓子会哑，我觉得说不出口。她没想到她也在需要出去的人里面，她看了我妈一眼，见我妈面无表情，还是拉着儿子出去了。儿子八岁了，从小跟我爸亲，听说爷爷生病了，就一个劲儿地闹着回老家，我说我不回，他就闹他妈，这是王爱云比我先到家的原因。我爸也真厉害，儿子出生后都没有回来过的家，他硬是让儿子比我记得都清楚，西安有我们的房子，何庄是我们的老家。儿子出去的时候，直着脖子朝我看了一眼，黑白分明的小眼睛瞪得滚圆。

只有我们三个人了，我妈和我活着，我爸已经躺在了水晶棺里，屋子里被水晶棺制冷的嗡嗡声重新塞满。我看着我妈，我妈看着我，我们站了一会儿，我说，我买的时候已经知道他吃不上了，还是给他买了。我妈说，是哪一家？我说，晕着找的，也分不清哪家是哪家，反正这东西只有信阳有，信阳一共也没几家了。我妈说，那就好，也算买回来了，你爸走时候说了，让你扇他两耳光，他心里已经堵了半辈子，不想让你再堵半辈子。我说，他这是后悔了？我妈说，你爸说他是村里出去打工唯一一个能在大城市买房的，他把儿子带到了大城市吃得好穿得好，他的儿子是何庄唯一一个重点大学毕业的，生活得体面，他这一辈子，没白活。我说，我是问他有没有后悔？我妈说，他没有说过他后悔，你刚进家，外面的人还等着你一起哭呢，孝子进家不哭一阵，后代里容易出哑巴，你赶紧打吧，打完了叫他们进来。我妈说着，拉开了水晶棺，揭开了蒙在我爸脸上的草纸。他苍白的脸露了出来，脸上只剩了皮包骨头，他比离开西安前瘦了很多，闭着眼睛，像是在思考什么。我伸出手，一阵凉气扑过来。我的手又缩了回去。我妈说，打吧，这是他最后的话，棺材板一盖，你再想打，就是下辈子了。我没有动。我妈说，我也出去，你打完把水晶棺盖上，把石凉粉放供桌上，你要早回来一天，他就能吃嘴里，这大夏天的，走的时候也凉快点。我妈说完，也关上门出去了。

我第一次吃到石凉粉那年十二岁，我爸应该还不到四十，在我印象里他一直都是个很英俊的男人。他一回何庄看我们，就是打扫院子，有一次我跟爷爷有事出去了，他还是一个人在家扫院子。村子里有很多我这样的小孩子，他们的父母一般是逢年过节回来，只有我爸，喜欢夏天回来。他扫完了院子，就坐在院子里的树下，端着一个搪瓷缸子喝茶，树荫浓密，一阵阵蝉鸣。何庄有几个喜欢开玩笑的老头，说我爸出去了几年，成了棵洋白菜，沾不得泥巴了。那几个老头，天天坐在村头说闲话，庄上死人，在他们嘴里都能幽默成“住地里不回家了”。

爷爷“住地里”后，我最后一次见我爸扫院子，他用力扫起地上红色的炮纸，圆形的纸钱，地上的青草和土坷垃都被他扫了起来，扫帚划过的地方，成了一片苍白。他一边扫，一边催我快点，我有很多东西想带走，我的小人书、弹弓、木刀木剑，我一样都不想落下。他扫完地后过来检查我的行李，除了书包和几件衣服，都给我扔了出来。这个总可以的吧？我怯生生地拿着马鞭问他。他说，别带这没用的，路远，我们得转几次车呢。我说，爸，就带这一个，爷爷给我买的。他叹了口气，说，带着这个唱戏的东西，路上人都会看笑话一样看着你的。我将马鞭在手里绾了一个花，右手反手一背，左手做了一个撩襟的动作。这是我跟着戏班练了好久的动作，人人都夸我有天分，学得快。他说，都让你爷给教坏了，我应该早点把你接走。他夺过马鞭扔在了门后，白色的穗子扑在了地上。我开始哭，他递给我几本小人书，推我出屋子，关上门，锁上门。我还在哭，他拉着我的手说，阳阳，听话。他的手很有力气，我不由自主地跟着他走。之前我一直跟爷爷生活在何庄，现在我不跟他走，也没有别的去处了。爷爷在邻村唱戏，唱《空城计》，站在桌子上唱，桌子一条腿断了，他从桌子上跌下来摔伤了，在家躺了半个月去世了。爷爷在家躺了半个月，也没有叫我爸回来，他认为没事，我爸也认为我们在家没有事。我爸说不能怪他，他要知道这么严重一定回来。他斥责我不孝的时候，我就拿这事回敬他，你孝顺？我爷爷死的时候一直喊你的名字，你在哪儿？

可那时我爸对我是真好，我一路哭，他也没打我，要么轻声哄我走，要么抱着我拉着我走，我就一直哭到了信阳。在车上听到好几个人说，棍棒底下出孝子，娃们不打不行。我是有点害怕的，生怕我爸因此就掂起了棍子，还好他只是叹口气没有听他们的撺掇。下了车，一下子见到那么多车那么多人那么高的楼，那时候的我就跟遇到了洪水一样茫然失措。我爸就是我救命的树，我拉紧了他的手，不敢哭了。他就亲我的脸蛋，说，阳阳，我领你去吃石凉粉。我没吃过石凉粉，满大街的东西我都没有吃过，他给我买了好几样，我一边吃一边跟他走，我们从汽车站走到一条河边的时候，我已经吃饱了，也走累了。我坐在河边的石头凳子上不肯再走了，他就也陪我坐在那里，他一直拖着行李，灰色的衬衣上一大片一大片都是汗。我说，爸，不吃石凉粉了。他说，要吃的，那个很好吃，只有这一片有，别处吃不到，你不想去了等我给你端过来……不行，你一个人在这里我不放心，被人拐走了就麻烦了。他拿出白色的毛巾给我擦了擦额头的汗，毛巾上都是他的汗味，有点呛，有点咸。我高兴地坐在那里等他给我擦，是那种能暖到心里的高兴，我不会嫌我爸身上的汗味，甚至都觉得那是香味。他又去擦自己脸上的汗，擦了后将毛巾缠在手腕上，说，走吧，前面就有石凉粉。我记得很清楚，那天卖石凉粉的老太太说，这个小孩儿长得真好看，我给你多放点薄荷水。她在一个玻璃罐头瓶里真的多舀了一下，加到我的碗里。透亮的石凉粉一块一块睡在水里，舀到嘴里，还没嚼，就顺着喉咙滑进了身体里，让我毛孔里都透出凉凉甜甜的味道。我爸看我吃得高兴，脸上也是带着笑。我爸说，娃确实喜欢，也不枉我跑那么远找过来。老太太说，还是去西安？上次来吃是去年吧，一家人的口味都差不多，你喜欢吃的，娃也喜欢。我爸说，上次我带了石花籽回去了，也搓出浆了，没点好，出来一锅汤。老太太说，一物降一物，分量不到降不住，你是没调好石灰水的浓度，你可以试试用牙膏点，味道差点，容易点成。我爸说，不学了，味道差一点就不是那个味儿了，还是路过的时候来吃吧。老太太说，你托我打听的事还是没有打听到，石凉粉不赚钱，都没有人指着这个生活，卖石凉粉的家虽然不多，家家的人在外面干啥的都有，真不知道谁家有人是唱戏的。我爸说，没事，我就随口问问，看那个亲戚过得好不。我记得很清楚，我爸那次一口气吃了四碗。我看他吃得快乐，我也很高兴，这大概是记得很清楚的原因吧。重新上路，我爸突然问我，阳阳，你有没有觉得吃石凉粉的时候，有人看着我们？我说，没有啊。我随着我爸的目光前后左右仔细看了一下，街上的人各忙各的，没有人看我们。

他在西安帮人看过大门，挖过下水道，在工地上打过零工，这是我爸自己给我说的。听我妈说，他还在火葬场抬过死人，还卖过血。然后他们的共同语言就是，都是为了我，为了能在西安给我打好基础，不再像他们一样，结了婚就出来打工，孩子扔在家里，想的时候只能看照片。他们床头的抽屉里，放着我的相册，我翻着他们翻过的相册，大叫，爸，这些是我吗？我自己都没有看见过。我爸说，好多你小时候的照片都是照了后就拿来了，你当然没见过，你小时候白胖，庄上的人都说你富态，像个城里人，爸和妈拼了命在西安扎个根，你才能真成城里人，你可得争气，好好上学，考个好大学，当大官，挣大钱，光宗耀祖。我妈插了一句，挣大钱养活我们，别像你爷一样，连你奶都养活不住，跑到哪儿了都不知道，让你爸在村里被人笑话。我爸就瞪了我妈一眼，在孩子跟前不提这事不行吗？我妈就闭了嘴。我爸说，你没看我回村都不出门，不是逼得走投无路，就都不要回去了。

我爸和我妈说的扎根，就是在大雁塔北边开了一家一间门面的小超市。那里是旅游区，中国人外国人络绎不绝，生意也还不错，我爷去世，只有爸回去了，妈都没敢离地方，这是所有的亲戚一致同意的，必须留一个人在那儿，死了的已经死了，活着的还要更好地活下去。他们还在西安买了一套八十平方米的房子，从这间屋子出来就转到了那间屋子，转来转去就是在屋子里。我的生活就是在屋子里转和写作业，不是在家写作业，就是到店里写作业。我开始怀念何庄，我在院子里翻跟斗，抖擞着马鞭转场子，家里的鸡狗和我一样疯跑，还会自己跑回家。

我会跑到村东的河边，河水清澈，能看见鱼在水底伸脑袋。我站在河边，大声喊“汉刘备离荆州满腹惆怅”——我的嗓子喊哑了，继续喊，有好几天哑得说不出话来。爷爷说，哑了再喊出来，以后就不会哑了，这叫拔嗓子。河边的青草青着，鸟儿飞着，我的嗓子从哑中喊出清澈，跟水的流声一样透亮动听。我开始学唱腔，“汉刘备离荆州满腹惆怅，汉刘备坐龙舟满腹惆怅，但不知何日里转回荆襄”——这几句唱段里声音迂回曲折，我每喊一遍都觉得浑身畅快。何庄的戏班子也看上了我，只要有跑龙套不限年龄不限身高的角色，都把我拉上，他们说我将来一定会是他们的台柱子。爷爷也说我很有天分，他年轻的时候这几句没有我拐得圆润，在“惆怅”两个字上换气还不如我自然，只要变声期保护好嗓子，一定能唱成角。我觉得自己只要一亮起嗓子，一端起身子，就成了与人不同的人，我很想保持这种感觉。我在西安憋了一年，路熟了，胆大了，自己跑到公园里喊嗓子，喊到“但不知何日里转回荆襄”，顿觉胸口一热。

我跟我爸说，我想回何庄了。我爸说，谁管你上学谁管你吃饭你被人偷了被人打了怎么办？在西安有房子有生意，这边教学质量也高，何庄多少人想来都来不了，以后这里就是家，你不要再胡思乱想。我说，我想回家，家里住着舒服。我爸说，你再闹就打你，看你的成绩，一开家长会我都想躲起来，你能不能给我争点气啊，就你这成绩，将来考不上大学怎么办？回何庄种地去还是跟我在店里卖东西？我好不容易把你从何庄带出来，你将来给我混成这德行，你叫爸的脸往哪儿搁啊，少爷？我爸明显是生气了，说话已经从柔声细语变成了冷嘲热讽。这让我不安起来，我不敢再和他提回何庄的事，他是那么高大，他的巴掌扬起来，我是无处可逃的。虽然我想和他对着干，但是没那个胆量。

就算这么多年过去了，我也想不到，他会在自己生了场病后要带着我妈回何庄。脑血栓，差点没命，落了后遗症，一只胳膊一条腿稍微有点不灵便，但还远不到像他说的，落叶归根不想死在外面。王爱云劝都劝不住，私下里怪我一直对我爸拉着冷脸——平日里他什么都能干，我拉着冷脸就算了，这他生了病，更怕我嫌他，他是躲我。我在心里明白，他也确实是躲我，我也劝，爸，西安医疗条件好，你回何庄，真再有个什么病，离最近的县城也得六十里，怎么办？多少有这样后遗症的人，想住到城里都没咱们这条件呢。我爸见我劝他，很高兴，说，我回去吧，老宅子你翻修得那么漂亮，没人住浪费了。我知道该怎么留他，比如说，孙子需要你照顾，比如说，家里还有些什么事需要他做，我能说出很多让他顺坡下驴的理由，我太了解他了。可是我没有说，我不想说那么假的理由，那些事情，我都可以不需要他。我其实在心里也希望他走远点。

何庄就像有一根绳子，一直拴着我们，不想回来，还是得回来。他回来了，我也回来了，我的手触到了我爸的脸，冰凉迅速传达了我的全身，他的嘴稍有点张开，我凑近了，是一阵凉气，我替他合了一下，他闭上了，又执拗地张开了。我说，爸，我真的恨你，你让我失去了我最宝贵的东西，你觉得我打你两耳光，我这辈子就能找到自己了？不，我打你两耳光，还是找不到你儿子，你的儿子已经死了，回不来了。我轻轻抚了他的脸，替他蒙上草纸，拉上了水晶棺，打开了门。外面的人都陆续走了进来，一阵大放悲声，我看见了很多熟悉或者陌生的人，都在痛哭，边哭边说着我爸的勤劳善良，说着他们对他的思念，我也忍不住了，号了一声，爸啊——

声音冲了出来，沙哑，含糊，混在一大片哭声里，没有一点声音。

我跪在地上哭得站不起来，王爱云扶着我，一个劲儿地号，脸上跟老旱天下了毛毛雨一样，是啊，又不是她爸，还能指望她也哭得稀里哗啦？人哭了一阵，该收声的收声，该擦泪的擦泪，王爱云把我拉到了屋外面，气呼呼地说，何阳阳你个瓜娃子，你在路上磨蹭啥，我都到家两天了，你刚到家。我说，我想给爸买石凉粉吃，我到处找石凉粉，这事妈也知道。她说，我回来时候你爸已经说不出话了，眼睛睁着，他在等你啊。我说，石凉粉不好买，西安没有，我又跑到信阳，转了半个城才买到的，还不知道口味对不对，现在好多东西都不是以前那个味儿了。她说，那也用不了两天，就那一口吃的，能有多好吃？你爸是等你不是等这口石凉粉，你这个理由说出去谁信？买棺材选墓地摔老盆，你是他儿子你不回来等谁干？他还不如不要你哩，不要你了，别人就能当家，这倒好，后事都得等着你，我一个劲儿地给别人解释你有事你有事，我说不出来你有什么事，你有什么事能比你爸快没了还重要？这节骨眼上，你装也得装出孝顺样啊。我说，我总算给他买回来了，我心里少个疙瘩。她说，这是你爸，不是我爸，你拖着不回来，不见他最后一面，你心里落不落疙瘩，你自己清楚。我朝屋子里看了一眼，屋子里的哭声都止住了，一片安静，死一般安静，我心里知道，这次我爸是真走远了，没有比生死之间路更远了。

初中毕业的时候，我觉得自己已经长大了，想走哪条路，自己说了算。我在书桌上留了一张字条，找了一把钳子，拧开我妈床头柜的锁，拿走了里面的钱，又简单收拾了点东西就走了。我坐公交车到火车站，刚走到售票口，就被打车跑来的我爸给找到了。他在大庭广众之下就踹了我一脚，很多人的目光都被他的脚给引过来。我是不敢还手的，但倔强地昂着头，说，我就是想回何庄看看。我爸说，你那点小心思我还不明白，你说你想回去干什么？是啊，我回去能干什么？房子是需要人养的，没有人住在里面，老房子旧得快，漏风漏雨，院子里荒草丛生，我是能想得到的，我想再回到原来的生活，是回不去了。我最初是跟我爸说了实话的，我想回何庄唱戏。被他骂了几次后，我已经不跟他说我回去想干什么，我不说，他也很清楚。我的学习成绩在他的威逼下，总算攀升到班里的前几名，我成绩跟不上别人的时候想回去，成绩让别人跟不上的时候，也还是想回去。我说，我想去信阳吃石凉粉，要不要给你带回来些？他当然不相信，可我是他的儿子，他眨巴眨巴眼，还是选择了相信我。我爸说，太远了，回去吧，爸学做，一定给你做出来，好吗？我说，你就让我一个人去旅游不行吗？他说，不行。然后拉着我的手就走，我已经有足够的力气挣开他的手了，但我不想在这人多的地方挣扎，丢人现眼的，结果也还是跑不掉。我很顺从地跟他回家了，他收走了我的钱，还给我留了一百让我零花。之后不再让我单独一个人在家，他们去店里的时候，也要叫上我。我说，爸，你不让我去我就不去了，真的，离了你们，我还能去哪儿？我爸也说，你离了我们，真是得饿死。我说，是啊，你们是我父母，你不让我回去就算了，用不着拴狗一样拴着我吧。我爸说，你还小，你不知道唱戏就痛快那一会儿，戏罢了人还得过日子，你掉进戏里了，别人就永远把咱们一家当戏看了。我说，爸，我真不懂，你不用跟我说那么多，我就跟你保证我不回去就行了。我爸说，行，我信你。

我爸为了让我高兴，还给我报了一个篮球班，我去上了两节课，一直拖着不给人家钱，在我爸认为我又去上课了的时候，我拿着报班的钱，踏上了返程的火车，我这次连字条也没有留，也没有回何庄，我很清楚，一回何庄，就回了我爸的势力范围。我在离何庄十多里外的村子里转，夏天的时候，庄稼都在地里使劲长，也算是农闲，村里会有各种理由请戏班子。我在一个村子就遇到了八十多岁的儿子给一百岁的老娘贺寿请的戏班子。他们娘俩就在台下坐着，一百岁的人，看起来也没有那么老，头发都没有全白，还有几根黑的，嘴在一瘪一瘪地吃东西。当时我的心里还在想，等我爸我妈一百岁了，我要是还活着，我自己给他们唱场戏。我在后台找到了班主，他们是周口过来的班子，跟我们这边的人不熟，这正合我意。他听我说想要跟他们一起唱戏的时候，很奇怪地扫了我一眼，小孩，这碗饭可不好吃，看你穿得干干净净的，也是有钱人家的娃，你爸妈是干什么的？我说，我爷也是唱戏的，爸妈在外面打工，家里就我一个人，我想唱，我也会唱几句。班主说，给你画个花脸过过瘾就行了，回去吧。我在他面前气定神闲地站稳，手一摆，“汉刘备离荆州满腹惆怅”——我就唱了一句，他就呆住了，娃，你有个好嗓子，不吃这碗饭就亏了，要是在以前一定能成角儿，就是晚生了百十年，现在这行当，就是勉强混口饭吃。我说，只要有口饭吃，不饿着就行。班主说，《黄鹤楼》用角儿太多，咱们班子唱不了，你跟着我们先跑跑龙套，有合适你的角儿，你跟着学。

那个戏班子跟何庄戏班子差不多，成员也是平时各行各业，闲了凑一起搭台戏，按角色分钱，没有吃闲饭的。班主说也会给我分点，锣鼓一响，我也别想闲着，一会儿当家丁，一会儿当衙役，最搞笑的一次，还让我扮了丫鬟，扭着腰身，在台上甩了几下水袖，反正浓妆罩脸，戏服上身，何阳阳就是另外的生命。班子里没有年轻人，我就成了最受欢迎的，大家都抢着要教我两手，教我翻跟斗、甩头发、飞胡子、抖帽翅、躺僵尸……各有各的绝活，生怕我学不会那些东西他们就得带到棺材里，那些在后台蔫不搭的人，一穿上戏服，站在台上，举手投足间，活脱脱换了平日里的躯壳。我跟着他们在那个村子里待了三天，又换了一个村子，这个离何庄更远一些，我还想着，就这样神不知鬼不觉地跟他们到周口去，我爸就彻底找不到我了，我又有点担心他会不会想我想出病来。谁知道我爸竟然猜到我会自己在附近找戏班子，他从信阳开始找唱戏的班子，哪里有锣鼓声，就去哪里，找了五天，找到我的时候，我正在台上捧个托盘奉茶，淡妆挂胡，很好认。他等到我进后台，冲了过来，抓起一根马鞭就抽我，他胡子拉碴，身上的灰衬衣成了黑的，跟个讨饭的一样，粗着嗓子要告戏班子拐卖儿童。班主的脸发白，不敢找我爸赔打断的马鞭子，只是拉着我爸的手说，兄弟，可不敢打残了，打残了就是娃一辈子。我的身上火辣辣疼，被我爸扯走的时候，还倔强地挣扎了几下，又换来了一巴掌。我跟王爱云谈恋爱的时候，写过一首诗：想飞翔的，没有翅膀，不想流浪的，却身在他乡。王爱云问我是啥意思。我说，就是人嘛，过得都不如意。王爱云说，维纳斯有残缺的美，这也是一种美。我说，美个屁，少了就是少了，少到谁身上谁痛。

到信阳的时候，我爸的态度又变好了，跟我说，还想吃石凉粉不？我说，不想，我就想唱戏。他说，我不想让你唱戏，你是我的儿子，我想让你好好上学，你现在不知道，将来会知道，爸这样做是为你好。我说，上学也就是为了找工作，唱戏也是个工作，一个是你想让我干的，一个是我自己愿意干的，爸，你就不能让我选？他说，不让你选是为你好，你知道选啥？走，我领你转转，吃碗石凉粉。我说，不转，我不喜欢吃，不吃。他说，你待在这儿看着行李，我去给你买过来。他说着，就走出候车室大厅，我看他消失在门口，就背起自己的包，把他的包寄存了，去售票处买票。我要走得更远点，虽然我不知道自己应该去哪里。我在窗口询问了一下都有去哪里的车，还没有决定去哪里，不经意间回了一下头，看见我爸正凶狠地瞪着我。我说，爸，这么快都回来了？我爸说，我敢走吗？你还真是不让我省心。他年轻时候出去闯荡，信阳是个中转的地方，每次路过，他都要去河边吃一碗石凉粉，除了寒冬腊月，没有人卖给他。那次，是他唯一一次一头大汗没有吃上石凉粉。回西安后，因为我不愿意再去读书，被他用皮带抽得后背肿了好几天。我觉得他变了，我在他眼里，不是他的儿子，是他的人生喜好，我是为他的喜好活着，稍不顺从，不是痛斥就是痛打。我开始在他面前小心翼翼地表演，我开始读高中，每天一进家就开始看书，在学校是自由的，我可以胡思乱想。我攒了零花钱，买了一个卡带收录机，没人注意我的时候，我就塞着耳朵听戏。高一的第一学期，我的成绩是倒数第一。有时想想，人这一生，走弯路走直路，真由不得自己，因为在路上的时候，根本不知道哪儿是弯的哪儿是直的，而人只要活着，就一直在路上。

高一那年寒假，我爸看了我的成绩后，坐在屋子里沉默了很久，看着他那悲伤的样子，我觉得很快乐。没想到他沉默了一阵后，开始在我屋子里乱翻，翻出了我塞在枕头里的磁带和收录机。他看了看磁带，平静地说，你还是想唱戏？我说，是的，你也知道的，我有个好嗓子，我不想浪费了。他没有打我，也没有凶我，转身出去了。我以为他就这样默许了，开始光明正大地在屋子里放戏听，时不时还开口哼几声。我妈不想看见我挨打，一直躲在店里不肯回来。我爸有时候在店里，有时候在家里，他就看着我唱，也不再搭理我。一次看见我又唱，还主动出去买了一杯饮料，递给我，让我喝了。至今我都不知道他在那杯饮料里放了什么，当天晚上我的嗓子就说不出话来。他不领我去医院，我猜到他放药了，但我就是猜到了我也不愿相信他会给我下药。我嗓子哑后，我看他就像是一个陌生人，我不会再跟他商量什么讨论什么，我知道他是我爸，可仅仅是我爸而已。到了现在，我知道他要死了，拖着不愿进家，也是怕他在最后提起这事，我们一家三口多年来的默契，都装着从来没有过这事。我想告诉王爱云这件事，话在喉咙口滚了几滚，怕她再告诉儿子，还是咽了回去。

刚好有人走过来，是我爷的堂哥，我得叫六爷。他听见了点什么，说，孙媳妇，你别埋怨了，阳阳是为了给他爸买石凉粉，才回来得晚了，这娃孝顺，知道他爸最后在等什么。他说完就拍着我的肩膀，拉我走了。一棵大树下摆了张桌子，好几个人坐在那儿等着我商量我爸的后事，树荫浓密，知了在上面高一声低一声地鸣。六爷说，阳阳啊，你爸辛苦一辈子了，最后让他风光一下吧。我说，六爷，我听您的，别怕花钱，咱家不穷更不抠。六爷说，也不能太过分铺张，别人家咋办咱们也咋办，这是风俗，要说有些事也真是的，现在又流行请哭丧，请唱戏，往外送的时候，走一路，唱一路，这些东西啊，一会儿绝了，一会儿不知道又从哪儿冒出来了，跟那河里的鱼一样，干的时候没了，只要有水，就又都有了，千年草籽万年鱼子，绝不了啊……我说，六爷，别的事我能依你，唱戏这事就算了吧，我爸最烦这个了。六爷说，阳阳，你不知道啊，你爸小时候最喜欢唱戏，他要不是出去打工，一定是咱们何庄戏班子的台柱子，你奶跟那人唱《刀劈杨藩》的时候……唉，没想到你奶那么入戏，你爸那时才十岁，都开始跑龙套了。我说，真的？又看了一眼其余几个人，有跟我爸一起长大的，有比我爸还大的？他们都点点头，说，是真的。

（选自《天津文学》2021 年第 10 期）

綦毋潜的奇幻漂流

周 亭

我记不起第一句是什么了。侧卧，蜷曲，意念里的呐喊无声。麻醉医生触摸着我的背部，再三叮嘱不要动。我告诉自己，就当我不是我，就当我只剩一副躯壳。

然而，真的扎下去时，还是条件反射地动了一下，不等麻醉医生责备，我就自由坠落般控制住自己，一动也不动。最终是很好地完成了。理由是得到了医生的赞许。只有几秒钟，我感到背上一阵沉沉的，又酸又暖的感觉。平躺。觉得大腿也沉沉的，很舒服。面前被绿布遮住了。医生似乎是用钳子之类的东西夹我的肚皮，问疼不疼？试了几次，最后确认不疼了。

在氧气面罩下，呼吸变得很平缓，我虚张声势地告诉自己放松一点，眼睛向着天花板，却什么也没有看，直到发觉头部两侧分别立着一个医生和一个护士，应该是为了随时观察我有无异样反应。

“……此去随所偶。”顾不得了，只好从第二句开始，我知道接下来是刀子落下的时刻了，“晚风吹行舟，花路入溪口。际夜转西壑，隔山望南斗。潭烟飞溶溶，林月低向后。生事且弥漫，愿为持竿叟。”

时间好像有点长，又喃喃地含糊诵了一遍。

换一首。“荷风送香气，竹露滴清响——”不对不对，孟浩然冒出来了。回归綦毋潜。“潭烟飞溶溶，林月低向后。生事且弥漫……”

肚皮上被人拿东西轻轻地划着，好像是笔尖的触感。难道跟裁衣一样，先拿笔画条线，或者跟画漫画一样先打个草稿？然后，如人所说，确实有拉扯的感觉，一点不痛。不知是谁，也许是主刀的张大夫，说，看到了。站在我头左侧的医生说，口子太小了，取不出来吧？再开一点。

想必张大夫好心，不想给我大的伤口。

“生事且弥漫，愿为持竿叟。”

綦毋潜漂流到了烟雾弥漫、月色溶溶的夜色最深处，在孤清之境里，对于人生已然意兴阑珊。我脑子里彻底安静了，什么也没有。

听得到一阵忙活，夹杂着为了互相配合的说话。也是很快。有人开始按我的胸腔，不好受，好在我可以用急促的呼吸来抵抗或者说度过。后来张大夫问我按压胸腔时疼吗？我说不疼。她说但是挺难受是吧？我赞同。这是为了让婴儿出来而作的最后一步努力，我乐意承受，没什么困难。“一生下来就是双眼皮！”一个带着愉快的说话声。

一人说，23点整，另一人纠正，22点59分。然后我听到了几米外新生儿的哭声。那充满了愤怒和怨恨的、让我惊讶的哭声。

我感到心虚和抱歉。他也许是感觉到我的不期待和不兴奋。一直以来我是未免怀有悲观的心情，至此，也不过是按部就班。

“哭得真是响亮。”

“有些发黄。”

“发黄，说明宫内有感染。”

但又有人说不黄，没问题。

听见她们说，手术只用了七分钟。

护士把婴儿抱到我头部右侧，让我看看他。我扭头看过去，一张我不曾想象过的小脸，说不上好看难看，只是没想到是这样的。他睁着眼，也微微扭着头，看着我，没有哭。

接下来是排出羊水，缝合刀口。听得一人夸赞说，好手艺！

天亮了，或者还没有亮，某个时分，綦毋潜一定要弃舟登岸的，漂流结束了。他的生事且弥漫，以做持竿叟的愿望来收尾。我的生事，才刚开始，弥漫得无边无际。

哺乳是怎样一种体验，世界上有一多半的人不会知道。这些人大部分便是男人了，曾经我和男人一样对此一无所知，还抱有特别愚蠢的看法。在我看来，一个哺乳的女人跟一只哺乳的动物没什么两样，而跟女人的差别很大。她们因为哺乳这一动物性行为而变得低等、鄙俗。我蔑视，或者至少是轻视她们。

直至我自己进入哺乳的人生环节。

原先的那些陋识都不复存在，而掺入了一些新鲜的超联结的念头。譬如，这事的动物性让我想到了许多其他的哺乳动物，我猜想它们在哺乳时是怎样的感受。风霜雨雪里，缺食少水时，甚至遭到天敌或人类的袭击而奄奄一息时，它们还在被怀里的幼崽全身心地依赖，直到耗尽气力与生命，依然安安静静无怨无悔。

一位未入流的搞音乐的朋友，一天在网络上发布了一首原创的吉他曲，取名《鲸鱼》。我说不上它的好坏，但被曲名和旋律引导着去想象一头鲸在无边大海里游弋，像是一个传说，从不被人看见。进而我想象到，那是一头蓝鲸，它的生活深沉而有力，它带着一头对于人类来说体型硕大的小小幼崽，一起在蔚蓝的大海里浩荡行进。每当哺乳时，小蓝鲸便游到母亲的肚子下面，用嘴巴碰一碰母亲的肚皮，巨大的蓝鲸母亲便将乳腺释放出来，母子二鲸在白色的水花里对接成功。这一切，你只能从海的天空远远遥望，寂静无声，如一个神秘而神圣的古老的梦。

海里的哺乳动物，大概是生命力过于强大，足以自我挑战，又或者是自宇宙诞生以来的命运决定了它们的艰辛。想想海獭仰面浮在铁灰色的寒冷的海上，一直用胸脯托着它那还不会游泳的幼崽就知道了，它比蓝鲸艰辛得多。雪花飘时，柔弱的幼崽蜷缩着，海獭不停地舔干它的毛为它保暖。在几乎凝固的没有尽头的时光中，海獭还要以极大的耐心安抚幼崽的好动和焦躁，或者偶尔暂时丢下它，使它在海面上打转，自己去捕食，回来哺育幼崽。

无论是跟随得上母亲旅程的小蓝鲸，还是完全需要母亲负担起生命和温暖的小海獭，都堪比人类哺乳的状态，或者说人类对此完全可以感同身受。唯一不同的是，人类比它们多了些噩梦。

不是生存的噩梦。哺乳动物的幼崽有天敌袭击，受自然条件钳制，人类的幼崽也面临疾病和意外的威胁——所谓噩梦，是真的在睡眠时做的梦，是睡眠的劣质副产品，是一种不存在的真实，一个无形象的世界。

我梦见，我跟随一辆满载衣着花红柳绿的旅客的半敞篷的旅行车，到一个阳光明媚、广袤无边的平原，一路欢声笑语，载歌载舞。至于我的婴儿，我只知道把他安顿得很好，实际怎样不管不顾，毕竟梦里的时空和逻辑不能以常理推断。然而，突然的一个瞬间，我仿佛被炸雷惊醒，想起一个似是第一次知道的事实，除了这个婴儿，我还生了四个孩子。一个多月以来，我每天只顾哺喂这个婴儿，完全忘掉了其他四个。他们还活着吗？他们好像是在我家二楼，跟成堆的杂物待在一起。我没命地赶回去，三步并作两步上楼，终于在一个破烂的纸箱里找到了他们，四个瘦瘦小小的东西，每一个大概只有婴儿小臂那么长，皮肤仿佛透明的。他们挤在一起，微弱地蠕动着，还活着！我不由得喜极而泣，或者说稍稍释怀。

然后，我醒来了。回味这个噩梦，又思忖良久。在梦里，我如猫、狗这样的家养哺乳动物，一胎繁育数个幼崽，可实际上我如神秘的蓝鲸、孤傲的海獭，只有一个孩子，如果可能，我当然也愿意做一头蓝鲸、一只海獭。

这还不算完。接着，我又做了一个梦。

从医院出来之前，医生告诉我可以给我的婴儿做手术了，需要我把婴儿的心脏和眼睛从家里带过来。我遵医嘱，战战兢兢地捧着来了。谁知医生一见，立马严词呵斥：你是怎么保管的，居然没有冷藏吗？我如天塌地陷，这样的心脏和眼睛，我的婴儿还能用吗？我看到了没有心脏和眼睛的小人儿还在微笑，无邪又无辜……

在哭泣中，我真正地醒来了。

我醒来的时候正是黎明，天微微亮、微微暗，下着些雨。是5点钟，朦朦胧胧，时间仿佛在做着一个缓缓醒来的梦。因在一楼，雨声格外清晰，卧室窗口没有挂窗帘，毛玻璃完全透着柔光，至于那一半纱窗，隐约可见十米开外隔着草坪与道路，与我们这座楼平行的居民楼的一层，当然，并非一览无遗，一些月季和朱槿在低处寂然开放，一丛竹子高高挑起浓阴，与花俯仰生姿。在淅淅沥沥的小雨声里，这一切等待着白昼的到来。鸟声也是如此。最早起来的那只鸟儿便是5点左右开始啼鸣，它开启了觅食生存的平庸一天。知道这些，是因为我的婴儿每天在天亮之前醒来，我哺乳的时候总是昏昏欲睡，强打精神，就这样地挨到听见鸟叫，看到晨曦。偶尔也有神清气爽的时候，那时我会抱着婴儿在卧室里转来转去，数着步子，等到他应该不会吐奶或者再次睡着的时候把他放回婴儿床。

每当转到窗口，我总会向外望上一眼。某天黎明，因为要把噩梦的印象消除，因为下着诗意的小雨，我抵抗住了困倦，站在窗前，然而——

我看到有人已经起来了。一个身着黑色外套的人影出现在那栋楼的入口，那丛竹子的旁边。在暗淡的黎明里，我只大约看得出他是个中等身材偏瘦的中年男人，面向雨站着、望着，一动不动。似在等待，似无所待。

黎明即起看雨的人。我脑海里立刻有个声音这么描述。

等到我把睡着的婴儿放到小床上，那个人还站在那里，我拿起尿布盒上平常给婴儿拍照用的微单相机，打开镜头，对准了他。

“认识，我当然认识。你也认识。”某天，母亲在和我一起欣赏相机里的婴儿照片时，见到了这个黎明即起看雨的人。

母亲说，我家盖新房子那一年，这个人也过来帮忙了。本来已经竣工，可父亲想重新砌墙，他就又来了一天。那天，只有父亲和他两个人干活儿。从早上到中午，要吃午饭的时候，就有人传来消息，说他的女儿被一辆货车撞了。母亲随后也去了他们家，是硬着头皮去的。若不是为了帮我家砌墙，他不会在这个周末留六岁的女儿独自在家，那个小女孩也就不会拿着钱跨过马路去小卖部买东西吃，也就不会被大货车撞上。那一天也是下着雨，一院子都是灰蒙蒙的雨线，他的妻子躺在泥地里哭，母亲汗泪交流，怎么也扶不起她。他们夫妻失去了年过四十才生下的这个孩子，生活便不能再过下去。从那年开始，直至如今，这个男人已经独身生活了十年。

母亲很快地讲完这段往事，便不再言语。

我终于想起来，他原来就是我小时候很亲近的刘叔。亲近的理由也很简单，因为他的名字叫刘小孩。

我高中起就离开了家，十几年来，房子盖起了很多，新旧交替且间杂，旧的眼见是更旧，新的我统统不认识。在老家，确实曾经发生过一起导致一个小女孩身亡的车祸，但那女孩究竟是谁，是谁家的，我搞不清楚。母亲说话爱牵扯，前三五十年的事情每天不离口的，我听得糊涂，也不分辨。原来，那就是刘叔的女儿。

或者，我曾经知道那是刘叔的女儿，而后来又忘记了。

刘叔并不住在这里，却在下着雨的一大早出现在这里，使母亲不免奇怪，她猜测，也许他想在这里租或买一套房子。她说，明天上街买菜的时候打听打听，菜市场熟人多，这一带家家户户的重要信息都在这些人的嘴里和耳朵里。

家里只剩下我和婴儿的时候，就是我脆弱得要命的时候。趁他睡着，我用电脑整理相机里的照片。把刘叔的照片放大看，已经完全不是我记忆中的模样了，那时笑脸红润的刘小孩是一颗挂在树上成熟饱满的红柿子，而现在年近花甲，风干成了一块结着白霜的皱巴巴的柿饼。

我躺在床上休息，又猛地坐起。我怀疑他是在观察地形，想找到我和母亲住的地方。这么多年我都没见过他，也没听父母提起过他，一定是和我家生了仇怨。

母亲冒雨买菜回来，我问她，打听到了什么？母亲一愣，把菜放在架子上说，我忘了这回事了。

我有点不高兴，说，为什么在咱家有了小孩之后，他突然出现，小心吧。

母亲听了，半晌才说，你都把人想到什么地方去了。

断断续续的小雨下了三四天，外面的植物红红绿绿盈满了窗口，催我带相机出去散步。到了后面那栋楼下，我看并没有招租和售房的信息。我继续向前走，走到一个有长椅的僻静处，坐了下来，拿出手机，等待一个约好了的电话采访。

当然，我并不是什么了不起的人物，也没有做了不起的事，只是因为在网上写了一篇分娩日记，被一家杂志的记者注意到，而那阵子网络上女权、生育权的话题正热。这位年轻的女记者想做一个相关的专题，所以把我列为采访对象之一。

我对记者没有太好的印象。从上大学开始，也曾被记者采访过，拍过照片，他们说会给我寄来报纸和照片，但后来根本没有；也曾走到街上被记者拦住采访，半推半就地回答了些无聊的问题。有一次，我对记者说，给我打马赛克，我不想上电视。但没有得到回应，不知最后到底如何。记者只是为了完成工作，采访对象只是工作中要用到的工具，仅此而已。这次采访，也许因为我真的有话要说吧，就欣然答应了。

女记者名叫崔莹，有着好听而认真的声音，在抛出几个了解我生活基本状况的问题后，开始转入深层次的探讨。我知道她问这些问题的目的是什么，她想要什么样的答案。比如，她问：

在你分娩之前，你的家人对于分娩方式有什么要求吗？

没有，他们都相信医生，也都听我的。

无痛分娩，事前了解过吗？

了解了，就是想着有无痛，才能壮起胆子呢。

你为什么会异乎寻常地害怕疼痛呢？

我从小就特别怕疼，不知道什么原因。该打预防针了，我都是要跑的。

可从小都是被教育要坚强吧？小时候发生过什么让你印象深刻的事情吗？

由于对这个问题产生了一些抵触，并且无法三言两语就能说清，我有些抱歉地敷衍着回答了。

后来她又问，你在日记中提到綦毋潜的《春泛若耶溪》，这首诗对你来说有什么特别的意义吗？

我说，我喜欢这首诗的意境，它能给我安慰，好像灵魂被安放在了一个宁静、幽美的地方。

嗯，明白。她说。

最后她说要整理一下，有什么问题还会再联系我。

整个采访过程中，我都是在长椅前走来走去的。这会儿我坐下来，开始回味刚才的谈话，开始认真思考她提出的个别问题。

我想起了一些久远的往事。本来这些事在我成长的过程中都记得，并看得很重要，只是不知怎么，这几年竟然从没想起过。

雨又落下来，我坐在长椅上，心绪繁重，迟迟起不来身。

夜里，婴儿睡熟了。外面流浪猫的叫春声好像是从一个空旷的地方传来，清晰入耳，令人好不烦躁。我很害怕这些猫。无归属的生命，无荫蔽地裸露在残酷的世界里，并且会不断制造出新的同样的生命出来。这还不同于自然世界，野生动物自有一套纯粹而明白的天然法则，而无归属的生命生存法则就是没有法则。

某种程度上，我也像这些流浪猫。在我工作的城市，虽是循着固定的线路活动，处境以及它所影响的心境却是在那汪洋人海中无着地浮荡。这段回到老家的假期，是漂离了大海，在小河流的小码头休憩。那大海还在威慑着我，但终究，我在这世间的根基牢固了些，不是因为诞生了一个新生命，而是生育这件事使我无论如何把生命看得稍微明白了些。

生命，是无常的。

我十二三岁的时候最讨厌小孩，尤其是上学路上遇见的那种眼巴巴望着我手中的零食或水果，手指抠着嘴巴流着口水的两三岁的小孩。萌丽就是这样一个小孩。我朝她跺脚、挥拳头，她无动于衷。她是刘叔的女儿，准确地说，是他的第一个女儿。后来，一个夏天的黄昏，久病的萌丽死在刘叔的怀里。我不清楚她生了什么病，病了多久，她也常常在外面玩耍和乘凉，只是有时会蹲在地上哭。她无法排便，死的时候肚子鼓胀得吓人，细细的四肢无力地垂着。刘叔双臂托着她，从她玩耍的坡道上踉踉跄跄地走下来，号啕大哭。

第二个女儿也死了之后，刘叔和他的妻子过了一段不见天日又互相詈骂的日子，后来他们去找了算命先生。算命先生说，你们俩的命都是克子女，最好不要再生养孩子。他没想到，他们回到家就商量起了离婚，不久后竟然真的离了。宁拆十座庙，不毁一桩婚，算命先生不想造这个孽的。

母亲终于带来刘叔的最新消息。据生鲜区卖冷冻鱼虾的老王妻子讲，刘小孩这两年在北京打工，前几天刚回来。他那八十多岁的老娘得癌症归西了，他是回来奔丧的，现在暂住在大哥家里。估计他也没挣到什么钱，老是穿得灰不溜丢的。他老娘倒是什么也没留下，兄弟不用分财产，就只有一只猫，办丧事的时候不知道跑到哪里去了。

被噩梦再次惊醒的一个清晨，我推着婴儿车出来散步，有雾，倒是凉爽，我特意多耽搁一会儿，绕着路走。经过空无一人的幼儿园，我被园子上空的一大片彩色风车吸引。不知何时扯起来的，那些风车被细绳穿起，从园子的围栏斜斜延伸向教学楼的二层栏杆。空气中有微微的风，轻盈的风车捕捉到了，次第凌乱地转动起来。霎时，千百只风车喧哗，引发孩子们的尖叫和欢笑。一切都是安静的，可我也听得分明。有水汽落下来，若有若无。

我想起了刘叔。黎明，刘叔来到这里，或者在此之前就来了，一定也经过了这座幼儿园。假如，我是说假如，他真的不怀好意，幼儿园新粉刷了外墙，上面那些漂亮的水彩画，以及那些兀自旋转的彩色风车，也是会让他“缴械”的。没什么道理，我就是有这样一种想法。

我继续向前走，去看绿树和喷泉水。喷泉做得简单粗糙，为了应付美化居住环境的任务似的。没有人在欣赏喷泉，我把婴儿抱起来，虽然还只能横抱，我也试图让他看看喷洒的水。一年后，恐怕他是要跳进喷泉池玩水的。

这时候手机来了消息，我打开来看，是崔莹回复了我的询问。她说，我已于昨日离职，很抱歉采访未能成文。我追问，是我的这段采访没用上，还是她的选题没成文？她回答，经过研究认为我的这段采访偏离了主题，就没有采用。

我只好笑笑。有种预感似的，连我自己都知道那没有看点，我既没有奇葩的婆婆、大男子主义的丈夫，也没有产后抑郁、哺乳麻烦，离女权的热点太远，是个平庸的非典型例子。即便是表现出了一点文艺女青年的特征，也不具代表性，我只是我而已。

想起采访中我回答过的一个问题，我说，我觉得做母亲一点也不伟大，如果伟大，为什么不去领养孩子，去成为一个需要母亲的孩子的母亲，为什么非得自己生一个孩子？

池子前面的道路上来了车辆，很快摆起了两个卖青菜和红薯的地摊。我回身要走，却猛地看见一个黑色身影。我的大脑一片空白，本能地想要逃跑。

然而，我却想起小时候的情景。刘叔走路的姿势还和那时一样，只是滞缓些。每当他那么微微斜着肩膀走过来时，我们这帮孩子便齐声唱歌：小孩小孩快快上学校，别考个鸭蛋抱回家……年过三十的刘小孩还没成家，自尊心特别强，便狠狠地一跺脚，扬起巴掌作势追打，使我们一哄而散。

刘叔。我张口发出的声音只有我能听见。

他笑着招呼了我。看了一眼我怀中的孩子，说，几个月了？

我说，一个半月了。

哦，男孩女孩？

男孩。

哦，男孩好。办满月了吗？

没有。我妈说办百日。

哦。他好像想了一下，把缺了一根指头的黝黑的右手伸进外套的怀里，掏出一个薄薄的黑色钱包，说，我过几天也该走了。

我看见他把破了边掉了皮的钱包打开，从里面取出一张红色钞票，递过来。

我忙向后退，说，不用不用。

给孩子的红包，这是应该的。他说。见我不方便接，刘叔直接把钱塞到襁褓的边缘里。然后，觉得不好就这么走掉，继续找话来说。

你不是在南方上班吗？咋样，工作好干吗？

我说，在深圳，工作还行，就是老加班。

我说不出。之前整理照片时，我发现了他的小女儿的照片。那大概是我大学毕业后不久拍的，那个小女孩也就五六岁的样子，短短的头发，星星一样发光的圆眼睛正看着镜头，皮肤很白，背景是一堆沙子和其他两三个小孩的背影。照片有点模糊，大概是我拍其他景物时随手拍下的。我不知道是不是应该把这张照片归还给他。根据他家当时的经济状况，我敢断定他并没有太多小女儿的照片。

前年你爸爸没了，我也没在家。他突然说，然后叹一口气，转身要走，你看见一只白底黄花的猫没有？

没有。我摇头。

然后他就走进了雾的深处。

很久以后，我从深圳回来，生下了第二个婴儿。主刀的仍是张大夫，昼夜不分地迎接新生命和安顿脆弱的母体，并没有让她变得憔悴，她的脸上反而有种虚浮的光辉。这一次綦毋潜已经漂流得很远很远，我没能追上他的旅程，并且我依然忘记了第一句，是因不知道这段旅行如何开始的吧？间或重温他的好友王维的诗篇，使我清净一时，欢喜一时，冷然一时，又绝望一时。他曾送綦毋潜落第还乡，那时候的綦毋潜想来十分失意，否则好友不会那么直白地在诗里安慰他。终有一天，他会身涉宦海，也终有一天，他将泛舟若耶。得之失之，宛如轮回宿命。偶尔的时刻，能够在某处相互照见。

小区里的树都长大了一些，流浪猫不知道还是不是原来的那几只，直到其中一只死掉了，我才近距离看清它的模样。

这只黄白相间的花猫也许是已经老了，毛发杂乱而干枯，躺在杏树下奄奄一息。它误食了鼠药。据说它本来很机警小心的，只是刚产下一窝幼崽，日日哺乳觅食，太饿了，便大意了。

我把它抱起来，放在阴凉处。没想到它看起来很大，却是这么轻这么软，比我那不足月的小婴儿还要柔软。霎时，我想起了几年前的那个梦。

它死后，邻居们关心它在车棚后面的破纸箱里留下的一窝猫崽，经过了几天奔忙，四只小猫全部被人带走领养。

（选自《北京文学》2021 年第 2 期）

苹果花飞呀飞

秦湄毳

风一吹，苹果花纷纷掉落下来。

花瓣纷纷飞，争先恐后扑在她身上。肩上、额上、眉毛上，哪儿哪儿都是苹果花；她的身上，香香的，比苹果树吸引蜜蜂和蝴蝶。她是苹果巷最俏丽的女人。

苹果花开了，那个跟苹果花一样鲜艳的女人，走在苹果树下。

倪裳——

听，有人呼唤她。这就是她的名字。

哎，就来——她小跑起来。她开一家缝衣铺，有人要缝补，还有人要做新衣。

苹果花，如尘、如梦，在空中飘洒、清澈、芬芳。

倪裳是两个孩子的妈妈。那时候，她三十多岁，身材好，面孔白净，一样的布料，穿在她身上愣是不一样的好看，好看得不一样呢。长大了，我才知道，那身上裹挟着一种叫作风姿的东西，长在皮肉里，是一件天生的衣裳。

人们看着她挎着菜篮去买菜，从巷口的苹果树下经过，树如伞，她如花。她买菜时挎的那个小篮子，是用矿井下的放炮线编织的，红的绿的蓝的炮线，她编得也跟别人家编的不一样，更花哨，更好看，像她本人。她有两个儿子，叫大平和小平，小平是大平的小尾巴，大平走哪儿，他跟到哪儿。她的好看和她家这两个形影不离的儿子是她家的特色。而她家那个老男人，总是不显眼，无声息地生活在巷子里，不被人注意，如果不是要问这两个孩子是谁家的、这个女人是谁家的，恐怕没有谁能想起他来。

煤矿上的人和小巷子里的人，都叫她倪裳，鲜有称她老王家的或老王嫂子之类。女人们唤她的名字，男人们也会直呼她的名字，间或有人会迷糊地询问："那个娘们叫什么衣裳的？"也听到有人打趣："衣裳，还是泥裳？泥能当衣裳穿啊？"小孩子也会跟着大人们叫她倪裳。

听得人唤她，她抬眼望望，或是笑笑。眼神淡淡，笑也轻轻，凭空就飘起一丝苹果花的甜味。

倪裳嫁的这个老男人，是矿上掘进队一名三班倒的掘进工人，比她大十几岁，知道的人都很纳闷——她，这么俊俏的一个可人儿，怎么会嫁了他，那么老——

春天，小城风沙大，漫天飞着煤屑，夏天又热得很，像是蒸笼，秋天的树狂飞，叶子秃了，树枝子也能掉下来，冬天的雪呀，真野！把人们心里的废话传得哪儿都是，分不清是煤，还是雪。雪花沾着煤尘，落了一地，小巷是泥泥水水的，巷口的苹果树早光净净的，但是有人会抓着树枝，弹来弹去，讲闲话。闲话里，苹果树又会开出花来，因为春天来了，不会忘记谁，当然春天也从来没有记下谁。春天就是春天，它没有心，就没有偏心，所以，谁都在春天的心里。

倪裳一家也在春天的心里，大家都在春天里，小巷晃晃悠悠的时光里，谁家都知道谁家包裹在春天里的故事。

哦，她是农村户口，是那老男人把她从农村老家娶进城来的。于是，大家明白了，为了商品粮，为了进城，为了——

这时候人们的表情，不再艳羡她的俏丽了，似乎此时她的漂亮也打了折扣，带了令人可揶揄嘲笑的理由——还会有女人刻薄地说，怪不得叫个衣裳呢，不就是个衣裳架子嘛！

不管怎么说，真的是，什么样的衣裳穿在她身上，总是那么有模有样，我去妈妈上班的图书室里看书，看到一个词——风姿绰约——查了词典之后，我想象的那副样子就是——倪裳惯常表现出的那个样子。

出众的她，在巷子里走过去，总能拴了男人们女人们的眼线，一根，一根，目光牵着她，还是她牵着这些个人的眼睛，能走出好远。男人眼里的线是软的，女人眼里线是硬的；男人眼里的线是香的，女人眼里的线是辣的……这是巷口那棵苹果树上的苹果花发现的，像传粉一样，把它的感受传遍小巷。

苹果花飘啊飘，飘满小巷，总是会有这个叔叔那个伯伯喜欢凑到她家门前的空地上搭场子说话。其实，她家门前的空地是排房里面最小的一处了，因为另一面墙壁挨着公共厕所，也就是在男人们相聚到她家门前扎堆唠嗑的时候，她家的老王才显现出形来，这时有人会高声喊：“老王，叫你家倪裳端板凳来。”也有人嚷：“老王，叫你家倪裳倒水喝，渴得不行——”

老王这个时候，会清着喉咙呜啦啦地说：“叫嫂子哩，咋叫名儿?”

有人又嬉笑：“嫂子的名儿多好听呀，叫倪裳不比叫嫂子听着得劲?”

然后，又会叫：“倪裳——倒水——”“倪裳——板凳——”

老王也会说：“哥倒跟嫂子倒不一个味儿？哥拿的板凳你坐着扎屁股？——”

这个时候的老王家一扫平时的寂静，热闹的声音传得小巷里哪儿都是，听起来有些扎人的耳朵。

我很奇怪地问妈妈，我以前怎么不知道还有个他们家呢?倪裳是什么时候降落到我们这个巷子的?

妈妈笑了，傻丫头，人家一直都在呢，只是她以前不做缝纫活儿，只是在家煮饭，没有动静，你们又总是上学，现在她做了针线活儿了，生意好了呗。

我突然想起来，妈妈在批评我天天在外面跑着玩晒成黑泥鳅的时候，是比着他们吵我来着：“老王家倪裳跟他家那俩孩子白皙皙的多好看!”哥哥反驳：“妈，人家那是天生的，哪儿是捂的？毛丫生来就是黑丫!”

记起来了，我第一次知道她家，还是妈妈吩咐：“毛丫，去给你爸的裤子取回来，在倪裳家，厕所边那一家——”我奇怪地问妈妈："厕所边上是胖巧玲他们的家呢?"妈妈指示："西边是胖巧玲家，厕所东边的那一家，倪裳家，她现在做缝纫活儿!"

那次取衣裳，我忍不住问她为什么叫衣裳的裳，她笑着跟我说："跟你的毛丫名字是一样的，也是爹娘给取的，俺们家姓倪，家里穷，我娘恐怕我长大没有吃穿，给我叫个衣裳的裳，俺爹说，有衣裳穿的人肯定更不用操心有没有饭吃——"然后她又说给一圈等着取衣裳的人听，"你们看我现在还是少吃没穿，却成一个缝衣裳的人啦!"她还自己取笑，"俺家姓倪，'泥'做的衣裳能穿个啥哩，俺爹也真是——"她摇头，我马上掉一个书袋子："你要想着你是'霓虹'的'霓'啊，不就是漂亮的衣裳穿不完了，还跟漂亮衣裳一样漂亮!"她笑了，大家也乐："是啊，你就照着毛丫解释的去想好啦!"又想起来才从妈妈上班的图书室看到的《音乐爱好者》杂志，上面有一首乐曲介绍，我人来疯地接着说："还有，《霓裳羽衣》还是一首美丽的乐曲名呢!"倪裳这时似乎有些不好意思："我可不懂什么'红衣裳''羽毛曲'哦——"但是她很高兴，眼睛笑成一条亮闪闪的缝儿，她夸着我："要是像毛丫就好了，好好学习，学习好，长大了靠自己，有本事吃饭穿衣!"

她说的好听话，把我臭美得不行，回来使劲给妈妈学舌。

从此，我好像天天都看见倪裳似的——

发现好看的她，我以前咋不知道有个她呢！妈妈点着鼻子笑我："那是她以前没夸你，她早夸你，你早知道她了!"妈妈说我的“特长”是：“去买盐都能不知道菜站在哪儿！”是啊，我就是一个不操心的人，小菜站离我们家这么近，我都不识得，我天天跟珠儿、春花在它门前跳皮筋，我都看不见——那是菜站，不停地有人掂了菜和油盐酱醋从那个地方出来！

妈妈的话，一家人都笑了，笑我的“没脑子”和“不长眼”。

可是，我要是对什么一长眼，就会总看见它们——后来，我的眼睛里，就总看见倪裳了，还有她家里的人来人往——

张着耳朵写作业，我听得见隔了两户的他们家，谁去取衣裳了、谁去送衣裳了——

有一天下午，我在门前写作业，作业写完了，我禁不住说：“哦，倪裳的生意真好呢，有十五个人去取衣裳！”

爸爸在旁边坐着喝茶看报纸，他听见我这么说，拿了报纸敲一下我的头：“这样写作业？能写得对吗？拿来我看！”

其实呢，不怪我，所有的房子前，都无遮掩，全是空地，一览无余，谁去取衣裳或者送补衣料，在外面就会开口问：“倪裳在家吗？”

“在，您进来吧！”我捏着鼻子学倪裳的声儿，正学呢，又有人问：“倪裳在家吗？”——爸爸也被逗笑了。

是因了倪裳的缝纫活儿呢，还是她漂亮呢，反正，自从我去她家取为爸爸修补的裤子那天，我就发现她家是我们小巷子里最聚人头的地方，男的、女的、老的、少的，总是没断人，妈妈说了，跟经线子的一样——她的生意真的好！她做的活儿也细密！

刻薄她没有工作的人，也会说：“改革开放就是好呢，一改革，倪裳也有工作了，一开放，倪裳的家也开放了——”然后哈哈地笑。

倪裳的缝纫出了名了，渐渐地，不只是住苹果巷的人，矿上其他地方住着的人，也会循着巷口的那一棵苹果树，把活儿送到倪裳这里来，连矿上小红楼里的矿领导家里人也把衣服送给倪裳来修补缝制。好几回，我看到从苹果巷搬走的老林伯伯、老林伯母他俩也来取过衣裳，他们还让倪裳给他们新出生的还是抱养人家的——反正他家又养一个小男孩，让倪裳缝一些小孩子的新衣裳。这样，倪裳可忙得很了，忙碌得整天出不了门，而她只要走一趟，就像太阳从西边出来了，她从西边走到东边去——可不就是太阳打西边出来了，门里门外的人，都用目光烧着她。

她家的帘子是玻璃珠子穿的，一晃就听得出响儿。

放学后，晚饭前，我和哥哥常常是端了高板凳、矮板凳在门前空地写作业，敞亮，开阔，也不用开电灯，巷子里的孩子们也多是这样，在门口玩或者写作业。我用余光一旁扫，就能探照灯似的扫到巷子口的苹果树，扫到排房的尽头——做着饭的妈妈若是瞧见了，就会轻声骂我：“看哪儿呢，死丫头！”或者她狠狠地瞪眼，旁边哥哥看见了就会揪一下我的辫子。

写着作业，我的思想真会跑，像是孙悟空，人还坐在那里，思想跑到九霄云外——倪裳是一个纯粹的人吗——那时候，我们五年级的课本有一课是《纪念白求恩》:“……一个纯粹的人,一个有道德的人,他是一个脱离了低级趣味的人……”总是爱胡乱联想的我就想,她——倪裳,脸也白净,衣裳也干净,总是齐齐整整的她——是一个纯粹的脱离了低级趣味的人吗?

为什么女人们说起她来都撇嘴巴,看见她走过去都瞥眼角呢?是胖嫂说的那样,她为了进城享福就嫁给一个老男人吗?

有时,珠帘一响,听得有人进到她屋里去了,这时就会有倪裳的高腔喊得让街坊邻居都听见:“我家老王还没回来,你出去吧!”咣——什么响,再看是她蹿出门外来了,开始在小巷里叫:“大平、大平,小平、小平——”她开始出来四下里叫孩子的名字,有人影从她家里耷拉着脑袋出去。很奇怪,她家总发生这样怪怪的一幕。

有的夜晚,可能是大平、小平出去玩了,老王也上夜班或者是四点的班不在家,就常听到倪裳跑在小巷里大声喊叫“大平”“小平”,两兄弟若是近处听到了,就“唉!唉!”答应着回家去。

一天,倪裳又这样叫的时候,正巧胖巧玲的妈胖嫂路过,她说:“倪裳,又有野狗咬你咋的,你在这儿叫?”倪裳不接腔,只是说:“您出去呢!”胖嫂给她说:“你看着聪明不聪明呢,你家狗老了,你还不学着借借光,憨得很呢!我要有你那条件,嘻嘻!”

有天夜里想要大解,我叫醒妈妈陪我去厕所的时候,碰见那如今当着矿上党委书记的老林正敲倪裳家的门说:“取衣服取衣服，开门！”但我们大解从厕所回来，看见门也没开，老林悻悻地走了，望着他的背影，妈妈叹：“老王今天又上夜班了吧？倪裳怪不容易的。”

听珠儿的妈妈到我们家借钱的时候，跟妈妈说过倪裳的闲话，我当时在里间午睡。珠儿妈先说妈妈因病得福还是好事呢，可以去图书室上班，不用跟她一起抡锤子砸铆钉了，说着说着，她好像开始把嘴巴贴着妈妈的耳朵说：“有人说倪裳在老家名誉可不好哩，四里八方的她不好找婆家，才跟了老王的！”隐隐约约我还听见，“矿上有一个人跟她一个村的，知底儿，说他们当地风俗习惯不好，男女老少都兴到河里游泳洗澡……说是倪裳长得出众，十四岁的时候就被她村里的一个同门哥哥盯上了……在河里洗澡的时候……把她破了……”珠儿妈妈像是在讲电影里的段子，我听不懂她到底在说什么，反正说的不是好事吧！

天热起来，巷子里喜事也多起来了，这不，胖巧玲和她的弟弟国兴同时招了工，胖巧玲的妈胖嫂高兴得在巷子里放一挂鞭，搬来住老林伯伯那房子里的小兔子也招工了，除了上学的，当兵的当兵，招工的招工，只有倪裳家的大平高中毕业好几年了还在东游西荡地没有正经营生。老王在聊天的时候，给人家说，也想给大平招个工，他都找矿上好几十趟了。

看着大平东游西荡的样子，老王发愁，走路都听见他不自觉地叹息。我给妈妈说：“老王真是伤心呢，我看见他一路上的‘哼’‘咳’‘唉’都成一条河了！”妈妈笑着夸我：“这句话写到作文里吧，老师会表扬你！”我有点生气了：“妈，我在跟你说正经事呢，你怎么没有同情心？”妈妈不说话，抚一下我的头：“小孩子懂什么，我们也帮不上人家。世界上，这样的事多着呢，说说有什么用，同情又有什么用？”妈妈的话让我感觉世上的冰冷，我想我少年时候最早知道人世的冷，就是从大平招工的事情上知道的。

我的同学小慧的哥哥也没有工作，都招工了，连她在农村种地的表哥表弟也都招工进城来了——不过这事知道的时候，却是一件惨事。小慧在一天早读的时候趴在课桌上“呜呜”地哭，老师还没有来，我是课代表，在课堂上领读，看她在耸肩膀，就走过去用书碰碰她，她一抬头，一脸的鼻涕眼泪，我吓一跳，赶忙问她怎么了，同学们都在读书，她哇啦啦给我说，我贴上耳朵，大致听明白，她表哥表弟一家进城来，她外婆也一同来，结果路上出车祸了。“我没有外婆了！”她一说到这，又哇一下哭起来。

那几天巷子里也都在议论她家的事，矿上一有件事，大街小巷就都传开了，巷子口的苹果树下总是聚集三五成群的人，在说矿上的“新闻”。“那个罗锅子春江的女人，叫彩虹的，真有本事！把七大姑八大姨都招工的招工、迁户口农转非的农转非——”“真是个有本事的女人！”“可是，天不照应啊，找了一台车专门去接，一车端窝了，全搁在半道上了……听说几个人都不行了……哦，那个惨……”说的人，叽叽咕咕的，有时几个脑袋扎一起低声说，有时又前仰后合地哈哈笑。

我想走得慢点再多听到一些信息，被妈妈看到，唤回家，身后却传来花奶奶那天不怕地不怕的声音：“咋还有脸，谁不知道她是个破鞋，跟局里工资处的那个男生好上了，要招多少工人招不来，要转多少户口转不来哦，啧啧，她家那春江也真有容性——”“她家的那男人就吃那路食，全矿谁不知道，看她家那三儿跟春江像不，一点都不像，那张脸活脱脱就像那个男的，完全是一个模子里刻出来的——”“哦——哈哈——”在人们的笑声里，苹果树上的花落了一地。

爸爸妈妈似乎也不避讳让我们知道这些，家里面有矿上的人或是跟爸爸关系好的同事，坐着聊天，我和哥哥就支着耳朵听，有时都忘记写作业，妈妈吵我们，不让听，爸爸却说过：“这就是社会，小孩子听一听，也没有什么不好，不用总让他们生活在真空里——”

我和哥哥喜欢听矿上人的事，就像听故事一样。有时候妈妈总是阻止我们，她给我们说：“小孩子操心学习，不要了解这些乌七八糟的。”读中学的哥哥反驳妈妈：“国事家事天下事，事事关心！”妈妈说：“这算哪门子国事天下事？都是人家的闲事！”

我笑着给妈妈说，我写倪裳的一篇作文被老师送去参加市里的作文比赛了，妈妈这才瞪大了眼睛：“哦——你写她什么？”

“我写她漂亮，跟苹果树一样漂亮，还结果实——”我答。“结什么果实？”妈妈问。“你说的呀！她勤劳、善良、朴素、安分守己、兢兢业业缝纫衣服，每一件衣裳都是她的果实!”

妈妈“哦”了一声，没再说话。

门外有人敲门，妈妈去开门：“找谁?”

我和哥哥往门口看，一个黑黑的老太太，瘦得皮包骨头，牵着一个脏得黑乎乎的小女孩儿。“衣裳——衣裳——”“在哪儿? 在哪儿?”听了半天，才听懂，她要找倪裳家。

妈妈赶忙让我和哥哥给她们带路，哥哥在掏他的书包，妈妈说：“毛丫你给她们指路吧!”

我领着她们来到倪裳家门口，却听见他们家在吵架，仔细看，是大人在打孩子——大平躲闪着老王的拖把棍，倪裳在拉架，边挥拖把棍老王边喊叫：“老子养活你，就叫你天天上街跟人打架哩，是不是? 是不是?”老王青筋直暴，大平却不示弱：“你给我招工啊，没有工作，我就天天上街，就天天打架!”

好久，还是大平先看到了门前的我们，他停止了反抗，眼睛看着门外的我们，老王挥着的拖把又挥动两下，顺着大平的眼光看到门口，倪裳先一步迎出来：“母——”我听见她叫了一声。

我点一下头，转身离开了。“毛丫，谢谢你哦!”她喑哑的声音里，我想象不出身后她家里的景象。

第二天一早，倪裳挨户借钱，说：“俺母来了，家里急用钱!”

于是大家也都知道了，昨天来的那个是她的后娘，那个脏兮兮的小姑娘，是她后娘来她家后给她生的弟弟的女儿——她这个弟弟在老家跟人家打牌打麻将，连人也打了，还把人打伤了，被刑拘，现在这老妈带了孩子找到倪裳，让她出钱回去把弟弟保出来……

倪裳哪里有钱，老王一个人挖煤养活一家子，倪裳的缝纫活儿挣的钱极有限，况且老王有病，年纪越大，吃药用钱的时候就越多——倪裳就这样挨家敲着门，问人借钱。谁人又有几多余钱呢，倪裳就这样像祥林嫂一样，借到谁家就跟人诉求一番，借了一些款子，赶紧跟老王一起陪着后娘和侄女回老家。

几天后，倪裳和老王回来了，他们带来了老家的玉米面给借了钱的人家分。我却发现倪裳从回家到回来，都只穿了那一件小碎花的衣裳，汗湿了，那花蕊的白和嫩黄全变了颜色，灰灰的，看不出图案来。

从此看到，倪裳更卖力地做针线活儿，天没亮她的缝纫机就开始“嗒嗒”地响，夜晚也“嗒嗒”，不知响到何时，所以，就听见，晚上去她家送活儿的人也多起来。

大平又跟人家打架了，被人追着撵到家里，索赔一笔医疗费；倪裳的后娘又来了，说是她爹病了，要俩钱；她弟弟又赌了赔了家当，也要俩钱；老王的侄女来她家，住着不走，说是躲计划生育的，人家抓住人要罚款，老王没办法，也借钱，借了让她回去交计划生育的罚款。

倪裳只是争分夺秒地蹬她的缝纫机，对谁都笑脸相迎，精缝细补，只要有活儿，她就不歇。

有一天，胖嫂却站在倪裳家门口骂，原来却是骂她自己的老公："偏要晚上补裤子，什么时候补不好!"骂着骂着，就连倪裳一块骂了——什么难听骂什么，什么肮脏骂什么——她的嘴巴里，倪裳原来是一个有着那么多故事的人。

在老家河道里庄稼地里，跟她同门的一个哥"怎么样"；嫁过山西煤矿的一个挖煤工人，把人家"克死"了；现在改嫁老王，还是荤腥不断的……

最后，胖嫂才骂到自己男人这一糟："今儿个倒要勾引俺家男人，看老娘不剥你的皮，抽你的筋?!"

这时，就只听倪裳的缝纫机踩得"嗒！嗒！嗒！嗒嗒嗒!"，听声音要把缝纫机踩成烂泥。

那一个夏天，粉红色的烧汤花开得如火如荼。倪裳就在那红扑扑粉艳艳的绿叶红花里，把借人家的钱都还完了——她一分钱一分钱地攒，好几次看见她从街头巷尾掐回来一团团的灰灰菜，说是喂家里的小鸡崽，但发现小平端出来的面条碗里，是那一片一片灰灰绿绿的野菜。

又一个烧汤花正红的傍晚，胖嫂又在倪裳门前呜呜喳喳乱七八糟地骂。

倪裳这边"哇——"一嗓子号着就冲出来了，她挥着剪刀，"再血口喷人！我捅死你!"她扑上去，两个女人扭在一处，剪刀并没有派上用场，它跌落在下水道边上，泛着冷光，哗啦啦响的，是那又臭又脏的水声。

不知道谁把谁打赢了。她们两个被院子里的人拉开，胖嫂大哭，不再骂，倪裳嘴角滴着血，当着众人诉说："命不好命不好命不好——”她像念魔咒一样念着——轻轻地念，念得撕心裂肺。

从此，胖嫂再不来她家门前骂；倪裳却再也没有像以前一样慌张如小兔似的，从屋里蹦到当院，或者在巷子里喊叫她家大平小平，不管老王上白班，还是夜班，不管她家里进什么人，她都风平浪静地踩她的缝纫机，有时候，风轻的时候，才突然发现，倪裳的缝纫机声呢，是不是没有响？

那个时候的夜和午后，都是静悄悄的，我的心上，如风一般，忽儿一蹿，想起来，那个女人的缝纫机声怎么停下，没有活儿了，还是她在休息？

巷子里的传言越来越多，关于倪裳的，跟保卫主任好了，跟房产科的好了，跟……

但真的是，她家大平去矿上的林场当临时护林员去了；她家的房子又邻着过道加盖了一间，虽然狭小，但毕竟是多了一间，两个孩子可以住进去，不用四口人挤在唯一的一间卧室里。

她家门前的指甲花从芽到荚到葱茏的一蓬，结了花骨朵，要开花了。老王的背越来越驼，老王的脸色越来越难看，又黑又暗，想是年迈，想是病更重了。

哪一天有谁说，老王上夜班的时候，倪裳门都不掩。还说看见像是有人影影绰绰地进去了。

我和哥哥早起背书，朝霞亮在苹果树梢上，明明朗朗。我们看见老林从倪裳家里走出来，背着手，抽着香烟，沿小巷去，他吐的烟圈污染了那棵苹果树。

那一天，我写的关于倪裳的作文得了奖，当初曾想过得奖状就拿给她看看，看看奖状，看看我写的她，可是，那天早上看着脏了一地的苹果花，我悄悄把写她的作文撕得跟苹果花一样。

满地碎碎的，是什么呢？花非花。

其实，巷子里各样的女人都有，各样的事也都有，就像烧汤花、苹果花，开成什么样，谁也不奇怪。

珠儿的妈妈跟爸爸离婚了。打小珠儿都不知道爸爸是谁，她问妈妈，妈妈说："爸爸是个解放军，扛枪带兵不回家!"珠儿很自豪，我们也很羡慕，我们甚至私下里请求过，等她爸爸回来，让我们玩真的盒子枪。珠儿有时候慷慨，有时候小气——为了玩枪的承诺，她要走了我好多块泡泡糖，还有二十张好看的糖纸——可是她的爸爸，从来都没有回来过。她的妈妈为了她，起早贪黑地在工厂钳工班里砸铆钉，抡铁锤挥得胳膊都肿了。妈妈以前也在钳工班干过活儿，我知道，大锤子很重很重，我去找妈妈的时候，摸过，我使尽力气，它都纹丝不动，谁的妈妈抡一天都会受不了呢！她妈妈的胳膊肿得抬不起来，痛得呜呜哭，不停气地哭，好像有天大的委屈，她要把它哭出来。花奶奶去劝她，我从花奶奶劝来劝去的碎嘴巴里听出了她家的"秘密"——珠儿她妈，要我说，别怄气了，也别一天到晚哄着珠儿了，再给她找个后爹吧，也好有个人帮帮你，他都不要你娘儿俩了，你这是争的哪门子气，把自己苦成这个样儿?!

春祥婶喝毒药自杀了——她是一个要强的女人，只遇着个春祥叔，虽模样高大英俊，却打麻将瞎胡混，而且每每输了钱，就回来打老婆打孩子，纵春祥婶再努力地上班，也顾不住他的赌银，顾不住她和孩子，还有春祥叔的衣和食，她愈是要强要面子，家里愈是今天打闹明天啼哭，她遮掩着旧伤怕人笑话，却又有新伤暴露在额颊上——想是忍无可忍，她以前也犯过“糊涂”，所幸及时发现抢救回来。但那个夏天晚霞如燃的傍晚，她口吐白沫，再也没回来。那可怜的闺女春花也不知道哭，拉住她妈妈的手，一直在叫：“起来——回家——妈，我饿了——做饭吧——别睡了——”

那天晚饭后，妈妈做了一锅饭，端去他们家。春花仰脸问妈妈：“我妈咋了，很睡哩?”妈妈哭着回来了。“可怜的傻孩子!”妈妈抹着泪，捡拾一包我的旧衣裳给她家送过去。

小巷里，更多的人家都过得好好的。早晨这家摊煎饼了，那家炸馍干，中午蒸米饭哩，下面条，花奶奶总是好洗面筋做胡辣汤喝，这个种下苹果树的女人抚着胡辣汤碗口，不让苹果花掉落在碗里，你吃一口那花瓣能咋哩？不咋哩，不想吃。这花儿，梦一样的劳什子，俺才不吃它哩，吃下去会肚子疼。大家笑，笑她奇葩的说法。

日子就像一树苹果花，纷乱而有序，这家的女人哭着寻上吊，只要没出事，也就不是事；那家的男人喝醉了酒在骂人，酒醒了也就过去了……小巷的烟囱，这家冒青烟，那家冒白烟，只要冒着烟，就还正常着。只是春祥婶子再也不能正常地给她家闺女春花做饭了，她闺女似乎还不知道家里发生了不正常的事，她还在发呆，谜一样的一双眼，湿乎乎地望着苹果花问，俺妈咋还不回来给俺家做饭哩？她不知，她妈妈正在做饭的烟囱里冒烟——冒到尽头了。

胖巧玲的妈，那个越来越胖的胖嫂，隔三岔五还是会骂骂街，骂骂她家男人、她家孩子，也会骂骂左邻右舍"招惹"了她的人，然后，她会好一阵子，她家的灯也亮晶晶的温柔几天，如是循环往复，她的日子，她家的生活。

日子就像一棵苹果树，这个巷子里的女人们就像一朵一朵苹果花，活色生香，各有各的样，日日看着苹果树，我却总也弄不明白，它有多少花？花开有多少种？只要一树花年年开，一树叶年年青，果子总是望天收，有也好，没也罢，绿着树，就是活着的生活，乐也活，苦也过，喜也发芽，愁也生长。

苹果树又像是每一个人，每一个人也都是一棵苹果树，一年一年，都有收获，都有成长，再不济的，也都活了一年了，承着雨露，承着阳光。

有一天，是倪裳在吵。"遭天杀的——黑了心肝——告黑状的站出来，有种你站出来说话——"

爸爸在矿上办公室撰写公文材料，好多的事，有所耳闻。"老王也打了报告，想给他老婆招个工，很多人在争呢。""倪裳这年纪，还能招工？"妈妈吃一惊。"改年龄的事不是多的是吗？"爸爸说，"这不也没弄成吗，被谁匿名揭发给告掉了！""到底谁告谁呀？"妈妈小声议论。"谁知道。"然后听见爸爸加一句，“不过，老王家的大平这回招上工了。”“那还吵闹个啥，巷子这不是都有了吗?”“谁知道。”爸爸又说，然后，熄了灯，“睡觉吧!”爸给妈妈说，也给我和哥哥说，“你俩谁几点起床，各人自己操心!”

我蒙蒙眬眬快要睡着的时候，听到怪异的号叫声，一声，停一会儿，又有声音，在号，像猪猡一样，我跟爸爸去过矿上的猎场买过猪肉，把大猪捆起来要宰的时候，猪都是这个声——恐怖，瘆人!

我吓得光脚丫往爸爸妈妈住的大屋里跑，钻进爸爸妈妈的蚊帐里，妈妈搂着我。“都长大了，还这么胆小——”他们也惊得没有睡意，“咋个回事呢?”

仔细听，是从西边发出来的响。“啊——”又一嗓子，这会儿听清了，是女人的嘶吼——“啊——”又一声，断了气似的，半天回来了——“你打死我吧——我也不想活——跟着你这没用的男人——我有啥法子——你也给我做不了主——你自己不是照样受欺负——”

“啊!是倪裳，倪裳!”我结结巴巴地说。妈妈轻轻捂住我的嘴巴，示意我别大声喊出来。

倪裳的声音一直还在数落，哭着喊叫着说，没有再起那吓人的声音了。“你以为我愿意啊?我惹不起，也躲不掉，跟着你这些年，我啥时候错过——眼瞅着人家都招工了，一个两个地招，连亲戚都能招来，我招不上不说，大平，大平都下学好几年了，你叫他咋生活——你不也嫌窝囊，我凭啥不能为了孩子——”

“啊——”又是一声，倪裳连连地惨叫起来，然后听见“咔——嚓——”

“呀，是热水瓶的声音——”我的声音哆嗦着。“不行，得去劝劝!”爸爸要起来，妈妈说：“深更半夜的，又是夏天，咋方便进去劝……”

“你也去!”爸爸说，妈妈穿着一件宽大的破睡衣，跟着爸爸出门去了，我又轻声叫“哥哥——”。天，好睡性的哥哥居然睡着了。

一会儿就听见爸爸在他家门前高声呼喊：“老王！老王！你做啥子?”“倪裳——倪裳——”是妈妈轻柔的声音，这时候听到人声嘈杂，想是劝说的人去得多起来，叫喊的，议论的……

嚷嚷的声音里，我在爸爸妈妈的床上睡着了——不知道他们什么时候回来的，叫我回到我自己的床上去。我迷迷糊糊地问：“妈妈，他们没事吧?”“没事。睡去吧。”妈妈帮我封闭好我的蚊帐，黑影里也去睡了。

第二天早起的时候，我在公共厕所里看见倪裳。她低着头，有人指指点点，有人交头接耳。“哪个恁有水平，把个上夜班的老王半夜叫到井上来，说他家里着火了……” “可不着火了……”“看把倪裳烧得一脸泡……”

然后，人们的眼神，左一眼，右一眼，转着，转到一边去，转着，全都转到倪裳的脸上来——

我吃惊地看到，她一脸的大水泡，水泡像鱼尿脬的泡泡，那么大，那么大。

我把看到的给妈妈说，妈妈这才说：“昨夜老王把一暖瓶子滚烫的开水，全浇她脸上……”

倪裳的缝纫活儿停了，她不接活儿了，手上的活儿做完她再也不接活儿了，除了上厕所，哪儿也不去。

她家大平很快就去上班了，人家都想分在离市区近的本矿工作，只有他，自己要求把他安排到离市区最偏远的高庄矿，一开始乘着班车回来，后来居然十天半月回一趟，再后来大半年也不回。有人说，他嫌他的工作来得砢碜。

有一天早晨我去上学的时候，听见倪裳撵着大平撵到门外。“大平，大平，孩子——妈求你了——你多回来看看妈——妈——妈——”倪裳张着嘴巴，似乎张不出来她想要说的啥，可是，大平擦着我的自行车，硬挤着过去，沿着小巷，走过巷口那棵苹果树，远去了。

后来大平再不回来了，听说倪裳去他的矿上找他，他也躲着不见，就是不见。

那是一个正午头，倪裳坐在门前的地上痛哭流涕。一张脸崩溃了，眼里满是恶狠狠的泪，她不停地哭，不停地吐，嘴巴里唾沫和浓痰不停地往外涌。“为什么？为什么？为什么？为什么？”她扔出来一句话，硬邦邦的，像是扔出来一块块石头，随声用力扇一下自己的脸，像石头砸一样响，啪，嘭，嘭，啪，就那样一直“为什么为什么”地喊着扇下去，扇到天黑。所有的夜都黑了。是她一拳头一巴掌地把天砸黑了，硬生生地砸得天都黑下来。还听到，她一下，一下，啪，嘭，嘭，啪，越来越钝的巴掌声。

天空安静地亮了，朝霞照耀着苹果树，倪裳不见了，再也不见了。有人说她疯了，有人说她跟人跑了，跑回南阳老家去了。

老王气病贫交加，不久故去。

有人说，最后一次看见他家的人，就是那糖尿病急剧加重的老王。病弱的一张脸，苍白、无血色。手指嶙峋，如竹筷，蜡黄蜡黄。流浪猫一般蜷缩着斜倚在窗前墙壁下晒太阳，那模样儿，如同一张纸，又旧又老，被时光的尘由白打成黑，又转成了苍苍黄色。有一丝小风也会卷走它。不知是人生的风，还是岁月的吹拂，带走了他。

小平也不知所终，是去找他哥哥大平了，还是去哪里了？没有人知道。

苹果花都开旧了。人们看到的是那所旧房子。空空荡荡。蛛丝飞扬。苹果花，仍开着，清澈，安详，一瓣一瓣香。

倪裳身姿绰约地从蜘蛛网上走下来，舞起长袖，霓裳曼舞风姿长——

（选自《四川文学》2021 年第 4 期）

住在阁楼里的女人

吴　晓

裕东和妻子何晓楠租住在阁楼里。

阁楼是毛坯房，人字木梁，椽子形状不一，隐约可见椽子上露出的青砖，墙壁和地面裸露着水泥原色，卧室里是房东家淘汰下来的不知睡了多少代人的实木大床。置身其中，尤其在阴雨绵绵的梅雨季节，会让人的心情无端沉郁。

十几年前，江南乡下民居差不多都一个样：三层小楼，一层是厨房和餐厅，二层住人，三层青瓦缮顶，是阁楼，做储物间，或租给外乡人。愿意租住这种阁楼的，大多是刚到此地讨生活的年轻人。

裕东刚来时恰赶上雨季开始，整天阴雨绵绵的，总也找不到合适工作，他就去了一家保洁公司。保洁公司是个小公司，一共六个人，老板夫妻、老板娘的父母、裕东和一个年纪挺大打死不肯加班的杂工。裕东算是顶梁的，什么都要做，酒店地毯清洗、高空外墙清洗、给木地板打蜡、大理石做晶面，偶尔还要给新房做拓荒保洁，上下班不定时，忙的时候一个人分作几个人用。何晓楠在工厂里做，上白班，八小时，下班后往往见不着裕东，又不愿意在厂宿舍待着，就一个人在阁楼里织毛衣，看书，等裕东下班。如果赶上裕东上夜班，夜里何晓楠会很害怕——楼梯另一侧的房间和他们房间房梁以上部分是通着的。晚上往房梁上看，隔壁房间总是黑咕隆咚的，让人疑心里面住着一些非人类的生灵。因为害怕，何晓楠总是早早把灯关了，睡觉。

何晓楠白天除了在阁楼里看书、织毛衣外，还得时常往楼下跑，洗菜、洗衣服、往楼上提水、去河边公厕倒马桶。何晓楠对倒马桶一事有着诸多的顾忌，每次都像做贼——在何晓楠家乡，家家都有旱厕，即使家里有年纪大的老人夜里要用马桶，倒马桶刷马桶一事也是私密进行的——何晓楠总是拣无人时悄悄去倒，再悄悄拎到河里洗刷。某次，刷好马桶要走了，看见河边水草上附着一个会蠕动的“啤酒瓶盖”，好奇，捡根木棍儿戳一下，“啤酒瓶盖”就迅速伸长了身子——是只蚂蟥。何晓楠长这么大第一次见到这么大的蚂蟥，吓得转身就跑。此后，她能憋着到厂里解决就尽量不再用家里的马桶。

即便如此，何晓楠还是不愿意搬到厂里去住。要说厂宿舍条件挺好，两人间，还带卫生间和淋浴。她之所以不愿意去厂里住，是想让裕东每天下班回来都能看见她。哪怕俩人一句话都捞不着说。

裕东工作不定时，越是别人闲时他越是忙。就说洗地毯这事吧，必须等酒店的客人都走了，他才能拉起机器操作。大多数时候下班回来都到了深夜一两点钟，院外的水井边打了水，脱了上衣，兜头浇下去，再摸着黑悄悄上楼去。第二天，何晓楠拿着裕东换下来的脏衣服去井边洗，总能看到深蓝色工装上印着一圈圈的白色汗渍，很心疼，觉得裕东太不爱惜自己了，是台机器还需要维修保养呢。偶尔会把裕东数落一番，说你不会偷偷懒歇歇力吗？真是傻！裕东说你更傻。何晓楠问他为什么说我更傻？裕东不说，一个劲地笑。

何晓楠明显感觉到裕东跟以前不一样了，具体也说不上来，就觉得心里踏实。人心一旦踏实下来，日子就过得飞快。

雨季快要结束时，何晓楠的弟弟要结婚了。何晓楠跟裕东商量，把他俩攒下的两千多块给弟弟寄回家去。裕东说好，我们去寄。钱很快就寄走了。不多日，何晓楠厂里组织义务献血，有六百元营养补贴，何晓楠背着裕东去献血，又背着裕东把补贴的营养费给他买了件西装。裕东很喜欢那件西装，却不试穿，说放起来吧，将来一定能穿得着。何晓楠就把西装罩起来，挂在靠床的墙上，裕东一早一晚总会望上几眼，有时还会伸手摸一下，带着无限憧憬似的。

转眼到了仲夏。裕东那天回来得早些，进屋把团成一团的工装摊开给何晓楠看，里面包着一只浑身脏兮兮的小白猫。裕东说，在路边捡的，给你做个伴儿。何晓楠把小猫放在温水里洗，洗出来很多黑黑的跳蚤。此后，何晓楠每天下班后就有事做了，给小猫捉跳蚤、喂食、换猫砂。一段时间后，小猫强壮起来，开着门的时候会自己溜到楼梯口，蹲在那儿往楼下望。

何晓楠有时也会坐下来，和小猫一起往楼下望。楼梯底端通到房东家二楼的小客厅里，能看见房东老太太在小客厅里走来走去地忙活，也能听见从她家电视里传出的声响。

房东老太太每天下地干活儿，把收获的蔬菜拿回来择洗干净，再挑到菜场去卖。偶尔，她坐在院子择菜时赶上何晓楠下去提水，俩人会聊会儿天。老太太说，她的儿子儿媳和小孙子都住在城里，很少回来。又说她丈夫很“忙”，年轻时是村干部，忙工作、忙喝花酒，退休后忙搓麻将、跳交谊舞。

何晓楠来看房子的那天和她丈夫见过，人很体面，眼神却活泛得让人厌恶，好在住进来后并没有见过他，大多数时候只听见老太太高一声低一声地在院子里骂他，也从没听他还嘴。

老太太说，你一个人，我也一个人，你可以晚饭后去二楼找我看电视。何晓楠不高兴去，老太太虽然每天忙叨叨、兴冲冲，却看不见她一个笑脸，想必摊上一个这样的丈夫她大半生过得并不怎么舒展。何况，何晓楠有了白猫的陪伴，更愿意在阁楼里安安静静地待着了。

夏末的某个夜里，十点多钟，何晓楠睡得迷糊时听见一直黑咕隆咚的隔壁响起了开门声，接着，灯亮了，一个女人和一个男人在房间里说话，具体说什么听不真切。又过了一会儿，灯灭了，听见他们的床板咯吱咯吱地响。这让何晓楠脸红心跳，拉过毯子把自己严严实实地蒙住，生怕一个不小心弄出声响让隔壁的两人难堪。直到裕东凌晨下班回来，大汗淋漓的何晓楠才敢掀开毯子透一口气。自此，她再不和白猫一起坐在门口

“听”房东家的电视了。

又一个夜里，裕东回来已经是半夜了，何晓楠睡得迷迷瞪瞪，听见裕东在阳台上开火弄吃的。不多时，裕东叫她起来，端了热腾腾一盘虾给她吃。裕东剥，何晓楠吃，俩人都烫得不住地吸溜嘴。这是何晓楠有生以来第一次吃这么大的虾。她跟裕东说，你别只顾着给我剥，你也吃。裕东说我不饿，下班后老板给加餐了。何晓楠说，你看，我给你选的工作还是挺好的吧，累是累了点儿，生活水平还是挺高的。裕东说，那是，以后会更好。一盘基围虾吃完后，何晓楠问他，你老板平时那么小气，加多晚的班都只会给你点份炒饭，今天咋舍得请你吃虾呢？裕东就不好意思地笑，说我今天晚上帮一家酒店洗地毯，结束后酒店主管说让我顺手把后厨盛鱼虾的水池也洗干净，还要我别跟老板说，他偷偷送两盒香烟给我抽。我说我不抽烟，你把店里的基围虾给我点，我拿回家去给我老婆吃。何晓楠就笑，说你这不是明摆着干私活儿吗？就不怕你们老板知道了？裕东说，傻，我能让他知道吗？老板去接时我早把虾藏在吸水机里了。到了公司仓库，机器卸下来后老板就开车回家睡觉去了，我把机器归置好，再偷偷把虾拿出来。可惜没东西拎，自行车也没有车筐，我只好把虾绑在腰带上。你不知道，它们一路上隔着袋子在我屁股后边活蹦乱跳，还时不时扎我一下，弄得我紧张死了。何晓楠就不住地笑，笑得泪花四溅的。

俩人正说笑，听到隔壁间女人突然打了个喷嚏。裕东警觉地问了一声，谁？何晓楠忙捂住他嘴，说，别吵别吵，那边住人了。裕东就压低了嗓音问，啥时候住的人？何晓楠对着他耳朵说，好几天了，你总是忙，我忘告诉你了。裕东又问，住了几个人？何晓楠说，第一晚上住了两个人，后来都是一个人。其实何晓楠也没有见过隔壁的人，她下班时她正在上班，她上班走时她还在睡觉。她的存在对何晓楠来说是虚幻的，不真实的，只是夜里十点过后的脚步声和开门声。

又过了些日子，入冬了，裕东加班加得更频繁，往往何晓楠正在被窝里睡得舒服，裕东一个凉身子钻了进来。怕冰着了何晓楠，躺下前裕东已经呵着气把自己上上下下搓了几搓，自我感觉搓热乎了，才小心翼翼地把何晓楠热腾腾的身子抱住。被裕东的冷身子一激何晓楠就醒了，一次两次也就算了，次数多了就难免不耐烦，终于有一天她发火了，不是冲裕东，是冲裕东的老板，说你老板赚钱赚疯了，天天让人加班。裕东说，别抱怨他，都不容易，说着把脸埋在何晓楠身子上使劲吸吸鼻子，像嗅闻一只刚出炉的烤鸭，眼皮却沉重得睁不开，指指墙壁说，送你一个小礼物。很快，鼾声就响起来了。

第二天，何晓楠一起床就看见墙壁上多了一幅油画。不用说，一定是在谁家做保洁，人家不要了，裕东拿回来的。何晓楠不住地打量那幅油画，近处的绿树，小溪，远处的雪山，雪山顶上的金光，还有更多画面上无法展示出来的东西，比如小溪里嬉戏的鱼，鸟儿起飞时的展翅声，山坡上的枣红马突然打出的一个响鼻……除了“美好”这个词外，何晓楠真想不出还有什么词可以形容她初看到这幅色彩明快的油画时的心情。总之，灰突突的阁楼一下子变得旖旎丰饶了起来，是何晓楠只需仰起脸，闭上眼，就能体会到的那种丰饶，是提着水桶下楼梯，走着走着就能笑出来的丰饶。

那天早上何晓楠心里一直想着那幅画，本来要接大半桶水的，结果接了满满一桶，正准备把多出来的水倒掉时房东老太太看见了，哎哟喂哎哟喂地叫，好像何晓楠做下了什么伤天害理的大事似的，就见她取了水舀子，一下一下把水舀到她平日用来洗菜的水盆里，边舀边数落何晓楠，真是太浪费了太浪费了。搁在平日，何晓楠准会跟她顶撞一番，你这么节俭有什么用，你家老公一天的开支都够你家一个月的水电费了。可今天她不说，是因为她心里装着那幅油画，就像在眼睛前架起了一副望远镜，她能看见房东老太太看不见的东西，那东西让她的心变得豁明敞亮，不稀得跟房东老太太斤斤计较。

何晓楠接了水，又到街上买了早饭。洗漱完，吃了早饭，看看离上班时间还早，又凑近了盯着那幅画看，发现油画的木框上有一行工工整整的字："送给阁楼里的女主人。"这是裕东的字。裕东还在熟睡，何晓楠轻轻在他脸上亲一下，裕东就醒了，何晓楠告诉他早饭在桌子上呢！说完心情愉悦地下楼，骑车往厂里去。路上，何晓楠一直在心里想那幅画和那幅画上的字，"女主人""阁楼里的女主人"，她喜欢这个称谓。

春节过后的那段时间是保洁公司的淡季，裕东不用加班了，俩人每天早早吃了晚饭，床上躺着说闲话，差不多到十点钟准时关灯睡觉。因为十点钟过后隔壁住的那个女人就该下班了。

关灯等待女人下班的过程中裕东很快就睡着了。何晓楠睡不着，等那个女人踩着高跟鞋嗒嗒嗒嗒地上楼，再等那个女人进屋去，直到她熄了灯，何晓楠才会踏踏实实睡去。

这天夜里十点过后，女人和往常一样，上楼，开门，开灯，关门……何晓楠知道，用不了十分钟，女人就会把灯关了。等女人关灯时何晓楠在心里想，真是怪，从第一个晚上听到男人在她房间里出现过外，再没见她带男的回来。正想着，就听见隔壁房间门口有窸窸窣窣的声音，仔细听，是有人拿钥匙小心翼翼地捅门。女人立马关了灯，在黑暗中厉声骂道，又喝酒了是不是？快滚！再不滚我要叫你家老太婆了！楼道里就没了动静。又过了片刻，再次响起细微的声响。何晓楠按捺不住了，照裕东身上打了一巴掌。睡得正香的裕东被何晓楠莫名其妙地打醒，问她，什么事？何晓楠不说话，又使劲打了一巴掌。裕东被打恼火了，大声嚷道，你想干吗？还让不让人睡觉了？就听见脚步声急急慌慌往楼下去了。

第二天，隔壁的女人早早下了班，敲开何晓楠的房门，说，汤圆，我们酒店里发的，我没有开火，送你们吃吧。还有这些，是客人吃剩下的鱼，给小猫吃。何晓楠接过东西，说，进来坐。女人在门口笑笑，说不了，你们房间我熟悉得很，先前我和我老公在里面住了三年多，儿子还是在里边生的呢！后来……我把孩子送回了老家，一个人，就搬小房间去住了。女人说着指指房顶，脸讪红，通着呢！何晓楠想到了女人刚回来的那晚上闹出的动静，心照不宣，笑笑，说是啊，通着呢。说着说着自己的脸也腾地红了，想她和裕东已经很小心了，也难免会闹出不小的动静吧！女人接着说，你们搬来时我刚刚回老家去了，我儿子生病。又说，真羡慕你们俩，我和我老公刚出来打工那会儿，也像你们一样……后来，我们离婚了。我老公迷上了赌博，输急眼就做了点儿傻事，进去了两年多……其实他人并不坏，手艺也好，我认识他那会儿他是我们酒店的川菜大师傅。女人似乎觉得自己说多了，冲何晓楠笑笑，回屋去。刚关上门，又打开，探出半个身子，说，他早些时候出来了，一直在老家照顾孩子。孩子病好了，我就把他叫过来了，帮他找了家小馆子先做着，男人么，有时候像个孩子，走着走着就想停下来玩玩，还得靠女人适当的时候拎一下。何晓楠说，对着呢，要拎拎的。

何晓楠等女人再次关上门后，把汤圆和猫食拿回房间来，呆呆地坐着，想女人刚刚说的话。想着想着就想到了她和裕东经历过的日子。

何晓楠和裕东在郑州一所三流大学里读了三年大专，何晓楠学的是“市场营销”专业，还没从学校出去就被一家找上门的保险公司聘去当了保险推销员。半年下来，培训课一节不落，保单却是一单没有——她能迈开腿，却张不开嘴。因“饥荒”落得太多，又羞于再接受家人的接济，不得不在半年后把保险公司的工作辞了，转身进了一家烟标印刷厂。这个时期的裕东还在社会上“挂”着。他学的是“公共关系”，而他的性情和长相都有些猛张飞，这种情况下想拿着那张三流大学的文凭去敲心仪公司的大门，难度可想而知。那段时间，俩人的日子过得有些像山溪漂流，有水流平稳鸟语花香的时候，也常遭遇激流险象环生。

何晓楠工作的厂子在城东开发区，离租住地燕庄二十里路不止，何晓楠可以选择住在厂里，也可以选择下班后倒两趟公交回燕庄。大多数时候她都会回燕庄。十二小时工作制，到家时往往八九点钟了。裕东会在公交车站牌等她，尤其是雨雪天气里，何晓楠还没从公交车上下来，就看到裕东伸着头往刚刚打开的车门里瞅，热呵呵叫一声，这里这里！胳膊伸过去，何晓楠往前一扑，吊住了那只有力的臂膀，“咚”一下跳到了马路上，说道，饿死我了，今晚上做什么好吃的了？听到了裕东的回答，何晓楠大多数时候会夸他勤谨能干，偶尔也会甜蜜地埋怨一通，说这样吃下去怎么能攒得住钱，我朋友娟和她男朋友都开始四处看房了，我们尽管不敢想买房的事，可行动的决心还是得有的。其实裕东也只是炒了一个荤菜一个素菜，买了几块钱的馒头，煮了个大米稀饭而已。往往这个时候裕东会很笃定地告诉她，别急！该来的都在路上。

可那条“该来的都在路上”的“路”实在太长太远了。四处碰壁的裕东最终放弃了寻找心仪工作的决心，和一姓王的同学合开了一家“保洁公司”，没有营业执照，没有正规营业场所，确切说就是打游击的。他们能提供给客户看的只有一张印着他们业务范围的名片和两个水桶、数条毛巾。裕东和他的那位同学不单是“公司”的裕总和王总，还要兼着员工甲和员工乙。这有点儿像戏台子上唱大戏，主演下场了，后台里匆忙换行头，再出场摇身一变就成了龙套。角色切换的过程中不单演技要好，心理素质也要好，不能让观众一眼给看穿帮了。裕东和他的王同学就经常龙套、主演来回串。某天，裕东接了客户电话，要他们派两个能干的保洁员上门服务，挂了电话，俩人就马不停蹄地带着保洁工具直奔客户家，一通汗流过后要收钱了，客户开始了刁难，油烟机没擦干净，厨房的顶棚也没擦到位……实在对付不了，俩人工钱也不要了，溜之大吉——保存体力，好为下一个客户服务。这边刚下电梯，那边的投诉电话就跟来了，说你们公司到底专业不专业呀？派来两个啥都不懂的学生，我数落他们几句，他们还不干了，你们这是什么服务态度呀？接电话的裕东就忙不迭给客户赔礼道歉，说下次，下次一定给您派两个得力能干的。这原本是裕东当笑话讲给何晓楠听的，可何晓楠却从里面听出了些苦哈哈的滋味，说咱不开“公司”了，给人打工去得了。裕东不舍得放弃，何况大多数时候他们都能顺利交工，顺利拿到工钱——他们能接的业务无非是擦窗户，搞室内卫生，只要客户不太刁蛮，只要他们有足够的耐心，总是能干好的。

可再怎么努力，他们还是把一个“保洁公司”养得像个消化系统出了问题的孩子，光见吃饭不见长个。又坚持了一段时间后，王姓同学的家人给他在港区机场谋了份地勤的工作，他就乐呵呵上班去了。孤掌难鸣，裕东也不再拎着水桶四处张贴小广告了。再次被“挂”起来的裕东变了，他不再去车站等何晓楠了。何晓楠下车后自己回去，大多数时候一回到家就看见裕东正对着报纸上的彩票中奖概率曲线图研究来研究去，手里的笔还不时在纸上涂来抹去。何晓楠再也不问今晚上做了什么吃的，她知道裕东的心劲儿没了。大多数时候俩人胡乱对付一顿。吃饭时，何晓楠会有一搭没一搭地问裕东，今天接到活儿了吗？如果接到了，她会说，嗯，还行。如果没有接到，她会说，不急，可能明天就有活儿了。再后来，何晓楠就忍不住了，说，你也进厂吧。裕东会说，再等等，还没被逼到那份儿上呢。这样的对话发生得多了，何晓楠就懒得问了。可天底下没有哪个女孩愿意把未来托付给一个上不沾天下不挨地的男孩子，何况何晓楠和每一个农家长女一样，心里念念不忘一年到头都在土地上辛苦劳作的父母和家里年幼的弟弟妹妹。再后来何晓楠就不天天回燕庄了。

某天，何晓楠发工资了，赶回燕庄来给裕东送生活费，发现家里的锅碗瓢盆焕然一新，疑虑片刻，明白了——为了饱一顿肚子，裕东把锅灶卖给了收旧货的，待手里有了活便钱，又去置办了新的。何晓楠觉得自己眼下的生活就像一座岌岌可危的老房子，风来进风，雨来漏雨，她萌发了想要从郑州逃走的念头。

又过了一段时间，何晓楠所在的印刷厂往江南的兄弟厂抽调人手，因为对方厂领导的一句“那地方是江尾海头”，何晓楠就毫不犹豫地打了申请报告——她厌倦了郑州，厌倦了郑州的一切人事，她想逃走，逃到江尾海头去——她觉得那是个可以把她藏匿到地老天荒的去处。

何晓楠离开郑州时，裕东去火车站送她。俩人隔着车窗对望，不说话。火车启动后俩人都哭了，他们已经在一起三年了，三年说长不长，说短不短，如果是栽种一棵果树，可能已经开始结果子了；如果是养一个孩子，三年间孩子的变化更是眼见的，喜人的。

何晓楠在江南印刷厂的工作和在郑州时一样，每天对着一堆刚从模切机上切下的烟标检验有没有色差，凹印准不准，烫金掉没掉块儿，套印偏差大不大，把不合格的抽出来，合格的捆扎好，由拖车工拉去打包车间打包。只是上班时间较郑州短了很多，八小时，计件。为了多些时间做事，何晓楠工作时眼睛也不舍得多眨一下，去厕所几乎都是一路小跑，一天下来颈椎就难受得不行。下班后别的同事换了漂亮衣服去逛街，她不去，在宿舍里一动不动地躺着，养脖子，养心情。

何晓楠不喜欢把自己打扮得漂漂亮亮的去逛街，却眼巴巴盼着星期天和同事一起去看长江，似乎是一种情结。厂子在乡下，离江边不算远，步行半个小时左右。无论早晚去，江面上总是雾蒙蒙的，船只在江面上缓慢有序地行走着，这次去看是这个样，下次去看还是这个样，失望谈不上，失落倒是有的，觉得江尾海头不过如此，整个人就拘着。再加上厂食堂里没有面食，一天三顿米饭，菜倒是丰盛，却清淡得婴儿餐似的。还有气候，一入五月空气就开始潮湿黏稠，调了油一样，出去走一圈，皮肤上就腻着一层黏糊糊的汗液，便日益想念郑州街头的那碗胡辣汤，想念燕庄的那个小房间，想念小房间门口的锅灶，想着想着，就想起了曾经围着锅灶做饭的那个人。终于忍不住，给裕东打了个电话，刚“喂”了一声，裕东就急急地吼起来，说你到那儿后咋不给我打电话？我又没有你的新号码！何晓楠说，我挺好的，你也好吧？裕东的语气就有些酸楚，说不好，你走后的一个多月里我把我们两个在郑州曾经走过的地方重新又走了一遍，我们学校、我们第一次约会的公园、我们经常去买菜的菜场……后来，我就把燕庄的房子退了，这会儿正在老家帮爹妈农忙呢。何晓楠随着裕东的讲述，一点点在脑海里还原裕东退房，处理房间生活用品，完事了背着行李孤零零离开郑州的画面，眼泪就来了，说，要不，你来这边吧？裕东知道何晓楠去南方是有意躲他呢，不作答。何晓楠说，你再想想。

几天后，裕东突然出现在了何晓楠的宿舍里。他背着一个双肩包，包里装着他所有家当——四季衣服和在分开的一个多月里写下的厚厚一本日记。他把包往何晓楠床上一扔，说我不走了。

裕东这次出来连学历证书都没带，直接绕过人才市场奔劳务市场去了，第一天无着，第二天还是无着。精细机巧的事做不来，比如饭店服务生、足浴城的实习技师，索性就不在上面浪费时间。第三天第四天倒是都见过工了，印染厂的普工，船厂的打磨工，去看过后又被裕东悄悄放弃了，他想找个离何晓楠近些的工作。

一个星期后，裕东跟何晓楠说，附近菜场肉案上招个杂工，城里的一家保洁公司招个清洗工，不想再找下去了，回来跟你商量一下。何晓楠就问，你想去哪个？裕东说，菜场的杂工工资高一些，保洁公司的低一些。何晓楠知道裕东心里在想什么，就顺着裕东的心思说，低一些就低一些吧。就这样，裕东又操起了老本行，辛苦是辛苦，他整个人却很乐呵，跟何晓楠说他在保洁公司干的这些日子学到了不少真本事。

何晓楠想着想着不由自主地往墙上看——看那套她给裕东买的西装和西装近旁的油画。

何晓楠把西装取下来，擦了擦袋子上的灰尘后又挂了上去。她觉得如果把人的一生浓缩成一本书的话，不管她情愿还是不情愿，一双无形的手总在暗中帮她翻书页，唰唰唰唰，翻得飞快，如果不瞅准一点儿，就会把很多故事情节给错过了。

何晓楠把油画也取了下来，擦干净后，踩着凳子把画挂在了门外正对着楼梯口的墙上，用记号笔把裕东写给她的那行字描得很醒目——送给阁楼里的女主人。

（选自《莽原》2021 年第 2 期）

苏明杰汽车的内涵与外延

吕刚要

一

苏明杰自己也说不出是什么时候喜欢上汽车的。从提拔为副局那天？天地良心，那时只顾高兴，感觉一块金元宝扑通砸头上，半天还蒙蒙的，不知道咋回事。后来他哭了，喜极而泣。当然是一个人骑着自行车找到个没人的地方抱头痛哭。步入天命之年，两鬓染霜，心早如清茶淡水。有一天，组织部门突然通知他座谈，接着就是一系列考核，很快任命下来了。

苏明杰脑袋想破也想不通，这个副局咋就砸在了他头上。一没跟班站队，二没托关系找人。不想追求进步，工作也就那么回事了。再说，年龄到了晋级红线，基本已不在考虑之列。按照潜规则，他这人早已“哈哈”了。偏偏这个“哈哈”变成了所有人嘴里的“啧啧”，以为他藏得深，扮猪吃老虎哩。苏明杰心里说，要是能吃老虎，年轻时就吃了，干吗扮猪呢？有这想法的人才是猪。想是想，苏明杰还是找到了在组织部工作的小老乡苏天扬，向他打听内幕。苏天扬说：“局委职位调整都是常委会决定的，属高度机密，我怎么会知道？”但他又说：“组织部部长不是你老领导吗，何不向他打听打听？”苏明杰一惊：“老领导，谁啊？”苏天扬说：“杨成军，这你都不知道？”看他的眼神怪怪的。苏明杰尴尬一笑，拍拍他肩说：“逗你玩哩，改天请你喝酒。”

要是让人知道苏明杰的老领导当了组织部部长而他竟然不知道，在这个五线小城一定会成为家喻户晓的笑谈，可他就是不知道。年轻时，苏明杰也有一肚子想法，欲一朝成名天下知。为此，明面上工作没少做，暗地里也下了诸般功夫。可惜每次冲锋陷阵，总是铩羽而归。年事渐长，更兼多次碰得头破血流，随着悠悠一声长叹，泯灭了一颗雄心。自此两耳不闻窗外事，与官场那一团乱麻再无半分纠葛。

苏明杰夫妇膝下仅有一女。妻子汪霞经营个小超市，天天早出晚归的，教育孩子应当是他的事，但闺女生得百般伶俐，不用操心，就顺顺利利读了个双一流大学。苏明杰把业余时间放在了研究菜谱上，上下班路上，甚至工作的间隙，他都在揣摸他的菜。他上网搜索各大菜系、各种名小吃，按照配比、步骤，依葫芦画瓢，一段时间下来，各种菜均做得像模像样。他请那几个还在一起玩的朋友喝酒，再不去饭店，买好了菜，亲自下厨。朋友一尝，都说比什么什么宴做得好吃，说得他一张油渍麻花脸笑成了菊花。

苏明杰试探着给杨成军打了个电话，说这么多年没见老局长，特别想念，老领导要是不忙了，可不可以让他去看望一下。杨成军笑呵呵地说："小苏啊，你来吧。""小苏"俩字听得苏明杰眼圈儿一红，差点掉下泪来。杨成军其实不比他长几岁，但人家是局长，局长叫他"小苏"是理所当然的。刚上班时，大多数人都叫他"小苏"，可惜现在"小苏"变"老苏"了。苏明杰带了两条烟、一听茶叶，用包装着，身上揣着一张卡。

见了面，苏明杰把烟和茶叶掏出来。杨成军笑着说："人家都是提前跑官送礼，你这是事后人情啊!"苏明杰红了脸，边掏银行卡边说："一切全仰仗老领导操心，这是一点心意。"杨成军脸变了："小苏，你让我犯错误吗？要这样，我就送客了。"苏明杰尴尬地站那里，进退不是。杨成军说："把卡收起来，我们说说话。"坐下后，杨成军说："小苏啊，你跟着我那会儿，一直鞍前马后的，我能不晓得你的心思？可惜那时我正受人排挤，挪的位置不理想，等于被打入了冷宫，哪儿还有能力替你说话？这事一直在我心里搁着，这次动人，我就想到了你。"

这话苏明杰信一半。杨成军帮他是真，但肯定有原因，真有心帮，那么多次人事调整，咋没出手呢？后来坊间传言，党委、政府可能有些矛盾，政府呈上的名单有几个在常委会否了，书记让组织部重新拟定人选，杨部长不轻不重地选了几个人，真就过了。

苏明杰相信，传言未必空穴来风。

二

苏明杰有近三十年骑龄了。开始踩一笨重飞鹰，手头宽裕后改为飘逸凤凰，后来进步为轻盈的赛车，人半趴在车把上，姿势不雅，却省劲。电动车普及后，汪霞曾力劝他买辆电动车，再不用脖子伸得老长去蹬。苏明杰嗤之以鼻。满大街乌泱泱的全是电车族，其身份不言而喻。赛车儿则隐晦许多，或曰低调，或曰运动，一下区别出来。再比如回老家，骑一电动车，载着老婆孩子，寒碜！而一家三口，各骑一赛车，再饰以运动服、太阳帽，那是风景。

职司副局后，苏明杰依然过着赛车人生。有时上下班碰着刘局的车像条漂亮的鲨鱼从身边无声滑过，他也会下车，礼貌地招手致意。刘局小他五六岁，正是春风得意之时，对他倒还尊重，有时称他"老苏"，有时"苏局"。刘局的车玻璃会徐徐滑落，头探出来："苏局，该换车了。"他说："骑车锻炼身体，蛮好的。"车窗升上去，车子稍稍一跃，飘然远去，留给他的是一股冒黑烟的难闻的尾气。

令苏明杰不能理解和接受的是，有一次，他骑行在街上，身旁嘎地停下一辆车，车窗摇下，一张黑脸笑眯眯地凑过来："老同学，去哪儿，送你一程？"苏明杰自然清楚这张黑脸的主人是姚发旺，搞电焊的，两间破破烂烂的屋子，里外乱扔着铁角、钢管和各种零件，空气中一股钢铁焦煳的臭味。俩人高中同学，苏明杰看不上他的。但这鸟居然成有车族了。真是戏剧人生啊！苏明杰说："鸟枪换炮了，啥时候弄的?"姚发旺说："开两年了。"苏明杰说："发了?"姚发旺说："凑合吧。"临走，又把头伸出来："有事言一声，老同学用车，一句话。"车走得没影儿了，那张小人得志的黑脸还在眼前鲜亮。苏明杰忽然气恼起来。他不知道生谁的气，闷头蹬一阵车，车头一调，兀自骑行起来，车速高得像赌气。

回到家，苏明杰对汪霞说："我去驾校报名了。"汪霞一脸莫名其妙："报啥名？学车啊？你行？老胳膊老腿的。"汪霞一脸鄙视。苏明杰说："嫌我老，不行了?"汪霞说："不要脸。"苏明杰拍拍肱二头肌，没拍出脆声，用手一捏，那疙瘩硬肉早软了。想说什么，没说出来。汪霞哂笑："你行。一夜行几次，还是几夜行一次?"苏明杰说："主要没那兴趣了。"门一响，把自己关在了书房。

静下心，苏明杰才清楚，学车不是心血来潮，这念头早他妈埋伏在大脑里了，找到个合适的机会，就两眼发光，迫不及待地扑出来。他报名的是君山驾校。校长他认识，他让校长帮他找个好教练。苏明杰落到了杨教练手里。

杨教练技术好，是驾校的金牌教练。据说，他门下考生，还没有补考的。杨教练军人风格，对学员要求严，俩眼一瞪像铃铛，高声大嗓不说，动不动就骂人。

开始，杨教练还客客气气的，让他先学科一。这是苏明杰的强项，虽然脑子有些锈蚀，但死记硬背的能力还在，很快他就让教练帮他约考，且一考即过。杨教练差点对他刮目相看。

进入科二学习，苏明杰的拙笨就突显出来。他一书生，最不擅长动手，家里修个开关、插座，都得汪霞来。杨教练让他手扶方向盘，脚踩离合上，又告诉他车打着后，脚要慢慢放开离合，同时，左转要打左转向，右转打右转向，等等。可是，除了方向盘，苏明杰什么都不知道。杨教练耐着性子给他讲第二遍，但一启动车，他的脑子就紧张成一盆糨糊了。杨教练虽是金牌教练，可不会循循善诱，他只会大声骂人。他没骂苏明杰，只是眼瞪着他，粗声喘气。苏明杰读出了他眼里的怒火，无端想起远远近近五六任领导，领导生气也瞪眼，一瞪眼，他就心慌，害怕灾祸降头上。年轻时那段时光，真是如履薄冰，令人心惊胆战。

杨教练越生气，苏明杰越做不好。苏明杰越做不好，杨教练越生气。苏明杰给杨教练拿了两盒软包中华，杨教练接住了，又给他扔身上。苏明杰忙赔着笑脸装他兜里。

三

驾驶证到手，苏明杰立马把买车提上议事日程。

这证拿到手真不容易。为学车，他专门请了年假。直到年假结束，杨教练都没敢帮他约考，他感觉苏明杰就是一根短路的电线。杨教练从没碰到过这么难教的学生，他都想撂挑子了。难道他的一世英名要断送在苏明杰手里？他希望苏明杰知难而退。可苏明杰足够坚强，杨教练眼里伸出的巴掌把他脸扇肿了，他都没放弃。草长莺飞三月天，春光无限美好。可杨教练脸上却常常冒汗。他甚至怀疑起自己的教学能力，颓废地推门下车，软中华一口吸短一截，却没品出半点滋味。苏明杰被扔在车上。结果，奇迹发生了，少了杨教练的威压，那点行车技术很快融会贯通，苏明杰推挡松离合，汽车驯服了，动作舒展柔缓，爬坡、转弯，张弛有度。杨教练想不通这究竟是他妈怎么回事。

苏明杰开始研究车的品牌、型号，常常撅着屁股，在电脑前一趴几小时。汪霞质疑买车的用途。汪霞不用上班，苏明杰距单位也不过三里。苏明杰说："回老家不行吗？去你娘家要我们坐 11 路公交？"总之，苏明杰铁了心了。

苏明杰很快熟悉了车标，刘局的车是帕萨特，而姚发旺开的只是区区一个宝骏。他的车当然不能超过帕萨特，但也不能掉价到和姚发旺一个层次。各种比较权衡之后，他选择了红旗 H5，车型大气，车身圆润，国产品牌显得谦虚，行业老大又充满霸气。

一上车，苏明杰才晓得自己心理素质不过关，看着密密麻麻的人群，老害怕出事。可车扔小区里，与锦衣夜行何异？开车其实就为炫耀。苏明杰清楚这是穷人心理。苏明杰出身农村，爸妈都是老实农民，含辛茹苦供他上了大学，原指望他能光宗耀祖，谁知他上班后一直不温不火，直到爹娘遗憾躺入地下，祖坟依然没有冒出青烟。

心一横，苏明杰把"红旗"开出了门，开始慢得像蜗牛，顺着路往前爬。他头上汗珠有黄豆大。适应后，脑门上的黄豆没了，蜗牛也变成了一匹脚步清脆的优雅皂马。一个月后，“红旗”漂向人流密集的市中心。

一次开班子会，他散了一圈儿烟后，开始咬陈局耳朵。刘局说：“老苏，有情况？公开公开嘛！”苏明杰说：“领导不是一直关心让换马吗？最近我牵回一匹。”班子里就苏明杰一人没车。刘局说：“就是嘛，你一个人廉政，显得大家都腐败，到底骑上了。哪天牵单位，大家帮你看看牙口？”苏明杰说：“那就牵出来遛遛？”

改天，苏明杰开着车上班了。大家围着车看。其他人都是合资车，只有他是国产的。陈局说：“苏局，就你爱国啊！”苏明杰说：“合资车是咱工人做的，交税也是交给咱政府。大家都爱国。我只是支持民族品牌。”

有了座驾，苏明杰才感觉和一帮副职平起平坐了。

暑假期间，各条线的工作都有半年例行检查。苏明杰有意把老家所在县的检查安排在了星期天。闺女早拿证了。他嘱咐闺女先开着“红旗”回老家，他坐单位的车到县城。这种检查是走马观花式的，县里一帮正副职陪着。中午吃了工作餐，夕阳灯笼般高挂枝头时，他们到了最后一站——苏明杰老家苏集。

一帮人走走站站。村支书苏道全几次想说话，苏明杰都有意冷落他。苏道全脸上讪讪的。按辈分，苏明杰应该叫苏道全哥。苏道全是人精，在村里经营几十年了。苏明杰读大学后，苏道全对他家还是挺照顾的。可苏明杰就像扔出去的炮仗，哑了。苏道全以为把他看透了，再不理会，甚至苏明杰爹娘葬仪，他都没露个面。

检查很快结束了。县局马局长说晚饭安排在了凯顿酒店，星期天，领导还在辛苦，工作结束了，怎么着也得洗洗满身灰尘。苏明杰一脸为难："今天就散了吧，我老婆孩子在老家，晚饭我就在老家对付。"苏道全赶紧说："马局长，今晚我做东吧，家里一只羊，两岁了，味道正美。"马局长看看苏明杰。苏明杰说："羊老贵，道全哥舍得？"苏道全说："苏局长是寒碜我吧！"

苏道全真把羊杀了，做烤全羊。敬酒时，苏道全一口气喝了六大杯，喝得脸煞白。大家莫名其妙。见苏明杰没说话，便都装聋作哑。

四

苏明杰开启了有车模式。虽然不足三里，他也每天开车上下班。

一天下午，张局打他电话："苏局，晚上有安排吗？"张局是区局一把手，同苏明杰走动不勤。苏明杰说："张局有何指示？"张局说："借俩胆，我也不敢指示领导。不忙了，屈尊到小弟这里喝两杯？"苏明杰说："主题？"张局说："没啥主题，领导不是新置了座驾？大家伙想给您镇镇。当然，这是由头，主要想同领导团结团结。"苏明杰清楚，以前自己虽忝列正科，但已是明日黄花，张局这些县、区局一把手根本没把他放在眼里，见面不过点个头而已。没想到自己修成正果，这些人脸上不好看，借机套个近乎。苏明杰晓得，自己升职纯属意外，那就一笑泯恩仇吧。他说："要镇车，也是我做东，怎么能破费张局?"张局说："我安排，领导埋单。"苏明杰说："好，晚上我一定到。"张局说："说是镇车，但今晚有一规矩，所有人都不带车。"

苏明杰自然不会听他的。饭人家安排了，酒一定得自己带。他家里还没存酒，就跑超市买了一箱剑南春塞后备箱。到饭店一看，区、县六个局的局长都在，便知道预谋好了。桌上赫然摆着三瓶五粮液，这让苏明杰有点脸红。他说："我这酒害羞了。"大家便都有点尴尬。王局是唯一的女性，她走到苏明杰身边，把一个厚厚的红包塞他口袋里。苏明杰要客气，王局说："这是我和你苏局的一点私人关系，他们几个可都没看见。"几个人哈哈大笑起来。苏明杰不好再推拒。王局说："那……谁的三瓶五粮液少了，下次多带几瓶。这次呢，咱就喝领导的酒。"苏明杰说："今晚不醉不归。"

苏明杰的生活又枝繁叶茂起来。工作，应酬，迎来送往，忙得顾头不顾尾的。菜谱是研究不了了，甚至在家吃顿饭都难。领导、同事、同学、朋友……原先八竿子打不着的人都找来了，各种名目的聚餐前赴后继。车也成了配合他演出的道具。需要喝酒的场合，绝不带车；有些勉力应付的酒局，开车去，车成了拒酒的灵丹妙药。不过，苏明杰似乎很享受，隐约感觉到，自己一直企盼的不就是这热火朝天的生活？他也看清了自己，并非真正喜欢狗日的菜谱，别人做好了，香喷喷地等着你吃，不好吗?

出道晚，看着颇老道的苏明杰，在官场其实还是个雏。一次开车，就差点开出事故。那次到县局检查，因事发突然，局里没车可派，苏明杰开着“红旗”出了门。接待他的李局眼里露出一丝惊讶。中午吃饭时，李局说：“苏局，我到局里取一份文件，能不能借你的宝驹一用?”苏明杰没多想，就把钥匙撂给他。检查完往回返时，感觉哪里不对，往后座一瞅，多了一个黑色塑料袋。苏明杰掂过来，解开一看，整整齐齐码着五沓人民币。他的心扑通乱跳。他记得李局给他说想争取一个项目，苏明杰答应帮忙了，而自己这次单枪匹马前来，肯定让他产生了误会。

苏明杰承认自己心理素质不过关，开个车都头晕，干得成啥大事?最主要的，他不想乌纱刚戴头上就被撸下来。他脑子高速旋转，这钱怎么处理。他迅速下车买了一听茶叶，掏出茶叶，把那五沓钱塞进去。返回县局，车也没下。他给李局打电话，让他下楼。摇开车窗，他说：“李局，你看我这记性，特意带了一听茶叶给你的，咋就忘车上了。”隔窗把茶叶筒扔了出去。

回到市局，苏明杰一分钟不停，着手办理李局项目的事。通过此事，苏明杰看到一点官场水的深浅，后背一身冷汗。刚好组织部抽调人员驻村，配合开展精准扶贫工作。苏明杰主动报名，做了驻村第一书记。他给苏道全打电话，说他们局有驻村任务，让苏集争取他们局进驻。苏道全道行深，稍一用力就促成了此事。驻村期间，苏明杰争取资金为村里修了两公里生产路，建了十座桥涵，打了六十口机井，修缮了教学楼。这为他在苏集赢得了口碑。清明节回家上坟，通往他家坟地，多出一条水泥路，虽不宽，但刮风下雨无碍了。他投之以桃，苏道全回了个李。

五

年终表先，单位、个人均获得了驻村先进。为单位争得了荣誉，刘局很高兴，专门设了庆功宴。班子成员挨个敬酒，一高兴，苏明杰喝大了。早上起来，头还隐隐作痛，看看周围环境陌生，才记起醉酒后被安排到了酒店。想想昨晚的酒，似乎没喝多少，咋就醉得一塌糊涂？而再回忆喝酒的细节，竟恍恍惚惚不大清晰。是酒后短暂失忆吗？以前从没这情况，到底岁月不饶人啊。

正胡思乱想，枕边手机咿咿呀呀唱起来。摸过来一看，是高中班长闫鹏飞。闫班长在电话里嚷：“你咋回事，打几次电话不接?”苏明杰说：“喝大了，酒店躺着呢。有屁快放。”闫班长说：“同学聚会，你被选入筹备组了，有没有空参加?”苏明杰一激灵，余酒全消，能进筹备组的，在这小城，哪个没点能量?忙说：“有空，一切听从闫班长安排。”闫鹏飞说：“好，等我电话，我们几个先碰碰头，拟出活动方案。”

高中同学上次聚会还要追溯到N年前。那次聚会是胡晋阳发起的。当别人都在为生计奔波时，胡同学已经掘到了第一桶金。胡晋阳没读大学，却装备了一个聪明的商人大脑。最初，他背着一台电机满大街推销；摩托车风靡时，他租了两间门面卖摩托；汽车一兴起，他摇身一变，成了汽车经销商。而那时，苏明杰还在单位夹着尾巴做人呢。说实话，苏明杰很排斥胡晋阳发起的聚会，那纯粹是他一个人的舞台。可他又不愿拒绝，谁让他对崔娜那般痴情呢？他想看到崔娜。

崔娜属于好看又聪明的女孩。一头柔顺的长发披在肩上，两只眼睛扑闪扑闪的，把苏明杰的魂勾跑了。高中三年，差不多都是苏明杰考第一，崔娜考第二。苏明杰拼了命学习，别人都认为他用功，只有他清楚，他有一大半功夫是为崔娜下的。他多想拉一拉崔娜白皙修长的手，可每次还没和崔娜目光相接，他都怯怯地躲开了。他恨自己的怯懦。他想，一定要考上大学，那时或许就有胆量向崔娜表白了。可是崔娜也考上了大学，他那点农民的自卑又跑出来作怪，最终，他连和崔娜合一张影的勇气都没凝聚出来。

大学毕业，苏明杰背着行李灰溜溜地回了老家。想不到崔娜也回来了，分配在母校教书。他潜入路边偷窥过她几次。崔娜骑一小巧二六斜梁自行车，头发高高地绾在脑后，脖颈细长白亮，穿一紫色大摆裙，越发得风情万种。苏明杰又自惭形秽起来。满腹心事，却没敢向别人吐露一字。每次介绍对象，他都一口回绝。他说不出自己在等什么。一次聚餐，有人说崔娜结婚了。苏明杰心一揪，像被谁狠狠捅了一刀，滴滴答答流下血来，说不出的疼。他似随意地问："嫁的谁啊？""他们学校的老师。"苏明杰真想抽自己几个耳光。在机械厂上班的汪霞恰好此时出现，面没见，苏明杰就说行。结婚五年，机械厂倒闭，汪霞下岗。

想到很快就会见到崔娜，苏明杰心猿意马起来，又有了初恋的感觉。有"副处"垫底，再不会像过去那样露怯了吧。

为了迎接此次同学聚会，苏明杰专门跑到理发店。头发花白，额前一片开阔，只能借理发师的妙手让它回春了。放得发霉的西装也被他找出来，他甚至还打上了领带。开着车，他不自觉看向副驾，想象着崔娜坐那儿会是怎样的一种美妙。

他踩着点来到预订酒店。门前竟黑压压停着一堆汽车。但似乎没几辆比他的"红旗"硬朗。只有胡晋阳那辆大奔扎眼。

有同学在导引，推开门，看见一群陌生中年大妈。正要退出去，有人喊："苏明杰，还不快滚进来！"不是高中那帮狐朋狗友是谁？

坐下后，苏明杰一个一个辨认，到底没认出崔娜。这帮女人，脸上涂着厚粉，但皮肤的油光和弹性没有了，衣服倒比人鲜亮。

为了避免认错人的尴尬，筹备组专门安排了自我介绍环节。一个圆胖女人站起来，说她叫崔娜。苏明杰嘴张得老大，仿佛一只苍蝇飞进去，恶心得要吐。

午饭时，苏明杰把自己灌得烂醉。按照活动方案，下午要爬一座小山，晚上住宿酒店，为的是有仇报仇，有恩报恩。苏明杰酒醒时，楼层空无一人，一众人大概爬山去了。他招呼也没打，逃也似的出了酒店。他有点后悔，自己咋会热衷于参加同学聚会呢！

六

半年后，闫班长又来电话，说是看看胡晋阳去。苏明杰问："胡晋阳怎么了？""胃癌晚期。"苏明阳"咯噔"一声，仿佛一失足从万丈悬崖跌落，心脏半天还没归位。

又半年，一众朋友出席了胡晋阳的葬礼。据说，为了和癌症做斗争，胡晋阳花了三百多万。有钱如何？到底没能挽留住生命。一时，心情都有些灰暗，真如万马齐喑。苏明杰似乎突然间明白一个道理，什么腰缠万贯，什么高官厚爵，生命才是第一位的！

此后一段时间，苏明杰敏感多疑起来。一次胃疼，怀疑要步胡晋阳同学后尘，吓得不轻。赶紧到医院做一全身检查。所幸一场虚惊，但也查出了气管壁粗糙、血压血糖血脂三高、脂肪肝……一大堆毛病。这才知身体已脆弱不堪，遂遵医嘱，牢记各种注意事项。再有名目繁多的约酒，真心惧怕，能推便推了。汪霞也成了惊弓之鸟，夜幕降临，就于超市门前，拉出音箱，召集一帮大妈，嘣嚓嚓，跳起了广场舞。

苏明杰第一次对着"红旗"心塞起来。好久没摸车了，上下班习惯了步行，微微出一点细汗，舒服。闺女研究生毕业，入职某国企。苏明杰电话打过去：“闺女，参加工作了，爸把‘红旗’送你吧。”闺女不买账：“你那‘红旗’像战舰，我才看不上呢，爸留着自己用吧。”

漂亮的“红旗”已积了薄薄一层尘土。没办法，苏明杰只得买了一件车衣，小心给它穿身上。

（选自《奔流》2021 年第 9 期）

2021年河南文学作品选

小小说卷

何　弘　主编

张晓林　编

郑州大学出版社

图书在版编目(CIP)数据

2021年河南文学作品选. 小小说卷 / 何弘主编 ; 张晓林编. —郑州 : 郑州大学出版社, 2022.8
ISBN 978-7-5645-8812-0

Ⅰ. ①2… Ⅱ. ①何… ②张… Ⅲ. ①中国文学 - 当代文学 - 作品综合集 - 河南②小小说 - 小说集 - 中国 - 当代 Ⅳ. ①I218.61 ②I247.82

中国版本图书馆 CIP 数据核字(2022)第 103856 号

2021年河南文学作品选·小小说卷
2021 NIAN HENAN WENXUE ZUOPINXUAN · XIAOXIAOSHUO JUAN

策　　划	李勇军	封面设计	小　花
责任编辑	孙精精	版式设计	小　花
责任校对	刘晓晓	责任监制	凌　青　李瑞卿

出版发行	郑州大学出版社(http://www.zzup.cn)
地　　址	郑州市大学路 40 号(450052)
出 版 人	孙保营
发行电话	0371-66966070
经　　销	全国新华书店
印　　刷	河南新华印刷集团有限公司
开　　本	890 mm×1 240 mm　1 / 32
总 印 张	61.75
总 字 数	1 301 千字
版　　次	2022 年 8 月第 1 版
印　　次	2022 年 8 月第 1 次印刷

书　　号	ISBN 978-7-5645-8812-0	总 定 价:198.00 元(共六册)

目　录

contents

001 / 杨兄弟　　赵文辉

007 / 白虎堂　　奚同发

011 / 疯老头　　曹洪蔚

015 / 匿名者　　侯发山

019 / 百鸟朝柿　　江　岸

023 / 带路的姑父　　范子平

027 / 老相　　胡　炎

031 / 黄檗山一夜　　丁大成

035 / 起飞　　胡亚林

039 / 陪罚　　薛培政

043 / 一车鸟鸣　　杨帮立

047 / 红薯，红薯　　许心龙

051 / 父亲　　原上秋

055 / 荷花女　　周　亭

060 / 认识一个女人　　非花非雾

064 / 布谷声声　　陈小庆

068 / 嫁妆　　司玉笙

072 / 抠搜　　马金章

077 / 赊刀　　王清海

083 / 后门　　马河静

086 / 喂鸽子　　衣　水

090 / 山上有座庙　　侯家豪

094 / 杀鸡　　刘加军

098 / 送他一程　　刘万勤

101 / 石头镜　　孙彦涛

105 / 铲车司机　　一　兵

109 / 默戏　　赵长春

113 / 今夕何夕　　左海伯

117 / 半碗白米饭的牵挂　　施永杰

121 / 洁癖症　　梁丽红

125 / 三小姐　　王小宁

129 / 三八二十三　　王　荀

133 / 风吹叶动　　谢旭晴

137 / 赠书者　　轩　窗

141 / 鹊桥仙　　尚培元

147 / 勇气　　彭永强

150 / 红绳　　郝思彤

154 / 爆米花香　　张建广

158 / 红色独轮车　　杨建营

162 / 龙虎斗　　王又锋

165 / 花床　　张学鹏

170 / 后人　　白利芳

173 / 咬鸡　　白龙涛

177 / 红旗　　陈洪涛

182 / 私房钱　　陈惊鸽

185 / 换酒　　戴玉祥

189 / 白月光　　高曙光

194 / 我哥二皮　　呼庆法

202 / 两封学生来信　　李汤波

206 / 旗袍　　黎　筠

210 / 红苹果　青苹果　　刘艳华

213 / 余矿长　　王晓峰

217 / 柜中缘　　杨西京

222 / 长安五时辰　　郑俊甫

226 / 心事　　崔永照

229 / 这货　　张国平

234 / 午夜男孩　　王红芳

238 / 挂断的电话　　熊　燕

241 / 跑堂　　邵　卫

245 / 我家就在龙门报国寺　　宁高明

249 / 麦田里的掌声　　彭雪梅

253 / 阳台上的春天　　邓丽星

257 / 一个鸡蛋　　肖永成

261 / 德邻粮行　　张明重

265 / 大鹰　　贺敬涛

269 / 两棵皂角树　　亢留柱

273 / 萝卜　　王之双

278 / 今天我请客　　杨亚爽

281 / 说书　　高国顺

286 / 信信　　海　峡

290 / 庄客　　王振东

295 / 地图　　耿永红

299 / 三重门　　张中杰

303 / 迷失在青春岁月里的爱情　　顾振威

307 / 月牙弯弯　　张文秀

311 / 张小晗和她的月子中心　　胡天翔

315 / 接头暗号　　王伟锋

319 / 弈惑　　阿　贵

323 / 编后记

杨兄弟

赵文辉

饭店纳入正规后，尤其还清了贷款，我松了一口气，时不时去蒸个桑拿，撸个串，放松一下。有一回，刚躺下一条热毛巾就盖到脸上，我心里一阵惊喜：久违了。当时他和所有搓澡师傅一样，用澡巾在我身上试探没几下就问："灰不少啊，哥，要不要来个搓泥宝?"

我说不用。要是别的师傅，从接下来的手法中我就能感觉到他们挣不到提成后的失望和敷衍，他却不一样，自始至终都是那么认真、卖力，特别是在后背上的过多停留和脚趾间的细心抠挠，让我对他一下子产生了好感。接近尾声时他又问："推盐不推，还有牛奶、硫黄、芦荟……"仍然是搓澡的程序。

我真不喜欢那些腻腻答答的东西，我只喜欢洗头，也是为了不让他失望。他用手指头肚给我挠头，没有让指甲去野蛮地工作，这个年轻人让你没法不喜欢。一边洗头一边闲聊，他问我是做啥的。我让他猜，他吸了吸鼻子，说我头发上有股炸油条的味儿。我一愣，旋即告诉他我是个厨师。往下越说越投机，最后我俩互留了电话，加了微信，我在备注名一栏存了一个“杨兄弟”。离开时他问我：“去你们饭店吃饭，能不能送个汤？”

“小事一桩。”

“能不能打折？”

“小事一桩，免单都没问题。”我差点说出自己就是老板，于是赶紧改口，“请你撮一顿没问题。咱这人，爱交朋友。”

他听了两眼放光，说：“我哪天真去找你了，我也爱交朋友！”我回答他没问题。

我以为只是说说而已，忽然有一天，我正在厨房检查灶台卫生，对讲机里说有人找。杨兄弟和一个白净的胖子站在大堂等我。杨兄弟介绍，胖子是他最好的朋友，李社勇，一个盲人按摩师。那天我请他俩吃了我们饭店的拿手菜：戳开铝箔包装，露出浇过汁的鲈鱼和洋葱丝，这就是我们的招牌鲜鱼。还请他俩喝了一瓶当时比较流行的“江小白”，打开“江小白”之前我先拿出熟客留下来让我喝的半瓶酒，每人倒了一杯。杨兄弟惊为天人地叫出酒的名字，李社勇也大为吃惊：“我长这么大可是头一回碰这玩意儿。”他一说话，两只眼珠就在眼眶里拼命转圈，好像控制不住似的。他很健谈，喜欢提问题，跟所有对生活充满憧憬的青年盲人一样。他刚抿了一口，就问我：“听说假茅台都要加一滴‘敌敌畏’来提香，不知是真是假，赵哥？”我说你要怕下药，你那份让杨兄弟替喝了？他一听赶紧捂住酒杯，我们都笑了。

没过几天，杨兄弟回请了我一顿，在一家著名的大排档，带着那个一张嘴总是闲不住的按摩师。李社勇好像吃过县城所有的馆子，一个盲人美食家。我和杨兄弟一边剥毛豆花生，一边等待烧烤，李社勇不碰毛豆花生，他对夜市摊的凉菜有所畏惧。他二舅也开夜市，心里老装着这个外甥，隔三岔五请他去撮一顿。有一回吃了一盘素拼，肚子一夜都没能消停，差点拉死，输了三瓶液体才算完事。还有一回，是个大冬天，二舅请他吃炝锅面，汤太浓天太冷，吃到一半汤都凝固了，上下嘴片差点粘住。杨兄弟打断他，那是你太能说了。我们一齐大笑起来，李社勇忽然转向杨兄弟，用什么都看不见的眼睛盯着杨兄弟："你舅舅不行，老家伙不地道！"

杨兄弟急忙阻止，却根本不管用。李社勇已经转向我，愤愤不平地告诉我：杨兄弟五岁时妈妈嫌弃爸爸没能耐，丢下他们跟人私奔了，失去生活勇气的爸爸也一走再没音讯。他跟着舅舅生活，初中没毕业就出来学搓澡。舅舅是个酒鬼，酒喝多了就拿他出气，每次都朝死里揍。李社勇还告诉我，杨兄弟快一年没吃饺子了，他舅舅却经常下馆子，一个人能吃一斤猪头肉。杨兄弟三十多了还是单身，没有彩礼谁嫁他？挣的钱他舅舅给他保管着，说是攒着给他娶媳妇的，却给自己的儿子在城里买房用了。我细细打量杨兄弟，高挑、白净、英俊得逼人，他不应该是个搓澡工。这一刻，我对这个世界非常不满。

最后，杨兄弟非常严厉地阻止了李社勇，说："我好歹是他养活大的，不准你再说他的不是！"

不久后我去洗澡，杨兄弟看出我脸色不好，问我有啥心事。

那几天城管局正在找饭店的事，说我们的油烟净化器不合格。我花四万多改了一套新的，以为完事了，谁知又接到一张三万的处罚书。打了又罚，罚了再打。找人说情，没用，局长是个背景很深的人，除了县委书记和县长，谁都不认。三万块，我得卖多少盘菜才能挣来！杨兄弟听完哦一声，若有所思地点点头。

几天后，城管局法制科让我去一趟，科长说局长专门交代你的事了，从轻处罚，交五千元，这是最低的处罚了。说着他又拿出一个有关大气污染防治法的册子，翻到第一百一十八条让我看。一开始我还纳闷儿，不知道谁帮了我。后来才知道是杨兄弟替我求的情，城管局局长是杨兄弟的熟客，每次来都点名要他服务。他很喜欢杨兄弟的“热毛巾”，尤其是酒后。

我决定好好请杨兄弟喝几杯，让我省了一大笔银子。还是那家烧烤大排档，入冬了生意依然火爆。那天我们吃光了桌子上所有能吃的东西，就像这是最后的晚餐，吃完这顿，就没下顿了。李社勇比我还兴奋，在不久前的一次理疗中，他侥幸治好了一个腰疼患者，便认为自己成了腰椎间盘突出治疗专家，打算辞职回家另立门户。他提出要跟我划拳，我一愣，一个盲人……谁知几个回合下来，我发现我怎么努力都赢不了他。邻桌一个熟人好奇，拎着一瓶酒过来问我：“赵老板，我能跟这个小兄弟过两招不能？”我说没问题，谁知他也大败而归。李社勇哈哈大笑：“没有这三两三，不敢上梁山。”

等我们喝到最后时，两瓶白酒已经见底，长条桌上密密麻麻摆满了空啤酒瓶。我大着舌头喊店主过来，把不锈钢盘里两串羊肉串和一串板筋拿去热热。它们已经冰凉，不锈钢盘里有一层白色的凝脂。我又想起李社勇吃炝锅面的事。这时，杨兄弟忽然认真地望着我，仿佛有话要说。他的眼睛那么清澈，一个年逾三十的男子，还是这么纯净和真诚。

“你不是厨师，你是老板。”我听见烟在一次性水杯里灭了的声音。

我点点头：“当初是想和你开个玩笑，没别的意思。”

“我认为你不会承认，你应该说你就是个厨师，你不是老板！”杨兄弟突然一下子泪流满面，我吓了一跳。寂静像铅砣般沉重。

良久良久，他才抬起头：“我最不能忍受的，就是有人骗我，你欺骗了我。”杨兄弟呼出的白气雾悬浮在湛蓝夜色中，仿佛永远也不会消失。

第二天，酒醒后我拨打杨兄弟的电话，电子音告诉我“对方不在服务区”。给他发微信，显示的是“发送失败，对方开启了好友验证”。我一惊，我知道真把他伤了。过了几天，还是跟他联系不上，我急匆匆去九天洗浴，却已是人去楼空。李社勇一双眼白过多的眼珠子不停地转圈，责怪我：“你不该骗他的，当初他妈离开他说去姥姥家，他爸说去打工挣钱给他买电动火车，都一去没回头。他被骗怕了，他可从来不说一句假话。”

我想起有一次杨兄弟对我说过的话：“如果这辈子可以重来的话，我想当一名厨师。”当时我还真动了念想，可如今……那个深夜陪你一起撸串的人，一定是你生命中不同寻常的人。我追悔莫及。

（选自《小说选刊》2021 年第 4 期）

白虎堂

奚同发

他是会长，没有退路，一拍桌子决定唱。梨园会的各班主面面相觑，给日本鬼子演戏，传出去要被人骂死；可不演，是要杀头的。

他说，唱《白虎堂》用人少，江家班自己就成。

大家拱手致谢，纷纷赞叹江班主的仗义。

没想到演出那天上午，保安队来到江家班，说是为了保证演出，要先带走一个人质。

师妹往前一站说，这也太过分了吧！上戏前，大家要重新合计合计，走走台。

保安队长一斜眼，嘴里嘟囔道，说的也是，那就你跟我们走一趟。

小飞鱼急忙拦着说，不行，她晚上也要上戏，演林娘子的。

保安队长说，放心，下午就把她提前送到戏院，比你们去得都早，不耽误。

江班主和大伙只能眼睁睁望着师妹被枪逼着带走。

这次演出，江班主已计划好。一开戏，师妹演林冲妻，与小飞鱼演的丫鬟一起上场，然后他演的林冲带刀去白虎堂，师妹与丫鬟的戏就结束了，两人迅速换上男装离开。舞台上就剩下他与演高俅、陆谦的两个徒弟。

何时动手，他选了两个节点。一个是林冲看到“白虎堂”匾，倒吸一口冷气，通过抓袖、背手、双肩微抖等一系列动作伴着念白“呀呀呀呀”，倒退至台下，靠近小鬼子秋田。这是最佳时机，刚好林冲怀抱宝刀，猛然转身，秋风扫落叶般唰唰挥刀把秋田的脑袋当落叶给扫了，然后快刀切西瓜，噼里啪啦一通分瓜瓣……另一环节是后备：林冲被打八十军棍后，甩发、翻滚、跪蹉步等一连串动作，至戏台边沿，待高俅让陆谦拿刀前来对质，问他到底招不招；他迅疾从陆谦手中拔出刀，恰好一个翻身下台，然后秋风扫落叶、快刀切西瓜……

这一切，只有他心知肚明，也没告诉徒弟，担心孩子们年少不经事，若提前知情难免台上露怯。国难至此，活命不易，何不来个鱼死网破，痛快一回。

唤来小飞鱼备了笔墨纸砚，再独自坐定，嗑了一把南瓜子，喝了一壶碧螺春，斗笔在手，饱蘸浓墨，一气呵成四个大字。慨然而叹，这四个字终于派上用场。依计划，这四个字先贴匾上，其上蒙一层黑纸，书“白虎堂”白字匾。依他的手势，运刀秋风扫落叶时，饰演陆谦的徒弟，将撕去“白虎堂”那一层纸。

江班主最有名的戏，是项羽。他演项羽的第一次出场，是别的角突然没法上台而临时替补，没想到收获了满堂彩。再后来，原角演，台下却一片吆喝要换人。他便成了戏班子中的项羽，一唱就是大半辈子。平常他是那种木讷之人，戏台上却驰马扬鞭，挥剑舞枪，气吞万里。有人说，他这辈子为唱戏而来，舞台上把话都说完了，生活中就没了话。

下午出发前，他再次叫来小飞鱼，细细交代一番。小飞鱼是那种很听话的徒弟，也不多问。对于他，向来是言听计从，让跳火坑，也不会眨眼。想当年，他四乡八镇演《霸王别姬》，演到哪儿，小飞鱼追到哪儿。爹妈没招了，任由她跟着戏班，也算那个饥饿年代中找条活路。小飞鱼悟性高，他尽心教，她尽心学，后来与他搭戏演虞姬，身形娇小优美，很上戏，两人台上的感觉就有些出神入化，蝶恋花似的。

意外的是，那一天，他与回到后台的师妹等人换好戏装等了很久，日本人没来。

事后有人说，小鬼子路上遭袭……

带了戏班子回家的他，几天后决定与师妹完婚。

婚后的次日，小飞鱼不辞而别。留下所有的戏班行头，只带随身衣物。据同班小生讲，她之前曾说想家了，或许回家看看。这一去再没返回。

新中国成立后，政府审查戏班，有给日本人演出的记录，且梨园公会亦由日本人管辖，他不是汉奸是什么？

江班主解释，虽然答应演，但没有演，另外，他把林冲用的刀换成了真刀，计在刺杀鬼子。负责的同志说，这个情况如果真实，你不仅不是汉奸，还是英雄。拿证据来，尤其需要证人。

他没有再说什么，此事除了他，没有第二个人知道。那把刀，回家当晚，就从鞘中换出，后来一次行路的途中被解放军战士拿走上了战场。至于那幅藏于匾额上的大字，回家后，他发现竟是白纸。千真万确，他在后台让所有人出去后亲手换上的，当时紧张得都出了汗，以他的功夫，哪能说流汗就流汗，舞台上演出一出汗妆不就花了？所以，待匾上两层纸蒙好，他特意另补了妆。那幅字怎么不翼而飞？

几天后，接政府通知，去前，他做好了一切准备。

没想到，现场让他把那四个字又写了几遍，虽不能还原，还是认可了他，并把一幅“还我河山”的横幅还给了他——正是他当年所书。

哪来的？

对方一笑说，别打听，这个事到此为止，你回去吧！

（选自《大观》2021 年 6 月上半月刊）

疯老头

曹洪蔚

乡长于小军正在小会议室召开班子会。

于小军说，达寨到官庄的这座乡村公路桥，昨天已完成了招投标，牛乡长，你督促中标单位马上开工，要确保今年国庆节前建成通车。马乡长，达寨综合农贸市场项目也要抓进度，落实“5+2”“白加黑”工作制度，快速推进，不能误了七月份的项目观摩和验收。还有……

于小军正讲得起劲，有人敲门进来，径直走到他跟前，俯到他耳边说，于乡长，于洼村的那个疯老头又来了，喊着闹着要见你。

于小军说，你先去稳住他，会结束了，把他领来见我。

跟这个疯老头，于小军打过多次交道。去年，于小军刚刚走马上任，会见的第一个上访群众就是他。这老头也姓于，一上来就跟他套近乎、攀本家。于小军对此并不介意，笑着说，是本家，这没错，按辈分，我得叫你个叔。本家叔，你今天找我要反映啥事儿呀？

疯老头挠了一阵花白稀疏的头发，说，小军啊，听说你是从大学门进机关门，缺少农村工作经验，我是担心你不适应啊。乡里头，水可深，人很杂，你刚来要沉住气，多谈心，多观察，多下去，吃透情况，再表态，再决策，不至于被动。

那天，疯老头絮絮叨叨了半上午。于小军没有表现得不耐烦，像个小学生似的，听得认真，并不时颔首。

疯老头走后，牛副乡长挤进来，对他说，以后，不用搭理他恁多，就是个疯老头。

于小军打听疯老头的情况。牛副乡长说，这人叫于大军，年轻的时候当过民办教师，一直转正不了，就不干了。后来做倒卖生意赔了钱，气得老婆也跑了，一个人带着儿子过。前些年，儿子考大学没考上，气坏了脑子，变得只知道吃饭不知道干活，见天儿在村里悠悠逛逛的。这日子，这儿子，害得于大军也成了半疯子，爱说话，还不着调，村里人都叫他疯老头。前些天，我下去查扶贫，疯老头见到我说，牛乡长，可别看不起俺爷俩，俺都享受着国务院政府特殊津贴呢。我知道，他家是建档立卡的贫困户，吃着低保呢。

听完，于小军嘟囔了一句：这疯老头，活得也不容易呀。

班子会开完，疯老头走进了会议室，东站站，西站站，也不敢落座。于小军一只手端着纸杯，一只手把他按坐在沙发上，问，本家叔，又有啥指教啊？

疯老头咕咚罢一口水，说，小军啊，自从你来咱达寨乡当乡长，我就义务做起了村情民意收集员，我得让你知道老百姓盼的啥想的啥恨的啥，这样干起工作来，才知道往哪里用力。眼下，有个事儿你就得考虑考虑。达寨和坑井村隔着一条淤泥河，来往只有一个木架桥，只能走人，不能通车，群众做梦都盼着赶快修一座水泥桥，可你却把项目放到了通向官庄的路上。大伙说，这个乡长不但迷信，还是个官迷。达官桥，通的是官路，达坑桥，是要去跳坑啊。他能愿修？我一听，就坐不住了，就跑来告诉你。

于小军听了，捧着茶杯好一阵发呆，然后说，本家叔，你反映的这个情况非常重要。我只想着桥的问题分批解决，倒没想这么多。这样，你回去告诉大伙，我明天就去县上跑项目，争取年内把达坑桥也修好。就说我这个乡长不怕跳坑，只要百姓过得好。

疯老头听了，把纸杯里剩余的水一下灌进肚子里，说，小军，这样说，你叔就放心了。拍拍屁股，走了。

转眼到了麦季，家家都在忙收抢种。这天一大早，疯老头又来找于小军，火烧屁股似的。说，这不中，这可不中，到嘴的麦子烂到地里，法理不容，天理也不容，捅出来，会出事情的。

于小军半天才明白：达寨村南有块麦田，好几十亩，因为靠近环保监测点，县乡干部害怕收麦扬尘影响环保考评指数，阻挠农民抢收麦子，眼看要焦到地里了。听说有人拍了小视频，要发到网上呢。

于小军慌忙赶到现场，对站在收割机旁边的农民一挥手，说，下田收麦，有什么事情我担着。

第二天，于小军浏览手机，发现邻县的一个乡长就是因为这样的事被免了职，立时出了一身冷汗。为了感谢疯老头的“友情提醒”，下午，于小军专程赶到于洼村，给疯老头送去了一麻袋早熟西瓜。

春节前，县乡换届，于小军当上了乡党委书记。处理完乡里的大事小情，回到县城的家已是除夕了。正贴着对联，乡财政所的王所长打来电话，说，于书记，快别贴门神了，你家大门口就有个活门神，那个疯老头手里掂着个棍，说谁敢给小军书记送礼，他就木棍伺候，打出去。我们给你备了些年货，也送不进去。

于小军一边接电话，一边往大门口走，果然看见疯老头手里掂着根木棍，立在那里。挂了电话，于小军说，本家叔，我心里头清楚，你就是我的保护神啊。放心吧叔，我给你打包票，今年春节，谁也别想敲开我家的门。

哪知，这于小军小礼拒收，却贪了大的，承建达寨综合农贸市场的工头，一笔给了他 50 万。

那天，疯老头来探监，坐在探视窗前哭得说不成话。后来，他说，你知道我那个疯儿子叫啥吗？他叫于小军。七年前，我托人调查过你，也弄清了事情的真相，你是顶替我儿子读的大学。后来，我对那人说，把这事烂在肚里吧，已经毁了一个孩子，不想再毁掉一个。我指望你……可到头来，呜呜……

于小军呆愣了一会儿，然后，隔着探视窗，他跪下了。

（选自《大观》2021 年 3 月上半月刊）

匿名者

侯发山

老王在月亮湾一带颇有名气，大人小孩没有不知道的。他一不从政，二不经商，他有一手绝活儿，会看风水，俗称阴阳先生，算卦的，文雅一点儿说是卜卦。当地有一句歇后语：老王放屁——神奇（气）。足见他在当地的影响。除了阳宅阴宅，结婚看好儿（即好日子），需要他掐算；亡者入土，也要他定时辰；即便刨棵树，还要找他定日子……总之，好多事都离不开他。因此说，他在月亮湾算是个名人。

老王最经典的案例是“一指禅”。有一年，村里好几个学生参加高考，具体说来，张婶、李嫂、刘叔家各有两个考生。大人们不放心，请老王给算算结果，老王推辞不过，只好分别给三个家长伸出一个指头。不等他们多打听，老王就又竖起食指说：“天机不可泄露。”后来，张婶家的两个考上了大学，李嫂家的考上一个，刘叔的两个考生一个都没过线。老王对张婶说：“不出所料，都考上了，一个都不剩。”他对李婶说：“果然，考上一个。”刘叔不等他解释，便心服口服：“不出老王所料，一个都不行。”

事情传开后，都说老王神，是大师。老王笑笑，也不多做解释。他这人还有一个长处，给人掐指算卦，不管给不给红包，不管给的红包大小，都从不计较。

扯远了，说正事。有个爱心人士匿名给村里捐款三十万，让村里建一所小学。

说来也巧，学校刚建成那一年，路过一个留着八字胡的阴阳先生。村主任贵叔也是一时嘴痒，让“八字胡”给看看学校的风水。

“八字胡”岭上看看，岭下转转，微闭眼睛，只见嘴唇颤动，听不到声音，然后猛地睁开眼睛，说：“不妙，这里是火龙地，容易发生火灾。”

贵叔给吓坏了，不解地瞅着“八字胡”。围观的村民也都面面相觑，一脸惊恐。

“八字胡”手指学校后边，说：“那是什么？”

贵叔说：“那是烟囱啊，当地的发电厂。”

“八字胡”说：“烟囱走火，烟囱不就是火龙吗？因此烟囱附近就是火龙地，火龙地长不出庄稼和树木的。”

“这跟学校有啥关系？”贵叔还是不解。

“学校是干什么的？”“八字胡”反问道。

贵叔说：“学校是教书育人的啊，这还用解释？”

“八字胡”便恨铁不成钢地说：“十年树木，百年树人。树木和庄稼都长不了，还能育出人才？”

贵叔琢磨琢磨，还真是那么回事儿，虽说“八字胡”的解释有点儿牵强。当即，贵叔心里跟吃了只苍蝇似的，不舒服。围观的几位村民小声议论，如临大敌。

“八字胡”说：“如果控制不力，火将变成吞噬一切的恶魔。”

“这可如何是好？总不能把学校拆了重建。”当时村里建校选址，实在找不出地方，决定在这里动工时，贵叔找了老王，让他看看是否合适。老王搭眼一瞅，伸出一个指头，说了一个“中”字。

“遇到本大师算是贵村的福气……当然有破法儿，不过，需要跟神仙通融……”说到这里，“八字胡”的手指捻了几下。

贵叔明白了，“八字胡”要红包。

这时候，老王到了跟前——村里有人给他通风报信。老王从口袋里摸出几张纸币，拿出打火机，说：“既然是给神仙买路的，是不是要烧给神仙啊？”

“这，这，这……”“八字胡”面红耳赤，知道遇上茬儿了。

老王对贵叔说：“学校这块地方是风水宝地！为什么？就是因为学校后边这根烟囱！”

贵叔、现场的其他村民，包括“八字胡”都瞅着老王，满脸的问号。

老王说：“烟囱像一根又粗又大的高香天天在烧，天天在保佑……学校还能不平安？还愁不出人才？烟囱通天接地，暗含天人合一、步步高升的风水理念，怎能说这地方不好呢？”

这话说得滴水不漏。贵叔笑了，围观的村民也都拍起了巴掌。

“八字胡”见状，灰溜溜地走了。

学校开学那天，贵叔趁着老王多喝了两杯，便想套他的实话：“你们整天子丑寅卯疑神疑鬼的，到底有没有风水?”

“有！风水是什么？风水是人心。”老王喷着酒气，指着自己的胸口说，“良心好了，风水就好。”

这话有人信，有人不信。信的人说，老王说的是实话。不信的人说，老王喝多了，胡咧咧哩。

贵叔和村里的老少爷们儿不知道，捐款三十万建校的匿名者正是老王。

（选自《小说选刊》2021 年第 10 期）

百鸟朝柿

江　岸

姥爷、姥姥没有儿子，我没有舅舅。姥爷五十岁那年，随着小姨最后一个出嫁，姥爷和姥姥的家就成了他们俩的空巢。

小时候，位于大别山山窝里的姥姥家简直就是我的天堂。每逢节假日，妈妈都会带着我回娘家，到她的故乡黄泥湾去一趟。有时候爸爸也跟着去，多数时候，是我们娘儿俩一起去。

下乡的日子，我的快乐就像山区蓝天上飘荡的白云，奔涌得无边无际。且不说姥爷和姥姥捧在手心怕飞了、含在嘴里怕化了的宠爱，且不说夏季在洗脂河里戏水的清爽，且不说冬日在山坡上滑雪的畅快……单是菜园里新鲜的瓜蔬、树林里甜蜜的浆果、房前屋后熟透了的红桃黄杏，都足以让我这个馋嘴的城里娃儿对这一片神奇的山谷流连忘返。

最让我印象深刻的，还是姥爷、姥姥亲手做的脆柿和烘柿。

姥姥家院墙外面，有一排参差不齐的树，矮的是石榴和樱桃，几棵高过墙头的树，一棵是香椿，两棵是柿树。听姥姥说，原来这两棵柿树结的柿子叫牛眼柿，鸡蛋大小，籽儿还特别多；

后来，经过姥爷亲手嫁接，结的柿子叫磨盘柿，比大人的拳头还大。每年秋天，他俩把柿子摘下来，一部分泡在坛子里，坛口塞上从河边割来的马蓼去涩——制作脆柿。泡个几天，将柿子捞出来洗净，削了皮，咬一口，又甜又脆，口感赛过苹果和香梨。另一部分装进塑料袋子里，里面放上两个苹果，将袋口扎紧，用棉被捂上——制作烘柿。几天以后，柿子变红变软，揭开一块皮，将嘴巴贴上去慢慢吮吸，绵软香甜，柔滑得像喝了一罐蜜。

姥爷、姥姥知道我喜欢吃柿子，每年秋天的时候，都会把脆柿和烘柿提前加工好，我去了以后，让我每天吃两个，因为柿子性寒，并不让我多吃。吃不了的，让我临走时兜着走。

后来我慢慢长大了，一来呢，嘴没有小时候那么馋了，二来呢，我到外地求学、参加工作，再也不能经常去看望姥爷和姥姥了，竟然错过很多品尝姥姥家美味的机会，但是，姥姥家柿子香甜的滋味却永远扎根在我的记忆深处。

岁月如梭，人生无常。一个秋天的傍晚，我正在上班呢，妈妈突然打来电话，拖着哭腔说，你姥姥在医院里，快不行了，你抓紧时间赶回来，见她最后一面。

我紧赶慢赶，回到家乡，匆匆送别了姥姥。姥姥安葬了，我偎在姥爷身边，坐在院子里，想陪他说说话。姥爷面容苍老，平静的神情下面，掩抑着无尽的哀伤。我憋着泪水，握着他布满老茧的大手，满腹的话语不知道如何启齿。

我怕我的泪水控制不住，会不小心流出来，便不时昂起头，仰望院子上面那一方逼仄的天空。我突然看到，在院墙上方，高高的柿树顶端，宽大的树叶里掩隐着星星点点正在由青变黄的柿子。

姥爷，我去帮您摘柿子吧。我站起来说。肯定是柿树太高了，姥爷行动不便，才没有摘净树顶的柿子。

姥爷拉着我的手，把我拉回他的身边坐下，摇摇头说，不用摘了，那是我和你姥姥故意留下的。

为啥？这样不是太浪费了吗？

这些年，你们几个贪嘴的娃娃都长大成人了，也难得有工夫回来陪我们了，我们就再也不用把柿子都摘光了，每棵树顶上，每年都留下几十个柿子。每到冬天，大雪封山，这附近山上的鸟雀们觅不到食儿，麻雀啊，斑鸠啊，喜鹊啊，画眉啊，黄鹂啊，还有乌鸦啊，还有其他叫不上名字的鸟儿啊，都会飞过来，吃几口柿子，度过饥荒。这几年，雪天飞过来吃柿子的鸟雀越来越多，我们留下的柿子也越来越多啦！

怪不得呢，姥爷和姥姥心眼真好，这是保护鸟儿，保护生态环境。

哪儿啊，我们有啥能力保护它们，是它们啊，飞过来陪我们。每年下雪的时候，鸟儿们聚在树上树下，热闹得不得了，把你姥姥高兴得，像过节似的。她呀，总是让我把院里院外的积雪打扫干净，她就一把又一把地往空地上撒稻谷、小麦和玉米，怕这些鸟雀光吃几口柿子，填不饱肚子呢。

我的眼泪终于忍不住，一头扎进姥爷的怀里，号啕大哭起来。

隆冬季节很快就到了。

有一天，看天气预报，豫南地区将有大到暴雪。我突然渴望回到黄泥湾，回到姥爷身边去。我请了假，千里迢迢往回赶。

一路上，我都在想象着姥爷家鸟儿欢聚的热闹场景：大雪纷飞，柿子鲜红，一群五彩缤纷的鸟儿在风雪中在柿树周围一边鸣唱一边翩翩起舞。

我默念着，姥爷，您和姥姥曾经豢养、放飞的一只小鸟，马上也要飞回家了。

（选自《山西文学》2021 年第 3 期）

带路的姑父

范子平

1950年深秋的一个夜晚，冷雨正下得紧。剿匪的解放军趁着夜色包围了太行山口一座孤独的小草房。他们一脚踹开屋门，旋风般扑到床上，将一个人抓住胳膊拧了起来。

这个人就是贫苦农民张套，那时他还没同我的姑姑成亲，独自在这里给一家姓韩的地主管理和看守苗圃。他吓得浑身发抖，连声说饶命饶命。解放军搜查了屋里屋外，没发现啥可疑情况才过来审讯。带队的副营长刘京用手电筒在张套的脸上晃了几晃，连声说不是不是。后来才知道，是有人举报土匪头子侯老三隐藏在这个草屋。

刘京问张套，你知不知道侯老三？张套好一会儿才缓过神来，期期艾艾地说，咋会不知道，那个大魔头！俺韩掌柜的宝贝儿子就是他绑票撕票的——可他从没有来过这地儿，你们一定是弄错了。

刘京就着手电筒的光线铺开地图，跟几个人研究侯老三会藏在哪里。有人说可能重回青云洞。张套突然插话说，不会在青云洞。刘京也估计侯老三不会再回青云洞，但他还是奇怪，说你咋知道他不在青云洞。张套说，侯老三的外甥说他舅舅从不走回头路。刘京说，他外甥？张套说他外甥从前跟我一起扛过活儿，现在磨盘顶包了四十亩地种。刘京几个人铺开地图商量一阵说，很可能就藏这个地方。刘京说，兄弟，麻烦你给我们带路。张套拿一根草绳束了腰，毫不犹豫地起身就走。

事后刘京才意识到，要不是张套带路，当夜没准儿难摸到磨盘顶。这里进山就是森林，根本没有路。他们在大树和灌木丛之间钻来钻去，还横涉两道小溪。夜色漆黑，再加上凄风冷雨，他们每走一步都要耗费很大气力。张套带路艰难跋涉半夜，雨住时到了一个一丈多高的陡坡前。张套领头抓住藤条上去。最后一名战士攀爬时抓的那根藤条断了，人跌落下来。张套又下来让战士踩住他肩膀，上边的人俯下身子才拽上去。张套吆喝说，你们赶紧走，我能慢慢攀上去。刘京他们往前走了一段又有些迷路。有人说可能张套怕死要滑逃走了。但话音未落，张套气喘吁吁又赶了过来，胳膊肘和膝盖都磨出了血。刘京他们最终攀上磨盘顶，经过一阵激烈枪战，击伤并活捉了侯老三。

张套后来成了我的姑父。他就一直在俺村里。成立人民公社后，他当上了俺二队的贫农代表。那时候生产队里仓库的大锁有四把，队长、会计、保管、代表各自掌管一把锁，得共同去开锁才能打开仓库大门。因此这个代表也算是生产小队的干部，也算小有权力。队长较少干活，我姑父经常受队长委托领工上晌。我姑父是干农活的好把式，摇耧撒籽、扬场放磙样样精通。我特别佩服他捆麦个子的技术，两束麦秆一拧连在一起，往一捆麦子上一围，只一两秒，一个捆得扎扎实实的麦个子唰地就立在地里，用桑叉拍打都不散。姑父领着社员干活干得狠，半晌歇息也时间短，大家打四五盘扑克他就连声喊着起来干吧。他锄起地来一马当先，社员们只好更多地“汗滴禾下土”，大家嘴上不说啥但心里都恼他。我大伯说，你姑父呀，脑筋要活络点儿，说不定早吃上公家饭了呢。我听着话里有话，就追问到底怎么回事。

大伯就给我说了。1951 年新政府成立，这儿是四区，区政府要从青年贫雇农中选拔干部，区长刘京首先就想到我姑父。我姑父的缺点是认不得几个字，但认字少可以补文化课。本来这事差不多定了，但节骨眼上刘京又随大军南下了。新调来的区长叫吴放，他不认识我姑父，说拟招收的工作人员要逐个进行政治考验才能录用。

姑父那夜还是在看林园，看护的是自己分到的三亩多柿子林。夜半他睡得正香，突然被几个土匪模样的人从床上抓起来，想反抗已经晚了，被捆得像粽子一样。吴放手电筒强光罩住他的脸说，你想死还是想活？姑父非常恐惧，脸面扭曲着结结巴巴说想活。吴放就说，今天我们要抓你们村农会主席，你愿意不愿意给我们带路？不愿意就地枪毙！那时解放军搞土改是先在村里选定农会主席，等于现在的村主任。我村的农会主席是李大头。姑父一听说来人想抓李大头，就立即挣扎着说，你们松开我，我保证把你们带到他家！吴放吩咐给我姑父松了绑。

姑父穿上褂子带领他们进了村，抄近路一溜小跑把他们领到李大头家的院门外。吴放没有进院，踱到我姑父对面冷笑着说，抓农会主席你也很积极啊！一个敌我不分的糊涂盆！说完丢下痴呆呆的我姑父扬长而去。

我问姑父，你那时咋恁糊涂，耽搁了一辈子的前程。姑父说，李大头放牛娃出身不假，可打他当上农会主席，办多少坏事！俺韩掌柜让他整死了，丢下一个孤苦伶仃的小闺女韩小花，李大头成天夜里去欺负她，她怀孕后跳井死的。农会主席要都像他，那天下不乱了？后来他不是被解放军枪毙了？

我这才理解姑父欣然带队抓李大头的原因。姑父又唠唠叨叨说，咱也没多少文化，干上这个代表咱就知足了！比代表再大的官，估摸俺张家的坟上也没有那棵蒿。

（选自《大观》2021 年 3 月上半月刊）

老相

胡　炎

老相摆了六个菜，四荤两素。荤菜是烧鸡、牛肉、猪耳、羊蹄，素菜是油炸花生米、拌黄瓜。房间狭窄，几件旧家当，冷冷清清，衬托着他的寒酸。在此之前，我踩着泥泞和污水穿过了好几条七弯八拐的小胡同，若不是他来接我，我一定会迷路。我被满屋的肉香熏得有点蒙，对他说，这是干啥？他冲我作了个揖，你可是我的贵人，咋着也得喝几杯。

他把我让到破沙发上，自己搬了条老式的马扎，上面有不少灰黑色的积尘，一屁股坐上去，开了酒，斟在新买的玻璃杯里。我说，我酒量不行。他恭恭敬敬把杯子捧起来，说，蒙你看起我，我敬你。我拗不过他，只得象征性地抿了一下。

老相并不是我的熟人，准确地说，在昨天他从三米多高的桥上跳进河里之前，我们还素不相识。当时我有重要的采访任务，只是匆忙记下了他的电话号码，便离开了。之后，我就多次接到他的电话，问我何时见他。我多少觉得有点可笑，他倒是急于出名，不像那些做了好事不愿留下姓名的人，低调，不事张扬。

老相一口酒下去脸就红了，嘴里嚼着花生米，说，我等你好久了！我说，你认识我？他摇摇头，憨憨地一笑，不是那个意思，我是说，我等你这样的贵人已经好久了。我盼星星盼月亮，终于把你盼来了！我蹙蹙眉，听得一头雾水。

在这个寒碜又邋遢的地方，我并没有打算待多久。我还有更重要的事。所以我想单刀直入，赶快把他昨天跳河救人的事整明白。但老相似乎比我还迫切，一边喝酒一边滔滔不绝。他说昨天那事不算啥，这五年里这样的事他干得太多了，家常便饭。我说，河里那人你认识？他说不认识。我说河那么深，现在又是深秋，你就不怕自己有个闪失？他说，见死不救，那不是人干的事。我笑笑，这句话我喜欢。

我准备告辞，普通市民见义勇为，也就是个短消息的料。可老相一把攥住我的胳膊，坚决不放我走。他手劲奇大，这样逼我留下，让我微微有些不快。

我还有好多事没说呢，他看着我，五年了你知道不？五年了我一直等着给你这个贵人好好说说呢！

我说，好吧，你说。

于是，老相告诉我，他救过很多人，干过很多好事，比如从流氓手里救过小姑娘，从火海里救过邻居刘大爷，在公交车上勇斗扒窃团伙，胳膊上挨了三刀。说着他捋起袖子给我看，果然有几条褐红色的伤疤。信了吧？他问。我点点头，心中将信将疑。伤疤是真，但因何留下的无从考证。干记者的，眼见为实，不能轻信他的一面之词。

给你说个更绝的！他越说越来劲儿，去年有个二百五被女朋友甩了想跳楼，我一个人爬到楼顶，往围栏上一跨，当时把那家伙吓傻了。他问我干啥，我说我娘死了，我不想活了。我打小死了爹，是我娘一把屎一把尿把我拉扯大。除了我娘，再没有别的女人对我好过。就我这熊样，长得又黑又老，二十岁人家看我就像五十岁。我他娘的没钱，没工作，没女人，要啥没啥，倒不如死了去陪我娘。跳吧哥们儿，咱们一块脑袋开花，黄泉路上还有个搭伴的。那家伙竟从围栏上退回来，跑过来拉我的胳膊，还劝我，别死呀，老哥，好歹我还有过女朋友，你连女朋友都没处过，死了多亏。下来下来，咱喝酒去！就这么着，我把那个二百五救了。

看得出，老相颇有些智勇双全的得意。他端起杯子，把大半杯酒一饮而尽，舒服地哈了一声。我看着他。他确实像他的称谓一样，长得老相。我感觉这个其貌不扬的人着实有点儿意思，先前的不快也烟消云散了。

你今年多大？我问他。

三十五。

尽管我猜测过他的年龄，但他的回答还是让我吃了一惊。他竟比我还小两岁，我以为他至少是奔五的人了。

你刚才说的都是真的？我问。他说千真万确，我发誓。我补充道，我的意思是，你说的那些关于你的身世都是真的？他说都是真的，没爹没娘没工作没钱没女人。他指了指他的屋子，你都瞧见了，这就是一个老光棍的家。我说你才三十五，不老。他搔搔头，痛快地“嗐”了一声，五年了，一肚子话终于说出来了，真他娘舒坦！

我突然意识到他多次提起“五年”这个时间概念，颇觉蹊跷，就问，五年前你在干啥？他突然黑了脸，半晌说，坐牢。我心里一沉，为啥？他低下头，说，盗窃。良久，又说，没人瞧得起我，一辈子都没人瞧得起我……我给人说我干了很多好事，可没人愿听，更没人相信。我就想遇见一个记者啥的，写写我，让我露个脸！

老相第三天就上报了。据说他四处搜集报纸，满世界指着自己的报道给人看。不久，他被一家企业聘为了保安。上班当天，他给我这个“贵人”的微信里发来了一张照片。照片上的老相穿着保安服，头戴大盖帽，神情庄严，看上去竟有了几分英武。

（选自《小说林》2021 年第 2 期）

黄檗山一夜

丁大成

已是“乌鸟投林过客稀”。“前山烟暝”，笼罩着新农村，和右边的法眼寺。至于“烟暝”是否进到“柴扉”，身在其中，没能分得清。门口一湖，曰“无念”。湖面几只白鸭，却不见“小童一棹舟如叶，独自编阑鸭阵归”。

而我是个有念的人。纵情黄檗山的好山好水旅游了一天，我现在最大的愿望是，投个合意的店，吃碗合口的饭，梦里故乡。

几家客店的客房，满世界客房一样的制式，不令我满意。我退而踌躇，在候车亭。

嬷嬷向我走来，满身烟火气地走来，轻声说：“走，住家里。”然后车转身在前面领路。我竟乖乖地跟在她后面。看她总有些眼熟，哦，对了，将才她在人群里穿梭，我以为她在找未归的孙子。

嬷嬷回头帮我拿手中的东西，我说不用，嬷嬷说：“客到家里，帮客端东西是礼信。”

不辞山路远，小路浅草松针。遥望，众壑奇殊，青霭入无。近看，花深迷路，嬷嬷暗识，时有惊忙雉鸡飞。行不到一里二里，前面山洼，白墙黑瓦，三间老屋搭一厨房。屋前院场，花生芝麻茄子豆角黄瓜……

嬷嬷躬身站在路边，请我前行。我礼让。嬷嬷说：“你是客。”客随主便。

嬷嬷指引，推开厚重的朱漆大门，经堂屋，到左首的客房。屋内木箱条桌立柜木床，古色古香。黄土地面干净，木格窗户新蒙窗纱，屋顶上的檩子格条瓦背错落有致，白墙屋檐封闭整洁。嬷嬷从廊檐的晒杠上拿来洗晒的床上用品，先在稿荐上铺褥子，再铺篾席，再铺单子，再放印花老蓝布棉被，于是床上都是太阳的味道。

放下背包，走出堂屋，暮霭将山洼笼罩，归鸟在林中叽叽喳喳。

嬷嬷从厨房里打来一木桶热水，我到屋边儿的冲凉房里痛痛快快地洗了个澡。嬷嬷搬来张小木桌在院场，用火灰在自来水管下抹洗茶壶茶盅。自来水是利用落差从不远处的小溪里引来的。空心火炉的水烧开了，嬷嬷为我泡了壶山野茶，问：“吃啥?”我指指菜园里的菜蔬。嬷嬷掐菜，洗菜，去厨房里忙。

在鸟鸣溪唱松涛和晚风的清凉中品山野茶，不只是茶香。

嬷嬷拿来三碟菜蔬和一盘咸鸡蛋，还拿来一壶米吊酒。浊酒一杯喜相逢，我说：“一起吃吧。”嬷嬷说：“你自便。”进厨房忙去了。

月下一壶酒，我大口地吃着喝着。嬷嬷又盛来一碗地锅饭，我双手接过：“真香!”我拿起一个咸鸡蛋磕破剥壳递给嬷嬷，嬷嬷双手接过。

酒足饭饱，我继续喝茶。嬷嬷用火灰在自来水管下抹洗杯盘碗筷。手机响了，嬷嬷在围腰上擦擦湿手接听。“……放暑假还是回来吧，家里凉快。”大概得到满意的回答，嬷嬷欣喜地说，“坐上车后打个电话，我做好吃的等你!”嬷嬷放下电话有些兴奋地对我说，是她干孙子，从小没有爹娘，爷奶走得早，一直跟着她，正准备考研。“俺有五保，开个客房帮补他读书。”

嬷嬷的话支持我的判断，她是孤寡老人。至于如何成孤寡，是儿女早殁老伴儿走了，还是未孕，离婚，或者一直未婚……纷繁世界，一切都有可能。

嬷嬷忙罢了。嬷嬷忙一天大概也累了。我已洗过吃过喝过，客睡主人安。我微醺地仰躺在铺有篾席的木床上，盖一床恰好的老棉被，枕着黄檗山的松风很快进入梦乡。

我回到了故乡奶奶如嬷嬷一样的老屋……

在一阵雀鸟的叽喳叫声中醒来。晨雾笼罩着山洼，空气清甜。我在自来水下刷牙洗脸。嬷嬷将早餐摆在桌上问：“睡得好吧?”我说：“真香!”稀饭就咸豇豆开胃极了。

嬷嬷在晒洗床上用品。我又坐了一会儿，喝了杯茶。

“该走了。”我把自以为应该给的钱数压在碗底。“把多的端走。”嬷嬷伸手去拿碗。我按住碗说：“就算给那位考研的兄弟买份资料。”嬷嬷没再推辞，反身进屋拿来包山野茶塞进我的背包。

“来黄檗山，还来家里啊！”嬷嬷送我，微凉的晨风吹拂她的银发。“嗯。”我使劲点头。

远望近看：“浮天水送无穷树，带雨云埋一半山。”

（选自《南方农村报》2021年1月2日）

起飞

胡亚林

丁宇飞从一大队副大队长提升为三大队大队长后，就又有一些刺耳的闲言碎语吹进耳朵：三年前他发生过事故摔了飞机，还能当大队长？他的飞行技术不怎么样……

眼下，正值新飞行员分到大队，如何面对改装训练，怎样管理和带教，着实让丁宇飞伤脑筋。

仲春的夜晚，恬静适睡。可躺在床上的丁宇飞，却辗转难眠。

像过电影一样，三年前那不堪回首的一幕和之后发生的一些事情，清晰地浮现在眼前。

这天上午，丁宇飞在驾驶飞机穿云训练时，随着“嘭”的一声，座舱盖意外地掉了，飞机像一片飘忽不定的树叶，随时都有机毁人亡的危险。担任指挥员的高副团长，急令丁宇飞跳伞，结果发生了二等飞行事故。

虽然，上级很快查清事故是机械故障所致，可丁宇飞在领导和战友们的面前，却像霜打的茄子，无精打采，一时抬不起头。

可想而知，事故带给丁宇飞的压力和麻烦，不像事故的发生那样只是一瞬间、一会儿，却是那样的“经久耐磨”。他担心事故的发生，除了事故的危险性之外，还有很大一部分原因就是事故后的舆论压力。

事故的阴影一直笼罩在丁宇飞的脑际，他常常担心：现在大家会怎样看待自己？自己还能管理部队吗？事故不久恢复飞行，丁宇飞尤其小心谨慎，没有出现过任何错忘动作。可是，百密总有一疏，丁宇飞担心的事还是出现了。

一次飞仪表课目，飞机本来该右进入，他却飞成了左进入，导致事故征候。结束飞行讲评时，高副团长先是批评他思想麻痹，紧接着又来了一句：当然喽，你的技术也不怎么样，不然就不会摔飞机了。

本来事故已经查清定性，现在却受到曾经的老大队长这样的批评，他的心被深深地刺痛了。

不过，短暂的想法之后，丁宇飞理解老首长是恨铁不成钢，才气得说了难听的话，没有任何计较的理由。

丁宇飞硬着头皮向高副团长作深刻检讨后，顺便说说心里话。

老首长，我辜负了你的希望，你批得对，骂得好。

心里真是这么想？没偷着骂老首长不讲感情，说话不给面子？

哪能呀。我现在越发怀疑自己还是不是飞行这块料。

怎么，想打退堂鼓？高副团长突然严肃起来：我就听不得你这种缺乏信心、没有精气神的言语。不错，我知道你大哥是副市长，妹妹是局长，爱人还是市里一所有名的中学校长，停飞到地方安排工作路子比较宽。可我奉劝你，趁早打消这个念头。即使我很快就要离开飞行队伍了，也容不得你这种私心杂念的蔓延滋长。

老首长，你说很快就要离开飞行队伍是什么意思？

高副团长没有正面回答丁宇飞，而是默默凝视了他一会儿，然后，捋了捋他的飞行服衣领哽咽地说：这身衣服不是谁想穿就能穿上的！

几天后，当丁宇飞得知高副团长因飞行年龄到“杠杠”，很快停飞的消息，终于明白了老首长留给自己的那句话的真谛。而让他又十分自责的是，在老首长最后一次任飞行指挥员时，自己竟发生了飞行事故征候。试想，会在老首长心目中留下何等恶劣的影响，老首长能原谅自己吗?!

一阵嘹亮的起床号声，吹碎了丁宇飞黎明前的愁梦。

早餐过后，团里江政委见丁宇飞眼睛红红的，一脸疲倦样儿，联系近期飞行大队的反映，便知他的心事。

宇飞，告诉你一个好消息，你的老大队长转业地方三年，最近终于提升当上了大单位的一把手。

老首长迎来了一个迟到的春天，当然替他高兴啊！

嗐，他这一步走得太不容易了。刚转业那阵子，闲言碎语不少，唾沫星子淹死人。正是老高的耳根子硬，综合素质好，才赢得组织的信任。就说在部队那些年，老高先后几次给他的同级或下级的同志当“配角”，每次都把“配角”演得有声有色。而每次都有好多闲言碎语在耳边嗡嗡作响。他跟我说得很实在：真正的对手不是别人，而是自己。只要将心态摆正了，就有力量，就能经受住考验，战胜外界的任何干扰！

多好的老首长，真想为他唱支歌！

是呀，老高总是有他的过人之处。当年，正是他完全说服了我和团长，才有了你今天的扶正结果。

不久，办理完爱人随军全部手续的丁宇飞，走上新飞行员改装训练的讲台，第一课，他现身说法，亮家“丑”，没给自己留一点儿情面。

（选自《山西文学》2021 年第 4 期）

陪罚

薛培政

1927 年冬，天出奇地冷。

进腊月，一场鹅毛大雪覆盖村野，让这个寒冷的冬天更加寂静冷清。

这时候，蓬头垢面的缫丝匠于老原，一跟头一骨碌地回家了。

一家人正围着桌子吃午饭。见老原进家，本挺欢喜，哪知他话也不答，冷着脸进了里屋，拉起被子蒙头躺下了。

“是病了，挨欺负了，还是被人劫道了？你倒说个话——”老原妻跟进里屋没出来，在外屋吃饭的人丢下碗筷，一个个大眼瞪小眼。

不一会儿，两个外乡人喊着老原进家，按了手印的字据往桌上一放，粗声大气道：“于掌柜，别叫俺作难，赶紧筹钱，还等着回家过年哩！”

“哎呀，天爷，俺当家的出去忙活几个月，脚还没沾地，这欠哪门子的账啊？”听说是要账的，老原妻迎出来，惊讶地愣在那里。

“哪门子的账？赌账——”来人皮笑肉不笑地回敬。

于老原躺不住了，低头哈腰觍着脸找人，典当了二亩地，才将讨债的打发走。

在鲁中南山区，精通缫丝手艺的于老原，是少有的巧匠。到收完秋、种罢麦，他扁担上肩，一头挑铺盖卷，另一头挑工具篓，外出一冬，腊月进家，进账就够一年的开销了。

可眼下，白忙数月，又搭进二亩好地，老原连气带羞，当晚就病倒了。

他躺在床上一会儿干号，一会儿大喘粗气，嚷着没脸活了。

家人纳闷：一个咸鸭蛋吃三天还有余的“老抠儿”，哪根筋搭错，竟进赌场输得一塌糊涂？

老原到底也没吐半个字。

连躺三天，摇晃着身子起床后，老原咬破手指立家规：凡我子孙，发现进赌场，打出家门，再不姓于。

也该事儿邪，没几天，就有人冒犯家规了。

老原四十岁得子，名唤崇文，家人当心肝宝贝宠着。一个雪后午间，正玩雪的崇文，被人哄进赌场。

众赌徒见崇文被领进来，顿时眼放绿光，呼啦围了过来：“呵呵，小财神来了，快扶上庄！”

赌局押宝，没等首局揭底，崇文被人像拎小鸡似的拎起扔到一旁：“浑蛋孩子，这是你待的地方？滚！”

众人正要发作，一看是五大三粗的赌棍于三炮——于老原堂弟，一个个噤声了。

崇文进赌场，虽没输钱，却很快传到老原的耳朵里。当晚，家里杀猪般惨叫响了半夜，崇文的屁股肿得老高，几天不敢坐凳子。从此，家里大人小孩闭口不敢再谈半个“赌”字。

中华人民共和国成立后，历经运动，赌博绝迹，崇文子辈没染此恶习，按下不提。

等到孙子辈成长起来，赌博又蔓延开了。

初冬那晚，孙子俊明谎称去邻村看电影，深夜未归。崇文起疑心，连夜派人找回，将其踹跪在堂屋地上。

“耍钱了？”端坐正堂的于崇文威严地问道。

“嗯。”浑身抖颤的俊明，回答就像蚊子哼哼。

“你小子这是给俺老头子眼里插棒槌，能耐不小啊！”老人辛辣的嘲讽，更添几分严厉，俊明把头低得贴着胸口。

“六十年前，我进赌场，被你老爷爷打个半死，你该怎么办？”

眼看要动家法，一家人脸都吓白了。

于崇文死死地盯着跪在地上的孙子，半晌不语。

寂静的夜晚，凝固的气氛透着凉意。墙上挂钟，秒针嘀嘀嗒嗒的响声，阴森刺耳。刹那间，仿佛万物被抽空了，跪在地上的俊明不由得打了个寒战。

“新社会，打人犯法，不让你受皮肉之苦，可也不能轻饶。子不教，父之过，这俩月里，我和你爹陪你每晚面壁思过一个钟头，也让你们长长记性！”老人稍显温和的话语，仍不失威严，让人闻之一颤。

那俩月，任凭谁讲情，于崇文一个吐沫一个钉，雷打不动地陪着面壁，这一招让子孙辈望赌生畏，再也没人敢生邪念。

三十多年过去，于家枝繁叶茂，四世同堂，孙辈和重孙辈出了七个大学生，乡人啧啧称羡："于家的孩子个个成才，真聪明啊！"

也有人不以为然："于家孩子聪明？那得说咋看。你拿副麻将，拉过来一个于家的孩子，他要能说清一共有多少张牌，每人手里该抓几张，什么叫吃牌、碰牌和杠牌，我头朝下走给他看。"

（选自《小说月刊》2021 年第 2 期）

一车鸟鸣

杨帮力

老刘终于被逼进城了——送孙子上学。把孙子送进学校，老刘没事了，到附近的公园里去打发他的时光。

公园里有打牌的，他最看不起的就是赌博，不管大与小；有下象棋的，争得脸红脖子粗，他只知道马走日象飞田；有唱戏的，他那嗓子只配吆喝牲口……叽叽啾啾喳喳，他竖起耳朵，寻着鸟叫，到了公园西南角：这儿有一片树林，一棵棵树上挂满了鸟笼，一只只鸟儿比赛似的亮着歌喉。

老刘只站在外围看。他想的是，城里的鸟，是让人玩的，乡下的鸟，是让人看的。

家住白露河大湿地，天上飞的水中游的，树上垒巢草丛做窝，哪儿都是鸟。

这儿的人收庄稼，落下的五谷杂粮，不拾不捡；这儿的人捕鱼，用的是四指眼（能插下四根手指头的大网眼）的网，只逮大的，漏掉小鱼……他们也不说，他们心里都有数，这些是留给鸟儿吃的。

老刘，院里西南角，扎着一个整体网箱，这网箱是鸟儿收容所。尼龙网破了再换钢丝网，他收养过多少鸟儿了？他曾在河边看见一只鸟，脚上缠着一团野麻丝，哀鸣一声，翅膀无力地拍了几下。他把它抱回网箱，耐心呵护着。来个脖子上挂着长短镜头拍鸟的，来找水喝，认出是凤头鹡鸰，几张照片放在了微信朋友圈，很快来了记者。老刘却把着门不让进：别打扰它！鸟儿是有感情的，他救助过的那些鸟儿，还时常回来看他，在院里从容地踱着脚步，摇头晃脑地对着他鸣叫，他会抓出玉米或小麦，哗的一把撒出去。

老刘给儿子提出一个请求：想养鸟。儿子知道爸做梦都有鸟儿的鸣叫声，只是在哪儿养呢？房子不大，楼层又高。老刘说他把鸟笼挂在窗外就行了。老刘开始养鸟了，老刘不是有钱的主，他买，只买那些生病的撞伤的衰老的鸟儿。

这些鸟儿，一经老刘的手，咋就精神起来了？有人叹着气说，唉——我要知道它还能这样，我咋也舍不得出那个价钱就给你了。老刘说你是玩弄鸟，我是心疼鸟，那能一样吗？

除了送孙子上学，养鸟成了老刘生活的主题，他开始跑花鸟市场了。他去买鸟儿也买鸟食，他去买红药水也买其他药品，他把那些奓毛的勾头的瘸腿的鸟儿买回来，养着养着，鸟儿的翅膀有力地扑棱起来。

若是再提到市场上去卖，真能卖个好价钱！这让公园里那一群玩鸟的人惊羡不已：凭这个本事，老刘以鸟养鸟是没问题的，还能赚大价钱呢。

一位老哥缠他几天了，一心想买他的一只百舌。这鸟儿被老刘调教得通人性接人腔说人话，可爱极了。价钱出得也高，还说老伴去世了好找个叙话的。老刘不卖，旁边的鸟友也来劝他，他还不卖。老刘说，你们在哪儿见我老刘卖过鸟？我只养鸟，不卖鸟！

放着钱不知道挣，这老头，是倔还是傻啊。

窗外挂满了鸟笼。天要刮风，天要下雨，还有楼下楼上左邻右舍也有提醒。这鸟儿一见光亮就开始叫，可这是他们睡觉的最好时光，儿子只得让老刘把鸟笼收拾到阳台内。

趁国庆假期，老刘说我要回一趟老家了。这些鸟儿你们也不会养，我把它们都带上。怎么带呢？老刘早想好了。他找环卫工人，借来了一个大马力的三轮电动车，七八十里的路，电够用了。

老刘拉了一车子鸟笼，各种颜色大大小小的鸟儿蹦蹦跳跳，一路上给他唱着歌，引来了无数的目光。他载着一车鸟儿，也可以说他载着一车鸟鸣回老家了。

儿子可以肯定，村里的老老少少会把老家院子围得热热闹闹，老爸，此时，正该逗着这只鸟儿跳舞，逗着那只鸟儿唱歌；逗着鸟儿给这个叫“帅哥帅哥好”，给那个喊“姐姐真漂亮”了。儿子打心眼里支持，只要老爸开心，用鸟儿来显摆一下也是可以的。

假期快结束了，老刘这才回来，拉了一车的空鸟笼子。

爸，你只送鸟，不送笼子，人家搁哪儿养啊。

没送人，放飞了。驯了几天，才飞走。怕它们一时半会儿觅不到食，半路上我又买些谷子送回去，撒在了屋檐下，从这儿吃了最后一口食走的，知道回这儿找。你没瞧，围着我舍不得走啊，给我心里弄得也不是个滋味……

老刘说着，又逛花鸟市场去了。

（选自《山西文学》2021 年第 1 期）

红薯，红薯

许心龙

一棵秧一嘟噜果。秋高气爽的田地里，奶奶拎着一根粗壮的红薯秧，连根拔出了一嘟噜大大小小的红薯块，还有毛茸茸数不清的因突然面世而羞赧的根须。那老秧根的威力，二孙子现场在红薯地里看到过，还用食指插入沟里费力地掏出了一块不规则的大红薯。这裂沟跟路边的大树根把地皮撑裂了一样醒目，令人遐想。

奶奶的兴奋总与十月有关。每到深秋十月，“迫不及待”这个词用在村里的田地上，更为贴切，更为令人欣慰。十月的红薯地，被霜打的红薯叶，脱去绿衣，露出了黑色，一副脱胎换骨的模样。一地茂绿时，没有立足之地，一只虫子也难逮。半夜里下的一场一场的苦霜，把土地下了出来。同时，它还惊奇地坦露出了裂开的痕迹。那是地下迫不及待的大块红薯，要抛头露面了。这时，奶奶，还有黑压压的村里人，都充满了欢欣，充满了鼓舞，弯腰刨开红薯垄。

奶奶到底是有能耐的人，在红薯地翻红薯秧时，竟把五叔活生生地给生了下来。奶奶是流了一摊血，生了一个活孩子。奶奶后来描述说，正翻着红薯秧，突然感到肚子一阵坠疼，直疼得弯腰蹲在了地上。裤裆湿了。腿发软了。一会儿上气不接下气了。就顺手插入垄上的裂沟里，抠出了一块红薯，嚼了一口，口生甘津，又有了力气。多亏吴大奶奶，她正巧赶来……所以，红薯对于奶奶来说就无比神圣了。那感情是融入了奶奶周身血液里的。

五叔身上的元气都是红薯之气。奶奶给了他非一般的体能，无论田里干活，还是后来当兵拉练，都是一把好手，力气大得很。这红薯块，是多好的东西啊，养活了人的精气神，又发展了人的德智体。五叔十分敬爱奶奶就不言而喻了。五叔给奶奶买了台洗衣机。奶奶不太相信洗衣机能洗干净衣服，说那还要手干啥？奶奶的手伸进洗衣机滚筒里，忙又抽了出来，问："那不搅烂了衣服？"奶奶关切地问这自动的洗衣机要花多少钱。五叔却笑了，举着手机，说："不需要花钱，只需扫码就行了，钱都存在这里呢。"奶奶一愣："咋？钱都存里面了？"奶奶摇摇头，叹息一声，又说："那时我们的口粮可是都存在红薯窖里啊。"

就在老鼠饿得也到处乱窜的年景里，奶奶用大半袋红薯为二伯铺了一条路。奶奶把二伯送去了学校，当了教书匠，只不过是个临时工。可没有这"临时"，也就没有"长远"，更不可能有今天的正式。政策来了，二伯转正了，二伯成了名正言顺的人民教师。那半袋红薯，改变了二伯的命运，却让一家子人忍饥挨饿了好几天。那几天里，大人小孩都在找红薯皮红薯头吃，问题是红薯皮红薯头地里也很难觅到了。地上一干二净，地下也一干二净。

二孙子是一大群晚辈中最聪慧的。奶奶执拗地认为二孙子的聪慧跟那块大红薯脱不了干系。有一年红薯地里长了一块巨大的红薯，足有八九斤重，奇石一样壮观。二孙子不知天高地厚地用镢头给砍了个稀巴烂。二孙子稀罕啊，这块红薯咋长那么大的块头呢？里面会藏有啥宝贝吗？二孙子在一群人的鼓动下，亢奋地拿起镢头劈了个痛快淋漓。细碎的红薯渣溅了二孙子一腿一裤子，也溅了围观的众人一身。二孙子惹了祸，奶奶被罚了一百斤红薯。奶奶当时就哭了，恨不得要剐了二孙子。现在奶奶再回忆起这段情形时，也不过多地指责谁了，光说二孙子淘气，又说淘气鬼有出息。二孙子读大学，又在城里上了班。二孙子光宗耀祖了呢！“你说是不是那块大红薯助了二孙子一臂之力？敢劈大红薯的人，这样的人会简单吗？”奶奶不无自豪地说。

在镇子被授予“长寿之乡”的典礼上，坐拥人生最大两位数的奶奶和吴大奶奶应邀出席。一名镇干部笑着给奶奶和吴大奶奶一人戴上一朵大红花。奶奶还接受了黑色话筒的采访。奶奶说：“啥秘方？也没啥秘方，大鱼大肉那时候吃不上，现在也不咋吃。我觉得还得感谢那红薯，这一把年纪真是吃红薯吃出来的。”吴大奶奶指着奶奶说：“她能吃着红薯，就把儿子给生了下来，嘻嘻。”奶奶和吴大奶奶说着，都笑了，笑得没露出一颗牙，倒把红薯颜色的牙床全露了出来。

冬日里，气吞山河的“引江济淮”工程对村里大块麦田动了剖腹手术。一条宽大的深沟匍匐前行。置于沟内的粗大的圆柱形水泥管道，足能跑辆小四轮车。这时，奶奶说：“让我去看一眼吧，这稀罕不见见，死了也不值。”众人一愣，一惊，只得点头，遂了奶奶的心愿。奶奶坐在轮椅上望着一地麦田，望着那宽大的深沟和水泥管道铺成的水泥路，几根白发随风摇曳。久久奶奶咕哝道：“这多像当年冲开的红薯沟啊！”还真像当年冲开的红薯沟，我们咋没想起来呢？众人望着奶奶，感觉奶奶就是块红薯变的活人。奶奶与红薯，须臾也不能分割。众人感叹，世事变迁，沟里已不是一嘟噜一嘟噜鲜活的红薯了，沟里躺着的是一个一个紧密相连的水泥筒子。筒子是水的通道，能把滚滚长江之水引到淮河里来，供周边人饮用。

奶奶昏迷了，植物人一样。奶奶大脑严重萎缩。五叔哆嗦着手摸着奶奶的头，嗓子干哑着说：“后脑勺明显有一个坑，小黑碗一样。”二姑小心摸去，不禁张大了嘴巴。

奶奶又苏醒了一次，像回光返照。奶奶咕咕哝哝半天，说她梦见自己被埋进了院子那口红薯窖里，尖尖的土堆上一夜之间长出了一根秧苗，红薯苗，这根独苗很快变粗变大，枝繁叶茂，土堆上很快裂出了几条沟纹。

一旁的二姑闻听后，把头俯在奶奶的胸口，抽出了撕心裂肺的哭声。

（选自《金山》2021 年第 7 期）

父亲

原上秋

父亲来了。

他来时不打招呼，去时无声无息。还是老样子，20 年没变。父亲是来我的梦里，在我的梦里走来走去，只能如此。都去世 20 年了，一直丢不下。他心里装着我，我们互相装着。掏不出，扔不掉。我是他的儿子，他是我的亲生父亲。

其实，他活着的时候，我们之间交流并不好，是一种彼此不满又无法疏离的状态。

父亲是一个对人类社会做出巨大贡献的人，他一口气生下了我们兄妹八人。但是，生是一回事，养是另一回事。以他的能力，养活我们实在吃力。为此他烦恼至极。

他非常渴望我们都成为他的接班人。他把大哥大姐培养得非常出色。大哥大姐在十四五岁的年纪，就能使唤小毛驴去耕地，给一望无际的棉田打农药。

我家有头小毛驴，打我出生它就帮家里耕田拉载，任劳任怨。父亲指责我不如一头驴。大概是拿这头驴做参照吧。

有一天父亲开始培养我了，他说你把西北地的瓜地盘好。他给我下达完任务，自己就去西南地了。他培养我的方式就这么简略而粗糙。太阳都掉落地平线了，我还在琢磨，盘瓜地是个什么鬼活儿呀。黄昏的光线里父亲来了，看到地里一个瓜窑也没成型，就用一根粗壮的镰把教训了我。父亲大叫，你真的不如一头驴！

那天他用镰把敲击我的头部，出了血。村医章留哆哆嗦嗦的手弄了半天才缝好 15 针。章留说，掉一块头皮，脑子坏不坏还不好说。

父亲一直感叹没有把我培养好。他习惯坐在门槛上埋头抽烟，抽一口就咳嗽一阵，再抽一口，又咳嗽一阵。

后来，我的伤好了，那一块头皮亮着，一毛不长。

我的头发是全村男人中最长的，三奶奶见面就说，留长发，像个流氓。三奶奶见了父亲的面也说，让他剃了吧，跟个流氓似的。父亲只说："废了，废了。"

父亲怀着无限的遗憾死在了冬季。朝夕相处的，一下子没了，那一刻，我也随着吊丧的人群大哭。伤心是真实的。

我当然希望父亲永远活着。儿子和父亲是建立不起仇恨的。多少年之后，我认为他仍然活着，只是成了一棵树，一阵风，甚至是一声叹息。

到最后，我也没有和家里那头温顺的小毛驴建立起劳动友谊。分给我的一亩地，在荒了多年之后，长成了弟弟的庄稼。

我的长发飘荡在羊各庄弯弯的小路上，好多的日子里我望着天空发呆。28 岁的头发飘荡出迟暮青春的气息，有一个姑娘和我谈恋爱。她在抚摸我的长发时无意中发现了那块伤疤。她说你不是一个诚实的人。她说一个知道隐藏的人，是危险的。

我望着姑娘远去的背影，下定决心，必须离开村子。

一个打井队在羊各庄西头打了几个干窟窿之后都疲惫不堪，我过去给他们帮忙。村里人都当笑话一样看着我满身泥水，他们说我真像个打井的人呢。后来打井队的队长认真地跟我说，把长头剪了，跟着我们打井吧。我把长发剪去就后悔了，没有了遮挡，头上的大疤一览无余。打井队第三小组的一个瘸腿老庞喊我“秃子”，有几回他和我一起值夜班，我老想着把他摁进打废的机井窟窿，再用土填上。

每当我看到季节变换的田野，都会想到家里的那头小毛驴。它估计早就不在了。我本可以喊一声“喔喔”，它就前进；喊一声“吁——”，它就停下。多简单。但是，那时候，我的青春里全是破坏的力量。每当想起它是我无能的参照，直想把它杀了，拉到市场卖肉，或者干脆放到一口八印大锅里炖了。就算你是劳动模范，你耕种出了什么名堂，多少人连肚子都吃不饱呢。

后来，瘸腿老庞走了，回老家种地去了。一批又一批的老打井人走了，又来了一批又一批的年轻人。

我坚持没走，成了打井队第二十八任队长。

我又长发飘飘了。它们一直处于自由生长的状态，恣意盎然。无意间长成一颗艺术化的脑袋。陌生人见到我都会猜，是艺术家吧。村里人从不认为艺术家有什么了不起，他们手捏着我散出的烟，都说好烟啊，好烟。他们把好烟一起点燃，烟雾走街串巷，既美丽又迷茫。

我不得不提早给父亲上坟了。

在坟头，我努力画了一个很大的圆圈，把一堆锡箔纸做的金银财宝点燃。忽的一阵强风，把我的长发吹散。风绕过我的头，又将燃烧着的锡箔纸吹得干干净净。

是父亲不收，还是神灵不让？

（选自《小小说选刊》2021 年第 12 期）

荷花女

周　亭

她从搭乘的三轮车斗里跳下来，冲进路边一处苘麻丛中。再出来的时候，已经换上一件美轮美奂的演出服。她开始飞奔。

“请问，艺术……在那里?”飞扬的裙裾落下来，因为她始终看不明白这座大学的路标，但奔跑得气噎住了，“馆”字没有清晰地吐出来。那是一位瘦削的老先生，也许是个教授，穿着一身深蓝色的干干净净的西装，夹着一只文件包，慢吞吞地在林荫道上行走。“你找艺术啊。”他抬手向前一指，“这条路走到头，就看到了。”

她呵呵地笑了。

他们同行了一会儿，她又问：“到了吗?”

老先生微笑：“你已经看到了。”

一座奇形怪状的胶泥色建筑赫然出现在她眼前。她快步走向那怪建筑，经纪人说的，表演场地就在艺术馆的演艺大厅。踏上第一级台阶的时候，她才想到自己忘记道谢。而那位老先生，已经不见了踪影。

还是来晚了，表演已经开始，这大概就是没有随团来的后果。原来表演并不是在艺术馆里，而在艺术馆前面的广场上。还是露天。她来到舞台后面的化妆间，站在一堆服装道具和演员们中间，愣了片刻。

团长忙着在舞台一侧招呼，没工夫搭理任何人。她只知道自己的节目排在第三位，比较靠前。但是，看起来所有节目已经进行了半程。她怀疑经纪人告诉了她错误的时间，可经纪人是不会这么做的，那么就是经纪人得知的是错误时间。这件事情，是有些古怪了。

来啦？说话的人笑着，露出来的牙齿格外大而白，照耀得脸色越发黑红。

你不是看见了吗？她嘀咕道。

嗬，新做的白荷花裙，真漂亮！

可是你看不见，她对这个耍杂戏的黑瞎子一向不客气，他越对她说好话，她就越揭他的伤口。

黑瞎子照例是要分辩说自己不是全盲，能看见一点亮光，可这会儿，好像有什么事缠住了他的脑子，没有再说什么，他把两只手臂插进两摞光闪闪的铁环，呼的一扬，便拥有了一对铁臂钢拳。

失落还在继续，排练时定好的她为女主演的独舞，改为了伴舞，主演是一个歌者。歌唱本地秀美风光，使游子苦苦怀念。

在上台之前，团长特别对她说，看出来没有，这件衣服，按照你的想法，做成电视里爪哇犀的皮肤那样的皱褶，一跳起来就展开，像刚刚要开的荷花一样，再也不像以前那些衣服，荷花都是头朝下开。这个成本，把我卖了也不够，你就说吧，怎么办？

她说，先跳了再说。

舞步是她从前演过的，虽然有点生疏，好歹算是跟上了节奏。方才一路奔跑跳跃，也已经适应了新演出服。她觉得歌者今天唱得非常好，让她在跳舞的时候好像回到了儿时的荷塘边，那风那月那清香，都蒙上一层没由来的伤感，可惜台下的观众并不买账，到鞠躬致谢也才听见稀稀落落三两下掌声。

回到后台，她对团长说，成本我自行承担，要免费演多少场，你明说吧。

团长皱着眉看着一个女演员的背影，心算了半天，说，一年半。

三个月。

不行。

最后定为半年。团长带的团，平时是三五天一场，年节是天天有，甚至一天两三场，半年最多不会超过一百场，这一点她心里有数，何况有的场并不适合叫她上台。

可她没有想到，一场演出不代表她就演一个节目。尽管是舞蹈演员，可这场民俗艺术展演的尾声，团长要求她表演高空舞蹈，即踩在高高摞起的凳子上，做出各种惊险的跳跃动作。她曾经做过练习，可还没有正式演出过。她不是杂技演员，而且恐高，一定会演砸的。她的脸色白过演出服，一会儿又通红如火。团长说，这是真正挑战自己的时刻。

挑战你爹。黑瞎子从团长身后挤过来，粗声恶气地说，在这个县，杂技我是独一份，难道要抢我一个瞎子的饭碗吗？

团长在他腿弯上踹了一脚，同时回骂一句。

黑瞎子说，不就是要刺激的吗？这样，我跟荷花女合演，就演扔铁环。她扔我接，总可以吧？

没等她表态，团长就连连点头，脸上乐开了花。美女与野兽，天使与恶魔，这样的场面光想想就觉得很刺激了。

多年来，她看熟了黑瞎子的表演，也玩过他的铁环。她每一扔出，他总能用左臂或右臂接到，铁环在手臂上稳稳转着圈，晃动，沉甸甸。她开始用舞姿来扔，他便开始用跳跃、翻滚来接。美女轻盈优美，野兽粗莽有力，看得观众伸直了脖子，叫好不断，他们期待最后，美女失去了所有铁环之后被野兽俘获，他们既舍不得美女的献身，又舍不得假想的落空，但结局恰恰相反，两手空空的美女蜻蜓点水一般跃上了野兽的脊背，在野兽双爪的迅速扶持下登上了它的双肩。美女驯服了野兽。

这个节目，半是杂技半是马戏，黑瞎子在一个阴雨绵绵的日子跟她提出过，遭到了她的拒绝。

当晚，在庆祝宴散后的路上，一半月亮照着她回家的路。独自坐在摇摇晃晃的车斗里，她想起了一个久远的人。

她常暗自盼望有一天他能出现在台下或者后台，告诉她还是忘不了她，已离了婚，即便再被父亲打折一次腿，他也要选择她。甚至，她会幻想如果黑瞎子是他，该有多好。

曾经某一天，她心情愉快，跟黑瞎子坐在树下乘凉聊天。黑瞎子跟她说了很多关于未来发展的话，她大部分同意了，最后偏要加上一句：但我是不会和你在一起的。

我知道，黑瞎子说，不过你也不用那么明白地说出来。

黑瞎子的提议以荷花女的荷花为中心，比如她扮演荷花，他就扮演石头，或者她扮演荷花仙子，他就扮演遇上了荷花仙子的瞎子。总之，要让所有的人一看到荷花就想到荷花女。

都在未来。正如那老教授说的，这条路走到头，就看到了。

（选自《北极光》2021 年第 8—9 期合刊）

认识一个女人

非花非雾

第一次听说阿薇，是从娟子口中。

那是一个暮春的上午，细雨霏霏。我和娟子合撑一把雨伞，走在采风的队伍末尾，在新农村的水泥路上转来绕去。

因为贴得近，我们互相把着手臂，步调一致。这样的距离和氛围，特别适合两个女人谈些私房话。于是娟子问我可认识阿薇，听我说不认识，她吃惊且遗憾，就像美国人不知道费雯·丽、日本人不知道紫式部。

她说她们县里都知道阿薇。她原是一名乡村教师，不安心上课，教案本上写满散文，不知道怎么就认识了政法系统一名领导，被借调去写材料。也不知道写了一篇什么，在系统内部刊物上发表，就结识了刊物主编，被借调进省城。

娟子上身长下身短，坐下时，和我一般高低，站在一起，矮了许多，走得久了，我才发现腰弯得有些酸。我直直腰走到她的另一侧，继续与她把臂前行。

她便继续说："阿薇离婚了。"

“为什么?”

“她老公在县城工作，是个老实人。两个人分居久了，阿薇又有姿色，对她有用的人，见一个被迷倒一个。”她的手心发热，不自觉地抓紧我，十分不爽。我抽出手臂，动了恻隐之心：“一个离了婚的女人独自在省城打拼，何其不易。”

她鄙夷地说：“一个魅力十足的单身女人，帮助她的人就多了。她才在省城生活不久，便接了写作项目，挣了大钱。买了房子，还送儿子出国读书。因为出了几本书，还成为国家级会员。”

我也羡慕不已，非常想知道这个阿薇是怎么做到的。

娟子扁扁的脸上一片薄薄的嘴唇开合着，一遍遍唠叨阿薇，似乎说得多了，便可以将她的好运嚼碎咽下去，或者将她打回原形。

这个秋末的红叶笔会，娟子没有来，来的是她的老乡媚子。媚子和娟子的身材一样，都是腰细胯宽腿粗短，不同的是媚子很活泼，一张圆盘大脸配着大大的圆眼，笑起来很好看。她很快成了焦点人物。我站在人群里，看着她，一直走神，脑海中总是浮现阿薇的名字。

吃过晚饭，大家一起到广场散步，我终于和媚子走到一起，有了开口问话的机会。她吃惊的表情不亚于娟子：“你怎么知道她?”似乎我问起的是一个平常普通的无名村妇。

我笑回：“我怎么不能认识她?”

媚子说：“她是一个很低调很勤奋的人，通过考试进入政法系统。为了一个新闻报道，深入一线采风，一住一个月，从不叫苦叫累。她被省政法报社聘用，很快成为骨干。她不爱参加聚会，又不和你写同一种体裁的作品，我误以为你不认识她呢。”

“唉，她一个离了婚的女人，那么拼命，真不容易。”

“她非常正统，很顾家，没有离婚。她老公正想办法调往省城。他们卖了县里的房子，交了首付……可喜的是孩子考上了省实验中学。”

“啊?！啊——”我张口结舌。

一个女人在两个同性口中是完全不同的两个版本。这是怎么样一位“正邪同体”的女人呢？我更加对她念念不忘。

几年后的一次省级文学成果表彰会，我见到同台领奖的阿薇。既不像娟子说的狐媚邪气，也不像媚子说的一团正统硬派。就是一个中等个头、不胖不瘦的女人。模样还算周正，衣着得体，气韵沉静，落落大方。我隔着几个人打量她，正遇上她审视我的目光，我们相视一笑。会议的最后一天，主办方安排我们浏览黄河湿地风景区，我们恰巧走到一起，我说：“娟子和媚子都跟你很熟吧?”

她说娟子不熟，回老家参加作协活动时，见过一次，那时娟子刚成为市作协会员，意气风发，理想宏大。她与媚子相熟，出版社有个选题给了她所在的报社，她牵头，联系媚子一起采写，合作得很愉快。我想，这可能就是娟子说的写作项目吧。

我们一路聊得很开心，中午一起吃了饭，各回房间小憩。

刚蒙眬睡去，娟子打来电话，问我说怎么和阿薇在一起，她在一个作家群里的照片上看到我们俩的身影了。又说阿薇向她打听我，说了我很多。我问：“她怎么知道你认识我，她说了我什么?”娟子说反正也没什么，便挂了。

下午又见阿薇，她羡慕地问我是怎么靠写作挣到钱的，在哪里搞到的写作项目。

我想起当初娟子跟我说阿薇得了写作工程发了大财时，我淡淡地说我不过是给一个单位编过志书，给两个企业做过文字项目。这个报酬要比报刊稿酬高得多。

我看着阿薇会心地笑了。

（选自《小说月刊》2021 年第 5 期）

布谷声声

陈小庆

早起，新子先浇了院子里的盆栽，然后坐在那里，观察那些一朵一朵悄然开放的花。起初，他本想摘下一朵最美的，又苦笑着摇摇头，然后骑电动车出门买菜，打开小餐馆的门，开始一天的忙碌。

此时正是初夏，所有的角落都那么美，新子却感觉不到一丝欢乐。

原来小厨师新子失恋了。他难过地切着土豆丝，切着洋葱，切着胡萝卜丁，切着肉片和肉丝……

各种好为人师的哲人都通过各种渠道对新子说，最好的爱情是使一个人变得更好。他却发现，自己在和小叶相处的几年里，没有变得更好，是不是该反思一下了？自从离开她离开家乡来南方闯荡，夜深人静时他常这样想。

过去，新子再忙也想联系小叶，现在再闲也不想联系她，宁肯自己一个人傻傻地坐在出租屋前的院子里看风吹盆栽。有时拿起手机录下一段风吹盆栽的视频，录了又删掉，再不去想和小叶分享，曾经，他告诉她自己种了什么新的花草，她都会欢快地大叫。她再也不会喜欢这些了吧。新子想。渐渐地他明白了，如果不喜欢一个人，你发什么她都是无所谓的，过去发个最无聊的表情都会引她开心，现在真的是什么都无所谓了。

又是一个美妙的春晨，他在录新买的文竹时，突然想起很久没有吹过口哨了，就学着布谷鸟的叫声，吹了几下，然后回看视频，微观的视频里，一切都那么巨大：苍山长满了青苔，微风吹着高大的文竹新长出来的绿油油的叶子，布谷鸟一声声深情地鸣叫着："割麦种谷，割麦种谷……"视频里的岁月那么宁静，仿佛永恒就在这里，看着看着，从不流泪的新子竟湿了眼眶。

他这次没有犹豫，把视频发给了小叶。发出后的一瞬，他又撤了回来，他重新录了一次，这次的效果其实没有刚才录的好，但他很喜欢，于是把新录的发给了小叶。第二天他才收到她发来的一个笑脸。可他习惯了，并没有多么难过，原来自己真的会习惯，他为自己能够习惯冷漠难过了一下，又怀疑小叶究竟听没听自己吹的口哨，想问一下，却终是没问，也许即便问了，小叶也不会告诉他真相。

他重新振作了起来，因为他突然找到了一种自己喜欢的方式度过每一天，于是，每到一个地方他都会录一段视频，花田稻田树林……一切美的地方，配上布谷鸟的口哨声发给她。虽然她不在身边，虽然不知道她听了没有，他却感觉很充实。

其实小叶从没看完他发来的视频，第一次就没看完，她知道永远是无聊的布谷鸟的鸣叫，常常没看就删掉了，要是过去，小叶不仅会看完，还要一遍一遍地看。现在，她甚至不知道视频里布谷鸟的叫声是他吹的口哨。

直到很久后的一天，小叶一个人非常无聊，鬼使神差地想起了他，就点开他刚刚发来的视频，那是在一个茂密的树林里，人迹罕至，溪水从石缝间潺潺流过，布谷鸟深情地鸣叫着，这次小叶看完了，然后就哭了，她连忙翻找上几次他发来的还没删掉的视频。原来，他发了这么多，而且都是他自己吹的口哨，视频结尾，布谷鸟鸣叫之后，都有一句话：我喜欢你！

后来，她偶然看到一句诗，是唐代李商隐《锦瑟》中的句子："庄生晓梦迷蝴蝶，望帝春心托杜鹃。"她知道布谷鸟就是杜鹃，但不知道杜鹃为何泣血，又为什么值得托付一番春心。这句诗让她一下子想起了新子和他的口哨声。此后，她一直想起的就只是那一句诗，想起诗就想起新子，后来偶然翻书，才看到全诗，她又一次发现自己犯了老毛病：过去看他视频，总是没有看完，这首《锦瑟》竟然也没有想起去看最后一句。

小叶这才想起：新子好久都没有再给她发视频了，连一句问候也没有了。

小叶住在城市里，很少听到布谷鸟的叫声。这年初夏，她和爱人参加了旅行团，在四川的丛林里，她突然被一种声音击中，丛林上空，无休无止地叫着："割麦种谷，割麦种谷……"和那个好久不闻的新子的口哨一模一样！

"小叶，走啊！"爱人喊她了，她答应着，却没挪步，她在等，等布谷鸟叫完，后面会不会还有那四个字……

（选自《安庆日报》2021 年 5 月 29 日）

嫁妆

司玉笙

那时候，大奶奶住前院，二奶奶居后院，俩人都是小脚，走路一颤一顿的，像在麦茬地里跳舞。不过，大奶奶的发髻老是比二奶奶盘得高，还插着银钗，亮晃晃的。

二奶奶嫁过来时，随身嫁妆并不多，大奶奶一见就撇了撇嘴，对旁人言语道："听说她娘家爹还是个郎中哩，嫁闺女还这般抠！"

大奶奶暗中与二奶奶摽上了，处处显得要比这弟媳强。令大奶奶感到不解的是，二奶奶孝奉公婆、抚养孩子勤手得体，老老少少身上都干干净净的。院子里还晾晒着药草、猪苦胆什么的，气味润鼻。谁家的孩子得了口疮，也就是口腔溃疡，经她一调治，好了。一传开，四邻八村的患儿都被带来诊治。

日子长了，大奶奶也看出了门道：就是一副石臼、一个铜盆、一把压舌板而已，谁都会摆弄。心里有了这想法，瞅个机会顺口让二奶奶教她。二奶奶毫不保留地将配方什么的一股脑都与她。

掌握了配方和要领，大奶奶就在自家大门口支起了药摊，坐等生意。而瞧病的人大都绕她而过，直奔后院。大奶奶疑惑，歪头窥视。发现弟媳总是笑盈盈地接诊患儿，而患儿家属也是喜滋滋地出来，“谢谢二奶奶”之语萦绕于耳。二奶奶得一点儿空闲，就捣鼓药材什么的，公婆也搭手相助。

二奶奶诊治病患，从不张口要报酬。来求医的过意不去，有的掂几个鸡蛋，有的兜几捧花生什么的，以表谢意。而大奶奶的药摊子上都明码标价，还注明打折，桌面上撒一把铜币当“引钱”，脚下只有自家喂的狗卧在桌下陪她。大奶奶暗怨，有一天到后院对二奶奶嗔道：“这天下看病哪有不出钱的理儿？你这一弄，俺连人家的一个毛壳子（硬币）也摸不着。”

二奶奶回道：“嫂子，俺只管看病，从没想过谁的毛壳子。”

回到家，大奶奶气恼不过，次日便请当地最好的写家写了一幅牌子在院门口挂起：正宗祖传，专治小儿口疮。

牌子虽醒目，可来诊治的依旧直往后院奔。大奶奶索性见人就吆喝，一急就起身拦截，眼珠子几乎要脱眶。但来者大都侧目躲开。那次有一个人被那桌面上的散钱勾了过来，抓起来搓搓听听，笑问：“这钱是真的不？”

大奶奶瞠目道：“你是来看病的还是来看钱的？”

“啥都看……”

“龟孙，一边子去！”

被大奶奶一骂，对方嬉皮笑脸地抄手跑了，连那只狗也跟着欢叫而去。有那尖刻的，直接把话撂到大奶奶的脸上：“俺不认啥‘正宗祖传’，只认‘小脚二奶奶’！”

大奶奶活到七十多岁离世。临终前，二奶奶去看她。妯娌俩紧紧地手抓手，谁都不愿松开。此刻，大奶奶的发髻已散了。言谈中，大奶奶瞅瞅丢落在枕边的银钗，恨恨地道：“好妹妹，俺就不明白了，你又不支招牌，又不吆喝，那些看病的咋都往你那儿跑？”

“他们一来是瞧病，二来是看俺这个人有啥病没。”

“怪了，你会有啥病？”

“怕心里头生病……”

大奶奶长叹了一声，低泣道：“俺光想学你，就是一见人就想到了毛壳子，那病难去着哩……”

“嫂子，俺爹说过，人都可能生病，就看咋防咋治。出嫁那天，除嫁妆还那三件宝：石臼、铜盆、压舌板药器陪送。临上车，俺爹噙泪嘱俺三句话：孝敬公婆，相夫教子，修德积善！”

“俺的亲妹妹哟，这是世上最好的嫁妆……”

大奶奶去世后，二奶奶依照大奶奶生前嘱托，将那牌子悄悄地在其新坟前焚化。看着蓝色火苗乱摆，二奶奶忍不住大放悲声：“俺的好姐姐，你不该走这么早啊……”

悲声中，大奶奶的那只狗踅踅地过来，泪巴巴地卧在二奶奶身旁默视。

自那以后，“小脚二奶奶”的“三件宝”被保养得分外洁净，阳光一照，耀眼。前来求诊的人一看到那等物件，不知怎么心里就生出暖意，病痛就似去了大半。

2020年，县里有关部门在筛查长寿人口时，发现全县健在的百岁以上的老人达117人，其中“小脚二奶奶”已110岁高龄，名列首位。

（选自《小说林》2021年第4期）

抠搜

马金章

那时候，在小城的文人中，木笛的抠搜是出了名的，他被我们戏称为黎阳的“严监生”，身边的“葛朗台”。

他和妻子柳春意同在我们单位上班，两人的工资都是他领，每月十五日下午会计发薪，他将钱往口袋里一装，就找借口离岗急着跑二里路将钱存到银行，怕当天存不上少吃一天利息。一天发薪后，妻子柳春意想买斤肉改善改善生活。他眼一瞪，没好气地说：“买肉买肉，就知道乱花钱。吃一斤肉，就能长一斤肉啦?”

办公室的刘留看不过，插嘴打诨道：“嫂子，跟我过吧，保证你天天吃肉。”

春意羞红了脸，给丈夫打圆场：“木笛不是不让我吃肉，是担心我吃肉变成猪八戒他姐，丢他的人。”

本来春意是给丈夫拾面子、撑台子，木笛却较起了真，说：“我担心你吃肉不长肉，要能像人家刘留夫人那样，吃成胖玉环，我天天供你吃肉。”

刘留听了，一下子爆成个大红脸。刘留的老婆赵玉环体胖，胖得很喜相，喜相得回头率特高。那天傍晚，木笛和春意散步，身后传来舒缓的轻音乐声，舒缓的轻音乐中还夹杂着一种怪异的不协调的嚓嚓嚓声。这时一个穿短裤的胖女人从后边赶上了他们，超过了他们。胖女人从木笛和春意身旁超过的时候，他们发现那嚓嚓嚓的声音是女人两条胖腿摩擦发出来的。他和春意对视一下，不约而同地笑了。赵玉环当时还没有和刘留结婚，当这个胖女人出现在他们大院里的时候，他给她起个外号“嚓嚓嚓”。木笛发现，赵玉环不管是什么季节，不管穿短裤还是长裤，不管裤子的布料是纯棉还是蚕丝，是化纤还是混纺，走起路来都会发出“嚓嚓嚓”的响声。

此时，刘留听出木笛是在笑话他的肥胖老婆，心中猛生恨意，待木笛两口离开办公室，他向同事白话出一宗木笛特抠搜的糗事儿。

那个星期天，木笛和春意逛商场，春意看中了一件衣服，木笛不让买，拉她去买干面条。面条有两种，一咸一淡，咸淡标的一个价儿。他问春意要哪种。春意没好气地说：“你愿意要哪种就要哪种。”木笛一看咸淡都是一个厂家出的，面粉成色也一个样，便想：买咸的吃起来方便，还省了买盐的钱。就要了几斤咸面条。进了家门，春意将面条往桌上一扔，没好气地质问木笛：“盐和面哪个贵？”木笛一听顿时省悟：盐五毛钱一斤，面粉八毛钱一斤。买咸面条吃亏了。他一边怒骂着春意，一边提上面条，急溜跟头地到商场换成了淡的。

刘留这天回到家，看着赵玉环的双腿笑着嘟囔一句：“我就不明白，没见你腿多直，腿裆却像夹个发声机，一迈步，就发出恁大响声。你看人家春意，两腿多顺溜，走路旋风儿一样。”

赵玉环兜头打刘留一巴掌，教训道：“眼贼心野，木笛要发现你那色眼，把你揍扁才好。”

刘留平日看不惯木笛的抠搜劲儿，今儿个受到他的讥讽心里搁不下，他存心逮住机会，再看看木笛的另一种抠搜。

刘留和木笛两家住在一个四合院。第二天清早，刘留看春意要晒被子。绳儿稍高，春意跳下脚往绳上搭被子没搭好，被头从绳子上滑了下来。刘留叫着嫂子赶来：“嫂子，让我来。让我来。”说着接过被子，往上一甩搭上了绳子，他一边将被子扯展，一边热热和和地与春意说话。木笛隔窗看到后醋意大发，就在屋里没好气地叫春意。春意刚迈进门槛，木笛暴雷样对她怼一句：“你们说的话，太多了吧！”

刘留在院里听了畅快地笑了。

同事小徐家境不好，儿子得了先天性心脏病，要动手术，单位号召员工捐款帮助，别人都捐了一百元，木笛仅捐了二十元。春意埋怨：“你这样抠搜，会落下啥人缘呢？”

木笛说：“捐款自觉自愿，献爱心不在多少。”他还质问春意：“我人缘不好，却三天两头有人请我吃饭、喝酒。你人缘好，顿顿吃自己的饭。”木笛说得不假，他有才气，文笔好，是资深写手，又在报社编着副刊版，在小城，爱舞文弄墨者，有了稿子，想请他指教的，希望发表的，少不了请他吃喝，以便饭桌上向他讨教。

木笛爱喝酒、爱抽烟，但认为烟酒是奢侈品，所以，他从舍不得花钱买酒买烟，酒虫子在隔三岔五请他的酒桌上被灌醉了，就会睡眠几天。烟有时也会在酒桌上顺一包，不够吸不要紧，他身上尽管从不装烟，但火机却不离身，谁递烟都接，却从没见过他递给别人烟。

烹文煮字的人，大都爱书。甭看木笛日常开销上十分抠搜，却是个看到好书就想买的购书狂。他买到书后从不张扬，怕人家借。刘留却自认他能借到木笛的书。那天，他登门借一本急用的书，谁知，木笛打开书房的门对刘留说："是的，我有这本书，可不知道放哪里了。你看，装书的纸箱摞得够着了房顶，我啥时能找到你要看的这本书呢？"

刘留气得不行，到了单位数落木笛的不是："木笛这抠搜鬼，看管他那几本破书，比看管他老婆还紧。"乍听这言论感到刘留说得太过，可一琢磨，还真是这么回事儿。春意在人前，他能挡得住人家看他老婆的目光吗？而他的书，外人要是能看上一眼确实很难。刘留进一步揭木笛的短："当年，为让他看上几部世界名著，我叔连公职都被开除了，看在我叔对他的恩德上，他该对我大方点吧，没想到，他这么不是东西！"刘留他叔过去是县图书馆管理员，木笛借的书，当时被列为禁书。

后来，木笛出版了几本自己的书，这成了小城人的骄傲。有人想珍藏他所有的集子，书店售完了，就问他哪里能买到，他将样书拿出来赠送。谁要是给他钱，他虎了脸说："你这样，就是看不起我。”人们对他的看法有了转变。

去年，市里新建的图书馆落成后，刘留听说新图书馆里有许多难得的绝版好书，就过去借。没想到新任馆长是他叔，更没想到的是，那些好书、绝版书，不少竟是抠搜鬼木笛捐赠的。

（选自《小说选刊》2021年第9期）

赊刀

王清海

一

曾有个赊刀人来过我们的村庄，那时节大地上睡满青草，庄稼顶着太阳立在青草之上，在村头的石碾子上，他带来的九把菜刀排成一行，在村庄的凉风里闪着寒光。

一百元，太贵了。村里的人说。

赊刀，等到玉米一元一斤我来收钱。他说得很自信，拿起一把刀，轻轻一挥，就削断了一根筷子粗细的树枝。他的黄土一样黄的皮肤在刀面上一闪一闪。那年的玉米三分钱一斤。

镇上的张石头，刀才一元钱，大家都知道的，他的刀在我们这片很出名，我们用的都是他的刀，一把刀从爷爷用到孙子，人都埋到了土里，刀还在人手里。

说话的是我的父亲，他有着门板一样坚实的身躯，有着铜钟一样的嗓门。我和很多小伙伴一起，站在人群的最前面。我已经记不清这些人都有谁了，当然也记不得谁赊过刀，我父亲赊下的那一把，我们用着很顺手，却在一次搬家中不知道丢去了哪里。

你说，它会不会自己找回来？我也知道这样的想法有些荒谬，可我总觉得你家的刀有灵性，虽然明知道是把普通刀。那个赊刀人是谁？你父亲吗？

不是，他是我的师父。

你跟他学什么？赊刀？

不是，学着活。

赊刀，等到村子成为城市我再来收钱。师父说。他说得咬牙切齿，像是钢刀切到了石头。人群大笑，我父亲的笑声尤其响亮。我记得很清楚，父亲在这个包着红色绸布的本子上签下了自己的名字，所以看到这个本子的时候，我毫不犹豫就认了账。

假如我父亲当时相信赊刀人的谶语，我们便可在农村变城市的过程中暴富。但是预言太过细小，肉眼看不到，人便会忽略，等到想起，已经成真。

二

那个来收账的赊刀人平静地在纸张泛黄的本子上打了黑勾，收下我的一百元钱，面无表情地向我点点头，转身走了。

我们的村子离原来的省城有三十里地，中间还隔着一个集镇，集镇是我们常去的，那是最繁华的地方。上学时，我以能跳出农门，跨过集镇，走进省城为目标，可是拼来搏去，只能留在家里务农。没想到，省城自己走了过来，以不可阻挡的势头把我们围在了里面，且还继续向外走。

赊刀人拿着账本，从一片楼走向另一片楼，他那黑黑的眉毛平静地躺着，眼睛如一潭深水，深水里藏着许多不为人知的心事，心事或许就是故事。

晚上他回到了我的饭店，要了一碗烩面。我说我请客，然后又叫厨房的师傅炒了两个肉菜。我相信天天奔走的人喜欢吃肉，人总是喜欢用自己的习惯揣测别人的内心。我坐在他对面，如愿看到了他面容上流动的不安。我拧开了一瓶五十二度的白酒，在城市里，我只有打开酒瓶，才能回到过去迷人的乡村，那镀满金色的清晨小路，老牛喘息晃动的田间，以及满地鸡鸭的午后。我和他说起这里的从前，透明的液体顺着我的话语在他面前的茶杯里流满，他的眼睛动了，像是夜空中眨着的星星。

我以前从没有见过他，我坐在他对面的时候，却觉得我们已经认识了很久。

我很想听听你的故事。我说。

饭店的空气里忽然压卷进许多不知名的味道，无法捕捉又无可描述，很是陌生又似曾相识。

他从身后取下发白的牛仔背包，放在我的面前，拉开有些锈迹的拉链，取出九把锃亮的刀，一字摆开在我的面前。

赊刀，一把一万，等你的房子变成水池我再来收钱。这个地方要建一个体育场，游泳馆的位置大概就是在这里。

我笑了。

现在生意不好做了，手指在手机上轻轻一翻，什么信息都能知道，我能猜到的，大家也都能知道，我猜不到的，明天还会在手机上跳出来。太难了，今天一天，没有赊出一把刀。

有人说赊刀就是一种卜术，我也认为是这样，你师父在遥远的过去，清晰地预见到了现在，我很想跟你学习这种神奇的本领。不知道你是如何找到你师父的，他又传授了你些什么？

他端起面前的茶杯，晃了晃杯中的酒，酒在我们的视线里和水没有什么区别，觉得有区别的是胃。我和他一起喝了一大口，咂了下舌头。

谢谢你。他说。

我看着他，他仍然不回答我，开始低头吃饭，白色的面片混在发白的汤中，几棵碧绿的菠菜睡在上面，他用深红色的筷子搅动了几下，碗里一团糟乱。

赊刀，一把一万。等你成了我，我再来收钱。他说。

我怎么能成为他呢？世上没有人能成为自己以外的人。我有自己的积蓄和生意，不可能成为一个为生活所迫的赊刀人。这不就是摆明了要送我一把刀吗？

想起他刚才说的房子变水池，我有些怀疑他就是街头骗子，一句接一句地蒙。有很多人怀疑他们就是在蒙，他们赊出的刀那么贵，只要一句蒙对了，便能赚钱。

可是这句，我坚信他蒙不对。我不想占他的便宜，不花钱得到这把刀。一把刀可以有很多种买法，不花钱的买法，会让别人觉得我爱占便宜。

我笑着，给他倒满了酒，摇了摇头。

账本是他的师父传下来的。账本里有些账能收，有些预言还没有实现。我也在向外赊刀，有些账我这辈子未必能收到，还没有收到的账，才是赊刀传下去的理由。我把账本传下去，赊刀也就继续下去了。可是你看我的账本，现在只有收账，再没有赊出去过。赊刀，其实赌的是明天，可是明天……老人会死去，年轻人四处游走，村庄不断消失，城市天天变化，今天我能找得到的，明天不知道在哪里。我纵然是赊刀，也是为了赊刀而赊刀，已经无法赢利了。赊刀，到我这里，是要赊断了。

你师父来到村子的时候，我父亲就认为你们的生意是做不下去的。在你师父以前，也许还有别的赊刀人来到我们的村子，想想，每个时候都会有人认为生意是做不下去的，可是，一直到今天，你还在赊刀。

你很会说话，我感觉你要做，比我做得好。他说着，开始喝酒。我们两人很快喝光了那瓶白酒。我已经有些摇晃，看他也是那个样子，我们握握手说声再见。

意外兑现了多年前父亲的一个承诺，我感到很兴奋。父亲已经不在了，他的师父已经不在了，他们间的承诺还在。承诺的长度，长过人的生命，想想也是件有意思的事。人的一生总会做出很多决定，这些决定改变人的一生。有些决定是人做出的，有些决定似乎本就存在，遇上了，就像我们要走的一条路。

三

第二天，明亮的水从天上泼下，洁白的雨花从地上泛起，人和物仿佛都生出了透明的羽翼，飞起来是多么美好的想法。

晚上，赊刀人浑身湿淋淋地跑进我的店里。

你还决定要赊刀吗?

是的，等你成了我，一万元。他说。

我在他的账本上写下自己的名字，名字前面已经有了很多陈旧的名字。每个名字都自觉地排成士兵一样整齐。它们束在纸上的格子里，不安分地露出些笔画，但终究还是安静地躺在格子里。

这些还能收回吗?

能收回的很少。

那我的能收回吗?

你的我一定能收回。

他的脸上忽然露出了笑容，他拍拍我的肩头，目光越过我的头顶，投向渺茫的夜。

（选自《当代人》2021 年第 9 期）

后门

马河静

正团级的老王要复员了，工作的去向关系着后半辈子的生计。他的儿子说："去找李叔叔，让他说说，给你安排个好位置。"

老王就给他的老战友——当年的小李子，也就是现任的李师长写了一封信，让其关照。信寄出去后又后悔了，他每每想起战场上死去的战友，心里就难受，于是就又寄了一封信，只有八个字。

他和李师长于1950年2月一起跨过鸭绿江抗美援朝。那时老王28岁，小李子16岁。老王在解放前给人家赶过马车，领导就把他分到了运输队往前线送弹药。小李子年小力薄，个子跟枪杆差不多，首长就让他跟着老王赶马车。部队有得吃，小伙见风就长，加之聪明伶俐，不长时间，长鞭短鞭使得啪啪响。

老王说："赶马车当不了将军，你还是上前线吧。"因此，小李就到了尖刀排。

那天，老王赶着马车拉着弹药向××高地急赶，在岭下遇到敌机轰炸，马惊了，把车也拉翻了，弹药滚了一地，马拉着空车跑个没影，他的同伴被炸得找不到个影。老王听得岭上枪炮声像过年放鞭炮一样，就背着一箱手榴弹向上爬，待他到了阵地，只见尸体横陈，不见一个人影。老王喊："人咧？人咧？"话没落地，一个人从背后抱住了他，他扭头一看，是个大鼻子。他说："好狗日，你玩真哩啊！"拾起一个手榴弹朝大鼻子头上咚咚砸了几下，眼看着大鼻子翻了白眼。

老王又喊："人咧？没人啦！"

他爬到高处，看到了满身鲜血的小李子瘫在不远的地上咧着大嘴哭叫。这时老王听得飞机响声，喝道："哭个啥，还不快跑！"拉住小李子连滚带爬到了岭下。

飞机又把岭上像犁地一样翻了个遍。

三年后，从朝鲜回来，赶马车的都开上了汽车。可老王一坐上汽车头都晕，手握方向盘直打战，找不着油门和刹车，差点把教练碾死。而哭鼻子的小李子当上了营长，如今又成了他的师长。李师长不忘救命之恩，逢年过节都去看望师父老王。

这天，李师长一天接到老王两封信，第二封信上只有一句话八个字："军人以服从为天职。"李师长眼前瞬间屹立着一个正气凛然的高大形象，顿时眼湿了。他展开宣纸挥笔疾书，抬头是"给我尊敬的师长"，落款为"弟子，小李子"。

老王复员了，被安排到政府大院看大门。他见门前车水马龙太吵闹，他想清闲，就要求去看后门。他在门岗的墙壁上挂着一幅中堂，是李师长写的斗大的八个字："军人以服从为天职。”

以前经常走后门的：有风流倜傥的，有贼眉鼠眼的，更有一手掂包挺着将军肚的，可看到抬头挺胸正步走的老王，不知怎么从后门走的人越来越少了。

老王落了个清闲自在，有时门一锁，上街溜达去了。

（选自《三门峡日报》2021 年 5 月 26 日）

喂鸽子

衣　水

紫荆山公园有一株古槐，我坐在古槐下，心无旁骛地刷抖音。一个五岁的女孩突然跑过来，使劲儿地推拉我。

“一块儿喂鸽子，”她稚声稚气地说，“一块儿喂鸽子。”

我听见女孩的邀请，但眼睛仍没离开有趣的短视频，只用眼角的余光扫了一下她。

“我不想喂鸽子。”

我感觉女孩气嘟嘟地噘了嘴唇，自个儿跑走了。

我刷着的短视频大多二三十秒，或高雅或媚俗，或幽默或悬疑。一条一条，一条又一条，还有各种产品广告，还有各种网红带货的直播。

刷抖音远比喂咕咕叫的鸽子快乐多了。刷到兴奋处，我不顾及淑女形象，竟然哈哈大笑，笑得浑身颤抖，笑得好几滴眼泪都跳出了眼眶。

“妈妈，”女孩再次跑回来，推拉着我，“饿了。”

“饿了？”我惊讶地瞅着她，“你家大人呢？”

“妈妈，”女孩愣愣地瞅着我，“妈妈！”

我一阵窘迫，仿佛满脸都是羞臊。刚满十八岁的我，没男朋友，没结婚，更没有生养。你知道，暑假一结束，我就去上大学了。

“找不到妈妈了？”

“妈妈，你说什么？”

女孩气咻咻地瞅着我，瞪着水灵灵的黑眼珠儿，甚是可爱。

“就知道刷抖音，”女孩恼火地嚷着，“钻抖音里去吧。”

我抬头看见一群人，都用手机录拍女孩和我。我尴尬极了。我刚满十八岁，我还是一个少女，我可不想成为一个被网民唾弃的网红。

“你叫什么名字？”我深吸一口气，静下心试探着问她。

“妈妈，”女孩跺着一只小脚，“闺女的名字你都忘了？”

女孩口齿清晰，嗓门也很洪亮，周围的人都会听到的。瞬间，血液暴涨，我满脸通红，就感觉千百个镜头像炮口一样对准我了。

我急中生智，慌忙捂住女孩的嘴巴。

“宝贝儿，”我把女孩揽在怀中，“跟妈妈自拍一个。”

我打开手机中的相机，调到自拍模式。我简直目瞪口呆，镜头中的女孩和我几乎一模一样。

“她到底是谁呢？”我心底纳闷。

我从背包里取出一块真空包装的法式面包。

“宝贝儿，”我深吸一口气，“吃完面包，找妈妈去吧。”

“妈妈?”女孩疑惑地说，“郭小橹，你就是我妈妈。”

我一阵惊愕，鼻梁上的眼镜吓得差点儿掉到了地上。

女孩怎么知道我叫郭小橹?我怀疑是不是我的高中同学，早设计好了脚本，故意捉弄我?我向四周瞅上一阵，都是埋头刷抖音的人。刚才录拍我的路人甲乙丙丁，感觉我跟女孩的故事索然无味，早自动撤离了。周围没有我熟悉的人，也没有什么令人怀疑的蛛丝马迹。

女孩不是一个演员。

“宝贝儿，”我极力使自己平静下来，“喂鸽子去。”

我牵着女孩的手，软乎乎、温热热的。不知为何，我竟然一阵激动，泪水溅到了眼镜片上。我感觉握住的不是女孩的手，仿佛是自己的手，一只喜欢喂鸽子的手。

“喂过多少次鸽子?”我回想女孩时代的我，“我在幼儿园时画过一幅画，画上画了好多只咕咕叫的鸽子。”

我仿佛听到好多只洁白的鸽子，在遥远的地方咕咕咕叫着。

“宝贝儿，”我终于鼓起勇气，“我叫什么名字?”

“你叫郭小橹，”女孩惊恐地瞅着我，“妈妈，你失忆了?”

“没有失忆，”我故作镇静，“告诉我你妈妈的手机号。”

女孩愣愣地瞅着我，似笑非笑地说出了她妈妈的手机号。我多次拨打她妈妈的电话，对方却一直处于通话状态。我怀疑是我的手机出现故障，借用一位路人的手机再次拨打。

我一直用来刷抖音的手机突然响了，我竟然把电话打给了自己。

“宝贝儿，”我泪眼婆娑地说，“妈妈陪你喂鸽子去。”

（选自《安徽文学》2021 年第 6 期）

山上有座庙

侯家豪

山上有座庙，庙里有个“猴道人”。“猴道人”并不姓侯，只因他身边常年带一只秃尾巴猴，人们便都叫他“猴道人”。

“猴道人”识草药，通医术。山区医疗水平落后，距大医院又远，山下的人全赖“猴道人”诊治施药。山娃小时体弱多病，若是没有“猴道人”，怕是长不大。因此，一家人对“猴道人”特别感激。每次山娘做了好吃的，山爷都不忘让山娃给“猴道人”送去一些；“猴道人”平日里也种几分薄地，庄稼活儿常请教山爷……一来二去，“猴道人”和山爷一家的关系就十分融洽。

山娃十岁那年，山娘得了重病，腹痛，水米不进，人一天比一天瘦，眼看着像油灯要熄灭。这天，突然来了胃口，想吃一口山韭菜。山韭菜味道鲜美，是当地人经常食用的野菜。但山韭菜最多的地方往往是在悬崖绝壁，人们很难涉足。要想采摘，就要冒一定的风险。当地有句俗语：“想吃山韭菜，一去不回来。”时值盛夏，正是山韭菜成熟的季节。山娃是个孝子，顶着太阳找了大半天，但凡有一点下脚的地方，山韭菜都被摘得一干二净。山娃脸上晒脱了皮，嘴上也起了一圈水泡。日头快要落山的时候，山娃碰见了“猴道人”。孩子像遇到了亲人，满腹委屈呜呜哭了出来。“猴道人”拍拍山娃的头，笑道：“莫哭莫哭，我有办法。”随后取来一张黄符，夹在指间，口中念念有词：“老猴神，老猴神，山之精，林之真，入山出谷，来往宜情，猴神变形，猴精密令，火速施行，日月星光，元亨利贞，急如律令敕！”念罢，将符往秃尾猴儿身上一拍，那猴儿“吱吱”两声就蹿上树不见了。一袋烟工夫，那猴儿就回转了，捧着两把山韭菜，还有一些不知名的草药，递到山娃面前。“猴道人”说：“孩子，拿着快回家吧。”山娃对“猴道人”磕了个头，抓起山韭菜和草药就跑。不出三天，山娘竟然能下床了。“猴道人”的名头就越传越神，自然，与山爷家的关系也越来越好。

但人无千日好，花无百日红，山爷后来与“猴道人”闹翻了。

刚改革开放，有人在镇上开了水泥厂，高价大量收购山上的青石。山民看到商机，纷纷开起了采石场。这可比种地来钱快多了，有的不出一年，就搬出了大山，到城里买了房。山爷看得眼红，也召集本家弟兄开采青石。

“猴道人”赶来制止，对山爷说：“老哥，不能这么干啊！这山上有四时不凋之花，八节长青之草，多少生灵靠山生存，这么干是造孽啊！”

山爷也有自己的道理："靠山吃山，别人能挖，我为啥不能挖？靠种地也只能勉强糊口，吃都吃不饱，还管啥花草？你别管了，挣钱了给你那破庙翻修翻修。"

"私挖乱采，毁了植被，破坏生态，到头来受惩罚的还是你们自己！"

山爷撇撇嘴："一家老小五六张嘴等着吃饭，老爹老娘的药钱，孩子的学费，都在这石头里呢！火烧眉毛，且顾眼下，先挣钱再说。"

"你……总有你后悔的时候！""猴道人"甩袖走了。

山爷转脸就把"猴道人"带来的不快抛诸脑后，一门心思采石赚钱。

那一天，山爷放完两处炸药，启动引爆开关后，有一个响了，另一个成了哑炮。

放了哑炮，得有人去排除——这是个相当危险的工作。当时爆炸物品的管控力度不大，人们没有爆破经验，又没受过正规培训，被炸死或炸伤的事故时有发生，且多是因为处理哑炮造成的。山爷看看自家兄弟，老二去年炸断了一只手，老三还没结婚，山爷咬咬牙："我要是出事了，你俩照顾好咱家……"老二和老三哭着说："大哥，我去！""我去，大哥！"

就在兄弟仨争抢不停的时候，"猴道人"带着秃尾巴猴儿过来了。

"修道之人多少会点功夫，我去保险点。"不等山爷说话，"猴道人"又说，"如果失手，山神庙旁边我种了几种药材，你没事了去看看，推广开了也能赚钱……”说罢，大步向采石场走去。谁承想，刚走到哑炮处，“轰隆”一声巨响，说时迟那时快，只见一抹灰影倏地窜了过去，“猴道人”和那猴儿同时被埋在了石堆下面。

从那以后，山爷就封了采石场。农闲时候，山爷常到山神庙里去，经常一坐就是半天。听说他还给家族定了两条族规：凡山氏族人，一不准开矿，二不看猴戏，违者不进祖坟。

后来，政府成立了专门的管理机构，加强了危险物品的管控力度，阻止了无序开采。近年来，由于环保力度的加大，当地的私挖乱采现象彻底销声匿迹了。

如今，在某知名药材商的投资开发下，山上那座庙，变成了旅游景点；那片山，变成了远近闻名的生态旅游区。

（选自《金山》2021 年第 8 期）

杀鸡

刘加军

大清早，麻婶站在院子里愁坏了。

昨天晚上，村主任来了，说今天扶贫干部要来具体了解情况，想办法帮助他们家脱贫致富。

“俺家富贵听话，勤快，俺们听村主任的没错。”麻婶很开心。

村主任走时还神秘兮兮地说：“人家扶贫干部还准备给你儿子提亲呢。”

村主任走后，麻婶难得地和麻叔一起有说有笑地收拾屋子。天快亮了，才想到了新问题：家里啥好吃的东西都没有！

“饭烧好了吗？”麻叔从屋里出来，一脸倦容地问。

麻婶望一眼麻叔，一股酸味似乎要涌向眼窝，涌向鼻孔。眼下这个男人，遇到大事急事，别指望他。

米下锅了，麻婶心里也静下了，这才想起要杀了那只芦花鸡待客，只听它天天在鸡窝里叫，就是见不着下一个蛋。

麻婶走近鸡笼，七八只鸡在笼子里你踩我爪子我啄你的头，转着圈往笼门挤。

麻婶把笼门打开半边，右手拿着粪耙子，朝鸡笼子里钩芦花鸡。芦花鸡好像知道不妙，钩头缩头、钩爪子抬腿，钩身上就往其他鸡身边挤。好不容易钩到笼门边，麻婶伸左手去逮，芦花鸡忽地张开两个膀子，猛扇一下跳起来，头和身子碰到笼顶，落下时，像刮起了风，鸡笼里的草灰和干鸡屎随风飞起，落到麻婶的脸上和身上。

“该死的!”麻婶扭着头看见麻叔说，“你不能来帮帮忙吗?”

麻叔用耙子在鸡笼里一阵乱搅，鸡们大乱，但那只芦花鸡就是不往笼门来。

“没用!”麻婶嘟噜一句，“我自己来。”

麻婶将笼门打开大半儿，死死盯住出口，让惊魂未定的鸡向外钻，两只大手在笼门上面十指揸开，专等芦花鸡。

冲出一只，一只，又一只，芦花鸡就是不出来。终于露头了，麻婶一把按住，不是要逮的那只，手一松，那只鸡展开翅膀，两个爪子一用力，飞过院墙而去。把麻婶吓得一跳。

“该死的!”

就剩那只该死的了，它试探着，头刚刚伸出，麻婶双手下来了，它立刻把头缩了回去。

“妈，我来逮。”不知什么时候，儿子站在身后说。

麻婶拍拍手，站在一边瞅着孩子撅着屁股往鸡笼里钻，心里五味杂陈。

三十多岁了，还一脸孩子相。两年前说话还不利索，学什么都记不准，在家里，没人管束就撵狗逮猫，弄得屋里乱七八糟的。辛辛苦苦大半辈子，攒点钱都给他治病了。没想到，现在也渐渐地知道帮忙了，更没想到还会有人帮提亲。麻婶眼前仿佛看见儿子披红带彩的场景。

“逮到了，逮到了。”孩子提着鸡欢呼着，全然不顾自己灰头土脸。

麻婶边用布条子捆住鸡腿，边朝堂屋吆喝：“刀、小盆拿来。”

麻叔赶紧拿来刀端来水，麻婶把鸡递给麻叔，说：“拿好，别又让鸡跑了。”

麻叔知道麻婶话中有讥讽。去年过年杀鸡，麻婶将鸡递给他时，谁知鸡突然用力一挣，他没抓紧，鸡掉到地上，跑了。麻婶没少往他耳朵里灌难听的话。

麻叔一只手攥着鸡的两条腿，另一只手攥着鸡的俩膀子。麻婶一只手捏住半个鸡脖子，拔毛。拔光一块，吹吹，拿起刀，瞅准没毛的地方，快速地划了一刀，鸡血顺着刀刃流到小盆里。鸡身子一挺，猛蹬腿，男人下意识攥紧鸡腿和鸡膀子，鸡血从流很快变成了滴。

“才这点儿血？”麻婶嘟囔一句，立即用刀在盆里轻搅两圈，捏住鸡脖子，上下抖几下，然后把鸡头递给麻叔。麻叔立即松开攥鸡腿的手，一手捏一个鸡膀子，将鸡头夹在俩膀子里，再将俩膀子交叉辫几辫，看看鸡腿没乱蹬了，就顺手扔到地上。

按说剩下的就不算个事儿，麻婶烧水、烫鸡、拔毛、破洗……自己就收拾了，无须麻叔插手。孰料，事态从放了血的芦花鸡被扔到地上后发生了转变。

芦花鸡被扔在地上，猛蹬几下腿，原先捆腿的布条子不知怎么松开了，它一翻身，站起来了，接着耷拉着头东倒西歪地胡跑。麻婶和麻叔先是一愣，对望一眼，一同向芦花鸡扑去。耷拉着头的芦花鸡乱飞乱跳，一时间，院子里鸡毛和尘土乱飞，不时有东西倒地摔出的响声。更神奇的是，始终没抬头的芦花鸡，竟然冲过小院冲出大门狂奔而去。麻婶和麻叔随即追了出去。房檐下的孩子，先是傻愣愣的，看父母跑出门了，也跟着跑出去了。

门口是公路，芦花鸡低着头没命地乱跑，一眨眼，冲上了公路。

“嘭”的一声响，麻婶和麻叔惊呆了：一个骑自行车的人，为了躲芦花鸡，撞到路边的树上，随即倒到了路边沟里。芦花鸡穿过公路，消失在路对面的草丛里。

“你不能多提会儿吗？多提会儿能累死你？”此后，村里人常听到麻婶家院子里传出训斥声。

原来，那天摔倒的人，就是乡里来的扶贫干部，他腿摔断了，住进了医院。自此，麻婶常做梦，很多次梦见扶贫干部笑眯眯地站在院子里，手里提着那只芦花鸡。

（选自《小说月刊》2021 年第 11 期）

送他一程

刘万勤

小村不大，谁都知道谁。

哀乐声声，乌云压得很低，张老大到了出殡的时刻。在一片号啕痛哭声中，一帮壮汉子抬着灵柩出了灵棚。周围挤着看出殡的男女。灵柩抬着走了，看者不无感慨地一个个走散。可唯有一个人，花白头发，低着头，尾随送殡人群之后，一步步直到村外的十字路口才停步。

他叫张石头，已入花甲之年。有人不解地问他，你跟张老大沾亲带故？张石头摇摇头，面含悲情地说，他是好人啊，吃了一辈子苦，像头老黄牛不松套，到享福的时候却走了。你看看，人到这时候，我能不送他一程？

心眼一点儿也不歪的李歪歪，一场病给撂翻了，说话不及又走了。出殡时，张石头一旁看着看着，眼泪就模糊了双眼。送殡人群的哭声，叫落在枝头的飞鸟也垂下了脑袋。张石头依然尾随之后，低着头，一步步地走，直到村外的十字路口才停下脚步。

有人说，李歪歪是倔倒驴，你为啥还要送他？张石头长长叹息一声，老歪啊，好人一个，正是他脾气倔，才一个人执拗地在村东小河上架起一座木头桥，方便几个村的行人；才一拍胸脯站出来打黑脸，大煞穆家母老虎骂公咒婆的嚣张气焰。他说走就走了，人心都是肉长的，佩服他啊，我这时能不送他一程？

轮到赵二憨出殡，正是寒冬腊月，鹅毛大片的雪花搅乱一个世界。他亲友少，送殡的人稀稀拉拉。灵柩抬出灵棚后，张石头依然尾随在送殡人群之后，低着头，一步步走在雪花飘荡的路上，直到村外的十字路口，他才停下脚步呆呆地站着目送。

有人冻得直跺脚，不解地问他，这么冷的天，还来送赵二憨啊？张石头这时一受凉，就连声咳嗽。他咳嗽止住后，说，他憨了一辈子，也大度了一辈子，长短曲直从不跟人争辩，多少苦水都是在眼泪中偷偷咽下；这一点，在咱村唯有他一个。他这一走，再想见面只能在梦里了，这时候我怎能不送他一程？

赵大兴的名字始终没有叫起来，“三只手”的外号倒叫得当当响。他的腿脚一动，人们就暗暗操着他的心。他倒头的时候，村里人不说是皆大欢喜吧，可以说为之悲哀的的确不多。出殡时，除了他的家人和亲戚，村里没有几个惦记他在心里的。灵柩从灵棚里抬出来，在极短的送殡队伍之后，尾随的依然是张石头。

这时人们就大眼瞪小眼了，他个“三只手”，死了就死了，可以省去人们多少心？他一万个不能跟人家张老大、李歪歪相提并论。张石头可不全是这么想，他想“三只手”为啥“三只手”？看他人高马大的，可一辈子过得扯不严盖不住，多少年都是为嘴打饥荒。他心眼好，早先有个要饭的，病倒在南窑后，他碰见了，用单方硬是救活一条命；王二拐从树上掉下来，腿摔骨折了，又是他一趟趟跑齐村拿膏药，王二拐才下了床。看人，浑身上下看个遍才对。

贴边邻居苗小小，真病了些年。月亮刚刚滑下树梢，他就撒手人寰了。村里嘁嘁喳喳议论他，一是他的为人，有人说东有人说西；二是牵扯到张石头。很多人说，张石头这次是不是拍手称快了。为啥？两家为宅基地的事，村里说不下，官司打到法庭上。结果苗小小胜诉，弄得张石头灰溜溜的，几年见面不搭腔。有人说，苗小小出殡，张石头绝不会为他送上一程的。也有人摇头。这样对阵双方相持不下，就互不相让地打起赌来。

苗小小午饭后出殡。六月天说变就变，眨眼工夫就沙沙地下起雨来。壮实汉子抬起灵柩吆喝着出了灵棚。街两边看出殡的男女，一看下起雨，就纷纷离散。蜷缩在门口大椿树下的张石头一言不发。待送殡的队伍从他眼前缓缓走过，他站起身，尾随其后，一步步地跟着走，把头埋得很低。

有人说，看见张石头落泪了。

到村外十字路口，沙沙的雨把张石头淋个透湿。一着凉，又一声接一声地咳嗽起来。

为此，打赌输的一方要遵约请客。可他直拍脑袋，你说说，他是为什么？他是为什么？

（选自《小小说月刊》2021年2月下半月刊）

石头镜

孙彦涛

出了车站，天已大亮。

张三和父亲终于走出了大山，踏进了五百多里外的省城。阵阵凉风裹挟着片片黄叶在广场光滑的地面上翻飞。

张三给父亲扣上大衣的风紧扣儿：“爹，德昌叔的大氅你穿着挺合适的，有钱了咱也做一个。快到了，时间还早，我俩地走过去吧，也省下一些打车钱。”

父子俩背起红薯和大蒜走在刚刚醒来的大街上。在路边稍息的时候，父亲指着不远处的大厦说：“三儿啊，看看吧，做人只要有长处就有饭吃，你看大楼上都写着‘一长在手走遍全球’。”

张三顺着父亲的手指一看，笑了：“爹，那是‘一卡在手走遍全球’，银行做的广告。”停了一会儿，张三又笑着说：“不过，按你的看法，也对，做人只要有一技之长，走到哪里都有饭吃！”父亲嘿嘿地笑了起来。

二人来到了省委大院，门岗的武警打了一阵电话后对父子俩说：“你们是不是搞错了？省委大院军队转业的很多，没有叫‘孙小小’的，你说的电话也不对。”

张三说：“表姐有四十多岁，大高个儿，大眼睛，很漂亮，说是在省委里专门干打电话的活儿。”

一个便衣走过来：“你表姐是不是还有其他名字？”

“想起来了，”父亲插话道，“小时候叫她‘妮子’。”

一会儿，便衣又出来了，说：“电话科有个科长叫‘孙爱华’，有可能是你们要找的人，给你们个门牌号，你们到后边3号楼去看看吧。”

父子俩辗转来到3号楼，经看门的保安核实，找到了表姐孙爱华家，但保安告诉张三：“孙科长家里现在没人，去外国旅游今天回来，刚下飞机，估计一个小时就能到家。”

父子俩来到大路边等候。张三对父亲说：“你坐着别动，看好大蒜和红薯，拿好钱包，我去找个茅厕解解手。”

一会儿，张三回来了，看到父亲大吃一惊：“爹，大蒜和红薯呢？”

父亲得意扬扬地说：“刚才我可占了大便宜，瞧瞧！”父亲手里捏着一副褐色眼镜，“有个好心妇女见我眼屎多，一下子就看出来我有眼病，我用红薯大蒜换了她的石头镜。你奶奶说，石头镜好得很哪，戴上它，啥眼病都能治！”

张三捏起眼镜看了足足几分钟，环顾四周，终于心平气和地说：“你上当了，爹，这是假的，咱那两袋子红薯大蒜虽不值钱，但那是咱从五百多里外背来给表姐，让表姐给你孙子找工作的。城里人就稀罕咱土特产。没办法，咱买些其他礼物吧。”

父亲惶恐地说：“我把随身带的三百元也给人家了！”

“什么？”张三更惊讶了，“你怎么不留点儿啊？咱回家咋办？她们是骗子啊，爹！”

父亲唯唯诺诺地嘟囔道：“我看她们不是骗子，那妇女扯着一个四五岁的女孩儿，跟你女儿差不多，流着鼻涕，穿戴很破，小脸小手冻得红扑扑的，母子俩说是被狠心的父亲甩了，来到城里靠卖石头镜过日子……”

“你真糊涂啊，爹！咱啥也没有了！”张三手足无措，几乎哭出声来。

突然狂风大作，黄叶翻舞，天色陡暗，街上乱作一团。张三赶忙搂住父亲，用衣服盖住父亲的头蹲在路边。几分钟过去，风息了，张三突然发现脚边多了一个鼓囊囊的坤包，背带已断，看样子是有人刚刚丢失的。张三顺手捡了起来。

父亲说：“你表姐该回来了，我们还是去找她吧。”

张三说：“我们现在不能走啊，丢包人肯定会找回来的。”

正说话间，一个女孩儿推着电动车神色慌张地走过来，边走边问。

父亲站起来招手示意：“过来，过来，孩子，你的东西在这儿。”

姑娘快速骑车过来，看见她的坤包完好无损，一下子跪在张三父子俩面前，泪流满面：“爷爷，叔叔，太感谢了！”

一辆轿车慢慢滑过来，停住。走下来一男一女。

中年男子蹲下来握住张三父亲的手说：“大叔，今天我们十年厂庆，打算现场用现金奖励员工，没承想一阵狂风袭来，出纳慌里慌张把十万现金丢了。辛亏遇上你们俩好人了！”

厂长打开坤包，从崭新整齐的现金中抽出一捆，递给张三：“收下吧，农民兄弟，太感谢了！”

父亲看着钱，惊呆了：“老天爷，原来包里装恁多钱哪！”

出纳姑娘流着泪说：“爷爷、叔叔，收下吧，这是你们人品的价值！”

张三从惊讶中缓过神来，坚决不收。推让之间，老父亲开口了：“厂长啊，本来就不是俺的钱，俺不能要，你能给我弄一个石头镜吗？要真的！”

众人愣了，厂长看见父亲手中有一副褐色眼镜，迟疑了一下，很快回过神来：“有，有，有！”

父亲的脸上绽开了孩子般的笑容。

（选自《奔流》2021年第7期）

铲车司机

一 兵

村口河里的水越来越大。雨还在下，紧一阵松一阵的。

自古以来，这条河就伴着这个村子。鹏飞从小就听老人们讲，这里曾经河水荡漾，翠鸟凌波，鱼虾满河。鹏飞没见过，他只记得有几次大暴雨过后，河水浑浊不堪地流过。几年前的那场大暴雨也是下了几天，河水漫过河堤，流到村里，有的人家遭了灾。

村里的大喇叭广播了好几次，让党员、退伍军人报名参加防洪突击队。鹏飞当过坦克兵，又是党员，第一个报了名。

“鹏飞，你可要提高警惕啊！把你的铲车加满油，随时待命！”村支书给鹏飞打电话嘱咐道。

雨小了一点儿，村民们打着伞跑到村口河边看河里的水。大家议论着河水的浑浊、河水的湍急、河水的水位，以及河水在这个村的历史上犯下的错、立过的功……

河里的水好像高速公路上奔跑的汽车，没有闲工夫看岸上指指戳戳议论它的村民，咆哮着向前奔跑。

雨又大了，像老天爷在泼水，泼下来一盆，又泼下来一盆，把村民都泼回了家。

前几年那场洪灾后，鹏飞上班的厂子淹了，倒闭了。失业的鹏飞把自己多年的积蓄拿出来买了这辆铲车，在同学小伟的工地上干活儿。工地的活儿结束后，鹏飞每天开着铲车来到村北的十字路口对外出租。鹏飞开铲车像在部队开坦克一样熟练，装土、平地、挖沟，又快又好，十里八村谁家有活儿都喜欢用鹏飞的铲车，末了结账时免不了和他搞价。乡里乡亲的，碍于脸面，鹏飞总是笑着抹一下脸上的汗水，指着贴在驾驶室上大大的二维码说："中！中！中！咋都中。"

这次的雨下得有点儿奇怪，不刮风，不响雷，没闪电，一连几天不分白天黑夜地下。白天，村民们看着老天爷向下泼水。晚上，人们听着雨栽下来的声音，心里担忧：这天漏了啊！

凌晨，同学小伟打电话说他停在村北十字路口的车被淹了。鹏飞一骨碌爬起来跑了出去。

小伟停车的地方有四五辆车被雨水围困着。鹏飞把小伟的车拖出来后，旁边一位车主焦急地朝他喊："把我的车也拖出来吧，我给你五十！"鹏飞拖出这辆车时，天已大亮，车主非常感激地扫了他铲车上的二维码，付了五十元。

又一个车主向鹏飞喊："帮我也拖一下吧！"

鹏飞又把第三辆车拖了出来。

"能不能便宜点儿啊？三十吧？"

鹏飞一笑："中！中！中！咋都中。"

“还要钱啊？你这是趁火打劫发国难财啊！”最后一个女车主刻薄地说。

这时，村支书打来电话着急地喊：“快来！快来！赶快开铲车到村口，装沙袋堵围堰！”

鹏飞挂了电话，开始拖女车主的车。把她的车拖出来后，他就掉转车头朝村口驶去。拿着手机准备扫码付款的女车主看着远去的铲车，愣在了那里。

雨中，鹏飞用铲车把防洪突击队装好的沙袋“端”到了村口，大家堵起了一道一米多高的围堰。

雨水还在发疯似的倾倒，河水咆哮着向前奔涌，河边的水浪一个劲儿地往围堰上蹿。有的浪头蹿过沙袋，水涌进了村里。

“大家听着，五个党员留下来，其余的都赶紧回家。这水太大了，围堰是挡不住了。大家注意安全，回去做好自家防护，不要出门，水再大了就上屋顶上去。”村支书一遍遍地喊着，把村民们催回了家。

村支书转身对留下的党员说：“接到通知，山上的四大水库开始泄洪了，南河堤是三股泄洪水的交汇处，一旦决堤，咱村就会淹过房顶。大家上铲车，到南河堤去。走！快走！”

到了南河堤，鹏飞在村支书的指挥下，一铲车一铲车“端”着土石方加固到河堤的一段薄弱处。汹涌的洪水比他见过的黄河还宽。“只要加固了这一截河堤，洪水就不会漫过来，就淹不了俺的村子。”鹏飞想着，动作娴熟地干着。

不好，油表警示灯亮了，铲车要没油了。“可再有十几车就能把薄弱处加固好，这时一退就前功尽弃了啊！”鹏飞在心里嘀咕着，咬着牙脱掉湿透的上衣，狠狠地扔了一句话：“拼了！”

大雨中，三股泄洪水顺着河道下来了。

村支书和大家一起向鹏飞使劲儿地挥手并大声呼喊，无奈都淹没在铲车的轰鸣和暴雨的混合声里。

这一截薄弱的河堤开始漫水了。村支书顺着河堤向鹏飞跑去。鹏飞驾着铲车“端”着一铲土，踩着油门，用尽最后一滴油冲向河里……

村支书两手拍着大腿哭喊道：“哎呀！鹏飞啊……”

在人们绝望的哭喊声中，鹏飞竟然从雨帘中跑了过来，回头看着自己的铲车被洪水一点点吞没，声音哽咽着说：“完了啊，河堤保不住了啊！这水太大了……”

村支书一下子抱住鹏飞：“孩儿啊，你尽力了，爸知道你尽力了。”

“快！我们赶快回村里组织大家撤离……”村支书对大家说。

五个人往村里赶去。大雨连着天地，瓢泼一样泼在五个人的身上。

（选自《百花园》2021 年第 8 期）

默戏

赵长春

眼量舞台大小后，欧阳詹就在后台一角默戏了。

多少年了，这已成为欧阳詹上场前的习惯。当然，他已经化好了彩妆，穿好了戏装，只等锣鼓一响，身子一振，精神一抖，随着一声高亢的叫板，上场，走场，定场，亮相。哗——，掌声雷动！

这叫出场好、出场彩，与欧阳詹的默戏有很大关系。

默戏，是一种功夫，欧阳詹有真功夫。如此时，他静心，定力。或危坐，或端站，胸挺，背直，腿稳脚固，眼观鼻，鼻观心，喃喃有词，间或抚髯，吹须，撩袍，仿佛就在舞台上，虽然人还在后台。

上场，下场。整场演出中，只要在后台候场，欧阳詹就默戏。即便是别人的对白、唱词、身段，他也要心里“过”。人在戏中，心在戏中。无论当主角、配角，或是走个龙套，都这样。

不过，欧阳詹走龙套的机会不多了，微乎其微。毕竟，经过三十多年的打拼后，他是整个剧团的台柱子了。无论老戏新戏，他基本上都是 A 角、主演，别无选择。

台柱子都有毛病，是被大家慢慢惯出来的，有的甚至是苛刻。如，琴师固定，别人给我拉弦我不唱；如，候场时需要按摩腿脚；如，量身定做戏衣，别人不能穿，唯我独享……欧阳詹没有这些，好伺候。不过，他结巴，除非上场。上场，道白却如珠泻玉盘，吐腔恰似水流清泉，远不是台下的感觉。

结巴，大概也是欧阳詹沉醉于默戏的一个原因。场下少说话，或不说话；上场后，踩着鼓点，合着弦拍，该说说，该唱唱。如此，他把话都说在了舞台上。下场，反而不会说话了；一说，反而结结巴巴。

与学戏前相比，欧阳詹现在更结巴。当年，他结巴着说要唱戏时，大家一阵哄笑，就在袁店河的沙滩上。当时，二月二的春会结束，戏班子转场。他缠上了一家豫剧团，非要投师。结果，老团长收留了他。

欧阳詹是唱着给老团长表达的，念白清爽，一大段唱词把心中所想倾诉得酣畅淋漓，剧团就收留了他。叠衣、收箱、送茶，扮院工、丫鬟、轿夫、兵士；从没台词到有台词，从不几句到大段唱词；从配角到主角……欧阳詹就这么走了过来。一个结巴唱红袁店河上下，成为大明星，都知道他下了大功夫，吃苦不少。

老团长最清楚欧阳詹所吃的苦。不过，后来老团长为自己的选择有些后悔，因为玉竹。

玉竹是老团长最小的女儿，娃娃脸，扮相清秀。玉竹演哪吒，演红娘，演罗通，演岳雷，演金哥或者玉妮，都好看，腔也好。观众喜欢，同台的人也喜欢和她配戏、对戏。特别是在台上，欧阳詹演张君瑞，委托红娘送信，两人举手投足间眉目传情，很巧很妙，别人演不出那样的美与好。即便玉竹演一个小书童，跟着书生上京赶考，那书生最好也得由欧阳詹饰演：两人上场，一个活泼可爱，一个风度翩翩，不开口就满身的戏，一抬眼就勾了魂魄！

人们都说："欧阳詹和玉竹，是金童玉女。两个人不为夫妻，亏，大亏。"

不过，欧阳詹说："我就是想唱戏，想好好唱戏。"

欧阳詹对老团长说："真的，我就想好好地唱戏。"面对有恩于己的老团长，他的回答坚定而真诚。

后来，玉竹嫁了他人，也是同一剧团的。

再后来，玉竹去了另一个剧团。

再后来，玉竹又回来了，和男人离了婚。

玉竹对老团长说："爹，我想一心一意唱戏！"

欧阳詹就还唱杨宗保，玉竹就还唱穆桂英；欧阳詹就还唱薛丁山，玉竹就还唱樊梨花；欧阳詹就还唱薛仁贵，玉竹就还唱王宝钏；玉竹就还唱小书童，欧阳詹就还唱进京的书生……

好。好！好!!

剧团又火了，欧阳詹又精神抖擞了，玉竹又英姿焕发了。

可是，演完戏，两人各过各的，各回各家。虽然，在大家的眼睛里、心目中，欧阳詹和玉竹应该一家："绝配呀，这两人!”

欧阳詹没有成家。他说：“自己结巴，将来有孩子了，怕也结巴。结巴不好受，好多话表达不出来，越急越说不成，难受。”

玉竹没有再成家。玉竹对爹说：“我就是想唱好戏，把戏唱好。”

袁店河有一片竹林，风来，竹摇如波。剧团的人都喜欢早晨来这里吊嗓子：“咿咿，呀呀，啊啊，啊——”河风携来水汽，润嗓。

欧阳詹也来，玉竹也来。来了，就“咿咿，呀呀，啊啊，啊——”，走到一起，对戏：

“啊，我观娘子哪里?”

“啊，我观夫君哪里?”

“娘子!”

“夫君!”

“啊啊啊！嗬嗬嗬!”

细听，比舞台上更叫人痛，是痛，不是疼，在心里头。

人们说，他和她，只会在戏里说情说爱；生活中，说不出来。

（选自《百花园》2021 年第 12 期）

今夕何夕

左海伯

安明县长下午接到通知时，很是诧异。他无论如何都没想到，到任不到一个月的江跃副省长，一竿子插到陇西他主政的这盘小县了。

疑问如虱，在他的心头攀爬。他把电话打到县接待办。主任说，他们在下塌的宾馆，吃自助餐；一行四人，轻车简从，说是下基层调研。

次日上午九时，县政府第九会议室。安明向江跃汇报了县里的主要工作。江跃做笔记，不时对一些数字表达了关切。这么多？他质疑的语气，让县长头皮一紧。成绩不错！他突然又来了个肯定，让安明悬着的心，放了下来。可整个过程，江跃如此反复了几次，安明的心脏病，差点被诱发了。其间，他偷偷吃了一粒天天随身携带的速效救心丸。结束的时候，江跃用几乎是深情的眼光望着安明，似乎是不经意地问一句：

今年，什么年呀？

安明吃的那粒药丸还在食管运行的途中。他的潜意识正在关注他的健康。听到这个话题，“健康”一词首先从他大脑蹦跶出来，这于他是个提示。今年是全民卫生健康建设年。他回答。江跃平静地看着他，眼里似乎还在期待。安明想起副省长分管全省金融工作，立即补充回答说，省长，今年还是全民诚信建设年。

江跃未置可否。站起身，说找个乡镇看看。去哪个乡镇？安明小心地征询。去你县最偏远的一个吧。江跃说。

在偏远乡人民政府，江跃没有听乡长钱卫的工作汇报。他要钱卫领路，看乡里的几个站所，民政所、养老院、村镇服务中心、乡中心学校，还有垃圾转运站。

如果在你乡发现一个乞讨的人和一个失学的小学生，乡里怎么处理。其间，江跃像想起一件往事，向钱卫追听此事的来龙去脉。

钱卫有些丢人。他脸色苍白，哆哆嗦嗦，很是猥琐；他搜肠刮肚，结结巴巴，按他的理解，做了回答；他自己都不清楚，问题说清没有。

我们的各项措施，已可保证我县辖区大地上，再不会出现一个本地乞讨的人，一个失学的小学生。安明见缝插针，做些补充。

江跃默默地听着，不时颔首，以示赞许。

看完垃圾转运站，大家商定去乡下的一个村委会调研。上车时，江跃突然对乡长说，呃，忘问了，今年是什么年？

钱卫对这个问题回答得比较顺溜：今年是安全生产建设年！

他见副省长没有点头，又加上一句，今年还是反腐倡廉建设年。他像在写一个自己笔画不清的字。本已落笔，却没把握，最终又在那字上涂抹了一笔自己的迟疑。

江跃听后，依旧未置可否，便坐进车里。钱卫小心地推关车门，因不敢用力，车门没有关住。正犹豫是否拉开再关时，那门呼一闪，像鹰，突然抖了一下翅膀，嘭一声，关严了。

到达村委会，江跃说，我们不听汇报；把你们村今年“两委”会议记录和扶贫、粮补、民政救助三方面工作台账拿出来，让我们看看工作开展情况吧。村支书赫金打开一个铁皮柜，一五一十拿出五本半新的本子，端到江跃面前。

江跃让大家都坐。他自己也坐了下来。他把那五个本子逐个逐个地打开，翻阅。

赫金没有坐下。他站在副省长身后，波澜不惊，一脸坦然。

现场像在太空一般安静。江跃翻阅纸页的唰唰声，像急速滑翔的岁月翅膀因振动而闹出的声响。

其间，江跃问了同一人手印为何不一样等四个问题。赫金欠身，皆一一做了合理的解答。江跃听后，轻轻颔首，以示相信。

末了，江跃合上账本的最后一页时，回头说，赫支书，你可知道今年是什么年吗？这问话一出来，安明与钱卫脸上立即失去血色，心里顿时像盘踞了健硕的正激烈蹦跶的兔子。

今年，好像是基层组织建设年。赫金手触脑门，紧急搜寻了一两秒钟，终于找到了答案。他像是在签筒里突然找到要找的如意签似的，他甚至为他的回答感到得意。

江跃未置可否。说，我们去看一个农户吧。他让赫金带着其中的一个账本。他在那账本中，找到一个姓冯的人家。户主是个七十挂一的老汉。

老汉的家与他的形容一般，干净；老人也很开朗，望着副省长淡淡地笑着。面对账本上自己的不同的手印，他说自己健忘，总是用不同的手指，在账本上按指印。

他又一一回答了江跃提出的吃、穿、住、子孙上学就业的问题。副省长时时竖拇指，给他点赞。

临别时，已走出院门，江跃突然停步回头说，老先生，你应知道今年是什么年吧？

安明、钱卫、赫金一时面面相觑，紧张不已。

老头挠了挠头，说：今年啊，今年是鼠年。

（选自《信阳广播电视》2021 年第 32 期）

半碗白米饭的牵挂

施永杰

苏莲做好饭菜，从碗橱里拿出一只最大的灰白色粗陶碗，用锅铲子往碗里铲白米干饭，铲满了按按还往里铲，按瓷实了，用铁勺子在上面浇了一层葱花鸡蛋汤，端起来往稻场里去。

“妈!”——其实是婆婆——还没进到场里，苏莲就高声喊。家里的米快吃完了，场里在晒稻谷，明天要去街上打米房打米，婆婆在看场。“妈，你回去吃饭吧，不用来了，我这一碗饭就够吃了。”

苏莲看到婆婆进了村口，就端着饭碗走到稻场前边的两间茅草房前喊：“小何！大侄媳妇，我来啦!”小何赶忙从屋里迎了出来，黄白粗糙的脸显得很疲倦，眼神透露出她的饥饿，她笑着说：“是我老苏莲婶呀。”小何叫何叶，其实比苏莲还大 20 多岁。这个村对女人称呼的习惯是，女人刚嫁来时，称她姓氏，第一个在她姓氏前加“老”或“小”，“老”或“小”就会跟她一辈子的，比如“老王”或“小李”，哪怕老王才 20 岁，小李已经 70 岁了，也一样称“老”或“小”。

进了屋，苏莲把一碗白米饭放到案板桌上，说：“我给你盛碗白米饭，你快趁热吃吧。”前天在大麦田里拔蒿子，苏莲看她面色煞白——过去俗话：大麦黄梢肚子叫——问她情况，知道她家大米白面早已吃完，在新麦下来之前只能以红薯干、苞谷糁，地里、河坡的野菜，墙头上的灰灰菜，洋槐树上的花为主食，非常馋白米饭，她还说了句：“啥时能吃一碗鸡蛋汤浇白米饭，死也闭眼了！”

苏莲问：“我大侄子呢？”何叶说：“天没亮就出门了，到现在还没回来。”苏莲问：“你俩又较上劲啦？”何叶有气无力地说：“没有。”

何叶跟男人的冷战不时发生，时间短则十天半月，长则月余，最长的一次何叶坚持了整整三个月。男人几次示弱，她理都不理，看都不看一眼。说事儿都是通过儿女或孙辈传递，或在院子里高声说些类似谍战人物接头、传递信息的双关语。起因主要是男人吃独食、赌钱，还是娘家大伯来调解了半天才恢复常态。

有一次，何叶的娘家侄子来看姑姑，拿了一包“黑泥巴”糖，何叶随手把糖放进墙上挂的竹篮里。男人趁何叶不注意时，把这包糖藏了起来。一天，何叶感冒了，乏力、心慌，想喝碗糖水，却找不见糖了。问男人，男人说：“不是你放的吗？”后来，一个晚上，她发现男人在偷偷地吃糖，只能暗暗流泪。

还有一次，吃过早饭，何叶把攒了几天的几十个鸡蛋放在赶集用的竹篮子里，准备到公社食品站卖了，再到供销社油盐门市部买些食盐和点灯的煤油。趁着何叶上茅房的档儿，男人扤起竹篮就往街上去，卖的钱跟人赌钱输个精光！把个何叶气得两天没进一粒米一口水。那时生产队穷，母鸡被称为“鸡屁股银行”，是社员日常用度的重要经济来源。

最是那次，何叶做好了午饭，干等他不回，就找到了懒光棍家。男人正在坐庄“推牌九”。男人摸了一张牌，牌面朝下，正在用指头摸牌点，何叶把桌上的牌拨拉了，男人亮牌说：“我赢一圈！”大家都说：“你老婆拨拉了牌，你还赢个屁！”男人恶狠狠地瞪着何叶说：“回去咱再算账！”赌博的都起身走了，男人还不走。光棍说：“你还不回去，还想闹个月儿四十的牛头夜叉（敌对）？”男人回到家里，何叶就把饭碗往他手上递，他接过去狠狠摔在地上。

苏莲说：“大侄媳妇，你快吃吧，别放凉了。我去屋后看场哈，一会儿我来拿碗。”

约莫着何叶该吃完了，苏莲又来到何叶屋里。见何叶在用石臼把红薯干捣成面，问：“大侄媳妇还没吃吗？”何叶说：“吃了啦。”“碗呢？”“在锅里盖着，一会儿我洗洗给你送家里。”“不能送家里，你奶看见会不高兴的，我拿回去再洗吧。”何叶揭开锅，苏莲看到，碗里的白米饭只吃了一半，中间像用锅铲子切开一样，另一半还齐崭崭地立在碗里。

苏莲惊诧地问：“你咋还没吃完？”

“我……”

何叶吞吞吐吐，很不好意思地说：“你大侄子俺当家的也馋白米饭馋得要死。俺那口子早不赌了，在帮助李婶家浇地呢。”

（选自《金山》2021 年第 11 期）

洁癖症

梁丽红

韩春明送走三姑父后，回来就黑着脸责备李薇不应该。

李薇这个城里大小姐哪受得了这气，激烈的争执之下，李薇撂下狠话回娘家，说韩春明不来认错就离婚。

李薇在韩春明的视线里迅速把车子驶向回娘家的方向，又觉得话说重了，于是掉头去了小区附近的星巴克……韩春明这个混蛋，竟真的没再追上来，李薇越想越委屈，决心要回娘家了。

从星巴克出来，李薇拐去里街的树荫下取车，却远远发现一个农民工模样的人在她车前鬼鬼祟祟的，李薇加快步伐上前一看，原来是一个满身灰尘的农民工老头靠在她车门上探头探脑地吃方便面。

“你在干吗?”话音刚落，李薇已意识到了自己的车窗是开着的。“小偷，你砸了我的车窗玻璃。”李薇一边呵斥着，一边上前拽住农民工老头要报警抓他。

“别，别报警，闺女，俺不是坏人。”农民工老头带着颤抖的哭腔说。

李薇的心软了一下："现在知道怕了，多大年纪了还干这个!"

"俺冤枉呀闺女，俺干完活儿路过，看这车窗没关，车里还有一个手提包，俺怕万一有啥贵重的东西给人顺走了，就在这儿等车主回来。"农民工老头一脸苦相地解释着。

李薇愣怔了一下，忽然想到了什么似的说："嗬，我看你是做贼不成，还想给自己揽功。"

农民工老头红着脸，有些愤怒地指着车窗和旁边的商店说："你这闺女咋不相信人呢?你瞅你这玻璃都好好的，卖方便面的老板也可以给俺做证，俺在这儿蹲了老半天。"

李薇将信将疑地凑近去检查，心一惊，还真是自己忘了关车窗，手提包也确实在副驾驶上，李薇迅速清点了包里的钱物，一分不少。她的面颊开始发烫，但又恢复了理性，她想，即便如此，眼前这个农民工老头也绝对另有所图。

关好车门，李薇很平静地说："大叔，说吧，你想要多少钱的报酬?合理范围内我都付。"

农民工老头摇摇头："闺女，俺不要报酬，你不报警抓俺就好。"说完，转身离开。

李薇还没缓过神来，农民工老头又折回来说："闺女，你能借俺点儿钱吗?俺给你打欠条。"

李薇嗤地一笑："对嘛，不还是为了钱，戏可真多。"李薇从手提包里掏出一沓百元大钞问："够吗?"

农民工老头望着李薇手中的钱，脸色铁青地说：“闺女，别把人看太低了，俺挣的每一分钱都是干净的。刚才等你的时候，俺把身上预备坐车的几块零钱买了桶方便面吃，俺只借两块钱搭公交车，既然你也没有零钱，就算了。”

农民工老头拖着疲惫的步伐把李薇和她的车子果决地甩在了身后，没有再折回来。也不知怎么了，李薇呆坐车中，看着离去的农民工老头，脑海里忽然闪现出三姑父叹息的背影，韩春明难过的神情，自己摔门而去的决绝……李薇的脸更烫了，倏地就眼窝一酸。

李薇是自幼就总听姨妈抱怨她乡下婆家人的各种爱占便宜和不是。韩春明婚前就答应了李薇，尽量不带他的乡下亲戚来城里串门，好在韩春明父母去世得早，老家也没什么亲戚，就一个三姑和三姑父还不是亲的。

昨日，韩春明却把他进城卖瓜的三姑父带回了家里，还让三姑父这几日都来家里吃住。李薇觉得韩春明的行为是公然背叛和挑衅，晚饭时，就再也藏不住情绪了。

李薇回房后，三姑父悄悄问韩春明，小两口是不是闹别扭了。韩春明压着声音说：“您别理她，病着呢。”

三姑父一惊，忙问：“啥病？咋没去看呢？”

韩春明见三姑父担心的样子，随口说道：“那个，洁癖症，不打紧哈姑父。”

殊不知三姑父放心不下，夜里还是偷偷给儿子打了电话，询问洁癖症好不好治。

果然，第二天一早，三姑父连早餐都没吃就执意让韩春明送他去瓜市，还说住车上方便，这几日就不来回往家跑了。

李薇默默地给韩春明发去一条信息，启动车子追上在烈日下渐行渐远的农民工老头。

“大叔，我回家刚好也往这个方向，顺路，我送您啊!”

农民工老头转身望向李薇，愣了一下，又看了看自己衣袖上的泥渍，满眼笑意地说：“谢谢你闺女，俺身上脏。”

“那怕啥的!”说话间李薇下车，亲自为农民工大叔拉开了车门。

（选自《大观》2021年2月上半月刊）

三小姐

王小宁

其实她是一个山沟里的黄毛丫头，名叫招娣。

明白没？她是有使命的。她上面有两个姐姐，到她时，还没出生，父母就紧张得不得了，阿弥陀佛来个儿子吧，结果呢，哇的一声，又是个丫头！父母失望了，就给她起名叫招娣。

本来招娣的“娣”就是“弟”，后来想了想，女孩子嘛，就改成了“娣”。

结果她还真争气，把弟弟招来了，没辜负父母的期望。不过嘛，父母对她也没有感恩戴德，宠谁也轮不到她。

命运的转机发生在那天下午，那天下午，她正在纳鞋底，哧啦哧啦地纳得正欢，邻居来了。邻居来了就来了，与她无关，她该纳鞋底还得纳，哧啦哧啦不能停。

隐隐约约地，她听到了邻居和母亲的对话，大概意思是说，邻居的一个亲戚，家里的保姆最近有事，得回老家一趟，想临时找个人帮帮忙。母亲说，再找个不行吗？邻居说，找个放心的也不容易，再说了，他们和保姆相处时间长了，也不想让她走，保姆也愿意留下来，只是家里的老母亲病了，得回去一趟。母亲答应了。

这任务就落到了招娣的头上。大姐已经出嫁，家里就剩下二姐、弟弟，还有她，弟弟不可能去。二姐现在成了家里的老大，得帮父母干活儿，剩下就是她了，她无奈地接受了。

她问母亲，在哪儿？母亲告诉她，在渡口。她问，有多远？母亲说，有一千多里地。她说，哟，咋跑那么远？母亲说，当年邻居的这个亲戚是出外求学离家的，后来越上学越远，最后定居在了渡口。

招娣高兴了，招娣从小到大，去过镇上，镇上离家六里地，她去赶过集。姐姐结婚后去过姐姐家，到姐姐家有十里地，这是最远的。

招娣去了。一个月后回来了。回来了就没事了，该纳鞋底还得继续纳，哧啦哧啦的日子，才是招娣的日子。

不过招娣可不这么想，招娣的心里有涟漪了，她先是拿着父母给的零花钱去镇上想买瓶雪花膏，可是钱不够，回来继续攒，等攒够了，就把雪花膏买回来。每天早上，洗过脸，她把雪花膏抹在脸上，对着镜子，仔细揉搓。然后开始梳头，一丝不苟，编出两条齐齐整整的辫子来，走路干活儿时，辫子一甩一甩的，蹦蹦跳跳，引来不少目光。

吃饭也有变化，母亲蒸的窝窝头，大家随便就点儿菜就吃了。她不！她要再加一个菜！她去剥几瓣蒜，在蒜臼子里捣碎，再滴上几滴香油，心里说，人家每顿至少都有两菜一汤呢，这样想着，心里就酸酸的。

母亲看着她的样子，剜她一眼说，你没那小姐命呢。弟弟打趣说，人家是三小姐呢。

招娣没听见，该咋样还咋样，整天脸上带着忧伤，有了心事。

父母怕她嫁不出去，赶紧托人给她找了个对象。招娣不干。想了一晚上，开始行动。她悄悄地把自己的衣物整理到一起，用块布包起来，趁着夜色，溜了出来。

山路上，月色明亮，她一点儿也不害怕，她跟着姐姐去拉过煤，走的就是夜路，两头见黑。况且这一带也没什么大山，很少见到野兽。对了，小时候看见过一次狼，不过那只狼在人们的一片喊打声中慌慌地逃了。

离家七十里的地方有个汽车站，上次去渡口时，是小毛驴驮她去的，这次她要靠自己了。走到那个汽车站，她就能坐上汽车，坐上汽车，她就能去到城市，去到更远的地方。这样想着，她竟然哼唱了起来：我要去远方——

到了渡口，招娣没有去找她待过的那户人家，她在一个小店里吃面时，看到里面的水池里泡了好多碗，店主人忙着呢，招娣问，我能帮你洗吗？店主人看看她，问，在家干过？招娣点头。店主人问，愿不愿意在这儿干？她忙说，愿意。店主人说，干吧。

后来招娣自己开了一家小面食店，慢慢地就在渡口定居了。

生活稳定后，她想起了家里的父母，这时候交通工具也发达了，坐车很方便，不忙的时候，她就接父母到渡口来住。父母看到她现在生活挺好，也就既往不咎，不提过去的事了。当初的行为，不也是希望她能过上好日子吗，现在她挺好，也知足了。

招娣的女儿上学上到了国外，还给她找了个洋女婿，后来有了外孙，她只好飞出国门去照看。

有次领着外孙逛街，在一处僻静处，听到哧啦哧啦的声音，她循着声音看过去，原来是有人在纳鞋底，看肤色，黄种人！招娣上前搭讪，经交谈得知，原来是国内同胞，是飞出来照顾孙子的。招娣问她，咋现在还纳鞋底？那人说，是给家里的老妈弄的。老妈九十多了，还喜欢穿手工做的鞋。其实后来熟悉了才知道，准确说，是现在买不上适合老妈穿的鞋了。

感慨之余，招娣想起了好多事，给外孙讲故事的时候，就讲了过去的一些事。外孙惊讶地说，哟，姥姥，当初你要没有走出山沟沟，那现在还没有我呢。招娣忍不住哈哈大笑。啪——外孙在招娣的脸上亲了一口，说，姥姥，你真棒！

（选自《山西文学》2021年第7期）

三八二十三

王　荀

三八二十三，是老田的口头禅。

老田，名叫田忠，按说还不到五十岁，但他额头布满沧桑，看上去比实际年龄要大得多。在他结婚不满五年时，父母相继病故，两个儿子间隔一岁半，日子过得捉襟见肘。

“老公，咱院里也栽几棵大樱桃树吧?”老田的媳妇小茜，看着两个瘦弱的孩子，向老田建议道。

唉！老田叹了一口气，瞅瞅偌大的院子，点了点头。小茜说这话不是空穴来风，岳父从南方引进几棵大樱桃树苗栽在院子里，日子逐渐有了好转。

院子栽了四棵大樱桃树，老田的日子就有了盼头。两只喜鹊喳喳地飞过来，落在刚长出新芽的樱桃树上。老田笑眯眯地哼起了曲子：“树上的鸟儿成双对……”正在院里晾衣服的小茜，瞥了老田一眼，日子过得紧巴巴的，还有心情唱曲？老田呵呵地笑起来，忧愁是一天，快乐也是一天，为啥不选择快乐呢?

第三年，四棵樱桃树零星地开了花。到了第四年，一朵朵、一簇簇的樱桃花，挂满枝头。老田眼看着樱桃由小到大，由青到红，心里那个乐呀！

挑着刚摘的两篮子鲜樱桃，老田迈着轻盈的脚步来到幸福村口，几个拉着小孙子转悠的老人围拢过来。

“卖樱桃喽，又红又鲜的大樱桃。”老田放下担子，高声叫卖起来。

“多少钱一斤？”

“八块钱，三八二十三。”

“八块钱？”有个老人怔了一下，对身旁的人窃窃私语，刚上市的大樱桃，市场行情是一斤十块钱。这人咋卖这么低，放着钱不赚，是不是憨？还三八二十三，真是脑子进水——憨到家了。

老田不以为意地笑了，继续吆喝道：“卖樱桃喽，三八二十三。”

话音刚落，一小孩儿迫不及待地拿起樱桃，塞进嘴，一股香甜的果汁流入嘴里，吃了一颗又一颗。老人见小孙子爱吃，就说来三斤。你三斤我三斤，生怕行动慢了买不到手。老田说话算数，三八二十三，三斤只收二十三元。

四棵树的樱桃让老田尝到了甜头。农闲时，他认真研读《矮化大樱桃树的栽培技术》，啥时修剪，啥时涂白，啥时拉枝，啥时打药，啥时施肥，啥时疏花，老田都记得清清楚楚。几年下来，老田就成了樱桃树管理方面的行家。

他便和小茜商量扩大种植规模的事情。

春季，他把刚剪下来的枝条切成十五厘米长的小段，起好垅，扦插在二分田里繁殖育苗。时间一天天过去，看到小芽钻出地面，长出了一片片细嫩的叶子，老田喜上眉梢，三天两头往地里跑。待到树苗长到五十厘米高时，老田决定把树移栽到门前的三亩责任田里。家里劳力少，忙不过来，老田就雇人干。别人雇人每天九十元。老田出手大方，每天付一百元，还让小茜把热乎乎的饭菜送到田间地头。村民都说老田人实在、心眼好。

日子顺畅，心里高兴，老田走到哪里，小曲哼到哪里，脸上写满了快乐和自信。

有年秋季，老田脚踩三角高梯，正在修剪院子里的大樱桃树。那一根根长长嫩嫩的枝条，在老田的剪刀下，徐徐散落在地。小茜弯着腰，不时地挪动着脚步，捡拾地上的枝条。正在这时，有个邻居推门进来："老田，你这枝条两元钱一根卖给我吧?"

没等老田答话，小茜随口答道："行。"

"不行!"老田摇了摇头。

"那就三元一根吧。"邻居看老田不同意，生怕别人买走，赶忙加价。

"不是钱的问题。"老田说着，慢慢地从梯子上下来，给邻居敬烟、点火，心平气和地说，"咱们是邻居，远亲不如近邻!你想发展樱桃，就免费拿去，以后遇到啥技术难题，直接来找我。”

老田家的三亩樱桃园，到了成熟时节，樱桃鲜红欲滴、玲珑剔透，点缀在绿叶枝丫间格外养眼。前来批发的商人络绎不绝。卖到最后快完的时候，老田开着三轮车装了几筐樱桃，上集市去卖。那天后半晌，老田刚刚卖完樱桃，天空乌云密布，雨来了。人们纷纷往家赶。

“老公，人家三八二十四，你偏偏三八二十三。你说，你是不是憨?”坐在三轮车上的小茜，拍拍正在开车的老公肩膀，笑嘻嘻地问。

“做人别太贪，处处要留余。给别人留余，就是给自己留余。”老田开着三轮车，望着前面挑樱桃担子赶路的行人，放声唱起来：

三八二十三，
人人说我憨。
憨的卖完了，
精的往回担。

（选自《小说选刊》2021 年第 8 期）

风吹叶动

谢旭晴

表大娘的二姐桃花那时候还是个光鲜的年轻媳妇，婆家在望儿石河那边，虎屁股大岭下的一个小村子里。

那天桃花提着一筐婆家人的衣服在村口池塘里浣洗，时值初夏，岸边的柳枝摇晃着翠绿的枝条，像她的长辫子一样好看。她挽起袖子蹲在青石板上用棒槌捶着衣服，辫子垂下来撩起一朵朵水花，把水里的那个漂亮的影子弄乱了。她看着自己一会儿在池塘里，一会儿又在水面，感觉像做梦一样好玩。不由得发起呆来，狗剩去当兵有一年多了，不知啥时候能回来，儿子小虎已经八个月了，长得虎头虎脑、浓眉大眼的，一惹就咯咯地笑，长得跟他爹一样排场，他爹还没见过他呢。

大柳树上突然飞来一群乌鸦，呱呱呱地乱叫一通，打搅了她的心思。她拿起棒槌撩起一排水花，想撵走乌鸦，可是那些讨厌的东西像调戏她一样，在她头顶飞来飞去的，黑压压乱糟糟的，叫得更凶了，给人一种不祥的预感。难道“洋人”又来了？

桃花赶紧三把两把洗好衣服，提起筐子往家跑。还好，小虎还在摇篮里睡得很香，嘴唇时不时地吮动着，小家伙梦里还在吃奶呢。不一会儿，湾子里到处都传来急匆匆的脚步声，不知有谁喊了一声："快跑啊，洋人来了！"

桃花的婆婆崴着小脚，连忙从锅底抓了一把黑锅烟子灰，给桃花和桃花小姑子脸上一抹，桃花抱起孩子就跟一家人一起匆忙地躲到虎屁股大岭下的一片竹林里，这里竹子茂密，林子外有一大片长得一人多高的茅草，人藏在里面，外面的人根本看不见，所以这片竹林成了他们高家畈的临时避乱所。这次的消息是头战坪那边的人打探出来的，有人看见鬼子部队过河，好像是要进许冲，所以就沿途抄近道送信，听说很快就要来了。

时间一分一秒地走过，鬼子越来越近了。手无寸铁的几十号人躲在林子里，大气也不敢出，寂静的空气中弥漫着一股紧张的气息，此时就算有一根绣花针落地也能听得见。小虎却好奇地睁着圆圆的大眼睛，看看这个又看看那个，她妈把他往怀里按，他却努力地挣脱，恨不能自己跑下来爬到竹竿上去。母子俩正在拉扯，一阵风吹过，传来鬼子的脚步声，小虎瞧见竹枝晃晃悠悠的，突然咯咯地笑出了声，人们惊慌失措起来，桃花使出浑身之力赶紧用胳膊死死地箍住儿子，强硬地把奶头塞进小虎的嘴里，虽然开始孩子还在努力挣脱妈妈有力的怀抱，慢慢地也就消停了，不哭，不闹，像睡着了一样……

"表大娘，鬼子发现他们了吗？"

"没有见到人，日本人照直走了！"

直到鬼子走进许冲的夹沟里去了，人们提着的心才放了下来，桃花松开酸痛的胳膊，可是那个可爱的浓眉大眼的小家伙，却再也不愿醒来了。一家人只能默默地流着眼泪来承受巨大的悲痛，甚至不敢哭出声来。

失了儿子的桃花失魂落魄，天天坐到灌河边发呆。一天，一张木排划到了她身边，是磨盘山上下来的一个姓朱的亲戚，他告诉她，狗剩的部队已经从安徽金寨翻过九峰尖抵达磨盘山了，为首的八路军大官叫段君毅，那天从这儿路过的鬼子就是被他们打败的残兵败将。他们正在磨盘山修整部队，马上又要迎接下一场战斗，狗剩现在担任一个连的连长，想回家看看走不开，就托付亲戚回来捎个话。

“后来呢?”

“桃花回去收拾两件衣服，跟亲戚一起上磨盘山找她男人去了!”

桃花见到了久别的丈夫，狗剩见到了朝思暮想的新婚就分开的妻子，想到不幸夭折的儿子，两人抱头痛哭起来。风吹过，树叶婆娑，磨盘山“一天门”上人人掉泪。他们擦干眼泪，他们没有过多的时间悲痛。桃花很快和磨盘山的朱奶奶她们一起帮着部队烧水、做饭、洗衣服，搞后勤工作。

“表大娘，后来怎么样了?”

“我二姐后来参军了，跟她男人一样都是部队上的人了!”

“他们后来有孩子吗?”

“后来没得音讯，唉……”

表大娘一声叹息，我看见有晶莹的东西在她满是皱褶的眼角上一闪一闪的。

一晃，表大娘讲这故事好多年了！

（选自《信阳晚报》2021 年 5 月 17 日）

赠书者

轩　窗

夜里十点钟，雨小了，他披了雨衣出去。妻关上卧室门，跟在后边低声说：一定小心啊。

大街成了河，在路灯下泛着光。店离家步行十几分钟距离，他趟水用了快四十分钟——得在意脚下的台阶和坑洼之处，绕开电线杆。

店铺前的木板是他白天下班搭上的，此刻开了条缝，果然，进水了。他跳进去开了灯，地上一层水，到脚踝。里边一间是仓库，门槛挡着，还没湿。他在角落里拿了旧褥子和纸箱皮，那是他看店疲惫时用来小憩的，当下都是潮潮的。把它们抱到门口，堵好缝隙。架上最底层的书，湿了一半，他把它们都拿到上边。又拿了一个不锈钢盘子（他的餐盘）和脸盆，向外舀水。

这个店经营五年了。刚开张时就遇过一场暴雨，那时也是狼狈不堪。还是书友的妻，从学校跑来跟他一起清理淤泥和湿书，他们干了整整两天两夜，才让小店恢复到整洁的状态。清理后的书，暴晒后消毒，作为买书者的福利送了出去。

书店开在大学城，也是它能存活到现在的最重要原因吧，毕竟老师们和大学生们读书的比例还是高于普通市民的。而他最自豪的，当然是那个时常来读书买书的小个子大眼睛女生，成了他的女朋友。她后来常在课余跑来，坐在小小的收银台边忙活，而他得一闲暇，便会坐回她身边，听她低声讲学校的事。

“小猫，等着，咱会有一家更大的书店，还要有很多个流动书架，到时候，我们开着车边旅行边卖书，好不好?”他管她叫小猫，她的两只圆眼睛是有些像猫。

“当然好啊。”她笑嘻嘻的样子真令人心动。

他有理由让她相信。更早之前，他一无所有，靠着几千块钱经营一点儿旧书，后来在市场租下一个小小店面，再后来辗转到这里。

“一辈子就要跟书打交道啦!”他摸摸她的头说，“嗯，还有这只小猫。”她就蜷蜷身体，鼓起嘴巴，做出吹胡子的样子。

但愿她和小小猫今晚都能睡好。这样想着，手里的盘子已经舀不到水了，就换做旧毛巾，在地面浸了水拧到脸盆里。差不多弄好了地面。

他开始整理书架。他从大学开始，课余就摆书摊，工作后还摆，但终究时间有限，干脆辞了职专心做。在这个小城，他自信选书的眼光。

门外一道闪电，又一声惊雷。他身体一震，才发现自己一直穿着雨衣。

雨再次唰唰而下，天地茫茫一片。不到半小时，水先是穿过木板和褥子挤进来，后来就冲垮木板，越过褥子涌入了。他有些不知所措，干脆将另一条被子堵在仓库门口——那里还有近万册存书。

停电了。

他从口袋里摸出纸巾，将眼镜擦了擦，借着手机上的手电筒，把下几层的书全部转移到高处。他干了一阵，想起给她发去短信：我不回去了，家里如果停电，注意保持手机电量，有事联系。她秒回电：家里暂时还没停电，你一定注意安全，妞刚醒了，在陪她。

他索性停了下来——该转移的都转移了，什么都做不了。

他刚才一直没有敢想那个问题：要不？转行？

女儿三岁，就要上幼儿园了，好一点儿的幼儿园每月得两三千元。书店在小城有点儿名气，但他比谁都清楚，而今只能是顾得住吃喝。

开始做教辅？当初，多少人劝他进考研或中小学的教辅书，他都没听！妻子有一次说：三分之一的教辅，不影响你做文学和社科，行不行？他也只是挑选了几种作文书。

而今他坐在黑暗中，脚下是越来越高的水，第一次想到也许自己错了。

可是，那时多么美好啊。读书日，他用书廊把小店布置成小迷宫，头顶是一个个小小书包，书友们互相答题，对了的就选一个书包，有的人拆开看是心怡的书，高兴得跳起来！朗读的环节，几十个人被文字和声音感染，轻轻跟着主诵者发声，简直是美妙的和弦！他搂着怀孕的她，不由得站起来，两人眼睛都潮湿了。

他有点儿头疼，趴在桌子上睡了一会儿。他激灵一下又醒来时，水到膝盖了。他给救援队打电话，那人说会联系抽水机过来，但这之前还是先离开，人安全了就好。

凌晨五点了，手机还有些电。他整理了一些照片，在微信朋友圈发文：T 书店，免费赠送图书，书被泡或受潮，整理后不影响阅读，将陆续把书目发在评论处，请发来地址，给您邮寄。

手机里跳出微信信息：女儿托付给邻居，我正坐铲车过去，等我。

他抬眼看，他的小猫已经在门口了。

（选自《躬耕》2021 年第 10 期）

鹊桥仙

尚培元

收罢新麦，秀芳就该去河那边看娘了。

洛河沿岸有个习俗，新麦收进场，闺女回家去看娘。这习俗，叫“望夏”。

看娘的礼物早就准备好了，有水果、点心，还有松软的蛋糕。装好了，秀芳又剪了一朵鲜艳的牡丹盖在上面，礼物便显得红红火火，闹闹喧喧了。洛河两岸的乡村里，四时八节女人走亲戚，都要剪个团花或吉祥图案盖在礼物上。若是订婚，就剪一对“戏水鸳鸯”；若是祝寿，则剪一幅“延年松鹤”。如果没有剪纸烘托，再厚重的礼物也会显得轻飘飘的。秀芳爱剪纸，爱剪盛开的牡丹、恋花的蝴蝶，还爱剪石窟寺里雕刻的飞天。秀芳体态比较丰满，像唐朝的杨贵妃。她剪的蝴蝶，肥胖而圆润，像在跳着灵动的舞蹈；她剪出的牡丹，娇艳富贵，几片花瓣儿似是带露颤动，两片叶子薄薄的，筋脉毕现。有这样的一朵牡丹开在心里，人生便不会荒芜。

秀芳拎着礼物，喊大牛：“走，开车看娘去。”

大牛磨磨蹭蹭上车，有些不太情愿。

秀芳斜眼瞟一下大牛，说：“串个亲戚，还得拿轿抬你?”

大牛也不说话，慢慢启动了车子。

出了村，就到洛河边了。望一眼悠然东逝的河水，秀芳忽而觉得，这条洛河，一如铺陈在大地上的一条白练，仿佛在她剪出的一幅山水图中。

洛河汤汤，流过洛阳，流到巩义。接着，洛河似是听见了黄河的召唤，稍稍松了口气，收了匆忙，洒脱地汇入黄河去了。洛河水清，黄河水浊，两河交汇后，流出数里，仍清浊分明，便形成一处景观——河洛汇流。洛河与黄河，并肩携手，共同滋养着这块古老的土地。

秀芳生长在洛河北岸，却嫁给了洛河南岸的大牛。

秀芳的娘家在邙岭脚下的寺湾村，离豫剧大师常香玉的老家董沟不远。一道邙岭苍苍莽莽，如一条黄龙，蜿蜒在洛河跟黄河之间，在这儿高高昂起龙头，看洛河黄河在此汇流。龙头下的黄土里，天生一块百丈见方的褐色巨石，北魏时于巨石上雕刻出三处石窟，叫作石窟寺。绕着寺院，形成一处村落，叫作寺湾村。村庄小巧，如秀芳剪出的一个鸟巢，又似陈天然版画里的一条渔船，依附在洛河的臂弯里，任河水缠绕抚慰，婴儿一般，安然熟睡。

那年秋天，秀芳去石窟寺，可巧碰上了大牛。

大牛的家在洛河南岸的南瑶湾村，紧挨着笔架山，走几步就能看见诗圣杜甫出生的那孔窑洞，还有窑洞前的那棵枣树。

枣树很干瘦，跟瘦弱的诗人一样瘦骨嶙峋。如果穿越回唐朝，大牛跟杜甫肯定是和睦相处的邻居。高中毕业的大牛，心里装着繁盛的唐朝，装着忧愤的诗圣，装着悲悯的杜诗。他曾在秋日的午后，坐在笔架山下的阳光里，把胸中的诗句拿出来晾晒，也把杜诗的灵魂和神韵赋予一幅幅诗意的剪纸。大牛也是喜欢剪纸的，善剪石榴、葫芦，尤其擅长剪牛。牛是通人性的生灵。大牛剪过一幅老子骑跨青牛的《出关图》，剪过鞭打春牛的《打春》。他剪的牛，英武而壮实，顶着两只威猛的犄角，面目狰狞倔强，眼里带着魔气，泛着妖气；脑门上一个弯弯的月牙儿，就像一盏灯，又像一只眼睛，深邃幽远，充满原始而神秘的色彩。

大牛从洛河南岸渡到洛河北岸，是去石窟寺看石刻的飞天，看飞天凌空飘舞的线条。大牛随意地穿了一件夹克衫、一条发白的牛仔裤、一双半旧的旅游鞋，头发很短，一根一根抖擞地直立着。他嘴唇紧抿，眉头微蹙，眼里是云烟一样的忧郁。阳光照在大牛脸上，他坚毅的面庞显得轮廓分明。大牛拿出剪刀，刚刚剪出一条飘带，秀芳便趋近来，说："你在剪纸吗?"秀芳奇怪，这样的男人，咋也喜欢剪纸呢?大牛抬眼看一眼秀芳，点点头。秀芳亮出包里的剪刀和彩纸，说："我呀，也爱剪纸。"大牛又抬眼看一下秀芳，埋下头去，手腕左扭右转，剪刀逶迤曲行，纸屑飘散如落花。不多时，一个飞天的形象出现在秀芳眼前。秀芳看着大牛手上的飞天剪纸，忽然感受到剪纸艺术的玄秘和微妙，感受到一种来自远古的肃穆。

秀芳心里，忽地生出一丝情愫，一缕爱慕。

可娘说啥都不同意这门亲事，娘不愿把闺女嫁到河那边去。自老辈起，河水就阻隔着两边人家往来。许多年来，洛河两边很少结亲，这边的姑娘不愿嫁到河那边去，那边的姑娘也不会嫁到河这边来。两边的姑娘，都嫌隔着河水不方便呢。一条洛河，似是王母娘娘拿金簪划开的那道隔断了牛郎和织女的天河。秀芳望着河水说："南来北往的喜鹊啊，给我搭个鹊桥吧，让我去到河那边，去会大牛。"

喜鹊没有为她搭起鹊桥，秀芳乘着一条小船渡过河去，跟大牛成婚了。

然而，洛河却又将秀芳跟娘隔在两边。逢年过节，回一趟娘家，秀芳要攒几天劲儿，准备好长时间。每次渡河踏上河北岸，秀芳的心就突地长出了翅膀，鸟儿一般，提前飞回娘住的窑洞。上次秀芳回到娘家，她看见，阳光下，娘在窑洞前的菜园里拿铲子给菜地松土，松过的虚土换了一种姿势护卫着菜根。菜园里种的有辣椒、茄子、韭菜，还有豆角。一枝梅豆秧伸过娘的头顶，像蜻蜓绿色的翅膀。娘顺手铲去几棵杂草，就像掩去几页岁月。娘发丝银白，不知经历了多少岁月的风霜。菜园里，忽而还会听到虫鸣，如丝弦轻弹。娘儿俩回到窑里，秀芳看见，窗棂上还留有过年时她给娘剪的祈福的"福"字窗花。秀芳搬来两只小凳，跟娘对坐聊天。聊着聊着，门外树上忽然响起蝉的嘶鸣，如不可遏制的狂想曲。晌午了，秀芳给娘擀面条，娘把锅坐在火上，去菜园里薅回一把青菜，择了，洗净，留待下锅。水开了，氤氲的水汽如一朵祥云在窑洞里升腾而起。啊，在娘身边，多幸福！可是，嫁到河那边了，这幸福，常有吗？秀芳忽而就懂了当初娘的心思。娘肯定也懂了当初的秀芳。这些年，娘不是一句也没埋怨过她吗？秀芳轻叹一声，心里说：“南来北往的喜鹊啊，给我搭个鹊桥吧，让我经常回来看娘。”

一架“鹊桥”，说搭就搭起来了。可不是喜鹊们搭的，是政府为百姓建的。桥一通，两边的人们往来就频繁了。也有人家买了车，过河办事，走亲访友，一会儿就打个来回。比方说现在，大牛不是也开车拉着秀芳回家看娘吗？

车子上了大桥，秀芳说声“慢点儿”，大牛赶紧放慢了车速。已是夏季，河水不倦地汹涌，翻腾得如同一个人的青春期。河面的风款款吹拂，空气里飘着些许薄雾，轻轻淡淡，丝丝绵绵。远处，生命一样壮美的洛河在那里跟黄河交汇，气象恢宏。

秀芳轻轻说声“走吧”，车子便缓缓地下了桥头。

秀芳转脸看着大牛说：“回去看娘，咋苦着个脸？”

大牛咧咧嘴，想笑，却没笑出来。

秀芳又说：“小心眼儿吧你，还跟娘记仇？”

大牛摇摇头，说：“记啥仇？只是想着，当初她不愿意咱俩在一起。”

秀芳撇撇嘴，说：“其实，娘早就想通了。”

秀芳又说：“娘跟我说过，桥一通，她的心就也通了。”

大牛沉默了一会儿，忽然说：“下回看娘，我剪个葫芦吧。”

葫芦，谐音“福禄”，是个吉祥的剪纸符号。

秀芳听了，亲昵地看一眼大牛，嘴角露出了浅笑。

车子快起来了，秀芳从后视镜里看着洛河上凌空飞架的大桥，忽然觉得，这桥，真像鹊桥呢！

（选自《百花园》2021 年第 9 期）

勇气

彭永强

他怎么这么胆小呢？别人欺负到头上了，还一忍再忍。就这点儿胆子，还说要保护我一辈子！我看，要我保护他才差不多……

你说说，你比他高半头，比他重二三十斤，肌肉结实，拳脚发达，可是，竟然被那坏小子唬得一愣一愣的，碰到点儿事咋就这样懦弱呢？

张晓美一想到跟前男友刘晓帅分手的事儿，就气不打一处来。你尿，就认尿得了！还说什么生命可贵，你们为了救一条人命怎么怎么辛苦，多少人彻夜不睡，犯不着为了点儿烂人烂事瞎纠缠、冒风险……依我看，你就是胆小怕事，贪生怕死！

虽然张晓美一直在放大刘晓帅的缺点，可她还是觉得不甘心，毕竟，他们相爱三年多了，马上就要谈婚论嫁。就在这个节骨眼上，王晓赖横插一刀，死皮赖脸，非要追求她。她委婉拒绝，她冷脸相对，可丝毫不起作用。

王晓赖嬉皮笑脸地说，晓美，我这辈子就认定你了，非你不娶，非你不爱！什么？你有男朋友？有男朋友算什么呢？不是还没结婚吗？再说，有男朋友可以分手嘛！就算是结婚了，也是可以离婚的嘛……

张晓美被王晓赖纠缠得不胜其烦。她把这事儿告诉了刘晓帅。刘晓帅挠了挠头，说，这事儿还真是不好弄，要不咱们报警吧？

张晓美哼了一声，你以为警察是你二大爷啊，什么事都帮你，再说，警察也管不了男人追求女人啊！

没想到，刘晓帅还真的跟王晓赖来了场遭遇战。这回，张晓美被男朋友的表现气哭了，她没想到这个高大壮硕的男人竟然这般窝囊。

那天傍晚，情侣俩约好去吃西餐。就在张晓美家小区门口，前来迎接的刘晓帅、前来送礼物的王晓赖都在那儿等候着。

两个男人同时迎向了张晓美。

于是，一场冲突不可避免地发生了。王晓赖见一个人抵不过小两口的伶牙俐齿、唇枪舌剑，就恼羞成怒，撸起袖子要动粗。

他指着刘晓帅的鼻子，气势汹汹地说，别看你长了个傻大个，我还真不怕你！咱俩单挑，一对一，你打败我，我从此远远地，再不打扰你们！

刘晓帅竟然尿了，他说，我这双手是救人的，不是打人的。我不会跟你这样的泼皮打架！不过，我警告你，你再敢骚扰我们，我就报警……

张晓美再次听到“报警”俩字，都要气蒙了。她骂了句“窝囊废”，转身回去了。此后，她再也不接刘晓帅的电话，连他发来的信息她都懒得看一眼。

后来，一个朋友打电话问她：“晓美，我听说你男朋友去武汉了，在抗击疫情一线，是真的吗?”

“不可能！就他那小胆子，怎么会呢?”张晓美想也没想，回答道。

又过几天，又有朋友来电：“我真的看到你男朋友了，刘晓帅，他救了好多病人，真帅!”

张晓美这才将信将疑，她开始查找援鄂医疗队的新闻，一条条翻看这些天来刘晓帅发来的或长或短的信息。

慢慢地，她的泪无声无息地流了出来……

“亲爱的晓帅，你是最帅的！我错怪你了，你从来都不是懦夫！你是世界上最有勇气的人……”发完这条信息，张晓美那张残留着泪痕的美丽的脸，浮现出了灿烂的笑容。

机场出口，张晓美扑上去，一把抱住了归来的刘晓帅，放声痛哭，边哭边说：“老公，咱们结婚吧。”

好一会儿，两个人才平静下来，松开双臂，竟然发现王晓赖一脸坏笑，正盯着他们。只见他将一束鲜花捧给刘晓帅，说：“晓帅哥，恭喜你们！你真的是我哥!”

（选自《河南工人日报》2021 年 7 月 15 日）

红绳

郝思彤

十一月的风带着刺骨的寒，吹散了绿意，吹枯了草木。鸟不知飞向何处，只有一串红红的柿子，点缀在枝头，被风扫过，更红了。

圆圆拿了马扎坐在门口，直愣愣看着柿子树。红色，真是鲜艳又炙热，她的脸仿佛也被那颜色炙烤得红润起来。

这棵柿子树结的柿子又大又甜，那人很好这一口。红红的大柿子躺在那人的手里很是诱人，她去抢，双手却几乎捧不住，只能嗅一下，又一下。那人哈哈笑，说她像个小狗，她也笑，眉眼弯弯的，趁机咬了柿子一大口，真甜啊！

她口中分泌唾液，鼻尖已有淡淡香甜。但是那个人，咋个还不回来？那人的手多温暖啊！她还记得自己的小手被那只温暖的大手紧紧裹住的感觉。她忽地打了个寒战，搓搓手，回屋了。

奶奶坐在炕边，就着温暖的火光缝鞋垫。奶奶的手颤巍巍的，针也颤巍巍的。圆圆盯着奶奶被橘红的炉火映红的脸，忽然眉飞色舞起来："奶奶，红绳！红绳去哪儿了？"

干瘪的手停下了："在西屋吧。"

圆圆跑过去，果然在西屋角落里找到了一小捆红绳。红绳整齐地绕在白色塑料撑上，上面标着"72"的字样。

圆圆拿着红绳，快乐得像一只鸟："奶奶，我们编红绳吧！"

圆圆记得那人说红绳是祝福，是保佑，戴上的人都会有好运。她想编一条给奶奶，让奶奶的腿别再疼了；再编一条给那人，希望今年他能回来；还要编一条放在西边地里的土包上，希望妈妈也被祝福着。她还要编几条给自己：一条是奶奶的疼爱，一条是爸爸的祝福，还有一条是妈妈的保佑。

圆圆像倦鸟般依偎在奶奶身边，想着想着，渐渐勾起嘴角，进入了梦乡。奶奶的眉心凝着忧愁，手里熟练地编着红绳。金刚结串起来的红绳，有一种简单的美妙。不多时，一串缀了两颗小珠子的红绳，挂在了圆圆的左手腕。

那人带着一身暖意回来了，抱着圆圆，用手拍拍她的头，她笑起来。那人似乎又说她像小狗，忽而叹口气，在她手腕上系了什么东西，她看不清。那人就坚定地走了，圆圆追他，奋力地跑，却怎么也追不上。像是突然亮起的月光，照在她面前的柿子树上，柿子红得滴血。树向她砸了一个柿子！

她醒了，大口喘着气，左手捂着脑门，似乎柿子真的砸到了她。是梦吗？她疑惑，但很快她不疑惑了。左手腕上的红绳那么鲜艳，似乎将昏昧的晨曦点亮。圆圆欢喜地推门，冷风迎面让她打了一个激灵，但她却笑得像绽开的花。是了，那人回来过了。尽管没和她多说话，却把红绳给她了！

她又跑回奶奶身边。奶奶正叠着金元宝，然后用红绳串起来。红绳串起来的金元宝，金灿灿的，那么亮，那么饱满。

“奶奶，他回来了！”她欢快地喊着。

奶奶笑着问：“他是谁啊？”

“他说他是爸爸。”

奶奶身体一僵，和蔼地说：“是吗？圆圆是怎么晓得的？”

她举起左手，腕上红绳缀的小珠子在晃：“看这个！他真的回来了！他拍了我的头，给我系上红绳，还说我是小狗！哼，我才不是。”

奶奶笑着，背却弯曲了：“对，我们圆圆不是小狗。然后呢？”

“然后他就走了，我怎么都追不上！对了，奶奶，柿子树还砸了个柿子给我！”

奶奶的手顿住了，半成的元宝从手中落下：“是了，还有柿子，圆圆去拿几个柿子来。”圆圆乖巧地应了。

奶奶用红绳系了几个柿子，颤巍巍站起来，说：“圆圆，走，咱们去西头儿。”

“西头儿？”

“西头儿。”

奶奶拉着圆圆的左手，腕上的红绳晃荡着。西头儿不是妈妈睡的土包吗？今儿个怎么去那儿呢？圆圆不晓得为什么，风只顾吹乱她的头发，不理她。

西头儿，妈妈的土包旁边，又添了一个新土包。

奶奶在新土包前点燃金元宝，一串柿子用几片黄叶垫着。奶奶拜了拜，嘴里喃喃念叨着什么。

四野荒凉，太阳沉入地平线，将坠未坠，是天地间最后一片暖色。圆圆眼睛滴溜溜地转，她又想起了那个人，那个人的手，就像太阳一样温暖呢。

旷野的风呜咽着掠过柿子树，一个柿子“啪嗒”落下来，成了一摊橙红。鸟儿叫了一声，忽然又停住，扑棱着翅膀，不知要飞向何处。

（选自《小小说月刊》2021 年 2 月下半月刊）

爆米花香

张建广

冬天的夜晚来得早。

小区门口，路边空地上，鼓风机“呼呼”地给小铁炉鼓着劲儿，炉焰跳着欢快的鬼步舞，晚霞般映照着人们的脸。男人五六十岁，蓝衣灰裤黑布鞋，坐一小马扎，专注地摇着爆米花机。爆米花机像只翻滚的小海豹，火舌热情地舔着它灰黑的肚皮。

火候到了。男人关掉鼓风机，起身拎起爆米花机，把机头摁进布袋的口里，左手抓紧摇手，右手用钢管套住大弯头，右脚朝着爆米花机的脖口一踹，“嘭”的一声巨响，一团白雾腾起，男人被吞没其中。一丈多长的布袋胀起来，热气腾腾，里边爆满了玉米花，扑鼻香。男人往一端收拢着布袋，爆米花的主顾早掀掉压袋脚的石块儿，玉米花“哗哗”地泻满大笸箩。

通常，男人身边坐着娘，满头银发，安静而慈祥。这时，老人缓缓起身，用颤巍巍的双手撑开塑料袋，两袋刚好装满；左一袋，右一袋，爆米花的主顾满载而归。爆米花机大口朝上竖着，炮筒一样威风凛凛。男人操起搪瓷大碗，伸进小编织袋，舀满，抹平，金灿灿的玉米粒“哗哗”地倒进爆米花机的肚子里，盖盖儿，拧紧，支回炉架，添炭，开风机……动作如行云流水般一气呵成。

十年前，男人在县城给儿子买了婚房，小两口三年生俩娃，然后丢下孩子一起下广州淘金去了，一年也难得回来一次。孙子一天天长大，小两口打来电话，执意让俩孩子去县城上幼儿园。他干脆流转了农田，出租了猪场，带着妻子和老娘住进了县城。妻子负责照顾娘，接送孙子，自己在一家洗浴中心干起了搓澡工，周五歇一天。娘老了，在城里待不惯，一直絮叨着回农村一个人住。妻子说，小区里有花鸟虫鱼，环境多好；娘说，再好也没有农村好。娘吃饭少了，说话也少了，整天靠在沙发上“睡电视”——电视一开就睡，一关就醒。

餐桌前，娘忽然说想吃爆米花。他的心潮湿了，想起了爹。

爹一生勤俭，起早贪黑，任劳任怨。冬天农活少，爹就推着板车游村串巷地爆米花。冬夜漫漫，爹迎风冒雪摇月光；娘帮着爹，收钱倒水递干粮。爹用一锅一锅爆米花攒下的钱，翻盖了房子，买了四轮拖拉机，还供他上了高中，一家人的日子过得比炉火还旺，村里人都夸爹是“能一锅”。可天有不测风云，人有旦夕祸福。那年，爹得了食管癌。爹怕花钱，更怕耽误儿子的学业，坚决不住院不手术。娘说，就是砸锅卖铁也得去看病。手术做完了，药是一堆一堆地吃，爹却一天一天地瘦下去。当村里人都忙着收麦打场时，爹走了，天塌了。从此，家境一落千丈。娘用柔弱的身体，支撑起了这个不完整的家。

…………

爹生前用过的爆米花机，娘不让扔也不让卖。他从老家带过来，修理改造后说："娘，我载着你去爆米花吧。"娘笑了。

三年来，每周五歇工，他都要载着娘去小区门口爆米花。娘的听力不好，可每一次"嘭"的一声，她都听得见。娘看着他忙，也来帮忙。他见娘高兴，心里也高兴。小区里的人都说："大娘啊，您儿子爆的米花就是香，跟别家的味道不一样。"

娘不再说回老家了，每天都问他："今儿个星期几了？"

一场寒流袭来，东北风肆虐了一天一夜，气温骤降。天空阴云密布，人们都盼着能捂场大雪，可老天偏不。老人咳嗽了，大人感冒了，孩子发烧了，医院的走廊里也挤满了病床。这个周末，小区门口冷冷清清，连只路过的猫狗也没有。有人拎着玉米出来了，路灯泛着白光，空地上干干净净，压袋脚的石块儿静静地靠在墙脚，却看不到他和娘。两周，三周，人们焦急而无奈。有人说，他一直陪娘在医院，老人怕是熬不过这个冬天。

吃不上他爆的米花，日子是那么索然无味。

腊八节过后，树枝上扯起了花灯，灯带绕成的大大的"福"字在景观石上闪闪发亮。

"嘭！"——小区门口传来一声巨响。

"今天是周几？"

"周五。"

“快、快、快，爆米花的来了。”

有人率先冲出楼梯，空气中正弥漫着诱人的米花香。

（选自《新乡日报》2021 年 11 月 20 日）

红色独轮车

杨建营

那年，俺十二岁，喜儿十岁。俺们经常玩过家家。有一天，喜儿对俺说，俺爹就是用小车把俺娘娶回家的，到时候，你也要用小车把俺娶回家。喜儿又说，俺喜欢红色，你要把小车漆成红色的。

俺就像大人一样，认真地点了点头，说，俺保证做到。

俺家那辆独轮车是俺爹当兵前请师傅做的，虽刷过桐油，闪着微微的亮光，却是浅黄色的。它静静地卧在院中央，似乎等待着它的主人。俺爹参军两年了，是一名旗手。俺娘也加入了支前的队伍。这次俺爹他们部队正在山北阻击敌人。俺嚷嚷着也要去，奶奶不让，抱着俺说，听话，奶奶给你做好吃的。娘说，去就去吧，眼下哪儿都不安全，敌机到处扔炸弹，到了战场，兴许会看见他爹哩。

次日清晨，娘推起载了两袋粮食的独轮车，随着支前大军上路了。俺在前面吃力地拉车，木轱辘发出吱呀吱呀的声音，像小孩子唱出的含混不清的儿歌。

俺不停地扭回头看，只见小车的一个车把上挂着一串红辣椒，另一个车把上挂着葫芦。

俺一边拉车，一边和娘说话。娘，到了战场，会看见俺爹吗？

娘说，会，你还会看见你爹举在手里的红旗随风飘哩。

俺说，俺想让爹把小车漆成红旗的颜色。

娘说，中，就漆成红旗的颜色。

俺咬了一口高粱饼，说，俺想让爹把小车漆成红高粱的颜色。

娘说，中，就漆成红高粱的颜色。

俺说，俺想让爹把小车漆成红萝卜的颜色。

娘说，中，就漆成红萝卜的颜色。俺知道，家里的粮食都支援前线了，连红高粱和红萝卜也不多了，不过，窖里还有一大堆红薯。

走了半天，娘累了，便放稳车子，从车上摘了一个红辣椒，咬了一口。她哈了一口气，顿时来了精神。

俺看了一眼红辣椒，发现路旁一户人家大门的春联被风吹得飘了起来，快要脱离门框了。俺说，春联春联，快过来把俺的小车染成你的颜色。俺认得春联上面的大字：军民团结如一人，试看天下谁能敌。

娘和俺同时看见了前方山上盛开的桃花。天那么蓝，那么低，似乎向原野俯着身子。俺听见头顶的太阳对俺说，快到天上来，我会把你的小车染成我的红色。

大个子队长大声说，乡亲们，歇一会儿，吃些干粮再走吧。话音刚落，一架飞机呼啸而过。队长高喊：卧倒！紧接着就是爆炸声。俺很害怕，捂着耳朵，闭上眼睛，投入娘的怀抱。

当我睁开眼睛的时候，看见了一个个弹坑，很多运粮的乡亲倒在地上，流着血。

娘架起车子向着战场奋力推去。俺抓紧娘的衣裳，觉得胆子越来越大了。

战场上，大地就像被镐头刨过了几遍，树木不见了，小草也不见了。敌机把所有的担架都炸坏了，卫生员也牺牲了，支前的乡亲们只好用独轮车运送伤员。

娘一口气运送了十个伤员。没想到，最后一个竟然是俺爹。俺亲眼看见爹将布满弹洞的红旗插上了主峰。爹是在车上流尽最后一滴血的。

回到家里，天上飘着蒙蒙细雨。那辆被爹和他的战友们的鲜血染红的独轮车，被雨淋得晶亮。

俺坐在木凳上，看着小车发呆。

这时，一只小白鸡啾啾啾叫着过来了。俺听见它说，让一下，让一下。俺起身回屋，看见它在木凳前的泥地上啄了几下，便啄出来一颗高粱米。

第二天一大早，俺梦见自己推着红色独轮车进了家门，车上端坐着蒙着红盖头一身红衣服的喜儿，爹和娘在身后紧跟着。在亲朋好友和乡亲们的欢呼声中，俺又推着喜儿进入贴着大红“喜”字的洞房。

俺刚抱住喜儿，娘就把俺从梦中拽出来，领着俺去爹的坟前，烧纸钱，磕响头。娘把俺交给奶奶，独自一人出门，推起独轮车随支前的队伍出发了。车上还放着一袋红高粱。

俺偷偷地跟在娘的后面。快到前线了，娘才发现了俺。

又是一架飞机呼啸而过，娘抱着俺，刚跳进路旁的弹坑里，就听见了爆炸声。俺抬起头，看见红色独轮车被炸得散了架。

太阳快落山的时候，小车显得更红了。

俺看见，娘把小车劈成了一堆柴火几根几根往灶里送着。娘这是帮着炊事员给战士们烧火做饭呢。

（选自《天池小小说》2021 年第 15 期）

龙虎斗

王又锋

如果年轻代表潮流，那么年老代表什么呢？老铁铁飞龙这一辈子，就做了一件事：制茶。他的父亲做茶，他也是。现在，儿子铁新虎也做茶，虽承父业，却不承父志——他要创新，说老传统“熬忒”（out，过时之意）了，就是不适应新的时代。

老铁做茶用老法子，从采摘到晾晒，从摇青到包揉，最后到文火慢焙纯手工，每一道工序，都要耗费大量精力。就拿包揉来说，分“揉、压、搓、抓”等不同动作，单讲揉，还分轻揉、重揉，揉一会儿，要停一停，把布袋解开摊晾，否则茶就会闷热发黄。

在铁新虎看来，父亲是老顽固，都什么年代了，还手工作业，效率多低呀。做生意，要的是事半功倍，而不是事倍功半，采摘、杀青、烘焙，全都上机器，快速、大批量规模化生产。

再说了，这年头，真正懂行的人不多，更多的人是“外貌协会”的——看重的是包装的精美。不是有句话说嘛，买茶的不喝茶，喝茶的不懂茶。

因此，铁新虎接手后，制作工艺上是上机器，提高生产效率和规模。产品定位上，走礼品装的路子，在外包装上下功夫，设计精美、材质高档。短短十年工夫，家里的制茶规模大幅增加，赚的钱比老爸一辈子赚的都多。

新虎颇为得意，常常炫耀，怎么样老爸，认输了吧？有句话怎么说的，时代潮流浩浩荡荡……

老铁笑而不语，懒得和儿子争辩，端着茶壶去村口大树下喝自己做的手工茶去了。

这十年里，退居二线的老铁，从不干涉儿子的经营。但是他也有自己的坚持，那就是每年都要在老宅里，做一批手工茶。不为别的，就自己喝。是的，老铁就喜欢喝手工茶。

不料近年来，潮流突变，富裕起来的人们对生活有了更美好的追求——喝茶开始讲究品质，手工茶得到越来越多的人喜爱，特别是成功人士的追捧。而机器做的机茶竞争日趋激烈，包装战、价格战打得天昏地暗。

铁新虎看在眼里，急在心里，却想不出更好的办法。又过了两年，手工茶越来越火，价格如爬山越来越高。铁新虎来到许久不曾回的老宅，推开房门，扑面而来的香气让他惊呆了。只见四间正屋里全是茶，一笼一笼的。每一笼都标着年份，制茶人一栏均有父亲的亲笔签名。

这些都是父亲这个老茶人的纯手工制作，又放了这些年，真的出售的话，价格还不是自己随便定？

铁新虎安排媒体对父亲这十几年坚持做纯手工茶的事迹进

行了报道，业界震动，各路经销商纷纷上门请求合作。

铁新虎心服口服，对老铁说："爸，你才是飞龙在天，我这个新虎嫩了点，认输。还是您老人家有眼光，看得远！"

老铁听了，丝毫没有得意之情。他喝了口茶，语重心长地说："新虎，我不是眼光好，一个人眼光再好，时代瞬息万变，总有看走眼的时候。我不反对创新，但创新不能只搞花架子，包装再精美，忽悠得一时，忽悠不了一世，关键是做好茶。制茶说到底是一种工艺，手工手工，是手上的功夫，千万不能丢呀！"

（选自《作家文摘》2021 年 8 月 3 日）

花床

张学鹏

老梁祖上阔绰，不料中途败落，到老梁这一代，只剩下一座老屋，一张花床。

花床很精美，惹得方圆百里的人来看稀奇。

老梁知道花床是古董，很珍贵，很值钱，具体值多少钱，他不知道。

杏花初绽，老梁扛起铁锨，开始在路两旁栽树。这是村子通向外界的唯一道路，老梁住在路旁。

日近头顶，村主任领着两个城里人来看花床，碰见老梁在栽树，老梁将三人领到花床前。

两人围着床转。老梁说："这是典型的清代鎏金黄花梨木架子床，整床线条感强烈，雕刻精巧，图纹讲究，寓意深刻。"

老梁还说："这张床浑身上下富丽堂皇，由内向外共有五层，每层檐板上雕着梅、兰、竹、菊，花丛中穿插蝙蝠、喜鹊、寿桃等多种动物植物，寓意平安吉祥，浓缩了古人对美好生活的向往，确实难得。"

城里人说："这床卖了吧，我们出五万块。"

老梁说："不卖。"

城里人依依不舍，无奈离去。

荷花绽放时，老梁正在修路，路连接着国道，老梁每天走这条路，修路方便自己也方便别人。村主任领着四个人又来看床了。

四人来到床前。老梁指着床腿说："这四条床腿很特别，分别套装四个铜狮头，狮头毛发飘逸，五官端庄，又不失萌态，非常俊美。"

老梁又说："你看这围板，刻着松柏仙鹤，仙鹤在呼唤伴侣，寓意夫唱妇随，益寿延年。"

老梁还说："你看床罩上雕刻的百合花，花丛中立着十只凤鸟，凤鸟形态生动，似在放声歌唱，象征着十全十美、百年好合。"

城里人围着花床拍了一些照片，说："这床卖了吧，我们出八万块。"

老梁摇了摇头。

"十万呢?"

老梁说："不卖。"

四人苦笑，只好离去。

秋叶飘零时，老梁正在给雨水冲坏的路基培土。村主任带着八个人来看床。

在床前，老梁说："你们仔细看一下，这个床的雕刻技术非常讲究，用了镂雕、透雕和浮雕等工艺，图案纹饰遍布全身，具有很高的研究价值。”

老梁又说：“你看第三层的床罩排面，九朵牡丹花盛开在藤蔓中，六只绶带鸟栖于枝叶之上，呼之欲出，‘绶’与‘寿’谐音，同牡丹花在一起，寓意富贵长寿，是很有学问的。”

老梁还说：“你看床板下的排面，雕着鼠戏葡萄，九只老鼠趴在葡萄上，惬意地戏耍。葡萄多籽，而老鼠又叫耗子，‘耗子’谐音‘好子’，寓意为家庭多子多福，家兴人旺呀！”

八个人围着床转了一圈又一圈，其中一人说：“这床我们出二十万，卖不卖？”

老梁摇了摇头。

村主任说：“老梁老梁真奇怪，价钱越贵越不卖。”

八个人悻悻离去。

一场大雪之后，老梁正在道路上清扫积雪，村主任带着男男女女十多个城里人来看床。

一个人说：“这条路泥水太多，我们的车就不进村了。”

村主任说：“这条路早该修了，但是村里没有钱修，已经打过报告了，等吧。”

十多人围着花床瞧了一上午。一个领头模样的人说：“我们给你二十五万，卖不卖？”

老梁说：“不卖。”

“三十万呢？”

老梁依然摇头。

村主任说：“老梁，三十万不少了，卖了吧，过了这个村，可没这个店了。”

老梁又摇了摇头。

城里人说：“你说个价吧。”

老梁说：“我不要钱，床白送你们。”众人皆惊。

老梁又说：“但是我有个条件，你们修好村里这条路。”

城里人说：“这不是小事，我给领导汇报一下，再答复你，好吗？”

很快，报纸对老梁的事迹做了报道：《一个人和一条路》，大意是：村民出行难，老人义务修路三十年，如今想捐献自家的花床来修路。

报道一出，市县领导高度重视。

刚一开春，修路开始了。桃花盛开时，一条平坦的水泥路将村子与国道连在了一起。

为感谢老梁，村主任让老梁给路取名。老梁说：“就叫致富路吧，路是政府为人民修建的，希望村民沿着这条路，跟着共产党致富奔小康。”

路修好了，老梁信守承诺，把床捐了出去。花床成了当地博物馆的镇馆之宝，观赏它的人络绎不绝。

老梁一生修路护路，九十九岁仙逝。村民为了纪念老梁，将“致富路”改名“永勤路”。

顺便说一下，老梁名叫梁永勤，中共党员，抗美援朝后勤运输老战士。老梁无数次冒着枪林弹雨，沿着被炸毁的道路运送战争物资，侥幸捡回一条命。

（选自《九江日报·长江周刊》2021 年 10 月 31 日）

后人

白利芳

李娃的头发仿佛一夜之间就全白了，从前天傍晚接到儿子出车祸的消息那一瞬间，他就垮了。

李娃只有一个独生儿子，结婚不到三年，刚给李娃生了一个小孙子，一岁多。那晚，李娃的儿子喝点酒，骑摩托车回家，夜里天黑，开得猛了，一头撞在一块大石头上，当场断气。得到消息，李娃的老婆坐地上就哭得喘不过气了：“儿啊！你走了可让我们怎么办啊！儿啊！小宝还不会叫爸呢，你就这么狠心丢下他了……”围在院子里的村民一边陪着掉泪，一边劝说老两口节哀。

三天后，李娃的儿子变成了一捧骨灰，放在了村里的骨灰堂，人们从对李娃夫妻失子的唏嘘中，渐渐转变到对李娃儿媳的窃窃私语中。“这刚过门三年的新媳妇，能守得住吗？早晚得改嫁!”“可不是！孩子才一岁多，离不开娘，要是把孩子也带走，李娃两口子可是鸡飞蛋打，往后就没指望了。”有同情的，也有等着看热闹的，或许是儿子的死对李娃打击太大，或许是闲言碎语使他的心里太焦虑，某天早上，村民忽然发现李娃出门的时候，像变了一个人，头发像落了一层雪，全白了。

儿媳香儿从丈夫死后就变得少言寡语，每天上班下班，回到家里，除了吃饭、睡觉，就抱着儿子躲在屋里。李娃老婆就倚在门口叫："香儿，带娃出去走走吧！""不去了，妈！"李娃老婆仔细听听儿媳的声音，悄悄对李娃说："没事了！今儿不会走的。"也不知道是担心儿媳走，还是高兴儿媳不走。每天，这一问一答，就成了李娃夫妻的定心丸。

冬去春来，李娃的孙子三岁了，李娃夫妻发现儿媳开始有了笑模样，走路也轻快了，不时也换身漂亮的衣服进进出出。有一天，李娃老婆甚至还听到儿媳哼了一句歌。晚上，李娃老婆把屋门紧紧锁上，看了看李娃，神秘地说："他爸！儿媳妇怕是要再走一家了。"李娃无可奈何地低下头："能咋样？这么年轻，也不能耽误人家一辈子！走就走吧，只要把咱孩子的骨血给咱留下就行，只是可怜孙子这么小，就成了没爹没妈的孩子。"夫妻两个这一宿都没睡着。

日子一天天过去，这一天，李娃老婆再也憋不住了，就问儿媳："香儿，你要是遇到合适的人，就跟我和你爸说一声，俺俩不阻挡你。"儿媳香儿沉默了一会儿，说："我正想跟爸妈说呢！和我在一起上班的小陈，人不错，他愿意和我一起抚养孩子长大。"李娃老婆一听就急了："你不能把孩子带走啊！我们家就这么点骨血，走了，就什么都没有了。"香儿看婆婆急得掉泪了，赶紧让婆婆坐下，说："妈，你别急，别生气，听我好好跟你说。”

原来，香儿单位有一个叫小陈的年轻人，跟她一个组，看她带着孩子挺辛苦，又没有了丈夫这个依靠，总是闷闷不乐，就常常开导她，工作上也常帮助她，一来二去，俩人就好上了。可是，香儿也担心，如果结婚把孩子带走，公公婆婆肯定不同意。如果不带走，自己怎么说也舍不得。两难的香儿把自己的烦忧告诉了小陈，小陈想了想，说：“不如这样，我去你家里，这样咱们俩一起抚养孩子，还可以照顾俩老人。”香儿仔细考虑了几天，欣然接受了这个建议。

后来，香儿和小陈结婚了，没有请客，也没有举办婚礼，邻居只是看到每天早上香儿坐着小陈的摩托上班。晚上，这个安静了几年的小院里，时不时传来了说笑的声音。“爸，妈，这苹果甜不甜?”“甜，甜!”“小宝，别跑！爷爷奶奶追不上了!”

再后来，一声清脆的婴儿啼哭传出了这个小院。人们看到，满头银发的李娃，腰板好像比以前挺得直了，在他身后跟着出来两个孩子：“小宝，你现在是大宝了，照顾点弟弟小宝!”

（选自《青年文学家》2021 年第 31 期）

咬鸡

白龙涛

虞城人，管斗鸡不叫斗鸡，叫咬鸡。

出城往东，穿过响河码头，一个高高的土台便撞入眼中。顺着土阶登顶，眼前豁然开朗——一撮撮人围着一个个圆坑，似一只只馋食的麻鸭儿伸着脖颈往里瞅，不时叫好鼓掌——咬鸡坑便到了。

收了夏，任老爷高兴，就提着他的“铁将军”来到咬鸡坑。

见任老爷来，人群哗一下让开道，经纪慌忙搬了一把藤椅，扶任老爷坐下——在虞城，谁多多少少不沾点儿任老爷的光?

任老爷嘬了两口紫铜鎏金烟嘴，管家就趋前两步，打开鸡罩子，俯身将铁将军放进坑里热身。铁将军腿细脖粗，头小喙尖，双目寒利。只见它杀气腾腾地迈着步子，绕坑一圈。而后，奓起羽毛，冲观众咕咕叫板。胆小的，碰到它那寒利的眼光，也连忙躲开，不敢直视。铁将军连胜两场，人群里掌声叫好声阵阵。

任老爷捋须合目，一脸酡红，见太阳偏西，无人应战，就吩咐管家提鸡回家。咯咕咯咕，一串鸡鸣传来，任老爷听出不服气的味道，就重新坐回藤椅上，眼睛在人群里踅摸。一个光头从人群里挤了进来，嘴里叼着一只雕花烟斗，太阳穴上摁着一枚纽扣大的膏药贴。他手里提溜着花梨木的鸡笼子，笼里的鸡红毛黑尾，喙长带勾，冠子似将军的兜鍪，气势咄咄逼人。

光头扑通跪下，道，王大斗给老爷磕头了。王大斗是任家最大的租户，私底下人称“二老爷”。平时，任老爷不来，他屁股下的那把藤椅就是王大斗的。

任老爷说，大斗，来吧，玩两圈儿，听说你的咬鸡红元帅威风八面哩。王大斗忙作揖道，小人这只鸡子是在咬鸡场淘来的腌臜鸡。任老爷皱了眉头道，没比呢你咋知道谁高谁低嘛。王大斗一脸讪笑，仍不愿放鸡。任老爷的脸呱嗒一下就耷拉下来了。管家捅了捅王大斗的腰窝，他才不情愿地打开鸡笼，将鸡抱了出来。

人群一下全围了过来，经纪就哈了哈腰，任老爷朗声道，开始吧。经纪用竹哨一吹长音，双方各抱鸡蹲于坑沿，两鸡鸡头相照；再吹短音，双方同时放手，退出场外。

比赛开始，人群纷纷聚拢来，将整个咬鸡坑围拢得水泄不通。红元帅早已按捺不住，脖颈贴地，夹紧双翅，一个下潜似支利箭射向铁将军。两鸡相遇，各不相让。咬了几十个回合后，红元帅卖了一个破绽，一个跳跃加转身前扑，将铁将军紧紧地按在地上，铁将军朝天乱舞，奋力挣扎。王大斗一看这阵势，头上冷汗直冒，差点儿要跳进坑里将不懂事的红元帅抱走。红元帅哪管那么多，仍旧攻势凌厉，落口如风，直把铁将军半个冠子生生啄了下来。铁将军鲜血淋漓，任凭红元帅百般欺凌，只有在地瑟缩的份儿了。

大家想笑又不敢笑，个个脸憋得紫红。王大斗心里扑通乱跳，不敢拿眼看任老爷。任老爷呵呵一笑，冲王大斗一伸拇指，说，看来将军还是斗不过元帅呀。说完就背着手下了土台。

快到家时，他掀开马车帘子一角，用拐杖捅了捅管家，问道，王大斗的租契，秋后该到期了吧?

管家平时没少得王大斗的好处，说，收了今年的秋粮，就该续契了。

任老爷哦了一声，吧嗒闭眼，不吭声了。

当晚，任老爷就不进食了。管家天天安排厨房变着花样做好吃好喝的，可任老爷只尝一两口就放下筷子，有时候菜端上来只瞅一眼就让人端下去了。

眼瞅着任老爷渐渐消瘦下去，大太太着急上火，遍请城里的中医西医先生，也没看出个子丑寅卯来。

这天午饭，任老爷坐在太师椅上，蜡黄的脸又消瘦了几分，面前的几盘菜肴早已没了热气儿。一旁的大太太眉头紧锁，一脸焦急。管家领着王大斗进来，王大斗扑通跪在任老爷面前，磕了几个头，油亮的光头上，汩汩冒汗。

管家说，老爷，王大斗听说您胃口不好，就特意让半间厦饭庄的厨子炖了酱焖鸡，端来孝敬您。

王大斗诺诺点头，道，问了医馆的王先生，黄酱炖咬鸡，能治厌食症哩。

任老爷双眼紧闭，不说话。管家将食盒提到任老爷面前，打开，香气瞬间弥漫开来。老爷，您睁眼瞅瞅。说完，就扯了扯王大斗，退下了。

任老爷的眼掀起一条缝，食盒内，鸡肉红亮酥香，汤浓肉糜，炖熟的鸡头骄傲地仰着，那只带勾的喙闪着锋利的光芒。红元帅！旋即，任老爷双眼猛睁，灼灼闪亮，伸手迅疾地将红元帅的头扭下，塞进嘴里，异香让他的脸上浮现出笑意。不消半刻，一坛酱焖鸡连筋带肉全进了肚腹，就连汤汁也被喝得一干二净。

大太太诧异地看着这一切，她死也不明白，老爷的病怎么就突然痊愈了。

（选自《当代人》2021 年第 11 期）

红旗

陈洪涛

澧水白家升起了红旗。迎风而动的红旗，像澧河河脖上别了条红纱巾，呼啦成趣。澧水白眼中那盈人的红还没暗淡下，支书哼吧着就过来了。

支书嘴里杵着烟，背着手，没踱进院子，目光便攀上了那旗杆。

“谁叫你挂红旗了？”

“我自己挂的。”

“扯下吧。”

澧水白最不爱听支书的话带“吧”字，讲话“是吧是吧”不停。有一回开个会，“是吧是吧”了一百多次。现在，支书这个“吧”字，听了特别扭，澧水白干脆不理了。

支书哼一声，走了。

哼吧哼吧，你再哼哼几下也不摘。

澧水白抓起手帕擦旗杆，手帕白白的，擦得旗杆晶亮。透过碧空中的那片蓝看红旗，红旗映得天空一片红。在风中，红旗就如火苗，跳动得心都红彤彤的，敞亮。

两天后支书又来了。

“咋不去了哇?”

“为啥?”

“户家不能挂。”

“咋不能挂?”

“你家不是村部。”

“我家不是村部就不兴挂了，谁说的?”

“我说的。”

“有条文?”

“没。”

“没有说啥哩?”澧水白拿眼白了一下支书，嘎嘎吱吱骑着电车看戏去了。

支书鼻子哼哼，可澧水白照样走。

澧水白家的红旗高高的，如火，一天天刺着支书眼。

一天，支书骑着车子猛地把车子停了，一脸酒气：“哼，你还没把红旗去了!”

“咋了?”

“不能挂。”

“我咋不能挂？我挂个红旗咋了？哪一条不能挂？你给我说说。”

“没有哪一条，你家不是村部你就不能挂。”

“我挂红旗是我的自由，是我爱国。”

“爱国好哇，你可以唱国歌啊。”

“我唱不唱你当不了家。”

支书嗯啊哼哈几声，留下一句话：“你走着瞧！”

“走着瞧就走着瞧，我爱国没错吧。”

澧水白种麦回来，发现旗给扯了。澧水白衣裳没换找支书去了。

“你家不是村部就是不能挂，我带人扯了，你咋着？”

“我该咋着就咋着。”

澧水白开始往上边反映。

澧水白反映前先唱《歌唱祖国》：“五星红旗迎风飘扬……”她在乡政府门前唱，她在县政府门前唱，一级一级地唱。

澧水白先唱“五星红旗迎风飘扬”，清亮清亮的嗓子一下子把人吸引了。人刚围上来，澧水白说：“歌唱我们伟大的祖国，热爱我们伟大的祖国，为什么支书把我爱国的旗帜拔了？”

澧水白跑跑，几天没信。支书嗯哼着：“你还上蹿下跳呢。”脸一横，把澧水白的贫困户给掐了——我叫你跑！

澧水白继续唱，继续往上跑。

她上访，人家把她接回来。接回来，她还去。

一次两次三次……

终于有人过问了，一过问就说明了理儿：澧水白你挂红旗适合不适合另说，支书带人去扯肯定不合适。

那人说这话后，就把支书哼吧的官给掐了。

哼吧的官掐了澧水白还唱，还跑。

别人问：“你为啥还唱还跑？”

“支书欠个道歉哩。”

“那叫他给你道个歉。”

“哼，我不当支书了，给你道歉个屎。”支书用眼白溜了眼前人一下。

撸了帽的支书始终没道歉，澧水白依旧往上跑。

澧水白天天跑，有风有雨也跑。有人说澧水白疯了。

“澧水白，澧水白，有人说你就要个道歉，顶得个白馍，顶把菜，还是当得钱花？那个歉那么金贵？”

“不是金贵不金贵的，是我挂红旗，他为啥给我去了。难道我家不是国家的，这地方不是国家的？”

“你不知他是支书？”

“支书咋着，他能挡着我爱国？”

新上来的支书代表支部道歉，说：“澧水白爱国是好样的，我们都向她致敬。”

澧水白不上访了。

新中国成立70周年国庆，新支书说：“我发现你的嗓子特别棒，特别是唱以前常唱的那首歌很拿手，你可以参加国庆歌唱比赛。”

“我能行？”

“能行。”

澧水白参加歌唱比赛，得一等奖。

“你咋这么牛?!”邻居问她。

“爱国我最牛。”

后来，新支书弄了两面红旗，一面挂在村部上空，另一面要给澧水白家挂上。

澧水白说不了，村部有一面就行了，我天天看到，一样地暖心。

（选自《金山》2021 年第 4 期）

私房钱

陈惊鸽

院里乘凉，邻居阿姨们说：好些男人腰里都别着金钥匙，有个藏私房钱的小金库。

但我不相信我爸有。我爸的工资卡在娶我妈的那天就被我妈拽在手里了。平日里我爸有个出差补贴、值班补助啥的，也都如数交给我妈。我爸不吸烟、不喝酒、不买衣服、不聚朋友，除了上班就是躲在图书馆看书。偶尔去书摊买书也是掂量再三。

我妈掌钱上瘾，也越发强势。她相信我爸一定有私房钱。好几次，我爸急用钱，找我妈要。我妈两手一摊：没有。我爸无可奈何。

只有一次，我爸急红了眼，揍了我妈。

可我妈为了保住钱，依旧两手一摊：没有。

钱保住了，婚姻却没保住。我爸坚决要离婚。据说那次是我奶奶脑出血住院，等着用钱。

邻居阿姨们说我妈真傻，老陈手里是真没钱。

我爸没私房钱的口碑就这样传了出去。很快一个年轻漂亮的阿姨就“自投罗网”嫁给了我爸。再婚的我爸，没有吸取上段婚姻的教训，依旧把钱交给小妈保管。平日里我想买件漂亮衣服，我爸都拿不出钱来。我凡事都要讨好漂亮小妈，从不敢跟小妈大吵大叫。邻居阿姨们总说我可怜，责备我爸是榆木脑袋。

其实他们不知道，小妈对我特别大方，不仅对我大方，对我爸的亲戚朋友也一致大方。这样一来，我爸就更拼命地赚钱，也更勤快地把钱捧给小妈了。

邻居阿姨们鄙夷且又醋味十足地说：瞧，老陈找了个年轻漂亮的老婆，看样子要把他的老骨头给榨干哟。

小妈其实不是外人说的那样。她不仅关心我爸，也体贴我。她总说这辈子嫁到我家是她的福分。我们一起生活十几年，从未在任何时候红过脸。

受小妈思想的影响，我也找到了爱的人。

男友跟老爸一个单位。有一天他们单位的财务大姐叫住男友说：你未来的老岳父老实得出奇，工资卡被老婆捏得死死的。这是单位给他报销的出差的钱，我转到你卡上。你偷偷给他零花好了。

扛不住财务大姐的热心肠，男友乖乖照做了。老爸当着男友的面没说啥，就把钱收下了。

后来男友来我家吃饭，老爸居然当着全家的面，把钱如数交给了小妈。

老爸一脸严肃地说：这男人啊，结了婚就应该把钱交给老婆保管。老婆才是一家之主。

我和男友面面相觑，一时语塞。

后来，男友成功转型成老公。

婚后，我就搬进了老公的出租屋。老公很爱我，主动把工资卡给了我。我很快怀了宝宝。幸福如此多又来得如此快，遗憾的是我们这个小小的出租屋怕是容不下他的降临。那段时间，我情绪很不稳定，对老公多有责备。

正在我们一筹莫展的时候，老爸如天降神兵，出现在我们出租屋里。他神神秘秘地往我手里塞了一张卡。

老爸这是干吗啊？我傻傻地问。

这卡里有十几万，你们凑凑首付买套房子。

爸，我不要。我不好意思地说。

这小房子能容得下我外孙吗！老爸一脸严肃。

老爸，你哪来的钱？我怯怯地问。

你别管那么多，只当我没来过。以后别再过分为难你丈夫，做男人不容易。老爸木着脸说。

我惊讶地张大了嘴巴，还没等我再说什么，老爸已出了屋，蹬着自行车走了。

（选自《躬耕》2021年第9期）

换酒

戴玉祥

新麦子晒二天后，就该进窖了。

但父亲不准备进窖，父亲准备再晒一天。母亲劝说，麦子已干了，再晒，碾出的面粉就不白了。

父亲挖一眼母亲，说，你听谁说的。其实，父亲明白，母亲是怕多晒一天，就要少几斤秤呢。毕竟，换面粉，是按重量的。

父亲就又晒了一天。

麦子进窖时，父亲留了一筐。父亲将这筐麦子拎到风头上，双手举起，慢慢往下倒。灰尘、草末、碎叶，被风一吹，就离开了。父亲再用筛子，将麦子筛过，确定粒粒都是饱满的麦子后，才装进筐里。

父亲将筐放在右肩上，扛着，往林场的酒坊走去。到了之后，往地上一放，伸手抓起衣角边擦着脸上的汗，对酒坊的老刘说，看能换多少？老刘拎筐试试后，说一整壶。父亲说你看看麦子再说，不会这么多吧！一壶，就是十斤呀。父亲怕老刘亏了。老刘说，看你这人，还看啥麦子哦。老刘真的没看麦子，就将一壶酒递给父亲了。

父亲将那壶酒放进筐里，挎着，就走了。

父亲走得很快，到家时，太阳还没有落山。父亲放好壶，就进菜园了。

父亲摘了两条黄瓜，倒了半碗酒，坐到门前的槐树根上，喝口酒，咬口黄瓜。半碗酒喝光后，黄瓜也没了。父亲打着酒嗝，站起身，随手捉起来秧筏，迎着落日，向秧田走去。

父亲是去拔晚秧。

月亮升起来了。凉风吹过来了。

父亲借着酒力，身后排出了长龙似的秧个。

也不知从啥时起，喝散酒的人少了，用麦子换酒的，可能就只有父亲了。林场的酒坊，也终于支撑不住，关门了。父亲找到老刘，说，酒坊关了，你这手艺……父亲其实是关心自己喝不到纯麦子酿的酒了。老刘摊摊手，做无奈状。父亲知道，他是喝不到老刘酿的酒了。好在，集市上还有一家酿酒的作坊。父亲就只好到集市上换酒了。

集市离家二十多里，父亲换酒，就只有选在农闲的时候了。农忙的时候，父亲没时间赶集换酒，就只好不喝了。但夜里醒来，就想酒想得流口水。有天夜里，母亲听父亲说梦话，要喝酒。于是，母亲天不亮就背了袋麦子去集市了。当母亲将一壶酒放到父亲面前时，父亲高兴得像个孩子，蹦跳着到梨树下摘了几个梨，边啃着梨，边喝起酒来。半碗酒下肚后，父亲就感觉通体舒畅了。后来干活，就有了使不完的劲儿。那壶酒，让父亲快活了好几天。

后来农闲了，父亲挎筐麦子赶集，大中午的，又挎筐麦子回来了。人们都在喝瓶装酒了，没人喝散酒了，集市上那家酒坊，也关了。

父亲将麦子装进窖里，再也不提酒的事了。

父亲戒酒了。

父亲戒酒后，精神好像也颓废了很多。没事的时候，父亲就坐在门前的槐树根上，看着天空的飞鸟或者白云出神。母亲劝父亲，说瓶装酒其实比散装酒好多了，母亲还给父亲买了瓶装酒，可父亲不喝。父亲说没有麦子的香味，不好喝。父亲仍戒酒。

那时候我才念三年级，见父亲无精打采的样子，跟父亲说，酒有什么好啊，辣死了。父亲拍拍我的后脑勺，说，你个小屁孩，好好念书，长大出息了，老子再喝酒。

日子一跳，好多年就过去了。

去年中秋节，我从省城赶回来，给父亲带了瓶茅台。父亲是准备喝的，但听说这瓶酒要三千多块后，父亲的眼就瞪圆了。父亲说，喝钱呀？你小子，这才上班几年，哪来的钱？父亲不喝。我再三劝，父亲抿了一小口，又呸呸吐出来了。父亲说，长期不喝酒，闻酒就想吐。我狐疑，还想劝父亲喝下去，但没有。

今年春天，父亲病重。我请假守在父亲身边。父亲知道自己的日子不多了，虽然承受着病痛，也没有喊叫一声。

那些日子，父亲脸上总是挂着笑，说得最多的话，也就是你小子还真出息了。我也笑。但我的笑明显是装出来的。我知道，父亲的日子不多了，我真的笑不出来，但我还得笑。

父亲的病越来越重，弥留之际，父亲嘴角翕动，像是想要什么。我俯在父亲的嘴边，还是听不清父亲想要什么。后来母亲突然想起，说，你父亲是不是想要喝麦子换的酒呢！我突然醒悟，跑去喊刘叔。刘叔抱着一壶酒，来到父亲身边，说酒坊又开业了，你尝尝这麦子酿的酒。说后，刘叔倒了小半碗，送到父亲嘴边。父亲竟张嘴咕咚咕咚喝了那酒。喝完，父亲脸上竟然露出了笑容。

父亲是带着笑走的。

（选自《天池小小说》2021 年第 5 期）

白月光

高曙光

月亮很圆，月光很白，月夜很静。

夏婵娟喜欢的就是这样的夏夜：小院里洒满了皎洁的月光，没有蝉鸣，听不到蛙声，地面在白天吸收的热力渐渐散失，风似有似无，空气中飘散着淡淡的洗发水清香。

蚊子也喜欢月光明亮的晚上，它们在小院里约会，在月光下奏乐飞舞。

夏婵娟的耳畔飞着几只蚊子，嘤嘤，嗡嗡，忽远，忽近。

小院里没有种树，墙角有两个摞起来的花盆，上面的花盆里长着一株凤仙花。夏婵娟本想用它的花染红指甲，这个计划从凤仙花从土里拱出来就有了，花已经开了大半，这个计划仍没有任何进展。她不是嫌用凤仙花染指甲麻烦，在手指甲上涂上捣碎的凤仙花和明矾，再裹上眉豆叶，用麻线系上，过一夜指甲上就染了色。是染指甲的欲望现在没有了。花盆旁边的空地上种了几十株格桑花，两个花盆被盛开的格桑花簇拥着，在月光下看不清花的色彩，只是一片灰暗绰约的影子。

月光太亮了，蚊子的舞会达到了高潮。

成群的蚊子在袭击她，蚊子们肆无忌惮地叮咬着夏婵娟的胳膊和腿。痛痒的感觉在脚踝上面，她弯下腰，左手猛地拍在自己的小腿肚子上，"啪"的一声，她感觉到手掌接触腿肚子时的震颤，她的掌心热辣辣的，黏糊糊的。她把手收回来，在月光下翻看掌心，一股淡淡的咸腥味扑入她的鼻孔，是蚊子吸了她的血。

夏婵娟伸出右手食指，用指头肚轻轻擦着手掌上的血迹，这点血迹有白天在水盆里洗高远的衬衫时脱落的纽扣那么大。

昨天吃早饭时，高远接到归队的消息。早饭是夏婵娟做的，精心熬制的粥，亲手烙的千层饼，煮了三个鸡蛋，一个鸡蛋已经剥了皮放在洁白的瓷碟里，两个没有剥皮的鸡蛋依偎在盘子里。"我得走了。"高远端起粥碗，用勺子一个劲儿地往嘴里扒。

"我再给你盛一碗。"看着他喝粥的夏婵娟把手伸过去。

"不了，下次多喝一碗。"

高远接过夏婵娟递过来的剥了皮的鸡蛋，又递了回去。

"算是我给你剥的，你吃吧。"

看到夏婵娟有点勉强的笑，高远把盘子里没有剥皮的两个鸡蛋拿起来装进自己的衣服口袋里。

收拾好的行李箱就放在门口，夏婵娟站起身，又坐下来，把那个剥了皮的鸡蛋掰成两半，一半塞进高远的嘴里，一半送进自己的口中。

夏婵娟咬着了自己的手指头，有道清晰的牙齿印，她抽出纸巾擦了擦，用拇指摁了摁食指，有点疼。

到了高铁站，高远买了票，走向检票口，夏婵娟把行李箱的拉杆递给高远，高远朝她笑了笑，憨憨的，像他前天回来时一样的笑容。

送走高远，夏婵娟洗高远换下的衣服。她突然停止揉搓衣领，一粒纽扣躺在水盆里，她的脸一热，昨天她的力气确实有点大。

夏婵娟把纽扣从水盆里捏出来，轻轻放在水盆旁边的蓝色香皂盒里。

她用衣服撑子把衬衫撑起来，用衣杆挑着挂到升起来的晾衣架上，衬衫的两个袖口和衣角向下滴着水，她把蓝色塑料盆放到晾衣架下面，砰砰嗒嗒，水滴在盆底，像击鼓，鼓点由快变慢，由强变弱，渐渐没有了声音，盆底的水位上升了，浅浅的，夏婵娟的眼睛湿润了。

白色香皂消瘦了，单薄了，香皂中间有了细腰。夏婵娟喜欢用香皂洗高远的衣服，这块香皂是高远去年夏天带回来的。香皂装在一个纸盒里，一共三块，洗澡用，洗手用，洗衣用，夏婵娟现在用的是第二块，她特别喜欢这个清香的气味。

夏婵娟想等衣服晾干了再缝上那粒纽扣，晾衣架上挂着高远的衬衣，这件衬衣隔两天洗一次。

夏婵娟手心里的血迹被她的指头摩擦掉了，指头肚螺纹与掌纹接触的地方热热的。

夏婵娟握紧左手，右手食指被她紧紧攥在手心里，像攥着高远的手。

去年夏天，也是这样的夜晚，月光很白，她攥着高远的手指，把他拉在身边。

“你们那里也能看到这样的月亮?”

“当然能看到了，我们那里叫边关月。”

“那我看到月亮的时候，你是不是也能看到?”

“我们有时差，比这里晚两个小时，你进入梦乡了，我们那里的月亮才刚刚升起。”

“你能确定我那时候进入梦乡了?”

高远想从夏婵娟手里抽出被攥着的手指，可她丝毫没有松开的样子，抓得更紧了。

“有月亮的时候，你可以随时看吗?”

“我站岗和巡逻的时候，能看到清澈的班公湖湖水中有白白的月亮。”

夏婵娟突然松开手，扬起脸看着高远的眼睛。

“你看，我的眼里是不是也有月亮？你看呀。”

高远低下头，用手抚摸着夏婵娟的脸，他的手感觉有点热。

夏婵娟的眼睛水汪汪的，她的眼睛里也有白白的月亮。

高远一把将夏婵娟揽进怀里。

夏婵娟的眼睛眨了一下，她的眼前亮闪闪的，像湖水反射着月光。

蚊子在月光里唱着歌，嗡嗡，嘤嘤。

夏婵娟的腿上起了三个包，她用指甲掐着痛痒的地方，月光白白的，衣架上晾干的衬衫白白的。她喜欢白月光，她的院子里不栽树，月亮升起的时候，院子里全是月光。

高远的身后是白茫茫的雪原，亮闪闪的冰川，眼前是清澈的湖水。

月光泼洒在小院里，夏婵娟看看月亮，这时候的月亮已升到中天，天空没有云，有几颗星星，风有点凉，蚊子的歌声变弱了，被风裹挟着去了黑暗的地方。

夏婵娟回到屋里，打开灯，找到那个香皂盒，取出那粒纽扣，拿出针线，坐在床沿上给高远的那件白色衬衫缝上纽扣，再一粒一粒扣上，把衬衫叠起来，放在枕边。

窗外，仍是满地月光。

（选自《小小说月刊》2021 年 9 月上半月刊）

我哥二皮

呼庆法

1

我始终认为我哥二皮是个流氓，是个渣男！

我全家都讨厌他，都对他恨之入骨，我爹说他就是个来讨债的孽种。

我哥二皮初中时就显出了渣人的劣性，他打架斗殴，逃学泡吧，坑蒙拐骗偷盗抢，吸烟喝酒进歌厅，在恶事做绝、屡教不改后被学校开除了学籍，就开始了混社会。我爹气不过，把他扒光衣服用绳子吊树上抽过几顿鞭子，也没把他教育过来，后来我爹就泄了气，感觉到孺子不可教也的失败，就彻彻底底放弃了对二皮的管教。

二皮从此就更加放肆，成了我们隆虑镇上知名的“小流氓”。

二皮经常留了朋克头，染着一头黄发，穿着喇叭形的牛仔裤在小镇上游荡。今天调戏了李家的姑娘，明天砸了张家的门窗，人家都哭哭闹闹来我家反映情况，我爹气得脸色铁青，往往给人家支着儿让人家逮住他往死里打！可终究没人敢去招惹二皮，都怕被这个难缠的流氓给赖上了。

二皮在镇上吊儿郎当了几年，结交了一帮狐朋狗友，反正我爹也不搭理他，他也不把我爹放在眼里。二皮有时混累了，也回家，回家就跟我一屋，我讨厌他，又拿他没办法，我十九岁那年高中毕业到离家不远的一个矿山上班。

二皮依然在隆虑镇上流荡。

有一月我刚发了工资回家，买了一双新皮鞋和一条牛仔裤，睡到半夜，二皮回来了，一身的烟酒味，我赶紧闭上眼，懒得搭理他。一觉睡到天明醒来，二皮不见了，穿走了我的牛仔裤和皮鞋，而牛仔裤兜里还揣着我刚发的工资。我气得大哭起来，我爹问明情况后，取了根铁棍要去镇上取二皮狗命。多亏我娘强烈拦截，才没有酿成血案。

二皮在外晃荡了一个月，那天半夜翻墙回来，蹑手蹑脚进了我屋，我一看二皮把我的牛仔裤穿得皱皱巴巴，还粘了很多油渍，就哭着要和二皮拼命。

二皮一把把我推在床上说："哭、哭、哭你个屎！就你牛仔裤这样式、这版型，穿着都找不上媳妇，我给你穿穿，等于给你开了光。"

"那我的工资？"在二皮的淫威下，我哭丧着脸弱弱地问。

"咋，你告诉爹了？"二皮问。

"嗯，我就告诉爹了，爹取了铁棍，打你个狗头。"

二皮狠狠地瞪了我一眼，然后回身用手掌在空中做出来一个刀劈斧砍的动作，嘴里还发出“咔咔”的声音，吓得我就不敢吱声了。

二皮脱下牛仔裤、皮鞋扔给我，换了一身衣服，转身翻墙消失在夜色里。

二皮又陆陆续续回过几次家，总之都不和爹打照面，我知道他怕爹揍他，其实爹现在也不一定还能揍得过他，再说他现在在爹眼里就是臭烘烘的一坨屎，爹才懒得当他的“铲屎官”。

2

有次外公住院，爹娘去医院陪护外公。

晚上，二皮回来了，还带了个女人。这个女人也染了黄发，涂着血红的口红，粘了假睫毛，画了眼影，特别是在她裸露的手臂上还有文身，一看这样的女人，就不是什么好人。我从内心里泛出一种厌恶，真是苍蝇叮屎、臭味相投的一对狗男女。

那女的浑身散发着浓烈的香水味，呛得我喉咙发痒，眼睛发辣，只见她嗲声嗲气地对我说：“呀，这是三喜吧！”

我翻了一下白眼，懒得说话。

二皮瞪了我一眼，说：“这是娜娜姐，快叫姐！”

“我呸，我叫她姐，都侮辱我的口！”我心里这么恨着，嘴上却嘟嘟囔囔了几声。

二皮让我去隔壁娘那屋睡，我说我不去，二皮抬腿踩了我一脚，说："滚!"就把我撵了出来。

我在娘那屋，听着二皮和那个女人一阵一阵的浪笑，心里越想越气。

我估摸他们躺下了，就蹑手蹑脚地出来，去敲他们的门。

我说："二哥，你出来下。"

二皮问："咋了?"

我说："你上次借我一百多元买领带，有钱了没有?"

"给你，给你!"二皮不耐烦地嚷嚷着，从门缝塞出一百元来。

半小时过去了，我又去敲门。

二皮问："又咋了?"

"二哥，你上次让我给你买烟，借我的钱有了没有?"

"给你、给你，真烦人!"二皮又从门缝塞出一百元来。

我暗暗地有些想笑。

半小时又过去了，我又去敲门。

二皮问："你是不是骨头贱得发痒痒了?"

"二哥，你出来下。"

门一下开了，二皮抬手就想抽我耳光。

我说："二哥，上次我叫的那个姐姐好像不是这个……"我还没说完，二皮就用手捂住了我的嘴，然后向屋里看了看，用劲推了我一下。

他凶狠地龇着牙轻声说："还有完没完了?"

我怯怯地说："我就问你上次去和小芳姐姐过生日，借我的四百元有了没有？”

二皮转身回屋取了二百元扔在地上，说：“就这些了，滚！”二皮蹬了我一脚。

我回到屋里，看着讨要回来的四百元钱，兴奋得一夜无眠。

3

年终，二皮要和娜娜结婚。二皮说娜娜爹是包工头（我呸！屁个包工头，就带了三五个人做些小零工就成包工头了），说和娜娜结了婚，三年之内给陪嫁个小轿车。

爹娘原本是不同意的，但觉得二皮也就配这样的人，好端端的姑娘嫁二皮这样的垃圾，就是造孽。

爹娘本着完成任务的思想，就同意了二皮的婚事。

但爹不想在二皮结婚后，再看见他们两口这一对令人反胃的“垃圾”，就把镇上西头的老宅院收拾收拾，给二皮办了婚事。

婚后不久，爹就和二皮分了家，各自自食其力，听天由命。反正老宅离这边也挺远，眼不见心不烦，爹娘也不和二皮有啥往来。二皮也像没有爹娘一样，总之生活相对平静，双方没有交集。

再后来就是二皮家生了孩子，娘才去走动了几次，娘去一次就伤心一次，说两口子就不是过日子的人。后来娘还去送过米、送过面、送过菜、送过油，爹骂骂咧咧地说：“这败家玩意儿，招惹不起。”

4

这天中午，刚吃过饭，我和爹娘都在午休，就听门哐当响了一下，我起身隔着玻璃一看，大吃一惊，只见院子里站着二皮，他头上、胳膊上绷着纱带，走路一瘸一拐，腿上好像还有伤口。

爹娘迎了出来，看着二皮的模样，一脸震惊。

娘问：“又和别人打架了？”

娘这一问，二皮像受了莫大的委屈，一下瘫坐在地，扯起嗓子“嗷”的一声大哭起来。

他一边哭一边泪流满面地说：“是娜娜打的，娜娜嫌我挣不上钱，要和我离婚！”

一听这个原因，爹娘和我都有些想笑。

内心解气地想着“活该”“报应”之类的词。

我故意调侃着说：“你不是流氓吗，怎么都打不过她啊！离就离呗，你还缺人吗！”

没想到二皮哇的一声，哭得更加悲痛欲绝，鼻涕眼泪流了一地。

我从来没见过二哥这样狼狈过。他趴在地上号啕大哭，瘫软得已经不像一个男人，让人完全无法想象他当年在镇上泼皮无赖、吆五喝六的流氓样子。

娘从锅里盛来饭，让他吃，他狼吞虎咽地吃着，啧啧地说好吃。

娘问："你几顿没吃饭了，这饿鬼转世的样。"

二皮眼泪汪汪地说："都两天了。"说完就又哭上了。

我感觉他现在绵软得就像一只被生活斗败了的鸡，落魄得已经没有了一点流氓的气质。

二皮吃饱了，喝足了，也不哭了。"三喜，我要去挣钱，你们矿上要不要人?"二皮讪讪地问我。

我不屑地看了他一眼，都懒得搭理他。

"真的，三喜，我要去挣钱，不管啥工作，挣钱多就行。"

"关键我们矿上就不要你这样的人。"我冷冰冰地甩了他一句。

"三喜，和人家好好说说，我一定好好干！下矿井也行。"

5

二皮到矿上下了矿井，像变了一个人，他从不舍得撂下一个工。这样他每月都有六七千元的收入。

我一家都为二哥的转变暗暗惊喜。

转眼春节到了，二哥一家三口第一次提了礼物来看爹娘，走时二哥还塞给娘一千多元，说让娘手头宽绰些，别老那么节俭，爹欢喜得暗暗抹眼泪。临走，爹硬是塞给了孙子六百元，说是压岁钱，嫂子和二哥推来推去不肯要。

爹说："往后一家人要和和睦睦，好好过日子。"

二哥一家走后，爹和娘再也抑制不住，呜呜地哭了起来。

娘一边哭，一边说："对不住孩儿啊，从小到大没待见过他，挨了那么多的打。"

娘这么一说，爹哭得更伤心了。

（选自《短篇小说》2021 年第 2 期）

两封学生来信

李汤波

真好，教师节收到两封学生的来信。

做过几年教书先生，每每与人谈起，尽管谦虚地说误人子弟，却掩饰不住满满的炫耀。当原始信件逐渐被短信微信取代，我和我的学生还保持书信来往，满满的仪式感。

细细看，两个信封无声地道出两个打架的男孩，更隐含着那次教室断案。这两封不约而同到来的信让我如何开启呢？

时光倒流，那年那天。刚刚上完两节课，我本想到办公室好好休息一下，班长王伟风风火火地追上我，上气不接下气地说：“秦、秦……老师，李智和刘洋在教室打起来了！我们拉都拉不开！”

我匆匆来到教室，劝开两人，了解打架原因。

原来李智在教室捡到30元钱，交给班长王伟，刘洋认领时却说自己丢了50元钱，当得知是李智捡的，便向李智索要，还说李智昧了他的钱。而李智坚持说自己只捡了30元，于是便打了起来。

为了不影响下一节课，我宣布下午第三节以此事为主题内容召开班会。

在办公室，我认真分析了这件事，做了一个最初判断，李智昧钱不可能。李智家境贫寒，却品学兼优，乐于助人，班内口碑极好。刘洋则不同，家境殷实，处处在同学中间摆阔气，为多数同学所厌恶。

虽是这样想，却没有什么真凭实据，我陷入了困惑。

就在搜肠刮肚时，突然，冯梦龙“三言”中“陈御使巧勘金钗钿”的片段浮现在脑海里。

一个磨豆腐的小生意人在厕所旁捡了30两银子，相当于他磨几年豆腐的收入，于是见四下无人带回家中，欲占为己有，被老母亲训斥一顿后又到原地等失主。失主果然来了，却想趁此讹诈磨豆腐的，说自己丢了50两银子，磨豆腐的私吞了他20两，最后闹上了公堂。县太爷通过察言观色断定失主讹诈，就问到底丢了多少银两，失主坚持说50两。于是县太爷判决如下：既然失主说丢了50两，这儿仅有30两，那么失主且去寻自己的50两，这30两没有失主，算天赐磨豆腐的。贪心的失主顿时傻了眼。

情景何其相似！

下午的主题班会上，我拿来借鉴。事情和预期的一模一样。李智在班上口碑好，刘洋在班上人缘差，最终教育了刘洋，替李智恢复了名誉。不过，我没有把钱判给李智，因为李智的确捡了钱，刘洋丢了钱。

我这一手还颇受同事们的赞许。

如今的两人也该是读大学的年纪了。没错，两封信来自两所不同的大学。

我决定先看李智的来信，急于知道当初的贫困生现在如何。

信中，他对我在学校给予他的厚爱表示深切的感谢，并且很怀念与我及同学们相处的日子……看着看着，自豪感再次漫溢全身。谁说教师都清苦，只是未到桃李芬芳时。

自豪感却没有持续几分钟，看到信的结尾处，我的脑袋“嗡”的一下大了，那次我的得意之作竟然是个冤案，李智承认自己那次捡钱的同时，私占了 20 元。因为没钱买学习资料，又不忍向含辛茹苦的父母要，赶巧刘洋丢了钱。不过，后来他已经向刘洋解释了原因，前嫌尽弃……

此时，我比听到他们打架还生气，我自认为比较满意的班主任工作还存在不少漏洞，好在刘洋受过教育奋起直追也读了大学，不然，我不就成了扼杀花朵的罪人了？你李智简单地把问题解释了，我呢，给人家造成的冤案又该怎么收场呢？我可是历来深受学生爱戴的班主任啊！

再看刘洋的来信。他又会讲些什么呢？我瞬间像极了被老师课堂提问的差生，忐忑不安。

前文的感谢之言与李智大同小异，文后讲道：“那次如果不是您和李智合演了一场戏给了我深刻的教育，让我懂得靠父母的钱摆阔气很受同学厌弃的道理，也许现在我依旧仗着父亲的财富生活而不思进取啊！我真得好好谢谢老师您的良苦用心哪!”

“什么，演戏?!”我有点蒙了。

经过大脑短暂的处理，我便理出了头绪，李智为自己的错误作了变相解释，同时也维护了我的尊严，而且再没有比这个解释更冠冕堂皇的了。

（选自《教师报》2021 年 9 月 15 日）

旗袍

黎 筠

穿旗袍的女人像股风，在小镇上忽闪了两下，就把油漆匠卷走了。

油漆匠的女人疯掉了，油漆匠的女人叫青莲。

青莲正准备为他生一个大胖儿子，他和穿旗袍的女人回到了家。他说，青莲，咱们离婚吧，咱俩的婚姻是个错误，我回来就是纠正错误来了。

油漆匠每一个字都说得认真、严肃。油漆匠的牙齿很白，像一粒粒雪白的大米。青莲过去很喜欢和油漆匠接吻，他的口腔里是五谷的味道，一种令她踏实的味道。青莲不知道两个人在热被窝里睡了几年，竟睡出了一个错误。

青莲看了一眼穿旗袍的女人，声音哽咽地说，我不离婚！油漆匠立刻变成一条僵死的鱼。青莲扑到这条死鱼身上，一遍遍地说，我不离婚，不离。青莲试图成为他的大海，青莲敞开一个年轻女子的怀抱，青莲要使他们的婚姻活过来。

可眼下，油漆匠连看她一眼都不愿。

青莲瘦了，几天时间就瘦成一个稻草人。

青莲坐在一台彩色电视机前。这是离婚后油漆匠给她的补偿。油漆匠走了，家里只剩下空空的三间房，和同样空空的青莲。

青莲没多久就疯了，电视机和她一起疯掉了，电视机一天24个小时哇哇地叫。

有一天，青莲冲到了街上，冲到了县城，看到穿旗袍的女人就撕扯。被带回小山村的青莲渐渐地安静了。那天青莲一动不动地坐在家里看电视，突然，仿佛雷电掠过，她的头皮一阵发麻，忙坐直身子，眼睛牢牢地楔进电视里。不一会儿，她大叫一声便倒在了地上，口吐白沫，人事不省。那是一场国际模特大赛旗袍走秀。

青莲从一场旗袍走秀的惊吓中脱胎换骨，从此迷上了旗袍走秀，确切地说，是迷上了千姿百态的旗袍。青莲想，如果我要穿上旗袍该怎么样？青莲就拿起剪刀拿起针线，手工缝制旗袍。青莲的第一件旗袍穿在了自己的身上，青莲开始在一张方桌上走秀，那是她的舞台，没有灯光，她就点上蜡烛，蜡烛像个女人，在屋里摇曳生姿。青莲混沌的大脑霍地被什么划拉开了，她和油漆匠的新婚之夜忽然停电，二人对视一下，便羞涩地点起了几根蜡烛。蜡烛摇晃了几下，她和油漆匠就羞涩地合二为一，就有了大山般沉重的山盟海誓。

青莲是穿旗袍的女人中最美的一个。青莲在桌子上傲视世界，她挺胸、收腹、跨步、摆臀，在眄视流盼中一脚踩空，在没有一个观众的走秀中滚落台下。

青莲把第二件旗袍穿在了稻草人身上。那天青莲来到了将要收割的缎面一样光滑的麦田里，青莲看着衣着简陋的稻草人说，我要给她穿上一件旗袍，使她成为世界上最漂亮的稻草人。青莲把稻草人打扮起来的时候，又想到，要是田野里所有的稻草人都穿上旗袍，那该多好啊！

青莲最终也没有让所有的稻草人穿上旗袍，青莲的牙都急疼了。

当金黄的麦浪缠腰时，青莲穿旗袍拿镰刀，弯下腰身，手突突着往前割麦子。青莲的手一直被麦浪挟裹着往前走，旗袍上丝丝金线泄出来的光，在镰刀上跳跃着。偶尔，青莲会直起腰来望向天空。青莲的胸怀是饱满的，青莲的小腹也是丰腴的，饱满丰腴得只能用旗袍来托起；本来，那里藏着许多的丰收年，可以一年一个地把孩子生出来，一个一个孩子可以堆满整个山谷。

可当雁阵远去、雨水消退的时候，一切都瘦削了。

青莲锄地时也穿旗袍，这招来许多目光围观。而她眼里只有那一棵棵清脆、挺拔的玉米。那些人看她，是那些人疯了，那些人不侍弄自己的玉米地，想侍弄她，他们是真的疯了。

青莲不和他们做朋友，青莲要和每一棵玉米做朋友。眼前的这块晚玉米地曾经是麦田，麦田里扎着几个稻草人，有一个稻草人曾经穿着旗袍指挥着山里的风，指挥着山里的雨。青莲一直是这么认为的。

几年后，油漆匠又回到了小镇。穿旗袍的女子风一样不知刮到了哪里。

只是，青莲不认得油漆匠了。

（选自《小小说月刊》2021 年 3 月上半月刊）

红苹果　青苹果

刘艳华

夜，渐深。闹腾一天的病房终于平静下来。

护士小利拿着记录本巡视。

她的脚步很轻，像扎了翅膀的天使从这个房间飘到那个房间。她知道，此刻的平静下暗流涌动，随时都会掀起惊涛骇浪。她观察着他们的一呼一吸，观察他们的睡姿和表情。

他们被打上一个灰色标记——艾滋病患者。

突然，她听到一阵低沉的哭泣声，如裂帛般刺破宁静。小利虽然早有思想准备，却没想到来得这么快。

走廊的尽头，三十二号病房住着一个年轻姑娘，她的感染来源一直是个谜。住进来之后，她的情绪坠落到最低谷，曾三番五次地寻短见，幸亏被人及时发现劝阻。那哭泣声正是从她病房里传来的。

小利像离弦的箭矢，飞奔而去。

正要推门而入，她突然停了下来：里面传来姑娘和母亲的对话声。

“我还有什么活头？所有的人都躲我，他也走了，连个招呼都没打，亲戚没一个人来看我，那些称兄道弟说起话来能把钢钉咬断的朋友都没了影儿，就连医生护士也是表面一套背地一套，一个一个用挤出的假笑应付我，口口声声说不歧视不偏见，我送她的苹果她死活都不敢接，呜呜……”

“不是，闺女，你想多了，人家可能是顾不上吃。”

小利听到这里，心里一“咯噔”，陡然想起，夜班刚接好班，这个叫小玉的姑娘来到护士站给她送个苹果。那是一个又大又红的红富士，一定是小玉特意挑选的最好的苹果。她婉言谢绝了，没想到……

小利回到护士站陷入自责和深思。

一夜过去了，东方的天空露了鱼肚白。

小利又一次巡视病房，她准备交班了。来到走廊尽头的那间病房，她正想敲门进去，里面又一次传来说话声，她不由得又停下了脚步。

“她真的拿走了一个苹果，妈妈?”

“是啊，那时你刚睡着，她悄悄过来说，她饿得难受，忘记带夜班饭了，想找点东西吃，她就拿走了一个苹果。”

“是柜子里我送她的那个红苹果吗?”

“不是！是网兜里的。”

“那都是青苹果，不好吃!”

“她拿一个匆匆走了。”

“她不会吃的，她只是拿走!”

"她会吃的。"

"不……"

小利扭头就走。到了护士站，她拿出那个青苹果清洗了一下，低下头一口一口有滋有味地啃起来……

此刻，有一个人正站在不远处隔着玻璃看着，她正是小玉。

（选自《小说选刊》2021年第6期）

余矿长

王晓峰

“余矿长”叫余趁义。

余趁义不是矿长，他只是李庄子矿安检科的一名普通安检员。余趁义一米八多的个子、白净脸、微胖，给人一种很气派的感觉。那一年，新来的副矿长老牛初次下井，安检科科长安排余趁义陪同。牛矿长人长得又小又黑，一些新工人就把又高又大的余趁义当成了矿长。于是，余趁义便有了“余矿长”的绰号。

余趁义虽然没当过矿长，但因有一副好长相，使他认识到了自己的不凡。尤其在井下，余趁义的工作服总是洗得干干净净，矿帽、腰带、矿灯也都佩戴得整整齐齐，再加上安检员和矿长一样，每人都背着瓦斯测定仪，看上去就更像矿长了。遇到一些年轻的矿工在矿井下违章作业，余趁义也是一副语重心长的样子：“小伙子，你想过没有，你这样做，万一有个啥，你的父母咋办？你的家人咋办？”那一刻，他好像真的成了矿长。

“余矿长”住在南山生活区。南山生活区是个“农转非”

居民区。20 世纪 80 年代中期，吃商品粮十分热门，刚好国家有政策，在井下工作够年限，就可以把家属的户口迁到矿上。于是，那些家属在农村的矿工，一窝蜂地挤上了“农转非”这趟车。“余矿长”也是这样，把老婆和 3 个子女的户口都迁到了矿山。一个年产 100 万吨的煤矿，一下子拥来近万人，矿上无论如何也安排不了。于是，这些人中的大部分人就在矿上待业。再后来，国家取消了粮食供应制。一个人要养活一大家人，这些“农转非”的家庭很快成了矿上的贫困户，“余矿长”家亦然。不能说吃了上顿没下顿，但日子总是过得紧巴巴的。当时，“余矿长”的孩子都在上学，大儿子上高二，二儿子上初二，小女儿上小学六年级。

“余矿长”有个远房亲戚在当时的矿务局当处长，他没事常往矿务局跑，观察人家的生活习惯，他发誓尽管这辈子没当过矿长，但一定要在下一代人中培养出一个矿长来。因此，尽管家里的生活不富裕，“余矿长”还是要求子女养成良好的生活习惯和卫生习惯，坐要有坐相，吃饭要有吃饭样。如此训练，竟使家里的几个孩子都养成了好习惯，一举一动有板有眼，在南山区里很另类，俨然成了贫民窟的“贵族”。

为了实现自己的梦想，两个男孩高中毕业填报志愿的时候，“余矿长”要求他们都填报矿业学院。老大毕业后被分配到矿务局生产处，这一下，使“余矿长”看到了希望，他逢人就说，我们余家也许真的要出一位矿长了。

这时，“余矿长”已经退休，变成了实际意义上的老余。

但老余忽略了最基本的一条，走仕途，不仅需要文凭和能力，还需要人脉和运气。老大在矿务局混了六年，矿务局都改名煤业集团了，他还只是个副主任科员，连个实职也没有。

一看升职无望，老大一气之下辞职去了省内另一家煤业集团。该煤业集团在新疆、贵州都有煤矿，他同学是贵州分公司的总经理。

再说老二，毕业后分到当地煤矿，在采煤队任技术员，因为老二遗传了老余的基因，长得人高马大，后来被矿上一个副矿长的女儿看中，从此官运亨通。老二先是在区队提了副队长，后又调进了矿机关，在生产科当副科长，后来经其岳父大人多方运作，到机电科当了科长。

矿机电科是个十分热门的单位。初到新单位，老二对自己要求非常严格，不该喝的不喝，不该要的不要。但后来，没有把持住，翻了船。

那年，矿上要新上一套综采设备，在选择厂家时，矿长犹豫了。两个厂家的设备各有所长，这时候，矿机电科负责人的态度无疑很重要。于是，在一天夜里，一个厂家的业务员来到老二家，临走留下了存有10万元的银行卡，卡写的是老二的名字，老二发现后，第二天打电话找来业务员让他把银行卡拿了回去。又过了几天，另一个厂家的业务员也来家里拜访老二，走时留下了一张存有80万元的银行卡。这么多钱，老二心动了。他犹豫着，把那卡收了起来，连妻子也没有告诉。

三个月后，检察院找上门来，老二一下子瘫坐在地上。

老余听到这消息，一下子就傻了，接着大病了一场。

老余的女儿上的是医科大学，毕业后在矿务局医院上班，因为是科班毕业，人又长得靓丽，后来和矿务局企管部一位高学历职工结为连理。

女儿成亲时，老余给女儿女婿立下规矩，不论啥时候，如果收别人一分钱，就别进这个家。

几年后，女婿提了企管部的副部长，而后当上部长，如果“下放”到矿上，矿长肯定跑不了的。

再后来，听说老余的大儿子在贵州当了矿长，不过，这是后来的事了。那时，老余已经去世两年了。

（选自《中国煤炭报》2021年11月25日）

柜中缘

杨西京

爷爷十六岁那年，在马家集给马东家扛长工。农历四月二十三那天，吃罢晌午饭，东家说，后晌不干活，去集上看戏吧。

马家集年年这天最是热闹，一街两行，卖的都是割麦、种秋的农具。大集南北对向，搭了两个戏台。这会儿，巩、偃两县的两家名戏班，正唱着“对台戏”。南头巩县常家班唱的《千里走单骑》，北头偃师刘家班唱的是《拉荆笆》。

爷爷爱看“三国戏”，一到集上，就径直走向南头的戏台。

“小哥，小哥，买柜子不?”一个头戴瓜皮帽、身着丝绸大衫子的中年人拦住了他，笑嘻嘻地问。

爷爷看着中年人斯斯文文的，他旁边立着一个两开门的大立柜，柜子漆得贼亮，人往前一立，能照见人影儿。他摇摇头，扭身欲走。

中年人盯着爷爷膀阔腰圆的体态，紫红冒光的“关公脸”，遂拉住爷爷的手，使劲揉搓着，指甲仿佛要掐入筋骨之中。约莫一袋烟的工夫，悄声说：“你听我一句，再走不迟。你可是十岁没爹娘，给人放牛羊；十二岁学农活，而今，春能扶犁使耙，夏能扬场放磙，秋能赶车驭马，冬能铡草喂牛……”

爷爷惊住了，连声道“是是是”。中年人指着柜子旁边两个荆条编的鸟笼，问：“知道这是啥吧？”

爷爷这才看见，笼内立着四只、卧着四只土色野生动物，顿时哈哈大笑，说：“这呱鸡是昨夜才从麦地逮的吧，立着的是公，卧着的是母。这季节公的正发情，母的该卧窝暖蛋儿了。”

“小哥，真是庄稼状元。”中年人伸出拇指，又问，“买不买？”

“买。”

“我连这柜子一块卖。”

“柜子俺买不起。”

中年人盯着爷爷的脸，意味深长地问：“你买这呱鸡回去打算咋吃？”

爷爷清楚，呱鸡和野兔、野鸡同类，更有“鸽四两，呱半斤”之说，肉多油香，惹得不少贪嘴人捕杀。

一听中年人问话，爷爷受辱似的回道：“你把俺当成啥人了？老戏唱得好，睡随天地律，心静神安；吃从大地生，肚圆体健。五谷杂粮，花果百菜，是老天爷叫人吃，养人哩。飞的野禽，跑的走兽，是老天爷叫它们来给人做伴哩，谁杀生害命吃这野物，那叫作孽！作孽！”

中年人见爷爷恼怒，哈哈大笑，笑声招来一群看热闹的老老少少。

“那你买这干啥?”

“放生。一年四季，俺从小满到霜降，都在地头睡。白天干活，看它沟边崖头贴地飞，一景；晚上看庄稼，听它麦垄、豆蓬棵里欢声唱，一戏。”

“中！这两笼呱鸡连同这柜子，白送你。”

“真哩?”

中年人上指蓝天，下拍心口：“说话不算数，天打五雷轰!”

就这样，爷爷在一群人的哄闹中把柜子、呱鸡运到马家院。长工、短工、丫鬟、老妈子，都过来看热闹。爷爷把柜子绳解开，柜门一开，“哇”的一声婴儿清脆响亮的哭声惊住一院子的人。

爷爷吓愣了。没想到，柜子里竟放着一个女婴，内穿红夹袄红夹裤，外套绿披风，头戴花角帽。旁边，齐齐整整地码着一百块银圆。女婴像是刚睡醒，这会儿伸胳膊蹬腿儿，哭闹着。柜子底板抽了一块板，下边透着气儿。

一群人轮换着抱女婴，边哄孩子，边问事情的来龙去脉。爷爷回过神来，把集上的奇遇细说了一遍。

“你五尺汉子，咋养活这毛孩？送人算啦。你还落一百块银圆……”东家说。

“不!”爷爷斩钉截铁说了一句戏词，“莫坏良心，方是做人根本；行不食言，不枉五尺男儿。”

东家走向前，拍拍爷爷的肩，说：“老侄子，人家眼里有水儿，没有看错人。你打算咋办?”

爷爷说：“东家，您刚添了孙子，行行好，叫这毛孩儿跟老妈子一块养活吧。从今儿开始，干活，您只管饭，俺不要工钱！”

东家正愁没个长法儿拴住爷爷的心，这长工，十里八村去哪儿找？于是，满口应承。

长工头马老犁看着这八只呱鸡，一脸馋相地对爷爷说：“老侄子，你兑呱鸡我兑酒，今晚咱爷俩好好闷儿口，中不？”

爷爷斜瞪着马老犁，说出一句戏词：“杀生害命，非有怪病，必有奇祸；呵护众生，不但富贵，亦当延寿！”

说罢，爷爷掂着鸟笼，把那八只呱鸡放生至玉泉沟。

转眼十六年过去。四月二十三这日，这婴儿成了俺的奶奶。

那天，爷爷领着奶奶，用那一百块银圆，给奶奶买了一套像样的嫁妆。此后十几年，奶奶接连生了五女五男十个娃。

又一个四月二十三，已成了“万元户”的五姑做东，四世同堂五十九口人，轰轰烈烈庆贺爷爷奶奶七十周年钻石婚。散席后，奶奶叫住轮值照顾二老的五姑，说：“俺俩今晚不喝汤了，你明早来吧。”

翌晨，五姑走进做饭窑，连喊数声，没听到爹娘回应，便到客厅，只见爷爷坐靠着沙发背，奶奶斜躺在爷爷的怀里，一百零二岁的爷爷，一只手托着八十六岁奶奶的腰，一只手抚着奶奶满头浓密的白发……

沙发后边，立着那个可以照见人影儿的大柜子，柜子两边，挂着爷爷当年说的那两句戏词：睡随天地律，心静神安；吃从大地生，肚圆体健。

五姑上前在爷爷奶奶脸前晃晃手，二老已经结伴儿走了。

（选自《天池小小说》2021 年 2 月上半月刊）

长安五时辰

郑俊甫

午时。

李丙扒完最后一口饭，抹了把汗，冲两个助手挥了下手，然后大步朝后院走去。李丙要去开窖取冰。一个时辰前，杨府的差役上门通知，相国府晚上举办家宴，所有的储冰都要准时送达。

自接到通知的那一刻起，李丙的神经一直处于兴奋状态。半年了，属于李丙的时代终于开启了。半年前，三九天，飞雪连天。李丙第一次独自站在冰湖上，开始凿冰。冰湖位于大山深处，这里的水澄澈明净，凿出的冰晶莹剔透，能卖上好价钱。他要在湖里找到最厚最硬的冰，一块块切下来，切成一尺长、半尺宽、半尺厚的冰砖。大了，易碎；小了，浪费人工，还不易储存。

李丙生于储冰世家，祖上三代都以储冰为生。李丙的父亲也把这门手艺传给了李丙，经常把他带在身边。如果没有一年前凿冰场的那场意外，他现在应该还是跟在父亲的身后。那场意外带走了父亲，把他推到了台前。当时，他才 19 岁。

院子不大，四周筑着高高的围墙，围墙边遍植槐树，绿荫遮天蔽日。冰窖就在院子的中央，四四方方的土堆上，盖着一层厚厚的苇席，上面散着几片落叶。蝉声聒噪，正午的阳光因了绿荫的遮挡，在园子里落下碎金似的斑点。

李丙和两个帮手在土堆边盘腿坐下。时辰已经算好，未时开挖，一个半时辰出冰，一个半时辰完成装车搬运，赶在戌时家宴开始前运到，一切刚好。一刻都早不得呀，三伏天，外头能热死个人。储冰一出窖，就开始融化，一滴一滴的水，就是一颗一颗的蚌珠、一粒一粒的金豆子。

李丙开始跟帮手唠叨，开窖和搬冰，看上去不过一件体力活儿，实际上处处都是技术。一着不慎，哗哗的钱就成了流水。好在帮手跟着李家已经干了好几年，熟门熟路。李丙抬头看天，一丝笑意爬上嘴角。

未时。

开挖。李丙几乎是跳起来的，挖窖的工具在细碎的阳光里闪出一道弧线。冰窖在阴凉的地下——深挖五米的一口圆井，井下南北两面掏出一米见方的洞，下面用新鲜苇席铺垫，用以藏冰。冰砖摞满后，上面覆盖稻糠、树叶等隔热材料，再盖一层草毡，草毡上面铺一层厚厚的黄土，最后再用土把整个圆井密实地封起来。像这种民间建的冰窖，一个夏天只能打开一次。所以需要提前预约买主，预约量攒够了，才会开窖放冰。

申时。

开挖进展得很顺利，五米深的窖井很快见了底。外面的马车上摆上了冰鉴，冰鉴张着口，急迫地候着出窖的冰砖。全是花梨木，仿竹编式样，大口小底，外观如斗。苇席轻轻揭开，一股冰凉之气喷薄而出。冰窖中汗流浃背的三个人深深吸了口气，几乎同时大喊起来，每个毛孔都饱胀着欢快的情绪。

酉时。

车装好了，送冰。李丙紧紧抓着马缰绳，步子迈得小心翼翼，生怕车子颠簸。两个助手护在两边，防着路人靠近。李丙记得小时候，自己就做过护车的差事。父亲说："遇到人流熙攘的街道，要学会把身子变成人墙，隔开路人身上的热气，也让车子走得顺畅些。"拉储冰的马车对人们有着巨大的吸引力，虽然裹得严实，可那冷气是裹不住的。大人还好些，难缠的是孩子。只要有淘气的打一声呼哨，大家就会飞蛾似的扑过去，拼命要把冷气吸进肚里。遇到实在躲不过的，父亲也有办法，他会在身上揣几枚钱币，掏出来，冲孩子们晃一晃。等到他们巴巴地跟过来，父亲手一扬，将几枚钱币抛得到处都是。孩子们一窝蜂地去捡钱币，便离开了运冰的马车。

这一次还算顺利，马车稳稳地停在了相国府前。搬运冰鉴是差役的事，李丙要做的，是把冰砖摆成合适的样子。两个助手被拦在了门外，除了李丙，外人一律不准进去。以前，李丙跟着父亲，也是这样被拦在门外的。算起来，这也是李丙第一次迈进相府。

所有的冰鉴都摆在一个很大的亭子里，等待着主人的召唤。

路上，李丙脑子里翻腾着无数冰砖的用途：切割成小块，含着吃；上面放果品、酒水，用以冰镇；最奢侈的，莫过于放置在客人手边，用来降温。最后才知道，整车的冰砖，都要从冰鉴里取出来，摞在亭子的一角，摆成一座冰山，形状已经有了模板。亭子的另外三角，已经摆上了三座大块的冰雕，冰雕上嵌着造型各异的花灯。亭子四周还点缀着花花草草，假山峰峦叠翠。

李丙的脑子一时木然，直到结束，都不知道自己在干什么。好了，窖藏半年的储冰，成了亭子一角冰冷的装饰。李丙看看脚下，还余两块冰砖。没等他开口，管家走过来，指指亭外一株海棠，轻描淡写地嘟囔了一句：“丢那儿吧。”

李丙迟疑了一下，像是没听清。管家抻着脖子呵斥道：“宴会马上就开始了，还不麻溜点儿！”

戌时。

走出相国府，李丙呆呆地靠着马车站着。相国府门前热闹起来，肥美的骏马晃人眼目。李丙听到了歌声，府内丝竹管弦之声此起彼伏。他忽然仰起头，打了一个响亮的喷嚏，把身边两个满头大汗的助手吓了一跳。

（选自《百花园》2021 年第 9 期）

心事

崔永照

驾车开往卢宜县的方向，老汪的心情是愉悦和坦荡的。

掰指头算算，干了几十年工作，再有五天就要退休了。这个清晨，已跟单位请了假的他，要出一趟远门，退休前有桩心事，是必须要了结的。

老汪开了四个多小时的车，在陶秋镇停下，问路，又顺着羊肠子一样的山路，赶到了三明村。下了车，中午的阳光正洒在这片静谧的村庄。老汪向村人打听要找的人朱通，一位小伙儿说："我给你带路。"

几分钟的时间，就来到了一座三层小洋楼前，朱通看到老汪，愣了一下，丢下正在分拣的香菇，迎上来，不知该握手，还是该咋的。"恩人啊，您咋舍得来这里看看？"话出，噙泪，他有些发抖的手还是握住了老汪的手，紧紧地握着。

面带微笑的老汪说："可不敢说恩人。共产党的干部就得给老百姓办实事。"

四年前的往事，恍如发生在昨日。

那时，老汪在省纪委监委信访室工作。一天上午，一位中年人来上访，他叫朱通，在村里承包了10亩土地培植香菇木耳，承包期20年，可是在承包期内，村里却要单方面终止合同，统一搞大棚蔬菜种植。朱通找了多个部门，有的说可以退回一些租金，有的说发展大棚蔬菜种植也不错，可唯独没有听朱通的意愿，一直解决未果。

经严格核实属实后，老汪呈报领导批示，经督导落实，事情得到了圆满解决。朱通土地“失而复得”，激动之情无以言表。他带着土特产专门赶到省城，说是感谢老汪。老汪说啥也不收，朱通急得团团转，老汪只好收下了，但是，硬是塞给朱通300元钱。朱通说，您是我的恩人，纪检监察干部真是给弱势群体撑腰做主的“青天”啊。

后来，朱通回到老家，总给老汪来信，大多说香菇木耳培植情况。有时说培植失败了，有时说技术成熟了，后来大多说的是收益越来越好了，更希望老汪有空了去山里走一走看一看，山里空气清新，山泉甘甜。老汪也回信，嘱咐朱通遵纪守法，勤劳致富。

朱通日子过得似秋天的红叶红红火火，成了村里的致富带头人。他常说吃水不忘挖井人，得记着别人的好。那年春节，朱通给老汪寄了一箱木耳香菇，老汪拒收，退回，朱通再寄，无奈，老汪给朱通汇去钱，朱通退回。后来，朱通又给老汪寄了两次土特产。怎能收受他人东西呢？老汪着急，想专门去三明村一趟，亮明立场，如数付清钱，同时也算顺便看望看望老熟人吧。可工作繁忙，总是耽误，眼见再有五天就要退休了，绝不能再拖了。

两人拉呱了半天，老汪才掏出了一沓钱，诚恳地说：“这些年，你每次寄给我的土特产，我都记着呢，按市场价核算，这是一定要付钱的。我再有五天就要退休了，不能违犯纪律和规定，留下不安的心事，请你能理解支持!”

朱通慌了：“东西是我自己的，要啥钱?”立马把钱推过去，老汪神情严肃，把钱又放到朱通手里。朱通没辙了：“那你在咱家先好好吃顿饭吧!”

“那就吃蒜汁捞面。”老汪笑了。

“这太简单了，不行，外加干炸香菇，凉拌木耳。你一定得答应我，在这里好好玩几天，游游这山，玩玩那水，咱再说说话。要不我心里过意不去。行不?”

（选自《河南工人日报》2021 年 12 月 2 日）

这货

张国平

高歌倔，认死理，人送外号“一根筋”，混到四十多岁也没混上个一官半职。

从娘肚里出来我就这样，改不了，咋的？听同事背后议论他，高歌很不服气。

局里来了位新局长。新局长刑警出身，对刑警队有种特殊的感情，下了班时常会来刑警队打篮球。活动活动，出身臭汗，舒坦。

新局长个头儿不高，打后卫，三分球特别准，几乎弹无虚发。局长对年轻的刑警说，工作上我也是后卫，给你们出出主意，冲锋在前的事还要靠你们这帮小年轻。

局长突破，小年轻们都躲着让着，让局长轻松投篮。锻炼身体，又不是正规比赛，没必要太较真儿。高歌却不，总是张开双臂挡在局长跑动的路线上，甚至还盖局长的帽。

局长虽个头儿不高，却很灵活，闪转腾挪，依旧个个入筐。局长反倒表扬高歌，说这才叫打球嘛，有攻有防才过瘾。局长问，小伙子叫什么名字？有人在一旁打趣，说他叫一根筋。

一边儿去。高歌瞪一眼同事，再对局长说，不小了，我都四十多了，叫高歌。

局长一扬手，又一个三分入筐，说，名字不错，高歌猛进。

局长出了一身汗，说，老了老了，跑不动了。你们谁会下棋？陪我玩两盘。

高歌举手说，我会。

高歌便陪局长去了活动室。几个小年轻也跟去围观，都想跟局长混个面熟。

码好了棋，高歌抬头望局长，说，咱不带让呀。

我让你让了？局长摆手说，红先黑后，输了不臭，你只管高歌猛进。

高歌使的是当头炮盘头马，局长应以士角炮。高歌攻势凌厉，局长防守坚固，棋至中盘，势均力敌，难分伯仲。便有小年轻竖大拇指说，还是局长下得好，丝丝入扣，固若金汤。

他的棋下得也不赖。局长边说话边落棋子，将落未落之际突然发现是步臭棋，连忙又将棋子拿回来。高歌不干了，说，局长你放下，摸子走子，落子不悔。

有小年轻起哄，不能悔棋，不能悔棋。起哄者实则是想看高歌笑话，看他敢不敢跟局长较真儿。

那步棋落下便白丢一马，局长说，还没落在棋盘上，不算悔棋。

高歌不饶，说，我看清了，棋子碰到棋盘，就算落子了。

这货！局长只得松手，结果急转直下，局长输了。

“这货”是句方言，这东西、这玩意、这臭小子的意思。

接着又下两盘，高歌又赢了。这时队长过来，看第四局局长又要输，便拿起高歌一马，跳了一步。那是步臭棋。队长的意思是想给局长面子。高歌不干，又把棋子抓回来说，你走的不算。

局长已难以招架，队长便在下面踢了高歌一脚。高歌抬头瞪队长，踢我干什么，走错了吗？

局长马上便城池失手，队长扒拉高歌说，你这货别只顾下棋，老婆吩咐的事全忘了？你买的排骨呢？

高歌迷糊，没说让我买排骨呀。

队长说，打电话核实一下吧，小心晚上跪搓板。

高歌倔，却怕老婆。老婆卤水点豆腐，以柔克刚。

这货是干什么的？高歌走后局长问队长。队长说，别看这货吊儿郎当的，足迹鉴定倒是有一套。那年老城区一胡同发生一起凶杀案，死者是一对老夫妻，家中钱财被洗劫一空。监控条件差，又是大白天，人来人往，无法确定嫌疑人。现场留下两种足迹，一种是运动鞋，一种是拖鞋，初步判断应该有两名嫌疑人。高歌却语出惊人，说只有一名嫌疑人，而且判断嫌疑人右腿有陈年老伤。根据他给出的年龄和体貌特征，很快就抓到了嫌疑人。

哦，还是个人才。局长若有所思地说。

队长第二天见到高歌，便说，不准再跟局长下棋了。

为什么？高歌问。队长说，问你自己。高歌不服，不就是下棋嘛，还得让着点儿？局长没这么小气吧？

局长来了，高歌照常和他下棋，而且盘盘不让。

这货，这货！局长输了棋，就这么骂他。

“这货”的绰号渐渐代替了“一根筋”。

“一根筋”到底还是闯了祸。高歌有个哑巴弟弟，在老家被村主任打了。高歌一怒之下便开警车回了老家，找村主任理论。村主任家族大，几个兄弟如狼似虎，见高歌竟然开着警车，便讽刺他，开警车怎么了？穿这身虎皮又怎么了？吓唬谁？

几兄弟推推搡搡，高歌动了驴脾气，与他们动了手，结果，被人告到了刑警队。

队长给局长汇报后，给了高歌一个“影响警察形象，调离刑警大队”的处分。

奇怪的是高歌并没闹，他从队长办公室出来，乖乖地走了。

大家都觉得这个处分有点儿怪，调离刑警大队，去哪里？没说。上层不说，高歌不说，也都不再问了，只听说之后高歌离了婚，老婆孩子搬到了另一处，高歌成了孤家寡人。

很久以后再见高歌，他已经成了一名驴友，装备齐整，独来独往，专爬野线。

突然一天接到命令，刑警、特警和武警一起上，去大山深处围捕毒枭疤七。

那是悬崖上一户废弃的农家小院，被疤七占据，成了制毒窝点。

刑警们冲进小院，眼前的一幕让他们惊呆了。高歌搂着疤七的脖子，枪口顶着他的头，对他的手下高喊，都放下枪，你们已经被包围了！

疤七挣脱着叫嚣，弟兄们，反正是个死，开枪！

几声枪响过后，高歌倒下了。

这货，让他提前离开，他咋就这么一根筋啊！局长急得直跺脚。

追悼大会上，局长给高歌送了花圈，挽联上写道：高歌猛进当头炮，含笑九泉卧槽马。

这时遗像里的高歌嘴角上翘，笑如孩童。

（选自《啄木鸟》2021 年第 5 期）

午夜男孩

王红芳

男孩决心要去看妈妈。

午夜的街头，寒风肆无忌惮。男孩戴上妈妈给他买的那顶毛线帽，穿着厚厚的羽绒服，背上大背包，他眼里都是妈妈的样子：细长爱笑的眼睛，白皙的皮肤，乌黑的长发……

妈妈，我不怕冷，不怕坏人，我已经长大了。男孩坚定地站在路灯下等出租车。

车过去一辆又一辆，男孩招手，那些车都没停，男孩没有放弃。

终于等到一辆出租车停下。司机探出头：“去哪里？”

“北山镇小岭村。”男孩回答。

“你爸妈呢？咋一个人？”

男孩没有回答，微微低下头，似乎有些不好意思。

“离这里百十里路呢，你爸妈知道吗？”司机又问。

“知道。”男孩抬起头，声音大了些。

“你爸妈心真大，这么晚让你一个人去……”司机摇着头，

“偷跑出来的，对吧？赶紧回家！”

“不，叔叔，我，是去看妈妈的，她在等我……”男孩忽然开始呜咽。

“哦，去看妈妈的，那上来吧。”司机看到路灯下男孩的眼泪，心一下软了。

车向北山镇小岭村方向驶去。

男孩在擦眼泪，不能哭了，他想，妈妈看到了，会伤心的。

“你妈妈怎么了？非得大晚上去看吗？”司机等孩子不再哭泣了才问他。

“今天是妈妈的生日……”男孩看着只有点点路灯的窗外。

“今年你多大了，孩子？”

“12 岁。”

“你爸爸不陪你一起去吗？”

男孩望着窗外，这次没接话。司机也没再说话，看着前方的路专心开车。

就是这条路！男孩记得爸爸常常开车带他回来看妈妈，爸爸说这条路是近几年才修好的，以前都是土路，一到雨雪天，路上都是泥，根本没法行走。爸爸一路上会给他讲很多故事，讲得最多的还是妈妈的事。爸爸还说男孩是他最爱的人，今后要好好爱他。爸爸本来说好今天和他一起来看妈妈的，结果却说因为出差不能回来，让男孩等他回来一起看妈妈。男孩不能等，他要给妈妈过生日。他的包里都是妈妈爱吃的水果和点心，还有妈妈爱看的书。男孩想起妈妈，脸上的泪流成了一条小河。

他默默地用衣服袖子擦了擦。

看着车灯照到熟悉的路，男孩感到离妈妈又近了。

妈妈——男孩特别想大声叫妈妈。

刚到一个路口，导航提示已到目的地。

“是这里吗?”司机问男孩。

“再往前开就是。”

车子继续往前开，一会儿前面却是一大片麦地。司机赶紧停下。

“没路了，你再想想，是走哪条?”司机回头又问男孩。

男孩挠了挠头，眨着大眼睛：“一定是那条路!”

司机想了想又调转车头走男孩指的另一条路。

这次对了，走了一会儿就看到一个村庄。

“是这里吧?”司机问男孩。

“对，是这里。”男孩指着前面的路。

车子从村里穿过开到另一条山路上，越往上越荒凉。

“不对吧？这里怎么没有人住？刚才你不是说到老家了吗?”司机又停住车问男孩。

“马上就到了，你看，我妈就在前面那棵树跟前。”男孩指着前方。

车又慢慢往前开。

“到了，叔叔，停车。”男孩喊起来。

车灯下，司机看到了那棵树。可树下——是一座坟！司机的语气变了：“小娃，你咋回事？那是坟！你搞错了吧?”

“没有，我妈就在那儿。”男孩整理东西准备下车。

“你……你这个孩子咋还骗人呢？大半夜来坟上，走，赶紧回。”司机忽然大声呵斥起男孩。

“不要走，叔叔，求求你，今天是我妈妈的生日，她在我梦里说想我了……”男孩忽然大声哭起来。

“妈妈——妈妈——”男孩背起包忽然从车上跑下来往坟的那边跑去。

窗外的寒风扑向男孩，男孩摔倒了，但他迅速爬起来继续跑。

“妈妈——妈妈，今天是你的生日……妈妈，我好想你……妈妈……”

三年前，孩子的妈妈来这里扶贫，在一次山洪暴发时，为抢救老乡被水冲走了。

（选自《金山》2021 年第 8 期）

挂断的电话

熊　燕

晚饭时，老伴突然说："当初，不该让闺女嫁那么远。"

他张了张嘴，又合上。

年纪大了，病痛不请自来。每次去医院看病，看到别人有儿女相陪，老伴都会感伤。

"去公园走走吧，好久没去了。"

他提议。

公园离小区很近，越过一条马路就到了。看老伴在斑马线上走得急，他追在后面喊："不要急，不要急。"老伴像是没听见，急急忙忙地比任何时候走得都快。

公园里的人很多，散步的，遛狗的，运动的，一切都显得悠闲静谧。他和老伴顺着弯曲小路向公园深处走去，一路看着风中微颤的菊花、凋零的树叶，一种愁绪涌上心头。

"当初，你为什么要让闺女嫁那么远？"老伴又旧话重提。

"不是你同意的吗？"

"你可以反对呀。"

“我为什么要反对？女婿那么优秀，闺女又那么喜欢。”

这是一场“糊涂官司”，和老伴算不清。多少年了，每次想念闺女时老伴都会怪他，他觉得老伴在无理取闹。

他生气了，他非常生气，他也不明白为什么今天火气特别大。也许，真如医生说的他最近肝火旺。

他快速向前走，曲折的小路有很多岔口，他随心而走，越过花草、树木、长椅，最后在一个草坪前停下。

夜色越发浓稠，空气中有了些许秋凉。桂花林深处已是朦朦胧胧，辨不清人的身影和面孔。他的心一下子慌起来，急忙折回。

老伴最近精神状态不大好，曾对他说：“如果哪天我得了老年痴呆，迷路了，你一定要将我找回。”

沿途没有看到老伴的身影，围着公园又走了一圈，还是没有老伴的身影。

莫非老伴已经回家了？

他急急忙忙出了公园向家的方向走去，一路左顾右盼，寻找老伴的身影。

气喘吁吁回到家，各个房间找遍。老伴没回来。

看到茶几上老伴的手机孤零零地放在那里，他等不下去了，起身，关门，下楼。

小区、药店、超市、马路上、公园……一路寻来，没见到老伴。

他想喊，又怕影响别人，只能去一个个角落寻找。

他累得走不动了，瘫坐在公园的长椅上。开始自责，为什么要和老伴吵？老伴要埋怨就埋怨吧。为什么不气量大点？和老伴斤斤计较做什么？还有，出门的时候为什么不提醒老伴拿手机？

最近，老伴的忘性越来越大了，不是忘了钱包，就是忘了手机，家里的雨伞不知丢了多少把。似乎，真是老年痴呆的征兆。

想到这里，他更心慌了。

心头无力地升起一种和老伴走着走着就散了的苍凉感，这感觉让他绝望。

一行泪落下来：再也不和老伴吵架了，再也不离开老伴半步了。

颤抖着再次拨打老伴的手机，祈祷电话那头有人接。

电话响了三下，挂断了。老伴这是生气了。以往老伴只要生气就挂断他的电话，每次都是响三下便挂断。

他的心一下子放下来，笑了，笑得泪水涌出来，模糊了双眼……

（选自《衡阳晚报》2021 年 11 月 5 日）

跑堂

邵　卫

旧时，老城洋街开了一家大同春酒楼。其内跑堂苟兴旺，是个独眼，客人都叫他“瞎子狗”。

跑堂干的是伺候人的活儿，是个抛头露面的角色。大同春酒楼之所以相中苟兴旺，是因姓苟的长了眼色，更长了脑子，知道劲儿朝哪儿使。

果真！苟兴旺确确实实长了眼色，长得他刻骨铭心。起初，苟兴旺在三香斋当响堂。那日，军阀石友三部下团副，带着亲信光顾三香斋。军爷们正敞开肚皮吃喝至兴头上，传令兵一溜小跑闯入雅间，递给团副一封电报。团副阅了，抱头哭喊：“我的亲娘啊！”声音刚落，三香斋立刻一片漆黑，停电拉闸是常事，军爷们能识大体。接下，轮到响堂苟兴旺擎着大红灯笼登场了。军爷们没有注意光明，而是死巴巴盯着大红灯笼。添堵！传令兵不由分说往苟兴旺脸部狠抽一皮带：“我让你不长眼色，军爷老娘病故了，你竟敢高举大红灯笼照亮，欠揍！”仅一皮带，就抽得苟兴旺左眼直冒血。捅了马蜂窝，酒楼东家屁滚尿流头顶白蜡烛跪求军爷们饶命。不知者不治罪。军爷们不欢而散。瞎一只眼事小，得罪了军阀事大。东家快刀斩乱麻，让苟兴旺卷铺盖走人。

萧掌柜获悉苟兴旺被三香斋扫地出门后，便亲临倒运鬼的寒舍，兜圈子道："世间万物千姿百态，可看可不看，难得你睁一只眼闭一只眼。"

苟兴旺心里明镜似的，凡做饭馆买卖的，十之八九是老泥鳅，于是直截了当说："跑堂是饭馆的领头雁，他的去留能影响饭馆的走向。"

"此言我信。老弟，大同春的规矩是跑堂、案板、灶头和账房为四大支柱。跑堂的地位，甚至比大厨还要高上一筹。"萧掌柜亮出底牌。

"承蒙抬爱。萧兄，吾猴子的脑袋，八哥的嘴儿，大象的肚量，兔子的腿儿。"苟兴旺挺着胸脯。

"是摇钱树，还是丧门星，谁说也不算，让生意去表。"萧掌柜点到为止。

就这样，苟兴旺进入大同春酒楼。

不鸣则已，一鸣惊人。苟兴旺虽瞎了一只眼，并不妨碍他花腔报堂："长衫短衣均是爷，提醒后厨精神些；茶好饭好伺候好，赏银自然少不了。芙蓉海参，三不沾，酱汁鸽子飞上天。炝猪肝，熘鱼片，一只公鸡炸八块。紫苏肉，桂花虾，元宝布袋莲蓬鸭。清汆丸子，银耳汤，最后一道旦旦汤。"苟兴旺有板有眼的做派，如花绽放，一下子把客官喜傻了。

很快，许多客人就冲着苟兴旺来捧场了。一时间，大同春上下都无话说，这家伙没有把抹桌布当鹅毛扇，不使绊子，不拆台，与搭班的后厨一唱一和，处处耍得滴水不漏。比如就餐的客人议某道菜配料及调味偏差等，苟兴旺则报唱自创打油诗传递灶头："大雨哗哗打湿墙（缺盐），诸葛无计找张良（缺蒜），关羽上场跑了马（缺姜），刘备抡刀上战场（缺酱）。"这种有趣的方式，既不驳客人的挑剔，又不伤厨子的颜面，左右逢源，化解了矛盾。

生意赚得盆满钵满。萧掌柜产生顾后的念头，物色一个新学徒，小名叫"包子"，随即张罗承继苟兴旺。

苟兴旺待包子很好，叮嘱他："跑堂分哑堂和响堂。光报不唱称哑堂，而报唱结合则为响堂。包子，饭主形形色色，难免摊上讨厌的家伙，切记，不管喜鹊喳喳，还是乌鸦嘎嘎，对一个跑堂来说，热脸贴着客人的冷屁股是胜任的根本。"

包子实在不晓得天地间还有许多弯弯绕的事，只是眯着眼睛笑。

还未等包子施展手脚，就解放了。大同春酒楼实行公私合营，萧掌柜到工商联蹭了虚职。

当下，出没大同春的都是劳动阶层，穿长衫的客人渐渐少了。苟兴旺好像失了神一般。

一天，有位着中山装的顾客来吃饭，一见苟兴旺招待殷勤，格外不自在，忙起身说："老同志，现在是新社会了，人人平等，不要低声下气。"

“咦！得罪，得罪，你快请坐，人有贵贱之分，我天生就是伺候人的奴才命。”苟兴旺毕恭毕敬地说。

“不！你是国家的主人，要活得有尊严。”中山装顾客想支开他，又说，“简单一顿饭，吃了就走，你瞧，我也长有一双手。”

“这……”苟兴旺觉得天仿佛塌了，怀疑自己挑水找错了码头，他完全是一个多余的人。

自此以后，老吃家儿再也没有看见过他。

过了许多年，专写饮食志的邵同志，特意到了大同春酒楼那地方，但招牌已经更换为“厨师培训班”。接待邵同志的是包子，今非昔比，他现任烹协的会长。

包子告诉邵同志：“苟兴旺师傅七十岁左右死的，绝户头，生平不详，档案简历是空白。临死时，他一把抓住我的手说，包子，我死后……坟前点燃一只白灯笼。”

“你履行了吗?”邵同志问。

包子回答：“我办了！不是一只，而是两只很大很大的红灯笼。”

（选自《大观》2021 年 3 月上半月刊）

我家就在龙门报国寺

宁高明

白天过了一天的部队，到黄昏时，部队依然像潮水一样往台儿庄涌去。我们这家当铺叫公兴，位于徐州最繁华的街道上，支援台儿庄的部队就从我们铺子的门前经过。闲来无事，我就趴在门缝里看往北开拔的部队。

汤恩伯的部队过去了，汽车拉着重炮，夹在行军的队伍之中；白崇禧的桂军也过去了，他们清一色带檐的钢盔很别致，虽说武器简陋些，服装倒很整洁；接下来是川军，穿着颜色不一的军装，灰色和深蓝相间，背着老套筒，有个别年龄较大的，腰里还别着烟枪，长短不一，五花八门，在暮色沉沉的徐州古城，看着像乞丐一样。

我看了一会儿，感觉有点儿凉。我正要回楼上添衣服，突然传来“啪啪”的敲门声。现在兵荒马乱的，我哪里还敢开门？我站在门边，隔着门缝问：“谁呀？”

“老乡，找点儿水喝。”一个带有浓重四川口音的声音传过来。我踌躇着开了门，只见一个背着斗笠的士兵站在外边。我仔细打量了一下，他八字眉、八字胡，穿着一身单薄的军装。他迈着八字步进来了，向我打了一个恭说：“老乡，打扰了。”我慌忙倒了一杯水给他，温温的，他接了一气喝干。我又倒了一杯，他又一气喝干。我再要倒时，他摆摆手，擦一擦嘴角上的水说：“不用了。”将挎在肩膀上的枪摘下来，坐在门砧上歇息。我见他的嘴上胡子拉碴的，就问：“老哥，你多大岁数了?”

“四十六啦。”他回说。我好奇地问：“这么大岁数还出来当兵，一个月挣多少饷银啊?”

“三块。”他回说。我听了呵呵一笑说：“才三块，还不如我这个十四五的毛孩子挣得多。我在铺子里当伙计，一个月还挣五块大洋哩。”他听了从门砧上站了起来，说：“你个瓜娃子懂个甚！你知道我是哪里人不?我是四川乐至人，我家就在龙门报国寺。报国寺，你懂不?”他从怀里摸出一双袜子，往柜台上一放，说：“当袜子!”我拿在手里一摸，滑溜溜的，说了一句：“还是茧丝的呢。”

“那是。我们乐至出好茧，我们乐至的茧丝全国闻名。”他高兴地说，“这是我婆姨熬了好几个夜晚给我织的，用的全是茧丝。可我穿草鞋，哪里配穿这么好的袜子！要不是这鬼天气，我才舍不得当哩。”我听了又把袜子放在柜台上，抱歉地说：“对不起，我们关门歇业了。”

“老板呢?”他问，“我知道你个瓜娃子做不得主，让你老板出来。”我摇摇头说：“自从日本人占领济南，我们老板就收拾细软，早携着全家人躲四川去了，他让我留下来暂时看守门户。”

“天实在太凉，我只想换个夹衣穿，你个瓜娃子看着当吧。钱不够的话，我再添一些，我信得过你。”他诚恳地说，“等打完这一仗，如果能够活着，我一定会回来赎的。”我听了心里颇不是滋味，想了想说：“这是你婆姨特地给你织的，是保佑你在战场上平安的，你可千万不要当啊！”他听了一拍脑门儿说：“唉，我咋没想到这一点呢？看来给多少钱都不能当了，这是我的命啊！”他收了袜子要走，望着他一身单衣的背影，我喊了一声：“你等一等。”然后转身上了楼。

转眼工夫，我下了楼，手里拿着一双鞋子和一套内衣内裤，说：“这是我老板的，我看你和他的身量差不多，你拿着穿吧。”

“这不合适吧。要是你老板问起，你咋交差啊？”他担心地说。我说：“没事，既然走了，老板是十有八九不会回来了。”

“也行。”他坐下来试一试，鞋码稍大一些。他站起身用脚踏一踏，笑着说：“行，有总比没有强，穿上袜子就合脚了。”他道了谢，带着衣服和换下的草鞋走了。我嘱咐说：“打仗的时候别忘了穿袜子啊！”

“好的，我会穿上的。”他向我招一招手，消失在涌动的人流里。

三天后，传来台儿庄大捷的消息，全国人民陷入无比的兴奋之中。当天夜里，我睡得特别香，睡得特别安稳，没想到半夜里却传来急促的拍门声。我慌忙穿衣下床，鞋也顾不得穿，趴在门边问：“谁呀？”

“我。老乡，找点儿水喝。”一个熟悉的川音传来。我慌忙开了门，果然是他。街道上依然是潮水一般涌动的队伍，不过，这一次他们的方向却是向南。我在暗夜里给他倒了一杯水，他一饮而尽。我再要倒时，他却摆摆手，说：“不用了。”他坐在门砧上喘息了一会儿说：“谢谢你，幸亏你提醒了我，打仗的时候我穿上了我婆姨给我织的袜子。昨天我们全线反击，当冲锋的号子一响，我从战壕里一跃而起，没想到脚上的袜子一滑，我仰面跌了下去，正好有一颗子弹从我脸上飞过。如果我不跌倒的话，正好打着我的脑壳子，好悬！”我听了暗自庆幸，也为他感到高兴。

“鬼子的大部队增援过来了，如果我们不撤就被包饺子了。”他似乎还有点儿惊魂未定，吩咐我说，“小老弟，我们撤了，你也撤吧。”我听了百感交集地说：“谢谢你，正好今天早上，我接到了老板的电报，他已在成都安了家，又开了一家公兴的分号，想让我给他守铺子去。”他听了高兴地拉住我的手说：“好，好，现在四川成了大后方，你们到了那里就安全了。”我正要接话，突然外面有人喊他：“快走啊，军令紧急！”他答应着往外走，出了门还一再叮嘱我说：“别忘了，我家就在龙门报国寺，乐至县的，离成都不远，欢迎你到我家做客啊！”

我答应着追出门外，可他已经随着涌动的人流消失在茫茫的夜色里。

（选自《百花园》2021年第1期）

麦田里的掌声

彭雪梅

西西要给麦苗讲一节课。

麦田里，春雨刚过，麦苗铆劲儿生长着。放眼望去，麦田鲜亮如锦缎。

西西站在土坡上，用目光划定区域，把麦田当作自己班的教室。七行麦苗当作自己班的七排学生。她给指定的麦苗编排着学号。

麦苗迎风摆动。在她看来，那是全班学生在欢迎她。西西握紧拳头对自己说，加油！

想起前日事，西西心花怒放，一张笑脸，像六月舒展的荷花。

那天上午，西西刚到学校就被张主任叫住。“西西，这周五，头儿要听课，你准备一下吧。”

“没问题！”西西举手向张主任敬了个礼，“保证不丢脸。”她吐 下舌头，扮个鬼脸，向办公室跑去。

西西不再像往常一样，晚饭后去跑步，也不再去读自己喜欢的长篇小说。她坐在书桌旁，筛选文章，默读，查字典，翻词典，找资料，做标注，圈圈点点。扫除完障碍，设计教法，思考导语，书写教案。等她准备停当的时候，时针走过了十二点。

几天里，西西满脑子都是讲课的事。吃饭想着讲课，睡觉想着讲课，就连梦里也在讲课。

一阵风吹来，麦田波浪般起伏。一只飞鸟打眼前飘过，上下翻飞，又倏地飞向远处，留下几声啾啾，算是打招呼，以示友好。

西西冲着鸟的背影回敬一个微笑，心情如春风中盛开的樱花，舒展得意。

西西想，我该怎样走上讲台呢，这虽然不算大问题，但细节决定成败，也很有必要设计一下。

西西走下土坡，口中念念有词，左脚先上。她抬左脚，发现离讲台有点远，立马放下左脚。向前走一步。刚抬起右脚，就感觉还是先迈左脚顺势。她放下右脚。“迈左脚。”她命令自己，可抬起左脚，有点太高，显得做作。收回脚重来。她又抬起右脚，发现脚抬得太低，没登上讲台，脚就落了地。

一个老农打此路过，蹙着眉头，心想：这闺女莫非脑子有毛病？他摸出一根烟，坐在田埂上，点燃。

西西目测讲台的中点，她怕不够准确，就从讲台的左边走到右边，计算着，总共走了五步。又从右边向左边走了两步，停下来。她想：剩下半步该怎么走呢？万一走不到中点，偏离某个方向怎么办?

她取出书包中的三角板，仔细地量着讲台，找好中点，做好标记。西西昂首挺胸，面带笑容，步履轻盈地经过中点，走到讲台，正要登上讲台，又想起要先迈左脚。她后退了几步，又反复试了几次。

老农看蒙了。他想：坏了，这闺女病得不轻。于是上前提醒西西："闺女，你玩得真有意思，快回家去吧。"

西西笑着说："谢谢大伯，我还没给麦苗讲课呢。"

西西看着整齐的麦苗，好似看到全班的学生。五分钟预习环节之后，她让同学们讨论五分钟。

到了让学生展示讨论结果的时间，她微笑着提问王小强。西西走下讲台，弯腰去抚摸了一下代表着王小强的麦苗，说："加油，小强。"她面带微笑，看着那棵麦苗，停了片刻，弯腰拍了拍那棵麦苗，就像拍着王小强的肩膀一样。"坐下吧。"西西微笑着说，"王小强的回答非常正确，我们给他鼓掌。"麦苗似乎听懂了，跟着西西的掌声随风起伏。

西西又走到代表着李一鸣的麦苗前，提问。稍停片刻，西西皱了一下眉头，依然微笑着说："一鸣，你很棒的，一定能总结到位。"西西鼓励着李一鸣。李一鸣磕磕巴巴，边想边回答。"一鸣，想想全文的内容，理清思路。"西西提示，引导李一鸣做出正确的回答。西西带头给李一鸣鼓掌。"李一鸣理解到位，解答很棒，请坐下。"

待西西给学生们布置好作业，老农的掌声就响起来，连声夸好。

微风吹来，麦浪一浪连一浪。绿油油的麦苗摇动着健壮的茎叶，给李一鸣鼓掌，也给西西鼓掌。

西西伸出大拇指，给自己点个赞，脸上露出自信的笑容。她深情地注视着麦田，鞠躬。“再见，同学们。”她走下土坡，朝着麦田挥挥手，朝大伯挥挥手。

几只鸟儿在麦田里盘旋了几下，向远处飞去。

（选自《天池小小说》2021 年第 19 期）

阳台上的春天

邓丽星

春天一迈步，微信朋友圈便躁动起来。粉的、红的、黄的、米色的花便在朋友圈开放起来。六宫格、九宫格里都种满了花，有的如少女般羞羞的，遮着脸半开着；有的如蜂蝶翅膀般盛开着，蜜蜜的，甜甜的。

甄妍看着朋友圈，恍如走进了别人家花园。羡慕刚冒出头，心就蠢蠢欲动，生出看花的念头来。

微信上跳出一条验证消息，暂时拉走了她的念头。她点开，一个叫清文的微信名，伴随着“你好”，敲她的门。

看到这个名字，她的心一阵狂跳，继而有针扎般的疼痛。

她的眼前立马浮现一个男人，高高的个头，挺拔的身材，玉树临风。十几年过去，她仍熟稔如昨。

她靠在椅子上，抱住头，仿佛没了气力，又仿佛头疼。她就那么呆坐着，仿佛时间已经停息。

清文是她的初恋。十几年前的她陷入这段感情，还不懂得如何去爱一个人。她把心掏出来，只留下一个针尖大的地方，够自己呼吸，还装满了忌妒。她时刻盯着清文，一天见不到，她就各种怀疑；后来半天见不到，她就埋怨；再后来，一天见两次，她还让清文解释没见她的时候在干什么。一开始清文哄她，向她做各种解释；后来，就吵架；再后来，清文说，他很累。她也很痛苦。他们最后吵架的那天晚上，她看到清文身边有一个女孩儿，彻底崩溃，哭睡三天后，她给这段感情画了句号。

微信上敲门声再度响起，甄妍犹豫一下，坐直身子，通过了验证。

清文说，好不容易才找到你。后面是微笑，握手，玫瑰花。

她不知道如何作答，发了个微笑的表情。

清文问，幸福吗?

她从没想过这个问题。自从离开清文，她就不会思考情感问题了。想了想，她答，不知道幸福不幸福。

痛苦吗?

她想了想。没有，离开清文，她没有了激情，再也没有无我地爱过别人。跟徐川在一起，她有了自我，不再盯着他，心宽了许多，两人就少了许多矛盾。她没觉得痛苦，只能说生活平淡。

清文问她，十几年前为什么突然不理他?这么多年过去了，他一直想不明白，一直被这个问题困扰着。

明知故问，她说。还不是因为你有了别人！那天晚上我看到你和另一个女孩儿……

清文说，那是我妹妹，她从老家来，我带她转转。

她问，为什么不告诉我？

他说，怕你乱怀疑，况且咱们刚吵完架。

她默然了，心里一阵翻腾，她从来没想过是这个答案。想起后来清文用各种方法找她，还有她的决绝，心里一阵颤动。

清文说，这么好的春天，出来走走吧！带你去看油菜花，十几年前欠你的。

甄妍记起，他们最后一次吵架就是因为看花。她让清文带她看油菜花，忘了什么原因，没有成行。清文说一个理由，她反驳一个。最后甄妍说，如果你真爱我，我的事就是最大的事，你应该抛弃别的所有事，带我看花。

清文说，这和爱不爱没关系，我真的有事。甄妍认为还是清文的爱不够深，绝望地走了。晚上就看到清文和一个女孩儿走在一起。

甄妍没有回话。不知道该不该应邀出去。

清文发来十几张图片。甄妍看到一片又一片的黄，仿佛一万个太阳跳进绿海。亮闪闪的黄，扎进大地，扫过天空，裹住站在花海里的清文。

她想扑进这一片灿烂的花海里。愧疚也如这片灿烂的油菜花，铺满了身心。原来这十几年，一直是她欠着清文。

清文说，来吧！油菜花开得正旺，你不出来，就闻不到花香。

闭上眼，她想象着和清文一起看油菜花，闻油菜花香，拥抱春天的画面，仿佛回到了十几年前。甄妍知道，自己若去，肯定会延续一个春天的浪漫故事。正要回话，听见阳台上的徐川喊："妍，快来看，春天来咱们家了，多美!"

甄妍看到，阳台上一个废弃的花盆里，一棵油菜花，一瓣一瓣，一片一片，一朵一朵，一串一串，灿烂着，照亮整个阳台，仿佛春天真的飞到了阳台。

"你什么时候种的油菜?"

"这是我做菜剩的油菜根，埋在花盆里，就长出了油菜花样。这是我特意给你制造的春天！看，美吧!"

甄妍忽然心有所动，也许这才是自己独有的春天。其他的，都是别人的吧。

（选自《小小说选刊》2021 年第 23 期）

一个鸡蛋

肖永成

10岁那年，我才上小学二年级，还要与我9岁的弟弟一替一天，轮到我上学时，还要背着2岁的妹妹。

父亲是生产队队长，他对我上学，就像对社员安排劳动任务一样，我上学一走，就等于他完成了一项工作。至于我上学连书本、铅笔都没有的问题，似乎不在他考虑的范围内。没有书，可以借来晚上看；没有本，可以找来烟盒纸或牛皮纸订一本。但没有笔，就没有办法了。

在一次放学回家的路上，丁金华同学说，拿一个鸡蛋就可以到萧屯大队代销部换一支带橡皮擦的铅笔。我听了心中窃喜——我家母鸡下的蛋收存由我管，偷偷拿走一个鸡蛋是不成问题的。

这天，轮着我上学。吃了早饭，大人都出工了。我悄悄走到窗台上的鸡窝边瞅瞅，黄母鸡正颤抖着站起，不一会儿，一个鸡蛋落下。我赶紧拿在手里，鸡蛋还湿湿的、热热的。我把鸡蛋装进衣兜，背起妹妹去学校了。

到了学校，我把偷来的那个鸡蛋，放到教室前一条小沟边的南瓜叶下面。坐在教室里，我想：不能按丁金华说的，去萧屯大队代销部换铅笔，因为售货员认识我爹，要是让爹知道了，还不得挨一顿苦打呀！

我决定舍近求远，到几公里外的崔庄供销社拿鸡蛋换铅笔。

第四节体育课，我给老师说，妹妹在树底下睡着了，我要背她回家。老师信以为真，还特意叮嘱我不要玩水，直接回家。

我一边哄妹妹，一边把手伸进衣兜，用手指控制着鸡蛋在衣兜里的位置，不停地触摸鸡蛋，心里有种踏实的感觉。

我曾经跟父亲去崔庄卖过鸡蛋，记得路。我背着妹妹一直沿着沟边走，小心地翻过一座石板桥，累得我满头大汗、气喘吁吁，终于来到崔庄供销社。可能临近中午，柜台里有一个“大白脸”女营业员正对门口站着，看我背个小孩登上高高的台阶，她把脸扭了过去。

我把妹妹放下，妹妹紧紧抱着我的腿。我小心翼翼地掏出鸡蛋，捧在手里，白白的鸡蛋壳上印上了手指的痕迹。

“我……我想换一支带橡皮擦的铅笔。”

“大白脸”没有接过我手里的鸡蛋，她瞟了我一眼，又扭过头，说：“脏兮兮的，在哪儿弄的寡蛋呀？还想换带橡皮擦的铅笔，出门远远地扔了它。”

“不，不是寡蛋，是今天上午俺家的黄母鸡才下的。”

“大白脸”不再理我，一直走到柜台的最西头。妹妹看不见柜台里边的人，她大概听懂了我给营业员辩解的话，“哇”的一声哭了。我弯下腰，哄着妹妹。妹妹不哭了，我小心地把鸡蛋装进衣兜，背起妹妹往回走。

不知不觉，我又走到石板桥。我摸摸兜里的鸡蛋，把妹妹从背上放下，蹲下来，伸手捧一把清清的河水，给妹妹洗了脸，把鸡蛋上手指的印痕洗了，放在青石板上晾一晾。

“丁零零——”我抬头一看，一个穿蓝上衣、口袋里别着钢笔、肩背黄色挎包、推着自行车的中年男人要过桥，我赶紧一手拿起鸡蛋一手揽着妹妹往石桥边躲。

“小孩，哪庄的？手里拿个鸡蛋干吗？”中年男人扶着自行车，在我面前停了下来。

“萧屯的。我想拿鸡蛋换一支带橡皮擦的铅笔，营业员说是寡蛋，其实是今天上午俺家的黄母鸡才下的。”我打量那中年男人像个干部，就实话实说了。

中年男人拿过我手中的鸡蛋，仔细看了看，说：“是新鲜鸡蛋，沾上土弄脏了。咦！我咋看你像萧山水的儿子呀？”

我点点头，心里惶恐起来。妹妹也抓紧了我的手。

“小丫头该饿了吧？给，这是我省下来的白面馍。”中年男人一只手拿着鸡蛋，另一只手从黄色挎包里掏出一个圆圆的白面馍递给我。我迟疑着，不敢接。

“接着吧，我认识你爹，萧屯的生产队队长，还是劳动模范哩！”

我接过白面馍，放到妹妹的嘴边。妹妹使劲咬了一口，一边嚼一边冲着中年男人笑了。

“孩子，我姓苏，你叫我苏伯伯吧！这个鸡蛋我要了，我不白要，我拿钢笔和你换。”

说着，中年男人取下上衣口袋里别着的钢笔，塞到我手里。他那大手把我的小手和钢笔紧紧地握在一起，说：“好好学习，长大了有出息点。来，和你妹妹坐我的车子，我走大路送送你。”

坐在自行车上，我手里紧紧攥着苏伯伯给我的钢笔，耳边响起苏伯伯鼓励的话语，眼里含着泪，心中暗暗地下了决心。

“毛毛，毛毛——”刚到村北口，我就听见父亲在叫我。

苏伯伯停下自行车让我下来，示意我背着妹妹回家。他一边对我摆手，一边掏出那个鸡蛋在空中晃动着……

鸡蛋晃动的弧线和苏伯伯慈祥的微笑，永远定格在我的脑海里。

（选自《驻马店日报》2021 年 12 月 20 日）

德邻粮行

张明重

嘉庆年间，河南西南部大旱，庄稼颗粒无收，尤以豫西南赊店镇附近为重。一时间灾民纷纷拥入镇内，拖儿带女，沿街乞讨，哀号连天，弄得人心惶惶，集市大乱。

作为镇上粮行的扛把子，德邻粮行的掌柜张天德决定在镇西的寨墙外设立粥棚，每天为灾民施舍粥饭。

拿定主意后，张天德就来到位于北兴隆街的聚财粮行找掌柜马聚财商量。聚财粮行是镇上另一家有实力的粮行，经营规模和德邻粮行不相上下。张天德寻思着赈济灾民是一件大事，单凭自身一家粮行肯定不行。其他粮行规模较小，实力不行，根本没有能力应付这件事情，也就不让他们参加了。

见到马聚财，张天德直截了当地向他说明了来意。听了张天德的主意后，马聚财叫起了苦，他对张天德说："天德兄，别看我的生意做得不小，但盈余不多，至今还欠着北方粮商的货款，店里的存粮也不多，实在是没有能力撑起这个事情。再说了，在商言商，做生意就是为了赚钱，这不赚钱还赔本的买卖，只有傻子才愿意干。”张天德苦口婆心地劝马聚财和自己一起干，也算是为自己和子孙后代积一份德行，马聚财就是不答应，还说起了风凉话：“天德兄，既然是积德行善的好事，你一个人干吧。我福薄命浅，承受不住。再说了，我还想借着这个千载难逢的机会发笔小财呢。”

见劝不动马聚财，赈济灾民的事又刻不容缓，张天德决定自己干。回到粮行，张天德立即让账房先生写了几十份告示，大意是德邻粮行从明天开始在镇西的寨墙外设立粥棚，每天中午免费为灾民提供粥饭，请大家相互转告。写完后，张天德让伙计在灾民集聚的地方张贴。又让伙计们买来三口大锅和相关的物品，在镇西寨墙外支起了粥棚。

第二天上午，镇西寨墙外人山人海，挤满了从各地赶来的灾民。三口大锅热气腾腾，白花花的大米在水中翻滚。为了保证灾民都能吃到，张天德告诉伙计，三锅不够了继续熬，要加足大米的量，确保灾民们都能吃饱。

二十多天下来，德邻粮行的粮食所剩无几，已经不能满足灾民的需要。张天德就去找马聚财借粮。谁知马聚财不仅一粒也不借，还对张天德一顿挖苦。张天德只好向他买粮，马聚财趁机把粮价提高了一倍，还说你爱买不买。

赊店镇只有聚财粮行的存粮较多，别的粮行根本无力供应。为了灾民，张天德一咬牙，只好按马聚财出的价格买了。

经过这场灾难，德邻粮行彻底垮了，粮无粮，钱无钱，伙计四散。张天德只好关了店铺，靠给别人干点杂活勉强度日。

而借机发了大财的马聚财在街上碰到张天德，经常是连挖苦加讽刺，张天德只能苦笑了之。

这样过了两年。这天，张天德干完活往家走，路上又碰到了马聚财。马聚财扬扬得意地对张天德说：“人要是财运来了，拦都拦不住。这不，今年北方遭了旱灾，朝廷在我们这里高价收购粮食。我准备了银两，准备收购几万斤卖给朝廷，大赚一笔。”说完，仰着头走了。

真是造化弄人。张天德苦笑着回到家中，刚想休息一下，突然听到外面人声嘈杂。张天德出门一看，只见外面来了几十辆运粮车，上面装满粮食。张天德心想这一定是马聚财收的粮食，这个人虽然心狠，但做生意还是有一套的。

可是运粮车到了张天德面前停了下来，一个头发花白的老者来到张天德面前，双手一抱拳，说：“张掌柜，别来无恙?”

张天德一愣，他对眼前的这个老人的确没有什么印象，记不得什么时候见过他。张天德也连忙双手抱拳，说：“幸会幸会，不知您有什么事?”老者说：“我们给您的粮行送粮食来了。”张天德苦笑着说：“老人家，您有所不知，我早就不做粮食买卖了。您要是有粮食卖，还是到其他粮行去看看吧。”

老人微微一笑，说：“我们的粮食只卖给你。当年要不是您仗义施粥，我们早就埋尸荒野了。我们今天是来报恩的。”

张天德明白过来了，他激动得语无伦次，好久才说：“我就是收了你的粮食，也没有钱给你们呀!”老人说：“我们赊账，你什么时候有钱什么时候给。这不，我们把你原先的账房先生和伙计们也都找回来了。”

这时，人群中走出了几个人，正是原先德邻粮行的账房先生和伙计。账房先生上前拉住张天德的手，说：“老掌柜，我们还跟着你干。我们现在不要工钱，等生意好了再说。”回头又对几个伙计说：“伙计们，开张收粮了。”

马聚财一看德邻粮行又开张了，连忙以高出德邻粮行两成的价钱收购粮食，可是没有一个人愿意卖给他，也没有人愿意到他的粮行去买粮，他的生意一天比一天冷清，最后只好关门歇业了。

自此，德邻粮行生意又恢复了。南来北往的粮商得知张天德的事情后，都愿意和德邻粮行做生意。德邻粮行的生意越做越大，比以前还要红火。

（选自《躬耕》2021 年第 9 期）

大鹰

贺敬涛

葱郁的林木与巉岩巨石，不断变幻着怪异的形状，逐渐模糊成了一团黑雾，最终消逝在了夜色里。

沙门江像一条蜿蜒遒劲的巨龙，一头撞开伏牛山山体，奔腾的江水顺流而下，翻滚着向下游流去。夜色中，江水猛烈地冲击着两岸的岩石，发出巨大的声响，轰轰隆隆地传来。

深陷的眼窝，高挺的鼻梁，紧绷的嘴巴，瘦削的脸庞，以及经年的皱纹深深地镌刻在鹰爷的脸上，山风吹过，鹰爷静坐着，一动不动。

鹰爷收回目光，低下头：“大鹰，你在哪儿呢？”

山中的夏夜幽静、清爽、神秘。

金色的火苗像个灵动的小鹿，伴着干柴毕毕剥剥的燃烧声，在黑夜中激情地舞蹈，火星子飞起来转瞬间不见了踪影，闪烁的火光把鹰爷冷峻的身形印在岩石壁上，火堆周围弥漫着燃烧的松木清香，远处的天幕上点缀着密密的繁星和一弯月亮。

那是一个多么奇妙的月夜啊！

一只大鹰，尖利的喙，冷峻的眸子，灰褐色的羽毛，钳子一样的爪子，机警地看着鹰爷。强壮的翅膀下面露出一个小脑袋，滴溜溜的小眼睛盯着鹰爷手中的火把，那枚火把照亮了鹰爷屋子后面的小草棚。

第二天，鹰爷正生火做饭，一只毛茸茸的小东西跳了出来，是那只幼鹰，它警惕地望着鹰爷，显然是饿了。鹰爷突然想起，这几日没了老鹰的踪影。

鹰爷照料着小鹰，喂食着新鲜的山鼠、蛇、兔子，直到那天小鹰飞过大树，越过山顶，冲向蓝天。

野花遍地，树木翠绿，小鹰的身影划过蓝天，高飞，盘旋，嬉戏，低空掠过，又落在山坡上劳作的鹰爷身边，小鹰抖动着羽翼、晃动着脑袋、闪动着眼珠，与鹰爷对视着……

“砰!”清脆的枪声打破了山谷早晨的宁静，也惊醒了熟睡的鹰爷。呼，飞起一群鸟儿，惊恐地飞向了远处。

鹰爷敏捷地推开盖在身上的枯树叶，立起身，用竹筒到溪边汲了水，又从布袋里掏出干粮，就着溪水吃了，继续赶路。

山路崎岖，古木遮天，古藤缠绕，挡住了前行的路。

岩石的下面，有一股细小的烟飘起来，鹰爷走过去，火堆刚刚熄灭。“有人昨晚在这儿住过!”鹰爷下意识地攥紧了砍刀。

青山，绿水，小村，鹰与鹰爷的影像，砰然进入互联网并迅速占据了各大媒体平台，全因一个陌生摄影家的闯入。

蜂拥的长短镜头和男男女女游客从各地惊叹着啸叫着赶来，长焦特写，低位仰拍，大大小小颜色各异甲壳虫一样的汽车密密麻麻挤满了山路。

“大爹，有见过鹰吗？城里有人做标本，活的出价 1000 元哩！”不知从哪里钻出来一张竹斗笠，竹斗笠下面是张黝黑的脸，声音从那黑黄的口中飞出，身后背篓里有几只兔子、獐子，左手提着一只口袋，口袋里有活物在动，右手握着一只火铳。

“没有呢！走远些！”鹰爷厉声呵责。

“好喽，走喽。”竹斗笠悻悻地离去了，眼睛却四处寻找着什么。鹰爷走进了森林公安派出所。

这座山崖，怪石嶙峋，青藤悬挂，一路急急行走，汗水早已湿透衣服，鹰爷脱去上衣，露出古铜色肌肉，青年时的鹰爷那一身古铜色的腱子肉，吸引了多少女娃的目光。

鹰爷拉住藤条，脚踩岩石，攀了上去。

山谷中有一块巨大的岩石平整光亮，鹰爷从布袋里掏出一包荷叶，把兔肉取出放在岩石上。

天高云淡，蓝天上多了一只壮硕的黑影，矫健的翅膀掠过山巅，时而一动不动地停在空中，时而箭一样斜刺向天际，这是一只健硕的大鹰。

鹰爷将手指弯曲放入嘴中，一声口哨凌空响起，那只黑影子一个回旋，低空掠过。

“是它。已经长成了大鹰！”鹰爷快步走过去，坐在岩石中间，高扬着头，把胳膊大大展开。

大鹰一个俯冲，稳稳地落在了鹰爷不远处，眨动着白里泛黄的眼睛，注视着鹰爷。

噼啪，远处传来一声奇怪的声响，一个黑洞洞的枪口钻出树枝，瞄准了大鹰。

鹰爷倏然站起，张开双臂，将大鹰护在身后。

“轰！”一声沉闷的枪声响彻山谷，鹰爷突然感觉有一只大手猛地推了左臂一把。

“住手，放下枪！”两个身穿警服的人影扑向对面林子。

崎岖的山路上，树木苍翠，林荫蔽天，有阳光穿过枝叶缝隙投照在担架上。

“醒了。别动！”两个穿制服抬担架的森林警察轻声制止。

一个黑胖的汉子低着头，戴着手铐，垂头丧气地走在前面。

大鹰，兀立在鹰爷的身边，冷峻的眼神，尖利的喙，锋利的爪子，强劲的灰褐色的翅膀，大鹰望着鹰爷，鹰爷也望着它，人鹰对视着，一百年，一千年，像两个雕像。

（选自《江河文学》2021 年第 5 期）

两棵皂角树

亢留柱

石头和铁蛋是隔墙邻居。

好多年前，石头的姥爷在大门外种下一棵皂角树，铁蛋的姥爷也在大门外种下一棵皂角树。

那时候，农村洗衣服洗被褥啥的，都是用皂角洗。一来洗好的衣服不怕虫蛀鼠咬，再就是能省个毛儿八角就省点，过日子得掐算着过。洗法也简单，把干皂角放在大盆的温水里，用手将它掰成一小段一小段，抠出皂角籽，然后继续揉搓撕捏，直到皂角板揉搓成剩下薄薄的细网状的小片儿时，水面会泛起一层厚厚的白沫和大小不一的泡泡。用笊篱把皂角的碎末捞出，把要洗的衣服被褥放进大盆里。

这时，该干嘛干嘛，大概三四十分钟后，把浸泡好的衣服被褥放在搓衣板上翻来覆去地用棒槌捶打，接下来再用手使劲儿搓揉一会儿，最后用清水涮洗两三遍，衣服和被褥就洗好了，搭在绳子上晾晒干，收起来折叠好的时候，衣服里就有淡淡的清香透出来，甜丝丝清爽爽，很好闻。

打石头记事起，两棵大皂角树都是大人们一抱抱不住的粗。自家的树要比铁蛋家的树更粗壮些更笔直些，但铁蛋家的树冠更大些，浓荫更厚些。尤其是每年秋天的时候，铁蛋家的皂角树上便会挂满挤挤挨挨的棕褐色的皂角，风一吹哗啦啦直响，引来大姑娘小媳妇们羡慕的目光和叽叽喳喳的戏耍说笑。自家的皂角树却除了树叶还是树叶，他不懂，不结皂角的树为啥还叫皂角树。

十一岁的石头就跑回去问爹，铁蛋家的树咋结恁多皂角？咱家的树咋不会结？爹叹口气，皱皱眉，然后才悠悠地说，咱家的是公树，他家的是母树。

开始摘皂角的时候，铁蛋家的树下就像赶庙会似的挤满了男女老少。猴子般的半大小子和麻利的半大闺女们就爬上树钻进树冠里摘皂角，还边摘边嬉闹，洒落一地的欢声笑语。

石头不去凑这份热闹，呆呆地站在自家树下，孤单寂寞得就像身旁的树一样没人在意没人理会。于是他就生气就失落就埋怨，埋怨早已过世的姥爷种了棵没有用处的树。

帮忙的人多，一下午的时间就把整树的皂角摘完了。看着树下一大堆的皂角，铁蛋妈就粗嗓大门儿地喊，大家都尽管拿吧，用多少拿多少，省得我和铁蛋一家一家送，累人。言罢，就像男人般大笑，惊得一阵清风赶紧绕道飘然而去。于是，大家就毫不客气地拿来荆篮竹篮布袋儿往里装。铁蛋的脸上挂满黑黑的汗道道，脏兮兮的小手拉来一个竹挎篓，弯腰捡起皂角往里边扔。眼前的情景让石头想起年底生产队分猪肉的情景。

等大家都走了，铁蛋背上满满一挎篓的皂角送到石头面前，说，不够用了言声，俺家多的是。石头妈从门里跑出来，笑着摸摸铁蛋的头说，真乖，送恁多，足够用一年了。这时候的石头，不仅高兴不起来，心里反而有种酸酸的味道。

原本石头和铁蛋是好朋友，一起上学一起下学，星期天一块儿下河逮小鱼捉老鳖摸螃蟹，一块儿爬坡挖小蒜摘酸枣追兔子。可现在的石头却开始有意疏远铁蛋。铁蛋喊他上学时，要么他已经到校了，要么他躲在家里不应声，等铁蛋走了，他才出门上学。放学时，他总会差前错后地回家。星期天，也不和铁蛋一起下河爬坡玩儿了。有次，铁蛋堵住石头问，咋了，不想理我？石头就说，你厉害，你家的树会结皂角，俺家的树不会结。铁蛋听了，便落寞地走了，望着逐渐远去的单薄瘦小的身影儿，石头心里也怪不是滋味的。

每当石头上学放学看到两棵皂角树的时候，心里就会生出一丝怨念一丝嫉恨，还有一丝决绝。

他家坟头曾经长有一棵桃树，已经开始结桃子了。有个风水师对爹说，坟头长桃树会坏风水的，爹就说刨掉算了。风水师说，千万不可，坟头动土大忌。他告诉爹一个方法，用锥子在桃树根部沿树身四周钻六个小眼儿，将六粒花椒塞进去，用泥土把小眼儿糊上，桃树第二年自然就会枯死。

石头就想，用这办法也一定能把铁蛋家的皂角树弄死。于是，他准备钻十六个眼儿，塞进十六粒花椒。石头为此兴奋不已。

一个初冬的深夜，石头带上妈妈纳鞋底的锥子和事先准备好的一把花椒，偷偷来到铁蛋家的大皂角树下。趁着明晃晃的月光，拿出锥子正准备在大树根部钻眼儿的时候，铁蛋家的大黄狗突然狂吠起来。接着，铁蛋家的大门开始有了响动。石头吓得赶紧跑回家，心兀自突突乱跳。

第二年的春天，百草树木开始发芽，村庄田野里生出一片勃勃生机的时候，铁蛋家的大皂角树却依然光秃秃的。村里人就说，可惜这棵树了，就感叹就惋惜。石头妈说，恁多年，村里人真得她的济了，不知给咱省了多少钱。

石头看看两棵树，铁蛋家的树死灰死灰，自家的树青枝绿叶，脸上便露出久违的笑意。心里没了芥蒂的石头，主动和铁蛋亲近起来。

俩人又成了好朋友，仍然一块儿下河逮小鱼捉老鳖摸螃蟹，一块儿爬坡挖小蒜摘酸枣追兔子。朝夕相处，形影不离。村里人说，这俩娃就差穿一条裤子了。

石头也许永远不会记得，一次无意间他曾告诉过铁蛋，怎样用花椒弄死桃树。

（选自《天池小小说》2021 年第 5 期）

萝卜

王之双

太阳偏西的时候，肆虐一天的狂风困倦地停住脚步，躲到山后不见了。崔山迈着碎步从家里出来，到菜地拔个萝卜给母亲炒熟菜。刚弯腰拔一下，忽然意识到什么，触电似的愣了。恍惚间，记忆的小船载着他，悠悠地驶入岁月的长河——

三十年前，豫北农村春节前后都要请戏班子唱戏，那时候的人不图钱，只为娱乐、热闹，烘托过年的喜庆气氛。这个县和那个县的村和村之间，戏班子对掉唱，管个饭就行。

这年的秋收种麦结束，人们闲着没事，苗固村邀来了姚岭村的戏班子。中午，一个叫杏子的姑娘被安排到崔山家吃派饭。崔山是苗固村戏班子里的顶梁柱，男扮女装，把秦香莲演得惟妙惟肖，十里八村很有名气。

“你爱吃什么饭?”崔山问杏子。

杏子羞答答地说：“家常便饭，什么都行。”

每天，崔山和杏子散了戏一块回家，吃了饭一块回戏班子，慢慢地两人就不再拘束，说说笑笑没了距离。崔山知道了杏子最爱吃萝卜。她说，萝卜可以降火，保护嗓子。

重阳节这天，散戏比较早，崔山去自留地给杏子拔个萝卜调菜吃，杏子要和崔山一块去。于是，两人一前一后走在那弯弯曲曲的小路上，你一言我一语说得欢畅。崔山给杏子讲戏班里的趣事乐闻，有时还开个玩笑，不断地扮个鬼脸，逗得杏子前仰后合，两眼泪花。

崔山拣了地头一个最大的萝卜拔起来，惊奇地发现这个萝卜与众不同，下半部匀称地分成两部分，苗苗条条白白净净，像位亭亭玉立的美女招人喜爱。崔山望着杏子说："你看它多像杏儿。"杏子白皙的脸上立刻泛起了红晕。

演出结束，杏子要走了。那天晚上，崔山和杏子在村外大堤上说了很多话，直到鸡叫头遍才回了家。

第二天，崔山去送杏子，跟着拖拉机跑了许久，那种依依不舍的憨劲儿逗乐了很多人。杏子怕别人取笑，红着脸吆喝："别傻了，回去吧。"崔山就真的傻了，也不知站了多久，直到后面几匹骡马嗒嗒嗒拉着车跑过来，赶车的大个儿一个响鞭，崔山才猛然醒过来，转身无精打采地回去。

春节过去，苗固村的戏班子要到姚岭村演出。拖拉机上的几十号人昏昏欲睡，只有崔山精神十足，焦急地催促司机："跟老牛似的，就不能快点儿!"

傍晚，终于来到姚岭村。崔山下车找到杏子，杏子早已给他准备好了饭菜。

这几天，崔山和杏子总是形影不离，无话不谈。崔山说：

“嫁给我吧，杏子，以后你唱戏，我做饭，一辈子给你做最爱吃的香菜拌萝卜丝，还有萝卜片包饺子。”

杏子好久没有回答，一脸愁眉不展的样子。崔山急忙问怎么了，杏子无奈地叹了一口气：“我妈说，我们姊妹几个都是闺女，我是老大，让我往家招女婿。”

崔山顿了顿，说：“这没什么，无论你家我家都是家，只要心心相印。杏，相信我，我会一生一世陪着你！”

杏子拉住崔山的手，有些激动地说：“你妈同意吗？”

“我妈向来明事理，我想她会同意的。”崔山成竹在胸。

果然，到了腊八这天，崔山和杏子结了婚，来到了太行山下的姚岭村，夫妻俩恩恩爱爱地生活着。杏子和戏班子走南闯北地演出，崔山在家喂猪种地，把门前那片高低不平的山坡开垦成田，种上一垄垄的萝卜，绿油油甚是喜人。

后来，随着人们生活水平不断提高，家家有了电视，戏班子也就慢慢散了。杏子没了生计，回到了家，心烦意乱，看啥都不顺眼，嘟哝崔山做饭没味，老实得不会说个话，也不会到外面挣个活钱，光会看家种地出死力。崔山也不还嘴，只管锄草、上粪、挑水，一心一意摆弄他的萝卜地，三天两头给杏子包饺子。

村里一家办丧事，请来个响器班，唱到热闹处，一旁的杏子蠢蠢欲动，上台唱了一段《秦雪梅吊孝》。人老音还在，周围掌声经久不息，班里的领头也点头称赞。

翌日，杏子说到集上给母亲买药，一走再也没有回来。

有人看不下去，愤愤不平说：“崔山，亲闺女都不管了，你还不回家照应你的亲娘？”

崔山摇摇头：“闺女不争气，母亲没有错。做人不能没良心！”

几年后，听人说在浚县一个响器班见过杏子。崔山就搭车去了浚县，打听了几天，终于有了杏子的音讯，只是和响器班的头儿出去找活儿，邻居说好久没有回家。

去年春节，在省城打工回来的老郭偷偷告诉崔山，说浚县响器班那个头儿出车祸了，杏子在省城北环路给一个退休工人当保姆。

已经年过花甲的崔山用了几次劲，想去找杏子，但终究没有去。一来随着年龄的增长身体越来越不如以前，有了病，两手轻轻重重不停颤抖；血糖也高，自己买些降糖药，往往掌握不住量，有时降低了，就会浑身无力，出虚汗，难受得要命，得赶紧喝碗糖水休息会儿。二是家里还有个卧床不起的老岳母，需要陪伴照应。

这时，崔山兜里的老年机铃声刺耳地响了起来，这是他给岳母定的吃饭时间。崔山一激灵，从回忆中缓过神来，明白得赶快回去，他用力拔起萝卜，这萝卜和当年在自家菜地拔起的那个萝卜一模一样，苗苗条条白白净净。崔山想起杏子，不由得手一抖，一声脆响，萝卜下边人字形的一条“腿”断在地里。崔山用手把它挖出来，却看到两个断面同时露出两个圆圆的黑洞！

崔山把折下的一条“腿”小心翼翼地对在一起，横看竖看怎么也不像个人……

（选自《大观》2021 年 3 月上半月刊）

今天我请客

杨亚爽

下午五点半，黄秦把车停在了花园大酒店的门口，花园大酒店是镇上唯一的四星级酒店，位于镇中心。黄秦是来赴宴的。

邀请黄秦的是付拜——黄秦的老上级，不，何止是老上级，二十年前，黄秦大学刚毕业，分配在机关当了一名普通的办事员，他工作勤勤恳恳，踏踏实实。那时付书记还不是书记，只是办公室主任。付主任慧眼识英才，非常看重这位做事干练的年轻人。所以，虽然付书记已退休多年，但黄秦与他还是保持着较为密切的联系。退休在家的付书记也不忘了给黄秦出出点子，每每黄秦总是言听计从，毕竟姜还是老的辣嘛。

今天的这次宴会有点儿特别，让黄秦的脚步略显沉重。黄秦并不是心甘情愿来的，而是经过了再三考虑，才决定赴宴的。为什么呢？说来话长。前几天，镇里组织了一次招聘会，三个岗位，来应聘的人却超过了三百人。通过第一轮笔试后，有十五个人进入了面试，今天组织人事部公布了面试名单。早上付书记打电话给黄秦说，他孙子也在其中，希望黄秦能够给组织人事部门的领导打个招呼，以便让自己的孙子能顺利进入机关工作。黄秦很为难，没有答应，婉转地拒绝了。

中午，付书记又打电话来，邀请黄秦在花园大酒店碰头。这下黄秦为难了，不来吧，怕付拜说自己忘本；来吧，这俗话说吃人家的嘴软，就怕不好推掉那件事了。如此思来想去，也没想出个好的办法，只好硬着头皮前来赴宴。黄秦对于交际应酬早已是驾轻就熟，今天的心情却颇不轻松。走过玻璃门时，甚至还在想，我应该推辞说今天有接待，没空来赴宴的。

黄秦实在不敢对一个恩人说谎。他打心底里承认，付拜对自己恩重如山。想当年付拜当上了镇长，就推荐黄秦当了办公室主任。黄秦在本职岗位上大显身手，做出了很好的成绩，并没有辜负领导的期望。再后来，付镇长成了付书记，三十二岁的黄秦经付书记的提拔正式进入了党委班子，成为镇里有史以来最年轻的副镇长。春风得意马蹄疾，黄秦再接再厉，终于在三十八岁那年，坐上了镇里的头把交椅。每每忆起这些，黄秦总是觉得幸运，一股感激之情油然而生，如果没有付拜这位伯乐，再好的千里马也没有奔腾的机会。

是黄书记呀，难得的稀客。柜台前的一名漂亮的服务员小姐认出了黄秦，满脸笑迎了上来。

哦，我找付书记，他在哪里？黄秦问。

就在二楼莲花厅，刚才付书记还在这里说等人呢，原来是在等您呀。服务员说。

哦。黄秦一听到“莲花”两个字，思绪纷飞。想起多年前，付书记语重心长地对自己说，做人要正直，做官要清廉，就像出淤泥而不染的莲花，要把“为人民服务”五个字写好。

黄秦心想，我一直没有忘记您的嘱咐，可是您却忘记了。心中想着，脑海里快速闪过一个念头，黄秦随即停下了脚步，转身向服务员走去，问道，付书记那桌酒菜多少钱？

那桌是一千五。服务员回答。

我付了。黄秦掏出了钱包。

原来是您请客呀。服务员一愣，继而说道，我还以为是付书记请您呢。

黄秦从钱包里掏出一沓票子，数出十五张递给服务员，说道，对，今天我请客。说完转身，迈开大步，向莲花厅的方向走去。

（选自《小小说选刊》2021年第10期）

说书

高国顺

我的表叔叫高天成，是个盲人，会说坠子书。

1977 年的秋天，生产队仓库大院里摆上了说书摊子，一村人等着听说书。一张方桌，桌面上一把泥瓦茶壶，一只粗瓷碗，一方秤砣般大小的紫红色惊堂木。表叔熟练地从褡裢里取出胡琴，把空褡裢叠起一折铺在左腿上。立稳胡琴，表叔用指甲“铮铮”地划拉琴弦，那坠胡便“嗡嗡嘤嘤”地鸣响起来，木鱼也“梆梆”地和着板眼：“哎——嗯——，说的是，阳春三月天气晴，鲜花野草格挣挣。公子小姐出城外，游玩戏耍去踏青。俺今儿个不把别的唱，唱一个小二姐做春梦……”

“小二姐做梦”是出了名的荤段子，很对年轻人的口味，但立马遭到几个老年人的反对：“先生快换戏文！蜀黍棵里的胡吆喝，上不去客房台子。闺女媳妇一大群，听着啥来头哩！”

表叔是个灵动的人，马上改口唱道：“想听文的《包公传》，想听武的‘杨家兵’。有文有武大红袍，酸甜苦辣挂红灯。三十六部都好唱，脏唐乱宋不分明。那位说俺全忘了，谁知道，小弦子一拉俺记得清！今夜晚咱不把别的表，单表表金刀杨令公……”

生产队会计是个有私塾底子的识字人，他站起来发话：“哎哎！杨令公碰死李陵碑这一段，大伙儿都熟悉，你给它隔过去吧，专拣热闹的唱!”

表叔抱着琴，仰脸扑簌簌眨着眼，半张着嘴呆了一会儿，然后干笑着说：“那就唱热闹的吧。中间闪一大截子，可接不住气呀!”

黑影里，队长不耐烦了，嚷嚷道：“啰唆啥咧！弄得老两口子坐半夜——啥事也没办！快开正本，明早儿还得下地干活儿哩!”

瞎子表叔一听队长会计都在场，赶紧重整家什唱起来。从辽兵犯边关唱到满朝文武主战主和乱哄哄，从杨家兄妹进京打探唱到校场比武夺帅印，从佘老太君历数杨家的盖世功勋到劝穆桂英挂帅出征。正唱到穆桂英怒气难按，投下令牌要责打杨文广八十军棍，瞎子表叔煞住了唱腔。

他放下胡琴，摸索着找茶水喝，端起饮了几口，放下茶碗就伸头探问道：“大顺你过来受受劳，扯俺去方便一下吧。”

我跑过去扯起他，出仓库院子，拐过墙角，瞎子表叔边撒尿边和我聊起了庄稼收成。都束紧裤腰带了，还跟我说这方圆附近谁谁跟他是亲戚，谁谁的祖上是有功名的人，谁谁的老婆耐不住贫寒跟人跑了，谁谁搞投机倒把让人当“野驴”抓起来了……净是些陈谷子烂芝麻的事儿。

许久，表叔回到座上，摔一下惊堂木，开口念道："话说杨家将兵发边关，校场上雄兵如云，猛将如林。刀枪剑戟明朗朗寒光闪耀，龙虎牙旗呼啦啦迎风飘摆。中军帐高坐领兵元帅穆桂英，只见她头戴雉鸡烂银盔，身披连环锁子甲，怀抱尚方宝剑，好不威风凛凛！一声令下，只听号炮连声，鼓角齐鸣，那出征的战马嗒嗒一匹……"

表叔端起茶碗饮一口。

"嗒嗒一匹……"又饮一口。

"嗒嗒一匹……"又去饮茶。

有个叫"蝎虎"的年轻人高声拦住："先生，你那马队啥时候能过完哪?"

瞎子表叔笑笑说："小哥不要急呀！你想啊，马队至少得有十万骑兵，我少说一匹马，不定哪位说我不细密呢。嘿嘿，说句玩笑话。紧拉弦子快打板，一句话带过十万兵。一天才走八十里，咱叫他日行八百程……"

人堆里有几个婆娘交头接耳说："瞎子这书是厚皮包子，啃到天明也够不着馅儿！俺得起五更磨面，赶天明还要下地干活儿，这夜俺熬不起。"

几个女人拍拍屁股，扭搭扭搭走了。那个叫蝎虎的年轻人弯腰凑到自家媳妇身旁，拍拍她肩膀径自去了。小媳妇稍停一会儿，也起身随他走了。

乡里人也懂些道理，人家瞎子高声大嗓地唱着，你不耐烦听，大摇大摆走掉，多少有些不敬。所以谁起身离去，都悄手蹑脚，生怕弄出些响动来。表叔唱到月上三竿的时候，场子里的人已是屈指可数了。

表叔住在我家，说罢书我还得扯他回家去。倚在墙角下，我听着表叔的说唱声渐渐遥远，不知不觉就睡着了。

深夜的寒露把我冻醒，睁眼一看，场面上听书的人早已走得精光，唯有田寡妇七八岁的女儿秀子趴在离方桌不远的地方睡着了。

而瞎子表叔正满腔激情地唱到穆桂英大破天门阵，一张大嘴吸江吐海，唱罢宋阵唱辽阵，说过穆桂英又说萧天佐，只恨口无百舌，难状其纷繁场面。一头母猪却从院外摆搭摆搭走进来，东闻闻西看看，直走到方桌前，凑着桌子的棱角使劲儿蹭起痒痒来，把桌子上的一应家什晃荡得“哗哗”山响。瞎子表叔慌忙停下来维持秩序：“别挤别挤！谁家的小孩啊？大人出来管管也。”

母猪很识趣，不再蹭桌子，却晃悠到秀子身旁，歪起尾巴，坠下屁股“哗啦啦”尿起来。瞎子表叔听到水声很感动，连声致谢：“不渴不渴别倒茶！难得你这片好心肠！”

母猪的热尿洇到秀子身上，秀子一个激灵爬起来，揉着睡眼起身要走。此刻，表叔的戏文正唱到烧火丫头杨排风战阵上诈败，辽将紧追不舍。只听表叔断喝一声：“黄毛丫头哪里前逃！”

秀子吓得“哇”一声哭起来：“人都走完咧，你咋不叫俺走啊！呜呜……”

我跑过去哄她："秀子，秀子别害怕，先生不是吆喝你哩。"

瞎子表叔一时愣怔在那里，脸上五个窟窿一起耸动，低声惊问："没人啦？"

"有人啊表叔。要是老母猪也算一个，还有咱四个哩。"我说。

瞎子表叔挺直的身板顷刻塌下去，长叹一声说："这孩子，咋不早点儿言一声哩！唱这大半夜，不是白搭工啦！"

秀子哭哭啼啼地走了，我扯着表叔走出了仓库院子，沐着清寒的月光，拖着身影缓缓向家走去。

夜已深了，月在南天，一地霜白。

（选自《百花园》2021 年第 1 期）

信信

海　峡

森林突遭大火，陷入粮食饥荒。袋鼠维维的老婆恰在这时产下三个宝宝。维维去找看守国库粮仓的仓鼠信信，问能不能让它从国库先借些粮食。它的老婆饿得断了奶，三个宝宝快饿死了。信信态度坚决地说，按森林王国的规定，没有国王的授命，仓库里的粮食谁都不可以动。虽然我和你的关系不一般，但也不能违反规定对你做特殊照顾。

维维和信信是什么不一般的关系？和信信光屁股一块儿长大的维维救过信信的命。

那年，维维和信信都还是孩子，森林遭逢大旱，方圆几百里草枯水尽，动物们饿死无数。那天一大早，维维到乱石后大便，看到一群南迁的大雁落在乱石上歇息，雁群被维维惊动后又起飞了，留在乱石上一堆粪便。维维惊喜地发现大雁的粪便里竟有一些草籽，它捡起草籽正要往嘴里放，看到信信背着弟弟的尸体往乱石堆里扔。原来信信家早就没了吃的，它父母和弟弟都饿死了，说着话，信信一头栽在乱石堆里饿晕过去。维维就把捡到的草籽咬碎了，嘴对嘴喂给信信。

当年家人饿死的记忆，让信信时刻都有防灾荒意识，平日养成了节俭的习惯，总是努力从口里节省下来一些粮食，为的就是应付灾荒年景。从粮仓值班回来，信信就把自己平时节省下来的粮食给维维家送去了一些。

可是这些粮食很快就吃完了，维维一家再度陷入困境。老婆一定要维维再去找信信借粮，维维说它能节俭下多少粮食呀？老婆却非要它再去找信信。维维拗不过老婆，又去到信信家。维维看到信信有气无力地倒在床上，问它怎么了，信信说饿的。原来信信家里也没有一点吃的了。这时信使白鸽来传达国王指令，要信信速去打开国库放粮赈灾。信信在维维的搀扶下，摇摇晃晃去开仓放粮。

灾荒终于过去了，仓鼠信信却被实名举报曾在灾荒时私自动用国库粮食。

信信要是私自动用国库粮食，它也不至于饿倒在床。维维愤愤不平地说。

老婆白了维维一眼说，你真傻。

维维问老婆，你什么意思？

这时，门被推开了，啄木鸟奉命来调查信信的案子。

啄木鸟问维维，信信是否将国库的粮食借给了它。维维说自己是曾求信信把国库的粮食借给它，但被信信拒绝了，后来信信把自家粮食送了一些给它。啄木鸟说果然如此。又对维维说了声感谢配合，就轻快地振翅飞走了。

维维也长出了一口气，还以为是什么大事呢，原来就是因为信信把自己家的粮食借给自己的事被人误解了。

妻子说，你说得轻巧，怎么会是误解这么简单呢？

维维一想，也是，不仅仅是误解，很可能是污告呢。多少动物都盯着仓管这个工作岗位呀。

妻子摇摇头说，但愿信信能逢凶化吉。

仓鼠信信被判刑了。它为帮救命恩人袋鼠维维一家，违反王国规定，私自动用国库粮食，事实清楚，证据确凿。

维维愤怒了，信信是被冤枉的，我要替信信讨公道。

妻子说，你真傻呀，别人家都没了吃的，它家怎么会有粮食借给我们呢？它的粮食从哪里来的，谁知道呢？

它平时就十分节俭，又单身一人，为防灾荒它从口里省下粮食怎么不可能呀？维维对妻子吼道。

你对我吼有用吗？你把它借给咱家粮食的事向啄木鸟说得一清二楚，人家就得出了它有罪的结论。也只有你会相信它把自家的粮食借给了我们。

人家帮了咱，你却这样说它！

帮咱？帮咱就拿那么一点粮食？还说什么是自己节俭下来的，分明就没把你当兄弟，亏你还救过它的命呢。维维老婆撇着嘴说。

在老婆的引导下，维维恍然大悟，也是呀，当时为什么不多借些粮食给我们呢？为什么不告诉我实情，而要说是自家的粮食呢？分明就没把我当兄弟嘛。不然的话，啄木鸟来调查时，我也不会说出它曾借粮给我。是它自己害了自己。我真傻，那天我竟然以为它真饿倒在床上，原来它是怕我再向它借粮故意演戏。

只有信信自己知道，如果不是国王及时下令开仓赈灾，它会饿死的。它从来没有私自动用国库一粒粮食。

（选自《微型小说月报》2021 年第 3 期）

庄客

王振东

庄客，旧时茶庄派往外地采购或销售茶叶的人。

那时候，学徒进号，只管吃住，不开工钱。三年期满，给掌柜的进过茶、磕过头，便是号里的伙计了。从伙计升到庄客，没个十年八年，门儿都没有，有的甚至一辈子都当不上。

赵全却是个例外。

赵全自幼聪明伶俐，酷爱动脑，对什么事儿都充满好奇，总爱刨根问底，十四五岁时被人保荐到赊店大升玉茶庄当学徒，他吃苦耐劳，虚心好学，分内分外的活儿都抢着干。掌柜常士杰看到眼里，喜在心上，把他当成苗子，重点栽培。

这年，常士杰让赵全随同茶庄的徐庄客到福建崇安收茶叶，让他开开眼界，长长见识。收茶时赵全又动起了脑筋，他见收上来的茶叶都是散装，体积大，易破碎，运输肯定不便。要是解决了这些问题，运输成本将会大大降低。他一边收茶，一边琢磨，还别说，最后真让他想出了一个办法。他将自己的设想一股脑儿都对徐庄客说了，徐庄客微笑着拍了拍他的肩膀，回到赊店，就汇报给了常士杰。常士杰听了，拍案叫绝。第二年，常士杰便按赵全的设想，在崇安开设茶坊，将收上来的茶叶精制加工成茶砖，不但解决了茶叶易碎的问题，体积也大大缩小，运输成本节约了一半以上。

那年，赵全刚满十八岁。

常士杰有一个闺女，叫静秋，年方二八，生得唇如点樱，眉若墨画，目似清泓，肤胜白雪。静秋没事儿爱到茶庄玩，乍一露面儿，在场的伙计们纷纷放下手中的活计，没话找话和她搭讪，她却像没听见一样，目光只朝一个人看。赵全是既想看，又不敢看，只怯怯地窥视静秋一眼，见静秋正望着自己，目光柔柔的，似明月的清光洒在清澈的湖面上，他的目光就像一只小鹿，慌忙地逃开了。可静秋的目光却很大胆，在赵全身上抚来抚去，抚得赵全心里像揣了一只兔子，不停地蹦跶……等静秋离开，赵全会在心里嘲笑自己：胡想什么呢，小伙计一个，静秋能看上你？真是癞蛤蟆想吃天鹅肉！这样一想，赵全心里的兔子便安生了。

常士杰看在眼里，脸上露出不易察觉的笑，对着赵全，用下巴朝凳子一戳，说了声："坐吧。"

赵全一激灵，搓着手说："掌柜的，不敢！"

常士杰哼地笑了声："这都不敢，怎么当庄客？"

赵全一下子怔住了。

见赵全一时没反应过来，常士杰说："从今天起，你就是庄客了，今年由你带队去崇安收茶。"

赵全这才明白过来，赶紧抱拳推辞："掌柜的，我年纪尚轻，阅历还浅，带队去收茶叶，恐难胜任！"

"让你当，就说明你能胜任，不要推辞了。"

就这样，赵全只当了三年伙计，就升为大升玉茶庄的庄客。

过罢春节，赵全便带上银票，去了崇安。

谁知这年崇安的茶树遭了灾，茶叶几近绝收。完全靠卖茶叶解决生计的茶农，个个脸色像阴暗的天空，唉声叹气。见此情景，蜂拥而来的各路茶商一个个鞋底抹油，溜之大吉。

出师不利，赵全十分沮丧，也准备打道回府。他默默地收拾行装，脑海里却不时浮现出茶农因为没钱买粮而陷入饥饿的情景。倏地，一个大胆的想法在他脑海里闪现……他住了下来，挨家挨户走访，摸排茶农的受灾情况，决定禀报常掌柜，对茶农施以援手。但崇安距赊店两千余里，那时的通信手段只是步行和骑马，禀报掌柜并获准许，需花很长时间，茶农们还要继续挨饿。冒着被开除出庄和赔偿损失的风险，赵全当机立断，将携带的银票兑换成银子，分发给茶农，作为预付下年收购茶叶的订金。茶农对赵全感激涕零。

回到赊店，赵全扑通跪到常掌柜面前。常士杰大为错愕地说："你……这是干什么？"

"赵全不敬，做了越俎代庖之事，请掌柜的发落。"赵全磕了三个响头，向常士杰说了他自作主张的事儿。

"做得好！我就说我没有看错人嘛！"常士杰笑容满面，双手扶起赵全。

来年，崇安一带风调雨顺，茶山恢复了往日的生机。新茶上市季节，各路茶商纷至沓来，准备大收一场，弥补去年的亏空。谁知茶农却拒绝售茶。茶商大惑，问是何故。茶农们说："赊店的赵庄客还没到，所以不能开秤!"

茶商更加疑惑："为什么他没到就不能开秤?"

"赵庄客为我们茶农着想，我们不能知恩不报!"

"……我们出价高一点儿，怎么样?"

"多高也不行。"

直到赵全到达崇安，茶农们纷纷将上好的茶叶挑到他的茶坊，直到茶坊收满，才卖给其他茶商。

自此以后，茶农们每年都要等赵全到来后再开秤，并把最好的茶叶卖给他。因了这个缘故，大升玉茶庄的茶叶总比其他茶庄的茶叶上市早，且品质好，价格便宜。茶庄赚得盆满钵满。

人们十分感慨，便问赵全当时给受灾茶农发放银两出于什么动机，他想都没想，说："要想取之，必先予之。当别人遇到困难的时候，你心里要装着他们的冷暖，并施以援手，人家自然记在心上。一旦我们遇到困难，他们也会助一臂之力的。说白了，帮助别人就是在帮助自己!"

人们瞬间开窍，纷纷点头。

不久，大升玉茶庄在裕州开了一家分号，赵全成了分号掌柜。

上任那天，常士杰猛不丁地问赵全："你看，静秋这闺女怎么样?”

赵全的脸唰地红了，挠着头笑。

（选自《躬耕》2021 年第 6 期）

地图

耿永红

老将军粗糙的手轻轻摩挲着那张作战地图，眼神凝重严肃，仿佛看透了万水千山。是的，他又一次盯着那个老地方，再次讲了起来。

那是个冬天，天气真冷啊！麻花岭，第 5 号阵地，战友们趴在战壕里，一动不动，他们个个冻得成了冰的一部分、雪的一部分、土地的一部分，全身又僵又麻，没有吃的喝的，已经坚守了三天三夜，敌人不定什么时候就会再次攻打上来，而他们团接到的任务是，一定要等主力部队全部撤完才可以撤出阵地。这是一个艰巨的任务，团长拍着胸脯立下军令状，人在阵地在，不惜一切代价也要完成任务。

说到这里，老将军停顿了一下。面前的两个儿子认真听着，老伴儿也在认真听着。那些炮弹的轰响声以及战士们的喊杀声分明还响在他的耳边呢。那些战友的面孔，一双双眼睛，分明还在他的眼前浮现。

当时，团里接到通知，最后半天坚守完毕就可以撤退了。打退了敌人的又一次冲锋后，战士们已经筋疲力尽，肚中无粮，身上无棉，面临弹尽粮绝的危险境地。阵地上一片静寂，静寂得可怕。这时候，一个声音传来，同志们，我给大家吹个笛子吧！听声音同志们也知道，是团里那个一向活跃的小通讯员小猴子。这家伙活泼灵动、多才多艺，吹拉弹唱样样在行，是团里的文艺骨干。这次因为上一次战斗打得惨烈，团里严重减员，他向团长强烈要求上战场，团长被缠得没办法，拗不过他，便把他派到了这次任务中。阵地上气氛压抑得很，正需要缓解一下大家紧张的情绪，同志们自然是乐意的，于是他的笛声便在阵地响起。那是一首《渔光曲》的曲子，舒缓优美，波浪涌动，鱼儿跳跃，同志们陶醉在他的笛声中，一时忘却了眼前的血雨腥风。

打仗恁危险，他还敢吹笛子啊！小儿子问道。是的，他是一个勇敢的人。

敌人发动了最后一次疯狂的攻击。一场你死我活的恶战下来，勉强打退了敌人，同志们撤出了阵地，但整个团的战士已然所剩无几。小猴子也倒在了血泊中。那是一个多么可爱的小伙子啊，他可还是一个孩子呢，嘴上有细茸茸的毛，像一个小雏公鸡，还没真正长成大人呢！老将军说着，眼泪淌在了脸颊上。两个儿子不说话，老伴儿也不说话，屋子里陷入了久久的沉寂。老将军轻轻抚摸着那张地图，那些白雪，弹坑，小猴子，沟壑，枯树，他的优美动人的笛声，战士们的呐喊声，分明都在他的眼前呢。老将军的眼泪滴在地图上，那些一草一木、一点一滴，仿佛都在他眼前重演了一遍。

二十年之后，老将军还在讲着这个故事，只是听故事的人变成了小孙子、小孙女。两个孩子睁着懵懂无知的眼睛，好奇地听着爷爷讲着那过去的故事。老将军轻轻抚摸着那张作战地图，多年来，那些地方早已印在了他的心里，麻花岭，第5号阵地，小猴子，那首名叫《渔光曲》的曲子，始终萦绕在他的心头。小孙子、小孙女听着听着，新鲜劲儿一过去，便厌烦了，吵着闹着要阿姨带他们出去玩儿。老将军一个人呆呆地坐在沙发上，陷入了久久的沉思，直到一阵困意袭来，他睡着了。梦里，小猴子在专心地吹笛子，阳光照映在他青春的脸上，那是一张多年轻、多俊朗的脸呀，可惜在他十九岁那年，生命就画上了句号。

三十年之后，老将军依然抚摸着那张作战地图，细细说起从前——那是个冬天，天气真冷啊！麻花岭，第5号阵地，战友们趴在战壕里，一动不动……这张地图，这个故事，伴了他一生。后来，很多人都知道了老将军的这张地图和这张地图里那个叫小猴子的通讯员，他只有十九岁，便失去了生命。而到了最后，听他讲这个故事的，只有老伴儿了。老伴儿总是一动不动地陪在他身边，静静地听他讲着那些故事的细节，老将军总是记得一清二楚，他的叙述总是一丁点儿错误也不会有，而且隔着时间的河流，那些细节倒是越发清晰了。

老将军最后一次讲这个故事，是在一个军事博物馆上。军事博物馆展出了一根笛，那便是小猴子留下的遗物。馆长听说了他的故事，便请他给那些大学生讲一讲当年那场麻花岭战役中，跟这个笛子有关的小猴子的故事。他抚摸着那根笛子，然后又打开地图，轻轻抚摸着，老将军沉思了许久，才开始了缓慢的讲解，参观的那些年轻大学生认真地听着。他们的年龄和小猴子的年龄差不多，都是十八九岁的模样。

故事讲完了，馆长扶着老将军出去。馆长道，老将军，您的眼睛失明多年了，可是这地图上的人和事，都已经烙在你心里了，这地图都成了你心里的活地图了。老将军道，是啊，小猴子这么多年一直都在我心里，还是他十九岁的样子。那时候，他可是我的小通讯员，要不是牺牲了，没准儿现在能够成为艺术家呢，你不知道他那笛子吹得可真是好听啊！馆长道，是啊，这样的故事该让孩子们一代一代传下去，小猴子他们牺牲得多么伟大啊！老将军道，对，那场仗是很惨烈，全团千余人最后只活下来几十个人。而我这眼睛，就是在那场战役中受伤的，没想到老了就什么也看不见了。馆长道，老将军，希望后人都能明白您的良苦用心。

那张地图，据说后来陪着老将军的遗体下葬了。可是很多人都在传说着老将军和那张地图的故事，而且麻花岭战役的很多细节逐渐被很多人熟知。譬如那个冬天，冷得要命，小猴子给战士们吹笛子，是那首《渔光曲》的曲子，这首曲子在那场战役中曾经送走了很多年轻战士。譬如老将军的失明，再譬如老将军对着地图讲麻花岭战役的神情，都越来越被人们传颂，似乎这将是一个永远不会结束的故事。

（选自《驻马店日报》2021 年 12 月 21 日）

三重门

张中杰

午阳如泻瀑。月川铺开红对联，先左后右挥笔而就。正思横批如何遣词，饿意袭胃。

支锅添水，捡柴入灶。渑池坻坞小米与霍州小米各抓一把，管家已递过切好的红薯片。未几，粥熟飘香。东向家乡跪拜，伴着焯好盐腌的苦瓜下饭。半碗下肚，王知府飘然而至。

“渑池至霍州三日即达，先生如何用了七日？”

“沿途步行而来，初入晋地了解贵地民生风俗，故姗姗来迟！”

“不曾骑马？如此，舟车劳顿，府上已备酒宴为先生接风洗尘！”

“恕难从命。这等俗礼还是改了为妙。”

“历朝历代规矩岂能更改？置知府大人颜面于何地？”随行官员愠怒。

“去岁霍州蝗灾，今春又大旱，如今青黄不接，百姓饥肠辘辘。赴宴怕增加百姓负担，引发奢靡之风。故宁失大人颜面，也不可失民心！”月川向王知府一揖，“渑霍两地米合一而煮味道特殊，如不嫌弃一块尝尝！”

“有一干公事在身，先生忆苦思甜饭改日再用！月川言之有理，从此接风洗尘俗礼免了！”王知府望着月川门两侧“为师当阅万卷书，做官不贪一杯酒”的对联，心下叹服。拾笔写上横批“曹开好端”，转身而去。

饭毕，月川独步霍州街巷，入一茶肆。三秀才边饮边议，窃窃私语。但闻月川入晋主持乡试，一外地九品学正有何德何能典试大省大考，间以摇头大笑。

返回署衙，接吏部侍郎李大人一封修书，信言照顾其外甥，后相互照应。另有二同僚请托者持银锭与地契偏门求见。月川蹙眉，将修书弃地，吩咐拒见。

“巡抚力邀主持全省乡试，诚恐诚惶，必须看好此门。国录大计，责任重大。取士要公平，就像盖房屋，用根一朽木，必定会弃一良材。”次日早，月川主持典试五考官会，月川率先开口。

“吏部侍郎位高权重，顶头上司岂能得罪？”众考官纷纷劝止。

“师表为范，身正为端。名利若浮云，富贵如敝履，财多污人心！”月川一脸肃容，“千里入晋为国选才，位虽卑未敢忘朝廷社稷，月川一心只求公正！”掂笔蘸墨，回复吏部侍郎：“天道原是秉至公，受天明命列人中。论才若不依天道，王法虽容天不容。”一气呵成，劲直有力。信中，一枚莲子附内。

十日后，批完试卷定出名次。子夜，皓月当空，月川心如止水。试卷封皮上写“至公无私，鬼神鉴察”，月川倒头酣然入梦。

吏部侍郎至亲名落孙山，人人惊异。自此后三次大考再无人向月川说情。私下收礼的考官也将礼金一一退还。

山西参政张公景仰月川大考之门端正，挥笔写下“廉静”相赠。

公元1433年4月17日，日暮。月川正调解一民间纠纷，忽报病重夫人离世，即悲从中来，忐忑内疚。异地霍州为官25年，妻子19岁随己近40载，含辛抚育子女，夫妻相敬如宾，叶落归根，礼当魂归故土。然霍州距渑池六七百里之遥。接济家贫考生，所剩家资单程送妻归乡当够，返回自己徒步受些颠簸苦累无妨，随行者食宿杂资何来？且如自己故去，又是一番耗资折磨。

算了。既然自己说过霍州乃第二故乡，花开花谢一抔土。告知管家，按照百姓习俗，埋妻霍州。

人故去，以土、雪、落叶盖为埋。管家服侍曹端多年，情感深厚，力求良棺厚葬。

“生死赤条来去，何曾带走丝毫？思月川年俸百石，加工则需240石稻谷，耕牛2头；田间6人耕种，需要600多挑，走1200里。看似不多，养家有余。正人先正己，今若铺张，难看自家门，为人耻笑。我为霍州学正，教化于人，岂能高人一等？”

“五七”祭日，管家备好肉菜瓜果。月川视而不见。

“清风明月可为祭，何须破费！”言毕独自掩门而去。

这一夜，风疏月朗。霍州东杜苏沟村西南垣，月川跪坐妻子墓前，清泪长流至拂晓。

月川，姓曹名端，字正夫。“公廉说”首倡者，人称“明代理学之冠”。

（选自《三门峡日报》2021 年 3 月 3 日）

迷失在青春岁月里的爱情

顾振威

在驻马店的薄山湖水库参加拓展训练时，一个名叫冷艳的教练让我出列鼓掌5秒钟。5秒钟，我鼓掌8次。冷艳教练盯着我说："假如你的亲戚朋友取得了可喜可贺的成绩，请你为他们鼓掌5秒钟。"5秒钟，我鼓掌17次。冷艳教练又说："假如你的生命只剩下短短的5秒钟，你对这世界万分眷恋，而你唯一可做的就是鼓掌，请你鼓掌5秒钟。"我深深地吸了一口气，全力以赴鼓掌。5秒钟，我鼓掌28次。

冷艳教练语重心长地说："同样的人，同样是短短的5秒钟，究竟是什么原因使鼓掌次数由8次变成了28次？我想问你们的就是，在日常的生活工作中，你们全力以赴了吗？只要全力以赴，好多事情我们原应该做得更快更好！"

我记住了冷艳教练语重心长的话。

在一个花香氤氲的黄昏，我的心掠过一阵针扎般的疼痛——至今仍是孑然一身的我想起了我的一去不复返的令人伤感的青春岁月，想起了我在青春岁月里邂逅的一个名叫霜子的美丽的女孩。

第一眼看到霜子我就有一种如遭雷击的眩晕的感觉。霜子白皙的脸上一双水灵灵的大眼宛若熟透的葡萄，乌黑的头发温顺地披散在柔和的肩上。何苦再寻寻觅觅？众里寻了千百度的女孩真真切切地行走在人行道上。我按捺住心的咚咚狂跳，目不转睛地盯着她，亦步亦趋地跟着她，随她来到了人民医院。

后来我就知道相思是一种什么样的滋味，暗恋是一种怎样的痛苦了。此情无计可消除，才下眉头，却上心头。我很快就知道了让我魂不守舍的女孩叫霜子，是人民医院的护士。

为了排遣心中的忧伤和痛苦，我常在晚上呆坐在世纪广场的连椅上，盯着舞池里翩翩起舞的青年男女，脑子里想着霜子的倩影。我知道霜子美得令人头晕目眩，她就像是月中的嫦娥，可望而不可即；也如水中的莲花，可远观而不可亵玩。

后来我惊喜地发现霜子是舞池中的常客。即便是在细雨霏霏的夜晚，在秋风渐紧的时候，她也是一袭白裙，宛若惊鸿，翩翩而舞。

伤感而又迷人的旋律响起来了："扬州城有没有我这样的好朋友，扬州城有没有人和你风雨同舟……"真的好想和霜子成为能敞开心扉无话不谈的好朋友，好想牵着霜子的手风雨同舟，但霜子是天上亮亮的一轮月，闪闪的一颗星，平凡如我之流怎敢奢望给美艳惊人的霜子披上鲜红的嫁衣？

日子在淡淡的忧伤中水一样流着，从夏到秋，从秋到冬。流着，流着，霜子就成了别人的新娘；流着，流着，就流走了我的青春岁月。曾经幻想的手牵着手慢慢变老，一直把她当作手心里的宝，像是空悠悠的千载白云一样，飘逝无踪了。

扪心自问，我没全力以赴。尽管我为霜子消得人憔悴，衣带渐宽终不悔，为霜子我记住了情人节、护士节，为霜子我月光下彳亍烈日下徘徊，为霜子我夏季不知炎热冬天不知寒冷，我却是个思想的巨人行动的矮子，我写的无数首情诗都沉睡在发黄的日记里，我买的无数束鲜花都枯萎在我的床前，我在能鼓掌 28 次的时候只鼓了 8 次。尽管日里牵挂食不知味，夜里思念睡不能眠，我却没敢表白。无数次擦肩而过，鼓足勇气问出的只是你好。我小心翼翼地用矜持掩盖着自卑，用因为太爱所以怕受伤害为自己开脱。

拓展训练归来，一次借酒浇愁之后，我斗胆按下了一串熟稔的数字，颤抖着问了声："霜子，你还好吗?"

"我还好，你是月阳吧?"

我又听到如同天籁般的美妙动听的声音了。谢天谢地，她竟然还能听出我是月阳。

"我是月阳。我想问你，十多年前，我每晚都到广场看你跳舞，经常在你上班的路上遇到你。如果我追求你，你答应吗?"

一阵难熬的沉默后，我听到了如同夜露轻吻花蕊般的叹息。

"霜子，请你告诉我好吗? 这答案折磨我好长时间了，我真想知道答案。"

"知道我为什么爱到广场跳舞吗? 因为你爱到广场看人跳舞。"

霜子轻轻的话语却像是炸雷一样在我耳边轰响着。我哽咽着说："霜子，我给你背一首我在十年前写的小诗吧：生命诚可贵，自由价亦高。若为霜子故，二者皆可抛。"

专家曾言，鼓足勇气说"我爱你"，只是消耗掉三个苹果所提供的热量。在我的青春岁月里，在我最需要鼓足勇气的时候，我咋不多吃一些苹果呢？

婆家一入深如海，从此月阳是路人。得之我幸，不得我命，我命如此吗？我的心蓦地充满了惆怅、哀伤、痛苦。请君试问东流水，悔意与之谁短长？尽管已经 32 岁了，面对白云蓝天，清风鸟鸣，我懊悔得忍不住号啕大哭起来。我没全力以赴争取，我丢掉的，是一生一世的幸福啊！因为羞涩因为胆怯因为懦弱因为畏缩，我的爱情迷失了，迷失在我的一去不复返的青春岁月里了。

（选自《金山》2021 年第 8 期）

月牙弯弯

张文秀

“小雅，小雅，吃饭了。”妈妈喊了几声，没听见房间里有动静，她随手推开房门，发现小雅不见了。桌子上还留了一张字条。

妈妈后悔极了。拿起手机编辑了一条寻人启事发在微信朋友圈里。寻人启事：小雅，今年十五岁，上身穿一件红色上衣，下身穿一条黑色裙子，脚上穿一双红色塑料凉鞋，有知道此人下落者，请与我联系。定重谢！还附上一张小雅的照片，下面是一串电话号码，求朋友转发。

妈妈急忙走出家门四处寻找。妈妈走在城市寂静的街道上，不知不觉来到了小时候经常带小雅玩耍的小河边。小时候爸爸妈妈经常带小雅到城西的小河边玩耍，在小河里徒手抓小鱼。小雅和爸爸比赛谁抓得多，谁输了就刮谁的鼻子，挠谁的胳肢窝。小雅“咯咯”的笑声仿佛又回响在妈妈的耳边。

妈妈站在静静流淌的小河边，她的喊声在小河边回荡。夜风吹乱了她的头发，她捋了捋凌乱的头发，眼睛迷茫地望着小河。她曾经有一个幸福的家庭，快乐的三口之家，那时小雅已经三岁了，爸爸驮她在肩膀上，不舍得让她走路，爸爸累了，坐在草地上，小雅“驾驾”挥舞着小手，骑在爸爸的背上，拍打爸爸的屁股，爸爸在草地上爬着逗小雅开心。妈妈在一旁喊着：“加油！加油！”

小雅再有一个月就中考了，妈妈发现小雅的身体越来越瘦弱。前天学校里打来电话，说小雅晕倒了，妈妈带小雅去医院做了检查。今天，医院检查的结果出来了，妈妈随手把检查的单子放在了抽屉里，打算瞒着小雅，明天带她去治疗。

妈妈接到亲戚朋友打来的电话，问小雅找到没有，亲戚朋友都在一起寻找小雅。小雅舅舅说：“天这么晚了，还是报警吧。”妈妈说：“再找找看吧。”

舅舅和妈妈来到小公园，月光下的公园显得更加幽静，一棵棵树木，一片片花草，在月光的映照下，影影绰绰，花影团簇。舅舅喊小雅的名字，声音穿过树林。尽管妈妈和舅舅喊破嗓子，也没有小雅的回应。

三年前，小雅的爸爸在执行一次紧急任务时，为了抓获一个犯罪团伙，蹲守三天三夜，由于太累突发心脏病去世了，本来幸福的家庭一下子蒙上了一层阴云。活泼开朗的小雅一下子变得沉默寡言，精神恍惚。那年小雅没有考上市里的重点中学，上了一所普通中学，离家又远，妈妈下班后很晚才骑车去接她放学回家。上午，老师微信发来了小雅中考的模拟成绩，比上次下降了几十个名次。小雅回到家里，情绪低落，妈妈开导她，离中考还有一个月，努努力上市里的重点高级中学还是会有希望的。小雅回到房间发现抽屉里检查单上的结果，她倒吸了一口凉气，检查单上的每一个字都刺痛了她的心。她走出了家门，在月光下，徘徊，流泪，伤心。

小雅望着天上弯弯的月牙，独自行走在月光下。小雅心里清楚，自从爸爸走了之后，妈妈更加辛苦，一个人支撑着这个不完整的家。昔日的欢声笑语荡然无存，小雅多次看见妈妈偷偷流泪，小雅多次躺在妈妈的怀里伤心，她与妈妈相依为命。妈妈不仅要照顾自己，还要照顾体弱多病的奶奶，妈妈一天一天地憔悴下来。

送走了爸爸那年，奶奶伤心至极，患上了抑郁症、阿尔茨海默病，离家就找不到回家的路。爸爸是奶奶引以为豪的唯一的儿子，白发人送黑发人，奶奶的身体一下子垮了，奶奶的天塌了。

她想到爸爸三年前走的时候，弥留之际断断续续说了一句话：小雅，我走了，照顾好奶奶，还有妈妈。小雅想起爸爸的嘱托，看看现在的自己，不但照顾不了妈妈、奶奶，还要拖累妈妈。她的天顿时也塌了。

“小雅，你在哪里?”妈妈的喊声，穿过夜空回荡在寂静城市的每一条小巷里。

舅舅和妈妈开车来到城西的一片小树林里，停稳车子，走进小树林，发现了一个黑影在徘徊，妈妈大声喊：“小雅是你吗？别吓唬妈妈了。”

小雅望着天上弯弯的月牙，看着地上的团团月影，两条腿不听使唤地走着，不知不觉来到了爸爸的坟前。她坐在爸爸坟前，和爸爸说悄悄话。

“爸，我来看你来了。”

“爸，对不起，我不但照顾不了奶奶和妈妈，还会拖累妈妈。”

“爸，对不起，让你失望了。”

“爸，我得了白血病。”小雅呜呜地哭起来……

妈妈和舅舅抱住小雅，哭成一团。“小雅，再难，你还有妈妈，还有舅舅。”妈妈安慰着小雅。小雅爸爸的同事王警官和几个警察叔叔开车也找来了。“小雅，别怕，你还有叔叔们，明天送你去医院治疗。”

（选自《京九晚报》2021 年 11 月 22 日）

张小晗和她的月子中心

胡天翔

张小晗的月子中心位于榆林北路和运动场路交叉口，距郑州东站大约1公里。

雨还在下。依然是瓢泼大雨。7月20日19时，张小晗在二楼往下看，大街上的积水已漫过行人的胸口。这么大的水，还有人冒雨蹚水行走，他们想回家啊。下到一楼，看店门口站着八九个避雨的人，张小晗喊他们进了月子中心，在餐厅和接待区休息；张小晗和员工赵静拿出浴巾、吹风机，端出热水瓶；张小晗的爱人牛大义把店里的面包和麻花分给大家，还让厨房煮了姜汤，让受凉的路人喝了驱寒。

雨越下越大，进店里的人越来越多，接待区挤满了人。牛大义当过兵，参加过1998年的抗洪抢险，知道大雨不会说停就停。牛大义和张小晗在地板上、沙发上铺了被褥，大家可以躺着休息，好歹过一夜再说。

晚上20时左右，一位40多岁的父亲牵着一个十一二岁的男孩，抱着一个婴儿走了进来。他们是从云南来的，在郑州东站困了6个小时。婴儿才11个月，他们一路蹚水过来，衣服都湿透了，婴儿身上的抱被也全湿了。牛大义领着他们进了房间，让他们换衣服，休息一下。婴儿饿得哭闹不止，牛大义端来热水瓶，疲惫的父亲给婴儿冲了一瓶暖暖的奶。孩子噙着奶嘴，狠劲儿地吸完瓶里的奶，不哭了。

安顿好父子三人后，牛大义回了房间。一杯温开水，六七种药片，张小晗已备好了，牛大义端起水杯把药吃了。

看爱人吃了药，张小晗拿起手机翻微信朋友圈，看到郑州要大面积断水断电的消息。断水断电，大人还能熬一熬，婴儿就没办法冲奶粉了。张小晗知道这种闷热的天气，没有母乳的孩子喝不到奶粉会急躁，一急躁就会哭，一哭就会出汗，出汗之后就会更缺水，甚至会导致脱水。怎么办？月子中心可以提供专业护理和营养餐食啊。张小晗和牛大义决定开展救助活动。牛大义通知30多名员工第二天早晨全部到岗。张小晗在群里、微信朋友圈发布消息：唯美月子中心给哺乳期婴儿提供免费住宿。

只闭了一会儿眼，天就亮了。避雨的人走了，他们不停地说着感激的话，有的人在被子里偷偷地塞了钱。宝宝们来了，上午就来了七八个，有六七个月的，也有快满周岁的。

7月21日14时，郑州市大面积断水断电。月子中心所在的写字楼有水有电，物业公司知道张小晗在救助孩子，对其他写字楼限量供应水电，优先给月子中心供水供电。看着月子中心明亮的灯光，张小晗感到很温暖。

朋友圈的力量有限。怎么让更多需要帮助的孩子来月子中心呢？和牛大义商量后，张小晗把美团上给宝宝洗澡、游泳、月子餐、产后恢复等服务下架了，上架了1元（上架不了0元）的产品：新生儿免费入住！优先接收3个月以内的婴儿！

1元产品发布后，更多的孩子来到月子中心。7月21日17时，月子中心来了20个孩子，房间都住满了。听说有3个月的婴儿要来月子中心，没等张小晗解释完，一个刚满1周岁孩子的母亲从房间搬出来说：“让他们住吧，他们更需要帮助，我们在接待区就行。”每个人都在尽力帮助别人啊！张小晗边擦眼泪边收拾房间。她的手机响了，是美团客服打来的。他们看到张小晗发布的1元产品，想提供帮助：“你们救助别人，缺不缺什么呢？”

缺什么呢？张小晗想了想说：“缺瓜果蔬菜，菜市场被淹了，菜商的物流进不来，我们要保证给产妇的营养哩。”

“好，你们不用管了。我们想办法解决这个问题。”

7月22日10时，美团的运输车开来了。高高的车棚，一车厢的物资：除了蔬菜瓜果，还有雨衣、饮料、面包、消毒液、手电、雨伞、卫生纸，甚至女性用的卫生巾。把几筐水果蔬菜卸了，张小晗要给美团司机转款。司机说：“不要钱，一车都是送给你们的，咱们赶紧卸车吧！”一车都是送给月子中心的，大家都感动得哭了。提着一件卫生纸，工作人员赵静流着泪对张小晗说：“姐，还是好人多啊！”张小晗也哽咽着点头：“是啊，咱帮别人，也有人来帮咱哩。”

大家把物资清点一遍，牛大义和张小晗决定把大部分饮料、面包、雨衣送到社区捐赠点。他们知道抗洪一线的人更需要这些物资。物业人员来了，闲下来的员工来了，刚刚送孩子入住月子中心的父亲们来了，大家提的提，搬的搬，扛的扛，要把物资送到捐赠点。牛大义也抱起一提牛奶，被张小晗一把夺下来："大义，外面那么大的水，还下着雨，不准你去！"

看着张小晗抱着牛奶和大家走进了风雨中，牛大义搓搓手，摇摇头，慢慢地坐到沙发上。只顾忙了，牛大义都忘记自己是个患有癌症的病人。牛大义患有胃癌和直肠癌。他的直肠被切除了，2/3 的胃也被切除了，肚子上有个洞，肠子还在体外裸露着。过一段时间，他还要做回纳手术呢。

再过一会儿，牛大义还要吃药呢。

（选自《小小说选刊》2021 年第 17 期）

接头暗号

王伟锋

拂晓，老钟起床，腰里塞着短斧，悄悄摸上野马岭。

老钟隐身伏在一块大石后查看。野马岭上，血迹斑斑，可见昨夜双方交火之惨烈。但老钟仔细看了，没发现游击队的踪迹，或者有价值的线索。显然，战场被清理过。老钟暗自懊悔，自己来晚了。

昨天夜半，密集的枪声忽然响起来。老钟从睡梦中惊醒，侧耳静听，坏了，像是从野马岭传来的。没多久，枪声渐稀，零星的几声枪响过后，浓得化不开的夜，重又陷入深沉的死寂。

下山的路上，他想起一处隐秘的山洞，摸了进去。

山洞里的人，已经奄奄一息了。老钟认识，是游击队的李队长。老钟的儿子，也在队伍上。李队长几乎用尽最后的气力，交给老钟一个绣着荷叶的烟荷包，用微弱的声音告诉他，去镇上裁缝铺，接头暗语是：“今晚有出远门的大船吗？”答：“有。渡船上是新修的桅杆！”暗号对上了，就把这个烟荷包交给对方。

“要是……裁缝铺……有敌人，就去找疯……疯……”

“风什么，李队长，风什么？”

然而，无论老钟怎么呼喊，李队长再也没有任何声息了。

老钟紧紧攥着烟荷包，抹着眼泪下山。离开前，他用短斧砍来许多枝蔓，把李队长的遗体严严实实掩盖住，三鞠躬，说，李队长，对不起了，以后再给您修墓立碑。

老钟回家换了衣服，乘渡船来到镇上。

镇上倒显得平静，除了鬼子、二鬼子正常的巡逻，就是为数不多的乡亲低头匆匆购买些日用急需品。一个不知哪里来的疯婆子，拄着根竹竿，端着豁碗，“笃笃笃”在前面走，边走边对路人说：“可怜可怜我吧，给点儿吃的吧。”

老钟警惕地躲在暗处，仔细观察裁缝铺许久。

觉得没什么异样，又摸了摸腰间的烟荷包，这才决定前去接头。他压低头上的斗笠，若无其事地踩着石板路，低头慢慢向裁缝铺走去。

快到裁缝铺时，一阵吵嚷声传来。

“疯婆子，找死啊！快滚，滚远点儿！”

随着一声呵斥，只见两个衣着体面的人，推推搡搡地把疯婆子从裁缝铺轰了出来。疯婆子跌倒，手里的竹竿和豁碗摔在地上。那碗骨碌碌地，在青石板上滚出去老远。老钟吃惊地左右看看，心知有变。

老钟赶上前去，替疯婆子捡起竹竿，又把滚落的豁碗追回来。疯婆子唠唠叨叨，对着那俩人骂个没完。看到疯婆子，老钟想起了自己的老母亲，他把豁碗递过去，说："老人家，您在哪儿安歇，俺送您过去。"

疯婆子夺过豁碗，抱住，突然一把攥住老钟的手腕。

老钟一惊，看起来瘦弱的疯婆子，竟是有把子力气。

疯婆子目光一凛，迅疾低声道："别说话，跟我走！"

出镇子很远，确定安全无虞了，疯婆子才指指老钟腰间的烟荷包，举起竹竿做威胁状，厉声道："说，哪里来的？"见老钟慌乱，又压低声道："今晚，有出远门的大船吗？"

老钟恍悟，回道："有。渡船上是新修的桅杆！"

李队长的遗言里，万一裁缝铺有变，应是要他找这疯婆子。老钟遂镇定下来，将烟荷包从腰间解下，郑重地交到疯婆子手里。

"李队长呢？"疯婆子急切地问，"他怎么样了？"

老钟望着远处的船渡口："他，牺牲了……"

疯婆子无言，艰难地哽咽了一声，转身踉跄走远。

第二年，抗战胜利，镇上插遍了红旗。

渡口的老船工年事已高，老钟接替他撑起了渡船。大军南下的时候，老钟和乡亲们摇着橹，送走了一船又一船的解放军战士。看着这些年轻的朝气蓬勃的面孔，老钟就想起牺牲在前线的儿子，禁不住热泪盈眶。

夜来大雨，湍急的河水迈着铿锵的脚步奔向远方辽阔的江面。

晨光给天际抹上一把红晕，哗哗的流水声里，老钟蹲在船尾，给病中的老母亲熬中药。急剧的咳嗽声不时从船舱里甩出来，老钟听得心惊肉跳。老母亲病势严重，总不见好，老钟隐隐有些担心。

“船家，过河吗?”岸上忽听有人喊。

老钟抬头，眯起眼，隔着稀薄的河雾打量。来人穿军装，女的，有些面熟。

女人微笑道：“大哥，可找到您了。怎么，不认识了?”见老钟沉吟不语，又说：“我是李队长的爱人。解放了，想接老李回去……今晚，有出远门的大船吗?”

女人说着，用力抹了抹脸上的泪水。

老钟忽然就泣不成声了。他极力按捺起伏的心绪，站起身高声回答道：“有，有啊！渡船上是……新修的桅杆!”这句话，老钟在睡梦中，已经自问自答不知多少遍了。

（选自《小小说月刊》2021年9月上半月刊）

弈惑

阿　贵

午后，太阳伸了伸懒腰，大地一片温暖。两名年轻后生张三、李四又相约在人民公园里对弈。两人刚摆好“龙门阵”，三五成群的观棋者就围了上来，好不热闹。

张三执红棋子，李四执黑棋子。但见，“楚河汉界”将帅居中，车、马、象、士分居两侧，两炮就位，五卒一字当先守边关。

但凡下棋者都明白“谁先一步就预示着占据一步先机”。张三、李四也不例外。虽然每逢周末二人都会相约人民公园“杀”上几盘，但彼此也算是棋逢对手，胜负参半。故而，每次开局前，他们二人都不约而同地用“石头、剪刀、布”游戏来决定谁先走第一步棋子。

“石头剪刀布!”这次二人同时喊同时出手，张三出了个“石头”，李四则出了个“布”。“布裹石头”，这意味着李四赢了张三，抢先第一步。

“承让了啊!”李四微微一笑，起子第一步架起了“当头炮”，张三则一声不响地“跳马守卒”。

紧接着，李四拱卒，张三出车；李四跳马，张三飞炮；李四拉车，张三飞象……二人排兵布阵，一攻一守，互不相让，相互较劲。

在象棋中，车威力最大，无论横线、竖线均可行走，只要无子阻拦，步数不受限制。因此，一车可以控制十七个点，故有“一车十子寒”之称。

张三擅长用车，面对张三步步紧逼的“车来车往”吃子，最擅长跳马的李四心中默念“各子路上遇对手，吃时要防对手走”，一边小心翼翼化解，一边设下埋伏。

随着棋局进入白热化阶段，越来越多的旁观者就开始七嘴八舌地嚷嚷不停，有的让张三“将军”，有的让李四“马卧槽”。一时，张三、李四举棋不定，毫无思绪。

“别马腿!”一名退休干部模样的大爷拍了拍张三的肩膀提示道。

“塞象眼!”另外一位头戴礼帽的老先生，用手中拄着的“金拐杖”点了点李四的炮，拐杖迎着阳光金光闪闪地分外耀眼。

这时，有人劝说张三：“小伙子，按照王局长指示的走，他可是跟很多高手对决过，见多识广。另外他退休前可是手眼通天的高官，如果你赢了没准给你谋个一官半职呢。”

也有人旁敲侧击李四：“年轻人，我觉得赵老爷子说的棋路很有道理，他家藏着数不尽的棋书宝典。他儿子可是上市公司大老板，如果你让老爷子高兴了，说不定给你投资一个亿的‘小目标’！”

“过河的卒子顶半个车。”正当围观者你一言我一语地争论不休时，一名美艳娇娘看不下去打趣道：“输棋不气是好手，两位少年郎不如听老娘的，我给你俩做媒，保你们分分钟抱得美人归，怎么样？”

言罢，美娇娘便捂嘴咯咯笑个不停，众人起哄。

“举棋不安，不胜其耦。”突然，一名七八岁的毛头男童插话。

一语惊醒梦中人，张三、李四重拾信心，火力全开，酣战至天黑。

（选自《河南工人日报》2021 年 11 月 18 日）

编后记

编辑《2021 年河南文学作品选 · 小小说卷》，既容易又不容易。

河南是小小说大省，小小说名家灿若星辰，譬如入编的赵文辉、奚同发、江岸、曹洪蔚、司玉笙、范子平、胡炎、赵长春、侯发山、原上秋、戴玉祥、张国平等，20 世纪八九十年代就已活跃于全国小小说界，至今依然宝刀不老，佳作迭出，屡获各类奖项。新秀更是若雨后春笋，一茬接一茬崭露头角，左海伯、衣水、周亭、莫小谈、陈小庆、胡天翔、张学鹏、郑俊甫、张中杰等，“河南文学作品选 · 小小说卷”迄今我已选编 4 年，每年都有许多新面孔出现。这是编辑年选的根基，只要树起“招兵旗”，不必为稿源发愁，这是其容易处。

说不容易，是对小小说这一文学样式的把握上。小小说因其篇幅短小，情节单一，门槛低，接地气，为广大群众所喜爱，尤其是当物质生活极大丰富以后，人们对精神层面的追求日益增强，而且眼下国民的文化素养普遍提高，获取知识的途径也极为丰富，因此，“想过一把作家瘾”的人也越来越多，而小小说，无疑是他们选择的最佳途径。也正因为如此，一些作者第一次写小小说，也许就是一篇佳作。反而是一些老作者，写得时间长了，写得作品多了，又不注重提升自己，容易走进一种模式之中，重复自己的现象严重，作品缺少真情，缺少神采，像在做一场文字游戏。这样的作品尽管调皮话连篇，技巧娴熟，挑不出什么毛病，但在选编时，我更偏重于新作者的虔诚之作、真性情之作，尽管还不成熟，还存在缺憾。总之，是以质量定稿子，不厚名家，不薄新人。

因小小说的作者多为业余，来自生活的第一线，各个领域的都有，农民、教师、民营企业家、家庭主妇、公安民警、机关干部，等等，涵盖了社会的各个方面，他们的作品，是其所处生活的真实反映，具有题材的丰富性，是一场生活的“满汉全席”。迅速地反映生活，是小小说的功能和特性。因此，这本小小说年选又是鲜活的，生机盎然而又丰富多彩的。文学作品存在的价值，是其教化作用，也即古人所说的“文以载道”，具有一种潜移默化的力量，在我看来，这是选编作品的灵魂，因此，从选编理念上我注重了对民族文化和民族精神的传承问题，对每一篇作品都进行了认真审视，以确保作品的先进性，摒弃了那些颓废、无聊的作品，力求每一篇作品都能打开一扇生活之门，带读者进入一个崭新的世界。

年选的每一篇作品，都是当年在国内公开发行的报刊上发表过的，发表于往年，或登载于内资、网站、微信公众号上的作品，不在选编之列。一些刊物，尤其是专发小小说的刊物，比如《山西文学》《百花园》《大观》《小小说选刊》《小小说月刊》《微型小说选刊》《天池小小说》等，稿件占的比例较大，取舍时，就稍稍向一些地市报纸副刊作了倾斜，让更多的陌生面孔有机会出现在年选中。

编选者

2022 年 1 月 31 日

评论卷

2021年河南文学作品选

何弘 主编
孔会侠 编

郑州大学出版社

图书在版编目(CIP)数据

2021 年河南文学作品选. 评论卷 / 何弘主编 ; 孔会侠编. —郑州 : 郑州大学出版社, 2022.8
ISBN 978-7-5645-8812-0

Ⅰ. ①2… Ⅱ. ①何… ②孔… Ⅲ. ①中国文学 - 当代文学 - 作品综合集 - 河南②文学评论 - 中国 - 当代 - 文集 Ⅳ. ①I218.61 ②I206.7-53

中国版本图书馆 CIP 数据核字(2022)第 113151 号

2021年河南文学作品选 · 评论卷
2021 NIAN HENAN WENXUE ZUOPINXUAN · PINGLUN JUAN

策　　划	李勇军	封面设计	小　花
责任编辑	刘晓晓	版式设计	小　花
责任校对	暴晓楠	责任监制	凌　青　李瑞卿

出版发行	郑州大学出版社(http://www.zzup.cn)
地　　址	郑州市大学路 40 号(450052)
出 版 人	孙保营
发行电话	0371-66966070
经　　销	全国新华书店
印　　刷	河南新华印刷集团有限公司
开　　本	890 mm×1 240 mm　1 / 32
总 印 张	61.75
总 字 数	1 301 千字
版　　次	2022 年 8 月第 1 版
印　　次	2022 年 8 月第 1 次印刷

书　　号　ISBN 978-7-5645-8812-0　总 定 价:198.00 元(共六册)

目　录

contents

001 / 我与"精神生态"研究三十年

——后现代视域中的天人和解　　鲁枢元

041 / 卷首之语的质与文

——读高金光的《卷首集》　　单占生

045 / 我为什么写作?　　何向阳

058 / "在前往救赎之前"

——何向阳诗歌阅读札记　　耿占春

080 / 呼唤网络文学的新高度和新作为　　何　弘

087 / 坚守与拓新

——评李勇《呈像的镜子》　　樊洛平

091 / 青青如画　　艾　云

095 / 非虚构文学的审美特征和主体间性　　梁　鸿

113 / 蒋韵：我“跟踪研究”的一个作家　　刘海燕

125 / 文学前辈孙犁　　李少咏

132 / 洛阳人文地理与文学发展脉络　　王文参

142 / “周口人讲周口故事”时代价值研究　　任　动

158 / 像溪水一样流过

——邓红散文集《写给远方的你》印象　　王　剑

162 / 现代主义、现实批判与诗性书写

——墨白小说论　　刘宏志

184 / 论雷达“西北往事”系列散文　　孔会侠

201 / 散文文体边界讨论之回望　　刘　军

211 / 李清源小说写作的特点及挑战　　任　瑜

221 / 遍地“金枝”问苍茫

——《金枝》略论　　吕东亮

234 / 命运女神的舞蹈

——从邵丽小说《金枝》谈起　　冻凤秋

243 / 城市的文学气质及其内涵

——以李佩甫、乔叶、南飞雁的创作为例　　魏华莹

266 / 论梁鸿长篇小说《四象》的现代主义艺术创新　　徐洪军

284 / 中原乡土的精神实录与文化标本

——重读周同宾乡土散文　　郑　新

300 / 写在锄把上的诗行

——读冯杰散文集《非尔雅》　　郭艾荣

305 / 筚路蓝缕启山林　　雨　菡

311 / 一代人的记忆与寻找

——读程永新中篇小说《我的清迈,我的邓丽君》　　张中民

315 / 编后记

我与“精神生态”研究三十年

——后现代视域中的天人和解

鲁枢元

“精神生态”（spiritual ecology），无论在学术界还是日常话语界，如今都已经成为一个常用词，在诸多学术检索库中往往可以搜索到数千上百万条关于“精神生态”的信息，近十多年来每年都有三十篇左右的相关论文发布，波及的范围也已经从文学艺术延展到历史研究、宗教哲学、心理治疗、城市景观、园林规划、室内装潢、社区文化乃至丧葬习俗等诸多领域。

中文百科全书电子版中关于“精神生态”的条目中写道：“鲁枢元提出‘精神生态学’”，“这是一门研究作为精神性存在主体（主要是人）与其生存的环境（包括自然环境、社会环境、文化环境）之间相互关系的学科”，“鲁枢元从‘自然生态、社会生态、精神生态’三个层次建构起他对精神生态的理解”。从多年来发表的一些论及精神生态的文章看，也往往把“精神生态”这一“发明权”赠予我。但“精神生态”这一用语并非由我最早使用，只是它作为一个学科的概念或术语或许可以说是由我界定的。正因为如此，我感到有责任将“精神生态”的来龙去脉给公众一个交代。

一、“精神生态”的由来

据检索，“精神生态”一语在中国大陆最早见诸公开发表的文字，是1985年1月思之在《兰州学刊》杂志上发表的《有关人与文化的两点思考》，这篇文章论及“精神生态环境”时将其视为人类非物质文化的重要组成部分。接着，1985年4月刘再复在《读书》杂志发表的《杂谈精神界的生态平衡》一文中提出“我们精神界也有一个生态平衡的问题”，虽然没有直接使用“精神生态”一词，实际上却为“精神生态”的问世提供了铺垫。[①]

思之的文章我没有看到，而那段时间再复先生与我联系较多，在1985年4月7日他写给我的信中就曾谈到“深深感到在精神界也应当与自然界一样，应各有一种整体性的生态平衡”[②]。那时人文社科界还很少有人使用“生态”这样的字眼，他的这些话或许已经在无意识中感染了我，至于我在回信中对他讲了些什么，已经记不得了。

与此同时，“走向未来丛书”第一本书《增长的极限——罗马俱乐部关于人类困境的研究报告》出版发行，那段时间我正热衷文学艺术创作心理的探讨，这本书中讲到地球上自然资源的局限与人类心智的局限，为我打开了另一扇窗，以至于1987年秋天当我受中国作家协会委派赴意大利访问时，特意要求增加造访罗马俱乐部的安排。9 月 16 日上午，我们一行来到位于罗马市“猞猁学院”的罗马俱乐部总部，那时创始人奥瑞里欧·贝恰（Aurelio Peccei，1908—1984）已经去世，我们与生态文化界弗朗西斯科·加博里叶里、卢洽诺·贝代、马利尼·贝多罗三位教授进行了一番畅谈。加博里叶里教授告诉我们：“猞猁”是他们学院的图腾，这是一种富有灵性的动物，有着锐利的目光、敏捷的四肢，既能够及时觉察到环境的细微变化，又能够迅速付诸行动。罗马俱乐部的这只“猞猁”给我留下深刻印象，十多年后我出版的一本文集书名就叫《猞猁言说》。

现有资料显示，我最初讲到“精神生态”是 1989 年暑假期间在张家界举办的全国第二届文艺心理学研讨会上的总结发言：

> 文艺心理学的学科建设必须重视人的生存状态，包括人的“自然生态”和“精神生态”，尤其是人的“精神生态”……近些年来，中国人的“精神生态”正在恶化，这种恶化是由于严重的生态失衡造成的。在生存的天平上，重经济而轻文化、重物质而轻精神、重技术而轻感情，部分中国人的生态境况发生了可怕的倾斜，导致了文化的滑坡、精神的堕落、情感的冷漠和人格的沦丧。③

这篇讲话将“精神生态”与“自然生态”并提，突出了“精神生态”的独立地位。此后，我便渐渐开始关注生态问题。

1990 年夏天，我带领两位硕士研究生到西北地区进行田野考察，出函谷关、潼关，过西安、走铜川，谒黄陵，访榆林、米脂，驻足延安。一度进入毛乌素大沙漠，由于天气炎热、饮水耗尽，只得草草收兵。在山城佳县由桃花渡口过黄河取道山西太原返回郑州。这次考察重在风土人情，同时也接触到民间底层的自然生态、社会生态与精神生态。归来之后有《西北纪行》一文发表。这年10月，德国学者赫伯特·曼纽什的《怀疑论美学》中文版新书发布会在北京举行，由于我曾接待过这位学者，在《文艺研究》杂志发表的一篇文章被附在书后，所以被邀请参加。参会的除了出版界的领导，还有哲学界、美学界的前辈学者张岱年、马奇、蒋孔阳、敏泽等人。《中国图书评论》的综述报道以“要关注人的精神生态”为标题概括我的发言：“应该关注到人类生存状况，尤其人的精神生存状况，即精神生态。”④

我一生从事学术研究没有什么严密规划，往往是受当下时代生活中某些事物或现象的诱发，凭着自己的直觉与兴趣有意无意间抓住某个话题从而延展开来，就像一棵树，你不知道它会从哪里长出一根枝杈。关于“精神生态”的由来也是如此，说来也许近乎传奇。

1980年代末、1990年代初，在一次山间行路时偶和一位老僧闲聊，老僧固执地说：人类生存的这个南瞻部洲，原本足以使八百亿人口安居乐业，现在之所以不行，不是土地有限，而是人心坏了。老僧提到的“土地”和“人口”，无疑是现代生态难题中常说的两大因素，但在“土地”与“人口”之外，老僧又引进一个变量——“人心”，让我心头一震！人心是什么？不就是人的需求、欲望，人的价值取向、信仰理想、审美偏爱，即人的精神世界！看来“人心”绝对是生态学应该关注的大问题。

再一个故事，是1990年代初，深圳刚刚开放，我独自一人在火车站附近徘徊，星河般灿烂辉煌的霓虹灯、高射灯，密集的飞驰而过的轿车、摩托车，琳琅满目堆积如山的各类商品货物，扑面而来的浓烈的汽油味、烧烤味、脂粉味、汗渍味，让我真切感觉到巨大的物质与能量昼夜不息地在两极间涌动：一极是公司、银行、股票、期货、谈判、合同等所谓“生意场”，一极是餐厅、酒吧、桑拿、夜总会、游乐中心等所谓“娱乐场”。一端是惨淡经营，一端是恣意享乐。货币的沟通取代了心灵的沟通，电磁波的联系取代了骨肉亲情的联系，操作的成败掩遮了人格的优劣，性的商品化取代了爱的升华。颇具象征意味的是：街头的“医药店”在急剧增多，畅销的药物一类是补药、春药，一类是治疗花柳病的特效药。现代都市人的内在机制陷入了“高物质消耗的低劣循环”的怪圈里，在这样一条汹涌澎湃的物质流中，人生的价值与意义何在？

生态危机的深层原因或许是人的精神危机，环境的污染源于人的内在心性发生了病变，自然生态治理的关键在改变人类自己的精神状态。受此刺激，我写了一篇题为《说鱼上树》的文章发表在《光明日报》上。其中的“说”读“shuì”，“规劝”的意思。虽是一篇随笔，我倒是愿意将其视为我的“精神生态”

宣言，现摘其要如下：

> 解救自然生态的危机光靠发展科技与加强管理不行，还必须引进一个与人类自身内在价值系统密切相关的概念：精神生态。
>
> …………
>
> 为什么不能让心灵的清纯来抑制一下物欲的骚乱？为什么不能以精神的升腾来唤起世事的沉沦？为什么不能以情感的丰盈来填补技术的空洞与单一？为什么不能以创造的光辉来改变一下生活中的确定性与重复性？当代文化应当更多地关注人的心灵世界、人的内宇宙，开发人的精神资源，调集人的精神能量，高扬人的精神价值，促进人类健康良好的精神循环，给困顿于池塘中的鱼儿插上精神的翅膀，帮助身处世纪末的人类完成划时代的转换。⑤

1994 年，我离开中原腹地南下海南岛，其中一个重要原因便是我要到一个生态状况良好的地方从事生态研究。

1995 年 10 月，我在海南大学社会科学研究中心创建“精神生态研究所”。11 月，应邀参加海峡两岸文学家在山东威海举办的“人与大自然——生态文学研讨会”，研讨会由原文化部部长王蒙与中国台湾文坛领袖齐邦媛召集，原国家环保局局长曲格平莅临致辞，两岸的重要作家都在会上。我做了题为《生态困境中的精神变量与“精神污染”》的演讲，指出了“精神”乃地球生物圈中的重要组成部分，“精神污染”的危害丝毫不亚于“环境污染”。

1998年11月，生态文化随笔集《精神守望》由东方出版中心出版。在这本书的序言中，我借西方“疯牛病”大流行的话题，强烈呼吁人们关注精神生态的存在：

> “疯牛病”，罪魁祸首不是牛，是人。当人把牛弄疯了的时候，自己也已经失去了健全的神经。
>
> 生态危机已透过生态的自然层面、社会层面渗入人类的精神领域，人的物化、人的类化、人的单一化、人的表浅化，意义的丧失、深度的丧失、道德感的丧失、历史感的丧失、交往能力的丧失、爱的能力的丧失、审美创造能力的丧失，都在日益加剧。这种精神生态方面的危机，反过来又助长了整个地球生态的颓势。拯救地球，恐怕还必须从改善人类的精神状况开始。⑥

这本书得到许多读者的共鸣，出版社也一再重印、再版。前辈学者钱谷融先生在《文汇读书周报》发表专文对“精神生态”的说法予以肯定，并表扬“这既是一本具有深邃思想的学术著作，又是一本抒发性灵的优美散文”⑦。

1999年1月，《精神生态通讯》作为一本学界内部交流的出版物，在海南省社会科学界联合会的直接指导下创办，并得到中国“自然之友协会”创会会长梁从诫、中国环境文学研究会秘书长高桦的支持与鼓励。8 月，我国“首席生态哲学家”余谋昌先生在《通讯》上发表文章，肯定了精神生态研究“具有重要意义”，并与我就“精神生态还是生态精神”这一问题展开商讨。作为一个生态哲学的门外汉，20 多年来我从他那里接受了太多的教益。

2000 年，中国社会科学院科学技术和社会（STS）研究中心筹划的“生态文化丛书”出版，曲格平、邢贲思、厉以宁分别作序，我的《生态文艺学》为其中的一部。书名“生态文艺学”是出于丛书建设新学科的统一要求，而我自己的心思却在“精神生态”上，这在该书的“后记”中已做出说明。应该说，这本书立论的支柱、论证的核心是我对“精神生态”的长期思考。在全书上下两卷十四章的书写中，涉及“生态学的人文转向”“地球精神圈”“世界复魅”“精神生态”“生态学三分法”“现代人的精神病症”“开发精神生态资源”“后现代是生态时代”等话题，我的初心颇有些自不量力，那就是建立一门“精神生态学”。这本书的面世，意味着我关于“精神生态”（spiritual ecology）的探索已经开始进入“成型”阶段。

二、生态学三重性与精神生态的内涵

我最初看到的一部生态学词典，其中不但没有“精神生态”的条目，也没有“自然生态”的条目，这让我很是困惑。[8]后来我才渐渐悟出，在早期的生态学者们的知识空间里，生态学被定义为“研究生物体与其生存环境之间的关系的学科”，其中生物体即动物、植物、微生物；环境即物理环境与生物环境。生态，就是自然生态，“生态学”就是一门严谨的自然科学。而人类似乎只是生态学之外的一个研究者。

生态学长期忽略了人也是生物，也是地球生物圈中的一员。这种情形直到人类面临的环境污染越来越严重、生态灾难频频发生时，学术界才开始认真地审视人类自己的生态属性，“人类生态学”“社会生态学”渐渐进入学术界的视野。美国女记者瑞秋·卡逊（Rachel Louise Carson，1907—1964）的《寂静的春天》的出版成为生态学“人文转向”的里程碑。

人被列入生态学研究对象，而且迅速上升为主要研究对象，这个对象与其他生物体，比如蝴蝶、鲸鱼、松树、苔藓、大肠杆菌等相比既同属于自然界的生命体，也有不尽相同的地方，如人类拥有更突出的社会属性、精神属性。那么，在如今的地球生物圈内，除了“自然生态”之外，还应该存在着“社会生态”“精神生态”，我将其称为生态学的“三分法”。显然，“三分法”并不是要把三者拆离开来，恰恰是要在地球生物圈的有机整体中，深入考察其位置、属性、功能、价值，以及三者之间的相互作用。

作为思维方法，“三分法”比“二分法”更周全，历史也更悠久。在《生态文艺学》一书中，我关于精神生态的立论便是建立在“生态三重性”基础之上的。当时，有两位思想家的说法对我有很大的启发：一是中国的梁漱溟，他是活学活用

“三分法”的大师，他提出的“三种文化”“三条路向”“三种人生态度”都影响了后世。在《东西文化及其哲学》一书中，他指出一个民族的生活不外乎三个方面：

> （一）精神生活方面，如宗教、哲学、科学、艺术等是。宗教、文艺是偏于情感的，哲学、科学是偏于理智的。
>
> （二）社会生活方面，我们对于周围的人——家族、朋友、社会、国家、世界——之间的生活方法都属于社会生活一方面，如社会组织、伦理习惯、政治制度及经济关系是。
>
> （三）物质生活方面，如饮食、起居种种享用，人类对于自然界求生存的各种是。[9]

后来他在《人心与人生》一书中提出的“人生三大问题”，即人对物的问题、人对人的问题、人对自身生命的问题，这些都成了我构建自然生态、社会生态、精神生态三重生态架构的重要依据。

另一位是德国思想家马克斯·舍勒（Max Scheler，1874—1928），我在撰写《生态文艺学》时，他的精神现象学学说给予我许多启示。他在《论人的理念》中也曾试图从人与上帝、人与历史、人与自然三个方面对人的存在做出鸟瞰式、全方位的考察。[10]

地球生物圈中果然存在一个“精神生态”层面吗？以往的

生态学只承认地球上存在着岩石圈、水圈、大气圈、土壤圈、生物圈，随着人类活动对地球生态状况影响的加剧，生态学界渐渐意识到地球上还存在一个与人类活动密切相关的“圈”，欧洲与苏联的一些学者称其为“社会圈”“技术圈”“智能圈”；而我特别关注的是20世纪前期常年在中国从事学术考察的法国古生物学家夏尔丹·德日进（Pierre Teilhard de Chardin，1881—1955）提出的“精神圈”。起初，我只是在G.R.豪克的《绝望与信心》一书中看到德日进关于“精神圈”的只言片语：地球上“除了生物圈外，还有一个通过综合产生意识的精神圈”，精神圈的产生，是“从普遍的物质到精神之金”的变化结果，是通过“信仰”攀登上的“人类发展的峰巅”，它体现为“对世界的信仰、对世界中精神的信仰，对世界中精神不朽的信仰和对世界中不断增长的人格的信仰”。[11]《德日进集》在中国出版后，我才看到他关于“精神圈”的更多论述：

在精神圈的透视里，时间和空间都真的人性化了——或应说是超人性化了。宇宙全体和位格绝不互相排斥，他们是提携并进，同时达到巅峰。

由于有分子、细胞、种系支干的封闭化学才会有生物圈或精神圈。生命和思想的呈现与发展都不只是偶然的，而且是有结构的，与大地物质的轮廓及命运都是息息相关的。

一种无限进步的见解是会与精神圈的汇聚性质冲突的，

正确的说法应当是把它描绘为是一种超越现有可见世界的向度与架构所得来的欢愉。⑫

德日进为我的精神生态研究提供了重要依据，在我们生态文化研究中心的研究室里，他的照片与梭罗、卡逊、利奥波德以及杜亚泉、梁漱溟的照片悬挂在一起。那一年，来访的美国德日进研究会主席约翰·格瑞姆夫妇看到后竟感动得热泪盈眶！

我在1990年代为什么选取“精神生态”作为自己的研究对象？细想起来，除了时代现实生活的刺激，还和我此前从事的文艺心理学研究有着内在联系。整个1980年代，为了科研与教学的需要，我曾经下了些功夫梳理西方现代心理学史，出版过专著《文艺心理阐释》，从这本书中可以看出我对机能主义心理学、精神分析心理学、格式塔心理学情有独钟，这些学派的核心观念是整体性、有机性、流动性、内在性、创化性，正是这些心理学的理论与知识为我打开了通往精神生态研究的门径。

除了西方关于“精神”的学说，我的天性似乎更容易吸纳中国古代哲学中关于“精神”的阐述。在中国，“精神”一语源自道家学术典籍，最早见诸《庄子》。《庄子》成书之前，《周易》《老子》中已经有了“精”与“神”最初的观念；《庄子》问世之后，《淮南子》《说苑》《列子》对“精神”的阐发臻于完善。精神是一种玄奥微妙的宇宙基质，精神与形骸相对，是一种形而上的存在。“精神四达并流，无所不极，上际于天，下蟠于地。化育万物，不可为象，其名为同帝。”（《庄子·刻意》）“精神”这种充盈天地间的“生机”与“灵气”，在人身上得以集中体现，人死之后，“形返于气之实，精返于气之虚”，生命不过是又返回诞生之前的自然状态。然而，真人、至人的精神并不随着肉体的化解而泯灭，却可以“精而又精”“反以相天”“上以益三光之明，下以滋百昌之荣，流风荡于两间，生理集善气以复合”。（王船山：《庄子解·卷十九》）由此可以看出，在中国古代哲人那里，“精神”是宇宙间一种形而上的真实存在，是一切生命的基质与本原，是人性中流动着、绵延着、富有活力的构成因素。“清醇的精神”可以君临于有形者之上，甚至在个人的体外流传，施惠于天地人世间。这些前现代的哲学精神似乎更具备生态学的品位。

为了回答学界人士对于“精神生态”的疑问，当《生态文艺学》出版面世之际，我特意在《精神生态通讯》上对这一术语做出如下阐发：

> 人的存在，可以划分为三个层面：生物性存在；社会性存在；精神性存在，分别体现为人与自然的关系、人与他人的关系、人与自我内心世界的关系，三个层面既密切相关联，却又不等同，更不能相互取代。因此，人类的生存便拥有自然生态、社会生态、精神生态三个层面。
>
> 精神属性，是人作为人的重要属性。精神的主要内涵包括人的情绪活动、思维活动和意志活动，集中体现为人的价值取向、反思能力、宗教信仰、审美偏爱。精神作为

人类的一种创生着、运动着、变化着、绵延着的生命活动，具有内在的能量吞吐转换机制，与其所处环境感应互动。它本身就是一个充满生机与活力的开放系统，一个“生态系统”。生活的质量、生命的价值、个人的幸福感，其实在很大程度上取决于这一生态系统的良好运转。

在地球生态系统中除了“岩石圈”“水圈”“大气圈”“生物圈”，还存在着一个“精神圈”。人类发展至今，精神作为人的一种自主的、能动的生命活动，已经对地球生态系统产生了巨大影响，并且仍在继续施加更大的影响。在工业时代，人类的精神已经成为地球生态系统中几乎占据主导地位的因素。

在现代社会中，自然界的生态危机与人类社会的精神危机是同时发生的。在自然环境遭受污染的同时，精神也在蒙受污染；在植被破坏、水土流失、酸雨成灾、大地荒漠化、物种锐减、资源枯竭的同时，人的物化、人的类化、人的单一化、人的表浅化、人的空心化、人的粗鄙化的进程也在加剧；人的信仰与操守的丧失，道德感与同情心的丧失，历史感与使命感的丧失也在日益加剧。精神生态学是一门研究作为精神性存在主体的人与其生存环境（包括自然环境、社会环境、文化环境）之间相互关系的学科。它一方面关涉精神主体的健康成长，一方面关涉地球生态系统在这一精神变量参与下的良性运转。

精神生态学研究的目的在于：（一）弄清精神生态系统

的内在结构及其活动方式，促进个人精神生活乃至整个社会精神取向的协调与平衡；（二）把“精神因素”引进地球的整体生态系统中来，从人类自身行为的反思出发，重新审视工业社会的主导范式、重新调整现代人与自然的关系，为日趋绝境的生态危机寻求一条出路。[13]

这或许可以看作我为创建“精神生态学”草拟的一个提纲。但此后我再没有为促进这门学科建设付出更多的努力，这可以说是我自认功力不抵的有意退却，也或许是因为我隐约感到在生态领域就做不出这门学科。

不过，我对于精神生态的关注并没有停止，而是希望尽力将自己的思考与时代、与现实联系得更紧密一些。

三、精神生态研究与精神救世的文化传统

《生态文艺学》（即原写作计划中的“精神生态学引论”）在2000年出版面世，引发了国内学界更多人对“精神生态”的关注。大数据显示：关于“精神生态”的研究，2000年遂成为一个显著的“拐点”，从这一年开始，有关“精神生态”的研究成果逐年上升，发表的论文每年都在30篇左右，最高年份为2012年，达到50余篇。[14]

生态学是一门实践性很强的学科，精神生态的研究也不例外。我本来就不是一位合格的学院派学者，加之出身底层社会，

内心总有一股匡时济世的冲动，而一介书生实在又做不成什么事情，唯一能够做的是将“精神生态”的理念运用到对于“历史经验”的梳理与阐释上，以期对当下社会发展提供某些参照。

在中国以及东方文化中原本存在着“精神救世”的传统。为了弄明白历史的真相，我一度针对中国学者杜亚泉、印度诗哲泰戈尔的思想遗产做了些功课。

20 世纪初，中国社会风雨飘摇，中华民族面临重大选择的关头，知识界曾展开一场“实业救国”还是“精神救世”的大论战。前者尊崇科学技术的伟力，力推物质主义、实用主义、功利主义，以开发自然、发展经济、积累财富、富国强兵为鹄的；后者则倡导珍惜自然、抑制物欲，注重文化教育，促进文明建设，以健全的国民精神自立于世界之林。前者的代表人物是陈独秀、胡适，后者的代表人物便是时任《东方》杂志主编的杜亚泉。论战的结果是前者大获全胜，中国历经曲折终于走进工业时代，走上富国强兵的康庄大道。以“精神救世”的杜亚泉最终连自己也没有得救，贫病交迫老于林泉，很快被时代遗忘。

然而，近百年过去，社会的物质产品进入极为丰富的时代，而人们的精神生活却没有得到改善与提高。精神生活的堕落成为整个人类世界面临的问题，诸多知识精英纷纷做出如此判断：文学家乔依斯说：“与文艺复兴运动一脉相承的物质主义，摧毁了人的精神功能，使人们无法进一步完善。”“现代人征服了空间、征服了大地、征服了疾病、征服了愚昧，但是所有这些伟大的胜利，都只不过在精神的熔炉里化为一滴泪水！”[15]哲学家海德格尔说：地球变成了一颗“迷失的星球”，而人则被“从大地上连根拔起”，“丢失了自己的精神家园”。[16]被爱因斯坦誉为当代圣人的阿尔贝特·史怀泽说：“我们文化的灾难在于：它的物质发展过分地超过了它的精神发展。它们之间的平衡被破坏了”，“在不可缺少强有力的精神文化的地方，我们却荒废了它”。[17]系统论的创始人贝塔朗菲更直截了当地说：“简而言之，我们已经征服了世界，但是却在征途中的某个地方失去了灵魂。”[18]

杜亚泉作为中国早年一位注重调适渐进的启蒙思想家，从一开始就注意到单一向度的刺激消费发展经济，将破坏物质与精神之间的平衡，给社会带来难以挽回的损伤。物质主义、消费主义、拜金主义源自西方现代社会的经济体制，这种经济体制是有缺陷的，并不完全适合中国的国情。

一百年前的杜亚泉虽然并不具备清晰、明确的生态学理论知识，但他已经预感到地球资源有限，消费不是无止境的，消费不应成为少数人谋取金钱与财富的手段，而应当服务于人民大众实际的生活日用。他指出：奢侈型消费无端损耗了珍贵的自然资源，结果反而招致国民精神破产，“人生在世，决不仅以解决衣食住等物质生活，毕其生活能事，如道德、科学、艺术等，均为吾人精神生活的要求。此等精神生活，当不受物质生活的拘束，独立进行，自由表现”[19]。针对中国社会在1911年鼎革之后呈现的种种“精神破产之情况”，如权利竞争、唯利是图、贪享奢侈、纵情食色、改节变伦不以为羞、投机钻营自以为智，他厉声惊呼：“吾国之鹤（指精神追求），已毙于物质的弹丸之下矣！”[20]杜亚泉不相信仅仅依靠“科学”与“实业”就可以救中国，继而提出“精神救国论”。“盖近数十年中，吾国民所倡导之物质救国论，将酿成物质亡国之事实，反其道而药之，则精神救国论之本旨也。”[21]

杜亚泉“精神救国”的倡导，莫说在当时，即使在当代中国也难免被视为书生之议。然而，越来越多的事实证明，一个国家的经济实力即使达到世界前列，如果思想贫瘠，信仰全无，道德沉沦，民心涣散，也还是难以成为世界强国，甚至难以成为一个正常的国家。

正当杜亚泉落败之际，1924 年春天，印度诗哲泰戈尔来到中国访问，并兴致勃勃地发表一通“精神救世”的宏论。

老诗人告诫中国年轻人：物质文明就好比食物，精神文明相当于阳光，阳光不能当饭吃，但没有了阳光也就长不出健康的食物，对社会发展起到指导作用的应该是精神而非物质。[22]他警告当前现代化的进程缺少的是精神指引，就像一列火车在车头的带动下一路飞奔，而驾驭火车的司机却被甩在了后边。[23]他指出物质主义已经堵塞了年轻一代的心灵渠道，“教育缺少理想。学生心中滋生的唯一愿望，是当官发财，而不是向往内心生活的完满”。在“这种有组织地培植起来的利己主义”教育中，“人们的灵魂麻醉了，跪在金钱和权力的偶像面前”。[24]亿万富翁生产数不清的一堆堆商品，却未创造伟大的文明。[25]“污损

的工程已经在你们的市场里站住了地位，污损的精神已经闯入你们的心灵，取得你们的钦慕。”㉖

泰戈尔还一再表白自己的心迹，他希望在人间建设一个“理想时代”，这是一个超越了现代社会、注重精神生活、注重“道德培育”与“灵魂修养”的时代，一个“精神战胜物质”的时代。㉗

泰戈尔这番诗一般的礼赞“精神生态”的话语受到当时中国一代新青年的抵制与挖苦，他们在会场喊口号、撒传单，声言要将他送回老家去!

无论是杜亚泉还是泰戈尔，都倾向于认为东方文化是人类精神文化的源头，东方精神文化应该担当起救赎现代末世的重任。由于历史的错位，他们“精神救世”的初心都没有得到同时代人的响应。时至今日，当现代工业化的道路已经走到尽头，当人与自然的割裂已经使得自然生态濒临崩溃、社会生态充满凶险、精神生态日渐沉沦之际，当代的一些社会精英才又重新举起“精神救世”的旗帜，希望为人类开辟一条更为稳妥、安全、健康、祥和的生存空间。

英国历史学家阿诺德·汤因比（Arnold Toynbee，1889—1975）明确指出:“要根治现代社会的弊病，只能依靠来自人的内心世界的精神革命……唯一有效的治愈方法最终还是精神上的。”㉘

国际环保人士阿尔·戈尔（Gore，S. A.，1948— ）提醒人们:“我们对这一世界的体验方式是由一种内在的生态规律来控制的……由于科学和技术革命的变革所积累起来的影响正在潜移默化地摧毁我们对自身以及我们对生活目的的认识，现在也许真正需要培育一种崭新的‘精神上的环保主义’。”[29]

作为对“精神救世”“精神环保”的回应，我能够做出的努力，是将中国古代伟大的自然主义诗人陶渊明推荐给头脑发热发昏的当代人。为什么是一位“诗人”？在我看来，诗人就是“自然人生”与“自由精神”的化身，而陶渊明就是“诗人中的诗人”！

2003 年，我有幸获得国家社科基金项目的支持，最终成果便是于 2012 年出版的《陶渊明的幽灵》。我曾再三申明自己写作这本书的目的：为当前过于物质化、功利化、金钱化的人类社会，为当下饱受攻掠、濒临崩溃的大自然，为这个精神生活日益沦落颓败的时代，召回一个率真、素朴、清洁的灵魂，一个能够召唤现代人重新体认自然、与自然和谐共处的灵魂。两年后，《陶渊明的幽灵》获得第六届鲁迅文学奖。北京大学乐黛云先生在第一时间来函鼓励，说：这是我们“精神共同体的胜利”！2017 年，《陶渊明的幽灵》的英文缩编版《生态时代与中国古典自然哲学》由总部设在德国的施普林格出版社（Springer）出版发行。2018 年，在世界生态文化领域享有盛誉的“柯布共同福祉奖”将第 11 届获奖证书颁发给我，“颁奖词”中特意指出：“倘若忽略人的‘精神性’，威胁地球生命的生态问题则无法解决。”

四、中西文化交汇及邂逅菲利克斯·加塔利

生态无国界，飘浮在太空中的地球是一个有机整体，一个所有生命的共同体。当自然问题日渐成为全人类关注的最大课题，当生态知识日渐成为当代社会的常识，当生态观念日渐成为当代人整体性的哲学观念时，中国与西方之间学术交流的格局已经在暗暗发生某些结构性的转变。在这一转变中，中国传统文化精神有可能成为构建当代世界生态文化理论的重要的组成部分并发挥更大的作用。

自鸦片战争以来，古老的中国与西方新兴的资本主义列强迎头相撞，几场战争下来，中国人不但输掉了军事、政治、经济、外交，也输掉了对于民族传统文化的自信心。“师夷变夏”“以夷制夷”成了当时知识界的主流意识。在这一阶段，中国知识界对于西方的倾慕、追随，则是与西方知识界对中国的鄙薄、轻蔑相对应的。中国的知识分子在国际交往中不只矮人半截，甚至必须洗心革面、改换门庭。

到了20世纪中叶，随着两次惨绝人寰的世界大战结束，西方的思想家们开始对自己的文化传统产生深刻怀疑，继之而起的是对西方现代认识理论、人性理论、经济理论、社会政治理论的反思与批判。反思追溯到苏格拉底之前，而在这个人类思想的源头之处，东西方原本拥有更多共同之处。蕴藏在《周易》《论语》《道德经》中的古老智慧吸引了不少西方哲人的目光，

中国一些人文学者开始重新发掘中华传统文化的精华，希望为人类社会走出生存困境做出贡献。其中成就突出者，便是由梁漱溟、熊十力、钱穆、唐君毅、方东美为代表的当代“新儒家”。中国思想界渐渐取得了与西方哲学对话的资格，开始汇入世界哲学大潮之中，并为自己的母体文化寻找到一块安身立命之地。

在漫长农业社会积淀下来的中国传统文化基本上是一种生态文化，随着生态学时代的到来，中国传统文化精神开始在世界思想领域扮演更为重要的角色，占据更为显著的地位，并有可能取得与西方思想文化平等对话的资格，从而对整合当代世界文化做出更多贡献。这可以视为中西学术精神交流的最新阶段，这也将是中国学术精神进一步世界化的开始。

1990年代初，中国生态批评开始在寂静、冷清的学术氛围中起步，竟也渐渐铺下一片日渐蓊郁的绿荫。就像学界一些明眼人指出的，生态批评思潮在中国的兴起与以往不同，并不是将西方的某一现成理论体系引进过来，也不是由国外的某一权威人士的巨大影响而辐射过来，而是拥有一定程度的自发性，拥有自己的传统文化基因，散发着浓厚的本土气息，与西方的生态批评思潮近乎同步。

我自己长期生活在比较封闭保守的地方，没有生态学的专业训练，基本上不通外文，仅凭直觉和一股冲动的情绪贸然闯进生态批评领域。最初，在我供职的大学图书馆里生态学书籍也寥寥无几，那时节我无论如何也没有想到，我会有机会直接接触到当代西方生态文化的创建者小约翰·柯布、罗尔斯顿、伯林特、瑟帕玛、格里芬、斯洛维克、克莱顿，我写的关于生态批评的书会翻译成英文提供给美国、英国、法国、德国、加拿大、澳大利亚、南非、瑞士、西班牙、丹麦、荷兰诸多国家的读者。[30]如果没有时代潮流的推动，这一切都是不可能的。

下边我要说的是我与一位法国学者的偶然相遇，这本是早在30年前就已经存在的一次“碰面”，而真正“沟通”却延期到现在，这位学者已经去世29年，用中国人的老话说，“墓木拱矣”！造化弄人，哀哉、哀哉！这位学者就是法国著名哲学家、精神分析心理学家菲利克斯·加塔利（Félix Guattari，1930—1992）。

前年在山东大学举办的学术研讨会上，一位女博士走到我跟前问我：你读过菲利克斯·加塔利的书吗？你知道他早就提出过生态三重性的学说吗？后来这位博士在她发表的文章的注释中记述了这次交谈的内容：

> 笔者曾就加塔利及其三重生态学的相关问题与鲁枢元教授做过探讨，旨在求证两位学人有没有理论上的交叠，或者说，鲁先生有没有从加塔利的三重生态学上汲取学术营养（因《生态文艺学》的出版时间滞后于《三重生态学》11年），鲁先生十分幽默地回答：“我不懂英语，完全不知晓此人。”[31]

这段关于当时情景的记录基本属实。但这段话中也有两点值得商榷的地方。其一，作者强调我的书比加塔利的书“滞后11 年”，却疏忽了我最早提出“精神生态”并将其与“自然生态”并提是在 1989 年夏天，而加塔利《三重生态学》（*The Three Ecologies*）在法国首次出版也是 1989 年。且不说在中国，即使在法国，当年也不会有很多人读到这本书。1989 年之后，我在公开发表的一系列文章中曾对自然生态、社会生态、精神生态的三重性持续不断地加以探讨、阐述、辨析，“11 年”后的《生态文艺学》只不过将这些论述集中、系统起来。当然，女博士不一定非要花时间去翻翻我的那些文章。其二，这次交谈坐实了我的确没有读过加塔利的书，但同时也坐实了我即使没有从加塔利那里“汲取学术营养”也还是建立了自己的“生态学三分法”。“铜山西崩，洛钟东应”，我们毕竟存在于同一个时代的生命共同体中。

该文作者还在另一篇文章的注释中强调：“鲁枢元先生虽然就三重生态各有论述，然而，却流于坐而论道，并没有提出规避生态危机的具体应对策略。”[32]这话说得有些失之厚道，“应对策略”若是指规避生态危机的学术见地，起码我在前文提到的《说鱼上树》中就已经提出过，至于“鱼”肯不肯听我的话往“树”上爬，我也无能为力。加塔利作为一位正直的知识分子曾经踊跃投身到“五月风暴”的政治运动中，实在令人敬佩。但我还是认为，真正制定切实可行的救国、救世策略的还应该是各国政府，而不少政府在许多时候又不肯作为，甚至乱作为，这才是地球生态久困不解的原因。

令我欣喜，更令我担忧的是，我早年提出的“生态学三分法”，如今似乎为年轻的研究生们提供了一个近乎固定的写作模式。在互联网上略微翻一翻，便可看到数十上百篇运用“鲁枢元教授提出的生态学三分法理论”撰写的学位论文。论述的对象堪称“琳琅满目”，其中有狄更斯《艰难时世》、德莱塞《珍妮姑娘》、劳伦斯《查特莱夫人的情人》《白孔雀》、哈代《远离尘嚣》、奥威尔《一九八四》、斯坦贝克《珍珠》、赛珍珠《大地》、川端康成《雪国》、乔治《山居岁月》、福克纳《我弥留之际》、谭恩美《沉没之鱼》、麦卡锡《血色子午线》、贝娄《勿失良辰》、胡塞尼《追风筝的人》、凯瑟《我的安东尼娅》、阿瑟·米勒《推销员之死》、伯内特《秘密花园》、莫里森《所罗门之歌》、布莱克《与狼共舞》、阿特伍德《羚羊与秧鸡》、叶芝《茵纳斯弗利岛》、品钦《葡萄园》，等等。还有对中国古代经典《淮南子》《陶渊明诗文》《聊斋志异》的分析，对中国现当代作家张炜、阿来创作理念的品评，乃至对中国当代国画油画做出分析论述的。硕士学位论文一般是三章加上绪论、结语，而生态学三分法中的自然生态、社会生态、精神生态恰恰提供了这样的方便之门。我担心的是，写作一旦拥有了现成框架，便容易流于表浅，切莫因我误导了青年才俊。

如果真要对加塔利的“生态学三重性”与我的“生态三分法”做一些切实的对比分析，应该说是有意义的，但其难度也应该是很大的。

首先，文字的翻译就是一关。通天的巴别塔至今仍未建造起来，翻译家作为各民族文化之间的摆渡者位居要津。然而优秀的翻译家并不多见，而似通非通、佶屈聱牙、貌似高深的翻译文章正充斥我们的一些出版物。中西方文化交流其实是一件非常复杂的事，即使对于精通外语的东西方学者来说也是如此。将近20年前，同济大学哲学教授陈家琪先生曾经对“精神生态”中的“精神”一词做过悉心考订：德语“精神”（geist）无论译成mind（精神）、spirit（精神）、ghost（灵魂）、soul（心灵），还是wit（智慧），都表达不全geist的意思。这固然说明了独一概念的理解和解释有多么重要，也同时说明了无论怎么解释，对同一个词语在不同文化背景和不同语境中自然形成的“偏见”和“误读”都是不可避免的。

德语译成英语，或者法语译成英语再转译为汉语，实在难保准确无误。还是陈教授说话实在：“我们只能从自己的偏见出发，在‘误读’中形成自己的理解。”[33]大概也只能如此了。

至于加塔利的“三重生态学”与我的“生态三分法”之间究竟有多少相似、相通、歧义、异议，我自己无力深究，尚有待他人评说。但我想起码有一点应该是共同的或相近的，那就是在生态学领域对于现代人“主体性的”“内在的”“精神状况”的关注。我多次说过我30年来治学所做的一件事，就是“坚持把‘生态’这一自然科学概念引进现代人的精神文化领域；将人类的‘精神’作为地球生物圈中一个重要变量导入生态学学科，从而为‘人与自然’的再度和解寻求一份东方式的解答”。我虽然学识不足，但我还是尽力而为了。

我的“三分法”中的“精神生态”，其中“精神”的英文翻译选择了spiritual，是看中它作为形容词具有精神的、心灵的、崇高的、神圣的含义；[34]加塔利的“三重说”中的mental ecology，mental作为形容词一般翻译成内心的、心理的、智慧的，因此mental ecology有时被译作“心智生态”。其实，mental也含有精神、心思的意思。

我的朋友、美国纽约市立大学张嘉如教授日前来信告诉我：瓜达利（即加塔利）的三重生态概念来自英国人类学家、心理学家格雷戈里·贝特森（Gregory Bateson，1904—1980）的*Steps to an Ecology of Mind*，那是贝特森的一本论文集。*Mind and Nature*是他稍后出版的一部专著。最近北京师范大学出版社翻译出版了贝特森的这部书，书名被译作《心灵与自然》，Mind为什么没有译作“心智”？亚洲社会心理学会主席张建新先生在为该书撰写的《审校序》中特意解释说：mind一词可以有多种翻译，而“心灵”一词反译成英语单词也不一定就是mind，还可能有spiritual，但他还是坚持将mind译作“心灵”，原因是他认为在贝特森的这本书中，谈论更多的是精神、灵知，并且“与科学解释范围之外的‘美’和‘神圣’领域紧密缠绕”。[35]其实，“精神”也好，“心灵”也好，无论是在中国哲学、印度哲学还是西方哲学中，也还都是“云中龙”“雾中豹”，很难说得条清理晰、确凿无疑！

由此判定加塔利的“生态学三重性”与我的“生态三分

法”拥有某种意义上的共同之处，大约不算为过。值得深究的倒是：早在1980年代末，一个中国内陆省份没有读完大学又不通英语的普通教师，为什么会与一位法国著名哲学家在生态学领域提出相近的学术命题？我也许有责任做出一些解释。

其一，加塔利的“精神生态”的提出，是基于他精神分析心理学家的身份。很侥幸，我在1980年代也曾经在心理学上下了些功夫，在1989年前后就曾经出版了《创作心理研究》《文艺心理阐释》，主编了“文艺心理学著译丛书”《文艺心理学大辞典》《文学心理学教程》，并在大学课堂上讲授西方心理学史。而弗洛伊德、荣格的精神分析心理学是我的最爱。这或许是我关注“精神”问题的内因，为此还曾经对台湾、香港的作家、诗人进行过关于“精神”的问卷调查。

其二，关于生态学“三重性”或“三分法”的提出，对于加塔利来说是得益于他的跨学科研究的精湛学术底蕴；对我来说，虽也曾涉猎过诸多学科，但多为浅尝辄止，无一精通，偶尔也会触类旁通，即所谓千虑一得耳。当然，我的“三分法”首先还是得之于中国文化典籍，如《周易》中关于“天地人”的三才说的宇宙图像。刘勰的《文心雕龙》“原道篇”将三才说近乎完美地运用到对文学的阐释中：“天地之辉光”“生民之耳目”“夫子之辞令”同为一体。宇宙自然、社会人生、文学艺术原本是一个浑然有机、活力充盈、大化流行、生生不息的整体，早在刘勰这里就已经具备了生态文艺学中自然生态、社会生态、精神生态的基本框架了。

其三，尽管我不曾从加塔利的《三重生态学》中汲取营养，但在我的治学生涯中，尤其是关于文艺学与生态学的跨界研究中，还是受到许多法国杰出思想家的启迪与滋润。如卢梭、丹纳、德日进、杜夫海纳、莫诺、福柯等。

我特别想多说一点的，就是1978年我用四毛一分钱买下的一本《偶然性与必然性》，作者就是法国生物学家、1965年诺贝尔生理学或医学奖获得者雅克·莫诺（Jacques Monod，1910—1976）。本书是他的一本讲演集，讲的是现代生物学自然哲学，这是我一生中“精读”过的有限的几本书之一。在我的《生态文艺学》一书中，我曾经六次讲到这位法国生物学哲学家。[36]这本书之所以打动我，是因为书中打破了笛卡儿、培根代表的启蒙理性的“二元论”，特别注重生物主体的“内在目的”“伦理选择”“精神训练”“自主进化”在生命活动过程中的积极作用，为当代人展示一种新的世界观。在他看来，现代人遭遇的生态灾难“还不是人口爆炸，自然环境的破坏，甚至也没有提到百万吨级的核威力的大量贮存；而是更诡秘、更根深蒂固的祸害：即缠绕精神的祸害”，这种“精神的祸害”愈加成为“灵魂的剧烈烦恼”。[37]

雅克·莫诺与格雷戈里·贝特森是同龄人，作为这一时代外国知识界的精英人士，他们都在关注现代人内在的精神问题。菲利克斯·加塔利该是他们的接棒人。

至于我之所以选择“三分法”，除了扎根于本土传统文化之外，也还受益于一位法国人，即法国现象学美学创始人米盖尔·杜夫海纳（Mikel Dufrenne，1910—1995），他的《美学与哲学》是我写作《超越语言》（1990）一书的“圣经”，就是凭他的一句话，启发我用“三分法”建构起全书的框架。[38]

五、后现代视域中的天人和解

为了不至于扯得太远，让我还是从刚刚在中国出版的格雷戈里·贝特森的《心灵与自然》说起。1978 年 8 月，贝特森向他任教的加利福尼亚大学校董会提交了一封备忘录，措辞严厉地批评了学校当局：教学所基于的前提是“陈旧过时”的世界观，整个教育过程简直就是一种“坑骗”。这一切弊病的根源是“将‘心’和‘物’分开的二元论”，是“培根、洛克和牛顿很久以前为物理科学制定的预设”，是将“心灵现象”量化的评价体系。在这一“陈旧世界观”指引下，大学面临的是“日益增长的不信任、庸俗、精神错乱、对资源的过度开发、对人的戕害，以及急功近利的商业主义，面对着贪婪、沮丧、恐惧和憎恨的刺耳声音”。[39]

这与雅克·莫诺对时代的看法一致：“现代社会是建立在科学之上的，现代社会把自己的财富和力量统统归功于科学……十九世纪的科学主义认为这样的进化过程必然是不断上升的，一定会导致作为人类发展顶点的极盛时代的到来，可是照我们看来，我们今天所能看到的却是一个阴森莫测的深渊。”[40]睁开眼睛看一看现代社会愈演愈烈的生态危机：资源枯竭、物种锐减、垃圾围城、江河污染、大气毒化、海水升温、怪病频发、瘟疫流行乃至社会竞争激烈、道德文化沦丧……莫诺说现代人已经面临一个“阴森莫测的深渊”或不为过。正是这道“深渊”，割裂了人与自然的有机统一，破坏了人心与万物之间应有的平衡与和谐。

人与自然的统一性的破坏，或许早在很多世纪之前就已经开始成为一个问题，这表现在两千多年前中国古代哲学家老子在《道德经》中的忧虑：“昔之得一者，天得一以清，地得一以宁，神得一以灵，谷得一以盈，万物得一以生，侯王得一以为天下贞。其致之。天无以清将恐裂，地无以宁将恐发，神无以灵将恐歇，谷无以盈将恐竭，万物无以生将恐灭。”[41]

在老子的这段话里，他将“得一”的情景描述得如此美好：天是清新明朗的，地是稳定宁静的，神是灵动精妙的，江河是通畅充盈的，万物是生机蓬勃的，领袖人物受到民众的信任与爱戴；相反，如果失去了这个“一”，那么就会出现天塌地陷、江河断流、社会动乱、生灵涂炭的浩劫。不料一语成谶，老子当年的忧虑已经成为我们当下遭遇的生态现实。“本章的‘一’突出了世界总根源和总根据的统一、唯一的特点”，“一”作为世界万物的统一性，“是贯穿于形而上与形而下世界之中的最高的存在”，在这段话中，老子运用“极力铺排渲染的手法强调自然、社会、神灵以及政治生活中都有一个共同的保障，也就是作为一切存在的总根据的作用，失去这个总根据，宇宙、世界、社会、人生都会脱序而陷入危机”。[42]

以我的理解，这里所说的“一”，就是地球生物圈原初的有机统一完整性。所谓“天人合一”，就是人与自然和谐地生存在一个有机统一整体中。用贝特森的话说，就是“将生物圈和人类视为整体”，将人类自己作为生物圈中的一部分与“全部自然界统合起来”。

20世纪中期，西方知识界就已渐渐达成共识：这种人类与自然割裂对峙的局面再也不能持续下去了，由启蒙运动开创的这个大时代已经到了“改弦更张”的时刻。当代杰出的思想家欧文·拉兹洛（Ervin Laszlo，1932— ）指出，即将来临的时代是“人类生态学的时代”。

一切都是偶然，一切似乎又早已在冥冥之中预伏。我从拉兹洛这里接受了“生态学时代”的观念，并将其视为农业时代、工业时代之后的一个新时代。从1980年代起，我始终订阅两种杂志：《哲学译丛》《国外社会科学》。欧文·拉兹洛的这篇《即将来临的人类生态学时代》，我是在1985年第10期的《国外社会科学》上读到的。北京大学哲学系高才生王治河毕业后曾担任《国外社会科学》杂志副主编。1998年他赴美留学，在美国克莱蒙特研究生大学受教于“建设性后现代”的杰出的思想家小约翰·柯布（John B. Cobb，Jr，1924— ）院士及大卫·格里芬（David R. Griffin，1939— ）教授并取得博士学位，此后便留在美国从事学术研究。

1998年，在我撰写《生态文艺学》的时候，我读到中央编译出版社出版的王治河博士主编的“建设性后现代丛书”，从中受益颇多。2002 年年初，经深圳大学王晓华博士牵线，我与治河博士建立通信联系，随后在我主编的《精神生态通讯》上发表了晓华博士专访柯布的文章：《建设性后现代主义与全球化》。

2004 年，中美后现代发展研究院（Institute for Postmodern Development of China）在生态城克莱蒙特成立，会聚了当代最卓越的一批过程哲学家、后现代思想家，成为全球生态文明、建设性后现代研究的核心学术机构。

2016 年夏天，中美后现代发展研究院现任院长菲利普 · 克莱顿、常务副院长王治河、办公室主任 A.施瓦兹（Andrew Schwartz）、过程哲学家 P.布伯（Philip Bube）、特邀研究员J.贝壳（John Becker）一行造访黄河科技学院生态文化研究中心，同时主持“建设性后现代与生态文化研究中心”（Center for Constructive Postmodern and Ecological Studies）的揭牌仪式。

从 1985 年我在《国外社会科学》上接受拉兹洛的“人类生态学时代”的概念，到 2016 年《国外社会科学》原副主编王治河一行代表中美后现代发展研究院为我们“建设性后现代与生态文化研究中心”揭牌，整整 30 年过去。偶然呢，还是必然？

后现代作为生态学时代，其努力的目标就是要把被严重割裂的人与自然的有机整体性重新协调起来、整合起来、统一起来。这也是贝特森在他的书中期待的：将生物圈和人类视为一个整体，将我们作为自然界的一部分与全部自然界统合起来。[43]

在后现代，如何使破碎的人与自然的关系重新和解？如何在人与自然之间建立一种和顺、和谐、合和、祥和的良性循环？

后现代的思想家们已经提出许许多多的建议，而东方传统的生态文化精神仍然是一种珍贵的资源。老子的五千字的《道德经》中曾八处讲到“和”，“万物负阴而抱阳，冲气以为和”“和其光，同其尘，是谓玄同”“知和曰常，知常曰明”。顺应自然，融入自然，维护生态平衡，维护生物圈的健康运转，是常理；懂得这个常理，按照常理行事才是生存的大聪明、大智慧。

在老子看来，人与天，即人与自然“失和”的原因在人不在天，是由于人类自恃高明、强悍、霸道，渐渐失去了对于自然的敬畏的结果。若要避免人与自然的裂解乃至由此招来的自然的打击报复，人类就要懂得谦卑、自律。所以，一部《道德经》一半文字就是在教导从帝王将相到庶民百姓如何在自然面前学会柔弱、虚静、素朴、节俭、谨慎、慈爱、不武、不争、无为、少言，宗旨是要在行为与观念上对人施以内在的约束，养心积德以求世间太平祥和。可惜人类并没有接受这位古代生态哲学家的建议，早先的帝王们还要设坛“祭天”“祀地”做做样子；到了后来，天大地大没有人们战天斗地的决心大，现代人类一声吼，地球也要抖三抖，人与自然的关系也就糜烂不可收拾了！贝特森在他的《心灵与自然》中将这个过程比作“温水煮青蛙”，要命的是“青蛙们浑不自觉”。如今，连太平洋这口“大锅”都在升温，如果仍然不自觉自省，青蛙真的就要被煮熟、煮烂了！[44]

目前的世界生态保护运动中，已经形成这样一支学术队伍，他们认为生态解困要从作为活动主体的人类自身开始，从改善人类内在的精神状况开始，以此弥合人与自然之间的冲突与裂痕。这样的学者在西方有怀特海、德日进、史怀泽、贝塔朗菲、莫诺、贝特森、加塔利、拉兹洛、柯布、戈尔、格里芬、克莱顿，在东方有梁启超、章太炎、泰戈尔、杜亚泉、熊十力、梁漱溟、方东美、许倬云、杜维明、余谋昌、曾繁仁。格里芬号召生态型的建设性后现代"是向一种真正的精神的回归"，"从我们的精神中，创造着我们自己"。[45]泰戈尔将其生态理想归结为"宇宙人类精神"，那是在"天人合一""人类与自然和睦共处"前提下的"人类内在的无限自我完善"。[46]我为我自己在30年前有意无意间加入这一行列感到庆幸。

引人深思的还有，上述这些"精神型"的生态守护者，几乎无一例外，全都把生态拯救的部分重任交付给人类的审美、文学艺术创造活动，全都认为在推进生态全球化的过程中，美学家、艺术家应该发挥更大的作用。当年的怀特海、海德格尔在阐发他们的生态学主张时，各自拉上诗人华兹华斯、荷尔德林为自己"站台"；贝特森在与女儿探讨地球生物圈的难题时说：能够回应"赤裸裸的物质主义的"只能是"美"，只能是"一小段贝多芬交响曲"，"第二十九首十四行诗"。[47]加塔利在《三重生态学》中指出："社会实践和个体实践的重建将在以下三个互补的主题中展开，即社会生态学、精神生态学和自然生态学，这三者都是伦理美学范式庇护下的生态智慧。"[48]"我们需要新的社会和审美实践，需要新的关乎大我（Self）的实践，这种实践在大我与他者、异族和异类的关系场中展开"[49]，他将此视为新时代的“总体性的纲领”。

审美和艺术应该成为拯救人类面临的精神危机、生态危机的重要组成部分。为什么？这是因为在人类进化史上，音乐、舞蹈、绘画、诗歌既是人类精神的“起始点”，又是人类精神的“制高点”，真正的审美与艺术创造活动，其实是与“实用主义”“功利主义”“消费主义”无关的，只能生发于个人纯真的生命活动与精神活动之中，这也正是凡·高、高更、莫奈、席勒的艺术创造行为的可贵之处。至于他们的作品如今在苏富比或佳士得拍卖多少个金币，那只与资本运营有关，与凡·高们无关。

由此回顾我一生的所谓“治学”，磕磕绊绊地从文艺学走向心理学，进而关注生态学、精神生态的研究，尽管多半是节外生枝、歪打正着，但也还大抵是顺理成章的。

注释：

①朱鹏杰：《中国“精神生态”研究二十年》，《天津师范大学学报》（社会科学版）2010 年第 5 期。

②鲁枢元：《刘再复在八十年代——有关我的私人记忆》，《文艺争鸣》2019 年 1 月号。

③鲁枢元：《来路与前程——对文艺心理学建设的几点意见》，《文论报》1989 年 9 月 5 日。

④《专家学者谈〈怀疑论美学〉》，《中国图书评论》1990 年第 6 期。

⑤鲁枢元：《说鱼上树——精神生态与人类困境》，《光明日报》1994年12月21日。

⑥鲁枢元：《精神守望》，东方出版中心，1998，第1页。

⑦钱谷融：《谈〈精神守望〉》，《文汇读书周报》1999年1月2日。

⑧安树青主编《生态学词典》，东北林业大学出版社，1994。

⑨梁漱溟：《梁漱溟全集》（第一卷），山东人民出版社，2005，第339页。

⑩舍勒：《舍勒选集》（下），刘小枫选编，上海三联书店，1999，第1281页。

⑪G.R.豪克：《绝望与信心》，李永平译，中国社会科学出版社，1992，第218页。

⑫德日进：《德日进集》，王海燕编选，上海远东出版社，2004，第120页、第130页、第143页。

⑬参见海南省社会科学界联合会、海南大学精神生态研究所联合主办：《精神生态通讯》2000年第11期（总23期）。本文有所订正。

⑭该数据由张昭希女士根据互联网上数据资料统计，特表示感谢。

⑮詹姆斯·乔依斯：《文艺复兴运动对文学的普遍意义》，聂振雄译，《外国文学报道》1985年第6期。

⑯冈特·绍伊博尔德：《海德格尔分析新时代的技术》，宋

祖良译，中国社会科学出版社，1993，第195页。

⑰施韦泽（阿尔贝特·史怀泽）：《敬畏生命——五十年来的基本论述》，陈泽环译，上海社会科学院出版社，2003，第44页、第47页。

⑱冯·贝塔朗菲、A.拉威奥莱特：《人的系统观》，张志伟等译，华夏出版社，1989，第19页。

⑲杜亚泉：《杜亚泉著作两种》，田建业编校，新星出版社，2007，第13页。

⑳㉑许纪霖、田建业编《杜亚泉文存》，上海教育出版社，2003，第366页、第33页。

㉒达斯：《泰戈尔：在中国的讲演》，转引自王邦维、谭中主编《泰戈尔与中国》，中央编译出版社，2011，第93页。

㉓泰戈尔：《你们要远离物质主义的毒害》，《小说月报》第15卷第10号。

㉔㉕泰戈尔：《泰戈尔与中国》，白开元译，漓江出版社，2016，第28页、第24页。

㉖孙宜学编《不欢而散的文化聚会——泰戈尔来华讲演及论争》，安徽教育出版社，2007，第37页。

㉗泰戈尔：《巨人之统治及扑灭“巨人”》，《晨报》1924年5月11日。

㉘汤因比、池田大作：《展望二十一世纪——汤因比与池田大作对话录》，荀春生等译，国际文化出版公司，1985，第149页。

㉙阿尔·戈尔：《濒临失衡的地球——生态与人类精神》，陈嘉映等译，中央编译出版社，1997，第209页。

㉚据查，由耶鲁大学环境学教授伊芙琳·塔克作序、施普林格出版社出版发行的英文版 *The Ecological Era and Classical Chinese Naturalism* 已经为美国、英国、法国、加拿大、澳大利亚、新加坡、马来西亚、新西兰、阿拉伯联合酋长国、黎巴嫩、南非、德国、瑞士、西班牙、丹麦、荷兰等国家近百个图书馆收藏。

㉛张惠青：《混沌互渗：走向主体性生产的生态美学——论加塔利伦理美学范式下的生态智慧思想》，《浙江社会科学》2017年第8期。

㉜张惠青：《论生态美学的三个维度——兼论加塔利的“三重生态学”思想》，《文艺理论研究》2019年第1期。

㉝陈家琪：《关于精神生态的通讯》，载鲁枢元主编《精神生态与生态精神》，南方出版社，2002，第16页。

㉞关于这一译文的定格，我曾经请教过韦清琦、陈红两位教授，特此感谢。

㉟㊴㊸㊹㊼格雷戈里·贝特森：《心灵与自然：应然的合一》，钱旭鸯译，北京师范大学出版社，2019，《审校序》第1—5页，第50页，第22页，第113页，第241—242页。

㊱我在此前出版的《精神守望》一书中，曾引证莫诺关于“目的论”的论述，并衷心感谢他对我的精神生态研究的深刻启迪。见《精神守望》，东方出版中心，1998，第242—244页。

㊲㊵雅克·莫诺：《偶然性和必然性——略论现代生物学的自然哲学》，上海外国自然科学哲学著作编译组译，上海人民出版社，1977，第 122 页、第 127 页。

㊳鲁枢元：《超越语言——文学言语学刍议》，中国社会科学出版社，1990，第 141—144 页。

㊶老子：《道德经·第三十九章》，王弼本。

㊷刘笑敢：《老子古今》（上卷），中国社会科学出版社，2006，第 415 页、第 413 页。

㊺大卫·雷·格里芬编《后现代精神》，王成兵译，中央编译出版社，1998，第 3 页、第 2 页。

㊻谭中：《深刻认识泰戈尔与中国、亚洲的情结》，载王邦维、谭中主编《泰戈尔与中国》，中央编译出版社，2011，第 161 页。

㊽㊾Félix Guattari, *The Three Ecologies*. Trans. Ian Prindar and Paul Sutton. (London: The Athlone Press. 2000), pp. 41 - 42, p.68.（胡艳秋译）

（选自《当代文坛》2021 年第 1 期）

卷首之语的质与文

——读高金光的《卷首集》

单占生

拿到高金光的一部书名为《卷首集》的皆为卷首语辑成的集子，首先想到的一个问题就是，“卷首语”可不可以成为一种独立的文体。读完这本集子中的文章，脑子里自然涌出的却是一个成语：“文质彬彬。”成语出自孔子《论语·雍也》：“子曰：质胜文则野，文胜质则史，文质彬彬，然后君子。”把这段话转换成今天的话语方式就是：孔子说，里胜过了表就显得粗野，表胜过了里就会浮华，表里协调如一，那就可称之为君子了。这些话在我读完金光的《卷首集》之后在我脑海里浮出水面，那当然应该是我对这个集子中的文章，也是对这种“文体”的最直接的印象和最为认可的判断了。

“文质彬彬”，是我对金光这些文章的最初印象，同时也是我的最终认知。如果大家认为“卷首语”可以作为一种独立文体存在的话，那么这也是我对“卷首语”这种“文体”“体性”的认知。也许，我们今天尚无法确认“卷首语”就是一种独立的文体，但是，这种不同于其他文体的“语体”存在且有它具体的历史时空实绩，应该是真实的。需要特别指出的一点是，金光的这本《卷首集》的出版发行，肯定会对“卷首语”这种“文体”或“语体”的认识和研究，起到积极有力的推动作用。如果一本书的出版能使一种文体得以确认，那么这本图书的价值与贡献肯定是不言而喻的了。我想，序、跋可成为一种文体，那么，“卷首语”或许也可以吧？

而金光自己又是怎么认识这一类特殊文章的呢？在这个集子的自序中，金光为此类文章的写作总结了四点经验。其一，是思想性，也就是卷首语要有灵魂；其二是艺术性，卷首语要有风骨；其三是情感性，卷首语要有温度；其四是精粹性，就是卷首语要有神态。对于上述四点，我是高度认同的。因为这是他的经验之谈，是他在写作实践中产生的理性认识。用一个老生常谈的说法就是实践出真知。对于自己的这些卷首语文章是不是达到了上述“四性”，金光说：“写卷首语不易，写出能叫好的卷首语更难。我只是实践过，在卷首语这片园地里耕种过、收获过，仅此而已。”这话的意思大体应该是甘苦寸心知吧。

在我看来，作者的这些文章不仅充分表达有他自己总结的“灵魂、风骨、温度、神态”四性，而且还给我们认识卷首语的写作提供了多方面的经验和视域窗口。这些经验，有的是具有文体共性的，有的则是作者自己所独有的，是个性。这里，有如下两点引起了我的特别关注，也给了我诸多相应启示。

其一，卷首语的适时、当下与恒久价值问题。我认为，这是卷首语写作必然要考虑的问题。我看到，这也是金光在卷首语写作中处理得很是用心的一个问题。卷首语的写作，在其主题即思想性的指向上要适时，这是我看到的金光所写的这些卷首语文章的最为突出的特点。唐代诗人白居易在《与元九书》中曾经说过："自登朝来，年齿渐长，阅事渐多，每与人言，多询时务；每读书史，多求理道，始知文章合为时而著，歌诗合为事而作。"合为时而著，既是对时代精神的关切与关注，也是对时代呼声的适时回应。而卷首语写作的"合为时"，还有它一定的特殊性，即它既要从宏观上关注时代，又要从微观上关注自己刊物的定位、专业取向及当期内容特点。既要关注时代心灵，又要彰显本刊本期文章对时代心灵的呼应与共鸣。这，也许就是我们所说的金光所写的卷首语的"适时"特点。这里的适时，既关注了时代心灵的当下风貌，也考虑了自己专业定位的恒久价值。应该说，要做到这样，非常不易。

其二，在卷首语中既要见证历史，同时又要见识心灵，这实属不易。而更为不易的是，在卷首语短短的千把字中，既要有理性的认知，又要有诗性的表现，换句话说，卷首语的作者既要有思想家的思辨能力，又要有诗人的艺术表现才情，这难度可能就稍大了一些。但这对金光来说，其难度也许并不为大，因为金光既是站在思想前沿的编辑，又是一位很有才华、成就斐然的诗人，因此，他的卷首语才写得既有理性又有诗性。比如他写于 2009 年 3 月的一篇《对牛当歌》，是上个牛年的一篇卷首语。牛，在此篇中当然是核心意象。在金光笔下，这年的牛一时是说理的老黄牛先生，一时又成了抒情的水牛大哥，转而又成为治病救命的牛郎中。说牛的品德、牛的性格时，文笔冷静平实；说牛的作为时，文笔中的诗情就随着文字的流动风生水起，与牛相关的诗篇名作在行文中信手拈来，无不自然成趣。什么是见识，什么是才情，这就是！《对牛当歌》很似一篇散文诗，因为这年正值共和国六十华诞，当然要以诗来歌咏之。今年的牛应该比十二年前的那头牛更为激越雄实。但牛的“吃苦、耐劳”，牛的“和美”与“温善”，牛的“执着”与“踏实”，恰如金光文中所说的那样，定当“成为一种仪式和符号，沉淀在我们的记忆中，永远值得讴歌和称颂”。而作为卷首语的为文，能使理性思辨与诗性表现达成一种文质彬彬的状态，那定然是大好的一派文字，金光做到了。

从《卷首集》的几辑文章中，我读到的当然不止以上几点。比如他对卷首语文章形式的探索，其中也包括他对点评式卷首语僵化模式的尽量回避，还有他在卷首语写作中展现的俯视眼光与平视态度，等等，都给他的卷首语写作在语言的审美上平添了几许温润的色彩，使他文中的哲思与诗意流溢于文章的字里行间，不显山、不露水地完成了他的文质彬彬的卷首语写作。也许，这也还是我读过这本《卷首集》之后，匆匆写出这篇读后感的原因吧。

（选自《河南日报》2021 年 1 月 29 日）

我为什么写作？

何向阳

2020年9月，我休年假在上海待了20天。收到中国海洋大学温奉桥教授微信时，我正坐在奉贤姐姐家院子里的一方桌子旁，在打开的手提电脑上写《“新人”变奏曲》评论，评论的副题是——“王蒙《组织部来了个年轻人》《布礼》人物形象解读”[①]。当时院子里的两树桂花刚刚开放，在金桂初绽的香气中，远离尘嚣，写一篇题为“新人”的评论，是一件惬意而舒适的工作，同时也有一种富于激情的宁静。在对林震、钟亦成的重读中，我遭遇了某种创造性的写作喷发。桂花的香气若有若无，秋天的阳光时隐时现，我的感觉一下子打开了，一天9000字，完稿。正是在这样愉快的写作中，温教授在微信中问：“何老师，请问您讲演的题目是?”那方桌子上的茶杯里，正好有刚刚沏好的竹叶青，茶叶针针竖立，有我特意摘了的庭院里初开的桂花撒进去，稍稍离开电脑中一行行文字的片刻，望着水中飘浮的黄色的小小的花，我不假思索地在手机上回复：《我为什么写作?》。

之所以说不假思索，因为直到现在我都有些怀疑自己，几乎所有对微信短信的回复我都有拖延的习惯，而能够在收到微信并在几秒钟内回复的，而且是有关一次需要认真准备的讲演题目，在我是第一次。回到北京家中，我和我爱人讲到此事，当然也包括这个题目。事实是，这个题目到我来青岛的当天还只是一个题目，没有任何前期的文字准备，有的只是以往的写作经验。我爱人提醒，你在其他地方的讲座都有了那么多现成的稿子，为什么不从中选一个？这样讲述起来会容易一些。我也在想为什么我不那样做？为什么当时会不假思索、脱口而出？这个题目里面到底有什么东西打动我、吸引我，使我有讲述它的愿望和勇气呢？

问这个问题，其实也在深问自己这一个问题：我为什么写作？

但是，我为什么写作？——作为一个问题而言，是没有标准答案的。它确定的答案就是完全不确定，而且，作为一个真理而言，它真正是——因人而异。

或许冥冥之中就有这么一问的。我想到了28年前——1992年，王蒙先生曾写过的一篇文章——《你为什么写作》[②]。也许是这篇谈为什么写作的文章，让我在姐姐的院子里与桂树相对时，不自觉地跑到了我的脑海里，使我灵光一现、鬼使神差一般地在手机上按下了“我为什么写作”这几个字，发送给了温教授？

我也不得而知。

或者是，我为什么写作——这样一个问题，也一直是从十多岁写下第一首诗时，就开始冥冥之中想要一个答案的问题。而这40多年来持续不断的写作，我写下的所有文字其实都是在向自己求证——我为什么写作？较之结论而言，它更像一个过程。的确，我从未直接回答过，也不曾在文字中设问，更避免着向自己发问。为什么？

回答这个问题之前，我想回顾一下与此关联的我的一篇文字，题目是《文学的功德》[③]，在这篇2010年——整整10年过去了——所写的文章中，我援引了伏尔泰的一句话——他那句话字面上似乎无关文学。伏尔泰说，工作可以免除三大害处——贫困、罪恶和烦恼。我的理解，他是说工作的结果使我们产生了物质的产品，物质的产品使我们解决了生存意义上的诸多贫困，工作的过程使我们避免了罪恶，专注的工作带来了与烦恼不同的愉悦。但是如果把我们写出来的文字也作为一种产品的话——它当然是一种精神产品，那么这种工作是否使人类免除了伏尔泰所说的三大害处——贫困、罪恶和烦恼呢？

就这点来看，答案好像并不乐观。首先，贫困没有因为文学的存在而消失，从《诗经》开始算，文学在中国产生有两千多年了，但是贫困仍然不曾消失，我们小说、诗歌这样一些精神产品的存在，我们一代代作家的努力，并没有消除贫困。而且文学，也不能直接消除罪恶，不是说有文学存在或者是阅读了文学作品我们的社会就太平了，事实并不如此，这个世界上仍然还有监狱和劳役。人类的烦恼，非但没有因为文学的存在、文学的兴盛而消减，反而会随着精神的丰富而增长。我们的烦恼其实并没有因为文学的存在而减少，反而随着精神越来越丰富、情感愈来愈细腻，我们的烦恼更加与日俱增。我们对生活的思虑、对情感的焦灼、对欲望的渴求、对人性的敏感以及由此带来的种种烦恼，随着文学阅读所培养的纤敏的感受力，只会有增无减。

那么伏尔泰所说的这句话，它的意义在哪里？文学家工作的意趣在哪里？或者直白地讲，文学的功德在哪里？文学的作用与作家工作的理由在哪里呢？文学工作的确不能给我们带来可以兑现的金钱、可以享用的奢华、可以支配他人的权力，当然文学从来不拒绝这些人性的需求，它不是绝对去批评一个东西，金钱、奢华、权力，这些存在当然有其合理性，它是我们人性需求的一部分。但是文学的存在，对金钱、权力、奢华，保有一定的距离和必要的警惕。文学的精神之塔，它在搭建中，诉说的是来自心灵的对于真实的渴望，表达了作者对于现实的认知、对于善恶的认识、对于潜伏于善恶中的价值选择以及对于附加于具体人世之上的人类精神取向的把握。当然，更有对于人心中最幽暗部分，甚至最痛苦部分的剖析，对于事实真相的不加掩饰的揭示，对于它所认为的不良行为与心理的远离，这就是文学的工作。它要去承受，担当，升华，首先必须做到揭示。这些并使我们避免心灵的贫困。

文学的工作还源于一种相信。如果有志于文学，无论你是写诗歌、小说还是评论，写作本身其实源自一种相信，一种要打消某种顾虑与怀疑的相信。它是一种信念，我们写下文字，其实是在写我们生而为人还能做到更好的梦，写我自己对将要诞生的世界的一种确信。我相信有某种事物存在，相信在现实的存在之上，还有一种理想的存在，就是相信在现实所呈现的第一世界之外，还有一个世界，这个世界，或者第二世界——精神世界，相对于现实的第一王国而言的精神——第二王国，它必得由你亲手创造，你提笔而行，纸上造屋，长年累月，就是相信人心正直的力量必将大于外界的力量，就是相信这个第二王国，必将通过一代代人的不倦书写，而以集聚的能量，从优良的方面改写第一世界和创造第二世界。你相信有一种力量，从心愿出发，以文字为形，必将战胜或取代外界的任何一种不良，必将拯救或阻拦内心的任一种堕落。作家在写作的时候，他是抱着一个敏感的内心，去承受现实生活中存在的贫困、仇恨、疾病、不公、罪恶，并以文学的抒写加以呈现，他呈现它们不是为了证明它们合理，他抒写不公，打抱不平，揭开这种现实存在的真实，不是为了证实现实是合理的，而是证明还有一种大于现实的力量存在，这就是相信。是这种相信，支撑着他这样写，而不是那样写。是不同的相信，构成了不同的文学面貌。是一代代作家信念下产生的语言，建构了我们对于自我与世界的认知。我们的书写，是为了建立一个文学的国度，文学的王国，这个“王国”的存在，不是为证明第一王国是合理的，而是说这个理想的王国必将代替第一王国。起码作家自己是相信这样一个理想的存在，这样一个王国的存在。我再说一遍，作家写作不是为了证明第一世界是合理的，而是为了证明第二世界有一种力量，能最终取代第一世界，是为了证明人类有一种力量，一种信仰将被开采出来。这种更广阔、更宏伟的信仰的力量，这种使人类不至于下滑、不至于坠毁的力量，使我们保持着对罪恶的认知、警觉和远离。

文学是一种不懈地发掘、不屈从于第一世界的强大力量，它致力于表达无情的力量之上还有一种有信仰的抵抗。这种真善美交互作用的力量，通过文学创作，无论你从事什么体裁创作，无论你触及的是什么领域的创作，书写者都要有一颗正直的心去印证这种力量这种信仰的存在。文学说到底是一种信仰的工作和有情的工作。所以当我们阅读和感知一位文学家在他的作品当中的愤怒、烦恼时，这是他对第一世界的不满、烦恼和愤怒的自然表现。随着写作的深入，他会自觉于此，当一位文学家揭示不公、谴责罪恶、绝不容忍不平等和无情时，恰恰意味着这个文学家心中有所期待，他还怀有某种理想，某种信仰，他对第一世界存在这样一些背离真善美的东西还有一种不容忍，他要建立高于第一世界的一个王国，他向往一种大于事实的精神力量，他的内心有另外一种关于生活的事实的图景。正是这个图景，这个被创造出来的第二世界，这个人类理应获得的真实的图景而不只是人类已经获得的事实的图景，支持了作家的诉说，而作家诉说这种理想力量的存在是想寻出一条将深陷烦恼的人们，同时也包括他自己，从不公的现实的力量中，找到一种解脱的道路或者战胜的道路。

这样说来，文学家虽然不像哲学家那样创造思想，像政治家那样建立制度，像经济学家那样提出规划创造财富，但文学家在文学作品中提出并暗示的、有关人类发展的宗旨和目标，有关社会的使命和理念，以及它对人类心灵的潜移默化的作用，是哲学家、政治家和经济学家都无法取代的。

如果说思想、制度、财富的存在，可以使人们减少贫困、罪恶和烦恼——第一世界有其合理性，它确实在现实的层面部分解决了人类进步所面临的诸多问题，使人们能够减少贫困，让人们可以规避许多烦恼。这些政治家、经济学家所做的工作是文学家所不能取代的。但是文学的功德在于通过立言，创建了一种人们对抗贫困、罪恶和烦恼的信念。这种信念是文学家对于人类的贡献，他们贡献出人类的进步更需要也更重要的东西。文学家的贡献是，他通过看似虚妄的纸上的创造而完成一种实有的传递，他传递出人类有目的地建造一种相对于现实世界的更加崭新的理想世界的信念。这是文学的功德。这是不是作家“为什么写作?”问题的一个答案呢?

在上海文化出版社出版的中译本《世界100位作家谈写作》中，关于“为什么写作”的答案也是莫衷一是。法国玛格丽特·杜拉斯的回答是;“对此我一无所知”；智利何塞·多诺索的回答是:“我写作是为了弄清我为什么要写作”，代表了一部分人的回答；另有三分之一将写作解释为个人的精神需要；而英国女作家、后来获得了诺贝尔文学奖的多丽丝·莱辛的答案是:“因为我是一个写作的动物。”再有几位作家讲到，写作是为了创造一个更永恒的自我。再有十多人的答案则是——写作是为了与人交流。写出《百年孤独》的加西亚·马尔克斯的回答是："我写作，为了使我的朋友们更爱我。"而加拿大的安东尼·马耶则说，"我写作是为了完善世界，为了完成创世的第八天的工作"。巴金的回答则是为了"扫除我们心灵中的垃圾"，丁玲的回答是"为人生"而写作，巴尔扎克的回答是"我为了出名和富有"。格拉斯的回答好像是没有回答，他说："我不能做其他事情。"总之，自嘲有之，认真有之。我阅读时一直期望着王蒙先生有一个回答，但是他在《你为什么写作》这篇文章中没有讲出自己的答案。

也许是对于《你为什么写作》这句以疑问的文章之题作为书名的《王蒙文存》第 21 卷所收录的这篇文艺杂谈有某种过目不忘的顽固记忆，使得我在几秒钟内下意识地提交了对温教授提问的答复。那么今天的交流也许可以看作对王蒙先生"你为什么写作"这句提问的回音。所以从这个角度看，所有你关注的问题，其实就是自己的问题，你想向自己要一个答案的问题。

从中国现当代文学甚至更大的世界文学范围来看，关于"我为什么写作"这个问题的回答是隐性的，大致有两种，我们熟悉的答案是"为人生而艺术"和"为艺术而艺术"，在这两种不同的写作观下，聚集了不同的写作者，但随着阅读的深入，我越来越觉得他们之间并不存在一种鸿沟，比如在鲁迅的"为人生"里，我们同样见证了艺术的至高无上的原则和趣味，而在王尔德的"艺术至上"的品位里，我们同样看得见他在哪怕现在少儿都能读懂的《快乐王子》这样的作品中也包含着深沉的现实关切。写作到了一定的高度，两者几无界限，而为它们人工设限，往往一方面是评论家归纳的癖好，一方面也源于作品本身还没能达到某种标高。就后者而言，它们所造成的人生与艺术的分裂，给了评论家的分离性话题以可乘之机。

乔治·奥威尔在《我为什么要写作》这篇文章中，从他 5 岁写第一首诗到 30 岁写第一部完整的小说的感性经历说起，直说到他总结出的写作的“四大动机”：一是纯粹的自我中心。二是审美方面的热情。三是历史方面的冲动。四是政治方面的目的——这里所用“政治”一词是指它的最大程度的泛义而言——希望把世界推向一定方向或者是通过文字改变社会的想法。于此，他认为不同的动机必然相互排斥，而且在不同人身上和不同时候的表现必然不同。我倒以为，动机虽起初是唯一的，但写作的过程中有一种奇特的平衡作用，它可以兼顾其余，当你专注于一种时，其实你会意识到另一种东西也在你专注的东西里找到了存在的合理性。所以，我们不难理解这样一段话：“所有的作家……在他们的动机的深处，埋藏着的是一个谜。写一本书是一桩消耗精力的苦差事，就像生一场痛苦的大病一样。你如果不是由于那个无法抗拒或者无法明白的恶魔的驱使，你是绝不会从事这样的事的。你只知道这个恶魔就是那个令婴儿哭闹要人注意的同一本能。然而，同样确实的是，除非你不断努力把自己的个性磨灭掉，你是无法写出什么可读的东西来的。好的文章就像一块玻璃窗。我说不好自己的哪个动机最强烈，但是我知道哪个动机值得遵从。”[④]

我知道哪个动机值得遵从。事实是，如果从评论家的理性上去分析，而不只是一个作家的角度去看，我的动机分法是三分法，具体讲，世上大约有三种写作。第一种，让人知道“我”的写作。写作是为了突出“我”作为作者也同时作为人物的主人公的主体，这是以“人”为主体的写作，这个“人”大多时候不是众人或他人，而只是“我”。比如海明威的写作、张贤亮的作品。第二种，让人认知世界的写作。写作是为了以我这个叙述者为“通过体”或者“思想的工具”而找到通往外部世界的途径，它集中探讨客体对象，了解社会的法则，何以如此，或者已然如此，英国作家可以举出许多这样的例证，比如毛姆，比如奥威尔，比如哈代，当然也包括钱锺书的《围城》。第三种，让人了解“我”与“你”（也许可用“世界”一词指代）存在着一种怎样的关系的写作。这种写作在意的既不完全是“我”，也非完全是“你”，它是一种主客体之间的关系的融合，或主客一体关系的建立。我将之称为一种理智的爱的写作，在爱的关系中，单一的主体或单一的客体都无法完成、实现作为“关系”的存在，在“关系”中，“我”与“你”必得同时出现并摆在同等重要的位置上才可能成立。这种写作的代表性作家我们可以举出一些，比如王蒙，比如冯骥才。

于此，我推荐各位重视这样一篇文章，《当你拿起笔……》[⑤]。在这部长文里，王蒙先生将《你为什么写作》中避而不答的问题，用一种比喻的方式回答了出来。“……你进入了一个最关键、最微妙、最困难和最美好的阶段，在这个阶段，你从现实生活的记忆里，飞跃到想象的艺术的世界里。这就叫作创造，因为，原本并没有这么一个现成的世界，是你的想象力创造了它。这就叫作构思，你要用精神的经纬织一幅画卷，用精神的梁柱搭一座大厦，用精神的奔突来打开一个广阔的天地，用精神的犀利来挖掘深山的宝藏。这又叫作虚构，因为它是假的。如果只是现实的分文不差的摹写，又要文艺干什么呢？再美好的生活，也总会有一些重复的、单调的东西，有一些无意义的琐事，有一些本来是很有价值、很美好的东西在被忽视、被淡漠、被时间的长河湮没，被庸俗的势力消磨。所以，单纯的记录，简单的照相，并不会成为文学。”[⑥]那么文学究竟是什么？我们又为什么以文学为业？

写作这篇文章的人解释了他执笔的动机。“你在进行类似上帝的工作（严正声明：可不是你想当上帝）。你要创造一个完整的世界”[⑦]，“一经创造好了这个世界，一旦进入了这个世界，这个世界是这样清清楚楚、无可置疑，是这样生机盎然、鲜明凸出，以至于你根本不相信它是你的产品，你觉得它原本就是那个样子的，从来就是那样存在的，它成了不以人们的意志、包括你这个‘上帝’的意志为转移的客观存在。你觉得你不过是像一个航海者、一个探险家、一个旅行家一样不无偶然地发现了它罢了，你觉得一切的情节、一切的发展、一切戏剧性的场面和惊天地泣鬼神的事件、结局都不过是这个世界、这世界里的人和事自己发展的结果，你并不能影响它。你觉得一切细致入微、丝丝入扣的情节、细节、背景、道具……都是它本身所具有的，你不过是如实地予以描摹和记录罢了；你觉得一切安排，一切结构，开头和结尾、波澜和反复，一切惊人之笔、感人之笔，都是本来就注定如此的；你觉得一切语言，一切精辟的、幽微的、动人心弦而又别出心裁的句子，都不过是那个原有的世界的人与物自身所具有的特征，是那个世界自己提示出来的，或是那些人物自己说出来的，你不过是个忠实的速记员罢了。这就是说，创造的结果全无创造的痕迹，创造者完全不相信、完全忘记了自己是创造者，'上帝'变成了这个世界的一个奴仆、一个文书、一个速记员，精心制作的结果变成了拣拾现成，踏破铁鞋无觅处的结果变成了得来全不费功夫，斧凿的结果变成了自然而然，反复斟酌的结果变成了无可更动和无法更动。最后，创作变成了摹写和叙述，写在纸上的文字变成了活生生的人和事"[⑧]。这篇文章完成于 1980 年，但显然，它是 1992 年《你为什么写作》的那篇文章的先期答案。这个答案，我于 2020 年，也就是它完成的 40 年后看到。而我 10 多年前所想所言的"第二世界"的构筑理论竟也与它不谋而合。

注释：

①何向阳：《"新人"变奏曲——王蒙〈组织部来了个年轻人〉〈布礼〉人物形象解读》，参见何向阳总主编"百年中篇小说名家经典"，王蒙《布礼》，河南文艺出版社，2021，第 235—253 页。

②王蒙：《你为什么写作》，参见《王蒙文存（二十一）·

你为什么写作（创作谈、文艺杂谈）》，人民文学出版社，2003，第396—399页。

③何向阳：《文学的功德》，《作品》2010年第7期。

④乔治·奥威尔：《我为什么要写作》，董乐山译，上海译文出版社，2007，第104页。

⑤⑥⑦⑧王蒙：《当你拿起笔……》，参见《王蒙文存（二十一）·你为什么写作（创作谈、文艺杂谈）》，人民文学出版社，2003，第157—182页、第167—168页、第175页、第175—176页。

（选自《小说评论》2021年第4期）

“在前往救赎之前”

——何向阳诗歌阅读札记

耿占春

青年时代的何向阳是一个理想型的人文学者，她的气质略带一些英雄色彩，这些都曾洋溢在她的著述中。向阳从事理论与批评，也写下多部散文，那些激扬文字散发出对无以名状的崇高精神的神往。然而似乎与之迥异的是，向阳晚近诗歌话语呈现出另一种颇为不同的音调：她的诗是源自内心的低语，在这些低语的两端，是沉默着的幽暗时刻。

一

作为一个批评家，向阳自然了解自新批评以来关于反讽、诡论等现代诗的修辞术，然而她的诗却呈现出一种我行我素的风格，对她来说，诗有如一种源自内心的低语，她在《低语》中说道：

我越来越喜欢

微小的事物[①]

这低语声对熟悉向阳文章风格的人不免会有些陌生，诗人的目光从理论批评的“崇高”视野下移至“微小的事物”。随着进入充满纷争的世界，那些无用的或无以名之的事物，会愈来愈被人忽视，而对向阳来说，长期以理论概念与批评范畴抽象地论述，最终并没有遮蔽一个可感知的世界，“湖水上的晨曦/船桨划过的/涟漪/蜻蜓点水的微澜”[②]，自从雨雪霏霏的《诗经》世界以来，对微末之物的注目就成为一个美学传统，诗歌有如对万物存在情态的颂扬。如向阳所说，注视那些微小的事物，激起的是心底“不为人知的/汹涌的/波浪”[③]。她以轻轻呼吸的节奏，极其缓慢地低音言说，以似乎过多的停顿切分了语句，也给沉默留下了话语空间。她说：

我越来越接近
幽暗的事物[④]

不再是那些闪耀着光辉的东西，而是“旧城墙斑驳的皱纹/沉思于暮色中的/古寺”[⑤]，幽暗之物不是处所光线不足，而是不足以吸引人们变得浑浊了的目光和变得狭隘的时间意识。无论是旧城墙还是古寺，都属于时间过去的遗存，是一种剩余物，“幽暗”是因其不处在现在时，幽暗是因为无用或人们并不挂心。但幽暗之物引起诗人的瞩目：“于背上香灶的灼伤/尘灰缓慢地下降……”[6]这是一些更为个人化的事物印记，带着日常生活的痕迹。

她似乎是在倾诉也有如自言自语，“我越来越热爱/软弱”[7]，微小的、幽暗的也是软弱的，或许因为生命也是柔弱的，“胡同口独坐的老人/偎在母亲怀中/熟睡的孩童”[8]，生命中更为软弱的时刻有时有目共睹，也时常不为人所见，它们也属于幽暗之物，“晾台上洗旧的床单/拐角处佝偻的背影/一只无力的手上/扶着的/吊瓶”[9]，这些物事，旧床单、佝偻无助的背影和疾病的意象，都是诗人在晚近一些年里所亲历而令人倍感软弱的体验。在一些年间，向阳像每个普通人一样，在自身的病痛中经历着发生在亲人身上的生老病死，也呵护着新生命的成长，所以她坦诚地说：

> 我沉湎于
> 正在消逝的一切[10]

在诗人眼里，那些微小、幽暗、软弱的事物也就是“正在消逝的一切”，万物终究都只是一次暂停，在飘逝的途中，“一枚离开树枝的/银杏叶/子夜撞钟回荡的/声响/铁轨义无反顾/去向的/远方/曾经自由无羁的原野/成片的土地/被翻盖成了/楼房”[11]，所有存在之物都是正在消逝之物的短暂停留，因而诗人把注视留给了微末之物。而诗人的言说方式，似乎也保留着更多的暂停或停顿，以便让沉默与呼吸的节奏进入诗句。

诗人说，“我如此羞怯地/想着/那些细枝末节”[12]，那些在暂停中改变了方向、错失了的瞬间，对诗人来说，都像是一种未曾表达的爱之话语，它们“仍然堵着/我的喉咙”[13]，并终结于一种无声的悲剧：“一颗泪珠砸向/尘世”[14]。因此，作为一种抵抗，一种反向的力量，《低语》中出现了微末幽暗之物“高亢”的声音——

我越来越倾心
一粒种子破土的冲动
一滴雨倒立着
回到天上
一声啼哭
划破夜空
群山缄默　排列成行[15]

诗人沉思低语中的不只是微末之物，而是弱小之物的生命意志，当她颂扬“一粒种子破土的冲动”，一滴雨“回到天上”的逆行，婴孩划破夜空的“一声啼哭”，在消逝的事物中，诗人揭示出一种相反方向的运动与变化，种子、雨水、婴孩意象都意味着重新进入新的生命循环。生命、事物与时间，似乎存在着一种轮回与可逆性，万物遵循线性流逝只是一个表象，而生命的另一种运动方式让直线悄然弯曲为时间的循环或可逆性。

这是她的另一种“白我之歌”，诗人知道自己在“喃喃低语中/我越来越与那些/人们忽略的/事物/相像”[16]。对诗人而言，万物之歌即自我之歌。同样出于对微小、幽暗之物的称颂，诗人给予路上飘过的“微尘”以光线，“你是不是注意过/从乡村到城镇/再到都市中/沉浮的/命运”[17]，在诗人看来，那些沾上了微尘的事物也更真实，微尘不只是薄的轻的细土，微尘是难以觉察的细土、空气和光的融和，“你是不是使用过/被称为俗话、俚语、乡音的/带有故里烟火的/语言”[18]，方言也就是“土话”，带着亲切气息的“微尘”，携带着个人沉浮不定的命运，在方言区之外漂泊无依，“你是不是在意过/藏在那些挣扎、生计/艰辛的汗水与泪珠中/悲苦的/精神”[19]，如此频繁地断句与停顿，让言说不再雄辩，不再论述，让言说符合微小之物的存在方式。微尘是一切弱小者的存在，在这个“变得嘈杂、拥挤”的世界里，不占据空间沉浮不定的“微尘”有如生命的一个隐喻。

在这个时代，诗人选择的价值词语似乎都与大趋势相向而行，在一派趾高气扬中她钟情于“低语”，注视着微小、幽暗和软弱的事物；在推崇快速、高速、提速的时代，她注重的是“缓慢”。在向阳的诗中，与微末之物和消逝中的事物一样，“缓慢”体现着一种美学价值。她在《缓慢》一诗写到一种生活情境：一个人招呼另一个人，等一等，慢一点。“等一等/我喜欢这种/迟疑”[20]，在低声读出这些诗句的时候，可以感知到如此频繁地断句，就是一种“迟疑”，一种缓慢，向阳写道：因为“一阵风并不/追逐/另一阵风/它只是稍加/驻足/在此停顿”[21]，不跟风，不媚笑，“我喜欢这种/傲慢/一张笑脸并不/跟从另一张/笑脸/保持热情/同时亦维护/冷静/淡泊的面孔……”[22]缓慢是为着一种守护，为着尊严的维护，缓慢从美学状态过渡到伦理生活，在看似轻描淡写的时刻，其字里行间表达了从弱势或幽暗位置发出的抵抗，正如消逝中的事物从线性转向循环。

或许向阳的每一首诗都不是那么复杂多义，但她的每一首诗之间都交相呼应，相互投射自身的语境。对“缓慢”的赞颂回归到诗本身：“等一等/我喜欢这种/轻盈/一种声音并不/顺从/另外一种/它只用/低语/向着内心/俯下身去/屏息聆听/婴儿一般的/呓语轻言”[23]。这里有话语风格的自觉，也有向阳的诗学意识，“缓慢”中的迟疑、耐心与抗拒，亦蕴含着生活的伦理原则。当世界要求着归顺的时刻，一种声音并不顺从另一种声音。这也是诗歌的话语伦理：它只用“低语”向内心俯身倾听，那生命深处天真的语言。而诗歌的顺从一定既是美学的又是伦理的，诗人只尊重一种顺从，一种听命于自然法则的天命般的从善如流的《顺从》：“顺从于水/顺从它从高到低的/走势/它的谦卑/顺从于它陡峭处的/沉默与/不动声色/顺从于它的厚德/清明澄澈/顺从于水/顺从/它的平静坦荡/柔弱/顺从于它的宁馨/呼吸”[24]。除此之外，诗人几乎在将她所认可的价值词汇都赋予了水之德：自由不羁，忍耐淡泊，温软韧性，以至于丰沛与智慧，“顺从它潮汐的/节律/顺从它的吐纳/秩序/宇宙的/某种神秘/引力/顺从它经过的/滩涂　高山/平原　谷底/顺从那些/坎坷/沟壑/和歧途/或把歧途视作/另一种大道/并在大道上/弹剑/高歌”[25]，水或大河顺从的美德逐步上升至形而上的层面，“它对远的渴望”，对永恒与无限的“信”，水是“出处与来路”的象征，水被视为“液体的黄金”，和“缓慢地点燃”的内在火焰。水或大河的顺从发生了“不可阻挡”的转义，从“隐忍”“从容”“大度”到“至真的欢乐”，从水的“恩宠”与“静美”到它的“无畏/和/慈悲”。[26]

“缓慢”与“顺从”，似乎是那些“微小的”“幽暗的”“软弱的事物”所采取的姿态，正是这些事物汇成了巨大的存在洪流，变得“无畏/和/慈悲”。这首献给水的颂歌，其间隐含着五大元素围绕着“顺从”的洪流发出的共鸣与和声，展现出水之“道”、水之“美”与水之“德”。水的顺从是服膺于宇宙大道与节律，顺从水是顺从于一种宇宙秩序。对诗人来说，她所抒写的那些微小、幽暗、软弱、缓慢、顺从的事物与现象，最终都汇入存在的洪流。而诗人所抒写的并非单纯的微末之物，它们在诗人心中汇聚成一种不可阻挡的力量。

二

在向阳偏爱的事物清单里，有一些基本元素或事物的核心，贯通着其他一切存在物，如水，土，火，气，以及它们诸多的变形方式。事物是纷繁、杂乱的多，元素是一和统一，影响着事物的秩序，标示着事物的来路与归程。就像浩浩汤汤的“水”和随风沉浮的“微尘”，诗人赋予“风”以宇宙论式的元素意义。她在《长风》的开端发问道：

你从哪里来

告诉我你经过的雪峰

它的名字

还有拥抱我时

你携带的寒冷

出自哪方湖泊的冰凌[27]

在向阳的诗中，事物不是孤立的存在，尤其是作为元素的事物。风携带着一切其他事物，风是许多事物的会通，它可以携带着火，也能够携带着出自湖泊冰凌的寒冷，犹如元素是事物泛灵论式的存在。在多年以前，向阳“自巴颜喀拉”从黄河源一路走过，所以诗人的这些述说包含着经验与记忆，“你的来路我一一走过/但我已不记得/雪峰与湖泊的/姓名”[28]，一切事物终归于其匿名状态，复归于万物一体的混沌圆融。这首长诗讲述着一与多，统一的宇宙之道和万物的分殊，随着吹拂万物的长风，一种几乎具有泛灵论意义的风，诗人在“长风”中抒发着再次遍览或深入世界的愿望。

这是一系列无须回答而自身圆满的存在之问：“你的咆哮里/是哪场雨前的雷电”，“是哪座高原/任你驰骋而过/哪些弯腰俯身的灌木/接受你粗粝的抚摸”[29]？虽然诗人一再地吁请“告诉我”，但她其实并不需要任何一种回答，存在之问自身拥有自足的意义：“你席卷而来的呼啸里/裹挟的草木/跳荡的音符……

是谁的呼号/是哪一代歌王/站在山冈上高歌”[30]？诗人在此展现的，正是元素无远弗届的存在，元素贯通人与物、生与死的存在情态，或者说，存在之间是给予存在洪流的另一种颂扬。

诗歌中的“长风”有如不知疲倦的行者，我们亦可以将其视为诗人早年旅行者的一个化身，“让我看到你的风尘与灰烬/你途经的圣殿”[31]，当诗人一再祈求说，“告诉我/那个背着行囊走路的人/他来自哪里/在哪一条岔道/他重又变得孤单”[32]，这些话语投射着诗人早年“自巴颜喀拉”行走记忆的踪迹，而行走是对事物的运转和变化的体验，也是万物与内心状态汇聚的时刻。如向阳的另一首诗中所说：“谁面对苍茫/只微微一笑……行走过多少座山峦/如今群山行走在我/胸膛里”（《谁》）[33]。一切外物，在经验与记忆中终将转化为自我内部的世界。

无远弗届的“长风”仿佛亲临亲历了人间的一切，它成为诗人心目中理想生活形态的象征。“告诉我/谁人葬礼上的一声长叹/与谁人怀中婴儿的呼吸/奇迹般接通/长风”[34]。长风有如一种非人格化的自我，近似某种泛神论的存在，它对一切事物而言均在现场，“你见识过大地的干涸/风土的养成/你目睹过果实最美的成熟/出自哪方土地/告诉我/在哪片天空下/爱语在耳边/丝丝缕缕/像小小的火苗/灵魂的战栗”[35]，“长风”有如元素“气”的赞美诗，而就经验层面而言，这也是一个行者的生涯，一个行者非自我中心化的传记经验，它深入一切事物与事件的现场，感知和见证那些被忽略的微小之物。

唯有借助长风或“气”的踪影，才能遍览人间沧桑巨变和无数匿名个人的悲欢，“你的行踪之上/那些纷至沓来的故事/没有结局的开始/那升上高空的/是谁将手中的焰火点燃/告诉我/那些拔地而起的城市/闪着什么样的光泽/那些安谧的乡村/旧衣上的寂静/告诉我/那些决绝的背影/掷地的话语/溅起的泥泞……”[36]长风似乎是一种灵媒，它历经和知晓一切，它携带和汇聚一切，犹如“水”和“微尘”的象征功能，诗人渴望知悉“寒夜里这碗粥的来历/小米、大米、玉米、薏米/它们生长的地域和年份”[37]，“谁将它们收获/谁将它们熬制/又是谁将它们种植”[38]，诗人询问着人世间的一切，“那手捧鲜花的少女的羞涩”，“那被婴儿吮吸时为母的温存”，“那执火穿越黑暗的人”。[39]

诗人书写着长风“漫长的履历”，最后长风逐渐与飘逝的故乡融为一个声音，长风“开始的地方/那里曾草木葳蕤/气血丰盈/正像时代的故乡/张着怀抱/却一直后退”[40]，然而“它的跳动/今夜/是如何紧紧地/贴着我的/胸膛”。正如“水”和“微尘”之歌，《长风》是万物和元素之歌，也是自我之歌。长风犹如自然元素汇聚成的存在洪流的阵阵回声，与之同时，长风亦是诗人心中长存的浩然之气的回荡。在诗人心中，心中的吹过的“长风”犹如与万物的一次《重逢》：

我如何能够
细数出
事物的精微

低俯的草
长风中的楝树
诵经的灵魂的
美[41]

“我如何能够/说出真相/或者与之接近”[42]，而诗人所说事物的“真相”，其语义更为广阔，它更深刻地指向万事万物的真实存在，除了不为人瞩目的“地心的热/旧瓦上的云”[43]，还有事物的存在价值，“一粒沙和/一颗星子/在我胸中所占的/比重”[44]，诗人渴望与万物重逢，有如重逢是一种因缘或因果。“雪莲的重蕊/婴儿的熟睡/青袍上的暗影/冰下的/水”[45]，渴望描绘出万物，是诗人最古老的职责，她渴望描画出“隐遁的翅膀/看不见的飞行/犹如说出/自由的/空、无”[46]，有如说出万物的“由来、面目/繁复与轻浮”[47]，最终诗人将这种渴望指向写作，“我如何能够/在放下笔的时候/写出永恒”[48]，有如骑手静候那匹马，静听它“前来的蹄声”，诗人说出她的抱负与担忧，“我已写了那么多”，或许也走过了“歧途或/陌路”，又如何能错过最终的“重逢”——

一个我骑在马上
与纸上的我
再度重逢[49]

一种似乎是从瞩目于“微小的”“幽暗的”“软弱的”事物开始的写作，通过“水”（大河）与“长风”元素论的转义，向阳青年时代道义上的英雄情结转化为写作上的雄心，这雄心比一切志向都更加难以实现，而又是每个有抱负的诗人都梦想写出的，即写出万事万物。这是19世纪以来诗人梦想的，世界最终落脚在一本书中，也是那个世纪最有想象力的思想家所渴望写出的“宇宙”。

三

与微小之物的存在方式有关，与贯穿万物的元素有关，向阳的诗歌话语中，总是闪烁着生活世界的匿名性，这是事物和事件的匿名性，也是行为主体的匿名性。以疑问方式出现的主体，“谁”，仅在诗集《锦瑟》中，把《谁》作为题目的，就有许多篇，而且有意安排在每小辑的正中或小辑结束。

这个疑问代词“谁”表明生活中大多数存在是匿名的，生活世界拥有一种广阔的匿名性，它是向阳诗歌中存在之间的另一种表达。“是谁于静夜里喊上一嗓”，“是谁寂寞地站在崖上”（《北地》）；“而在家乡的/边上/谁归来后/又悄悄地/离开”（《疑问》）；“有谁知道/是否还有庙宇遗失在/那个渡口/罕有人迹的道路”（《刹那》）；“湖水涌动/微澜的低音/谁在聆听”（《纸上》）；“那个低徊地吟诗的少年/在落雨的江边/他是谁”（《歌者》）。微小之物不仅是弱小的，也是更充盈丰沛的世界，而诗人感到她不可能时时处处在场，不可能对一切事物、一切人、一切命运在场，而她渴望着一种超越自身有限性的普遍在场。事实上，诗人正是通过对一切事物的在场，对生活与事物的匿名性描述，获得了与万事万物的共在。对诗人来说，还有什么比与万物共在更具诱惑的事情?

“谁”这一匿名主体也同时表明，生活是充满悬疑的，诗人寻找，不知道他是谁，或不知道他在何方。“我为谁一天天地等/盲人一样举着灯”（《心疼》）；“为谁/为哪一个人/我会交出这颗不屈的/灵魂”（《红尘》）；“谁在哭/为这文字/未曾出口”（《究竟》）。在这些疑问的时刻，“谁”是一个匿名的“你”。在一些诗歌中，即使在面对“你”的时候，诗人也会询问相似的问题：“你是谁?”或者：“你就是他吗?”事实上，这个“谁”意味着不确定性，也意味着未完成性，“谁”这一匿名主体同自我意识一样，处在永恒的生成状态。

“谁”也是一种非人格的存在，一种理想意义的价值词汇。“谁”根本就不是一种实存，而是一种更高的召唤，一种驱力和引力。在几首都是以“谁”命题的诗篇里，诗人这样写道：“迎面的风呵/谁是和你一起飞翔的/候鸟”，“谁的手/扶着火焰”，“谁/捧起神龛/从漫步到奔跑”（《谁》）；“谁揭掉了我们心上的/悲戚/变愁苦为欢喜”（《谁》）；“谁从神殿上/下来/递给我呼吸”（《谁》）；“谁高过我们的头顶/谁的头上顶着绝望”（《谁》）。由此看来，这个“谁”一定是不在场的，是空缺的，她—他是超验之物；但这个更高的存在，就在诗人的心中，这种呼唤，也正是诗人内心的声音。因而，这个匿名的称谓，有时也指向诗人自身，指向一种自我期待，或对自我未完成性的理解。

如果说生活世界的匿名性，基于一种经验性的感受，从而成为寻求、疑问、追寻的依据，表现在向阳诗歌中的轮回和时间的可逆性，则是一种对可能性的想象。诗人将这一体验命名为某种《忠贞》：

远行的那人
随便捡了块岩石
歇歇脚
他不知道这岩石已经等了
几千年……[50]

事物的因果超出了个体生命时间，一种遥远的因果有如纯粹的偶然性，就像长时段事物的轮回发生在我们的知觉经验之外：赶路人“歇歇脚/就继续赶路”了，岩石“目睹暮色中/远行的那人/黑色的衣衫/在风中舞”，“这时的岩石不知道/几千年后/它会被搬去做纪念碑/碑下是远行人/坚硬的/头颅”。《忠贞》而时间的可逆性又似乎颠覆了万物的因果。

时间的可逆性经常出现在诗人的想象中，《对面》写道：

如果逆着时光走

会不会有另一场

重逢

一滴水

回到江河

天上[51]

与对线性时间和消逝的事物的歌吟不同，可逆性的想象带来了某种欢乐的情绪，“如果逆着时光/会不会有另一些/话语/温暖/胸膛”[52]，“如果逆着时光/桂树长回童年/模样”[53]，时间的可逆性想象揭示了生活的诸多可能性，与事物的匿名性一样，可逆性的想象表达了世界的非确定性和未完成性，包含着对善好生活的构想。时间的可逆性意味着，人能够赋予生活的当下一个起点，一个开端，一个重启的时刻。在此意义上，诗人将可逆性想象视为永远存在着的开端，生命永远在重新开始的意志。可逆性的构想旨在偏离陈旧的生活轨道，把空间的广袤与时间的无限纳入生活的意志。《逆行》一诗写道：

星空下

跋涉的人

一直在与这个世界

逆行

她从不顺从

她一直在选择中选择

所有选择中

她独钟情陌生

是的　陌生

就像我们

从不相识

就像　不被你看重的

我的天赋

和

爱情[54]

陌生并非仅指向陌生人，而更多的是我们自身中的“谁”，“陌生”或陌生性既指向他人的未知部分，也指自我的非确定性部分，一种未完成的自我与命运，这个匿名的未完成的、生成中的主体更值得珍爱。在向阳的诗歌里，一些基本主题在回旋，就像元素在她诗歌话语中的美学功能一样，因此她的许多核心词汇有着广阔的语义光谱，如“微小”“软弱”到无远弗届的力量，从“隐忍”到“至真的欢乐”，从“缓慢”到“傲慢”，从“顺从”到“逆行”，相反的物性或属性被组织进同一个语义的辩证结构。在人世逆行的时刻是顺从于自然秩序，如顺从水之德，逆行或“从不顺从”的是“这个世界”忽略“天赋/和/爱情”的法则。

向阳诗歌的主题相互缠绕着，每一首诗都将独特的光——即一种语义学的效果——投射在其他诗篇上，她在逆行或世界的可逆性中，又复归于陌生，复归于万物的匿名、无名，复归于微末之物的广袤与无限。

四

《锦瑟》最基本的主题是爱，大多数诗篇都是对爱的沉思或低语式的倾诉。而爱，在诗人这里，从来都不是一种单纯的快乐，而是承受痛苦。诗人为此饱受折磨，却又感觉到自己并不了解它："此刻深夜/我对人生的/奥秘/并不全然/了解/比如/血与钙/骨/密度/爱或/苦"（《此刻》）。在诗人这里，爱的奥秘与万物存在的奥秘一致，爱的话语也与万物存在的语言一致，在《暮色》中，诗人说："我想要说给/你的话/并不比这/一树桃花/更多/然而/你在听吗"，将爱置于降临的"暮色"里，将爱置于阴影之中，"你在看吗/暮色之中/你是否仍会/为她/转身/看这一树/期待/如何坦然/从容地/沉入/黑暗"。在诗人眼中，万物之存在是生命自身的语言。

向阳的诗歌话语多是身怀生活之爱的主体抒写，但也有一些例外的时刻，《锦瑟》最后一首《谁》采用了主体内部的对话关系，把情感的抒写转换为一种戏剧性的描述。在这首同样命名为《谁》的诗里，没有了主体情感的直抒胸臆，情感的表达变成内在自我的戏剧性对话："谁住在/我心里/一住就是/这么多/年"[55]，心上人已经变成了诗人的内部客体，一个"顽固的房客"，诗人甚至已经"忘了"他的面容。"我"于是敲门询问，门内的应答也是一个疑问："谁"。"这/正是我的/所问/你是谁/不交房租/还时时/让我/心/如刀绞"[56]，向阳诗歌的断句带有特殊的抒情气质，带着迟疑、伤痛和疑问。"我"与"房客"的对话与沉默始终隔着紧闭的门，"藏在我的/心房/你/以何为生"[57]，"'我以爱为生/感谢你让我/寄住/请允许/我/住下去'"[58]。"房客"是他者的自我化，也就是说，某种失去的外部客体会转化为主体（自我）的内部客体，并转化为主体的一部分，但仍然会让主体感受到一种永久的丧失，感受到一种忧郁乃至心如刀绞。

对向阳来说，爱从不是单一主题，爱、写作、生命和物之世界在诗人的修辞里，常常被融聚在一起，在看似显白的话语中透出多义性。《不够》写道："时间、词汇、纸张"都不够写出"你给我的/那种/感受"[59]，当爱的话语开始出现时，它转向了一个微物的世界，转向"我还未写出"和"我还不能写出"的万物构成的世界，就像万物是一份获得救赎之物的清单，写出万物是一项允诺，一种必须偿还的债务；她深感"我还没有足够的/笔力"写出爱。一切都"不够"，诗人的紧迫感，正是"来自心底的/呼喊/在前往救赎之前"。爱与写作，都关乎一种"永生"的渴望，"在前往救赎之前/必须攒够/起飞的/脚力"。（《永生》）[60]

就这样，写作上"足够的/笔力"与救赎之前"起飞的/脚力"融合在一起，正是源于写作，源于语言，源于对生活的爱，诗人否定了死神的真实性。在以戏剧性对话方式写下的《神示》

中，诗人说：“我一笔一画地/写下神/却被告知/要将它删去”，更具讽刺性的对话开始了——

“删掉神
但可以保留死神”
“死神可以赦免?”
“他们相信死，
但不相信神!”[61]

诗人提笔在一片惘然若失中“删掉神”，她反复涂改，最后“连死神也/一同删去”，因为死神，“这是我最不信的/一个”。[62]在向阳的抒情诗中，这是一首体现了特殊心智而富于幽默感的诗篇。这首诗源自一种写作的世俗启迪，却的确有如“神示”。

对诗人来说，心与物、爱与永生，正如词与物、写作与生命，是无法分开的具有连续性的体验。在《给我》一诗中，诗人在对万物的眷恋中表达了生活之爱：“给我一只苹果/让我摸摸上面的霜/给我一杯水/让我品尝它来自于哪条江河”。对事物的爱总是投射为写作的爱：“给我雨滴/给我闪电/给我一页白纸/让我写尽人世间的悲欢”[63]。她也不会忘记爱的转义和本义：“给我一条路/让我找到你所在的房屋”。《淬火》抒写的是爱的历程，也是写作的体验，诗中的“她”仍然是主体的一种分化式的表达，“我看见她小心地/把手伸入/矿井……还要更深的土层/触到硬的矿脉……我看见她/小心地敲击/矿石……我看见她捡起一块……幽闭的灵魂苍老/睡意蒙眬/我看见她手的温度/将矿石唤醒”[64]，诗中的“她”是爱的主体亦是写作主体，一位锻造和冶炼语言的诗人，诗人唤醒古老的爱，也唤醒沉睡的词语，在诗章即将结束的地方，诗人说，“而我最想看见的/是她如何/将火种/从地心取出/以一种洗礼的仪式/完成淬火/再将亘古的疼痛/楔成纸上的/一枚枚/铆钉”[65]。对向阳而言，这是爱的书写，也是对书写的热爱。一切都将重逢。

人必须“在前往救赎之前”与万物“重逢”或看到《诞生》：经受爱与苦，受孕、诞生与“爱的疼痛”。向阳说：

我更爱一首诗
还未写出的部分
犹如深爱
那站在人群中一直沉默的诗人。[66]

正如生命、爱、自我的未完成性，人群中“沉默的诗人”再次成为生成性的一个象征，一首诗“未写出的部分”，有如人群中一个洞悉自身未完成性的个人，她永远对自身存在着生成性的因而也是“陌生”的因素，诗人将更深刻的爱给予了语言与生命中未完成的和生成着的部分。

注释：

①②③④⑤⑥⑦⑧⑨⑩⑪⑫⑬⑭⑮⑯何向阳：《低语》，载

《锦瑟》，中国青年出版社，2017，第56页、第56页、第56页、第56页、第56页、第56页、第56页、第56—57页、第57页、第57页、第57页、第57页、第58页、第58页、第58页、第58页。

⑰⑱⑲何向阳：《微尘》，载《锦瑟》，中国青年出版社，2017，第63页、第63页、第63页。

⑳㉑㉒㉓何向阳：《缓慢》，载《锦瑟》，中国青年出版社，2017，第99页、第99页、第100页、第100—101页。

㉔㉕㉖何向阳：《顺从》，载《锦瑟》，中国青年出版社，2017，第116页、第117页、第119页。

㉗㉘㉙㉚㉛㉜㉞㉟㊱㊲㊳㊴㊵何向阳：《长风》，载《锦瑟》，中国青年出版社，2017，第122页、第122页、第122页、第122—123页、第123页、第123页、第124页、第124页、第125页、第126页、第126页、第126页、第126—127页。

㉝㊺㊻㊼㊽何向阳：《谁》，载《锦瑟》，中国青年出版社，2017，第30页、第102页、第102—103页、第103页、第104页。

㊶㊷㊸㊹㊺㊻㊼㊽㊾何向阳：《重逢》，载《锦瑟》，中国青年出版社，2017，第120页、第120页、第120页、第120页、第120页、第121页、第121页、第121页、第121页。

㊿何向阳：《忠贞》，载《锦瑟》，中国青年出版社，2017，第13页。

(51)(52)(53)何向阳：《对面》，载《锦瑟》，中国青年出版社，

2017，第 22 页、第 22 页、第 23 页。

⑭何向阳：《逆行》，载《锦瑟》，中国青年出版社，2017，第 86 页。

⑲何向阳：《不够》，载《锦瑟》，中国青年出版社，2017，第 109 页。

⑳何向阳：《永生》，载《锦瑟》，中国青年出版社，2017，第 28 页。

㉑㉒何向阳：《神示》，载《锦瑟》，中国青年出版社，2017，第 156 页、第 156—157 页。

㉓何向阳《给我》，载《锦瑟》，中国青年出版社，2017，第 97 页。

㉔㉕何向阳：《淬火》，载《锦瑟》，中国青年出版社，2017，第 134—135 页、第 135 页。

㉖何向阳：《局部》，载《锦瑟》，中国青年出版社，2017，第 155 页。

（选自《小说评论》2021 年第 4 期）

呼唤网络文学的新高度和新作为

何　弘

2020年，疫情期间，一位年轻人在武汉的方舱医院里专心读书的样子，打动了很多人。此情此景，正应了英国作家毛姆所说的——阅读是一座随身携带的避难所。看到这张照片，我们知道，没有什么比现在更需要文学。

据第48次《中国互联网络发展状况统计报告》显示，截至2021年6月，我国网民总体规模超过10亿，网络文学用户规模已接近4.7亿，生机勃勃的数字社会已经来临。从过去的不登大雅之堂，到如今的流量之王，网络文学经过20余年的发展正在成为互联网时代的超级金矿。但由于发育时间不长、增量巨大，难免泥沙俱下、良莠不齐，同质化、低俗化的倾向愈加明显，对娱乐化的片面追求严重制约了它的健康发展。

最近，中宣部等部门相继下发《关于加强新时代文艺评论工作的指导意见》《关于开展文娱领域综合治理工作的通知》等重要文件，就强化思想价值引领，整治文娱领域的不良现象等提出了明确要求。2021年9月14日，中办、国办印发了《关于加强网络文明建设的意见》，要求加强网络空间的思想引领、文化培育、道德建设、行为规范、生态治理和文明创建。

网络文学经过20多年的发展，注册作者达上千万，签约作者过百万，存量作品2000多万部，每天新创作入库作品1.5亿字，读者4.67亿，而且是影视、动漫、游戏最重要的内容源头，社会影响巨大，是社会主义文学不可或缺的重要组成部分，宣传思想工作的重要阵地。这么巨大的作者、作品和读者数量，表明网络文学早已解决了有没有、多不多的问题，迫切需要解决的是好不好、精不精的问题。加强文娱领域综合治理、加强网络文明建设，网络文学必须旗帜鲜明抵制“三俗”、历史虚无主义、不良亚文化等创作倾向，杜绝行业乱象，加大优秀作品的供给，即加快网络文学主流化、精品化、经典化进程，实现高质量发展。

“盖世必有非常之人，然后有非常之事；有非常之事，然后有非常之功。”网络文学能否很好地向主流化、精品化、经典化方向迈进，关键问题在于能否引导网络作家确立责任感和使命感，改变单纯以商业、世俗的心态从事文学创作的状况，进而树立正确的世界观、人生观、价值观，能够自律自强、提升素养，自觉承担起传播正能量、弘扬社会主义核心价值观的使命，用作品反映社会的精神现实，并对全社会产生精神引领作用。

新主流：用心用情用功为人民书写

“凡作传世之文者，必先有可以传世之心。”每个时代都有最具代表性的主流文学样式，如唐诗、宋词、元曲、明清小说，而网络文学应该成为网络时代具有代表性的主流文学样式。网络文学作为文学发展的新阶段、新形式，理应接续起文学的精神传统，去体现个人价值、社会价值、核心价值，要直面现实生活的难题和人类心灵的困境，帮助人们建立一种精神信仰和价值体系，这对个人生命的安立、对社会的和谐都具有重要的意义。

习近平总书记在中国文联十大、中国作协九大开幕式上强调，我们要坚持不忘本来、吸收外来、面向未来，在继承中转化，在学习中超越，创作更多体现中华文化精髓、反映中国人审美追求、传播当代中国价值观念又符合世界进步潮流的优秀作品。

2020年年底，中国作协组织136位知名网络作家从创作角度发出《提升网络文学创作质量倡议书》，2021年又组织45家重点文学网站发出《提升网络文学编审质量倡议书》，倡导作家和平台尊重原创，抵制粗制滥造，避免同质化、套路化。为了进一步提升网络文学的质量，中国作协不仅对创作者的创作题材进行引导，也组织作者进行各类相关培训学习，着力从创作端提高创作质量。此外，对网络文学评论家、网站编审，中国作协也组织进行了有针对性的培训。同时，还启动了网络文学“百年百部”系列活动，涌现出了《浩荡》《大国重工》《大国航空》《复兴之路》《朝阳警事》《你好消防员》《大山里的青春》《特别的归乡者》《传国功匠》等一大批反映中国共产党百年奋斗历程的优秀网络文学作品，也从根本上推动了网络文学不断提升质量、持续健康发展，在文化强国建设中发挥更大的作用。

新精品：追求艺术性、时代性、社会性

“网络文学”的出现，是随着网络信息技术和传播手段的革命而必然出现的客观事实，其所代表的不仅是一种文学载体的变化，更意味着文学的生产、消费机制和文本形态、审美特征的全新变革，在人类文学发展史上是具有里程碑意义的事件。

“文章合为时而著，歌诗合为事而作。”文艺是时代前进的号角，最能代表一个时代的风貌，最能引领一个时代的风气。实现中华民族伟大复兴的中国梦，文学的作用不可替代，文学工作者大有可为。20 多年来，网络文学已从最初的“文青”写作发展到今天空前繁荣的现状，形成了自身独特的类型化写作模式，培育了相对稳定的读者群，并反过来影响了网络文学的发展形态。同时，相比于传统的静态文本，网络文学属于“流文本”，具有其独特的消遣性、陪伴性和交互性的特点，使很多人对文学作品的阅读已不再像前人一样，是一种刻意为之的行

为，而是成为一种生活方式。如果说对传统文学作品的阅读更多基于审美需求的话，对网络文学的阅读则更接近消费和消遣，甚至成为一种持续不断的生活方式。

迈入新时代，网络文学不仅要凭借想象力的极大张扬和对于世界截然不同的想象，满足读者的情感需要和消遣需要，还要带领观众仰望星空，采撷平凡微光，饱览世界的辽阔，直击生命的精彩，进而接受更多优秀文化的精神洗礼，让网络文学真正成为讲好中国故事的桥梁，推动网络文学真正实现从娱乐性向艺术性、时代性、社会性的重磅升级。

新经典：以作品立身，自觉承担时代使命

经典是人类共同的文化遗产和精神财富。经典之所以成为经典，在于它对人类共同拥有的美好愿望的展示和对生命价值与意义的不懈探索与追寻，在于它在直抵人的内心世界、触摸心灵深处最柔软的地方时产生的共鸣，在于它对民族精神、英雄主义和爱国情怀的讴歌与赞美，等等。

1998 年，蔡智恒的网络小说《第一次的亲密接触》出现之后，市面上很快出现了《第二次亲密接触》《再一次亲密接触》《无数次亲密接触》《最后一次亲密接触》等跟风书籍。在文学创作中，跟风容易、原创难得，经典才是文学永恒的生命力。十八大以来，一批反映新时代新气象，讴歌党、讴歌祖国、讴歌人民、讴歌英雄，书写中华民族新史诗的精品力作涌现出来，

既有反映党领导人民建立建设新中国、进行改革开放、实现中国梦伟大历程的宏大题材作品，也有书写个人梦想融入国家和民族复兴伟大事业中的“时代新人”和平凡劳动者的故事，还有优秀的革命历史题材作品。网络文学走向经典化是必然的选择。

文学创作是一项为民族培根铸魂的伟大事业，需要作家有坚定的理想追求和责任使命，不做市场的奴隶。过分追求点击量、订阅量、打赏等，是网络文学“三俗”倾向的重要成因。我们将致力于建立正确且有效的网络文学评价机制，通过评论、评奖、推介等手段扩大优秀网络文学作品的社会影响，帮助网络文学加快完成经典化的过程。传统评论主要以评论者的文本细读为基础，但网络文学因为文本过于庞大，文本细读的方式遇到挑战。此外，网络文学在线的一次性阅读与传统文学品味、把玩式的阅读不同，使读者的审美趣味发生显著变化，这种审美的变化可能需要我们做出新的探索，比如引入大数据分析，等等。

一时代有一时代之文学。网络文学作为新兴的文学样式，未来必将是主流的文学样式，它理应担当起文学的各种使命。文学创作是一种个体的、精神的、创造性的劳动，弘扬核心价值观，不是要图解概念，而是要在创作中自然而然地体现出来，通过良好的艺术手段表现出来。从具体实践而言，要适应、尊重并发扬网络文学的特点，引导网络文学回归源头，以故事为导向，重新试图建立对新时代整体性的把握，才能造就网络文学的新经典。同时，要大力培养青年网络作家，团结引导青年网络作家坚持以作品立身，坚持以人民为中心的创作导向，正确认识和把握时代，传承红色精神，自觉承担历史使命。

网络文学正处于转型升级发展的关键阶段，广大网络作家要进一步转变观念，树立精品意识，牢记初心使命，勇于担当作为，以“品质佳作”讲好中国故事，推动网络文学加快主流化、精品化、经典化进程，助力社会主义文化强国建设。

（选自《文艺报》2021 年 9 月 17 日）

坚守与拓新

——评李勇《呈像的镜子》

樊洛平

自《上海文学》1979 年第 3 期率先在祖国大陆推出美籍华人作家聂华苓的《爱国奖券——台湾轶事》，并同期发表大陆学者张葆莘的《聂华苓二三事》，由此拉开大陆学界对台湾文学研究的序幕。迄今为止，台湾文学研究走过了 40 余年的风雨历程。其研究阵容，也从沿海深入内地渐趋遍地开花，由边缘返向中心愈加成为一种显学。而专业研究的队伍，经由老一代学者披荆斩棘的学术拓荒，中年学者艰苦执着的追寻探索，如今令人欣喜地看到新生代学者不断崛起的研究姿态。缕缕不绝的学术薪火传递，昭示着这个学科领域充满希望的明天。

与老一代学者那种拓荒型的研究相比，近年来不断“加盟”台湾文学乃至世界华文文学研究领域的年轻学人，面对改革开放和文化多元碰撞的社会氛围，享有互联网时代的资讯便捷，拥有学科资源积累与不断发展的优势，具备高学历训练的科研资质和理论自觉；因而，在学术研究出发伊始，相对较少于早年台港澳文学研究者所遭遇的“身份质疑”和现实困扰。他们方向明确，全力以赴，更专注于选定某种研究制高点的学术出击，在更加开放的文化氛围中埋头耕耘，迎来学术丰收。作为“80后”青年学者的李勇，从陈映真个案研究的深度发掘，到海峡两岸文学比较研究的视野拓展，他进入台湾文学领域的路向踪迹与研究成绩，与许多年轻的学界朋友一道，是以新的学术高度，见证了台湾文学研究队伍代际更替、后浪奔涌的发展态势。

选择海峡两岸社会转型期乡村叙事比较作为研究对象，就李勇而言，与其对乡村叙事的长期研究有关，更与他对社会转型问题的敏感有关。以“台湾20世纪70年代前后”和“大陆新世纪以来”的乡村叙事作为切入点，李勇首先锁定现代化演进、社会转型、乡村变迁的特定背景，突出了文学研究的时代性和当下意义。而以两岸为视域，则越出了执于“大陆”抑或“台湾”的单向度考察，更具有学术研究的整合意义。

比较研究视角自始至终的贯穿，特别是对两岸乡村叙事差异性的探讨，是李勇新著的亮点。这种两岸比较，无论是对彼此乡村叙事文学传统的溯源，还是对其创作形态的差异性辨析，全部深入作家和文本的世界里展开，并将文学比较与海峡两岸的社会、历史、文化、心理的考察相结合，因而具有了开阔的社会认知视野与坚实的文学批评基础。尤其是对贾平凹与陈映真、黄春明、王祯和等台湾作家的比较，从其情感的迷惘/忧愤，文学观念的游移/坚守，书写立场的“观念”焦虑/“小人物悲悯”，创作方法的“呈现”/“分析”，以及感性与理性的美学的吊诡，来透视文学背后的精神与人格，极具创造性的学术新见。

李勇新著《呈像的镜子：海峡两岸社会转型期乡村叙事比较》以“呈像的镜子”点题，包含了多重意蕴。不仅仅是乡村变迁真相的呈现和还原，亦有透视与穿越的反省力量。两岸作家的乡村叙事，如同那面照亮时代和生活的文学之镜，它直面两岸社会转型期的时代脉动、城乡变迁以及问题症结，在特定的大时代氛围中，为现代化进程中曾经的和正在发生的乡村阵痛与历史动态，为那些世代农民在土地上的留守与出走，那些乡村景象的新变与消逝，留下一幕幕真实的生活映像。而那些或充满乡土依恋的情感投掷，或秉持左翼精神的人文关怀，或坚守现实主义的当下批判，或反观现代化的理性沉思……凡此种种，正是我们当下文坛、作家乃至每个人在转型期社会变迁中感同身受的心理过程。文学则是一面照彻我们自身的心灵之镜。尤其令人耳目一新的，是李勇凭借比较研究的路径，深入两岸乡村叙事的特定语境，溯源乡村叙事何以在海峡两岸发生，比较两岸乡村叙事形态与艺术面貌的异同，发掘各自的内在精神特质与文学传统底蕴，探究特定背景下造成两岸乡村叙事差异的深层原因，厘清两岸文坛乡村叙事的创作资源与经验教训。因而，这面“呈像的镜子”，更成为以他山之石互为参照、启示和推动两岸乡村叙事发展的艺术借镜。强烈的镜像意识背后，是李勇决心走进社会视野和文学语境，探寻文学如何表现和照亮社会生活的艺术路径及思想力量的学术之旅，是他有心丁整合两岸文学资源、在比较视野中呈现中国文学之全景影像的研究意识。其自觉的人文情怀与学术志向，从中可以窥见一斑。

值得一提的是，身处台湾文学研究“边缘”地带、缺乏在地的相关学术团体与资源支持的河南，李勇的研究方向选择与学术坚守，是于寂寞耕耘中逐渐走出了自己的道路。当然，他还有许多等待开发的学术空间，以及需要拓展的台湾文学视野，这面“呈像的镜子”所折射的，亦是他更丰富、开阔，更具前景和远景的学术未来。

（选自《文艺报》2021年8月20日）

青青如画

艾　云

2014年12月，北方中原已有料峭寒意。我从广州飞往郑州应邀参加青青新书《落红记》首发式和作品研讨会。下了飞机往出口处走去，凭感应，我与接机的青青会心一笑。这是我们第一次见面。

我发觉青青身上有茫茫塬上如鹿般飞躜的生命意趣。又有着从大自然中生长出的柔韧而浪漫的想象力。隐忍收紧、沉默，却阻遏不了那洋溢的内心飘荡。

散会以后我们游览济源。进到山里，但见山势巍峨连绵，林木繁茂而扶疏。天气虽已初冬，树仍未全部凋零，那深绿、老绿、浅杏、深褐色叶脉层层叠叠。山风吹来了，飒飒作响。时而惊涛拍岸，时而幽广散淡。这正是青青现在这本《王屋山居手记》中记叙和描摹的一切。

我在自然之美的陶醉中，有种震撼感，可又直觉自己口笨手拙，难以摹其一二。青青却是可以的，她有心到手到、刻画人事山川景致历史全都生动鲜活、如在目前的能耐。她下笔蘸着饱满浓郁色泽，那钢蓝、靛紫、青灰、乌蒙、菊黄、浅白，都闪着夺目之光。

《王屋山居手记》是她为自己在济源的五年驻地记者生涯留下的一本纪念册。山川河流花木兀自立于风中，若无摹状，它会流于忘川。表达呈现，一切便镌刻在记忆的史牍中了。是的，青青必须为济源、为王屋山写些什么。这是内心的召唤与应答。手记王屋山，这是触及与打通。触及着灵魂深处最柔软的核心，又将与自然亲近相偎的神秘暗道打通。

王屋山承载了她太多生命的痛与爱。

我读到青青写自己处于黑暗中的孤独，止不住地流眼泪。我何尝不理解？敏慧的人，会体验很多疼痛与虚无。只有借助文字，才可以托撑自己几近覆蹈的沉舟。却又不想走到人声熙攘处去消磨时光。我们比一般人幸运，是由于可以书写，这让我们挨过许多似乎挨不过去的日子。

实在难过了，厌烦了，就到山里走一走。这翠玉般蜿蜒逶迤的群山，在缄默中诉说着千古的传奇。那深埋在千万里山岚云烟之中的，总是树。而树上树下总有花，村庄掩隐于青黛色之中。花树与山峦的隐约处，有道观和庙宇。青青看山、访树、莳园、种花，享受大自然的慷慨馈赠。

王屋山的微风摇叶、轻露拂阶被她写过；联翩飞蝶、初萼落木被她写过。她写那黄栌枝，“树心是橘黄色的，像一个尘世的诗人，心里藏着万千风云”。如果夏天砍来黄栌树煮水染布，染好的布做衣穿上，橘子的香气从身体里可以一缕缕散发出来。

她写那红色的果实："（它）总是最招鸟。她抱着这大柿树用力摇晃，小红灯笼乘着风，一一落地，有的碎成红泥，有的完好无损。这像在厄运面前的人，有的自尽，有的苟且偷安。我们扑向苟且偷安的，放进嘴里，又凉又甜，简直就是青春期恋人月光下的嘴唇一样，性感又纯洁。"青青的这些句子，也是又性感又纯洁。

青青笔致跌宕，全部的感官都恣意开放，一切的气息和味道，色泽和光线，都在她的文字抚摸中无限传递和盛放，弥漫天穹和宇宙。

刚开始我有些纳闷：青青是记者，为人因侠气而友朋相拥。但她却总是会退转身来，面向那个薄寒禅意的世界。她有着执拗地对自然的偏爱，对出世之法的体察。后来我才明白，空溟与实在，无形和有形，超验和经验之间，本无横亘的绝对阻力；能打通者，才更有张力，更有自由裕如腾挪跌宕的纵横飞拔之张力。就比如青青的爱美、时尚，与她质朴、笃厚的性格形成反差的张力一样。

青青说，我写作，是自己需要，让日子不那么荒芜。一棵树上，总有分叉，这奇异一枝，不要求土壤和水分，似乎什么都可以化为养料，包括贫穷、疼痛与伤害，都是滋养。

青青身上有种矛盾的和谐，她时尚懂美，却又质朴无华；她对大自然有种出世般的敏感热爱，却又入世老到洒脱干练。这是有差异的两极，而能将极端品格融为一体的，越张力、越阔人。在无限的空间，才能生长出一个丰富而趣味盎然的灵魂。

这是我脱口而出的心里话。

青青在出色完成本职工作以后，总能迅速摒弃嘈杂而入致远。她能创造一种虚白清空的语境。她的文字典雅清丽，拈花微笑中如坐佛龛。

许多人都说青青的文字深情而唯美。实在说，美学比历史更重要更永恒。只是在差强人意的生存中，必须先廓清常识的地盘，先要将美学放一放。

我生长，我挣扎，我描述，这足够了。

（选自《河南日报》2021 年 9 月 1 日）

非虚构文学的审美特征和主体间性

梁 鸿

自 2010 年始兴起的“非虚构文学”思潮，最有意味的地方在于，这一概念的兴起是由“文学内部”发生，其结果却是，“文学内部”在大部分时候给予此相当严厉的批评、挑剔，甚至否定，在“文学外部”，它却如火如荼，渐呈蔓延之势。我们看到，不管是大众传播层面的新媒介栏目、新闻特稿报道等，还是其他专业学科如社会学、人类学、新闻学等都在进行非虚构写作实践，探讨“非虚构”的意义、方法，并试图从中寻求自身学科发展的新的可能性。①

这不禁让人追问：“非虚构文学”究竟具有怎样的特质，而形成几乎类似于一场全民写作的运动，它的历史逻辑和现实逻辑何在？进一步来说，“非虚构文学”作为一个概念只是某一时期的昙花一现，还是它真的具备一种文学力量，能成为一个真正的文学类型，既区别于小说、散文、报告文学，也区别于新闻、社会学、人类学，等等？最后，与既往的文学写作相比，“非虚构写作”究竟有无真正的异质性：“比如一个非虚构作家的主体，他在世界上的位置与小说家有何不同？他们同样是叙事，同样是‘讲故事’，非虚构的叙事和讲故事中是否包含着对人和世界的不同的认知视野？”[②]如果真的有所不同，那么，这些不同能否确证非虚构文学的合法性，进而确证非虚构文学使当代文学得到真正的扩张，从而为未来的文学带来更多的可能性？

我们不妨回到白话文运动发生之初重新进行溯源。

一

白话文运动兴起的本质是现代思想发生了变化，它既是追求平等自由和大众普及的时代要求，也是文学文体产生根本性变化的契机。胡适在谈到白话文运动中文学革命的兴起时曾说道：“这场文学运动本身就是对解放文学形式的需求，尤其是对采用白话文作为现代文学各分支的唯一合用媒介的自觉需求。但这场运动所包含的各种交叉问题，使它变得不再仅仅是一个形式问题。我前面提到‘丰富多彩的内容’和文学素材领域的拓展，那么这种拓展和丰富的内容是什么呢？它包括新的视野、新的愿望、新的社会理想和政治思想，以及新的道德标准，诸如与现代文明的接触、个人的发现、妇女地位的提升，还有过去十年发生的政治和社会变化等——它们带来了社会思潮的激荡。”[③]“解放文学形式”和“新的视野和愿望”，胡适所提出的“文学改良刍议”，周作人的“人的文学”“平民文学”等，无一不是从这两个角度进行阐释的。“现代文学”的发生一开始就与“社会”之间血肉相连，并且，这里的“社会”并非单指客观之社会现象，它包含人的精神和思想情感。

为了应对当时汹汹之批评，即白话文学的粗糙和对文言的抛弃，胡适、鲁迅、周作人等不仅以创作实践来证明白话文学同样可以拥有审美之特质，同时纷纷给出理论阐释。胡适提出“文学的国语”和“国语的文学”，意在让白话文学同样成为一种审美化的语言。周作人也提出，“以白话（即口语）为基本，加入古文（词及成语，并不是成段的文章）方言及外来语，组织适宜，具有论理之精密与艺术之美。这种理想的言语倘若成就，我想凡受过义务教育的人民都不难了解，可以当作普通的国语使用”[④]。其中，最重要的一点就是，“白话文学”既要拥有“文章之美”，也要满足一个基本价值取向，即面向大众。

回顾百年以来的文学史，几次大的争论无不围绕着“文学”与“大众化”“公共性”进行。陈平原在一次文学对话中发出疑问：“进入新世纪以后，我们一直在追问：文学到底还有没有力量？也包括从事‘现代文学’研究的专家，是否愿意或者能够继承鲁迅的传统？”[⑤]“鲁迅的传统”，即中国知识分子所言的“社会关怀”的那一部分，其实，这一问题自 1990 年代以来就被不断提起。大部分论者会将其归结为社会的资本化和功利化导致了文学边缘化，其实，它更来自创作者对“文学究竟何为”的焦虑。当社会发生剧烈变动之时，文学内核的某种苍白被凸显出来，一段时间内凝结而成的“文学”概念无法承载扑面而来的时代和现实，那么，变化是必然的。

非虚构文学正是在这样一个动态链上产生的。这是一次文学的自我暴动，是自1990年代以来文学焦虑累积到一定程度后的质变，不只是内容方面的“底层写作”“现实主义”或“大众化”等思潮的变体，它还试图在文体上赋予文学新的特质，指向更为宽阔的可能。它试图接续“五四”以来新文化运动和现代文学之初的任务：以文学作为媒介，展示社会内部“新的视野和愿望”，并最终“解放文学形式”。

2010年和此后几年间陆续出现的一系列非虚构文学作品，如《中国在梁庄》《中国，少了一味药》《冬牧场》《拆楼记》《瞻对：终于融化的铁疙瘩——一个两百年的康巴传奇》《出梁庄记》等，以作者自身的“介入”，以“个人经验”为起点，进入中国生活内部，书写真实的人生和历史事件，这些作品最为显著的共性特性便是，它们都致力于展示社会内部“新的视野和愿望”，而读者的热烈反响及在社会上所引起的广泛讨论也说明它们具备了某种真正的公共性。可以说，非虚构文学的出现激活了文学的内在传统，即其“社会性”的一面，文学重新与社会、时代和现实世界发生联系，它把封闭在现有文学形式内部的社会现实和公共价值重新打开，和读者在情感上形成直接的呼应，最终也实现了审美方式的转换。

复旦大学教授金理在一次会议上说，“即便在虚构中，非虚构也似乎成了对文学、文学气质的一种克服”[⑥]，这里的“文学气质”一词特别值得推敲。身为文学中人，对“文学气质”都隐隐可感：“审美”“修辞”“自我”“边界感”“某种感伤气质”等。所谓“克服”，不是对这些名词所代表的“文学属性”进行否定，而是非虚构文学让这些“文学属性”重新处于“未确定状态”，进而探索新的边界和新的概念。

在非虚构写作的发酵和传播过程中，最为突出的便是普通写作者的加入。这些普通写作者的非虚构作品也许文学性不够高，但总体而言，他们的写作起到了“大众化”的作用。文学不再只是少数人可以做的事情，它超越阶层、专业和圈子，让想表达和想说话的人找到可以表达的方式。在这样全民写作的热潮中，我们隐约可以感觉到“白话文学”和“白话文教育”给整个社会带来的活力，它们的内在逻辑是一致的，即重新打开文学，使文学走向普罗大众。那些普通的、无名的、不被人关注的人生也可以变为有名、被人关注到，那些从来不曾有过观众的人因其故事而被另一个陌生人看到，从而使得自我的某一部分得到彰显。

这样一种全民写作非虚构的现象似乎在提醒大家关注一个问题：平民能不能分享文学？或者，平民有没有权利通过文学的手段来实现自我，从而形成一个公共空间，进而参与时代精神的生成过程中？

可以肯定，这些作品或许无一能够进入未来的文学史中，但是，在此时此刻的历史进程中，却像胡适当年的“两个黄蝴蝶，双双飞上天”一样，成为通往某种解放之途的桥梁，成为无数次文学嬗变最基本的变动力量。

二

2021 年 5 月 23 日，清华大学社会学系联合《探索与争鸣》杂志举办主题为“非虚构写作与中国问题”的会议，邀请了社会学、人类学、新闻学和文学学科的学者，笔者也有幸被邀请参加。在去之前，笔者做好充分的心理准备，甚至写好一篇文章，列举“非虚构文学”之好，以对应可能到来的批评。

可是，在整整一天的会议中，笔者感受到的是其他学科学者对“非虚构文学”的敬意和认同，这一认同并不是说他们全盘接受非虚构文学的种种特质和方向，而是他们认为，“非虚构文学”为他们学科带来非常多的反思空间和可借鉴之处，譬如学术规范和学科话语方式对学科的桎梏，譬如在“田野调查”中如何面对“个人”，在书写时如何处理“情感”，等等。由此，我意识到，关于“非虚构文学”的讨论并不只是文学和文学内部的事情，它对其他学科的影响及其所拥有的能量远非我们所能想象。[7]

或许，我们应该换一种思路重新思考“非虚构文学”的内在特质及由此产生新的启发性。问题的焦点不在于非虚构文学溢出其他学科是否“对/错”[8]，而在于，当想到非虚构文学给不同学科带来新的空间时，激荡着我们的是非虚构文学的哪一种精神特质，而这一特质可能是虚构文学或之前的文学写作所不具备的。

在那次会议上，不同学科的学者致力于探讨的是，当我们面对社会生活的真实场景时，我们该如何把“个体”提请出来，让个人特质显现出来，同时又不放弃其社会特性和逻辑特性。

就文学而言，它具体指的是，你是否真的看到生活内部的异质性，而这一异质性有可能冲破某种固定的、已然为我们所熟悉的话语模式和认知模式？在这里，田野调查只是前提和必要条件，在庞杂、琐碎的生活表象背后，触摸到个体存在更为复杂的面向才是基本任务。

换言之，一个专业的非虚构文学写作者写的并不是“生活的表象”，不只是讲好“一个故事”，而是要尽最大努力发掘，在那样的“现场”和“故事”中，“个人”究竟以何种方式存在，这个“个人”不是抽象的、更高真实的个人，而是现实生活中“活生生的人”。

非虚构文学所面对的是“现实生活”和“活生生的人”，这是它的基本逻辑起点，它是非虚构文学的最根本特质，也是能够激荡写作者内心灵魂的基本点。并不是所有写作都能如此激活一个写作者的身份意识，写作者和时代、社会正面相逢，你不能“躲进小楼成一统”，不能拿“文学回到语言自身”来安慰自己，你必须正面直视你面前的活生生的生活和人，你面对的不是柏拉图洞穴里的“影子”，而是“人”自身，词与物之间，你必须找到最恰当的话语来对应。

对于文学而言，这是一个新的挑战。写作者多了一项之前的同行未曾遭遇过的道德要求，你要为这一“活生生的生活和个人”负责，“田野调查”“行动”“现实关怀”等不是写作者加诸自身的光环，而是你要描述“活生生的生活和个人”的基本前提和必要条件。

那天会议探讨的问题非常具体，甚至连社会学中所惯常使用的人物代称“×××”也进行了一番辨析。其中，有一位学者讲了一个非常有意思的例子，他说，有一次他们在进行“农村分家”的田野调查，那个家庭正吵得不可开交，他突然想到，如果要进行论文写作，那么，“农村分家”中的情感因素一定会被弃之不用，取而代之的可能是从经济、社会、人际关系等角度进行分析，但实际上，“情感”又是最重要的因素，因为无法量化，而不能被进入社会学的书写。大家就此进行了一番非常有意味的探讨，其中最值得重视的是：如果“农村分家”过程中的情感因素不被书写，那么，这样的调查是否有缺陷，甚至是违背真实生活逻辑的？从而，这样的社会学调查所得出的结论是否可靠？

学科分野是现代知识的划分形式，它是所有学者必须遵循的基本规则，只要你想在学科内获得认同，就必须用某一套固定的话语系统来说话。所以，不同学科之间壁垒重重，界限分明。学者们既为之受苦，但同时，也形成某种类似于知识霸权的分野，要想进阶，必须掌握这些话语术。非虚构文学的写作冲破这一学科分野，对所有学科的知识类型都是“拿来主义”的态度，田野调查、口述历史、场景还原、地方志视角等，都可以在文中出现。这些不单单是学科之间的工具化使用，而是一种新的激活，让知识还原其情感的一面，关注现实场景中的“个人性”和“情感性”，最终形成一种更加宽阔的、融会贯通的认知体系和文学审美特征。它让人的心灵重新回到古典时代，在那时，所有的人类知识都是共有的，数学、诗歌、几何、物理，等等，都还没有被区隔出来，人在思考问题时，拥有一种天然的整体意识，心灵也处于百川共在的状态。它让写作者调动所有的知识谱系、情感经验去思考“活生生的”存在，其心灵是自由的，和对象之间能够坦诚相对。

非虚构文学的跨学科使用让不同学科的学者意识到“甄选”本身的问题所在，那些被社会学称为“边角料”的东西恰恰是最值得重视的，那些被民族志研究中称为“过于主观”的材料或许包含着对那一群体新的认知。

再回到文学上，非虚构文学为当代文学带来一种新的生产框架和认知模式。它扩张了文学边界，人类学、社会学、口述历史、新闻调查，等等，不同学科的形式在这里都可以得到新的使用，并最终构成新的文学结构和审美维度。这样的生产框架和认知模式拓宽了文学参与生活的维度，重新激活了“知识”与“生活”之间的深度联结。

这一点，看起来好像并无特殊之处，但是稍微回溯一下就会发现，当“知识”自成一体时，往往会被日渐成熟的话语系统包裹，最终，知识变为“词语”或“修辞”本身，而与“事物”之间的关联反而有些疏远。这就好像“现实主义”“现代主义”“后现代主义”等概念，它们产生之初都是为了应对当时所出现的“词大于物”的现象，但最终，却也被“词语”吞噬。非虚构文学的田野性、个人性和现实性使得“词语”被迫直面“事物”——那些新鲜的、未知的、很难被命名的事物。在这里，“物”的丰富性和活跃度远远大于现成的“词”的含义，你必须通过各种手段去寻找新的对应词语，最终，在不断涨破的“物”与使尽浑身解数迎接的“词”之间的博弈中，一种新的文学文体可能会呈现出来。

三

由于要直面“活生生的生活和个人”，非虚构文学写作者的“主体性”遭到严重质疑。其立场价值、家庭背景、知识视野、职业生活，等等，都变成必须考察的对象，因为这些因素会影响到你对“活生生的生活和个人”的观察。这是非虚构文学中的“非”，也是非虚构文学中的“虚”。因为这一个“非”字，“非虚构文学”被认为是表达了现实的客观世界，而同时，因为写作者主体的主观性，它又很难取得完全的信任。这几乎成了非虚构写作的原罪。

但是，这一“原罪”也恰恰构成了非虚构文学最为独特的地方，也是非虚构文学之所以不同于报告文学、新闻报告和纪实文学等文体的地方。作者不敢擅用自己的权力，他必须盘查并警醒自身的一切，必须调动自己全部的理智和感情，和自我博弈，最终和“活生生的生活和个人”形成对话。换句话说，你在观看和判断“活生生的生活和个人”，反过来，它们也在观看和判断你，不是因为你是写作主体就掌握了主动权，你的写作对象，甚至，你的读者，整个世界都拥有话语权和判断力。“个人经验”和“知识体系”不是你写作的依据和确定自己的支撑，而是需要不断克服的对象。写作主体并不全然是主动的一方，它和写作对象之间互相监督，彼此互生意义，从而形成一种主体间性，写作主体—写作对象—世界三个维度互相依赖，也互相生成。

非虚构写作的“真实”正是在这个意义上完成的，它是几方在不断博弈中形成的理解“活生生的生活和个人”的通道，不是一劳永逸的确定。在此意义上，非虚构文学为当代文学提供了一种新的写作类型和写作精神。

从写作的总体思想角度来看（不管分属哪一个学科），当写作主体尽力把自己化开、揉碎，和“活生生的生活和个人”一起迎接大的历史洪流时，文本所呈现出来的精神气质总是谨慎和多向的，文本语言也是一种尊重的、不轻易判断的语言，并且因为这尊重，作者所观察的生活和个人变得平等、开放且有自我彰显的可能。

卡波特的《冷血》虽然被称为“非虚构小说”，但是，我们稍微思考一下，作者历时几年，穷尽各方资料去调查、追溯一个罪犯的生活史，这本身就是一种尊重，这样一种尊重既赋予了文本本身凝重的气息，同时，也使所调查对象拥有了打开内部精神世界的可能性。譬如，人类学家列维-斯特劳斯的《忧郁的热带》为什么具有更开放的空间，它恰恰来自作者对人类学家身份的质疑和对知识背后的价值立场的怀疑，这也使得《忧郁的热带》中那“遥远的部落”不那么遥远，多了“普遍人类”的情感，少了猎奇和奇观化的视野。再譬如前几年在中国翻译出版的美国社会学家马修·德斯蒙德的著作《扫地出门：美国城市的贫穷与暴利》，在字里行间，你能充分感受到作者目光的注视和极为谨慎的判断，在文后的附录中，作者解释了正文中时时出现的“朋友”就是作者自己，换句话说，他并没有因自己社会学家的身份而完全放弃对观察对象的情感描写，相反，他详细描写了一对母子在被迫不断搬迁过程中的快乐片刻、悲伤时刻，还有这些情感对人物的影响。

非虚构写作者在文本中的角色不是造物主的角色，这一点和小说家完全不同。非虚构写作主体首先是一个知识分子的身份——公共知识分子和专业知识分子兼而具之，他既要迎接扑面而来的生活本身，要全部身心地浸润进去，去感受生活内部的空间和可能蕴含的精神，同时，还要提防自己过于“自大”，要摒弃过于主观的判断，时时警惕自己被以往知识视野遮蔽。它是一种全面自我批判和自我质疑的写作，其中包含着公共价值的呈现。这并不是否定非虚构写作主体的“个人性”，相反，所有批判和质疑都经由“个人”产生，它所依据的是自己的所看所感，是非常直观且主观的。

这也是非虚构写作充满活力的原因。当写作主体不断质疑自己的时候，才有可能有新的理解和发现，也才有可能使写作本身获得更阔大的空间。以最近的“庞麦郎事件”为例。我注意到,《人物》杂志的几个记者在进行写作之前,坐在一起开会讨论,对以往“庞麦郎事件”的报道和书写进行总结检讨,以防止这一次报道再犯同样的错误。这样的举动和思想意识,在非虚构写作中,堪称有里程碑意义。这几百字的内容不只是前言,而是这篇文章的一部分,它和本文一起,构成一个纵深的时代背景和人物背景。它彰显了非虚构写作主体的自觉意识,即写作者在面对“活生生的生活和人”时,必须有充分的反思意识和谨慎态度。[9]

就非虚构写作的发展而言,文学家们并不超前,甚至显得落后、过于顾虑重重。自2010年《人民文学》倡导并逐渐掀起“非虚构写作”热潮以来,像李娟《冬牧场》那样的优秀文章非常少,真正积极响应并持续出现成果的反而是在其他学界。最近几年,笔者一直参与评选由瑞士知名杂志 *Reportagen* 举办的“真实故事奖”,因此读到了相当一批国内一流记者所写的文章,笔者深深感到,很多文章远远超出了特稿和新闻层面,它们就是非常优秀的“非虚构文学作品”,[10]并且,他们的勇气、行动力和洞察力远远超过作家。文学界的“圈子化”以其固定的审美和趣味保护着作家们,一旦有一天这个“圈子”被打破,我们会看到自身的孱弱和封闭。

在这里,我并不想对非虚构文学和虚构文学进行某种比较,我的理解是,两者参与历史的方式不同,非虚构文学为文学提供了一种新的样式,这一新的样式或许能渗透到所有文学样式的写作中，这对于文学本身而言是非常重要的。

但是，仍然有很多作家执拗于非虚构写作中的“真实”问题。最重要的两点，一是认为文学的本质就是“虚构”，二是谁有权力认为自己所写的是“真实”。在这里，最根本的一点在于，每个人在谈论真实时，总是把“真实”看作“客观真实”，既然如此，又何须文学来书写？但实际上，当人类开始试图说话描述这个世界时，就只能是“摹仿”，“语言”作为中介不可避免地会有错位、错误，所以，“词与物”的对应从来都只是无限接近，而不是完全对等。在承认这一点的前提下，我们对非虚构文学中的“真实问题”才有探讨的可能。

非虚构文学触及了自中国现代文学诞生以来，或者说，二战之后世界范围内文学的一个困境：如何重新让文学再回到生活中。“奥斯维辛之后，写诗是野蛮的”，这句话的本质在于，文学无法表达越来越复杂和沉重的人类生活。纳博科夫坚决反对现实主义文学，反对流亡的俄国作家们书写自己的流亡经历，他不是反对现实主义文学本身，而是认为，当作家“把流亡当自己的写作资本”时，俄国的现实是无法呈现的。在他内心深处，仍然有无法面对现实的“羞耻”之感，“当我阅读曼德尔施塔姆在那些残暴者可恶统治下写作的诗歌时，我感到一种无法抑制的羞耻……”[11]这并非修辞意义的“羞耻”，而是实实在在的无能为力。

非虚构文学试图重建文学与现实、重建知识者和“人民大地”的关系，在另外意义上，也是在试图重建一种新的更加融会贯通的知识体系，当这一知识体系重新贯注到文学之中时，或者，文学会出现新的审美特质和结构方式。与此同时，当我们把“文学”看作一个动态的、不断发展着的事物时（而不是一个已然完全成熟、封闭的概念），不管是哪一种文学类型的出现，都有可能是对现有概念的一种修正、充实或者提醒。

注释：

①除了文学界内有一部分作家在进行非虚构写作之外，单以新媒体为例，“谷雨故事”“网易人间故事”“真实故事计划”“故事硬核”“正午故事”“人物”“GQ”等，都专门开辟《非虚构写作》栏目，收集普通人的故事，提倡、鼓励普通人写作，自己、他人，过去、现在，皆可写作，可以是记录体、口述体、采访体，也可以是纯粹叙述体，等等。有相当多的媒体开发了“非虚构课程”，通过非虚构写作者的传授，让普通写作者切切实实获得基本的写作技术以有能力进行创作。在新闻写作层面，越来越多的记者在使用“非虚构写作”这一概念以区别于以往的“特稿”“报道”等说法，社会学、历史学和人类学等学者也都在探索性地使用这一概念。大学课程上，文学、社会学、人类学和新闻学专业等许多大学都开设了“非虚构写作”课程，在研究层面，笔者在查阅资料过程中，发现近年来有越来越多的跨学科论文从某一角度探讨非虚构写作，也有相当多的硕博士论文进行了更为全面的探讨。如《新媒体环境下的非虚构写作研究——以网易“人间”为例》（陈艳娇，2020），南京师范

大学硕士学位论文；《非虚构在中国新闻界的兴起——知识社会学的视角》（倪丹燕，2020），南京大学硕士学位论文，里面无一例外都是从 2010 年《人民文学》所引领的“非虚构文学写作”谈起。

②李敬泽：《梁庄与“非虚构”中国——〈梁庄十年〉作品研讨会》，见“理想国”微信公众号，2021 年 6 月 3 日。

③胡适：《中国的文学革命》，席云舒译注，本文最早载于《密勒氏评论报》（*Millard's Review of the Far East*），1919 年 4 月 19 日，中译发表于《中国现代文学研究丛刊》2020 年第 10 期，第 215—219 页。

④周作人：《理想的国语》，载钟叔河编订《周作人散文全集》（第四卷），广西师范大学出版社，2009，第 288—289 页。

⑤陈平原、王德威、藤井省三：《中国现代文学研究的方向》，《学术月刊》2014 年第 46 卷第 8 期。

⑥金理在第四届上海南京双城文学工作坊“中国‘非虚构’和‘非虚构’中国”会议上的发言，“澎湃新闻”微信公众号，2020 年 10 月 19 日。

⑦在 2010 年“上海—南京双城文学工作坊”之“中国‘非虚构’和‘非虚构’中国”会议上，主办人何平和金理请了小说家、非虚构作家、社会学家、批评家、新闻记者、艺术策展人、纪录片导演、非虚构平台主理、非虚构译者等不同职业、不同学科的人，以期形成真正的碰撞和讨论。这样的跨学科、跨职业现象几乎成为关于“非虚构写作”讨论会的常态，它本

身也说明非虚构写作内在的某种特征。

⑧其实早在2012年、2013年，笔者便因两本“梁庄”的书写被一些大学的社会学系、新闻学系等请去交流或做讲座；但也常常因为“梁庄”的溢出所遭受的批评而感到惶恐。批评的焦点集中于，非虚构文学的“溢出”更多的是基于它的社会性，而非文学性，因而这样的溢出就文学而言并无价值。这样的观念或许也影响非虚构写作者对自己作品的看法。

⑨杨楠：《庞麦郎的错位》，“南方人物周刊”微信公众号，2021年4月11日。“当我们再次细读那篇《惊惶庞麦郎》时，感到记者当年比其他同行更下功夫，‘惊惶’一词也有合理性。但这篇报道刻薄的言辞，也对庞麦郎造成了伤害。于是我想，庞麦郎那些显而易见的谎言，真的需要那么多深度报道去戳穿吗？他到底具有怎样的公共性，需要以伤害一个活生生的人为代价去呈现‘真相’和‘细节’？呈现真相和猎奇，是一枚硬币的两面，还是一个天平的两端。”杨楠和杨依依所写的文章是《庞麦郎　孤独及其所创造的》，“南方人物周刊”微信公众号，2021年3月24日。文中所提到的“《惊惶庞麦郎》”，首发于《人物》2015年第1期。

⑩“真实故事奖”是由瑞士 *Reportagen* 杂志于2019年创设主办的全球奖。其中，杜强的《废物俱乐部》，刘子超的《乌兹别克斯坦：寻找中亚的失落之心》，葛佳男《陶崇园：被遮蔽与被损害的》，赖祐萱《外卖骑手，困在系统里》，等等，都是非常优秀的作品。

⑪纳博科夫：《独抒己见》，唐建清译，浙江文艺出版社，2012，第60页。

（选自《中国现代文学研究丛刊》2021年第7期）

蒋韵：我“跟踪研究”的一个作家

刘海燕

我跟随鲁枢元先生读硕士期间，他让我选两个作家做跟踪研究，蒋韵是我选的两个作家之一。青春时期的我为何选蒋韵？也许有偶然的因素，但今天看来，应是蒋韵小说中的诗意、浪漫、在路上、异乡人以及决绝的女人等非日常的情境，吸引了一个中文系女生的眼与心。青春时期，加上背后是20世纪80年代文学的辉煌岁月，看不清文学和现实的边界，很容易把文学想象当成生活本身。这个中文系女生，在蒋韵小说里的女性人物身上，看到了幻想中和幻想也难及的同类——她们的人生和命运，有向往，更有错愕和悲伤。是的，错愕和悲伤。

硕士阶段，我给跟踪研究的两个作家各写了一篇评论习作，蒋韵的这篇评论题目是《生命和诗的错过》，写于1992年冬天，发表在1993年年初的《当代作家评论》上。这篇青春期的评论，今天看来，洋溢着评论的通病——语句晦涩，大师观点领航，炫耀知识背景，但幸亏还有真情和诚恳，还余下几句不过时的话：“你我永远也影响不了别人，同时，你我不仅仅是我们本人……你我在这个世界上秘密地风雨同舟。”这几句话是从蒋韵小说的人物身上总结出来的，但也在说着今天这个疫情时代人与人之间的关系。

经历了“文革”的“50后”作家蒋韵，“固执地”讲述着她所经历的那个时代。在我们的文学追逐新势力、新主题的潮流中，在不同时期的潮流中，蒋韵是有罕见定力的那一位作家。从20世纪90年代起，蒋韵的小说里就常常出现那种不合时宜的人物，她（他）在生活中总是处于尴尬的境遇，其悲剧看起来更像是闹剧或喜剧，蒋韵把他们称作“外乡人”——时代的外乡人。在访谈里，蒋韵说这些人物“在某种程度上反映出了我和这个时代的关系”。早年间，蒋韵说自己“是文坛上的孤魂野鬼”，后来蒋韵更清楚地认识到：“哪一个真正的作家，……不是孤魂野鬼呢？……真正的写作，是属于孤独者的，是属于现实人生中深刻的失败者的。‘深刻的失败’，在某种意义上，和一个人的现实存在无关，而是，一种精神状态，或者，更极端一些，是某种命运感。”（蒋韵：《青梅》，河南文艺出版社，2019，第189—190页）

告别青春期和主观的偏好，客观地讲，蒋韵的这种文学品质值得跟踪研究。她在反复回望和审视一代人的怕与爱时，也在提醒更年轻的读者——曾经的历史，曾经的生活，和我们的今天及未来隐秘相连。

十年如一日，对于我，不是坚持不懈，而是时光飞逝，转眼间到了2003年。作家艾云在《作品》杂志主持《作家现在时》栏目，她也看重李锐、蒋韵夫妇的写作，约我写了蒋韵和李锐。2003年，我们都还年轻，蒋韵已经写出了《栎树的囚徒》《我的内陆》等长篇，出版了一系列小说集。

在《我的内陆》里，蒋韵沿着那些消逝的事物——古城、小巷、柳林、决绝的女人……去寻找人和城之间的血脉，及这个城市的前生今世。现在我之所以谈这个，是因为我感到由《我的内陆》，蒋韵也有了自己的“文学故乡”，虽然这文学故乡不像其他作家的那么具体鲜明。

在这之前，太原这个内陆城市，蒋韵生活了四十多年的地方，在她小说里出现时一直是虚构的“T城”。早年的蒋韵一直视它为异乡，客居的城市，她以一个“外乡人”的目光傲慢地看待它。我在评陆文夫《美食家》一文时，曾反复琢磨过——如果一个作家生活的城市，既不是古城，又不是沿海，更不是中心，他该如何写这个城市里的生活，才能引起读者的兴趣？我想，早晚总是要写的，只是写法不同而已。每个作家都要找到自己写作中的天时地利人和，这里的“人和”，指对天时地利的呼应和寻觅，并不是你生活在天堂苏州或文化中心京沪就可以了，而是你能不能挖掘出属于天时地利的精气神，创造出代表这座城市历史文化的独一无二的作品。这要看你个人的造化了。

我看到了蒋韵四十多年来的造化，这一切都云集到《我的内陆》里——这个城市里到处都是她生活过的痕迹，她以四十多年来的记忆和情感，写活了写热了这个并不引人注目的城市。

她在《〈我的内陆〉后记》里写："这客居的城市，……因为有了生育和血脉的传承，渐渐地，成为亲爱。成为血肉的经历。"

"没有任何的宣传与炒作，《我的内陆》自发地获得了读者的认同，尤其是和她同龄的及老一代人的认同，也出了台湾版。人都希望自己生活在一个有历史景深、有温情的城市，我想这是《我的内陆》获得认同的原因之一。"偶然发现我当年写的这段话，成为《我的内陆》2013 年再版时的推荐语。我和蒋韵已是失联多年。

从此，这个内陆城市，与大西北的天空和土地一起，成了作家蒋韵的内陆，成为她文学故乡的一部分。一个作家可以把任何一地发现、创造为文学故乡。蒋韵给了我们这样的信心。我所在的郑州，类似"T 城"，它也可以成为你我的"文学故乡"，如果你有足够的文学力量去寻找和撑起。

又一个十年如一日，到了 2021 年春天，安琪主编选了蒋韵《心爱的树》给我。这两年，我愈加感到文学评论下笔的艰难，以及你写出的每一句话是否自我重复或重复他人？还有无必要？这当然是指我自己。因此，感谢《莽原》的《重温经典》栏目，感谢安琪主编为文学的心，让我这个被动写作的人，再聚心一次蒋韵的写作，姑且算是续上青春时代的"跟踪研究"。

中篇小说《心爱的树》写于 2005 年，发表于 2006 年，后被《小说月报》等转载，并获"第四届鲁迅文学奖"，算是给蒋韵带来国内文学殊荣的作品。不过，我也是在搜寻有关蒋韵资料的过程中方知这些信息；或者曾知但彻底忘了。时过境迁，作品外部的标签都会随风而去，正如前辈评论家孙荪先生直言，“作家是用作品说话的”。

在蒋韵的中篇小说中，《心爱的树》属于跨时段比较长的，写了民国、抗战、困难（饥饿）几个时期。起初是个背叛的故事：民国时期，十六岁的梅巧为了能继续上学，嫁给了比自己大很多的“大先生”，大先生是师范学校的校长，严谨、严肃，梅巧冰雪聪明，但生命里有种向未知世界汹涌而去的力量，汹涌到自虐——生第四个孩子后，不说话，厌食，用她母亲的话说是“作死”，因为她不想过普通女人的生活。这样的女子，必须从家庭里迈出来。对于梅巧，一张小学教员的聘书，还不足够。她的女同事张君富于戏剧性的人生，抗婚、私奔，和心爱的人一路私逃——那个时代的浪漫故事，让梅巧心生向往。这时，大先生的一个得意弟子——席方平出现了。即便不是这个人物，也会有另外的人物，和她灼热的心相遇。

作为那个时代的浪漫故事，即现代文学中“娜拉出走”及走后如何的故事，在鲁迅的《伤逝》中已可见。如何推陈出新？

在蒋韵的笔下，梅巧的长女凌香，是小说中更深的激流，是为了证实一句诺言可以去死的人。蒋韵很善于或者说很喜欢写像梅巧、凌香这种决绝的女性。凌香这种酷烈凛然的性格，从一出生就带来了，也是不可更改的命运。日本人来了，兵荒马乱的岁月，十六岁的凌香硬是从和家人避世的中条山中，去了西安读高中，又冒死踏上寻找母亲的蜀道。她来到母亲面前时，衣衫褴褛，已是差点被敌机炸死的人。

"你说过，永远也不会丢下我，八年来我没有一天忘记过这话。我来，是要告诉你一句话，你——不值得我这么、这么样牵挂!"

说完她掉头而去。

凌香这个女孩子，自八岁那年母亲出走，憋了八年的劲至此释放出来。这是一个孩子以冒死的方式向成年人的道德追问。孩子，尤其像凌香这样的孩子，会相信诺言。

凌香心里的狠劲带着小说情节向前走，让我们看到了始于浪漫私奔的梅巧，在现实人生中的境况：江边逃难的草屋里，男先生染了肺结核，正在料理晚饭的女先生"蓬着头，青菜叶沾在手上，一身的柴烟味"；"两个心高万丈生死相随的有为青年最终落在了生活艰辛的窘境之中"。

你会发现，蒋韵一步步在写真相，写诗意与传奇之后的真相。如何面对真相？这更考验小说家的综合心智。

接下来是爱的能力，推动小说向情感深处转折。凌香看到梅巧的一刹那，就原谅她了。或许更早，她乘坐的木船被炸，一船鲜活的生命瞬间灰飞烟灭，在人世无常的惊悚里，她懂得了生命之爱。但是她必须说出在心头坠了八年的那句话，她说完了那句话，"她才能重新成为一个善良温情柔软的孩子，一个悲天悯人的孩子"。蒋韵笔下人物的情感张力，在当代小说中是很少见的。

蒋韵的小说绝不拖沓，叙事像她的人物性格一样利落到酷烈。这篇小说剪辑了漫长人生中的九个片段，历时几十年，但骨架很清晰。如“八、饥荒”——“又是许多年过去了”——一句话过渡，省去了许多枝枝蔓蔓的叙述。

到了20世纪60年代——饥饿的年代，梅巧一家已回到那个北方省城，大先生在小城里教书，凌香已是两个孩子的母亲，凌香在父亲大先生和母亲梅巧之间传递着救命粮。那都是大先生和大先生后来的妻子大萍挎着篮子，排着不同的长队，凭票买来的、积攒下的饥饿年代的稀缺物品：粮油肉蛋，糕点白糖；还有大萍开垦空地种植的蔬果、晒的干菜；还有烟，“这烟，总是由大先生亲手拿出来，沉默不语地，给她塞到提包里”。这烟是大先生给梅巧的——曾经背叛他的人。

大先生和大萍节日般地排着队，大萍慌着包饺子，一个个码进饭盒里，让凌香带走；凌香颠簸三十多公里到梅巧家，看着饿得浮肿的她把饺子一个一个地吃下去。所有的过程，都像默片，大先生、大萍、凌香都不说破，但心里都明镜高悬。他们默契地爱着。这些细节写得真切，令人心疼。

直到某个细节在时光中被曝光，被验证，梅巧才知道大萍也对她那样的好！而大先生，在当年梅巧离家出走时，告诉梅巧：“你这么背叛我，你这么走了，我一天咒你八十遍——”可接下来的几十年里，父亲大先生从没有在孩子们面前说过她一个“不”字。大先生真是中国当代文学中少有的君子人物啊！

这里还要说一说大萍。这个乡下来的女性，不识字，肥臀粗腰，典型的劳动妇女，她以质朴的爱心和日常生活技能，用悉心悉意的日子，把大先生这个空心的家，填成了实心。尤其是在特殊年代，如到山中避世的日子，大萍推磨、织布、挑水、开荒，没有她不会的，把逃难的日子过得姹紫嫣红；后来的“困难时期”，大萍开荒种植蔬果粮食，还和大先生一起无言救济梅巧。这个没有一点小资情调也不柔美的女人，却是支撑艰难岁月的主力。

梅巧是追寻浪漫新生活的知识女性，大萍是拙朴的奉献型的劳动妇女——好像是所有人的母亲。这两位截然不同的女性，在蒋韵的笔下同样被尊重，被怜惜，有各自的生活动力和命运轨迹。像蒋韵这样当过知青、走过西口、参加过艾奥瓦大学“国际写作计划”等，经历过多样化人生的女作家，更懂得欣赏不同的女性人物，或者说，更懂得文学何为。

蒋韵曾说：“启蒙无罪，但不彻底的启蒙是可怕的；知识更无罪，但用浅薄的知识来装点人生是可怕的。”（《青梅》，第195页）在写作中，蒋韵从不以知识者自居，更不会在小说里炫耀知识。她一直在去除知识的文饰。这也是我喜欢蒋韵的理由之一。

同时代作家王安忆，曾写过一篇蒋韵的评论——《知识的批评——从蒋韵说起》（《上海文学》，2000年第7期）。她借助分析蒋韵20世纪80年代末的几篇小说，发现蒋韵小说里有种知识批评的主题，表现了她那一代知识青年的悲剧面貌。这个维度，在《心爱的树》里，也隐约可见。浪漫的梅巧，后来在窘迫的现实中，靠大先生的君子之爱和勤劳善良的大萍，得以渡过饥饿难关。一时的浪漫并不太难，难的是面对现实如何活着，如何一生拥有情感质量，尤其是在特殊年代。

即便不是重病，衰老也会带走人的生命。几十年后，大先生身患绝症，想见梅巧一面。几十年前负罪与盛怒中分手的两个人，再见时的场景，在蒋韵的笔下是这样的：在梅巧所在的省城火车站候车室（那个年代没有咖啡馆、茶馆，火车站算是地标吧），曾经鲜花般的清水眼梅巧，此刻已是两鬓霜染的老太婆，“他们愣愣地，你望我，我望你，对视了半晌，身边是来来往往的旅人”。在凌香的提醒下，才“左一个”“右一个”地坐了下来。

头顶上，大大的几个电风扇旋转着，发出嗡嗡的响声。一时间，有一种奇怪的安静，笼罩了午后的车站。所有的声音都远去了，人声、车声、广播声，一切一切，如退潮的水一样渐行渐远。只有他们裸露着，像两块被岁月击打的礁石。大先生摸索了一阵，从衣兜里掏出烟来，是一盒凤凰。他夹出一支，递到了梅巧面前……

这熟悉的烟味，唤起过往的生活：烟是梅巧年轻时的嗜好，大先生让凌香捎给梅巧的那些烟，和救命食物一起，成为饥饿年代的慰藉。“他们要说的话，都化作了，袅袅香烟。”“他们跨过了34年的岁月，来在一个车站，好像就是为了在一起抽一支烟。”该虚的时候，蒋韵的小说总是能虚出境界来，虚出人世的悲情来。

还能说什么呢？除了“大恩不言谢”几句简短的对话外，他们共同提及的就是早年一起生活时院子里的那棵大槐树，时过境迁，被人锯掉了。梅巧说，她曾看到在锯口处，老槐树流出大串的眼泪，“老槐树哭呢……”当年，不安分的梅巧画这棵大槐树时，把它染成汹涌的澎湃的蓝色；此时，无法挽回的老去的生命，把所有不知从何说起的话，不知从何表达的情感，转向说他们的树——共同岁月里的记忆。如今树也不在了，树也哭过。真是永逝不返的一切啊！在蒋韵的笔下，他们的感情呈现得婉约而浩渺。

这个起初属于婚姻中背叛与出走的故事，经过饥饿年代的默默相助，在生命的终局里，在时过境迁后的虚空里，升华为对生命的珍惜与救赎。

重读这篇小说，每个人物都有强烈的爱的力量，但风格方式不同。如梅巧的爱带着一代知识者的浪漫、裂变与痛苦；大先生在梅巧出走以后，对初到家中的大萍，表现为少见的隐忍，再到宽厚的怜惜，可谓君子之爱；凌香对母亲的爱，由一个孩子的单纯至酷烈的爱，到经验基础上的生命之爱……是爱，不是欲望，推动着这篇小说的情节和情感步步深入。

在一次访谈中，蒋韵曾表达过对当代小说的看法：

20 世纪 90 年代到新世纪初，我们的小说，无论乡村还是都市，只要涉及情爱，渐渐呈现出了一种极其程式化的样貌，即“零度叙述+性”。不敢说千人一腔，却也真是相差无几，似乎，人类的全部问题，全部困境，就只剩下了“性”这一件事。人类如此丰富丰沛的情感，难道真的萎缩至此了吗？（《青梅》，第 197 页）

“在人世间生而为人，所经历的精神的苦痛，不是人间烟火吗？所以，我理解的‘人间烟火’，可能和有些人的不一样。”（《青梅》，第 198 页）

从中也可看出蒋韵小说的情感和精神取向，蒋韵的小说因此有种清冽的气质，与我们常见的庸俗现实气息的小说区分开来。

蒋韵是个有坚持、有思想力的作家。从 1979 年发表在《安徽文艺》上的短篇小说《我的两个女儿》，到 2019 年的长篇新作《你好，安娜》，她一直主要在写她这一代人的生活，为一代人做情感史和精神史的传记。评论家贺绍俊曾这样评价：“蒋韵关于‘50 后’的精神成长、精神境界的小说在当代文学当中可以说是独一无二的。”（《南方都市报》2019 年 10 月 21 日）

也许我们会产生疑问：即便蒋韵自觉地疏离于当代文坛，但她一直写自己的同时代人，难道不怕落伍吗？哪儿来的信心和勇气？20 世纪 90 年代的蒋韵，也曾尝试过当时流行的复杂技巧，如解构叙事等。90 年代，我曾和蒋韵有过通话和见面，感到那时的蒋韵也在寻找信心的途中。一个真实虔诚、善于反思的作家，最终会面对自我的心，回到文学的本真；还有蒋韵的国际化视野，又多年偏于西北一隅的沉静，现居京郊也是远离喧嚣，各有风格但又互相激发的文学家庭，我想这些都涵养了她的文学内陆。

在不同时代的文学潮流中，蒋韵找到了自己的定海神针——靠对一个时代刻骨铭心的表达，靠这颗心感知世界、感知生命的质量和能力；呈现一代人浪漫和现实纠结下的悲欣交集，揭示时代生活中的生命真相，告示世人：更人性、更怜惜地生活，让这个世界少些伤害，多些深广的爱。这也是文学的基石吧。

在这个千头万绪的互联网时代，如何选择写作的立足点，蒋韵的创作或许是个很理智的参照。

（选自《莽原》2021年第3期）

文学前辈孙犁

李少咏

当我们不由自主处身于一片喧嚣而浮躁的商海物浪的四面包围之中时，会本能地伸手向外推拒那巨大的、坚实而又沉重的现实存在，然后尽力放开一个现代人文知识分子粗犷或者纤弱、清亮或者喑哑的歌喉，以三万分贝的绝对高音，爆一声：还我一份“清洁的精神”。

那时，我们被冷漠而又粗粝的现实生活肢解得满是伤痛的灵魂里，会迅速有一份被拯救的快感悄悄漫延开来。我们会突然在心中蕴蓄起一份敬畏，一份感激，一份类似于跨入了期待的门槛的无言的满足。

然后，我们不妨冒一下险，再往前走上一步或者哪怕仅仅只走上半步，设想一下：如果那汹涌的商海，那澎湃的物浪，是我们自己所倾力造成，或者就是我们赖以生存的根本的物质基础，它们与我们的血肉和灵魂紧密相连、水乳交融、须臾不可分离，甚或它们在某种意义上就是我们的血肉和灵魂的一部分时，那时，我们的灵魂尽管仍然伤痛无比，可它又将由谁来给予抚慰，又将在哪里清醒，并且得救？

其实那也没有什么。我们心里有底，我们很清楚不必害怕。因为，我们有他们，智慧而又仁慈的一批文学老人。他们一直在以全部文字、全副身心，关爱着我们，照拂着我们，时时为我们送来一份清凉，一份慰藉，时时在悉心呵护着、真诚抚慰着我们经常处于伤痛之中悲凉而有时又忍不住要慷慨高歌的灵魂。孙犁老人和冰心老人，是这些文学老人中最让我心怀崇敬、魂牵梦萦的两位。

可是现在，在冰心老人走了以后，他，孙犁老人也走了，一声不响地走了，我们时时伤痛的灵魂，还有谁来时时给以抚慰？

对于他和他的文字，我从少年时代起就开始充满了诚挚的敬意。那时，我是一个准中学生（因为老是不能够吃哪怕五分之一的饱饭而肠子粘连到一起，无奈回家休养，正备休养好一点的时候接着当学徒，做梦想中的小木匠），虽然已经十几岁了且身体已经长成，却还是混沌愚顽、颟顸不灵几乎处于某种鸿蒙未开的童稚状态。就是在那种情形下，我读到了他，读到了他的文字，读到了他的《荷花淀》。就是在那一刻，像是灰暗阴沉的无边夜幕突然被一道耀眼炫目的闪电撕开了一条长长的缝隙，我长期处于冥昧不明之中的少年心智刹那间被照亮了。

作为一个早已为人们所熟知并不断称道的经典文本，《荷花淀》这篇小说的思想艺术优点已经被无数先贤大师和普通读者阐释得十分详尽、十分完美，不必我再为它多说什么。我想强调的一点是：这篇小说体现了作家作为一位经典创造者的最根本的优势与特点，一种我称之为时代或者生命预言者式的创作方式。

根据个人的阅读和研究体验，我把中国现代作家尤其是小说作家以及他们的创作大致划分成两种不同的大的类型：观察者型和预言者型。所谓观察者，顾名思义，是一个跳出客观事物与现实存在的独立存在者，也就是我们通常所说的哲学意义上的自在者。作为一个独立的存在者本体或者说自在者本体，他一般情况下不愿意也不能够被全身心地卷入他所要观察的那些人、事或者物质存在，因而，他能够立身于一个静止的、基本上恒定不变的特殊观察点上去观看周围的世界，就像一位诚实而又认真的观众，以最合适的姿势坐在只属于他自己的那个固定的座位上，心无旁骛，只让眼睛随着自己心灵律动的轨迹往来游走，观察着眼前的舞台或者说整个自身以外的世界。这样的独特视角观察的结果，是使现实中或精神视界中的远物逐渐变为近景，使本来陌生的事物逐渐变成像自己园中每天都要浇水、剪枝、除虫的花草一样熟悉。对于那些希望对任何事物都能够亲身体会或至少能够亲眼看见、亲耳听闻的阅读者来说，这种观察的结果往往能够使观察者于无形中悄悄衍化为他们心目中一个被叙述的事件或被描绘的场景的亲历者或者在场者，从而在不知不觉中增加观察结果或者叙述过程的准确可靠和切实可感性。在中国现当代文学史上，茅盾、老舍、赵树理、李準、柳青、周立波等人就属于这样热情的观察者型的作家。

孙犁则明显表现出另外一种特点，即预言者的特点。考察孙犁的全部创作，我们可以看得出来，他在创作过程中对生活的切入方式和叙述时限，从来不局限于仅仅属于他自己亲身经历过或者亲自体验过的那些生活事象和那一段特殊的时间，而是充分调动起想象和其他一些表现手段，把已逝的过去和未知的将来都融入眼前当下的现实之中，纳入“今天”这个触手可感而且十分拥挤热闹的空间，从而于无形中消除了作品当中自然的时间界限，也在一定程度上消除了读者在阅读过程中心理期待的界限，无限拓展了作品的表现空间，增强了作品意义内涵的深度。它们所叙述的内容，由于作家所特别选择的叙述语言特有的“一般过去将来时”的特质，而显得就像自然时间的流逝一样绵延不绝、不可分割。你在阅读过程中，会感觉到这些故事似乎正在一个遥远的某处发生，而又因了某种看不见的力量的牵引或推动，正在慢慢地从已经飘然远逝的过去或者也可能是从美丽而又朦胧的未来向今天无限迫近着。经由了这样的叙述，那些缠绕在我们日常生活当中或者浸淫在我们精神意识深处的传说与历史、神话与现实、崇高与卑微、有限与无限，天堂之门，玫瑰之路，茫茫大海，浩渺宇宙，幸福与友谊，光荣与梦想，恐惧与危机，末日与永恒，一切的一切，种种的种种，全部乘坐这艘独特的预言型文字之舟凌波踏浪汹涌而来，向我们展示出所有可能的令人震惊或者令人感奋的这样那样的情景或者画面。

在这种往往能够让人心醉神迷忘了今夕何夕的情形下，文本的创造者也就是我们的预言者型作家们幻化了，他们仿佛成了被上帝从某个遥不可及的未来世界派遣到我们人间来的神秘使者，躲在一袭或者轻蓝或者淡紫抑或鹅黄的隐隐约约的面纱后面，以一种再也清楚明白不过的声音、语调、文字，娓娓向我们讲述着一些既像是发生在未来某一个时空中又像是已然在过去某个时空中发生过的圣迹或天启，灾变或危机，使人们在阅读它们的过程中不由自主地如痴如醉，如梦如幻，分不清自己究竟是正在于不知不觉中走向渺远的未来，还是未来正在以某种神妙奇异却无以言表的方式缓缓走向他们自己。而那种我们人类与生俱来的对于美妙、神奇、陌生甚至魔幻的事物的隐秘而又十分强烈、十分执着的了解与亲近的渴望，也就随着在阅读这样的作品中产生的一波一波的快感愉悦过程中，一次次自然地得到了满足。正是通过这样不断地愉悦、不断地满足，我们被冷漠粗粝的日常现实时时磨损，因而伤痛不断的灵魂才一次次得到抚摩、得到慰藉。就我个人的阅读经历来说，博尔赫斯是这样的作家，福克纳是这样的作家，卡尔维诺、艾特玛托夫是这样的作家，沈从文、萧红是这样的作家，而孙犁先生，更是这样的作家。

特别值得一提的是，不仅与大多数普通叙述型作家，比如观察者型作家相比，孙犁和他的创作显示出了他自己独有的某种特质，而且与同属于预言者型作家的如沈从文、萧红，甚至后来的张承志、史铁生、张炜等人相比，他也一样显得特立独行、与众不同。而正是由于有了这种种与众不同之处，孙犁在现代中国作家尤其是20世纪后半期以后的中国作家中越众而出，成为更能够恰到好处地抚摩与慰藉我们伤痛的灵魂的一个最为独特的存在。

与前述那些同样优秀的作家相比，孙犁在其几十年的创作历程中所精心营造出来的那个预言者型作家的形象，更符合人们对于美好生活的热切期望与渴盼。由于他那举世无双的如处子一般温柔、恬静、和蔼、放达、宽容、敦厚的天性或者说个人品行（冰心老人语），和他身处其中的民族民主革命时代社会大环境的内在外在的影响，他在创作过程中往往自觉不自觉地就摒弃了那些表现覆灭、灾难、浩劫、危机、凶险、邪恶、大哀伤、大恐惧等诸般内容，而常常有意无意间选择那些以幸福、理想、光明、希望、安谧、祥和、美丽、亲情、慈爱、关切等为主导的内容作为自己的表现对象，从而使自己的创作于无形中具有某种比较典型的理想主义和浪漫主义的诗性光辉。而所有这些，正是能够抚摩和慰藉我们伤痛的灵魂的最神奇最有效的灵丹妙药。

比如前面我们已经提到的《荷花淀》，短短几千字的小小篇幅内，无论是写景、叙事、刻画人，还是浪漫优雅的抒情，在作家那支神奇画笔的精雕细描下，都是一样海天一色、水乳交融、浑然一体、密不可分的。小说开头对于白洋淀水乡美丽明媚的自然风情的充满感情的铺张叙述与描写，实际上是将恬静优美的淀上风光、多姿多彩的荷香水色与小说人物的外在形象和内在思想、感情有机和谐地统一到一起，共同衬托出小说主人公淳厚、深挚的精神气质和美好心灵。这种描写，甚至可以说已经达到了孙犁倾其一生精力所要追求的那种“虎啸深山，鱼翔潭底，驼走大漠，雁排长空”一般美轮美奂、相得益彰的浪漫主义理想境界的极致。我们完全可以说，小说中所表现出来的那种已经臻于极致的美，不仅是作家笔下的冀中白洋淀水乡才具备的，更是我们伟大的中华民族无论过去、现在还是未来都共同拥有的一种纯粹精神意义上的理想境界。体会着那种惊才绝艳的美丽，我们灵魂中哪怕有再多的伤痛、再多的悲凉，也一定会一点点减退，直至最后得到彻底消除。

现在，我们永远尊敬的孙犁老人去了，他带给我们的那一份独特的精神礼物，还有谁，有谁能够继续为我们带来？换句话说，他走了，极目苍茫，还有谁会再像他那样，以一颗无限博大、无限慈爱的伟大心灵，时时抚摩和慰藉我们随时都有可能遭遇伤痛的灵魂？

所以，今夜，在这里，面对无垠而又苍茫的星空，我们痛哭！

（选自《奔流》2021 年第 9 期）

洛阳人文地理与文学发展脉络

王文参

在民族文化复兴的背景下，阐释和挖掘河洛文化传承形式和发展脉络，尤为民族文化建设的急务，也是地域文化研究的热点。梳理和探讨洛阳文学的发生发展脉络，彰显河洛文脉，从洛阳文学形式、文学思想和文学价值观的角度思考河洛文化的核心内涵，渐渐成为众多文人的责任和使命，并产生极力向外推荐河洛文化的群体冲动。这种群体激情应该源于对中国传统文化传承根脉的寻找，已成为当今热爱文学者和人文工作者的自觉意识。

一、河洛地域与洛阳文学

河洛文化以洛阳文学为重要载体，涵盖周边河洛地区。在这个区域内，以河洛文学为重心创造了辉煌灿烂的中华文明。梳理洛阳文学的发展脉络，能够较好地触摸和把握中华文明进展的历史线索，能够在一个生动形象的文学领域内，领略中华五千多年以来生生不息的精神力量和文化魅力。

洛阳文学的地理范围，应该以历代行政区划的洛阳为准。影响文学的主要因素是政治、经济、文化和地理等，行政管辖范围内的洛阳自然成为文学形成和文学特征相对一致的区域。历史上，洛阳的行政区划多有变迁，洛阳作为行政中心，其管辖范围的大小在不同历史阶段也略有不同。史书上，洛阳指河洛，有时河洛也指洛阳。关于河洛的地域范围界定，以洛阳为中心的周边地区成为学者们的共识，对于古人界定黄河、洛河共同流经的模糊区域也无异议。对于河洛地区东至郑州、中牟一带，西达华阴、潼关一线，南以汝河、颍河上游的伏牛山脉为界，北跨黄河到以汾水以南的晋南，河南的济源、沁阳一线也基本认同。[①]历代也基本上把洛阳作为这个范围的行政中心。

洛阳文学涉及的作家作品也是在这个区域内，但主要涵盖洛阳市及今天洛阳所辖的偃师、新安、洛宁、宜阳、伊川、孟津、嵩县、栾川等县（市、区）。作品方面，一是洛阳籍并长期居住在洛阳的作家写的作品，二是非洛阳籍作家但长期居住在洛阳并在洛阳写的作品，三是非洛阳籍作家写洛阳的作品。简单地说就是“洛阳人写的”“在洛阳写的”“写洛阳的”三部分文学作品。这些作品的共同特征是：它们的创作离不开洛阳地域文化，作品带着浓郁的洛阳气息。三部分作品足以体现洛阳厚重立体的美学品格、精神风貌和文化魅力。作家方面，一是出生于洛阳、成长于洛阳、生活在洛阳的作家；二是出生于洛阳、成长于洛阳，然后因为官、经商等原因走出了洛阳的作家；

三是原籍为外省，在洛阳仕宦或寓居时间较长者，或终老于洛阳的作家。以史志记载为今洛阳籍作家，某些作家以郡望、祖籍等关系在史志中标示不属洛阳人，而其出生或逝世、葬地及主要活动多在洛阳者（如白居易），其创作更多地带着洛阳地域文化的影响和彰显洛阳文学的主要特色。

二、洛阳文学的人文地理景观

洛阳人文地理景观主要包含洛阳的伊河、洛河，穿越洛阳城的瀍河、涧河和谷水，伊阙龙门山、绵延于洛阳城北边的邙山，流淌于东北边的黄河，洛阳的牡丹、大运河、龙门石窟、白马寺等，经过各代作家的抒写咏叹，成为中国文学史上具有典型意义的意象符号，也是影响河洛文化意涵构成的人文地理景观。

区域文化与文学地理学等新视角和新方法都已经广泛应用到了文学史的研究中。影响作家成长最基本的因素是地域文化，家乡的山水和风俗总是渗透在作家的生命意识中，体现在创作风格上。同时，作家成名后，与他相关的故乡山水被赋予了他的文化理想和现实追求，成为具有人文气质的人文地理意象。李白、杜甫、白居易生活过的地方都有许多故事在流传，他们描绘过的地方成为人文景观，为后世缅怀想象。比如，洛阳上阳宫因唐代王建的“上阳花木不曾秋”而驰名，北邙山因沈佺期的“北邙山上列坟茔”让我们感受到历史的沧桑和悲凉。作家成为地域文化的塑造者，地理物象也因此成为代代传承的文化符号。作家与因他们而成的文化景观互为融合，成为文学史上一座座彰显人文精神的文化丰碑，激励着人们锲而不舍地建设我们的精神家园，持续不断地丰富着我们的美的感受和人生体验。

洛阳的文化形象与历代洛阳作家的人格精神和杰出创作密切相关。洛阳地域文化色彩是由洛阳历代文人所描绘的。文学景观是可以不断解读的文本，不同时代形成的文学景观是一道道具有韵味的文学画廊，而洛阳地域的这条文学画廊更加多彩和独特。这条画廊之所以重要，还在于它的线条走向与民族文化发展脉络一致，它成就了中华文化的底色和天人合一的文化理念，促成了山水自然与人文景观的最佳契合，成为可资后世模仿借鉴的文化生成范本。

洛阳有太多天下闻名的文学景观。“河图洛书”使流经洛阳东北边的黄河和穿城而过的洛河名扬天下；洛河以曹植的《洛神赋》而平添迷人的神话色彩；汉魏时期都城近郊的巩义北石村因潘岳的《悼亡诗》而流芳史书；伟大的诗人杜甫的童年和他“安得广厦千万间，大庇天下寒士俱欢颜”的迫切呼唤，使巩义南边的瑶湾村成为一座人文地理的丰碑，为后世敬仰。万安山、龙门山因有欧阳修、梅尧臣、尹洙等北宋文人集团交游酬唱的故事而更加令人神往。嵩山的厚重，积淀了太多的庄严的文化思考和丰富的文学想象，而元好问寄居的足迹又使嵩山多了一层“问世间情为何物”的爱的观照。这些地理物象因文学而成人文景观，这些由具体变抽象的人文景观不但启发人们产生联想和想象，还会唤起人们对于历史、现实、自然和人生的思索和感悟。显然这些感悟和启示比史书和地理学著作更为真实、生动和深邃。文学景观“除了文学的价值，还有地理的价值、历史的价值，以及哲学的、宗教的、民俗的、建筑的、雕塑的、绘画的、书法的价值，有的甚至还有音乐的价值。……文学的形象性、多义性和感染力，不仅超过了地理、历史、哲学、宗教和民俗，也超过了建筑、雕塑、绘画、书法和音乐”[②]。

洛阳地域的文学景观是河洛文化的重要标识，是中华儿女缅怀先人、寄托乡愁的重要媒介和载体。洛阳文学景观的伟大和深邃在于可以使全球化、城市化浪潮中迷失的人们找到回家的路。发掘洛阳文学塑造的人文地理景观，可以增益文化建设，推动民族文化的反思与自信。千年积淀的洛阳古都文化品格，表现了正道庄严、雍容博大、和谐宁远和崇文厚德等突出特征。它不仅形成了华夏文化的源流与根脉，是历代洛阳作家立足洛阳创作的文化底蕴和基础，也成为中国文学现实主义优良传统的基本意涵和价值取向。

三、洛阳文学的基本特征和发展脉络

地理环境孕育人文品格，形成人文环境，地理与人文交相作用，塑造出洛阳地域的风土人情，这是洛阳作家人格品质和艺术个性养成的重要环境条件。同时，中国文明社会以农业经济为前提，起源于河洛地区。特别是长期为政治中心的洛阳地域，血缘纽带组成的群体为农业社会组织形态的基本单位。小农经济意识里孕育出的家国同构观念，伴随君权至上的伦理政治思想，构成自上而下的等级制度严密的宗法社会组织，这种宗法组织内部虽经历沿革更迭，但根本结构和不断适应新时代的变中有静，决定了中国文化的基本特质。这种基本特质体现在洛阳文学中，就是深深根植于河洛大地上的现实主义创作原则，虽经历千年风云，但从未有根本性的改变。

在当前坚持民族文化自信的背景下，梳理以洛阳为中心的河洛区域作家作品，探讨洛阳文学的发生发展与中国传统主流文学思想的密切关系，从河洛文学形式、文学思想和审美意识对河洛文化核心内涵形成的影响，探讨中华民族文化核心价值体系的形成与河洛文化的密切关系，才能彰显洛阳这个特殊区域的文学是中国传统文化传承的一条主要根脉。同时，借鉴当前河洛文化研究的最新成果，并在全面、系统地描述洛阳文学发展历史的基础上，发掘新的洛阳文学资料，尤其是系统描述和揭示带有宗法文化传承特征的家族文学特征，比如从汉代贾谊家族到明清王铎家族的文学传承，看宗法制社会文学思想继承和变迁历程等，颇能开拓河洛文化研究的时空线索和研究思路。同时，考察历代洛阳作家、作品及文学现象时，要将历史意识和当代意识相结合，体现与时俱进的科学精神，还要站在时代思想的高度研究洛阳文学成就对于当今中国文化建设的现实意义。这应该是中国文学研究溯源意义上的有益探索。

首先，我们可以确认爱国主义思想是洛阳文学贯穿古今的红线，也是洛阳历代作家贡献给中国现实主义文学精神最为内在和持久的文化魅力。中国文学之所以能够仰望苍天、俯视大地、关心民瘼、内省人生、直面现实，离不开河洛大地孕育的爱国主义精神。这种宗法意识基础上的爱国主义精神，虽然人们往往把忠君与之相互联系，但在封建社会中形成的这种民族集体意识和共同心理定式，在中华民族历史上，曾经无数次激励着有志之士反对分裂、抵抗侵略、保家卫国。从现代特别是改革开放以来，中国文学虽然一度深受西方文学形式和文学思想的影响，很多作家模仿借鉴，创作出了大量实验性的作品，但洛阳作家诸如阎连科、张宇、任见、司卫平等，仍然关注于洛阳地域文化的创作。阎连科执着地埋头“二程故里”做深刻的现代形态的文化反思；张宇创作《活鬼》，洞察“侯七”的生存哲学，对乡土伦理做现实的深刻反省；任见以惊人的意志和顽强的毅力，克服生活上、身体上的重重不顺境况，创作出千万字的抒写洛阳的皇皇巨著《帝都传奇》；司卫平挥汗如雨，细密考证，为洛阳“诗鬼”李贺作传。热爱洛阳、钟情河洛文化，使洛阳作家具有足够的文化定力，把现实主义优良传统发扬光大。

现当代洛阳作家从《诗经》描写洛阳地域生活的篇章中获得过精神滋养。诸如写远征将士对战争虽有怨愤，但在大敌当前之时，仍以大局为重，同仇敌忾，英勇作战，其忠君爱国思想感天动地，成为中国文学表达爱国思想的基本模式。洛阳才子贾谊的政论文，极力主张削弱诸侯势力、加强中央集权、募民实边、抗击匈奴，杜甫听闻官军收河南河北而“漫卷诗书喜欲狂”，韩愈等人讴歌平息叛乱、积极参加维护国家统一的战斗诗篇洋溢着的民族集体意识和保家卫国的精神，直到今天，仍然激发着人们心中蕴藏的渴望国家统一和民族振兴的热情。

其次，洛阳文学饱含着同情劳动人民的精神。《尚书》时代的民本思想，虽然不能与今天的民主思想相提并论，但是它反对对人民的压榨，同情人民的疾苦，其积极作用影响后世。《诗经》中保存的“饥者歌其食，劳者歌其事”等大量作品，奠定了我国文学现实主义的优良传统。[③]在洛阳文学发生发展的历程中，为民请命、批判黑暗、张扬正义的精神从未衰竭。杜甫以“穷年忧黎元，叹息肠内热”的满腔忧愤，揭露现实的不平；白居易“田家少闲月，五月人倍忙”关心人民生活的咏叹，代表着洛阳文人要求实行仁政和解民于倒悬的良好愿望。

最后，洛阳文学在家国情怀中饱含忧患意识和社会责任感。洛阳地区长期处在政治、军事斗争的中心，洛阳作家的忧患意识更为强烈。从汉代贾谊、晁错的激切陈辞，到建安诗人的慷慨多气；从唐代杜甫、韩愈的诗到宋代贺铸、陈与义的词等，忧国忧民和感时伤世的感情像一条又粗又长的红线，贯穿于洛阳作家的作品中。洛阳文人生命不息、奋斗不止的精神使后世读者为之动容，这也是洛阳文学能够取得巨大成就的重要原因。

总之，洛阳文学的发展主脉可以概括为：在中华民族几千年的历史发展过程中，黄河流域孕育着灿烂辉煌的文化艺术。起源于河洛的儒释道思想凝聚着黄河、洛河和伊河三川之地人民对自然、社会和人类的深邃观照，并逐步形成了具有鲜明地域特色的思维品格和文化精神。一代一代洛阳作家集中描写了黄河流域人民不畏艰难的拼搏精神和勇于献身的牺牲精神。以儒家“国家兴亡，匹夫有责”的强烈的主体意识，塑造了无数道德完美、人格高尚、个性鲜明的人物形象，形成了中国文学现实主义创作的主流思潮。同时，洛阳文学始终秉持的现实主义优良传统，贯穿着家国情怀、责任意识以及同情下层劳动人民的民本思想，这显然成为河洛文化的基本精神风貌。特别在唐宋以后，洛阳作家身上有着自觉维护中华民族优秀传统文化的强烈意识和河洛文化的自豪感，有引领国家文化建设的强烈诉求和自信心。在当前民族文化建设背景下，洛阳文学创作再度繁荣，从农民工到大学教授，或歌咏家乡山水人文美景，或倾情河洛文化。不论艺术水平高低，很多人从最初的诗歌创作走向散文和小说创作，从纯粹的热情歌唱到从事高雅的河洛文化研究。作协之外的文学爱好者出版作品的很多，年龄跨度也很大，中学生出版作品集的也不在少数，80 多岁仍然有诗歌问世的作家也有很多。发表渠道也很多样，微博、微信公众号，数不清的各类社团和诗会，河洛网络社区，朋友之间微信群互转等。可见，洛阳文学焕发着青春活力，正创造着美好时代的新篇章和新辉煌。

注释：

①薛瑞泽、许智银：《“河洛”与河洛地区研究补正》，《中国历史地理论丛》1999 年第 2 期。

②曾大兴：《文学地理学概论》，商务印书馆，2017，第 253 页。

③王永宽、白本松主编《河南文学史·古代卷》，中州古籍出版社，2002，第 9 页。

（选自《洛阳师范学院学报》2021 年第 4 期）

“周口人讲周口故事”时代价值研究

任　动

周口市委书记刘继标多次谈到，以前我们经常从外地请人来讲老子、讲《道德经》、讲《易经》，讲周口有的这些文化，而周口人却讲不了、讲不好。有鉴于此，刘继标书记亲自谋划了“周口人讲周口故事”文化宣讲活动，并多次就开展好活动做出重要指示，要求周口市委宣传部、市社科联精心组织、认真筹备，选好主讲人，讲好周口故事，让广大干部群众进一步了解周口文化，了解周口历史，让每一个周口人都能够成为宣讲周口文化的使者。习近平总书记强调：“讲好中国故事、传播好中国声音、阐发中国精神、展现中国风貌。”[①]“周口人讲周口故事”文化宣讲活动是习近平新时代中国特色社会主义思想在周口的生动实践，凝聚起了强大精神合力，不断刷新周口高质量发展新高度，对于讲好周口故事、传播好周口声音、阐发周口精神、展现周口风貌，从而加深人们对周口文化的认识和理解，助力周口和中原更加出彩，意义重大，影响深远。

一、周口文化是黄河文化的重要组成

文化是一个国家、一个民族的灵魂，文化兴则国运兴，文化强则民族强。中国特色社会主义是全面发展、全面进步的伟大事业，没有社会主义文化繁荣发展，就没有社会主义现代化。2019 年 9 月 18 日上午，习近平总书记在河南郑州主持召开黄河流域生态保护和高质量发展座谈会并发表重要讲话，黄河流域生态保护和高质量发展由此上升为国家战略，黄河文化也成为一个研究热点。

河南地处中原，是中华民族的重要发祥地，创造了辉煌灿烂的中原文化。关于中原文化与黄河文化的关系问题，有学者指出："中原地区位于黄河中下游之交，生活于此的华夏民族创造了丰富灿烂影响久远的华夏文明，华夏文明是中华文明的源头文化和主干文化，也是黄河文化的源头文化和主干文化。以中原文化为代表的华夏文明的政治模式、典章制度、伦理思想等都从中原地区传播开来，因此，中原文化是黄河文化的源头、核心和代表。"②周口市位于河南省东南部，地处豫东平原、中原腹地，素有"华夏先驱、九州圣迹"之誉，历史悠久，文化璀璨，是羲皇故都、老子故里、陈楚故地，被誉为"人之祖、史之初、文之源、国之根"③，因此，周口文化是中原文化与黄河文化的重要组成。

"黄河文化是新时代中国特色社会主义核心价值观的深厚滋

养和历史渊源。……黄河之于中国、中华民族，不仅仅在于农业和经济的给养，还在于精神的滋养。”[④]中原文化作为黄河文化的源头、核心和代表，“决定了我们研究中原文化就是研究黄河文化、黄河文明。中原文化始终是我们研究黄河文化、黄河文明的精神资源和源头活水，是中华民族千秋万代的巨大精神财富。另一方面，从中原视野上升到黄河视野，就是上升到中国视野和中华民族视野”[⑤]。周口文化是中原文化与黄河文化的重要组成，因此，周口文化也是中华民族千秋万代的巨大精神财富之一，研究周口文化也是研究黄河文化、黄河文明。

学界认为，中原文化一般指的是以黄河中下游地区为中心的历史文化形态。在漫长的中国历史发展进程中，自上古至唐宋以来，黄河中下游地区一直是中国的政治、经济和文化中心，因此，中原文化其实代表的就是中国传统文化。“中原文化的基本价值观大致可以归纳为十点，即以中原为中心的天下观念，和谐共存的自然观念，和谐共处的社会观念，反分重合的国家观念，以人为本的人学观念，知行并重的求知观念，有所作为的人生观念，重德守信的伦理观念，尚俭节用的经济观念，开放包容的文化观念。这十点，除第一点外，其他已作为普遍价值被中国人接受，并成为中国文化秉持的基本原则。”[⑥]历史上周口的治所一直在淮阳，淮阳古称宛丘，为太昊之墟，神农所都之地，夏为豫州之域，商为虞遂封地。西周分封诸侯，武王封舜后妫满于此建立陈国。陈国是周首封十大诸侯国之一，也为淮阳留下了“陈”的名号。战国时期，楚灭陈，楚顷襄王徙都于此，陈城为“郢陈”。位居三皇之首的伏羲带领族人定都宛丘；女娲在此抟土造人，炼石补天，化育万物；炎帝神农氏都陈，尝百草、艺五谷，充分体现“中原为中心的天下观念”。中国和世界第一位著名哲学家老子，诞生于周口鹿邑县，所著五千言《道德经》，流传千古，经纬华夏，其哲学思想的核心就是“和谐共存的自然观念”。与共和国同龄的周口黄泛区农场，是黄河由年年泛滥到岁岁安澜，黄泛区由百里无人烟的重灾区变成今日粮仓果园的历史见证，蕴含着“知行并重的求知观念”和“有所作为的人生观念”。同时，作为一种特殊的黄河文化现象，周口黄泛区也是黄河文化的重要组成部分，与黄河文化血脉相承，见证了新中国成立70多年来的沧桑巨变，是共和国成长发展的一个缩影，展现了黄河文化蕴含的时代价值。

“我国各家通史都是从‘太昊伏羲氏都宛丘’‘炎帝神农氏都于陈’写起的。‘宛丘’和‘陈’，都是指周口的淮阳县，这说明以淮阳为中心的黄淮平原，是中国古文明的摇篮，亦是中华民族古老文化的发祥地。”[⑦]现今的河南省周口市，其地域与历史上的“宛丘”和“陈”大致相当，古属豫州之域，是中华民族文化发祥地之一。周口市现辖商水县、西华县、鹿邑县、太康县、郸城县、沈丘县、扶沟县、川汇区、淮阳区、项城市等7县2区1市。社会的变革，朝代的更迭，如潮起潮落，地域的划分，名称的转变，似斗转星移，陈地的名称也几度沧桑，建置或国或郡或州或府，数度更易，但周代陈国为陈奠定了基本区域，此后陈地区域无大变化，其辖区均相当于今天的河南省周口市。周口文化在学界亦称“陈楚文化”。“陈楚地区，即今河南周口所辖区域与安徽西北部分区域。……所谓陈楚文化，概指产生发展于陈楚地区的一种地域性文化，是有史以来生活在陈楚地区的人们所共同创造的一切文化的总称。”而且，“中华文化是多种地域文化交流、融汇的产物，陈地正处在多种地域文化交流的中心地带，在文化史上的地位十分重要，对中华主体文化的形成和发展做出了巨大贡献”⑧。周口文化或曰陈楚文化，是中原文化和黄河文化的重要组成部分，所以，对周口文化的研究，也是对黄河文化、黄河文明研究的深化和发展。

二、“周口故事”的内容与讲述形式

由中共周口市委主办、市委宣传部承办、市社科联协办的“周口人讲周口故事”文化宣讲活动，研究周口文化，弘扬周口文化，也是对中原文化与黄河文化的传承与发展，在讲好“周口黄河故事”的同时，也为巩固周口广大人民群众团结奋斗的共同思想基础提供了强大智力支持和精神支撑。

2018 年 3 月 21 日，“周口人讲周口故事”文化宣讲活动第一场在周口人民会堂隆重开讲，截至 2020 年 6 月 17 日，“周口人讲周口故事”文化宣讲活动共举行了 13 场宣讲。包括王少青主讲《关于周口历史文化》，高有鹏主讲《袁世凯和张伯驹的故事》，耿宝山主讲《传承盘古女娲文化　弘扬中华创世精神》，王剑主讲《陈楚文化及其现代价值》，叶建民主讲《弘扬传承老子文化，增强文化自觉自信》，刘庆邦主讲《周兴嗣和〈千字文〉》，贾文丰主讲《名相谢安的家国情怀》，董振华主讲《大程书院及二程理学》，冯长安主讲《满城文化漕运史 通江达海周家口》，翟国胜主讲《沧桑巨变黄泛区，艰苦奋斗农垦人》，顾之川主讲《陈胜故里话沧桑 诚实守信商水人》，刘德敬主讲《智圣故里的教育传奇》，李庚香主讲《以正能量推动周口经济社会发展高质量》等。

文化自信是一个国家和民族对自身文化价值的认同和践行，是对自身文化生命力的坚定信心。中国共产党人高度重视“文化自信”，党的十八大以来，以习近平同志为核心的党中央高度重视文化建设，突出强调增强中国特色社会主义文化自信。习近平总书记说：“我们说要坚定中国特色社会主义道路自信、理论自信、制度自信，说到底是要坚定文化自信。文化自信是更基本、更深沉、更持久的力量。”[9]坚定中国特色社会主义文化自信就必然要弘扬中国文化，因此，习近平总书记多次强调要弘扬中华优秀传统文化、革命文化、社会主义先进文化，认为：“没有中华优秀传统文化、革命文化、社会主义先进文化的底蕴和滋养，信仰信念就难以深沉而执着。”[10]我们一定要坚定文化自信，推动中华优秀传统文化创造性转化、创新性发展，继承革命文化，发展社会主义先进文化，不断铸就中华文化新辉煌，建设社会主义文化强国。“周口人讲周口故事”文化宣讲活动，已经进行了十多场，分为历史文化篇和红色文化篇。其中，“周口人讲周口故事”的第一个篇章——历史文化篇，对应了中华优秀传统文化，第二个篇章——红色文化篇，对应了革命文化、社会主义先进文化，为铸就中华文化新辉煌，建设社会主义文化强国做出了应有的贡献。

“周口人讲周口故事”文化宣讲活动的第一个篇章——历史文化篇，主要弘扬中华优秀传统文化。比如诚信文化。“诚信是一切道德的根基和本原。诚信不仅是一种个人的美德和品质，而且是一种社会的道德原则和规范；不仅是一种内在的精神和价值，而且是一种外在的声誉和资源。在个人之维，诚信是立身之本、处世之宝；在组织与集体之维，诚信是立业之本、竞争基石；在国家之维，诚信是立国之本、固国之德。”[11]顾之川在《陈胜故里话沧桑　诚实守信商水人》的宣讲报告中说，“诚”和“信”都是中华民族的传统美德。所谓“君子一言，驷马难追”，诚信是一个人在社会上安身立命的道德起点，是做人的核心品性，也是处理人际关系的基本准则。从古至今，周口商水“诚信第一人”颛孙师，勇于担当、推动历史进步的农民起义领袖陈胜，以生命践行诚信、捍卫法律尊严的曹丘生，贫贱不移、清廉奉公的袁安，信守孝道、诚信待人的袁绍，诚信经营、富甲一方的邓城叶氏，诚信为人、三次进京献宝的何刚，信守爱心承诺的“面条哥”郭良山，信守善念、爬冰救人的王保华……他们的诚信故事被人称赞、令人感动。诚信，是推进社会发展的极为重要的道德力量。重建诚信文化，要立足当下，为现实服务；要面向未来，标本兼治；领导干部要以身作则，取信于民。顾之川的报告内容丰富、分析透彻，生动形象、引人入胜，既让我们深刻了解了商水诚信文化的历史渊源、精神传承和当代价值，又让我们受到了一次生动的诚信文化主题教育。

“周口人讲周口故事”文化宣讲活动的第二个篇章——红色文化篇，则大力宣扬革命文化和社会主义先进文化，比如翟国胜主讲的《沧桑巨变黄泛区，艰苦奋斗农垦人》，刘德敬主讲的《智圣故里的教育传奇》，李庚香主讲的《以正能量推动周口经济社会发展高质量》等。2020 年 8 月 12 日，河南省委组织部常务副部长苏长青一行到周口市淮阳区，调研指导新时代文明实践中心建设和脱贫攻坚工作时强调，要“引导广大干群自发学习党史、新中国史、改革开放史、社会主义发展史，讲述好红色故事，宣传好红色历史，传承好红色基因”[12]。“周口人讲周口故事”之“红色文化篇”的开讲，可谓正当其时，目的就是讲述好周口的红色故事，宣传好周口的红色历史，让周口广大人民群众传承好红色基因，因此具有极强的现实意义和教育意义。

周口黄泛区农场，是 1951 年 1 月根据周恩来总理指示创建的，已由昔日茫茫荒草沙滩，建设成为今天花果飘香、林茂粮丰的“中原明珠”。“黄泛区 80 多年的历史是中国现当代社会变迁的一个缩影。”“按照习近平总书记重要讲话精神，认真研究黄泛区 80 多年的历史文化，讲好黄泛区故事，有着极其重要的现实意义和深远的历史意义。”[13]在黄泛区农场工作和生活 60 多年的亲历者翟国胜，见证了黄泛区农场的发展历程，对黄泛区历史文化有深入的研究和独到的思考。他从“黄泛区的形成”

“黄泛区的变迁”“艰苦奋斗、勇于开拓的黄泛区人”“与共和国一起走向辉煌的黄泛区农垦事业”等四个方面，讲述了黄泛区的前世今生，揭开了那段尘封的历史，揭示了黄泛区农垦精神所富有的时代价值和历史意义，让广大听众受到了一次生动的黄泛区历史文化教育和农垦爱国主义教育，弘扬了革命文化和社会主义先进文化，有着极其重要的现实意义和深远的历史意义。

整体上看，“周口人讲周口故事”文化宣讲活动，大力弘扬了周口厚重的优秀传统文化和丰富的革命文化与社会主义先进文化，传播了正能量。每一个周口人，每一个在这里生活和工作的人，都要把实现中华民族伟大复兴的中国梦与周口更加出彩紧密联系起来。“周口人讲周口故事”文化宣讲活动，让周口人民树立起强烈的争先进位的出彩意识，争做出彩周口人，葆有热爱周口的家乡情怀，增强建设周口的责任意识，涵养献身周口的精神境界，汇聚起奋进新时代的磅礴力量。

三、“周口人讲周口故事”的时代价值

打造精品力作，培育特色品牌是提升文化事业核心竞争力的重要抓手。有效开发周口文化资源，打造周口特色文化品牌，就要充分发掘和优化整合周口文化资源，加以合理开发利用。“周口人讲周口故事”文化宣讲活动，充分发掘整合了周口丰厚的文化资源，是对周口文化资源的有效开发和合理利用，已经

誉满周口，驰名中原，成为一个亮丽的特色文化品牌，毫无疑问是提升周口文化事业核心竞争力的重要抓手。

“开办讲座的成功与否，核心在于选题与主讲人。通过名家严谨的科学精神，高深的学术造诣，妙语连珠的精彩表达，能够使听众在收获知识的同时，领略文化名人的风采，感受人文精神的魅力。”⑭“周口人讲周口故事”文化宣讲活动的主讲嘉宾大都是名家权威，具有严谨的科学精神和高深的学术造诣。比如，高有鹏是历史学博士，上海交通大学教授，博士生导师；叶建民是中国人民解放军陆军步兵学院副军级教授；刘庆邦是中国煤矿作家协会主席，北京市作家协会副主席，“鲁迅文学奖”获得者；董振华是中共中央党校哲学教研部副主任，博士生导师；顾之川是人民教育出版社编审，中国教育学会中学语文教学专业委员会理事长，教育部考试中心特聘专家，教育部“国培计划”首批专家，国家社科基金评审专家。作为专家教授、知名学者、文化名人，他们在各自的行当和研究领域都是声名鹊噪，影响巨大，由他们担纲主讲，其妙语连珠的精彩表达，保障了“周口人讲周口故事”文化宣讲活动的高起点和高品位。更为重要的是，他们都是周口人，虽然现在大都旅居外地，但都心系故乡，对周口这块热土充满深情，所以，他们的宣讲情真意切，质朴无华，对宣讲内容悟得透、讲得深，完全能够让周口广大听众在收获文化知识的同时，领略周口文化名人的风采，感受周口人文精神的魅力。

2011 年 9 月 28 日，国家发布了《国务院关于支持河南省加快建设中原经济区的指导意见》，中原经济区建设从此上升为国家战略。《国务院关于支持河南省加快建设中原经济区的指导意见》对中原经济区建设的五大战略定位之一，就是传承弘扬中原文化，建设“华夏历史文明传承创新区”，从而增强中华民族的凝聚力。而建设“华夏历史文明传承创新区”的首要任务，就是要培育一系列优秀的特色文化品牌。“我们的文化资源对外传播，既是宣传又是文化产品输出，重要的是培育优秀的文化品牌。”[15]河南是中华文明的重要发祥地之一，中原文化则是中华文化的缩影。河南拥有丰厚的文化资源，为中华民族精神的形成和培育做出了巨大贡献。但是河南又缺乏亮丽的特色文化品牌，因此，华夏历史文明传承创新区建设的一个重大任务，就是要努力打造与中原经济区建设相适应的特色文化品牌体系。自 2018 年 3 月以来，“周口人讲周口故事”文化宣讲活动已经成功举办十多场，每场宣讲除有千余名听众现场聆听外，还采用云直播方式，吸引了数十万人通过网络同步收看，既提高了周口广大市民的文化素养，又丰富了周口广大市民的精神文化生活，在“满城文化半城水，内联外通达江海”文化强市建设中做出了卓越的贡献，已经成为周口市乃至河南省一张响亮的文化名片，也是与中原经济区建设相适应的特色文化品牌体系的重要组成部分。

挖掘和弘扬周口文化及其所蕴涵的时代精神，是有效利用周口丰厚文化资源，全面建成小康社会，实现周口跨越式发展的一项重要任务。被尊为“三皇之首”的太昊伏羲氏居于宛丘，也就是今天的周口市淮阳区；周口市西华县则是被尊为“三皇之一”的娲皇，即女娲的定都之所；位于淮阳区的平粮台古城遗址，“据发掘研究可知，淮阳平粮台古城已经开始建起比较坚固的城墙，人们用黄土夯筑，由此拉开了中国城市革命的序幕”[16]，从而开辟了中华文化上古文明的新阶段。平粮台古城遗址考古成果被评为“2019 年度全国十大考古新发现”。因此，周口历史文化具有奠基性与源头性的特质。

“某一地域文化的个性特征和价值取向，是中华民族精神中某些要素和特点的直接来源。所谓的中华民族精神，来自地域文化的共同孕育和滋养。”[17]周口历史文化作为地域文化——陈楚文化——之一种，同样为中华民族精神的培育和形成提供了滋养。因而，弘扬周口历史文化，对于传承中华优秀传统文化，增强文化自觉和文化自信，也同样具有深刻的理论意义和现实意义。习近平总书记一贯强调，要重视学习和总结历史，重视借鉴和运用历史经验，自觉在历史潮流中认清方位、明确方向、把握主动。“周口人讲周口故事”的“历史文化篇”，传承、弘扬周口历史文化，以古鉴今，古为今用，有助于我们学习和总结历史，并自觉主动借鉴和运用历史经验，从而更加坚定地走好自己的人生路，有理想，有信仰，能够在生活和工作中认清方位、明确方向、把握主动。

因为“红色文化是文化自信的直接来源和坚实基础，更是文化自信的精神滋养”[18]，所以，进入社会主义新时代，我们“必须始终牢记初心使命、传承红色基因、弘扬革命精神”[19]，从红色文化汲取精神滋养，让革命精神发扬光大。“周口人讲周口故事”的“红色文化篇”，传承红色基因，弘扬革命精神，唤醒了我们的红色文化记忆，永远激励人们向前进。共和国是红色的，不能淡化这个颜色。要讲好党的故事、革命的故事、根据地的故事、英雄和烈士的故事，加强革命传统教育，把红色基因传承好，确保红色江山永不变色。“红色文化记忆之所以感人至深，是因为其扎根于中华文化的沃土中，具有鲜明的时代主题。”[20]但是，“值得警醒的是，人们的记忆并非一成不变，红色文化记忆会随着时光的流逝而逐渐淡化。近年来，历史虚无主义等各种不和谐的声音此起彼伏，弘扬红色文化能更好地正本清源”[21]。当下各种错误思潮，混淆了视听，腐蚀了一些人的精神，甚至出现了恶搞红色文化的严重错误倾向，在这样的背景下，“周口人讲周口故事”的“红色文化篇”，彰显了中国共产党人的价值追求和精神境界，所宣讲的丰富的革命文化和社会主义先进文化具有强大的精神动力，这成为凝聚人心、汇聚民力的强大力量。“周口人讲周口故事”文化宣讲活动体现出的中国共产党人的光荣和梦想，在新时代有着不可磨灭的重要意义和时代价值，可以成为周口人民的集体记忆，同时对于建设好周口人民的精神家园，筑牢周口人民团结奋进、一往无前的思想基础，也必将起到至关重要的作用。

统筹推进“五位一体”总体布局、协调推进“四个全面”战略布局，文化是重要内容；推动高质量发展，文化是重要支点；满足人民日益增长的美好生活需要，文化是重要因素；战胜前进道路上各种风险挑战，文化是重要力量源泉。越是接近实现中华民族伟大复兴的目标，就越要坚定文化自信，高扬文化价值，推进文化建设。“周口人讲周口故事”文化宣讲活动，为推进周口高质量跨越发展，决胜全面小康提供了坚实的文化支撑和思想保证，以及强大的精神力量和丰润的道德滋养。

“城市的核心竞争力既体现在经济和科技发展水平方面，也体现在城市文化和品牌影响力方面。”[22]周口市委、市政府标举以水润城、以绿荫城、以文化城、以业兴城、以港促城的新理念，提出“满城文化半城水，内联外通达江海”中原港城的建设目标，努力打造“周口人讲周口故事”文化宣讲活动品牌，把周口故事讲得愈来愈精彩，不断提升周口文化的影响力，体现出鲜明的时代价值和深远的现实意义，对于打造“华夏文源—港城周口”“老家河南—根在周口”标志性文化品牌，加快周口的跨越发展，增强周口的核心竞争力，助力周口更加出彩，必将起到强大的推动作用。

注释：

①习近平：《在文艺工作座谈会上的讲话》，《文艺报》2015年10月15日第1版。

②杜学霞：《中原文化与黄河文化、黄河文明的关系阐释》，《河南日报》2020年3月27日第9版。

③舒乙：《中华文化的特点》，河南文艺出版社，2013，第5页。

④⑤李庚香：《聚焦黄河文化黄河文明主题　持续提升中原学研究水平》，《河南日报》2020年3月27日第9版。

⑥刘成纪：《中原文化与中华民族精神的历史形成》，《中原文化研究》2013年第2期。

⑦韩利锋：《周口太昊文化初探》，《湖北第二师范学院学报》2009年第26卷第3期。

⑧王剑：《漫说陈楚文化》，《周口晚报》2018年9月6日第7版。

⑨习近平：《在哲学社会科学工作座谈会上的讲话》，《人民日报》2016年5月19日第2版。

⑩中共中央文献研究室编《习近平关于社会主义文化建设论述摘编》，中央文献出版社，2017，第17—18页。

⑪梁周敏、王奎清：《河南精神与中原崛起》，《学习论坛》2005年第21卷第12期。

⑫侯俊豫、王治坤、薛辉：《苏长青到淮阳区调研新时代文明实践中心建设和脱贫攻坚工作》，《周口日报》2020年8月14日第1版。

⑬宋根川：《讲好黄泛区故事　打造黄泛区文化品牌》，《中国农垦》2020年第6期。

⑭马俊、张秀丽：《传播先进文化　打造城市品牌——“林邑讲坛”的实践与思考》，《兰台内外》2020年6月下半月刊。

⑮徐艺玮：《河南文化资源对外传播的策略初探》，《安阳师范学院学报》2012年第1期。

⑯河南文化产业发展研究课题组：《论中原文化的精神特质》，《中州学刊》2007 年第 1 期。

⑰杨云香：《论中原文化在中华民族精神形成中的作用》，《中州学刊》2008 年第 5 期。

⑱王季昆：《论红色文化在坚定文化自信中的当代价值》，《广西青年干部学院学报》2020 年第 30 卷第 4 期。

⑲黄坤明：《深刻领会习近平新时代中国特色社会主义思想的精髓要义——读〈习近平谈治国理政〉第三卷》，《文艺报》2020 年 8 月 14 日第 1 版。

⑳㉑陈亮：《弘扬红色文化的当代价值》，《文艺报》2020 年 8 月 17 日第 7 版。

㉒戴旋：《新兴城市文化形象与品牌塑造研究——以盐城为例》，《盐城工学院学报》（社会科学版）2020 年第 33 卷第 2 期。

（选自《周口师范学院学报》2021 年第 1 期）

像溪水一样流过

——邓红散文集《写给远方的你》印象

王　剑

2002年金秋，河南文学院迎来了一批青年才俊。在这个被誉为“黄埔一期”的作家高研班里，激情与才华齐飞，青春与力量共涌。秋阳斜照的草坪上，处处有人在指点江山；灯火通明的宿舍里，时时有人在高谈阔论。然而，在众多的喧哗与骚动中，有一个人显得很“特别”。她文静、典雅、腼腆，甚至有点害羞。别人说话，她只是认真地倾听。听到动情处，她白皙的脸上会泛起淡淡的红晕。这个羞涩的女孩，就是邓红。在我的印象中，作家邓红就像一条在山间潺潺流动的溪流，清澈见底而又韧性执着。她沿着自己的航道，缓缓地流动，不疾不徐，流过春夏秋冬，记录生活百态，拾取属于她的忧伤和欢乐。

散文集《写给远方的你》收录了邓红的新作49篇。一篇篇读来，言语之中尽是生活的赠予，字里行间透着人间的真情。从这些温婉清丽的文字看，邓红依然是那个单纯如初、葆有一颗纯净童心的“十六岁女孩”：喜欢在细雨中散步，去感受草尖上、树叶上、花瓣上水珠晶莹欲滴的美妙；喜欢走在一条铺满落叶的小路上，享受一份来自大自然的清静与幽雅。她希望生活在一个简单明了的世界里，所有的季节都是美丽的，每一天都是一首诗，时时都拥有蓝天和阳光（《十六岁的妈妈》）。在世俗生活中，她浸泡在丈夫的甜言蜜语里，享受着姥姥轻轻摇动的蒲扇，在女儿俊俏灿烂的笑脸上采撷着生活的美好与快乐（《先生的甜言蜜语》《姥姥》《快乐的女儿》）。然而，有一天，"怕我受到伤害，对我百般呵护，事事替我操心"的父亲不在了，她的情感世界瞬间坍塌了，一切都变得暗无天日，生命里只剩下透骨的冰凉，她的"脸上没了笑容，眼中没了风景，心中没了向往，世界没了色彩，生活没了意义"，泪水吞没了她，"上下班路上，办公桌前，楼梯间，樱花树下，到处都是我洒下的泪水"，"每日在思念爸爸的泪水中睡去，又在想念爸爸的泪水中醒来"（《如果有来生，还做爸爸的孩子》《父爱如山》《书香润人生》《爸爸陪我高考的日子》）。邓红这些写给父亲的文字，粗粝奔放，汪洋恣肆，不管不顾，既有父女往日相处的欢笑和温馨，又有失去父亲后的悲伤绝望和茫然无助的心痛；既有毛茸茸的生活细节，又有压抑不住的情感宣泄。有分量，有深度，有细节，有泪点，从而带给读者强烈的情感震撼和艺术冲击。

邓红是大自然的女儿，她的单纯和童心在天地之间得以充分张扬，沉睡的梦想被次第唤醒。明媚的阳光、湛蓝的天空、青翠的草地、碧绿的湖水、五彩的花朵、起伏的远山、悠悠的白云、悦耳的鸟鸣、徐徐的清风，都在她的笔下像溪水一样流过，流成一阕阕美丽的断章。“那草滩的绿，绿得娇嫩；那菜花的黄，黄得迷人；而那湖水的蓝，又是蓝得多么醉人啊！它蓝得纯净，蓝得质朴，蓝得深湛，也蓝得温柔恬雅。”（《魂牵梦萦青海湖》）这是邓红笔下的青海湖，碧蓝如洗，水天一色，格外美丽。“波光粼粼的湖水时而湛蓝，时而碧绿，时而金黄，时而乳白，变幻多姿。有时随风飘来几片云，会落下丝丝细雨；雨过天晴，湖面就出现一道绮丽的彩虹；如果阳光不够慷慨，马上就有雾岚缭绕。”（《流光溢彩喀纳斯》）这是邓红笔下的新疆喀纳斯湖，置身于“月光澄澈，繁星满天，空气清冽”的喀纳斯的夜晚，忽然让人“有一种想哭的感觉”。“一半是苍凉浩瀚的黄沙，一半是烟波浩渺的湖水，就像一个粗犷雄浑的西北大汉拥揽着一位温柔秀美的江南少女……碧水萦绕着黄沙，黄沙守护着碧水，这种惊天之美不由让人感叹……”（《美丽沙湖》）这是邓红笔下的宁夏沙湖，让人觉得这颗“塞上明珠”果然名不虚传。三个湖，三种叙事笔调。读着作家邓红的散文作品，我们除了享受文字的美好外，是不是还会萌发一种飞临其地、一睹真容的冲动？

散文集《写给远方的你》中，还有专门写给黄河的特殊篇章。《风雨三门峡》中，作家邓红客观回顾了三门峡水利枢纽工程修建的曲折过程，然后笔锋一转，大声歌赞了黄河人百折不挠、勇往直前的探索精神，认为承载民族梦想的三门峡水库，“开启了新中国治理大江大河的梦想，是中国水利建设史上的一座丰碑”。《黄河从这里流向世界》，描摹了黄河博物馆的恢宏画卷，而《壶口览胜寻古》《黄河峡谷名称探源》则写出了黄河文化的博大精深。尤其值得注意的是，“江河之子”一辑中的9篇人物专访，邓红大胆采取立体视角，集中笔墨对献身国家水利事业的学界精英给予了“浮雕式”的展现。她笔下的“黄学”巨子中，既有泥沙专家钱宁、江恩惠，又有治河专家徐福龄、黄河摄影家殷鹤仙；既有破解国家水资源困局的专家王浩、生物节水倡导者山仑，又有带领“金刚钻”团队专做大事的“长江王”林一山。与前两辑的感性文字相比，这些人物专访则显得理性、厚重，别开生面。我想，这或许与邓红的职业有关。作为一个黄河人，她踏着先辈留下的行行足迹，血脉中接续着黄河文化的因子和魂魄。为黄河写下特殊的篇章，与其说是作家邓红对河清海晏美好图景的向往，不如说是她对治黄先驱和伟大黄河精神的由衷致敬。

那年在陕州采风，我与邓红不期而遇，彼此都有一种意料之外的惊喜。简单的交谈之后，我发现邓红的内心明朗了很多，也成熟了很多。当然，走向成熟的还有她的文字。我知道，这本书不会是她写作的终点，而是她美好生活的起点。希望她能永远像溪水一样流淌，向着远方，向着她心中的大海。

（选自《黄河报》2021年7月15日）

现代主义、现实批判与诗性书写

——墨白小说论

刘宏志

“先锋作家”是作家墨白身上的重要标签，不过，作为先锋作家的墨白还有着其他的创作特质：他热衷于乡土题材的写作，并由此创造出了他文学中的颍河镇；他也有着强烈的批判现实意识，对曾经影响中国的乡土二元对立进行了犀利的批判；他还可以说是一个底层作家，他的作品，饱含着对底层生命的关注。墨白这些写作特点的多样，其实正说明了墨白作为一个作家的丰富性。总的来说，现代主义的视野，现实主义的立场，以及带有诗性特质的书写，共同构成了墨白创作的多维层面。

一、现代主义与墨白对世界的认知和表达

墨白小说的先锋性，在很大程度上来源于他对于现代主义自觉的接受。现代主义的艺术手法，显然对墨白有着极为深刻的影响，甚至我们可以这样说，没有现代主义，或许，就没有今天的先锋作家墨白。墨白在从事文学创作之前，作为一个艺

术专业的学生，就先接触到了西方现代绘画艺术，巴比松画派的柯罗、米勒，印象派的塞尚、莫奈、雷诺阿，以及表现主义的蒙克，超现实主义的达利都对他产生了影响。之后，他准备进行文学创作之前，又大量阅读了纳博科夫、卡夫卡、加缪、卡尔维诺、福克纳、马尔克斯等人的作品。所以，墨白自己也认为，“由于对西方绘画和文学的阅读，在潜意识里，现代主义认知世界的方法已经对我产生了影响”[①]。从墨白的小说叙事来看，现代主义首先影响了他认知世界的方式，他看到的世界，他从大众习以为常的日常生活中，看到了荒诞和奇怪。墨白也曾经谈到中国并不缺乏产生现代主义的土壤，“在我们的现实生活里，实实在在地存在着滋生现代派文学的土壤……至少在20世纪50年代末，我们的现实生活就已经具备了产生现代派文学的社会因素，比如荒诞、暴力、无政府主义……已经构成了我们所处时代产生现代派文学的人文环境和社会土壤。我们生活的现代主义土壤，应该说是先于西方现代派文学进入我们的生活之前就存在着，所以中国新时期的现代派文学的产生，是自然的，也是必然的”[②]。不过，问题是，即便在我们社会中已经存在那么多产生现代派文学的荒诞因素，但是中国当代的现代派文学也只有到了20世纪80年代后期，在西方现代主义文学作品流行之后才真正出现。这说明生活在荒诞之中的人，如果缺乏发现荒诞的眼睛和能力，也一样无法认知到荒诞本身，而只能把荒诞视作正常生活。墨白对现代主义的接受，显然直接影响了他认知世界的方式。在现代主义的视野中，世界就是荒原，

“彻底否定了人与人之间的感情沟通……在现代派小说家的笔下，描绘的主要是以自我为中心、人与人之间极端冷漠和残酷的图景，甚至笼而统之地用这种情形来揭发整个人类”[③]。“在人与人的关系上，现代派文学揭示出一幅冷漠无情、自我中心、人与人无法沟通的可怕图景。”[④]从小说主题的表达上，我们可以明显看到墨白小说与现代主义之间的关联。墨白早期的小说多和乡土生活有关，但是在他的叙事之中，却少有乡土生活的温情，而更多是日常生活苦难一面的呈现以及对人性残酷的表达。他发表于 1986 年的短篇小说《狂犬》以一条狗的视角描述了人性之恶；他发表于 1987 年的短篇小说《埋葬》讲述的是兄弟两人在母亲去世之后为了争夺母亲留下的遗产而大打出手的故事；他发表于 1988 年的中篇小说《红房间》则是以两个人互相交谈的方式，分别解剖自我与他人，全面、丰富地呈现人性的狭隘、阴毒以及狂热的占有欲望。可以说，墨白小说中关于人性的呈现，几乎都是在呈现人性之恶。他后来的小说《讨债者》描述了一个讨债者在寒冷的冬天来到颍河镇讨债，结果却根本无法找到债户，而且迎接他的是所有颍河镇居民的冷漠。最终，无助的讨债者在寒冷的雪天冻饿而死。墨白之后具有代表性的作品《光荣院》，则几乎是以小说的形式诠释了“他人就是地狱”，小说中的老金等人，作为孤寡老人，生活在光荣院中，他们的生活费还受到光荣院院长的盘剥，他们已经是这个社会的弱势者。但是他们却不去反抗院长对他们的盘剥，反而去欺负一直生活在光荣院中的虾米，他们之间也互相斗争。墨白小说主题多有变化，既有对城乡二元对立的激烈的批评，也有对爱情、艺术等的审美欣赏，不过，毋庸置疑的是，几十年来，在墨白笔下，呈现人性之恶却是一个贯穿始终的小说叙事主题。这个小说叙事主题的坚守，显然和墨白与现代主义的接受有密切的关联。

墨白和现代主义的更为明显的联系是他对小说故事性的忽略与对小说讲述方式的强调。现代主义小说兴起的过程，就是小说中故事的地位不断下降的过程。进入20世纪以后，小说叙事发生了巨大的变化，被奉为经典的小说著作多是现代主义作品，比如卡夫卡的《城堡》《审判》，普鲁斯特的《追忆似水年华》、乔伊斯的《尤利西斯》、福克纳的《喧哗与骚动》等，都和传统小说有着巨大的区别。相比较传统经典现实主义小说，这些小说一方面更加强调形式，另一方面则是对故事的有意疏离。同传统小说致力于讲述一个有趣或者感人的故事不同，现代主义小说似乎有意要消灭小说中的故事，比如《到灯塔去》《尤利西斯》等更加强调的是对精神世界的表述，而不是去构造、描述现实世界的冲突。有些小说虽然涉及人世沧桑的变化以及对人性的深刻表达，但在讲述的过程中，小说中的故事却被完全打散的时间切割得七零八落，以至于小说中的故事讲述似乎也消失了，比如福克纳的小说《喧哗与骚动》，虽然里面饱含了人世沧桑，可是却缺少整饬的叙事，故事被分割成一个个碎片，似乎也很难将之缝合成为完整的对普通读者富有吸引力的故事了。显然，按照托多罗夫的故事与话语二分法，在现代主义作品中，“‘故事’常常不同程度地失去了独立性，话语形式的重要性则得到增强”[5]。“在一些实验性很强的作品中（如乔伊斯的《尤利西斯》《为芬尼根守灵》），对语言的利用和革新已成为作品的首要成分。如果说在传统现实主义小说中，话语和故事只是偶有重合，那么在现代派小说中，话语与故事的重合则屡见不鲜。读者常常感到不能依据生活经验来建构独立于话语的故事，有些段落甚至是无故事内容可言的纯文字‘游戏’。”[6]这些被奉为经典的现代主义作品代表了现代小说价值取向，那就是小说叙事更加强调话语，强调叙事形式，而忽略小说的故事性，甚至把故事看成是反小说的。这种小说的出现，自然是作家艺术观念变化的结果，伍尔夫早在 1908 年就说过，小说情节并不重要。她还曾经为现代小说下过一个简单的定义：如果你读完了一本小说而可以并不困难地复述给另一个人，那么它就不是真正的小说，而只是一个故事。伍尔夫是西方现代主义的代表作家，她的文学理念也代表了现代主义的文学理念。墨白的小说虽然没有如上述经典现代主义作品那样对故事情节非常激烈的背弃，但在墨白的小说中，故事情节的起承转合或者刺激紧张，都不是最重要的。墨白不强调小说故事的有趣，一个重要的表现是墨白几乎从没有完完整整地不受干扰地讲述过一个故事。在他笔下，小说故事被撕裂成了一个个情节的碎片，然后又依据某种线索结合成一个整体。这种被撕裂然后又被结合为一体的小说自然就不再是严格按照物理时间顺序排列的小说，而是从时间角度完全被搅乱的事件的总和。墨白对自己的叙述特点显然非常清晰，他一篇小说的名字就叫《尖叫的碎片》，小说中的时间也是被切割成了一片片的碎片，从这个题目可以看出，他也是在强调时间的碎片特质。当然，我们很容易就可以把这种状况理解为作家的故弄玄虚，可是，仔细分析这些小说中的故事，我们会发现，墨白并非先构思好一个有条理的整体的故事，然后又像洗牌一样把这些情节打乱，重新组合。而是墨白小说中展现的东西太过于复杂和烦琐了，他已经没有办法再按照严格的物理时间把这些事件先后排序然后再一一展示了。小说《尖叫的碎片》是叙事者“我”给女友江媛讲述“我”写的一个小说，当然，我们后来明白，这虽然是“我”写的小说，但是小说中的主人公其实就是“我”本人。这样，小说就涉及了“我”和“我”的小说中女主人公雪青的故事，“我”和江媛的故事，雪青的家族故事，雪青和丈夫的故事，雪青和他的第二任丈夫陈的恩怨情仇，当然，这里面还包括两个神秘的死亡——雪青的儿子和雪青的第二任丈夫都死于刹车失灵。小说利用这种碎片化的讲述涵盖了极为复杂的叙事内容，但是，传统小说建构精彩、刺激的故事的一些故事套路，在这样的叙述中完全失效了。这样碎片化的讲述，已经无法有效地把读者的注意力集中在某一个核心故事情节中。

在墨白小说中，寻找是一个常见的叙事模式，但是寻找的过程不是一个悬疑的、紧凑的、能够紧紧吸引读者注意力的叙事过程，而只不过是借助这个寻找，把想要表达的各种细节都放进了这个寻找的过程中来了。换言之，寻找只是作家表达更多思考的一个叙事外套而已。《映在镜子里的时光》《来访的陌生人》《手的十种语言》等多部中、长篇小说都是以寻找的方式来结构故事的:《映在镜子里的时光》是一个剧组要去影视剧拍摄的外景地,《寻找旧书的主人》是通过一本旧书寻找一个故人,《手的十种语言》是寻找主人公的死因,带有侦探小说的色彩。一般来说,寻找特别是对悬疑性结果的寻找——往往是能带给读者更多的故事趣味性的——它能满足读者的好奇心。但是值得注意的是,墨白的这些以寻找作为叙事模式的小说,却都没有有效利用寻找这种结构模式带给读者的好奇心,精心结构一个紧凑而带有悬疑效果的故事,而是把寻找的过程变成了一个各种与主人公有关事件的拼接。《映在镜子里的时光》小说的主体是一行人从省城郑州出发,前往颍河镇寻找外景地。在这几个人中,导演浪子和主演丁南都曾经在颍河镇下过乡,那里都有他们非常难忘的经历。小说借助主人公的意识流动,点出了浪子把外景地放在颍河镇的目的,从而穿插叙述了四十年前的往事。从物理时间来说,这部小说涉及的时间不超过两天,但是小说表述的却是经历了四十年的时间沉淀下来的历史延续。《手的十种语言》是关于死亡的教授黄秋雨的各种事情的拼接,《寻找旧书的主人》则是叙事者对往事的回忆。显然,墨白小说中的寻找往往都是没有结果的寻找,是寻找过程的不断延宕。《映在镜子里的时光》中一行人从郑州到颍河镇本来四个小时的车程,可是直到小说结束,他们也没有到达颍河镇。《寻找旧书的主人》中男主人公发现了他少年时情侣的一本旧书,就以这个旧书为线索，开始寻找，可是直到小说结束，主人公也没有找到他当年的情人。寻找的延宕是墨白很多小说的结构方式，这种小说结构当然表明了墨白的某种深意，但是更为重要的是，通过寻找的延宕，作家在寻找这个框架中，容纳了更多、更为复杂的思考，即随着叙事中寻找的不断延宕，随着越来越多的各种复杂的，甚至似乎和寻找关系不大的更多的细节被纳入寻找的这个框架中，寻找的主题被分散了，小说也失去了单一、紧凑、紧张的故事情节。

显然，无论是对人性之恶的持续而偏执的表达，还是打破紧凑、集中的故事情节，表现出对故事的轻慢，都表明了现代主义对墨白影响的深刻。其实，通过墨白小说的这些叙事特点，或许我们还可以做一个判断——作为先锋作家出现的墨白，究其根底，其作品中的先锋气质，更多来自对现代主义的坚守。

二、现实苦难与批判现实主义立场

墨白的小说毫无疑问充满了现代主义的气息，但是，我们似乎又不能将他的小说和西方现代主义直接画上等号。西方现代主义的出现，对于传统的现实主义小说表达来说的确是一个极大的突破，不过，西方现代主义也有自己的问题。“现代派作家把具体社会制度下的问题扩大化、抽象化为普遍而永恒的人的本性问题、人的存在问题。”[⑦]这也导致西方现代主义确实存在和现实脱节，有“玩弄语言、色彩和音响上的苍白趣味”[⑧]的特点。墨白小说强调对现代主义叙事技巧的使用，强调对现代主义的理解和接受，但是墨白的小说却并没有把社会问题抽象化，他的小说都和现实有着密切的关联。

墨白的看上去和现代主义抽象主题有关的主题表达，背后都有着现实批判的意图。墨白有多篇小说呈现世界的荒诞，如《风车》《梦游症患者》等，都旗帜鲜明地对世界的荒诞进行批判。《风车》讲述理论家到豫东一个地方观摩、指导当地人建造风车的故事，《梦游症患者》以三爷一家为主体讲述这一家人在“文化大革命”时期命运的变迁。在这些小说中，荒诞的场景比比皆是：在北方缺水的地方建造风车车水；医生正在给人做手术就被从手术台上赶下来并被宣布为右派；残疾的木匠把鸡蛋放进自己的被窝，要给集体抱小鸡；儿子殴打自己的父母要找出所谓的变天账；人挖洞和老鼠、蛇生活在一起，觉得人更可怕……所有这些看上去匪夷所思的情节，充分显示着这些小说表现内容的荒诞。但是，这种荒诞的呈现却又不是脱离现实的抽象化荒诞，而是对极“左”年代的人的精神变异的讽刺和批判。如前所述，呈现人性之恶，对人性进行批判可以说是墨白小说中一以贯之的叙事主题。但是，墨白的小说，除了《讨债者》等有数的小说稍有抽象化特质之外，多数小说对人性之恶的表达依然是和现实密切关联的。墨白的中篇小说《寒冷》是由一组小故事构成的，在这一系列小故事中，村头嫂虐待村头前妻留下的孩子毛头；锅底发现狗蛋偷取他家东西，打伤了狗蛋，但是全村人却因为嫉妒锅底挣钱多，而借机让锅底倾家荡产；清明为了娶花枝花费了大量的彩礼，把花枝娶过门后，就拼命地虐待花枝……这个小说的一系列小故事从不同角度呈现了人性之恶，但是，我们显然不能说这个小说中关于人性恶的呈现是一种哲学化的、抽象化的表现。事实上，这一组故事中的人性之恶的呈现，是从现实生活中生发出来的，更多具有国民性批判的意味。在墨白小说中，偶然性、神秘性的表达也是常见的主题，但即便是这样带有某种先验的抽象性主题，也都是和现实密切关联的。小说《夏日往事》中一系列人物命运的转折显然就是源于一次偶然事件——乡村女教师孔英对学生东方的过度惩罚。一个处于青春期的、性意识刚刚萌发然而又处于懵懂状态的男孩子，无意中发现了比他大不了几岁的年轻女老师和村干部的不正当的性行为，就开始以和性有关的诸多方式主动攻击这位女教师——这显然是这个男孩子释放自己说不清楚原因的性压抑的一种方式。这位年轻的女教师终于不堪这男孩儿屡屡挑战其教师权威，于是就在一次不知道男孩儿有意还是无意的挑衅中，一怒之下用教鞭打了这个男孩儿的生殖器，于是，这两个人、两家人的命运发生了重大转折。女教师最终自杀，男孩儿失去了性功能，男孩儿的父亲为此事死于劳改农场。从小说叙述来看，孔英对东方的这个惩罚完全出于偶然——东方在上课时躺在桌子上睡觉是偶然，露出生殖器也是偶然，而面对这种情况孔英居然瞬间失去理智更是偶然。但是，在这关于偶然的表现中，小说表现了对底层生存的深度观照。张闳曾经这样评价墨白小说中的偶然性书写："底层生活的痛苦有时并不在于它有多少灾难降临，也不一定就是他们注定要忍受必然的痛苦，而是在于底层生态的脆弱性。他们是无助的，一个偶然性的事件就可以成为他们的命运。比如，日常生活中的某个细小的疏漏和错误，却会给主人公带来无尽的烦恼和厄运，甚至有可能是致命的。”⑨在这里，张闳的意思是，墨白借助偶然性命运实现了对底层生命、底层苦难的观照。的确，墨白借助他笔下的偶然性命运，不仅表达了他对生命的认知，对人生悲剧性的体察，也实现了他对乡村底层生命悲剧性命运的观照，对乡村底层生命悲凉底色的展示。换言之，墨白笔下的苦难，不是一种哲理化的、抽象化的苦难，而是和现实生活的苦难构成对应的。

墨白曾经表述过自己的小说立场：“人类的苦难在不断地发生。在这个即将过去的世纪里，我们的肉体承受了太多的苦难，我们的心灵承受了太多的苦难。战争饥饿自然灾害疾病充满了我们的记忆，而更多的苦难来自我们人类自己，……我们不能忘记人类的苦难。我们应该深刻地揭示我们人类自身的孤独和痛苦，深刻地揭示对现实生活的恐惧感和对未来的迷惘。叙述我身边的那些忍受着生活苦难和精神苦难的底层人的生存状态和精神状态……”⑩墨白早年的小说多呈现在穷困之下的人的精神的压抑。《秋日辉煌》中霜的困苦但是还算平衡的生活，因为两个灰色制服的男人的到来而濒临崩溃——他们是来通知霜交罚款的。《仲夏小调》中麻狗为了能借别人的打麦机打麦子，一直帮助他前面的人干活儿。但是，轮到他家的时候，村支书却插队进来。麻狗表示反抗，但是村支书却说，打麦机上的电机、打麦机用的电线，都是他的。麻狗被村支书简单的几句话打倒了。乡村穷困者面对生活的无可奈何被呈现出来。之后，墨白的小说关于现实苦难的呈现不再局限于贫穷对人的压抑：《欲望与恐惧》《局部麻醉》表现了乡村知识分子进城之后的精神上的压抑与无所适从；《寻找乐园》《事实真相》等旗帜鲜明地表现了对城乡二元对立带给乡下人的物质的困苦与精神的压抑的批判；《梦游症患者》《风车》等则表达了对荒诞历史的批判。毫无疑问，墨白的小说的确都是在书写苦难，书写那些忍受着苦难的人的生存状态和精神状态，但是，无论什么样的苦难书写也都是和现实密切对应的。

墨白是一个对小说叙事形式、叙事技巧非常关注的作家，他的文本意识非常自觉。墨白也多次表达过他对文本叙事技巧的重视："我一开始就比较自觉地注重小说的形式和技巧，我觉得这对我很重要。你只有先注重形式和技巧了，才能更好地表达你的思想。当然，一个作家在写作之初他可能很注意技巧，到了成熟的时候他可能不太注意这些了，但你不能说小说里形式和技巧就不重要了。我认为形式和技巧是一个作家认识世界的方法，形式的不同就是视角的不同，一种新的形式就是为人类提供一种新的认识世界的方式。许多了不起的作家都给人们提供了新的认识世界的方式，比如西蒙、伍尔夫、卡夫卡、乔伊斯、卡尔维诺等……"[11]但是另一方面，墨白却又不是为技巧而技巧的，他对形式和技巧的重视是为了更好地表达自己。"我意识里的文学写作的先锋性应该是这样的：他的写作能提供一种新的认识世界的视角，或者是对生命的一种独到的感受；他的叙事或文本常常颠覆读者的阅读经验，把读者带到一个陌生的境地里去。读者在他那里看到了隐藏在自己身边的一些没有察觉或感受到的东西。”[12]换言之，墨白对形式的重视，对现代主义艺术手法的借鉴，都是为了更好地表达他所认知的生活和他所理解的生活。在他的这些现代主义的技巧的背后，都有一个明显的现实批判立场存在。在讨论陈映真的作品晦涩、抽象、颇有现代主义气息的时候，有论者认为陈映真并不是一个现代主义者，因为“陈映真貌似现代主义的语言或者形式，不管多难解、多晦涩、多实验，后头总是有一个时代、一个社会的线索的，他并不曾企图将他自己的苦闷给哲学化或永恒化”[13]。同样，我们显然也不能把墨白视为一个现代主义作家，或者只强调形式的先锋作家，因为墨白同样没有把生活的苦难或者荒诞，以及人性的冷漠给哲学化或者抽象化，他都是在具体的历史语境下呈现这些主题的。通过对这些主题的呈现，他表现的不是哲学的人性或者抽象化的人性，而是对具体历史语境的批判，以及对这些历史语境中的苦难的深深的悲悯。因此，虽然表面上看墨白是一个现代主义风格的作家，是一个先锋作家，但是他所有的形式上的努力都不过是为了更好地表达他对现实的感觉。他无意把他所经历的现实哲学化或者永恒化，而是力图将这种现实的痛苦和痛苦的来源本真地呈现出来，表现出了鲜明的现实主义批判的气质和立场。他的作品，是在中原大地生长出来的苦涩的泥土之花。

三、诗性叙事与墨白小说的文体风格

就艺术形式而言，小说和诗歌分别属于不同类型的文学范畴，小说是强调叙事的文学，而诗歌则是强调抒情的文学。但是，另一方面，却又存在叙事文学与抒情文学的融合。中国现代白话小说中一直就有一个诗性小说的传统。钱理群就曾断言，现代文学作品中艺术水准最高的作品往往是"'现代抒情小说'（或称'诗化小说'）的谱系"的作品⑭。对于小说作品中诗性特征的认定，理论界对它的认识主要集中于三个方面：一是文体学层面的意义。这类观点主要集中于现代小说形式特征的诗意，如对风格的诗化处理，指的是诗对小说艺术的渗透。这类观点多强调语言的优美、韵律的音乐化、文本氛围得以净化等。二是美学层面的意义。理论界将那些强调印象性、神秘性的似乎无法描述、无法界定的叙事称之为诗性特征。三是本体论层面的意义。即受尼采、海德格尔等"艺术拯救人生""诗意的栖居"等思想的影响，以语言中介去寻访、表现诗意、信仰、爱、神性，追求人生归依等主题的叙事，往往被视作诗性小说。⑮从理论界关于诗性小说的界定来看，墨白的小说毋庸置疑地带有浓郁的诗性特征。

墨白小说的诗性特征首先表现在文体学层面上，他的小说语言具有明显的抒情性特质。墨白是一个有着忧郁的诗人气质的人，他习惯于用一两句诗歌来做小说的题记。当然，墨白的诗人气质在小说中的显现可不仅仅是因为小说上的题记，更重要的是，他小说中有着强烈的抒情气质。一般说来，小说情节的推进有两种方式：一种是依靠细密连续的小说细节推进小说的发展，强调小说的密度，以小说内容的大容量取胜；另一种则是用抒情式的语言推进小说的进展，强调情感的表达，以小说的某种气味取胜。作家的气质会决定他的情节推进方式。墨白的小说显然属于后者。在墨白的小说中，抒情的语句随处可见。如："那延绵不断的长满了绿色树丛的堤岸和没有尽头的歪歪曲曲的河面不停地呈现在我的眼前，一切都是那样的陌生和亲切，那条我记忆里的土黄色的木船停泊在哪一片河湾呢？一切是那样的茫然，但在那茫然里我仍然残存着一线微弱的希望。在幻觉里，我一次次看到了那条张着风帆的土黄色的木船在河面上顺水而下，我年轻的姑姑就坐在船头上……"[16]这样的语言方式，显然是只有有着诗人气质的作家才习惯用的。事实上，不止有一个评论者谈到墨白的诗人气质："墨白本质上是一个抒情诗人，倾向于内心独白。"[17]"墨白是一个具有抒情诗人心性的作家，与大多数从乡村走出来的写作者不一样，他选择了个体经验而不是从宏大叙事的视角展开他的叙事。"[18]张晓雪在和墨白的谈话中也谈到，墨白小说的语言风格带有明显的蓝调风格："你小说的叙事语言追求诗性，这就像蓝调的旋律，这种旋律，我看就是你小说叙事语言的整体。"[19]从叙事语言来看，诚如多位论者所言，墨白的小说语言具有明显的诗性特征。他的小说语言往往借助意识流式的内心独白，表达作家对生活的个体化感知，而这种带有抒情性特质的语言，其实已经构成了墨白写作特征的重要组成部分。

从本体论层面上，我们发现，墨白小说也显然具有明显的诗性特征。在具有强烈批判现实立场的墨白的笔下，苦难成为日常生活的常态，而且在苦难中挣扎的人似乎也没有在现实中改变的可能。但是，另一方面，墨白给他笔下的人物提供了一个超越生活苦难的出口，那就是爱情、艺术与远方。墨白小说《俄式别墅》写的是爱情带给人的力量。小说以鸡公山上的俄式别墅这一个固定地点，写了跨越几十年时间的两段爱情。历史中的爱情是萍和林的爱情。萍是一个军阀的姨太太，但是萍对军阀没有爱情，在鸡公山遇到青年林之后，两人热恋，但是，他们也为爱情付出了代价——一个为爱情被杀死，另一个人则殉情自杀。小说中的另外一个人物，即默默爱着萍的刘副官，则一个人守在萍的墓地前孤孤单单生活了几十年。现实生活中的爱情是“我”和芳的爱情，“我”是一个为生计发愁的艺术家，和妻子之间没有什么爱情，在遇到芳之后，两人陷入热恋之中。但是，这段爱情并没有一个美好的结果，一方面，他们的爱情是为世俗所不容许的，所以阻力重重；另一方面，芳也是一个很实际的人，她也很看重物质，而这个显然是“我”无法提供给芳的。显然，相比较之下，萍和林的爱情更值得赞赏，他们也因为他们的爱情，超越了现实的苦难。现实生活中“我”和芳的爱情则败给了世俗和物质，这也注定了“我”和芳只能在庸庸碌碌中继续生活。但是，即便如此，即便是这不纯粹、不坚决的爱情，显然也会影响“我”的生活，给我的庸碌而沉重的生活带来亮光。小说《民间使者》讲述的是艺术对苦难的超越力量。小说中的“我”一直在抵抗着父亲对我的要求——从事民间艺术。在父亲去世后，“我”发现了父亲的日记本，里面记载了几十年前父亲在颍河岸边的一次经历，里面有爱情、死亡，还有艺术。这让“我”对父亲产生了兴趣，决定沿着当年父亲的道路重新走一遍。在这个过程中，“我”开始大量接触民间艺术，最终，“我”发现自己已经不可遏制地爱上了民间艺术。从小说叙事的表层来看，《民间使者》讲述的是叛逆与皈依的故事，但是在叙述中却展现了艺术超越现实苦难的巨大力量。对于大众来说，民间艺术的力量在于，它们点缀了大众的日常生活，给大众的生活带来亮色，在苦难中给大众带来希望。对于民间艺人本身来说，民间艺术有着更为强大的力量，它赋予了民间艺人一种强大的精神，在这种精神的照耀下，苦难、死亡都不再是不可征服。民间艺人可以用平静的姿态面对生活中的一切，艺术已经成为民间艺人的生活本身。在面对现实苦难的时候，艺术表现出了它超越性的力量。在墨白这里，旅行、梦想，也可以具有生活的某种本体意义。小说《航行与梦想》书写的就是关于旅行、梦想对于现实人生的超越。小说的中心故事是主人公萧城的两次旅行，他是要通过旅行来摆脱日常生活的困境与无聊。小说中的萧城认识到了生活中无处不在的压抑，就像一个被困在食物链上的动物，没有自由。那么，日常生活就意味着在食物链上不自由的生存。这样，旅行对于萧城来说就有了特殊的意义，因为旅行可以使人暂时脱离他熟悉的社会生活和他熟悉的人，可以暂时脱离社会给他规定的食物链的位置。在某种程度上，旅行，特别是独自旅行，是当事人对他在社会上特定身份的一次小小的出轨和逃离。萧城另外一个对现实生活的逃避方式是梦想。他和燕子的通信，对燕子的幻想，他关于梅子的幻想，都给他庸俗、沉闷的日常生活增加了希望。虽然这个小说也表述了关于燕子梦想的破灭，但是梅子却作为一个扑朔迷离的形象存在了下来，那么，关于她的梦想，还可以持续下去。依靠旅行和梦想，萧城获得了从现实的沉闷中喘息的能力。从这几部小说，我们明显可以看到，墨白表达的便是“艺术拯救人生”这样一种理念。在这些小说中，艺术、爱情等具有了超越性的力量，成为生命意义本身。

从美学意义来说，墨白小说对神秘性的强调也构成了他小说的诗性特征。神秘性是墨白特别强调的一个小说特质，正如墨白自己所说的：“现实生活中的神秘是我写作的叙事策略，同时也是我的小说立场。”[20]显然，就墨白的自述来看，神秘构成其对生活的认知，也构成了他小说写作的基本立场，于是，我们可以看到这样一个基本的现象，即几乎墨白所有的小说都有神秘现象出现。《错误之境》中的谭四清在出狱之后，发现他的情人马响席卷了他的财产逃跑了。他决定到马响的老家红马去寻找马响。小说描述了他去红马的路上遇到的种种奇怪的事情。更为复杂的是，等他到了红马，却发现很多人并不认识马响。

好不容易在一个老者的指点之下，他来到了马响工作的学校，但在马响住的房间，却发现了另外一个年轻女孩子的尸体，他自己也莫名其妙地成了一个杀人嫌疑犯。《一夜风流》中的作家谭渔在一个百无聊赖的细雨绵绵的秋日上午拨通了手边的一个传呼号码。然后这个传呼的主人，一个年轻的女人杨玉飘然而至，她说她在邮局工作，谭渔拿到的号码就是她在帮助谭渔寄书时留给谭渔的。她还说谭渔当时送给了她一本书，而且她还带来了那本已经被翻了很多遍的书，上面还有谭渔的签名。然后两个人一起吃饭，聊天，杨玉还带着谭渔到了她自己开的按摩店给谭渔按摩，带谭渔到自己工作的邮局去。后来他们就坐上火车来到了外地住进了一家宾馆。但是，等二十天后谭渔再找杨玉的时候却发现那个按摩店的老板已经不是她，而那个邮局里面的工作人员也说他们都不认识一个叫杨玉的女人。这个女人是否存在过似乎都成了一个问题。

墨白的上述小说带有明显的超验色彩。从一般生活经验来讲，这些小说的最后结局显然并不符合生活的必然逻辑。因为无论是杨玉的神秘出现和神秘消失，还是消弭了任何她曾经存在过的痕迹，都不符合我们基本的生活逻辑。或者我们可以这样说，墨白的这些小说在某种程度上就是反生活逻辑的、反生活现实的。虽然这些小说的基本细节仍然建立在作家对生活细节的扎实的描摹之上，可是，到了情节的关键地方，生活却突然呈现出了巨大的悖谬性和不合逻辑性。当然，正是通过这样的叙述，墨白把他小说中的神秘性凸显到了无以复加的地步。

读《一夜风流》，无论读者是如何的健忘，或者缺乏基本的文学审美技巧，可是这个最后巨大的神秘还是能够带给人美学的震惊。或许，这也正是墨白的目的所在，通过这种不合常理的、带有巨大神秘感的情节的设置，带给人强烈的美学震惊，从而让读者正视并且思考生活中的无所不在的神秘。

显然，无论从美学层面，还是从本体论层面、文体学层面，墨白的小说都表现出了鲜明的诗性特征。事实上，也正是这些特征，在很大程度上决定了墨白小说的风貌。从小说表达这个角度来说，小说风格无所谓优劣高下之别。应该说，每一种小说风格，都有其独特的价值和意义，都有其更适合表达的领域。不过，必须承认，深入理解了墨白小说的诗性特质，对于我们更好地理解他小说的选题、表达，也有着极为重要的价值。

注释：

①②刘宏志：《乡土情怀与现代精神——关于“文学豫军”对墨白的访谈》，《南腔北调》2019 年第 7 期。

③陈焘宇、何永康主编《外国现代派小说概观》，江苏文艺出版社，1996，第 10—11 页。

④⑦袁可嘉：《欧美现代派文学概论》，广西师范大学出版社，2003，第 9 页、第 58 页。

⑤⑥申丹：《叙述学与小说文体学研究》，北京大学出版社，1998，第 23 页、第 23 页。

⑧陈映真：《陈映真全集：第 8 卷》，人间出版社，1988，

第 7 页。

⑨张闳：《关于墨白小说的几个关键词》，载墨白《事实真相》，四川文艺出版社，2001，第 256 页。

⑩墨白：《自序：我为什么而动容》，载《事实真相》，四川文艺出版社，2001，《自序》第 5—6 页。

⑪张钧：《以个人言说方式辐射历史与现实——墨白访谈录》，《当代作家》1999 年第 1 期。

⑫林舟：《以梦境颠覆现实——墨白书面访谈录》，《花城》2001 第 5 期。

⑬赵刚：《左眼台湾：重读陈映真》，北京大学出版社，2016，第 11 页。

⑭钱理群：《文学本体与本性的召唤——〈诗化小说研究书系〉总序》，载钱理群主编“诗化小说研究书系”，广西教育出版社，2003，《总序》第 3 页。

⑮席建彬：《文化整合中的文学建构与意义生成——论现代小说的“诗性传统”》，《南京师大学报》（社会科学版）2008 年第 3 期。

⑯墨白：《回家，我们从清晨一直走到黄昏》，《莽原》2004 年第 4 期。

⑰⑱《写作是通过现实表达精神的过程——关于墨白小说的对话》，载墨白《来访的陌生人》，河南文艺出版社，2003，第 253 页、第 256 页。

⑲张晓雪：《我们应该怎样叙事——和墨白对话》，《天津文

学》2008年第8期。

⑳墨白：《自序　与本书相关的几个词语》，载《重访锦城》，长江文艺出版社，2000，《自序》第5页。

〔选自《郑州大学学报》（哲学社会科学版）2021年第6期〕

论雷达“西北往事”系列散文

孔会侠

2000 年，雷达老师在散文《走宁夏》中，叙述过一个别有意味的小插曲：到固原时，他想起童年“同院的小伙伴田田”搬到了这里，忍不住托人打听。打听到了，要通电话时，他却“忽感恐惧，想不接了，怕承受不起四十多年前旧事的重压”。果然，通话后，他的情绪“不可挽救地忧郁起来”①。这里，透露出一个重要信息：他和童年往事间，是与大多数人不一样的紧张关系。大多数人的童年“经验和记忆，具有对个人的现实创伤进行精神抚慰和疗治的功效”②。而雷老师的童年，却是他精神创伤的根源，是一碰触就疼痛难耐、想要逃离的噩梦。但是，童年记忆有时偏像躲在门后、时刻伺机着的伏兽，随时可能冲闯而出，“纠缠”上身。

后来，雷老师的文章里，没有再出现过与童年记忆有关的字句，直到 2013 年秋后。已过 70 岁的他，终于决心敞开尘封，将个人成长路上的亲历，细细道来。

2012 年，雷老师忽然在会场昏倒，医生给他的心脏搭了个支架。一向身壮气盛、文字激扬的他，与自己生命的病衰骤逢，有些颓丧。2013 年秋，他去医院做全身检查，医生夸他健康状况良好。他迅疾信心百倍，遂给自己计划了许多事务。对医生的话很快相信，部分因他有易于相信的简单，主要是他内心其实一直期待着这种信息的鼓舞。他无法容忍生命在时间的流动中无聊地枯索下去，他觉得这不是活着，况且，他还惦记着起念许多次、一直没能付诸实际的心事——写个人自传式的回忆文章。这次，尽管他依然感到往事沉重，但决定写出来。他听明白了内心深处穿透不适情绪的、强烈而清晰的声音："再不写就可能无力写了，永远沉埋了。"③这是雷老师强大的理性，在丰沛的感性下隐藏，关键时刻能起决定性作用。这理性，使他的人生路有着大方向上的齐整，也使他能敏锐而果断地抓住人生的重要转点，没有错失。

2013 年年底，他写完了《多年以前》，发在《作家》2014 年第 2 期上。以后，他又断断续续写了 5 篇，都发在《作家》上。《新阳镇》是 2014 年第 4 期，《黄河远上》是 2014 年第 7 期，《费家营》是 2015 年第 11 期，《梦回祁连》是 2016 年第 11 期，《韩金菊》是 2017 年第 6 期。这 6 篇自传性散文，构成了"西北往事"系列。

"西北往事"是他的剖心之作，堪称绝笔。他写出了"个人命运与时代面影的交叠合一"④的史实，既是对自我生命作的可靠注解，也是折射时代发展状况的典型标本。

"西北往事"记叙的是雷老师在甘肃的成长史，这是他生命的初期阶段，其势抑。李敬泽说：“雷达竟是忧伤的，他有孩子般的脆弱和天真，在他的底部更是暗藏深悲。”[5]这是知之甚深的话。“西北往事”系列，就显示了这“深悲”具体层淀的过程，是理解他性格、命运、精神构成和文字特征的钥匙。

一、“存在总是存在者的存在”

“西北往事”的第一篇是《多年以前》。记忆的大门一打开，跃然纸上的排首事件就是父亲去世。相隔 72 年，其情景鲜明如初：

> 我的童年记忆是从失去父亲开始的。那是一个傍晚，我玩够了回来，见很多人拥挤在兰州农校第三院我家那间屋子的里外，我从人堆里钻出来，看见母亲哭着在床上翻滚，旁边的人不停地劝慰着，但没用，周围的人全都木然地观看着，叹息着。这情景让 3 岁的我极为恐惧，几十年后在梦境中还频频闪现，成为我童年第一个清晰而痛苦的记忆。[6]

年幼的他无法理解这件事情对自己意味了什么，不能体会母亲“翻滚”的痛苦，只感到“极为恐惧”。后来，他和母亲、姐姐一起，“迎风站在卡车上”送父亲的灵柩回天水老家。一路翻山越岭，“走了三天”，悬崖危险处，“抬着棺材的人们手扶岩壁，一步一挪，母亲紧紧拉着我，屏声敛息”。[7]

父亲去世不久，1949 年 5 月，雷老师的上学路上，发生了震惊一时的“邱宅灭门血案”；8 月，他又亲睹了惨烈的兰州战役，坐望马步芳的骑兵落叶般从皋兰山上坠落……他感叹：“我的此种亲眼看生死无常的经历，可能极少有人体验；有过这样的经历的人，在其成年后，对生命意义和命运的理解也肯定与他人有所不同吧。”[8]

在雷老师这里，“存在”的意味，主要由父亲的“不在”来阐述，残酷而真实。那是一系列日常生活体验的释义：母亲的艰难、别人的欺负、道听途说的追溯、对“父亲”的反复想象……

存在，就是一个人正拥有在尘世的时间，腔子里有口气，可领略春华秋实，能体味喜怒哀乐；“不在”就是没有了时间，那么，再横溢的才华、再恪勤的努力、再高远的抱负，都属枉然。尚在手中的光阴，原来才是生命最根本最宝贵的构成。

长大后的雷老师，对父亲的了解越来越多，常涌起设身处地的抱憾之恨：

> （父亲）名叫雷轰，字子烈，别名抱冰，曾毕业于北京大学下属的农学院，学的是农业经济……北大《木铎》杂志的主要编者……他发表长论《建设新农村之我见》……他一直幻想并努力改造中国乡土社会……还与几个朋友一起创办了天水第一所农校——新阳农校，自任校长。[9]

这是雷老师对父亲零碎事迹的记叙，从他人的“据说”和查阅材料而来，其味甚苦。父亲这个随“五四”热潮成长起来的知识分子，对家国有情怀，对人生有规划，对事业脚踏实地。可惜，“天不假年”，他没有时机去实现。

父亲的憾恨，让雷老师掂出了时间的分量，明白了时间与生命之间的根本关系。因此，他在意生命的“存在感”，渴望活出意义，他觉得显示不出存在意义的“活”毫无价值、不能容忍。“新时期文学”伊始，他迫不及待地投身其中，惜时惜机地勤奋写作。他的书房挂着唐达成老师的题字——“寸阴寸金”，应是他内心不断发出的自诫自勉。

二、人群中的孤抑少年，看到了一缕光

“西北往事”里，有雷老师完整的求学经历，其中，《多年以前》《黄河远上》《费家营》详细回忆了他小学、中学、高中的生活，时间从1948年秋到1960年夏。

在这12年的学习生涯中，雷老师记录了自己亲身遭遇的三次事件：一是小学四年级时，他为好朋友打抱不平而怒视校长，在师生大会上被“斗争”；二是1953年3月5日斯大林逝世时，全校开追悼会，他因忍不住发笑被老师猛踢，并关房间反省；三是高中时，他和几个同学偷摘老乡的梨，酿成了轰动的“果子事件”，他被当成“主谋”做检讨，“痛哭流涕”。好在果农

朴实，认定是孩子馋嘴调皮，此事才平息。

这三次事件中的雷老师，是人群中被批判的焦点。当时的中国，批判之风愈刮愈猛，强劲地吹遍了天南海北的每一个角落，裹挟了许多人，也“蔓延到了少年儿童的世界，人是复杂的，甚至少年人”[10]。读这几篇散文，像“抓住风的尾巴闻一闻”，会发现：远在甘肃兰州的普通中小学，也保持了时代飓风的性质和方式，它集聚起汹汹咄咄的群体力量，深重地压迫了一个孩子的精神世界。

雷老师感到，“心头似总有隐隐压力，我无法做到彻底放松地纵声大笑，我有一种天生的自卑感、自负感，还有一种自卫感”[11]。他常一个人在学校附近转，生活在喧嚣的人群之外，“如孤雁般”，“大部分时光是在孤独中度过的”……文字里，有郁郁寡欢、顾影自怜的委屈。

但是，个性好胜不屈的雷老师，“更看重的，是那种在不公正的阴影威胁下不受干扰，拒绝压抑，能杀出一条血路的勇士”。因此，他描述自己承受的“被”，想倾吐，但更想还原“人的灵魂怎样遭遇风暴袭击”的历史现场，揭示个体生命“战胜自我和环境的隐秘的关键”。[12]

承受着考试失利和同学疏离的雷老师，像埋在深土的种子，不知何时能破土萌芽。

不是所有的种子都有机会、有能量冒出地表，迎风而长，有时，要看这种子本身暗含的生命力。

雷老师好强、无畏，敢出头。8 岁时，他“自告奋勇登上主席台，唱了一支歌，叫《我们是民主青年》”；六年级时，他与欺负自己的同桌在操场上“打得天昏地暗……耗尽了所有力气”[13]。他还有喜欢什么就立刻痴迷投入的劲儿。正与初恋韩金菊在五泉山捉迷藏，“看见路边有弹三弦唱道情的，就去围观，看得入神，忘了再找她”[14]。少年的浑然鲁直，容易助人跳脱出当前，在长远的时间里看，算是一件好事情吧？像岁月恩惠的蒙，能保护元气少受侵漏，能悄然阻隔些不如意的伤渗，为种子保墒，使之在萧瑟秋风、严寒酷冬的漫长里，暗蓄铆足了劲儿的隐力，待一朝春来，生命就随之起势、猛发。

当然，也要看这种子的命运。温暖的阳光和润泽的雨露，希望的光和信心的鼓舞，是命运的美意。

失意的雷老师，还是得到了命运的厚爱，暗伏了转机。初中二年级下学期，“来了个 M 老师接管我们班”，她“发现我一篇作文写得好，极表赞赏”。[15]高中时，又遇到“恩师”朱世豪，“经常把我的作文作为范文贴在教室后墙上，有时还当众让我站起来自己朗读一遍。我因性格率直，说话愣，不大受人待见，常自卑。朱老师却视而不见，藏而不露，对我青眼相看，使我很感激”[16]。

“作文”得到肯定，好像是小事，但就是“看似微小的这一点点儿不同，便是命运之神发挥它巨大想象力的起点”[17]。两位老师的赞赏，极大地改变了雷老师，他开始喜欢语文，废寝忘食、饕餮般地大量阅读。

人群中的孤抑少年，据“作文”建立起信心，鼓荡起理想。

他看到了一缕光，于是一路紧逐，奔着冥冥中那初始模糊、后来明朗的人生方向。一篇“作文”造成了人生分野和命运改变，在当代其他作家身上也发生过，他们把“作文”所启示的可能，当成了拯救生活、提振精神、寄托生命意义的所在。

这里，起核心作用的是因文识才的老师。雷老师一生都感激 M 老师和朱世豪老师，他们是众多普通知识分子中的一员，在许多时代，与强大的政治力量和经济力量相比，他们脆弱无助、似无抗衡之力；但他们却自有坚韧和刚强，是许多孩子“人生路上重要的引路人”，负载着文化信息和精神涵养，承担起在历史长河中薪火传承的“中间物”作用。几千年来的中国，代代承继的读书人，青史留名的和默默无闻的，一起葆育了思想文化生生不息的元气。越是荒芜贫瘠的年代，这葆育越弥足珍贵。

三、故乡是他终生的精神底撑

雷老师一生，受母亲影响最大。母亲张玉书，琴棋书画皆通，还“居然是甘肃省第一个女法官”，堪称“达到了新旧更替时代文化上对女性塑造的理想”。她在气质、性格、爱好上，潜移默化地影响了雷老师，她信守对丈夫的感情和承诺，艰难度日不改嫁，对雷老师更是意义深远，使性格敏感的他，得以不受干扰地长期保持与家乡和族亲的牢固关联，从而拥有了“一个广大的精神空间”，可寄托终生。

小时候，雷老师每年寒暑假都要回老家——天水市新阳镇王家庄。王家庄紧贴渭河，给了他许多童年的快乐和温暖，让他体验到了与兰州经历“不同的遭遇，不同的心情”，成了他情感牵系很深的地方。

家乡是一片广阔的自然天地。站在村口，举目可见“广袤的河滩地种的全是高粱”；清澈的河边，“灰颈鹤和白鹭鸶优雅安详地散着步”；河上的草桥“柔软有弹性，独轮车滚过时，忽闪忽闪，发出轻轻的呻吟”……[18]这些，使他陶醉忘怀，轻松自在。

大自然是造化对人类的恩泽。天地空旷浩瀚，到处是草木鸟兽的蓬勃生机，隐蕴着可照“人”洞察生命诸种内涵的光。任你揣了什么样的愁怨，只要投身其中，就能像墨水滴进了大海，不知不觉消融无迹，荡涤出一个愉悦干净的心情来。

家乡人对他，有朴实的深情厚谊。邻里们对他照顾，小伙伴们对他亲近，大嫂谢巧娣，更是给了他无私的关爱。“三年困难时期，大嫂……不顾儿女的哭闹，给我烙了高粱面馍。”[19]

家乡生活的记忆，就这样，成了他往事板块中最惬意的部分。

1989年1月，雷老师调到《中国作家》杂志社，任副主编。生活节奏打乱，人事周旋增多，他紧张不适应。偏还出了个事故：1989年第5期上，他坚持发表了福建作家海迪的中篇小说《再来四客冰激凌》，因首次写到未婚先孕，杂志社和他受到了处罚：刊物停刊一期学习整顿，他被调离杂志社。

精神郁闷的雷老师，1990 年 3 月在西安开会，突然冒出回故乡的念头，随之“一分钟也等不得了”，冲动地“当晚跳上了西去的火车”。因连张坐票也没有，途中颇为受罪。但是，一回到王家庄，他就“心儿安详，睡觉踏实”了。“这里自有温暖宽厚的胸怀……有种无可言说的安全感、依托感。”[20]

人生难测难耐，不免遇到挫折困厄，年岁渐长后，会发现：“寻找一个去处成了大问题，安慰自己这颗成年人的心也成了大问题。”[21]安慰精神、释怀苦闷、平和心境的去处，在哪里？志趣爱好里有，那一旦投入就津津有味、劳而不倦的痴迷之事，是携领灵魂超越眼前、获得充实愉悦的良好通道；情感记忆中的故乡里有，那可以栖居灵与肉的家园，是心绪可得释怀、伤痕可得疗愈、精神可得放松的安顿之所。

雷老师迫不及待地还乡，有渴望从中得到抚慰与平静的“潜在动因”。

故乡，不知不觉间已成了他终生的精神底撑。

2019 年 9 月 28 日，“雷达文学馆”在天水师范学院举行了开馆仪式。他的灵魂，终落根在了故乡。

故乡，曾是许多作家的精神底撑，是生成他们文字的丰厚土壤。但具体辨析会发现：故乡与作家们的关系，有具体分别。对莫言、阎连科等乡村本土作家而言，故乡是他们建造文学屋宇的宅基地，故乡人事是丰富的砖瓦木料，他们对故乡，有更深入的体会、更复杂的记忆、更百味难陈的情感；故乡对雷老师、刘震云等乡村亲缘者，和对韩少功、史铁生等知青暂居者而言，是另一种广大而真实的生存呈现，内隐了社会、人性、情感等方面的教育和启示。而农民生活的真相，是他们在无论什么样的低落处境中，都能得到安抚和振拔的底版参照。王家庄的大嫂是雷老师的底版参照，关家庄的破老汉是史铁生的底版参照，让他们见识了更沉重艰辛的生存，发现了草一样生命的卑微坚韧、豁达顽强，也获得了身处坎坷时平衡超脱、提醒鼓励的对照式力量。对照是有效手段，农民们提供了“比上不足比下有余”的一大片“下”，很容易让人感到自己应该知足的“余”来，从而跳脱、化解、忘掉工作和生活中的辛苦和委屈。

长久以来，农民是整个社会的生存支撑，他们种地收粮，盖楼修路，坐生产线、送外卖……用辛苦劳动支撑了十几亿人的衣食住行，是我们这个民族庞大硬实的底。寄居在城市各个角落的他们，能否和当年的知青一样，可将异乡作故乡，获得温暖和寄托？

四、他以自己的往事，照亮历史

在雷老师的“西北往事”里，让读者最难过的，应该是《韩金菊》了。雷老师写作此篇，也是百感交集、意绪难平。“韩金菊的故事藏在心中多年，堵在心口，不写出来难受，但真的一写，几次伤心得写不下去。”[22]

这里，除了始于14岁的初恋情怀外，更主要的是她过于短暂的人生和这人生过于苦涩悲哀的意味。

韩金菊是个“才貌超群、善良温柔的女孩”，但在“那个年代的狂风暴雨的摧残”下，她早早于 1967 年 5 月猝然去世，时年 22 岁。带着痛楚，雷老师勾勒出韩金菊人生轨迹的主要节点：

1956 年，两人相识；1958 年肃反，韩金菊“继父被定为历史反革命”，她和母亲为避免被“遣回原籍”，不停搬迁；1963 年，韩金菊参加高考，因继父问题，未被任何学校录取，“打击实在是致命的”；1963 年冬，她“考取了西郊一所大工厂的学徒工”，努力工作，积极表现，渐次“入了团”“当上了大车间的团总支书记”……并“正在进一步争取入党”，但很快，她“从一个先锋模范，风口浪尖人物”，倏然“一败涂地”；1967 年 5 月，她突然发病，因当时“医院混乱，也没有认真抢救”而去世。[23]

时过境迁 50 年后，“时”“境”清晰可辨。凝视西北往事，雷老师以反思的历史眼光，将韩金菊作为一个过去时代的生命标本来审视，探究她的命运所“汇聚的社会历史内涵”。就韩金菊来看，个人天分加努力会有好结果的“因果”链不起作用，粗蛮、不合情理的“因”成了在她“头顶盘旋”的“巨大的阴影”，任她如何任劳任怨、拼命表现、自觉修正……也无以逃脱。可见，“时事和政治”的力量很大，远大于个人，勒进了人们的血肉，“重新塑造着人”，决定着人们的命运轨迹。

走过那个年代，又经历新时潮的变迁，雷老师开始长期而苦苦地追索：历史，到底意味着什么？1987 年，他发出疑问：

“历史有没有呼吸、有没有体温、有没有灵魂？历史是一堆渐渐冷却的死物，还是一群活生生的灵物？它是随着岁月的流逝而终结，还是流注和绵延到当代人的心头？”[24] 1993 年，他评论《白鹿原》时肯定了“陈忠实的全部努力，就在于揭去覆盖在历史生活上的层层观念障蔽，回到事物本身去，揭示存在于本体中的那个隐蔽的‘必然’”[25]。1999 年，他疑虑：“但那时代的精神因子也永远地消失了吗？”[26]

历史像一条河，源远流长。今天的淌水中，会有过去元素的一脉而来，未来的河段中，也会有今天内容的顺流而下。过去并未过去，它还存在于当下。因此，“只有在过去之光的照耀下，并对当下进行反思，我们才能尽力抓住未来的机会”[27]。

那么，一个时代经历中的书写者，他的任务是什么？雷老师对这点，有自觉的认识和责任感，这也是他花费如此心血来写“西北往事”的初衷：“如何打通历史与当下，过去与现在，也即实现某种‘穿越’，对唤起读者是很重要的。”[28]进入历史的第一现场，以丰富感人的细节，讲清楚经历过的社会真实，他希望，能助当下和以后的读者实现“过去与现在”关系的理解和认识，“唤起”他们的思想从混沌到清明，从而逐渐拥有明晰分辨切身处境的眼光。

“西北往事”系列的书写，是他将自己的经历做了灯芯来点燃，照亮阅读者看清自己的境遇；灯光随风摇曳，阅读者在寂静中，陷入了深沉思索，也渐渐看清过去—现在—未来的相连之景。

书写者呢？对过去—现在—未来的关系越明彻，就会对鲁迅先生“历史中间物”的体认越深切，会增生出越必须的“说出”责任感。像雷老师一样，经历过共和国多阶段时期的作家们，并不能改变社会强力掌控的现实，但他们仍坚持留存历史真相、提醒和矫正当下的努力。“在原来这也不能那也不能的实然世界之中，书写仍有这样一件事可以做而且得做，接近一种责任，那就是——此时此地，书写者至少得奋力地说出人的当下处境、他自身的处境。世纪交叠，万事发生，唯这一刻我们站在哪里，记得什么，看着什么，知道些什么，意识着什么，犹期盼什么。仔细看，这其实是书写时间长河中一代一代的连续工作，所以说像是个不懈的责任。”㉙

话说回来，站到人类在地球上出现的源点看，社会“强力”真的很大吗？应该很大吗？我想起了鲁迅先生在《好的故事》中陶醉地记下的理想之境，那画面，是“无论魏晋”的地方，自然、辽远、幽久而美丽。

时代之外，是天高地阔的大自然，草木繁茂，不以人类的社会之道为然，受到干扰损害则以强大许多的力，给人类以严肃教训；时代之底，有凡夫俗妇的日常生活，平静安稳，也以时代之力所不能改变的样子绵延下去。

时代的真实教训，需要铭记和传承，这是书写者必须说出的话；偌大世界中，那更恒长的存在和这存在所给的启示，更需要铭记和传承，也是书写者必须说出的话。

五、结语

这6篇散文发出后，回应者众，雷老师甚感欣慰，计划着接下来写“我的大学”“干校的日子”等。可惜，造化弄人，没有再留给他时间去完成。2018年3月31日，他离开了这个世界。但是，每次翻阅《黄河远上》，就感觉他仍在眼前。这也许是舞文弄墨者投入一生后的最好报偿吧？经历、性格、思想甚至一颦一笑，都凝在了文字里，得以更长久的生。

雷老师“知道，放在时间的长河里，活着的尽头是死亡，爱情的终点是灰烬，写作的收场是虚无，不管我们多么珍视自己的这些作品，这命运是不可避免的；然而，尽管如此无情，我们依然要尽力地活，尽情地爱，尽心地写，别无他法啊！我自知渺小脆弱，难脱定数；我自知人生短暂，如飘尘，如流云，恍然若一梦，却仍想顽强地活出一点意义来”[30]。

明知人生是一场虚无，仍怀着赤子深情，“想顽强地活出一点意义来”，这就是雷老师。从西北到京城的他，靠着这股拼劲，成为享誉全国的著名评论家，为当代文坛做出了自己的贡献，彰显了自己的存在价值。

注释：

①雷达：《走宁夏》，《人民文学》2000年第8期。

②张新颖：《沈从文精读》，复旦大学出版社，2005，第

132页。

③④⑫㉘舒晋瑜：《创作的因素较弱，倾吐的欲望很强——访中国小说学会会长、散文家雷达》，《中华读书报》2018年1月31日第7版。

⑤李敬泽：《序》，载《雷达观潮》，人民文学出版社，2018，《序》第3页。

⑥⑦⑧⑨雷达：《多年以前》，载《黄河远上》，民主与建设出版社，2017，第43页、第46页、第47页、第41页。

⑩⑪⑬⑮雷达：《黄河远上》，载《黄河远上》，民主与建设出版社，2017，第68页、第63页、第61页、第69页。

⑭㉒㉓雷达：《韩金菊》，载《黄河远上》，民主与建设出版社，2017，第131页、第140—141页、第120—138页。

⑯雷达：《费家营》，载《黄河远上》，民主与建设出版社，2017，第78页。

⑰史铁生：《务虚笔记》，载《史铁生作品全编1》，人民文学出版社，2017，第50页。

⑱⑲雷达：《新阳镇》，载《黄河远上》，民主与建设出版社，2017，第4页、第10页。

⑳雷达：《还乡》，载《黄河远上》，民主与建设出版社，2017，第35—36页。

㉑张炜：《融入野地》，载《夜思与独语》，人民文学出版社，2010。

㉔雷达：《历史的灵魂与灵魂的历史——论红高粱系列小说

的艺术独创性》,《昆仑》1987年第1期。

㉕雷达:《废墟上的精魂——〈白鹿原〉论》,《文学评论》1993年第6期。

㉖雷达:《王府大街64号》,《北京文学》1999年第4期。

㉗伊丽莎白·扬-布鲁尔:《爱这个世界:汉娜·阿伦特传(第二版)》,陈伟、张新刚译,上海人民出版社,2017,第243页。

㉙唐诺:《说明》,载《尽头》,广西师范大学出版社,2013,《说明》第3页。

㉚雷达:《后记》,载《黄河远上》,民主与建设出版社,2017,第382页。

(选自《南方文坛》2021年第2期)

散文文体边界讨论之回望

刘　军

中国是个散文大国，古典散文所取得的高度举世公认。诗文并举的写作实践，也推动了古典诗学和散文理论的深化。从先秦一直延伸到晚清，古典散文理论逐渐走向繁茂和精微。五四新文学以来，白话散文虽然取得了较大的成就，却因小说作为主流文体的整体话语背景的制约，导致白话散文理论建设趋于零散化、片断化的局面。

散文理论在系统性、整体性上的欠缺贯穿了 20 世纪的文学史。新时期以来，相对于小说理论、诗歌理论的繁茂，散文理论在整个理论场域中处于非常边缘的地位。

当今天的小说界已经聚焦到叙事学层面，探讨小说的叙事声音、叙述视角、叙事时间以及零度叙述等问题之际；当诗歌界业已提出“诗到语言为止”的命题，探讨“失去象征的世界”之后人的生存意义被改写的问题。反观散文界的文体认识或者讨论，依然在传统的疆域内驰骋。进一步来说，纵观百年白话散文的理论探讨和观点呈现，基本上聚焦于以下三个问题。

首先是散文如何加以定义的问题。周作人的美文观、王统照的纯散文概念、柯灵的轻骑兵说、秦牧的海阔天空论，等等，皆可以归入这一问题。

其次是关于散文的特质论断。其中包括鲁迅的匕首投枪论、郁达夫的个性发现说、林语堂的平淡之美、林非的真情实感论、谢有顺的“法在无法之中”，等等。

最后是散文的边界勘定。刘半农率先提出文学散文的论题，散文得以成为一种独立的文学样式，从传统的文章中脱离开来。自此之后直到新时期文学开始，散文的边界问题一直隐晦不语。20 世纪 90 年代初期的“大散文”与“艺术散文”之争，这一问题方开始成为散文批评与理论探讨的热点话题。

同时，20 世纪 90 年代的散文热也推动了多种体式和多种类型散文的兴盛，而新散文与在场主义运动两个散文思潮的涌动，在写作实践上大大推动了散文文体边界的拓宽——在一些具备先锋色彩的散文作品中，作者打破了以往散文的单调边界，将散文与小说、诗歌、戏剧等文体嫁接，让散文有了一种更为宏大的面貌与更为复杂的张力；同时，体式的繁荣也让散文边界问题成为聚焦所在。

2014 年，《光明日报》推出专题栏目《文事聚焦 · 散文边界讨论系列笔谈》，邀请了一些学者、作家参与到这一话题讨论之中。除了报刊、研讨会推出的集中性散文话题之外，总体而言，新时期以来的散文场域内，散文的共同性话题明显偏少。当然，话题偏少并不重要，重要的是有限的集中讨论能否达成基本的共识和观念的通约。

此次关于散文边界的讨论，推出的批评文章有古耜的《散文的边界之争与观念之辨》、何平的《“是否真实”无法厘定散文的边界》、熊育群的《散文的范畴亟待确立》、朱鸿的《散文的文体提纯要彻底》、南帆的《文无定法：范式与枷锁——散文边界之我见》、穆涛的《对我来说，散文是什么》、陈剑晖的《散文要有边界，也要有弹性》、张炜的《小说与散文应该是趋近求同的》、孙绍振的《从抒情审美的小品到幽默“审丑”“审智”的大品——在建构中国散文独立范畴系统的历史使命面前》等。

通过搜索可知，这些文章除了被极少数研究论文、批评文章有所提及之外，形成的舆论场极其有限。一方面，在新兴的媒介场域内，散文边界的话题并没有实现位移，无论是转发还是延续话题“接着说”的情况，皆很罕见。另一方面，这一集中的话题也没有在散文研究界引发后续的争鸣，无论是相关散文文体边界的论文，还是上述这些文章的观点引用情况，皆处于大致无声的状态。

而在近几年的文学类微信群里，也极少见这一话题下移到讨论语境的境况。根据以上的信息可知，此次关于散文边界的讨论无论在散文创作领域还是研究领域，皆趋于迅速消逝的状态。

针对这次讨论的文章，先来看三位作家——朱鸿、熊育群、张炜的观点。作家的观点表达，往往有自身写作经验的带入，而对文学观念史的梳理则是明显的弱项。

三人中，朱鸿的文体提纯之说与熊育群反对虚构并倡导散文审美性大致趋同，张炜的自然天成、有感而发的主张则与他们两位形成明显的对立。其实，净化文体之说在1990年代初的刘锡庆那里已经有了充分的阐释，朱鸿的提纯之说没有什么新意。在其文体收窄的观点下，他将散文的种类划定为三种——抒情散文、随笔、小品文。而在具体的作家举证上，存在明显的漏洞，比如指认张承志、史铁生为当代抒情散文的名家，与实际情况出入较大。张承志是典型的思想随笔作家，而史铁生的散文则处处贯穿了哲思。至于说当代的小品文难成气候，也不一定客观。比如冯杰和止庵为当之无愧的小品文大家，后继者也有一批青年作家。

熊育群对散文理论滞后的现状有着准确的认识，但其对审美性的过度强调，依然进入了为散文文体边界设置藩篱的窠臼。

张炜在文章里将散文与小说放在一起来讲。他认为散文是自然天成的产物，即使是出于实用的目的，好散文大多数是无心插柳的结果。言外之意，为散文而散文的做法不符合散文之道。很明显，对于散文的边界，他持一种自由和宽泛的观点。“所以小说家、诗人、戏剧家，更有可能写出好散文来。好的散文大半是他们工作中形成的另一些文字，是自然天成的。其他的好散文则来自另一些人：他们平时在忙一些本职工作，而在工作中形成的、有感而发的所有的文字中，有一部分就极可能成为优异的散文篇章。”①上述观点大体上没有明显的破绽，但其对专注于散文文体创作的作家的忽视，乃惯常的小说家、诗人对待散文的傲慢态度，体现出文体内部等级化的现实。

此外，张炜的“自然天成”之说与古典文论多有重合之处，“文章本天然，妙手偶得之”只能当作一种观点加以对待。“自然天成”之说，仅仅是道法自然美学思想体系下的一个分支，其有着特定的适应人群和对应的时代。置身于工业化和后工业化交错展开的时代现场，小说与散文适应的是以现代性、主体性为标志的现代观念体系，前现代的观念体系已经很难加以笼罩。

再来看评论家——古耜、何平、穆涛三人的声音。穆涛的文章基本上没有触及文体边界的问题，只谈了三个小问题，分别是散文要说实话、散文要珍惜语言、当代文学评价体系亟须建立。显然，他谈的是如何写好散文及如何评价散文的问题，与散文的文体边界、文类特征并不相切。

古耜的立论非常严谨，紧紧围绕着散文的文体边界及散文文体的辨识度而展开，有纵深度，有横切面，体现出一个评论家的专业精神和问题意识。也正是因为他的文章引起了读者的热烈回应，《光明日报》方以此为触点，开启了散文文体边界的讨论。古耜回顾了1990年代初的文体观念之争，他秉持散文文体开放性的立场，提出了“定体则无，大体须有”的文体观。基于散文史和当代散文的创作实践，他还提出了“散文就是个兼容并包、诸体俱在的大家族”[②]这样的命题。为了避免散文滑入毫无边界、毫无准入的泥淖，古耜对“大体须有”的原则给出了细化的阐释。在他看来，散文的“大体”包括“文本彰显自我”“取材基本真实”“叙述自有笔调”[③]。这三个方面实际上涉及散文的辨识度层面，就是根据现有的观念，我们如何确定它是不是一篇散文。毋庸置疑，古耜给出的三个标准宽严有度，自我和真实的问题，前人多有述及；而“叙述自有笔调”，则可归属于古耜的创见。这里谈到的笔调问题不仅涉及散文语言，还涉及散文的技法的调和、氛围的经营、风格的形成等审美因素的确立。

何平因为对文学现场较为熟悉，因此，他结合了具体的作品来回应文体边界问题。尤其是关注到了小说与散文两种文体经常发生文体篡改的现象，并对这一现象表现出理解和包容。何平的文章集中在案例分析上，注意到了散文的边界延伸状况。不过，何平仅仅是基于现象的分析，尚缺乏理论的归纳；至于散文的文体特性、散文边界疆域的合理位置，则语焉不详。

孙绍振、南帆、陈剑晖三位学者为典型的南方学人，前两位是闽派批评的代表性人物。陈剑晖为当下散文研究的重镇，他的评论文章与其散文研究观点一脉相承。基于对散文在现代文体学框架里文学文体归属的认知，陈剑晖对散文的芜杂情况并不满意，但他也反对过度提纯的观点。从其文章题目可知，他采取了调和折中的办法，即划定散文的文学边界，同时又保持一定的开放性。其边界观建立在四分法基础之上，突出了对文学性的强调，而这里提及的文学性，由形象、情感、语言传达、个性化、主体性等因素所决定。而其开放性的观念，主要针对当下的散文实践，一方面认可散文文体内部各种体式的尝试，认可既有的散文体式实践成果，诸如历史散文、思想随笔、学者随笔、青春美文、艺术散文、新散文、小品文等具体体式；另一方面，主张散文适度开放边界，吸纳媒介新变背景下的新兴文学样式，面对具体文本要加以具体分析。由此可见，陈剑晖的文体观相对稳健。

孙绍振对散文的文类特征的认识则比较深入，他反对使用一把尺子来衡量散文，但基于对其理论建构的阐发，他的文章重点是对散文三个文类的阐释。然而他所设置的三个文类的让渡关系也存在逻辑漏洞，这一点，与文体边界已经关联不大了。

南帆毕竟是理论家出身，因此，他的观点在理论的缜密性和深入性上最为突出。关于散文的文体问题，他提出了两个著名的论断：其一是散文的反文类特征；其二是在他看来，现今通行的“文学”观念与20世纪初期的现代知识重组密切相关。因此，散文的文体边界问题归根结底是一个历史化的结果，而非现实的约定。古典的文体理论异常丰富，经过20世纪学科分工后知识谱系的重建，文学性散文得以确立；但作为文学的基座部分，散文一直处于变动之中。

南帆的阐发无疑使得散文的文体边界文体问题具备了理论高度，但缺憾在于其基础性工作不够坚实，对于新时期以来散文在文体突破方面做出的实践，缺少必要的论述。理论一旦脱离了具体的文学实践，易于陷入“理论空转”的怪圈。

关于散文文体边界的看法各有依据，而之所以会形成众家争鸣并难以相互说服的局面，就在于大家的视野受限于当下的文学观念。如果将散文文体放在文类的层面加以讨论的话，文体边界的宽窄皆不会成为问题。将散文归入文类意味着，一方面，针对既有的典范性散文作品，无论当时的文体归属是什么，都应该放在散文的范畴内加以审美解析；另一方面，文类往往是变动不居的，它必然吸纳新生文体和边缘文体，针对散句形式构成的文章，考察其是否归属于散文，则引入文学惯例的机制。文学惯例的准则包含了如下内容："呈现形象的世界……传达完整的意义……蕴含着似乎特殊而无限的意味。"[④]总体而言，与其他文体相比较，散文的边界缺乏明显的标识，相对比较开放。某种意义上，散文是唯一一个沿袭文章概念的文体，即散文发展到今天，既包容审美性的文章，也吸纳实用性的文章。很多新兴文体和边缘文体，比如微博文章、企业或公司软性推广的文章、微信公众号作品等，这些文章一旦具备了某种审美独立性，都可以纳入散文的范畴中来。其中，实用性文章向着审美性文章转换的中介点，即审美独立性，包含着形象、思想、审美张力等因素。

总体而言，由《光明日报》发起的这场关于散文文体边界的讨论是21世纪以来少有的集中于散文理论问题的讨论之一，其中古耜和陈剑晖这两位评论家的观点尤其值得关注。前者既提出了"定体则无，大体须有"的总体原则，具备了某种纲领性意义，又细化了散文文体得以确立的几个支撑点位，理论阐述虽不复杂，但操作性很强。

后者的观点深植于他自己多年的散文研究，从学术的视角提出了稳健而折中的观念，确立了一个内核稳定而边界保持弹性的思维框架。另外，其他人的相关论述尽管有所缺失，但也提供了“接着说”的条件，而只有在不断的讨论和反思语境中，散文的边界问题才会逐渐清晰化，并由此建立起审视当代散文文体特性的框架内容。

散文理论的贫弱是一个世纪性的难题，这一难题的成因主要有两个。一是散文本身的文类特征最为突出，不断在吸纳边缘文体与实验文体，使得这一问题的内涵与外延始终处于变动不居的状态。再加上散文是弱文体，与小说、诗歌相比，一直存在着理论积淀不足的情况。另外一个则是理论研究队伍的薄弱问题，散文研究毕竟居于文学研究的边缘之处，若要在散文研究系统中建构新的理论队伍，需要研究者们有理论的自觉和开阔的视野。这无疑对本就偏少的散文研究队伍形成限制。

以上两点制约了新时期散文理论的建构工作，改变当前的积弱状况，也就需要在这两点上实现突破。一方面，在理论的承继和开拓上，中国传统文论能否通过突破散文理论话语来实现现代性的转换，成为关键所在；另一方面，如何扩容散文研究队伍，并形成一个健康多元的理论讨论场域，也至关重要。

注释：

①张炜：《小说与散文应该是趋近求同的》，《光明日报》2014 年 9 月 1 日第 13 版。

②③古耜：《散文的边界之争与观念之辨》，《光明日报》2014年3月17日第13版。

④童庆炳主编《文学理论教程》（修订版），高等教育出版社，1998，第77—78页。

（选自《创作评谭》2021年第6期）

李清源小说写作的特点及挑战

任　瑜

每当笔者试图对一个文学创作者的写作，或者创作者本人，做出整体性的概括或总结时，总克制不住自己的犹豫。这种心虚的不安很大程度上来自对“归纳陷阱”的忧惧。哲学家罗素曾就“归纳问题”做了一个这样的归纳：任何从观察所得的知识，都存在陷阱。是的，任何的归纳，都难免有缺失、偏颇，甚至错谬，如何在逻辑上从特定的事例中得出普遍结论，不仅是一个需要审慎对待的问题，更是一个难以完美解决的问题。尤其在面对文学的时候，归纳的“陷阱”会更容易也更多地出现。试想，有谁能准确计算出，在不同读者的一千个哈姆雷特之间，有多少能被普遍认可的共性——除了名字的相同？而具体到作为个体的写作者，特别是那些不愿被固化、标签化，不愿被限定的写作者，比如李清源，即便忽略其写作中变化和发展的动态因素和可能性因素，只考虑那些已然存在的、不可更改的部分，也并不容易从宏观上做出普遍而绝对的判断，我们所能做的，不过是基于个体的感受和理解进行主观的分析和推断。更何况，就李清源的写作情况而言，难度似乎又更高一些，因为我们不仅要排除“归纳陷阱”的干扰，还要额外地应对其写作本身所具有的某种不易界定的含混。

不过，我们至少能够从李清源式的混合和难以确定中辨析出一种明确的东西，或许可以称之为“矛盾”。这矛盾最直观地体现在对其作品的阅读中——一种既陌生又熟悉的感觉。陌生和熟悉，这一对看似对立的感受，在李清源的文本中常常奇异又不乏和谐地并存着。首先，乍读李清源的小说，马上会被那些颇具戏剧性的曲折情节以及“奇情”的新异人物吸引，比如，苏让、秦淮在诡谲的人生旋涡中寻找自己的“救赎”，严肃、邵雍在滚滚红尘中经历着“刀光剑影”，神人翟瞎子有着死而复生的传奇人生，皮二娟和刘佩瑶在疯狂中惨烈自毁，窦怀章躺在白骨上睡了几十年……李清源的故事大多不走寻常路，有着奇峰突起的波折和意料不到的发展，让人难以预料最终的走向和结局。而他的人物又多属鲜见的非典型类别：带着不易捉摸的质感，面目暧昧又鲜明，与世界和他人相隔膜，在精神气质上有种王朔笔下人物的颓唐、消极、无谓和自我封闭，内心又不乏羞怯、执拗和单纯的良善；他们陷于淤污的生活泥沼中，或徒劳挣扎，或随波逐流，或在希望与绝望之间犹疑辗转，大多是逆向生活的失败者。对于这些新颖的故事和独特的人物，在做出接受或抗拒、靠近或远离的判断之前，我们首先会产生一种陌生感。

然而，深入下去，我们会发现，在那些新奇和特异之中，又有许多熟悉的成分——那是为我们所熟知的来自生活和现实的味道。苏让在家庭变故中艰难审视自己和父亲，郑鸣在多重关系网中左支右绌，许诺与妻子的关系受控于经济压力，邵雍、程光辉、严肃在世俗生活的烦琐中疲于奔命，秦淮受挫于家庭和社会关系而抑郁消沉，等等，如此种种，我们会恍然，这不就是现实中的“我们”以及“我们”的某种境况的写照吗？原来，这些故事，曲折也好，奇妙也罢，其本质元素还是根植于现实的基底，都是对现实的人生境况——生活困境、命运困境、精神困境的反映和表现，展现的是人在命运面前的不堪一击、无力反抗与微弱否定，表达的是现实中人的挣扎、困惑、悲哀以及孤独；而这些人物，称为普通人也好，说是小人物也罢，也都生发于人性的血肉和脉络。同现实中的我们相比，他们的面相可能更鲜明、更容易被辨识，他们的内心可能更偏重于灰暗的、激烈的、软弱的一面，但他们不是同我们一样处在各种关系中磕磕碰碰吗？不是同我们一样在重重围困中左冲右突吗？作为虚构的形象，他们可能被赋予了比现实人生更集中的色彩，但在作者的着力塑造下，我们真切地感受到，不管他们有什么质地和个性，一定是来自人生，也依然是一般人性的写照。有了这样感同身受的熟悉和亲切，我们与他们共情，理解他们的爱与忧，关心甚至进入他们的境遇和遭际，当是题中应有之义。

简而言之，李清源的小说，不管故事多么新奇、人物怎样独特，都是作者描写现实、反映人性的有力表达和精心塑造，因而从表到里都是“现实主义”的——假如存在非现实主义写作的话。不过，笔者更认同美国学者托马斯·福斯特所说的："现实主义不是叙事的必要条件，而是一种文学建构。"[①]所以重要的不是对"写作性质"的判断和命名，而是这种文学建构是不是得到了成功的实现和完成。以上的阅读告诉我们，李清源已经找到了一种自己特有的笔调来进行并实现这种构建。

这样的"矛盾"，一方面给李清源的文本带来某种程度的不易确定和含混，同时又形成了一种鲜明的调性，让作品多了维度与辨识性，也多了吸引力。毕竟，我们喜欢熟悉，却总会被陌生吸引；我们关注现实，又总是向往传奇，文学的阅读如此，写作亦常常如此。也正因如此，我们不仅接受李清源的"矛盾"，也理解甚至欢迎这种"矛盾"。不过，相比矛盾产生的结果，更值得我们关注的是矛盾产生的原因。如果把对熟悉与陌生的融合看作李清源的写作能力和特点之一，那么，我们更应该问一问这种能力及特点的源头以及可能的走向。

根源也许是一颗写作的"饕餮"之心。从已有作品中我们可以合理推测，李清源是一个用心的、讲究的写作者。他的用心表现为一种"野心"——在他这里，故事、人物，以及小说所应具有的品质、内涵和意义，不仅一个都不能少，还要个个出彩、丰富。首先他有着充分的讲故事的意识，似乎一定要虚构出精妙的故事来，因而乐于采用巴尔扎克式的讲故事方式：涉及爱情、财富、荣誉和生命等重要题材的材料，不同寻常的事件，快速发展的剧情，等等。为了讲好故事，他不仅不排斥通俗和奇情，反而会充分利用通俗和奇情。当然了，他兴致勃勃地讲故事并不是为了故事本身，更多的是像美国作家约翰·欧文那样，要把种种复杂、委婉的主题，纳入一个通俗的表现形式中。但这也足以说明，他毫不轻视讲故事在小说艺术中的地位和价值，也很重视讲故事的技巧和能力。与故事相比，他对人物塑造的重视可能更甚，在小说中他写人物的姿态坚定而自觉，并力图赋予人物以灵魂。他不惮于以人物为绝对中心，笔墨集中于人物的心理、意识、性格、表现，用人物推动和引导故事，让故事在人物的明暗和血肉中发展，而人物也在故事的行进中逐渐立体化，逐渐渲染出生气和感染力。与此同时，他也在寻找故事的升华，探查人性的深度。因为他不满足于讲出一个好故事、构造一个生动的人物形象，不满足于故事与人物的相融相成，也不满足于对现实的直观描写和反映，而是一定要从故事和人物之中，从对现实的审视和观照中，找到并表达出一些普适性的东西——诸如关怀、认知、思考以及隐晦的批判，或者社会、历史和人性的某些禁忌与真相等。这就是李清源在写作上的用心，而我们看到的“奇情”故事加立体人物加审视思考的“矛盾”文本，是他的用心的直观效果。

当然，对于李清源这样的写作者而言，其用心的层面不止于兼顾故事、人物和内涵，还有更多的维度，比如，对外部世界的观察和对心灵境况的关注，对现实境遇的反映和对精神空间的构造，个体经验和普适性价值，社会和历史，大背景和小细节，通俗和深刻，实和虚，是书写的必选项，在文本中共存。很可能他对自己的创作有这样的具体规划：用动人的故事来引发兴趣，拓宽描写的界面和书写的可能；用形象的人物引发共情和共鸣，加深承载的人性体现和社会性思考；进而用故事和人物的圆融结合达到更为扎实也更为丰富的写作品质，完成特定的观照和表达，形成自己的创造性的声音，最终触及写作的文学价值和道德关怀。如果真是这样的话，那么，他确实需要有将写作当作“志业”般的用心。其实，这又何尝不是一个有抱负的作家本应具有的理想呢？

也因此我们不难理解李清源在写作中的讲究：故事一定要引人入胜，人物一定要鲜明生动，语言一定要谨明雅致。他要深思熟虑地构造精妙的故事，逻辑明晰地塑造立体而动人的人物，从容细致地打磨文学语言。显然，李清源给自己的写作态度设立的潜在标准是精心而严谨，“讲究”是他在自己的文本面前竖立的一道关卡，达不到必要的程度，自己这一关就过不去——这般的自我要求，亦体现李清源对文学的理解和尊重。

对写作的用心和讲究当然是可贵的，甚至是理所应当的，但遗憾的是，实践的效果从不是顺理成章的，毕竟，这提出了一定要求和难度的写作。可以想见，每一次的尝试都像是平衡木体操的表演，充分的勇气和技巧，加上冷静恰当的发挥，才可以实现有限空间内的自如腾挪，全部动作的和谐组合，以及安稳的成功落地。一旦技巧或耐心不足，或稍有疏忽大意，磕绊与摇晃便不可避免，即便完成了所有的动作，也难掩勉强，甚至在落地时还会遭遇突兀和仓促的狼狈。比如在李清源的作品中，《苏让的救赎》《此事无关风与月》《门房里的秘密》就完成得匀称、流畅、平稳、细致，当算掌握好了平衡、处理好了结合的成功之作；而《无缘无故在世上走》《没有人死于心碎》，以及更早期的几篇作品，也许是因为匆忙，也许是因为疏忽，并没有表现出预期的平衡，有时即使是用一个抢眼的戏剧性姿态来收场和遮掩，也无法不留痕迹。

想必李清源在实践他那“迎难而上”般的写作追求时，遭遇过不少风险和压力。比如，故事太重，很可能就碾压了主题，主题观念太强，往往就裹挟了故事；或者注意了节奏，却难以顾全结构；实现了流畅，却减少了丰盈。这些风险有时会在李清源的文本中留下丝丝缕缕的痕迹。笔者倒觉得，李清源最该警觉的危险，也许是来自故事——因为他擅长编织和讲述故事。我们知道，在现代小说中，故事的地位同它的作用一样微妙。英国小说家E.M.福斯特在《小说面面观》中对故事有着如此辨析：故事作为小说的基本层面，是最低级最简单的文学机体，但是对所有被称作小说的异常复杂的机体来说，它又是至高无上的要素。如果没有从故事中发展出更优美更高贵的层面，那故事就是“既不可爱又无趣味”。[②]当然，在认识上我们都明白福斯特所说的“小说是要讲个故事，但不能只讲故事”的道理，但实践中又常常会被故事的“装饰性”诱惑，在精心的设计和巧妙的心机中走向套路和模式的罗网。而写作一旦落入故事的罗网，就只能下坠，直至瘫落在俗套的地板上，变成加长版社会新闻，或精简版“传奇故事会”。也因此，笔者很高兴看到，李清源将自己对故事的重视，同人物塑造密切结合起来，他坚持通过人物来完成故事，追求故事与人物的相辅相成，至少在意识上已经竖起了一道防火墙。而事实上，就李清源目前的写作能力而言，此类风险与其说是威胁，不如说是提醒。

当然，人物同样有风险。对人物塑造的娴熟和成功，固然是李清源的优势和长处，在某种情况下也有可能成为限制。当李清源的作品被称作“人物小说”时，我们知道这是一种肯定，但也可将之视为警示：人物是不是过于密实？是不是占据了过于绝对的分量？人物，毕竟还是一种具有物理性质的存在，而小说还需要一定量的抽象成分，那些具有美学价值的东西，比如，某些来自无关紧要的小事物的诗意，某种溢出事物的能够飞升的轻盈，越出边界的自由和想象。这些东西就像海绵中的水，能够让小说丰润起来。对李清源的写作而言，这其实是一个“度”的问题：如何在保证人物形象丰满度和立体感的情况下，留出更多的空间，以生发、孕育更多具有美学意味的含蕴，让小说多一些流动的轻盈。在李清源试图借由人物赋予日常叙事以社会叙事的宽阔和历史叙事的深沉的时候，我们更希望看到这样的文本效果：不仅有阔大和厚实，还有流淌其中的轻灵。

还有另一个“度”的问题——“精心”的度。如何让精心变成天然，或者变得自然？作家毕飞宇在称赞《促织》的浑然天成时说，写得用心，小说会是天然的，写的时候浮皮潦草，小说反而失去了自然性。[③]我们确实会发现，在某些作品中，用心和天然不是必然具有矛盾性，甚至会相辅相成。但是，我们也不得不承认，在意和刻意会对写作者的心理和创造力形成限制，会让文本呈现一定程度的紧张或坚硬。小说毕竟不是工艺品，不以规则和完满为艺术要旨，试想，艺术性能在多大程度上来源和体现于规划和组合的平衡？一个成熟的写作者不仅会警惕意图对作品的倒逼，也会对具体的规划留出空白。假如李清源能以更松弛更开放的态度树立和对待自己的写作信心，那么我们很可能会看到他更多元的写作尝试，也很可能会在他的文本中看到更多的浑然自如。

写作就是如此艰难，一路上有诸多挑战和瓶颈，诸多难题和陷阱。而一个有自我追求、不满足的写作者，又该如何实现并保持有难度有要求的写作呢？笔者想起作家毛姆在评价福楼拜的时候说的一句话：一个作家能写出什么样的作品，要看他是什么样的人而定。他这里所说的“人”，在笔者看来，并不仅仅是作家的品质、性情或经历，更多的还是作家的天赋和智识，是它们在相当大程度上决定了一个作家能走多远。而天赋是既定的，是难以更改的定量，我们所能指望的，只有智识这个变量。

像李清源这样拥有了一定的天赋的写作者，在写作上找到自己的道路、实践了自己的道路并取得了一定的成功之后，要想突破“同质化”“格式化”的瓶颈，要想保持向上走的写作，要想一直生长，只有无止境地学习，只能是学习写作而不是完成写作，就如小说家弗兰纳里·奥康纳所说：一件所有作家都必须终身面对的事情——无论他写了多久，写得有多好——是他永远都在学习如何写作。而一旦他学会写作，“一旦他知道他将会摸索出一条他早就熟悉的路径"[④]，那么他的生涯也就此终结。也因此，在听到李清源说"作家最需要学习的能力，我个人认为，就是学习的能力"时，笔者觉得，可以对他的写作抱有更多的期待了。

注释：

①托马斯·福斯特：《如何阅读一本小说》，梁笑译，南海出版公司，2015，第273页。

②E.M.福斯特：《小说面面观》，冯涛译，上海译文出版社，2016，第82—90页。

③毕飞宇：《小说课》，人民文学出版社，2017，第63页。

④弗兰纳里·奥康纳：《小说的本质和目的》，钱佳楠译，《上海文化》2017年3月号。

（选自《郑州师范教育》2021年第3期）

遍地“金枝”问苍茫

——《金枝》略论

吕东亮

邵丽的长篇小说《金枝》是一部自诉之书，字里行间有一种不吐不快的气势。小说将“自我”作为探寻历史存在的方法，呈现了一个个“金枝”的命运沉浮，读来令人感慨唏嘘。

一、中国故事的接续讲述

《金枝》中的故事从叙述人“我”的父亲周启明逃婚开始：周启明在度过一个糊里糊涂的新婚之夜后离家出走，寻找他参加红色革命的祖父，并因此脱离地主家庭，成为一个革命青年。有意思的是，周启明的逃婚并不彻底，短短的新婚时光为他留下一个女儿周拴妮和一个离婚不离家的固执的妻子——穗子。中华人民共和国成立后，成为革命干部的周启明与穗子办了离婚，不久与女干部朱珠结婚，生下了“我”、“我”的两个哥哥和一个妹妹。由于穗子在周家老宅的坚守，周启明事实上拥有两个家庭，城里是朱珠和朱珠生下的儿女们，乡下则是穗子和周拴妮。周启明始终将自己守护在城里的合法家庭里，竭力避免与乡下产生联系，但还是不可避免地在百年之后安葬于乡下祖坟，这使得生前就已意识到这一点的他，以及他的儿女们必须面对“礼”的尴尬与错乱。周启明有力地切断了与穗子的联系，却无法阻挡乡下女儿周拴妮对其城里家庭的频繁造访。周启明夫妇对于周拴妮的侵扰只能无奈承受，而女儿周语同（即叙述人“我”）则在不断的烦恼中增加了一重重对周拴妮的鄙视和憎恨，几十年间未曾化解。周语同在与父亲的抗争中成长，凭借自己的努力成为省城文艺界的成功人士，却系念于周家后人的成长和成功。对于朱珠一脉后人的波澜不惊、穗子一脉后人的卓有成绩，周语同茫然之中又有几分释然。

周启明逃婚的故事是一个典型的“中国故事”。20 世纪前期，很多有志青年是因为逃婚而走向革命的，其中就包括周启明的爷爷周同尧以及走向不同革命道路的周启明的父亲周秉正。中华人民共和国成立后，进城的工农干部中有很多人与老家的结发妻子离婚，迎娶城里的女干部、女职员、女学生。1950 年颁布的《婚姻法》中的“婚姻自由”原则无意中支持了这种停妻再娶的行为，这些工农干部以反抗“封建包办婚姻”为由纷纷与农村中的所谓“糟糠之妻”离婚，一时竟成为时代新潮。在 1956 年开启的“百花齐放”时代中，作家们怀着“干预生活”的勇气对这种社会现象进行了反映。山西作家孙谦的小说《奇异的离婚故事》（发表于《长江文艺》1956 年第 1 期）和河南作家李準的小说《芦花放白的时候》（发表于《奔流》1957

年第 1 期）就仗义执言，对抛弃乡下妻儿、积极追求城里女性的干部进行了辛辣的讽刺。这些讽刺性的创作在不久后受到批判，关于这一主题的文学书写长期处于消歇状态。1986 年，《收获》第 5 期发表了铁凝的中篇小说《麦秸垛》，其中有一个引人注目的人物形象大芝娘。大芝娘的丈夫婚后三天就参军了，中华人民共和国成立后在城里提了干部，就回来和大芝娘离婚，与一位空军医院的护士结婚。善良宽容的大芝娘同意离婚，但跑到城里坚决要求已离婚的丈夫与自己睡一晚上，以给自己留一个孩子，如愿以偿后默默守在农村家中与女儿相依为命。三年困难时期，大芝娘听说城里吃不饱，写信请回丈夫一家四口到略有存粮的老家度困，尽心尽意地照顾他们直到粮食吃尽。《麦秸垛》可能是新时期以来仅见的关涉中华人民共和国成立初期工农干部离婚题材的小说，它独具匠心地书写了一位被工农干部离弃的农妇形象，令人印象深刻。此后，这一题材又消失在历史的讳莫如深之中，直到邵丽的《金枝》出现。

《金枝》的主人公是“我”，小说主要呈现的是“我”所遭遇的父亲以及父亲的伦理债务（或遗产）。“我”所遭遇的父亲除了对“我”严中有爱、隔膜中有深情之外，令人印象深刻的是他对故乡家事的态度。他对离婚不离家的穗子的躲避、对周拴妮的默认以及默认中的愧疚和怜惜都为历史存留下一个世事变迁、人伦纠葛中的父亲形象。这样一个形象无疑具有文学史意义上的典型性，而且由于题材稀见，该形象的社会历史意蕴就更加值得珍视。更具有中国故事之续写意味的是“我”在面对父亲生前人伦困境、处理父亲身后人伦债务时的所作所为，这是之前的同类题材的小说中所没有涉及的。小说中的“我”一开始极为排斥父亲的旧家妻女，一方面为母亲鸣不平，一方面也颇有几分争父系正统的意味；功成名就后的“我”十分强势，在父亲去世后有意无意地扮演了“父亲”的角色，自觉担负起振兴包括周拴妮一脉在内的周氏家族的责任，殚精竭虑、杀伐决断，同时也为周家后人各异的事业家庭样态而心生无限感慨。这样的情节转换，实在有些出乎人们的意料，也生成了小说内部强烈的张力。经由“我”的讲述，周家后辈周河开、周鹏程等人的成长道路与“我”的父辈、祖辈的人生相比，发生了巨大的变化。他们或求学奋斗，或乐享现状，在婚恋问题上洒脱地跳出先辈们的窠臼。他们之间差异巨大，却并无攀比失衡之心。总之，小说中的“我”已很难用“家族”这个字眼来统系他们的生活了。这种差异，缘于周河开们的多样化人生抉择，也缘于一个渐趋开放和多元化的时代。如此这般，小说让我们看到了中国故事顽强的生长性，这种生长性缘于生生不息的国民，缘于千丝万缕、无法切断的情感血脉。而中国故事呈现的，则是一个在艰难时世中实现凤凰涅槃、一步一步走向伟大复兴的中国。在这个意义上，《金枝》同许多卓越的中国小说一样，具有“民族寓言”的意味。

二、作为幻象的家族

《金枝》中，“我”在后来念兹在兹的是周氏家族的兴盛，并为自己同父同母的兄弟姐妹一脉后人的不思进取而焦虑，为同父异母的周拴妮一脉后人的奋斗成功而欣慰。“我”虽然在事业上极为成功，但毕竟是一位嫁为人妇的女性，费心于周氏家族的持续发展着实有点匪夷所思。徐坤在谈论《金枝》时也提到了这一点：“历史都是父系和男权史，‘弑父’永远是孙子们要夺权才干的事情，女子们无论嫡出庶出都不在族谱之列，一个妇道人家，跟着瞎掺和个啥哩!”[①] 小说中的“我”之所以“瞎掺和”，一开始是因为试图清理父亲遗留的债务，维护母亲朱珠的尊严，与父亲旧家的一切进行切割，完成自我家庭的纯粹性；继而则是担负起“父亲”的责任，感念于细若游丝、若有若无的血缘亲情，为父亲的孙辈们的成长成功而劳心劳力。“我”在叛逆中远离了父爱，独立成长成功之后在心理意义上完成了“弑父”，却在日趋强大之后悄然继承了“父位”。在这里，“我”成了文化人类学意义上的“金枝”。在人类学家弗雷泽的名著《金枝》中，金枝是一个部落的图腾，象征着一个部落的生命力，守护金枝的人则是这个部落经过生死竞争而挑选出的最强大的人，是这个部落文化意义上的“父亲”。这样一个“父亲”要不断地面对试图接近金枝的挑战者，与之搏斗厮杀，捍卫成功则继续做“父亲”，失败了则被挑战者杀死和替代。由此，一个部落总是能够选出最强大的人守护金枝，这个最强大的人也被视为金枝的变体，维系着这个部落人群内心的安宁。金枝的隐喻具有普遍性，尤其是对于一个历史文化共同体而言，金枝是灵魂，是权力和魅力之源。小说《金枝》中，已退休的父亲面对“我”这样一位拿奖拿到手软的著名艺术家，已经流露出了讨好式的小心翼翼的父爱。曾经被争夺的、威严不可侵犯的父亲，其权力和魅力已经消失，取而代之的是“我”这样一位绚烂夺目的金枝。“我”之所以成为金枝，与是男是女无关，只因“我”已成为周氏家族最有能力和魅力的人物。

然而，成为金枝后的“我”并没有承袭父权以及相应的中心权威，尽管“我”一直以强势的面目示人。小说中的“我”尽管较为关注、关心周家后人的发展，但并未能为他们提供实质性的帮助。这主要是因为周家后人面对的时代是一个开放的、多元的时代。周拴妮的儿女周河开、周鹏程的成功主要缘于优秀的教育和持续的奋斗精神，虽然在求学过程中他们通过周拴妮获得过外祖父周启明的资助。“我”母亲朱珠的孙儿孙女们则多安于较为优裕的生活，少有事业出色者，虽然“我”为提携他们付出过真诚的努力，但结果却不尽如人意。这令“我”懊恼、困惑，同时也有一种深深的无力感。这种无力感同样缘于这个多元开放的时代，这样的时代消解了父权的能量和权威，为个体的奋斗发展提供了足够的空间。“我”虽然成功，但也无法将自己的成功嫁接到后辈身上，而且更要命的是后辈们拒绝“我”的嫁接。面对“我”作为金枝而产生的家族意识，女儿林树苗忍不住抢白："你张口老周家闭口老周家，老周家跟你什么关系呢？再一个说了，是我姓周还是铮铮姓周？"应该说，女儿的抢白对"我"来说是一个釜底抽薪式的打击，这也是"我"作为"一个妇道人家"最为尴尬的痛点。随着子孙后代的繁衍，"我"的影响终将在周氏家族中消散。最根源性的问题是，时代的变动、人口的流动以及单一小家庭的分子化，都使得家族这一社群形态慢慢隐入历史深处。因此，"我"所心心念念的周氏家族，只能是一个幻象，而"我"之所以对"老周家"心心念念，大概是想确证并巩固自己的成功。小说中，关于"我"之懊恼和困惑的叙述相当坦诚，"我"也是一个当下中国成功者认同焦虑的样本。"我"为家族的荣光、母亲知识女性的尊贵气质而骄傲，并通过自我的努力成功实现了这种传承，但面对日趋多元甚至有点后现代主义的社会氛围，"我"的成功却难以得到后辈的认同，"我"的奋斗道路及其相应的价值观也被后辈忽视。这种认同的匮乏、忽视打击了成功者的责任感，也削弱了成功者的主体性，因为对于强者来说，"只有在面对他人时担负起一种责任心的情况下，自我才显露在它的独特性中"[②]。不仅如此，小说中朱珠一脉后人的平庸无为还潜在质疑了"我"对于周氏家族的信念，以致让"我"在女儿林树苗的嘲讽中暴露了自我的虚张声势。这委实令人沮丧。《金枝》对一代成功者认同焦虑的书写是令人难忘的，从中我们可以体会当下中国社会代际变化的深刻影响。这也可以视为这部长篇小说对当代文学的一个贡献。

实际上，《金枝》讲述的“老周家”的故事并不是一个大家族的故事，《金枝》也不会被视为一部家族小说。如果按照家族小说的逻辑，周启明应该拥有诸多兄弟，周启明的父亲、祖父同样应该拥有诸多兄弟，而且这些宗族父子兄弟之间在云起云飞的20世纪应该发生难解难分的一系列故事。《金枝》没有理会这些，小说中周启明的爷爷周同尧和父亲周秉正似乎都没有兄弟，出走后不见踪影的周秉正再也没有任何消息。唯一带有家族小说色彩的是周家拥有大片田产，富甲一方；流露出家族小说气息的是，周家的先辈们在峥嵘岁月中的人生经历具有传奇色彩，一代接续一代地风流倜傥、卓尔不群。小说虽然用传奇之笔致敬了先辈，但重心并不在此。从叙述的篇幅来看，小说在意的是周家之精英血统如何经由“我”而发扬光大。而“我”努力的结果，则是证明了家族光荣之所谓接续是何等的虚妄。正是在这一点上，《金枝》与之前的家族小说或类家族小说彻底区分开来，成为一个独特的存在。

三、金枝谁怜：叙述的偏至与文本的缝隙

《金枝》写了一系列女性人物，这些女性几乎都可以称为金枝。周启明的祖母、母亲以及穗子、朱珠、“我”、周拴妮、周河开、林树苗、周小语、周雁来乃至胡楠等，无一不是金枝。金枝们的命运映射着同时代人命运的沉浮和社会的变革，其间之起承转合令人感慨万端、兴叹良久。

值得注意的是，小说对于这些金枝们的叙述态度，存在着明显的偏至，即对穗子、周拴妮充满鄙夷，对“我”的曾祖母、祖母、母亲等充满崇敬。小说叙述人“我”几乎垄断了讲述的权力，从而快意地臧否人物，“我”这个限知叙述人也一度变成了全知叙述人。这种膨胀的叙述权力集中施加于穗子和周拴妮这两位金枝身上。小说中的穗子出身于大户人家，是周家八抬大轿为周启明娶来的媳妇，是不折不扣的金枝。被离婚之后的穗子坚持离婚不离家，固然有偏执之处，但也并非难以理解。作为一位明媒正娶来到周家并且为周家生育一女的传统女性，穗子如果离开周家，生活信念以及尊严感将无法维系，她也不可能接受再嫁，与周家收养的具有奴仆色彩的庆凡结为夫妇。小说叙述了穗子嫁给庆凡的可能性，而且让我们感到穗子应该嫁给庆凡：庆凡是那样的忠厚干练，完全配得上穗子，况且这也是周启明祖母的心愿，更重要的是周启明可以就此摆脱伦理的重负。但历史塑造了穗子的局限，她毕竟不是一个独立自强、对再嫁观念毫无挂碍的新女性。事实上穗子只能拒绝再嫁，以传统女性对不如意生活的隐忍和倔强与新的时代对抗。如此，在长期孤单的生活中，她难免产生怨怼之情，并做出种种有失温柔敦厚的行迹；由于“女为悦己者容”，她也难免粗服乱头，成为令人厌恶的弃妇，尤其是与叙述人“我”的母亲朱珠相比，就更是如此。遗憾的是，小说几乎全部立足于叙述人“我”的情感体验，对穗子缺乏理解和同情，小说叙述的丰富性也因此受到损害。

同样，对于周拴妮早年对“我”的家庭生活的侵入，叙述也是单向度的，叙述人“我”无法理解生于乡间的周拴妮对于父爱以及与之相关的城市生活的渴慕，仅仅将其视为一个丑陋粗鲁的侵犯者。小说中，“我”对于周拴妮的憎恶以及仇恨一直延续到父亲的葬礼上。不得不说，“我”在葬礼上的强势以及林树苗的那一句“贱”，无疑会令出身贫寒的读者感到不适。如果将《金枝》这一文本视为一个召唤读者参与对话的邀约，那么周拴妮的表现或许会得到读者有限度的支持。周拴妮作为周启明的亲生女儿，当然具有遗产继承权，虽然她不曾孝敬过周启明，鉴于周启明未完全尽到对她抚养的义务，她也应该继承一部分遗产。况且，在农村养育几个孩子的她比较贫困，恐怕无力表达孝心，她接近周启明也充满障碍。小说对周拴妮成年后与周启明的接触以及他们之间的父女关系没有交代，想来随着时间的推移，应该是隔阂渐少、亲情愈浓吧——小说中“我”的两位哥哥对周拴妮的态度或许是间接的证明。

小说叙述的偏至是如此的明显，以至于作者邵丽自己也察觉到了。邵丽在关于《金枝》的访谈中曾反省过自己在叙述方面的自私，并以情感的坦率性对之做了解释。著名评论家孟繁华在评论邵丽中篇小说《黄河故事》时曾指出：“讲述的仿真性强化了小说的真实性。其叙述语调的生活化和平实性带来了艺术技法的‘陌生性’和风格化。”《金枝》的叙述同样如此。尽管叙述人“我”有着明显的偏至，但由于“讲述的仿真性”，文本还是留下一些缝隙，使人能够展开想象，进而质疑和拆解“我”的强力叙述。《金枝》全篇，人物对话较少，直接发声的人物更少，尤其是穗子和周拴妮，几乎失语。小说让穗子直接发声的似乎只有一处：“这妮子可回来了，早该跟你姐回老家住几天”，“这老家也是你的家，我不待见你妈，又不关小孩的事，你怕我做什么”，“唉，福都让你们享了！福都让你们享了！”这些言语发生在穗子与“我”的第一次也是唯一一次会面。这次会面令幼小的“我”惊恐万分，并由此对穗子生出深深的怨憎。“我”的心理经验自然可以理解，但平心而论，穗子的言谈并无不妥。穗子“不待见”朱珠是实情，对于晚辈，穗子的此番言语则是包含了慈爱之情的。至于“福都让你们享了”，又何尝不是事实呢？尽管周启明的从政生涯并不平顺，朱珠的孩子们的个人奋斗不可忽视，但这些并不能掩藏一个城里干部家庭与农村平民家庭之间的巨大差异，朱珠的孩子们总体上的生活、生长、成才条件还是要比周拴妮优越得多。作者邵丽曾谈到小说《金枝》原名为“阶级”，试图讲出城乡两个家庭之间的差异，这个“阶级”在作者的理解中可能更多的是文化、人格方面的，但无论如何讲述，这种阶级的差异都不可能仅仅是文化、人格方面的。这一点，或许小说中离家出走、投奔消灭阶级的革命的周启明更能够体会。遗憾的是，叙述人“我”却没有由此打开反思的空间，没有赋予处于弱势的穗子和周拴妮以讲述的权力，没有让这种复杂性在社会历史中充分展开。

不得不说，叙述人“我”的偏至，从根本上说来自一种精英主义的意识形态幻象，如同当代西方著名理论家、斯洛文尼亚学者齐泽克在著作《意识形态的崇高客体》中所说：“他们所忽视和误解的不是现实而是构成他们的现实和社会活动的幻象，他们很清楚地知道事情的实际状况，但他们仍然这样做着，似乎他们压根儿不知道。这个幻觉因而成了双重幻觉：这一点在于，对构成我们与现实的实在有效的关系的幻象的忽视。”这种忽视，我们从小说文本的缝隙中是可以洞察和确认的。

令人欣慰的是，叙述的偏至在小说的末尾部分得到了较大程度的纠正，尽管纠正仍不彻底。小说写了周河开、周鹏程、周雁来等人的奋斗过程，而且通过插叙的方式、借助周雁来的文章正面呈现了穗子、周拴妮一家在农村的生活情形。周河开等人顽强打拼之后的艰难成功，为他们自身、为周拴妮、为穗子赢得了尊严，也斩断了“我”为周家虚设的鄙视链，促使“我”反省自以为是的成功以及有些陈腐的竞争期待。作者在小说最后写道：“而我和拴妮子，不也是一样吗？我虚张声势的强大，她无所畏惧的坚韧。她不屈不挠地跋涉，我无可奈何地退让。一个父亲衍生出的两个家庭，高低贵贱，谁胜谁负，最终的成败又有多少意义呢？”这种感慨真是令人动容。如果“我”这种对周拴妮的理解和怜惜能够贯彻小说全篇，如果基于这种理解和怜惜重新梳理一下周家几代人的爱恨纠葛，小说的意蕴将更加丰厚，小说的品格也将更上一层楼。

《金枝》中的故事纷纭万状，真真切切是“剪不断，理还乱”。一个个金枝在苍茫人世中书写了自己的命运，并且留下了叩问历史的回声。这回声绵延不绝，如同无垠大地上生生不息的生命悲欢。

注释：

①徐坤：《〈小说选刊〉2021 年第 3 期卷首语》，《小说选刊》2021 年第 3 期。

②艾玛纽埃尔·勒维纳斯：《上帝·死亡和时间》，余中先译，生活·读书·新知三联书店，1997，第 17 页。

（选自《文学艺术周刊》2021 年第 11 期）

命运女神的舞蹈

——从邵丽小说《金枝》谈起

冻凤秋

一

桌子上摆满了书，她低着头，在扉页上一笔一画地签上自己的名字，庄重秀丽的字体布满了页面，透着毫不含糊的诚意。

只是微微抬头看了我一眼，她又把脸埋进书里。

语气明明是和善的，却像是特意要以淡淡的冷漠掩饰心底的温柔。

是的，掩饰。

在生活里，这是一个藏着多少懂得和热爱的女子，然而呈现出来的常常是高傲与挑剔。

就是在她不经意说出一些带刺的话语时，就是在她毫不掩饰自己的好恶时，就是在她随着心情起伏拒绝或接受时，你看着美丽的她僵硬起来的表情和动作，莫名地有点心疼。

在她的文字里，她也纠结着，但她毫无顾忌地将这一切纠结表达出来。她坦诚说出痛，说出爱，说出虚荣，说出不安，说出倔强，找出纠结的根源，并坦然地审视，审视自己，审视生活，审视时代。

这是不容易的，对于很多作家来说，穷其一生，写了数百万的文字，却还是不愿袒露那个最真的自我。而对于作家邵丽，却似轻舟已过万重山，轻易地就抵达了写作的本质，并由此获得令人欣喜的超越。

在人民文学出版社最新推出的邵丽长篇小说《金枝》中，我们看到了更为坦诚的审视和深刻的寓意。

二

那个让不少人一生不得安宁的结，到底是什么呢?

用心理学家弗洛伊德的理论解释是，人的很多行为受潜意识的控制，在很大程度上，潜意识决定人的行为和发展，人的行为主要是受幼年和童年生活经历的影响。

相关研究也表明，童年是人性格、态度形成发展的关键时期，也是建立自我同一性的关键时期。在这个阶段所形成的思维模式和行为方式会储存在人的潜意识里。那些孩童时无法理解或承受的痛苦经验，沉入记忆的深海，伏脉千里，甚至影响一个人的一生。

就我们自身的感受而言，常常，一些莫名的情绪和应急行为反复出现，似无形的枷锁，将人束缚在某种难以言说的困境。

挣脱或释放的方式有很多种，最有效的莫过于直面它，正视它，弄清楚来龙去脉，以适合自己的方式去疏解。

对于作家来说，每一次真诚的提笔都是一次疗愈的机会，都是一次让生命清晰的可能，都是一个让灵魂透亮的愿景，最终呈现结果如何，关乎写作技艺，关乎岁月磨砺，关乎文化底蕴，更关乎主体意愿是否强烈、真诚。

她的症结在于父亲。

她一次又一次地书写父辈，以自己的角度去体认、观察、理解，将他们放在亲情友情爱情的天平上反复称量，然而终究不免隔膜，不免带着某种偏见。

漫长岁月里，那种已然形成的相处方式、表达方式，都难以改变。仿佛我们都是如此，对外人可以调整、控制自己的态度和行为，独独对于家人，是靠惯性，靠积习，既熟悉又疏离，既依赖又漠视，陷在某种经验的旋涡，不能自拔。

只有死亡能让人惊醒，能校正这一切，让她贴近父亲，抱着他的头尽情哭泣。

邵丽长篇小说《金枝》的故事自此开始。由死而生，女主角“我”周语同开始正视那不愿正视的生命里的种种纠结，沿着历史的轨迹一程一程回溯往事：那个从来不被父亲承认，却固守着周家一辈子的疯狂又倔强的媳妇穗子，她和她的后代像阴影一样笼罩着父母的家。即便有母亲的耐性和智慧，仍然波澜起伏，忧惧不断；那些忙着革命或被革命的岁月，以父亲的名字为耻的境遇，那个曾经在父亲溺爱的呵呵笑声里得意忘形的小女孩，只因为用蘸水笔在父亲办公室的报纸上涂鸦，涉及当时的高度政治敏感，而遭父亲暴揍，从此被冷落，厌弃，父女二人再不曾亲近；当她长大，终于证明了自己，成为艺术界举足轻重的人物，她想要把自己的人生，女儿的人生，周家后代的人生牢牢抓在手里，她竟在不知不觉间代替了父亲的角色，尽力掌控，却发现有太多的命运反转，让人无能为力；你看，生活在乡下的穗子和女儿拴妮子养育的后代蓬勃茁壮成长，“贫贱者”一个比一个有出息，而城里哥哥们的所谓“金枝玉叶”则经不住风吹雨打，很快没了心气儿。

当她写下这些，那些怨憎渐渐褪去，她开始体味到父亲在生活、情感、政治夹缝里的苦衷、妥协和悲哀。

或者，她开始真正把父辈作为一个个平等的个体来审视。他们的追求和荣耀，他们的局限和无奈，他们的梦想和幻灭。时间的河流逐渐冲刷掉“我”的疼痛、缺失与渴求，一切都看得更清楚了，于是纠结被自己一环一环地解开。

她也恍悟母亲的隐忍、宽容和慈悲，其不争和穗子的拼命抗争，归根到底，就像白天与黑夜的轮回，不过是一体两面的同一个人。

她更加认识到，自己和一直瞧不上的拴妮子竟是一样的，一个虚张声势的强大，一个无所畏惧的坚韧；一个无可奈何地退让，一个不屈不挠地跋涉。“一个父亲衍生出的两个家庭，高低贵贱，谁胜谁负，最终的成败又有多少意义呢？”

《中庸》说：诚则明矣，明则诚矣。真诚与明理密不可分。

在哲学家王阳明的学说中，知行合一的核心就是“诚”，要诚意正心。有了坦诚的初衷，才能看见很多被遮蔽的真相。

以此来看小说《金枝》，会发现这是多么坦诚、深刻的审视和自审。不同于简单的家族史叙述，作品是对于成长的反省，境遇的洞察，人的命运的审视，直抵灵魂深处，通向大道和真理。

也因此，在真实和虚构之间，个体的伤痛荣辱隐去，作家跃然进入一个明澈、阔大的境界。

三

还有更深的寓意和更大的超越，有时是在不经意间完成的。

就像邵丽小说《金枝》的书名，那或许是编辑家程永新先生的灵光乍现，来自他敏锐的艺术感知，却开启了一扇微妙的文化之窗。

在这扇窗里，古罗马神话中有着金色树叶的树枝伸了进来。据说持有金枝，罗马“种族的缔造者”埃涅阿斯便可以出入地下世界。在这扇窗里，英国人类学家 J.G.弗雷泽《金枝》中那闪烁着智慧光芒的观点，那关于自然、巫术与禁忌的早期隐喻，带着新鲜的气息扑面而来。在这扇窗里，你看到西晋时崔豹在百科类书籍《古今注·舆服》中的句子：“与蚩尤战于涿鹿之野，常有五色云气，金枝玉叶，止于帝上。”形容花木枝叶美好的词逐渐成了出身高贵或娇嫩柔弱的人的代称。在这扇窗里，中国当代作家邵丽编织了一个普通女子的生命希冀，一种对家族儿女的生存祈祷，寄托着她的担忧——“金枝玉叶”一旦遭遇摧残，比普通的一枝一叶更加令人不堪。

透过这扇窗，我们还将看到19世纪英国画家马洛德·威廉·透纳的画作《金枝》。透纳和约翰·康斯太勃尔被并称为“真正使英国风景画摆脱荷兰、法国或意大利绘画影响而走上自己独立道路的两个人”。透纳画出了微妙的光影、水雾、空气、云霞、风雨，甚至画出了诗，画出了空无，不断地带给人们惊讶和振奋。他晚年某些晦涩的作品甚至被评论界视为“梦境、挑战、理论、实验以及谬论”。

弗雷泽的《金枝》一书就是从透纳这幅名为《金枝》的画说起的。当然，弗雷泽只是借透纳的画作了引子，或者说起兴。画作《金枝》取材于维吉尔的诗歌《埃涅伊德》：特洛伊英雄埃涅阿斯到库迈找女先知希贝尔，希贝尔告诉他要取得圣树上的金枝献给冥后普罗塞尔皮娜才能进入地狱，与他父亲的魂魄相见。

画面上是梦幻般的场景。连绵的群山包围着一面氤氲的湖水，它泛着神奇迷人的光泽。希贝尔手持镰刀和刚被砍下的金枝，站在阿韦尔诺湖前。这湖是通往地狱的必经之地。周围的风景既丰饶又荒凉，奇异且静谧。希贝尔身旁不远处，命运女神在跳舞。

仔细品味，不免暗暗称奇：作家邵丽的小说《金枝》所讲述的故事情节在某种程度上不正与此画作所描摹展现的寓意遥相呼应吗?

小说《金枝》中的女人们，那个自己守活寡又看着孙媳妇守活寡的祖母，如白衣仙子般不问世事、心静如水的奶奶，宽容忍耐一生的母亲，固守着一份空无的穗子，顾全又要强的“我”周语同，脆弱茫然的周小语等，都像是被命运之手砍下的金枝，带着突如其来又延续一生的疼痛，慢慢地舔舐伤口，自我愈合。

某种意义上，她们是传统文化中、父权体制下的献祭品。她们甚至从未想过反抗，有的或是被动地接受，或是主动地承担。

作为新时代的女性，画家周语同无疑拥有着国际化的视野，然而内心深处的父爱缺失却让她执拗地挑起“周家”的担子，希望以自己的心血，换来周家的荣光，给父辈一个交代；同时渴望周家的女孩子完成自己不曾完成的，拥有自己不曾拥有的一切，真的活成金枝玉叶。

她的爱如此阔大又如此狭隘。

女主角“我”周语同的画家身份设置，意味深长。她的侄女周小语自幼跟她学画，并考入中央美术学院。小语是家族中备受宠爱的女孩子，也因此被“我”寄予厚望。“我”曾为她画了一幅肖像画，明眸皓齿，天地一线，画名就叫《金枝玉叶》。然而，就是这个才貌俱全的“金枝”，却心性脆弱软弱，深陷在婚姻的失败中无法自拔，难再振作。

而拴妮的大女儿周河开，却如乡间野草，一路蓬勃、开放、独立、果决、勤奋，读到博士，留校任教，最后嫁到英国。那正是画家透纳的英国，在彼时彼地，来自东方的她那新鲜的灵魂如何与英国传统的文化碰撞？这一切，是巧合，或是天意？

小说中，“我”还给即将出世的外孙女画了一幅画：无边无际的草地上有一个奔跑的小女孩儿，她小小的身体散发着一种柔和又圣洁的光芒。她饱满圆润、张开的藕节一样的双臂像是一对小翅膀。她奔向的前方有一片灿烂的云霞。

又是一份美好的愿景。

当“金枝”被砍下，被高高举起，命运女神在跳舞，舞姿优雅，没有谁知道未来怎样，没有谁能牢牢地握住命运之手。

那神秘静谧的湖面，像是绵长漫漶的记忆，要借一代代女子的容颜作为渡船，才能抵达父辈的灵魂。

不管作者有没有意识到，“金枝”的象征意味都如此浓郁，小说因而有了更加丰富、开放的内涵，它超出纯粹的中国式叙述，超越单纯的家族故事的框架，值得放在中西文化的大背景下作进一步探究。

四

作家王安忆曾说：我写小说最根本的变化是由自我倾诉到创造存在物的变化。承认创造之后，便感觉到个人经验和认识的限制，于是便要从形式上找到推动和发展的力量。

寻找合适的形式，最大限度地去创造，完成如格式塔心埋学派的鲁道夫·阿恩海姆认为的艺术形象“永远不是对感性材料的机械复制，而是对现实的一种创造性的、敏锐的、美的把握”，这仍是摆在当代作家面前的课题。

作家邵丽多年来笔耕不辍，用文字雕刻生活，形成了自己独具特色的美学风格。未来，在小说形式感的探索上，相信她会更进一步。

如果说，所谓命运，就是那些不得不走的路，那么命运女神的每一次舞蹈，或许就在卓越的创造者的笔下，翩跹多姿，带来意料之外的精彩。

（选自《牡丹》2021 年 4 月上半月刊）

城市的文学气质及其内涵

——以李佩甫、乔叶、南飞雁的创作为例

魏华莹

伴随城市的发展与城市文学的大量出现，城市书写日益成为当代文学的重要力量，城市文学研究已受到学界的普遍关注，并且这一热点话题与“70后”“80后”写作，及“文学关注现实、书写当下”的时代召唤具有研究上的交汇点。但也存在暧昧不明的状态，如过分强调城市的现代性，共通的事物多，独特的韵味少。亦有评论家指出城市文学创作存在的诸多问题：“没有表征性的人物”“没有青春”以及“纪实性困境”①。具体到河南城市文学，如何书写城市文化品格，包括古都文化的历史积淀，中原人特有的人生哲学、生存方式，现代化过程中的城市改变等，成为亟待研究的新问题。本文尝试以李佩甫、乔叶、南飞雁的创作为例，研究具有河南地域属性的城市文学书写及发展脉络。通过他们对于城市的不同理解和表述，进行对读，借以发现20世纪80年代以来河南城市文学的发展风貌，以及不同代际作家所承递的地域文化精神脉络。

一、城市与乡村

“50后”作家李佩甫一直坚守在河南的土地上写作，其作品也折射出20世纪80年代以来河南文学从乡土到城市的变迁史。《城的灯》《羊的门》[②]等已经显示出其注重对中原权力结构的呈现，对土地、气味、植物的迷恋，在他的持续写作中，多是一些“背负土地行走的人”，挣扎在城乡之间，始终存在城与乡的双重参照。城市是物质的聚集地，乡村是精神的栖息地；城市代表文明、现代、富有，乡村代表田园、理想、贫困。

在长篇小说《城的灯》中，“四个兜”是农家子弟冯家昌的第一个人生目标。“穿上‘四个兜’，这就意味着他进入了干部的行列，是国家的人了。”[③]尽管他无限怀念“谷草的清香和拌着青春的腥香，把一个小小的窝铺搅和成了一锅肉做的米饭”，但仍决绝地放弃乡村和美好的恋人，走入城市，其间的挣扎与选择也被认为是“在一个更为宏大的视野里描写了农民由农村走向城市的精神史”[④]。

雷蒙·威廉斯分析乡村与城市时曾有这样的观点，“对于乡村，人们形成了这样的观念，认为那是一种自然的生活方式：宁静、纯洁、纯真的美德。对于城市，人们认为那是代表成就的中心：智力、交流、知识。强烈的负面联想也产生了：说起城市，则认为那是吵闹、俗气而又充满野心家的地方；说起乡村，就认为那是落后、愚昧且处处受到限制的地方”[⑤]。这样的理论依据同样可以在李佩甫的小说中找到对应。如《城的灯》冯家昌因进城导致的背信弃义和性格异化，以及香姑所代表的乡土文明的仁义厚重。

李佩甫说："《城的灯》是写逃离的，就是从土地逃离乡村，是一种对灯的向往、渴望，从乡村走向城市的叛逆。"[6]不管是记忆中的理想田园，还是现实中的城市野心家和梦想家乐园，逃离农村还是成为一代人或数代人的宿命。城乡二元结构的长期对立所导致的乡村集体贫穷带来的屈辱，在路遥、贾平凹等作家笔下多有描述，这也使得我们在阅读作品时，既对不断涌现的进城故事的种种背叛行为表示憎恶，但又不乏同情和理解。

在《生命册》中，故事开篇就是决绝的出走，是主人公刻意割断乡土关系，进入城市的故事。作为一颗被移栽进城里的种子，吴志鹏在城市读大学、读研究生，有了单位、扎根落户，但不堪故乡亲人的屡次打扰，无法忍受种种超出他能力的重负，只好选择逃离，将个体从乡土阴影中挣脱出来，但却时时感到自己的"黄土标记"，并自认在城市中，只能永远是一个流浪者。吴志鹏的"还乡"之旅也成为一个隐喻，在城市中漂泊的人们如何寻求心灵皈依的问题，在无尽的追逐金钱和欲望的时候，人如何同自我的精神世界和解的故事。第九届茅盾文学奖对《生命册》授奖辞写道："在从传统乡土到现代都市的巨大跨越中，李佩甫深切关注着那些'背负土地行走'的人们"；"《生命册》正如李佩甫所深爱的大平原，宽阔深厚的土地上，诚恳地留下了时代的足迹。"[7]

相较而言，《平原客》是李佩甫文学系列中较为洋气的作品，融入很多现代事物和城市的新思考。主人公李德林虽出身农村，但通过高考进入城市，并凭借卓越的学识迎娶教授的美丽女儿，自己也漂洋过海到美国哥伦比亚大学读博士，是一个有着洋墨水的被中西文化熏陶的现代知识分子。但在李佩甫笔下，从外在到心灵，他并没有和土地裂变，而是始终保持“乡土性”。多年的汉堡包没有改变他的脾胃，多年的西化生活也没有改变他的灵魂，从外表看他仍然像一位农民。即便贵为省高校副校长时，他看上去仍是一个“比农民还农民的小老头”。

作品也在借警察赫连东山反思代际的问题。他是一位优秀的警察，却和儿子有着深深的隔阂，儿子从小喜欢打游戏不服管，在他眼里是典型的不成器。但就是这样的儿子，大学时能靠打游戏卖装备赚钱，毕业后就能拿到30万、50万年薪，而他干了一辈子革命工作才年薪不到5万。故事中有一个令人啼笑皆非的细节，他劝说儿子辞去年薪30万的工作，找一个正经工作干。而在染着红头发、戴着大耳环的“90后”眼中，郝连东山就是老顽固、土鳖，引发儿子粉丝的追骂。他心里也清楚：“这不是你的时代了。”据社会学家的研究，“现在中国的青年人，都是出生在改革开放后的独生子女政策之下，经历了家庭中众星捧月般的无上呵护，同时也面临着市场经济时代残酷的差别和竞争”，“这些构成了这代人特有的社会经验或集体认同，使之区别于他们的父母——不仅仅在年龄上、经验和意识上，也在价值观和生涯选择上”。[⑧]

因此，在这个过程中，李佩甫的“平原”也在不断发生改变，它可以有忠诚的“50后”所理解的伟大、理想、正义，甚至包括对工作正经、不正经的划分；也会有奇异的“80后”“90后”“我的青春我做主”的不流俗，坚持自我的兴趣与个性。在这部看似差异很大的书中，作者向我们揭示了城市的多维空间，有不同代际对于人生的不同理解，有出身的烙印导致的认知和生活习惯差异。而在故事的讲述中，作者将农村青年与留美博士的身份缝合，将官与商的职业生涯勾连，呈现一个现代性的多元城市景观。在这个城市景观中，不仅仅有传统记忆的合记烩面，还有新兴的高档会所；既有古老开封的“德化浴池”中精炼的手艺人，也有城市新冒出的按摩女郎。土与洋组装成城市，所有人既改变着城市，也被城市悄悄改变。

二、欲望与救赎

“70后”乔叶最早是一位散文作家，写出许多青春雅致的美文。她的首部长篇小说《守口如瓶》，写一对双胞胎姐妹，进入城市之后迅速被金钱吞噬而堕落的故事。姐姐一开始是因为家贫，为了赚钱帮助妹妹读书，选择在洗浴中心工作，后来在城市生活中逐渐被改变，完全物化，并尝试用金钱的力量教育妹妹：“有了钱，能干的事情太多了”；“有了钱，我不用再去面朝黄土背朝天地种庄稼，不用再在土坷垃里刨那几个柴米油盐钱，不用再去受杨守泉那种东西的腌臜气”；“有了钱，我们才可以真正善待自己”。[9]

在这种价值观和逻辑论的指引下，妹妹也迅速沦陷，和姐姐一起卖淫，向着积攒“一百万”的目标前进。乔叶谈起自己写作这个故事源于家乡村庄里发生的变化，一些年轻女子外出打工去赚钱，钱来得很快，迅速改善了自己和家里人的物质生活。可以说，那段大潮来临时，忽然把人的道德底线冲刷掉了。这也是小说中的冷红甚至不惜破坏妹妹的爱情，也要捆绑她和自己一起赚钱的原因。在金钱的诱惑之下，她们一步步地让自己的精神走向了苟且。尽管乔叶在首部长篇中就表现出对于人性的追问，对生活的热爱，但也没有避免将城市平面化地塑造成金钱和欲望的黑洞。但可贵的是，作者试图在追问，如果说之前的堕落是迫于生活，那么之后为什么还一再自我放纵，是不是有什么惯性的牵引或是人性的扭曲，这也是作家留下的深层思考。

《拆楼记》是乔叶自觉参与的“非虚构”创作潮流的产物。《人民文学》自2010年开始倡导“非虚构写作计划”，呼吁作家走出书斋，走向民间和生活现场，“借助于社会学和人类学‘田野考察’的方法，力图通过‘客观叙述’，从不同的侧面向读者呈现底层生活的真相。警惕价值观念和审美观念上的‘先入为主’，直接进入生活现场去发现生存的秘密”[10]。“非虚构”文学被认为是“文学和现实、读者建构关系的重要通道”[11]。据乔叶回忆，在与李敬泽关于“非虚构”写作的聊天时，谈到自己姐姐家村庄拆迁的故事，并在对方的鼓励下将之写成小说。

在乔叶笔下，拆楼故事并不仅仅是一个事件记录，而是卷入其中的人的心理变化，姐姐和村民在得知市里要规划道路，村庄要整体搬迁时，迅速借钱加盖房屋，以期赢得更多的补偿款。这个过程中，“我”曾经的老师，包括“我”自己也卷入这场盖楼、拆楼的大戏中。在历经公开上访、私下打探、找领导等各种操作之后，张庄还是被拆掉了。乔叶以一个复杂的抗拆故事，还原了作为主体的拆迁户，描写了他们的内心对利益的盘算，对法律的蔑视以及自成一体的农民逻辑。拉韦尔指出：“艺术是社会的表现，当它遨游于至高境界时，它传达出最先进的社会趋向；它是前驱者和启示者。因而要想知道艺术是否恰当地实现了其作为创始者的功能，艺术家是否确实属于先锋派，我们就必须知道人性去向何方，必须知道我们人类的命运为何。”[12]乔叶的作品中，多是对人性的拷问和反思，长篇小说《认罪书》、中篇小说《黄金时间》等皆是如此。

《藏珠记》却是乔叶的“变法”之作，她之前写的作品多是较为沉重的社会现象和人性反思，《藏珠记》则轻盈地写成一部带有奇幻色彩的小说。天宝十四年（755），一位波斯商人因感念房东夫妇的收留，在弥留之际送给他们的女儿一颗长生不老的珠子，因此，那丫头活得很长久，一直从唐朝活到了现在。阅尽千帆的底气和苍凉使得唐珠发现“日光之下，并无新鲜之事”。这个传奇的故事看似结构简单，古老而有着不死魔力的女子爱上一位人间男子，最终抛开阻碍，修成正果。一方面是历史的沉重，甚至作品中刻意引用大量的历史知识，有唐代的传奇故事，有豫菜的渊源与精工细致；更有现实的轻，只是一个U盘引发的阴谋与爱情。最终，爱情的快乐原则压倒历史的沉重阴影，也压倒了现实的俗世原则，其实这就是现代城市的新状态，被乔叶不经意间展示出来。弗洛伊德认为自我源自本我，它的角色是个体与社会之间的协调人。它往往代表了超我所蕴含的那些社会的道德伦理和理性判断。在弗洛伊德的比喻中，本我是奔腾的“野马”，自我则是控制马的“骑士”。在这样的人格结构基础上，“本我是依照快乐原则行事的，而自我则依照现实原则行事。快乐原则就是本能的满足，而现实原则是符合社会行为规范和道德良知”[13]。现实原则常常压制着或延迟了快乐原则的实现，这就造成了文明对本我的压抑。在《藏珠记》里，一切矛盾都烟消云散了，甚至那条千年古训对珠子和人的约束力也荡然无存了，一切符合现实原理和快乐法则。历史和现世得到有效统一，日常成为关注重心，没有宏大叙事，也没有使命感，仅仅是一对饮食男女的日常生活。

乔叶为什么要写出一部快乐之作呢？据作品《后记》讲述，一方面是个人生活遭遇波折，在沉重的人性黑暗面前尝试写一篇轻盈的作品使自己感到愉悦；另一方面是追剧，源于对韩剧《来自星星的你》的喜爱，尝试写出一篇“任性”的作品。也许是经历多年的城市生活之后，她也在修正自我的观念，城中人在摆脱最初的物质欲望之后，更需要精神世界的重建以及与自我内心的和解。所以，在《藏珠记》中，才会有触目惊心的城市变迁，高楼的迭起象征的经济神话和时代扩张精神，现代化的外部样式的诸多呈现，以及摆脱物欲之后轻盈的人们所向往的纯粹心灵和凡俗生活。

三、灰色的人生

“80后”作家南飞雁成名较早，大学就读中文系，读书时出版长篇小说《冰蓝世界》《大学无烦恼》等。“我的七厅八处”系列是他近年来在《人民文学》《十月》等刊物上发表的系列中篇小说，后以合集的方式编入《天蝎》，多是描写公务员系列，讲述他们人到中年卑微而自尊的生活。之所以选择这类题材，源于作者所言，自己的朋友和同学多与文学无关，却广泛分布在政府机关里的某厅某处，自己对他们的生活很是熟悉，自然地就写进文学作品中。

这些故事都涉及官场、公务员的工作与爱情生活。尽管作者写到他们人到中年的圆滑世故，又有着在现实面前的卑微，真实的映照更能显示出小人物在生活面前的无力与苟且。故事男主人公多设置为中年男性公务员，离异无子，面临对工作晋升的无限渴望和爱情婚姻的重新选择。在世故的考量面前，《红酒》中的简方平面对刘晶莉的暧昧很有底气：“我好歹也是个副处级干部，你刘晶莉算什么，一个三十岁的女人，也把自己端起来吗?”而享受暧昧的过程，被他比喻成“就好像一个初次到自助餐厅的人，蓦地发现那么多随便挑选的美食，谁都不会仅仅往盘子里放上几片面包，直接吃饱了就走人”[14]。同样，对于

《暧昧》中的聂于川来说，暧昧对象也得和职场官位的利益原则挂钩。

> 如今天上掉下个徐妹妹，跟钟厅长交情莫逆，又曾追求过他，还是离了婚的，内因具备外因有利，只要运作得当，还愁副处长被老孙抢走？还愁赶不上大提拔的末班车？⑮

《灯泡》则写了少有的正直人物穆山北，他性格耿直，在审职称材料时首先把书记夫人的剔了出来，判曰论文造假。在领导根本没把他当回事，掂起“初审通过”的戳子盖了之后，他抓着论文找领导评理，领导不表态，他就写了封实名举报信，直呈厅高评委。由此一战成名，轰动全厅。但也因此走了多年的背运，一直提拔不了，被视为“灾星”，去哪里都被嫌弃、冷落。一直到九处后，自己心里着急，也改变了生存姿态，后在岳父的运筹帷幄之下得以晋升科长。混了20多年，他这才明白走仕途和当黑嘴灯泡并不矛盾。对他来说，40多岁了，儿子挺争气，老婆有本事，自己呢，总算也提拔了，人生算是舒口气。《灯泡》不同于其他小说主人公的油滑世故，写出一个耿直的人如何在公务员队伍中落落寡合，因为不作假、不迎合、不世故、不功利，而处处碰壁的委屈人生。作为读者，看到穆山北毫无顾忌地坚持原则，尤其是他大闹四处审计的故事让人读来酣畅淋漓，他将老齐挤对得体无完肤、走投无路，又把小高处长证得面红耳赤、无言以对，然后面对围观人群“点头离去，穿越人群，走得器宇轩昂”。然而，这一切正暗合心机颇深的九处处长小肖的计谋，侧面完成一个小肖识大体、顾大局，竞争对手小高刻意找茬的故事。而恰恰是不经意间充当了领导的枪手，才换来穆山北的晋升。

《空位》围绕着一个事业单位编制的问题来讲故事。小蒙本科毕业，因父亲在设计院做没实权的领导班子成员，得到工勤岗，一直在为编制的空位努力。而研究生晓嫣父女也在为这个编制暗暗较劲。在老蒙的运作下，晓嫣一度弱势，其父虽为科级干部，不惜釜底抽薪，运用自己手中的权力，坚持要查账，才换来女儿的空位编制。作为知识女性，晓嫣为了空位不惜献身小蒙。小蒙的恋情也很值得深思，双方本是大学恋人，因小蒙父母不同意只得分手。多年后重逢，小蒙是打扫卫生的工勤，美如已在公司混得风生水起，女强男弱的不平等地位使得二人得以再续前缘。而吊诡的是，小蒙已然知道美如是依靠委身领导换来的职位，且一直保持着不正当关系，却毫不在意，选择继续结婚。毕竟，在为等待多年的空位竞争过程中，深受煎熬的他，已经明白尊严在生活面前的不值一提。

现在的小蒙，已不再是以前的小蒙了。他不住地提醒自己，他想要的无非是一个老婆，一段婚姻，而不是因为女友出轨愤而分手，况且这出轨来自于她讨生活的本能。分手是容易，逞了一时之快，到头来什么都没落下，未免太悲催。在研究院多年，要是这点账都算不明白，真是白混了。[16]

这个故事读来使人悲怆，曾经的纯洁青年，从追逐空位开始，几年里他陆陆续续把理想、尊严、底线统统埋葬进去。晓嫣是音乐系研究生，为了一个空位出卖自己，向小蒙献身。美如亦是如此。读罢让我们不禁感慨人的自我异化，在利益、诱惑面前人性的不堪一击。

这些机关、单位的人为了“位置”争抢了一辈子，直到快退休才想明白。在《天蝎》中，作者借老冯之口讲：“你老弟算人到中年，老哥我都五十大几了。在这个年纪，身体健康，略有积蓄，孩子听话，老婆还在，事业上不至于丢人，也就足够了。至于升官发财，多它不多少它不少，仔细想想也就他妈的那回事。”[17]局外人也许会淡定，但是置身其中的人所耗费的心机、所承受的屈辱实在令人唏嘘，也显示出现代社会竞争机制下人性的可怕与生存的不易。

对于“80后”作家来说，写城市生活是他们比较熟悉的情境，南飞雁称之为“天生天化”。在其成长环境中，中国的城市化已经兴起并迅猛发展，他们的成长就是伴随着城市的成长同步进行的，关注城市人的生活状态和城市变迁成为他们作品的重要内容。全球化时代的到来，使他们能适应多元化的世界，又同时能对现代城市人的生活状态、生存困境有着更为深刻的体察和反思。对于南飞雁来说，曾经的同学多数进入公务员序列工作，这样的朋友圈也使得他能够近距离地观察体制内人物的生存真相，并以文学的方式加以表现。

四、历史的探寻

有意味的是，在李佩甫、乔叶、南飞雁的近作中，都有意开始了历史的探寻，并确立创作的地域文化属性。如李佩甫写河南巩义“康百万庄园”的《河洛图》、乔叶写豫菜的《藏珠记》、南飞雁写古都开封的《省府前街》。城市的历史、风物成为其着力表现的对象，作家都做了许多细密的考证，尽可能地还原城市的传统文化与古老韵味。

《河洛图》书写的是300年前河洛康家百年财富神话的兴衰起伏，其间有着丰富的“中华传统文化元素：典籍、算盘、测字、石窟佛像、中医药方、豫剧、易学风水等”[18]，以及“礼义仁智信”的儒家文化。康百万庄园又名河洛康家，位于河南省巩义市康店镇，始建于明末清初，被誉为“豫商精神家园，中原古建典范”。“留余”的经营理念，也是契合中华传统文化中的仁义思想。正是依靠这一家训，康家得以做大做强。文中借康秀才之口谈“留余”，幼学先生的《四留铭》曰：“留有余不尽之巧，以还造化；留有余不尽之禄，以还朝廷；留有余不尽之财，以还百姓；留有余不尽之福，以还子孙。”[19]又进一步解释，大凡世间，立志不难，穷其志也不难，难在“留余”。临事让人一步，自有余地；临财放宽一分，自有余味。众所周知，

“留余”家训的匾额现在还悬挂在康百万庄园中，是康家数代人恪守的家道、仕道和商规，也是儒家“财不可露尽，势不可使尽”中庸思想的体现，与恢宏的明清建筑群、钦赐御封的“康百万”名号形成参照，传递出取舍有度的人生智慧。

乔叶的《藏珠记》虽是写穿越和爱情，却用大量的笔墨谈论豫菜。为了准备写作素材，她还多次采访豫菜大师李志顺，并在书中辟有章节《惊黄瓜资格证》《厨师课》，男主人公也是豫菜的传承者。书中的“惊黄瓜”，简单的一道菜却大有讲究，还要有资格证书，并用大段笔墨描述松爷“麻腐海参”的选材、工序的讲究。全书更将饮食作为中原文化的载体，详细讲述食材的选择、豫菜的地位，以菜喻人，人菜合一。

> 豫菜嘛，甘而不浓，酸而不酷，咸而不涩，辛而不烈，淡而不薄，香而不腻……你别笑。豫菜做到了功夫，就是这么好。没特点？不，咱们有特点，咱们的特点就是甘草在中药里的作用，五味调和，知味适中。所以内行常说，吃在广东，味在四川，调和在中原。[20]

河南的饮食文化在整部作品中被体现得淋漓尽致。豫菜在北宋时期已经成为宫廷菜系，由于中原特殊的地理位置，既有浓郁的地方风味和烹调技艺，又兼收并蓄各菜之长。书中甚至将饮食与人心契合在一起，“安胃”才能“给我欢愉，让我踏实”。所谓安慰，就是“安胃”。在豫菜考古、人菜合一的讲述中呈现古老与现代的城市气质，在古今融合中将千年历史的沉重以及往复现世的轻盈跃然纸上。

南飞雁在长篇小说《省府前街》中，也开始调整自己的写作，以文学的视角发现城市，书写古都开封城与人的传奇。故事从1936年开始讲起，省府前街的沈宅大小姐奕雯大闹父亲续弦。此时已西风东渐，正室夫人惠葳欧游多年不归，夫妇二人隔着万里重洋书信对阵，文言吵过用白话，后来又用英文，吵到第三个年头，惠葳索性寄回一纸离婚书信。作品细密考证开封的老街道、古物、民俗、各个重要时期的历史文件等，如写开封老街：

> 开封城里老街不少。千年的有，像南北土街，宋代叫土市子街，据孟元老《东京梦华录》所载，千年之前已是繁华鼎盛的去处。……百年的就更多。像省府前街，原来叫行宫角，乾隆十五年这里是行宫，接待了巡视黄河河务的乾隆皇帝；两百多年后，这里又成了行宫，光绪二十七年太后皇帝两宫回銮，从西安到京师，一路上走了九十多天，在开封就待了一个多月，就住在省府前街，老太后住得高兴，还在这儿过了六十六岁大寿；到了民国，行宫则成为豫省省府所在地，从民国十六年到二十五年，从冯焕章到商起予，十年里换了五任省主席，时间长的三五年，短的寥寥数月而已，在省府前街走马灯似的轮番登场。[21]

小说也写到了各类城市风俗，包括节日、民俗、传唱的曲目，等等。《春秋配》是开封梆戏最叫座的一出，《捡柴》是最叫好的一折。书中也借春玉唱出乱世的飘零和委屈。

送仁兄送至在柳林之下
荒郊外风光好叫人爱煞
来到了山涧坡用目细撒
见一老和一少在捡芦花
老妈妈她不过六十上下
观大姐也不过二九年华
看穿戴非出自小户家下
却为何在荒郊眼里发麻[22]

此外，还写出开封城的诸多老字号和老建筑，如陆稿荐、豫盛和、包耀记、晋阳豫、德润和、又一新，等等。在南飞雁笔下，城市记忆更多成为一种风物、一种传奇。作品通过追忆开封历史，从日寇入侵、解放战争，直至新中国成立后河南省会由开封迁至郑州，写出20世纪乱世人的命运漂浮，又以香港的数封书信打开了外部视野，形成文本参照。在波澜壮阔的历史大事件背后，却有着中原人特有的云淡风轻、处变不惊的人生哲学。故事结尾处，面对新的社会秩序重建，昶达还在劝慰书芃："当你面对苦难的时候，面对这个世界的真面目的时候，你或许可以像罗曼·罗兰那样，像贝多芬那样，像米开朗琪罗那样，像托尔斯泰那样，注视它，并且爱它。”[23]

如果说之前的《天蝎》更多书写城市小公务员的生存、爱情、职位等诸多纠葛与挣扎，在看似平静的叙述中，剖开当下城中人的生存史和发展史，《省府前街》则体现“80后”作家自觉追寻城市历史的意识，以及如何讲述城市命运的前世与今生。南飞雁说写这部小说，更多基于自己对城市的好奇，对古都的历史回望。“每一类人群都提供一种阅读城市的方式。”[24]因此，我们可以看到不同代际作者在寻找历史中所呈现的文学想象，以及在历史的探寻中所发掘的城市记忆。

五、气味与韵味

陈晓明曾在《城市文学：弯路与困境》中提出：“所谓城市文学就是表现了城市生活并包含了一定城市意识的作品。”而什么是“城市意识”？“即叙述人或作品中的人物，总是意识到城市的存在，意识到他的生存境遇和生活方式与城市相关，他在思考他在城市中的存在状态。在大多数情形下，这就是现代的个体自我意识。”[25]文学艺术对城市的重要性不言而喻，如老舍笔下的北京、王安忆笔下的上海、贾平凹笔下的西安等，都展现出城市的灵魂。也有评论者认为20世纪80年代以来的城市文学，是到20世纪90年代部分“新生代”和“70后”作家笔下才得以接续现代都市文学的“小传统”，“可他们的城市书写似乎带有表象性和装饰性，这些作家作为城市的主体，是否在写作中渗透了城市精神的自觉？的确，城市文学还是要基于一种城市精神，这种终极精神不仅仅只是上流社会的灯红酒绿，它一定还有底层社会的冷暖自知”[26]。

进而分析李佩甫、乔叶、南飞雁的创作，我们会发现，不同代际的作家，他们的文学表现也存在较大的差异。在长达40多年的写作中，李佩甫可以说是20世纪80年代以来作家中一位颇具代表性的存在。《羊的门》写出中原乡土特有权力结构的复杂性，到《城的灯》出现决绝的进城力量，再到《生命册》作为“平原三部曲”的收官之作，可视为作家融汇40多年创作的心灵史，同样也是追溯时代与人的一曲悲歌。吴志鹏为了逃离乡村及其影子，辞去公职，选择下海，经历无数困顿，却始终找不到心灵的安宁。对李佩甫来说，他一直试图写出人们在社会结构变动中的心灵史，直到《平原客》，虽然在书写大量城市元素、现代事物，但仍将精神世界安放于乡土，始终存在城市景观、新奇事物与固有的传统习气、乡土情怀的冲突与挣扎。

乔叶的小说更为关注城市中的人性，注重表现人们在城市诱惑中的各种欲望与挣扎。在非虚构小说《拆楼记》中，“她以自剖其心的态度，见证了她的所见和所知”[27]。盖楼是为了拆楼，在拆迁补偿款面前，村民既团结一致，又相互内讧，不惜动用各种资源、智慧，以图在城市化进程中分一杯羹。这些人曾是和和气气，但在利益面前忽然撕破了脸，呈现出种种“人性之恶”。李云雷在谈及这部作品时，提到叙述人的姿态问题，作品中的“我”的优越感并非来自思想和知识的高深，而是来自

“我”作为城里人的地位与身份[28]。不可否认，这也是一种生活真相，显示出这一代人虽然精神城市化，但仍无法割裂原乡的纽带与复杂关系，以至于仍是处于被裹挟前进的时代浪潮中。

对于更为年轻的“80后”“90后”来说，很多作家就生长在城市，这也使得他们可以在作品中更好地表现城市生活、关注城市人的生命状态，作品具有更多的城市意识，并消除掉城乡之间的紧张关系。如生长于北京的某“80后”作家所说：“50年代的作家即便生活在城市里也对农村念念不忘，我只能自觉地书写城市，他们所要逃离的，正是我赖以生长的。”[29]南飞雁的创作亦是如此，他熟悉城市生活，更关注城市人的生存状态。在小公务员序列中，他通过还原现实人生写出困境与无奈；而在寻找大历史中的城与人书写中，通过细密的考证，还原一座城的文化元素与命运沉浮。对于他来说，即便写一座古城，在寻古之旅中也着意呈现其现代性品格。如故事开篇，就出现沈家大小姐沈奕雯拿枪打掉继母半个耳垂，大闹父亲婚宴。她的母亲更是一位新女性，旅欧不归，一纸离婚书还了自由身。古老的城市风物与现代品格融为一体，显示出其文化史上的重要性与独特性。

在生活经验日益同质化的今天，作家如何提供个体经验，展开独特的想象力和思考力，成为衡定作品意义的重要层面。具体到城市书写中，城市不仅仅是现代化事物，它还有久远的文化余脉，以及“等等灵魂”的精神拷问。城市文学的书写同样有着多重面向，在这个意义上，无论是李佩甫的城乡之间的挣扎与犹疑、接纳与融入，还是乔叶的城市变迁中外部景观的变化与内在肌理的承续，南飞雁试图发现的灰色人生哲学，以及他们共通的在历史的追寻中寻找传统余脉，都展现出独具风格的发现与思考。在他们的作品中，我们会发现代际之间并非简单的价值与经验的对立，而是不同的成长史与个体经验的差异所带来的城市书写的不同面向，如李佩甫作为“50后”作家执着的乡土怀旧情怀、乔叶作为新移民视角的城市化进程再现和道德审美积习，南飞雁对城市利益法则和物质主义的现实书写，以自我精神世界映照的方式呈现了对于城市人生活状态和精神世界的人文思考，也体现出现实主义文学书写的多重面向。

而在寻找城市的地方属性与独特韵味时，作家更多转向历史文化底蕴的探寻，以风物作为城市象征，寻找集体人格与精神脉络，在文学叙事与文化意象之间建立同构性。城市的韵味来自历史、风物与民情。细读李佩甫写“康百万”的家族小说《河洛图》，乔叶《藏珠记》对豫菜的反复书写，以及南飞雁《省府前街》对古都开封的追忆，会发现他们的作品在想象路径与怀旧情绪中勾画出的城市文化地图，地理、文化、心理之上的古与今、东与西、城与乡之间的差异性得以呈现，并注重表现中原城市的精神气质，如“平正通达”的河南文化、“留余”的仁义精神、地方语言的借用等。就河南城市文学的新趋向来说，如何从古老悠久的历史文化中汲取资源和营养，并审视现代化城市的种种新动向、新思想，在城与人中寻找独特的文化韵味，拓展表现空间与审美格局，在物的挤压之外，寻找人的文化品格，进而确立具有自身地域属性的美学原则，成为我们更多的阅读期待。

注释：

①孟繁华：《建构时期的中国城市文学——当下中国文学状况的一个方面》，《文艺研究》2014 年第 2 期。

②长篇小说《羊的门》由华夏出版社于 1999 年出版，一个月内印刷两次、五万册销售一空，旋即因“问题”被停止发行。后在 2018 年被评为“中国改革开放四十周年最有影响力小说”之一，也算是对作品的正名。

③李佩甫：《城的灯》，长江文艺出版社，2003，第 51 页。

④何弘：《坚忍的探索者和深刻的思想者》，《小说评论》2013 年第 2 期。

⑤雷蒙·威廉斯：《乡村与城市》，韩子满、刘戈、徐珊珊译，商务印书馆，2013，第 1 页。

⑥孙竞：《知识分子的内省书——访作家李佩甫》，《文艺报》2012 年 4 月 2 日第 5 版。

⑦《第九届茅盾文学奖获奖作品授奖辞》，《文艺报》2015 年 9 月 30 日第 2 版。

⑧吴小英：《代际冲突与青年话语的变迁》，《青年研究》2006 年第 8 期。

⑨乔叶：《守口如瓶》，《中国作家》2003 年第 10 期。

⑩张柠、许姗姗：《当代“非虚构”叙事作品的文学意

义》，《中国现代文学研究丛刊》2011年第2期。

⑪孟繁华：《非虚构文学：走进当下中国社会的深处》，《中国社会科学报》2011年4月12日第7版。

⑫马泰·卡林内斯库：《现代性的五副面孔　现代主义、先锋派、颓废、媚俗艺术、后现代主义》，顾爱彬、李瑞华译，译林出版社，2015，第114页。

⑬周宪：《审美现代性批判》，商务印书馆，2005，第202页。

⑭⑮⑯⑰南飞雁：《天蝎》，上海文艺出版社，2018，第15页、第72页、第265页、第330页。

⑱袁恒雷：《以不尽之巧以还造化——评李佩甫新著〈河洛图〉》，《文汇读书周报》2020年7月3日第5版。

⑲李佩甫：《河洛图》，河南文艺出版社，2019，第188页。

⑳乔叶：《藏珠记》，作家出版社，2017，第125页。

㉑㉒㉓南飞雁：《省府前街》，河南文艺出版社，2019，第24页、第190页、第444页。"发麻"为河南方言，指悲伤落泪之意。

㉔理查德·利罕：《文学中的城市：知识与文化的历史》，吴子枫译，上海人民出版社，2009，第11页。

㉕陈晓明：《城市文学：弯路与困境》，《文艺争鸣》2014年第12期。

㉖青屏：《城市文学的精神底色和现实境遇》，《长江文艺评论》2018年第3期。

㉗李敬泽:《〈拆楼记〉令人不适的写作》,《新京报》2012年7月21日第C06版。

㉘李云雷:《"非虚构"的叙事伦理与理论问题》,《长江文艺》2016年10月上半月刊。

㉙霍艳:《我如何认识我自己》,《十月》2013年第4期。

(选自《文学评论》2021年第3期)

论梁鸿长篇小说《四象》的现代主义艺术创新

徐洪军

梁鸿最初是以青年批评家的身份在文坛亮相的，先后出版了学术著作《巫婆的红筷子》《黄花苔与皂角树》《外省笔记》《“灵光”的消逝》《历史与我的瞬间》等。2010年，自非虚构作品《梁庄》[①]在《人民文学》第9期发表以来，批评家梁鸿逐渐淡出了大家的视野[②]，备受关注的是作为作家的梁鸿。由此，梁鸿实现了自己的第一次身份转变，由一个批评家逐渐转变成一个非虚构作家，《中国在梁庄》《出梁庄记》也成了她的代表性作品。或许非虚构作家的评价并不符合她的自我期许，经过《神圣家族》的短暂过渡，梁鸿很快推出了她的第一部长篇小说《梁光正的光》，她本人也开始以一个小说家的角色在文坛上出现。在一定意义上，她又一次实现了自己的身份转变，从一个具有代表性的非虚构作家转为一个新锐小说家。在这种背景下，长篇小说《四象》的发表又意味着什么呢？

如果从《梁庄》发表算起，梁鸿在文坛立足尚不足十年。在一定程度上讲，她还是一个新锐作家。就此而言，作品数量的积累是重要的。但是显然，《四象》绝非一部作品的增加这么简单。梁鸿是一个有追求的作家。十年间，她一直在寻求创作上的突破，希望从非虚构代表作家的光环中独立出来，以小说的虚构性完成对“梁庄”世界的艺术重构。突破的过程充满艰辛。《神圣家族》现在已经被“追认”为短篇小说集，可是它们在《上海文学》发表的时候，却被与纪实性作品相提并论。《梁光正的光》是长篇小说无疑，但其浓厚的自传色彩却也彰显了其纪实性作品的胎记。这并不是说非虚构文学在等级上低于小说，而是体现了一个有追求的作家自我身份转换的强烈愿望。大概就是这一原因，我们在《四象》中已经很难看到多少纪实的成分，这不仅是因为它的人物和故事带有浓厚的虚构性，而且因为它的表现手法带有突出的现代主义色彩。《四象》的这种探索不仅实现了梁鸿文学创作身份转换的愿望，而且达到了其不断进行艺术创新的目的。《四象》的现代主义艺术创新主要体现在以下几个方面。

一、题记

即便是专业读者，阅读《四象》也是一件极具挑战性的工作。整个阅读过程就像是攀登一座高山，充满了艰难险阻。但是，披荆斩棘登到峰顶以后你会发现，面对壮丽的风光，艰难的攀登是值得的：这是一部创新性极强的小说。对作家而言，创新意味着对成规的破除，意味着艺术创造力的迸发。但是就读者来说，创新性越强，陌生化的程度就越深，理解起来也就越发困难。就对这篇小说的理解来说，题记是一把十分关键的钥匙。

题记不是现代的产物，更谈不上现代主义的艺术创新。但是一般而言，小说题记的作用是“揭示或暗合小说主题从而引导全文”[③]。从形式创新的角度使用题记的小说并不多见，最突出的例子应该是鲁迅的《狂人日记》。这篇小说题记中的文言文与正文中的白话文之间形成了一种艺术形式的张力与反讽。如果说这种形式的创新在鲁迅那里更多地还是出于思想启蒙的需要，那么在梁鸿这里，题记的使用更像是一种现代主义的艺术创新。

这部小说的两个题记反差很大：一个来自美国传奇诗人艾米莉·狄金森的诗集《为美而死》，具有浓厚的现代主义色彩；一个出自中国的哲学名著《易传》，文字古奥，义理难解。就是这样两个具有巨大反差的题记构成了我们进入这篇小说的重要法门。就小说的主题而言，艾米莉的诗句“就这样，像亲人在黑夜相逢/隔着坟墓，喋喋低语/直到苔藓封住我们的嘴唇/覆盖掉，我们的名字”[④]，可能并不表达具体的主旨内涵[⑤]，但是，它的存在依然重要。对作家来说，诗句所营造的那种带有魔幻色彩的艺术氛围是作家进入小说世界的艺术准备。在小说创作的最初阶段，狄金森的这些诗句给作家提供了展开艺术想象的审美维度。“坟墓”“黑夜”“相逢”是三个关键性词语。去世的亲人在另一个世界相逢会是一种什么样的情景？这或许是作者特别好奇的事情，也是作者在情感上特别愿意看到的事情。由此出发，作者展开了对另一个世界生存可能性的现代主义艺术探索。就读者来说，诗句所传达的审美意象和它所提供的审美空间，是我们进入《四象》的艺术背景。只有熟悉了这种艺术背景，我们才有可能遨游于《四象》的艺术世界而不迷失方向；只有熟悉了这种艺术背景，并由此进入作家为我们提供的审美空间，我们才可以理解作者在小说中所寄予的精神向度和情感结构。

如果说艾米莉诗句的意义主要是为我们进入这部小说提供了一种艺术氛围和审美假定，那么，《易传》中关于世界生成规律的解释就是我们理解这部小说主旨内涵和艺术创新的一个重要门径。“易有太极，是生两仪，两仪生四象，四象生八卦。八卦定吉凶，吉凶生大业。”[⑥]《易传》对世界生成规律的这种解释与《四象》之间其实存在着一种十分密切的同构关系。我们这里所说的同构，不仅是指这两部著作为我们建构起生存世界，同时也是指这个世界的构成方式。从存在的角度来讲，《四象》为我们营造的世界与我们所生活的这个世界一样，都包含着现实、历史、自然和灵魂四种元素。现实和历史是人化的世界，自然界是人化世界的他者，灵魂则是超自然的存在。就世界的构成形式而言，《四象》与《易传》一样，都把它解释为太极生两仪，两仪生四象，四象生八卦。在《四象》中，太极体现为一种圆形的封闭结构。这种封闭结构主要是由韩孝先等四个主要人物的行动轨迹构成的。他们从梁庄出发，先到县城再到省城，经历了一番人世沧桑之后又回到梁庄。[7]从小说的故事世界看，这个封闭结构就是太极。太极生两仪，这两仪在小说中一方面体现为由芸芸众生组成的人间，另一方面又体现在由众多鬼魂组成的冥界上面。有了两仪之后，四象随之而来。这四象可以视为小说的四个叙事主人公，他们代表了构成物质世界的四个维度：韩孝先纠结于现实生活中的乱象与痛苦；韩立阁被不公正的历史长久地折磨；与那个给她带来心灵创伤的人世相比，韩灵子更钟情于花花草草的自然世界；作为远近闻名的基督教长老，韩立挺所看重的显然是人的灵魂。这四个叙事主人公和他们所代表的现实、历史、自然、灵魂就构成了两仪中的四象。细读这篇小说可以发现，它的故事情节并不集中。四个叙事主人公为我们讲述的很多故事，不仅没有为我们建构起一个更大更完整的故事世界，而且它们从叙事人那里生长出来之后，我们几乎无法判断它们会在哪里沉淀下来。这种从四个叙事人那里延伸出来又让人看不到未来走向的众多故事可以视为四象中的八卦。如此看来，这篇小说由主要人物的行动轨迹所形成的封闭结构、由人世和冥界所构成的两种生存空间、由四个叙事主人公所代表的观察世界的四种维度、由无数发散出去又不知所终的故事所形成的开放式空间，不正是“易有太极，是生两仪，两仪生四象，四象生八卦”的完美体现吗？行文至此，我们不难发现作者在形式创新上所做的努力。

由此可以看出，解读这篇挑战性极大的小说，它的题记何其重要。它们一个为我们提供了理解这篇小说的审美维度和情感倾向，另一个为我们提供了进入小说世界的结构模式。我们只有在作者提供的这种情感倾向的指引下，借助小说的内在结构，才能够理解作者在这篇小说中所寄托的私人情感与时代情怀。也是通过这两个题记，我们见证了梁鸿现代主义艺术探索的努力。题记的作用，在这里已经不是揭示主题那么简单，而是深入作品审美情感、内在结构这种艺术形式的层面，彰显了作者“重于创造，工于形式”的现代主义艺术追求。

二、视角

这部小说的现代主义艺术探索还体现在它那种多声部内心独白式的叙事视角上。全知性叙事视角、第一人称主人公叙事视角以及限制性叙事视角在现实主义小说中都不同程度地存在。但是多声部内心独白这种视角本身却在一定程度上宣示了小说的现代主义归属。《四象》一共十六节，四个叙事主人公各占四节。他们分别站在各自的立场，或描述人世间的生存现状，或回顾人生旅途中的不幸遭遇，现实世界与历史时空交错，人世百态与冥界异象纠葛，它们之间形成了各自呈现而又互相映照的关系。韩孝先钟情于讲述他的现实生存状态，韩立阁为我们回忆他具有传奇色彩的人生经历，韩灵子沉醉于她那万物有灵的世界，韩立挺对世人的灵魂无法得到拯救而忧心忡忡。他们四人以各自的视角，共同为我们建构起一个由现实、历史、自然和灵魂构成的既充满现实意味又带有浓厚的现代主义色彩的艺术世界。

代表现实维度的韩孝先是四个叙事主人公中唯一一位具有“当下”时空经验的叙述者。他是村里走出的第一个大学生，一直被村里人视为天才。但是随着恋爱和工作双重打击的袭来，曾经取得的荣耀不仅逐渐褪色，还成为其精神世界趋于崩溃的催化剂。于是韩孝先在极度反常的精神状态下患了精神分裂症，只能返回故乡梁庄在墓地放羊。由于一次意外，他掉入坟坑被埋四天，却意外获得通灵能力，并与三位不同时空中的亡灵展开对话。韩立阁是1940年代被处决的旧政权官员，韩立挺是1990年代自然死亡的基督教长老，韩灵子是1990年代死于车祸的十三岁女孩。于是，小说便在一个精神病人和三个亡灵的交替回忆和叙述中铺展开来。

韩立挺和韩立阁是义和团时期出生于大户人家的一对堂兄弟。对于他们的人生，虔诚信奉基督的爷爷早早有了安排：“立挺你守住教堂，守住天，立阁你守住咱们大院，就是守住地，天和地都守住了，咱家就既保现世平安，又保来世通达。”⑧于是，韩立挺“守天”，走了爷爷的路，成为在家乡方圆几十里内传播基督福音的牧师。韩立阁“守地”，十五岁便离开家乡一路求学，从日本留学回国后在云南推行政治改革。然而随着历史的风云变幻，韩家成了革命的对象。为了营救母亲和妻子，韩立阁返回家乡。结果，不仅没能救下自己的亲人，他本人也因此搭上性命。对于那些造成自己家族惨剧的人，韩立阁心里始终燃烧着复仇之火，迫不及待地希望能够借韩孝先之手实施自己的复仇计划。后来因为韩孝先打坏了他的骷髅头，与他切断了通灵关系，他又重回阴间，解放众多鬼魂，希望带领他们重返人间。作为梁庄最受人尊敬的基督教长老，韩立挺最关心人的灵魂。在回顾百年历史的时候，他说："一百多年前的火还在我心里烧，我还能闻到肉烧焦的味道，又臭又腥，那些没烧熟的肉就扔在地上，野狗撕来抢去。"面对韩孝先的恐惧，他安慰说："可怜的孩子，你要学会爱。爱里没有惧怕。爱既然完全，就会把惧怕除去。因为惧怕里含着惩罚。惧怕的人在爱里未得完全。"灵子生活在一个缺乏关爱的家庭里，父亲没有任何责任感，却有着强烈的家庭暴力倾向；母亲是个高中生，在家里却没有任何地位。灵子热爱学习，却得不到家人的支持，老师的态度也简单粗暴。生活在如此冷漠的人世间，少女灵子却始终深怀一颗热爱自然、亲近万物的纯洁心灵。她性情柔软，有着少女的率真和童心，能够和植物直接交流。这种与自然亲密无间的关系似乎只存在于人类的儿童时代，由此我们可以推测，灵子这个善美纯净却孤独无依的形象是否传递了梁鸿的某些童年经验。

韩孝先因其具有看未来、掌命运的通灵能力而被众人膜拜，成为当地村民及各路达官显贵心中的"上师""救世主"，生活起居均被小心翼翼地"供奉"着。在此过程中，三位亡灵韩立阁、韩立挺、韩灵子也带着各自赎罪、复仇和寻找的计划跟随韩孝先经历了人世种种，共同编织了一段阴阳相交、错综复杂、相互关照的奇特历程。而由这段历程映照、折射出的各种画面，则鲜明地指向了现实世界的怪异与荒诞，指向了加速的现代性所带来的人性的异化，从而体现出明显的批判色彩。在小说中，荒诞的世相轮番上演，人人都深陷生活的旋涡不得自拔。“资金链断了的老板吃安眠药自杀。反腐官员抑郁症跳楼自杀。苹果积压一屋的农民站在苹果堆里上吊。不得志的导演把自己吊在楼梯过道里……”这个世界何其疯狂，何其悲伤，巨大的黑暗和创伤覆盖着每一个看似理性正常的人生。现实世界的破碎和幻灭在作者颇具现代主义情调的语言中触目惊心地得以展现，同时也显示出作者对现代化追求的某种反思和批判。

对于所谓的“信仰”，人们的功利化追求永远大于形而上的精神需要。韩孝先被顶礼膜拜的背后，实质上是众人对他工具属性的利用和索取。丁庄的花婶儿把韩孝先接到自己家里，随着时间的推移，对他不可知“神力”的崇拜感逐渐就转化成实用的谋利行为。“花婶儿家的门越闭越紧了。那些想来看的人就隔着门喊花婶儿，花婶儿总是在他们来几次之后，价钱提了几次之后，才开门。有时，一天内花婶儿就要放进来七八个人。”在被丁庄的村支书抢走以后，韩孝先甚至沦为展览的商品。“他们在房子前面围一个木栅栏，把房子的窗户破开，改成一个落地的玻璃大窗，这样，来参观的人就能隔着栅栏看孝先哥哥了。他们看孝先哥哥睡觉、吃饭，看孝先哥哥在笼子里转圈。”“有人隔着栅栏甩进来金项链，甩进来一百元的大红钞票，甩进来水果、油条、巧克力，甩完之后，就在栅栏外面跪下来，把头磕得嘭嘭响，让孝先哥哥保佑他。”“一到晚上，就有人打开栅栏，进到屋里捡钱，有人拎着个黑包，在一旁清点、入账，苹果、橙子、馒头也被捡走，大家到院子里分，各人带一些，高高兴兴走了。”在我们的经验中，这样的情景不像是在膜拜大师，更像是动物园里游客观看笼子里失去自由的动物。膜拜与其说是一种信仰，不如说是一种功利化追求，对韩孝先这种充满异化色彩的展示不过是这种追求的一种更加直接的体现。然而事情并没有到此结束，比这更加直接也更加疯狂的是，人们希望能够从韩孝先那里学到通灵的能力，找到自己想象中的金银财宝。在这一幅幅充满非理性色彩的荒诞画面中，各色人物挨个登场，为谋得更多的经济利益，上演了一幕幕荒诞怪异的行为艺术。人类的这些荒诞行为，不仅展示了异化的现代性追求给人性带来的严重扭曲，而且在一定程度上影响到小说艺术形式的荒诞与变形。认识到人们对于自己无止境的利用以后，韩孝先意识到，一切都应该结束了。于是在故事结尾处，他切断了与亡灵的联系，又变回了一个没有通灵能力的正常人，地上和地下又重归平静。借助于韩孝先的这一行为，我们看到作者对于现代化进程中的人们，不仅进行了深刻的揭示与批判，同时也给予了最后的悲悯与同情。

与一般的多声部内心独白相比，这篇小说叙事视角上的现代主义色彩更为浓厚。四个叙事主人公的“声音”在某种程度上都可以被视为不可靠叙述。因为他们的身份与常人有别，三个是生活在冥界的亡灵，一个是勾连阴阳两界的精神疾病患者。也就是说，他们的经验都不能用常人的逻辑进行理解，我们只有进入鬼魂与精神分裂症患者的审美假定中才能够理解其中的生存体验。因此，这种极具现代主义意味的叙事视角极大地扩展了故事主人公的叙述范围，能够让其自由出入于现实、虚幻、过去、现在的经验世界，而不必被现实世界的逻辑和经验限制。因而，整个文本体现出一种时空倒置、事件超验、生与死、过去与现在界限模糊的现象，这一切都给我们带来一种新奇而又荒诞的阅读体验。这种现代主义写作手法带来的陌生化在让我们感到惊喜和新奇的同时，也在一定程度上给我们的阅读带来了挑战。但是只要能坚持穿越初次阅读的眩晕迷雾，在二次或者多次阅读之后，就能收获类似攀岩登顶的阅读快感。

在此我们还要讨论，作者为什么要使用这种多声部内心独白式的叙事视角。在我们看来，这里面至少有这样三个方面的考虑。第一，现代主义形式创新的需要。毋庸置疑，这篇小说给我们最大的冲击就是它在形式方面所表现出来的那种极端的创新性。这种创新不仅表现在小说内部那种深层的太极八卦式的结构模式上，同时也体现在这种多声部内心独白式的叙事视角上。而作者之所以要进行这种不避极端的现代主义形式创新，其中一个很大的原因就在于作者极力希望能够摆脱人们对她“非虚构作家”的身份固化。现代主义的艺术创新带来了小说形式上的荒诞与变形，这种荒诞与变形又进一步强化了小说的虚构色彩，而这种浓厚的虚构性恰恰是这一阶段的梁鸿所极力追求的。[9]第二，这种视角为我们建构了一种“亲人在黑夜相逢/隔着坟墓，喋喋低语”的叙事氛围。据作者自己说，这部 16 万字的小说，她整整创作了两年半的时间，其间还伴随着无穷的纠结和痛苦。这所有的努力，“只为兑现那一刹那的情感”。让作者如此耗费心神去努力“兑现”的是一种什么样的情感呢？在这部小说的《后记》中作者做了专门的交代。“我听见父亲在坟墓里的叹息。他太寂寞了，他看着四面八荒，找不到说话的人。”“我听见很多声音，模糊不清，却又迫切热烈。”“我想写出这些声音，我想让他们彼此也能听到。我想让他们陪伴父亲。”[10]是多声部内心独白这种叙述视角，安慰了坟墓中父亲的孤独，满足了作者内心情感的需求，同时也激发了作者文学创作的“最初冲动”。第三，这种视角拓宽了对世界的呈现范围。作者通过韩孝先、韩立阁、韩灵子和韩立挺四个人的视角，从现实、历史、自然和灵魂四个方面为我们呈现了一个立体复杂的文学世界。这种视角在很大程度上实现了单一叙述视角无法完成的叙事功能。

三、语言

从非虚构到虚构，一种独特的语言风格始终在梁鸿的作品中展现。不同于其他女作家细腻柔婉的风格和一般男作家惯有的喷薄呐喊，她在细节刻画和表现方式上展示了十分鲜明的个人印记。她的语言具有强烈的感染力和穿透力，让人感动的同时又带有一种震慑的力量。这种富有强力的美感往往不是来自浪漫主义的主观抒情，而是来自一种带有陌生化色彩的细节展示。用大段的抒情和泛滥的情感淹没读者从来不是她的风格，而以一种独特的文学表达方式来唤醒和强化读者的共情能力才是她的独到之处。在《四象》中，梁鸿并没有通过那些新潮的、概念式的词语来装饰文本的现代性，而是让语言和故事在不动声色的流淌中贯穿整个文本，从而让我们感受到现代主义的力量。

一种富有残忍与腐败气息的景象在梁鸿的笔下总是以一种游刃有余却无比触目惊心的方式表达出来。如："刑场上枪毙的那些人一个个倒在地上，那地上有猪粪、狗粪，有雨后发黑发臭的污泥，鸡在旁边刨食，啄出一个个眼珠，耐心地把它们吞下去。""院子里到处都是粪，鸡粪、鸭粪、狗屎、人屎，粪里堆着花生、西瓜，衣服、鞋，被子扔得满地都是。院子左角臭气熏天。一个老头坐在地上，头快栽到地上了。"这些景象经由梁鸿的眼光呈现在我们面前，让我们不忍直视却又不得不认真面对。这种对于残忍景观的细致书写不仅体现了作者独特的情感和内心体验，也可以被视作一种创伤书写。这种书写并非始于《四象》，在梁鸿的其他作品中，如《神圣家族》《梁光正的光》《中国在梁庄》《出梁庄记》等普遍存在。

梁鸿不喜欢使用宏观的语言表现自然景观，而是在把握景观的特点以后，从细节处着手，以一种悄无声息的方式展现景观的特殊性。"天灰暗昏黄，太阳不知藏哪儿了。我坐在河坡的崖边，看一层层往远处低下去的河坡。突然，河坡里的庄稼地和树林之间腾起一阵旋风，卷着灰尘，往这边飞快地移过来，整个河坡像一座座移动的喷井，在各个方位喷发，一路旋过来。”“坡下合欢树的细叶子正努力张着身体，吸取空中的水分，每喝一口，它的绿色就深一点，叶子就厚实一点，香味就更浓一些。我盯着它们，看它们一张一合，一吞一吸，越来越大。”第一段中“一座座移动的喷井”，第二段中合欢叶子的“一张一合，一吞一吸”，正是梁鸿从细节入手的体现。也正是这样的表达，才让读者以一种微观的审美体验去想象作者所呈现的画面，从而体会整个景观的情感色彩。这种描写方式大概与梁鸿早年的写作训练有很大关系。“我从初中开始就写日记了……这些日记也会记录一些事情，但更多的是写我对外界事物的观察，对自然的观察，写我自己的内心体验……面对一种静态的东西，我会尝试着把自己内心的体验尽可能地拉长，写出情感中那种细微的东西。”[11]正是这种从青少年时代就有意进行的写作训练给梁鸿的景物描写带来了一种与众不同的特色。

在表现人物的具体感受时，梁鸿总是用颇具现代性意味的方式将具体形象予以陌生化表现。“胃里有个湖，湖里又起大浪了，一个漩儿接一个漩儿，翻江倒海，打得我浑身疼。”在这段叙述中，与大自然无比亲密的灵子痛苦起来的感受也是“大自然式”的。作者通过描绘一种自然现象，贴切而又具象地让读者了解了灵子的内心感受。“我的屁股在尖叫，我的腿在抽筋，我的眼睛在四处躲闪。它们怕那东西。”在本段中，作者一一描绘了韩孝先身体的不同部位对于痛苦的反应，那种身体的撕裂感和在恐惧场景下不受控制的生理反应，让我们一下子就体会到韩孝先在黑林子里的感受。胃里的“湖”、屁股的“尖叫”对于我们来说都是一种十分陌生化的书写方式，这种方式一方面反复强化着小说的现代主义属性，另一方面又特别具象化地呈现了一种十分抽象的身体感受。这种对于痛苦的感受与书写可能与作者的童年经验密切相关。“对于我来说，痛苦可能是我写作过程中的一个重要的意象，它一直影响着我的创作。在写作的过程中，我总是会自觉不自觉地对这种感受给予更多的关注和书写。”⑫

《四象》的现代性不仅体现在作品的叙事结构和叙事视角上，更体现在它独具一格的叙事节奏上。在小说中，作者采取了将不同的人物情节、没有直接关联的语言并置在一起的叙事方法。这种并置造成了一种独特的蒙太奇效果，给读者带来了非常独特的阅读体验。比如，“人们匆忙低头，打开自己手里的纸团。有数字的人狂喜大叫，像得了天大的奖赏，朝着玻璃房里的我拼命挥手中的纸。娟子挥舞着手里的纸，远远朝我跑过来。路上的积水在她脚下四处飞溅。细雨蒙蒙之中，她像个凌波仙子，一路轻滑过来”。在上一句，作者描写的是人们得到韩孝先坐诊的挂号纸团后喜出望外的情形，下一句却以一种猝不及防的方式对主人公当年的恋爱往事展开叙述。纸团的存在和不同字体的标注自然有助于我们对文本内容的理解，但是这种突转还是给读者带来了独特的阅读体验。正是这种意识流的叙事方式，不经意间掀动起读者心中的波澜。“他的手拂过娟子肩膀，扬起来，伸到娟子脸左侧，把娟子披在额头的头发夹到耳后，我要把他的手剁下来，又伸出胳膊搂住娟子的腰，我要把他的胳膊砍下来，又向穿长袍的人弯腰鞠躬，然后挨着娟子坐下来，我要把他推开，一掌把他劈到喜马拉雅山。”这段话的表述极具特点，它将韩孝先原来老板的动作与他本人此刻的感受进行平行并置，这种叙述方式比起将两个人的动作一先一后进行分别表述显然更加具有表现力。一方面，它给读者带来一种阅读的跳跃感，另一方面，它也通过这种跳跃感，十分逼真地呈现了小说人物的心理体验。

对于《四象》，梁鸿显然十分重视。虽然篇幅不长，以单行本出版时也不过 16 万字，但是作者为此花费的时间和精力却并不算少。《花城》2019 年第 5 期的版本显示，从创作初稿到最后修定，作者曾经四易其稿，花费了两年多时间。作者之所以如此看重这篇小说，一方面大概来自内心深处慰藉父亲在另一个世界孤独存在的强烈愿望，另一方面则是希望借助这篇小说使自己从非虚构代表作家的光环中独立出来，实现自己小说作家的身份认同。为了实现后一个目的，梁鸿不仅加强了小说内容的虚构性，而且从结构、视角和语言三个方面极力凸显这篇小说的现代主义属性。

注释：

①后来出版单行本时，改名为《中国在梁庄》。迄今为止，梁鸿的几乎所有作品都改过名字，发表于《人民文学》2010 年第 9 期的《梁庄》，同年 11 月由江苏人民出版社出版时改名为

《中国在梁庄》；发表于《人民文学》2012年第12期的《梁庄在中国》，2013年3月由花城出版社出版时改名为《出梁庄记》；连载于《上海文学》2014年第10期至2015年第9期的系列作品《云下吴镇》，2016年1月由中信出版社出版时，名字改为《神圣家族》；她在《当代》2017年第5期发表的第一部长篇小说《梁光正的光荣梦想》，同年11月由人民文学出版社出版时，名字改成了《梁光正的光》。在梁鸿的文学创作中，这应该是一个比较突出、值得关注的现象。

②根据中国知网初步统计，自2010年至今，梁鸿共发表学术论文33篇，创作谈26篇。查看其微信朋友圈，除生活类文字外，梁鸿发表的信息主要涉及其文学创作，如《中国在梁庄》《出梁庄记》《梁庄十年》《神圣家族》《梁光正的光》《四象》等，而其学术文章则几乎没有。由此我们或许也可以看出现阶段梁鸿对自己的身份认同。

③孙野、白玉：《托尼·莫里森小说题记研究》，《哈尔滨师范大学社会科学学报》2019年第4期。

④这首诗有不同的译本。为了保持与小说题记的一致性，笔者在参考其他几个版本之后，依然使用小说原文引用的诗句。

⑤在“单读”微信公众号2019年7月24日发布的单向空间·阿那亚店“驻店创作计划”中，作者说梁鸿“对诗中的这一段非常喜爱，将它视为与小说《四象》主题高度契合的诗句”。这里的“主题”大概是指精神向度和情感结构。

⑥朱高正：《易传通解》（上），华东师范大学出版社，

2015，第47—48页。

⑦其实，这部小说四章的题目“春、夏、秋、冬”也可以看作一种封闭结构。“春、夏、秋、冬”循环往复，形成了年年岁岁，构成了人生与世界。

⑧《花城》2019年第5期，第26页。本文所引小说原文均来自该版本，不再另注。

⑨“在《中国在梁庄》《出梁庄记》两部非虚构作品的光环下，她的虚构创作不断被文学圈内外审视比较，也有评论认为她难以突破自己，但她自觉，两种写作都是在完成内心深处最重要的表达，更是塑造作家本身的存在。”（毛翊君《梁鸿：在虚构里看众生》，《中国新闻周刊》2020年第20期）“不少人认为，作家梁鸿通过此书（《四象》——引者注）完成了从非虚构作家到虚构作家的成功转型。”（朱又可：《“从来没有桃花源”：梁鸿谈中国乡村纪实与虚构》，《南方周末》2020年6月11日）从这些评论我们大体上能够看出，梁鸿对自己虚构作家的身份还是有所期待的。

⑩梁鸿：《死者不会缺席任何一场人世间的悲喜剧——梁鸿〈四象〉后记》，“花城”微信公众号2019年11月4日。

⑪⑫徐洪军、梁鸿：《梁鸿访谈录：我一直在努力回到个体的内心》，《南腔北调》2018年5月号。

（选自《当代文坛》2021年第3期）

中原乡土的精神实录与文化标本

——重读周同宾乡土散文

郑　新

在当代散文创作中，有一位寄情乡土、注目农村、瞩望农民的作家，他执着于豫西南南阳这个小盆地，以散文的方式去书写、思索、表现这一地域的文化风光，用文字记录当地人的生存方式、思维方式、风俗习惯、性格心理，成为当代文学中独特的“这一个”。他，就是以乡土散文见长的周同宾。虽然他也曾写过一些都市题材的散文，但其散文创作中成就最高的却依然是以《皇天后土》《乡关回望》等为代表的乡土散文。在20世纪八九十年代以来大规模的城镇化大潮中，乡土渐趋衰微，这特殊时空中的乡土恰是周同宾的观照对象。所以，和某些仅对乡土做浮光掠影歌颂的创作不同，周同宾既留恋乡土的美好温馨，又批判其保守愚昧；和某些仅对乡土做肤浅批判的创作不同，周同宾既痛切于乡土的落后封闭，又遗憾于田园牧歌的渐行渐远。周同宾对乡土的态度是深情而复杂的。进入21世纪后，乡村振兴战略实施，农村重新焕发各自独特的生机，在此背景下重读周同宾的乡土散文，理解其中留存的中国农民的生存状态与心理状态，从中寻找中原农民精神人格的源头和呈现，思索乡土嬗变的可能与希望，就具有了格外的价值。

一、“我是农家子”的观照方式

新时期以来，“我就写过连篇累牍的农村题材散文”[①]，这反映出周同宾清醒而自觉的创作意识，他选择了一个他最熟稔的，也是一个进入中国和中国人心里的独特通道。正可谓一叶而知秋、一斑而窥豹，或许会有片面之嫌，却可得深刻之长。自中国现代文学以来，乡土一直是众多作家关注与言说的对象，可观照方式是千差万别的。周同宾“我是农家子”的告白，蜕去了知识分子精英意识的粉彩，裸露出作家民间身份的真诚；洗去了迎合平民大众的浮躁喧嚣，保留住智者的思索本色。

“我是农家子，吃红薯饭长大，穿粗布衣成人，对农村和农民，一直怀有一腔挚情。自打学会做文章，开笔便写农村和农民。虽然住进了城市，吃上了公粮，心还留在农村，还时时记挂着父老乡亲。”[②]于是，眼之所及、心之所系便成为周同宾意之所牵、笔之所至。周同宾摹写农村的景物，《野花三章》中的黄花菜、荠荠菜、勾勾秧，普通、平凡却自有深情暖意；《豌豆谣》由豌豆起笔，勾连起一段段贫苦忧思却坚韧的岁月记忆；《石头记》中静穆的顽石也如人般有不同的兴衰际遇。周同宾观察、刻画农村的人，《夕阳》下三位老婆婆在聊家常，杠二奶奶刚强志气，春三奶奶念旧勤俭，奎五奶奶黯然抱怨，不同的个性心思引领她们走过各自不同的岁月，背后折射出保守落后与现代变革交织错落的复杂意蕴；《故里三丑》五疙瘩、幺六儿、叫天子在乡俗民情的厚重底色上演绎着自己多彩的人生故事；《阉牛人记》《阉猪人记》《舞龙人记》伴随着令人唏嘘不已的传奇演义，留下了一项项难得的乡村技艺。周同宾感受、体悟着农村的事，《榴花馆纪事》详尽谱写了榴花馆由盛至衰，再由衰转盛的变迁过程，其间点缀跃动着一个个鲜活的个体生命：痴情的、堕落的、凄惨的、勤劳的……由此弹奏出或幽怨或欢愉的人生节拍；《访箫》是在偏僻的乡野追随美妙的箫声竟访到两位老人：忘情吹奏的老头儿与安详听曲的老婆婆，悠扬多变的箫声原是丰富人生阅历的音乐呈现。周同宾欣赏、沉浸于农村的习俗，《龙王庙庙会记》随着人流在庙会上逛了一遭，写尽了热闹与惬意、满足与期待；《高台曲·旱船·高跷》徜徉于民间文艺的随情适意与自然活泼，发掘着乡亲们中的艺术天才，享受着物质与精神间交错互动的自得与追求。“似乎是，一旦生而为农民，即注定了永远是农民似的。农民的灵魂会抓住你，像老树的根须抓牢了土地。”③周同宾作为农家子弟对农村、农民的书写是满含深情的，他是故乡的一员，心紧紧贴着土地与农民，笔触间便油然而生一股眷恋和怀念。这种观照是自然平实的，乡土的朴实淳厚使他在表达上也趋于明朗澄澈，不屑于做语言上的铺陈修饰，只按其原初本来的状态老老实实地写出，却自有返璞归真的韵味。

周同宾“我是农家子”的告白有一个重要的前提，那就是他现在是身居都市的一位创作者，或者说，他是从乡土走出的知识分子，空间与身份的变动已经使他远离了农民所处的实际环境，所以才使得他能够拉开一定距离来审视农村与农民。归根结底，他只是农家之子，而非农家本身。乡土只提供了他写作的题材与对象，知识分子的视野才帮助他完成了独特乡土审美空间的建构。农家之子对农村的观照，身居都市对故土的回望，自然不同于农民自身对农村的理解。这既有子辈与父辈间无法割断的血缘亲情，却更有子辈与父辈间的代际沟壑，这是由现实发展和时间转换所带来的；这里既有乡土的自然情景与风情习俗，却更是居于都市对农村的回味咀嚼，这是空间变动所带来的。如果说最初，周同宾确是一位因喜爱文学而侧身文坛的农家子弟的话，那么越是身居都市，越是在工业化、现代化的氛围中，反倒越是激发了他知识分子身份的逐渐觉醒。农民和知识分子的身份转换终于融合为“我是农家子”这一独特的观照视野：以对农村、农民的一腔深情为底色，又突显出理智的审视与评判；既有身居其中对农村、农民感同身受的理解，又突显着离开后反观的客观与冷静。所以周同宾的作品，情歌与挽歌同吟、眷恋与剖析共存、深情与思想并重，这一特点尤其体现在他的《皇天后土》中。

首先，《皇天后土》的创作标志着周同宾非常清醒的记录式的文学理念的生成。在20世纪80年代末踏遍乡村搜集写作素材的过程中，他越发觉出一代又一代庄稼人的人生平淡而沉重，生出了乡土史书的感喟；他又慨叹于农民的渺小和个体生命的短暂易逝，遂“萌生了一个强烈欲望，想把形形色色的农民，一个一个写下来，为当代做个记录，为后世留下档案”[4]。再加上20世纪80年代中期以后剧烈的社会变革对农村和农民构成了巨大冲击，这批经历转型期的农民身上，呈现出“鲜明的时代色彩”和“深刻的历史印记”——“旧的与新的，传统的与现代的，在他们身上，既矛盾，又统一。”[5]于是，他选择了99位农民作为这个特殊时期的见证与标本，写出了99篇散文，记录下农民真实的生存状态和心理状态，也完成了自己“代农民立言”的文学宏愿，这是一位有着强烈社会责任感和浓厚担当意识的知识分子面临社会嬗变时的自觉选择。“《皇天后土》超越了文学本身的意义，具有某种‘史’的意味。”[6]

其次，从《皇天后土》开始，周同宾生成了明晰的文体意识。虽说在此之前，他创作散文多年，但对“何为散文”的思索在其创作中的体现并不是太突出。因为他初写散文就是源于对文学的爱，又是照着杨朔散文模式描红起家的，冲动难抑的热恋之情、模式套路的直接模仿，使他根本不可能静思散文为何物。时至80年代末期，人到中年的人生历练、笔耕不辍的文学经验，为他的思想成熟和文体创新准备了扎实的积淀，他对人生、对散文都有了独属于自己的思索。深邃独到的思想、自然质朴的话语表达，形成了“口述实录体”散文的典范。作为一个走出乡土的知识分子，“我”隐于文后，介入而不代替，客观而不冷漠；“把注意力投向故土”“使文章土起来”[7]，从而成就了当代散文创作领域独特的这一个。周同宾“我是农家子”

的告白与沈从文“我实在是个乡下人”的自认何其相似。他们都深情瞩望他们走出的那片乡土，真诚地回归于那片地域文化空间，一为北方的南阳盆地，一为南方的湘西世界，借此构筑出自己的文学天地。不同的是，沈从文的小说持“乡巴佬”的性情排斥着城市文明的侵袭，在宁静和谐的乡土中寄寓了理想化的满足；周同宾的散文以农家子的气质静观着乡土由传统向现代的演变，在情与理复杂的交织中透露着历史发展与个人命运的真实。湘西本就是一个与汉儒正统文化格格不入的异质空间，出现在沈从文的虚构中，自然就更显出异域的奇幻与野蛮；而南阳本就为中原腹地，深受传统文化的浸染，出现在周同宾的实录中，自然更显出中原乡土的厚重与质朴。

二、朴实厚重的理解方式

因为“我是农家子”的观照方式，顺着周同宾的散文可以进入一个位居中原的乡土世界。它由远古走来，传承千年，如今正在经历着一次艰难的蜕变，那些农耕时代的点滴记忆与文明遗存正在悄然消失，幸而周同宾——中原农村的观察者、思考者、记录者，用文字保留了真实的细节片段，不虚美、不隐恶，颇能引发人的深思。

（一）生存第一

中原是中华民族先民们最初繁衍生息的地方，它地处内陆，延展着大片肥沃的黄土，人与土地就在这片空间中结下了深厚而特殊的情谊，形成了独特的中原农耕文明景观。从古至今，这片土地上的人们，首先关注的无疑是生存问题。他们比不得海边的人们，可以捕捞鱼虾果腹；比不得山上的人们，可以打猎、摘取菌果充饥。黄土地上的人们只有从土中刨食，春种一粒粟，秋收万颗子，把自己和家人的生存希望都寄托在无言的土地之中。土地的产出直接决定了生存的质量，祖祖辈辈的父老乡亲们只有踏实、勤恳地劳作，以对土地虔诚的态度期盼着丰厚的回报。所以中原乡民们的生活中，少了份诗意，多了份凝重；少了份浪漫，多了份沉实；少了份灵动，多了份淳厚；少了份神奇，多了份纯朴……“直接靠农业来谋生的人是黏着在土地上的。”[8]《历史的乡野》可以看成是周同宾乡土散文的总纲，道不尽历史与现实的交织、情歌与挽歌的缠绕。《土地梦》虽写父亲个人与土地的坎坷缘分，实则是勾勒了中原乡民们千百年来真实的生存和心理状态。《读〈农政全书〉》《乡关回望》《乡井》《新石器时代》《陶》等，编织了中原农村真实的生活场景。《骡马、牛驴及其他》《牛的咏叹》《乡村的树》《豆》《老屋》等，以农人之心观景观物，构筑了一幅诗情画意与繁重劳苦并存的生存图景。于中原乡民而言，生存其实就是活着。政治上的朝代更迭、经济上的嬗变兴替、文化上的盛衰代序，似与他们无关，也不会关注到他们每一个个体。而他们呢，也不会把那些高高在上的东西纳入自己的视野。虽然说到底，是无数最基层的农民构建了乡土、支撑了国家，可作为无数中的一个，他的心思终究只在生存。“只要能活下去，决不扯旗造反，甚至，即使饿死沟壑，也不犯上作乱。”⑨五爷刨地刨出了马掌和铜簪，可他决不会发思古之幽情、感慨世事变迁，反倒因为地太难刨，红薯窖只挖了不到三尺深，红薯冻坏大半，致使一家挨饿，五爷就骂几百年前的官马大道为何偏偏走他家门口，几百年前的人就净欺负他。黑妮挖土挖出了十几件青铜器，可他既不具备认定这些文物的知识积累，又缺乏最起码的文物保护意识，在他眼里，这些都是砸碎了可以卖的废铜。于是，这些数千年前的负载着文化艺术信息的宝贵青铜器换回了一块肥肉和四瓶红薯干做的酒。周同宾文中的“乡野”，不再是某种人生理想和崇高信念的寄存地，千百年来，这里演绎着无数和生存有关的故事：生老病死，劳作耕种，婚丧嫁娶……一切顺从生存本能的支配。既如此，也就无法对其做出道德层面的评判，只是生存本相的裸呈，所以越发显其苍凉而无奈。“世世代代，他们就是这样重复着，重复了几十个世纪。那个被文人们叫作历史的东西，似乎与他们无关，也从来就没有进入过他们的意识。”⑩

（二）风俗

乡土之上，以生存为第一要义，地处中原乡土的人们，世世代代靠农耕为生。土地的出产除了有赖人事，还必须倚靠天时，所以节气、时令就成了带有明显农耕印记的四季轮回的节点，而填充它们的，恰是那一方乡土特有的习俗风尚，载体则为曲艺、农谚、乡谣、故事、传说……与生存相伴生的这些风俗民情的上演，就成了乡民们难得的狂欢：企盼风调雨顺、放松压抑的心情、消磨农闲的无聊……这是和生存图景相对应的独特人文景观。《龙王庙庙会记》兴致盎然地叙写了龙王庙庙会的盛况，庙会虽因龙王庙而起，可世移时易后龙王庙被拆除，一年一度的庙会却沿袭不辍，而且越发有名气，可见无论是龙王庙还是庙会都是为乡民服务的。庙会上有戏台、临时的街市，有看戏的、卖东西的、买东西的、看热闹的……熙熙攘攘的人流，品种繁多的实用物品，实在是一派活力四射的生活场面。《高台曲·旱船·高跷》由南阳的楚文化渊源引出到处萌生的民间文艺，高台曲、旱船、高跷便是常见的几种。关于演员、剧目等的趣事娓娓道来，写尽了乡土的欢娱，既展现了农民的独特艺术天分，又挖掘了各种艺术形式在日常生活中所扮演的润滑剂和调节剂作用。《魂牵梦绕地方戏》在悠扬的氛围中梳理了故乡戏曲的曲种、演出形式、前世今生的演化，既有沉浸在回忆乡戏中的满足与惬意，也有地方戏改造和转化以及终将远离的隐忧与悲哀。《歌谣的黑土地》回到了乡土的童年岁月，历数儿时所吟诵的歌谣，连缀起乡间的生活与回忆，极富童真之心与乡土之色，充分显示了周同宾率直朴拙的赤子情怀。汪曾祺曾言："风俗是一个民族集体创作的生活抒情诗。"[11]如果说中原乡民们的生活因生存之累而越发显得沉重的话，那么这些风俗的存在就是一点光亮的点缀，给生活添加了乐趣与情趣，也使生活中有了随处可寻的期望与盼头。

（三）秩序

中原乡土，千百年来，日出而作，日落而息，按照四时节气安排农事，奉行着农耕文明的规则；而人世也形成了一套与之相应的秩序：尚勤俭、重德识、辨善恶。

农耕经济形态培育了乡民们劳动自立的意识和勤奋吃苦的精神，加之对自己劳动成果的格外珍惜，所以就凝聚成了反对空谈、崇尚实干的勤俭精神。《榴花馆纪事》中榴花馆的兴衰变迁，其实就系在“勤俭”二字上。榴花馆原是一处清幽的院落，是孟员外的家馆，只因曾上演其子与恋人双双殉情自尽的事就被指为鬼宅。流浪汉留根儿云游归来，便要下了那座院落，红红火火地过起了日子。但他终究积习未改，吃喝成性，不事稼穑，花光了财产，也令榴花馆再次破败。他的儿子小根继续住在榴花馆，娶了桃叶。勤劳能干的桃叶立刻使榴花馆变了模样，他们的日子越过越滋润，榴花馆重新成为村里一处美的所在。勤以修身，俭以养德。从本质而言，勤俭不只是影响到乡民们生存的行为信念，而且是儒家文化根基的精神规约。

中原长期以来自然经济的生产方式形成了以伦理道德为核心的文化价值系统，所以乡土生活秩序也是以德识来支撑的。同时，“耕读传家”的古训也激发了乡民们对文化知识的尊重，对有胆识的人的敬仰。《露丑》就生动刻画出了一个农村中德识兼备的人的生活状态。范某最初受过穷、作过难，于是就打定主意学手艺发家致富，靠着吃苦坚韧，他养殖银耳成功。但他并没有过那种暴富奢华的生活，而是保持着俭朴的本色，不盖楼，不买高档家具，而且自己致富之后，他毫不保留地向学员传授技术，自费办学习班，还亲自上门指导。同时，守信用、重承诺，说到做到。在一次指导学员返回的路上，他丢了提包，随身几乎没带钱，为了解饿，就溜到菜园里偷了两个萝卜。辗转回家后，他按当初留下的地址寄去了20元钱，了却一桩心事。德为立身之本，识为立身之法，德识兼而有之，才能在乡村成就一番自己的事业，为乡民们所尊重。

在乡村，古往今来，人们形成了朴素的、本能的善恶观念。《中邪》即反映了此种观念。作品把吴老木的性格痼疾和命运变化放在了一段特殊的背景中。20世纪60年代中后期专制的氛围助长、放大了恶的体现。吴老木是大队负责人，“官儿不大，就是厉害，整人不眨眼”⑫。这其实是浓厚的封建等级观念和粗暴的恶习在乡村杂交之后产生的人性之恶，它屏蔽了人们原本的良心与正直。因为吴老木的恶事多，乡亲们恨他怕他。但在乡村，又似乎一直运行着一套人们可以看得见摸得着的善恶之道。吴老木的儿子车杠在打倒“四人帮”那年疯了，人们会很自然地把这看作是吴老木的作恶多端在儿子身上的应验。现在，吴老木自己又病了，“他怕死，怕死后吴振兴、老四婆他们在阴间缠他”⑬。其实，这不也正是吴老木内心深处对这种善恶之道的认同吗？

这就是周同宾用他的乡土散文描画出的中原乡村民间，它在广袤的黄土地上延展着自己滞重而实在的生存状态，点缀着色彩斑斓而又有规可循的风尚习俗，表演着自由、随意的艺术形式，按照独属自己的一套价值观念和秩序法则在运行着，这是作为执着立足于农村的知识分子周同宾呈现出的一个美丑共融、善恶交织、瑕瑜互见的复杂文化形态。

三、简单自然的表达方式

周同宾散文勾勒了古老传统和现代变革在乡土上的浮沉迁移，描摹了其间更为丰厚，也更为生动真实的人生和人性内涵，为准确把握乡民们的物质世界、精神世界提供了一份有益的范本。他通过描绘中原农耕文化环境中特有的生存方式和风俗人情，展现出独属于民间的艺术画卷，以质朴、自然、优美、恬淡的笔调营造出一个中华民族的乡土空间。在他的散文中，情、景、人是完全融合的。这种融合可分为两个层次，一是指在他笔下，情、景、人是一个和谐的整体。“一掂起笔，故乡的人、事、情、景，便历历宛在目前……”[14]绵延的黄土地和黄土地上的人相互依存，共同组成了一幅含蕴深厚的自然和人文景观。二是指作为作者的周同宾把一腔深情热血、深思慨叹都交付于他所摹写的对象，故而两者相融相合，“故乡的泥土，给我衣食，也给我思想，情感，哲学，艺术”[15]。作者与他所创造的文化空间高度契合，共同组成了一片单纯质朴的审美天地。

周同宾的乡土散文，大致可分为写人、记事、摹景、状物、抒怀五大类，无论哪一类，他都保持了比较一致的写作风格。周同宾常使用白描手法，白描原是指中国画的一种绘画技巧，只用墨线勾勒而不着色彩，在文论中就是指不用铺陈、渲染等修饰，只用极简淡的文字来描摹人、事、景、物的状态与精神。

《皇天后土》是口述实录之作，是99位农民的人生纪实。每篇前的人物介绍实为周同宾匠心独运。这些介绍不是主体，故而贵在短；要能引出下文，或说明意旨，或画龙点睛，必须得体传神。每篇百十字，极简单地概括讲述人的外貌特点。如以下几例："屈巧儿，女，五十九岁，脸皮如蚕茧，布满细纹儿。眉毛粗而重，直插两鬓。头发却已花白、稀疏了。"[16]"刘文革，男，二十二岁。白脸儿，大眼，扫帚眉。好笑，笑得俏皮。"[17]"王金龙，男，五十七岁。赤面，长身，宽肩，直背，剃了头，刮了脸，越发显不出老相。"[18]这一幅幅的人物小像简洁传神，既能引发读者丰富、自由的想象与联想，又能激发读者强烈的阅读兴趣，并且与下文人物家常化的述说还能很好地贴合，实在是生花妙笔。

留白是中国画的一种技巧，即画面内容不把整幅画纸占满，而是构图上留下大片空白，周同宾把这种方法也借用到了散文创作中。《寻不出散文的月夜》由月亮引出月下乡野，但绝不是文人笔下常出现的清幽柔媚，而是遍布世俗喧嚣：种种琐事的通知在广播里重复播放，新房落成工匠们喝酒庆祝，满屋的小伙在闹房哄笑，还有的在对骂……无一诗情画意，但这却是正在进行着的现实。传统乡村的静谧安详已渐行渐远。周同宾最后写道："举头望月，仿佛只有月儿依旧。"[19]月亮映照下的乡村还会发生哪些变化？终将走向何处？周同宾似只写出了自己心底的那份无奈，而把更多的思考留给了读者。《羊皮》有点笔记体小说的神韵，短短六百余字写出了勾小七的传奇人生，但其中却有一丝疑点：10 年前勾小七走后去了哪里？经历了什么？新房落成后为什么就上了锁？这些疑问非但没有解决，反倒由于文章结尾“乡亲们都纳罕：勾小七什么时候还回来呢”[20]的发问而成为永远无法破解的谜题。读者可能远未尽意，但这不正显示了文章本身的魅力吗？留白之法，使散文张弛有度、疏密有致，简洁凝练而富有韵味，更重要的是充分尊重了读者的参与、创造意识，给读者留下了无限的联想和想象空间。

在语言上，周同宾深得“清水出芙蓉，天然去雕饰”之精髓，力求做到朴素自然。在散文中，如需直接使用人物语言，那就基本采用实录，保留乡土口语的原汁原味，这一点最集中地体现在他的《皇天后土》系列散文中。“写这个系列，着力追求的是语言的质朴、自然，有生活气息，有乡土风味。也就是说，要写出地道的豫西南的农民语言，不同的农民的不同语言。”[21]身份、性别、年龄、受教育程度、性格等的不同均造成人物使用语言的差异，周同宾不加修饰、润色，原样写来，保持了语言的真醇，再现和提升了语言的活力与表现力。作者的语言尽量贴合描写对象。“我则要把注意力投向故土，想使文章土起来……”[22]这既是他在创作《皇天后土》时的自觉追求，也是他乡土散文语言的一贯风貌。朴素自然的语言特色源自作家真诚的创作心态和求真的文学观念。他关注农村与农民，力求写出生活原生态的美，展示民间真实的存在状态，那么作为语言这个本体，也就带有了浓郁的乡土本色意味。质朴无华，不掩饰，不做作，感情纯真坦诚，行文自然流畅简洁，全是从作家心底流出的文字，呈现着周同宾对乡土的一片赤子胸怀。

“周同宾则由于自己独特的身份和位置，有机会书写地处边缘地域中的草民生活。”[23]立足于中原，关切乡村人物的悲欢，借他们的个体生命存在观照、思考社会、历史、人生，借南阳一地的乡民生活与精神世界挖掘中国乡土的根脉与转型，这应当就是周同宾乡土散文创作的意义之所在。

注释：

①④⑤周同宾：《自序》，载《皇天后土——俺是农民》，文化艺术出版社，2007，《自序》第2页、《自序》第1页、《自序》第1—2页。

②周同宾：《自序》，载《情歌·挽歌》，中原农民出版社，1994，《自序》第1页。

③赵园：《地之子》，北京大学出版社，2007，第67页。

⑥徐亚东：《乡土的守望与歌哭——周同宾乡土散文创作论》，《南都学坛》（哲学社会科学版）1999年第19卷第1期。

⑦㉑㉒周同宾：《忘不了父老乡亲——就〈皇天后土——俺是农民〉答记者问》，载《皇天后土——俺是农民》，文化艺术出版社，2007，第278页、第278页、第278页。

⑧费孝通：《乡土中国》，人民出版社，2008，第3页。

⑨周同宾：《乡关回望：中原农耕笔记》，百花文艺出版社，2009，第15页。

⑩李锐：《〈厚土〉自语》，载《厚土》，浙江文艺出版社，

2000，第 249 页。

⑪汪曾祺：《〈大淖记事〉是怎样写出来的》，载陆建华主编《汪曾祺文集·文论卷》，江苏文艺出版社，1993，第 234 页。

⑫⑬周同宾：《中邪》，载《皇天后土——俺是农民》，文化艺术出版社，2007，第 33 页、第 35 页。

⑭⑮周同宾：《土之恋》，载《唱给文学的恋歌》，文心出版社，1996，第 17 页、第 17 页。

⑯周同宾：《苦菜》，载《皇天后土——俺是农民》，文化艺术出版社，2007，第 3 页。

⑰周同宾：《洋荤》，载《皇天后土——俺是农民》，文化艺术出版社，2007，第 36 页。

⑱周同宾：《地主》，载《皇天后土——俺是农民》，文化艺术出版社，2007，第 39 页。

⑲⑳周同宾：《寻不出散文的月夜》，载《远村风景》，河南文艺出版社，1999，第 115 页、第 144 页。

㉓杨希帅：《相遇周同宾》，《文学自由谈》2021 年第 2 期。

〔选自《南都学坛》（南阳师范学院人文社会科学学报）

2021 年第 5 期〕

写在锄把上的诗行

——读冯杰散文集《非尔雅》

郭艾荣

相熟的朋友都知道，我对冯杰一往情深。

当然是指他的书。

遇到必买，一买两本，一本送人，一本收藏。《田园书》如此，《非尔雅》也是如此。

1

《尔雅》是辞书，白胡子词典。

冯杰的《非尔雅》，形似词典，神似诗行，北中原口语词典，乡间锄把上的诗行。

大俗大雅，大雅大俗。

何弘作序曰：《非尔雅》亦散文亦诗篇亦小说。确实，文体界定“灰脚”（农田地下白石灰边界）模糊，我不能执意地把《非尔雅》关入诗门。有诗读诗，无诗读文。

2

冯杰用墨的枯湿浓淡，我能看懂。一方水土一方人。

写《风掀（风箱）》时，“呼嗒呼嗒”声在耳畔响起，火苗呼呼向外冒，出了炉膛就改变了方向。风箱在左，火苗在右，好像闻到老家床上一床一床的花糕甜香。

床头前，同龄少年冯杰，嘴角和眉头一起流着口水。

画面清晰，白日里田间玩耍，喝桐树叶兜上来的凉井水；夜晚煤油灯下读书，把鼻孔熏黑……

3

同一台风箱中，也能“呼嗒”出幽默的小调：《天工开物》里的风箱图案，形状和现在的风箱一样，只是内容不同，操（修理）风箱时，我家用的是新中国的鸡毛，不是明代的鸡毛。再如：后来使用了煤灶，风箱便闲置不用，高挂起来，不再“空穴来风”了。

一样轻松的，还有《片儿汤》。

做法如下：和好面，擀成薄片，然后撕或切成小片，煮熟连汤吃。一日三次，主治疗饥。年轻人多不吃这种面食，有失身份。“片儿汤”也属于老年人文体，如文学体裁里的随笔。

读《碍眼》（蒙在驴眼上的布），让人忍俊不禁，陶然忘机：从乡村阴谋上讲，戴碍眼的目的是让驴的脑子糊涂，莫名其妙，忘记时间，忘记方位和前程，一味前行，进入陶渊明说的“忘路之远近”境界。“这状态只是苦了一匹未名的驴子，不知路途远近，一门心思只想把道路走完回槽，驴道不尽，路漫漫其修远兮。”

《叫驴》：名为叫驴的公驴，因为荷尔蒙，一生都爱大鸣大放，思想亢奋，桀骜不驯。名为草驴的母驴则只管埋头啃草，温柔可人，从不会有女权主义运动的嫌疑，最多是不高兴时踢你一下，像情人轻轻地捶你一拳。

驴的故事，发生在莫斯科郊外的后半晌。

4

书中有哲理。好像都跟吃有关。

一个人的饮食习惯和范围与童年最早接触的食物有关，食物决定性格，性格决定命运，未来掌握在一棵萝卜身上。推算下去，世上天大之事其实都源于一方小小烧饼。

世上大鱼大肉都有吃烦的那一天，唯有白菜，百吃不厌。我想，秘诀在于它清淡，不花哨，如平淡人生。

每年端午节来临，乡间便有布谷鸟带来大片啼声，门口挂上一束刚割的苦艾，端午节要炸菜角儿、糖角儿。乡间的日子如艾，苦、涩，糖角儿里包的却是一个甜的童年。

5

接下来，什么也不用想，闭上眼睛，静听锄把上的诗行一串串掉落。

《出》：种子进入地里，暗无天日，密不透风，终于来到地面，脱了泥土的衣服，要出来，这才叫“出”。一棵萝卜出来后，要直腰，萝卜咳嗽，看苍茫大地，长长出一口萝卜清气，在村里使用“出”这一口语，是站到植物的立场上而言的。

《生疏》：铁锨或铁锄之类的家具被遗忘了，被沙掩埋，掉在时间的深处，第二年又找到，果然面孔生疏，锈迹斑斑，那是时间走累了，时间也会出汗，锈斑是时间躺在上面休息的痕迹。

《雨住了》：乡村时间显得烟雨苍茫一般，时间有长度与宽度。北中原时间如作坊里的一匹白布，挂在那里，去染蓝、漂白，印上图案。布的一生从此有自己的阅读经历。除了风、雨、雪、霜、雹，这些与乡土为伍的同一色彩之外，一匹白布一生单纯，别无他物。如乡村那些简单的爱。够干净的。

6

冯杰说，每个人一生的语言里，都携带一部自己的随身卷子。我和冯杰的卷子，试题大体相同。

麦地里的照片，冯杰笑得灿烂，我也有一张。田园是吾乡。

同样的卷子，有人考后戴红花，有人回家挨扫把。

读冯杰的文章，让人绝望。

（选自《快乐阅读》2021 年 2 月下半月刊）

筚路蓝缕启山林

雨　菡

《记忆红旗》一诗，题目就简明扼要地点清主旨，通篇没有不知所谓的无病呻吟，没有云天雾地的故弄玄虚，也没有拼字凑行的虚设闲笔，而是每一字每一行都掷地有声地落到实处，全诗是作者对那远去的拓荒年代用心描绘的一幅历史画卷，这幅画卷，以红旗始，又以红旗终，画中，红旗也无所不在。红旗温暖了拓荒人的心灵，红旗如春风，凡过处，毒蛇远走，豺狼退后，染绿了那片贫瘠荒芜的土地，让生机盎然的庄稼一寸寸蔓延开去，让一片荒原终成锦绣福地。

作者以时间为经，以红旗为纬，以平实质朴的文字将经纬交织，循序渐进间，将整个拓荒的前因后果一一道出，把记忆中的红旗浓墨重彩地细细勾勒。是的，那拓荒年代的每一步都满是艰辛：物资匮乏、野草丛生、杂树疯长、泽国遍布、毒蛇肆虐、豺狼横行……在国家开荒造田的英明决策指引下，虽然创业艰难，拓荒人决心排除万难，把一片荒芜地变为米粮川。于是，在猎猎红旗的招展中，他们在冰天雪地里吃上了暖人心腹的热饭热菜。他们挥舞红旗把毒蛇驱赶得杳无踪迹，他们竖起红旗以退避豺狼，他们一日日胼手胝足地辛苦劳作，以百折不挠的毅力，以坚定必胜的信念，以开拓进取的精神，终于让红旗飘扬的荒原变为土地肥美的沃野。

细读《记忆红旗》一诗，把人又带回了那远去的拓荒年代。那特殊年代波澜壮阔的往事，如今看来犹如天方夜谭的神话，令人感叹，引人遐思。

原来，如今年年五谷丰登的“米粮川”红旗坡，过去叫“九龙口”，因九条巨蛇而得名：“1938年/黄河决堤后……浊浪翻滚，人为鱼鳖，狗狼绝迹/坡顶仅存的九株毛白杨上，盘踞/九条绿桑皮巨蛇，身长丈余……闻者心惊肉跳，见者魂飞魄散……”而这个令人心悸的名字却并不是原名，最初这个地方叫“狗狼岗”，因野狗遍地、豺狼成群而闻名。

当红旗坡还叫“九龙口”时，处处荒烟弥漫，放眼赤地千里：“这里沙窝套沙窝/土丘衔土丘，泽国连泽国，苇荡接苇荡”。九龙口这蛮荒之地还可由一首儿歌管窥：“九龙口，真荒凉，窜野兔，跑豺狼/每当日暮风起时，野草萋萋鬼歌唱”。

不管叫“九龙口”还是“狗狼岗”，每一个名字，都让人寒意顿起，不由得就垂头丧气：这种荆棘丛生、满目苍凉的地方，恐怕会一直这样下去吧？至于什么沃野平畴，与这个地方似乎永远毫无关联，而人们若来此地，看到的也只有一望无际的荒烟蔓草、荆榛遍地，而那些一个个野鸟翔飞的泽国，也真的只能让人望洋兴叹了。

但是，拓荒队举着鲜艳的红旗，开着数十台拖拉机来了，机声隆隆，如春日惊蛰时的轰响巨雷，让这片土地从漫长的沉睡中惊醒。当地人漠然观望，久已看惯这荒地的他们或许不会料到：红旗飘飘的拓荒队将如仙人点石成金的那根手指，凡所及处，将使这连年荒芜的地方旧貌换新颜，瘠壤变沃土！

冰心说："成功的花，人们只惊羡她现时的明艳！然而当初她的芽儿，浸透了奋斗的泪泉，洒遍了牺牲的血雨。"在拓荒队筚路蓝缕以启山林的创业途中，红旗功不可没！

彼时，共和国百废待兴，迎接拓荒队的不只是阴风飒然、鬼哭狼嚎的荒原，也有"苦其心志，劳其筋骨"，还有"饿其体肤"之苦："后勤供应不上是常态/三天两头断顿是常态/忍饥挨饿更是常态"，虽经"八方筹措"，拓荒队吃的也只是"大白菜、萝卜秧、红薯叶"。又因为当时物资缺乏到没有可以计时的钟表，在数九严寒时，拓荒者一番辛劳后，吃到的也只是冰冷的饭菜，因为"饭菜出锅就凉，稍微耽搁便成冰坨"。为"让拓荒者喝上热乎乎的菜汤"，大厨以红旗为信号，"拓荒者看到一面凌空升起的鲜艳红旗/立即赶回食堂时，菜汤正好出锅"。于是，那一面迎风飘扬的红旗，在拓荒人的眼里，也意味着一顿可饱饥肠的热乎饭菜。

垦荒前期须先烧荒，野草、芦苇、杂树在冲天火光中皆噼里啪啦地化为灰烬，但大大小小的毒蛇却沿九株毛白杨攀缘而上以逃生，数目之多，场面之宏，令人触目惊心。为驱赶毒蛇，"一位当年的旗手挥舞红旗/在前边打起了冲锋，一群拓荒者/呐喊着，从三面冲上坡顶/蛇们惊慌失措，扑向网开的一面/抱头鼠窜。接下来/九株毛白杨挂满红旗/从此，九龙口毒蛇绝迹”。红旗，不仅驱走了毒蛇，还高挂树上，成了避蛇的“神符”——只要红旗在树上随风飘扬，蛇们就望而生畏，避而远之。曾因毒蛇绕树而得名的“九龙口”，因为红旗而让毒蛇绝迹。人们闻之喜悦，心中隐隐升起希望：那面面红旗，或许很快将使这片土地被重新命名。

冰雪覆盖荒原的日子，难以觅食的饥饿狼群竟结伴闯入职工食堂，将白菜、豆腐、南瓜等各样食材洗劫一空，让本就生活清苦的拓荒人的日子几乎难以为继，而这将严重阻碍拓荒的进程。为了驱狼，“于是/每间工棚前都竖起一面红旗/数十面红旗迎风挥舞/如一团团烈火熊熊燃烧/狼群在远处徘徊观望/最终怅然遁去/再无光顾”。又是红旗，不仅使毒蛇远避，也令豺狼望之遁逃。孙悟空用金箍棒为唐僧师徒画好的避邪圆圈，令妖魔鬼怪不敢涉足其内，那些工棚前飘扬的红旗，或许无避邪之用，却有退狼之功，让狼们虽眈眈注视却不敢轻举妄动并最终远遁而不知所终。

红旗，那如火的旗帜，忠实地守护着这片坡地，守护着开垦这片坡地的拓荒者。红旗如楫，将毒蛇与豺狼都渡到遥远的彼岸，而将平安和宁静留在此岸；红旗也如舟楫般将这片土地上的人们从粮食匮乏的此岸渡到米粮满仓的彼岸。

红旗，让拓荒者见了就安心、暖心、舒心。那如火的颜色，如黎明前的第一道曙光，驱走了黑暗，引领着光明的到来。红旗又如燧人氏钻木取火的火种，由那星星之火燃起的火焰，不仅让野兽心生畏惧地望而奔逃，也开启了人们美好生活的新时代。红旗，在拓荒者心中，在当地人心中，已成为一种神圣的图腾，象征着幸福和安宁。于是，被红旗一路庇佑的那片土地被再一次命名为“红旗坡”。从“狗狼岗”到“九龙口”，每个名字都蕴含着辛酸荒凉，底色暗淡无光，仿佛了无尽头的漫漫长夜，这些名字甫一出唇，就让人觉得无望而悲哀，但“红旗坡”的名字却是明亮的，透着人们衷心的喜悦和感激。红旗那鲜艳的色彩，是党的好政策的色彩，是拓荒队奋进的色彩，在那煌煌烨烨的明艳色彩里，拓荒队怀着“敢教日月换新天”的坚定信念，迎难而上，最初的食不果腹难不倒他们，后来的粗粝饮食也难不倒他们，在红旗的猎猎翻飞中，他们与困难为伍，与毒蛇相搏，与豺狼较量，终将荒凉草莽变为肥美粮仓，让年年丰收的喜悦代替了触目怅然的悲凉。

《记忆红旗》一作，文字朴实，准确生动。平平常常的文字，作者似是信手拈来，毫无雕琢痕迹，却有行云流水的自然，也有曲径通幽的妙用，表现了作者高超的驾驭文字能力。

作者以白描手法，层层递进，如描如画地叙写了垦荒年代特有的艰苦恶劣的生活：荆榛满目，毒蛇成群，豺狼肆虐，就连冬日艰辛垦作后吃一碗热饭都不易。在艰难的垦荒过程中，红旗始终与拓荒人息息相关。作者记忆中的红旗，燃起了拓荒队的垦荒热情，是拓荒者吃热饭的信号，驱除了九龙口的毒蛇，让豺狼望而却步……

作者虽然以平易的笔触不动声色地一一铺陈，但读者却可以从字字句句中读出作者对往昔的浓烈感情和历历如刻的记忆袭来时的心潮如涌。如今，“荒原变成米粮川”，猎猎红旗仍驻其间，关于红旗的记忆，一桩桩一件件，也仍深刻地印在拓荒者的心灵深处，在他们心底如红旗般迎风飘举：一代拓荒人筚路蓝缕以启山林，虽然有着重重险阻，虽然步履维艰，但他们知道，红旗过处，毒蛇会绝迹，豺狼会退后，庄稼会茁长，丰收将在望；幸而有红旗在心间和眼前相伴，他们终于在那片土地上留下了可供千秋万代口口相传的卓著功勋。那些红旗坡的红旗，也不仅是一面面印有五星图案的鲜艳旗帜，业已成为拓荒者和当地人满怀敬意和感激的神圣图腾，那是一代拓荒者无坚不摧的如火信念，是他们火热青春拼搏奋斗过的明证，也是他们降服毒蛇豺狼的利器……

拓荒人记忆中红旗的那一抹红，不仅仍飘在曾经的垦荒驻地，也永远飘在每个垦荒人的心底！循着那面红旗，回想起创业的艰难和业成的喜悦，他们不知不觉就百感交集，思绪又重回到那干劲十足的青春和斗志昂扬的年代……

（选自《奔流》2021 年第 3 期）

一代人的记忆与寻找

——读程永新中篇小说《我的清迈，我的邓丽君》

张中民

熟悉中国当代文学的都知道，程永新是编辑家，由他发现并推出的优秀作家和作品有很多，可是鲜有人知道他也从事文学创作，且出手不凡。比如他创作出版过散文集《八三年出发》、中短篇小说集《到处都在下雪》、带有新文学史料价值的随笔集《一个人的文学史》，还有“流浪三部曲”的前两部长篇小说《穿旗袍的姨妈》和《气味》等作品。

通过阅读他的作品会发现，程永新是一位非常有个性追求和独特思考的作家，他的文笔清新轻巧飘逸，叙述简洁有力，人物形象鲜明突出，思想深刻，主题明朗而又含蓄，都体现了一个小说家的才华。因此，他在小说创作中给我们留下的印象，绝不仅仅是讲一个简单的故事，而是在故事背后隐含着深深的思索，这思索是人性的，也是有关时代和社会的。自从长篇小说《气味》出版至今，将近十年过去，其中除重新修订再版了随笔集《一个人的文学史》之后，却没怎么见到他的新作，所以我一直在心里推测，像他这样一位在场而又一直身处“旋涡中心”的作家，以他的眼光、阅历和才情，按说不会在文学创作方面缺席，也许是在积蓄和孕育。就在我的期待中，2020 年 9 月，中篇小说《我的清迈，我的邓丽君》（原载《十月》2020 年第 5 期）亮相，给我带来异样的惊喜和震撼。

这同样是一部书写记忆和寻找的作品，小说讲述了大胖、建国和一个叫“阿格”的三个中年男人一起去泰国旅游的故事，在清迈这个带有传奇色彩的异域城市，通过追忆歌星邓丽君在美萍酒店去世前后的描写，勾起了阿格寻找失踪多年的哥哥的欲望和冲动，以及由此发生的一系列跌宕起伏、环环相扣而又让人深思的故事。三个中年男人身世不同，生活各异：大胖自小失去亲生父母，由养父母抚养成人；建国父母离异，是个单亲家庭的孩子；主人公阿格是一个在父母离异后几乎被遗弃的孩子，由舅妈养大，随着年龄增长，并在后来的了解和记忆中逐渐知道了自己的家史。在这种情况下，才激起了阿格寻找失踪哥哥的过程。哥哥在哪里？阿格多方打听了解到哥哥去了泰国，而且就在清迈，阿格决心借此机会找到他，不给自己的人生留下遗憾，这种对亲情的呼唤，正如歌星邓丽君临终前嘴里呼唤的“妈妈，我要妈妈”那句话一样，这是一句发自心底而又饱含深情的呼唤，让我们的心灵不禁为之一震，顿感亲情的珍贵。因为她此时呼唤的不是知心爱人，而是亲爱的“妈妈”，从这句简单朴实的话语中，流露出她对亲情的眷念和怀恋，再次深刻地向人们阐释了“我们都是妈妈走散的孩子”这一主题，让人倍感亲情的珍贵。

这篇小说的叙述语气和寓意，从题目即可看出充满记忆和伤感气息，《我的清迈，我的邓丽君》在强调“我的”同时，“清迈”和“邓丽君”一语双关，引人沉思，值得回味。小说一开始，程永新就从三个中年男人乘坐飞机去泰国旅游写起，用精准简洁的语言，给我们描绘出了一幅幅生动的场景，配上三个男人不同的人生经历，加上导游惠子和她老公带领他们到不同景点游玩时的所见所闻，就把三个男人的心态和性情展示得一览无余，淋漓尽致。而对主人公阿格的描写，程永新则大量运用场景描写和心理描写相结合的表现手法，把他到清迈旅游的心态描写得清清楚楚、明明白白。为了达到这个目的，程永新采用让主人公参观邓丽君生前下榻的美萍酒店为主要场景，通过对儿时的回忆来寻找哥哥这一明一暗两条线索展开描写，互为衬托，相得益彰，真正达到了有机结合的创作目的。而在整部小说叙述中，作者又加入了许多西方小说的叙事技巧和元素，使作品实现了完美统一和高度契合，因此别具一格。

其实在这部小说中，让我惊叹的地方有很多，比如虚实结合的创作手法，层层推进的叙述技巧，中途不时埋下大量伏笔的情节设置，对异域风光的生动描写，对人物心理的刻画和对生活场景的细节描摹，从开篇到结尾的浑然一体，结构谨严而又不留任何斧凿之痕的谋篇布局，都让人觉得耳目一新；再是小说的叙述语言简洁有力、精准节制，往往寥寥数笔，就把场景描写展示得令人如身临其境，对人物形象的刻画入木三分，栩栩如生。特别是作品中透示出来的机智，有时甚至是风趣和幽默的叙述，读这样的作品，你不能不为作者超强的叙述能力和高超的描写水平击节叫好。

通过阅读这篇小说，我不揣冒昧地揣测，程永新之所以一直迟迟没有拿出“流浪三部曲”的最后一部，除了与日常繁杂的审稿和编务工作有关，还与他一贯对艺术追求完美有关，或许这篇作品的出现，是他创作的又一道湾。

（选自《文学报》2021 年 4 月 29 日）

编后记

这本《2021年河南文学作品选·评论卷》选编工作结束了。

今年仍延续以往的编选原则，收录的是河南籍作者的研究成果。2021年的河南评论，整体质量高，涉及范围广，但囿于字数限制，只能以对当前文学热点和对河南作家作品的关注为主，许多高水平的评论未能选进来，心有抱憾。

本年度的评论文章，大致按照如下思路安排：

一、关于研究之路、文学观念的阐述。有鲁枢元的《我与“精神生态”研究三十年——后现代视域中的天人和解》、何向阳的《我为什么写作?》。

二、关于当前热点现象的思考。有何弘的《呼唤网络文学的新高度和新作为》、梁鸿的《非虚构文学的审美特征和主体间性》、刘军的《散文文体边界讨论之回望》。

三、关于当代文坛代表性人物的评论文章。有李少咏的《文学前辈孙犁》、孔会侠的《论雷达“西北往事”系列散文》、张中民的《一代人的记忆与寻找——读程永新中篇小说〈我的清迈，我的邓丽君〉》。

四、关于河南作家作品和地域文学的代表性研究成果。这方面内容最多，又可分为三个部分：

1. 对现居省外的豫籍作家的研究。有耿占春的《“在前往救赎之前”——何向阳诗歌阅读札记》、刘海燕的《蒋韵：我“跟踪研究”的一个作家》、徐洪军的《论梁鸿长篇小说〈四象〉的现代主义艺术创新》。

2. 关于省内作家的研究。有单占生的《卷首之语的质与文——读高金光的〈卷首集〉》、樊洛平的《坚守与拓新——评李勇〈呈像的镜子〉》、艾云的《青青如画》、刘宏志的《现代主义、现实批判与诗性书写——墨白小说论》、吕东亮的《遍地“金枝”问苍茫——〈金枝〉略论》、魏华莹的《城市的文学气质及其内涵——以李佩甫、乔叶、南飞雁的创作为例》、冻凤秋的《命运女神的舞蹈——从邵丽小说〈金枝〉谈起》、王剑的《像溪水一样流过——邓红散文集〈写给远方的你〉印象》、任瑜的《李清源小说写作的特点及挑战》、郑新的《中原乡土的精神实录与文化标本——重读周同宾乡土散文》、郭艾荣的《写在锄把上的诗行——读冯杰散文集〈非尔雅〉》、雨菡的《筚路蓝缕启山林》。

其中，南阳师范学院郑新的那篇是特意收录的，以此纪念和缅怀过世不久的河南散文界的代表性前辈作家周同宾先生。

3. 关于河南地域文学的研究。有王文参的《洛阳人文地理与文学发展脉络》、任动的《“周口人讲周口故事”时代价值研究》。河南文学版图构成中，自从“南阳作家群”引起关注后，关于从地域的历史、地理、风俗等因素去发现地方性特征对作家作品的影响，就进入了河南文学研究者的思路中，有价值、有意义的成果在不断出现。

所选评论是按照收稿时间的先后来排的。

限于个人视野，选编会有遗珠；限于个人能力，同样会有不足。请大家多多批评指正！

编选者

2022 年 1 月 31 日

诗歌卷

2021年河南文学作品选

何弘 主编
冯杰 编

郑州大学出版社

图书在版编目(CIP)数据

2021年河南文学作品选. 诗歌卷 / 何弘主编 ; 冯杰编. — 郑州 : 郑州大学出版社, 2022.8
ISBN 978-7-5645-8812-0

Ⅰ. ①2… Ⅱ. ①何… ②冯… Ⅲ. ①中国文学 - 当代文学 - 作品综合集 - 河南②诗集 - 中国 - 当代 Ⅳ.①I218.61②I227

中国版本图书馆 CIP 数据核字(2022)第 103859 号

2021年河南文学作品选 · 诗歌卷
2021 NIAN HENAN WENXUE ZUOPINXUAN · SHIGE JUAN

策　　划	李勇军	封面设计	小　花
责任编辑	暴晓楠	版式设计	小　花
责任校对	孙精精	责任监制	凌　青　李瑞卿

出版发行	郑州大学出版社(http://www.zzup.cn)
地　　址	郑州市大学路 40 号(450052)
出 版 人	孙保营
发行电话	0371-66966070
经　　销	全国新华书店
印　　刷	河南新华印刷集团有限公司
开　　本	890 mm×1 240 mm　1 / 32
总 印 张	61.75
总 字 数	1 301 千字
版　　次	2022 年 8 月第 1 版
印　　次	2022 年 8 月第 1 次印刷

书　　号	ISBN 978-7-5645-8812-0	总 定 价:198.00 元(共六册)

目　录

contents

阿娉的诗

001 / 今夜，我是一列火车

002 / 大树

白丢丢的诗

003 / 过茶马古道

004 / 霜降

半壁心空的诗

005 / 汴菊茶韵

薄暮的诗

007 / 中年

008 / 人间

卜俊成的诗

009 / 美好，如此（组诗）

012 / 女儿抱着一束鲜花

曹春玲的诗

013 / 岁月故事（组诗）

曹辉的诗

017 / 水里的石头

018 / 青青河畔草

陈讲一的诗

019 / 打磨

陈渌煜的诗

020 / 俯视

021 / 手机里的雪

陈婉的诗

023 / 心，开成六瓣的花朵

程敏的诗

027 / 因你，溢香了整个春天

028 / 燃起一支烟

邓万鹏的诗

029 / 灯下

030 / 小老湾

032 / 菜地逸事

丁济民的诗

034 / 那些个与你息息相通的旧人

丁南强的诗

036 / 落日的夜盲症

037 / 春望北邙

丁子的诗

039 / 石头

040 / 乡情里的那棵树或一个人

杜思高的诗

042 / 打开桃花（组诗）

段新强的诗

047 / 冬葬记

048 / 亡灵记

049 / 水的骨头

049 / 旧石器

范蓉的诗

051 / 凌霄花

052 / 有赠

052 / 岁末书

053 / 一株小麦在夜晚返乡

封延通的诗

055 / 捶衣石

056 / 唢呐

056 / 看山

冯新宇的诗

058 / 在浮世

付炜的诗

059 / 花枝赋

060 / 树叶消失以后

061 / 暮春十四行

高野的诗

063 / 墓志铭

064 / 星辰

065 / 倾诉

065 / 多年后

066 / 有赠

高治军的诗

067 / 中原昂起头来

龚甫的诗

072 / 清明

073 / 故乡的河

桂林的诗

074 / 像植物一样活着（外一首）

郭子畅的诗

077 / 有一刻

077 / 慢一点

078 / 在夜晚

海盈的诗

080 / 童年的乌托邦去哪了（三首）

韩中杰的诗

083 / 秋风之吻

083 / 枫韵

084 / 老照片

郝子奇的诗

086 / 在洪水中站立

蒋戈天的诗

094 / 惜山记（外一首）

景淑贞的诗

096 / 在异乡

097 / 我只写我的故乡

098 / 出生地

孔祥敬的诗

100 / 浏河古镇

101 / 油菜花开了

雷黑子的诗

103 / 东坝头

104 / 鸟儿衔着朝露

105 / 风信子的风

李长春的诗

108 / 蒲公英（外一首）

李继增的诗

110 / 浅相遇

111 / 池塘物语

李山的诗

113 / 百合

李胜志的诗

120 / 红之恋（组诗）

李霞的诗

126 / 双行

李小平的诗

132 / 在杜甫草堂（外一首）

李志胜的诗

135 / 萤火

136 / 小的事物

梁小静的诗

137 / 少时

139 / 你

139 / 生活之痛

梁延峰的诗

141 / 大雪

卢子璋的诗

143 / 把生命还原

144 / 这叫冷的孩子，正悄无声息地坐在阳光的腿上

马冬生的诗

146 / 阿血

148 / 浏阳花炮，我的有声有色的中国式乡愁

孟令波的诗

150 / 午夜

觅石的诗

151 / 变化

南豫见的诗

153 / 永远的红旗坡

牛冲的诗

158 / 歧路学子

庞娟的诗

159 / 好久不见

160 / 除了炊烟

161 / 发芽

彭进的诗

163 / 一个词的痴心妄想（组诗）

萍子的诗

166 / 母亲的星空（组诗）

168 / 辞岁诗

乔光伟的诗

170 / 万物帖

171 / 尘世帖

172 / 一晨帖

秦彩霞的诗

174 / 干杯（外一首）

青青的诗

176 / 画家和蜀葵花

邱宝梁的诗

179 / 从笔架山走到草堂（二首）

曲焕平的诗

181 / 诗意黄河（组诗）

任梓欣的诗

187 / 蜈蚣（外一首）

孙秋鹏的诗

190 / 她胳臂上有搓擦不掉的黑印

191 / 圆

田地的诗

193 / 暴雨追赶着一群锄草的人

田君的诗

195 / 山河赋（二首）

田万里的诗

197 / 窗花

198 / 白发

199 / 成熟

200 / 初春

王道成的诗

201 / 风把乡间吹响

202 / 故乡的约会

203 / 手心里的温柔

王东照的诗

204 / 远走的星辰（组诗）

王清让的诗

207 / 三月

207 / 渡

209 / 信封说

温青的诗

211 / 父亲在每一片雪花里长眠（三首）

吴冬的诗

213 / 如果你此刻奔来

216 / 怀柔

吴浩雨的诗

217 / 大山

吴清顺的诗

220 / 具象

221 / 过冬

吴元成的诗

222 / 卧海垂钓

222 / 白蜡树里的木欢

西屿的诗

224 / 下午的寂静

225 / 起风

向坤东的诗

227 / 命运

228 / 网

228 / 池水

小葱的诗

230 / 杭州梦忆

231 / 春夜

232 / 蝴蝶陷阱

233 / 玄鸟之翅

许捷的诗

234 / 心灵坐标（五首）

薛松爽的诗

238 / 空碗

239 / 山顶

240 / 地图

薛颖珊的诗

241 / 湖心无亭可留

242 / 明快的下午

闫志辉的诗

244 / 雾

244 / 新疆一天的词汇

245 / 在天山

杨泽西的诗

246 / 一个人回故乡

247 / 黄昏时刻

248 / 晾衣绳

一树的诗

250 / 白露

250 / 深秋纪事

251 / 雅者为上

衣水的诗

252 / 一只白鹭的唯美时刻

252 / 一只乌龟

亦心的诗

254 / 纸月亮

毅剑的诗

256 / 积攒一堆柴火（组诗）

尹聿的诗

259 / 春天的世界

260 / 怕死是一种你没有的幸福

260 / 从孤独中走来

余金鑫的诗

262 / 颤抖（外一首）

张光杰的诗

264 / 银河、落日和母亲（三首）

张浩浩的诗

267 / 深秋（组诗）

张洪腾的诗

270 / 夜宿轿顶山

272 / 绝壁长廊

张鲜明的诗

274 / 以自身的光芒为翅膀

张晓雪的诗

276 / 石壁与野花

张湘云的诗

279 / 感受阳光（组诗）

张悦的诗

282 / 清晨动静

283 / 初次跳伞的体验

284 / 诗，隐喻一种

朱根亮的诗

285 / 水生植物（外一首）

邹钧的诗

288 / 返青时节

289 / 张北洼

阿娉的诗

今夜，我是一列火车

闭上眼睛
就是一列火车

一会儿，吭哧吭哧爬过山坡
一会儿，飞驰电掣穿过隧道

我是如此容易走出黑暗
忘掉生活中的刺

和黎明的花朵紧紧相拥
这四季轮回的风景啊

为蝶，为蜂
或者沿茎向顶端爬行的一只蚁
无法抗拒生长茂盛的魔力

我是一列火车
身体里坐满了花朵

失眠的时刻
也是幸福的春天

（选自《快乐阅读》2021 年 2 月下半月刊）

大树

风在旷野里游走
风拽住大树的胳膊
风又甩开大树的胳膊
大树只管萌芽开花结果
最后两手空空
甚至没有
一两片风干的记忆

（选自《躬耕》2021 年第 4 期）

白丢丢的诗

过茶马古道

经过的山路是一排排石头做的
还有一层层泥土，夹杂着野草的新枝。

我的眼睛惊讶地睁着。我能看见云朵
覆盖的山顶。野秋英
与没头脑的风在茶马古道上安家。

它们兴奋地呢喃。有不白来的雨水
忍不住给老掉牙的云杉树叩了个头。

一只蚱蜢冲出草丛
一次次擦拭着眼壳
望着眼前，我这个陌生的亲人。

霜降

它摘走了父亲，和坟头上的草
摘走了一些鸣禽的歌声
又过来把河流的镜子，摘走
但我不能劝它回头

最易让人失语的是爱
带来雪的，是最后一丝风
时间收留过很多命运
献给生死的，必须是一颗霜打过的心

（选自《诗潮》2021 年第 1 期）

半壁心空的诗

汴菊茶韵

借一只杯子，复活几朵菊
那水筑起一片河山

岁月挂在杯沿上
吟茶人双手端起了前朝的日月星辰
采菊东篱下，悠然见南山
枝头抱香死，开尽更无花

这花与水的乐章
在你我唇边招摇，那一缕菊香
为远方游子留下回家的标记

绽放的菊花，在交出茶之道、菊之韵的时候
也交出一千多年前汴京的诗与酒

去火、清热、解毒

堆满舌尖的温柔

隐隐地，有宋史浮出

带着开封的温度和心跳

开始走南闯北

（选自《延河》2021 年 10 月下半月刊）

薄暮的诗

中年

终于
云有云的模样
天有天的颜色

只是秋意很少
勉强可以泡一壶茶
所有的记忆都在山上
采药未归

那山不是终南
也不是天姥
也不是蓬莱
那座山叫业

如今

有各种各样的药要尝

（选自《莽原》2021 年第 1 期）

人间

在一个春雨的早晨敲开家门
带着全部的春天
只是燕子飞过漫长的冬季
雨的味道有一点咸

春风得意　大地很轻
我们会随风飘荡
飘过草垛　麦田
梨花和最高处的茶园
我们将在碧绿的柞树叶上停留
做一只蠢蠢的春蚕

当然　我所说的我们
是指在星河里日夜思念的
人间

（选自《绿风》2021 年第 6 期）

卜俊成的诗

美好，如此（组诗）

大相国寺旁荣六郎书铺印刷工自述

风打北边小碎步地跑来，愈聚愈多的时候
蔚蓝高扬着纯粹，也时常成为初冬天空唯一的主题
这像极了你深情笑靥的柔情
一旦晃入眼睛，就叫人心里软绵绵的

我是大相国寺旁荣六郎书铺的印刷工
平日主要为书商待刊书籍制作印版
快速而精准地码字、平板、定型
咔，咔，咔，版式就在干净利落中完成
广受大宋书生好评的《抱朴子内篇》，印版就出自咱手

印坊没有活计时，我也会到前院店铺帮忙售书
书多半是汴京国子监的御刻本和书铺刊印的经史书籍

当然，私下里也会悄悄代售些“媚诗艳词”和小说话本
书嘛，用在教化和精神寄托，也不必册册正襟危坐
只要不违反律令，有时粗俗通俗些，倒也接地气

偶尔，我也会在书铺打烊后转过几个街口，去聚仙楼吃酒
相对于酒肆推杯换盏的喧闹，我更喜欢的是印书、读书的静寂
以及，在每月初一、十五的上午，阳光撒欢儿的时刻
坐在门口，等待看你路过书铺，去相国寺上香的甜美时光

人过半生，已渐渐看开了荣辱华谢，看淡了熙熙利来利往
还有江湖，毕竟有人的地方就有江湖，而所谓的江湖
也只不过是人情世故的起承转合，更迭转换

唯有相思，最叫人不思量，自难忘
静守不为其他，远观只在乎那份情愫
不去打扰，不去问候，犹如小溪流水淙淙走过
因为截取一段美好永驻心间，那才是何等的洒脱神往

我是大相国寺旁荣六郎书铺的印刷小工，他们常说
我是一个过了爱做梦的年纪，依然还时常沉醉于梦的人
一个一旦把情思走进心里，就轻易走不出去的人
一个始终相信美好，相守美好，酿造美好的人
我总会嘿嘿打趣道：美好，就是如此

女儿提起笼子里的蝈蝈

她轻轻地提着翠绿笼子
生怕惊散了这来自乡下的风
多像小时候，她妈妈
常担心，轻轻地小声咳嗽
也会打扰到她的美梦

她那么小心翼翼地拎着
一座田野开始在她的手心
葱茏地鲜活起来
裹着泥土气息的轻鸣
笼罩起城市屋檐下的灯光

田野肆意的风声
逐渐在屋里安静下来
两岁半的女儿
朴素、干净、温暖的目光
擦亮暮色中的大地

（选自《快乐阅读》2021 年 6 月下半月刊）

女儿抱着一束鲜花

一束花在女儿怀抱中生长
如同云朵、旗帜和着绿
凝成一团清冽的爱

她把花送给姥姥
姥姥又把花还给孩子
爱在花瓣间流转

她把脸埋在花束中
花香支起一粒暖，打开灯笼
静等和时光促膝长谈

女儿抱着一束花
一束花抱着两岁半的女儿
融在一起

（选自《快乐阅读》2021 年 8 月下半月刊）

曹春玲的诗

岁月故事（组诗）

壹

天气预报说
降温，冷空气即将抵达
风雪开始倒计时
像一封寄出的信件，在路上
模仿寒潮或气流，在地球上穿街走巷
时间的重量，形同记忆
陪一场风雪呼啸来去
等待。出站口匆匆走出的人流
脚踏皮靴的意象
羽绒服包裹着一层层理念
冬，脸色苍白
天空低下来，雪落在雪上
骨骼闪着光，带着闪电，或隐有风声

这人间，这一袭雪衣上
长出飞鸟或者走兽的印痕
我，和孩子们一起沉浸在童话里
张开翅膀，模拟飞
与你，只隔着一页纸的距离
仿佛从未来过

贰

一帘幽梦
一场爱的飘雪
时间柔软，唯有风凛冽
好像等了好久
记忆里的黑白色影片
一帧帧岁月故事，隐秘的河流
恍若一根骨头里脆弱的响声
雪落故乡，轻轻和一片飘雪对话
一切风马牛不相及
雪在飘，寒流上升
宽广的尘世多了几分沉重
这一刻，人间如同一本催人奋进的书
字里行间长满了灵魂的眼睛
一切被诗歌的意象点燃
就像走在雪野里

伸出手掌，接住一片片雪花
诸多闪闪发光的事物
和冬天一起飞翔，或轻轻抛在身后
迎风，流泪
我眷恋这个世界

叁

极度严寒
风从四面八方呼啸而来
卷着一场大雪纷纷扬扬
封锁了通向远方所有的路径
这，非常时刻
我与诗歌互为知己
时间内外的一切形式
在饱满的内容里
长风浩荡。温柔或者粗暴
远山巍峨
视野里渐已模糊
万物裹着雪花的飞瀑
对那些神圣的语言保持敬畏
轻轻翻动《新华字典》
利用它教育我们的孩子
恍若一尾鱼在一声鸟鸣里穿梭

不言不语，一切静然

一颗种子开始发芽

〔选自《时代青年》（视点）2021 年第 2 期〕

曹辉的诗

水里的石头

河水，按照星星的模样
一遍遍地打磨着水里的石头
斗转星移到某个夜晚

石头和水里的星星合二为一
分不清谁是星星，谁是石头
天上人间，不露痕迹地重合

一个人像是长河里的蜉蝣
一叶为舟，等着石头的尖叫
俯仰皆是星空

（选自《草堂》2021 年第 1 期）

青青河畔草

镶嵌在春天窗子里的人
被欣赏着，用柳枝编织的梦
被回来的燕子解开

娥娥粉妆和纤纤素手
在一阵阵蝶风中保鲜，无眠时
听夜晚花开的声音

水波把皎皎的身影折叠成浪花
一遍遍擦拭水中那个月亮
多像他丢失的鞋子

草叶上的露珠箭镞一样，把裙边打湿
屋后的小路落满了花瓣
像一条隐居的闪电

（选自《山东文学》2021 年第 11 期）

陈讲一的诗

打磨

主宰命运的大手
钳住倔强的铁
砂轮在动，火花飞舞
你看
曾经可爱的童年
在铁花中飞逝而去
那些绚丽的梦想
仿佛被火炉吞噬
余光，照亮铁匠铺的命运
挣扎，尖叫
尘埃落定
铁的身躯，崭新从容
渐趋平静，打铁的师傅露出了笑容

（选自《快乐阅读》2021 年 9 月下半月刊）

陈渌煜的诗

俯视

今日，我走到窗台
被墙壁阻挡，这是我这一天的尽头
我没有拿起钥匙去开门
我不想把我的高度从五楼跌落到一楼
因为只有我俯视着路上的人
我才能发现自己的高度
才能让自己理所当然地接受
这个像房子一样的牢笼

云路过我的窗台
她也在俯视着我
对于她来说，我可能就是她的天空
对于她来说，我这种囚徒般的生活
就是她们这些游子追求的自由……

今日，我走到窗台，我可以
打开窗子纵身跃下
在加速度的帮助下，成为一种“英雄”
可我找到了钥匙，轻易地就
打开了自己下降的路
像我某个贫困却开心的邻居一样
坦然地从高峰走到了低谷

我望了望天空
那片云没有随着我一起降落
她离我越来越远
我说，祝她越飞越高
她说我太高了，并试着在另一片
云上，着陆……

（选自《奔流》2021 年第 4 期）

手机里的雪

我的手机总能锁住一些雪
其他有幸逃掉的
都不幸地融化了
而她们，在属于自己的监狱里

显得格外安静，不敢做出小动作
可能当我关上屏幕的时候
她们也会尝试着奔跑，叫嚣

冬天，我习惯在暖气旁玩手机
当我感受到温暖时，就望向她们
她们随声附和“挺暖和的”
我知道，在这里她们不可能和我一样
纵情地享受温暖
她们只端端正正地坐在手机里
用十二摄氏度绅士高冷的风度

当我晚上关上灯与屏幕熟睡时
她们会不会
就敢于在我的手机里飘来飘去
瞒着我，和其他的应用软件
表演、嬉笑、打闹
这一刻，仿佛
她们都在监狱以外，而我则被
她们囚禁于牢笼之中

（选自《中国青年报》2021 年 11 月 29 日）

陈婉的诗

心，开成六瓣的花朵

暗夜

夹心面包中溢出的果酱，
在十二点钟惊醒。

无法控制，
却也无法摆脱。

夜在冷冻成冰，
青蛙在冬眠，
而我在夜间复苏疼痛。

黄蝶

天空蔚蓝，
一条条鱼跳进秋海中游弋。

山喝多了葡萄酒，
露出结实的臂膀。

在静谧一处，
溪水细细给山拍照。
阳光拨开树影，
捕捉一条鱼儿的身影。

一片树叶跌落水中，
惊醒了一场旧梦。

笛声悠扬，
有一只黄蝶从水面飞出。

午后，沉溺于一束光

在微凉的午后，
一束光从淡蓝色的天空，
避开林立的高楼，
照到我的身上。

我透过你金波似的微笑，
看到蓝色眼睛，

平静，深邃。

我沉溺于一束光，
像一株植物，
从中获得力量！

六瓣的花朵

白色的血液，
在血管中流动，
枯黄的落叶，
凋零的花朵，
在土地中酣眠。

飞向天空的羽毛，
向上生长的树木，
奔走跳跃的动物，
追求梦想的人类。

生命的远航，
是一场憧憬和出发；
生命的回归，
是一次沉淀和循环。

白色的血液缓慢流淌，
在生命栖息的静默中……

等待一场大雪，
既然无法融化，
就把它敲碎。
骨头敲击的声音，
溅飞一地雪花。

天空飞走的一辆辆马车，
请带走等待、无奈、悲伤，
带来喜悦、激动、快乐。

心，开成六瓣的花朵，
寻找一条温热的河流。

像婴儿寻找大地母亲的子宫。

（选自《散文诗》2021 年 8 月下半月刊）

程敏的诗

因你，溢香了整个春天

在城市某个角落
为你一直点亮的盏盏风灯
没有疲惫
当清晨第一缕阳光醒来
在这个春天
我看到花儿盛开
那便是你　如花的女子
绽放着青春的笑靥

当午后第一丝清风吹过
欢颜浓淡　我看到
那便是你
摇绿了树的枝条

在月明千里的晚间

你

似深闺中的少女

轻轻掀开床榻上的薄帘

触摸最后一片玫瑰的盛开

我看到满园的三月桃花

因你

溢香了整个春天

燃起一支烟

好久　心底像极这空寂的长廊

正飘雨丝的午间

你悄然而至

当生命又回响起颤抖哀号的音响

我沉睡的躯壳

顿觉自己久久建筑的防波堤

竟在

你温柔的呼唤声中崩塌了

那飘舞的白色烟雾

触碰着我的唇

（选自《大河诗歌》2021 年 8 月号）

邓万鹏的诗

灯下

群山被夜裹紧　黄昏是落在地面的一场急雨
还没有干　带来了夏天的野薄荷
杜鹃的音步从那边的树丛滑下来
树蛙发出有力的单音节　植物气味与水的气味
某种腐殖土的气味混合的草药　清香且浓烈

门前的空场地　一盏灯吸来哪些东西
潮湿的光圈圈定飞虫的舞台
蛤蟆想用胳膊肘撑住地球
它坐着跳　跳着它高傲的短路
停止又鼓起　呼吸　你是生我们的气　还是自己的气

俯视与仰视之间　互相打量　不成比例的身高
从满身疙瘩的异类　看闪电放射箭舌
收回准确的野餐　我们互不打扰　只是偶然

在小飞虫集合的湖边　一盏灯收藏多少秘密
当然这样的自然也是属于偶然

后来的夜深了　我们向海盈学习气功
后来从他的手指处　我们都看到过北斗的后脑勺
踮起脚带动水杉　试着穿过浅云
遗忘覆盆子酒的酒杯　山月其实是个圆　他强烈反对
我们回屋的想法　气功　那就继续交流　不睡觉

小老湾

新竹叶遮住一些老竹竿
望不透的竹叶青遮住今年山中的
小平原　从你的地下蹿出
高低不一的新锐气　我回头　看见一队走来的
全是自己人　人数是那么多　那么年轻

就在刚才　转身的地方使他们成为集体隐士
混杂的低语挤出叶缝　闷热
被突来的雨点打穿　摇动新竹枝
出汗的长裙女士们　别害怕　也别担心蛇
手拿拨索棍　有老杜给我们探路

你还怕什么　即便白裙子蹭上几点新黄泥
也别感到扫兴　这里的黄泥有内涵
芬芳的泥　是一个村庄的变迁史
这就是小老湾　一个让人特别想来
又一直没来过的地方　曾经有过又消失的住户

这时的你已站在从前的屋子里
床的大约位置　厨房　老母鸡的咯咯嗒
小弟跨出门的左脚　没打完的哈欠
小镜子　母亲节约的胭脂　不是草木灰
腐烂叶子的气息催着芦苇丛

门前　一头黄牛拉着山坡　而古老的低洼处
蒿草压住了碾磨盘　光滑的牙槽似乎见证了
面粉的制作　一棵构树的后代
从磨眼里穿出　被一圈大黄围住
附近　古老的碾轴大部分埋在土里

牛虻嗡的一声擦着耳朵
飞向远处　荒草的嘴围拢　溪水干在石桥上
一朵精心雕刻的菊花与今年的一朵重复了
而就在来路上　你们曾经围攻过一棵古树
采桑的手拥挤着　争夺树叶蓝天

菜地逸事

这里没有人　确实没有人
薅草　深翻　当一场急雨刚刚跨过南山
没有人把菜籽丢进土里　没有人
在这里支起黄瓜架　或创造人间以外的神话

可现在　每一根黄瓜都有伸开腰的冲动
带着一身的刺　它的顶端顶起一朵黄花
盼望着到来　有亲切的手揪它
野蜜蜂哼着耐心的歌　用花粉洗头

与附近的空心菜不一样
大头菜抱住遗传的球体　它越包越紧
金花鼠也许午夜来试验过滚绣球
压倒韭菜　一小片与另一小片

粉蝶忽高忽低
在大叶子上产下神秘的虫卵
精灵飞舞的菜地　我们睡觉时　人影晃动劳动力
我们来到　他们就隐身竹林深处

突来的山雨　带着凉爽
西葫芦在眼睛里膨胀昨夜的三寸金莲
却留给早晨　一只劳力士左脚的外形
而另一只在颤抖中　探索夏天的新走向

（选自《作家》2021 年第 8 期）

丁济民的诗

那些个与你息息相通的旧人

那些个与你息息相通的旧人
在时光之河中堂堂正正地行走
身前身后都留下了纯洁的影子
有的是至亲
有的是某个时光片段擦肩而过的相知相识

离别故乡已多年了
他们还在我的气血中联通
在我的言谈处事中漫游
有时候他们径直走进我的梦境
风采亦如当时

让你魂牵梦绕的旧人
不在意生命相处的长短与距离
只需曾经的一个眼神　一个举动　一次事件

就贴近了与你心心相通温暖的潮汐

漫长的一生中
经久不衰息息相通的人不超过三十个
有的像星辰散在远方
有的环绕左右　如棋局　衍生出新的词语

（选自《星星》2021 年 12 月上旬刊）

丁南强的诗

落日的夜盲症

穿过落日的邙山小径
在王朝的回声中蜿蜒
它把起点送至我的脚下
由我完成不同的终点
一群蚂蚁，我不小心踩死的
啃过皇帝、诸侯骨头的
蚂蚁，政权一样更迭了我
我的痛痒与民间的草丛
永久连接在一起
在落日的瞳孔里
砍掉那些将相的竹子
庶民的小草长出来
在竹子和小草的轮回中
猫头鹰发出皇帝一样的叫声
我把埋葬在蚂蚁躯体里的黑暗

拯救出来，组成我的夜晚
用以治疗落日的夜盲症

春望北邙

翠云谷悬挂在
鸟鸣碧透的镜中
翠云峰塔尖上飞起的帝王
比邙山醒得更早

山风翻开十三朝的史书
散佚的钟声把下清宫
镶进鹤的镜框，大殿里的神像
又多了几座，只有镜中
允许逝者鸣叫

花开成牡丹或芍药
山风不停地把道上的尘埃
吹成游人，王公贵族
吹成蚊蚋，居住在镜子
另一面的洛阳古人
望见镜中幸存的自己

开在镜中的国花

不再凋谢，就像塔尖

取走猫头鹰的皇冠

（选自《诗潮》2021 年第 1 期）

丁子的诗

石头

暴雨。总想把
一些想法灌进石头
风过。尘埃
却在想法上留下
点点伤痕，让苔藓
疼着。不敢喊叫
从山的母体上开始诵经
一路参禅悟道。把青色、红色、彩色
填补在经卷的残页，继续沿着
蝼蚁和花萼的方向。眺望
乌鸦和喜鹊落到同一根枝上

风过。雨过。还有雷声
披着华丽外衣的灵魂不一定都能
享有石头的筋骨，咚咚锵

有几点乱鼓在歌唱。歌唱
带着体温的晚餐，凉了

石头，躺着、坐着、站着
都能在经文里读到自己或是同路人
妈妈的烟火，仍然可以
灼伤那些走失的乳名……

（选自《诗潮》2021 年第 2 期）

乡情里的那棵树或一个人

人站在高处，也许花会开
大树招风，也可以招来
蜜蜂、蝴蝶。酿诗，味道长短皆可
一树花开。或能酿酒，也可以结果
除了穿梭在大观园的宝玉在忙
闲花只能随意落下
酒，饮者流泪。花，酿后成蜜

树与树牵手
就是一片森林。北龙湖畔，灵气
一群为树而来的分行文字

揉搓一地花瓣，水湄袅起烟火
为一棵树。树下有个踩花的少年
又是谁，顺着少年的脚印
轻轻举起葬花的玉锄
人从锄头边路过

摆弄文字的少男少女们
也摆弄宝玉帽子上的飘带
诗，不讲门当户对。飞鸟和秋虫不懂
只有三两只想参悟的野蛙
被宝玉收作记名弟子，偶有几个修辞
顺着落花，凑了个热闹
仰望高处的人顾不上读诗

前半程是雨，后半程有风
只有这个午后有阳光白云
一棵树在雨里，一片树在风中
就是这个午后最适合。种树，摇落闲花
风，继续为那个少年壮行
在风的目光里，树和人
都能听到掌声

（选自《快乐阅读》2021 年 8 月下半月刊）

杜思高的诗

打开桃花（组诗）

在春天想起渭河

风一吹
那些芦苇一下子全绿了
像一群顽皮的少年手持绿笛
猛地从浑浊的水面下跃出

草木有心，它们比人的记性好
每年春天，那些笛音总能穿过时间破裂的巷道
准确地把我领回从前渭河的沙滩

那时候我十八九岁
身穿绿军装混迹人群
像一棵芦苇摇曳在渭河奔腾的水里

今夜我想起西北

忽然一只鹭鸟从心头掠过

静止的渭河水突然传出哗哗的声响

打开桃花

爱过的书生披着满身大雪赶考去了

路途迢迢，此去

旧年的背影被灯光烙在窗棂上

绿肥红瘦

良辰美景应是虚设

被相思抽空的人气若游丝

临窗凝眸

东风替她收起又打开

一纸信笺上俱是唇印

鸟巢

在乡野

敢于向北风叫板的

是鸟巢

抱紧树木

就与大地心连心

一根一根树枝被精心编织
它们想把漏风的尘世
织得滴水不漏

在乡下老家
我看到两个鸟巢，空着
被冬日的寒冷塞满

乌黑的鸟巢
如落满灰尘的老屋
压低身姿
空着，还亮着从前的马灯
历经沧桑的游子还没回来

鱼关南水北调移民纪念碑

这些石头站立着，刚强坚硬，挺拔巍峨
它们的脸上，胸脯上，肩膀上
刻满一个个名字

那是一群人，一个村庄的人
留在盛湾的面容，留在鱼关的脚印

留在老家的心跳

一群有血性的人在石头上刻下
生命的符号
它们手挽手，血脉贯通
天冷的时候它们就披着雪花御寒

它们站着
忠诚地守护故园
踮起脚
看着江水汇聚拧成大河向北奔走

现在村庄的人在另一个地方生儿育女，繁衍生息
把故乡的炊烟嫁接在异地
年年开花，结出乡愁

在石头群旁行走
它们好奇的目光看着我
让我一次次低下头颅

它们才是这里的主人
不管走多远，不管时间有多久

风吹过
我听见它们与浪潮亲切交谈
像一家人唠嗑
只言片语，朴素简单

在大理

苍山把雪白的帽戴在头上
洱海把蓝色的纱巾盖在脸上
崇圣寺把佛祖供在心上

下关的风蛮横
吹薄苍凉的人世
上关的花打了个盹就接着开放

在大理
风花雪月无关情爱
只关乎人心

苍山脚下
三炷香从唐朝燃到今天

（选自《绿风》2021 年第 4 期）

段新强的诗

冬葬记

午后，我遵照土葬的乡俗
在村外的田岗上，安葬昨夜
从公路上捡回的小狗
初冬的泥土已经封冻，每一镐下去
都仿佛捣在大地的骨头上
而此时的草茎、树根，更加脆弱
在我的蛮力下纷纷断裂
还有隐蔽的蚁窝也损毁了，那些
卑微的生命，顿时惊慌四散
我不得不小心翼翼
生怕再伤及无辜
但很快，又有一只僵硬的虫子
滚落出来，就像一块
世间隐秘的碎片：孤单，悲苦
凝结着巨大的谜团

让我手足无措，陷入了长久的
茫然

亡灵记

已经停尸三天了
那个人，依然没有醒来
没有突然仰身坐起
揉着惺忪的睡眼，打一个长长的呵欠
他依然纹丝不动，而且看上去
面容更加陈旧——他一定又向深深的虚无里
下沉了一些
供桌上的一缕青烟，仿佛是他的魂魄
围绕着他，徘徊复徘徊，最后
还是飘出了屋顶
也没有哪个孤魂野鬼
要借尸还魂，从另外的世界赶来
悄悄钻进他的身体
然后双手合十，无比庆幸地说
我又回到了人间

（选自《牡丹》2021 年 6 月上半月刊）

水的骨头

虽然水那么柔弱
一生都站不起来，永远在低处匍匐
但它们一定是有骨头的
试想，如果没有骨头，它们怎么会溅得那么高
那白色的浪花和飞沫，分明就是
骨头与石头撞击的碎屑
如果没有骨头，它们又怎么会
日夜奔走，一路高歌
让人看不到丝毫的疲惫和伤痛
它们的骨头也一定是长在心里的
因为在大地上，我只遇到渴死的江河
却从未见过有哪股水在倒流
而且它们从那么高、那么险的悬崖上
毫不犹豫地一跃而下
让我相信，世上再没有比这更硬的骨头了

旧石器

它更陈旧了
它是大地上最早枯萎的那块石头

但它依然活着，在厚厚的黄土下
紧紧抱着一粒远古的心跳

它还有不可感知的力量
一寸，一毫，都埋伏在粗糙的呼吸里

一旦回到生活，还能够收割更多的果实
我听见一捆时光倒下的声音

面对它的锋芒，大风，霓虹，钢铁，我所有的修辞
都纷纷战栗，摇晃

能够抵挡它的
只有它自己坚硬而巨大的沉默

（选自《山东文学》2021 年第 7 期）

范蓉的诗

凌霄花

我在，与不在，都无法触摸
——六月的黄昏，一棵树，把自己塞进
臆想的，邮筒。谁取走呢
雨要来了
睡眠，悬在蜻蜓的，翅上
蜻蜓站在少年的，赛车把上。车在已消失的
旧楼的，阴影里
怎么办呢？抑郁症侧卧在，曲谱的
正中央。提琴抬起足踝，试几次
绕不过去

（选自《江河文学》2021 年第 3 期）

有赠

夜深。时间之轮开始抛锚
你站在甲板上跟我讨论艺术和生活

但明月如匕首，轻易捅破大鱼的梦境
蔚蓝自它的体内流出，咸涩的波浪改变了
午夜的剧场

帷幕再次拉开，你拿出深藏的曲谱
我看到日子是被遗忘的刀鞘
一个个悬挂在最低音

而一只白鸟，站在最高潮部分
它的肩胛驮着诗篇

岁末书

日子。生锈的
布满疤痕的身体。在小麦与玫瑰之间
并未获得什么启示

窗户已经打开。就让那梦——
深渊之子，未解的谜团
钻进时间的长袍
随风鼓荡

而你，搀扶起虚弱的月亮
企图借用语言之手
够到明天的绿枝

（选自《奔流》2021 年第 8 期）

一株小麦在夜晚返乡

这是词语受潮的夜。

时间被卡车一趟趟运走，永不再回。
关上修辞的阀门，谁在呼唤你的小名：麦子！麦子！
像细长的藤蔓，爬过异乡的窗棂。
在耳际缠缠绕绕。

庄稼的影子也在房间来回走动。
它们丢下的桨橹，滴着湿湿答答的水。
是从故乡出发的吗？

白昼里跋山，月光之下涉水。

哦！这幻梦，翅羽招展，像一种呼唤。

“还是回去吧！”屋檐下缝补燕尾服的雨燕说。
暴雨就要来临。
体面是一堆斑斓的泡沫，一触即破。

…………

你回来了。在梦薄如蝉翼的夜。

星星们聚集在村庄的路口，席地而坐者少，攀在枝丫上者众。
月亮盘腿坐在农人的屋顶，银光闪闪。

你和村庄，同时脱去了夜的长袍。
远处，五月的麦田正在起身，你的父亲在向这里张望……

（选自《星星》2021年7月下旬刊）

封延通的诗

捶衣石

一座山，只有死过无数次
才能变成一块石头
一块石头，只有摊上一身衣服
捶打
才能变成一个人

一个人，只有给他一根木棍
捶打
才能变成他的亲人
捶吧，捶出污汗水，捶下灰尘
蜕下坚硬
才能看到那个瑟瑟发抖的人

捶吧，捶吧，捶出月亮和太阳
一根木棍才能变成一只拳头

把一块石头锤炼成一个人

只是，水呢

唢呐

他们把一根针，打磨到了没有腰身

只有芒尖的程度

他们把尖芒，放到了眼泪的下面

心跳的上面

他们把它放到了

生命最为坚硬也最为荒凉的地方

仿佛那是一块石头最迟钝最宽容

也最能承受最尖锐的疼痛

他们把它握在手里含在嘴里

任它替自己呼吸

任它哭喊

看山

每天清晨起床后

站在窗前或门前，长久地凝望一座山

时间久了

就能穿透那座山

看到山的那一边，还有一座山

山上有一个人
也正站在门前或窗前在看山
有时你甚至能看到
他的思想里面，也有一座山

他也能看见你
你和他都沉默不语
都在用目光观察，窥视，交谈
直至有一天你或他弃离对方
奔向更远的地方

（选自《躬耕》2021 年第 8 期）

冯新宇的诗

在浮世

在浮世，我侧立于四季
越走越远的苍茫，灯火一样安静。
长亭和短亭潜入江南的烟雨

世界之掌摁着杯中之苦
我们，是地上星。银河水藏着锋刃。一粒微尘体内的风暴
在绝句里突围
途中的虎豹，黎明接管

在浮世，寂静在最高处
低处的沉默，喂养
我的落日，我的雪
和你深意的微光

（选自《速读》2021 年第 2 期）

付炜的诗

花枝赋

一种崭新的寂静通过她被发明。

——［法］伊夫·博纳富瓦

春日色彩迁流，夜来骤雨渐紧
那退去的，除了音尘和宿鸟
还有事物的凝视，花的惊鸿一掠
像是将我们含在舌尖，又旋即释放
像蜀江春水，两岸潮生
我们曾假扮过客，去赏小园芳菲

啊，看风景恰似不断进餐，霎时
便有饱腹之感，而我们无法察觉的
丰饶，在词语中获得新生
诸如逸事在传诵中越发迷惑
花枝缭绕，这沉重的荣誉降临我们

而我们此刻——一无所有

只有我们知道我们该不该沉默
只有花枝还在我们的沉默里酝酿变幻
如果我们折断它，能否视为
一次自我拯救，如果我们没有折断呢
或许，就是它拯救了我们
结伴而行的失语和失落

树叶消失以后

清晨，我走出门外，木椅上
小小的露珠，正盛放着无尽的光束
一些事物新鲜而易碎，另一些
老去如一桩心事，我在熟悉的小径上
走得很慢很慢，这种慢
使我获得了对时间的一次命名

何妨想一想，树叶消失以后
睁开眼睛，视野里闪烁的澄净
将和永恒一起困扰我们
仿佛寂静已经精确入微，以至于
我们可以轻易感受到死亡

那种轻盈，如消融在枝头的回声

美还没有在伟大的技艺里熄灭
我们阅读、做梦，领受疲倦和风吹
随之而来的，无疑将
会使我们拼贴那本该完整的泪水
它那么晦涩，却仍是崭新的
像是从我们身体里滴落的
一小片海

暮春十四行

我信任失落的草地，和草地里羞赧的
时辰，我坐在这里很久了
却仍藏匿着，诗的命名术，和傍晚七点
渐起的凉风，我不能说的是
记忆拆解我透明的修辞
像是将身体的弧线在寂静里悬置
尽管我怯于开口辩说，但歧路
在鸟的膝盖上不停生长着，少年如我
渴望窥见一枚樱桃核的内心
却害怕额上的汗珠，砸碎
眼前的一小片暗影

我要如何，如何涌向古老的瞬间
古老的忧喜，在暮春的光束
仍然像你的嘴唇那样新鲜的时刻

（选自《星星》2021年8月上旬刊）

高野的诗

墓志铭

不要再来打扰。
她已习惯安静。
正与清风、草木、花鸟待在一起。
不要手持鲜花。
此刻，它们应该在山谷
沐浴阳光。而不是倾听你的哭泣。
哦，不要哭泣。
她一生已流下足够多的泪水。
不要抚摸墓碑上的名字。
它曾热烈，滚烫
灼烧过一个人的心。
现在，它变得灰暗，阴冷，已超出这个世界
所承受的范围。

星辰

一个人在星光下
坐久了，会莫名流泪。
我曾在山间迷失。靠夜空的星辰
回家。

无家可回，就坐在异乡的高处。
除了双臂和膝盖
能抱紧的东西越来越少。只有
遍地星辰依旧升起。

我追寻的那一颗
不必是最亮的，但必须像你。
像你的眼睛
给我安慰和照临。

我手握星辰的钥匙。
早晚有一天，会打开时间的锁
投入那永恒的光辉。

倾诉

我对未来
仍有热切的欲望。对远去的事物仍抱有幻想
因此——

我原谅洪流冲向果园、土墙和马匹
原谅山坡只长青草、石头，不长爱情
原谅一场火把落日赶往水里

我有不甘之心，来源于
对一首诗的反复捶打
我有遗憾之事，终其一生，未能感动你

多年后

多年后，人们在诗中赞美你
年轻时的模样

公园的长椅上，阳光晒着
你的晚年，和一本薄薄的诗集

秋深了，仍有两枚树叶
在相互拍打，告别和安慰

像一枚对另一枚
仍有无限的期待

某个瞬间，你的悔意落在纸上
终于有了雪的痕迹

有赠

冬季。你爱坐在有阳光的窗边
开始一天的工作。某一时刻，一栋高楼
因庞大的身躯遮住温暖的光线
你所在的位置
会留下一片阴影。无数次你手握茶杯
目光投向远处
这样的时刻，有时也会因为一朵云
一场雨，一件忧伤的心事
我愿意是被期待的那束光。像一块燃烧的陨石
朝一个人的内心坠落

（选自《牡丹》2021 年 6 月上半月刊）

高治军的诗

中原昂起头来

金色的十月赤橙黄绿
深秋的十月硕果累累
饱满的十月洋溢喜悦
丰收的十月美景一派
在这美好的时节
迎来了河南省第十一次党代会的召开
大河欢腾，嵩山鼓掌
亿万中原儿女
像过节一样欢快
平原筑高地，中原起高峰
古老的中州昂首进入新时代

回顾过去的时光
为我们取得的成绩
心潮乍然涨了起来

53 个贫困县全部提前摘帽
9536 个贫困村全部出列
农民收入增速比城市还快
“米”字形高铁基本建成
郑州四通八达多么气派
空中陆上网上海上
四条丝绸之路让中原联通广阔的世界
不沿边不靠海的河南
仿佛成为天地之中蔚蓝色的大海
生态环境跨上了新台阶
南水北调犹如一条绿色的飘带
2021 年生产总值近 6 万亿元
粮食产量稳定 1300 亿斤以上
中原人民幸福快乐
河南人民自豪开怀

瞻望未来
我们更加心潮澎湃
锚定“两个确保”
全面实施“十大战略”
将把河南带入更加光辉的未来
到 2035 年
综合实力、创新能力进入全国前列

基本建成“四个强省”一个高地一个家园
让中原更加绚丽更加出彩
到本世纪中叶
“五个文明”全面达到新高度
建成富强民主文明和谐美丽的社会主义现代化强省
让河南更加彰显中国特色

学习党代会报告
心情更加激动起来
实现中部崛起
需要一流的生态环境
需要一流的创新平台
需要一流的城市建设
还需要双一流高校建设的支撑
这牵动着亿万河南人的心
这关系到河南的明天和未来
创新强省、科技强省、人才强省
人人持证、技能河南
就是我们发出的强音
这是我们不二的选择

学习党代会报告
心海更加兴奋起来

中原就应该把胸挺起
你是华夏文明的发祥地
或许只有你更能讲好黄河的故事
更能表达黄河文明的精彩
老家河南、天下黄河
华夏古都、中国功夫
就是你应有的品牌
中华文明复兴的那一天
中原黄河
厚重河南
须臾也离不开
只有古老中原走向现代
只有中土河南走向世界
那才是中国时代
那才是黄河气概

柿叶火红，栌栾尽染
月季鲜艳，菊花惹爱
深秋的中原大地
锦绣千里，风景如画
不逊江南，堪比北国
大会高举旗帜
牢记领袖嘱托

践行初心使命

锐意改革创新

确保高质量建设现代化河南

确保高水平实现现代化河南

向着第二个百年奋斗目标

展现着勇毅前行的豪迈

下非常之功，用恒久之力

河南，必将——

无愧于历史

无愧于人民

无愧于时代

（选自《河南日报·农村版》2021 年 12 月 2 日）

龚甫的诗

清明

每至清明，父亲会让我
朝着一座坍圮的坟山跪拜
萧条，是亡灵诉诸草木的表达
棺中人，包括我的爷爷
随山体一起沦陷，倾覆之下
没有一处坟茔会是完整的
缺失可辨识的碑文
一到清明，就只好祭奠整座山
跪在山麓下磕头的人很多
父亲说："我死后，也要埋在这里。"

（选自《散文诗世界》2021 年第 2 期）

故乡的河

多年之后重返故乡
我站在摆渡老翁的竹排上
观察故乡的河
安静的河面上　流动的河水
借助波涛　吐露家乡独有的方言
操着本地的口音　肆无忌惮地
把我当成了外来人
这一切的疏远　我都怪罪于
时间和距离

我的眼泪滴入故乡的河中
河水却用汹涌的姿态
排挤我　一个它眼中的陌生人
我尝试在脑海中
重新构建一个流域
却始终没能逃脱出
故乡的这条河

（选自《青年文学家》2021 年 5 月上旬刊）

桂林的诗

像植物一样活着（外一首）

在薄凉的尘世，多情而纯朴地活着
风雨，冰雪，干旱，让我学会了倔强地挺立
把信念的根须，扎向板结的土层深处
和泥土对话，接近真实和善良

拥抱春风和朗月，捧出一颗心来，去热爱
肥沃的厚土和璀璨的星空
在火辣的节令，活出热烈和疯狂
沿着一株植物的履历，坦然地临摹
人生的轨迹

我用生如草芥的命运，弹奏一曲豪迈的悲悯
用两枚子叶，虔诚地捧起太阳神的恩赐
在短暂的荣枯之间，茂盛蓬勃的力量
和铁质的坚韧

大道至简。我淡泊地活成一株植物，花朵的艳丽
以及果实的芳香，不会让我云朵一样飘浮
天地灵气，日月精华，滋养一株平凡的植物
在大自然中，素心，率性，活成自己期冀的样子

隐喻

在枯瘦的日子里，植根厚重的大地
拔节着参天的梦想
身边污浊与喧嚣环绕，在众人视线之外
喂养高贵的信仰

我曾依山而居，在光阴的惨淡中
昂起倔强的头颅。向着远方发出
心灵的呐喊，用长茧的双手
打磨笃信的马鞍

芦苇临水而居，在浊浪袭扰下
岿然挺立。直面霜天，露出
坦然的笑容，在风雨中
忘情地轻盈舞动

飘飞的芦花，是我人生

颠沛流离的隐喻。向往一次
美丽的花期，渴盼灵魂诗意地
飞舞，我愿化作一朵芦花
在诗河里灿然绽放

（选自《诗歌月刊》2021 年第 7 期）

郭子畅的诗

有一刻

我需要更安静一点，才能分清雨珠击打不同物体
发出的声音。秋风绑着鸟鸣
从窗子口递过来
长久的声响，让人感受到顺从
窗子外大约是两亩菜园，雨水中
小葱露出尖锐的内心
菠菜穿着一身宽大的袍子
为蚂蚁和蚯蚓遮路。屋子里开水壶冒着热气
我转身回到书桌前
播放一部电影，开始怜悯小人物的孤独

慢一点

我总是喜欢慢一点。慢一点爱上一个人
慢一点被谎言欺骗

让自己幡然醒悟，也要慢一点
相聚慢一点，漫长的别离就短一点

还要，让疼痛也慢一点
一颗完整的心，需要慢慢地破裂

还要，让遗忘也慢一点
万物之间的因果，需要慢慢地达成和解

擦掉写给你的诗句，肯定会比失眠进行得更加慢一点
就像我恨你，一定也会慢一点

在夜晚

父亲醉酒后，开始向我描述他
十四岁时掂着水桶到村子里
借水吃的经历。他说不敢想象童年
贫穷的海洋时常吞噬梦境
中年的困境被暂时搁置在一口井中
在时高时低的语调中
我能感受到被复制的冷漠
和自尊的皱纹。长久交谈作为疲惫的开端

我们逐渐陷入沉默之中
过一会儿，四岁的弟弟
顽皮地关掉了客厅的白炽灯
黑暗之中我们渐渐看不清彼此
而烟头的余光
亮出我们的倒影

（选自《星星》2021 年 9 月上旬刊）

海盈的诗

童年的乌托邦去哪了（三首）

三星堆

站在高台上，挺拔的
巫长，在指挥一场盛大的
仪式。鸟，在扶桑枝间

吟诵。它在树的法场上
接通天人讯息，削弱
人的原罪。铜人纵目

望远镜般，穿透雾障
穿越深空。望到了什么？
征战？诅咒？祝福？鱼凫？

《山海经》，预示了什么？

断代文明，以土、铜锈为隐身衣

守护秘密，铜人不语

阳台上，邀约往事

在夕阳的辉光里

《悲伤的西班牙》旋律

以吉他之水，沁润

心野。独坐阳台

举起一杯红茶，邀约

晚风，鸽子带着哨音

飞向夕阳。月亮升起前

邀出往事聊天

不经意间，月光

已漫上阳台

山庄遇云

云，从南方涌来

一团一团，列队涌来

一会儿遮蔽山腰，一会儿

填满峰谷，一会儿

掠过桐柏湖面

有人，在湖边练吐纳
山谷，在吐纳云朵
山居小院平台上，我在健步
小娟的《山谷里的居民》
清新淡远，旋律融入身边的
云，飘向北方

（选自《星星》2021 年 12 月上旬刊）

韩中杰的诗

秋风之吻

风力发电机的风轮
转动母亲心头的那台纺车
时光烙在
煤油灯燃尽的灯草上
满院的芦絮埋葬了炊烟
枯草埋葬了花香
风从河的对岸拂过指间
散落遍地乳名

枫韵

野马奔腾嘶鸣
朝霞枝杈上的一抹红
在呼号

奔突

带着音节

染透层林

当斟满一杯秋色

你的雷鸣之翼

滑过山顶

（选自《参花》2021 年 11 月中旬刊）

老照片

我钱夹里，常装着一张照片

是你寄给我的，是我炫耀的资本

那时，我最富有

现在，照片变成了两人

涂抹了生活的色彩，打磨去了岁月的黑白

钱夹已空虚，装不下浪漫

锅碗瓢盆碰撞声，淹没了青涩的影子

调进了酱醋茶的韵味

酒杯交错，弹奏家的和弦

老照片，早已丢失

不知是否还可找到，当年的底版

（选自《鸭绿江》2021 年 12 月下旬刊）

郝子奇的诗

在洪水中站立

2021年7月下旬，郑州和豫北地区遭遇暴雨，洪水成灾。大伾山下的古黎阳浚县人民，为了保上游城市安全，扒开了他们筑好的堤坝，让洪水淹没了自己的家园，数十万亩良田受灾，数十万人口被迫离开家乡。英雄悲壮，可歌可泣。

——题记

北中原，站在水里的人

那些一生下来站在北中原土地上的人
那些一直整理土地又被土地整理的人
是在肥沃的泥土里种下种子拨出杂草
留下丰收后的种子把粮食交给天下的人
刚刚收割了麦子　种下玉米
每一天　都看着玉米拔节长高的人
那些用土地埋葬了亲人

又在土地上把埋葬亲人的铁锹磨亮的人
他们刚刚在先人种的树下乘凉　在有子馍的小店喝酒
刚刚　在菜棚里摘了黄瓜坐在院子缝补衣服
现在　被巨大的乌云的翅膀收拢到水里
惊慌　愤怒　痛哭　沉默　之后
自己坚定地与玉米　与看不见屋顶的村庄
一起站在水里　成为不肯流走的种子
死死地抱定大地　藐视着天空

在这场雨到来之前
无数场雨都消失在这片土地上
就像这些站在水里的人　在他们之前
已经有人在卫河岸边打造了村庄
他们堵过河岸的缺口也打开过缺口
亲近着水也疏远着水
打鱼　行船　把丰收的粮食送到远方
把搁浅的旧船扔在沧桑的河床
现在　走散的雨水都来到这块土地
走散的人　被倒挂在天空的河流召回
万物飘移　大地陷入汪洋
站在水里的人　成为与大伾山并肩的山峦
让洪水流过自己的肉体
留住祖先找到的土地

留住奄奄一息的玉米大豆　留住
放着祖先牌位的村庄

闪电　已经收回抓取大地的手掌
泻下河流的乌云正在散开
大风　吹着上涨的河水
站在水里的人
在抱着已经不多的沙袋
抱着忽闪的灯火　抱着
整个北中原的疼痛
数十万亩良田　数十万人
数不清的生灵　让历史
记下2021年7月下旬的日子　记下
在北中原　站在水里的人群
翻到这一页的人　在多年以后
请用感动去扶一下他们的趔趄
他们站得太久了　已经用尽了全力
大地上复活的玉米　麦子
在村庄里嬉戏的幸福的孩子
都是他们留给世界的根

2021年8月4日深夜

最后挖开堤坝的人

最后挖开堤坝的人
是站在水里一直背着沙袋垒高堤坝的人
是一直望着玉米的生长像望着自己的孩子的人
是已经在水里泡了很久不愿上岸的人
是看着远处的村庄　红色的瓦片
失声痛哭的人

挖开自己垒高的堤坝
就像推倒自己垒了一生的房子
砍下自己养了一辈子的树
就像　自己把自己的骨肉剁开

像一只为了天空折断自己翅膀的鹏鸟
正在挖开堤坝的人
首先要把自己的心挖开缺口
把自己的胸膛挖开　听到洪水
从自己的体内哗哗流过　听到
孩子般的玉米被水淹没了的哭泣
听到村庄的一扇扇门缓缓打开
又决然地关上　呜咽　低沉
和越来越远的脚步声一起响着

慢慢地骨肉般撕开　沉寂无声

挖开堤坝的人　最后
蹲在缺口　流水已经扒开了他的心
他的血比缺口的水更大　更急
哭泣中的玉米与他告别了
看不到屋顶的村庄与他告别了
他望不到水中　还有多少
来不及告别的事物
都与他息息相关　抱着
他没有滴完血的心

最后挖开堤坝的人
是为历史留下缺口的人
谁在这个缺口看到了流水
谁都会为他的痛苦所折磨
看着流水下的田野和村庄
咬紧嘴唇　老泪纵横

2021 年 8 月 1 日深夜

大伾山所看到的

两千多年前　黄河的缺口

已经堵上那时候

人还不够多　从四面八方赶来

现在　2021 年 7 月

仍然堵住了卫河的缺口　更多的人

在洪水中站着

天晴了　水还在涨

堵缺口的沙袋已经不多

现在护堤的人

扒开了他们垒高的堤坝

无处安放的水　淹没了护堤人自己的村庄

自己种下的玉米　自己小院里的

猪　牛　羊　或者

来不及展翅的蜜蜂　来不及

竖起“天线”　向同胞

发出避难信号的蚂蚁

护堤的人　正在离开自己从没离开过的土地

更多的人被他们挡在身后

与洪水擦肩而过

2021 年 8 月 3 日深夜

卫河两岸，高于洪水的人

下沉的事物　在水中
都被泥沙堵着喉咙
哭不出声音

长高的庄稼　在拼命伸着头颅
让正在赶来的人看到　挣扎

看到的人　心里装满了
牛　羊　猪　鸡　狗
只露着蓝瓦片红瓦片的村庄
锄头　镰刀　钉耙　收割机
架子车　石磴　子馍铺　豆腐铺
裁缝店　寿衣店　水果店　中医诊所
唱戏的台子　喝酒的饭店　蔬菜大棚　西瓜摊
没有墓碑的坟堆　挂满照片的影楼
政府大院　开着门的办事大厅

装满了　正在上涨的水
找不到倾泻的地方　许多人
在堤坝上沉默　看着天空
乌云缩回了闪电的手掌

无法呼吸的土地　已经倾斜
正在扶住这些大风中摇晃的人

现在　只剩下寻找缺口的洪水
只剩下　堵住缺口不肯走开的人
在水中　因为他们拒绝下沉
他们站着　一直高于洪水

2021 年 8 月 2 日深夜

（选自《诗选刊》2021 年第 10 期）

蒋戈天的诗

惜山记（外一首）

薄暮时分，雏菊打着橘黄的小马灯
照亮咫尺天涯

大山不语。山坡倾斜傍晚的寂静
晃动小朵的稚气
向迫近的黑夜，睁开玻璃珠一般的眼眸
牧羊老爹，目光望向山的那一边
甩响风中的鞭子
他努了努嘴，未对此给出赞许，或否定

潮水涨上来了，石头压下鸟翅
密林里，大兽在潜伏
隔着露珠，我忍不住喊了一声
菊呀，风暴就要来了，赶紧上灯，赶紧
掩上小小的柴门

登山记

登临黄柏山，说什么都是多余的
只把脚步交给大地
交给跌宕的峰岭和涧溪
在微寒中，且让目光和太阳交换温暖
将一轮红日镌刻眼底

千仞之上，世界变小，尘世高悬
清风拂去衣袖上的凡尘
洗涤内心的风烟
何不拈花一笑，浮云淡看
何不将体内的铜镜，轻轻擦拭一遍

玻璃栈道，紧依着悬崖
透视着谷底的深渊
那一刻，一步一哆嗦
胆魄变为火上的针尖
哦，这人世多么容易让人服软
有一种爱叫胆战心惊，那就
硬着头皮，咬咬牙，将余下的路走完

（选自《星星》2021 年 6 月上旬刊）

景淑贞的诗

在异乡

我试着，把这些林立的高楼
当成落光叶子的白杨树
远远看着
黄昏时会不会有一群麻雀落在树上

我试着，把朝一个方向行驶的车辆
当成村庄里的河流
去河里洗去手上泥土的人
已拖着一小片暮色走过第一棵柳树

我试着，把一个城市的喧嚣声
当成田野上的风声
风中有呼啸而过的孤独
孤独里有我想大声呼喊的人名

一个城市的灯光次第打开
它们明亮，耀眼，焦灼不安
匍匐在水里，蛇的信子一样
有闪闪烁烁的欲望
我在白河边走了几个来回
还是不能把它们当成四里店的月光

我只写我的故乡

时常焦渴
那时冬风吹过茅草屋的缝隙又吹着我
我的嘴唇和那片土地一样
失色。干裂
我用瘦弱的笔尖代替嘴唇伸进一条河流

我贪婪地翕动双唇。故乡的小河时常断流
鱼群飞到天上
岸边的白杨树扶着自己的影子
也扶着趔趔趄趄的黄昏

异乡的酒馆。我一次次描述
托着日出日落的垛子石山
一次次说起

那些开了又败，败了又开的花

那些一年年死去又一年年活过来的草

那块把一辈人吞进去

又把一辈人吐出来的土地

我不停地说，把自己说得泪流满面

说得酩酊大醉

出生地

描述你之前，我一直在寻找

那些词语在午夜微光摇曳

而你老屋顶上的茅草枯黄

村口鬼柳树上的鸟窝暗灰

甚至墙缝里侧身而过的西北风呈现黑褐色

你土墙的黄，黄土的黄，我面黄肌瘦的黄

总是在黄昏，明晃晃的，晃出我的泪光

允许风吹着纸片，沙土，满村庄跑

允许一个女人坐在倒塌的破屋前呼天喊地

允许月光照出木窗上的暗疤，虫洞

这么多年，我无法抠出那些词语

如几十年的风雨在我身上抽打，拷问
我无法从一个个鸟窝里
抠出梨花的白，桃花的红

疼极了，我就在心里轻轻喊你
——老景庄

（选自《躬耕》2021 年第 5 期）

孔祥敬的诗

浏河古镇

一张手绘的地图
把你画入我的心窝
吴风楚月的浏河

拉起手，慢慢划动双桨
石磬踏歌，古律新韵
才渡石桥又入院堂

门牌挨着门牌
门牌后，站立起
太仓一粟，铁画银钩

小巷连着小巷
小巷里，长出了
江南丝竹，百年紫薇

细雨润，烟岚幽香
尝不尽江海河三鲜
酒旗肆意举佳酿

灯影街市，月斜西廊
船移郑和大道，晨曦奔跑
帆樯竞秀，入了诗眼迷了目光

（选自《诗刊》2021 年 10 月下半月刊）

油菜花开了

你是春天
最耐心等待
出场的花仙子
绿油油
亮闪闪
金灿灿
大地长高了的微笑
从外婆家的岗坡
绽放到母亲开垦的菜园
一切妩媚

一切甜美

一切芬芳

插上雨燕的翅膀

斜飞入久违的原乡

铺就照耀天地的振兴梦想

（选自《河南日报》2021 年 4 月 16 日）

雷黑子的诗

东坝头

跪成小绵羊的雪花
把母亲最后撑起的帐篷
哭成坟茔。洁白的帐篷里
有从秋天攀缘上来的麦苗，有母亲二十年前
种在地里的故事，还有我
不分季节发芽的眷念，不知何时
已长成了芦草
仰望着一片又一片途经的云朵

东坝头是母亲拐弯的地方
是黄河在路上，与仙女下凡时
一次风沙漫天的意外相拥。尘埃
凄清了轮回的渡口，等
第一千颗流星上了沙船，风跳进黄河
浣洗，做梦

也没有想到的伤口铜瓦厢
在仙女回去时，缱绻染红了清明的鱼尾

云朵上盘膝而坐的母亲，说芦草
便是仙女草，每一片叶子上
都留有仙女掐过的指甲印。小绵羊说仙女草
其实是母亲草，每一枝草茎里都能滴出乳汁
所以被神仙养大的坝上孩子，就像
黄河之水从天上来，一直迈着大海的步伐

不乘着长风冲破几个波浪
坚决不复回。所以常在明镜里悲白发的母亲
放下手中线，掏出智能机
从淘宝里淘出游子衣，然后
拨通我的电话。简单的几句叮咛
硬是把滚滚东去的黄河水
朝着有明月光的静夜里拧了个弯

鸟儿衔着朝露

春天在大厦与茅屋之间的道路上
起飞。时钟左右摇摆着
并没有发现胁侍的手印

此时正尾随着我深入水滴，头发嫩绿
寺院吞吐着蝼蚁者的禅意，犹如忧郁
经历了许多彻头彻尾的血脉偾张
看到你和樱桃花一起苏醒
我忽然就原谅了春风

碎裂的骨骼逐渐围困了
人世。圣贤也开始左右摇摆起来
先是清醒被糊涂辨认，后来的就指向犁铧
我是被先收割的，自然依旧
暗示颗粒，而心
无城府；体，无完肤
把春天幡然的醒悟
一股脑儿都绽放到樱桃树

风信子的风

悬挂在大写意的笔尖
像一滴墨汁，眼看就要滴到
两栋楼的中间，风信子非常担忧
他的滴落。他把历经几代人才裁缝好的外衣
挂在春天打马而过的街角
就急匆匆地赶来

他几乎就要追上

前面滴落的那粒星光了

他几乎把失望握成了一把劈山皴坡的刀

他每天都握在手里，给它温度

用最苦的往事滋养它，让它几乎彻底

忘记了成为刀的原因

他戴上口罩，畏缩在两朵花中间的街头

弯着腰，掩盖着颜色吐尽后

内心的虚慌和绞痛，良久

匍匐到春天刚刚经过的红灯下

以期拦截下一车被偷运的花香

其实，他一直都被握在手里

熟睡。风被色彩握住的时候

会发出悦耳的鸟鸣

如果被握得更紧，就会像一树桃花

被握成失落，一簇风信子

被握成反弹的铁饼，用尽一生

等待一次被认可的绿灯

就像一片西风被扔到嘴里

怜惜着嚼烂，咽下去的觉悟
和致歉，那是一个恰当的时机
一瓶看起来无比恰当的夜
被泼在了天上，桀骜不羁地洇散

（选自《中国校园文学》2021年4月上旬刊）

李长春的诗

蒲公英（外一首）

五月，盛满不懂爱的绿
外表的黄刺痛破绽
历程表达：
所要表达的热烈，在梦的尽头
远方是飘飞的陷阱

在南山，柔软的黄
朝四面盛开
夏天那么短暂
小白伞装进布袋
枕在袋上的人们
夜夜以身试飞
一路开放，却一生
不肯落地

携带历程的表达，越飞越远
走得最远的人，远远落在
蒲公英的后边

风有了绵延的形

来历不明的风，
以王的口吻，带着迷途者敲门
村庄里的人家，在荒野上
紧紧缩成一窝
怀着隐秘的痛
路过村庄的风没停
穿过村庄
黑黑的走掉的那条路
悄悄融进尘世
走在路上的风
天黑可以矫情
天明就摇响肩上的风铃
蹲在村庄外的榆树
也藏着风，颤抖的叶尖上
风悬而不离，从此
风有了绵延的形

（选自《散文诗世界》2021年第8期）

李继增的诗

浅相遇

季节的动车
在田野上飞驰
景致在心的窗口
明明暗暗
四季的每一站
有风雨，有斑斓

每一次欢笑的相逢
都是一次别离的缠绵
每一次缠绵的别离
都是又一次相遇的开端

今天，天气预报说你要来
那么，我在下一站等你
期待一场美丽的

相遇

（选自《石油文学》2021年第6期）

池塘物语

夕阳，池塘边
一株株灰白的芦苇
摇曳着身姿
风吹过，有苇笛轻响
白发亮出坚韧

六只鸭子从芦苇丛中游来
白如雪黑似墨，黑白相间
时而划舟，气定神闲
时而一个猛子扎下去
捞出来满满的欢愉

景色诱人
鱼儿跃出优雅的弧度
溅起的涟漪
把水中的夕阳一点点揉碎
又慢慢粘连

水面上

一缕白云正缥缈

如烟囱冒出的炊烟

开始是聚拢的

而后一层层晕染开去

夜色不断从远处涌来

淡雾从水面上涌来

涌来的

还有那发自内心深处的

扯不断的，浓浓的思绪

（选自《绿风》2021 年第 6 期）

李山的诗

百合

1

玻璃房外，像诗之初里麇鹿的
优雅跳闪。时间的马鞍桥便被困激的泉洪
訇然掀翻。

一场轻风掠过。留下兰草初绽的
齿痕。不需要理由的重访与反刍
被一再复制。

镜像中闪耀的百合——星月般拨开
混茫的云翳。
一场雪花的运动让世界为之易容。

野有麇鹿，白茅纯束。

少年猎者从朴樕的林中驭犬以出，
抖落的披巾
像刚被使用过的那方倾斜了的天空。

2

在群星间，风与风紧紧相拥……
看不见的根须缠绕着，生出新的根须。

银子在发热。雅乐从琴弦的顶端
瀑布般，倾泻而下。

石头在绽放。它的冲击力足以使混茫的四野
安静下来。

足以使一双眼睛
成为湖泊，让一苇水草泅渡，一万次。

3

小庐在想人。
翠竹轻唤，蜡梅绽放。

夕阳在墙壁上留下馥郁的证据。

4

它葳蕤的发从四围垂下来，正好衬托她
星光四溢的脸庞。

她的眼睛是它的镜子。

深夜，我看它时，发现它也在看我。
不看它时，不知它看不看我。

5

美须重复，和持续。欣赏也是，占有
亦是。阴郁的天气就特别需要
一丝风或语言的抚摸。
一个人就会想起另一个人，一种孤独
就会影响到另一种孤独。就像
午睡醒来，独坐阳台一角
面对灰色的天幕，红旗摆动的房子，
空荡荡的
院子，被脱去衣服的乔木、灌木，以及
青竹与海桐——
因为你，它们有了另一种孤寂，或美。
比如个性，呼唤，恒定，潜化，

苦乐的呈现与狂欢，或雪的舞蹈。

6

享受这个过程——孤寂，年夜一般压过来
——红尘的一角，车辆载着行驶的
理由，等待或穿过街口的风向灯。
你隐匿如诗句中的弦外之音，
如悬空在鼻翼上空的细尘——
而有充足的理由，
不为局外人所知，像车窗外的落雨。

“寂寞有多古老，爱就有多新鲜！”
仿佛悬挂着的红灯笼与中国结，
只要你给它们充上电，它就一直亮着守护。

7

星与星的姊妹；在微笑中，石头
成为金子。想到“君临”，春风
便填满了黑夜的每道缝隙。

纸页上的错别字被更改。以及
黎明前的黑暗。
写下湖泊，

便有来自西伯利亚的天鹅与水草栖息而居。

秘密中的秘密，宝石。布谷鸣叫，
雨水传唱，找不见出处。

在早春的街道，一辆
熄了火的车里，低分贝的天籁
正把乱纷纷的尘世与向往之地隔开。

8

可能从一个上午开始，在缓缓的花开里，
你走来，怀抱准备多年的罐子，
把阳光和种子交接。

漫过长长的冬季，春天的门
被一次次打开。布谷的叫声
从云霄里掉落，像一粒粒糖果，滚动着，
使僵裂的口唇又开始了工作。

那是黑暗里对怀中宝瓶的反复擦拭
和亲吻；是雨中蜷缩在车子里等对方
呼应时，听了无数次的那支《红莓花儿开》。
也就是或近或远地互相看着，听着，

在心里笑着。像一个孩子跳跃着前去，
或离开，
在梦里还喃喃念叨着的某个字眼儿。
身子的私密不再是羞涩、脸红的理由，
而成为互有的一小片园子。我们精耕细作，
种上麦子，黄瓜，豆蔌和果木，
四季收成，伴老终生。

9

这个春节，他沉浸在蓝鲸鱼的气味里，
它的海水，星空与林地。

哦，多么好，被风传送，像一粒尘埃，生出
另一些尘埃，随意游荡在那里！

10

初夏的银杏树下，时间在轻盈地讲述着
两个故事。那温暖而有序的工作。

从树叶上漏下的天光融合着。
没有鸟的叫声——

在田野麦子金黄的图画中，

那棵坐着的银杏树，与那棵站着的银杏树
在夕光中相望着，
像两个故事，或一场旧电影。

“看到你坐在院子里等我，很好玩!”
后来，你说。

11

烟雨是一种设置。窗户里橘黄色的灯光
在陪伴。俗世的故事被简缩到
一只风雨中的麻雀对一只笼中麻雀的
念念难舍。
披着橘光从楼道隐入雨中的人，或神
像寂寞的源头，把奇迹照亮。

12

栀子花在风中摇晃。它的寓意
四散着，把夏季充满。
“认识你之后，在这个世界上
他已不缺少什么。”

（选自《奔流》2021年第8期）

李胜志的诗

红之恋（组诗）

红军帽

播下头颅的种子
你从游击区空手而回
灰色的朴实
把我的目光变成了八角形

那颗闪闪的红星
是你不灭的眼睛
虽然眼角浪如城垛
灼灼神彩依旧照人

盼望主人寻找主人
你切切呼唤的乡音
一声声　淋漓着

亲人的梦境　朋友的崇敬

红船

一条船
一条普通的船
一旦染上红色
就有些特别

一百年前已经出发
从彼岸到此岸
说近也近
说远也远

有时水波不兴
一路鲜花盛开
有时风高浪急
一路暗礁险滩

跟着这条船
幸福与危难共存
跟着这条船
平坦与坎坷同在

既然选择了远方

就要日夜兼程

即使葬身大海

也要保持航行的姿态

一条船

一条红色的船

誓言

某年某月的某一天

我用拳头举起了终生誓言

举过了肩膀

举过了头颅

那是我一生中最美的一天

没有风

没有雨

甚至没有一丝杂念

一粒灰尘

这么多年了

那一天始终留在心里

灵魂因此返青

思想因此保鲜

不想说海枯
也不想说石烂
因为誓言本来比石头更久
因为誓言本来比流水更远

年华流落指间
不如意像笑容一样灿烂
想起当年的誓言
就想起比长城还长的贫困线
何时才能变得
比我一生还短

一个党员
就是一面旗帜
想起当年的誓言
我开始扪心自问
你是否享受在后
你是否吃苦在前

人在旅途
难免风雨雷电

想起当年的誓言
还有什么理由
埋怨地
埋怨天

面对鲜艳的党旗
神圣映红了我的脸
既然人民还不够富裕
我们就不能放下拳头
我们要牢记誓言

无名烈士墓

谁家的孩子
合葬在这里
你可曾梦见过家乡
梦见过爹娘

左边是山坡
右边是山冈
前后都是青青的草木
静静的流泉

漫山遍野的故事

就像这红红的杜鹃花
自由自在地开
旁若无人地美

讲解员声泪俱下
满怀深情地
诉说着你的英勇
你的崇高
每一个字
都像呼啸的子弹
击中我的心脏

好想带你们回家
可你们却沉默不语
既不说名字
也不说地址

（选自《解放军文艺》2021 年第 6 期）

李霞的诗

双行

生气

胡扯，时间怎么会有皮肤
它怎么能和树相比

动态

走，有可能变成跑
快慢，看远近

邂逅

车祸，故作亲密的后果
谁能躲过

大峡谷

美妙与奇险一道

风雨只说过瘾

函谷关

过去过了就是英雄

现在上了便说三道四

微信喊冤

泪就不要流啦

转发一下就谢谢

清晨

露珠正要滚落

蝴蝶还在路上

命运

生命的残骸

叫骨头指证

寻梦

黑里灭了灯

遗憾的是夜

日常

喝水，可以想鱼
不用担心变成鱼

河口

风，拉我，又拉
啥事，我说，它又拉

鸟瞰

大海，是对河流的总结吗
甜变咸是为鱼成鲸准备

尘世

活着，玩命
在没死之前

三更

更多里有更好
也藏着更坏

二像

不说，其实是少说

像废话，也像好话

发现

莫言成名，不是他莫言了
而是，他，会言了

听觉

喝水声，从杯子里出来
是为倒流成功喝彩吧

夜空下

一支接一支吸烟
一星火在烫伤静静

穿越

我想飞起来
让天记一个窟窿

死殇

谁死，不是死，早晚要死
死，太难有新意了

天使

风，谁见过
我只见过风的后果

黑色狂想

萨特说，他人即地狱，那么，在
自己与他人之外有没有第三者

童年

冬天，草点着，烧荒，风大时烧了树
扑火时，衣服留下了黑，天黑才敢回家

天堂

美景，水流花开，鱼弄月影
就像心仪的女生突然邀你走走

小夜曲

大红，灯笼，大门口，高高挂着
夜静，风和月，陶醉得晃晃悠悠

腼腆

人走过树林，鸟不是想飞就飞，愿落就落

担心，就有了不得不为，也有了随势而为

（选自《诗选刊》2021 年第 5 期）

李小平的诗

在杜甫草堂（外一首）

我从洛阳来
路过襄阳
带着广厦千万间的消息

浣花溪边
繁茂的苦竹
跟你诗行里的百姓一样苦

草堂前
盛开的蜡梅抖了一下
我怀揣的乡音洒落满地

握住你瘦如菊花的手
和比茅屋更冷的诗句
老乡　此刻

我只想为你穿上一件寒衣

普救寺的花香

普救寺里最先开的
是披着大唐雄风的牡丹
那时　院子清幽如莲
叫永清院

乱世的尘烟里
一朵被加持过的莲
善念一闪
救下整个蒲州

普救寺从此起身
宽大如莲

红尘远
西厢近
短墙一跃　红杏纷纷
月色乱

风吹珠帘
摇动三生因缘

流水缓缓

玉人来

梨花深深

漫过时间

（选自《牡丹》2021 年 6 月上半月刊）

李志胜的诗

萤火

提着一盏盏灯，在草丛中漫游
你们要寻找什么呢
故乡的明月柔和、迷人
一张张小手，循着百年不变的童趣
细细丈量灯火与月辉的距离
那低吟，那轻唤，那抓捕，那欣喜

昆虫世界的奥秘，成就了
故乡的一本小书
借着萤火这盏灯，我看清了黑暗中的一些词
一盏盏萤火的灯
仿佛一场场声情并茂的讲述

（选自《星火》2021 年第 3 期）

小的事物

小的事物，往往隐于低微处为王
譬如小风隐于追忆萌发前
小草隐于小风的舞蹈队伍中
小爬虫隐于小草纤细腰肢的裙摆下
小幸福隐于小虫的洁羽上
小年隐于小幸福的妄自尊大里……
直到觉醒。在蓦然回首的惊诧、沮丧
所孕育的小感慨、小解嘲旁边
一流不易觉察的小溪水，面对小梦想
像一条小鱼儿，抑或一个小学生
反思自己的小错误，修正自己的小心思

（选自《大观》2021 年 5 月中旬刊）

梁小静的诗

少时

1

雪，积在黄蒿棱柱状的茎秆上，
也溢出皱缩的叶壳，像白云细碎的种子。
我和姐姐在岭上摘雪品尝，
它们沿着舌头向内壁融化。莹亮的雪，
闪耀高空未知元素的光晶。
在分层的天空（对着它，我曾多次练习对位法），
这积压覆盖的、耀眼的白色，来自那优质的一层，
没有松弛，保持硬度。
我们尝到了地面的味道，
混合着蒿草、麦苗、玉米秆和锈螺丝的味道。

2

在土丘，我和姐姐翻动草棵，

看它的品种、颜色，
摸索它的干湿、厚薄，
我像在挑选一块心爱的衣料，
姐姐则像挑选她心爱的手表。
我们，两个牧牛少女，
在农村经验之中，在艺术经验之外。
不是画中景，垂落岭上的火烧云，
渗进土丘和村庄，成为它
时常爆发的野性。

3

当我意识到你，我已经是你的朋友。
八岁时，我知道了你的存在，
你在一张万花筒般美妙的嘴里。
你也在一本书厚而洁白、脆弱的身体里。
白色的书页，一百页左右的白纱，
我第一次试着穿上，学会了内视。
母亲给我的小女孩的手，学会了摩挲。
母亲给我的不对称的眼，学会了凝视抽象。
我也曾在农村厕所读物中认出你，
你竭力写活一条女性的腿。
如今，你是我的友人，我们相互警诫。

你

你像未成年的钢笔，
你天生会啜吸。世界变成滋味，
在你体内漫游，穿过幽门成为你。

你也是有些板结的梦。
乳头柔钝的笔触，在你幽折的身躯，
表达乳白的满月的美意。

你的食物不是中性的。
你从唇尖自胸膛，品尝
成年的生疏忧愁和欢乐。

你是幼小的温带，
你泵吸的嘴，正进行身体的装帧。
母语的汁液往胸腔驱驰。

生活之痛

昨天大风，今天阴天。
开窗风拂灭灶火，

米饭夹生。
上午在一页纸，在笔画中
蛐蜒新词，穿过去
就是深入，是完形。
水泥铲地像剜毛衣针，
一针针错钩我，
我在所有毛糙的楼房里。
消化不良的耳朵，
向心埋怨。
风把楼下妇女吹进昨天，
她吃一个词语“心肾不交”。
嚼一下午，
心香可嚼，我为她流泪。

（选自《十月》2021 年 5 月号）

梁延峰的诗

大雪

这日历里的一页
像柴门被寒风撞开
好大的雪啊

凉夜迢迢
有人乘小舟遣兴
有人按龙泉飞奔

有谁要一起走吗
咯吱咯吱地走回去

不是往剡县
不是进水浒

是老父在火炉边

把老酒温好了

〔选自《莫愁》(小作家) 2021 年第 8 期〕

卢子璋的诗

把生命还原

把生命的本色在这里还原吧

没有一个永久的冬季
常青的记忆里
总有一个站在芭蕉树下的女孩

绿色的连衣裙装饰垂柳般的身体
含笑的眼睛如迎春之花
走回过去的阳光之路
在雨季
在紧缩的小屋里孤独

春天总有姗然的影子
把水点缀成玉
怀抱玉兔的嫦娥从这里经过

至今，一片蒙蒙甘露
仍在菩提树下滴沥
而后永驻
青春易逝的果树园

没有路灯照耀的明灭
总希望化作梁祝幻飞为蝶
蝙蝠衫的姑娘
把车子骑得大大咧咧
樱桃口型的姑娘
总是把头抬起又垂下

雨总是在编织着故事
常常在梦里向着希望的边缘划去

（选自《草堂》2021 年第 5 期）

这叫冷的孩子，正悄无声息地坐在阳光的腿上

3 月 14 日上午，天气晴朗。没有风。
阳光铺满了院子，但温度却低……
不经意间，这些散漫的阳光就纸片一样地在院子里铺展开来。
铺展的样子是柔顺而轻飘的。如刚吐出鹅黄色嫩芽的柳枝。

它就这样大方地，但是还很柔弱地铺展在院子里。
空气里还流动着冷。
这冷是悄无声息的，它们坐在大片阳光的腿上。
像阳光的一个丢弃的孩子。兀自地玩耍或者入睡。
阳光视而不见。
上午十点钟的时刻，轻薄的阳光在院子里漫无目的地游走。
但却没有风，风儿被它夹在了胳肢窝里。
而冷是它的一个丢弃的孩子。
3 月 14 日的上午，这孩子坐在阳光的腿上，
独自地玩耍，或者入睡。
我行我素，却没有半点的声响。
而阳光，也还是一个病中的苍白面色的母亲，肢体也是苍白的。
虚弱，迟钝，麻木……

（选自《牡丹》2021 年 6 月上半月刊）

马冬生的诗

阿血

1

她是马尔康最会酿酒的人
仅此而已。她没有故事

人们都叫她阿血
我不这样叫，我喜欢叫她老阿妈

或者叫她阿雪
因为她和雪，都有一颗圣洁之心

2

用青稞、小麦发酵原浆酒
还能用原浆酒蒸馏出高度酒
这样的酿酒技艺是一代代传下来的

——阿血的外婆教给她阿妈
阿妈手把手教会她
她又教给了她儿媳妇……

3

“和我们讲讲酿酒吧”
阿血的汉语，讲得并不好

但她的话，好像是发酵出的
听了，便有清甜的味道

“现在地少了，种青稞的人也少了”
她端过来的酒，我不舍得喝

4

阿血的孙女还小，偷偷喝酒时
总要加许多白砂糖

汉语说得利索
不愿意和我们说藏语

阿血的孙女，在慢慢长大

她的诗和远方在哪里，谁也说不清

（选自《诗刊》2021 年 3 月下半月刊）

浏阳花炮，我的有声有色的中国式乡愁

1

没有亲人在身旁
再灿烂的烟花都是寂寞

没有故乡的呼唤
再快乐的爆竹都是惆怅

把土纸、土硝、硫黄、炭末、红白泥土
一一辨认，最亲是浏阳骨血

水流无尽，任由乡愁澎湃
山脉断开，自有乡愁隆起

烟花散落处，永远是我的美丽浏阳
是我的菊花石、夏布和油纸伞

2

不要让诗歌的爆竹被浮躁浸湿
不要让心灵的烟花被春光错过

不要和燃不着响不了的爆竹较劲
浏阳河九道弯的弯法，要融会贯通

有什么不顺心，就去看烟花
有什么想不通，就去燃爆竹

粉身碎骨，只为生命的灿烂
烟消云散，只为灵魂的坦荡

沿着浏阳河走，要常常问自己
有没有愧对良心，愧对父老乡亲

（选自《台港文学选刊》2021 年第 3 期）

孟令波的诗

午夜

城市的午夜
蟋蟀是否会入我床下
深秋时节
在故园
作为家虫的蟋蟀
是我豢养多年的宠物
此刻，我多想
轻敲一下键盘
卧室里
就响起《诗经》的回声

（选自《湛江文学》2021 年第 12 期）

觅石的诗

变化

我的村庄会变
变的功夫真是了得
今天和昨天仿佛两个世界
昨天　土墙草顶的窝
风喜欢　雨亲和
坎坷不平的路
走着走着老人会崴坏脚
今天　钢构楼房
风碰伤风　雨打伤雨
街巷混凝土水泥路面
老幼走着喜上眉梢
昨天　种地肩挑背扛
人拉的架子车走不完田垄
汗摔八瓣还是辘辘饥肠
今天　机械化耕作

手握方向盘拉丰收的粮

仓库满满心里不慌

昨天　日出而作　日暮而息的人

今天　霓虹灯照耀下

宽阔的广场　男女老少随着音乐起舞

舞姿是那么美

（选自《青年文学家》2021 年 1 月上旬刊）

南豫见的诗

永远的红旗坡

一

1930 年 9 月 7 日前
红旗坡还称大槐树
一个前不邻庄后不靠店的荒村
一株苍老大槐树
孤零零站在黄土岗上
葳蕤的茅草、青蒿、芦苇疯狂围剿
狼、狐狸、草兔、野狗、毒蛇……出没其间
凡执旗举大事者，必先“小隐于野”
比如穿行罗霄山脉的工农红军
高举锤头　挥舞镰刀
砸石凿疆　披荆斩棘

二

1928 年 9 月 7 日
名医陈久回归大槐树
因热衷镰刀锤头旗帜
他曾旅居大别山腹地七里坪
执教新县老区中山小学
参与黄麻起义流血负伤
停留确山小竹沟传播革命信仰
漂泊数年再度返乡
他张嘴依然一股大槐树味儿
他悬壶济世　望闻问切更臻娴熟
依然慈眉善目　对穷人统统免费
看病的抓药的不看病的不抓药的
摩肩接踵　从早到晚围着他
如众星捧月　丛林依山
他白天坐诊行医
晚上宣讲革命
草屋内高悬马灯　熠熠生辉
课前歌咏是必修课
他引领，众随和：
“党啊，亲爱的党，
请你以铁锻造我，锤炼我，

使我坚强如铁。
起初如何，
今日亦然，
直到永远。”
众和者由生到熟
歌词从嘴巴经喉头　落在心坎儿
再也掳不去抹不掉忘不了

三

他的课犹如点燃湿柴
烘干了　冒烟了升起火苗
熊熊烈火　抱团燃烧
锻造出一把把锤头一把把镰刀
高举锤头　砸断束缚手脚的锁链
挥舞镰刀　割去阻挡生路的荒草芜棵
他仿佛农艺师
精心培育一株株蒲公英
飘舞飞播
如满天星星　点亮夜空
反动派视陈久为眼中钉
密谋实施抓捕
连续八次都扑了空
陈久是鱼

老百姓是水
怀揣革命信仰的老百姓
是更深的水
鱼匿深水
反动派望水兴叹

四

1930 年 9 月 7 日晚
获得情报　远道奔袭的县保安团
把大槐树围得连只蜜蜂也飞不出去
陈久再次不见了
隐藏得无影无踪
数百名村民被驱赶到大槐树下
威逼交出陈久
三挺机关枪架起来了
阴森森的枪口朝向村民
就在机关枪喷吐火焰的一刹那
陈久踏着课前歌咏的节拍
挥动着村民熟悉的手势
最后一次引领课前歌咏
领者、和者倾情高歌
如山呼海啸　如雷霆滚滚
陈久牺牲了

他传播的革命信仰
永远留在了大槐树
为铭记陈久　更为了传承遗志
村民将大槐树更名红旗坡
课前歌咏成了红旗坡村歌
近百年传唱不衰：
…………
起初如何
今日亦然
直到永远

（作者注：本诗据真实历史事件和人物创作，地点和人名均为化名）

（选自《河南日报》2021 年 7 月 7 日）

牛冲的诗

歧路学子

恐慌于高德的失算，一个小小的学子
必须沿颍水逆流
在黑暗中递出叩雪的额头，他们
在黎明前旋转，停顿，在白纸中觅取功名

如侥幸寻到词语的局部，坐下来
填补句子的空白，抑或从一片树林中
发现流水的痕迹，太早太晚都不合适

夜归人的斗笠被风掀翻，黑夜翻译着
他的疾苦，这些我们都不愿阅读
只有船舷前的白鹭令人欢喜
它掠过湖面，发出一串幸运的低鸣

（选自《草堂》2021 年第 5 期）

庞娟的诗

好久不见

好久不见
桐树还在原地绿，有点乱
无所适从的燕子
似丢失了“故乡”两个字

30 年好长
院落被风吻成了荒原
老枣树反复修复坍塌的云彩

蓝天在屋檐上走动
了解燕子的一切
只要它张开嘴，就能听到——
替她活着的人正从远方赶来

爱在门墩上长高

闭上眼睛，使劲吹淡炊烟
差一点，我就能接住您的声音
伸出手，我向天空索取听力
夕阳到达之前
树叶在地上反复排列您的词语
很是期待，比如母亲、慈爱
这都是我的
只是，好久不见
您绿云扰扰
而我白发苍鬓
压水井边，我看到了——
多年不肯消散的叽叽呀呀声

除了炊烟

故乡能说明什么。除了炊烟
除了村头变冷的石碑
除了哭着哭着就喑哑了的
燕子和井水

很轻的旧屋
倾斜着漏气的身体瞭望
伸出问候的手

有那么一秒

感觉故乡很年轻

它要弯下腰拍掉身上的光阴

和粉尘

风改写炊烟的走向

吹过屋子额头

抚摸我清凉之心

发芽

树木在发胖

每一个经过森林的人，都会发芽

阳光

笑得嫩绿，弹奏云朵

我也发胖，挤出体内的东风

喂养人间

扔几声春雷

开辟精神辽阔的疆土

想起半壁江山的油菜花

想起，你的呼吸，和我的呼吸

紧紧挨在一起

发芽。发胖

动荡不已

（选自《散文诗》2021 年 3 月下半月刊）

彭进的诗

一个词的痴心妄想（组诗）

稻草人

你扬起手臂
随风而动
草帽掩盖着无知与空虚
甫一矗立
鸟雀畏为大敌
远远躲开
甚至赶路的夜行人
吓得寒一阵　紧一阵

时日渐久
它的姿态依旧巍峨
手臂仍然高举
夜行人熟视无睹

那些胆小如鼠的鸟雀

也肆无忌惮

施施然落在它头上

觅食，或者排泄

童话

一朵花笑的影子

在夜的掩护下绽放

写下淡淡的光芒

照着月亮平静的脸

你给我讲的故事

和冰雪一块儿融化了

河边有你一个家

我梦想的家在你的故事里

一个词

一个词

回到自己的故乡

回到白云、露滴、鸟鸣

与青草之间

一个词

在清可见底的溪流

打量自己的影子
想起童年的模样

一个词
如同丢失故乡的孩子
无数次在梦里
仰望屋顶
升起炊烟

可是，那么多的无知者啊
在嘲笑一个词的痴心妄想

（选自《快乐阅读》2021 年 4 月下半月刊）

萍子的诗

母亲的星空（组诗）

小时候，每到夏天的夜晚，总爱坐在院子里，听妈妈讲天上星星的故事。

——题记

牛郎织女

牛郎织女是一个家庭
天上地下是一个家庭
母亲用一生为我讲述永恒

量天尺

两颗星星的距离
是一把尺子
可以测量人心的品质

八角琉璃井

我畏惧所有深不可测的井
唯独不怕高天上的这座
它的底部连着人间烟火

水星

那颗绿色的星星
一直凝视着我
像母爱照亮我的前程

银河

夏天的夜晚
茫茫银河是一股清凉
自母亲手中徐徐而来

数星星

一星，二星，拐弯儿数清
躺在母亲怀里的妹妹
真的一口气数完了星星

母亲

去年春天的一个夜晚

天上多了一颗星星

我深信，她是为我而亮的

（选自《大观》2021 年 11 月中旬刊）

辞岁诗

一

西北风把厚重的霾

打扫干净

蓝天如如不动

二

山也是老样子

连昼夜不停的耳鸣

都静了下来

三

一千多个昼夜，水一样流逝

母亲也在时光中隐身

我永远不会忘记她的样子

四

从此以后

能够记住生日的理由

唯有母亲

五

总有一天

我不再伤心地哭泣

母亲，我会真的满心欢喜

（选自《奔流》2021 年第 12 期）

乔光伟的诗

万物帖

哪怕它们自身本就是幽暗曲折的，但你知道
你依然需要它们——这尘世的出口
万物清醒
它们在河流静谧的深处，花朵盛开的瞬间
它们在光线撕裂荫翳的缝隙中，草木清冽的身体里
它们在露水擦拭月光的同时
它们甚至是夕阳下坠的过程，甚至裹挟
一场雪的将来或融消遁逝
——它们既是沉默的个体，又是簇新的族群
它们就在那里。你一睁眼就可以看到的地方
哪怕它们的路线是艰难的
你也要用一场海啸濯洗耳朵，用一块透明的琥珀
淘净目光。然后跟定它们
因为它们携带神谕，它们解码这人间的秘密

尘世帖

我把钟表高置。脱俗的绿萝葳蕤
虽然时间暂时远离我，但栀子花的白并非填空

我知道这只能是暂时的——
我此时的逃离，同时也是另一种迎迓

——我从不否认它的意义，请你们最好也是

这一刻属于我。我是蓝的
你们可以任意想象但也不一定可以想象到的蓝
对于我它是不是经文的经文

孤单有时候绝对是美丽的！就像此刻
你们想象不到的蓝与我的美绝对无法比拟

我坐拥无限山川。我是帝王
我拥有绝世黄金的城池。当我想到你
貂蝉雪，西施月！除了你
没有谁可以像你一样有同样的给予

这一刻。虚无而真实——
而我相信，这片刻才是最好的尘世

（选自《星火》2021年第6期）

一晨帖

隐匿在茂密苇丛中，鸟鸣清灵的
辩驳，恰巧吻合了
我对黑夜和沉默之词的挑剔

清晨时刻湖面的性格尚不够宏阔
水鸟作为先行者，它拨开水面的路径是
“人”字形，且向着光的方向

小雨如少女。这五月清晨成为它的
芳时——
绿被打动，牵起波涛之手，更绿

青山不可欺。它构筑高处的诗意
别处即所处——对此
矮灌和蝼蚁，从未提出过异议

湖边的长椅上，你面对这清晨
一会儿是宁静，一会儿是不安

（选自《散文诗世界》2021 年第 9 期）

秦彩霞的诗

干杯（外一首）

也许某一杯里有爱，某一杯里有恨
喝下去，浑然不觉

他酒杯常满
她杯底很浅

胆敢喝醉，不是孤注一掷
必然有所依仗

瓶里装的都是福，他总是打开给人看
她总是藏着，好像福气会蒸发

喝吧，他常常酩酊大醉
她则怀揣许多说不出的积怨

空念

阳光一寸一寸退让河山
她也一寸一寸丢失疆土
她慢慢忘记着
那些年轻的梦想与骄傲
那些深情与温柔，正渐渐消弭

一天一天疏远
不再惦念，不再试探
不再入梦，直至山河寂静

菊花耐霜、耐寒
也终于在北风里枯萎
像争强好胜的他们一齐败下阵来

说好的岁月同盟呢
有些一起出发的人很容易就会走散

（选自《诗潮》2021 年第 10 期）

青青的诗

画家和蜀葵花

一

你未看此花时，此花与汝同归于寂
你来看此花时
此花一时就明白起来
蜀葵花呀
丝绸一样的花瓣上住着神
住着红头发和黄头发的神
只让你看到
帮助你跃过暮年的大雾
走到了这条花朵搭成的桥上
这件事无比神秘
花朵在你手下
制造着无比绚丽的花园
那庄严的

按照神的旨意建造的宫殿

一天天长成

二

你是花园唯一的主人

你赋予花朵生命

你成了地母

这件事情你一定是不知道的

你在纸上统领了万物

麦田、枣树、油菜花、一列列青山

还有那黄金一样的河流

都沿着花瓣的方向向你滚动

把你包围，把你的世界包围

从你的身体里它们得到了重生

你生养它们，养护它们

像养护你的儿子

除了你地母一样的眼睛

谁能爱上这平凡质朴的花朵

除了你，谁能像情人一样与它们紧紧相拥

太久，已太久了

就像天空等待大地

就像庄稼等待太阳

宇宙开始响起最美妙的和声

在中原的黄土之上，一人一花一生

三

谁见过这样持久的花朵
从初夏开到初冬
把光线紧紧地凝聚在体内
炉火中盛着铁
好像它是大路上跃起的精灵
好像它是村子边渴望的眼睛
好像它是命运中最不屈服的唤醒
在金色篱笆后面保持着
对这个世界最后的勇气
我在寺河山碰到过它
在老城的渡口遇到过它
荒僻的角落里
菩萨一样静静地站立
是娴静安宁也能飞扬灵动
当她看着你，你会忘却世界
一缕光从盛典中落下
感受施人恩惠的喜悦

（选自《快乐阅读》2021年10月下半月刊）

邱宝梁的诗

从笔架山走到草堂（二首）

少年与白马·出山

风鸟捎来口信
说春天的种子已经埋下
待柳条抽绿时，信号升
如春雷般响起
青衫幻想着
提着春天跳舞
信马由缰
去赴那场如约而至的三人游[①]
鲲与蜗角齐物
嘲笑蜉蝣渺小的同时
便会被大山摄去魂魄
把岱山当成可诉衷肠的挚友
用阴阳分割昏晓

执白子，与黑暗争斗

置死地，与真理不休

注释：

①李白、杜甫、高适三人曾同游梁宋，传为佳话。

老年与病马·休止符

暖锋和冷锋对咬一口
掐灭春光里的火花
草堂下的石头害病一场
舌头上生出了苔藓
显得有些许木讷
子规嘴里放出苦涩的歌
寡水就此沉默而喑哑
宿醉的钟声抖落一地后
跃上清晨的枝头
远方白木纹路清晰
钟声将乌篷涤荡得越来越远
将风的束口扎紧
二里外的长亭
立在风口的站柳停止了送别

（选自《散文诗世界》2021年第6期）

曲焕平的诗

诗意黄河（组诗）

黄河情

一条河
你从天上来
你从巍峨的青藏高原来
你从繁星点点的银河里来
让我们在你的锦绣和沧桑里寻觅
一曲母爱的赞歌

当我从返青的柳枝
扭下一曲草长莺飞的黄河恋歌
这是一条春天的河流啊
迈着轻盈的脚步
伴着我苏生的记忆

当我从阵阵蝉鸣声里
眺望滚滚而来的黄河波涛
这是一条盛夏的河流啊
在你宽阔的喉嗓间
激越着一支雄浑的时代交响乐

当我从一穗熟透的红高粱
聆听窈窕女子的陕北情歌
这是一条秋天的河流啊
她手中挥动的红绸巾
飘舞成绵延千里的中华民谣

当我从万里雪飘的诗意里
领略那冰封玉砌的大河词牌
这是一条冬天的河流啊
饮马黄河的英雄
成为寒山瘦水中生动的韵脚

一条天上河
从我们黄皮肤的大地上流过
每一朵浪花，都隐藏着五千年的船工号子
每一支船桨，都弹奏着五千年的怒涛风云
在波涛汹涌的黄河琴弦之上

十四亿中华儿女

唱响了大河奔流的民族魂魄

黄河魂

从青藏高原冰山上

一滴融化的水开始

把您拉长

拉成一条哺育我们的母亲河

您从雪山走来

我知道，冰清玉洁才是您的禀赋

一路坎坷，一路奔腾

您从柔弱变得坚强

向着宽阔的两岸

伸出了您铁的臂膀

踏着清冷的月光

和着雄浑的船夫谣

让我聆听您的脉搏

面对滚滚的波涛

伴着浪的节拍

让我谛听您的心弦

啊，黄河，中华民族的母亲河

此刻，我就站在您的身边
为您唱着一支深情的恋歌

我在您的一滴水珠里
倾听着先哲们从远古传来的黄钟大吕之音
我从您的一片荒滩上
寻找着先祖们在黄土地上披荆斩棘的圣迹
您用狂澜咆哮的手指
在我们身上
留下了黄皮肤黑头发的印记

黄河啊，您从天上滚滚而来
一路向东奔涌
开辟着一个个崭新的天地
您怀抱着不屈的生命
让波涛冲走曾经的血泪
让黄土沉淀往日的痛苦和欢乐
用您的温柔与雄浑
铸就了一个民族不屈的灵魂

黄河恋

用一支长篙
撑起音韵优美的欸乃渔歌

用一条小船
载满稻麦摇漾的芬芳四季

黄河啊
从一粒沙里
我赤脚寻找您 6300 公里的波浪、疲惫和深情
从一块锈里
我双手磨洗着饮马黄河的霹雳剑光

一次次走近、凝望、深思
一次次驻足、膜拜、期盼
梦中的汹涌
是我对黄河的真诚眷恋
深深浅浅的脚印里
装满了游子的切切呼唤

黄河之水天上来
一路滋润，一路哺育
将先人粗糙的石器、探索和艰辛
拓展成您生命呐喊的宽广音域
以一个个奇迹创造着华夏文明
黄河，您融汇着大地生灵的光辉
在湍急中奔腾咆哮

在迷茫中执着追求

哦，九曲的黄河！
激荡的浪花镌刻着民族魂魄
奔涌的生命铸造着民族气节
在静默中谛听您内心深处不羁的狂吼
在旷远里寻找您不屈不挠的辉煌诗章
黄河啊，让我也成为你奔放乐曲里永不停息的一个音符吧
用您的巨澜狂涛
把我卑微的生命一次次照亮

（选自《大河诗歌》2021 年 5 月号）

任梓欣的诗

蜈蚣（外一首）

天阴，无风
我朝车窗外看去
想看看路旁新栽的树
结果看到一群蜈蚣在站立跳舞

我敲下对它们的控诉
它们开始跳脚骂我
掐着腰，扬着手
触足伸展，令人作呕

拼音字母在我面前模糊
是屏幕的卡顿，常用词的消失
提醒我恢复默认词频
我的思想在这个老手机上
被嘲笑得一文不值

我只得无言地摇上车窗
但上天使一阵微风飘过
它们又恢复了贤良
树的模样

好奇使我摇下车窗
再次观望
企图欣赏那树的模样
但是
它们又开始跳舞了

黎明

天要亮了
没有蛙鸣，没有蝉鸣
是风声和钢铁城市咀嚼的声音

再过一小时
我就要醒来，从培养皿里
血管里充斥着碎钻
然后汇入人流消失不见

八小时前，我和月亮对视，沉默的

风跑来亲吻我的下巴

我搭弓拉弦

月亮就如秋叶般落下

（选自《诗潮》2021年第10期）

孙秋鹏的诗

她胳臂上有搓擦不掉的黑印

那种黑
不能想象成黑眼睛、黑头发
也不像盲人面前的路

（有个白天，柔软的河沙也生出刃刺
她掉了几绺头发，伤了上臂
男人被打瞎了眼睛
他原本想建房过好日子的
然后，早早死去）

那种黑
不能想象成黑天鹅
也不可以看成缀星的夜幕

（有个星夜，黑而秀的女儿

狠咬她阻挡的胳臂
随人远飞去过好日子
然后早早死去)

坏人都伏法啦
有人大声给她说话

她聋了，她老了
夏日里
她把久坐的椅向阳光又挪了点

阳光很白
但她胳臂上有搓擦不掉的黑印

圆

操场的跑道圆，孩子的脸蛋圆
笑声随风画圆
太阳更圆

他的愿望也很圆
但夜月有时不圆，以致
他的身子

在操场的沙石下十六年都很扁

圆润的话磨不圆他的棱
有人才把他交给石头

他彻底静下来了
有人台上好幽默
有人提篮正买菜

迟到的枪声悠长
能否唤回已飞异乡的一群鸟

（选自《天津诗人》2021 年春之卷）

田地的诗

暴雨追赶着一群锄草的人

暴雨追赶着一群锄草的人
乌云压低草帽，虚掩星星草腾空的
观潮之心。古水楼生于忧患

玉米已经弯腰
如何再一次写下：暴雨
追赶着一群锄草的人

从锄草的队伍里，落单
从红薯沟，分野。闪电的笔迹
在雷声之前，盘诘族谱里的一块白地

黄豆已经滚远
适合再一次写下：暴雨
追赶着一群锄草的人

不止暴雨往记忆之外奔跑。出关爷庙
戴着草帽，不走弯路
解开地平线的绳结，芝麻悄悄开花

（选自《山东文学》2021 年第 12 期）

田君的诗

山河赋（二首）

甲庄

东边的村子叫大庄
西边的村子叫小庄
南边的村子叫高寨
北边是一条叫童年的河流

多么让人费解的“甲”啊
几十年了
翻遍中国地图
也没能替他找到那个叫“乙”的兄弟

几十年了
我在不断地查阅、冥想中用旧了自己

大地满载

大地之上，什么都不缺
我们所能知晓的事物
我们未知的事物

芜杂，或者秩序
大地的表面
被时间一改再改

这自然的密码究竟掌握在谁的手里？
可以翻手为云
覆手为雨

站在这早已满载的大地上
想到的却是来自大海的悲哀
——夜从中来

（选自《星星》2021 年 5 月上旬刊）

田万里的诗

窗花

于是我又看见窗花了
这窗花当然是冬天的产物
恰似梦在玻璃窗上
留下的呓语
内容让我的头颅有些慌乱

于是我又看见你的思念了
花枝犹如归去的小径
一觉醒来走到了过去
爱情已有了残疾

于是我又看见自己的伤口了
溃烂的记忆叫作亲爱
从花蕊往里走
出入只能拥有一朵

于是倦了的语言开始融化
目光的嘴唇在吮吸
手在冲动的过程中
只能隔岸观火
一旦触摸就暴露了毁灭的结局

白发

积聚多少往事的白发
再也经不起风雨太多
犹如雪崩的危险，时时
会爆开思想的额头

焗黑了又白
白了又焗黑
阳光灼烤下的白发
傲骨依然尖锐
喜怒哀乐苦炼的结果
白发成了最好的体现

白发下的经验层层赤金
雪山下的力量步步为坚

一旦迸发辉煌的权威
无限的磨难就在手掌上
一瞬间的精神便释放了人生

成熟

秋天的阳光在麦田里低垂着
葡萄悬挂在空中

白云爬行在高高的山峦上，注视着
植物脸上不断变化的色彩

热恋的夏日步行在荷花上，它的目光
已陷入枯冷的状态
一池花香开始剥落
就像墙壁上的灰尘
在风雨中消失

呼吸的气温逐渐下降
鸟儿们的停留
在稀疏的枝叶上
一眼就可以发现

初春

叶子在欢呼，鸟儿在歌唱
一条小河填满天空的蓝色
单一的眼睛在寒风里
已被鲜花渐渐充实

初春的风在柳梢上
用大写字母写下一个我
用小写字母写下一座山
早已被冻僵的感觉
在枯叶下面窥探

芬芳袭来，碧绿、碧绿的
眼睛翩翩，满山遍野的童话翩翩
沉睡了一冬
梦的额头上
紫丁香的笑容多么轻松

（选自《绿风》2021 年第 6 期）

王道成的诗

风把乡间吹响

扯出草帽、麦秸和蛛网
用青苔、柳条延续人间烟火
老屋门前，有着湿重的蛙鸣和蝉叫
灶台上，粗瓷碗的期待
开裂的土墙在月光下私语

一只蝴蝶飞来
山就绿了，桃花就开了
我的母亲站在村口，手握春天，笑容满面

有谁，趁着黎明
在乡间匆匆赶路
从河东到河西，一片油菜花的金黄
此时，风把乡间吹响

故乡的约会

我在故乡等你
鲜红的草莓、粉色的杏花
还有三月小雨，木栅栏的淳朴
天空纯净的蓝，老屋顶上的炊烟
我把油菜的金黄揉进肌肤
桥上，有清月摇晃

扛起铁锹、锄头
走在逼仄的田埂上
把希望种下，喜悦挂在脸庞
声声蛙鸣，黄昏晚归的牛羊
都是我最亲密的伙伴

我在故乡等你
奔赴一场萤火虫的约会
天上的星星和守夜的灯辉映
一首诗，嫁给几缕青草香

（选自《快乐阅读》2021 年 7 月下半月刊）

手心里的温柔

我和你只隔着一道门槛
一扇画窗，一封未写的信
那时的芳草与烛光，在眼前摇曳
潮水涌来，一波赶着一波

你倚着雕花的木门
眸子有深情跳跃
我站在不远不近处
双手掬起你的笑靥
一只蝴蝶在指尖盘旋

我想和你一起看山看水
看月色撩人，不带一丝风尘
抽去日子的艰涩
我和你
一起举着手心里的暖

（选自《奔流》2021年第6期）

王东照的诗

远走的星辰（组诗）

人间书

三尺之外，是阳光折射的黑影
我想把它涂成蓝色
和天空一样的湛蓝，里边有我的前世
大地辽阔，心无归宿
身居闹市，厌倦了低飞的鸟
一个人低语，小情绪会无章节地乱
喜欢黑夜，又害怕黑夜吃掉我的孤独
藏不好自己，身体一再发福
想静下来做一次固态的鱼
不事声张，听雨打荷塘
夜总与我较真，昨夜大雨，我失眠
当黑夜散尽，人间又一次热闹
一面反光的镜子在远处窥视

沉默的羊群，涌动的城市

太阳落山前，我会是哪一株野草

爷爷，你离我越来越远

墓碑旁的几株紫桑已经吐芽

芽苞上生长的赞美词充斥于耳

桃李般发出陈旧的呓语

爷爷，我好像听见你疲惫的咳嗽

在辽阔的麦田上孤独地行走

“人生需仰望星空”“有尊严地活着”

这话多年之后成为寄语

嚓，嚓嚓，是开镰的第一声

无数个早晨，开割着童年，开割着弯月

绝美的镰语结痂——又一季漂亮的庄稼

那么大，一个平原的念想

在麦垄间行风走雨，仍是一个早晨

你是我的爷爷，炊烟早，车轮晚

有雪的下午，伟大的魔术师带走你的憋屈

我写诗，留不住你的胡须

彼时，我与你顶嘴，扯皮，一遍一遍

后来诞生了许多诗句，与你有关

你身披霞光，用牛鞭抽打我身

让我在骨头里长出一个鲜艳的春天

我从命，你笑若菊花
仰望中，一百个词卡在喉咙
说出答案吧——
爷爷，我模仿着你的卑微
喜欢静坐与独处，坚持孤芳自赏
抬高了你的瘦骨，长高了的紫桑不老
自始至终，我与你
保持一米的距离，含泪，作揖问道

（选自《躬耕》2021 年第 8 期）

王清让的诗

三月

绿了柳丝

红了杏花

白了玉兰

…………

一眼没看

小姑娘

长大了

渡

小鹿斑比

正渡河

在它的左侧

浊浪翻滚

一条巨鳄

汹涌而来
岸上的鹿妈妈
纵身入水
拼命游向
河的中央
它距斑比
越来越
近，情急
之下
鹿妈妈
一转身游向
左侧
…………
斑比挣扎着
上了对岸
扭头凝望
河面已然
恢复了平静
只有沉默的水
流向远方

信封说

从前
一个小小少年
用我装过
纯真的友谊
也装过
温暖的亲情
装过
幽幽的牵挂
也装过
不尽的思念
装过
浪漫的欢欣
也装过
失恋的泪水……
如今
他已成年
渐渐
与我疏远
有一天
他又匆匆

找到了我

装进的

却是

一沓

人民币

（选自《诗潮》2021 年第 9 期）

温青的诗

父亲在每一片雪花里长眠（三首）

父亲在每一片雪花里长眠

雪花在大地上勾勒出父亲的容颜
那些凸起的部分
是一个个饱含泥土的日子
在寒风中覆盖人间

我是父亲遗留给新年的草籽
在大雪下，收好了旧年里的悲欢
毛壳包裹的一点希望
和父亲一起
在每一片雪花里长眠

一朵雪花装下了自己

世界和一朵雪花有什么关系

一朵雪花和我有什么关系
一个人有时会躲入一朵雪花
不再接受人间的消息

这是多么空旷的内心
它的七个棱角，挂着天堂的泪滴
冰一样的空旷
是一个人回到了最初的自己

以雪为马，去天边追寻一道影子

和雪花一起出逃者
一定是我追寻了许多年的那道影子
它不一定是白色
却到处留下了雪花的脚印
大地放缓，一些随风沉吟的事物
决定不再攀爬
它们就地站立
成为一匹白马写在雪地上的悼词
远在天边的那个人
正在完成一个虔诚的仪式

（选自《草堂》2021 年第 11 期）

吴冬的诗

如果你此刻奔来

1

老鹳河
这条在体内奔流半生的暗河
到了中年，缓慢下来。
是时候了，必须重返那个叫古木窑的村子。
必须在那里接受北风吹。进村之后，大雪封山
必须在母亲的土炕上患一次重感冒
在高烧不止中喊你的名字。

2

回去。自己牵着自己，亦步亦趋。
只带回自己，带回在尘烟里熏坏的嗓子。
在小学操场上，对着四面山脊
重唱一回《兰花草》，重吼一把信天游！

可是，那些活蹦乱跳的童音呢，风一样奔跑的红领巾呢？
这些年，村里人陆续外出
带走的何止书声琅琅，还有冰雪覆盖的河面……

3

小时候，村里只有课堂，没有澡堂。
整个冬天，姐姐骑着自行车载着我
到三十里外的汤河温泉，洗露天浴
就着飕飕冷风，一个个小小的美人鱼在腾腾热气里显现原形。
只有夏天来了，河水泛着湿漉漉的金光
一只只青蛙光着屁股从高高的石台上跳进去
“啪”，溅起涟漪。

4

如今，村子空荡荡的。
雪融化时，滴答声，比猫叫声更让人惊惧。
偶尔几声狗吠，反而让惯于失眠的人安心。
一个土生土长的本地人，忽然疑心自己是个外乡人。
……父亲的遗像近在咫尺
一个声音，自时间深处
捶打过来。

5

该以什么样的姿势重新回到你们中间呢?
我的，不再生机勃勃的村子!

我决定从一棵椿树开始进入。
小时候过年，天不亮姐姐便带我去摇椿树
有人说，这一天摇椿树能长高
我仍记得，当初摇动它时
它发出哗哗哗的掌声。
三十多年过去了
我已没有勇气再去请求一棵树给我福祉
但我庆幸它还在那里。
它龟裂的树干
像我缺水的中年。

……我还要从一堆木柴开始。
准确说，那是一棵棵曾经年轻的树。
它们看上去干透了
纹理清晰，结构密实，香气沉郁
多像远方那个人，安静，温暖。
我久久端详它们。
抱进灶房。舍不得烧掉。

最后，还是残忍地将它们一根根塞进灶膛，
任它们在火焰里翻腾，痛快地喊叫。
也有一两根至死不肯燃烧，翻起浓烟。
原来它们骨子里还有水分，还有韧性，
这让我想起，我闷头走过的青春……

（选自《星星》2021 年 1 月上旬刊）

怀柔

与所有高昂闪亮不同
她的光在低处
持续照着坚硬的事物

江湖风大浪急。每个人
都是舵手，都忙着锻造盔甲打磨刀具
直到头顶上的光线越来越暗

最终，依赖这微光穿过幽暗秘境
而很多年，并未有一个人
与她一起打开理想之门

（选自《诗潮》2021 年第 10 期）

吴浩雨的诗

大山

一

山城离开老城的中轴线，牛尾巴山上
带领开拓的老聃的青牛，渴饮浙水。
范蠡和西施被好事的楚人塑像
宣传他们的传奇故事
牛尾山是版面，划出头版头条
月光下看不清西施的脸庞
也看不清行走者的心
我们都抱过那枚人见人爱的月亮
闪烁的星星，探取人间秘密
牛尾山顶范蠡祠，台阶一级一级解说
我爬上来的时候，很多时候因为
自己，把牛尾山的好处忘得一干二净
也把所有的牢骚，失恋，孤独，郁闷

全部扔给那些柏树、松林

其实牛尾山是一座城，一堵墙

或者，一朵云，遮风挡雨

它常常手持雷电，一个

让人肃然起敬的英雄

二

八个人八个方位抬山

大地，为我们迎来送往

今天它将送走我的好兄弟

我们的双脚都是黄泥，内心都是雨滴

大巴山的滂沱大雨过后

泥水在道路横溢，黄色泥浆

犹如此刻的黄酒洒向柏木棺材

喜爱锣鼓曲的人，正被锣鼓送往陌生的国度

自信的人被忙碌夺去生命的全部

他的兄弟、姊妹重情重义

比湿透的大地，还要伤泣

爱恋比什么都更加坚强

女人搬起砖头，搬起悲痛

为心爱的丈夫垒砌通往坦途的门

今天无论怎样，也拧不干雨水和泪水

三

暑热之际，云朵都归来了。寻找隐匿的风
乡野香草。赶路的云，习惯跋涉
已经错过花开时节。房舍，淹没在绿色波涛里
唯一的柔软和洁白，远远悬于天际
水分子之于云朵，万物
之于五颜六色。主宰或巧夺天工
板山沟茶园的云朵修剪之后，看什么像什么
是一张少女的脸。堆砌的云朵，住着
幽静的乡村，像不愿露脸的彩虹
谁能读懂云朵暮色的心情？
谁能拆散一对恋人？云朵
永远缥缈，苍山永远古老
竹林欢送归客
雨水酝酿着情绪
驱赶，入侵暮色的人

（选自《躬耕》2021 年第 9 期）

吴清顺的诗

具象

要拥有一种具象，才可形容
比如一枝梨花，一尊菩萨

为了描摹这种形状
我向万物探寻。
低声交谈，而后缄默不语

梨花有雪的白，菩萨有人间的善心
可是从未有人告诉我

这一切是从何而来

（选自《散文诗世界》2021 年第 1 期）

过冬

置身阒无一人的黄昏，我的谈兴正浓
暮色藏进深冬，落日是我唯一的听众
寒冷日胜一日。而雪花久不落人间
我嘴唇微翕，旷野就消隐在大雾之中

如此这样，我度过一生中漫长的冬天
在黎明之前。我如喋喋不休的北风
路过黄昏、村庄和人间，与众生对视
春天还没来的时候，我会在夜晚生火

和枯萎的草木，一起等待万物复苏的季节

（选自《大观》2021 年 9 月中旬刊）

吴元成的诗

卧海垂钓

此时的大海是风平浪静的蓝冰
我躺卧其上，做它的鱼饵

其下的鱼儿却认为
我只是一个气泡，一粒盐

忽然，阳光的渔线被乌云扯断
月亮的浮标吐出最后的鸟鸣

我终于被插在银河边的钓竿
甩进了虚空

白蜡树里的木欢

木欢的雕工相当精致

它透过圆洞窥视树外的世界

箍在下巴上的口罩

脂粉气，烟酒气

当然，还有洞口残留的敌敌畏气味

干瘪的药袋子挂在针管上

随风摇摆

（选自《快乐阅读》2021 年 4 月下半月刊）

西屿的诗

下午的寂静

下午的寂静陷在一把椅子里
在窗台上盛水的瓶子里
在绿萝的梦里

在空着的咖啡杯里
盖着盖子的茶叶杯里
在它的内部

在杯筒里
镂空的笔筒上那只白色的鸟
在它的沉默里

在台灯的黑暗里
在开关的胃里
在电的心脏里

在阳台上的晾衣架上
晾着的内衣上
在花花绿绿上

在窗棂上挂着的一滴水里
在它停在那里的晶亮上
忽然滴下来
在忽然里

在窗外雾蒙蒙的雨里
在我从窗口望出去的一片混沌里
在未知里

在我二十三楼的房间里
我听不到一点声音

（选自《川江都市报》2021 年 3 月 5 日）

起风

起风的时候夜深人静
起风的时候没有人知道

秋天曾经来过

树叶一片片落下

在明亮的月光下

那只传说中的狐狸又出现了

一个美丽的乡间女子

嫣然笑着闪进一扇木门

（选自《郑州日报》2021 年 9 月 12 日）

向坤东的诗

命运

晴空里一丝阴云从我眼前掠过
从那个阴晦的冬天我开始追寻花朵
太阳和月亮跌跌撞撞从我面前走过
爬过很多山涉过很多河
我终于吃力地采摘到几束花朵
而此时我仿佛走进美丽的死胡同
天堂我上不去　尘世我不屑留

天堂我一定上　尘世我泰然处
不是花朵使我醉倒
胸中汹涌着五彩云霓
不安分的灵魂
注定我一生奔波

（选自《鸭绿江》2021 年 7 月中旬刊）

网

冬在头上萦绕
高墙自四面八方朝我压来
此刻最重要的是不要离开路

我想走进绿洲　却迷失于沙漠
我想得到温馨　却屡遭雨淋
失望之网将我罩住
忧愁是什么果实？
走上高山就会遇到悬崖
狂风暴雨不常肆虐于平坦的地面
冬是春的信鸽
计划从此偃旗息鼓
可饥渴的心大风暗暗劲涌

（选自《江河文学》2021 年第 4 期）

池水

头上天蓝周边青绿众荷立碧水中
天堂里飞向池中不贪恋池

哀求声里撞破坚实的堤埂

摔下悬崖闯过阴沟流向河流

漫漫征途你依靠地球的身子太阳的翅膀

目送宇宙飞船进太空

目睹小地方的高耸入云的大厦高楼

你相信未来一路欢唱跳跃

身躯伤痕累累你从未想过退却

大海里不安分地放射斑斓的浪花

始终闪耀在你的眼球

（选自《四川文学》2021 年第 11 期）

小葱的诗

杭州梦忆

阿里巴巴产业园上空的雨，
时疏时密。街道两旁，
植满清人黄肇敏诗中的灯笼树，
色彩如“云雨之山”①的那块红石。

是了，时逢八月，烟霞桂子，
我来到这江南水城已半天有余。
食自助餐，昏睡一个下午，
梦见《山海经》中的大荒之地。

醒来，恍惚身在余杭，
搜索高德地图，距离西湖十几公里，
距离张岱四百余年，
和白素贞，隔了一个妖界。

注释：

①出自《山海经》：“大荒之中……有云雨之山，有木名曰栾。”

（选自《诗潮》2021 年第 12 期）

春夜

翻开书，食指触碰到，
蓝色墨水精心打磨出的波浪。

不用说，一本诗集，
黑暗里陪伴我。

如同浏览神秘萤火虫，
纸页上影子具有独一无二的光。

这足以让我安心。一个人在家孤单总会
跳出来，镜子和墙壁都知道，多么惊悚！

直到窗台上的鸳鸯茉莉，突然开了花，
远处传来电动车咳嗽的声音。

我原本以为糟糕的春夜，活泼起来，

世界并没有放弃运转聪明的头脑。

哦，朋友，我漂亮的朋友，
空气的镜子因你的到来映出繁灯。

蝴蝶陷阱

我要那玫瑰
另一端的你，掉入蝴蝶的陷阱，
没有爱情的诗人，
像死去的花纹，长着模糊的脸。

细节等待填充，闪电的微词
也要被允许，甚至扎眼的错误，
都是鲜活的星群，我想醉在
你身体内，任性地饮尽蓝色银河之酒。

是的，无常的世界总会完蛋，
远方木星已经偏离，
我希望，浮萍风暴发生在见你之后，
关于我们的这首歌，不是易逝之音。

玄鸟之翅

你突然生出厌倦感，
地面上，阴影摸遍胖脚丫的掌纹，
似着了魔。
——前世的来处
也许在歧路，
凝重面容和一对分裂的玄鸟的翅。
酒店窗外，燕子不悲鸣，
立秋后阳光沉降，
你看不见，
或者说不愿意看见，没有什么
比漫无目的，更像一节惊艳的分行。
远方人跃过礁石，发来照片，
你喜欢他认真做事的模样，更爱极
那几分水柳的颓荡，
巧合的是，他也刚好在念你。
——眼前的平原，翠绿漫溢，
那些无法诉说的，怎样都结不了尾。

（选自《牡丹》2021 年 4 月上半月刊）

许捷的诗

心灵坐标（五首）

冰花

一滴水，寒风中长出
骨头，在一面旧窗的玻璃上
开出花朵

药液，滴答
相依为命的奶奶，暂趋平静
咳嗽声中摇晃了一夜的老屋
白雪中打着瞌睡
如此刻，八岁的雪儿
揉着疼痛的双眼

一丝欣喜被窗外的冰花
点燃。冰花和烟花

交相辉映，年关的脚步近了
爸妈归乡的脚步
也近了

心灵坐标

祖父在老屋门前栽下的那棵槐
是父亲的兄弟

父亲用血汗喂养我们
槐花也曾屡屡为我们果腹

它历经青年，壮年
现已至垂暮，依然铮铮铁骨

尽管村庄的心已空了
它的根须，仍牢牢地伸入故土
拼尽一生的气力

潮汐

夜，最后一层面纱尚未揭开
而大海已掀起滔天巨浪
恰似，·匹匹惊醒的野马
风驰电掣般奔跑在草原

我站在海边
静静地倾听大海的心跳
风的手，弹起这巨大的琴键
恍若，贝多芬《命运交响曲》在天空回荡

此时，我的灵魂已附于礁石
伤痕累累
但仍默然挺立。我行走于尘世的
肉体，可以忽略不计

作坊

一间老门脸，斑驳在
已经萧条的老街里
唯有招牌上的字
赋予它坚强的属性
祖传手艺
把它囚禁在十几平方米的牢笼
锤音，成了唯一的宣泄
快了刀刃，痛了自己
脑海里塞满了儿女们的眼神
求学，买房，安家
三块巨石

让它褐红色的肩头，水流湍急

空杯子

黄昏时的路灯
一次次拉长我孤帆般的身影
斜风细雨中丈量，出世的清寒

我也习惯在这样的夜晚
枕着群山的凉意，聆听云泣
阳光下的尘垢，或许唯有泪
可滤净、澄清

台灯下，一只酒杯以眼神抚慰我
这只空落落的，倒扣的杯子
是我浮华半生的回声叮咚

那些饮马河边的流水
清空了俗事充盈
空杯子，它的轻解语着夜色
它宽恕了这场秋风凋零后的真

（选自《诗林》2021年第5期）

薛松爽的诗

空碗

每个夜晚，我们俯身这只空碗
反复吞咽
空碗散发出热气
腮帮和勺子发出碰撞的音响
一家人全神贯注于各自的饭碗
光线变暗，仿佛头顶的电灯换成了蜡烛
我们的脸庞变红
直到清晰的碗底显露
我们才慢慢停下来
碗底干净，浑圆，有时会在桌子上留下一圈印渍
我们不说话。各自吃过，起身洗漱
这时候。空空的椅子上，去世的母亲会坐在那里
她端着一只碗。是的，她的碗里
盛着一碗清水
由于清澈，那只碗也像是空的

她的一侧脸庞陷入黑暗
另一半在烛光里浮现
那时候我们的一日三餐都来源于她
现在她端着一碗清水
走向我们

山顶

又一次我看到远处的白色浑圆山顶
没有月光我们深一脚浅一脚跋涉
而当天明，这一切会消失，仿佛
被风雨洗刷干净。脚下，山冈起伏
灌木整齐，走近方能见到的坟头和墓碑
一个挨一个的村庄，相貌相近的农民
他们的大眼睛儿子会陪我们走上一段
在村头我看到一株两人合抱的残缺桑树
只半人高的小庙里摆放着的两块土坷垃
十几个人摸黑拉着老父亲去卫生院看病
稀疏雨点打在额头，不知名的夜鸟飞掠夜空
远处山巅隐约的淡薄白色已凝结成银色屋顶

地图

薄纸压住了一些事物；在背面
那黑压压的蠕动，构成了一幅
真正的地图。而常常，在你不经意间
这纸的地图已改变了模样：山川移位
河流干涸，一些地区人口剧增，石桥
突然折断，一群朱鹮莫名消失，甚至
深藏的历史也会变幻；书写者依旧
满头雾水。苍老的父亲坐于故纸，骨头
闪出火星，照亮隐蔽的角落。而他的
铁枷，依然戴在项骨。没有人说出
过河的枯鱼为什么哭泣；为什么总有人
在最深的夜出发。光照之下，墨痕显现
微红。在山顶，积雪隐隐有了寒意和光芒
人群的旋涡，也像是第一次有了力量

（选自《星星》2021 年 6 月上旬刊）

薛颖珊的诗

湖心无亭可留

我轻嗅尘埃，去追随
与光摩擦出扑簌簌的蜡像
舞态丛生的影，从未如此通透地
展示为诗铭刻的人
辗转在烟火内外。思考即刻融化
黄昏的比喻，沾染一点动容
便忘了学会一个旧词——如何
灰烬的过程。天色流露出
抛物线般的微笑，我和天命
会交集在哪一个不堪重负的点
去递减或者递增，或者
自下一个圆月我们回归和平
难得与荷叶达成共识，它们的脸
总是举着摇摇欲坠的酒，恰好
我正慢慢醒来，这可危的冷肃

触及更大的静穆。比如一大片没有点亮的湖
在中心没有人群，但我总在那里
看到发光的月体，浅浅地咬住枷锁
像博弈的棋子，只有一个
人间便落满千万个结局

明快的下午

去读什么书，下午的时候
妹妹发出启蒙般的疑问
我望向书架上不甘折断的光线
像敲门一样小心地，走向簇拥的碳化合物
向它们敲问出最近的心事
以及多少年代缔造井然有序的
黑色蛛网，密布碳材的化石语言
像倒装的壳上皲裂着历史
我对时间的错付一贫如洗
开始转向。自由散漫
我和巨大的书目形成反差。
灯光发热，练习陈旧，方圆一米
跳跃着新潮与广阔的海味
书架上它们侧目，脊背挺得笔直
如瞥见一座座墓碑，和殉葬的花朵

秘密地躲闪。
妹妹踮起脚，她对书的敬意
就在于她心里藏着鲜花，怒放着不羁
可能我恰好路过书架时
总想着折断它体内的野性
审视我的思考，贯穿它们的灵魂
妹妹的小手挥舞
它们是智者的玩具。成为譬喻之一
这时偶过一阵微风，生活的短暂时刻
也轻微地抖动了一下

（选自《星星》2021 年 9 月上旬刊）

闫志辉的诗

雾

雨后的清晨，我们驱车前往山谷，看见
眼眶里的树叶都反射翡翠的光芒

忽然我们呆住：山谷中的云朵触手可及
雾在绿山之间蒸腾，笼罩曦光

缥缈而灵动的白，群山屹立无声
只有一条条纱巾将我们缠绕

新疆一天的词汇

远黛连绵。狂风吹古月。早晨七点天色未明。
抵达。雨水和杨花。庙宇立于山腰。
时光陈旧。九十年代的矮楼。榆钱飘浮于路面。
广阔。蓝天高悬不敢仰视。阳光泛白涂抹人间。

人和车。生活进入尘土。菜市冬瓜要六元。
时针移动而天色正午。电话等待回响。
川菜馆总有灰尘和生意。高粱酒燃烧小团体。
乡音。器皿碰撞。有人说起腰肌劳损。
晚风凉。暮色潜入货摊。边疆也有普洱。
一天结束。沸点是二十一点。夜幕开始下垂。

在天山

天山有白缎与镜子：
雪铺在山头，池浮在山腰
世间的人来到世外
都变成梦幻主义者

临池照见自己影子
能看到体内的仙胚
山风总是凛冽
凭虚一跃便可成仙

（选自《延河》2021 年 11 月下半月刊）

杨泽西的诗

一个人回故乡

回到故乡时，果子已在树上熟透，
挂在枝头，给人带来诱惑和希望，
也给人带来些许忧虑。
有些果子被老人摘取存放，
有些则被虫子和鸟儿吃掉。

我看到祖母时，她的身子又小了一些。
祖父又黑了一些，
他们刚从地里干活回来。
父母还在两个不同的异乡打着工，
我见不到他们，他们也见不到彼此和我。

屋里的白墙，由于忍受不了潮湿和孤独
又跌落了很大一块，
像伤口裸露在那里。

窗台上布满了灰尘，墙角里
蜘蛛们在自己织的网里安睡着。

风有时很大，有时很小。
院子里飘着杨絮，有那么一瞬间
我把它们当成了雪——
冬天里融化在树枝上的那些雪
又从树的身体里长了出来。
也许生活里的雪，从未消失过。

（选自《星星》2021 年 4 月上旬刊）

黄昏时刻

蚂蚁的尸体从阴影中爬了出来
蚂蚁它没有动，是太阳
挪动了它的黑暗

诗歌寄居在黑色汉字里
语言仅仅是一条通道
从一个词语跳进另一个词语

我在房间中，被阴影笼罩着

试图借助一枚汉字的入口
倾听体内汉语的回声

空间幽闭，我从所有事物的阴影中
捕捉到一个虫洞的光点
但它仍会随着时间发生位移

黄昏把最后的光线锁进黑色的瞳孔
万物在余光中轻轻地颤抖
慢慢蜕掉光的壳

一首诗再次遁入白纸之中
没有一丝回响。夜色中
丝瓜的触角抓住了虚空

晾衣绳

你一旦存在
就有了自己的异端
在开始和结束的地方
被命运打上结
这便是你短暂的一生

你的身体上常常出现
多个人形，他们
虚脱在衣服的骨架里
你撑着这所有的重量

空无一物的时候
你才属于你自己
但风一吹
你又在自己的身体里摇摆
更多时候你需要下坠的引力

暴雨过后
你孤零零地悬挂在院子里
像绞索
拧出自己的血

（选自《文学港》2021 年第 9 期）

一树的诗

白露

露从今夜白。仿佛是真的
那一地的白月光和白手套忽然干净起来。
恍若我在你泪水中
暂时赊到凉下来的山河和余生。
只要，你与身边的小花小草都还健在
我已不在乎
这是人间第几张被洇透的白条了。

（选自《星星》2021 年 12 月上旬刊）

深秋纪事

雨下得过于娘们气。食色过于
本性。一个吃饱了撑得慌的人被
拆除身上的雕花与象鼻

噢，秋风如剑

生活露出毛茬时，他露出一小部分挫败感

事不过三——

他第四次沿西南楼的肉香，潜回梦州

终于抚摸到简明的暮年

醒来，落叶与落雁惺惺相惜

窗外争吵得发煳的

价格与价值，差一点就要混为一谈

雅者为上

墨落白宣

莲出青泥

清风轻拂孩儿面

明月正为满天星盏添灯油

我打盹儿时，歇脚的蜻蜓

托梦于我——

着翠裙的姐姐白里透红

她说，她的喜悦总比忧愁，多一分

（选自《绿风》2021 年第 3 期）

衣水的诗

一只白鹭的唯美时刻

白鹭独立。高挑吹响文明的骨笛
沉睡的白日梦。犹如八月稻穗成熟

白鹭，稻田，水花擎高我的双眼
空腹的白鹭吃掉稻花和它的想象

白鲢四寸，八寸，我始终以虚构为业
思考的白鹭，藏进它的宫殿

一只乌龟

静卧灵台
藏头，缩脚，收尾

无风，气只在冥想。神思条分缕析

龟壳像花苞，徐徐散开。形若赤橙黄绿青蓝紫

名实之乌龟是执念，所见皆为空无
不见，不见。滚烫的想法如一缕青烟

吐一口云朵，盛开一塘红莲，或白莲
吞一口四季，生在生中生发，走在走中留下

天地醒来，乌龟仍在天地之外
八块背壳，阳光刻了我不认识的甲骨文

（选自《山东文学》2021年第10期）

亦心的诗

纸月亮

它是多瓣的，一个黑暗的窄门
它简单，没有斑斓的部分
它是一个一，是云朵簇拥的美学
在废墟之间，它是一个动词
我借它找到了洁白，一种久违的小雪
我原谅了黑暗，和一只乌鸦
我看见它，就甘心做一只乡下的蟋蟀
我知道乡愁是一把小刻刀
它雕刻什么
是一个疑问
我只在纸上折叠思念
或是插花
13 日的月亮是私人订制的
在每一首写下的诗句里
它发芽

尖锐

它是我在郊区遇见的

我喊它亲爱的

它只是素颜

用一个别致的微笑

用一个缄默

让夜晚成为它的一个花园

（选自《诗刊》2021年3月下半月刊）

毅剑的诗

积攒一堆柴火（组诗）

我说的那个春天

裹着雪花，我说的那个春天就在路上了
一些无处不在的东西
习惯了在任何时间都弄出一些响声
风，一直扮演着号子的角色
一阵嘶鸣吹过了庙堂
一路吟唱漫过了旷野
风还会吹，把太阳吹走
把月亮由圆圆吹成弯弯的芽儿
把脚下的尘土吹上天空，再抛到天边
把沉重的心思吹乱，把你从我的身边吹走
坚守枝头的蓓蕾，也被吹成花朵
该放下的，还是放下吧
冻结的思想和僵硬的灵魂

任由它们自生自灭，时光
终会埋葬一切，也催生一切
春天一到，都会只是醒来的样子

一场纷纷扬扬的大雪

天还没有暗下来，世界就一片洁白
西天没有残阳
铺天盖地的精灵淹没四野

把山岩也裹起来吧
尸布严实地掩盖了河流
海潮在左，长风在右
垃圾和金子都粉饰一色

只有一种颜色滋生着孤独
也像只有一个声音的世界
注定——令人可怕

冬眠的乌龟

昏沉地睡去，似乎比醒着更危险
比如这只，在池塘淤泥里冬眠的乌龟
它像铁一样冰冷，也像石一样沉重
天寒地冻，浅浅的池塘一冻到底

水和泥，岸和树
它们浑然一体，让每一个原本的个体
都不再是个体
这个世界的风，滑过冰面的孩子
偶尔飞来驻足片刻的水鸟
还有，裹在冰中的一些死了的小鱼
都不再与乌龟有关
与它无关的，还有
这个世界的另一些东西
它活着，也是实实在在地死去
醒来，已是再生的隔世

（选自《太阳河》，中国大地出版社 2021 年 8 月）

尹聿的诗

春天的世界

她让世界看到
满地的绿色和高出地面的生命
我们不禁疑惑
是季节伟大，还是人伟大

春天是寂寞的，她的生殖能力
无与伦比，也造成了
她无限绵长的寂寞
她尤其知道，有生
必然也会有死

在欢欣鼓舞的庆生之时
她落下春雨
提前为轮回的葬礼
发出宿命的通知

过程不可懈怠

（选自《地火》2021年第3期）

怕死是一种你没有的幸福

我始终把生命留给我的母亲
留给我的妻子，留给我的儿子
留给我所有的亲人和朋友
留给所有善良的人和宽容的大地与天空
他们都还坚强不屈地活着
在这个世界上充满生机。所以
我怎么能够离开他们，独自
享受我的自由呢？那多自私！我怕死
怕死，成为我活着的一种幸福坚持
它是高尚的，充满道德

（选自《鸭绿江》2021年8月中旬刊）

从孤独中走来

冬日，严寒进屋，关上门
慢慢化冻

就像一块从冰箱里

拿出的冻排骨

放进微波炉

打开开关，听着嗡嗡的声音

慢慢，冷冻的绳子松绑

肉色渐渐泛红，长舒一口气

然后，等待

再次被放入沸腾的孤独之水

慢慢煮，慢慢炖……炖

最后，骨和肉

分离

（选自《诗歌月刊》2021 年第 10 期）

余金鑫的诗

颤抖（外一首）

是旗帜在猎猎有声
是春天一群蜜蜂怀旧的细鸣
是无边的鲜花在旁若无人地开放
是从天而降的秋风
裂帛般地唱红枫林
是一字信息
在子夜来临

点赞

总是
不约而同地
如约而至
同时点赞
肩并肩
站或坐在一起

讨厌的是
中间跑来个逗号
多事

（选自《鸭绿江》2021 年 3 月中旬刊）

张光杰的诗

银河、落日和母亲（三首）

银河

即使我顺着夜色里的山路一直走，也不能
走进银河。即使我像萤火虫飞上天空
也不能变成牵牛星
黑夜这么短，星子们很快就会隐身人间
这么多年，我在人世间奔走，总是疑心
那颗织女星，就是我隔世的亲人
当我娶妻后，爱人身上像长出翅膀一样
为我生下两个女儿
每天她送来第一缕晨曦
夜晚归来，她像一位披了一身星光的人
这让我深信不疑：她就是我转世的织女星
在这低矮而温暖的尘世
如果她绕着我飞翔，天空就会出现彩虹

如果我热泪盈眶
——嘘！这攒了一世的钻石，倘若从我的脸颊上
一泻而下，那是我欠下人间的
一条银河

落日

落日啊，该有多么孤独——

从你的骨架，取出巴颜喀拉山，看一看
你风雪搅寒的脸
从你的血液，取出天下河流，就算一千挂瀑布
也抵不住你的两行热泪
从你的掌心，取出桃花、棉花、芦苇、旷野……
从你的脚趾，取出险峰、汪洋、飓风、暴雨……

落日啊，你一无所有
你把孤独，也交给了人间

母亲

乡下的母亲，从不懂得说情话，一辈子
也不懂得什么是拥抱
她抱我时，用襁褓，用背篓
也用开满油菜花的田野

后来我长大了，她再抱我时，就用偌大的故乡
她伸开手臂，像长长的山间小路
也像隆隆作响的一列高铁，搂抱着我
更多的时候，我浪迹天涯
就像大地上随处野生的荞麦花
年年落下她头顶上悄悄变厚的一层霜

母亲啊！在人世间辗转
我是您身体里出走的那半轮残缺的月亮
今夜，我把明亮的那一半朝向您
让您的身上落满荞麦花的光芒
就像有无数的我在望着您
就像无数的我
正从天空降落人间

（选自《草堂》2021 年第 5 期）

张浩浩的诗

深秋（组诗）

深秋

果实会晚熟几天
苦痛仍在收割喜悦
风举起一个阴冷的天空
不要寄予深秋过高的期待
银杏叶做成的海浪
已经从街道涌来
你的瞳孔还没有她的倒影
有些失落需要一个人慢慢消解

园西路

秋叶覆盖了秋叶
暮色将它们掩埋
走到园西路时

我拖着冗长而沉重的疲惫
斑马　斑马……
沧桑又无奈的乐音
在街上蔓延
仿佛要让那错失的
都碎给你看
总会被莫名其妙地触动
比如说　晚风　酒吧
和关于风声鹤唳的爱
伤感那么普遍
以至于我需要自我的抚慰
别说泪水没用
有人靠它生产出了彩虹
在剥开橘子的晴天

萨尔瓦多阁楼

从萨尔瓦多阁楼的镜子里
出走的是自由主义者
而我仍被充满病态的社会规训
将多余的情绪放到蓝色的售货架上贩卖
用酸涩的青梅酒营造些微醺的迷醉转移虚空
在看不到结局的故事里　困顿尽在意料之中
大象书店的咖啡

令我感到优雅时的静谧

淡黄的灯色会潜藏起忧伤

我们不曾相恋　但想念不可避免

（选自《金沙江文艺》2021年第2期）

张洪腾的诗

夜宿轿顶山

夜宿轿顶山呀
顺手摘星辰
不敢高声语呀
恐惊天上人

我不是李白
却置身于他的诗境
独行在山脊的长城上
犹如漫步在天上的街市
左手一缕清风
右手一把星辰
飘飘衣袖舒广宇
款款步履步寒宫

浩瀚的夜空

是那么的深邃
与夜空同样深邃的
是我的眼睛
无际的天宇
是那么的神秘
与天宇同等神秘的
是我的心境

我漫不经心
踏着《月光曲》
沐浴在流星雨中
看彗星之光
听天籁

夜深了
遥远的村庄
都闭上了疲惫的眼睛
林中的小鸟
在各自的巢里
做着斑斓的梦
足下黑魆魆的大地
若一池墨水
头顶亮晶晶的天空

似都市夜景

顿然间

天地倒悬

轿顶山

成了连通两极的轴

切换着人间与天堂

转换着神仙和凡人

绝壁长廊

大山，可以阻隔

山里人眼前的天地

但挡不住

他们追求的宽阔视野

大山，可以断裂

山里人出行的道路

但断不了

他们对多彩生活的向往

太行山的肌体

是坚硬的花岗岩

比花岗岩坚硬的

是山里人刚强的性格

十三位壮士
用了十二吨钢钎
和四千多个八磅锤
抡圆了他们的希望
多少辈的隐忍
一朝迸发
击碎了两千多个日月
终于凿穿了太行的绝壁

过去压在两肩的大山
如今匍匐在足下
一道道天窗
开启了山外的世界
也开启了山里人的心
朴素的初心
感动了整个世界

（选自《莽原》2021 年第 1 期）

张鲜明的诗

以自身的光芒为翅膀

那个无边无际的人
把自己脑袋里的一个点子
抛向高处
以此来验证
露珠
能否在一片叶子的弧面上
站住

那个点子——露珠
以自身的光芒为翅膀
在虚空里
久久地
悬浮

这宇宙的种子

在胞衣里尖叫

等待

那个不确定的结局

（选自《鲜明之幻·幻游记》，作家出版社 2021 年 12 月）

张晓雪的诗

石壁与野花

丝瓜

一个小店被喷上了“拆”字。
它的山墙刚好是丝瓜藤攀爬的
高度。
春天里，拆迁办的人砍伐了周围的树木，
断水，断电。对它心无戒备
或者没顾得上下手。多好啊，
只要能坚持到五月，丝瓜藤待在阳光里，
还有希望结出几个新鲜的丝瓜。

井底之见

我此刻的安静
即为自己的局限性。
不想问题，

不质疑自己所见。
但有些事情仍需要低头，
并寻找一个井底。
如果它终归于大海，
我将欢欣地说，
一场好危机并不算浪费。

石壁与野花

那块石壁的跟前
长出了一朵野花。

像是在一个极偏僻的地方
安放了童心。

它们全都承认了自身的孤独。
只不过，一个似先知，自省。
是我们一直想抵达的东西。

另一个两手空空，等凋落，
懵懂无知地爱这个世界。

它们像好不容易走到一起的，
再无未竟之事。

又像是彼此的轮回，
都保持着被解救的样子。

风铃记

风跟着，铃声像一条很响的溪流
淌过来，窗户是必经之路。

我喜欢它不能忍住的晃动。
理解这归来般的声音，
有点自问自答，又像有针对性。

它替代时钟和鸟鸣，重新布置了
我洗漱、早餐、刷碗的生动感。
类似笑声划破冥想，令小世界的偏僻
大面积地天真起来。

我喜欢房间里的小事物，
那些简单的无用之物，容易使人快乐，
容易动摇那类似铁石心肠之类的
病症。

（选自《人民文学》2021 年第 6 期）

张湘云的诗

感受阳光（组诗）

幸福的立方

满脸洋溢着幸福的顽童
高兴地小跑起来
当他意识到一段不安的距离
便停下来喊着：妈妈
随后的妈妈紧跟上去拉住他的一只嫩手
两颗心灵电流般瞬间接通
此刻的幸福不是简单的一加一
而是幸福的平方
这时他的爸爸也跟了上来
拉住他的另一只嫩手
三颗心灵电流般瞬间接通
此刻的幸福不是简单的一加一再加一
而是幸福的立方

甩鞭者

公园一隅的甩鞭者
让长鞭在头顶走蛇形
如一道闪电
他好像被电击了一下
手臂迅疾收拢
接着一声“啪”的脆响
如缩微的雷

一方时空被抽得皮开肉绽
他还没有罢手的意思

舞剑者

舞剑者的剑切不断一根发丝
只能切开空气
舞剑者的力气全都耗在
他划出的弧线上

额头上淋漓的汗珠
在剑光中闪烁为熠熠的珍珠
用仅剩下的一丝力气
缓缓收回他的剑

像有千钧之重

借

这些可以长期借
可以借了不用还
它就是：邻居家的花容和花香

楼下的邻居家有小院
种满了海棠、月季、秋菊……
还有开花的玉兰树、樱桃树、山楂树……
我逼仄的格子间盛不下这么多的绿植

借他家的花容装饰我的瞳眸
借他家的花香装饰我的嗅觉
这样带着借来的花容和花香
装饰我的好心情

并不觉得亏欠他家什么
我就是要这么一直借下去

（选自《草原》2021 年 10 月上半月刊）

张悦的诗

清晨动静

行云尚未倒空
雨滴——蜂群般地震颤
蓦地，被东南甩开的软绸扎住口袋。
风，仍旧投掷雨燕
词语是击中追索的回力镖。
俯跨墙垣的凌霄，
蓄足奇袭的矫捷与猛虎之势
跃出将流火之月熔铸为环的喧嚣。
静默中。咆哮。

晓光，把蜗牛从黑夜边缘的扣眼中
一一移出。
扯去潮湿画布
毫不动摇紧按进石头的图钉。
整个清晨，稳立在

一只蜻蜓橙红的薄翼上。

初次跳伞的体验

推开舱门
与强劲气流共振的颤抖，悬着
铅砣般指向原地的心。
海湾、草原、雪野，异己诗境
强磁场的诱惑，
飞越世代相隔之峰与文明疆界的巡礼，
吸附撑起游思伞布的轻盈。
分开烈风中
语词冲撞的惊悸，克服
惯性错位加重的眩晕。
从加速坠落到回弹的跃升，给灵魂的纵身
赋形。云间辟路。
穷尽落点的可能。
向每种崭新广袤敞开初识
冒险，是背离出发
与未知的重逢。

（选自《诗林》2021 年第 6 期）

诗，隐喻一种

切割时间和思绪的碎块搭建
一所房子，居住最孤独的充实。
砌入墙面平整
是曲折交错的幽径，
从世界尽头重返内心。
推开天窗群星寂如落雪。
屋顶展翼护住孵化奇想的巢。
把山火摁进炉膛，巨浪收入水槽。
节制的欲望和言语，稳若梁柱。
文字驯服幼兽
日夜紧咬门环的警醒，
守住门内，扫除时间脚印
平静外衣下的风暴。

（选自《诗潮》2021 年第 10 期）

朱根亮的诗

水生植物（外一首）

在水中直立，它们是水养的孩子
旱地风声起处，尘世烦扰与我何干

芦苇、荷花、水仙、菱角、芡实、菖蒲、水葫芦、苦草、旱伞草……
好多的名字，它们的品种超过一百个

依附于水，为水而生，而名，而死
那种对风雨的驾驭感是天生的

我看见蜻蜓们附在顶部打坐
这些妄想的悟道者都会随风而去

做自己，把花朵和果实交给人类
让他们怀念自然的好处

没有年轮，为一个不期之约而眺望
它们在等一个宿命中的往复

水埠及其他

少时，水埠是女人们洗衣洗菜的地方
男人摸鱼的下脚处
一块青石板，或者一根长条木
一头水牛在附近守候
想象远处有乱云飞渡，无奈不是雨后
火烧云还是具有观瞻价值的

回忆，有时是因为某种事物失去或远去
老家的水埠凋败无比，池塘几近荒废
我所在的小区物业摆设了一处，远离乡村
我在一根根条木上踱步，背手
看水中的云，近处的楼。手脚无处亲水
周边的事物，离辽阔万里差了太多

我还是想象有惊飞的水鸟。涟漪在此时出现是正当的
水埠是记忆里最生活的画面
缘于一种水与堤岸的连接方式
天空与水面的混淆，云与岸柳的投影

其实，风才是族长
我能举例的姿态是：倒伏的庄像
不能自已的叶子。乱发迷眼。旋涡很诡谲
人生变换的是背景，如同一幕话剧
戏走人不走。水走万里，仍给我留下一池清泓
在故乡，只有雨是念旧的，雨是孝子，刚好有乡愁的湿度

我藏有一块普通的手表
如果把外壳扔掉，我能不能把时间聚拢
那浪费　消磨　无聊　悲伤　充实　深情的时间
统统从手表里截取或者掐下
让水跟风去流浪，我和童年带着水埠留下

（选自《诗刊》2021 年 5 月上半月刊）

邹钧的诗

返青时节

曾这样写到故乡
它一直站在我的生活之外
像墙角上，极少翻动的花盆
等待一个返青时节

偶尔，它会惊出一个长梦
让我在山路上打滑
被一串趔趄击倒。这宽大的愁
不时捎来不好的消息

那些熟悉或不熟悉的亲人
他们走一个，我就被故乡拽回一次
在往返的路上
我有多么胆怯，又义无反顾

张北洼

须变回一个小人儿
才能重新通往它
张北洼
我曾经的纯真年代
现在，它由老人看守
河水闪动着细细的鳞片
一只老狗
旁若无人地经过

雨水折身回来
我们踩着泥泞上山
这里，已是荆棘
和野花的天下
黄昏
早被雾气湮没
我死去的亲人
隐匿在青草深处

（选自《青海湖》2021 年 5 月下半月刊）

散文卷

2021年河南文学作品选

何弘 主编

葛一敏 编

郑州大学出版社

图书在版编目(CIP)数据

2021年河南文学作品选. 散文卷 / 何弘主编 ; 葛一敏编. —郑州 : 郑州大学出版社, 2022.8
ISBN 978-7-5645-8812-0

Ⅰ. ①2… Ⅱ. ①何… ②葛… Ⅲ. ①中国文学 - 当代文学 - 作品综合集 - 河南②散文集 - 中国 - 当代 Ⅳ.①I218.61②I267

中国版本图书馆 CIP 数据核字(2022)第 103857 号

2021年河南文学作品选 · 散文卷
2021 NIAN HENAN WENXUE ZUOPINXUAN · SANWEN JUAN

策　　划	李勇军	封面设计	小　花
责任编辑	刘晓晓	版式设计	小　花
责任校对	孙精精	责任监制	凌　青　李瑞卿

出版发行	郑州大学出版社(http://www.zzup.cn)
地　　址	郑州市大学路 40 号(450052)
出 版 人	孙保营
发行电话	0371-66966070
经　　销	全国新华书店
印　　刷	河南新华印刷集团有限公司
开　　本	890 mm×1 240 mm　1 / 32
总 印 张	61.75
总 字 数	1 301 千字
版　　次	2022 年 8 月第 1 版
印　　次	2022 年 8 月第 1 次印刷

书　　号　ISBN 978-7-5645-8812-0　总 定 价:198.00 元(共六册)

目　录

contents

温暖的故乡

003 / 温暖的故乡　　廖华歌

016 / 关于秋天的个人抒情　　杜永利

025 / 老想回家　　张洪腾

029 / 大水里的麦子　　阿　慧

042 / 平生如泥　　王俊义

058 / 奔跑的玉米　　石淑芳

069 / 何况人间父母情　　张中坡

078 / 同裳偕行　　张　娜

091 / 一条河流的光芒　　马万里

099 / 秋日桂花冬日梅　祁　娟

113 / 舅舅的婚恋　范子平

117 / 血脉清浅　刘　帆

124 / 开往春天的生命之车　朱鸿达

128 / 故园有声　郭旭峰

138 / 青葱岁月　张富存

144 / 人间必要的温度　暗　香

153 / 流泪的唱戏人（外一篇）　古保祥

画事随感

165 / 我写黄泛区无题诗　南豫见

172 / 歌起江淮　陈峻峰

183 / “河洛古国”的文化密码　韩　达

189 / 活着的力量　唐兴顺

198 / 三次解放的人　王新华

206 / 袁店河辞典　赵长春

219 / 谢庄的灵秀　鲁　钊

223 / 有思想的树　张洁方

235 / 时光里流淌苏东坡　　秦湄毳

241 / 画事随感　　杨彦萍

248 / 肩上江湖　　李长顺

255 / 与土地深吻的农具　　韩　峰

269 / 家在周口　　董雪丹

273 / 匠心岐山　　冯清利

向阳而居

283 / 冬韵　　游　磊

287 / 重渡竹海满眼翠　　赵克红

291 / 向阳而居　　叶　灵

302 / 鹌鹑的卑微　　祖克慰

309 / 一只逃生的毛芋　　熊西平

311 / 黄河湿地“憨老等”　　石广田

314 / 西顶写意　　毅　剑

323 / 雪之畅想　　宋宛容

328 / 聆听风声　　水　兵

332 / 童年的零食　　赵一伟

336 / 太行山石　　张君燕

339 / 每个人心中都应种一棵树　　杜思高

温暖的故乡

温暖的故乡

廖华歌

让劳累了一年的老阳儿歇歇

如果说中秋是月亮的节日，那么，在我家乡的习俗中，太阳的节日就应该是每年的大年三十了。

八百里伏牛山顶峰、老界岭山下偏远闭塞的小山村是我的故乡。

在老家，人们都喜欢把太阳俗称为“老阳儿”。

不知从哪朝哪代起，在这一带山乡有一个令人深感温馨神圣的风俗一直沿袭到现在：百里山村同俗，每逢农历大年三十这天，不仅人、牛不再干活要好好歇息一下，村人们在这天也从不到屋外晾晒衣服、被褥等一应物什，哪怕这一天外面的阳光再好，也绝没人肯晒任何东西。家家户户为过年特意洗干净的毛巾、枕套、床单、鞋袜、衣裤等物，即便再潮湿，再需要干爽，都只会在屋里燃起干柴和木炭，拿到火边一件件烘烤，决不拿到太阳下去晒。

千百年来，山民们自觉遵守，从未见谁违反过。在多见树木少见人烟的大深山，和村人朝夕相伴的是日月星辰，是苍岩群山，是树木河流，是鸟兽虫鱼……而一天到晚把日子照暖照亮的唯有太阳！农人们与太阳的感情非同寻常，不要说在寒冷的冬季需要太阳，就是在炎热的夏天也同样需要太阳啊。不冷不热，五谷不结，不结的话，庄稼就要歉收，就要遭遇荒年，日子自然就不好过！只有光照充足，农作物才能籽粒饱满，果实甘甜，五谷丰登。从某种意义上说，太阳与山民们是心体相连一点儿也不为过。

老阳儿每天起早摸黑，上山下山，忙累得腿都快要跑断了！村民们都这样说。

除夕之日，他们心疼太阳东升西落、奔波忙碌、勤苦劳累了整整一年，真是太辛苦了！那些粮食、瓜果、菜蔬、牲畜、飞禽、野兽……万物生长哪个不靠着太阳？哪一样不浸透着太阳的体惜与味道？和任何生命一样，太阳也需要休养生息啊，让它好好歇息恢复一下，来年的添人进丁、庄稼收成、禽畜兴旺、林果丰硕等，样样都还得指望着太阳呢！而人，更需要太阳照着暖着才会身强骨壮，要是透支太很，把太阳用过劲儿，让它劳累坏了，那农家的日子还怎么过？

农人对太阳有着亲人般的连心和至爱。

早年，从外地初嫁到本村的来旺媳妇，对丈夫的叮嘱没怎么在意，眼看年三十这天暖洋洋的太阳那么好，不晒东西太可惜了，就趁着来旺去邻居家串门那会儿，赶紧拿出刚洗过的床单和枕套摊开来晒，不料却被走到半路又拐回来取东西的来旺碰了个正着。他先急忙把床单、枕套抱回屋里在火边摊开，再朝着媳妇一巴掌抡过去，直打得媳妇眼冒金星，媳妇很委屈很伤心地大声哭喊：你个死鬼货，就咱俩，又没外人看见，你却出手恁狠，往死处打我，这日子咱没法再过了……

来旺更是气呼呼地高腔叫骂：给你说过多少遍了，你记性呢？让狗扒吃了？谁说没人看见？天在看，地在看，心在看！不狠打你不长记性，看你还敢不敢了！

为这事儿，两人闹得差点儿离婚，多亏了村会计谭永阳从中说和调解才得以平息。现在的来旺媳妇不仅对自己新婚的儿媳反复叮嘱一定要遵守风俗，就是对村里其他外来人也现身说法，对太阳的那份爱不知有多亲多深！

曾经，市、县几位诗人到深山采风，他们被这一习俗惊讶感动得个个在诗句中泪奔！他们说，太阳是象征，是比喻，是照耀人类的大灯盏，山民们这种对太阳的心疼和关爱，正是天人合一的具体体现……

村民们听不太懂诗人的话，不知他们在说些什么，他们觉得太阳就是太阳，谁都离不了它，这可是关涉芸芸众生存活于世的最具体、最紧要、最现实的事儿哩。

从老祖宗到今天都这样，老阳儿就是他们的亲人，它暖着他们，他们心里也暖着它，这样光明盛大就都不冷了。

新年嫁树硕果累累

每年的正月初一这天，家乡的农人们一大早就起来，他们敬过祖宗，吃了饺子后，都纷纷忙碌着将自己房前屋后的果树绑上早就准备好的红布条儿或红绳子，他们把这叫作“新年嫁树”。按照这里流传下来的风俗，绑了红布条儿或红绳子的那些果树，就是将它们嫁出去了，既然出嫁了，就应当多生子女，也就是多结果实，这样，当年的果树结的果实就会格外大而且稠。

全村就数胭霞坪谭四爷家方圆左近的果树最多，这些果树上都绑了不少的红布条儿和红绳子，山风一吹，流苏般飘荡，仿佛是在起舞弄影。说来也怪，被绑了红布条儿或红绳子的果树，年年都结出又大又稠的果实来。按说，果树是分大年小年的，如果今年是大年的话，明年一定是小年，大年的果实结得稠，小年时树要歇枝了，结的果实就稀少。可绑了红已“出嫁”的那些果树却很少分大年小年，年年结的果实都稠得压弯了树枝。不少时候，即便是小年，也比同是小年的别的树结得多。

谭家一门五代都是远近闻名嫁接果树的高手，哪怕是再难栽植难嫁接的树，只要经了他们父子爷儿们的手一摆弄，就十有八九能成活。他们不仅在自己的房前屋后栽种果树，还把村里的沟沟岭岭都种上果树和其他各种树类。村里村外的人每年吃着这些果树的果实，无不赞叹：谭家种植嫁接果树全是为了大家，这是积德行善，造福乡邻！善有善报，等着看吧，谭家的后代还要出大能人哩。

大能人没出，倒是谭四爷的孙子谭寒木作为村里开天辟地的第一个大学生，毕业后分配到霞飞市文化局，后来做了局长。家乡人谈论起来总会流露出由衷的自豪：听说那局长的官职是七品，跟县官一个等级哩。

多少年了，谭四爷和他的儿子谭永阳农忙之余，在村里栽种嫁接各种果树成了他们重要的生活内容。这些树，当然是属村里所有，他们父子这样做，没有任何功利目的，就是想让家传的这门手艺不能断，传下去，让村人一年四季都有鲜果吃……每每看到自己亲手栽种和嫁接的各样果树活了、长大了、挂果了，就像是他们精心培养出的一个个孩子都成才了，有出息了，那心里格外舒展和满足，有一种实实在在的成就感！

前些年，霞飞市日报社的两位记者来村里采访，见到村里的果树上绑了那么多各种各样的红布条儿和红绳子，他们惊讶不已，再一打听竟说是新年嫁树时留下来的，更觉奇怪和不解。他们说，这完全是巧合，是这儿的土质好、阳光充足、雨水适宜，这些果树原本就不想歇枝，它们不“出嫁”结的果实也照样又大又稠。

乡亲们听了，嘴上虽没说什么，心里却很不服气：城里的娃子们，你们懂得个啥呀！真有本事也给咱弄出个巧合的事儿来嘛，信不信由你们，反正我们信！

那两个记者倒是对这一树树的红布条儿和红绳子颇感兴趣，

他们抚摸着它们，牵动着它们，还分别跟它们在一起照相，口中不停地说它们是果树的头发，是果树的胡须，是果树的飘带，是果树的翅膀，末了，又说是果树坐的轿帘子。

后面的这句话，把村人们说笑了。他们想，这样才对着哩，说来说去，还是咱的新年嫁树有道理，要是果树不“出嫁”，哪里来的轿帘子？

心里畅荡得劲儿的村民们，争相让记者到自己家里去，他们特意拿出那些果树上结的柿子、核桃、栗子、红枣、苹果、香梨给他们吃。两位记者香香甜甜地吃着，为使这家的主人高兴，他们两个相视会意，都欢快开心地说：这“嫁过”的果树结出的果实就是不一样，吃起来格外香甜有味呢。

山民们乐得哈哈大笑，一波波的笑声灌满了山谷，向山外溢荡……

给鸟儿留下枝头果实过冬

冬日里，空旷的山野盛满了静寂。

一个习俗不知兴起于何时，一代代的家乡人就这样沿袭下来了。

在深秋，人们收摘柿子、梨子、枣子、十月桃等果实时，总不忘在树上特意留下一些，这些高挂在枝头红红黄黄、又大又亮的果实，农人叫它们“看树姥”，又叫“鸟食儿”，是给树们特意留下的，更是留给鸟儿们过冬的食物。

在农人眼里，树和人一样，从孕育到果熟，它们经历着风霜雨雪，辛辛苦苦繁忙劳作了一年，谁会忍心把果实全都摘干净而不给树留下一些呢？不但要留，还要拣好的留。留下的这些果子，就像老祖母看护孙儿一样地看护着每一棵树，使树感受到一种特有的慈爱和温暖。木石自有性，树懂人心思，为了感念这份情，果树们会在来年结出更多更好的果实。而鸟儿，它们是通人性的，山民们说，成群的鸟儿往哪个地方飞，哪个地方就一定会走旺运。深冬里，红消绿衰了，茫茫四野一片灰黄，裸露的树木和冷硬的山岩使人的心更加荒寒。这时候，只有翩然飞落的鸟儿才能给人带来难得的温馨和生机，在它们的叫声里，阴郁的心才充满了明亮的暖意。鸟儿不仅是天空和大地之间的使者，更是人类的朋友，尤其在这多见树木少见人烟的大深山，要是没有鸟儿跟人做伴儿，那会是什么样死沉孤寂的日子？村民们爱鸟如子，家家户户早就将每一只鸟儿都看作村子里的一员。春日里，鸟儿晚来几天，他们就会惦记得夜不能寐；秋天里，有些鸟儿飞走了，他们的心头又会搁上一冬的牵挂；寒冬腊月天，不给鸟儿们留食，它们冰天雪地吃什么？总不能看着它们饿死不管吧！

风中，树和果实一起沉实地摆动着，像高蹈，似低吟，将洒在上面的阳光抖落一地。果实们一个个发出亮闪闪的光，照亮了荒寒的四野，温暖着人们的目光，使那些瘦弱的河流、冷硬的石头、干枯的花草立时盎然生动起来，人的心也便得到了温润切实的安放。

玉皇岭胭霞坪村的沟谷、河旁、地头、岭坡上，到处生长着数百棵高低不同、品种各异的柿树：镜面、天星、牛心、黑底、老盖头、水葫芦、艳果红、面疙瘩、胭脂瓢、蜜罐子……品类繁多，味道鲜美，光听这些名字心就甜醉了。

山风扫过，霜打叶落，缀满枝头的柿子如高举的一盏盏小红灯笼，一树树一片片相连、集结，氤氲弥散出满空满地的红，光芒四射，颇似胭霞，村子便由此而得名。

如今，日子好过了，柿子每年红软在树上再没人去摘，村人除了尝新鲜，树上的柿子几乎全都留给了鸟儿。那些城里来这儿观光看景的旅游团、摄影家协会、天南海北的过路人、采风的作家……只要能拿动，尽管随便摘下带走，村人统统不收钱。

现在，与柿子一样红光四射在深秋的，是一树树挤满了枝丫的山茱萸，即王维诗中“遥知兄弟登高处，遍插茱萸少一人”所写到的那个“茱萸”。山茱萸，又名山萸肉，农人更喜欢叫它“石枣”。那是一味很重要的中药材，具有补益肝肾、收敛固涩的功效，治腰膝酸软、头晕耳鸣、遗精滑精、体虚欲脱等病症。这可是山乡家家户户的摇钱树，农人的银行！根据质量和需求，每年的枣皮（即脱核后的山茱萸）价格由一斤十几元到几十元、上百元不等。这些年因为起步早，漫山遍野种植山茱萸树的胭霞坪人早已富起来了，他们买轿车、盖新房、存款做生意……但每年采摘山茱萸时，大家一定要在自家的树上特意留下一些，供周围那些村里没有山茱萸树或树少树小的人家来“遛枣”。不管山茱萸结得稠与稀，也不管浮动价格低与高，他们年年如此，从未间断过，像给鸟儿留下过冬柿子一样，这也已经成为村里特有的习俗了。

星散呈祥的鸟窝

虽然都是乡村，但大山深处老家的乡村与别处的不同，这儿有着非同寻常的独特景观。

山风的凛冽、猛狂、乱刮，使树枝虬曲且多分杈，树杈上不仅鸟窝多，而且在同一棵树上还会有几种不同的鸟儿筑巢。乌鸦、喜鹊、斑鸠、百灵、白头翁、啄木鸟、大山雀、凤尾绿咬鹃……它们是大自然的歌手，春天的绿正是从鸟儿们嘴边上跌落的……

仿佛是哪位高人在空中将手猛一扬，撒下点点灰黑，树杈上便有了大大小小高高低低星散的鸟窝。如此繁多且壮观的鸟窝，我在别处还从未见到过。它们改变了山野的空旷寂寥，温润了大山的冷硬荒僻，使阴森幽静的深山老林充满了歌声和生机，弥漫着温情与暖意。一直以来，鸟儿与山民们相伴相依，他们同顶一片天，互属一块地，共饮一河水，鸟儿们早已成了村子里的“原住民”。它们每每见了村人如亲人，就那样不慌不忙慢悠悠地走着，有时还跳到人们的肩头、怀里、手上，欢快地鸣叫个不停，一点儿也不担心会遭遇什么不测和伤害。

滴水成冰的严冬，稀薄的阳光下，放眼望去，落尽叶片、直指天空的枝杈间那点点鸟窝，让一颗颗心汪洋着温暖，春天多彩的梦想，正是从这儿开始萌生和孕育的……村人与鸟群共同生活在这片土地上，村庄既是人们也是鸟儿们的家园和根！

村南边麻子叔，还在年轻时就为自己栽下一棵楸树，说是楸树材质好、密实耐沤，等他老了把树锯倒解成板子做寿木用。几十年过去，麻子叔老了，还得了重病，眼看活不了多久，他儿子喊来人欲将楸树放倒给他做棺材，他却严正下令，坚决不让把树除掉，还再三强调，如果非要那样做，他会死不瞑目的。这棵楸树的树冠大、枝杈繁茂，上面共有大大小小十九个鸟窝几十只鸟儿呢。每天清晨麻子叔都是在鸟儿们的叫声中醒来的，如果楸树一倒，那些鸟儿还不都得“窝破鸟逃”？为自己一个人而伤走一群性命，那罪孽可就大了、深重了。其他的鸟儿们眼见同类遭此不幸，以后哪个还敢再到他家房前屋后的树上造窝？没有了鸟叫声，就没有了好运势，那死沉死沉的凄寂他一家人怎能受得了，还不得压抑憋闷死……儿子无奈，只好听他的。现在这棵足有两搂粗的楸树卓然挺立，早已成为村庄的地标。外地人来找人问路，村人总会指点他们：大楸树东边两层楼谭家，或大楸树西三间新瓦房张家，再或者大楸树往南一直走就是梨树坡赵家……

悠游长寿的鱼群

从山乡走出去一位作家，她在一本书的后记中写道：在河边/倒映的大树上/跳跃着一群鱼/它们要采撷果实吗/这是一群欢快的鱼/深秋的枝头早已空阔/而它们寻觅时腾起的细浪/织成世界上最动听的乐音……

这正是对生活在山村水里那些鱼的挚情抒写！在家乡，农人们是不肯吃鱼的，他们对鱼深怀敬意，认为鱼是钱串子，是祥瑞的象征。如果谁夜里做梦抓到鱼，尤其是大鱼，那就意味着要发大财了，第二天一大早准要悄悄上“独坡”（即不与他人一起）去挖药材、找灵芝、打金钗（学名石斛）、寻何首乌（一种中药），据说这种梦很灵验，往往十有八九想啥有啥从不落空。这一带方圆一百多里的山民们，不管是在过去饥馑的年月，还是已富起来开始注重肉蛋果蔬合理搭配养生的当今，家乡的河旁、潭边、池塘、水渠前，都没有人钓鱼，更没有谁去用炸药炸鱼或用毒药药鱼。一如江西婺源的民房都要留下足够宽敞的天井，让雨水全都流进自家院子里一样，他们说那雨水是“财”，流进来越多越好，不能流到别人家里；而杀鱼、吃鱼则被山民们认定，如此必将大祸临头，甚至可能会遭受血光之灾。

相传早年住在村后岭凹的吴天增，曾梦见一条鱼比人还高，足有二三百斤重，那鱼还长着茂密的胡须，被他揽在怀里。他醒来暗暗偷乐，这下要发大财了！天还不亮就急慌慌起床，媳妇问他干啥去，他也不说。这里的风俗是，做了好梦的人不能跟任何人讲，梦一旦说破，那财就跑了，就不属于自己了。吴天增只管背了镢头往后沟走，他媳妇见状，心里忽地全明白了，暗自惊喜便不再追问，由他去寻找。

吴天增依照梦中的情形走啊走，一直走到沟谷深处，突然他眼前一亮，但见一块大青石西南方生长着一棵胳膊粗的何首乌藤茎。一阵战栗的狂喜使他差点儿喊出声来，他响亮地给了自己两嘴巴，以惩罚自己的冲动和不存气，听人说，如果喊出声，那藤茎下真正的大何首乌就会惊逃，被替换成很平常很小的那种了。有着多年上坡挖药经验的他，心里清楚这是一棵珍稀的千年何首乌。何首乌是极好的滋补中药，它滋阴、强健筋骨、补益精血、降胆固醇、抗动脉硬化、抗病毒等。而千年何首乌更是神奇，据说能治百病，且是无价之宝，几十年、几百年才现身一次哩。

他先跪下很虔诚地朝着何首乌藤茎处连磕三个头，嘴里还念念叨叨了些什么，然后才极小心地一点点挖了下去……终于，当他颤抖着双手捧起那个“人形何首乌”时，激动得泪流满面！天增明白他这财发大了，这种人形何首乌是百年不遇的药王，至少能卖这个数（他用指头比画着，心里早已乐开了花），从此他将告别贫穷成为有钱人，他要活得比村里、乡里哪家人都阔气豪横。

怕被村人发现后“露富”，天增直等到天黑才回家。夫妻二人紧闭房门，夜灯下，他们心肝宝贝般小心翼翼地捧托着这块足有水缸口大的千年何首乌，仿佛看见一捆捆的钱正花开般扑棱棱向他们飞来，很快就堆满了房间……但真是乐极生悲，狂喜中的夫妻俩，不知是谁的手颤抖着滑了一下，只听砰的一声，何首乌掉了，顿时摔烂在地上。面面相觑的夫妻俩呆若木鸡，眼里的光芒一下子熄灭了，无声的泪水汹涌奔泻……

就像美玉不能有一丝裂口一样，摔烂了的何首乌已不再值钱。常言道，人不得外财不富，马不吃夜草不肥。可得了外财却没福气消受照样是留不住的。天增后来反复追忆梦境，好像那条大鱼是哈哈大笑着一跃一跃消失的……

梦中的情形与白天正好相反。那大笑，可不就应了他们夫妇的痛哭吗？

生活在这里的鱼非常安全，没有谁去捕逮或杀伤它们。水里的鱼有大有小成群结队，人往旁边一站，它们一点儿也不惊慌，一派悠然自在，游出各种奇妙的图案。

外乡人靳大富，对这水中的鱼群觊觎已久。数九寒天，趁村人窝在家不出门，他悄悄带上雷管、炸药，想要破冰炸死“鱼暖子”（很多鱼挤在一窝相互取暖）捞大鱼。不料鱼没炸到，倒是把自己的右手指头炸掉了四个。村人都说不亏他，没炸死就算不错哩。

从此望之再馋涎欲滴的人，也没哪个敢打这些鱼的主意了……

（选自《人民文学》2021年第9期，有删改）

关于秋天的个人抒情

杜永利

1

发觉的时候故事可能就要收尾了。巨大的疏离感搁在我们中间，好像自始至终就是遥远的。一开始的那条缝，它是怎样喂饱自己的？它是怎样撕裂、切割，断绝了我们盘根错节的相识？它锐利的刀刃举起又落下，行动如此隐蔽，以至于手起刀落时，连藕断丝连的可能也没有了。于是我们看见窗外的树叶纷纷跌落，飞旋的轨迹满是疑惑与不甘，伸出的树枝却摇了摇手，是个不容商量的拒绝。

整个夏天的回忆都撕碎了，在地上等风。有时候它们还想飞起来，一卷一卷，始终匍匐在尘土里，“唰啦唰啦”地喊着等一等，好像在追赶着什么。末了，却被雨水冲到了城市的下水道。各奔东西的时候，我们脚下很深的地方，一场盛大的葬礼悄无声息。

可是故事里终究有人要回头。回头的人陷入深深的回忆，好像他能回到彼时的情景，把铁轨扳向另一边，那样故事就会有不同的结局。其实夏天的时候也有青叶枯萎，悄没声儿地掉落。这是缝隙在试水，脱落酸在树木体内聚集，谋划一场叛乱。总有急不可耐的一部分，露出蛛丝马迹，抑或有意示威。可惜繁华满眼，陷落在未来畅想里的人，看不懂暗示。

沿着街一直走，凉意已经很成气候了，把人浸了一个透彻。街边的炒板栗店什么时候重新开业了，冰糖葫芦店什么时候复苏了生气，这些都没有答案。裹一裹外套，用扣子锁住温暖逃逸的路径，不会再有衣袂飘飘的夏日了。秋天就在这时候宣告了它的存在，已然无法撼动。

下一场秋风起的时候，颇有了几分凌厉。如同砂纸摩挲，打落生锈的斑痕，于是更多的修饰被抹去，万物呈现出粗粝的线条。树枝如同遒劲的指爪，伸向四面八方，试图捕捞什么东西，却一直空空如也。到底什么才是原本的面孔？是秋冬的空寂，还是春夏的繁盛？擦去了花花叶叶的修饰，生命呈现出干瘪的枝干，这是不是在言明一个事实：大地空空荡荡，只有清零才能抵达永恒的稳态？

2

在办公室种了许多植物，热热闹闹：多肉透明又柔软，是很多人年少的样子；仙人球举着拳头，还带刺，是年岁增了些的愣头青；文竹伸出长长的触角，试探着侵犯领地，像极了进取心强烈的职场人。性情各异的它们安卧在窗边，一起向户外倾斜身体，却被玻璃挡住——有光，但无法突围。

秋风砸响窗玻璃，植物举起枯黄的叶片，向大地写投名状。天短了，斜阳没来得及透过窗户与植物打个照面，便急匆匆地坠入楼盘背后。人去楼空以后，这些植物在惊慌还是在安眠？或许会有灯光透过来，给它们黎明的错觉。

每当路过那座长长的拱桥，都会在最高处停留一会儿。往西看是燃烧的云朵，太阳正在溺亡，虚弱得像淬火的铁块。刺啦刺啦，风过林梢，是白昼最后的叹息。有时候云朵真好看，许多人都停下电动车拍照，会有人按喇叭。往身后一看，一长串的车子亮着灯，好像在瞪着我。我变成一匹瘦马，拉着身后整座城市艰难地爬坡。

而东面是万家灯火，恒大、建业的招牌在楼顶瞪着猩红的眼睛。我总是幻想着里面有一盏灯为我而亮，六年了，始终是一种奢望。我觉得自己是一根野藤，根在几十公里以外的村庄，身体在尘埃里匍匐，一路爬，无可攀缘的时候我真想揪着头发拎起自己。

喜欢穿过拥挤的街道，两边是浓重的市井气息，奶茶店售卖着廉价的暖意，烤冷面和臭豆腐试图通过嗅觉来攻克钱包，坐在路边小摊喝酒的人妄想用胃的充实来补偿内心的空虚。而成人用品店永远都不见顾客，却在不断更新货物。有很多故事悄然上演，无可攀缘的人们在陋室里互相攀缘，在秋风轰隆的夜晚他们抱紧对方，缠绕成两条互相取暖的蛇，吐出芯子，交换体液。无边的孤寂里他们互为稻草，在溺亡之前拯救彼此于深渊。

我打开了出租屋的门，把自己搁进去。或许上帝是个顽皮的孩子，入睡前要收起自己的布偶，每一座楼盘都成了储物柜。他不管布偶的悲喜，人类自己却要不停地舔舐伤口，独自抵对偌大城市倾泻而下的孤独。譬如需要手持身份证拍照的时候，只能跑到街上找个陌生人。譬如多买了一个鸡腿，想来想去却没有可以分享的人，只能放到第二天坏掉。譬如痛风发作，只能一跳一跳，自己拄着自己去诊所。

风又在外面呜咽，它使劲拍着窗户，想要进来暖和一会儿。它也知道冷吗，这位来自西伯利亚的逃难者？我只能裹紧被子，有时候会梦见远去的人。醒来赶紧解梦，有人说，那个人正好也在想着你；也有人说，你梦见的人正在遗忘你，如果梦见三次就意味着相忘于江湖。我想大概是后者吧，在青春已逝、未届中年的而立之年，正如菲茨杰拉德所说："等待着我的可能是十年的孤寂，可交往的单身汉越来越少，炽热的感情逐渐冷淡，浓密的头发逐渐稀疏。"

秋天适合怀念，也适合遗忘，整个世界都会被清空，等待新的填充物，许多人等来爱的温暖，许多人等来一场更大的风，席卷一切。

3

雨水落在夜晚，清洗着人世的痕迹。偶尔过来一辆车，用光柱捅开了一个窟窿，看见光线里密织的雨丝，因而明确了自己陷落于一场巨大的阴谋。很多东西暴露在雨水中，堆在角落的旧礼盒、失宠多年的布娃娃、落伍多时的牛仔裤……即便它们被水冲走，也不会有人察觉。

远处的一盏路灯，睁开迷离的眼睛，漠然目睹着飘飞的落叶，沾水的飞行并不轻盈。它们进入了那盏路灯的视野，打了一个旋，消失在无边的夜色之中，去向不明。整个过程像极了人生里的相遇与别离。

十年前我们在这座城市相遇，四年的大学时光不过是一眨眼，还没来得及咂摸明白，就有人跳出来给我们发学士服。帽子飞向天空，“咔嚓”一声，开始收拾行李。宿舍空了以后，唱歌居然有回声，只是再也不会有人从卫生间探出头来，骂我一句快闭嘴。

时光汹涌如潮水，退潮以后你们重归人海，而我留在了这座城市，成了搁浅在沙滩上的鱼。我惊恐地睁大眼睛，望着你们渐行渐远，奋力打挺，却怎么也追赶不上。

我的过去被你们带走，四散天涯。作为交换，我也收藏了你们的青春记忆。六年前的毕业散场，生生割断了我们的关联，在彼此之间埋下了一条缝。很多人都不见了，带着我的一小部分，再也不会物归原主。这么多年过去了，我依然有一种错觉，秋天我们会再一次重逢，就像四年里的每一次开学。可惜，每一年都会落空。我已经足够老成了，羞于把思念说出口。被定义为矫情的时候，孤独与怀念只能埋在内心。孤独的人是可耻的，怀旧的人都生着灵魂的病，一再劝说自己不要陷落，却总是在熟悉的地方想起许多往事，往事和往事堆叠，形成了层层叠叠的化石带，横切面只对我一个人敞开。

每一个时期我都会有一个外号，大学的时候在宿舍排行老三，喊着喊着就成了“三儿”。很多个年头过去了，已经没有人再这样喊我。耳朵里还会有幻听出现，在很遥远的地方，纤细如发丝，真怕再来几场秋风它就会断掉。

每一位挚友的婚礼都会参加，我想把过去的他喊回来，去看一看现在的他。在人生的重要时刻，他的每一位朋友都带来了他过往的一部分，集齐了人生的轨迹，一同见证他的幸福。听见明仔在婚礼上说：“感谢相识十多年的朋友这么远赶过来，一路走来，你们见证了我的成长……”我和小凡在台下狠狠地鼓掌，相互看了一眼，竟然都哭了。

后来，我问小凡能不能在他婚礼上当伴郎，在大学我们一直是最亲密的朋友。他淡然一笑，说，到时候看吧，也许同事更合适一些。我的心便疼起来。婚礼结束以后，我们在火车站停留，雨水淋透了城市的街巷。小凡在刷抖音，而我期待的重逢应该是使劲说话，把离别以后的话都补回来。然而，我没有听到一声“三儿”。也就是说，他没有主动找我说过一句话。曾经的我们那般默契，无话不谈。时光真是残忍的东西。

已结婚的朋友，没有多余的时间分给远方的友人，他们一个个都在我的生命里消失。暗夜里的街灯一盏盏熄灭，我在时光之中失去了来路，快把自己弄丢了。菲茨杰拉德说：“近三十岁时，尤其最近一段时间里，他因看到婚姻对他与朋友之间友情的损害而颇感抑郁，郁郁寡欢。一批又一批的人纷纷散伙或不知去向。原先他大学里的那帮男生更难找到，而恰恰在他们身上他倾注了最多的时间和感情。”读《富家子弟》时读到这段话，颇为感动。没想到隔了一百年的时光，隔了整整一个太平洋，居然也能找到知音。可见人类对于时光的无奈和友情的珍惜，是彼此相通的。

4

面膜的牌子叫“一叶子”，包装纸上有一枚树叶，脉络精美复杂，仿若密布的毛细血管。似乎在暗示，给你的面颊输送这一袋养分，便可以留住青春年华。

望着镜中的自己，太过熟悉，很难发现容颜的衰老。如果没有参照物，你很可能产生时光停滞的错觉。与大学同学的重逢，不亚于一场小型地震，看见他们朱颜已改，你立马明白自己一直被蒙在鼓里。没有人能被时光饶恕，当然也包括你自己。时光的谋杀是缓慢的，“不见其损，日有所亏”，慢慢积攒，然后在不经意的某个时刻，释放全部的势能，将一个不容争辩的结论抛给你：最是人间留不住，朱颜辞镜花辞树。

很多时候人真像是一棵植物，不断脱落的头发如同无边落木，预示着生命之秋的来临。在忧愁里定格的皱纹，是你怎么也遮盖不了的年轮。做过根管治疗的牙齿，是死去的根系，纵使用3D技术精确打印了嵌体，依然不能恢复原有的牢固，更别提通过细嚼慢咽为肠胃节省力气，为机体补充燃料了。

于是，越来越专注养生：燕麦可以减肥，桑葚可以补肾，白酒泡柏枝可以治脱发，枸杞加菊花可以缓解眼疲劳……对很多偏方都如数家珍。

于是，像父母一样过起精打细算的日子，每天都盯着公积金数目的递增。积攒很多塑料袋，装衣服装垃圾装过去装叹息，总觉得会有用场。

于是，越来越害怕接到家里的电话，内容永远是催促结婚，每一个句子都快要倒背如流，每一次都不欢而散。听说这个秋天父亲砍掉了家里的无花果树，他说，女人如花，没有花是对男人最恶毒的诅咒，他不允许咒语存在。听闻此事，我的压力更大了。

似乎整个世界都在向着秋天倾斜，它们用无数的细节告诫我，时不我待。

朋友又给我介绍了新的对象。不同于以往的女生，她不急于表态，对于我的平凡拥有足够的耐心，尝试用自己的理论改造我的气质。在龙源湖畔，我沿着逆时针方向奔跑，在软件上画出了运动轨迹，截了图发给她。

有时候会遇见倒退着跑步的人，据说可以矫正脊椎骨，治疗驼背和颈椎病。他们和我一样，试图逆转时光，与年轻时的自己再一次相逢。

有时候会遇见利用夜景拍婚纱照的情侣，他们举着小小的焰火，画面浪漫而唯美。我用照片记录下来，发给相亲对象。暗示总是那么多，潜台词浅显易懂，她说，自己是慢热的人，不要急于求成。同事说："多半把你当备胎了。"我装作没听见，继续每晚跑步打卡。

在耳机里听到隔壁老樊的《多想在平庸的生活拥抱你》，沧桑的音色给人一路风尘的感觉。人是不完整的，敞开的怀抱像是无法愈合的伤口，只有与另一半扣合，才能活成完整的自我。而这一场等待是多么漫长。

有一晚起风了，路灯下的荷塘满是萧瑟。残荷耷拉着脑袋，风奋力摇晃，却无法使它们振作起来。隐约还能嗅到桂花的香味，那是一种尾音，细若游丝，几近于无。远处的湖面色彩斑斓，万家灯火泻入其中，恍恍惚惚，并不真实。广场舞的喇叭突然就唱起来："回家了，回家了，我要回家了……"

跑步的节奏便凌乱了，眼泪稀里哗啦。

这是我在这座城市遇见的第十个秋天，许多往事被翻来覆去地反刍，榨取最后一丝甜蜜。前方是浩大无边的未知，关于未来，已经没有了想象的热情。有人说，忘记抬头眺望的那一刻，便是苍老的开始。岁月的流逝悄无声息，很多东西都错过了最好的时候，剩下的，只有无边秋色里的一声长叹了。

（选自《散文百家》2021 年第 10 期）

老想回家

张洪腾

哥哥成家迁走，姐姐们相继出闺，父亲就跟我住在城里。山里的老家就剩下了两座青石瓦房和瓦房里一些留之无用、弃之可惜的坛坛罐罐。还有啥可留恋的？可我却老想回家。

每次回家，父亲总是熟练地从他的裤腰上解下那串系着红布条的钥匙，一枚一枚展开，不厌其烦地给我认着。可我只拿那些钥匙开过一次门。蛛网、尘埃、鼠洞……屋里散发着一股潮湿的霉味，让我刚刚迈进的脚又退了出来。后来，我回老家，就再没进过那个柴门虚掩的小院。一进村，就迈着匆匆的脚步，直奔南坡，一坐到娘的坟头，心窝里便热乎乎的。我知道，我所谓的回家，便是这里了。

我是娘的小儿子，娘捧在手心儿把我养大。从童年的摇篮，到歪歪扭扭的脚窝，都盛满了娘的万千嘱咐。

因为一场大病，童年的我像是一棵枯萎的小树，黄蜡蜡蔫巴巴的。在娘的心里，就多了几分疼爱，兄弟姐妹中，我一直享受着捧在手心含在嘴里的待遇。

我瘦弱的身体连一般的风寒都抗不住，动不动就吃药，一闻到那苦涩的药味儿就反胃。每次吃药，我都闭着嘴，头摇得像拨浪鼓。娘不急，娘总是先煮好几个鸡蛋，然后哼着小曲儿，轻拍着我的后背，看着我一口一口咽下。

天还没有转凉，娘就给我穿上了棉袄，棉布鞋也纳得厚厚实实，把我瘦弱的身子裹得像个棉花团子。

在娘的眼里，我永远长不大。不怕你笑话，我读初中前还跟娘睡一个炕头儿。我常蜷缩在她的怀里，像一只怕冷的小鸡娃儿。十五岁以前，我这个出身农家的嘎小子，没下地干过一次农活儿。为此，没少遭整日在地里劳碌的姐姐们的白眼。每当娘不在跟前，她们就拿我寻岔出气。娘一回来，我就向她哭诉，娘把我搂在怀里，抚摸着我的瓦片头说："青儿莫哭，看娘咋收拾她们。"

记得一个星期天，我和两个要好的伙伴约好去拾柴火。那天娘恰好去走亲戚，耳边少了嘱咐和叮咛。吃过饭，我们就背着荆篮儿，哼着歌儿，直奔柿树林。

两个伙伴虽然也是山里娃，但都不会爬树，他俩只好在柿树下，昂着头，咽着口水，眼巴巴地看着我吃够了，再求我摘一些。"快，快，树梢有一嘟噜红灯笼。"我顺着他俩的手指往上攀，越攀越高。"快了，还差一点儿，一点儿，再往前伸伸，再往前……"咔嚓，我手里抓着的枝条断了，一下子摔下来。

像是一场梦，醒后已是第三天。我发现自己躺在床上，头上缠着绷带，手腕上扎着吊针，炕沿上坐满了人。两个伙伴也没去上学，靠墙角站着，低头搓着衣角。娘不知啥时候回来了，正忙着给大夫和面做饭。听我醒来，娘一下扑到炕头，两只面手捧着我的脸，哽咽着："青儿，还疼吗?"我看着娘眼里打转的泪水，咧了咧嘴，想让她放心，却怎么也笑不出来。

读中学了，学校在离家三十多里的乡里。每逢周末，上完最后一节课，我和同学们一起撒着欢儿，颠儿颠儿地往家跑。每次回家，娘就用家里的杂粮变着花样给我做好吃的，补我在校一周的缺食。家里太穷，没有钟表，回校的早上，娘后半夜就不睡了，怕醒迟了，我赶不上回校。她早早做好饭，又不忍心叫醒我，只好一遍又一遍地给我热着，等鸡叫了两遍才唤我起床。一次，我破天荒起得很早，发现娘竟然靠着炉灶睡着了，她布满皱褶的额头上，散着几缕零乱的银丝。我盯着锅底一跳一跳的火苗，鼻子一酸，泪水不争气地流下来。

娘把从鸡屁眼儿里抠出来的零钱，偷偷塞进我的书兜，叮咛我正是长个儿的时候，千万不要省嘴。我们家那点金贵的细粮，差不多都让我一小袋儿一小袋儿背到了学校的大灶上。

有一次，娘去山下大姐家串亲戚，回来的时候，她竟然不坐车，徒步走了五十多里路，就为了把姐给她的盘缠省下给我。夕阳下，望着娘因脚疼一瘸一拐远去的背影，我的心一阵颤抖，喉头发紧，两行热泪洒落在空旷的操场上。

参加工作后，第一次发工资，我跑到全市最大的商场给娘买了身衣裳。此后，每月的工资，除留下自己的生活费，我都一点儿不剩地寄给娘。我愧疚的心总算有了一丝欣慰，可以小雏反哺，一点一滴地回报那如海的母恩了。

可娘还是省吃俭用，说要把钱给我攒着娶媳妇。娘真是命苦，操劳了一辈子，把我们都拉扯大了，该享清福了，她却无声无息地走了。

记得那天，我下班后赶回老家，娘已气若游丝，没力气说话了。我握着娘骨瘦如柴的手，想再把那双手暖热。娘看着我，嘴角努力挤出一丝笑容。那一丝笑容永远定格在我的记忆里。娘早有大病，忍受着巨大痛苦，却瞒着我们，怕我们费心花钱。

娘去世后很长一段日子，我常常一个人呆坐在她的坟头，从日出到日落，默默陪伴在她的身边。就为了跟她说一声，我想回家。

娘，您听见了吗？

（选自《牡丹》2021年2月上半月刊）

大水里的麦子

阿　慧

一

雨下到这个程度，哪里是下，简直是泄了。天漏了，像是被谁捅了个大窟窿，雨水从窟窿里泄出来，无根无梢，无休无止，“哗哗哗”“啪啪啪”，天地间混沌一片。

自2021年7月17日至7月20日，受台风“烟花”的影响，河南郑州、焦作、新乡等10个地市出现大暴雨、特大暴雨、特强暴雨，雨的强度像高起的台阶一步步升级。

据中央气象台消息：“7月20日16时至17时，郑州一小时降雨量达到201.9毫米。”这数字该有多么骇人！有业内人士比喻说：“这水量，相当于在一小时内，有150个西湖那么巨大的水量同时倒进了郑州。”也有媒体人称：“如此超强暴雨，堪称千年一遇。”

“这可怎么得了？”尽管市民们不清楚雨量多少，但还是感觉到了前所未有的危机，大雨若照这样下下去，水电和网络信号肯定会受到巨大的影响。果然，郑州 8 座变电站被迫停运，全市近 500 个小区受到影响。那个雷电交加的风雨夜，千万户郑州居民，深陷黑暗之中。

二

街道、广场成了河海，看上去一片汪洋。树木、楼房、路灯，像是长在水里头，行人和车辆，就这么眼巴巴地被泡了。一群人待在候车的台阶上，长时间没有等来公交车，却看见大水翻着浑浊的波浪涌来。这些在大街上莫名奔跑的大水，着实把他们吓傻了，惊慌中抱住身旁的树干、栏杆或同伴，一堆人在风雨中凌乱。

这时，一声惊呼同空中的炸雷一起响起：

“哎呀！水里有人！”

一个人在水浪中隐现，露出头顶时，才看清是个年轻的女人。女人试图从激流中站起，但几次用力地扑腾都是徒劳，翻滚的水浪，一次次把她压到水下。在众人的惊叫声中，女人突然翻了个身，把臂弯里的孩子竭力举起。

“还有个孩子嘞！俺的娘唉！”

“快救人啊！”

一个黑影从对面斜冲过来，众人望去，是一个身穿黑色 T 恤的微胖青年。青年甩开双臂在疾雨中奔跑，水浪冲撞着他的双腿，众人替他捏一把汗。激流中，男青年踉踉跄跄奔向母子，接近了，伏身去抓的瞬间，急流把他冲倒了。三个人，三个黑点，在水中沉浮。人群中两个女孩哭出了声，骤然，两个男子逆流而上，举起树枝拦截。拦住了，救起了，人们远远地看见，救人的好汉们抱着孩子，搀扶女人，走向平安。

等车的人们，决定在这个低洼的路口救人，尽管他们大半个身体浸泡在洪水中，尽管在疾风骤雨中摇摇欲坠。他们手拉手，拉出一个个在大水中挣扎的人，救下两个趴在轿车车顶求生的司机，三条奄奄一息的小狗。

救他们的人来了！救援队开过来了一辆平板大货车，马达声在水中显得沉闷。人们一个接一个上了车，直愣愣地站在平板上，湿黏黏地挤挨在一起，如一捆捆倒栽的大葱。

三

郑州市民们在洪水中救人和自救的同时，一百公里外的新乡卫辉也正被大水包围。

以 7 月 21 日 8 时至 21 时为例，新乡市雨量排名前五的站点，卫辉占了三个。况且，卫辉是新乡地势最低的地方。天上灌下来的水，让卫辉境内几乎所有水域均超过警戒水位，二分之一的辖区被洪水淹没。

“俺今年 61 岁了，第一次见到这么大的雨。”一个大爷蹲在泥地上说。

“像是有人在天上往卫辉灌水，灌了三天，灌满后又往外流。”一位干部这样说。

村干部带领志愿者挨家挨户来敲门，拿电喇叭高声喊：“洪水来了！抓紧撤离！一个不落，快走快撤啊，乡亲们!”

恐慌、忙乱、忧伤、不舍、痛惜，各种情绪啃噬着村民。年轻的男人大都打工不在家，女人就是这个家的脊梁骨。女人把年老多病的老婆婆背出来，小心安置在农用三轮车上，又把小孩子扛出来，递给婆婆抱着。她在水里来回蹚几趟，肩背手提的，取回当用的被子和衣物。回过头来，还想牵走那几只她亲手饲养大的山羊。这时候志愿者上门来催促，大喇叭把她的耳朵震得嗡嗡响。

开车正要出门的时候，老婆婆掐住了女人的胳膊，她扯开喉咙喊：“别走嘞！把馍拿上!”

志愿者忍不住吼起来：“拿馍干啥？安置点有吃有喝的，还能饿着您？快走快走!”

老婆婆还是坚持带上馍，她挣扎着要自己下车拿，志愿者只好帮她把馍取回了。老婆婆把一布兜白面馍馍搂怀里，突然之间红了眼，她对年轻的志愿者说：“别笑话俺啊娃，打小跟着俺娘跑洪水，饿怕了。”

还有一个老汉在家哭，村干部闻讯赶到时，两名志愿者还在弓着腰劝说他。王大爷今年 75 岁，无儿无女，是关屯村的五保户，依靠救济过活。洪水来了，村里的志愿者连忙赶去他家里，接老人转移，哪知他哭喊着蹲在地上不肯走。村干部湿漉漉地站在老人跟前，见他紧紧抱着两袋东西不撒手。

志愿者说："大爷，这东西真不能带，救援的车辆很紧张，只能拉人，不能装别的。"

王大爷根本不听劝，他张大没牙的嘴巴哭，还把花白的脑袋压在袋子上。

村干部问："袋子里面装的啥东西这么金贵啊？"

志愿者说："是麦子，两袋麦子。"

村干部想起来了，想起麦田里那个瘦削的身影。

王大爷头戴麦秆编制的草帽站在麦田里，活像一个执着的稻草人。今年的小麦成熟了，金灿灿的麦穗，把天空映衬得富贵煌煌，连他的面容也变成了金黄色。王大爷咧着嘴巴笑，他该有多喜爱这些麦子啊，看一眼，心喜，摸一把，心安。

不远处，一架联合收割机在麦田里穿梭。在王大爷眼里，这收割机就像一把剃头推子，"嘎嘎哧哧"，几趟下来就给麦田"剃"光了头。碎麦秸自动飞出去，小麦粒自己灌进袋，袋子口一扎，颠颠地扛回家。王大爷年轻时没少扛麦子，那种沉甸甸的踏实感，他至今都记得。年纪大了，王大爷被国家"五保"了，没地种，也没麦子收，但是他家里年年都有新麦子，因为他年年都去捡麦穗。

王大爷在骄阳下走了一阵子，面前是一块刚刚收割完的麦茬地。他甩了甩手中的空编织袋，费力地弯下腰，在密集的麦茬中，捡起一根饱满的麦穗。他拿着麦穗放到鼻子下使劲地嗅，笑容很快将嘴角的皱纹撑开了。他闻到了阳光的味道，雨露的味道，土地的味道，汗水的味道，粮食的味道。

整整一个麦季，王大爷几乎把村人的麦茬地都摸了个遍，他把辛苦捡来的麦穗一袋袋背回家，摊在院子里晾晒。那些天，他把自己和麦穗一起关在家里面，自在而快乐地打理着属于自己的粮食。

俗话说“吃新麦，活一百”，王大爷把今年的新麦吃过了，他开始欢天喜地地往编织袋里装麦子，真不少，整整两袋呢。伸手一按，硬实实的，老人心里也硬实了。虽说他有政府兜底，吃喝不愁，但老人家还是对自己说：“家有余粮，心里不慌。”

可是，这会儿王大爷却慌了神，要发大水了，村干部来接他走。他不走，他怎么能走呢？怎么舍得丢下他一穗一穗捡来的麦子呢？眼看着大水扑闪扑闪进了屋，村干部急得直冒汗，他抓起一件外套就往王大爷身上披，大声说：“没时间了大爷，快点儿走吧大爷!”

王大爷手一扬就把衣服挣掉了，两手依旧搂紧麦子哭，他哭得那么真实，那么心痛，他说：“俺哪儿都不去，走了啥都没有啦!”

他怕大水冲走了他珍贵的麦子，冲跑了他的指望，他的依托，他的执念，他的所有。

没人能想到，这两袋平凡的麦子，带给王大爷的却是无可替代的安全感。

四

王大爷还是被村里的志愿者抬上了车，顺利转移到小学的高楼上。但是，还有些村民不肯出来，他们舍不下饲养的牛羊，放不下门市部里的货物，丢不下新盖的小楼。村干部扯破嗓子不停地喊，刚把张三喊上车，李四又跳车跑掉了，回家又取这又拿那，急得村干部在大雨中哭得稀里哗啦。

一女子跑回家取首饰，返回时，刚下到二楼拐角，就发现自己出不去了，她的脚踩在冰凉的水里，大水已经悄无声息地爬上二楼的楼梯。她吓坏了，转身往楼上跑，却一眼瞄见窗外的大水了。水波在密封的玻璃上晃荡，“噗噗嗒嗒”，似乎要撞破玻璃，随时准备破窗而入。

女子被封在家里一天一夜。这期间，渴了饿了只能喝雨水，雨水喝多了拉肚子，但是拉肚子也要喝啊，有什么办法呢？当她再次伸手接雨水喝时，突然想起母亲生前说过的话：“花妮儿啊，你记住，一滴水，一撮面，一粒粮食，都不能糟蹋啊。世上的万事万物都有定数。你别看现在水多粮也多，吃不完，喝不尽，可是世事难料啊！有一多就有一少。多就是少，少就是多。”

当时女子并不清楚，母亲絮絮叨叨地讲了些什么，直到今天大水泛滥时，她才豁然明白母亲话里的深意。

“可不是嘛，外面水再多就是不能喝，喝了要得病的啊。”

女子拍着脑门说。

转脸看，那些她拼命抢救的金银珠宝，就躺在床头的木盒子里，饥肠辘辘的她，此时竟然不想多看它们一眼。这些闪闪发光的东西，在生命面前是那么微不足道，完全失去了原有的价值。

那夜，一个个被困在洪水中的村民，被消防战士安全救出；那夜，一次次河堤决口，被武警战士奋力堵住。黎明时分，群众看到揪心的一幕：百十名战士睡在泥地上，浑身湿透。乡亲们轻轻走近子弟兵，见一张张青春稚气的脸上满是泥泞，有的十指渗血，有的脚面肿胀，但个个睡得很熟。

乡亲们落泪了："看看啊，可不可怜？他们还是孩子哪！拼着命来救咱们……"

这时候，开过来一辆面包车，从车上下来一胖两瘦仨男子，头上一律戴着白色礼拜帽。有老乡熟悉那位胖的，亲热地喊他马老板。马老板是卫辉市区的回民，开了一家清真早餐店，水灾发生后，他关了店门，免费给安置点的灾民和救援战士们送早点。

马老板他们一阵忙活，从车上抬出几只不锈钢煮汤桶，麻利地摆好长桌子，而后朝着子弟兵们喊："兄弟们，开饭了！"

掀开汤桶盖，热气扑出来，战士们立刻闻到了香味。

"啊，河南的胡辣汤，我早就想尝尝了。"一名来自广西的小战士说。

马老板亲自掌勺，手握一把用黑胡桃木挖成的大勺子，舀上一勺，手腕一转，“呼啦”一倒，不多不少正好一碗。广西小战士接过汤碗，见里面有牛肉片、黄花菜、绿葱花，还有一种白丝丝的像云彩似的碎面片，他叫不出名字来。马老板说是面筋，用清水从小麦面团里一遍遍洗出来的。小战士端起汤碗喝一口，烫得他直吐舌头。小心地一口口喝下去，热、辣、麻、酸、香，尤其是汤里的面筋片，嚼一嚼，软、弹、筋、黏、脆。

两碗胡辣汤下肚，战士们肠胃熨帖了，热气顶上来，体内的寒气随着汗珠散出来了。

“这东西好吃得黑吻。”广西小战士这么说。

“黑吻”是什么意思，马老板不明白。听了小战士的解释才知道，“黑吻”是广西方言，“厉害”的意思。辽宁、甘肃籍的战士立马学会了，说不仅马老板的胡辣汤“好吃得厉害”，连他带来的包子、油条、煎饼、茶鸡蛋也都很“黑吻”。

五

没想到，来卫辉救援的队员们，竟然又吃到了一种很“黑吻”的面食，是什么呢？村民们回答得有些羞涩：“哎哟，也不是啥贵东西，俺们自家炕的葱花油馍。”

新乡原阳扁担王村的村民们清楚地记得，7 月 24 日 15 时左右，村里的大喇叭“吱吱啦啦”响起来了。根据以往的经验，村民们知道，接下来该村支书讲话了。果然，王书记敲了敲话筒，亮起浑厚的嗓门喊：“扁担王村的村民们都听好啊！咱们大家伙儿都知道，几天来新乡遭遇了大暴雨，虽说卫辉离咱村只有60公里，可他们要比咱这儿受灾严重。现在，咱们村的水下去了，可是卫辉同胞已经断水断电几天了，缺吃缺喝的。咱们扁担王村，要向我们的同胞发起爱心，发起支援。咱没有大能力，咱有小能力，从现在起，咱们扁担王村每家每户，开始支锅！和面！炕油馍！”

喇叭声一落，午后的村庄锅碗瓢盆一阵响。主妇刚收拾干净午饭后的厨房，这会儿又把印花围裙系腰上，端盆舀水，抱柴火，跑菜地薅葱，去鸡窝拿鸡蛋，而后冲自家男人喊：“扛袋白面来。”

白面是现成的，一袋袋摞在储物间，看着有种殷实感。旁边还有一个圆锥形的大茓子，顶上用塑料布密封着，上手一摸，全是小麦。村民年年收小麦，年年卖小麦，但无论怎样都要在家里囤上一些小麦。

“存粮食比存钱更牢靠。”男主人说着，摸出一个钢镚给他上高中的儿子看，“你看看，这上面有麦穗，麦子在钱上长着嘞。”

儿子看着父亲手里的钢镚说：“咱们国徽上还有麦穗呢，宋庆龄说过，‘麦穗比金子还宝贵’。”

80岁的老奶奶对主妇讲，在铁鏊子上烙的油馍，比在铁锅里炕的好吃。主妇就说：“那咱祖孙俩比赛一下，您用鏊子，俺用锅。”

男人急慌慌地跑去抱柴火，烧地锅，儿子帮老太奶奶在院子里支鏊子、烧麦秸火。主妇和老奶奶，和面，盘面，揪剂子，擀面皮。她们擀面皮时的动作很好看，双手平握擀面杖，左手按，右手旋，脑袋晃，腰身摇，不见擀面杖动，只见面皮转，一圈又一圈，变大又变圆。接着，在面皮上涂抹一层芝麻油，均匀地撒上细盐、葱花、五香粉，打上一个柴鸡蛋，轻轻地卷起来，盘起软软的一团，再悠着劲儿擀。最后将油馍坯子挑到鏊子上或铁锅里，文火烧，慢慢炕，面香、葱香、油馍香，随着燃起的炊烟，同村里各家升起的炊烟汇成一片，飘飘悠悠飞到了天边。

下午 5 点多钟，村民们端着一摞摞油馍来到村部，10 张、20 张、30 张……不到三个小时，310 户村民送来了 4000 多张油馍。

三辆满载油馍和其他物资的中巴车，疾速驶向救援前线。

守护大堤的救援人员，用泡得起皱的双手，哆哆嗦嗦接过油馍，说："还热乎着呢。"

咬上一口，可劲儿地点头："嗯，喷香!"

"硬核"支书挨个给灾民送油馍，他说："吃吧，吃了就有力气了。"

六

大水很快退去，郑州城一片涝渍。大街小巷闪过解放军、救援队、志愿者的身影，他们来自全国各地，正在全力投入这座城市的灾后重建工作。

面前这座三米多高的垃圾山，着实让清洁工大叔犯了难。这里是他负责的卫生区域，水灾前，他每天都会把一排四五只垃圾桶，擦洗得干干净净。可是现在，垃圾桶被深埋在垃圾之下，上面堆着饮料瓶、泡沫箱、泡水的衣物、淹死的小猫，还有一兜兜从停了电的冰箱里清理出来的腐烂变质的肉。他知道，由于道路塌方、断行，本该前来清运的垃圾车，已经整整三天没有来了。

大叔屏住呼吸，开始了他的清理工作。这时，他发现了旁边有一堆东西很惹眼，下意识地用铁铲拨开，是几十把带秆的黄麦穗，包裹在防水的印花纸里。大叔抽出一把看，心里莫名酸疼了——这每一根都是真麦穗。他认得它们，附近商业大厦开业那天，每个店铺前头，都摆放着这么一束金灿灿的麦穗。听人说，这麦穗好看又吉庆，说是“岁岁（穗穗）平安”。还说，大麦就是“大卖”的意思，意味着生意红火。

大叔记得几个月前，一拨又一拨的城里人来到他们村，来了就去蹚麦地，还蹲在麦棵子里看了又看，那架势像是看姑娘、相媳妇。也就是嘛，三四月份的青麦子，麦秆刚拔节，麦穗刚出齐，麦花刚开完，麦芒刚柔韧，个个“发育”得刚好。

城里人出的价格也挺好，农人暗自算了算，这青麦穗竟然比成熟的麦粒还值钱。第二天，大叔的邻居拎着镰刀来麦地，“嚓嚓嚓”，很快就把两亩地的青麦割完了。大叔看见，早夭的麦棵躺一地，空气中有股青腥气。邻居在自家院里支了口地锅，把配制好的颜料洒水里，再把晾晒好的青麦穗放锅里，一通任性地染，就染成浅黄色、金黄色、粉红色、淡蓝色，田里的麦穗就这样变成了干花，装饰着别人的门面。

大叔盯着从垃圾堆里捡来的麦穗看，他心安着自己当初的选择，没有卖掉自家田里的青麦穗。大叔不肯把麦穗变成花，他执拗地认为，麦子是粮食，它不是什么花，尽管有人把它当成了花。

村子里的洪水也退去了，大叔请假回到家，哪知淤泥把村子填满了，人就像走在沼泽地里，一步一陷，泥糊糊漫到了膝盖上。村支书带领村民清淤泥，用大小车辆朝外拉。大叔问，这么多的泥土往哪儿倒呢？支书说，倒地头，等秋庄稼收过后撒地里。大水造成部分田地土壤流失，保土保肥，保证明年小麦的好收成。

当大叔把泥土倒进玉米地头时，忽见一群花翅膀的小麻雀朝他跟前飞，边飞边吵架，喳喳叽叽，叽叽喳喳。

大叔被它们吵乐了。心想，真有些日子没有见到小鸟了，看来大水真的过去了。

（选自《民族文学》2021年第12期，有删改）

平生如泥

王俊义

1

雨在半夜拍打着瓦沟和屋檐，拍打着老楸树。

老楸树上开满一半蓝一半白的楸花。雨水落在楸花上，把花蕊里甜丝丝的味道，一半滴落在院落外边，一半滴落在院落里边。随着夜雨落下的楸花，也是一半在院落外边，一半在院落里边。

楸树是属于某个人家的，楸花却是属于村庄每一个人的。夜半醒来，雨中楸花的甜味挤进每户人家的窗口和门缝，谁也分不出谁家的楸花，浓郁了谁家的院落。

村庄几棵老楸树中间，是一口水塘。夜半的雨把水塘装满了，青蛙的叫声飘摇在水塘上面，流入村巷。

枕着春末的夜雨入睡，青蛙的叫声遂走进梦里。雨声蛙声，无边无际。

村庄的孩子们，被夜雨蛙声惊醒了。天亮的时候，他们走出院落，一双双赤脚在村路上踏出湿漉漉的脚印。走过小水坑的时候，黏黏的湿土从脚趾的缝隙里冒出来，布满脚丫子。在一丝凉意的温暖里，村庄的孩子们找到了属于自己独有的快乐感觉。

那些春日的湿土，被村庄的孩子们赤脚踏踩出来，就是春泥。

半蓝半白的楸花也被踏碎，和在春泥里，村路的春泥就带着楸花的色斑。

村庄说：蛤蟆咯哇，三十天吃疙瘩。

疙瘩是豌豆面做的，听到春天第一声蛙鸣，三十天豌豆就收割脱粒，在村庄老磨坊的石磨上磨出豌豆面。

每一户人家都要做一锅豌豆面疙瘩。豌豆面土腥味很浓厚，放上一点儿酸菜，压压土腥。每个人吃一碗，叫吃夏。豌豆是刚刚立夏就收割的，吃了豌豆面疙瘩，夏天就如村庄的故友，不约而至。

豌豆面疙瘩，每个都有一根小尾巴，看上去像个蝌蚪。村庄就把豌豆面疙瘩叫作蛤蟆鱼。吃豌豆面疙瘩的上午，还要烙豌豆面锅盔。喝一口蛤蟆鱼，啃一口锅盔，是村庄每个人宿命里的福分。

祖父说：吃了蛤蟆鱼，秋日稻谷抽穗的时候，蛤蟆就在稻田里叫。辛弃疾说，“稻花香里说丰年，听取蛙声一片”，也莫过于此吧。

村庄的孩子们听到春末的蛙鸣，忽然就想到山冈上的豌豆地。蓝色的豌豆花已经脱落，豌豆角们挂在豌豆秧上。通往豌豆地的山冈小路，黄土被雨水浸泡得很软很黏，脚掌踏上去，黏黏的黄土就慢慢糊到脚背上。每个赤脚的孩子，都穿上了一双黄泥做的鞋子。

豌豆地就在路边，站在黄泥的田埂上，一伸手就摘下来几个豌豆角。嫩的，籽粒很小，夹在豆角中间。恰逢夜雨洗净，摘下来丢进嘴里，有点儿土腥，有点儿甘甜，也有点儿青丝丝的芬芳。稍微熟一点儿的，豌豆籽粒已经鼓在豆角里。剥掉青皮，嚼着豌豆的籽粒，一半是老豌豆的香味，一半是嫩豌豆的甜味，编织在一起，构成了镌刻在村庄的孩子们骨子里的暮春味道。

在暮春的早上，孩子们站在田埂上吃豌豆角可以，踏豌豆地万万不可以。一脚下去就是一个泥疙瘩，死死地板结了。孩子们脚掌在田埂上移动，弯着腰身摘地边的豌豆角。一个接一个的泥巴脚印，粘贴在田埂上，如同遗落在泥巴地上的花瓣，一直铺到很远的地方。

每个村庄的孩子都是泥娃，都穿过黄泥的鞋子。他们走到天边，脚上都带着自己一辈子也抠不掉的泥巴。

2

豌豆落花的日子，总是夹着细雨。村庄的道路，铺满春泥。

人们去母秧地下母秧，都是赤脚而行。

母秧地在村庄油坊与河岸中间。那是一块淤泥地，四季浸水。就是旱季，地头那口汩汩的泉源，滋润着母秧地，如一面镜子，镶嵌在村庄的外边。

暮春的雨季来临，村庄氤氲在雨色里。竹竿和笋叶编的雨帽，被雨滴敲打出空灵的声响。雨帽下的男人寂然如春雨，扤着一个席子箩头，里边装着浸泡了一夜的谷种。

锄头挖开母秧地，铁锨铲出来沟壕，谷种均匀地撒在高于沟壕的母秧地里，给暮春的泥地铺上黄亮亮的金子。

从河流里引来的春水，与地头的泉水汇合在一起，经过沟壕，布满了母秧地。

谷种落地，就有鸟雀来叨谷种。雨天，孩子们戴着雨帽，披着蓑衣，游走在母秧地边，驱赶鸟雀。脚丫子上，一半是泥巴，一半是草叶。

吃饭的时候，孩子们把一根竹竿削尖，扎在母秧地的沟壕里，把自己的蓑衣搭在竹竿上，把雨帽戴在蓑衣上。雨帽和蓑衣，就是一个空心人，用来吓唬试图来叨谷种的鸟雀。

暮春是温暖的，三两天，谷种就发芽了，青青的芽尖很是柔和。接着谷种生出一个米黄色的根，慢慢地扎在母秧地柔软的泥巴里。

泥里的根吮吸水分和泥土的肥力的时候，母秧苗就泛青了。一块母秧地很快就是一块青色的春毯。

谷种成了谷苗，鸟雀就离去了。黑鹳和白鹳却悄然而至。

它们把母秧地当成了绿色的草地，在上边移动着步子，寻找沟壕里的小泥鳅和其他小鱼。

孩子们一手拿一根竹竿，在母秧地四周敲打着，空空的声响，把黑鹳和白鹳驱赶到河岸边的枫杨树上。

然后，孩子们跳进流淌着泉水和河水的沟渠里，用脚丫子踩渠底的泥巴，寻找泥巴里的泥鳅。踩到一条泥鳅，和泥巴一起抓住，扔到渠帮上。泥鳅跳几下就不跳了，它们就是我们的猎物。

有时，还会踩到几条脑袋很大的老汉头鱼，甚至是踩到几条黄鳝，运气好的日子，还会踩到几条火头鱼。

孩子们捡一些干柴，在河滩上笼起一堆火。找一些牛舌头苗叶子，把泥鳅和老汉头鱼，还有黄鳝和火头鱼包起来。剜一些稠泥巴，糊在牛舌头苗外边。丢在火里烧干。抠掉泥巴，揭掉牛舌头苗的叶子，泥鳅和黄鳝等鱼的香味扑鼻而来。

泥巴娃子们，吃着泥巴烧泥鳅等鱼，是暮春和初夏给予村庄孩子们的犒劳。

3

小满之后七八天，月牙一样的镰刀，收割了村庄早熟的麦子。

老牛拉着双轮双铧犁，犁开了麦田。麦茬随着犁沟被掩埋了，新土清香芬芳。接着，夏雨飘摇一天，河流就满了。

一条经过村庄的水渠，把河水引到了犁过的麦田里。随着田埂分割出来的形状，每一块被犁过的麦田被分割出不同形状的水色镜面。村庄和山冈都映射在水面镜面上，那些画幅，不是套色木刻，而是套色水印。

水把犁过的麦田泡透了，老牛拖着一个两米多长的木橇，从地这边艰难地走到地那边。木橇经过的地方，土地更加平面化了。

木橇的木齿中间积满了麦茬。把那些麦茬拽下来，堆在田埂上，是一个泥巴活儿。这个农活儿叫跟橇。

村庄的孩子们都是跟橇者。牛尾巴甩起来的泥浆糊满了脸膛，抱起来的麦茬上的泥浆糊满了全身。本来是白色的土布衫，跟在木橇后头走个来回，就成了泥黄色。本来是青色的土布裤子，也成了泥黄色。

布衫为衣，裤子为裳。衣黄了，裳黄了，全身都是泥黄。

跟橇的孩子们不想做个泥娃，又必须做个泥娃。

村庄说：一个没有跟过橇的男娃，将来就不是个男人。

橇地的男人，影子落在水里，跟橇的泥娃，影子也落在水里。橇跟着老牛走动，水影也在走动。橇把水影橇碎了，也把泥娃的影子橇碎了。

橇地的同时，村庄的女人们在母秧地里薅秧苗。每个农村人身后都留下了自己的一长串脚窝。

地橇好了，女人们挑着秧苗来了。橇地的男人扤着箩头，把秧苗一把一把撂在橇出来的泥地里，一行一行，从这边撂到那边。

男人们和女人们一起栽秧，男人八行，女人六行，从地这边栽到地那边。站在地边的跟橇的泥娃，看栽出来的秧苗，横的成行，竖的成列。横竖来回扫视，齐整整的菱形图案，铺满水田。

秧苗栽好了，麦田就成了稻田。秋后稻谷的金黄，就取代了夏日麦子的金黄。

橇地的男人扛着木橇，老牛在前边走，黄铜铃铛响得木然。他走在老牛身后，脚步也是木然。跟橇的泥娃们，走在橇地男人后边，是木然的木然。

村路上，老牛蹄印湿漉漉地印着。橇地男人的脚掌也湿漉漉地印在路上。泥娃们的脚丫子也是湿漉漉的，给村路留下泥巴的印痕。

橇地的男人老了，老牛更老了。他坐在屋檐下打瞌睡的初夏，他使用过的两头老牛也被卖到牛肉店去了。橇地的男人和老牛一闪之间，就是村庄的往事。

那些跟橇的泥娃们，成了橇地的男人，把自己的某个早上印在水田里。那些影子短暂又漫长，几乎就是一个村庄男人的一生。

在村庄，角色是要更替置换的。每一次的更替和置换，都带着生命的温暖和冷寂。温暖也罢，冷寂也罢，日日月月岁岁年年，都在温暖和冷寂的麦田里和稻田里走远了。留给村庄的，是一个恒久的泥巴脚印。

4

阴雨连绵的夏日，黄昏来临，浓重的云缝里，总要有一缕光，斜斜地照耀村庄和稻田。

带泥的溪水，绕着稻田流淌。灿烂的夏花，落入溪水，一去不返。你的夏天也是他的夏天，村庄的夏花不知道流入谁的夏梦。

田埂上的夕阳，点燃了萤火。它们一只一只粘在草叶上，翅膀上还带着雨滴，浑身却发亮了。群山收回最后一抹夕阳，晚风吹干了萤火虫翅膀上的雨滴，它们开始缓慢地离开田埂上的草叶，悻悻地飞着。

孩子们踩着田埂上的泥巴，捉那些长在草叶上的萤火虫。他们摘下野生的乒乓球那样大的小西瓜，村庄叫马炮蛋蛋。掏空瓜瓤，把萤火虫装进去，就是马炮灯笼。

村庄的孩子们拎着马炮灯笼，坐在村庄溪头的石坝上，问橇地的男人：萤火虫从哪儿来的？

橇地的男人说：草泥生的。你们薅秧地草的时候，连泥巴一起撂在田埂上。沤朽了的草泥，就生出了萤火虫。

村庄的孩子们不相信，橇地的男人说：老树是泥生的，小树也是泥生的；刺梅是泥生的，连翘也是泥生的；万物都是泥生的；你们这些村庄的泥巴娃子也是泥生的。

稻田里，大水蛤蟆鼓着肚子叫，橇地的男人说：泥生蛤蟆草生鱼，所以，萤火虫是朽草和泥巴一块儿生的。

村庄的孩子们把马炮灯笼挂在窗棂上，闪闪烁烁，迷离朦胧，草屋夜色偶如古堡。

第二天醒来，依然是阴雨浸淫不绝，淋湿村庄的夏日。

每一条泥巴路上，都踩满了村庄孩子们的赤脚。夏雨湿透的夏泥，粘在脚趾上，沤的时间长了，脚趾间就会生出痒疮，痒得钻心。

村庄的男人们就从屋檐的浮棚上取下两节木头，给孩子们打一双木屐。每只木屐，两个木腿，一根麻绳。孩子们穿上母亲做的布鞋，套上父亲做的木屐，嘎吱嘎吱走在村路上，如同一支木头与泥巴构筑的民谣，散落在村庄的巷道里。

村庄把木屐叫作泥屐。雨天，孩子们上学的时候，母亲说：把泥屐穿上，就不长痒疮了。

傍晚，孩子们穿着泥屐，拎着马炮灯笼。一点儿亮光点燃泥屐的声响，很是悠长。

穿过泥屐的孩子，长大了走路小心翼翼。他们害怕摔倒了，崴着了脚踝，或是沾满一身泥巴。

雨季，村庄的泥娃们都有一双泥屐。他们长大了离开村庄，走得很远，在雨季里，总会听见泥屐扑打泥巴村路的声音，遥遥远远飘逸过来。

那是自己点燃给自己魂灵的一缕安息香。

偶尔遗落在乡村的泥屐，撂在老房子屋檐的浮棚上。麻绳已朽断，木板上满是虫眼。说它是文物，可距离我们只有几十年的时间，并无收藏价值。说它不是文物，却从秦汉隋唐就行走在中国的村庄里。

5

草里地黄，泥里半夏。

春花落时，村庄的孩子们在草里挖地黄，在河流里淘洗干净，抳到麦场上，倒入一口半间房子大的锅里，和村庄男人挖来的苍术、桔梗、黄连、麦冬、天冬、远志、柴胡、牛蒡子、葶苈子、车轮草、蒲公英、二花根、葛根等一起熬汤。

立夏的早上，灌过村庄的牛之后，村庄的泥巴娃子们拿着一个粗糙的泥碗，在锅里舀一碗喝了。一个夏天心不慌肉不跳，脑袋上不长疖子，脸上不长脓疮，身上不长肉疔。

喝了百草汤，泥娃们就是一棵行走的草，看似脚掌走在泥巴上，其实是行走在李时珍《本草纲目》的书页里。他们卑贱得如百草，他们贵重得也如百草。

夏日过半，泥地里的半夏长出一个莛子，顶着三个小刀一样的叶片。民谣说：小满不挖蒜，蒜在地里烂。半夏随着大蒜走，挖了大蒜，村庄的孩子们就要在泥地里薅半夏了。

一场夏雨摇落，泥地湿透了。孩子们要去薅半夏之前，祖父说：半夏是毒药，薅过半夏不洗手，不能摸嘴唇；半夏进入嗓子，人就哑巴了；皇宫里太监熬一碗药让妃子喝了，妃子就哑巴了，那就是半夏熬出来的。

孩子们薅的半夏，挂在屋檐下。夏天，村庄的毒蛇叫土布袋，颜色如土，咬住人，腿红肿得水桶一样粗。假若红肿过了腰部，人就死掉了。

此时村庄的私塾先生对孩子们说：去薅土布袋草，去薅紫苏，去挖灵蒙木的根。

孩子们把这些草根挖回来，私塾先生已经把屋檐下挂着的半夏碾为细末了。他再把孩子们挖的草根捣碎，掺入半夏搅拌均匀，糊在土布袋咬伤的地方。拿出一团棉花，用草药的水擦抹红肿的地方七天。很多很多的日子，村庄就是如此治疗土布袋咬人的。

私塾先生说：村庄里的人都是泥巴里生，泥巴里死，毒蛇咬了，也是泥巴里的草根树根来对付的。泥巴娃子们，你们和我们，都是泥巴里来泥巴里去，最后死了，钻到后坡上的泥巴里。

但是，钻到泥巴里之前，我们生命的每个环节，都和泥土套在一起。钻到泥巴里之后，我们的生命幻化为泥土，生长杂草，生长地黄和半夏。

到春末，墓园边的地黄一半深蓝一半浅蓝的花朵，开放得纯粹又忧伤。夏天过去一半，墓园边黄土里的半夏，举着三个叶子的小伞，摇曳着，楚楚动人。

在墓园边挖地黄，薅半夏，似乎泥巴里有很多双眼睛在看着孩子们的身影。好在地黄是挖不完的，今年挖过的地方，明年地黄依然开放深蓝的花朵。今年薅半夏的地方，明年三叶小伞还会铺在通往墓园的路上。

地黄啊，半夏啊，没人挖的日子，都是杂草，而杂草总是要疯狂覆盖泥土的。

福建诗人汤养宗有首很短的诗《父亲与草》，是他诗歌里最经典的一首：

我父亲说草是除不完的
他在地里锄了一辈子草
他死后，草又在他坟头长了出来

草要生长，土地命令草必须生长。这就是泥巴和草的宿命，和泥巴与村庄孩子的宿命一模一样。

6

村庄的瓦窑在后坡上，三间窑屋，一座瓦窑，它们的孤单与温暖，也是村庄某些日子的孤单与温暖。

瓦窑和窑屋挨着墓园。

山冈的黄土，一半做砖瓦，给村庄的人盖房子，一半做墓园，给村庄的魂灵盖房子。

晴朗的日子，窑匠挖黄土，摊在地上晒干，隆起一大堆，等待一场雨把黄土泡透。晒得越干，黄土和的泥巴越柔软。

夏雨过后，窑匠站在后坡上，高声喊村庄的泥娃们去瓦窑场上杵泥。

村庄的孩子们，有七八个，钻出村巷，顺着到墓园的路去窑屋。

窑屋的屋檩上，挂着一个篓头。窑匠取下篓头，里边有七八个新麦面馒头，每个孩子发一个。这就是村庄泥娃们杵泥巴最高的奖赏。

泥娃们啃了馒头，把裤子挽到腿根，跳进瓦窑场上一大堆雨水浸泡的黄土里。一只脚杵进黄土，一只脚拔出来。另一只脚杵进黄土，再拔出那只杵泥的脚。两只脚反复无穷地杵着拔着，把瓦窑场上的黄土杵均匀杵细腻，这个过程就叫杵窑泥。

杵出来的窑泥，窑匠把它们四四方方地堆积起来，醒上几天，泥巴就醒熟了醒透了，做出来的瓦片烧熟后就不会漏水。

杵窑泥，就是村庄孩子们带着游戏性质的艰苦劳作。为了那个新麦馒头，泥娃们觉得艰苦的劳作是值得的。

窑匠有一个瓦筒，把泥巴糊在瓦筒上，两只手拿起两个木板拍打瓦筒。瓦筒在一个木轴上转动，停下来的时候，瓦筒上就有了四个瓦片的坯子。

上万个瓦片坯子晒干了，装满一窑，点燃柴火，连烧七天，泥巴瓦坯就成了瓦片。

冬日，谁家盖了一座瓦房，村庄的孩子们就说：你们的瓦，是我们杵的泥。

有的人家瓦房加上青砖裹檐，还垒了几根砖柱，村庄的孩子们说：你们的砖，是我们杵的泥。

村庄的富足人家盖好了瓦房，偶尔，半夜房子上的瓦片有声响，住在房子里的老人们说：那是孩子杵泥巴的声音留在了瓦片里。泥巴是有灵性的，就是烧成了瓦片，那些灵性也是烧不掉的。

不太富足的人家垒土坯墙，脱土坯的泥巴，也是泥娃们杵出来的。随意喊一声，几个泥娃子半天就杵了一堆泥巴。

不但没有任何酬劳，泥娃们还留给这家人一堆笑声。

在村庄里，你过得再富足，也是泥巴里的一辈子。泥巴烧砖，泥巴烧瓦，所谓的青堂瓦舍，也不过是烧出来的泥巴而已。村庄曾经富足的人家叫地主，那个“地”字是啥？泥巴而已。还有的人家叫富农，那个“农”字是啥？种地而已。

就是散落在村庄的宰相院落，不也是一堆泥巴烧的砖头、泥巴烧的瓦片？

就是残留在乡间的庙宇祠堂，里边黑脸红脸的各路神仙不也是泥巴烧出来的？

没有泥巴，就没有你我他。

我曾经杵过泥巴的瓦窑，平整为田，栽了一片猕猴桃。几间窑屋坍塌了，野生了几棵白亮树，摇曳风声。只有村庄的墓园还在，经营了几辈子泥巴的人，睡在泥巴深处，不知白云飘过山冈，最后飘到了何方。

泥巴是飘不走的，只在原来的地方等待原来。

7

挨着村庄沤麻的池塘，是口很大的荷塘。

秋后残荷雨声，冬日枯荷等雪。

枯荷，几根干枯的秆子，举着几片干枯的荷叶。冬日零星的雪花落在枯叶上，轻轻摇动，一枝枯荷，就是一只枯叶蝶，对着冬日叹息。

每一只枯荷幻化的枯叶蝶，都有映日荷花别样红的日子。不过那些日子是很短暂的，每只枯叶蝶都会忘掉那些一晃就摇落的灿烂。

某个冬日的傍晚，荷塘的水车干了，村庄的孩子们挽起裤腿，跳入荷塘踩藕。

手摸着一个枯荷的秆子，原来开放荷花的地方，是一个没有藕籽的空藕盅。一只脚顺着这个空藕盅踩下去，就会够到一根莲藕。弯下腰，扒开深黑色的淤泥，拽出莲藕。

有的一根五节，有的一根三节，这是四季里最后一次淤泥的馈赠。

村庄的泥巴娃子们，腿上沾着淤泥，胳膊上沾着淤泥，脸上也沾着淤泥。他们抱着几根莲藕走出荷塘，丢入河流里洗净，藕们就洁白地摆在河滩上。

记得刚刚读过一个老旧书本里叶圣陶的江南卖莲藕的散文，说江南的早上，一个男人卖的莲藕很白嫩，如同江南女子捂了一冬天的胳膊。

我们这些泥巴娃子洗净腿上的泥巴，抱着莲藕回家。我说：这些藕，白得跟柳老师的胳膊一样。

另一个泥巴娃子说：你是个大流氓，你咋看见柳老师的胳膊很白?

我说：柳老师洗衣裳的时候，我看见的。

第二天早上，这个泥巴娃子告诉了柳老师。我害怕柳老师收拾我，跑去跟柳老师说：柳老师，莲藕白得跟江南女子胳膊一样，是叶圣陶说的，不是我说的。

柳老师并没有怪罪，淡淡笑了一下，接着又淡淡笑了一下，说：那篇散文我读过。

告诉祖父后，他哈哈一笑说：藕白得跟女子胳膊一样，叶圣陶能说，你不能说。

我问：为啥?

祖父说：你不是叶圣陶。

最后一次踩藕，是腊月二十六的傍晚。三根五根抱回家，过年来客，调一盘凉菜。祖父说：泥巴娃子们，腊月踩藕，把一年的藕踩完了，把一年的泥巴踩完了，也把一年的日子踩完了。

一个村庄的泥巴娃子，春夏秋冬转来换去，四季如泥。一日一月悠然而逝，一年如泥。没有泥巴，可能就没有村庄的泥巴娃子们。

我曾是村庄的泥巴娃子，平生如泥。零落细碎，微若尘埃。

（选自《北方文学》2021年第11期，有删改）

奔跑的玉米

石淑芳

一

奶奶眯着眼睛噘着嘴在灶间吹一个玉米饼上的灰。奶奶年复一年地烧火，洋槐树根、硬梢子柴、豆秆们，在不同节令以不同质地统统走进她的灶膛。迎接成为草木灰的过程，她眯起了眼睛，年复一年地眯，眯眼就长在她身上了。眯眼时淌下的眼泪，她撩起黑色棉布大襟衫的一角去擦拭。被湿柴的浓烟呛了，被日子击中痛点了，眼睛里的水是她精神的泄洪。一次次撩起衣角，她看人视物渐渐影影绰绰，像蒙着一层擦不掉的雾。奶奶用探锨翻动玉米饼，烤了一面，翻过来再烤另一面，玉米饼黄灿灿的，很多阳光落在上面，还有爷爷的汗水。

草木旺盛的夏季，爷爷不停地从狼崖的坡上背回饱盈水分的青蒿，他用一把老旧的镰刀追撵着满坡的青蒿，站在葳蕤汹涌的山棉花、猪耳朵叶和狗尾巴草中间，他成了它们中的一员，他的汗水泛着草木的气息。在草木中默默蛰伏，攀缘四季的风霜，阳光一层层涂上他的脸，那是他终生的印记，隔代的我也未能幸免。我出山了，混迹于城市，闪着太阳光泽的皮肤，是从大山蹭来的，从他身上蹭染过来的。从色泽艳乍的劣质红布衫到庄重的职业装，我实现了涅槃，但皮肤还残存属于山乡的标记。

爷爷是勤勉的蚂蚁，爬过一寸一寸的光阴，爬过一个一个山梁，始终没有出过村子。他佝偻的腰身扛起一个巨大的草捆，从山道下来，夕阳里的影子摇摇欲坠。他从青草下抽离身子，斑驳的白发有了绿，牛皮绳有了绿，他的手也绿了——山村蜿蜒的小路走过，他背着硕大的草捆，像把大山背了回来。青蒿被铡刀切成段，嚓的一声，铡刀也绿了。一层黄土一层碎草，他在土窑的南墙根堆起农家肥的小山。他的手浸染层层叠叠的青草汁液，山棉花的汁液渗入皮肤肌理，非常难洗，石兰根、碱面、肥皂轮番上阵，他蹲在窑门前的小溪边，使劲搓洗着颜色斑驳的大手。

我和弟弟也加入割草的阵营。星期天或者傍晚放学，我抄起绳镰奔赴腥味浓郁的水草之约。草木林里热浪滚滚，不曾消停的汗珠从额上滚下来迷蒙了眼睛。在揉眼的间隙观望劳动成果，身后麦垛一样均溜摆开的草垛，为我争取更多的宠爱——爷爷拿粮票和毛票到街上小铺为我买过油饼，还有一次是烧饼夹肉。我的胃第一次惊喜交加地接纳细粮，打开的味蕾记住了第一次，第一次成了永恒：那是无可复制的童年味道。

枝叶蓬勃的青草被铡刀切碎，分解成农家肥，需要的份额太大了，割草填充了我整个夏季的空闲。被汗渍磨得油光闪闪的绳镰、水辣椒呛鼻的腥，还有露珠反反复复绊湿裤腿的情境，多年后依然清晰鲜活，仿佛它们不曾离开过。漫山遍野的草，怎么割也割不完。还没涨水的河滩，沙土中的野草如预感毁灭即将来临一样，以激情亢进的方式涌满滩涂，我废寝忘食地收割无边无际的草。割草时干燥的沙地上有时突兀地盘着一条土黄色的蛇，俗称土布袋，这种蛇有毒；还有一种绿颜色的，搭在草上，伪装成一把草，这种蛇叫绿菜瓜；还有一种蛇黑色筷子粗细，在草上行走如同鱼在水里游泳那样迅疾自如，叫作七寸蛇。只要是蛇，无论型号，也无论是哪种颜色，对我来说，那物什的样子只要想起就让人抓狂尖叫，在夏季河床的滩涂，我不止一次上演脸色煞白扔掉草迅速跑开的场景。一捆，两捆，许多捆草变成了农家肥，通过老茧堆叠的手，通过肩膀，一担担一挑挑喂到地里，来年它们以玉米的模样发芽、抽枝、崛起。

深耕两遍的麦茬地被深秋的阳光照过，才是孕育玉米的温床。谷雨前后，从房梁上卸下一串玉米种子，爷爷吧嗒着烟袋锅开始盘算种玉米的事宜。这是他人生的大事，我听见雨夜里他的辗转反侧，以及一声悠长深沉的咳。春雨以淋漓的酣畅唤醒沉睡的土地，土地以拥抱的姿势接纳一颗玉米种子的到来。拂去玉米种子在房梁的烟尘，爷爷摩挲着一粒粒剥下，一粒粒玉米携带着他的烟锅味儿，携带被窝的温热，被他粗糙的指尖郑重剥下。我的被窝偶尔弹进一粒两粒的玉米，它们混沌地在我凌晨的梦境中，生根发芽长成大树，开出奇异的花朵，散发熟玉米的阵阵清香，续接梦中境况的是枕畔徒留的一串串涎水。

雾霭在山岚绕着一个轻薄的玉带，地里氤氲的湿气缠绵着浓郁的春情。老黄牛被打开栅栏的窸窣声振奋，肆无忌惮地抛出一声雄浑的长吼，和着雄鸡悠远高亢的鸣唱，它们合奏的清韵叫醒山乡的黎明。奔赴农事的脚步在牛哞声的引领中，有序向田野进发。我牵着牛绳，爷爷扛着犁铧，母亲背着种子挎着提篮，我们踢踢踏踏走向山野的身影像路边跳荡的野花，潮润而蓬勃。

玉米在母亲的指尖跳荡，以滑翔的姿势一粒粒落到农家肥酝酿的沃土上。爷爷吆喝着牛，和上下地堰的吆牛声掺和一起，王叔高了，他低了，有时候他们声声撵着，一声覆盖着一声，悠长的韵律在原野上此起彼伏，寂静的玉米在烟火气息的喧嚷中着床，然后在初夏丰沛的雨水里长出了浩荡的气势。太阳升起一竿子高，奶奶拧着小脚到地头送早饭，瓦罐中盛着酸滚水，提篮里是灶膛里的梢子柴烤得焦黄的玉米面馍。爷爷喔喔地停了犁，在土灰色的棉布褂子上蹭一下手，蹲坐在犁铧上，揭起提篮的罩布，托起一个黄馍伸长脖子啃着，胡子在呼出的湿气中微微抖动。老黄牛用嫉妒的眼神瞄他，不情不愿地晃了晃脑袋，嘴里倒出一团腥气的白沫。

玉米苗细细弱弱地露头了，玉米地里的灰灰菜，穿着淡紫的衣裙纷纷登场了，除了极少一部分被主妇掐了成为餐桌的调剂外，大部分都葬身农人果决的锄头。爷爷锄玉米的力道有一种刚柔相济的平衡，既挖得掉尖草的根须，又不伤玉米一分一毫。尖草的根须在锄头弹跳，锄尖狠劲扎下去也不一定将它毙命，玉米苗又那么娇弱易伤，爷爷舞动锄头的耐心堪比绣花，一锄一锄精准有力。阳光落下来，一层汗水覆盖了他棉布衫的肩背，阳光里的牙齿，啃烂了他的肩头，奶奶针脚细碎的补丁补上去，补丁又被噬烂了。我看到他裸露在阳光下的一片黝黑肩头，有节奏地推送锄头时，在棉布衫里一耸一耸。

剔除杂草，往玉米根部培土，倍加呵护的玉米苗早晚噙一粒珍珠的露水，在农家肥的加持下一天天挺直腰身。玉米雨夜的拔节声是田野的密语，它们像听令的将士，齐刷刷朝着长高的目标进发。风停雨住的晴暖艳阳下，玉米地里朝阳的一面绿得娇俏眩目，背阴处绿得通透深沉，它们把绿色演绎到极致，像一把把出鞘的绿剑刺向天空。

二

又是一年玉米成熟的季节，带苞和不带苞的玉米在窑门前的空地上堆叠。它们身披金黄或雪白的锦缎，一穗紧挨一穗统统走向母亲的手掌，翻飞的带苞玉米被她拧出规整的麻花辫搭上木椽。爷爷噙着吊着烟袋的白玉石烟嘴，吧嗒吧嗒蹲在门槛上吸着。二姑突然出现在院门口，她没有像以往那样在整齐的短发上别一个兰花发卡，绣花提兜里鼓囊囊装着麦香味浓郁的枣糕。她的头发像刚钻过荆棘丛，以失序的姿态在风中舞动。

她一手挎着包袱，一手扯着表妹英子，表哥强子跟在她身后，怯生生的眼神恰是装了无尽哀怨。母亲拍拍身上的玉米屑，沉默地上灶间给他们煮了黏稠的玉米糁子饭。浇着酸菜的两碗饭下肚，二姑用极低的声音说了投奔娘家的缘由：家里的窑洞塌了。爷爷吸烟的嘴唇哆嗦一下，几次把烟嘴送偏。

二姑嫁到三四十里外的那个村庄，吃水拾柴很困难。吃水要到沟底去担，其间穿越陡峭的悬崖峭壁，一路上荆棘丛生，一不小心不是水桶滚下山崖，就是水洒了草坡。那里的山没有高大的乔木，只有漫山遍野的酸枣刺。酸枣刺砍起来不但扎手，而且也不好扛，即使在柴捆上铺一层厚茸茸的草垫，也会不小心被枣刺扎到肩膀。

二姑嫁到那地方之前退了几回婚，眼看迈入大龄之列。村里媒婆王奶奶给她介绍了一个教书先生，这个教书先生是我后来的姑父。二姑本来是很挑剔的人，但看到姑父写给她的信以后变得义无反顾。姑父师范院校毕业，信写得文绉绉的，有词采，句句击中二姑情窦初开的心。爷爷说姑父家在崇山峻岭之间的山坳里，日子苦焦，预言二姑以后没有好日子过。二姑不吃不喝和爷爷杠了几天，她的婚事最终以爷爷妥协而告终。

“窑塌了，又不是天塌了。”爷爷说这句话时，轻轻磕了磕烟袋锅，烟锅飘起一股淡淡的青烟。二姑一家的入住使得狭小的窑洞更加狭小，晚上窑洞的大炕上横竖都是人，到处都是腿，脚怎么伸也伸不直。奶奶早晨起来熬一大家人喝的玉米糁汤，蹲在门槛上、窑畔前、院子里的捶布石上，头拱在碗里，呼呼噜噜都是喝汤的声音。村里教书的姑父来看姑姑，迎接他的也是玉米糁子汤，所不同的是有时候汤里下葛兰叶，有时候下红薯叶。

长大后的某年，我再次瞻仰两孔窑洞时，看着土涌草旺，狗尾巴草遮挡了半个窑门的窑洞，怎么也不敢想象当初里面曾塞过十口人。在大家细粮吃腻拐回头吃粗粮的时候，玉米糁子饭依旧是我不想吃的东西。

我上一年级的那个冬天，雪不是一般的大，站在窑门前的高岗上，棉花朵一样厚重的雪片直往人身上砸，不一会儿就把人砸成白人。上下坡走路要掌握平衡，稍微愣怔就要被冰溜子滑倒。我头顶书包雪地跋涉，快到窑门前时，一个身上落满雪的女人站在我家门口，破头巾里一双黑洞洞的眼睛望着我，把我的魂儿都吓飞了。爷爷推开院门，问了那女人半天，她说话呜呜咽咽，既像哭又像唱，放下破竹篮用手比画。爷爷带她去了柴棚，那是一个放梢子柴火的半截窑，窑门用厚草挡着，他给她一个破棉袄当被子。清晨我起早去上学，在吃一个玉米面饼时，爷爷让我给女叫花送一个去，我不去，爷爷披着露着棉花的棉袄，在被凉气惊扰的咳里咔咔了半天，踩着咯吱咯吱的厚雪自己去了。

天放晴了，堆雪人的同伴叽叽喳喳议论女叫花，他们围着她，推搡着叫嚷着：女叫花，虱疙瘩，公虱子母虱子，拱在一起生虮子，东咬咬西咬咬，咬你一口你吃它，咯嘣咯嘣叭……孩子们往她裤裆塞一把雪，又上去踢一扫堂腿，女叫花惊恐地躲闪着，嘴里唧唧哇哇。爷爷披着老棉袄走过来，他脸含愠怒，孩子们脚下滑着雪刺溜一下消失了。

春天来到院坝，窑门前不远处的杏花涨开了红嘟嘟的骨朵，脱了厚棉衣的我在秋千上的身影越来越轻盈，我荡得越来越高，腿脚像是要伸到高高垛起的玉米秆上。我在秋千上荡第五十五下时，远远看到大顺的儿子走近我家的院坝，在院坝口和爷爷说着什么，他头缠白布表情沮丧，说着说着还屈膝向爷爷下跪，被爷爷一把手拉住了。

大顺爹刚去了，他让爷爷去招呼埋人事宜。弟兄们多的家庭本来粮食拮据，现在遇上丧事没法对付，村上人人光景都差不多，没有闲余顾到别人。爷爷让大顺的亲戚来我家装玉米，母亲在屋角脸色阴沉地说："那年的事忘了吗？"爷爷大手一挥："先把人埋了要紧。"

那年当村护林员的大顺爹在山道上把爷爷挡住，他说他看见爷爷砍洋槐树了，他说他隔个山峁都看清了。爷爷说砍的是洋槐树枝，哪里就是洋槐树。大顺爹不听解释，拽着爷爷的绳镰拉拉扯扯去往村部。村路上的人都笑大顺爹迂腐："咱这是山区，漫山遍野都是洋槐树，别说人家砍的是洋槐树枝，就是洋槐树，又咋了，拿着鸡毛当令箭，才干上护林员几天，就得罪人，啧啧，这二杆子。"村干部调解了一下也没怎么着就让爷爷回家了，从此母亲就不和大顺一家人说话了。

三

玉米花是我见过的最平凡而又最奇异的花朵。它不是牡丹，不是兰草，朴拙的样子像随便搭在玉米穗上的一绺丝线。可是那一抹诡异的红却给人脑海拓下印章，回忆起来暗暗吃惊大自然的玄妙。它是玉米高悬的旗帜，那缕香魂在清露中透亮柔和，我极想伸手去摸一摸，终是不忍。它的炫目让我对视和怀想，再多一点就是亵渎。

夏季闷热高湿，在一地亢奋的蓬勃里，每一株玉米都在发情。玉米地散发的孕育气息，噌噌的拔节声不仅打开人的毛细血管，还给人快被撑爆的憋闷感。人说正午的玉米地有鬼魂游荡，然而村里吊儿郎当扛着锄头在田野游荡的光棍东升和挎着猪草篮子的半老徐娘梅朵却不顾忌讳，他们在玉米地边对接的眼神，炙热得要把玉米地点燃。他们一前一后走进绿森森的玉米林，不一会儿玉米地中间剧烈晃动的玉米梢，仿佛预示狂风暴雨的来临。

我挎着打猪草的苣篮隐身玉米林，人物两忘时，恍惚觉得自己就是一株玉米，我在生长，脉搏强劲有力。寂寂玉米林的生机盎然，潜藏许多不可知的秘密：舞着斑斓裙子的蝴蝶和玉米花耳语，歇脚的小雀在长出新梢的玉米株上荡秋千，一棵南瓜秧绕地爬行，瓜秧扯住玉米的腿脚，暗结一个小南瓜。小南瓜借用玉米地的水肥膨大，被误打误撞的人碰到，欣喜摁住摘了掩在猪草下，村中走过挎篮子的人，弯腰幅度自是一番别致：暗暗使力尽量让身子挺直，却又被与其他力量的较量拖得龇牙咧嘴。有经验的农人大致能一眼看出其中端倪，不过并不说破，摘瓜人内心也有几分自慰：野菜野瓜，难道不是大地的赐予吗？

我熟知玉米的气息，清甜里饱含大地的味道。童年的我被掰玉米的母亲丢在玉米秸秆上，在一片潮湿的甜腻中看流云在天空画画，不知觉的梦里，混沌地被白云托着。太阳把我晒醒了，抑或是被母亲摇醒了，塞给我一截甜玉米秆。甜玉米秆长在地堰或地角，穗小，株秆颜色发黄，甜度好的泛出点点红。熟悉土地脾性的农人凭目测，就知道哪棵玉米甜度大。甜秆伴随我的童年，长大后当我再次走进玉米林，化肥催生的粗壮黝黑的玉米林里，再也不见了甜秆的踪迹了。

玉米蜿蜒了一季又一季，后来苹果树侵占了部分土地。再后来西瓜、辣椒、蘑菇棚也来瓜分，越来越多的经济作物占据土地，玉米渐渐隐退于农人的视野。然而经济作物们也对付不了人日益增长的需要，上学、结婚、买房，处处要花费，且要钱的幅度呈几何的倍数增加，打工的人越来越多，不再依赖土地的人越来越多，越来越多的土地就撂荒了。

荒了的地长一地草。草的葳蕤凶猛让以土地为生的母亲惋惜不已，她劝说我种玉米：现在是机耕也不费事，好好的地长草，作孽哩。我只得在打工空闲时夹带着种玉米。玉米成熟季节，头发花白的母亲又战斗在我的玉米地里。她翻飞在玉米苞上布满老年斑的手依然像钢耙，玉米叶子划拉过去，深深浅浅的白道上，隐隐渗出血丝。儿子在堆叠的鲜玉米秆上做着酣梦，不知道他有没有闻到玉米秆独有的清香，看没看到白云在天空的画画。怕蚊虫叮咬，我把他抱移到装满玉米穗子的三轮车上。回眸的一瞬间，流云装扮的碧蓝天际下，葱郁的玉米林边，枝丫横斜的核桃树掩映下，满载玉米的三轮车上，儿子被一层金黄托着的笑脸堪比葵花。我随手一拍，后来，这张照片连同笔下的玉米一起走向某个杂志的版面。

一次异域旅行，一片玉米林突兀地撞入眼眸。它们跟在车后奔跑，当绕过一个九曲回环的山梁时，依旧看到它们在杨树林边零乱的影子。这些年，玉米一直是奔跑的，它先让位于大棚菜，后跟随回乡小憩的打工者，最后蹒跚在留守老人的脚边。奔跑的路上，它抛却了锄头，快捷的除草剂成了它的必然。玉米地的秘密，少了探究的人。

午夜梦回，玉米缨燃烧一团妖娆的红，甜秆在地边招摇，崩爆米花的圆桶锅被村里老王头脚踏着放气，然后嗵的一声震天响，随之，玉米的巨大香气铺天盖地而来。

（选自《大地文学》2021 年卷 59）

何况人间父母情

张中坡

“父兮生我，母兮鞠我。拊我畜我，长我育我，顾我复我，出入腹我。欲报之德。昊天罔极！”

庚子年冬天，一个半月之内，我的父亲、母亲先后带着无限的眷恋，离开了这个他们艰辛奋斗了一生的世界和这个他们无私奉献了一生的大家庭。双重的打击，让我一时间难以接受，无论是在安排他们的后事期间，还是之后，独处之时，我时常禁不住泪流满面。山高海深言不尽，何况人间父母情。

1

“南山烈烈，飘风发发。民莫不穀，我独何害！南山律律，飘风弗弗。民莫不穀，我独不卒！”

父亲出生于1934年农历三月十一，去世于2020年农历十一月初三。仿佛是怕我们忘记他的生卒时间一样，他的出生月日与去世月日正好掉了个，三月十一，十一月初三，如此简单，而又如此巧合，从春到冬，87 岁的父亲安详地走完了平凡而又不平凡的一生。

母亲出生于 1937 年农历八月初六，去世于 2020 年农历十二月十七，享年 84 岁。母亲去世的日子，正好是父亲去世的阳历的月日——12 月 17 日，世间的巧合也好，冥冥之中的天意也好，父母相伴一生的情感也好，无不让我感动和感叹。

父亲去世时，母亲表面上显得很是轻松："一辈子跟着你叔（我父亲）没有享过福，以后我可方便了，想上你们谁那儿住就上谁那儿住。"在父亲的遗体告别仪式上，我代表亲属致答谢词时也说："请父亲在天之灵放心，我们兄妹六个，一定会照顾好母亲。"

可没承想，母亲却走得这么让我们措手不及。我们深深地知道，母亲虽然嘴上说得轻松，但实际上父亲的去世对她的打击是最沉重的。母亲大字不识一个，除了上地劳作、做饭洗衣，其他家里家外的事情，都是父亲在操持。可以说，父亲是母亲一辈子的依靠，也是我们这个家庭的支撑。父亲去世了，母亲突然间没有了依靠，她是多么的孤单和寂寞。

父亲"五七"那天，我们回去给父亲上坟，只有三哥在郑州打工，未能赶回。母亲见到我，握着我的手，幽幽地说："小八（我的小名），我不想活了。"我气得不行，埋怨她说："妈，你胡说啥呢！正是你该享福的时候。"后来我听三嫂说，那几天母亲也常和她这样说。几天没见三哥的母亲说："小志（我三哥）呢？他咋不管我了呢，我想他了。"我赶紧掏出手机，用微信和正在工地上干活的三哥视频，让母亲和他说话。没承想，这竟是三哥和母亲的最后对话。

后来，我才明白，这是母亲在她能正常说话时，和她的每一位子女见上最后一面，说上最后几句话。

两天后的早上，小姐急慌慌地给我打电话，说母亲不会说话了，仿佛睡着了一样躺在床上。闻此，我急忙开车回到老家，见状不妙，我赶紧请来县医院的两名医生，他们诊断后说母亲得了脑梗。我们马不停蹄地把母亲送到县医院抢救。在医院的12天里，我们轮流守候在母亲的病床前伺候，医院里心脑血管、呼吸科等方面的权威专家几乎全部上阵反复会诊，但回天乏术，母亲最终还是永远离开了我们。

在母亲最后的日子里，稍微清醒的时候，她会流眼泪；我们握着她因输水而肿胀的手，她会用手使劲地握着我们的手。母亲的泪，母亲使劲握我们手的手，都是对我们的依依不舍啊！只是，自从得了脑梗之后，母亲再也不能用言语来表达她的所思所想和对我们的关心关爱了。

母亲住院的时光，我们最奢望的想法是她能度过这个春节，也是母亲本命年的春节。但母亲的实际情况和医生的判断告诉我们，一切已经无力回天。但我们依然坚持到了最后，虽然看着母亲在医院里不停地急促呼吸是那么痛苦，我们也跟着她痛苦，但我们依然期盼着有奇迹出现。直到母亲没有了心率，我们才万不得已拉着她回老家。

由于父亲刚刚下葬，我们把母亲火化后，按照农村的风俗，把她老人家的骨灰盒供奉在了老家堂屋的条几正中间。母亲的骨灰盒前端放着她那慈祥而又善良的遗像。待到父亲三周年之时，我们会再择时将母亲与父亲合葬在一起。每次回去给母亲磕完头，我都会仔细端详母亲的遗像好久，想想母亲操劳、奉献的一生。

前些天“母亲节”早上，我一个人在家独自静坐，翻到母亲坐在三哥院子里吃饭的照片，我一边流泪，一边在微信朋友圈里为母亲写下了几首小诗：

怀念母亲

一

慈母犹在泪湿襟，辛苦操劳为子孙。
年少不知恩德重，而今空余暗伤心。

二

慈母备尝旧时苦，耕读传承立门风。
子孙多为大学生，天南海北建新功。

三

慈母良善传美名，乡间四邻皆称颂。
不记人恶记人好，简朴兰香贯平生。

四

白驹过隙知天命，慈母良言耳边生。
与人为善千般好，心怀奸佞难久行。

回望父母的一生，他们的精神无不流淌在我们的血液和生命中，甚至一直成为我们工作生活、为人处世的标杆和楷模。

2

“蓼蓼者莪，匪莪伊蔚。哀哀父母，生我劳瘁。”

我们这个家庭，是由父亲支撑着的。父亲和母亲结婚后没多久，就和我的伯分家单过。养牛、养猪、养鸡，父亲总想多挣些钱，好供应我们兄妹六人上学和一家子的开支。父亲还和别人合伙办过面粉代销点，供应四外庄群众吃面。

父亲还是一位称职的家庭农业劳动的组织者。那些年，不论是种麦、收麦，种红薯、收红薯，种玉米、收玉米，还是种棉花、收棉花，父亲都能根据季节农时和我们家庭人员的情况，合理安排劳动分工。大多时候，母亲都是在家做饭、送饭。小姐、三哥是劳动的主力军。而我，常常只是“参与者”，出不了大力、干不了重活的我，常常受到哥、姐们的“嘲笑”。

父亲不仅对村里的教育重视，对我们兄妹的教育也很重视，我们兄妹六人，其中大哥、二哥和我都通过读书走上了工作岗位。孙子孙女辈中，大多都考上了大学。重孙辈中，大哥的大孙女还考上了县一高中的清华班呢。

那时，父亲养了几头牛。除了我们兄妹们去地里割青草回来喂牛，夏秋之后农闲之时，父亲还要把麦收后垛在场里的麦秸用机器粉碎掉，作为牛的“主食”。有一年，父亲在往机器里输送麦秸时，不小心让机器轧断了右手大拇指，后来虽然接上了，但恢复了好多年，总是没有以往灵活。记得父亲那时还曾笑着问我：“小八，我的手被轧坏了，你知道心疼我不?”怎么能不心疼呢？时至今日，想想父亲为这个家庭的操劳和付出，我时常感念他的坚忍和远见。

在父亲最后的日子里，有一次我回去看他，躺在床上不能动的他，已经不认得他这个最小的儿子了。扭转身，我忍不住流下了眼泪。

父爱如山，深沉而厚重。村庄东北的祖坟里，父亲魂归大地。麦熟时节，父亲依然能够闻到小麦成熟的芬芳。

3

“无父何怙？无母何恃？出则衔恤，入则靡至。”

母亲的一生经历了万般坎坷，但从不言苦，而且从我记事起，她一直都是善良的形象。

母亲本不姓杜，她一出生就由于兄妹多而被亲生父母遗弃——被我外婆从田间地头抱回家抚养。外公去世早，外婆含辛茹苦把我母亲、小姨和后来又收养的舅舅一起养大。虽然母亲兄妹三个只有小姨是外婆亲生的，但外婆对他们均视如己出，他们三个也相处得如一母同胞一般。在我的记忆中，外婆总是乐呵呵的样子，一双小脚走起路来又轻又快，她沙哑的嗓音有着一种亲切的磁性，时常在我耳畔回响。遗憾的是，外婆去世那年，我正在上高中，大人们怕影响我的学业，没有告诉我，我竟没能去见她最后一面，没能去送她最后一程。

母亲像父亲一样，从小也没读过书，而是在割草、放牛中长大。少年时的她一次被别人误会，以为她偷了他们家的柴火，而被人打了一记耳光。回到家里，母亲也没敢给外婆说，但从此落下了耳背的毛病。母亲的“忍”字就此贯穿了她的一生，有什么苦、什么怨总是埋在自己的心里。但她以此为鉴，时常告诉我们：“不要拿人家的东西，也不要吃人家的东西！”

母亲虽然不识字，但她的记忆力特别好，家里大人小孩的属相、生日，包括她的几个重孙子、重孙女的属相、生日，甚至左邻右舍家的孩子的属相、生日，她都记得清清楚楚。

母亲虽然不操心家里的大事，像起房盖屋、哥姐们成家等等，但她也是起早贪黑地操劳着。但凡做饭、做衣服、田间劳作，母亲无所不干。母亲年轻时饭菜做得特别有味，馒头蒸得又大又暄；由于那时白面少，为了省馍，母亲常常做苞谷糁红薯饭和苞谷糁甜面片儿；炒的菜无非是萝卜、白菜，但这些简单的饭菜却让我们吃得津津有味。到年关的时候，父亲会请人过来给我家炸点过油菜；母亲会用猪油给我们熬萝卜菜，那就是那时农村最好的美味了。地里的每一棵麦穗、每一块红薯，母亲都会把它们拾回家，颗粒归仓。我吃饭总喜欢剩一些，母亲嗔怪之后，往往端起碗来把它们吃得净光。

那时的母亲，还纺花织布，给我们做衣服，还给我们纳鞋底，做布鞋穿。母亲做的衣服和布鞋，异常舒适和温暖。

母亲一辈子没有和邻居们红过脸，更没有吵过架。她与父亲结婚后，她的一位哥哥打听到我们家，非与她认亲不可，开始她死活不同意，经不住这位舅舅的执着，她才认了亲，后来她对生她的家庭和养她的家庭一样地亲近。所以，小时候，我常常很奇怪，我怎么会有两个外婆，还有这么多的舅们、姨们，还有这么多的老表们。

小时候，我最幸福的事情就是缠着母亲让她给我掏耳朵。门前的梧桐树下，母亲搬来一个小椅子坐在上面，我则斜躺在母亲怀里，母亲一点点地给我掏耳朵，那种感觉又痒又酥，舒服极了。母亲的怀抱，像大地一样安全和温暖！

4

父亲母亲相处了几十年，他们也有生气的时候，但每次母亲生气离开家不远，自己又会返回家里。我成家后在县城里上班，母亲每次在我这里都住不了几天，就嚷嚷着回去，大嫂去世后的那几年，她牵挂着一对年少的孙子、孙女，在老家好给他们洗衣做饭；她年岁大时，又牵挂着在家的父亲——虽然父亲有几位哥姐照顾；她还牵挂着老家院子里的鸡鸭们，还有地里的庄稼……

父亲去世时有许多遗憾和不舍，最主要的是他不放心母亲。而父亲去世后，母亲仿佛也无心再存留人间，旋即紧随父亲而去。

民间的一对平凡夫妻，柴米油盐的普通日子，对子女、后辈始终如一的养育和关爱，直到人生最后的岁月还相濡以沫，也许是对父亲、母亲几十年相处最好的诠释。

5

山高水长，天高地厚。父母之恩，永生难报。

前几天女儿从大学回来实习，我问她知道爷爷、奶奶的姓名不，她说不知道，让我大为吃惊，每一个人都应该知道自己的来处，知道自己的根源。我郑重地告诉她，孩子，你要记住：

你的爷爷，叫张富祥，属狗。

你的奶奶，叫杜荣兰，属牛。

他们，都是勤劳善良的人。

（选自《躬耕》2021 年第 7 期）

同裳偕行

张　娜

一

操场上，孩子们正嬉戏玩耍，三五成堆的老人在一起聊天，入校的大道间不断有人来往。阳光透过高大的白杨，洒下斑驳的树影，平静得就像公园里星期日的早晨。一辆装满矿泉水的小卡车驶进来，几位看起来还算强健的老人主动起身，和身穿红衣的志愿者一同前去帮忙。

7月25日下午，河南滑县滞洪区村庄、田地被淹的信息迅速刷屏："水位暴涨！卫西告急！长虹渠倒灌！……情势危机！"舍家抛业的老百姓肯定坐不住了。我赶紧放下手头的工作，以最快的速度来到"卫河西岸滞洪区安置点"道口镇抗大初中。

然而，眼前这一幕，让我悬了半天的心缓缓落下。"同甘苦共患难，携手并行渡难关"的大字条幅，在持续数日的大雨之后格外明艳动人。

我停好车，抹了抹鼻尖儿上的汗水，凑到老人们跟前搭话儿。

一个带孩子的阿姨递给我一片湿巾："咱在家可不用这个啊，扯个毛巾角儿一擦都中了，还是政府想得周到。你看看，怕有虫叮蚊咬，风油精都发了。"一边说着，果真从兜里摸出一个翠绿如玉的小扁葫芦瓶儿给我看，像是在亮自家的一件宝贝。

"别说这个，俺三妞家那小妮儿十个月了，还在怀里抱咧，一来就有人给送尿不湿。那卫生纸、夏凉被，吃的用的齐全得很，都是免费的。"另一位接话儿的阿姨端过来一杯绿豆汤，让我先凉快凉快，说是爱心人士刚送过来的，杯子也是新的，不要嫌弃。我推辞不过，接过来送到嘴边，一股绿豆的清香裹挟着汤汁久熬之后的温糯气息，漫溢而来。一口气喝下去，每个毛孔都通泰妥帖。

我问他们来了几天了，吃饭中不中。

"到这儿三天了。"

"不，今儿个是第五天。"另一个阿姨纠正着。

"看看我这脑子，日子都记不清了。反正是政府派了大车去接那一天，我正准备洗衣服，床铺啥都没收拾，推着老头儿就出来了。"

"国家弄咧是真不瓤。咱可不能不知足。上午的熬菜，我和小孙女就着馍把菜汤都吃了，在家里啥样儿在这儿也得啥样，要是吃不完就不能盛那么多，自个儿买的馒头你舍得扔吗？"

"不能啊，还请了厨师咧，上学的学生吃啥，咱这会儿就吃啥。人家做熟了，不管啥样都不能浪费。就是俺家的狗不知咋样了，咱来那天撵着车跑了老远……”

我很能理解老人的心情，若是我家的嘟嘟，也遇到这样的情形，不知道该多挂念呢。不觉心里一沉。

“这小狗和俺孙女儿一样大，有感情了。那一年京牛家的母狗死了，撇一窝小狗不到二十天咧，正好俺媳妇奶水足，记（领养）了一只，硬是用针管打着人奶喂大了。就跟家里一口人一样，咋能不搁记？”

听妈妈说，四妹小的时候她也曾用奶水救活过一只失去母亲的小狗，大姐还给它起了个名字——“赛虎”。记得有一年下大雨，猪圈塌了，一连五六天赛虎都围着那两头猪转，不让它们离开猪圈的位置，直到猪圈修好它才恢复了往常的活动。

“可不是咧，狗有灵性啊。俺娘家那只老狗，在家人逃荒走后一直守着祖坟，听村里人说到死都没离开。”旁边一位老大娘唏嘘着。

“不碍事，人安全都中了。它自己会找高地方去，俺外甥上午叫看个那个啥？抖音？有个小狗儿爬到车顶上被救援队救下了。”

二

短视频软件给人们的生活带来了很多的快乐，甚至深入了古稀老人的心。然而，从 7 月 20 日起，我们通过它看到了太多关于洪灾的信息。

水满为患。雨水积蓄了无限的力量，从天空轰然落下，中原大地被一个巨大的“水”字占据着，一片泽国。地铁被淹，人员被困，道路坍塌，车辆漂浮。没有诺亚方舟，也没有菩萨普度，那些陡然伟岸的身影，在洪水中飘摇、趔趄，拼力前行——

我来救你！

包子免费！

这里有窨井，请绕行！

让女人和孩子先走！

…………

有人亲身经历，也有人是从屏幕中看到灾难发生的。太多的伤痛和感动，充斥着、冲击着人们的感官，铺天盖地：

一个男人穿着雨衣，举着“妞妞，爸爸还想接你回家”的牌子，在郑州地铁5号线出站口静坐不语。

暴雨导致房屋倒塌，三个月大的婴儿被困了一天一夜，营救成功时，那声清脆的啼哭，简直是生命的奇迹。一天后，孩子母亲的遗体也被找到，她的双手依旧是托举姿势。

官兵们一次次往返于生与死较量的旋涡，在更多人的心中燃起生命的火焰。短暂休整时，他们席地而睡，甚至在睡觉时都手握工兵铲，时刻保持“战斗姿势”……

我把这些事情说给在场的老人们听，每个人都是一脸凝重。

这次洪灾过后，一定会有不少家庭亲人离散。虽说灾难无情人间有爱，可是那些骨肉生生别离，怎不叫人心痛！

阳光轻轻地洒落，几只鸟雀在树荫间打闹，悦耳的叫声划破了空气的沉寂。孩子的欢笑声再次从操场传来。若干年后呢？他们可能只是记得曾经搬过一次家，曾在一个美丽的校园度过了一段快乐的时光。但愿如此——

希望每一个看到过灾难的眼睛，即使在暗沉的冬夜，依然能闪烁起温暖的光芒。那个惦记着自家小狗的阿姨转过身，朝孩子的方向走去，步态沉重。

三

“我活了八十多岁，经历过很多灾难。这次政府安置得很好，屋里有空调，凉快得很。还有医生检查身体，定时嘱咐吃药，一天三顿饭不重样儿，中间穿红色衣服的闺女还给我们送零食咧。”

顺着她手指的方向，我看到儿子初中时的班主任康子云老师，她穿上了志愿者的小红衣，正弯腰捡起草坪拐角处的一个小纸团儿。我忍不住喊了一声：“康老师！”她便笑着朝这边走来。

“她是这里的老师？”阿姨有些意外，“这几天老见她，又是在餐厅盛饭，又是帮着卸东西，别看人长得小，前天还在门口指挥大车呢……”

“康老师是块儿砖，哪里需要哪里搬。”康老师的笑声爽朗得像一刀劈开了脆甜的西瓜，“在家没啥事儿，也来招呼招呼。再说，咱大滑县哪个人不是这样啊？全中国人都是这样啊，都想尽点力。去忙了啊——”康老师一边招手，一边笑着转过身，向学校服务中心的大厅走去。

“是啊，俺们在家劳动惯了，光坐着等吃也是没意思，歇得人着急。说回去给堤上装沙袋的年轻人撑布袋口儿吧，边儿都不让俺沾。”老人看起来有些失落。

“咱动作慢，去那儿还不够耽误事儿呢。就好好待着，不给干活的人添乱就行了。听说前两天，就有个老头儿犯病了。”

“就是我。”旁边一位老大爷有点不好意思，“你们不知道，孩儿们都出去了，这么大岁数了啥没见过？就是真有个啥也不怕了。大队干部来家做工作，我说自家地势高不害怕。那不行啊，他们说这是任务也是责任，我不走他们都不能安心。我又说自己老毛病犯了，刚吃了两丸救心药，他们就说叫救护车。看着实在不行，那就搬吧。本来是个玩笑，谁知道一提劲儿冠心病还真犯了，救护车恰巧赶到火神庙，一会儿也没耽搁。要不然啊，这老命就没喽。”

歪打正着，这救护车还真是叫对了，起了大作用。

“人在做天在看啊，这诓话可不敢乱说。”老人又慢悠悠地补充了一句。像是说给自己，又像是让所有人听。沉默了一会儿，接着讲起过去的事情。

他说，自己都经过三次上水了，头一次是坐着船上浚县亲戚家避难，那水撑得满眼望不到头儿，大树只露个小尖尖儿。

一大天漂在那儿害怕不说，饿得也受不了。那一年，全靠鱼救人了，坑坑洼洼，连街道上都是鱼，捞起来煮一煮。找不到干柴火，半生不熟炽一阵就吃了。再一回是六三年，都在河堤上搭草庵，一道长堤拉个灯笼就不错了，心里再凄惶也没处躲。

“可不是吗？那年我刚毕业，十六了，队长说你去看堤吧，说着就扔给我一件大棉袄。”

“汛期不是农历六月吗？穿棉袄干啥呢？”

“你不知道，小妮儿。穿上袄不容易淋透，再说那时候搬出来下没铺上没盖的，穿个棉袄随地滚着也挡夜寒啊。哪儿像这会儿，政府安置得屙屎尿泡都不出屋门儿，有件衣衫脏了，水管那儿一冲，就好了。”

正说着，一位七十岁上下的老伯走过来，神情有些慌张。原来，他听说滑县西湖北口有个浚县的老头儿，被水隔在这边儿回不去了，还不知道吃啥喝啥咧，到晚上再没个地方住就更糟了。

这可不是个小事儿！我赶紧给在那里执勤的朋友打个电话。他说上午就有人发现了，是浚县小河镇的一位老人，已和浚县方面取得了联系，送浚县卫溪中学的安置点了……

“这都放心了。”我长长舒了一口气。

四

我夫家的二弟，在抗洪救灾的一线负责物资调运。白天去县里的捐助点拉物资，晚上到卡点配送，还要时刻查看大堤水位，整整三天两夜都没有合眼了。第三夜实在太困了，在自己的车上迷糊了两个多小时。

昨天晚上和弟妹聊天，说到此事，她哽咽了。婆婆打电话问询时，还不敢跟老人提起。我看一眼手机：17 时 38 分。不知道他是否能抽出手来接听，犹豫了一下，还是决定把电话打了过去。

还好！通了。

二弟告诉我，浚县的灾情更加严重，全县只有一个善堂镇没有受灾，各个方面的人员都忙不过来。物资怎么样？物资是有啊，源源不断地从四面八方涌来，就是缺人手、车辆和暂时存放的仓库。这几天滑县情形稳定，他们此行就是前去援助的，这会儿正在去浚县新镇的路上，需要绕到鹤壁，经过淇县，然后穿过一段已经积水的道路才能到达。

我想到他连日辛苦，不忍心耽误他车上短暂的休整时间，交代他们注意安全之后准备挂掉电话。他笑了，说大作家不想听听具体情况啊。

新镇的安置点，只有一个由 5 名大学生志愿者和 9 个村干部组成的服务队，住在科达中学，负责 1400 多名撤离群众的吃喝拉撒，有各种想也想不到的问题需要及时处理，实在忙不过来。他们一连 5 天都没有休息，实在撑不住了就靠墙坐着睡一会儿。

说着，他打开了视频：高速路口附近的路边上，停满了老百姓的大型农机具、汽车，有少数暂时安置不了的人在路边打起了地铺。恍惚间，一头白发从眼前闪过，如根根芒刺，直入心扉。

怎么会没地方睡呢？因为情势太急了，虽然事先安排了好几个撤离人员安置点，但受灾面积太大，本来打算投亲靠友的就不能再去了，原本安全的地点也成了灾区，一时无法安置。

正说着，他把摄像头调向远处：一片汪洋，望不到边，隐约看见军绿色的人影在堤口晃动。他告诉我，那是舟桥部队一个团的兵力，可都是十八九岁的孩子啊，泡在一米多深的水中，挨家挨户寻找被困群众，把他们一个个背出来。累了，就在大堤上随地躺一躺；饿了，顺便吃一些自带的压缩、速食食品，叫人心疼。

我的儿子也快十八岁了，总觉得他还是个小孩子，每次放假归来，一进门还要撒个娇卖个萌。这些新近入伍的孩子，在妈妈的身边也是这样的吧？一穿上军装，就是个战士了，随时听从军号的召唤，刀山火海义不容辞。

说到孩子，领小孩儿的阿姨眼圈也红了。儿媳妇去大堤装沙袋了，儿子从他们挪到这儿之后就没再见过，昨天在视频中看见他站在水里指挥大家干活儿，嗓子都喊哑了。今天又在抖音看到一个救援人员泡发的双脚，心里真是受不了。都是爹娘的孩子啊……

二弟可能在电话那头听到了老人的话，告诉我他的同学也是本地人，在浚县淇门镇工作，也是抗洪救灾指挥队伍中的一员得力干将，曾在转运物资和撤离群众时三过家门而不入。眼看着老母亲在撤离的人群中白发飘飞，被邻居们搀扶着蹒跚上车；眼看着洪水冲进了自己的村庄，淹没了天地；眼看着自家的金毛犬在急流中挣扎……都顾不上了，也不容去想，反正那一刻啥都扔下了。

“自古滑浚是一家。”还是那个退休干部模样的老人说，“这大灾大难来了，天下人都是一家，该往哪儿泄洪国家有整体规划。这国家也跟当爹娘的人一样，得顾大局，哪个孩儿不好过都不中——咱老百姓呀，更应该互相理解帮衬。”

五

“胡同的水到腰里了！”一个年轻的妇女拿着手机，让大家看。

“不看了！不看了！眼不见心不烦，也不是一家的事儿，人人都一样，有啥法儿呢？安心吃，放心睡，政府不能让咱住外头哩。”

“这么一泡，老屋自是保不住了。三十多年了，墙底下都让老鼠掏空了。”

“泡塌了再盖新的，省得年年下雨年年担心。我推老头儿出家门时抽屉里的手镯也忘拿了，就那一件像样的家当。管他咧，人一闭眼啥都带不走。”阿姨一边说笑，一边推起轮椅上的老伴儿，“我们去大厅了，还得招呼着老头儿上个厕所，我这临老了又多伺候一个儿……”

两个志愿者赶紧跑来，接过了轮椅。

“姐，你看这段视频!”刚才那个拿手机的女子，朝我扭过头来。

这是一条7月23日上午11时发出的视频，文字解说道：7月22日晚，鹤壁市浚县新镇彭村的一处卫河河堤决口，屯子镇红岩运输抢险队的十几辆卡车紧急出发，支援抢险。他们将一车车40吨的石料倒入河中，但水势太急无济于事。附近村庄危在旦夕！为尽快堵住决口，救援人员紧急决定用载满石头的大卡车整车填堵。七位司机自发组成“敢死队”，开车冲向波涛汹涌的决堤处冒死驾车成功填洪！为保卫家乡，“七勇士卡车敢死队”拼了！河南必胜!

她说，23日下午，老公一进家门就一边换鞋，一边和她说起了这件事。据知情人讲，当时河水猛涨，水势湍急，卫河河堤决出一个三米宽的口子，半个小时内扩大了二十多米，一车车石料投进去，就像往河里丢豆一样不起一点作用。他们一口气开进去十辆装满石头的八轮大卡车和三辆公交车。其中带头投车的李永祥是第一次拥有自己的爱车，价值50万元，其他六个人也义无反顾。

其实，这每辆车的背后都是一个家庭啊。但是如果不堵住决口，不知有多少个家面临灭顶之灾，车没了可以再买，换了她也会毫不犹豫地冲进去。你看咱这儿的人，哪一个不是都想尽一份力，各行各业，男女老幼，都是自发为一线执勤人员送水送饭呢。

确实如此！我也了解到身边很多感人的事迹：一名小学生拿出了压岁钱，买来物资捐给救援队；一个年轻的妈妈留下3900元钱，拉着六七岁的孩子悄悄离开；那位为泄洪区灾民发动募捐的诗人朋友，三天瘦了五斤；一个在家休假的现役军人，毅然告别怀孕的妻子加入了“突击队”；一员村委老将大声疾呼“都跟我来”……

这时，父亲打来电话。雨停了，天晴了，他也想回去看看。我的老家不在滞洪区，据说田里积水正慢慢下渗，玉米减产是肯定的，但还不耽误继续长，损失不会太大。父亲已好多年不再侍弄土地，但他还是不放心，一定要见一见灾后的庄稼。

“咱这里呢？两次肥料都上过了，眼瞅着咯吱咯吱揪着长，等水下去怕是就不行了——”

“相信国家，相信党。中国现在强大了，哪个爹娘有能力会亏着小孩儿？”那位打比方的老人，再一次用父母子女之间的血肉亲情，道出了国家与个人的关系，“会有办法的，先安下心，只要有人在，水过去了啥都会有的！”

是啊，淹没的田地总会露出来，倒塌的房屋很快就会重建，为了上游城市的安全，他们舍得下万亩良田，丢得下一世家业。老人们脸上的皱纹，像河谷纵横的川流，仿佛无论涌来多大的灾难都能够一路浩荡，畅然入海。

“何谓家国？即是我们。何谓爱者？看我中原。何谓勇者？看我华夏。”

大灾大难面前，全体国人总能同披一身战袍，站在时代的洪流中相携而行，共担苦难。还怕什么呢？我鼻根一酸，差点流出泪来。

稍微平静了一会儿，我问大家有没有什么困难或者不满意的地方。好几位老人同时摆手，异口同声地说：没有！快去忙你的吧。

我只好笑一笑，转身走向别处。天已向晚，往常这个时候，校园里正奔跑着清一色的少年。而此时此刻，夕阳的余晖漫洒出金色的光芒，铺开一片锦绣……

（选自《大观》2021 年 11 月中旬刊）

一条河流的光芒

马万里

母亲在黄河边的草庵里产下了我，我的胎衣就埋在了滩上的沙里。很小的时候我就抚摸过黄河的波浪；一艘老渔船，载我到过三十里以外的集市，我身上的鱼腥味，是我另外的一个好名字。我用蚌壳做过项链，也用鱼翅做过木梳，整个河畔的大风，把我雕刻得有些随意。《黄河的女儿》是我写的一首跟黄河有关的诗，也是我生命经历的真实写照。“我是早上 8 点钟来到这个尘世的，我和太阳一起出生。因此我的身上遍布太阳的味道，我竟敢和太阳对峙，我和它是孪生……”这样大胆的句子我记在贴胸的小本上，不敢随意拿出，对于诗歌我仍需要十月怀胎、需要死亡的碾磨。当我跟随父母举家迁到城市后，五岁那年又被送回老家寄住，和表妹小菊去供销社买糖，她竟独自走了，糖没吃上我却迷了路，看着长得一模一样的草房子、篱笆墙，我走了好远好远，一条黄河拦住去路。我开始绝望，在这里没有人认识我，我想该从哪一个方向跳入河流……

我的老家武陟是处在悬河头，百川口。它守河身，据要地。

一直处于黄河文化的核心地带，又是在黄河、沁河交汇处，在黄沁河冲积平原上，地势平坦，水资源丰富，农业发达。被誉为中原粮仓、中国麦都。古老的黄河孕育了古铜色胸膛的男人和银盆大脸黄皮肤的女人，男人粗犷豪放，女人贤惠善良。男人拉纤、下河捕鱼、种地，风刮雨淋。女人奶娃、做饭、缝衣、做鞋，千针万线。他们喜欢圪蹴着端着粗瓷大碗呼呼噜噜喝几碗糊糊，或扑扑溜溜一碗捞面条下肚。他们常说填坑不要好土，黑面白面从不挑拣，没闲工夫小口饮茶，渴了，舀一瓢凉水咕咕咚咚下肚。这里的人祖祖辈辈都是热心肠、直脾气。滩上凉快，随意铺张凉席就能享受河风吹拂，然后望着满天星斗慢慢入睡，梦里梦外都是黄河涛声。我尤其喜欢老屋，喜欢在夜里睁着黑夜的眼睛，喜欢看阳光透过木格窗上的纸昏暗地照进来，那光亮是朦朦胧胧的、带着诗意的，慢慢地在墙上游移。迷迷糊糊中，一群翠鸟啼亮天空。现在，一个镜头时常在我眼前闪现：一个小闺女儿，站在木窗前，踮着小脚丫，伸出一根手指头，蘸一点儿唾沫，慢慢洇湿窗格上的白纸，捅破一个小洞，然后黑亮的大眼睛，从那个破洞里看黄河东流。

滩上的玉米拔节时，有一人那么高，一到晚上，夜黑风高，伸手不见五指，我们这些半大的娃娃常在那里玩游戏，那时精力多么旺盛，堂弟在滩上扯着嗓子喊："鸡鸡翎砍大刀，我的兵力谁来挑？"对方的一个小男孩更是毫不示弱鼓着小肚子仰头大喊："鸡鸡翎砍大刀，你的兵力我来挑。挑谁挑王奎……"喊声震天动地、黄土四起……

七岁那年，我和五婶家的小忙在滩上打过架。河滩上的风光很秀美，偌大一片洼地青色碧透，中间一条大河蜿蜒向远方，太阳下闪耀出粼粼白光。清风徐徐，蒲草摇曳，我坐在一棵大树下遐想，这时小忙过来了，非说我抢了她的风水宝地，不由分说把我推起来。我是一个倔强的孩子，非要和她理论，她说不过我，就搂着我在地上打滚儿。那时我瘦弱，她高大，她不仅强势而且还有姐姐白妞帮忙，我被她们压在身下哇哇哭。是村里的拳师过来把我领回了家（那时他除了种地就是教拳），后来我就喊他叔叔。叔叔是武术世家，父亲早年在开封打过擂夺过冠军，在山西一带很有名气。每晚我都喜欢看叔叔教太极拳，那时练武术有诸多规矩，他也有“五不教”：心险者不教，好斗者不教，清陋者不教，狂酒者不教，骨肉纯软者不教。而且还有女孩儿不教。但叔叔怜惜我，打破陈规收下我，成了我幼年时候的拳师。每晚练拳十遍方可睡觉，那时叔叔的笑容是我童年生活的阳光。只可惜，我跟叔叔只练了两年太极拳。

九岁那年村里发生了意外事件，那是夏天，大队喇叭里发出声响：汛期将至，为防黄河泛滥各家各户需上交树枝若干。滩上的娃娃皮实、野性，从来不知道胆怯和瞻前顾后。那个中午大人们都在睡午觉，比我小一岁的堂弟光着脊梁别把菜刀噌噌地爬到一棵大榆树上，许是他站立的树枝不胜重负，砍着砍着就像一道突然划过的闪电，像一个巨大的惊叹号，一只中箭的飞鸟扑通一声跌落在猪圈外的一块石头上。娘娘被人喊来，怀抱儿子哭天抢地，我急拽娘的衣襟，快送医院啊。娘摇头，已经没气了。大热的天我看见一帮人给他穿越冬的棉袄、棉裤，邻村的小木匠也被请来了。那是我第一次目睹死亡，我在场，触目惊心。那个活蹦乱跳的小堂弟、童年时的玩伴就这样一瞬间没了，从此小棺材一直在我眼前晃动。那时我固执地认为堂弟是作为一种献祭，替全村人上交了树枝。果然，那一年汛期，黄河没有泛滥，极为安详。

暑假过后我被父亲接回城市读书了，这里成了我不忍回眸的伤心地。在乡村，任何一种意外都会在时间的流逝中慢慢消失，河流会带走一切，气力和心劲儿让滩上人家生生不息。

这样一晃就过了几十年，我一直无法克制荒草般纷杂的怀念，关于童年的、故乡的、一条河流的所有过往。庚子年暮春时节我和几位诗人去黄河滩采风，几十年没回滩上了，一时竟不认了路。借助导航来到大封镇董宋村，近在十几米处竟然没认出来接我的叔叔，问路口一妇女，拳师家搬哪里了？她指指站在东边路口的那个人，并问你们是来学拳的？看到叔叔的那一刻，我简直不敢相信，岁月怎么在他脸上烙下那么多印迹，尤其是他嘴里右上侧半边的牙全都掉了。之前我是知道叔叔曾在省里的武警支队做教官的，是陪练摔的，还是打比赛时不小心磕的，还是被虫蛀的？我不忍问叔叔，怕在他的伤口上撒盐巴。也不敢和他对视，避开他时我的眼里泪花闪闪，心感觉隐隐生疼。年轻时的叔叔在我心中是多么高大威武神圣啊！都怪我这么多年只顾埋头过自己的日子，从没想过叔叔怎么过岁月。我怎么忘了时光不会老，天地恒久，但人是会老的。怎么忘了

“落叶归根”这个词。村里的年轻人都外出打工了，而叔叔却回来包了近两百亩滩地过起日出而作、日落而息的农耕生活。但直到走进叔叔家里，看到院里有小奔马、三轮车、大板车，还有一棵老杏树，繁花已然落尽，此时正绿意蓬勃，墙上贴着“满院春光”的字条，让我们疑似来到了桃花源。这时我的心才稍微好受一点儿。大门口有细狗，也有金毛，有大鹅，也有芦花老母鸡，我们一同来的李庆保老师五岁的女儿李奕璇对鸡唱歌，感觉眼前的女孩那么熟稔，不就像当年的我一样吗？假若时光能够倒流，我真愿回到旧日时光永远纯真无邪。婶娘喂鸡、狗、鹅时我猛然发现它们吃的竟然是煮熟的怀山药，怪不得它们都生长得那么健壮、毛皮光亮。

叔叔带我们去滩上看河，由于有军事演习，我们被堵在第36坝上，据说这一大片原是一个古渡口，曾经特别繁华。但今天却没有看到古渡口的牌子，也没找到那只老木船，所以再也寻不到当年的那双小脚丫了。饭晌到了，滩上人纯朴厚道，叔叔把我们领到“坝上人家”餐馆吃饭，还请来村里的一位老人来给我们讲黄河滩上的故事。老人今年已经七十多了，他是恢复高考后第一届大学生，一生教书育人，桃李满天下。他穿着一件黑棉袄，慈眉善目。他告诉我们，北至太行、南至邙山都是黄河故道。据说，清末时期黄河在我们村外边流，挨着赵庄大堤，从驾部出来就是码头了。黄河十八湾，湾湾住神仙。在我们这里是沿河十八村，西起董宋，东到方凌。现在我们所处的位置之前不叫坝，乡人们喊老沿儿。传说很久很久以前村里有父子两人在滩上犁地，父亲在后边扶犁，孩子在前边牵牲口，孩子淘气，边犁地边蹦跳，犁到半晌，突然嘎嘣一声响，犁出一把锈迹斑斑的古剑来，孩子兴起，挥剑玩耍，牲口受惊吓，执意罢工，父亲怒吼，孩子才把剑扔在了这里。据说这把剑就是大禹治水时放的避水剑，所以黄河一流到老沿儿处就不再流动了。

老人还说，小时候我们一帮小孩儿一下学背个筐在滩上野跑，滩上蒲草茂盛、遮天蔽日，有六七尺高，若隐匿其间，只要不发出声来，根本看不见人影晃动。蒲草不仅能编席，最主要的是能打捆瓷器或陶器的那种绳。我们这里家家户户都打草绳卖钱。滩上有成群的白鹭、野鸭、大雁，自然生态相当好。那一年，我们公社来了一位领导，去外地学习回来后，用拖拉机将黄河滩沃野千里的蒲草全铲了，光我家就拾掇出来八亩地，用来修桥。记得1968年我们全村人翻淤压沙，把泥沙挖一两米宽，用黄河泥把不好的地给覆盖住。整整挖了五年之久，终于换来良田沃土。我们开始在上边种西瓜、甜瓜、花生、红薯、棉花。黄河滩上的西瓜又大又甜，远近闻名。以前黄河没有堤坝，大坝是1970年开始修的，没修之前，我们这里的庄稼成麦不成秋，一夜之间就会被汪洋大水吞没，村里人连睡觉都支棱着灵醒的耳朵，大喇叭只要一响，全村老小都跑去堵水。所以20世纪六七十年代，每到汛期村村都有交树枝的任务。

我们村还有个很著名的古迹叫“鸳鸯山”，一听“鸳鸯”二字你们立马会联想到男女情事吧，其实不然，这是一个有关怀山药的传说。“鸳鸯山”没有山，它指的是山墙，就是我们村里的一座道观，里边有个玉仙庙，庙里有一个大殿，大殿里的两面山墙，一面是土垒的，一面是砖砌的，故称“鸳鸯”。道士在庙后种了两亩地的怀山药，这里的怀山药据说是我们怀府八县最著名的。凡经营怀山药的人都知道“鸳鸯山”的传说。我赶紧问叔叔，咱家种的山药也属于这两亩地上的吧？叔说那肯定是。我问叔，你小时候，最想做的事情是什么？他说就一个字：“逃。”他说小时候父亲教拳极严，早上不许睡懒觉，只要不起床，他也不喊我们，就拿树枝蘸水打屁股。那时顽皮就想能逃出来玩一会儿多好啊！叔换过话题说，这位老人家不仅学识渊博，而且还很慈善，他默默资助一个贫困孩子上学的事迹在村里传为佳话。老人摆摆手说没啥没啥，不值一提。我们很问他才说，村里有个十几岁的女娃娃，因母亲下世，父亲年老丧失挣钱能力，眼看着小学都读不完。她学习好又是班里的班长。有两天没来上课，班主任让同学把她喊到办公室，班主任问，为何不来上学？她说，家里没钱，上小学还行，初中谁来替她缴学费呢？我当时就坐在那个老师对面改作业，忍不住说，娃娃啊，我资助你。我怕她辍学后也像村里没文化的人一样寻个男人生俩娃一辈子在滩上过苦日子，把娃的前程给毁了。就这样我一直替她缴学费、生活费，读完初中上高中，现在正读大学。女娃说，还想继续读研究生。我说只要想读书，我会一直资助下去的。其实老人家家里也不富裕，也有老婆孩子，但这就是滩上人家，纯朴善良……

流年暗转，多少旧事如梦。现在想来儿时是一段多么美好的时光，多么难忘的田园生活，我们一帮小孩儿上树摘果，下河摸鱼，下田偷瓜，追鸡撵狗，还趁着最后一群麻雀赶着最后一缕霞光扑棱棱飞向树林时，我们在滩上一字排开踢天蹦地练拳……

其实，我知道走南闯北这么多年，我的心从未离开过黄河滩。每当生活惨淡、举步维艰、危机四伏时我就想去黄河滩坐一坐，那里的辽阔和安详常常给我继续前行的勇气和力量。一辈子，说长不长，说短不短，但总有一条大河在我心里缓缓流淌。多想穿越重重时光，能再次站在蒲草前，感慨万千。我相信自然神奇，万物有灵。我想无论如何它们都会穿越光阴再回来的，一定。

老了，就哪儿也不去了，就像叔叔那样静静地守着坐北朝南的小院，在滩上种棉、种瓜、种花生，守着一条黄河慢慢变老……

（选自《牡丹》2021年4月上半月刊）

秋日桂花冬日梅

祁　娟

我站在窗口的侧面，躲开正午咄咄逼人的阳光，望着远处深沉孤寂的独山。独山把半截身子探进高天流云里，似乎尽力躲避着什么。

山脚下是城市的锦绣繁华。匆匆忙忙的人流，来来往往的车辆，好像在追逐，又好像被追逐；林立的高楼，彼此独立，又彼此牵引，克制隐忍，又无所顾忌。到处都是植物，蔷薇和月季开放得恣意放纵，栀子树亭亭玉立，桂树则忘乎所以地朝窗前涌过来，几枝桂花柔软明艳，灿如锦缎，将香味释放得惊天动地。

阳光奔放地洒过来，叶片的背面却有些阴郁，有一种心绪便和着暗香，深深浅浅地浸入肌肤，浸入心底。

有时候，人的念头完全不受控制，在脑海里稍稍触碰一下，便如蒲公英经风撩动了一般四散开来。我毫无来由地想起了安，我的一个画家朋友。已经有好长一段时间没有见面了，安的后院里也该是秋意盈怀、暗香浮动了吧？

与安初见，也是一个薄暮低垂的黄昏。那时我刚从国外回来，在东城买下这处寓所，因为地处郊外，僻静得有些清寂。出门走过不长的一条小路，是一条从远方来又流向远方的小河，河边是茂密的蒹葭和蓼草，白絮红花，纵情恣意；有高乔矮灌夹杂其间，高的是金桂丹桂四季桂，矮的是月季蔷薇野玫瑰；有蛐蛐和蚱蜢轻快地跳来跳去，还有不知名的秋虫在浅吟低唱，倒是合了我当时消极遁世的心境。

散步时，经过一处院落，大门敞开着。门口坐着一个身材颀长瘦削的男人，面前支着一个画架，一手拿着画笔，一手拿着调色盘，脚下是几十支管装的颜料，他正把门外的风景往他的画布上搬——落日、晚霞、树林、河流，循序渐进，层次分明。我停下脚步，静静地站在那里，看他复制秋日美丽的傍晚。许久，他回过头来看我。是一张沧桑且布满疑虑的脸，目光中透出短暂的抗拒和抵制，好像我是个贸然闯进他风景里的不速之客。似乎有一声叹息，很轻，又有些无奈。之后便扭过头，继续在画布上着色。

初秋的傍晚，依然燥热，我看到他白色的衬衫已然湿透，有些卷曲的长发湿漉漉地披散在肩上，几绺碎发遮挡了他的眼睛。他甩了一下头，湿发依然固执地贴在他的额前。一瞬间，我有种想上前替他撩起的冲动，终是陌路相逢，没敢轻举妄动。又是一声轻叹，他放下调色盘，腾出一只手，伸出一根指头将它们勾起，分别挂在两侧耳后。

我看见了他紧锁的眉头和满眼的不耐烦，便转身离去，画布上的景物却一直印在脑海里，心想，那画上的草丛树林间，是不是也有唧唧虫吟？那河边的石头上，是不是也有呱呱蛙鸣呢？又想，做个画家真不错，可以按照自己的心情取景，还可以把自己的心情和风景无限地放大……

刚刚回到这座城市，没有朋友，父母那里，每次去了也都是老生常谈的话题，慢慢地也就不耐烦了。倒是河边那条小路，给我常去常新的感觉。四季轮转，界限分明，让身边的景物和色彩，以及人的心情都迥然不同。

此后的日子，我依然经常去河边散步，每次经过画家的门前时，总会不经意地放慢脚步，只要他在门前作画，便会停下来默默地看一会儿。有几次他侧过头看我，目光里已经没有了抵触和戒备。我看到他把秋天的美景都收留在他的油画里，大片的缤纷，大片的明黄绛紫，一派奢华，淋漓尽致；画布上的静物似乎有了生命，在各种颜色的调配下，都变得有灵魂了；而那些蝴蝶、蜜蜂、青蛙、蚱蜢都不再安分，好像要飞起来、动起来。这是个丰盈的季节，令人目不暇接。

日复一日、循环往复地在老路上行走，目的渐渐清晰而明确，似乎只为与他和他的风景邂逅，只为让一次偶然成为必然。

终于有一天，他在画布上涂完最后一笔，说，秋收冬藏，又一个季节结束了……声音喑哑，却充满磁性，像远处独山的回音。这是第一次听见他开口说话，我不确定是说给我听还是自言自语。

喜欢吗？他又说，但没有回头。

这下我知道他是同我说话了，便点了点头，心想，接下来他会说什么呢？不会把这幅画送给我吧？

来，帮我把画抬进去。他说得不容置疑，好像我们是稔熟多年的老友，或者干脆把我当成他的画童了。

奇怪的是，我竟没有一丝不悦，欣欣然与他一起抬起了画架。

这是一座两层小楼。一楼除了厨房和卫生间，就是一个大厅。大厅一隅，杂乱地堆着木条、电锯、电刨等，显然是他做画框的地方；另一隅，是大捆的画布和成箱的颜料；迎门靠窗的墙上，挂着五幅油画……我们把这幅未及装框的新作，放在了那五幅画的下面。放眼望去，这几幅画作都是秋天的景色，从初秋，到仲秋，又至深秋。最后这幅画的落款是：安·2007年·霜降——显然，“安”是他的名字，而这六幅画，是秋天的六个节令。难怪他说“又一个季节结束了”。只不知道安是否画了2007年的春天和夏天，是否还要画这一年的冬天。

谢谢你。他说。这是他第一次看着我的眼睛说话。

我笑了笑，心里说，你早该谢我了，我陪你走过了整整一个秋季呢。

下面太乱了，走，上楼去，我请你喝茶、吃点心。他似乎听见了我的心语。

二楼有几个房间，房门全都关着。客厅不大，中间放着一个茶台，原木的，应该是一截老树的根部。玉的茶壶、茶盏，从玉色和质地看，是当地的独山玉。只有矿泉水桶和烧水的电热壶，透着现代气息。

趁着烧水的当口，安从柜子里拿出一个髹漆的食盒。三层抽屉，第一屉是晒干的桂花，暗金色花朵，沉默如熟睡的魂魄；第二屉是层黄层白的桂花糕，黄色的是桂花，白色的是糯米粉，还未入口唇齿间就有了软糯的感觉；第三屉是几个深色的小瓶子，看不清里边装的什么。

我请你喝桂花茶。安用茶匙取了些干桂花放进玉壶，又打开一个小瓶子，拿调羹挖出瓶里的东西放入玉盏，说，糖桂花。

我说，是桂花糖吧？

不，是糖桂花。安纠正我说，桂花糖是用桂花做的糖，是糖，糖桂花是用糖腌的桂花，是调料。

水开了，安把开水沏进了玉壶。刹那间，沉睡的桂花醒了，寒蕊绽放，暗香浮动，“疑是月娥天上醉，戏把黄云挼碎”。

安盖上壶盖儿，又在几块桂花糕上插了牙签，说，尝尝，我自己做的。

我扦起一块桂花糕，小小地咬了一口。软糯的想象立刻变得真切，米粉如雪，在舌尖迅速融化，细如米粒的桂花，在口腔灿然开放。

真是你自己做的？我嘴里含糊着问。

是我做的。安说着，把玉壶里的桂花茶冲进了玉盏。

盏里的糖桂花得了热汤的滋润，瞬间化开，清香，沉香，蜜香，袅袅地氤氲升来——不是人间种，疑从月里来，广寒香一点，吹得满山开——唇齿口舌之间，立马充满了各种奇思妙想。

这都是江南的茶饮、茶点，你怎么会做？

哦，我太太是江南人，跟着她学了点皮毛。安把一盏茶推到我面前。

你太太……是江南人？

我们是浙江美院的同学。安说，文化意义的江南，特指杭嘉湖一带，可不是江南人吗？

我恍然记起去灵隐寺游玩时，见满觉陇到处都是桂树，树下大大小小的瓷坛上都贴着纸贴，那时没有看清以为写的是“桂花糖”，现在想来应该是“糖桂花”了。只是，这漫长的一个秋季，怎么从没见过他那位江南太太呢？心有疑虑，但没有深交，不便多问。

接下来说起美术的话题，从文艺复兴到拜占庭，从伦勃朗到毕加索。安的话不是很多，基本上是我问他答。我问的时候，他便端起玉盏呷一口茶；回答过了，便放下茶盏，似乎等着我下一个问题。透过淡淡的水雾，我看到他轻皱着眉头，目光若有所思，好像在回忆什么。

窗外有几枝黄栌，树叶被严霜染红，高低错落，参差交织，枝叶切割出不规则的弧线，在寥廓的天地间里自由且随意。我相信这一切定是冥冥之中安排好的，不然怎会如此宁静、和谐？无意间走进这个秋天，就和这盈盈的秋意撞了个满怀。

安是我回到家乡认识的第一位朋友，也是我在东城唯一的朋友。他是个奇怪的人，有时天天在门口作画，有时几天闭门不出，有时好长一段时间都不知所终。

进入深秋，寒意渐浓，因为要赶一篇稿子，我出门少了。其实，并没有谁催我，是一个秋天的酝酿，太多的思绪已成熟如枝头的果子，被心跳从胸腔里一枚枚弹出来，等待我去收获。文字之美如秋天之美，带着迷人的香气，我被它们诱惑得欲罢不能。我用文字来表达心中的万千沟壑，表达喜欢的一切，当然包括对这个季节的感悟。

东城的秋色庞大、丰盛，枝头的果实汁液饱满。风呼呼在耳边响着，高过头顶的蓬蒿在风的带动下，像混浊的波涛起伏不定。好几次路过安的门口，都是院门紧闭、大门落锁。只有二楼阳台上挂着的两串硕大的紫色风铃，在风中发出寂寞的碰撞声。我抬头望着那紫色的风铃，想，这个神秘的家伙会去了哪里呢？是在山水间游荡，用他笔下的色彩还原生命的本质吗？

那天午后，刚刚转过一处拐角，就看到安靠在门前那棵桂花树上，嘴上叼着一支烟，烟雾在脸前萦绕，让他的面孔看起来模糊不清。近了，见他眯起眼睛，好像酒后带一点点微醺，青白的脸颊透出些淡淡的酡红。

等你呢。安笑着说。

等我？我反问，心中暗自窃喜。

是呢，我有事求你。安说，求人先诚心，走，我请你品茶。

进了安的小楼，那幅画已经挂起来了——三面墙上都挂满了画，春、夏、秋三个主题，每个主题都是六幅画，从立春到霜降，共十八个节气，独独少了冬季的。

怎么少了一个季节？我问。

冬天不是还没来吗？安说。该来的总会来的，该有的也总会有的。

说吧，什么事求我？

上楼吧，一边喝茶一边说话。

还是那张茶台，茶具却换了，是天青色的汝瓷盖碗。安用开水把两只茶碗烫了，又打开茶罐，用茶匙从中取出些许茶来。是一粒一粒的茶珠，像墨玉一般。他把茶珠放入茶碗，提起水壶，将开水冲了进去。一粒一粒的墨玉般的茶珠，在茶碗里旋转跳荡。盖了碗盖，还能听见细碎的声响，似乎有人在掩嘴窃窃地笑。须臾，打开碗盖，那原本一粒一粒紧缩的茶珠已舒展开来，有模有样了。

哈，像新生的胎儿呢！我不由得赞叹。

这茶本来就叫珠胎啊。安冲我点了点头。

珠胎，我的心竟像那茶叶一样漾了起来，想到一个词——珠胎暗结，差点儿笑出声来。为了掩饰暧昧的心理，赶忙端起茶碗。

素色的茶碗在汤色的映衬下泛起嫩绿，竟如一泓碧玉。刚把茶碗凑近嘴边，就闻到一缕暗香，没有一丝夸张，却又真真切切，浅浅地啜了一口，那暗香便弥漫于唇齿之间，风一般荡涤了口舌中的污浊之气。清风洗耳，枕石漱流，怎一个“妙”字了得！

我要去杭州待一些日子，楼下那些画想托你照管。安说。

画也要人照管？再说了，我也不懂画……

是这样的，那些画我都挂在网络上了，遇到买主我就通知你，你只管按图索骥，给人家取画就是。安说。

你还卖画？我吃惊地瞪大了眼睛。

我也是肉身凡胎，也要吃饭的啊。安说。还有儿子，明年该上大学了，我也得尽当父亲的责任。

你还有个儿子啊……我说。

瞧你说的，难不成我就该是个孤家寡人？安笑了。

哦，哦，差点忘了，你有个江南女子呢。我也笑了。冬天到了，接下来就是春节，你这是去杭州跟他们娘俩团圆的吧？

算是吧。不过，兴许还会有别的事情……安把眼睛看向了窗外。

安的太太和他是美院同学。太太学的是工艺美术，毕业后先做珠宝设计，有了名气后又开始做珠宝生意，长期往来于香港和欧美。按照太太的意思，是想让安也去杭州生活，专门高仿世界名画，以她在生意上的人脉，价钱和销路应该都不错的。可安坚持着他的追求，执着于原创风景，坚决不肯出卖自己的艺术，只是在业界一直不温不火，画也卖得不太理想。后来，安就离开杭州，回到了北方这个小城，他不想陷入那些无谓的纷争。安的日子常常捉襟见肘，但他从不后悔，也不曾懈怠，常把自己放飞到有风景的地方，让风景嵌在心上，用画笔一笔一笔呈现在画布上。

这是安第一次跟我谈起他跟太太的生活，如果说这种无法妥协的天各一方还算生活的话。

安说起自己的往事，口吻平静，双手洒脱地抱在胸前，眼睛一直望着窗外。外面黄栌的枝干上，大部分叶子已经落去，只有树梢的顶端还留有一片，浸透寒霜，殷红如血，在寂寥的天幕下纹丝不动。

夏天，安的太太带儿子回来过一趟。太太说要画画也行，让他去南方开一家画廊，这样全家人可以厮守在一起。安摇头拒绝了，说这里是他的原乡，是他艺术灵感产生的土壤，他不能成为无本之木、无源之水。太太略带苦涩地笑着说，你好好想想吧，这是我最后一次求你了。脸上带着笑，眼里却流露出决绝。他们谁也无法说服谁，太太就带着儿子走了。安把他们送到了机场，与太太和儿子拥抱之后，看着他们进了安检门消失在人流中。他们依然相爱，却无法在一起生活。

这座城市虽然寂寞，可能她离开之后会更寂寞，但我不想离开。安说。我喜欢这里的空气，喜欢这里的四季。

那你这次去杭州……想好了？

还没想好。去杭州可以继续想，在哪儿都可以想的。

我说，也是，至少全家可以过一个团圆的春节。

是的。不过，主要还是为了儿子。安不无自豪地吐出一个蓝色的烟圈，陷入对儿子的回忆之中：儿子太像我了，从小就喜欢画画。他那稚嫩的小手第一次触摸我画上的桂树，问叶子是怎么长上去的，为什么是绿色，而不是巧克力色或者别的颜色；儿子第一次握起画笔，画了一个太阳、一个月亮挂在树上，明晃晃的，大而圆，还有眼睛和嘴巴，说一个是爸爸一个是妈妈，明显是一个孩童的想象力，是儿子对团圆的强烈渴望……

你儿子将来肯定也是一位优秀的画家。我由衷地赞叹。

这正是我太太担心的事情，怕儿子成为另一个我。她想让儿子报考珠宝设计专业，可儿子想上美院。安再次强调，儿子太像我了，虽然大部分时间天各一方，可距离并没让儿子疏远我，每次我风尘仆仆地下了火车，站台上一定站着儿子欢喜的身影，才十六岁，已经高我半头了；回到家里，会迫不及待地取出他画的油画，让我指点。我这次过去，就是想说服太太，尊重儿子的选择。当然，我也会尊重她的选择……

她的选择？我望着安眼角深深浅浅的沟壑，心想，他太太还会有别的选择吗？

安去杭州的日子，我在电脑前写着可有可无的文字，眼前经常会浮现出他微笑的样子，薄薄的唇角扬起来，明亮的眼睛成了弯月。有时候，会抑制不住地走到安的小院跟前。那扇门依然锁着，我有钥匙，但一直没有安的消息，就不便擅入。也就是说，安的油画一直无人问津。

杭州的冬天是什么样子呢？“绿蚁新醅酒，红泥小火炉。晚来天欲雪，能饮一杯无？”安有那个江南女子陪着，吟诗作画，踏雪寻梅，这个冬天一定过得非常惬意吧？又想，安的太太会尊重儿子的选择吗？而她自己又会怎样选择呢？

四季轮回，大自然从不矫情，只是循着自己的节律，将永恒的坚持释放出来，有时会制造出意外的惊喜，终归是什么样的季节，就会有什么样的姿态。就如我手下的文字，大部分时间，我酝酿着它们，想找个地方安放自己的心情，可总有些调皮的字词会出来捣乱，狡猾地溜来溜去，纷扰着我的思绪。我无可奈何地看着不期而遇的文字，看着它们如水草般纠缠不清。然而，我还是一如既往地热爱它们，如同安热爱他的油画，只问耕耘不问收获。

腊八那天，下雪了，纷纷扬扬的雪飘了一夜。凭窗伫立，远处的独山成了一座玉雕，晶莹得有些失真；近处，高乔矮灌，一律玉树琼枝，楼宇房舍，统统银装素裹。季节按照自己的心思，建造了一座童话城堡。如此美景，自然不能辜负，便穿了棉衣，扑向外边的寒风，甘愿迷失和沦陷在洁净、纯粹之中。

世界沉浸在莫可名状的欢愉当中，从远处飘来清悦的音乐声，穿透时间和距离，随风鼓荡，飘然如梦。走在河边铺满积雪的小径上，身后留下两行深深浅浅的脚印，如同电脑屏幕上跳动的字节。

远远地，竟看到了安！

安穿了一件深红色的长款羽绒服，在雪白的背景上，如一团燃烧的火焰。他依然靠在门前那棵桂花树上，嘴里叼着一支烟，眯着眼睛，看着我走来的方向。

我的脚步快起来，身子轻盈如跳动的夜萤。

我回来了。安说，身体竟没有离开树干。这两天一直在等你呢。

等我？等我做什么？我心里突然有种莫名的委屈。

走，我请你品茶。安离开了那棵桂树。

又是喝茶。第一次他请我喝了桂花茶，第二次是叫珠胎的青茶，这一次会是什么茶呢？

我没有说话，跟着安进了大门。他没有上楼，却把我领到了后院——那里，竟灿烂地盛开着一树梅花。白的梅，红的梅，绿的梅，一棵树上竟开着三色梅花！昨日的雪，等在今日的梅树上，掩盖了枝条，让那花朵显得颇有意味：是在恭候他这个远归的主人，还是迎接我这个迟到的客人？

安把一个干净的钧瓷笔洗交给我，自己拿了一支大毛笔，将梅花上的积雪轻轻扫进笔洗里。

这是——要扫雪烹茶吗？

寒梅凌雪，却一点也不觉得冷，安的脸上始终浮着一抹笑意，暖着梅花的香气，氤氲在不大的后院里。

本来想问他为什么没在杭州过年，想问他儿子做了怎样的选择、太太做了怎样的选择，却觉得此时此刻，这样的话题实在与眼前的氛围不太融洽。还想问为什么漫长一个冬天都没有他的消息，为什么没有人买他的画，又想，既然他无意较于锱铢，我何必败坏这“取雪烹茶”的雅兴？

远处的乐声突然大了起来，火花似的四处迸溅，而安在一笔一笔地勾画着梅花，勾画着雪花……

（选自《西部》2021 年第 4 期）

舅舅的婚恋

范子平

姥爷临近解放时奋斗成为一个小地主，但还没有到解放就去世了，土改并没有把姥姥划成地主分子，我舅舅就更不是，解放时他才六岁。但既然家是地主成分，要想不受影响也是不可能的，最主要的就是处处低人一等，要找媳妇十分困难。那时候舅舅这样的青年很多，光棍一大片。大政策如此，他们也都没有怨言，舅舅就更没有。

舅舅肤色偏黑，但挺直的身材加上剑眉秀眼十分耐看。他从小爱画画。刚上初中，美术老师就发现了他画画的天赋，很喜欢他，没少指点和讨论。但舅舅没能上高中，初中一毕业就回生产队劳动。除了低眉顺眼干农活，就是义务给人画像。他画得逼真生动。那时候照个相不容易。有时候舅舅黑天昏地才锄地回来，还没顾上吃饭，就被来画像的人围住了。

秋忙后舅舅跟生产队的人去做工。这次做工是修黄河堤。秋末冬初，刮着冰凉的西北风，雨声淅沥沥不断。当时很少有人买得起胶靴，就是挽起裤腿赤脚踩在泥泞里。挨边的工段是我小姨父村里的。他们村还来了几个闺女，刚来时还有咯咯的笑声，阴雨连绵中很快就沉闷了。

舅舅他们住在一个草棚里，那天有人喊他说有人找。舅舅好奇地出来，面前是一位很漂亮的女孩。好像强光刺了眼，舅舅赶紧低头。女孩絮絮叨叨说着，舅舅一句也没听清，转身往回走。女孩说，你回来！听我说完！舅舅就听话地站住。

原来，工地指挥部要从民工中选个宣传员，就是写标语还有画宣传画。她报了名，图的就是能躲几天重活儿。可写大标语、画宣传画她真不会，她听说过舅舅画像的名声，冒昧地跑来让舅舅帮忙。会事的女孩，已托人偷偷找过了舅舅村里领工的干部。他们让女孩自己跟舅舅说。

舅舅白天繁重的劳动一点也没减少。晚饭后工伴们都是扑通倒下就睡，舅舅还要急急地赶到村里的小学，帮女孩写标语、画画。女孩的目光热乎乎的。舅舅却像一个木头人，只知道机械地写和画。他不敢抬头看女孩的容貌。他感觉到美的诱惑，可眼前更像是大海的漩涡，一不小心就会被吸进去，进入万劫不复的境地，村里有过很悲剧的前例。

不好的风声还是传出去了。工地副指挥长握着手电筒到小学来了。灯光下舅舅正用铅笔画空格子，女孩往里刷墨写标语。两个人隔着两个学生的桌子。副指挥长眼里有刀子，盯住舅舅问，你是谁？女孩说，我表哥，给我帮忙。副指挥长问我舅舅，这是你表妹？舅舅有点儿惊慌，吭哧半天道，表妹？女孩伸出手指头，气愤地点到他额头上：你个傻瓜蛋！

女孩第二天就被撤了宣传员，回去抬泥蔸了。我舅舅也被大喇叭吆喝了几天，说他搞拉拢、腐蚀活动，但没有抓到现行，有惊无险，一回到村里此事就不提了。

没几天我小姨父来找舅舅：天上掉馅饼了！原来女孩到家就打听我舅舅，要嫁他。我小姨父当然乐得其成，就自告奋勇当媒人了。

女孩的家庭成分是贫农，她哥哥在新疆是解放军的连长。她的父母首先就不同意。还有她家的亲戚、朋友，有的苦苦相劝，有的冷嘲热讽。还有不怀好意的人去她家中伤我舅舅。但我小姨和小姨父站出来了，到女孩家说："要说就是成分不好，可论人品和能干，几个村都没有人能比得上他的。"女孩泪眼婆娑地跟父母说："不就是一个成分？前边是火坑陷阱我都认了，我一脚踩上就不会再回头。"她当军官的哥哥开始也劝阻过她，但往来几次信后，被她说服了，给父母来信说："只要妹妹喜欢，只要她顺心，您二老就随她吧。"

结婚那天，怀着各种心思来看热闹的，可谓人山人海。女孩乌黑发亮的剪发头上别着一个红色的发卡，脸颊上满是幸福的红云。她从生产队派出的马车上轻捷地跳下来，从人群让出的夹道里步态轻盈地穿过，大大方方地跟舅舅并排而立，向农家小院土墙上的领袖像三鞠躬，走进了我舅家低矮逼仄的土坯墙老房子，成了我的妗妗。这一进门就是三十多年！这不是梦，世上总有出人意料的人生境界。我敬爱的妗妗从此就跟舅舅踏踏实实地相濡以沫过了一生。妗妗她性格温和，勤劳俭朴又真诚助人，赢得乡邻的交口称赞。

妗妗五十多岁就陡然得病去世了。葬礼上，高音喇叭反复放着情歌：“妹妹你坐船头，哥哥在岸上走，恩恩爱爱纤绳荡悠悠……”头戴孝帽身披孝衣的我苦苦地想，这是葬礼啊，怎么能放这样的歌曲？但反过来一想，这歌还真是我舅舅和妗妗两人感情的写照。

（选自《大观》2021 年 5 月中旬刊）

血脉清浅

刘　帆

姑姑佝偻在轮椅上，一根带子系在胸前，人似乎又小了一圈，比春节时见到的模样又苍老、迟钝、萎缩了不少。也许是感觉有人来，她的眼睛努力地睁开，嘴巴瘪了进去，说着含糊不清的话，一句三两个字，往外使劲而又无力地挤着。

姑姑是两天前被送到养老院的。

作为娘家人，每年中秋，都要给出门的闺女送月饼，春节前，也是要送些过年的年货的。每到这个时候，既幸福又痛苦——幸福的是能见到亲人的笑脸，而痛苦的是这个过程，采买礼品并分送，很耗精力。但作为晚辈，我还是有这个情结，一定要给家族里的老人行行孝心。

因老家族里有人办儿女亲事，就拉着父亲回老家，让他也能见见故人，说说话，散散心，顺便把该送的月饼也一并送了。在返回的路上，联系了表哥，知道他们把我唯一的姑姑送到养老院去了。姑姑有三个儿子、一个女儿，原来是轮流住在三个儿子家，逢年过节时，姑姑住谁家，我就去谁家看她。而这一次，只有到养老院去了。

我和爱人、大哥，陪着父亲，去了养老院。大铁门一直关闭着，据说是怕老人跑出去丢了，可能也曾经发生过这种事儿。见有人进来，院里边坐着轮椅的一些老人齐刷刷地把目光投过来；看到不是来找自己的，又马上黯淡下来；见我们又往楼里走，外边的老人眼光中便又充满了羡慕，眼巴巴地目送我们进去。

楼道里坐满了老人，上了二楼，也是这样，似乎比外边的老人更垂垂老矣，僵直着身子，表情木讷，暮气沉沉。我在楼道最西头找到我的姑姑，我们走过去，站在她面前，不说话，期望她能认出我们来，然后像以往那样惊喜。但她混浊的眼神里，只有默然和漠然。姑姑的轮椅后边站着一位大嫂，显然是工作人员了。大嫂见到这种略显尴尬的场景，便问，她是不是你的亲姑姑？我说是。想了想，又补充说，姑姑是我奶奶在逃荒路上捡的。奶奶只生了我父亲一个儿子，在兵荒马乱的年代，奶奶捡了快饿死的小女孩当女儿，但我们一直与姑姑很亲，甚至超过了与舅家和姨家。

姑姑一直很看重娘家人，我每次去看她，她都说娘家人来看她了，很有底气、很骄傲、很满足的样子。出门闺女，需要有娘家人来撑腰，或许是过去那个时代的人固有的思维，她们那一代人很看重这种血脉情结，分家要由娘舅上门主持，一言不合，娘舅甚至会大打出手，应该也是符合家法、宗法或族规的。姑姑家并不富有，但我们小时候就喜欢去姑姑家，吃她炸的红薯丸子，吃她做的手擀面，反正就是觉得亲。虽然没有血缘关系，但骨子里，却俨然是最近的亲人。

十年前，母亲故去。办完了母亲的丧葬，我似乎才觉得自己真正长大了。“进过洞房、当过爹娘、盖过楼房、办过丧葬”是人生成熟的四部曲。当时，近亲戚中父辈的老人，除了父亲，还有一个舅、一个姨、一个姑。他们都在七十与八十岁之间。母亲的死，让我意识到老人是一大家人的根，根在，兄弟姊妹才有极强的凝聚力。逢年过节去看看老一辈人，对我是一种念想，也是一种寄托。也就在这十年间，又走了舅，少了姨。今年，父亲八十岁，姑姑应该是八十五六岁了。因为是捡来的，姑姑的年龄，只能是推测，大父亲五六岁吧。

在我们百般“引诱”下，姑姑似乎费了很大的劲儿，终于认出了我们。父亲高声地对她说，我们刚从铁山回来，从王屋回来。这句话明显勾起了她的记忆，似乎激活了搁置了太久的熟悉与兴奋，姑姑重复着老家的村名、父亲的小名。我给姑姑打开一盒奶，爱人喂到她嘴边，但直到我们离开，她始终也没有通过吸管把奶喝到嘴里。

父亲看了看屋里屋外，说他绝不会来这种地方。我无语——你说了算吗？一个人要不要住养老院，自己不能做主，子女们说了算数！这与孝顺不孝顺没有直接关系，每家的经济实力、家庭状况、生存压力等，都是决定因素。我在这个地方也感到压抑，就要告辞，终究要告辞——便回想起我过去看姑姑时的每一次分别，那种依依不舍的场景。这一次，依然是在姑姑的“别走了，住几天吧，吃几个鸡蛋吧……”的挽留声中，在她的老泪中，离开了。姑姑没有了自己站起来的能力，只能流泪看着我们。

回去的路上，父亲说他不能再来这个地方，心里太难受。可姑姑呢？她心里究竟怎样想的，是喜是忧？我自然不得而知。但我知道，她已无从选择。

其实，我始终没有把父亲送到养老院的想法。父亲一辈子教书育人，骨子里有知识分子的执拗，我也绝不会忤逆他的正当诉求，毕竟孝顺老人是一个人最起码的良心。如果有一天，我们老了，敢保证自己的身体一定会好于我们的父辈吗？我们有多大的把握，可以主宰自己的晚年生活？子女一定能靠得住吗？他们会不会也把我们送到这么一个地方？现在的孩子，两三岁便要被送去上幼儿园，哭着离开，哭着等待，哭着期盼；到了老年，是又一个轮回，无奈地离开熟悉的家，同样是那种眼巴巴的期待和期盼，或许这就是宿命，这就是轮回。

血浓于水，其实也血脉清浅。

我本能地排斥这种轨迹与宿命。孩子小的时候，正是需要母亲温情的时候，多陪陪孩子呗；人老的时候，最害怕孤独，多陪陪老人呗。这说起来不难，但现实中或许会很难。人在职场，身不由己，人在江湖，身不由己。于是，我羡慕起古时的男耕女织，那样的慢节奏社会可能会打破某些固有的轨迹。

我努力去想姑姑的名字，想起小时候奶奶口中的“来英、来英”，那种熟稔似乎一直就在我耳边飘着，只要我稍做倾听状，它便入耳入心。姑姑的名字叫刘来英，她俨然是我们刘家的人，是我的亲姑姑。但她目前所苟且寄生的地方，我却再不愿去。我不知道她是否喜欢那个地方，是否也是哭着不想去，去了便眼巴巴地等待着那个可能接她回家的人早点出现。但我知道我很无奈，即便是作为她意识里最值得仰仗的娘家人。而此刻我能做的，只是眼里噙着泪，结束这篇开局便注定了只能有一个结局的结尾。

没多久，正如我所料的结局，结局就是姑姑的死去。

嫁到邵原杏树凹村，是姑姑的命运，一如中国众多农村妇女的命运；杏树凹的命运，也一如中国众多农村的命运。太阳之下，并无新事，今日之事，明日必再有。但每个生命个体，却都是新的，而且只有一次。姑姑被她亲生的血脉相连的儿子们合理合法地“遗弃”80天后，她也终于遗弃了这个世界。

作为娘家人，作为被姑姑一直疼爱着的晚辈，我当然要去参加姑姑的葬礼。对于姑姑去世前那些天的生活细节，我完全可以想象到是一种什么样的境况，我心里颇有微词。但到了早已无人居住的荒凉的杏树凹，看到寒风中瑟瑟发抖的土屋，闻到萧索中了无人气的荒芜，看看跪倒行礼的孝子的凄惶，也便无语。

只能无语。

又能说些什么呢？一家人有一家人的难处，一家人便有了一家人的宿命。当下，所谓的宽容，往往含着愤怒，含着无奈，也含着悲哀、悲伤和悲凉。

杏树凹村下辖九个小队，鼎盛时期有千把口人，其中有个小队叫杏树凹，曾经有一百多口人，姑姑属于其中之一。目前，这个小队常住人口只有一对老夫妇，八十多岁了。他们守着一条干枯的山沟，故土难离，不愿到城里的子女家生活。他们习惯守望着门前老杏树梢头的寒月，在寒风中揣紧他们的棉袄，咀嚼着杏树凹的过往。老汉与我父亲同岁，从下沟自家的院子走上来，到姑姑的老院，并不喘气。这荒山野岭的，身体硬朗才是王道。

农村荒废了，打墓的人不好找，就用机械；抬棺的人不好找，就用机械。但还是有很多人闲着无事，尤其是参加葬礼的那些老人，围着露天的火堆，嘁嘁喳喳。来时，一位朋友知道杏树凹，并托我帮其打听附近有无一座庙宇，她曾在庙里许过愿，但至今也未曾还愿。便顺便问了问，一位老人讲：从东阳村最后一条路上去，是上寺沟。那儿有一座庙，香火也旺，每年二月初吧，有庙会。并讲了一个故事：有一年大洪水，从西阳河冲下来一尊石佛，村民们商议找地方安置，选了很多地方，但皆抬不动，而待说要送往上寺沟时，四个人轻轻松松就抬走了。可惜，前些年，石佛的头被盗了。地图上看，上寺沟附近的确标有一座玉帝庙，不知是不是一回事。

一切东西都有来由，没有无缘无故的事情发生。比如上寺沟的这座庙。也如杏树凹名字的由来，老人说应该是凹里开满杏花的缘故。从墓地回来，一位老人指向远方：那就是待落岭！是的，从这儿看待落岭上的双合寨，一如从铁山老家的院子外看天坛山顶天坛阁那般清楚。也有人说，从铁山村，经沙海沟、小河口到杏树凹，有一条更近的小路可走。世上有很多很多的路，可以联通有着缘分的很多很多的地方，以及那些地方的人。又如这位家住上关村的老人，他去待落岭，走的路线是寨沟河、白龙沟、马鞍桥、一碗水，与神沟、冷沟、水沟的登山线路，皆殊途而同归。

但杏树凹这条路，包括刚知道的这条更近的小路，从此以后，自己还有机会走吗？还有必要走吗？人间的很多事情，结果相同，过程各异。似一个人，童年、少年、青年、壮年、老年，一路走过，或高官厚禄，或声名显赫，或卑微如草，或一介凡夫，最终皆如今天的姑姑，结局是走向大地，归于一抔黄土。面对恒久的待落岭，也面对眼前的苟且，一切都变化莫测，或谓之无常。其实，在沧海桑田的间隙，天道也是有常的：不为尧存，不为桀亡。群山如书，每个读者都可以读到自己所能看到的开示与秘籍。

但姑姑这页书，今天在杏树凹永远地合上了，终将沉寂成古老的王屋山下的一抔黄土，甚至以后永远不被一缕风再提起。

回来再看地图：杏树凹便夹在铁山河和东阳河之间，两条河在西门村汇合，合为逢石河，流入黄河。与东阳河平行的西阳河，则流淌在毗邻的山西境内，也归于黄河。山川河流，理一理，皆脉络清晰；如一个人，理一理，皆善恶可陈。

站在姑姑的杏树凹里看世界，看到的无非是——血脉清浅。人生如戏，戏唱完了，便要谢幕，好准备另一场戏？

（选自《莽原》2021 年第 1 期）

开往春天的生命之车

朱鸿达

第一次坐长途汽车，是10年前的事。

那年，我以优异的成绩考入莘县第一中学，而从家到学校却有50多公里的路程。开学前一天清晨，天蒙蒙亮，我和父亲便步行到村东头的路口等长途汽车。当时我刚16岁，从未远离家门。

月明星稀，凉风习习，在通往村东的小路上，父亲提着一个装满被褥的塑料袋子走在前面，我低着头斜挎着一个红色的背包跟在他身后，却不知为何有一种莫名的恐惧，似乎只有跟在父亲身后才能获得一丝安全感。那时的父亲正值不惑之年，和我今日的年龄相仿，但作为“面朝黄土背朝天，一身力气百身汗”的农民，每天日出而作，日入而息，很少进县城。

由于老家位于鲁豫两省交界处，距莘县县城较远，在20世纪90年代，坐长途汽车是最好的出行方式。加之当时公路等级不高，道路损坏严重，公交车未能及时更新换代，途中随时停车上下旅客，短短50多公里的路程，往往需要3个多小时。

漫长的路途，我和父亲并排坐着，彼此没有交流，我呆呆地望着窗外稍纵即逝的风景。偶尔，匆匆一瞥间能看到父亲清癯的脸颊、额头的皱纹和双鬓花白的头发，几次想和父亲说句话，却欲言又止。

一出发，便人潮似海，漫漫路途阻隔的岁月里，长途汽车载着我驶离情感的归处。三年后，我到济南上大学。从未去过济南的父亲依旧和我在村东头坐上了开往济南的长途车。时光漫漶的三年，只是短短的三年，父亲的黑发却变成了村北河沟里花白的芦苇荡，而额头则被岁月无情的刻刀刻满皱纹，脸颊变得更加黧黑和清癯。在省城生活学习了四年的我，变得自以为是，对父亲的言语或行为颇有微词，常常打断他的言行，然后理直气壮地反驳一番。而父亲无奈的目光总是默默地从我的视线中移开，然后低下头缄默不语。

年少轻狂的我，从未真正体会父亲内心的想法和感受。以致很多年后，当我再次回想这段往事，常常自责自己的幼稚和无知。

经历了峰回路转，经历了辗转流离，蓦然回首间，发现自己生命的脚步早已沿着村口那辆长途汽车走遍了大江南北，而生命的根脉仍在故乡的土壤里成长。

大学毕业后，我坐着长途汽车从济南回到故乡，母亲骑着一辆破旧的三轮车到村东头，站在瑟瑟的秋风中等我。我不知道她等了多久，我只是依稀记得她见到我时脸上洋溢着幸福的笑容。我把行李和背包放到三轮车上，然后和母亲走在乡间的小路上，抬头望去，故乡已在眼前，而未来的路却一片迷茫，转身望着渐行渐远的长途汽车，心想，再次远行不知何时何期。

后来，每次远行仍是父亲送我，而每次归途迎接我的永远是母亲慈祥的笑容。曾经我从未在意，为何每次都是父亲送行，母亲接我？这么多年过去了，我终于明白。父亲默默地带我走上更远更广阔的路，而母亲则迎接我回到故乡，回到温暖的家。

在我记忆中，在农村生活了一辈子的母亲，除去种地做饭，几乎没有机会去县城，也没机会坐长途汽车，她的生命仿佛植根在了故乡的院落，植根在了故乡的土地上，把生命最灿烂的时光留给了子女，留给了土地，留给了庄稼，以致生命活动的半径在方圆十几里的范围内。我绞尽脑汁，苦思冥想很久，深处的记忆中，母亲几次较远的车程便是清丰、濮阳和安阳。因为，清丰是我舅妈家，濮阳是我伯父家，安阳是我姨妈家，这里安放着母亲的亲情与牵绊。

时光如长途车一去不返，只留下蹉跎的岁月，不再静好，不再存念。今天，我有了自己的汽车，想带他们出去转转，却突然发现二老如故乡那株斑驳衰老的老榆树，已经没有力气前往更远的地方了，而仅存不多的时间都留给了儿孙，他们正乘着一辆破烂不堪的长途汽车摇摇晃晃地驶向生命的终点。

去年的秋末，家里添了一辆电动三轮车，购买前我征求父母的意见，他们坚定地说，不用买，买了也没用。而当我把三轮车骑到他们面前时，他们却激动得说不出话来。时至今日，每次坐长途车总恍若隔世般阵痛和压抑，每次远行，望着满头白发和满脸皱纹的父母愧疚不安。他们曾带我走过人生的四季，领着我走过生命的十字路口，而我却只能看着他们一天天衰老，渐渐地离我而去。而我也会送走我的儿女，依依不舍地望着他们坐上长途汽车，渐行渐远地消失在我泪眼模糊的暮霭中。

这么多年过去了，很多未知的路程也会如期而至，父母的额头将增加无数的皱纹，双鬓的白发也会与日俱增，我唯一想知道的是，长途车在长长的旅途中，在带着我们经历风雨变幻不知疲惫的旅途中，是否会岁月静好?

（选自《散文选刊》2021 年 3 月下半月刊）

故园有声

郭旭峰

父亲种下两棵树

夏日早晴，小城的天空尽涂蔚蓝，燕子奉墨，鸽子留白，画幕自远而近，清新如刚捞出的布染。母亲打电话给我，言语轻快，喜庆地说院里的杏熟了，今年结得比星星还稠，金黄金黄的，稀罕人，让赶快回去采摘，要不都让老鸹、麻雀给糟蹋了。

我应住，日子终于缓过了神，替母亲感到高兴。父亲去世后，院落疏于打理，树也仿佛感觉到氛围有恙，尘土覆绿，无精打采，少去许多生机，去年母亲托人捎过来的杏小而酸涩，果皮干皱，没有先前的嫩香脆甜。母亲替杏树开脱道，人还干一天歇两晌呢，树咋就不能喘口气儿歇一歇？说完眼圈就红了。她一定想到了父亲。父亲辛辛苦苦劳作一辈子，杏叶般落下，永久地歇息在他的故土田园。

十年前，父亲从早集上提拎回来一棵杏树苗儿，不怎么直挺，也不壮实，弱不禁风，看着像个病秧子。母亲上下看看，撇撇嘴说，细胳膊细腿的，就是活下来，也是歪脖儿杏树。

父亲不说话，在靠院子西墙的一个角落里蹲下身躯，宛如犁铧，除草剔砾，翻挖泥土，又从邻居家铲来两锨鸡粪，细细掺撒进去，把“病秧子”安种下去，远近目测，扶正，仿佛埋下二十四节气，种上自己摇晃的影子。

这棵瘦弱的杏树成了父亲日常的牵挂。每天按时浇水，偶尔捡回一两条在水泥路面上落难的蚯蚓，放进去，像注入自己鲜活的想法，通过根须，给树以细微的絮语和关照。为了不至于长成歪脖儿树，他在墙的不同方位钉上钉子，用绳子牵扯住树身，呈挺拔之势傲视蓝天苍穹。季节有序，一年一年，当初的杏树苗儿孩儿般长大，枝干逐渐粗大偃蹇，皮如褐铁。春至，遒劲的枝条上密密匝匝的花儿如雪般纯净素白，花香脱俗，引来蜜蜂偷窃蜜粉，无意间也带来幸福的讯音。每年麦收前后，杏熟了，最高的地方，在二楼的走廊上就可信手获取，像孙悟空云间采摘玉帝的蟠桃。父亲搬来“人”字梯，腰间挂一个布袋，一个一个小心摘下，轻放入囊，一个时辰不到，水桶、面盆、簸箕里就盛满黄澄澄的“吧嗒杏”，父亲笑吟吟看着，仿佛看着他一天天在世的日子。

树在人世间是有悲喜的，火烧它、水淹它、砍伐它，皆一声不吭，防沙护堤，陪伴古老村庄、繁华城市，生生不息，绵延不绝。你看看什么地方能少了这些朴实的树呢。它们就像我众多的父老乡亲，站在大地之上，开花、结果、成木，奉献一生。我父亲只是他们中普通寻常的一个，守住脚下的土地，成为民间细微的那部分草木。

父亲自幼家境贫困，加上我祖母早早辞世，吃穿都是问题。在他十一二岁的时候，在自家院里种了一棵香椿树，几年光景蹿过平房顶。香椿叶是“树上蔬菜”，营养丰富，在食物匮乏时代，光景好些的人家，炒鸡蛋、拌豆腐，味道鲜美，远远的香气扰人，是难得的佳肴。春天来临，我父亲就麻利地爬上爬下，采摘下来香椿叶，香椿头冷拌，鲜香嫩脆，大点的叶子用井拔凉水冲洗干净，除去灰尘，放在阴凉处晾干，然后撒盐，分层压实，腌起来，色泽嫩绿，唇齿留香，保持天然的原味，吃上一年都不变质。这棵由父亲一手栽培、长大的香椿树，为不易的家庭带来实惠，同时也在他年少的内心栽种希望的种子，纳凉济贫，增强信念，寻找走向幸福的出口和路途。

树也有躲不过的劫难。这棵为家族做出贡献的香椿树，在父亲五十岁那年，因为一次意外，它叶落枝枯，第二年春天竟未醒来，完成命运的闭环。父亲伤心难过，坐在树下一个劲儿喝茶，哀悼朋友的远离。它见证父亲生命里重要的时期，带给他回忆和力量，仿佛是他的蝉蜕和身影。到了盛夏，我筹备婚礼，父亲找人过来，伐倒锯木，晾晒做婚床。做好的床质地坚硬，纹理润泽，不用油漆也素雅好看。父亲言道：“俗话说，家有香椿床，不怕桑树梁。以后成家立业了，就要踏踏实实过日子。”新婚之夜，清香还在，驱蚊辟邪，像是祝福我的家安和业达。

父亲一生只种下两棵树，香椿树变身歇息、安稳之榻，承载和祥，温暖儿女。杏树开花结果，留给陆续的后世子孙。两棵树相互印证，传递一种非物质的气息，打动心扉，完成衔接和启示。父亲把树种在亲人心间、栽在大地，尽管时光不待，日月走远，云盖之下尘世莽原，但依旧仪态从容，活色生香。

翰墨在此

在小城一隅建设庭院时，我力排众议，要为自己的书籍争得一个体面的安身之所，不敢轻慢，不能丢弃，表达一个好书之徒的真诚和感激。书房安置在二楼，敞阔两间，正大光明，窗明几净，这在一个普通寻常的民居里虽算不上奢侈豪华，但也位置优越，翰墨清逸，暖意融融，如青春的喜庆婚房。

起初放置六组新买的书柜，放着从老宅搬过来的近千册各类书籍，济济一堂，看着满心舒坦。后来陆续购进的、朋友赠送的越来越多，再加上每年订的杂志，柜里柜外、桌上桌下堆放不下，决定沿四周墙壁再做一套书柜，原先的书柜低矮，加一层就是。于是悄悄找一位做家具的朋友过来，量量尺寸，回去做整体设计，而后开木细做。一周后做好，长途货车从郑州开过来，把板材组装到位，木已成柜，这项耗费我近俩月工资、倾情打造的书的宫殿已然竣工。从此书有了归家之地，众多古今中外作家的“孩儿们”有了各自的空间，尤其是悲愤写下“安得广厦千万间，大庇天下寒士俱欢颜”的杜草堂，他的《杜甫集》放在我触手可及的地方，随时和他交谈，聊叙隔世之缘，这些老去的诗篇在我的凝望下温润、活泛起来，成为知己，也算了却他老人家一个意想不到的小小心愿了吧。

我的书房没有斋号轩名，书籍的翅膀扑闪在光亮处，里面各色各样的人物、场景和事件静候在此，等我踱步进去。抖落一天的疲倦、不如意，泡上一杯毛尖，坐椅子上翻书，找寻宁静的源泉和意义的初始。如若在空谷，低吟浅唱，宁静莽原，有了生命的行走之地；如若为君王，激越山川，高谈阔论，有了灵魂的腾挪之境。

曾有过浑噩混日子的十年。下班后去饮酒跳舞唱歌，一堆堆时间被随意丢给深渊，日子满大街跑。书本束之高阁，未曾抚摸它们一下。书柜成为老鼠的储备粮库。老鼠们轻易从“先秦”打洞一直打到“民国”，或从一排排 2001 年的《散文》《诗刊》里一穿而过，不是去阅读、去找寻黄金，而是在里面嫁女生子，过它们安逸的日子。我丢失阅读的技能，书成为我的厌烦和累赘，早年累积下来的书损毁过半，余下的蛛网覆盖，苍然蒙尘。我沉湎于虚假的激情，岸在何方，从没想过。那天去朋友的书店看见卢梭的《漫步遐思录》，深深地被吸引住，深陷书中。和他的《忏悔录》不同，晚年的卢梭在这本书里，除去自我的反省，更多的是对往昔快乐的追忆，对大自然的迷恋，对真理的探索，以及对爱和幸福的渴求，用雅致、真诚之乐演奏出一曲深沉的灵魂绝响。如果我老去，即将告别世间之日，回顾萧条、凌乱的后半生，我会想起什么？面对只有一次的生命，我该当何罪？我惊出一身冷汗，不敢再深思下去。我恍然醒悟，如在某一刻，被误为的方向，豁然处在它“正确”的位置。其实“正确”原本就待在远处，只是我意识上的指鹿为马和无知，让它蒙受不白之冤。

整理书籍，翻到法国诗人圣-琼·佩斯的散文诗《蓝色恋歌》一书，是1992年在许昌教育学院读书时，少吃几个馒头断然买下的。他曾于1916年被他的祖国派驻当时的北平做外交官，一住五年，等回国的时候，行李箱里多了一部沉甸甸的书稿，其中就有作品收录在这部著作里，因此我急于知道当时的中国在一个外国诗人眼里的模样。我最终记住了他诗歌中振翼凌空的气势和丰富多彩的想象，将我的那个时代升华在美好的幻想之中，成为我青春重要的坐标之一。一页一页展开，仿佛时光的翻转。再翻，一页发黄的纸张滑落下来，是一首未曾发出的情诗，早已不知道为谁而写，但可以肯定，是祭奠那个年代里我刚刚萌生的青春悸动：“我不善表达/形同一枚丑陋的核桃/深深地珍藏于心间/你来了/喏，这是核仁，这是核仁/你看到的只是我的忧伤”。书留下一生幸福的疤痕，像生命里永远的胎记和留存。

书是灵魂床榻之枕。那年夏天有一段时间，我在家疗养，郁闷孤苦，刚好又是雨季，待得无聊，常打伞拿着普里什文的《林中水滴》去城南的南大洼丛林，站在看林人废弃的棚屋里读——“我是追捕自己的心灵的猎人，我时而在幼嫩的云杉果球上，时而在松鼠的身上，时而在阳光从林荫间的小窗子中照亮了的蕨草上，时而在繁花似锦的空地上，发现和认出了我的心灵……”读到如此简洁自然的文字，如夜的黑幕蓦然拉开，身心之痛悄然消失。“我以探索美好事物的希望和欢乐而生活，我有可能从这里吸取营养，因为我多少已准备好承受那件憾事了：如果我问杜鹃，我还能活多久，它却不把两声‘咕——咕’连着叫完，只是‘咕’的一声飞走了。”我朗声笑出来，屋檐下扑棱棱飞出几只湿漉漉的鸟儿，仿佛带走了满屋子发霉的气息，复于清新和灵韵。普里什文是鸟儿、大地和星星的歌唱者，他用绿色的心灵感悟、体验生命的甘苦，笔下的大自然生机勃勃、色彩斑斓、妙趣横生，充满令人心旷神怡的诗意和哲理。也就是在那个季节，我逃离疾患，朴素和真实相视一笑，挽手回来了。

轻风扑面而来，蕴含生动和牵念。它们阅读草木、山川和河流，因而有了贴切的意境和期待。它们通过大地之书传授与我，告诉我众多的未来和想望。

一路有雨

我们从北中原一个小站上车。赶火车的路上耽搁十分钟左右，万幸的是火车也晚点，在闸机关闭前顺利通过。

离开循规蹈矩的日常，变换不同场景，思绪像一个一个长镜头摇向远方，车窗是“咔嚓咔嚓”的相机快门。雨通常会作为抒情的元素，会根据回忆的深入，忽大忽小、或轻或重地落下来，精致地衬托心境。果然，手忙脚乱登上火车，坐定，发现雨打湿双肩，手机短信上一行未读的字：雨冷添衣。

开往成都的 K257 次绿皮火车从天津出发，走河北、山东，过河南、湖北，上陕西、四川，走走停停，接住各色各样的人，仿佛不同季节怀揣迥异的花草，去往各自的田园。驰过青山，它的轮廓和界限不清，隐于想象和遥远的雨雾，是宣纸上的中国画。一块一块长的、短的黄毯像旗帜奔腾在原野，这是油菜花最后的饱满和期冀。绿小麦已支棱起来，洗去扑土，黛墨浓重，看上去像大地方正的青胎。

车过襄阳，这嘶鸣的马匹掠过旧的炮台，送去寻常的问候。在唐代，铁打的襄阳比光还厚，丰润的诗歌如娇艳的女子点缀大地，而鹿门山里的孟浩然是城邦的云杉，他的隐逸让逃避成为一种修行和文化，从万籁里捡拾儒、道和侠的叶片。我的脚步未曾触及这里，只能在典籍里浪度春日，游走于他的山水田园。襄阳是诗歌之城，千百次在典籍里读见，千百次深醉不醒。我父母不止一次对我说过，年轻时也曾路过此地，在慢的火车上，一定看到过这座陌生的城，千年间，也许有过他们的某次轮回。如今列车一晃而过，我忆起跨马走远的诗人，想念我的双亲，重复往返，历史的雨雾似乎更浓了。

襄阳长久地吸引我的思绪，是因为它的喋喋不休的土地，收获文化和历史，字正腔圆，往事的翅膀飞翔。从未见哪个城像诗歌这么活着，衣着惊艳，通过古王朝的湖泊荡漾至今。万种美好的意象，流传给众多勤劳的人民，襄阳是他们的依恋之地，永不荒芜。众多的诗人在此创造诗歌的疆域，友谊类聚，诞生美妙的艺术。穷尽一生，他们衔着感恩的词语光临，态势痴情热烈，醍醐灌顶，让苦难之地成为诗人的疗伤之所。

夜深，躺在硬卧上望着漆黑的窗外，仿佛回到已知的过往。我想起小时候，雨惊扰到蚂蚁的微观村落，天晴，蚁民族开始骚动，它们消瘦、纤细，搬运未曾醒来的同伴的小身躯。春天开始，我看到这些小精灵的葬礼，仪式井然有序，和人类一样，春祭之后，大规模的工作和忙碌逐一展开。

窗外是汉中，众多的云在此凝聚，满含一万瓢雨水，无数的民谣和故事摇曳。汉中睡在移动的列车之外，它在平原宁静入眠。下工的人怀揣灯火走了，留下岗地和山包，亲人在远处等待他们的归来。车过汉江，夜间的灯光，撕开两岸的混浊和不清。恋人的剪影代表着无数的有情人，离别的、相聚的、悲喜的、爱恨的，油伞覆盖这些情殇，罩住干净的事和物。细雨的竖琴一遍遍拨动，从水的褶皱里打捞七彩迷离的斑点，如慢慢长高、生起的白莲花。

我想起花脸的项羽和他驰骋的身影。他的兵刃被光线萦绕，存放在黑土里，无数人想接过来，哇哇怒吼，恣肆痛击，去往宏大的疆场。

村庄必不可少地散落在列车两旁，在进取的时间面前逐一退撤。村民还未醒来，树木萌芽，白杨树蹿条般剑指苍穹，围住更小的村落，挡住风，拦截窥探者不洁的目视。这是季节为村子新添置的绿衣青衫。

雨落河流，回到母体，沿生命的循途往东，拐过村口，打个招呼，头也不回走了，带走年轻的后生和青葱的女人，去往都市，怀揣希望，营造新的日子和生机。

前方是成都站。彻夜的灯扶住下车的人，抚摸冰凉的脸。陌生的榕树围住来客，问起安好。我想知道三星堆在何方，它放置的青铜和金银器里，有没有来自北中原，是否出自我先人之手。三千多年了，我相认你，看看残缺的金面具可否合脸适颜。

我想看看我的河南老乡杜甫的草堂，他在此地是否安好无恙。

如果雨不停歇，我带蓑衣斗笠给你。

（选自《岁月》2021 年第 8 期）

青葱岁月

张富存

1990年秋季，一个刻骨铭心的日子，我收到了那张迟到八年的充满酸楚的大学录取通知书。几天后，我背上行囊，系上叮咛，离开了那个曾经生我养我的僻远农村，来到了省城，梦幻般地跳入了一所大专院校的“龙门”。

为了表示对新生的欢迎，校同乡会特意为我们筹备了一个别开生面的“迎新”联谊会，来自俺县的二十几名学子济济一堂，气氛颇为热烈。当乡友们都以期盼的目光，同时投向我这个待在角落里，看似沉默寡言又满身散发着泥土气息的大男孩时，为了不扫雅兴，我清了清嗓，以一种不着边际的调子唱了一支常挂在嘴边的曲子《渴望》。歌声很沉、很低，沉中含着哀婉，低中凝着幽怨。曲罢，许是为了祝贺吧，一个女孩向我姗姗走来，嘤嘤地笑着，递给了我一束开得粉粉嘟嘟的丁香花。我接过花束，满脸的犹豫和感激。

我上下打量着这个女孩，苗条略显清瘦的身段，优雅的气质，一体山乡女孩的清丽，显得很隽秀很温婉，一副晶亮的高度近视镜的下面，隐藏着一双深潭般的大眼睛，白皙的脸蛋上总是挂着丝丝甜甜的笑，身上透着一种诱人的淡淡的薄荷的香气，宛若一株盛开在幽巷里的紫丁香。她叫颖，长我两届。听老乡们讲，她不仅歌唱得好听，文笔和书法也是全校有名的，是老乡中为数不多的才女。

颖自然不属于那种娇艳的女孩。一身的质朴，一脸的恬静，似一潭秋水，清清醇醇。她说，她也喜爱那片槐林。从此，槐林便不再属于我自己。嗅着槐林的阵阵馥香，憧憬着美好的人生与未来，我和她总有攀不完的话。原来，我俩竟是同样地痴迷文学。她向我说出了她的梦，我也真诚地向她袒露了我的以往……

14 岁那年，我以全乡优异的成绩考入了本县一所省属重点高级中学，但不承想，高考时却名落孙山。我怎经得起这乍到的风霜严寒？最终，我结束了求学生涯，回到了家乡。

三年后，我结了婚，成了家。妻子是邻村的一个女孩，模样长得虽然谈不上俊俏，但足可称得上是贤妻良母之类。正当我们并肩携手共筑爱巢享受着小家庭的天伦之乐时，一个突如其来的消息打破了我本该平静的生活：这一年，全国农业院校首次进行试点改革，破天荒地招收农村回乡落榜青年参加高考。迟到的高考，像是专门为我潜心设计的！

通过几个月的挑灯夜战，攻关苦读，我终于赶上了这趟晚班车。

听了我的倾诉，她先是惊愕，再是诧异，最后便是细雨呢喃："认识你，真好。"

入校后不久，学校要举办一次"春蕾杯"文学征文大赛。那个槐香袅袅的夜晚，她邀了我，随手带了一份散文样稿，写的是《晚风里那株丁香花》，打算参加这次征文比赛。借助淡淡的路灯光，我细细地品味着这篇还正散发着墨香的美文，心中即刻便有一种莫名的悸动。她也鼓励我，让我也试一试。于是，我就把自己早已胸有成竹的文字，信手拈来，题名《难忘家乡的槐林》，信心十足地投了过去。

大概是评委出于对校园中不可多得的乡土文学的钟爱吧，我的散文获得了特等奖。

这个令人喜悦的消息，最先是她告诉我的。

又一次见到她，是五月底的一个黄昏。那个晚上，我心生烦闷吧，又去到了那片槐林。我彳亍独行，校园外，田野里，不时飘来淡淡的麦香，和着如水的月光，融汇成一缕缕浓浓的乡愁……正在郁闷时，她翩翩地来了。

看我一脸的愁绪，忙追问我是为什么。我只得向她道出了原委：眼看家里的麦子就要成熟了，父母身体年迈，妻子前天寄来了信，希望我能回去收麦。在那个农业完全靠畜拉人扛的农耕年代里，十几亩的庄稼，得靠一镰一镰地收割去完成，这是多么繁重的体力劳动啊！我排行老大，且又是兄妹几人中唯一的男孩子，此时我却因为求学而远离家门，帮不上忙，每想至此，我的心里总是酸酸的。但要想回去收麦，班主任说了，除非是家里确有急事发来了电报才可放行。听到这话，她好像有些激动，若有所思地诧异地问：“是吗?”

第二天中午，我果然收到了一封上面清清楚楚地写着“家有急事，速回”的加急电报。有了这张硬牌，我的假总算是批了下来。

当我急急忙忙地登上回家的火车，坐在座位上如释重负地再仔细地端详着那封救命似的电文时，我惊呆了！这封造假得近乎有些“小儿科”的报文竟蒙蔽了那个从来都以“治学严谨”而著称的我的班主任兼老教授的眼睛。原来，那封电报的发出地址竟然是原地——省城！

返校后的一段日子里，我像丢了魂似的，本就沉郁的性格变得更加寡欢了，目光呆呆的，脑海里总在胡乱地想着什么，好似清醒或梦里总有一个人影在我眼前晃动。莫非……这也是一场恋情？我模模糊糊，又迷迷茫茫，不能回答自己。一种莫名的恐惧，慢慢地向我卷来。怎么也忘不了，入学那天，我乡下的妻子，到火车站送我的情景，当载我远行的列车还未驶出多远，我看见早已噙满她眼角的泪水，再也止不住地悄然滑落……

于是，我选择了回避，静静地数着她毕业的日期，直到她渐渐地离开。

就在她毕业前的那天晚上，我去了校外，只为躲她。一条幽僻的小径上，蹒跚着我落魄的身影。远处缕缕飘来耳熟的、缠缠绵绵的歌声，是《渴望》，听在心里就像椎心一样的疼。我的心像被掏空了似的，孤寂在包围我。

夜深人静之时，我回到了宿舍。室内只我一个人。那挥不去的思绪，蛛网一样萦我心怀。突然，门轻轻地开了，是她！沉默过后，她终于开了腔："明天，我要走了。"我不敢去看她那双无助的眼睛。此刻，我能读懂她的心。我真想紧紧拥她入怀。但，我没有。当她又一次说走时，我没有拦她，我取出一样东西，是一本精致的相册，是那次大赛获得的奖品，它代表了我的心，我转身交给了她，并说祝她能有一个美好的归宿，还说到时我会为她准备鲜花，是她最心爱的丁香花。她没有犹豫，接过相册，也送我一样东西，是她特意备好的两本书，一本是汪国真的诗集《青春》，另一本是琼瑶的小说《情深深雨濛濛》。然后她就出了门，泪光盈盈，再没有回头。

她走了，去了豫南，一个离她家有百里之遥的新兴钢城。她走了，也带走了我的梦。

她走后的那个冬季，正读大二的我，在一个瑞雪霁霁的日子收到了她的来信，很长，满纸热烈。从那字里行间，我看见她翘盼的身影。信的末了是这样写的："好想念，好留恋。想念那段美好的时光，留恋那片葱葱的槐林。再过几天，就是你的生日了，我虽不能前去为你祝贺，但也略表心意。我已在漯河人民广播电台《时空》栏目给你点播了一首歌曲，是你最爱听的《渴望》，到时，让知心的歌声伴随你，如我。来也匆匆，去也匆匆，但愿来日早相逢……"

我不禁泪雨迷蒙。

日子一滑就是两年。

就在我学业完成回到家乡的春天，我收到了她的一封来信。我欣欣然展开信笺，竟是寥寥几语：“在你收到我这封信的时候，我或许已到了另一个世界里；此刻，我好想你，颖。”看完信，我刚刚嫩绿的心芽，像遭受了一场寒霜，猛然间蔫了下来。凝视着一行行泪水打湿的文字，我的心忐忑着。

当我风驰电掣般地赶到钢城时，我的猜想被证实了：她患了绝症。

我几乎昏了头。目光找不着去路，脚下布满了悔恨的绊石。当我踉踉跄跄地见到她时，她已经躺在一家医院的幽角，带着几多遗憾和不舍，忧忧地闭上了眼睛。她的脸色淡淡的，苍白的，多像是一株被秋雨打落的丁香花。

我深深地向她鞠了个躬，把那株我早已为她准备好的丁香花，悄悄地安放在她的跟前。

如今，每当我听到《渴望》这支充满哀怨的老歌时，情不自禁地，我就会想起那段青葱岁月……

〔选自《海外文摘》（文学版）2021 年第 12 期〕

人间必要的温度

暗　香

就算人能够未卜先知，但在大自然面前，却很难逢凶化吉。

如果可以，我的记忆想一直停留在那场极端暴雨之前，大脑却不停地为记忆重新建立秩序，让思绪不得不倒回到二〇二一年的七月二十一日，疼痛瞬间再次鲜活起来。

七月的上旬，气象部门就发出了红色预警，说焦作地区可能会迎来前所未有的特大暴雨。焦作北依太行，南临黄河，素有“太行山下小江南”之称，很多预报中的极端天气，极少真实地光临我们的生活，可市委、市政府仍然极为重视，从上到下层层制订了预案，以应对激烈天气的到来。

预警中的大雨仿佛被我们的严防死守吓住了，“犹抱琵琶半遮面”地迟迟未现身，以至于大家开始调侃——做了那么多的安排部署，这雨要是下不来，可怎么收场？甚至还编成了段子：整个焦作都在等雨，就像初恋中的少女等待她的男友，怕他不来，又怕他胡来。

在“狼到底来不来”的声音中，大雨不怀好意地光顾了。

先是哗哗啦啦地下了一整晚，次日早上短暂的停顿后，开始了它的接力赛。朋友圈陆续晒出暴雨中的情景，桥下和涵洞中满是积水，更为惊险的是，老家所在的山村遭受了洪灾——桥梁被冲垮，停电断水，村庄成了孤岛。

我心中揪成了一团，正想打电话询问详情时，接到了朋友的电话，说已驱车从郑州出发来焦作看我。他前两天到郑州讲课，我以为已回京，没承想还在郑州。

那时我在县郊的老房子里。望着窗外的瓢泼大雨，担心路上有险情，我叮嘱他注意安全后，打电话在迎宾馆订了房间，喊上老梁，开上车去和他会合。

路况远远超出了视频中所呈现的。车开出去不到一公里，马路就成了河道，艰难行驶的车辆宛如风雨飘摇中的小舟。暴躁的大雨挥舞着无数的小铁锤，将车身击打得叮当作响。尽管雨刷调到了最快，雨水还是瞬间就淹没了视线。

车开到海华路与丰收路的交叉口时，陆续看到有车辆熄火在水中。不知道水究竟有多深，我们停下来踟蹰着不敢前进。一个穿着反光背心的警察出现在视野里，冲我们摆摆手，指挥着我们驶过了那段深水区，而他完全浸泡在铺天盖地的大雨中。

我不由得抱紧了双臂，仿佛泡在水中的是自己。老梁满脸凝重，叹息着说幸好事先做了准备，不然……

一路上虽然走得担惊受怕，但每个路口都有警察和志愿者执勤，倒也有惊无险。

过了普济路，进入市区后，雨越发大了。车缓慢地向迎宾馆驶去，却在距离不到一千米时，被执勤的交警拦住了，说前面水太深，封路了。望着不远处被淹没的绿化带，我和老梁吓出了一身冷汗。

天空越发阴暗得厉害，仿佛咆哮的太平洋倒扣在了头顶。我们开着车，在大水中试图突围，可跑遍了大半个市区，通往迎宾馆的主要道路都因积水封掉了。朋友打电话说他们的车已经下高速了，离迎宾馆仅有几公里。无奈中我们只好绕到一条新修的路上，涉过深水后总算杀出重围，和朋友会合，将他们带入了酒店。

安顿好朋友一行，已是晚上十点多了。大雨不知疲倦地继续在人间造孽，我和老梁本想在附近的家中过夜，出了宾馆才发现，小区前后门所在的两条马路上全是齐腰深的水，根本无法进入。业主群不停有消息传来，说小区进水严重，已停水停电了。我家在二十多楼，实在没勇气摸黑攀爬，只好硬着头皮再次驶入大雨里。

马路上，被积水熄灭的车辆比来时多了几倍，像一艘艘失去动力的船飘摇在海面上。我双手合十放在胸前，默默祈祷着平安。

我们的车跟在一辆商务车的后面，眼睁睁地看着它熄火在十字街头。红灯亮了，我们的车战战兢兢地停了下来。值勤的警察艰难地走了过来，敲打着车窗，大声喊："现在不拍违章，赶紧走，水越来越大了……"雨完全模糊了他的五官，积水几乎淹没了他的膝盖。我隔着车玻璃朝他挥挥手，催促老梁赶紧走。

所有的路都变成了波浪汹涌的河，失去了“道路”的定义和初心。若在平时，我肯定会拍个视频，记录下这一惊魂时刻，用作以后的创作素材。可这晚，我连举起手机的念想都没有，那一刻，满脑子都是独自在家的女儿，只想安全地逃离。

经过一个多小时的艰难跋涉后，车总算安全地停在了城郊的家门口，老梁悠悠地说：“开了一晚上的船啊。”

开门进屋打开手机后，各种信息扑面而来——极端降雨已使河南很多地方进入了紧张状态，省城郑州也成了一片泽国。很多朋友都在那里，我刚有些平缓的心绪再次掀起了波澜，连忙给他们打电话、发微信，大多都报了平安，有两个闺密音讯全无……我在万分煎熬中不停地刷着手机，希望能刷出来她们的消息。

瓢泼大雨仍在窗外作恶，我家三楼房顶开始漏水，珠帘子似的往屋里滴落。有大块的墙漆从天花板上掉了下来，我不得不拿着脸盆去接。老梁拿着手机跑了过来，将屏幕举到我面前：“焦作进入紧张状态了——沁河决堤、蟒河决堤，博爱告急、修武告急、马村告急……”

恐惧在我心中群魔乱舞，这夜闹腾到很晚才入睡。第二天一大早朋友的电话就飞来了，说他们的车在迎宾路和韩愈路口熄火了。原来他有重要事情亟待处理，紧急订了从新乡东返京的高铁票，早起急匆匆想赶往新乡时，不料车刚出酒店没多远就趴窝了。

我和老梁连忙开车出门，接上他送往新乡高铁站。朋友在车上感慨万千地说："焦作人真好，我们的车在大水中被淹后，不仅交警同志帮忙推车，过路的人也都来帮忙……"

全世界的雨仿佛都下到了河南，不时有航班、高铁在河南境内停滞的消息传来。担心新乡东站也有类似情况，途中我打电话给那里的朋友询问情况。接通后，他慌乱地说水都淹到二楼了……他家不在新乡市区，我一边叮嘱他注意安全、必要时赶紧撤离，一边心存侥幸地继续往东站行进，谁料导航在半路就指挥我们下了高速。老梁的神情严肃起来，明白新乡东站附近的高速肯定出了问题，导航才另辟了路线。

天空仍旧一副包公脸，时不时会来一阵疾雨。幸运的是，在导航的指挥下，我们绕过积水过深的地方，还算顺利地到达了新乡东站附近，可就在仅剩下一公里的时候，再次被深积水挡住了去路。那里聚集着一群人，每张脸上都写满了焦急，从身上的背包和手中的行李箱不难推断出，他们都是去新乡东站的旅客。路两旁停满了各种车辆，连一向威风八面的公交车也被迫停在了路中央。那条四车道的宽阔马路变成了混浊的江河，没谁敢轻易涉过。

雨像个不知疲倦的大力士，蛮横地继续向大地施虐。有大铲车从深水里开出来，锯齿形状的挖斗里装满了人。我连忙挤过去，请求人家把朋友载过去，却被拒绝了，说站内滞留了大量的旅客，目前只准出不准进。

焦灼的情绪复制粘贴般蔓延着。一些人的眼圈红了，说："已经改签几次了，送行的车都回去了，留在这里怎么办啊……"现场乱成了一锅粥。不知道谁喊了一句："呀，怎么没信号呢?"所有人都拿出了手机，发现网络信号真的气若游丝，难以为继。互联网时代，人们对网络的依赖程度很高，大家顿时像坐在一条失去航向和动力的轮船上，不知道会漂向何处，茫然无助中，恐惧感骤增。

见此情景，朋友也只好改签了。可随着时间的推移，改签过的时间也在一点点逼近……可我们只能赤脚撑伞站在大雨中，望积水兴叹。

在大雨的冲刷中，转眼便过了午时。水越积越深，进站的人越来越多，站满了半条街道。饥肠辘辘中，我在手机上查找饭店，可微弱的信号，怎么都刷不出来。想起附近好像有个加油站，我让老梁把车开了过去。下车后我直扑便利店，想买点面包、泡面之类的抚慰一下肠胃，可进门后的景象让我惊呆了——店里仿佛遭遇洗劫般空空如也，货架上除了几瓶洗手液外，所有吃的全无影无踪了。

隔窗望着马路上大量滞留的人员和车辆，我知道食品都去哪里了。食物是维持和谐稳定的泰山石，那一瞬间，我害怕极了，不死心地来来回回在货架上搜寻着，总算在角落里发现了一包漏网的巧克力，忙跑过去将它紧紧抓在手里，生怕被谁抢了去似的。

朋友高血糖，这个时候却不得不吃下一块巧克力充饥。巧克力是我的最爱，我却食不知味，因为咀嚼出来的全是恐惧。

大雨狗皮膏药似的粘着中原大地，一直下个不停。进站无望，朋友只好联系了长垣的学生来接他，对方却在最后的两公里外被大水挡住了去路，用了近两个小时，才绕过来接上他，往菏泽而去。

挥手送别朋友，我催促老梁赶紧撤，因为从新乡当地的朋友们反馈的消息推断，这里一分钟也不敢多待了。果然，在返程的途中，新乡市区及下辖县区遭遇洪涝灾害的各种视频流出，那些景象吓得我后背都湿透了，女儿从小到大的音容笑貌在我眼前闪啊闪的，鼻子忍不住酸了。老梁感知到了我的情绪，无言地伸手拍了拍我的手背。

我把自己深深地埋在座椅里，心怦怦直跳，半晌没有说话。劫后余生的小庆幸尚未平复，沉痛就重重地袭来——道路的两旁，昔日的田野全成了汪洋大海，偶有一根求生欲极强的玉米顶穗从洪水中冒出头来，控诉着万恶不赦的大水。毫无疑问，这里将来会颗粒无收！我曾是粮食职工，明白这对农民来讲是怎样的浩劫，眼泪忍不住夺眶而出。

老梁心情沉重地开着车，我不停地刷着微博、抖音、朋友圈等社交网站，郑州告急、新乡告急、荥阳告急……极端天气像穷凶极恶的暴徒，在中原大地打家劫舍，河南遭遇了有记录以来的最强降雨，多地告急的消息铺天盖地而来，许多地方停水断电。我连忙打电话给在医院工作的朋友，他哽咽着说："全面停电，呼吸机都无法工作了，各科病房乱成了一团，家属们明明焦急万分，却只是含泪望着我们……”我的心顿时又悬了起来！我的家乡，我的亲朋好友正在遭受着天灾，我祈祷着，眼泪不停地流啊流，跟着大家一起疯狂转发各种救援电话和联系方式。

暴雨无情，人间有爱。不久后医院的朋友发来信息：兄弟省份支持的发电车及时赶到，救了患者，也救了医院。昨晚联系不上的省城的闺密随后也报来平安，昨晚她被大雨困在单位，又遇上大停电，刚回到家充上电。我说平安就好，眼泪再次控制不住地涌了出来。

…………

一夜间，“河南暴雨”上了热搜，牵动着全国人民的心。除普通老百姓坚强不息地自救外，本省的消防和公安队伍更是勇敢地冲在第一线，从深夜到黎明，他们坚守在堤坝、积水过深的村街、十字路口等处，谁的车辆陷入水中了，马上会过去帮忙推车，有小孩子或老人时，还会背起就走……他们用行动诉说着对这片土地的热爱。

外地的志愿者们也纷纷赶到了。兄弟省份毫不犹豫地派来了救援队伍，他们用浓厚的各省土腔，释放着人间温暖。最令人激动的是，人民子弟兵来了，风雨中的国防绿、火焰橙，无所畏惧地奔向了救灾的前沿。

极端暴雨让河南陷入了危急状态，那群勇敢的人却替我们支起了遮风挡雨的帐篷。昼夜不停奋战后倒在地上睡着的战士，三过家门而不入的普通抗洪志愿者，号召全体村民给抗洪人员烙油饼的村支书，拿着菜刀和铁锤破车救人的饭店工作人员……接下来的几天，有太多感人的一幕幕涌现，我的眼泪都没停过。

又是一个无眠之夜。晨曦中，收到朋友发来的微信：已抵京，勿念。英雄的河南人民给我上了生动的一课，我将把这个做成课件，下学期上课时用。

我的眼睛再次湿润。大自然翻云覆雨的魔爪，掀走了家园的帽子，灾难如同一匹无常的布，裹挟了我们赖以生存的空间。可故国家园的土，最值得我们用血脉偾张的双手去守护。那些勇敢的“逆行者”们化作一道道护身符，用万众一心凝聚了华夏之魂，用坚强无畏重铸了中华民族的脊梁。

致敬这些平凡而可爱的英雄们，这是人间必要的温度。

（选自《啄木鸟》2021 年第 9 期）

流泪的唱戏人（外一篇）

古保祥

小时候，我最崇拜的职业竟然是唱戏。

一说到唱戏人，我就想到了李龟年、李师师、梁红玉、阮玲玉。

所以就企盼着春节早早到来，因为春节来了，戏就来了，每一个少年郎心中都有一个成王成侯的大梦。

我的家乡北望太行，南临黄河，沁河水从县城南侧悠悠淌过。在前牛村，20 世纪 90 年代，每逢春节快要来到时，风中都洋溢着欢快的信息。

一大车的唱戏人，素颜示人，说着浓重的外乡话，进入舞台后面，浓妆艳抹后，他们便成了另外一个人，他们粉墨登场，演绎着世间万事，悲欢离合，看热闹的人只能谈论他人的是与非，而入戏的人，看得泪眼蒙眬，手绢在眼前飞舞着，原来世间竟然有这么多的酸甜苦辣！

我一直觉得唱戏人是乡下最厚重的文化，他们承载着百姓的梦，寄托着百姓的苦，将大家心中所想所念所感穿越在时空唱响。

没有戏的春节不叫春节。

1990 年，小年刚来，雪纷纷扬扬，大雪封村封路，交通不便，戏剧团的人无法回家。无法，总要生存，团长是个女子，外号“小麻脸”，她自告奋勇前往村里游说，不要工资，免费唱戏，糊口就可。村里几经商讨，勉强同意，从小年开始唱，唱到正月初十，一天两场，下午与晚上各一场，村里没钱，大约 30 名唱戏人，每家派一个，叫作“派饭”。

没有想到，“小麻脸”竟然被派到了我们家。

“小麻脸”很勤快，她帮祖母收拾家里的卫生，劈柴火，烧锅台，她样样在行。

我躲在墙后面悄悄地看她的长相，她清纯年轻，大约只有 30 岁的光景，半脸麻子，却显得更加妩媚可人，尤其是笑起来，让人难以忘怀。

小年晚上是第一场戏，舞台是现搭的，几十根松木，绑在一起，周围裹成了帐篷，前面是舞台，后面是化妆室，天冷，生了炭火。

还没有开演，我便在锣声中跑到了舞台后面巴望，地上躺满了十八般兵器。我看到他们个个精神十足，化装、试衣，有些信誓旦旦地擎着刀枪剑戟、斧钺钩叉走场，有些年轻人刚入手，手中握着戏词认真背诵。

当时当景，我很想当一回唱戏人，戏如人生，自己站在舞台上面，下面是掌声，自己演着前辈们的往事，心穿越到过去，这也是一种勇往直前的人生路。

我一眼就认出了“小麻脸”，她也认出了我，向我摆着手。她早已经化好了装，不说话就有笑容，好像一朵花，一直开在那儿好多年，只是你刚刚发现罢了。

那晚的戏叫《贵妃醉酒》，“小麻脸”演的杨贵妃，另外一个大个子男人演的唐明皇。虽然天冷，但忙碌了一年的农人们，好不容易有了闲暇，穿着军大衣，裹着厚重的棉袄。不是正规的剧院，大家七零八落，从家中捎来了板凳，还有些直接圪蹴在一个角落里。

先是锣声，十里地外就能够听到的锣声，鸣锣开道，人生的大戏拉开帷幕，所有人的心揪紧了，时光回到了盛唐，那时，“贞观之治”已谢幕，武皇则天也才驾鹤仙游，一场大乱刚治，李隆基满腔豪情。

“小麻脸”入戏很快，才上台，我感觉她已经成了杨玉环，风情万种，大家风范，一声唱便压住了场，台下鸦雀无声。

戏到了高潮，贵妃喝了酒，在台上尽情地“撒泼”，人成了神成了仙，惹得所有的百姓们欢呼叫好，有些老年人竟然掉下了热泪。

那个夜晚，我久久不能入睡，乡下的夜太长了，雪太亮了，我梦到自己回到了过去，我也是王，也是女子，我也可以演尽世间百态。

第二天吃饭时，我才知道了“小麻脸”的故事：

她丈夫去年得癌症去世，一个孩子，现在仍然寄在乡下婆婆家里，她已经半年没有见过孩子，通信不便，他们村里连个电话也没有。

说到痛处，她潸然泪下，祖母跟着哭，全家人也不敢高兴，总以为全是美好，现实与梦想居然尽是落差。我忽然想当一回幸福使者，我如果有了这样的魔力，世间不再会有磨难，全是幸福，全是愉悦，全是正剧，不设悲剧。

以后每到春节，村里便都会唱大戏，村里每年请的剧团不尽相同，但我一直没有再见到那个叫“小麻脸”的唱戏人。

我喜欢在戏结束后，一个人躲在舞台下面发呆，望着空无一人的戏台，好想冲上去，唱一回，仿佛我也曾是一代名伶，倾国倾城，绝代芳华。

我十分敬佩他们的敬业精神，有一年春节晚上，唱大戏，大雪跨越空间维度不请自来，雪泥鸿爪，台下没有几个观众，到了后来甚至空无一人，但他们仍然在台上认真地演，我从家中赶过去时，我成了唯一的观众，我认真地鼓掌，就像为我自己鼓掌一样。

活在当下，累成了必修课程，每个人都在演戏，说着谎话、做着噩梦，谈论着与己无关的阳奉阴违，忽然想到了一句话：别那么累，你没有几个观众。

想起了席慕蓉在《戏子》中的诗：

不要把我的悲哀当真
也别随着我的表演心碎

亲爱的朋友　今生今世
我只是个戏子
永远在别人的故事里
流着自己的泪

父亲的马车

父亲曾经拥有过一辆马车，马与车是“标配”，再加上父亲后，他们的组合简直就是“顶配”。

想起那辆马车，我总会想起张籍的诗句：野田人稀秋草绿，日暮放马车中宿。

在 1988 年，农村开始流行马和车，因为有了马车后，不仅可以服务于农业生产，更可以做生意拉货，而在当时，这是一种发财致富的捷径。

父亲是个万事“慢半拍”的人，他与祖母的思想一脉相承，母亲说他的思想至少落后半个世纪。

村里一大帮的同龄人开始置办马车时，父亲还是照常在田地里释放自己的青春，他喜欢乡土，我曾经看见过他将土捧在手心里，闻上半天。

我想到了《黄河东流去》里的徐秋斋，他们都是视土地如命的传统人。

我上了学，家庭经济持续落后，缴了学费便捉襟见肘，光靠土地只能维持正常生存，却没有额外储蓄，而父亲曾经发誓要使家里的孩子出人头地、壮志凌云，因此他想到了置办马车，然后往北边的太行山拉砖拉煤。

父亲年轻时候曾经驯服过马，算是一个不错的驯马师，许多人遇到关于马的棘手问题时，父亲总是津津乐道，购置马匹他在行。

他与母亲并肩走在县里的马市上，马市里“人仰马翻”，好像古代的战场。

父亲相中了一匹枣红色的马，他对红色情有独钟，父亲说红色是吉祥，看起来舒服，而这匹马壮实，有些像大汉朝的汗血宝马。

我放学回家时，便发现墙角多了一座马厩，这是一座简易的房子，一匹高大的马正在马厩里旁若无人地溜达，父亲正雀跃着喂马。马与父亲不熟，开始时不配合，父亲软硬兼施，不停地用手摩挲着马的鬃毛，等到我做完作业时，马已经开始吃草了，这是父亲从地里割来的青草，由于草里有刺，父亲像个孩子似的，坐在草丛里择刺。他不喜欢戴手套，好几根刺扎进了他的皮肤里，一道道血红色的痕迹映现在我的眼帘里，让我心痛不已。

一周后，一辆马车又出现在院落里，不是新车，新车太贵了，是一辆用旧车改造的马车，父亲手巧，不比新车差，巧夺天工的那种。父亲买了漆，自己上漆，由于他不谙于油漆作业，将马车油成了五颜六色，远远看去，像是春天被人打翻了，各式各样的花朵与色彩流淌在征途上。

当时是春天，柳絮轻舞，杨花漫天，时光简单柔软，东风掠过小院和父亲的脸。父亲执着地套上马车，在全家的殷殷期盼中，开始了他的第一次征程。

1988 年，我们全家的年收入大约 300 元，而马与车，足足花费了 500 元钱，当时我不解，曾经恨过父亲的愚与母亲的傻，花这么多钱，何时才能够收回成本？而多年以后，当我做生意失败时，我突然间回了那个温暖的春天，父亲告诉我：只有舍，才能取。

父亲第一次出车时，要到修武县去拉砖。那儿零散地存在着许多小砖窑，我曾经随着父亲去过那儿一次，高墙林立，像监狱，圈满了梦想、富丽和堂皇。当时，我对这种奇怪的建筑充满了畏惧，总觉得这个地方是用钱堆出来的，钱太多了，反而不好。

父亲正襟危坐在车辕上，像他的半辈子一样小心翼翼，这是他的所有家当，他小心谨慎，生怕出丝毫的差错，他像在赌博，押了所有的本儿，一心要赚个盆满钵盈。

他开始时走很慢，努力控制住车速，第一趟车，他跑了两天，等到第二趟时，他轻车熟路，只用了一天时间便满载而归。

父亲老实，但聪慧，他总是将所有的危险想到前面，他在车上焊了一个工具箱，里面塞满了各式各样的工具，包括饭菜和水，他总是带在身边，他没有在外面吃饭的习惯。

“小心驶得万年船。”父亲驾着马车，走在人生路上，他就这样行驶了五六年，他人缘好，虽然不爱说话，但货拉得瓷实，砖一块也不会少人家，料总是足足的，让人见后心生敬佩与信任。因此，他赢得了良好的口碑。

其间，发生过一次意外事故，马在厩里发生了意外，得了马蛔虫病，这是一种急性病，马失去了斗志，虚弱不堪。父亲想了各种方法依然无效，叫了医生，农村没有专门的兽医，医生说需要去县里的医院买消炎针剂。当时老天下着大雨，骑不了车子，父亲步履蹒跚地跑往县城，母亲想一同前往，可是执拗的父亲早已经冲进了雨中。没有柏油路，一条崎岖泥泞的土路通往县城，父亲在雨中走了两个多钟头，回来时，已经子夜。他浑身湿透了，母亲熬了姜汤，他顾不了喝，叮嘱医生快点用药。好歹苍天佑人，马通人性，知道自己是家里的顶梁柱，拼命与疾病斗争，很快转危为安，而父亲却为此得了一场大病，但他总说遇难呈祥。果然，他病愈后没几天，几笔生意，便赚够了我高中一年的学费。

小三轮车开始在公路上奔驰，它们以雷霆万钧之势取代了马车的地位，它们速度快，一日千里。

马老了，父亲舍不得卖掉，父亲也由中年迈入老年，父亲情愿一辈子活在慢速的年代里，父亲有些迷茫，他的活儿越来越少，直到后来，老马病了，无药可医，死了，他失魂落魄，看着快速发展的时代迷茫不自信，我宽慰他：生老病死，这是一种自然法则，您也奋斗一辈子了，该休息了。

他苦笑，看着闲置的马厩，他不肯拆掉，只好让它残酷地存在着，至少这是一种丰满且无奈的记忆。

那个时候，我已经上完了大学，父亲也老了，他不愿意再接受任何新生的事物了，我与母亲劝不了他，总要有一些旧的事物存在，时光老些就老些吧，我们走累时，可以回到慢条斯理的伞翼下休憩。

父亲也曾信誓旦旦地抗争过，他买过一辆三轮车拉土赚钱，可是，他总是一脸落寞，机动车不是马，马是生灵，可以训斥，可以沟通，可以培养感情，三轮车只是个物体，在父亲的眼中，这是个死物，没有灵魂。

我一直在寻找一种合适的话语，来形容马车的伟大与沧桑，就像承载着一个民族迫切却又不得不脚踏实地的命运。

马车是一种象征，证实着父辈们的伟大，也是那个时代农人渴望兴旺昂然向上的见证者，有了马车，便有了希望，更好像有了一种至高无上的信念，马车，托起了农村走向城市的理想。我相信：那个时代的每个父亲，都做过一个关于马车的美梦。

想起了一首关于马车的诗：

一个夜晚，
我踢破了门，
沉睡中，
马跑光了，
在这漫漫的隆冬，
我墙上挂着一把皮鞭，

院的角落，

停放着我的马车。

（选自《躬耕》2021 年第 7 期）

画事随感

我写黄泛区无题诗

南豫见

无题诗

百里不见炊烟起，
唯有黄沙扑空城，
无径荒草狐兔跑，
泽国芦苇蛤蟆鸣。

——写于 1978 年秋

黄泛区的历史背景

1938 年 6 月 9 日，蒋介石国民党部队为保卫大武汉阻挡日军南下，炸开黄河花园口大堤。混浊的河水向东南方向迅猛推进，在黄淮平原随性肆虐，最终形成了跨越豫、皖、苏三省 44 个县的黄泛区。

当时直接淹死和饿死的群众多达 89 万人，造成了历史上人为的一次大灾难。黄河水下泄后，西边一路沿颍河下泄淮河，东边一路沿涡河到怀远流入淮河，黄、淮合流后涌入洪泽湖，淮河、洪泽湖沿岸立即变成了一片汪洋。这次洪灾，河南、皖北、苏北西部共计 44 个县市被淹，受灾面积 29000 平方公里，受灾人口 1000 万以上，冲毁民房 140 万间，淹没近 2000 万亩耕地。黄水所到之处，房倒屋塌，饥民遍野。这次洪灾，致使河南、皖北、苏北西部三省地区共有 390 万人背井离乡。

黄泛区，一个苦难的代名词，一个曾滋生了杂草，又滋生了故园重生梦想的地方。多年来，黄河与河南纠缠不清，河南郑州花园口与黄泛区连绵一起，三者的交集，正是中原这个人口大省新历史的浓缩。黄泛区的影响很大，黄河泛滥成灾，给当时的地区带来了巨大的损失，严重影响到了当时地区的发展。

“黄泛区”的历史发生在中华民族最悲惨的时刻，是中华民族被逼到绝境后，生生从自己身上割下的一块血肉；这是百万“黄泛区”人民拿生命换来的；是用黄河这条母亲河，去掩住敌人的刺刀。

黄河下游故道逐渐干涸，黄河水全部从花园口下泄，黄河彻底改道。由于没有固定的河道，“新黄河”滚来滚去，这样在河南、苏北西部、皖北三省之间就形成了一个沼泽区，也就是黄泛区。黄泛区从花园口到淮河长约 400 公里，宽 10 公里到 50 公里不等，最宽处可达 80 公里。

从 1938 年 6 月至 1946 年 6 月，历时 8 年零 1 个月，横冲直撞的黄河回归了故道。但是黄泛区的生存环境仍然十分恶劣，耕植条件严重恶化，给当地人民造成深重的灾难，河南省 12 个行政区的110个县中，计有中牟、尉氏、西华等20个县沦为黄泛区。数年间，计有146万间房屋及650万亩良田被淹没，无家可归的难民不得不以草根、树皮果腹，甚至“以含毒野菜及观音土充饥，糠秕杂食反成佳肴”，先后死伤150多万人。

黄泛区农场

1949年中华人民共和国成立以后，党和政府十分关心、重视黄泛区的复兴工作。1950年2月，中央成立了黄泛区复兴委员会，同年3月21日，在河南省省会开封设办事机构——黄泛区复兴局，省主席吴芝圃兼任局长，赵一鸣、路岩岭任副局长。并由国家拨出专款，开始了大规模的向自然开战、建设家园、造福子孙的复兴运动。

在短短的一年中，复兴工作大见成效，得到了周恩来总理的赞许。周恩来总理在听取复兴局汇报工作后指示：结束复兴工作，地可以按户分给农民。地多人少，农民分不完，黄泛区可以建个大农场嘛！于是在中央和河南省政府的关怀下，经过短期筹备，1951年1月在黄泛区复兴局的基础上正式成立了黄泛区农场。

黄泛区农场地处黄泛区腹地，换言之也就是黄泛区灾情最重的地方。我生活了18年的黄泛区农场九分场，其荒凉程度令人触目惊心。从九分场四队的东北角，到九分场一队的西南角，直线距离为20多公里。九分场初建时，方圆几十公里的地方，寥无人迹。此处荒原，彼处荒原。茫茫荒原覆盖澄澄黄沙，阵风呼啸而起时，搅得天地间天昏地暗，风沙弥漫。人睁不开眼，呼吸困难。低洼处遍布的泥塘，水坑周围丛生的荒草与浅水处密集的芦苇相接相连、密不透风，是狼、成群的野狗、狐狸、野兔、水蛇、青蛙、草鱼等生物天然的生存疆域。跨越豫、皖、苏三省44个县的黄泛区，灾情最重的是地处黄泛区腹地的黄泛区农场，黄泛区农场36个基层单位，灾情最重的就是九分场。作为一个拖拉机手，我的足迹遍布九分场每一个角落。我的精神血脉、我的精神支柱，早已融入九分场的每一寸土地。换言之，融入九分场，也就是融入黄泛区农场；融入黄泛区农场，也就是融入茫茫的黄泛区。也就是说，我与灾难深重的黄泛区早已融为一体。我了解黄泛区，我熟悉黄泛区，我热爱黄泛区，黄泛区是我生命中不能割舍的一部分。

20世纪70年代末，我在《河南文艺》《河南日报》《吉林文艺》《颍水》等报刊发表近10篇小说以后，黄泛区农场党委破格把我调入场党委宣传部。我这个双手沾满油污的拖拉机手转岗至窗明几净的办公室，从事各类文字材料的撰写工作，主要精力是负责外宣。上面千条线，下面一根针。我除了负责采写党报党刊的稿件外，还有一个重要任务是兼对台湾工作办公室的工作。因为黄泛区特殊的历史背景与黄泛区农场所处的特殊地位，上级主管部门布置给我一个明确的文稿选题：黄泛区的历史变迁。

因为这个选题特别重大，新华社河南分社社长陈朝中亲自参与把关审稿，由我执笔撰写初稿。在涉及黄泛区当年的灾情灾难一节时，因为对黄泛区的熟稔，我轻车熟路地用上了“千里泽国”“浮尸漂流”“庐舍为墟”“鸟飞不下”“兽铤亡群”之类辛辣刺激的字眼。姜还是老的辣，陈社长告诫我说文字不能这样直白，尤其是对外宣传。要把黄泛区的灾情、灾民承受的苦难，隐藏在文字的背后，要达到字背有字、画后有画的艺术境界，这样宣传的力度会更大，效果会更好。犹如醍醐灌顶，我的心一下被拨亮了，因为不是单纯写诗，诗是文稿中必须概括黄泛区当年灾情状况的一段。辗转反侧了一夜，一首无题诗落笔成文：

百里不见炊烟起，
唯有黄沙扑空城，
无径荒草狐兔跑，
泽国芦苇蛤蟆鸣。

陈社长看后，拍案叫绝，非常满意。他解读道：在第一句“百里不见炊烟起”的文字背后，是经历了浮尸漂流、庐舍为墟的洪水浩劫后，人或死于非命或亡命他乡，一望无际的灾区没有人了谈何炊烟？第二句的“空城”强化了灾情苦难深重，十室九空，没有人迹，何等悲凉？黄水退去后，茫茫黄泛区让人油然记起欧阳修的名句：“今其江山虽在，而颓垣废址，荒烟野草，过而览者，莫不为之踌躇而凄怆。”后边两句看似随手拈来，实则是前两句意境之推进："无径""荒草""泽国""芦苇""狐兔跑""蛤蟆鸣"，这些令人目不暇接的荒凉具象的背后，是"灾前人居地，灾后兽乐场"，"昔日中原乐土，今时人间地狱"的真实写照。

时年二十五六岁的我，创作思维相对单纯，没有那么多的条条框框，遵循的是毛主席倡导的文艺规律："从生活中来，到生活中去""生活是创作的唯一源泉"。与当今习近平总书记倡导的"深入生活，扎根人民"一脉相承。

当时的主导思想是完成领导交给的任务，并没有传之后人的立言奢望，不承想无心插柳柳成荫，这一首无题诗一经问世，即被受众关注与好评。先是在黄泛区农场口口相传，领导讲话、场内文件、新闻报道、媒体栏目、学生作文……凡涉及黄泛区历史的，这四句诗不可或缺，引用率之高始料未及。渐次渗透到黄泛区农场的各个社会层面，广为传播，人们耳熟能详。

经过40多年岁月的淘洗，这四句诗又从黄泛区农场渗透至整个黄泛区，又由黄泛区渗透至华夏文明的主干——广袤的黄河流域。打开互联网，百度搜索"百里不见炊烟起"，满屏的有关词条，即扑入眼帘。有成为词条的关键词，有成为试卷的选择题，更多的是黄河两岸有关省市的历史演说。林林总总，包罗万象，涉及教育界、文化界、思想界、历史界等。2019年9月18日上午，习近平总书记在郑州主持召开黄河流域生态保护和高质量发展座谈会上指出，1938年6月，国民党军队难以抵抗日军机械化部队西进，蒋介石下令扒决郑州北侧花园口大堤，导致44个县市受淹，受灾人口1250万，5400平方公里黄泛区饥荒连年，当时灾区的悲惨状况可以用“百里不见炊烟起，唯有黄沙扑空城”来形容。此诗还被新华社“学习进行时”作为2019年度《习近平年度“金句”之六》推出。一位当代诗人的诗能被国家最高领导人引用在我省还是第一次。

河南大学博士李麦产说：“这首诗确实好。形象生动，隽永耐读，写出了大景观、大事件，泣血含泪，又令人铭记。”

文学作品的最大成功就是不被岁月埋蔽，能数十年如一日在民间、在社会广为流传。金奖银奖不如不被老百姓遗忘。迄今我已出版15部专著700余万字，还有两部长篇电视连续剧在央视黄金时段播出。但相比之下，影响最广泛的还是这首无题诗。可以预判：只要黄泛区农场存在，只要黄泛区存在，只要大黄河存在，这首无题诗就会存在。

作为一位作家，伏案一生，能留下这首诗就够了，就没有白写，没有白活。

（选自《时代报告》2021年第1期）

歌起江淮

陈峻峰

江淮地，我的故乡。自云端、山水、田垄、湾畈，歌声响起：

新打塘埂两面光，里插杨柳外插桑；
东边来风桑缠柳，西边来风柳缠桑，
乖姐缠的是少年郎。

——一听便知，这是我老家固始的情歌呢。

桑河弯弯长又长，桑山高高岗连岗。
水绕桑山龙摆尾，山偎桑水凤朝阳。
山前水后桑树林，林中有座郭家庄。
郭家有个黄花女，从小起名叫丁香。
…………

——哦，这是固始“灶戏”《郭丁香》！

固始民歌，地缘、史脉和形态，归类于大别山民歌；大别山民歌，归类为江淮区戏曲音乐。无论淮河流域的人们经历了怎样的动荡、苦难和生死，他们仍然需要并创造着自己丰富的精神生活和艺术形式。抒情、言志、委婉、激昂、宣泄、释放，内心需要满足和抚慰，也需要出口。艺术在民间，在乡土，烂漫多姿，自然天成，优美和塑造一代代淮河儿女的生命姿貌、文化姿态、生活滋味。一方水土养一方人，必同时有一方养人的精神生态和水土，否则，这日子就没法过，那人还有啥活头。

在专业研究上，淮河流域的戏曲音乐被划分为三个区域：江淮区、黄淮区、淮海区。所谓江淮区，是指长江以北、淮河以南、大别山以东、大运河以西的广大地区。这一带是淮河、长江冲积平原，地势四周略高，中部较低，是我国重要的水稻产区和淡水渔业区。黄淮区是指黄河以南、淮河以北、伏牛山以东、大运河以西的广大地区，这一带土地肥沃，地形平坦，海拔较低，面积辽阔，为我国重要的农业区，主产小麦、杂粮和棉花。淮海区是指北接齐鲁、南连长江、东濒黄海、西至大运河，形成了南北狭长地形的水网密布区域，历史上黄河多次改道，天灾，人祸，带给该区域无尽苦难，土地碱化，地势低平，灾害频繁。自然区域系统包括地形地貌，必然对区域人文与艺术形成重大影响，甚或决定着内容、品种和式样。先看黄淮区，该区域西部、南部属山区、丘陵，北部、中东部多为平原，民歌、民舞、戏曲、曲艺并重，现存有豫剧、河南曲剧、河南越调、人康道情戏、汉剧、坠子戏、柳子戏、沙河调、豫南花鼓戏、凤阳花鼓戏、淮北梆子、四平调、二夹弦、豫东调、祥符调等。淮海区的戏曲剧种即音乐声腔，繁茂多样，姿彩缤纷，有本土的，有外来的，有二者融会新生一种的，如本土的香火戏，花鼓戏，在花鼓戏、扬州清曲和香火戏基础上发展起来的扬剧，在香火戏基础上发展起来的淮剧和洪山戏，有拉魂腔为母体分出的柳子戏、淮海戏和泗州戏，有吕剧、罗子戏、八仙戏以及流布发展于沿江一带的江南锡剧；外来的有黄河流域的豫剧、豫西曲剧、山陕梆子影响下的各种梆子腔：山东梆子、莱芜梆子、东路梆子、江苏梆子、枣梆等，江淮区的徽剧、黄梅戏也有。

最后来看江淮区。淮河不仅是南北地理分界线，也是南北文化分界线，其地理区位天然赋予了淮河民间音乐文化多样性的地域特色。既是独立的，又是兼容的，我所居住的河南信阳及所辖我老家固始、大别山腹地的商城、新县、光山，周边安徽金寨、霍邱，湖北红安、麻城等，即在此区域内，淮河及其支流丰沛恣肆，蜿蜒交错，鄂、豫、皖三省通衢，南船北马，亦橘亦枳，豫风楚韵，古代概述为：襟荆楚而屏中原，扼两淮而控江汉；当代宣传语曰：东西经济交融，南北文化荟萃。所“荟萃”的有中原文化、楚文化、吴文化、诸侯杂文化。今人所讲区域文化，是先秦的概念，所看到的，都是久远的图文记述、地下出土，或博物馆展览的器物，而于生生不息的民间生活，已无以分辨，因此还应该有推及当代的文化界定和考量。江淮区乃鱼米之乡，富庶繁华，山水青绿，人杰地灵，民间音乐丰富多彩，民歌、民舞、器乐、曲艺和戏曲，千姿百态。其中戏曲正是这些音乐艺术形式集大成者而创造出的高度综合的一个音乐艺术品种，在江淮区即有黄梅戏、黄梅采茶戏、徽剧、庐剧、淮剧、凤阳花鼓戏、清音戏、泗州戏、咳子戏等等；民间曲艺有锣鼓书、四弦书、大鼓书、花鼓、淮词、四句推子、安徽道情、安徽坠子、卫调花鼓等等；民歌、民舞，就更是繁花似锦，多姿多彩，不可胜数，并流传演唱至今。上面所听到的民歌，就是固始民歌，或曰大别山民歌，在信阳民间，有丰富蕴藏，信阳也被称为歌舞之乡。火绫子、杈伞舞、花伞舞、流珠伞、六绫悠、双连环、狮子舞、春牛舞、蝴蝶舞、河蚌舞、地秧歌、花鼓灯、跳傀儡、老背少、旱船、花车、龙灯、扭角、抬角、打连厢、固始花挑舞、商城花篮戏、息县板凳龙、潢川咳子戏、光山花鼓戏、新县三壁吹打乐、潢川渔鼓和渔鼓扇纸人戏、罗山皮影戏，还有民歌，从20世纪50年代到现在，多次被邀进京展演，国内国际获得大奖无数，有的当年还被邀在怀仁堂为国家领导人演出。

一直以来，我犯有一个“常识性错误”，把大别山五句山歌视为我们的“绝无仅有”。那年去湖北五峰土家族地区的柴埠溪采风，给了我“启蒙”。

在大别山我们这样唱：

五句山歌五句单，下过湖南到四川，

湘川两省歌千首，没我五句歌新鲜，
会唱五句是歌仙。

在柴埠溪他们那样唱：

五句子歌儿五句多，堆成山来流成河，
无粮无曲不成酒，无郎无姐不成歌，
情歌出自心窝窝。

所谓常识性错误，是我“一直以来”都认为，五句山歌是独属我大别山区的，山南水北，一枝独秀；到了柴埠溪，我才知道我的民间文艺水平有多么业余。比如过去，我所知道的五句山歌基本特点，一是每歌五句，为中国民歌独有。一、二、四、五句押韵，内容上则是一、二、三句铺垫，四句结句，五句点题。二是不同类别的山歌音调也不一样，并形成套式。三是字面干净，这是它最大特点，这也是其他种类的中国传统民歌都几乎没有的。包括涉及性的情歌也是，叫“素面荤底”或“荤底素面”。现在我知道了，五句山歌我们称“大别山民歌”或“信阳民歌”，它在柴埠溪，叫“五句子”。另外我们称五句山歌也叫“赶五句”，在柴埠溪也有“赶五句”之说，但他们的“赶五句”是指五句子连缀，据说最长的有 32 段，也叫“排子歌”。对“赶五句”的定义，显然，他们更确切一些。所谓启蒙，是由此让我知道了五句山歌的分布，原来是从桐柏山起始，自淮河南岸，经大别山及鄂西一直到大巴山地区，还有部分南方客家人中也唱，是当年中原人南迁时捎带的“文化产品”。

五句山歌是农耕时代劳动人民口头创作的韵文作品，它包括民歌、民谣两大类，也包括少量的长篇民间叙事诗。形式上大致可分为：号子——劳作时有领有合的民歌；山歌——耕作或放牛时的对歌；小调——流行于市镇的委婉俏皮的小唱；灯歌——节日喜庆、婚嫁庆典的欢歌；丧歌——办丧事或祭祀时的宗教歌；儿歌——孩子们念的童谣；等等。从内容上，大致可分为劳动歌、仪式歌、时政歌、情歌、生活歌、历史传说歌、儿歌和其他八大类。细分就复杂了，比如儿歌里就有摇篮曲、数数歌、问答歌、游戏歌、锁链歌、绕口令、颠倒歌或曰扯白歌等，上述八大类，大多与我国各地民歌存在共性，但由于地理环境各异，风俗习惯不同，语言音调复杂，便构成了五句山歌一些独具的特色。五句山歌，不同类别、内容、主题，以及不同演唱对象和场地，音调也不一样，并形成套式。悲凉如《淮调》，高亢如《昆腔》，凄婉如《砍柴调》，抒情如《放风筝》，纯朴如《手扶栏杆》，欢快如《八段锦》，以及打夯、车水、薅秧、采茶都有自己的歌，自己的唱法，并且有独唱、清唱、领唱、合唱等等。我们知道，著名的红色民歌音乐经典《八月桂花遍地开》就诞生于大别山鄂豫皖革命根据地，是根据民歌《八段锦》改编。这是后话。

和其他种类民歌一样，五句山歌中同样是情歌最多，也最出彩，有荤素之说。因为在农耕时代，封建封闭，情歌还间接担负着山里少男少女的性启蒙教育。而五句山歌中的情歌如上所说，无论所描写和表现的内容怎样“荤”，字面一般都素净：

十八岁大姐想情郎，夜夜想得脸焦黄，
打开枕头给郎看，眼泪发芽二寸长，
床底下挖个养鱼塘！

——这是表现单相思的。

小妹妹园中摘黄瓜，小哥哥墙外撂渣巴，
打落了公花不结果，打落了母花不坐瓜，
小哥哥你眼睛瞎！

——这是恋爱的娇嗔。

栀子花六瓣子开，三瓣子正来三瓣子歪，
你要正来正到底，不要正正又歪歪，
要歪你就歪过来！

——这是典型的三角恋爱。

新打的牙床格子稀，叫声小郎你慢慢地，
侬家今年才十四，哪比小郎你十六七，

再过两年我不怕你！

——这是小夫妻初夜情话。

未必经意，也未必精准，我选了这几首五句山歌为例。无论荤素，然字面干净。其白描、比兴、语言、手法、情趣、意境都妙不可言，美不能及。

五句山歌有着自己的文化特性和特质，应该成为中国民间文学和民间音乐的独立存在。固然随着传统农耕时代的式微，社会变革、文化多元、城市化进程，迅速带来劳动方式、生活方式、人群聚居方式的改变，民歌的功用已经衰退和消失，甚至已把它作为非物质民间记忆文化遗产来抢救了。但它来自花样民间，来自劳动和生活，蕴含了丰富的文学营养和音乐品质，如源头活水，永远不会枯竭。广泛融入当下的文学和音乐创作，有着别样的情景和韵致。那么这里特别需要提到我老家固始的灶戏《郭丁香》。

固始灶戏《郭丁香》，这个沉潜与埋没在民间的文化瑰宝、人类文化遗产，最早让人们认识它的价值是在 20 世纪 80 年代，固始县三位文化学者曹家振、彭华厚、李海华从当地民间搜集整理了叙事长诗《郭丁香》，在 1981 年第 10 期《民间文学》上发表，计有 1350 行，并非全部，被盛赞为“中原第一长诗”“汉族民间史诗”。《郭丁香》其主要内容，是表现传说中灶王奶奶郭丁香和灶王爷张万良爱情纠葛和生活故事，最早，是以灶书形式在豫、皖、鄂、宁、鲁及毗邻地区流传，而在固始，流传最为长远和集中。说“唱灶”有八奇：一奇它是歌是诗是书又是戏。唱灶，可以一个人或几个人坐在那里说唱，也可以多人分角色表演着唱，富有“曲艺”特征，一个书目一个曲种，叫“灶书”；把灶书整理出来成书面文字，是“叙事长诗”；分角色演唱，属于民间戏曲；一个剧目一个剧种，叫“灶戏”；外人听到时，会将其视为民间歌谣。二奇是匠艺合一。只有木匠才唱灶。三奇是因书（剧）目而得名。唱灶王爷、灶王奶奶的，离不开一个“灶”字，这种艺术形式便称作灶书、灶戏了。四奇是唱灶脚本是木工匠人们集体口头即兴创作，有三百年历史。一部《郭丁香》，木工匠人们口传心授，师徒传承，你增我补，各有千秋。五奇是无音乐伴奏，仅用木工工具或农具击打拍节。六奇是只有两句音乐唱腔，来回翻唱，发现竟能演唱如此宏大的书篇，不可思议，且久唱不衰，观众也听之不厌。专业分析，其“奥妙”是唱灶的声腔，既有豫南地方曲艺大鼓书的唱腔成分，也有咳子戏、花篮戏等地方小戏的声腔，还融合了蓼地古老山歌小调的韵味。七奇是唱灶仅止于一种庭院娱乐。八奇，那就是拜灶。唱灶之前，木工匠人们走进东家厨房内，点纸、焚香、放炮、敬拜。其间随之也演唱一些相关内容，一是对灶王爷、灶王奶奶的祈祷之辞，二是对主人给予的多方照顾表示感谢之意。这一下提升了这本来乡土娱乐下里巴人的品位，仪式感带来神圣感，有看不见的东西在，和艺术——无论民间或者殿堂——本身一样，已在人的精神层面。艺术就是这样充满了魔力，保留记忆，传承经验，提供审美，也愉悦身心，它是淮河本源之水，甘甜清冽，洗濯岁月的哀愁和尘埃；是江淮故土之上的木兰、秋蕙、香草、芙蓉、蓼花、胭脂、粉黛、信物，是日子中的油盐，父老乡亲、兄弟姐妹们，才活得有姿有色、有滋有味有力量。因此大水淹、大旱旱，死一百回，我们也都能从江淮故乡大地上生出来，长出来；呵气成风，挥泪如雨，夜黑有星月，晨来有阳光，高兴了就唱就跳就扭，憋屈了就长歌当哭，可着劲儿，吼它两嗓子；转眼你再看吧，一个个都民歌小调样儿的，飒飒爽爽，又变得青枝绿叶、蓬蓬勃勃的了。需要提醒的是民间艺术不免存有封建传统落后和低俗的价值观，有的甚或引导民众把理想寄望于“盛世”“清官”“大帝”“关公”“包黑子”，以及上苍和鬼神，而这正与现代社会民主法治精神相去甚远，在与时俱进与实现人的现代化上，促进我们必须严肃思考和对待民间艺术的扬弃和创新。再就是，我一直很痛苦，就是上面所列举的民歌，还有现在公开整理出版的长达5000行的《郭丁香》，字数整整齐齐的，怎有可能！一看，就是经过了加工，动了“手脚”，不再是“原生态”了。问题是我们所能看到的常常是这些“精彩”的“整理”过的“民歌”，它的最原始版本、模样儿，即“原始面貌”是个啥样呢？当民歌手老去，而后人却把这些整理过的被我斥责为“伪民歌”的往下传，那么大别山民歌在未来，就完全走样了。

郎在山上打眼望，姐在河里洗衣裳。

郎望姐来姐望郎，情姐心里在发慌。

棒头捶在石头上。

那天在柴埠溪一个土家族妹子在唱这首五句山歌时，灵机一动，把最后一句改成了“棒头捶在手背上”，大家觉得改得好，乃神来之思，大赞。转而一想，我就觉得它不好了，固然情姐痴情或到了极致，但棒槌捶在手背上，太过残忍，不敢再想，体会那捶在手背上的疼痛，完全破坏了这个原本表达爱慕之情的美的场景和美的瞬间，也不合理。还是民间厉害，情姐只顾朝山上打眼望情郎了，“棒头捶在石头上”，就没捶在衣裳上，一下一下，还在那儿捶，是多么忘情、生动的一幕生活情景片段。民歌，尤其是流传下来的民歌，必经时间淘洗和岁月锤炼，以至于成为不朽经典，集中了民间智慧，不是你随便能改的。

改了，就不是那个“味儿”了。

（选自《文学港》2021 年第 3 期，有删改）

“河洛古国”的文化密码

韩　达

初知巩义，是因为杜甫。早年读诗圣那些开合排荡、深厚雄浑、沉郁顿挫的作品，深为他那种不顾个人遭际、不倦地追求理想，以及顽强精神、忧国忧民的人格所感动。他的诗歌，不仅抒写了个人浩茫的心事和深广的忧愤，最可贵的是让人读后，如闻盛唐之音中洪钟巨响，使人警策、激醒。

巩义是杜甫的故乡，他的出生地数年前就已是一个著名的景区，因此，巩义留给我的总体印象，便是一座充满诗意的古城。五年前到杜甫故里采风，曾写过一篇自以为很用心的散文。事后深感自己有点不自量力——杜甫和他的故里，深邃得犹如大海，书写他们，就像拿着一只小瓶去装海水。

庚子年初夏，应“新时期巩义文学研讨会”之邀，再次踏入这块土地，似乎减去些许愧疚之意，至少没有太大的压力，因为活动的其中一项议程，是考察双槐树遗址。驱车前往双槐树的路上，窗外满眼绿树。临近目的地的道路两旁，一排排高大的泡桐，淡紫色的花朵仍在盛开。迅速在记忆中搜寻，曾记得杜工部在《秋兴》中的两句与入目的景致有关："香稻啄馀鹦鹉粒，碧梧栖老凤凰枝。"只是诗人写作的时间是在秋天，而且写作的地点也不在他的故乡。

地处黄河南岸、邙山腹地的巩义，土地肥沃、四季分明，无论山下入目的稻田，抑或岭上的黍地，仿佛都在有意附会诗圣的那两行诗句。

在双槐树遗址下车，越壕沟、过桥，便是占地近百亩的河洛古国遗址。历经数年的保护性发掘，上千件出土文物均已在陈列厅里展示：一只只经过精心修复后的彩陶容器，一根根早已钙化了的骨针，以及锈迹斑驳的石器和一段又一段的朽木……这些沉睡地下千年的文物，把一切秘密凝固在自己身上，仿佛一个个突然"失语"的聋哑人。它们把曾经的身世，以及它们曾历经的往事，统统藏于心底，任由前来参观的人去观赏、玩味和想象。

这是迄今为止，在黄河流域仰韶文化中晚期中，中华文明形成的初期阶段发现的规格最高，且具有都邑性质的中心部落。21 世纪初年开始的中华文明探源工程，历经数年，均已在辽河流域和长江中下游等地发现了距今 5000 年左右的高等级都邑遗址，而在作为中华文明核心的中原地区没有进展，一直是个很大的遗憾。双槐树遗址的发现，无疑填补了这一空白。

我们是谁？又从何处而来？这些人类起源之谜以及人类童年的历史演变，始终让我们充满好奇，并为之探索不止。古今中外的有识之士，为什么醉心于自身奥秘的探寻，幻想着千万种可能，感叹人生的虚幻和时光一去不复返的遗憾？眼前这庞大的遗址现场仿佛就是一种有力的解答。挪用杜甫的诗句，就是“天上浮云如白衣，斯须改变如苍狗”。

文物，作为一个民族文化的图谱，是民族历史的见证者。河洛古国的地理位置，以及所处的时代举足轻重——伊洛河在此交流后，汇入黄河，遗址呈现出的景象与内涵，契合了《易经》中“河出图，洛出书”的记载——诸种现象都在说明：不排除双槐树遗址是黄帝时代的都邑所在，至少是早期“中国雏形”的酝酿阶段。如果说，将遗址与某段历史进行对照还为时尚早，那么，可以确定的是，无论就其规模，还是所处的地理方位，包括出土文物的价值和文化信息，至少是黄河流域仰韶文化中晚期的文明中心。

双槐树遗址仿佛专为今人考证而被发掘。不仅是考古专家代不可止的惊叹和欣喜，而且还有每一位观赏者的赞誉和嘉许。拒绝是需要理由的。宏大的建筑规模，前殿后寝的格局，包括用九只陶罐模拟北斗九星的天文图景，乃至不远处高规格的随葬物品……呈现出的无不是古国时代的王者气象。

作为世界四大文明古国之一，它的社会发展模式、思想观念……中华文明是唯一延续至今未曾中断的文明，它是如何起源并发展至今的，向来备受关注。双槐树遗址的发掘，为此主根脉络延续不断、瓜瓞绵绵的中华文明，提供了有力的注脚。

置身双槐树遗址，很容易联想到距此数十公里外的二里头遗址。河洛地区向来被视为中华文明的腹心地带，自古就有

"居天下之中"之称。二里头遗址作为夏代中晚期的都城，它的发现，使史书中记载的第一个世袭制朝代——夏的存在得到了证实。而河洛古国遗址的发现，则把人们的目光带向更遥远的过去。

5000多年前，曾经自出峰岭峡谷，持续在华北平原恣意横流的黄河得到控制后，平静地从邙山脚下流过，河洛地区以它特殊的地理位置和优越的地理环境，成为河洛古国的都城。可以想象这样一个5000多年前的画面：九个陶罐和麋鹿都埋在地下，自信的居住者，日常活动时俨然自骑麋鹿，行走于天上星辰之间，向诸部落氏族郑重表达，他自己才是呼天应地的王者。由此专家根据诸多出土物证推测：居住在这里的主人，应该是一位谙悉巫术和天文的古国首领。国人向来都有崇尚天地、图腾崇拜的心理，包括被冠以伟大现实主义代表的诗圣，也曾感怀托事，在《登楼》中把天上星辰与朝廷归为一体："锦江春色来天地，玉垒浮云变古今。北极朝廷终不改，西山寇盗莫相侵……"他以这种方式设计自己的居室，实际上是在神化自己。

河洛古国的主人，以及他所属的部落，早已化作历史的烟尘。与他们有关的物品，历经时间长河的演变，都凝在每一只陶罐中、每一根骨针上和每段朽木间。这是历史的惠存，是人类过往的文化结晶，是民族历史的见证。它们见证了人类社会步入农耕时代后，华夏民族由小变大、由弱到强的过渡历史——这些出土文物，无疑也在向世界证明了中华民族文明的起源，同时也展现了中华文化生生不息的强大基因！

“天地无穷极，阴阳转相因。人居一世间，忽若风吹尘。”看看曹植的《薤露行》或许会更深刻地理解眼下这些出土文物——是面对天地永恒的咏叹，是对宇宙奥秘不解的困惑，是对有限人生的叹息。虽伤感，但总有对生命的不甘。

当时人们的生活现状早已无法详考，但从发掘现场及出土实物上，以及与之相关年代的其他文明中，还可见之大概。双槐树遗址发掘出来的国宝级文物，是一只用野猪獠牙雕刻而成的家蚕——腹足、胸足、头部组合明晰，和现代的家蚕毫无二致。其背部凸起、昂头翘尾的形象，是家蚕吐丝或即将吐丝时的典型造型。这是迄今为止所发现的，仰韶时期与家蚕及丝绸起源相关联的、最直观的实物资料。其学术价值无法估量。丝绸和玉制品，作为中华文明的高端标志，再次向世界表明，在其背后，肯定有更高端的文明存在。

把联想拓展得更广一些，是由壕沟外而近周围的乡野。5000多年前，清澈的溪水从壕沟循环流向域外，碎石和夯土铺就的街巷，规整的房屋矮檐相衔，首屋相连的胡同中有儿童追逐嬉戏其间，鸡犬相闻中，有人在溪边浣衣洗菜。淡淡的风中透着浓浓的古意，一派可赋桃源之咏的图景……当然，城外，时而也会有风啸马鸣，但是伴着黄河的潮涌潮落，多是令人向往的“男耕女织”景象。

遗址北端的“观星台”值得流连。登上郁郁葱葱的山脊高处，四周开阔的景致与凉爽的夏风一同袭来。极目北眺，两岸碧绿的林带和北岸无际的农田尽收眼底。汛期来临前的黄河，波流平缓，从容而悠闲，气度酷似一位浪漫诗人般翩然。另一边，低昂无定的邙山峰岭，默然肃立——它们的沉思之状，也令我限入沉思。

双槐树遗址的发掘工作，还在紧张而有序地进行。脚下的河洛古国，究竟何时埋于地下？我们的祖先，经过多少艰难的抉择，最终安居在黄河流域这块黄土地上？一切都待考古工作者得出结论。

人类在告别童年之前，于混沌蒙昧之中，曾经迎来过一道又一道划破天宇的闪电。从结绳记事，到红陶、彩陶的制作，直至文字的诞生。这一道道告别荒蛮、问候文明的闪电，照耀着我们的祖先，在满足基本生存之后，开始了一个又一个新的探索、新的追寻。

双槐树遗址之行，似同距今5000余年前的故人有了神交。他们的村落都邑……包括所有“形”的存与灭，似乎已不重要。因为我是在古意和诗境里流连——意境与心相连后，再温河洛古国的旧梦！

（选自《中国铁路文艺》2021年第3期）

活着的力量

唐兴顺

活着的力量

院内小竹林边长出一棵李树，有的地方叫李子树，单听口音容易和梨树混淆，两种树最主要的是果实的形状不一样。对我来说这“李”还有一个特殊记忆，少年时曾与戴着老花镜的祖父在乡下破旧的房屋内，一块翻看袁天罡、李淳风的《推背图》，书中预言明太祖朱元璋时所绘的图形是“李子树上挂拐尺”，“木”上加“拐”，寓意从那时往后700年将有朱姓者得天下。从此李树这种树便深刻印在我生命记忆的底色上，并长时间地在心里摇曳着神秘着。

我家的这棵李，由于在竹子底下，有压力，要竞争，便长得飞快，干不粗，只往上长，细弱窈窕得有些不成比例，风刮来的时候，它与竹林一同摇晃，单从高度和粗细上看，它差不多就像一棵竹子。但是它很快就特异起来，在顶端的枝杈上开出一冠白花，细碎，朴素，又鲜丽清新。如果把院子南边部分看作一幅画，把竹子当作主体，那么这细枝挑起的李花便是这画边上的一枚印章或题跋。可是美过之后却出现了问题，它青春的身体，精神旺盛，结出的果实特别大，一颗挨着一颗在树枝上累积成串，很快就把李树压弯下来。果实小时弯度小，果实越大弯度越大，人心的承受力随着这弯度也在加重，终于有一天觉得需要帮助李树一把，毕竟它是一个特殊的生长。一个人拿不出方案，请朋约友，七嘴八舌，最后找来一根铁丝拴到它的树冠下边，人从另外途径攀到高处，慢慢地拉住铁丝往上拽，把它固定住。如此，树干直起来，果实被举至半空。问题解决了，对它的注意力也减弱了。

这棵李树再次进入人的视野，是又过了很长时间之后，其间不是说没有看到李树，应该说差不多每天都能看到它，但看到和进入视野是不一样的，这个视野应该是指人心，指心向它打开，是注意，即向它倾注心意。光看到，心未打开，很多时候是熟视无睹的，那个事物模糊在世界普通的颜色里。在时间里李树又高了许多，它也不再那样纤细，竹子中最粗的已经无法和它相比，树冠扑棱得很大，看上去大有和整个竹林平分秋色之势。变化是巨大的，可人心不曾留意，它便好像不存在。唤醒人心的是一个细节，当年那根铁丝长进了李树的躯体里。仰起头仔细观察，长进去是很久了，不是痕迹不明显，是一点痕迹也没有。现在，铁丝反倒是像从树桩里长出来的两根细枝，它生着锈，脱落着黑色的碎屑，换一个角度看，也好像是树正在往肚里吃它，咽它。最开始树与金属相遇肯定会有排异反应，怎样反应？只有树知道。但有一点是肯定的，树是活的，这是树最大的底气，铁丝再硬，但它是死的。树在没了别的选择之后，就咬定它，消化它，难受和痛苦有时候是生长所必须经历的。活的，一天天增长，死的，一天天减少，相持一旦打破，胜利就势如破竹。认真观察树桩上的细节，甚至发现铁丝到最后是做了李树的养料的，铜、铁、锡、铂、金，自然元素，生物不可缺。为什么说是这样？因为从拴铁丝的这个地方向上，树干格外得粗出了一圈。现在，李花开时，果实成时，这棵李子树完全成了小院里的风景中心。

沸腾

一口浅底黑锅，坐在燃烧的火炉上。锅里的水开始是静止的，水静止时差不多无颜色，水和水底呈现着锅本身的黑色。只一小会儿，就发生变化，在锅底的某些地方出现了几颗白色颗粒，它们跳动着出现，以一传十迅速增多，白花花的珍珠在跳跃，而且这一片儿和那一片儿在比赛在扩大在争抢地盘，满锅底“大珠小珠落玉盘”，这个过程中每一颗水滴都在竭力表现，膨胀着自我也失去着自我，然后在锅底形成一层低伏的细浪。与此同时，在上部，水与铁锅相交接的边沿，也已经出现白点，白线，短细的白线，它们也在激动地跳跃，跳跃着相互碰撞和吸引，很快连接成一个规范的圆圈。这时候它们很美，完全就是一条纯白金项链，而且与锅底积雪般的水花形成一幅清晰而玄妙的构图，可是这图只出现一瞬就被改变，引发变化的是锅底圆心位置上突然卷起的一朵大浪花，它的形状就像一蓬怒放的真花，花蕊、花心、花瓣俱全，而且那花瓣一度薄厚不匀，一度透明雪亮，一度迎风招展，可惜它们很快也就没有了，因为一花引来百花放，整个锅底全部翻腾成了巨浪，如惊涛拍岸，如冰山雪堆。此时此刻，上边的“项链”已经变粗，像燃着的火鞭向下喷射白花，上下呼应，整个锅底四海翻腾云水怒，所有的水分子全部都大激动大欢悦起来。

这个时候，才有闲暇来看锅下的火，火苗跳跃着绽放如花。人操纵火作用于水，问题是人心是粗糙的，考虑不到也没有能力考虑到在火的环节上火具体的工作状态，人像一个蹩脚的总司令，派了一个尖刀班去杀敌人，他只是要一个杀的结果。而火实在是很不容易的，中间隔着一层铁，怎么掌握火候，怎么布局火力，最开始向哪一部分水发力，一小点一小点地拿捏分寸，中间一定需要繁复细密的思想。进一步想，火也是一个分子一个分子的，去和水交接，所有任务都是靠每一个具体的个体来完成的，就像人类战争中尖刀班里的每一名士兵。

水滚沸起来与不滚沸起来是不一样的，滚沸的水可以改变很多物质，可以改变很多物体。从地里刨出来的红薯是硬的，放进沸水里，一会儿就变成软的；一根玉米棒子从玉米秆上掰下来是生的，放进沸水里一会儿就变成熟的；一抔谷米，本来是一颗一颗的，放进沸水里，停一定时间就会变形，再停一定时间就会相互溶为一锅粥；一只螃蟹，张牙舞爪的，放进沸水里，时间甚至不用煮熟米粒那么长，它就会变成餐桌上的食品。所有这些东西，如果延长时间再煮，它们都会变成水蒸气，还原到空气和自然里去。我们欣赏锅中沸腾的状态，思考它沸腾的过程，感受它变化着的美，但有时候是不忍心往里边放东西的。

转化

院里西墙根有一棵歪脖子木瓜树，它向北长，长到我卧室朝南的窗户上，从玻璃望屋内，想进去，就又长，不知道光明是个假象，长出来的新枝被逼仄地竖起来，又贴着玻璃向上，中间不断向里用力，终究还是进不到室内。但是，却成就了人眼中的一副别样景致，它的这种用心和努力，让我格外珍惜它，进而珍惜它的果实，中秋都过罢了还是舍不得摘。木瓜果实的形状也好看，像电视剧《西游记》里“人参果”那样的大小和样子，从幼果开始就不像一般的果子，自花蒂上长出来就是长形，腰杆儿有曲线，肌肉丰满，特别是由青转黄时，在枝头上就像又一种独特的花在开放。完全成熟的木瓜，颜色金黄，皮肤鲜嫩透明有光亮。

我让它自由落地，尽可能多地享受它们在枝头上的样子。落一颗拾一颗，拿在手上闻它的香气，它满身都香，而尤以掉落时碰破的地方冒出来的香气最是扑鼻，一股一股地涌动窜流，往空气中扩散。晚上听到几声扑通扑通的声响，早起推开屋门，院子里这儿滚一颗那儿滚一颗，又正好被晨光照着，身上泛起虹霓一般的细密光谱，而香气愈浓。我把落地的果实盛放在筐篮内，将筐篮高出头顶挂在晒衣服的搁秧上。秋天结束的时候，堆积的木瓜在篮子上现出一道隆起的金色弧线，它的香又从这里发出来，上下左右弥漫。

时间过了一段，某一日，我从二楼书房下到院里来，突然看到眼前空气里飘荡着许多尘埃，一小颗一小颗的，密密麻麻，满眼都是，但碰到脸上感觉又不是灰尘，伸出手，这些小分子似乎会主动避让，猛一回手，有的便粘到手上，靠近眼前细看，原来它们都是小飞虫，体积极小极小，但都是有模有样的。如果把知了缩小一两百倍，差不多可以和它们作一比，头上有两颗凸起的小明点，应该是一对眼睛，也可以看出两个翅膀，飞虫和知了的不相同，过于细、长，与它的体量太不成比例，大部分在身体之外空着，如柔弱少女长而透明的裙子；再往细处看，模糊不清，只勉强可以分辨出它们的腿、须等部位来。已经没有疑问，飘荡着的正是数以千万计的有活力的小生命。看眼前的情形，甚至想，它们或许正在进行某个盛世狂欢之类的活动，有组织有目的有分工有秩序。不信，你集中眼神瞄准一只，它一会儿低，一会儿高，一会儿拐弯，与某某某碰着了，只一挨，又离开，猛一下向高处直飞，好像在落实刚才与同伴的什么约定。一只一只挨着看，每一只都在自主表演，有的打转，有的乱飞，有的静止悬浮。呵一口气，吹向密集处，无数

小飞虫便成团成团地大距离迁移，这儿稀薄了那儿却密集了，稀薄或密集又影响着各自的周围，全局因一点变化而变化。我家院子里成了一个活灵活现的生命场，或者是包容了无数星河的大宇宙。

原来它们都是从筐篮里的木瓜上生发出来的，从搁秧上摘下篮子，篮子周围顿时滚动起一个黑色云团，摆动篮子，云团就翻腾回旋，与此同时每一只小飞虫都在向外挣脱，一会儿就在院子的高空上形成一张稀薄的云层。有一些仍然留在低处的已经很从容，没了惊慌，也没了狂欢，更不必逃跑或挣脱，它们悬浮在一个点上似乎静止不动。人眯起眼睛瞄准它看，像庄子说的那样顺着事物小的方向往里想，微观，再微观，超微观，在科学家们所命名的诸如分子、原子、质子等物理层面上，一条深邃瑰丽的生命演化密道在眼前展开，每一级都绽放如花，每一层都是繁华的生命王国。人变换一种形式走进去，踏入阡陌，徜徉街市，在此界生命们的眼中，是不是也是一只小飞虫呢。

木瓜腐烂了，木瓜新生了。我仰头望着天空。

交叉与重叠

南墙与西墙相交的拐角上，栽种了一棵青藤植物，叶子像红薯叶，蔓秧也和红薯的相似，长一截儿就生出一个抓地掌，紫色或红色，如细短铁丝编织成的一个小团，上面有毛茸茸的碎刺，磁铁一般抓在墙壁上，一条一条秧藤从根部出发，带着卵形的旗帜一样的浓郁的叶片在两堵墙上攀登向上。但是，它这样一个生长的样子不完全符合人的意图，人不光要它向上长，还需要它向左右扩散；西墙比较短，或可不顾，南墙整个一堵，让这里遍布生机是人的主要理想，不仅要布绿，人想象着它应该还有活跃的腾飞一般的面貌。于是，人根据自己的意志在墙上选定了几个穴位，在每个穴位上揳入一枚铁钉，然后把一截四叉五股的树枝固定上去。树枝是死过很久的那种，是从发过洪水并早已干涸了的河床上捡回来的，颜色沉静如黑炭，除了地上的河流，时间的河流在它身上应该也冲刷过很久很久。它当初在树上生长时的架势、劲头儿，经与来自不同方向多种力量的抵抗已经消耗削弱得所剩无几，但生命的各种记忆并未消散，自我的精神还留存在它的骨头上，现在人把自己的意志加在它身上，又将青藤牵过来往它身上固定，想让藤秧顺着树枝的结构往四处生长，青藤是活的，自我主张的力量也很强，它整个地是要向上，是要去见太阳的，人每固定它一次，它就在这个地方打一个旋转，同时向周边长出一圈尖锐的嫩绿。在春天和夏天两个万物茂盛生长的季节里，这面墙壁便出现了青翠浓郁如龙蛇腾伏盘绕的一幅大图画，人立于墙下，能明显感觉到有好几股力量，青藤的，树枝的，以及它们各自从生命的来路上所携带过来的意志和本性，当然还有人加进去的力量，都在这青叶葳蕤的藤架下流布运行，它们抗拒又妥协，重叠而交叉。

这让人很无端地想起许多事物，想起一些舞台，想到各种表演，想起电视连续剧《红楼梦》，纷繁思绪的触角最后落实在陈晓旭所扮演的林黛玉身上。这一个林黛玉她首先是陈晓旭，一个从鞍山话剧团通过摄制组考试而遴选过来的青春美女，她的家庭她的脾气，特别是她竞选林黛玉前后的情感和思绪，这是林黛玉的一个基本骨架。其次才能说这个林黛玉是曹雪芹创造出来的，曹公从距今三百多年的生活中摄取了某些女孩子的气质与形象，用毛笔蘸着墨水将这个人物写到纸上，为她取名定氏，赋予秉性。如今电视剧导演让陈晓旭来唤醒和复活她，陈晓旭与曹雪芹以及曹先生笔端后边所有的隐秘力量都汇聚而至，这个林黛玉的眼神，眉痕，一颦一笑，清高自傲，多愁善感，弱不禁风，等等等等，全部由多方位的意志和力量交叉生成。陈晓旭一方面是林黛玉，一方面是她自己，一方面是曹雪芹心目中的某些人，一方面又被导演支配着，而更多的她还要与剧中的贾宝玉、薛宝钗、史湘云、王熙凤、贾母、袭人、晴雯、贾政等角色发生关联，剧情中的关联又与俗世间演员之间的关联相交叉，而每一个演员又都是多重自然和社会力量的重叠体。想想看，密匝繁杂的力量线一条条伸过来，一条条缠上去，忽弱忽强，忽明忽暗，着色着彩，表象之下交叉与被交叉，表演与被表演，会是怎样一个生动世界呢？

（选自《美文》2021 年 8 月上半月刊）

三次解放的人

王新华

父亲第一次解放，才十六岁。那一年他成亲了。

父亲成亲是小事。这一年，却是这个世纪最重要的一年，1949 年。时间或者历史，一分两段。那些时时出现且无法替代的大词，都是从这一年算起的。

父亲是在这个叫赵庄的村庄给地主放牛，在地主家里成的亲。新媳妇是他姨家的闺女，大他三岁。解放（这里人都说“土改”）的时候，父亲就在这里分了土地和房屋。他的爹娘、哥姐都在百里外的潢川县种人家的地，父亲说是“帮人家”，也都土改到了那里。外乡人的大爷（大伯）后来还入了党，当了生产队队长。

等贵贱均贫富，耕者有其田。几千年农民起义举在旗帜上的这句话，20 世纪中叶，在父亲头上实现了。

十三年后，我出生了。1970 年，八岁的我在大队的学校里上了一年级。大队就是现在的村，有十三个生产队，就是村民组。大队里有小学、初中。

20世纪70年代距离1949年，也就二十几年。小学生的我却把握不了这么长的时间，世界好像从来如此，小孩子都生在新社会，长在红旗下。有一篇课文，《身居长工屋，放眼全世界》，写一个老贫农王国福，在翻身后的老屋里关心天下事。有一篇课文不记得题目了，插图是一个中国人用拖把回击一个白人。开头一句是这样的：医生张光，护士长周真……说的是这两个援助非洲的中国医务人员，看到老板在殴打一个黑人小伙计小夏格，就伸出了正义之手。黑人兄弟，亚非拉兄弟。还有一课《螺号声声》，没要求背诵，四十多年了，我却还能写下来：

> 顺着海滨公路，迎着灿烂阳光，我到守备连参加军民联防会议，转过幼林葱郁的山坡，深蓝的海湾便出现在眼前。
>
> 在海边一块礁石上，坐着一个十一二岁的小姑娘，圆圆的脸晒得黑黝黝的，两只明亮的大眼睛闪射着光芒，手里拿着一只螺号。
>
> 我问：你会吹冲锋号吗？她说：我们民兵打仗经常吹冲锋号！她把“我们民兵”四个字说得特别响亮……

我们是学生不是民兵，也经常“打仗”，在野地里或者放学的路上。只要指一派——你是美国的，你是“鬼子”，战斗就开始了。树枝拳头，破鞋坷垃，一阵下来，“鬼子”从来没有胜利过。

我后来又上到高中。就在公社学校，新里高中。路还是这么远，只是方向反过来了，一东一西，午饭还跑回家吃。从小学到高中，不用家长接送一趟。别的学生也都是一样。这样的事，现在全村没有一个，全镇没有一个，全县也没有一个。这成了传奇。这让人想到远古时期的击壤者，一个七八十岁的老者，盘坐在地上一下一下敲着泥土，悠然地唱道：日出而作，日入而息，凿井而饮，耕田而食，帝力与我何有哉！

革命，像空气一样，看不见摸不着，却无时不在无处不有。陈胜、吴广那一声“王侯将相宁有种乎？”是农民革命。父亲是革命群众，我是革命事业的接班人。无产者，不是穷人，是劳动和进步。农民不叫农民，也不叫贫农，因为还有中农、富农、地主。农民都是社员，人民公社社员。《社员都是向阳花》唱道：公社是棵长青藤，社员都是藤上的瓜，瓜儿连着藤，藤儿牵着瓜……父亲是干老实活儿的，人们评价他是这样一句话：没官也管过。父亲当过几回劳模，群众大会上领奖。一张奖状，一条毛巾，一把铁锹。

那时，我们孙庄大队是先进，已经有了几个厂（场）：养兔场、养猪场、砖瓦厂、造纸厂、六六粉厂。六六粉是一种农药，白色的原粉加细土炕制而成，主要防治蚜虫。那天的劳动课是给六六粉装袋，一身汗，一身药，肉皮疼得很，下课铃一响就跑出去跳到水里了。

五年级的时候，反击“右倾翻案风”。我们学校全体师生在校园开会，脸朝西坐着。前面是一张课桌，人在上面发言。

发言的人也有我。这是陈老师布置的，我写了一篇稿子。我的发言稿写好，陈老师并没有看。一个学生，即便是任何一个人，也不可能写出不可以在大会上念的东西。在台上，我念着一个人的名字说道：这个死不悔改的走资本主义道路的当权派，妄图复辟资本主义，让我们广大革命人民吃二遍苦，受二茬罪，我们一千个不答应，一万个不答应。

几年以后，当家做主的父亲，又一次解放了。

这一次解放，村庄上，所有的人都没有一点预感和准备。开始，有人小声地说：河北分地了……河北，就是洪河北面。洪河是淮河岸北的一条支流，我们与安徽的分界。“河北”就是安徽。结果，分地就像一阵风，很快刮来了。土地、牲口、农具都分了。那时有篇作品写道，有个生产队就一头牛，几百人没法分，群众就把一个大炮仗插到这牛的屁眼里，把它炸了。文学并不以真实为操守，但如果失去操守，它反倒就失去了真实。后来知道，风是安徽刮起的，具体说就是凤阳县小岗村开始分的。那里还有一个十八农民的签名画押，生死协议，现在存放在中国国家博物馆。改革开放，势不可挡。不换思想就换人。那时的新闻宣传、文学书写都是一个主题：分地解放了社会生产力，分地解放了亿万农民。

这一次解放的，不光是父亲，还有我。高中毕业的我，回家当了农民。

四十年了。前二十年我是农民，后二十年是农民工。

种地二十年，那是我整个的青春岁月。现在回过头来，想到的却只一件事了——完粮。我和父亲拉着满满一车子小麦。完粮也叫交粮，即交公粮。去乡粮管所，不是公社粮库了，公社没有了。完粮都是在午后，晒了几个日头的麦子，趁热收起来，就像锅里炒的。扬了又扬，撇了又撇，干净得像簸箕扇的。装上车子，小跑着拉过去。粮管所里都是完粮的，有用机子带的，有套牲口拉的。就是这样的麦子，还有验不上的。验上就给你开个票，写着袋子数和价格，你就可以抢着上磅了。验不上头就大了。后来就有专门帮人验粮的了，他带来验质员，还是这个人，这下就验上了，一袋给他一块钱。交粮也叫卖粮，却没有谁在乎价格，验上就中，可以过磅可以往大仓里倒了。各村的会计就坐在旁边守着，交粮的票据接过来就交给他了，你一分钱也不见。夏季卖粮不见钱，已经是好的了。以后就又有秋征了，秋季还要交钱。那些年，我和父亲最轻松的时刻，就是把一车子小麦倒到大仓里，推着空车往回走，身上搭着湿衣裳。看到爷儿俩空着车子回来了，俺娘也松了口气：要得安，先盼官。她这里的“盼”，是安抚、满足的意思。完粮，父亲他们也说完差，交差的差。完粮的人都没啥说的，自己不吃也得完粮。种地的不完粮，城里人、当兵的吃啥？

当年重要的就是分地。从收音机到报纸，却没有一个“分”字，叫联产承包。地都一点一绺，一家几亩地好几块了，也没有一个“私”字，叫责任田。联产承包极大地激发了广大农民群众的积极性。这是通行的话语。就像日头东出西落一样。

没有了集体，什么是积极性？现在看来，就是满足了人的私心。后来所有见得人见不得人的事，除了收受贿赂，都是有责任田的人干的。

这一次解放，父亲和我都不愁吃的了。没想到的是，吃饱了饭，操心的事儿更多了。

我头顶上的一层天，除了父母，还有大爷大娘、姑妈姑夫、舅舅妗子、姨妈姨夫，再加上岳父岳母。

他们就像黎明时分天上的星星，一个一个地看不见了。现在，只剩下两颗了，父亲和岳母。一个是爹，一个叫娘。

岳母有六个孩子，妻子老四，是个全和人。全和人，是乡下的说法，就是有哥有姐、有弟有妹的人。民间的有些祭祀活动，专门要这样的人搭个手。这种人有时也不好找，村里有个妇女弟兄姊妹九个，也没一个全和人。

岳母的这些孩子和孩子的孩子差不多都在外省打工。大儿子早些年就去世了。二儿子三年前得了癌症，做了手术。小闺女去年也查出癌症。开出租车的孙子今年离婚了，出租屋里养着一个孩子。做生意的孙子卖了房，月供断几个月了，不卖不中了。房子没了，学区就没了，就要考虑把上学的孩子转到老家，就要陪读又要租房了……

家里的这些事，老年人不一定知道。反正没听她说过。八十多岁的她，精神还不错。听她说过几回了：政府现在咋恁好哎，种地不完粮，还倒过来给你钱！

现在，农村养老全覆盖了。六十岁以上的人一个月可以领百十块，加上国家对农户的种粮补贴，加上家里的地流转给人家的租金，一年两三千块。这里头有土地的钱。显然，这是一家几口人的钱。现在只有她一个人在家里了，就全部算在她头上。

这庄上有个老教师，跟她年纪差不多，叫她五嫂，这些钱就是他半个月的退休金。岳母不知道这些。就是知道，她也不会跟人家比。她也有钱了。这些钱就是天上掉的。两三张买米买面，就能吃一年。今年过年，淮河边上两个外甥女来看她，人家才坐下，她就掏出钱来，一人两百，不要不中。

在父亲那里，账也是这样算的。只是我家多几亩地，数字还要大一点。

父亲有五个孩子。我哥早些年就死了，留下一双儿女，现在人到中年了，这些年都在上海，都没房子，孩子在老家上学，老人带着。我姐姐和姐夫当年出去得最早，也是上海，在长兴岛。那时我还在家里种地，他们比我强多了，马上就混发了。两年前的寒冷的正月，姐却喝了药，静静地死在野外。她在岛上快三十年了，儿女们也早已都在这里干，他们还没有自己的窝。都说健康比金钱重要，姐就是个铁头蹦儿，一年到头啥病没有。人穷不死。姐是没奔头了。

这些年在外头，我没给过父亲钱。他的钱花不完。那回拿钱，我在一边看，父亲在他的破木床里面一个腿上摸出一个小罐子，掏出一个纸卷，纸卷翻转了好几圈，才露出粉红色。

那天在野外，一个干沟里又丢进了一些衣裳、棉被，附近又一个老人死了。旁边一个妇女说我：下去摸摸，看看有没有钱。听说捡破烂的就在这些破棉被里摸到过成卷的钱。这是一个家庭、一个村庄仅有的闲钱了。

六十岁退休，老了。在村庄，你还退不掉，正用劲儿。干活不说，接送孩子的孩子。放学的时候，学校门口电动三轮挤不透，都是爷爷奶奶。

一个人，不愁房子，不愁学校，不愁医院，那就是解放了吧。就像父亲两次分到土地。一张吃饭的嘴好安排，就是给人家扫马路，一月的工资买米买面，一年也吃不完。

父亲和岳母八十多了，都是老太（曾祖）了。他们还会生病，收费的窗口却不用管了。他们彻底地解放了。

这回解放他们的不是别人，是生命和时间。

（选自《散文》2021 年第 3 期）

袁店河辞典

赵长春

葛针·鬼葛针

葛针，在袁店河，是木本、草本植物叶刺的统称。洋槐。枣。酸枣。柘刺。皂角。花椒。这些树都长。在故乡，都叫葛针。扎手，刺人，是树们自我保护的武器。

也有写作“圪针”。我觉得，“葛针”更确切。

儿时，葛针没少伤我。淘气，嘴馋。上树够槐花，一嘟噜一嘟噜地噙进嘴里，甜蜜之际，身上，特别是胳臂，更多是指头，猛地敏锐一疼：葛针扎上了。葛针本是叶刺，老了，木本，坚硬，能撩开皮肤，汪出一滴血珠。还有八月半，秋枣红了，上树打枣。总有最艳红的枣，在枝梢，就往上爬……每年枣红，身上、脸上、背上、手上，红一道青一道，都是枣葛针刺的。

还有花椒的葛针。很多，密匝匝的。摘花椒叶、花椒籽，不小心，就被刺，痛感如咬。我总觉得，花椒的葛针上，有毒素；比较别的葛针，刺痒，伤口肿胀。——用邻居四母的解释，她说，“花椒”是花娇，女树，有刺，好保护自己。我觉得她学问很大，一棵树，一片土，能说出与别人不一样的话，有知识。

葛针，还是玩具。扎着地蜘蛛（学名螲蟷）修在地面的小门，我们喊着它的袁店河小名儿“地蟷”，唱“地蟷地蟷开门哩，姥娘给你做个花裙哩……地蟷地蟷开门哩，姥娘给你做个花裙哩……”这种蜘蛛性儿急，在我们用葛针反复拨动它的房门时，一下子从洞穴底部蹿上来，抓紧门后——眼疾手快，我们用树棍儿，或者铲刀切断后路，就捕捉了如黑豆大小的它，回家喂鸡。唉，那时纯粹的玩心，现在想来是没有爱心，没有众生平等的佛心。

红薯蒸熟了，切片，穿在葛针上。秋阳下，金风中，风化得甜软柔韧，咀嚼起来粘牙翘齿，是儿时的一种不需花钱的零食。有年，比着做这种美食，都往村中的大枣树上穿红薯片。结果，争着取，小伙伴们在树上就打起架来，差点出事儿。

有年，学着电影上的镜头，我们将写好字的纸片，扎在公路旁的大树上，用葛针代替大头针。纸片上的话，不好听，是与另个村子小学时的叫阵：因为行政村分割开了，大人们闹腾，也影响到了我们……多年后，村子合并。谈起来，都尴尬，不觉想起了葛针。

还有一种葛针。草本的。俗名鬼葛针。

鬼葛针喜欢长在沟岸、路边。春天，青腾腾的，一两尺高。嫩芽可做野菜，焯水，凉拌，有药性。入了《本草纲目》。夏秋开花，瓣白，蕊黄，似菊，摇曳着蜂蝶。秋末，花谢，黑黑的种子末端长出小小的刺，有倒钩，黏附力强，不慎就沾满衣服，扎进衣服的布眼里，甚至穿透鞋面……

忽然想起，帮助一个女生拽鬼葛针，就在她的头发、毛衣上。一根，一根，捏着往下摘取……那是个秋日的黄昏，我们背着柴草回家，突然发现，对方的衣衫上满是鬼葛针。我帮她捏完后，怎么也不让她给我捏。我突然不好意思了，觉得我们是那样的近，能听见彼此的呼吸。我坚决不让她帮忙的原因是，我怕别的小伙伴看见，吆喝什么。那时候大家都可“封建”，男女生基本不说话。

撩麦

撩麦，是我想出的一个词儿，动宾。撩，偏重于撩开、撩拨，有着古戏中“撩袍端带上金銮”的庄重与敬谨。

没有在麦地里除过草的人，是不能体味和感知“撩”这个动词的，它的准确率和生动性。

麦子要收割前的一段时光，需要撩麦。

麦子快收了，撩麦的动作就基本结束。这个时候，麦子就要黄梢、炸芒，再进地会被碰倒、碰折，一棵是一棵，一棵就有好几穗，一穗就是好几十粒。

——撩拨开麦子，人就进地了，主要是薅除杂草，特别是麦连子、燕儿麦、黄米稞，这些草有很强的生命力。

从立春的锄草开始，到这个时候的撩开麦子进地，和母亲一样的乡下人，坚持不懈地与草们进行着一次又一次的斗争。在麦地里除草，甚至是从麦子种下不久就开始的。一些野草，趁着秋阳秋风秋水，和麦子一起露头了，甚至于比麦子还要出来得早。这时，爱麦子的人，就要蹲下身子，小心地用手薅去。漫长的冬天过去，立春了，麦子起身了，草们也起身了，最厉害的是勾拉秧、灰灰菜、面条菜等，就用上了锄头。还有耘锄，多齿，一人牵牛，一人扶锄，喔喔，嗒嗒，牛听着几千年来的左转右转命令，埋头向前，既锄了草，又松了土，还镇压了麦子，以免旺长。可是，还是有一些草，藏匿在麦垄里，贴着麦子长。再过一些日子，一场两场春雨，又有一些野草种子在土中萌动了头角，小小的，举着细小的露珠……

草族中，最烦人的是麦连子、燕儿麦、黄米稞，不知道学名是怎么叫的，在老家，母亲就是这么称叫它们的。它们躲过一次又一次的斩挖，随着麦子而粗硕而挺拔而招摇着自己的花朵直到果实。所以，当麦子开始抵达膝盖时，母亲就开始了“撩”麦的动作，日复一日。麦子们愈加挺拔青秀了，可也脆弱了，少了苗期的柔韧和皮实了，稍有碰撞，容易倒伏、折断，一秆就是一穗的收成，谁也舍不得，特别是母亲。

地分到各家各户后，母亲的春闲，多半在地里度过。我的麦地我做主，她一块地一块地去看，东冈，西地，南洼，像巡视，该去哪块地了，哪块地的草长成啥样子了，都在她的掌握中。

阳光明媚下，母亲戴着一顶草帽，麦秆编的，或者不戴，撩开麦子，小心地一垄一垄地前行，找到草的根部，或者捉紧草的中部，用个巧劲儿，提，拔，拽，一根，再一根，不急不慢……从地的这一头进去，再从另一头出来，好像没有草的麦子地里，竟被她抱出一捆青草，就在拐起的左胳膊肘儿里，或者右胳膊肘儿里。到了地头，母亲把草摊在地头，脸红通通的，沁着细碎的汗水。她把草摊得薄薄的，等晒得干透了，再背回家当柴草烧……干完这些，母亲就又进地了，麦子们欢迎她，簇拥过来，母亲就小心地撩开麦子们的手脚。

春末到夏初，母亲一直这样。四乡八里的春会，她也想去，走出村口，走到地边，又不想去了；或者去了，戏看了个开头，至多一半，她就觉得麦子们在和草们“搿架”，争肥争风争光，她就又回来了。特别是对于路边的麦子地，母亲更多份关注：她不想让走过这里的别人，看到我家的麦地里有一棵草！

她说，这是脸面地，别人会说“这家人懒”，她怕因此影响我们兄弟将来寻媳妇……

这一辈子，母亲锄，薅，烧，除去了多少草，不知道。

麦子们应该知道。

麦子们是知道的，它们总是以自己的饱满和谦和来表达对母亲的回报。

——远离故乡，在异乡的这块麦地头，我看到一个和母亲同龄的老人，从地里抱出了一捆野草，脸红通通的，细碎的汗珠充满岁月蹉跎在她脸上的沟壑。

我冲她笑了笑。

她不明白我的笑意。她说：“麦熟了，草也要熟了，得赶紧弄出来，要不然，种子一落地，下年草更多。”

说完，把草摊放在地头，她又进地了，和母亲的动作一样，撩开麦子，很小心。

燎麦

“小满麦渐满。”小满时节，麦子基本成熟，经得嘴了，可以吃了。

小满，正处俗语中的青黄不接时令。上小学正能吃的我们，这个时候，就多了一个解决肚饿和解馋的方法：燎麦。

我们燎麦，悄悄到地头，看没有人注意，掐下灌浆饱满、颜色泛黄的麦穗，急急离开，溜到某一隐蔽处，将细软的柴草燃起，将齐头捆扎的麦穗，迅速移动在火苗中，燎。

燎麦，这一过程很快很短，需要很好地把握和拿捏一种火候，伴随着或近或远的烤，在颖壳中渐硬还软的麦粒，经过与火的反复热情相遇后，吸附了火的热烈、热情，由青到黄地“窑变”，由青涩而香泽。

这样，我们就可以吹去或者揉搓芒壳，就可以让舌尖品味嫩、香、软、热、甜的麦子了。

真的，当年食物还不太丰富，燎麦的嫩、香、软、热、甜，很大程度上温暖了我们的少年时光。这种滋味多半在上学或者

放学的路上体验，伴着一份被大人发现而批评的惊险，特别严重的是老师的警告，

如此，燎麦就多了一分神秘：小伙伴们订立攻守同盟，集体行动，分工寻找柴草、烧火、掐麦、放哨……大家约定：“谁给老师说谁是小母猪、小母狗!”

不过，我们的伎俩总会被轻易识破，或者我们的同盟总被轻易化解，总有人不时地被罚站、写检查、被没收火柴，小伙伴们互相猜疑而分裂再团结再分裂再组合再被燎麦的滋味诱惑。

那时候，我们是多么容易满足的孩子！比较大人的苛刻，我们觉得特别委屈。后来，才明白，大人们多么的不易：既心疼孩子又心疼麦子，承受着双重的折磨。那时候，我们还嫉妒麦子的得宠比我们更多，在大人的眼里，麦子甚至比孩子还重要——“再这样糟蹋庄稼，打折你们的腿!”

可是，我们不怕，我们读出了另一种感觉，从大人们的语言和表情的背后，他们知道我们的饿和馋，多少有些默许。

我们就多了分大胆。甚至不惜从盐罐里偷出青盐，在作业纸上研磨为比较细碎的颗粒，撒在正被火苗燎烤的麦穗上，或者吹去颖壳的麦粒上。盐的加盟，使燎麦多了份香气、香味!

大人们看得严的话，没有了火柴，就没有办法燎麦。于是，上学或者放学的路上，我们就有了另一种对麦子的吃法：揉搓掉麦子的芒壳后，直接捂进嘴里，嚼吸麦子清新的青色的香，嚼着嚼着，就剩下了面筋，黏黏地在舌尖上，旋来转去，技巧好的话，还能吹出泡泡来！霞姐吹得最好，将这种技巧运用得

最自如。

霞姐比我高一个年级。一起上学的路上，她正吹着泡泡，碰见有人过来，她会不动声色地将泡泡收回去，贴在腮帮内。

霞姐说，可以将已经能吹泡泡的面筋给我，教我也吹出泡泡。她叫我张开嘴，要将面筋吐给我。我头一扭，转身后退，才不呢，虽然我怎么努力也不能咀嚼出那样的面筋。

可是，和她同年级的文哥想要。她又不给，一扭身，眼一瞪，书包一正："滚蛋!"噔噔噔噔，向前走了，麻花辫子随着壮实的腰身晃荡，如风在流。

笼火·拢火

笼火，偏正词。

拢火，动宾词。

袁店河的冬天，这两个词，用起来、说起来，很有韵味儿。

细究，拢火和笼火，是一个四季通达、五行相生的过程，或者文化。

入冬的农家，得拢上一笼火，火光熊熊，就在屋子中央，烤火，取暖。烤火得有火材。庄稼秸秆首选。苞谷秆子。花生秧。棉柴。烟秆儿。苞谷芯儿。当然，木柴更好。煤炭最好。烤火用煤的人家，一定富裕些。有家亲戚，冬天招待客人烤火时，一炉煤火红在室内。好煤。耐烧。炉膛里，火苗悠悠，白灰细软。亲人围坐，新衣上不落灰。叫我羡慕多年。我家一直用的是柴草。柴草好，由水、土而成，蕴含着四时节气。

有了柴草，还得有火盆。火盆，品质各样。简单的，漏水不用的铁盆、铁锅即可。讲究的，泥质。再讲究的，泥盆沿上还有花纹涂饰。

火盆是“糊”的，趁秋天晴好的日子。先取土。路沟崖壁上的土，色有红、黄、黑之分。经过夏雨，渗透去了杂质，无沙砾礓石，细腻，黏性好。旧麻绳剪碎，和入土中成泥，阴凉处醒上几天，晾去脾气，融合泥性。找一口沿大小、高度相宜的瓦盆，倒扣于阴凉处，外敷草木灰为“垫儿”，拍泥瓦盆上，厚度如虎口（大拇指、食指岔开的距离），放在阴凉处两三天后，泥面抛光，刻花纹，写名号、日期后再晾上半天，翻过来，轻轻磕出，收拾沿口，算是完成了“糊”的过程，就放储物间阴干……冬天来了，风雪刺脸了，就用上火盆了。

糊火盆，细活儿，农村分工中，小手工业者之一，有匠级，各村口头评定。村上王家，老大会织布，麻袋布，厚实，雪白，细腻。更会做火盆。王老大糊火盆用纸，爆竹的碎纸。当年，他家院门前，一棵大槐树，上挂一铁钟，队长敲钟上工。大年初一，队上总要放一大捆炮，俗称“万字头火鞭”，悬于这棵树上，垂下来，红彤彤的。点燃后，砰砰砰砰，啪啪啪啪，砰砰砰，啪啪啪，砰砰砰砰啪啪啪啪！炸裂一穗穗红花，铺天盖地……最后一声闷响，嗵！震耳欲聋，是个“大雷子”！

人散后，王老大扫炮纸，一大筐，存起，到秋口，糊火盆，针线簸箩，七彩，好看得很，当嫁妆用。王老大，一辈子没有结婚，送出了不少这样的物件。但愿袁店河的人家中，还有他这样的工艺品。

——有了柴草，有了火盆，为烤火打好了基础。不过，还得会拢火，把火拢着（卓音）。邻居、客人进屋，先拢火。有的人家，早饭后，就铲出灶膛内的火炭，放到火盆里，搁上穰柴（豆叶、稻草等），引燃后，架上硬柴，一天不停。有的人家，等人进屋了，再拢火。几把穰柴，点燃后，轻吹几下，火苗起来，再慢慢续放硬柴。屋子里热和起来，围坐着，说收成，问询老人身体，嗑着葵花子，不觉时光的缓或者疾。

写成“笼火”，还因为想起了一种烤火的工具，“烘笼”。竹篾织就，或者荆条编就，如篓子，无底，收口圆形，比篓口大，扣在火盆上。烤火者围坐，搓手，搓脸，谈说；小孩子呢，更安全。笼身上还可以搭上湿衣、倚靠湿鞋，嗅着农家常有的气息，不耽误取暖。难忘儿时，入夜了，面对一盆旺火后的灰烬，红红黄黄，不舍得离去，我就火看书。屋外冰天雪地，屋里一团暖意。听风，读书，影子映在墙上，如一幅画。

牲口棚里，冬日也多有一笼火，就在食槽前的空地上。烟雾腾腾，火苗细微，如炭火的幽幽。俗语“烟暖房”，要的就是驱赶凉气、温暖空间。冬天，没有太多的事情，男人们就去牲口棚烤火，闲说。民间俗常，民间文艺，都在这里展演，比起树下饭场中的闲聊，更民间。——多年后进城，用上了暖气，我顿悟，“烘笼”就是农家的暖气片。

比较起来，现在条件好了，取暖方式多了。

不过，我倒是还希望有一笼火，在冬日的乡下，围坐，煨上红薯、花生，就着一个矮凳，有壶老酒，佐着旧事，述说温暖。间或一声清脆的爆竹响起，硝烟的香弥散过来，烤火者仰仰头，吸下鼻子，看看屋外：“哦，年快来了!”

屋外，院子里，有株蜡梅，开着黄花。还有桃树，枣树，细看，萌出了芽苞……春天就在来的路上。

柴火风

春天，总要刮几场大风。在袁店河，俗称“柴火风”。

春初的一场，多在立春前后来。几天的风和日暖，风就起来了，越刮越大，很大，温度骤降。本就在“九”中，冬意未尽，这场风就是冬天不甘心退场的反扑。阵势大，呼呼有声；时间长，连明彻夜。刚起来的杨柳风就被逼退了，人们又穿起了厚衣，缩了手脚，走出屋子，嗬，满地柴火!

——现在的人们都不知道“柴火风”了。那时候什么都缺，烧地锅灶，缺柴火。这样的几场大风，把树上的干枝枯茎“捋”了下来，拢在墙角、沟畔、树下，省却了上树寻柴的麻烦。大人们说这风是“柴火风”。我们就有了一个活儿：赶紧拾柴火。

那时候，每家基本都有自己的一片树园子；至少，房前屋后都有树。风过后，各家就捡拾自己的柴。椿树，榆树，柳树，桐树，杨树，柿树，等等。树枝，有粗有细，有大有小。基本是干透的枯枝，经不得风的撼动，就落下来了。柳树的枯枝最多，如指头粗细，一搂一把。有些粗树枝，枯朽了，断了，连着树身，抵着地面。如此硬柴，最受欢迎。

这样的风，对于草木来说，也有好处，就是一场“大扫除”，清扫了一切枯枝败叶，好让草木迎接自己的大典：春天，萌发新的蕊芽。这样想的话，春天就是草木的春节，到来前得焕然一新，除旧才能布新。

譬如楝树。楝树有果，楝籽。初夏到秋到冬，由青到黄到白，一直紧咬着枝干，哪怕冬日的风雪，都不掉下来。可是，“柴火风”一起，它们好像忽然明白了事理，该让地方了，就哗哗啦啦落了，白白的，灰白一地。楝籽，好柴火，富含油脂，扫起，装篮子，回灶火。铲一捧放火口，风箱推拉，呼嗒呼嗒，很快漫起旺旺的火苗，舔着锅底，耐烧。感觉中，每家都有一两棵楝树，风后，扫回去一大筐楝籽，能烧上不少日子。

“柴火风”一般要刮三四场。故乡人用“场”字来描摹风事，太巧妙，形象了天地这一舞台，刻画了风的角色。有意思的是，每场风起，总有落枝。细心的人家，尺寸划一，根根码好，就在檐下、窗前，或者墙头的豁口上，像是各色木条垒砌的墙。过些日子，爬上一两藤豆秧，阳光照着绿叶、紫花，很有艺术感。

最后一场“柴火风”，多在清明前后。还要挟带着雨水。晨起，树枝勾画一地，花朵扑落其间。梨花淡粉，紫藤深红，桐花浅白，细细碎碎，叫人有些伤感。印象中，邻家嫂子，咬着梳子，扎着辫子，手在脑后，眼望窗前，就那么呆呆地定格着，而一声幽幽的叹息，悠悠地吹动着就要落尽的桃花……

（选自《牡丹》2021 年 3 月上半月刊）

谢庄的灵秀

鲁　钊

谢庄像一位灵秀的女子，秀外慧中，内外兼修，令人赏心悦目，为之陶醉倾慕。区区百余平方公里，谢庄却拥有山、原、川、丘、坡、湖、库、草、林等各样形态地貌。有山，玲珑小巧，翠珠镶嵌，不影响交通。有水，溪流成湖库堰池，星罗棋布，浇灌大地万物，灵动了山峰草木。

叫这个名字，谢庄却不是庄，是行政镇，归属河南省南阳市卧龙区，是省级示范镇。谢庄是先辈起的名，为尊重历史，传承文化，延续至今。其实，上溯久远，那些显赫名郡、繁华都市，广泛的县城镇街，皆由村庄汇聚发展而来。谢庄襟怀坦荡，兼容并蓄，气度雍容，优雅自信。

南阳盆地自古以物华天宝著名，沃野平坦如砥，四野聚拢着伏牛山、大巴山和桐柏山，从空中望去，俨然精美盆景，盆景中有九枚珠玑，就是九座孤山，在《山海经》里通透神秘，在《汉书》里张扬久远。居盆地北缘的谢庄，后偎群山，俯瞰平原，汇聚了南阳川野的灵秀。

车从南阳出发，途经卧龙岗，这里走出了大秦名相百里奚，辅佐秦穆公倡导文明教化，强基固本，最终一统天下；诸葛亮于此躬耕读学，刘备三顾茅庐，继而开创三国鼎立基业。感悟着历史的悠久、人文的宏阔，车向西北，从羊山、磨山两颗珠玑中穿过。这里与都市繁华贴近，又距市井喧嚣遥远。走进深谷幽涧，有悬峰峭壁，两山相向矗立，俨然是谢庄向客人敞开的门扉。行过山谷，豁然开朗，感觉走进了桃花源，有良田美池桑竹之属。庄舍散漫着乌落兔升的自在，庄稼蓬勃着自然的活力，空气中是怡然自乐的因子。

我回望磨山，山中是坚硬耐损的花岗岩，古人用来雕琢磨石，因而得名。一盘盘磨，磨剥了五谷，磨老了岁月，养育了一代代人，养壮了南阳城，养出了“四圣”——商圣范蠡、科圣张衡、医圣张仲景、智圣诸葛亮，他们吃着这山石做磨、吱呀盘旋磨成的面粉，强体健智，走出南阳，走进文明史。面粉簌簌由磨石流下，千年未竭，流出了盆地的璀璨，流出了南阳的厚重，百川归海成就了坚韧耐磨的性格。

勤劳的谢庄人民，没有辜负这灵山秀水，承继了负重耐磨的精神。平野的地方，适宜机械耕作，种植了大片的小麦、玉米、花生等作物，成为一方方翠色欲流的地毯。岗坡地势，不易水浇，就种植耐旱的红薯、小辣椒、谷黍。如今，谢庄人也开枝散叶，把坚韧拼搏的根系伸向四面八方。即使在贫瘠的丘陵地，他们也种植了薄皮核桃、黑梨、金太阳杏、黄金梨等果木。独特且生态的环境，谢庄所产的各种干（水）果，成为优质农特产。谢庄人同样如此，无论山地丘陵，富饶贫瘠，他们生活得不浮不躁，从容不迫，享受着平和日子的舒心快乐。

每个村庄树木丛生，绿篱环绕，如一块块翠玉。谢庄镇每个村都有文化大院，供人们学习、听戏、跳舞。县道乡路已绿化美化，建上亭子，撰写楹联，文化扮美了村庄，芬芳了行客。村庄引来清水，建广场，栽绿树，种花草，新修环线道路，筑亭台榭枋，悬名家墨宝。昔日“龙须沟”，如今成了“小西湖”，变身为居民赏玩的新景致。依山就水，偎岗顺沟，谢庄兴建了“三个园”，塔山梅园、嘉农玫瑰园和锦磊生态园；培育好“两朵花”，梅花和玫瑰花，从此谢庄大地铺锦，山水芬芳，愈加婀娜多姿，光彩照人。当地还举办了“相约塔山赏梅”“花样谢庄，玫瑰有约”龚河玫瑰节等丰富的活动。

谢庄文丰史久，内涵厚重，留有多处汉代遗址。东汉光武帝刘秀创业之初，在谢庄留下诸多传说。大庙、水牛冲、董营、小王沟、叶湾、龚河、康营、毛田等古朴村名，以最民间的稚拙美感，抚育千百代人家。史家大院以400年的春秋更迭，成为中原民居古建筑的艺术标本。东坡唢呐、大调曲、传统灯饰等非物质文化遗产焕发出青春。谢庄大力弘扬经典文化，宣传善行义举，知名度和美誉度日渐提升。

村村是景点，处处好景观，谢庄以全域乡村游的品质，成为“山水文化名镇，健康养生福地”，是城市清新的后花园。

天下可能有多个谢庄，我来游的是如花似玉的谢庄，极有魅力的谢庄，是卓尔不群的谢庄，日益发展的谢庄，这是灵秀的南阳的谢庄。

〔选自《人民日报》（海外版）2021 年 5 月 21 日〕

有思想的树

张洁方

1

熊耳山是个野人，草是他的汗毛，树是他的头发。

野人不会理发，头发疯长，长得太长了，人去给它理。人是熊耳山的理发师。

曾经，我也是一位理发师，十分称职的理发师，手勤，腿勤，眼勤，山不找我，我找它。有人夸我的技艺不错，我也认为我的技艺不错，再难剃的“头发”，我也能剃。我是个有思想的人。我总结过，之所以能得到人的“赞誉”，有两个因素在起关键作用：一是工具，另一个是执行力。

先说工具。

理发师理发，一般都用剃头刀，我不用，我嫌剃头刀太小，太薄，不足以展示我的技能。我用斧头。一把斧头，敦实的脑，长长的把，明晃晃的刃，握在手里，丝毫不亚于李逵或程咬金的板斧，是我实现理想的利器。

再说执行力。

执行力是检验一个理发师合不合格的硬标尺。我的执行力毋庸置疑。我的一个本家爷在“表扬”我时说，斧头磨得快快的，眼瞪得圆圆的，心放得狠狠的，牙咬得紧紧的。我补充说，照得准准的，上三斧，下三斧，左三斧，右三斧，三三见九斧，九九八十一斧，盆粗的树，不倒也得倒。

一度，我怀疑我这辈子是不是专为树而生的，闭上眼睛，我能想起任何一种树的形体、样貌：那拧着身子站立在山梁上、浑身被枯皱皮包裹的，是老青冈树；那笔挺笔挺、穿了一袭白衣的，是望春桦；那直溜溜、仿佛刷了绿漆似的，是梧桐；那弯三圪蹽、起一身鸡皮疙瘩的，是桑树……我不仅闭上眼睛能想出每种树的样貌，还能说出每种树的木质纹理及用途，譬如青冈、桦栎树，纹理粗犷，像航拍的山川河流。这样的树木，命运是很悲催的，如果当作檩条、椽子被人砍去，走向房屋，尽管遭受刀锛斧凿的酷刑，也算不错的归宿了，毕竟在房子里，还有一定的地位，可实现价值的转换。而很大一部分，不是走向炭窑，则是走向灶膛，死了死了，又被烈火焚烧一把，呜呼哀哉！时至今日，我去火葬场送别逝者，总会想到灶膛里的树。

我熟悉树，却不了解树，我很固执地认为，树就是为人服务的，而忽视了树的生命情感。我砍树时，没有犯罪的感觉。某种时候，我觉得我还不如那些屠夫，屠夫在屠宰牲口时，还为牲口做一番祷告：猪呀，牛呀，可不是我要杀你噢，是人的嘴叫杀你噢。上天保佑，你的肉进了人的肚子，灵魂就上天吧！祷告罢，噗——白刀子进去，红刀子出来。我砍树，没有负罪感，也没有屠夫的虚伪，斧起树倒，显出十分地快意。

2

不是所有人都和我一样冷血，我爷就是个例外。

我爷说，树和人一样，也有生命，有灵性。我常常笑我爷迂腐。他的话，权当瞎话听听。他说，不准往水里尿尿，水里有龙王；不准面对太阳尿尿，太阳上有太阳神；也不准对着月亮尿尿，月亮上有月亮神；更可笑的一次，他说他在山里刨药累了，倚树小憩，听见整个森林在哭，呜呜咽咽，咳咳呔呔。我爷不知它们遭遇了什么劫难。过了段时间，大炼钢铁开始，先是砍光了浅山的树，继而进军深山，把熊耳山剃成秃子。幸好，树有头脑啊！我爷说，如果不把根往深山里扎，熊耳山就永远秃下去了！瞧瞧，我爷在树有灵性的基础上，又往深处引申了一步，熊耳山人说谁谁有头脑，就是说谁谁有思想，思想在头脑里包着，二者大体是一个意思。不过，我并不把我爷的话当回事：树，木头也，能有什么思想！

我学木匠，我爷阻止我。我问为什么？我爷说木匠的心更狠。他说，一把斧头将树放倒，被木匠锯成长短不等的截，剥皮标墨，五花大绑到廊檐下的明柱上，一把大锯，握在木匠手中拉过来，扯过去，木头发出沙沙的哭泣声，但丝毫阻挡不住被肢解的命运。我爷还说，人的残暴超过所有动物。他们把一棵树解成板，再用刨子刮、锛子锛、凿子凿、锯子锯，直到变成桌子、椅子、箱子、柜子才肯罢手。从一棵树变成一件家具，最少不下十道工序。也就是说，这些树不仅死了，还要遭受十次蹂躏。

不让我学木匠，我就去割漆。我爷说，罪孽！罪孽！我爷念叨他的经，我割我的漆。

有个词语叫生不如死，是专对漆树说的。漆树对人的价值，不在木材，而在漆。所有家具（包括棺材）做成后，都要用漆漆。漆从何来？从漆树上来。那先是乳白随后变成黑红色的黏稠液体，可以保护木质千年不腐万年不朽，于是理所当然成为漆家具的首选。漆树十五六年就会流漆了，和人十五六岁便有精液一样，十分地旺盛。但有经验的割漆人，一般不会找它们下刀。这样的树，虽然漆旺，水也旺。刀尖扎入树皮，噌——漆未出，一股水先蹿射到脸上。割漆人并不惧怕水或者漆蹿射到脸上，尽管漆含剧毒，割漆人早已练就一身金钟罩，百毒不侵。许多人对漆过敏，从漆树下过，都会出漆糙子，浑身红肿，痒疼难忍，割漆人不会，割漆人把漆抹到脸上，也不会出漆糙子，就像毒蛇吞了蝎子一样，毫无生命之忧，倒有点像女人往脸上抹雪花膏。他们之所以不急于向这些树下刀，是想让其再长两年，嫩树变成老树，这时，割出的漆，水分小了，黏稠度高了，滤渣控水，一斤至少会落九两。

曾经，我是一个十分出色的割漆人，凡我责任山和自留山上的漆树，都挨过我的刀。我不仅割我山上的漆，也割别人山上的漆。割别人的漆，给别人抽成，多是四六抽成，我六，山主四。也有论口的，绑多少口，抽多少漆。不过，这太麻烦，得和主家一棵树一棵树、一个口一个口地数。有些大拉的人，干脆隔布袋买猫，多少山，山上多少成年漆树，你给拿多少漆好了！我最爱见这样的人。

割漆是一件十分辛苦的活儿。开刀前，得先开路。熊耳山的漆树，大多长在深山密林中，一棵树与另一棵树之间，布满荆棘杂灌。我得先用镰头把这些荆棘割掉，割出一条路来，便于我割漆收漆。我割荆棘用的是笨镰，锋利无比，我在我的《熊耳山记忆》里曾经写过，镰刀闪耀着冷的光辉，所向披靡。路割开后，开始绑树。一棵两丈高的树，从树根往上，一般会开十几道口子，约在一丈以上。一丈以上，不绑架是不行的。猴子有爬树的本领，人不是猴子。再说，树身上开了十几道"V"形口子，口子下方插了漆皿，若爬，岂不全部撞掉了？我绑树，得过父亲真传，砍根胳膊粗的树杆（想砍什么树砍什么树，什么树在手边砍什么树），断来葛条，一头耽于斜坡，一头绑于树身。一般情况下，一棵树绑两根横杆即可，人踩在中间，丈把高的口子，都能够着。有的树条致，口子开到丈五左右，就得绑三根杆，相当于三层梯子。

割路、搭架，只是准备工作中的一项。另一项工作更加重要。我们知道，上街购物，总得背个兜吧。割漆，就得准备接漆的容器。熊耳山人把接漆的容器叫漆茧，和舀油舀醋舀酒的提子有点相似，唯不同的，提子带把，漆茧不带把，瓢沿的一方，伸出一个尖角，便于插进树皮里。我选漆茧，不用铁皮箍的，全用竹筒。我总觉得，用铁皮箍的茧，与大自然的氛围不太协调，原始的劳动，必须配备原始的工具。我拿镰头削漆茧，当然用的还是我的笨镰，我的笨镰在磨石上就吸收了日月精华，最能把我的意志传达到位。我准备的漆茧不下一千个，把我的背篓夯得满满当当。

刚入伏，就得下刀。顺着漆树的纹理，拉开麦叶宽的“V”形刀口，让其放水。十天之后，再沿“V”形刀口外割一麻绳宽，才在口的下方插上漆茧，乳白的漆汁渗出树皮，由刀口缓慢流向漆茧。

放茧，是割漆的关键时节，不能有丝毫马虎。天未睁眼，我的眼睛得先睁开；太阳没上路，我已经走在通往漆树的路上。森林中的雾岚，拽不住我的裤腿。一千多个漆茧，两千多刀的重复，必须在十二点之前完成。然后掏出馍，就一口水，一口清风，匆忙将肚子填填，回头收茧。此时此刻，天上飞活龙，树上落凤凰，也顾不上看。一千多个茧，几百次的爬上爬下，紧收慢收，已是月挂林梢了。

这架山，那道沟，七天轮回一遍，割够七遍才收刀，一年割下来，至少七七四十九天，一天按一千个口两千刀算，四十九天是多少刀？远不止千刀万剐了吧？我在收获财富的同时，丝毫没有想过漆树的痛！

3

我们生产队还有一个比我爷更另类的，叫周成子。

周成子脾气怪，爱和人打别，人说天是圆的，他非说是方的。反正熊耳山的人都没上过天，谁也说不清方圆。周成子不仅爱和人打别，还是个六亲不认的主，一张刀条脸整天滴溜着，好像跟谁都有仇似的。队长知人善任，叫他当护林员，他就真拿鸡毛当令箭。

可以这样说，我们生产队的人，没有不恨他的，恨得牙根痒痒，却拿他没办法，只有暗地里骂他。

年轻时的周成子是成过家的。据说，他大用了一头牛，到山外给他换了个媳妇，只怪他脾气瞎，三天半工夫把媳妇打窜了，他才打起了光棍。他大活着时，还给他张罗过两回，媒人说，谁家闺女皮子痒痒，欠你儿子的揍？他大死后，再也没人给他提过亲。

人们恨周成子，自有他可恨的地方。那时，农业学大寨正在劲头上，人们春种夏锄秋收，到了冬天，还得修梯田、垒石堰，只有到年跟才放几天假，叫人们准备一年的烧柴。放假的头天晚上，人们从门后取出生锈的斧头，搬出磨石，就一盆清水，磨呀磨，磨石和斧头发出嚓嚓的声响，犹似士兵扑向敌阵时发出的嘶吼。当主人、斧头和磨石的意志高度融合时，周成子的破锣嗓音会飘过家家的院墙：队长说啦，拾柴火只准扩树枝噢！嚓嚓声停顿片刻，继续响起。周成子又吼：谁敢偷砍树，叫我逮住，送监法办！有人不买他的账，吆喝道：看把你能的，监狱是你开的？周成子回：不服你试试！

林业有政策，山民有对策。不叫明着砍，我暗里砍。这个对策，生产队的人都会。

鸡叫头遍，我们生产队的人都起床了。中国文学作品中，有许多关于将士出征的描写：车辚辚，马萧萧，行人弓箭各在腰……却没有点滴关于熊耳山山民上山砍柴的描写，那种鼓荡的劲头丝毫不亚于出征的将士。人们起床后，胡乱抹把脸，麻利地将一块手巾包着的懒糕馍，绑在屁股后边的裤带上（这是一天的干粮），迅速将鞠子绳缠向腰间，左手抓斧，右手握镰，腾腾往山上走，夹带一股寒风。不过，每个人都是单兵作战，你上东山，他上西山，谁也不和谁结伴。若有结伴的，不是父子，便是兄弟。至于为什么不结伴，你懂得，他也懂得。

斧头的声音追着斧头的声音，在山山梁梁、沟沟岔岔间飘，熊耳山被斧头叫醒。醒了的熊耳山瞪着眼睛任人给它“理发”，有人扩树枝，有人砍树。砍树的人，挑茶缸、碗口粗的树砍倒，截成五六尺长的段，把这些段包在树枝中间，先用鞠子绳勒紧，然后砍下大拇指粗的嫩树条，搂一堆叶子，划火柴点燃，嫩树条搭放叶子上边，被火燎一阵，水从茬口处滋滋往出冒，人们便将嫩树抽出，一只脚踩了，弯腰，双手猛一用力，不断拧转，一根树条顷刻变成腰子，捆上柴捆，换下鞠子绳。如此，一捆柴火就这样完成了。

有些事，尽管你懂得他懂得，只要不戳破，就是秘密。谁不知砍树来得快！谁不知树比树枝耐烧！这秘密，当事人是不会说的，斧头不会说，柴火也不会说。不说，皆大欢喜。可有一个人不让大家欢喜。这个人就是周成子。周成子没有分身术，不可能跟在每一个人的屁股后上山，他也没有千里眼，不会看到散布在茂密树林里每个人的一举一动，但他有他的一套办法，他的办法就是在砍柴人扛着柴捆晚归时，他会像尊黑煞神般站在村口，目光在每一个柴捆上梭巡。他没有火眼金睛，却能看出谁的柴捆中间包没包树。他是从柴捆的形状来判断的，没包树的柴捆粗大、虚胀，包了树的柴捆紧致、瓷实。当然，他还可以从人背柴捆走路的姿势来进行判断，一捆没包树的柴捆大致多少斤，背柴人有多大力气，他是大致知道的。如果你有二百斤的力气，却扛了一捆不算太粗的柴捆，而又步履踉跄，那就有猫腻了。遇此情况，六亲不认的周成子会毫不犹豫走上前去，一把掀了柴捆，黑丧着脸问：包树没包？常言说做贼心虚。被盘的人心本就虚，加上一问，说话底气就不足了：没……没……包！人这样回了，他也不答话，手起斧落，腰子被剁断，柴捆四散，树段裸露出来。这样的尴尬，我经历的就不止一次。每遇此状，我就破罐破摔，摆出一副死猪不怕开水烫的架势，说：就砍了，咋着！有本事把我送到监狱里！周成子当然没本事把我送进监狱，却有本事把我拉到队长面前。队长阴着脸问：砍了几棵？我说一棵，周成子说明明两棵嘛！队长不以我报的数为准，说：林业政策一三五，你砍两棵，罚六块，栽十棵树。

从那时起，林业政策不仅深入我心里，还深入我的骨髓里。

周成子的护林员是在分田到户后下岗的。土地姓“私”后，山林也姓了“私”，周成子就下岗了。其实他还在岗上，今天，张三把一块坡上的林砍了，烧火坡地，点种玉谷；明天，李四如此效仿。他会追到地里，问你还想过不想过了。他说，树也是条命呀，你这样糟蹋性命，是要遭报应的！这时的人，再也不怕他了，说：我砍我的树，关你屁事！哪儿凉快哪儿待着去吧！周成子这人认死理，他不去凉快地方待，而是去找队长。队长说，我现在成组长了，管不了人，也管不了树了。他就去乡政府。乡政府的人告诉他，乡里有个林业工作站，专门管树。周成子跑到林站，林站进到山里，罚了张三的款，再罚李四。当天晚上，周成子上茅坑，被人打了一杠子；夜里，门又被人泼了粪……在一个明月皎白之夜，周成子听到当当的砍树声，遂上山逮，却一脚踩空跌下悬崖摔死了。过了好几天，人们才发现他的尸首。

4

我就像一片被风旋离枝头的叶子，旋出熊耳山，在城市飘零了三十多年。三十多年后的今天，我沉痛地追问：真是风把我旋离枝头的吗？不是。我的答案是否定的，否定得彻底而坚决。我是被我的愚昧逼出熊耳山的。我忽略了树的思想、情感、喜悦和愤怒。

由于过度开垦坡地，大量树木被砍伐，植被遭到严重破坏，熊耳山被贪婪的“理发师”剃成秃子。三十多年前的夏天，老天似漏了一样，抽抽搭搭下了半个月，许多坡地失去了树根的把持，山洪和泥石流对人类实行疯狂报复，大部分土地被水冲毁，有的房屋整栋被水卷走，导致人死畜亡的惨剧发生。大水过后，熊耳山满目疮痍。我和许多人就是在那时候含着泪离开熊耳山的。

离开的三十多年里，我很少回去。不是我有多忙，而是无颜见熊耳山。想想当年，我只知道一味地对熊耳山索取，索取的工具是那样冷硬，手段又是那样暴烈。从某种意义上说，我就是一个不肖子孙！

清明又至，我不得不回一趟熊耳山了，回去给祖先上坟。以往，父母在时，坟都是父亲去上的。如今，父母不在了。

跨大桥，穿隧道，柏油路像一根细长的吸绳，吸着四个车轱辘飞速转动，轮毂把太阳搅碎又拼接，却搅不碎熊耳山鹅黄似的嫩绿。

把对祖先的怀念浓缩进一锨黄土、一张白纸里。给我爷上过坟，突然想起周成子，毫无由头，就像湛蓝的天空陡地飘来几朵白云一样。没有片刻犹豫，我决定到他的坟上去看看，给他培一锨新土，挂两张白纸条。

周成子的坟在西拐沟的大石崖下。当年，周成子的尸体就是在那儿被人发现的。发现时，尸体已经发臭，人都不愿到跟前去。队长扯着嗓子，说你们现在恨他，总有一天不恨他。不管恨与不恨，人死了，就不能再计较，总得挖个坑，叫他入土为安吧。十几个壮劳力，每人鼻子上勒根手巾，手巾上喷上酒，在他旁边的乱石滩上挖了个深坑，将他的粮食柜抬来，锯了柜腿，囫囵把他装进柜里，把他剩余的棉衣单衣连同被褥全部塞进去，草草葬了……

远远望见大石崖，却望不见石崖下的乱石滩。一片树木，举着鹅黄的旗帜，彰显着生命的蓬勃。疑惑间，以石崖定位，我走进那片树林，看到乱石滩还是乱石滩，周成子的坟依然鼓着包卧在乱石中间。唯与当初不同的是，当初的乱石滩寸草不生，如今别说草了，树木葳蕤着一片生机。周成子没有后人，不会有人来给他的坟上栽树。我纳闷，这些已有碗口、茶缸、胳膊粗的树是怎么来的？就说青冈、桦栎的橡子果从石崖上边滚落下来，生根发芽，那么这些只能由人工栽植的桐树、柳树、杨树，又是怎么来的？难道它们长了腿不成？看起来，树真是有思想的，它们知道感恩，知道埋在这土堆下的人活着时护着它们，如今，它们要来护着他。它们把一种意念和坚韧融入根里，冲破石崖，冲破土层，来为他守灵，令人何其感佩啊！

我往树上绑纸条时，对周成子说：谁说你没福？你老是有福啊！瞧你这树儿树孙，何其多啊！

（选自《牡丹》2021年3月上半月刊）

时光里流淌苏东坡

秦湄毳

采风团一行文友，驱车前往郏县三苏园。

三苏盖世才华如水，早已漫遍吾心，如水，早已浸润每个读过“苏东坡”的人。居庙堂，在乡间，山林里，清风里，谁不曾遇见“三苏”，他们的诗词文赋，他们的旷世才华?

车前行，空气里越来越浓郁地弥漫着“三苏”气息，路旁高高的广告牌上写着“郏县三苏园，东坡魂归处”，想着路两边山野里林梢上，该是落满过大才子的炯炯目光，这目光是否在看着身后的时光、山河与岁月呢？静谧地想着，我们的车就到了，到了清俊朗朗的苏东坡塑像前。石像高 4.2 米，馆长给大家介绍，这是 1986 年为迎接全国苏轼研究学会第四次学术讨论会在郏县召开，河南大学美术系的师生集体创作的，带着书生的儒雅，文士的高洁，自与一般的雕像不同。其实，我想，还有一份深深的懂得，千古文人的心灵相通，灵犀点点，我望着苏东坡的眼睛，满是他的潇洒才华与潋滟如金的高洁风格，如水，洒了一地，如月华，满了山峦。我们紧跟导游雅静姑娘前行，仔细聆听早已烂熟于心的东坡故事、三苏逸事。他的诗词，他们的传闻，书读了多少遍，心上念了多少遍，走在这一律西南倾的相思柏林里，曾经的诵读和默念，都有了生命的理解与感悟，“活”在心上、眼里，俨然，空气里有了苏东坡的气息和味道。导游雅静正讲着，想是旁边行走的是这村里的年轻人，他们说：“村上的老人们讲起来更生动，他们知道的更多!”我明白他们的意思，也相信三苏的深入人心，更懂得苏东坡的伟大力量——不是三苏多么神，实在是文学的力量大，人们对文化和东坡精神的崇敬具有魔力。

曾经多地为东坡墓葬地相持不下，杭州、眉山等地均与郏县相争而相持不下，直到 1969 年，郏县挖掘出土了证据充分的苏辙次子苏仲南、苏轼长子苏迈之妻梁氏等人的坟墓，这才尘埃落定，1972 年各方认可郏县为东坡等人墓园所在——这便是驰名中外的三苏墓地了。

“三苏坟”实为“二苏坟”，苏洵墓只是衣冠冢。三苏的埋葬共分为三个阶段，1101 年苏轼卒于江苏常州，第二年闰六月，由常州移至河南郏县，苏轼葬此十年后的 1112 年，其弟苏辙卒于颍昌（今许昌），并葬于此处，称“二苏坟”。一直到元至正十二年（1352）冬，郏县尹杨允拜谒苏坟，见只有“二苏”便说：“两公之学实出其父老泉先生教也，虽眉汝之茔相望数千里，而其精灵之往来，必陟降左右，盖未始相远。”遂将苏洵衣冠葬于两公冢之间，始称“三苏坟”。

如今的三苏园占地更辽阔，其中东坡湖的湖面和近滩占地

66 亩，正好是东坡先生的阳寿 66 岁。湖内小岛总面积约 1102 平方米，小岛到堤岸距离为 6.25 米，这与东坡先生葬郏的时间（1102 年 6 月 25 日）相吻合，以示纪念。

杭州大学等多地的专业教授曾专门发表专业论文论述东坡确是葬在郏县。东坡湖周围绿树成荫，碧草蓝天，湖中小舟游弋，如诗如画……后人爱三苏，太多的感人故事！争也为东坡，和也为东坡，建园为东坡，修缮为东坡，皆为他的才华与高格，起争，相和，认可，点点滴滴的精致守护，每个人的心上，每一地的时光里，都有三苏的光芒在闪耀。大家敬慕东坡的心灵是相通的，天下之大，却只有一个“竹杖芒鞋轻胜马”“一蓑烟雨任平生”的苏东坡在流芳；诗、词、赋、论、文学、文化、品格、精神……世人灿如星河的爱里，千古流传着一个共同的“苏东坡”啊！

曾经我也在路边听到村夫野老带着敬意，带着赞叹，带着三苏园当地人的骄傲，对我说，苏东坡怎么在生前路过此地，看中的这块山清水秀的土地，怎么嘱咐弟弟苏辙在他死后要埋葬在此地，还讲了兄弟情深，苏辙生怕哥哥一人在此孤单，又嘱咐后辈，他死后也要在此陪伴哥哥，后来人敬慕他们，县尹带领大家筑建其父亲苏洵的衣冠冢，让父子三人在此“团圆”……故事很多，在那些故事里，我听出三苏的才华与情深，我听得后世人们对他们才华的敬仰与尊重，是他们的才华太美好，是百姓的心灵太善良，更是文学的磅礴大气，文化绵延无边的力量——使得三苏园面貌如此美丽安详！

阳光明媚的时候，我来过三苏园；细雨绵绵的时候，我也访过三苏园，春夏秋冬，如今占地680亩的三苏纪念园郁郁葱葱，一如松林，郁郁葱葱在人们的眼里、心上——从元代建祠至今，历经战乱无数，诗词的力量，文学的力量，人们对文化的景仰，护卫着这碑这林这园子，保存完好这三苏祠堂……

远的，近的，有人招呼，有人搭话，都是苏东坡……空气里，处处流淌着他的气息，他的诗词，天空里，细雨下，时时传颂苏东坡，苏东坡流淌在人心里，流淌在无所不在的空气里——他家乡的人来拜谒，他远方的粉丝来访问，他国内的朋友们来，他国外的朋友们也来，因为诗词相识相会，相知相聚……

一如此刻，一车的人，来自不同岗位，不同行业，不同的经纬度，但是心中有一处高地，是一样的——三苏魅力，东坡文化。

相识因为三苏诗，相会因为东坡词，在三苏诗词里我们成为结缘天下的朋友。这一点在三苏园工作的馆长、馆员们体会最深，不管是官员还是商贾，不管是天南还是地北，来到此处，恭敬仰慕，长谈短叙东坡的百味人生，东坡的书画艺术，东坡的哲学思想，东坡的养生理论，东坡的随性自适，东坡的诗词论赋，三苏的文学成就……都是因为喜三苏爱东坡，多少人跋山涉水而来，有的带花来献，有的携款募捐，更多的是来精神相会，灵魂相通……天涯海角处处有东坡诗词传诵，便也处处流淌着东坡的风骨和精神！

想我也是，因为东坡，爱读诗词。或者言，因为诗词，爱读东坡，他的人品他的魅力。“博学如苏东坡，多才如苏东坡，谦虚如苏东坡，勤奋如苏东坡，坎坷如苏东坡，清廉如苏东坡，爱民如苏东坡，豁达如苏东坡，宽容如苏东坡，淡泊如苏东坡……”南京大学的莫砺锋教授一辈子研究唐宋诗词，当问及他最爱的诗人时，他坚定地对我说，是苏东坡，然后他就给了我那么多“如”的列举。在他心中，东坡最重、最美——他的讲述里东坡的故事更多姿多彩。因为东坡，我与莫教授成为心灵上的朋友；当我还是“小同事”的时候，与一位老同事成为忘年交；也因为东坡，我与喜欢读林语堂《苏东坡传》的“小同事”成为忘年交，也一同与林语堂成为“朋友”，跨越时光的河，同注目一束叫作苏东坡的光芒——这光芒如梅花开放在万丈阳光下，明媚了世世代代后人的眼睛，芳香流淌在岁月的长河里……

三苏园里，相思柏神会地西南倾，金蛙通灵地来迎宾。导游雅静说，在她一遍一遍为大家讲解三苏故事、东坡诗词的过程中，也慢慢学着他们的精神，东坡的坚强、乐观、豁达、淡泊……为她的人生输送营养，“这份工作越做越喜欢，因为天天都跟大文豪在一起，是多么幸福又幸运的事！”

临上车的时候，园子里的一个小男孩，还在跟着我们，背一句“大江东去”，诵一句“明月几时有”。看着他可爱的模样，我不禁牵他的小手：“走吧，小苏东坡，跟我们一起！”小男孩害羞了，一行人都笑了。天地间的“小苏东坡”知多少？

苏东坡的诗词，天涯芳草一般，布满苏东坡足迹所踏过的18地：密州、徐州、湖州、登州、杭州、颍州、扬州、定州……雪中鸿泥本无痕，东坡气息的流淌又何止这18处呢？

且行且吟《赤壁赋》中苏子曰：“天地之间，物各有主。苟非吾之所有，虽一毫而莫取。惟江上之清风，与山间之明月，耳得之而为声，目遇之而成色。取之无禁，用之不竭。是造物者之无尽藏也，而吾与子之共适。”“江上之清风”，“山间之明月”，苏子亦如是，拈心上，吾与子共享之，天下人皆适之。

红尘的空气里流淌着一种气息，一种文化，一种文学，一种精神，一种信仰，一种力量……它的名字叫“苏东坡”，是光，是暖，是生命行走天涯的心灵拐杖。

（选自《安徽文学》2021年增刊，有删改）

画事随感

杨彦萍

或许，一个人的生命当中，有些东西只有放在时间里，才会在心灵深处发酵、沉淀，并散发出一种气味。牵引着你，提醒着你，当你凝视和停留，一些景象便在脑海里荡漾而出，形成越来越清晰的画面。

喜欢一个词：自在。人有静气才得自在。偶尔信手翻开古人画册，就发现，哪怕画里的物象形态与空间感多么庞杂，都能给人一种静的力量。这种静又如此强烈，藏着画者内心的丰盈与浩瀚，即便穿越千年，依然能够打动你。

当你真正静下来的那一刻，恍如与心仪的古人同框，漫长的岁月在这种静的照耀下也越发显得瘦小，如同梦境。

踏雪寻梅图

许多年以前，母亲的院子里种了一株蜡梅。雪花纷飞时节，那种香伴着雪花的飘飘洒洒，于一种清寒中，弥散于庭院，让我禁不住一次次驻足梅前，闭目深嗅……

这种情形也让年少的我第一次对一种植物产生一种莫名的敬意。后来，从年货摊上看见一塑料制的红梅盆景，便买回来摆放在桌子上。每当坐在桌前，梅干老枝横斜，总在视线范围之内，抬头低眉间，如同交了一个植物中的知己。

记得那时候，曾在笔记本上顺手记下：问世间情为何物？情为植物，当为梅。

一个冬夜，走出办公楼已是很晚。一抬头，一轮弯月。经过院内一段长长石阶，清寒的月色下，一阵蜡梅的清香静静地传来，周围寂静无声，循着暗香向院子深处走去，顿时体会到扬州八怪之一的金农题画诗中“清到十分寒满地，始知明月是前身”的意境。

把梅喻为月光，是否只有经过长长的白和极致的寒，才能到达一种清绝唯一的世界。

仿佛是宿命中的约定。去年下大雪，与友人兴致大发，驱车前往大山深处踏雪寻梅。一路上，除了偌大的白，就是无边的静，还有车前雨刮器一左一右不停摆动的声音，像是与远方使劲地挥手。我们谁都不肯出声，默默前行，唯恐惊扰了那一刻天地之间的大美和庄严，世界似乎归零。不经意回头，只有车轮碾轧在厚雪上的两道凹痕……

于一小路的拐弯处，见一大簇蜡梅斜倚着探出……惊喜伴着尖叫。在一片白茫茫的雪里，真想抱住它苍黑的树干，大哭一场，它凭什么如此打动我？

喜欢木心的一句话。他说：“我是一个在黑暗中大雪纷飞的人。”

我就想到梅。当一清瘦老者或窈窕佳人寻香而行，一切都像在有意无意之间，走走停停。或者，他寻的不是梅，而是一种内心深处的风骨。所以才有古人“为梅修史，为花传神”的声音吧。

因为梅，才有第一次试着用画笔表达的冲动。才渐渐懂得，踏雪寻梅，最美一个“寻”字。想起那位守在故园的友人，他画梅，从来只画魂，仿佛能从今世飘到来生。每当在一种凛冽寒意中靠近它，便觉这种香如此温暖。

所以，一到冬天就想念雪，想念踏雪寻梅。

携琴访友图

世间知音难觅。从前，想见一个人，需要走很远很远的路。甚至曲径携琴，跋山涉水。只是，为了相见。

高山流水，喝茶抚琴。彼此心事素简，目光澄澈，有一句说一句，情驰神纵。“与君相对忘言处，绿意满庭生澹风”的画面，总是令人感动。

发现越来越多的人开始学习古琴，或许也是为了能够与自己对话感受内心的水声吧。身旁有知己，琴声才能悠远。同样，携琴访友，是历代文人画家最爱表达的题材，濯足清流之中，行吟绝壁之下。用最纯最净的笔墨，表达最古老最丰富的文化和人文精神。

人到中年，难得有闲时。日常总是被繁华与喧嚣萦绕，只有周末的闲暇。最好赶上下雨天气，似乎再无其他事情可做。如果恰逢有朋友来，一起喝茶聊天，窗外湿漉漉的，屋内语速越来越慢，直到融入滴答的雨声，仿佛一种意境上的共鸣。

有些地方，去过，还总想去。比如一个叫莲塘的村子，那里不通车，步行一个多小时的山路。村头有棵古老的银杏树，遒劲的枝干直指苍天。

村子里住着一农民诗人，为人质朴善良，一副与世无争的模样，日出而作日落而息，过着几乎隐士的生活。每次有朋友去了，他都会倾其所有招待大家。然后听他红着脸念自己写的诗，喝他手工炒制的绿茶，吃他柴火灶做的带锅巴的米饭，偶尔再来碗米酒一饮而尽……饭后，大家坐在院子里，感受轻风拂面，带着新鲜的田间稻草与山间松枝的气息，竟有不知今夕何夕之感。

连他家的两只狗，也总是半卧在屋檐下，微闭着眼，一副假寐的陶醉神情。

入冬了，天寒故人远，时常会想念一些人。夜深人静的时候，试着画了一幅扇面，题款就是携琴访友图。旁边配了一首小诗：多想做一个古代的人/那时，窗外梅花盛开/远方的友人正携琴走来/他们不谈人世纷扰/只话山水清音/偶尔也会叹息/为心上人/在春天/写一封长长的信。

终于可以将内心的向往妥帖地安放，所以，送给自己。

寒江独钓图

寒山瘦水，一叶扁舟孤停，俯身垂钓于船头的老翁，于静寂中独钓，形神冷峻丰富，微波之外，四周皆空白。

这片空白表现出了浩渺的江水和极强的空间感，而且还觉得空白之处有一种语言难以表述的意趣，令人心生淡泊。一个“独”字，妙不可言。

或许只有这种孤独感才能帮助我们在冷寂中体味到一些沉默中的秩序，触碰到内心中最诗意的那一刻。茫茫天地之间，当风尘俱静、物我两忘之时，“独与天地精神往来，而不敖倪于万物”，俗虑尘怀也爽然顿释。谁放此船闲似我，满湖生意向诗人。

清代学者方亨咸曾经说过：“绘事，清事也，韵事也。”清寂空旷之中，感悟宇宙生命的韵律。清心自在，似乎不食人间烟火，但实际上仍折射出画家的心灵，表现出天人合一之境界。

其实人多的地方，就有江湖。何不坚守自己，保有自己的信仰和个性，活出自己本真的样子呢？想起那个曾经年少时独自从西安步行去敦煌的朋友，寡言是他的标签。住在乡镇的他常常在闲时独自骑着摩托车去山里跑一整天，捡核桃，挖菖蒲……自由自在。他有次说“有个核桃长得太丑”，我就想笑。后来，不知怎么，我的脑海里总是浮现出深山老林里他对一个核桃傻笑的画面。现在的人，似乎被太多的东西裹挟。应当活得自由、缥缈，“缥缈”二字，富有意味。

远离喧嚣。静看一个“嚣”字，四个口，一圈嘴，压迫而嘈杂。不妨经常给自己一段独处时光，做一次长长的梦。梦里，一枚小小的闲章，正带着理想轻轻地落在此刻留白的心上。

而独钓寒江又何尝不是一种人在江湖的坚守？真正的钓者，才会明白，钓的过程，如同在平淡的时光里守候初心静待幸福，无异于在红尘中修行。

傍晚，沿河散步。见一老者坐在河边全神贯注垂钓的背影，雕塑一样，像是专注于一个人的江湖，一动不动。

夕阳见状，也慢慢沉了下去。

山水清音图

不妨虚构一片山水。当炊烟四起，窗前有孩童读书，门口有妇人远眺，对着门口池塘的木门泛着积年的旧意，路上有三两行人在走，池塘里几只小鸭正游来游去，一幅充满生活气息的幽居图。

都说山水可以寄寓身心，每有机会与友人到山里写生，心情便无比清澈。不知不觉间，一座亭，一扇窗，或一树梅，就这样与自己相遇了。“抱琴未必成三弄，趣在高山流水间”，山水画就像心中的桃花源，哪怕是信手随意地抹上几笔，也会让人渐渐沉浸其中，世界越来越静……

人的一生，就像是一场无休止地对内在精神世界的临摹。

画画不是目的，更多的是对自由旷达的向往和追寻。当水墨流漾的那一刻，世界便充满了抒情。

前两年在绍兴曾停留过几天。印象中最深的是三个字：自在岩。（画家徐渭青藤书屋山墙外面的一方石刻上的镌文）一进门，这面墙因风雨剥蚀而斑驳陆离，被青藤和竹林掩隐，我曾多次仰视，才见。

回来后，也在阳台上种了一丛青藤，任它藤蔓缠绕。面对风雨，叶子绿了又黄了，像是人来了又走了。直到融入了世间的疲倦之相，长成一卷狂草。清人秦祖永有言：“画中静气最难……全要脱尽纵横习气，无半点喧热态，自有一种融和闲逸之趣。”静气，是中国传统书画艺术追求的最高境界，也是画者于尘世中不断修行的结果。

人的一生，似乎总有太多缺憾。有时候，真的需要感谢太多的无法拥有，让你终于释然，并且学会把释然当成一幅画中的留白，任你仰望和想象。种种删繁就简过后，抵达一幅向往中的图景：画里有山、有水，有你、有我，还有大把大把的时光。这大概便是世上最上乘的日子吧。

（选自《散文百家》2021 年第 8 期）

肩上江湖

李长顺

水锁春山

我和银环的难处都一样：挑水。

我这把年纪的人，没一个少看了电影《朝阳沟》，没一个记不住挑水的王银环。银环跟拴保下乡来到朝阳沟，闹出不少笑话。挑水，就是银环适应农村生活的一大障碍。你看银环初次挑水的样子，又可笑又可爱。身子摇摇晃晃，水桶晃晃荡荡，脚步磕磕绊绊。一扭脸，钩担前仰后合，水桶鼻青脸肿，清凌凌的两桶水，泼洒在地上，落花流水，眉锁春山。出了洋相，连羞带气，一低头，撒丫子，跑了。劳累一天，想起挑水的难处，银环愁锁眉头，不由自主地唱起：“亲亲娘祖奶奶，谁叫我到这山沟里来，唉唉唉！”

银环挑水有毛病。毛病在哪儿？不在力气不够。高中生下乡，18 岁左右，挑不挑得动两桶水倒在其次。主要在于经验不足，技巧不够，不得法。特别在挑水上坡时。掌握不好平衡，好像水桶故意找别扭似的。

我少年时挑水，不在于经验和方法，而在于力气不足。开始，同样摇摇晃晃，踉踉跄跄，一担水，能泼掉一桶。同伴们戏称我为银环。这有点怪我，也不能完全怪我。因为我是老李家唯一的宝贝儿子，自小像银环一样娇惯。我还是三道街 14 号院有名的病秧子、药罐子。我贫血，我三天两头感冒发烧，我经常头晕无力，我因病留城。

所以，挑水，是银环下乡碰到的难事之一。挑水，也是令我最发怵、最头疼的事。

干活儿放躺

记得小时候，猜过两则扁担的谜语。一则：“平时家中养，干活儿就放躺。叫它挑重担，浑身骨节响。”另外一则：“闲的时候站着，忙的时候躺着。闲的时候直着，忙的时候弯着。”

扁担和钩担，都有一个“担”字，都负有担东西的重要使命，任务大同小异。扁担的两头，大多是绳子。比如重庆主城区的棒棒军用的家伙什。而重庆一带大多数地方叫棒棒，连同用棒棒打零工的人也叫棒棒。万州一带就不叫棒棒而叫扁担，连同用扁担打零工的人也叫扁担。我们豫北安阳城里，钩担也叫扁担。钩担的两端是两条带钩的铁链。钩担的主要用途是挑水。

我家原来没有挑水的东西，挑水借邻居的。常常借院中间旺儿哥家的。那时邻里处得就像一家人。旺儿哥家有人，就打声招呼。如果没人，拿走就用。用完，放回原处就行。

后来我家添置了挑水的钩担和水桶。钩担的两条铁链不知从哪儿找的，一条长一条短，一条粗一条细。钩担不用时，挂在门外房檐下，像忠实的哨兵。钩担用的时间长了，磨得溜光水滑。

如今，在城市，在农村，扁担、钩担，都消失得无影无踪，成了稀罕物件。有一次在一家农耕博物馆里看到一条木头光光滑滑钩子锈迹斑斑的钩担，像他乡遇故知一样，心里暖洋洋的。

大肚汉

钩担喜欢水桶。从身材上打量，钩担苗条颀长，玉树临风，水桶敦实厚道，浑厚发福。也许两者互补，两情相悦。铁钩一勾搭上水桶，吱扭吱扭，马上唱起歌来。水桶也欣赏钩担，摇摇摆摆，跳起舞来。水桶装满了水，钩担一片怜香惜玉之心，竭力弯下双臂，好替水桶多承担点分量。水桶也知道报恩，微微点头欠身，表达谢意。

同院旺儿哥家的水桶，白铁皮打制，闪闪发光。我家后来添置的水桶，一般的铁皮制作，刷上一层草绿色的油漆，俨然一副军用水桶的架势。当时军人的绿军装、绿军帽，都是抢手货。年轻人头上能够顶着一顶正宗的军帽，就会神气得不得了。

我家的水缸，傻大黑粗，自觉其貌不扬，整天悄悄蹲在门后，不吭一声。这口水缸，好一个大肚汉子，一气儿能吞下两担半水。大水缸存水不少，到夏天还是嫌小。

今天，早已没人用这些五大三粗的铁皮水桶、木水桶，取而代之的，是小家碧玉似的塑料桶。又笨又大的水缸，也进入了陈列馆。在城市人家立下汗马功劳的铁皮桶，为农业农村生产生活做出巨大贡献的木水桶，为城市农村都建立不朽功勋的大水缸，都成为历史的遗迹、教科书里的东西。

井底不观天

水井里的水，有甜水苦水之分。

我家住三道街南段 14 号院。出院向北，第一个向西的路口，县东街。再向北，第二个路口往西，仓巷街。第三条朝西的街道，就叫甜水井街。这条街在新中国成立前大户多，深宅大院多，想必是有一口泉水清甜可口的好井，才招来大户林立。

我家这片的住户，挑水都是出院向南，走二三百米，8 号院里，有一口苦水井。再向南百十米，向东一条小街，下凹街。下凹街快走到二道街时，路北一口水井，这是甜水井。苦水井的水，不能做饭沏茶，只能洗衣服洗脸洗菜。而且听说苦水井的水，洗衣服特别净，好像井水本身掺加了洗衣粉似的。甜水井的水，可以饮用，当然也能煮饭。两口井的井沿，青石板围砌，比周围地势高出不少。井口上方，都有一个小亭子式的顶盖建筑，以遮风挡雨，防止污染。虽然这样细心呵护，还是免不了有灰尘树叶杂物被风吹入井中，或者桶底鞋底的泥沙被带到井沿又被水带入井中，还有井里泉水渗出的泥沙。这样子的话，就免不了隔上一年半载，需要淘井。长时间不淘井，井水就会变味，或者发浑。

淘井是个苦活儿，也是件平时见不着的稀罕事儿。大人小孩都来围观。淘井的人，夏天也要身穿皮袄，脚穿长筒水靴，腰里系根保险绳，脚蹬井壁，慢慢下到井底，开始干活儿。淘井需要一组两人，都是推选出的身强力壮的年轻人，或者专门雇用的，还要大约半个小时一换，因为井下太凉太潮，空气稀薄。

井淘好了。淘井的人，大口大口喝着红糖姜汤水，那个自豪样儿，那个英雄劲儿，小孩子好不眼气。

小丫卖水

刚开始，自来水还没有接到院，更没有接到家，而是每一段街道的几十户上百户居民，由居委会主任出头，众人拾柴火焰高，大家集资在街头接上水管，安两个水龙头，找一个人看水管卖水。

三道街南头的这个水房，包括马号街东头的居民，下凹街西头的住户，都来这里买水。水也不贵，两分钱一担，一分钱一桶，水牌有一分的、两分的。看水房的人家，一老一少，就住在水房后边的三道街 4 号院。虽然水房墙上写着早、午、晚三次的卖水时间，但这家人服务意识还不错，有人不在水房上班时间来买水，在 4 号院门口朝里面喊一声，马上应声而出，开房卖水。

水房的两根出水管，比一般家用的粗好多。水管粗了，不太好控制。小姑娘长得俊俏，心眼也好，总是把水给每只水桶放得很满。老太太也不是很老，50 岁左右，但那时的人生活艰辛，营养跟不上，显得老。老太太比小姑娘知道节约，害怕浪费，总是把水放得不是太满，买水的人老是喊：再放点，再放点。

肩上的江湖

随着社会的不断进步，用水越来越方便。

我家光室内的水龙头，大大小小十几个。厨房的，两个卫生间的，香臭有别；洗菜洗碗用的，洗澡用的，洗漱用的，洗衣机用的，涮拖把的，饮水用带滤芯的，两个马桶用的，门类齐全；凉水的，热水的，冬天也是春天；水龙头一拧，自来水哗哗流不尽，手到水来。用水的不易，挑水的艰难，桶掉井里，人滑冰上，下乡的王银环，城里的李银环，早已成为过去。不管城市还是农村，扁担、钩担、木桶、铁桶、苦水井、甜水井、水缸、水舀、水房、水票，都成为刻在骨子里的乡愁，不能忘怀的江湖。

一根钩担担世界，肩挑半个江湖。一根钩担闯世界，写就半部春秋。

钩担，已然退出江湖。江湖，依然重担在肩。

（选自《散文百家》2021 年第 4 期）

与土地深吻的农具

韩　峰

犁

犁的历史太悠久了。它从商朝的甲骨文里走来，一直走了三千多年，走遍了中国大地。在《乐府诗集·陌上桑》中，我看到了它的身影："耕者忘其犁"；在杜甫《兵车行》中，我也看到了它："纵有健妇把锄犁"；在清代王良谷的《环山胜景》中："千顷绿畴平似掌，蒙蒙春雨动春犁"……

犁的行走，大多是靠牛的拉动。骡马属于快牲口，而犁是个慢性子，不太适合。驴没有骡马快，可它的耐力不行。而牛在骡马和驴之间，显得既不快而又有耐力，所以，牛是犁最好的伙伴。牛和犁最好的伙伴是人，没有人，它们不会成为伙伴，不会将原始荒芜的土地耕作为庄稼地，不会一季又一季地耕耘新的希望和收获。

爷爷是牛和犁最好的伙伴，以致他的背也弯成了弓形犁的模样。在家乡邯郸西部那片靠天收的土地上，每到春秋两季，爷爷右手扶犁，左手扬鞭，嘴里不时“嘚嘚”“喔喔”吆喝着，好让牛坚持不懈地拉着犁直线前进，犁出一道道土地的波浪。我曾一次次望着刚犁过的大片土地，简直就像一幅大海波涛的油画。

犁的秉性是勇往直前的，它不辱使命，弓着腰，将犁铧潜入地下，去唤醒沉睡的土地。犁铧所过之处，如墒情好，翻起的泥土散发出一股特有的香气。如是干旱季节，翻起的干土便腾起一道黄尘。每逢这时，爷爷下晌回来，总是先拍打身上的黄尘，然后坐到小板凳上，解去系在脚踝处遮盖脚面的早已被黄土染成土色的白布，摔打去上面的厚厚的浮尘。

我从小随父母离开故乡，走进豫北曾为殷商都城的古城，因此没有接过爷爷的犁。上山下乡当知青时，我走近了犁。大块地虽已有了机耕，但小块地拖拉机进不去，还要靠牛拉的老式步犁。在“贫代”的“再教育”下，我学会了赶牛犁地。这之前，我已当了一段饲养员，并学会了使牲口，为学犁地打下了基础。刚开始，我使用的是一头叫作皮蛋儿的老黄牛，皮实，有耐力，不慌不忙，稳步前行，我只需操心扶好犁就行了。犁并不是很容易扶的，需要一定的力量摁住把手，让犁铧深深吃进土中，否则，就犁得浅，达不到应有的效果。有次换了皮蛋儿的儿子拉犁，这家伙年轻气盛，行走快捷，我扶犁的力量一时轻了些，犁铧便从土中冒出。皮儿子突然感到轻松许多，竟拽着我和犁小跑起来。我狼狈地扶着犁跟着跑了一段，直到用力将贴着地面奔跑的犁铧重新摁入土中，那皮儿子才慢了下来。在我扬鞭虚晃的指挥下，这皮儿子才重新回到了刚才犁地的原点。

犁与土地是最亲密的，它对土地专注而深情，只有与土地的交往，它才有活力，有精神，有自己存在的价值。一旦离开土地，它就会孤独寂寞无聊，甚至抑郁。所以，犁最喜欢春天的到来。“布谷飞飞劝早耕，春锄扑扑趁春晴。”这时，冰冻的土地复苏，犹如刚刚醒来的新娘，等待着新郎的亲吻。孤独寂寞无聊了一冬的犁，怎能不渴望那久违的土地呢？

在古代，县官们和百姓也都知道春耕的重要。每到立春时，许多地方都要举行试犁的仪式，人们敲锣打鼓，先是祭祀皇天后土，然后由县官扶犁，赶着纸扎的春牛，演示犁地的情景。尤其是清代，皇帝也深知犁的心思。据《养吉斋丛录》记载，康熙四十一年（1702），康熙帝在京南博野视察春耕情况时，曾亲自下田扶犁，一气不歇地耕了一亩地。现场观者如云，人声鼎沸。一位叫李光地的大学士还撰文勒石，以志其事。这是犁最荣光的时刻，最得意的时刻，最自豪的时刻。

大概是受康熙帝的影响，从雍正帝开始，每年在二月或三月的一个吉利的亥日，都要举行一项国家典礼——皇帝亲耕。皇帝亲耕前，为避免亲耕时动作生疏，总是先到丰泽园前的演耕地里练上一练，到正式亲耕那天，皇帝一大早就穿上礼服，前往先农坛礼仪一番，然后到观耕台前的籍田里，右手秉耒，左手执鞭，在两位老人牵牛、两位农夫扶犁，后面还有有关大臣播种的配合下，在礼部、太常寺等大臣及銮仪卫的导引和护驾下，在祥和的鼓乐伴奏下，来来回回走上三趟，“三推三返”的亲耕礼便宣告完成。虽说这只不过是个礼仪，但也充分表明了皇帝对农业的重视，对“民以食为天”的重视，对牛和犁的重视。

在历代文人的笔下，留下了许多有关春耕的诗，如：杜甫《洗兵马》中的“布谷处处催春种”；曾巩《二月八日北城闲步》中的“欲乘长日劝春耕”；苏轼《新城道中二首》中的“煮葵烧笋饷春耕”；陆游《春耕》中的“买犊事春耕”……

在故乡的老宅里，南屋西边的一间，最里面是厕所，厕所旁便是牛吃喝拉撒睡的地方。喂草料的石槽静静地待在那里，牛的套装被厚厚的灰尘包裹着，挂在剥落的墙壁上。犁早已不见了，估计是当年成立合作社时交出去了。

我打开百度有关犁的照片，竟没有故乡和我当知青时使用的犁的影子。

耙

耙与犁一样，也是最古老的农具之一。据有关专家研究，耙在中国已有一千五百年以上的历史。在北魏贾思勰《齐民要术》一书中，耙被称为“铁齿楱”。在元代王祯《农书》中，记载有方耙、人字耙及用柳条编织的无齿耙和水田用的耖田耙。

古代诗人咏耙的可能不多，但我还是在一些典籍中，看到了耙的行踪。在宋代释宗杲《杨岐和尚赞》一诗中，我看到“异类中行，拕犁拽耙”；在宋代赵崇鉘《书事》中，我看到“老夫忍饥特未死，犁耙典尽春无牛”；在宋代释师范《偈颂一百四十一首》中，我看到“岂谓业缘逃不得，依前拽耙与牵犁”；在元末明初著名诗人、文学家、书画家和戏曲家杨维桢的笔下，我看到“潮来潮退白洋沙，白洋女儿把锄耙”。比以上诗句更形象，更有画面感和动态感的，当数清代胤禛（雍正）《耙耨》中的“耙头船共稳，斜立叱牛行”了。

在古代中国，历代帝王大都重视农桑。尤其是宋代以来，宫廷内大多绘制有表现农人春种秋收纺织劳作的《耕织图》。康熙朝时，康熙帝命宫廷画家焦秉贞仿南宋楼璹本《耕织图》，绘制了《御制耕织全图》，并亲自撰写序文，还为每开画作题诗，既显示了康熙对衣食之国本的重视，也显示了他对含辛茹苦的民情的体恤。

雍正皇帝还是雍亲王时，就效仿父亲命人模仿康熙朝时的焦秉贞本，绘制了胤禛版的《耕织图》，从浸种、耕、耙耨直到簸扬、砻、入仓、祭神等二十三个不同的场景，将传统农耕从播种到收获的全过程表现得淋漓尽致，并用他文雅遒劲的书法欣然题诗，钤上了“雍亲王宝”“破尘居士”的印章。特别之处是，画中耕作、蚕织的主要人物中，虽然都是农夫农妇打扮，容貌却是胤禛与其福晋和侧福晋的。是作秀？是好玩？是对田园生活的向往？是表现对农桑的热爱、重视？还是迎合康熙帝重视农桑的心理？还是兼而有之？不得而知。从他所题的诗来看，他对男耕女织的农村生活是非常熟悉的。

《耕织图》中的耙，显然是南方水田使用的耖田耙，而冀南和豫北的耙，都是钉齿耙，呈长方形木框状，长约两米，宽约半米。之所以称钉齿耙，就是上面钉着排列整齐的类似牙齿的扁形铁钉，入土部分约有十厘米。

耙是犁的小弟弟，常跟在犁的后面跑。犁出的土地呈波浪形，还有大大小小的土坷垃或杂草或残留的庄稼的根，这就需要牲口拉着耙，人站在耙上前行，用耙的铁齿和人的重量，使大大小小的土坷垃粉碎，将杂草或残留的庄稼的根驱除，使波浪形的土地平整如镜，保持水分，松软似胸。由此看来，耙也是土地母亲的美容师。那大大小小的土坷垃，就好比脸上的粉刺疙瘩；那杂草，就好像秀发上沾上的柴草；那残留的庄稼的根，就好似脸庞上长出的刺猴。经过耙的美容、梳理，土地母亲才能梳妆一新地去孕育新的绿色生命，为五谷丰登奠定良好的基础。

我曾经很羡慕耙地的老农。蓝天白云下，在布谷鸟悦耳的伴唱中，在刚犁过的宛如大海波涛的土地上，他们站在行进的耙上，时而放开嗓子"嘚嘚"吆喝两声，时而虚张声势地甩一个响鞭，是那么悠然自得，那么潇洒自如，那么天人合一。而当我上山下乡接受贫下中农再教育、真正站在行进的耙上时，却深感并非易事。在"贫代"的言传身教和我的亲身体验下，我懂得了耙地的要领：身体不能前倾，否则有掉下耙的危险，一旦掉到耙前或耙中，轻则被耙齿耙伤，重则若耙到要害部位，甚至有生命危险。所以，身体的重心一定要放在后面，即使掉下也无所谓。用慢牛拉耙还好些，如用骡马这些快牲口，更得时刻提高警惕。若是土质不硬，耙的行进比较平稳；若是土质很硬，耙的颠簸就大，这就需要小心翼翼，站稳脚跟，掌握重心，体验一把冲浪的感觉。

记得少年时在姥姥的故乡，参加了生产队一次打坷垃的劳动。干旱的土地里，土坷垃比人头还大，坚硬如石，耙无法粉碎，我和社员们只好举着镢头，用镢头的根部用力夯打。本来是耙与土地难得相会的时刻，却因无情的旱魔无缘。被放置在牲口棚院里墙根下的耙，显得很内疚。本来是自己的职责和任务，却又无能为力，让这么多人代劳，于心何忍？不知它是否流下了惴惴不安的泪。

风调雨顺的年份，耙与土地如两地分居的恋人，每年春秋两季相会，比牛郎织女多了一次。每次的相会，耙都非常珍惜，总是那么细心贴心地为土地梳妆，尽管自己被人踩在脚下，弄得蓬头垢面。当然，耙也理解，人踩着自己，也是为了土地好。有人甘为人梯，自己怎么就不能甘为人耙呢？

相会总是短暂的。短暂的相会后，耙便回到了农家小院搁置农具和杂物的棚下，或牲口棚院里的墙根下。但我想，它的心肯定还留在广袤的原野，即使进入休眠状态，它的梦，可能还在那片熟悉而亲爱的土地上。

耧

“秋分早，霜降迟，寒露耩麦正适时。”这是我20世纪70年代中期当知青时听到的农谚。其中的耩麦，就是播种。播种用的农具，就是耧，也有的叫耧车、耧犁。

据有关史料记载，战国时期就有了独脚耧和两脚耧。汉武帝时，搜粟都尉赵过在此基础上，又研制出能同时播种三行的三脚耧。东汉著名政治家崔寔曾在《政论》中记载道：“三犁共一牛，一人将之，下种，挽耧，皆取备焉，日种一顷。”就是说，一头牛拉着三脚耧，一人在前面牵牛，一人在后面手扶耧播种，一天就能播种一顷地。赵过对耧的改良，极大地提高了播种效率，也奠定了延续两千多年的三行一垄的播种模式，对农业生产的发展，起到了很大的积极有益的推动作用。

相对犁、耙来说，耧的构成较为复杂，由供牲口驾驭的两根耧杆、供人扶摇的耧把、装种子的耧斗、与耧斗相通中空下种子的耧脚、入土犁沟的耧铧等几部分组成，除箭镞样的耧铧为铁质外，其余全都为木质。至宋代，有人在耧车的基础上，又进行了改进，增加了施肥的功能，称为“下粪耧种”。北宋宰相、词人韩琦曾在《祀坟马上》诗中云：“泉干几处闲机硙，雨过谁家用粪楼（通耧）?”元代农学家王祯在《农书》中比较详细地描述道：“近有创制下粪耧种，于耧斗后别置筛过细粪，或拌蚕沙，耩时随种而下，覆于种上，尤巧便也。”可见这种改进，对进一步提高生产效率，起到了非常积极的作用。此后，元代又有人根据耧车的原理，研制出中耕除草用的耧锄，现代人又研制出耩氨水的耧以及现代化的播种机。

耧，凝结着古代劳动人民的智慧，承担着“春种一粒粟，秋收万颗子”的重任，对人类的贡献是巨大的，功不可没的。

上山下乡的洪流，使我来到了耧的身边，近距离地审视它，了解它。耧的操作不同于犁、耙，在传统农业中，可谓技术含量较高的活儿，只有种庄稼的老把式才能担当此重任。在当知青的岁月里，我在学会使牲口的前提下，学会了耩麦。牲口在前面拉着耧，我扶着耧不停地左右摇晃，以使耧斗中的种子顺利流入土中。同时，还要掌握摇耧的力度，尽量摇匀。否则，摇得快了，耧斗中的麦种就下得快，麦苗出来就稠，影响产量。摇得慢了，麦苗出来就稀，也影响产量。只有不快不慢，麦苗出来才能均匀，茁壮成长，提高产量。当然，耧斗下部的小门也很关键，小门控制得大小，决定着麦种流出的多少。“不稀不稠，伸下指头。”这是贫农代表总结的控制小门的经验之谈。这时，两眼还要在正前方地头瞄准一棵树或其他什么作为目标，用眼睛画出一条无形的直线，沿着这条无形的直线使唤牲口，不偏离方向，以使将来麦苗出来后形似五线谱那般直溜、齐整。否则，麦苗出来后歪歪扭扭，毫无美感，一看就是“菜鸟”干的。

耧是位音乐家，它画出了大地的五线谱，又在五线谱上谱出了绿色的、金色的乐章。这乐章，从南方到北方，响彻了祖国大地；这乐章，寄托着千家万户的五谷丰登的希望。

耧是位画家，它在平原、丘陵、水田、梯田画出了不同色彩不同风格的线条，舒爽着人们的目光，绚丽着写生的画板，闪亮着摄影家的镜头。

耧也是古代诗人歌咏的对象。“行看万垄空，坐使千箱有。利物博如此，何惭在牛后。”北宋著名思想家、政治家、文学家、改革家王安石《和圣俞农具诗十五首·耧种》的诗中，对跟在牛后的耧，给予了赞誉。清末名士高心夔《将之建昌县·其一》中的“农父惜春半，晨出耧东菑”，则勾画出了农家惜春、不误农时、清晨即起扶耧播种的场景。

试想那时的清晨，“沾衣欲湿杏花雨，吹面不寒杨柳风”，东一簇西一簇的迎春花连翘花竞相绽放，布谷鸟一飞冲天，声声鸣唱，少者牵牛，老者摇耧，牛铃摇着春色，那是何等的田园风光，何等的悠慢时光。

迅疾而来的轰鸣的农业机械化，早已将传统的农耕定格为一幅幅水墨画。幸存的耧、犁和耙等兄弟在博物馆的灯光下，或促膝交谈，回忆与牛、与人、与土地亲密交往的点点滴滴；或感叹时光的飞逝，感叹它们的后辈长江后浪推前浪，青出于蓝而胜于蓝；或向走近它们的各色人等讲述曾经的辉煌。

锄

锄，和犁、耙、耧都是好兄弟，都是从非常遥远的历史中走来。刚开始，锄还是先人用石头片子做的。战国时，不知哪位铁匠突发灵感，打制出了铁锄，使这个成功的飞跃一下子飞翔了两千多年。

锄的构造并不复杂。冀南和豫北的锄，锄板长约 20 厘米、宽约 10 厘米、厚约 0.5 厘米，一端为锄刃，一端和一段铁棍相连，将长约 1.5 米的木质锄把儿插入铁箍即成。锄与镢头相似，不同的是，锄的角度就低于镢头的角度，便于在土地浅层松土、除草。而镢头则便于往土地深处刨、挖。

锄是农家最常用的农具之一，除了冬天，锄基本上是闲不住的。春天锄麦子，夏秋锄玉黍、谷子、高粱、大豆、棉花等。过去说“立了秋，挂锄钩”，等于刀枪入库马放南山。后来我当知青时又听说，“立了秋，猛一搂（读阴平）”，不能刀枪入库马放南山。

庄稼离不开锄，一旦离开，各种草就会探头探脑地拱出来，分享庄稼的水分、养分和阳光，挤占庄稼的空间，从而使庄稼营养不良，生长缓慢，甚至减产。我揣测，锄也肯定不愿意离开庄稼，一旦离开，心里就空落落的，它不忍看到疯长的草欺负庄稼，也不愿离开紧握它的温暖有力的手，与人、与庄稼，它觉得都有一种感情。它可能也知道，人对它也是有感情的，隔些天，就扛着它到了地里，从这头锄到那头，一个来回又一个来回地锄着。累了，直直腰，用挂在脖子里的泛黑的白毛巾擦擦汗，或坐在地头、坟头的树荫下抽上一袋烟，或躺在草地上枕着千层底老布鞋草帽盖住脸眯上一会儿，然后起身往手心里唾口唾沫，又握住它，弯下腰，重复着一个来回又一个来回的动作。人与锄的感情，一点也不亚于朋友之情，兄弟之情。

少年时，我学会了锄地。那时，县城的学校放假，老师都要求学生参加生产队的劳动，并且开学时要带来生产队的证明。所以，每逢放假，我就从豫北古城回到冀南故乡。初次锄地，虽然模仿着别人的样子一推一拉，小心不锄到禾苗，但却不知道前进的脚步也是有讲究的，就像豫剧《朝阳沟》中拴保教银环锄地那样，要“前腿弓，后腿蹬”。而我是根本就不讲究这些，碎步向前，脚印几乎一个挨一个。爷爷发现后，说你这样锄过去，把地又踩瓷实了，等于白锄了。是啊，小碎步踩瓷实的地，不仅起不到松土保墒的效果，如果墒情大的话，还会把刚锄掉的草踩进土里，使草复活。在爷爷的言传身教下，我学会了“前腿弓，后腿蹬”，一步是一步地向前。如果草贴近禾苗，为避免伤到禾苗，就像爷爷那样，弯下腰用手将草拔起。

当午的烈日下，爷爷、二叔和其他汉子们裸露的早已晒黑的脊梁上，泉眼似的冒出了黄豆绿豆大的汗珠，顺流而下，流入腰部。草帽下古铜色脸上的汗珠，则滴滴滴进了土中，真实地诠释着唐代宰相、诗人李绅那首非常著名的《悯农》诗：“锄禾日当午，汗滴禾下土。谁知盘中餐，粒粒皆辛苦。”我曾问爷爷，为啥要顶着太阳锄地呢？爷爷说，锄下有火，天越热越锄地，锄掉的草很快就会被晒死。如果是雨水多的时候，还可以使土地尽快干松。爷爷还说，锄下还有水，特别是天气干旱的时候，草和庄稼争夺有限的水分和养分，这时锄地，既锄了草，又使土地表面形成保水层，有利于庄稼的根往下长，去吸收更多的水分和营养。

春秋夏经常早出晚归地劳作，锄板蘸着爷爷、二叔和乡亲们的汗水，磨砺得明晃晃的，在阳光下月光下闪着银光。那银光，是土地舞台上的激光，与犁铧、耧铧、耙齿、镰刀的激光一样，照射着爷爷、二叔和乡亲们的愿望。锄刃也磨得像刀一样锋利了，身体也被磨蚀得损失了几分几寸。斩除了多少杂草，锄已不记得，只记得牢记自己的使命，战斗到生命的最后一息。

秋末后，锄才有了喘息的机会，才和犁、耙、耧这些好兄弟聚在一起，叙谈着一年来各自与主人与土地的亲密接触。这时，犁、耙和耧都靠墙站着，锄则像倒挂在树上的猴子那样挂在墙上，或独自默默地靠在门后、墙角。月亮升起时，锄往往会陷入回忆——不知汉代的谁，在《陌上桑》中提到我，说"锄者忘其锄"；唐代著名山水田园派诗人孟浩然，在《田家元日》中"荷锄随牧童"；南宋抗金名将、著名豪放派词人辛弃疾，在《清平乐·村居》中看到了我，"大儿锄豆溪东"；还有魏晋的陶渊明，在《归园田居》中"带月荷锄归"；还有杜甫、王维、韩愈；等等，无不邀我走进他们的书房，跃然纸上。还有那么多的成语，也将我拉入其中：耕前锄后、锄强扶弱、诛锄异己、铲恶锄奸、济弱锄强、谇帚德锄、划恶锄奸……锄在回忆中慢慢睡着了。

布谷声声中，锄醒来了。主人擦去它脸上的锈斑，它又容光焕发地爬上了主人的肩头……

（选自《金沙江文艺》2021 年第 7 期，有删改）

家在周口

董雪丹

我的童年和少年时期是在东北一座小城度过的。上初中二年级时，我跟随父母回到了他们的故乡，也是我的出生地——河南周口。

这个叫周口的城市，那时还是周口地区，虽然是父母的故乡，但对我来说却是初来乍到的陌生地。

上初三时，我遇到一位同学，他的情况和我相近，也是因为父亲从部队转业，从另外一个城市来到周口。他生在北京，长在北京，从大城市回到小城市，自是有更多的不适应。因为座位相邻，我们之间说话就多一些。记忆最深的话题就是对这座城市的感受。我说："真想不到，这里只有一个商场。"他说："是啊，公园也那么小。"我说："坐火车还得在漯河转车。"他说："公共汽车也没有……"说起来到周口的经过，他笑起来："我不想回来，说这里没有故宫，没有博物馆，我爸为了让我回来，说这里有一个凤凰台，和故宫的建筑风格是一样的。我来了一看，就是一个小市场。"我不禁也笑了。凤凰台市场在当时算得上是周口的标志性建筑，入口处是一座两层高的门楼，采用了仿古式建筑风格。

我上大学后，这个爱和我说话的男同学去了他喜欢的北京当兵。然而我们还一直保持着书信往来。在通信中，话题还是集中在周口，不过已经开始融入了对这方水土的了解。我会和他说起，自己读到《诗经·陈风》里“彼泽之陂，有蒲与荷”“子之汤兮，宛丘之上兮”，读到孔子陈蔡绝粮弦歌不辍的时候，终于知道古地名“宛丘”“陈国”就是今天周口的淮阳。当典籍里的地名与自己生活的地方联结在一起时，突然觉得这个被湖水环抱的地方是那么有历史底蕴和文化积淀。他则会和我说，假期回到周口，和朋友一起到“彼泽之陂”，感觉湖中的荷花仿佛有了不一样的美，还吃到了一道特色菜——传说中孔子吃过的蒲根。

微风拂过湖水，也拂过悬挂在夜空中的月亮。明净的月光下，更多出几分想念和守望。后来，无数次一起举头望月的我们成了一家人，小家就安置在让我们相遇的周口，也是我们的父辈心心念念要叶落归根的故乡。我们选择把家安在周口，一来，因为他是家中的独子，需要留在父母身旁；二来，也因为我们两个人有很多的共同记忆都在周口；三来，更因为我们各自的情感和生活已经在这片土地上扎根。再后来，我们的女儿出生在周口，成长在周口，大学毕业又回到周口。毫无疑问，在女儿的心里，周口就是她最熟悉的家乡。

周口也在不知不觉中变了模样，不再是我们少年时所谈论的那样了。尤其是这几年，用日新月异来形容一点也不夸张。最直观的感受，就是周口变得越来越美，越来越有城市范儿。就在我们居住的老城区周围，自己非常熟悉的地方，就可以看到不断变换的风景：今天这里多了一个小公园、微景观，明天那里又多了一个书吧、市民驿站。推开窗子就是满眼绿色，出门就是街角公园，越来越多的花草树木围绕在人们的身边，这对于喜欢植物的我来说，真的是增添了许多幸福感。晚上在路边散步，我会时不时地停下来，将手机的镜头对准新发现的一棵正在开花的树，或是一朵正在盛开的小花。每一棵树、每一朵花，每一处可以歇脚的亭子、座椅，这些细节之处的巨大变化，不断地带给我惊喜，让我养眼又养心。

有一天散步时，我和爱人边走边聊。想起多年前刚到周口时我们聊天的内容，我感慨，现在的周口真干净。他也感叹，是啊，这些年周口的变化真大。我说，现在周口有高速公路、高铁，以后还会有机场，到哪儿都十分方便。他补充道，不光是交通方便了，还有二十四小时开放的智慧图书馆，城市也更有文化气息了。我说，自己最高兴的是公园多起来了，还有植物园、动物园、绿色基地，每个季节都有可看的花……我们俩一起，见证了这些年来周口的精彩蝶变，当然，我们还要继续见证下去。

现在，我们又在城市的新区买了新居，就在周口的沙颍河畔。如今的沙颍河两岸变成了景观带，仿佛一个大花园。这里有金黄耀眼的金鸡菊，紫云浸染的马鞭草，粉嫩可人的粉黛乱子草，明亮忘忧的萱草花，五彩斑斓的波斯菊……对于我们这些住在周边的居民来说，不用走远，就可以看到许多自己想看的花儿。小区里也种满了各种花草树木，这样的环境，就像住在花园里。新家离周口市博物馆不远，我们因此还可以时常去感受文物里的周口。

几十年过去了。我终于在心灵深处找到并认定了自己的家乡——这个叫周口的城市，一天天地在我心里变得熟悉和亲切，我对它也越来越认同和热爱。我，我们，我们的孩子，都已在这座城市里深深地扎根。

（选自《人民日报》2021 年 9 月 8 日）

匠心岐山

冯清利

一

周原膴膴，堇荼如饴。怀着景仰之心，我来到了炎帝生息之地、华夏生根之地、周朝肇基之地、周礼起源之地的岐山。

入夜，一踏入岐山的土地，我便被浓浓的文史气息包裹，步步文化元素，处处历史遗存。

走进凤鸣国际酒店，迎面悬挂着“凤鸣朝阳”“宝塔凌云”等岐山八景图。客房里摆放着一套岐山县政协编、涵盖周文化各方面内容的《周文化丛书》，青铜甲骨、周礼周易、姓氏典故、三公三王，每一卷都博大精深、浩如烟海。

《周礼卷》涵盖了周礼的起源与形成、构成与功用、主要礼仪与乐等内容，尤其是对少仪、冠礼等二十五种周礼进行了详尽介绍。

读至夜深，仍不忍释卷。来到岐山，那就先补一补周礼的知识。

记住了礼的类型。按照人的身份地位及礼的社会功能，礼分为吉礼、凶礼、宾礼、军礼及嘉礼五大类，其礼仪、礼制和伦理道德体系经儒家弘扬，成为全社会推崇的典范。

掩卷入梦，思接千载。梦回青铜器之乡，梦回甲骨文之乡……

岐山，谢谢你的见面礼！

二

不忍虚度了在岐山的时光，我早早地融入晨光中。

礼乐广场上一面长长的白色照壁吸引了我。正面是一组身着古服的女子演奏编钟、随着乐曲翩翩起舞的雕刻，背面是文采斐然、词丰意厚的《岐山赋》。文中有言："人文岐山，其史何悠……礼乐岐山，其俗何淳……灵秀岐山，其地何美……丰饶岐山，其物何阜……盛世岐山，其变何巨……"

字里行间，透射出作者对岐山的无限钟爱。

如此的熟稔，如此的情怀，恐只有岐山人能为之。

百度上一搜，果然。作者孟建国出生于岐山，陕西省诗词学会会长，曾任省政府副秘书长。

广场中央高耸一石柱。底座上雕刻着周公制礼、礼别尊卑、梦见周公等浮雕，让人浮想联翩。周文化以故事的形式形象地向我走来。

岐山人是细腻的，他们没有放过任何一个可以展示文化的机会。

走上大街，礼乐路、召公路、文王路、凤仪路等一个个路名，让你感受到他们在道路命名时明确的文化推介理念。

岐山人深受文化影响的痕迹无处不在。岐山县中心小学外，专门设置了一、二、三年级接送点。马路上的六个醒目大字“放学绿色通道”，让我感到新颖和温暖。

一个城市为小学生专门开辟这样的道路，之前很少看到。

暖风拂今日，尚礼在关中。礼乐不仅在广场上、在道路上，也在岐山人的心中。

三

孔子曾主张，人在一生中要“执事敬”“事思敬”“修己以敬”。一天的相处，我们感到，亲自为我们作讲解的岐山县文化和旅游局局长、周文化景区管委会主任杨慧敏，做到了这“三敬”。

老杨主持改造建设的刘家原村，曾是召公的采邑之地，也是廉政之祖地、清风之源头。召公因问政阡陌、爱民如子、劳己不劳民、为公不为私，被千代歌颂、万人敬仰。

道路两侧安装着个性化定制的变体“召”字路灯，灯的底座上印有醒目的“甘棠遗爱”四个字，它既是刘家原村的特色符号，也是小村庄扬名四方的灵魂。围绕村庄，规划者依次布局了亲民花田、廉政花田、海棠花田、同心花田、阳光花田、爱民药田和富民药田。文化如浓郁的花香，也是有味道的。花儿艳艳，香了游客，富了村民，安了民心。文化建设与富民产业得到了有机衔接。

站在“中华第一树”下，我想到了无私无畏；仰望“甘棠遗爱”匾额，我想到了有爱有仁。

正可谓千年清气留于此，一曲甘棠唱到今。

廉政干部教育基地即将完工。在“甘棠咏诵”文字介绍部分，有一段叙述：“召公廉政思想如一盏永不熄灭的明灯，历经沧桑却依然熠熠生辉，为历代统治者指明道路，被文人士子、官商庶民所传颂，所敬仰。”有人用钢笔将“所传颂”后的逗号改为了分号。每一块展板上都有人改动的痕迹。

听介绍说，他们留出了一个月时间，让来此参观的人，对展板上的内容提出修改建议，即便是一个标点符号。

为的是精益求精，为的是不留遗憾。

四

岐山已令我们刮目相看。在周公庙，老杨的博学多识、对周文化研究的痴迷执着，更令我们折服。

老杨是岐山人，当年读完陕西师大历史系后，就一头扎进先秦史的研究，还带过研究生。他拒绝了外地的高薪聘请，一门心思、专注专业在家乡做着与周文化有关的事。除了行政职务，他还是中国先秦史学会理事、中国先秦史学会周公思想文化研究会常务副会长兼秘书长。与他人合著有《诗经与岐山》《解读周公》等书。

在“飘风自南”匾额下，我又获得了不少新知。岐山地区与《诗经》联系密切。《诗经》是周代礼乐文化的载体，岐山是周秦文化的发祥地。王官采诗教诗，诗成为各种礼乐教化的特定形式，收入《诗经》中的婚恋诗、农事诗、宴饮诗、颂扬诗、怨刺诗是周文化的艺术反映。

与周公、召公有关的《大雅·卷阿》《召南·甘棠》等在岐山都有遗迹留存。“有卷者阿，飘风自南。岂弟君子，来游来歌，以矢其音……凤凰鸣矣，于彼高冈。梧桐生矣，于彼朝阳。”这些诗句记载了周王闲暇自得、在召公陪同下到卷阿尽情娱游的一次游历。凤鸣悠扬，百鸟相随；君臣和谐，盛况空前。

岐山民俗中至今还保留着一些《诗经》中所见的礼俗文化遗存。周代有“俊余”礼仪，即先祭祖宗神灵，之后为君王大臣，最后是平民百姓。

午餐少不了吃岐山的臊子面，边吃面边听老杨讲故事。

传说三千年前，渭水中有一蛟龙常兴风作浪，危害百姓。一日，周文王率部而至，令将士将其射杀。蛟龙肉味道鲜美，食之可延年益寿，遂将蛟龙剁成小块，做成臊子浇汤面。因蛟龙肉有限，大家吃完后，将汤倒回锅里，再下面条，依次循环，更多人吃到了蛟龙肉。久而久之，西周以臊子面慰劳将士，欢庆胜利。后以猪肉代之。

《诗经》是周代社会的文化积淀，岐山人深知这个文化品牌的价值！

岐山人好福气！祖先把一件件宝贝都留给了他们，他们也真用心去呵护了……

五

艺痴者技必良。每到一处，老杨都如数家珍，引以为豪。每个景点，都是他的智慧与心血的结晶。岐山为他提供了施展才华、放手作为的平台，岐山也更需要像他这样的专家学者匠心独运、追求卓越。

为搭建直观了解周礼文化内涵的互动体验平台，依据1976年发掘于宝鸡市扶风县的西周中期建筑墓址，他组织复原建设了周公殿，生动展示了周公会客及生活场景；依据1999年发掘于扶风县西周晚期建筑基址格局，他又复原了周礼堂，形象呈现了西周时期礼乐授习的场景。

建设中国周原景区，是老杨的一个梦想和鸿篇巨制。最终该项目被确立为陕西省30个重大文化项目之首。目前，将周文化集中创新演绎的周原景区，已成为国内首家全方位、多层次、互动式周文化展示体验旅游核心目的地。周城、周公湖、周公庙、凤凰山四大板块相得益彰，活了一方城，清了一湖水，火了一座庙，亮了一架山。

“五一”以来，景区内又推出了独具周礼文化特色的大型实景演出《鬼方之战》，每天观看的游客络绎不绝。

在他的推动下，岐山县文化传播活动不断创新、如火如荼。先后开展了“印象周原，写意岐山”暨著名画家画岐山油画写生、“甘棠遗爱树廉风”楹联大赛等活动，设立了周原艺术家创作基地、陕西省中小学生研学实践教育基地、召亭和周公庙廉政教育基地。

从岐山归来，得到一个新的信息，老杨积极筹划、力主拍摄的岐山文化题材电影《寻根周原》已开机。

这是岐山人的又一匠心之作。

以周文化为主的中国传统文化，将通过银幕荧屏熏陶影响更多的华夏儿女。“中国礼仪文化之乡”岐山，以其对文化的超常重视，必将名扬四海、誉满八方……

六

廉风扬渭水，德雨润岐山。文化岐山，天远地久；匠心岐山，山高水长。遂又想到岐山籍作者孟建国《岐山赋》里的佳句：

周文化春风浩荡兮，万古清高；
五丈原秋雨明媚兮，千载朗润。
西岐故地山河峥嵘兮，云蒸霞蔚；

凤凰振翅高歌长鸣兮，再铸辉煌！

（选自《北方文学》2021 年第 5 期）

向阳而居

冬韵

游　磊

一

我喜欢家乡阳光明媚的春天，也喜欢家乡艳阳高照的夏天；在喜欢家乡硕果累累的秋天时，更爱家乡冰清雪韵的冬天。

家乡的冬天不比南方。南方的冬天通常以温暖的怀抱拥抱着属于她的世界，但在我的家乡，入冬很难让你有温与暖的直感。凛冽的寒风疯狂般地咆哮着，人艰难地行走在路上，骤降的气温和着刺骨的寒风盘绕着周身，仿佛考量着每个人的身心。

时节中，曼妙的冬雪便会如期而至。

冬天的雪，是极无规律性的，有时的天气还能看得见日光，瞬间，鹅毛大雪就能漫天飞来。

观下雪，对于我，是一种美的享受。

窗外望去，一片片洁白的雪花，像鹅毛、像棉絮源源不断地散落在辽阔的大地上、房顶上；散落在没有树叶装扮的枯枝和显得有些苍老的树干上；“老干横生色如银”的独特景致恐唯此才更富深意。

望着雪花在哨音刺耳的寒风伴奏下漫空飞舞，落地快的，像一闪而过的流星；落地缓的，倒像天女散花；慢慢地，慢慢地，雪越下越大，越积越厚。不多时，大地的每一个角落都已被冬雪覆盖，眼前的世界渐变成了冬雪的王国，呈现出一派银装素裹、大地苍茫之景象。

雪后的清晨，伴着雾色，穿好棉衣，踏着洁白的雪，呼吸着冰雪的气息，望着眼前模糊的景物，犹如融进水晶般的童话世界里，好不惬意。

田野上，那翠绿的麦田早已覆盖上厚厚的雪被，或因此让它拥有了一个温暖的冬季；那一排排树干上，自豪地绽开出银花，在太阳的映照下，闪烁着微紫色的光芒；那一条条细小的树枝犹如一把把利剑直射天际；放眼四周，映入眼帘的景状，会让你油然而感慨这冬雪的神奇。

看吧，那一个个把自己武装得特别严实的孩童，飞一般地冲出房门，倒像一群不怕寒冷的小鸟，在雪地上一起叽叽喳喳叫个不停，不一会儿就开始了快乐的“旅程”。有的打雪仗，有的堆雪人，有的做雪屋……所有的寒冷也都没了踪影。

瞧，堆好雪人后，那一个个兴奋得又蹦又跳的神情，又无不让你感受到在寒冷的冬季，处处散发出无限生机与活力的温馨灵动。

看着一个个纯真的笑脸，望着一幕幕不畏严寒的情景，我又何尝不心动呢？

二

数九寒天，站在家乡南邻的兰河展望，已不见秋夏时节潺潺静流、柳树映水、河面韵动的场景。

近观，兰河水面已被冰层覆盖，一条银亮的冰河，曲折蜿蜒；在那冰光漪漪、雾气浩渺的冰面上，时飞时落着一群羽毛鲜艳的鸟，正与一些麻雀在争抢着什么……

站在冰层上，将流淌着的团团冰珠掬上，会惊奇地发觉，那玻璃球大小的粒粒冰珠，色泽翠绿，亮如晶莹宝石，圆似珍珠玛瑙。在绚烂的阳光下，光滑明润，精巧绝伦，不能不信造物主之神奇。若将手捧的冰珠，凌空泼洒在冰层上，那清脆悦耳的弦音，真乃奇妙至极。

啊，这绝佳景色的妍美，让人放眼荡胸，心目大爽，历久难忘。

家乡的冬天无疑是冰的世界，那白雪皑皑的田野，路旁两侧树枝上挂满的晶莹冰花，和着冰铺的路、冰架的桥、冰构的宝塔、冰形成的龙凤呈祥……

似乎这一切的一切都是冰的，你就好像走进了水晶的世界，雄伟、神奇、晶莹、五彩，这一切，无不让人眼迷心醉、陶醉其中……

三

有时候我会去想，天就这么飘雪，落下又融化，匆匆几日，便消逝了，好像什么也没留下，那么冬雪又有什么意义？就像春华，开了又谢，总是那么匆忙，世界是否真的记得它曾经来过、绽开过？

我觉得冰冷的背后，能让人赏阅冬雪的美韵就已足够；更何况曼妙的冬雪，无私涤荡去一冬的尘埃；融化后又化作滋养大地的甘霖，即使再冰冷的冬季，她也不会因此背离什么。

冬季到来之时，冬雪会一直逼视着我们，使我们只有向其靠拢。

我想，这个世界唯有美与感动永存，也只能为这份感动而永恒。花草凋零之时，不就是白雪遮蔽四野之际吗？

匆忙行走在风雪里。任由寒风刺骨，冷得大地直打哆嗦。

只有冰冷才能告诉人们温暖，就像劈开云层投下一米阳光。

每当被某种力量抚去尘埃，就如同这冬雪，人们会庆幸感受到它的鲜活与跳动。

花开几度，于黑暗处，点亮一盏青灯，掀开梦的一角，顺手挽住火焰，愿化作漫天飞舞的大雪，和世界一起舞动。

（选自《教师报》2021 年 1 月 20 日）

重渡竹海满眼翠

赵克红

时令虽已是冬天，而冬天的重渡沟，自有冬天的韵味。

来到重渡沟，仿若来到一个梦幻般的世界。这里的天，湛蓝；云，洁白；水，清澈。负氧离子含量高，我要抓住这次在重渡沟采风的机会，多做深呼吸，这利于让紧张的神经系统松弛下来，让嗅觉、听觉和思维的灵敏度增加。

这里的竹子，满眼含翠。几天前，这里刚下过一场雪，山上的花草树木大多已变得枯黄，失去了往日的生机，然而，竹子却仍然保持着旺盛的活力，那房前屋后、漫山遍野、铺天盖地的翠竹，给了我极强的视觉冲击力。而且这翠竹与春、夏季节并无二致，可以说，翠竹是重渡沟的精髓。

在前往景区的旅游通道上，翠绿的竹子便铺天盖地涌入我的眼帘，一路迎送我们。景区里，更是竹的世界，竹的海洋：在溪之畔、路之侧、山之深处，竹无所不在。我们居住在景区内的一家“溪上·鹊鸣”客栈，这名字起得好，也名副其实，有动感和美感，更有亲近自然的意味。该客栈背靠熊耳山脉，一条溪流从门口潺潺流过，周边环境优雅，室内装饰也很有品位。站在窗前，但见笔直的竹子在屋后的山间林立，微风过处，摇曳生姿，娴静而优雅。居此，我心无旁骛，只想闭目于寂静中，让这里纤尘不染的空气清洗染污的心肺。

晚饭后，景区内灯火阑珊，华灯璀璨。岂能辜负了这样的良辰美景！大家三五成群走出客栈，沿右侧公路行至百米处，高高的翠竹站立在路的两边，仿佛在列队迎接我们。顶端的竹子主动向对方倾斜，在空中紧紧牵手，远远看去，宛如一条长长的梦幻长廊，惊艳了我们的眼睛。这些竹子葱郁茂盛，竹叶与竹叶相连，灯光洒在竹子上，色彩斑斓，如梦似幻。漫步其中，满眼的翠绿轻轻摇动，婀娜多姿，斜舞轻影，两旁茂竹夹道，宁静而幽雅，把我们淹没在这绿色的翠竹中。

常年在都市奔波忙碌，难得与大自然亲近一回，大家纷纷抛开世俗的纷扰，让一抹灵性携着清新淡雅的竹韵轻吟浅唱，一种源于心灵深处的超然，融入自然的美景中，感觉不由得浓了心，醉了情。一阵晚风掠过竹林，风摇翠竹，沙沙作响，我们一边行走，一边漫不经心地竖起耳朵，静听宛若天籁的竹海风韵。这里的空气醒脑健体，吮吸着竹的芳香，品味着竹的气息，顿感神清气爽。恰逢农历十五，圆圆的月亮高高挂在天上，月光从竹叶的罅隙里洒落下来，满地斑驳摇曳的竹影，细看，像一幅水墨画。“闲庭信步竹林间，偷得浮生半日闲。”在这诗意的夜晚，我只想静静地去品悟竹的秀颀，竹的馨香，任竹韵濯洗心灵，美好在心头搁浅，我已迷醉于这片水墨晕染的诗情画意之中。

说起重渡沟的竹，还有一段美丽的传说：很久以前，王母娘娘带领七仙女到蟠桃山参加每年一次的赏花大会，当七仙女经过此地时，发现重渡沟虽有常流之水，但无常青之林。细心的六仙女便看在眼里，记在了心上。回到仙宫之后，她便到玉皇大帝的御花园偷摘了一篮子竹叶，然后在一个春雨绵绵的日子里，把这篮竹叶撒到了重渡沟的河水边和山坡上。瞬间，所有沟川成了竹海，就连相邻的沟沟岔岔也都成了竹的海洋。这让每一个爱竹的人，尤其是重渡沟人，不能不感谢天女植竹之惠泽！

重渡沟的竹子，一年四季挺拔、秀丽、繁盛、翠绿，它们自由地呼吸着新鲜的空气，自由地成长，不畏风霜雨雪，也不因四季的变换而改变。

而在滴翠河景区，我们看到的却是另一番景象。景区位于重渡沟西北部，全长约 5.8 公里，遮天蔽日的千亩翠竹绘成了滴翠河景区的主画面。天女植竹、竹林长廊、幽竹寻溪等景观，给这幅浩瀚的画卷着上了点睛之笔。站在繁盛的竹林前，看风起涌动的竹林，听竹子与风协奏出的优美乐章，让翠竹拂去尘世的烦恼和忧愁。重渡沟的竹子是永远不会感到孤独的，它们群生群长，患难与共，高可摩天，低可触岩，密密匝匝，葳葳蕤蕤，罗列有序，它们有的粗壮如柱，有的修长笔直，葱郁向上而不旁逸斜出，给重渡沟平添了满目涌翠的天然画廊。

竹为高洁之物，古往今来，曾被无数文人墨客喜爱。竹子与中国的文人雅士曾留下许多佳话。穿过历史的云烟，我首先想到了“竹林七贤”，想起了阮籍、嵇康这些文豪们在竹林里纵情饮酒、吟诗作赋、笑傲江湖的情形。诗圣杜甫平素也甚爱竹子，我曾专程到成都的杜甫草堂去拜谒，那里茂林修竹，十分雅致，我猜想，最初草堂里种植的竹子，应该是杜甫亲手栽下的吧？一生豪迈的苏东坡写有“宁可食无肉，不可居无竹”，以此表示他高洁的志向和不与世俗同流合污的品质。郑板桥众多的题画诗中，有大量的咏竹之作。他托竹明志，借竹抒情，表达了他对群众的真挚感情。其中最著名的莫过于《墨竹图题诗》：“衙斋卧听萧萧竹，疑是民间疾苦声。”可谓他人格最真实的写照。

从“竹林七贤”到杜甫、苏东坡、郑板桥，他们借竹抒怀，让我们看到了另一个天地间的另一种人生趣味和追求。他们都把竹的高风亮节作为自己生存的标杆，被人们津津乐道。

是啊，古人能以竹的虚心谦逊、竹的虚怀若谷、竹的坚韧不拔、竹的高风亮节作为人生追求之大境界，为大写的精神世界，开拓了一个广阔的空间。如果把世间各类竹子当成一部厚重的书，那么重渡沟的翠竹，就是书中最美的华章。重渡沟的风景，入眼入心，看罢重渡沟的翠竹，即便刹那，也是永恒。

（选自《中国铁路文艺》2021 年第 2 期）

向阳而居

叶　灵

1

日子仿佛被锯开了。房子、树木，以及周围的一切都弥漫着细细的碎屑。

晓云觉得要变天了。每天清晨，太阳总是准时从东边的山尖一点点努力冒出来。霎时，点点碎光就会洒满小河，波光在清碧的河面上来回调皮地晃动。这条河从秦岭山涧奔腾而出，穿过小城一路向北汇入黄河，若汩汩流淌的动脉，让小城平添了许多秀气。

沿河两岸是顺势而建的公园。公园叫路园。晓云第一次听到这名字时，就觉得有点新奇。其实就是许多弯曲回环的小路，如绳线般交叉缠绕在草丛和树林间。

林间小路上，每隔一段距离，就会镶嵌一块黑色的大理石刻站牌，上面刻着以全国许多城市命名的“某某站”，还标注着与这个小城的里程。有了这些站牌，小城仿佛一下子把众多的城市都揽在了怀里。

路园到底有多少个站牌，晓云从未数过。儿子倒是数过好多次。从儿子蹒跚学步时，她常常带着儿子来这里玩，具体多少次她也记不清了。但有一点她很确定，这公园从建成到现在至少有十八年了。再确切一点的话，应该是十八年半的时间。

这一点，晓云怎么能忘呢。十八年前，她刚到小城工作。那时，儿子才九个月。初居小城，她租来一间小房，卧室客厅兼厨房。到了周末，他们就成了路园的常客。就在前几天，儿子和她还去转呢。

每次到路园，儿子都对路面上的站牌有着特别的兴趣。他的汉字启蒙，就是从这些站牌上开始的。

“妈妈，西安是个啥样城市？有我们这里美吗？”

“妈妈，上海离我们这里远不？一千公里有多远啊？是不是得坐绿皮火车才能到？”

“妈妈，北京的楼房有多高啊？你说，北京天安门有咱这里大不？”

“妈妈，你最喜欢哪座城市，我到时大学就考到那里，在那里工作赚钱，把您接过去。”

…………

一晃就是十几年，如今，弯曲的小路还在，站牌还在，每天依然被无数形形色色的脚踏着。只是，表面已被磨得溜光，字迹也日渐模糊了。

2

去年，在小区东边，不知何时冒出来一栋高大的建筑物。灰突突的高楼硬生生地挡住了每天如约而至的阳光，还有路园与涧河。晓云仿佛正兴趣盎然地看着节目，突然间没了信号。因为每天，晓云都习惯站在阳台上，远眺着河边的风景，以此来消释一天的疲惫。

晓云心里有一百个不情愿，但最终她也只能想想而已。其实，这样的问题无异于一种疑难杂症，久了，也便不了了之。她总喜欢对别人开玩笑说，我家的时间总比别人晚一个多时辰。

先是挖掘机“轰隆隆”地开来，张牙舞爪。才几天工夫，打井架就支起了，接着是没日没夜的“咚咚”声，每天，敲击着白昼，又锲而不舍地叩撞着夜晚。这让人觉得心更慌——声音钝钝的，厚厚的，总是不知疲倦地踩着同一个鼓点，仿若非要把日子凿出几个窟窿才肯罢休。挺着大肚子的搅拌机，也款款而来。一根根钢筋横七竖八支起来的脚手架，拉开了阵势。一群戴着安全帽的蜘蛛侠，如蚂蚁般爬满了脚手架——拧螺丝，灌水泥，砌砖墙……如雨后的韭菜，水泥砖墙一天长高一大截，一层，两层，八层，十层，十六层……那红砖水泥筑成的墙面上，留着一方方黑黑的窟窿，如碉堡上的射击口。

晓云很有耐心地数着，眼不觉花了起来——从下到上，眼睛专注地盯着。她尽量不眨一下眼，生怕数错。晓云从最低一层往上数，一层，两层，五层，九层，十五，十六……就这样，数来数去，一共数了几个来回，颈椎仰得酸困，结果也没能有个准数。反正，她数来数去，不是三十二层就是三十三层。

管他三十二还是三十三呢。这高楼再高与自己也没啥关系。然而，让她想不通的是，为啥现在人都爱住在几十层的高楼？反正她是不喜欢。

高层电梯上下运行跟袋鼠般把人揣着，几十秒就运到了二十四层。她站在窗口，朝下望去——小城高高低低的房子犹如参差不齐的棋子，慵懒地躺在那儿。城市里宽的、窄的、直的、弯的条条道路犹如麻绳把这些棋子拴在了腰上。一阵凉风吹来，她突然有点恍惚，好像一脚深一脚浅地踩在了云上。

然而，不管晓云喜欢不喜欢，反正小城的高楼如春后韭菜般一栋接着一栋地拔地而起，渐渐有了一个城市所具备的范儿。想到这里，晓云偷偷笑自己，小城不知都排上多少线的城市了。可是，现在啥都讲速度，盖楼就和种韭菜差不多。她想起小学时，老师常常让用“雨后春笋”这个成语造句。每每造句，她就会想象着春雨后的韭菜一个晚上就会“噌噌”冒出一大截嫩绿的新芽。

十几年来，晓云天天窝在小城里，过着两点一线的直线生活，她并没觉得周围有啥变化。其实，有啥变化晓云也爱理不理。倒是刚毕业时，自己在乡村教书，短短几年工夫，小城就发生了翻天覆地的变化，那速度快得令她手足无措，有点跟不上眼前的变化。

那年，晓云师范毕业就分到了乡村教书，许多人都分到了县城。晓云也不想为难父母。父母能供自己上完师范，就已经很不错了。

时光一晃就是四五年。晓云参加县里的教研活动，小城之行让她才明白，虽然都是拿着每月 297 元的工资，但他们的差距却在无形中一点点拉大。

回来后，晓云常常一个人陷入沉默。

3

没过多长时间，晓云就意识到自己以前真的是错了。眼前这座拔地而起的高楼从此与她有了千丝万缕的关系。晓云家的日子也因这座高楼而发生着变化。

最让她懊恼的就是，每天清早，站在阳台上，要等到九点多才能见到太阳，而且仅有窄窄一绺阳光吝啬地掠过高楼顶端，斜照在阳台的天花板。以往，她早早就能看到黄灿灿的暖阳了，满阳台都是。阳台西边养的花草一见到阳光，立马攒足了精神，叶子直竖起来。每逢周末，当阳光洒满阳台的时候，晓云就觉得心情大好——冲上一杯花茶，拿本书，坐在阳台的藤椅上，享受这奢侈的闲暇。若非要给幸福下定义的话，晓云认为这就是最好的诠释了。

晓云是个极易满足的女人。可是现在，一种莫名的伤感涌上心头。九点多了，阳台上还不见半点阳光。十几盆花草的情绪也仿佛有所感染，蔫蔫的。她转过身，朝东边的高楼愤愤看去。

“以后总不会就这样生活在阴影之中吧?”晓云开始怀疑以前自己从来都深信不疑的一句所谓真理——无论贫贱富贵，世上最公平的就是空气和阳光。像晓云这类的人，早已过了喜欢用鸡汤来营养的年龄。

然而，最令晓云懊丧的是自己从小就有的一个嗜好——她特喜欢晒被褥。一年四季，每隔几天，她就要把家里的大小被褥齐晒一遍。一旦遇上几天的连阴雨，晓云就觉得骨头跟生锈一般。她喜欢晚上闻着阳光的味道。夜里，她总喜欢把身子蜷起来，仿佛只有这样，才可以抵御随时而来的危险。

这个癖好，是晓云上初中时养成的。初中要住校，打地铺。周末回家，母亲总要提前晒好被褥。夜里，晓云睡在蓬松的棉被里，舒服得连做梦都是暖的。这些年，只要有太阳，晓云总是要把被褥晒晒，即使在炎热的夏天。家里纯棉的被罩不到半年，就褪成旧色，越发变得薄绵，洗的时候稍稍用力一点，就会“刺啦”一声撕个大口。

早上，晓云习惯性抱起被子，才发现阳台还是一片阴冷。溜进来窄窄一溜阳光，在天花板上不停地晃动，好像故意挑逗着她。

4

小区东边的高楼终于起来了，外墙贴上了深咖色的瓷片，在阳光的反射下，异常光鲜，让晓云感到一阵眩晕——这猩红仿若一场激战厮杀后战场狼藉的血色。她记得，这还是自从去年到南方城市落下的毛病。晨练时晓云在湖边早市上买鱼，十几条鱼被染得血红的眼珠向外凸着，时不时用尾巴有气无力地动下，以证明它们还活着。自此之后，她一见猩红就瞬间眩晕。

晓云须仰起头才能看到楼顶。这一栋心怀叵测的怪物，怎么就硬生生地把天空截得支离破碎？

才不到两个月，距离小区西边只隔条马路的地方，又魔术般地矗起脚手架。夕阳从那刚刚支好的脚手架透射过来，被筛成一缕一缕的，像个巨大的蜂窝。“蜂窝”盖好了，人就成了整天不知疲倦的蜜蜂，到处寻找花源，采蜜，储藏，忙碌地过活。

没几天，小区南面几排低瓦房也在挖掘机的啃噬下，瞬间成了废墟。北面曾是一个偌大的花木园，晓云常到这里转，家里的花木全是从这里挑选的。她养花的经验，也是花木园的老师傅教的。可如今，一夜之间，花木园说没就没了。里面的花草也慌忙拖儿带女地迁离，实在没法迁走的，就坚守着前仆后继地枯荒。养花的老师傅摇摇头，叹了口气，头也不回地走了。

花木园的北边，是城郊的耕地。刚刚收获后的玉谷，秆子还没顾得上收拾。一阵风吹来，枯黄的叶子就“沙沙”地响。

此起彼伏。

一栋栋高楼，从天空一点点逼迫而下，仿佛一张偌大的网，从四面八方逼迫而来。晓云住的单元房，前后只有两栋六层——相对于这一圈的高楼大厦，更是相形见绌，像个小跟班。

空间的逼迫围攻，视觉上的日益狭仄，只要一抬头，头顶巴掌大的一块天，总有点井底之蛙的感觉。晓云闷得慌。其实，她比这两栋房子还着急，恨不得立马逃离这里。生活中没有什么比剥夺阳光这种最基本的自然资源更残忍了。

能逃到哪里？晓云也不知道。日子还是要继续的。她依然一天天穿梭其中，看着那几乎从一个模具里倒出的高大蜂巢，有时也不免生出几分羡慕。不过她是极易满足的，不管怎样，一家人有个窝就好。

“今天搬家啊，新房在哪里啊？”看到以前的同事在忙乎装车。

“是啊，咱这里真是不能再住了，你看周围的高楼几乎围了一圈。你准备啥时候搬家？”

“啊啊，也快了快了……”

晓云心不在焉，口是心非地应酬着。

最近两三年，小区里陆陆续续地搬出了一些住户。接着，又隔三岔五地搬进来一些人。陌生的面孔越来越多，大多都是孩子上学来陪读的。等孩子一毕业，立马走人了。

几十户人家，晓云差不多成了留守在这里最久最老的住户了。院子里有人搬出搬进，给小区暂添了几分热闹，随之又清冷了下来。

晓云望望头顶被切割成几何形状的天空，仿若挂着一道简单却无解的证明题。

5

一连几天的秋雨，路园里更冷清了。路园里散步的人也越来越少了。

路园显得比平时空旷了许多。清碧的湖面上，偶尔掠过一两只不知名的水鸟。晓云连日来的沉闷一下子烟消云散，脚下也轻快了起来。

站牌在雨水的冲洗下，显得更加清亮。

这些站牌标注的大部分城市，对于她来说，仅仅是一个个简单的符号，她从未想过自己何时能到这些城市。去不去都无所谓了，人生不过是由无数个遗憾串接而成的念珠。晓云安慰着自己。

这些年，晓云一直都没敢停下脚步，老老实实过着平淡而庸常的日子，辛苦地经营着。她不会审时度势地投机，且固执地认为，人生就是一站一站走过来的。

“快看！”儿子大喊一声。原来路边一棵高大的松树枝干上，爬满了一溜密密麻麻、不停奔忙的蚂蚁。蚂蚁到底在忙什么呢？搬运食物，商议要事，还是因为异族突袭？看着眼前的蚁群上上下下，很有秩序地按照各自的路线蠕动，晓云暗暗否定了自己的一个又一个猜想。

儿子会不会去猜想这些问题呢？她不知。

自然界里，一场小小的雨，或许就可以给蚁族带来灭顶之灾，甚至拳头大的一块土坷垃，对它们就如横亘的一座大山。然而，每一种微小生物，面对蓄谋已久或突然而至的灾祸时，都会条件反射般有着自己的一套生存智慧与法则。而人呢，你对人生所有的规划，有时真抵不过命运一次不怀好意的安排。

不管怎样，还是要顺其自然吧。

“再过五站，我就到深圳站了。”儿子提醒道。

深圳是儿子喜欢的城市。眼前短短几站的路程，儿子为了这个梦想，却要奋斗十几年甚至几十年。

每个人总会时不时涌出一些隐秘的欲望，有时它就如一根根闪亮而绵长的细丝，一圈圈缠绕，一点点用力，不觉间，一个厚厚的茧便会织成。大多数人，都不过是困在自织的黑暗的茧里，自以为是又心安理得地生活着。

逼仄的小区里，依然有陆陆续续的住户搬离这里。空间的转移，也许暂时能安顿一下疲惫的身体。然而，内心无穷疯长的欲望，又该如何安顿呢？

清晨，耳际又准时传来隔壁校园播放的《运动员进行曲》。铿锵的音乐，洪亮的口号，不由分说地扑涌进窗。这些，总是让晓云心头一振。她习惯了每天把耳朵送给这些声音：起床的军号声，整齐的脚步声，舒缓的眼保健操音乐，还有那浑厚的男中音诗歌朗诵……这些每天都会按部就班地从头到尾播放一遍，晓云就一遍又一遍地听着。

晓云对此一直乐此不疲。时间长了，她能从相同的音乐中分辨出细微的差别——哪天孩子的脚步声有点杂乱，哪天男中音更富有磁性饱含感情，甚至她也会跟着舒缓的眼保健操音乐闭上眼睛。

时光的腐蚀，总会透支人对生活的热情与好奇。晓云已习惯了每天沉浸在这交响曲之中，她的生活变得富有节奏，充满色彩。

“可你却总是笑我一无所有……”随着泛旧的音乐，青春、熟悉、感动、兴奋、迷惘、伤感、温暖、激情……诸如此类的词语弹屏一样地扑涌而来，晓云全身的每个细胞瞬间被激活，一种桑拿后的酣畅淋漓，使她顿觉身轻如燕，仿佛要飘起来，向云端。

（选自《岁月》2021 年第 12 期）

鹪鹩的卑微

祖克慰

在山野，你会在不经意间，突然听到一阵“呖呖呖呖——呖呖呖呖”的鸟鸣声。声音连贯、持久、响亮，一阵接一阵，一波接一波，在山野里回响。循着鸟声，你会看到一两只身上布满白色和黑色斑点的褐色小鸟。看到它们，你就会被它们的美吸引。

我第一次看到它们时，它们的美，让我惊呆。我怔怔地站在那里傻看，足足看了两分钟。直到它们飞走，我还站在那里。

是的，我惊诧于它们的美。这美不是妖娆艳丽的美，而是纯粹独特的美；不是形体纤细的美，而是俏皮憨厚的美；不是鸣叫时的韵律美，而是流水般的流畅美。它们的美是独特的，是唯一的，是不可复制的。我想，爱上它们，是我们不二的选择。我上面描述的这种小鸟，它的名字叫——鹪鹩。

鹪鹩，是一种小型鸣禽，头部浅棕色，有黄色眉纹；背部与尾巴栗棕色，布满黑色细斑；两翼覆羽尖端为白色。整体棕红褐色，胸腹部颜色略浅，嘴长直而较细弱，翅短而圆。这是一种小巧玲珑的鸟，羽毛光溜溜的，翅膀短短的，尾巴翘翘的，体型圆溜溜、胖乎乎的，憨态十足，让人爱让人怜。

最简单的辨认方法是：根据鸟的颜色深浅，你可以把它们看作通体棕色或者褐色，也可以看作深黄色。如果从远处观赏，它就一种颜色，或棕或褐或深黄。因为，你根本看不到它们羽毛上布满的黑色斑纹。那些细微的斑纹，可以忽略不计。

确实，鹪鹩不是那种鲜艳俊美的鸟，但却有着一种无法言说的魅力，吸引着人们。记得在家乡时，山坡上总会出现它们的身影，有时一两只，有时三五只，在林子里跳来跳去。鹪鹩很奇怪，它们一般在灌木丛上玩，然后跳到树枝上，刚刚站稳，还未歇息，就往上个树枝上跳，从低枝跳到高枝上，直至跳到树的顶枝。每次看到鹪鹩，我们一群小孩就蹑手蹑脚地追着看，直到它们飞走还仰着脸，傻傻地等待。

看到我们追着看鸟，大人们总是大声地呵斥："看啥看，黄不黄、红不红、黑不黑的小鸟，有啥看头？"我们也大声地说："就是好看，圆溜溜，肉乎乎，尾巴一翘一翘的。"那时候好奇，看到鹪鹩的尾巴上下翘，觉得很好玩。其实那年月也没啥好看的。看电影，半年一次；看小人书，买不起，不看鸟看啥？况且，鹪鹩还会翘尾巴，不停地翘，别的鸟会翘尾巴吗？当然麻雀、百灵、鹡鸰等一些鸟，偶尔也会翘一次尾巴，但总觉得没有鹪鹩翘得好看。那时就想，大人们真傻，这么好看的鸟不看，还不让我们看。现在想想，就觉得好笑，大人们忙着十活，哪有时间看鸟翘尾巴？年少的我们，是多么的可爱。年岁越来越大，就越想回到少年时代，只是时光不会倒流，再怀念过去，也回不到从前。

时光是回不到过去，但过去的鷦鷯却一直定格在那个年代。那是一幅多么美的画面：几只鷦鷯，在树枝上跳跃，三五小孩站在树的前方，仰着脸，瞪着眼，痴痴地看着尾巴来回翘动的鷦鷯。时过三十余年，至今清晰如昨。

曾经，在我们家乡，鷦鷯是一种常见的鸟，随着季节的变化，它们不时地转移生活环境。春夏之交是鷦鷯的繁殖季节，这段时间，它们移居到深山，在阴暗潮湿的密林里筑巢，生儿育女；到了秋冬季节，它们带着子女离开大山密林，移居在浅山、丘陵、平原、郊区、公园。有时候是一对，有时候是一家，还有时是十几只的小群，在树林和灌木丛中活动。

最近十多年，鷦鷯鸟越来越少。日渐减少的原因，可能是与气候有关，可能与环境恶化有关，可能与滥施化肥农药有关，可能与空气污染有关，也可能与前些年猎捕鸟类有关。但种群数量大规模减少，应该引起我们的关注并呵护。

本身，鷦鷯就是一种弱小的鸟，作为弱者，它们常常躲避着人类，躲避着恃强凌弱的其他种群。它们担惊受怕地活着，活得有点自卑，有点窝囊。

确实，鷦鷯是一种怯懦小鸟，而且善于隐蔽，看到人过来，就躲进灌木丛中，有时躲在石头背后或者草丛中，趁人不注意，悄悄从另一边潜逃。我们那时候追着它们看，它们总是一晃就没了影踪。所以我们总是既像疯子一样满山架岭地找它们，找到它们时又像小偷一样偷偷观看。胆子小的鸟，一旦受到惊扰，它们迅速地飞走。飞行时掠着地面，但飞不远，很快就落到树木和灌木丛上，然后翘尾鸣叫。

鹪鹩喜欢鸣叫，鸣叫是它们生活中的主要部分。栖息时鸣叫，觅食时鸣叫，春暖花开时鸣叫，万物萧瑟时鸣叫。尤其在繁殖季节，频繁地鸣唱，歌声洪亮清脆，在一个地方鸣叫一阵后，再换一个地方鸣叫，鸣叫时常做昂首翘尾之姿，憨态可掬。鹪鹩鸣叫时，一般雄鸟先叫，且叫声激越响亮，而雌鸟的鸣声则低沉曲短。从叫声中，不需看鸟的形体，你就可以辨认出雌雄。因为善于鸣叫，鹪鹩深受养鸟人的喜爱。

其实鹪鹩，还是鸟类中的名鸟。曾有人为它写过赋，这人就是西晋文学家张华。他写有一篇《鹪鹩赋》。这篇赋作结合了庄子的思想，强调的是“避祸远害”的观点，与庄子的隐逸态度相契合。《鹪鹩赋》虽不是一篇纯粹咏鸟的赋作，但作者也肯定了鹪鹩的价值。尽管作者不是单纯地赞美鹪鹩，但对鹪鹩在人们心中的影响，有着极大的推动作用。

唐代诗人高适写有“且欲同鹪鹩，焉能志鸿鹤!”，意思是说：我就像那鹪鹩一样，哪有什么鸿鹄之志。《庄子·逍遥游》：“鹪鹩巢于深林，不过一枝；偃鼠饮河，不过满腹。”比喻欲望有限，极易满足。杜甫在《秦州杂诗二十首》其二十中说：“为报鸳行旧，鹪鹩在一枝。”因为不得志，想找一栖身之地，终老田园，似有隐居之意。

从描写鹪鹩的诗文中，基本上可以看出，作者对鹪鹩自由自在的生活十分向往。张华、高适、杜甫等人，长期生活在官场，看惯了官场的黑暗和尔虞我诈，要么提心吊胆地生活，要么仕途失意，四处漂泊，郁郁不得志而生出隐退之意。

事实上，鹪鹩确实是一种无欲无求的鸟，一片草地，一片林子，一丛灌木，甚至是一根树枝，都是它们的栖息地。三五粒粮食，四五只蚂蚱，五六只飞蛾，就是它们一天的粮食。吃饱喝足时，在山野里溜达溜达，高兴时“呖呖呖——呖呖呖”地唱唱歌，不高兴时眯眯眼。有时候也会一家子一起出来散散步，撒撒欢，其乐融融。

它们与世无争，以林为家，看到别的鸟来了，它们撒腿就走，从不争地盘，也不争高低；它们既不招惹强大的对手，也不恃强凌弱，与鸟和善。体型强大的鹰来了它们跑，凶残的伯劳鸟来了它们跑，弱小的柳莺来了它们也迅速离去。从没有看到它与别的鸟争吵打架，不事张扬，不出风头，卑微地活着，平安而又快乐。

但是，鹪鹩在繁育期间，有很强的领地意识，而且非常强烈。在孵化期间，雌鸟负责孵化，雄鸟负责站岗放哨。一旦发现入侵者，雄鸟就会蹲在树枝上，用力扇动自己的翅膀并拍击背部，同时不停地晃动尾羽进行恐吓，并大声鸣叫警告，防止入侵者进入领地。如果雄鸟驱逐侵入者失败，雌鸟就会牢牢把着最后的防线，将入侵者阻止在一定的距离，在紧要关头，雌雄合力，把敌人阻止在鸟巢之外。甚至，为了保护子女，它们不惜以命相搏。

据说，鹧鸪还是一种爱情鸟。在山野里，只要看到鹧鸪，基本上就是成双成对在一起活动。不论是觅食、散步、玩耍，都是雌雄成对，形影不离。如果用成语赞美鹧鸪的话，把比翼齐飞、鸾凤和鸣、琴瑟和谐、夫唱妇随、白头相守等，用在鹧鸪身上，都是最贴切的词汇。

此刻，我突然想起村子里的养鸟人曾经讲过的一个关于鹧鸪的故事。他说，有一年他抓了一只鹧鸪，是一只雌性的鹧鸪。抓到鹧鸪后，他把鹧鸪装进笼子里，挂在院子里的枣树上。开始时也没当回事，就是觉得这鸟叫声好听，挂出来炫耀一下。谁知道上午抓的鸟，下午就有一只雄性鹧鸪在院子外面叫，那鸟的叫声尖利刺耳，带着愤怒和忧伤。他觉得不吉利，就轰撵那只鸟。但任凭他怎么轰撵，那鸟就是不走，从这棵树跳到另一棵树，不停地大叫。他突然明白，这是一对夫妻鸟。在外面鸣叫的是雄鸟，一直在呼唤笼中的雌鸟。那只雄鹧鸪，在外面叫了两天两夜，吵得他心烦，他就把那只雌鸟放生了。刚放出雌鸟，那只鸣叫不停的雄鸟，就带着雌鸟飞走了。

都说“夫妻本是同林鸟，大难来时各自飞”，但从两只鹧鸪的身上，我们可以看出鸟对爱情的忠贞。他讲完这个故事后，发了一声感慨：“鸟比人强。”他心中的这句话就是说，在爱情方面，人不如鹧鸪。

其实，人不如鹧鸪，不仅仅是在爱情方面。鹧鸪虽卑微、弱小，但知满足，会生活，以退为守，进退有度，活得潇洒自如，平安快乐。如果你认为鹪鹩无鸿鹄之志，是你小看了鹪鹩。真的，我们小看了这种有点卑微的小鸟。

（选自《躬耕》2021 年第 3 期）

一只逃生的毛芋

熊西平

下午，我移栽了一株毛芋。

这毛芋原是个比鸽子卵还小的蛋蛋，圆溜的，春天清理杂物时，一不小心就让它从指间溜进了花盆缝儿。当时觉得没有大动干戈搬动花盆寻找的必要，它就侥幸逃脱了。溜就溜吧。它溜出我的视线，也就很快被我忘掉了。

生命与生命有别。一个生命偶然地在哪里生，无可选择地成长，这就是命运。那些被我精心整理出来的毛芋都埋进了四个阔口花盆里，土厚，质好，加上今年雨多量大，喜雨喜肥的毛芋一棵一棵都茂盛地发出了一面一面阔大的叶子，摇摇曳曳，蓬蓬勃勃。我每天都来来回回观察它们多遍，心里滋生无限欢喜。

夏日一天，我蹲在台阶前擦鞋，突然眼光被一小片绿叶扯住：圆圆的，酒盅口那么大。毛芋叶！我忽然想起春天逃走的那颗毛芋蛋，也忽然想到它逃落的花盆下面是石板台阶……它没成毛芋干，竟活了。我吃惊之余，不免心生敬意。我没去打扰它，让它把抗争当成乐趣进行下去吧。

又几日过去，早起擦鞋，忽然瞥见那棵毛芋又抽出了一片圆叶，银色（毛芋的幼芽嫩叶都是银色），像敷了粉。我想，一颗拇指肚大小的芋头有多少营养，能发几片叶子啊？它足下可是光溜溜的石板啊！这一天，我多次牵挂了这株小毛芋，想到它春天以来的求生史。

晚上回来，天尚早。我放下书袋就去探究这株有了两片圆叶的毛芋。两只花盆紧紧地靠着台阶边缘，还真看不清下面的东西。小毛芋就滚落在它们构成的三角处。我捏着它的茎，试探着拔它出来，轻轻一提，它真乖，毫无抗拒地跟了出来。小毛芋还是被粗黑的皮包着，看上去圆鼓鼓的，我知道，它的内瓤一定空了。它所有的生命力都应该来自母体。手指一捏，果然。使我吃惊的是，它长出了足有一筷子长的须，十来根，沾满了泥土；那些泥土多是花盆里溅出的，还有些许风尘，被那些无处安身的须收集。我心里顿时一热，想起了一句古旧而时尚的话：生之不易。

我要为这棵备尝逃生艰辛的毛芋找一个安身立命的家，让它与一株长有肉质金边的兰花草伴生。我用圆铲在花盆边上挖个拳头大的坑，将那株毛芋小心地栽进去，连同那叫人难忘的长须顺着盆边埋好，然后用细土填好，浇了点水，抚平。

连日多雨，小毛芋没有打蔫地活了。不几天，两片叶的茎似乎拔高了一截。雨后，叶子上趴着两点雨珠，有楚楚之态。

曾想逃离的小蛋蛋，你就在这儿安家吧。

（选自《岁月》2021 年第 5 期）

黄河湿地“憨老等”

石广田

“从那边来个‘憨老等’，反穿皮袄编着领……”在童年的歌谣里，这种长着长腿、披着白羽的大鸟，被叫作“憨老等”，是大家嘲笑的靶子——它总是长时间静静地站在浅水里，除了偶尔抬头、低头，似乎一整天都在傻傻地等待着什么。

每一只鸟都有家，常见的燕子、麻雀、喜鹊的家，我们知道，可“憨老等”的家在哪里？爷爷说，在东南方向二十多里外的黄河大堤下，有一片很大很大的塘涡，“憨老等”的窝就搭在塘涡的大柳树上。塘涡里有芦苇、蒲草，还有很多鱼。

听完爷爷的话，我心里充满了向往，真的很想去那里看看。可那时候自行车都是难寻的物件，二十多里路靠步行实在太远，这个愿望终究没能实现，渐渐地也就忘掉了。

前年夏天的一个周末，妻子对我说：“好多人都说咱县的黄河湿地挺好看，咱也去看看吧？”

此刻，童年那个小小的愿望突然浮现出来，我竟然有些激动了：“好呀！好呀！”

驱车二十多分钟后，那片爷爷说过的“很大很大的塘涡”终于呈现在眼前：一望无际的芦苇随风轻摇，茂盛的蒲草结出一根根褐色的蒲棒，鸟鸣声在芦苇深处此起彼伏，调皮的鱼儿偶尔跃出水面，溅出一圈圈涟漪……面对这恬静而自然的世界，我仿佛迷失在了梦境里。

沿着原木铺设的栈道走向芦苇深处，几只惊起的小鸟倏地振翅飞起。突然，妻子指着远处的一棵大树说：“你看，那树上有一只大白鸟，你知道叫啥名字吗？”

“‘憨老等’！”我回答得又快又响亮。

“哪有叫这名字的？”妻子听后哈哈大笑，我也跟着笑起来。

走到栈道尽头的亭子，墙壁上的一排鸟类照片吸引了我。白鹤、天鹅、大鸨、震旦鸦雀……站在一幅照片前，我有意大声地向妻子念道：“白鹳，又叫‘憨老等’……你看，我没说错吧。”

“‘憨老等’，这名字真难听，配不上它！”妻子看完照片又笑了起来。是啊，如果不来黄河湿地，美丽的白鹳在我的记忆里永远都是“憨老等”。

走出芦苇丛时，几个脖子上挂着相机的摄影爱好者正从一辆越野车上下来。从他们热烈交谈的话语里，我听出来他们经常来此拍摄，有人一待就是一整天。我想，说不定那亭子里展示的鸟儿照片，就是他们中的某个人拍摄的呢。

去年春天，我又去了一次黄河湿地。与上次不同的是，一排铁丝网把湿地围了起来，想通过栈道再走到芦苇深处已经不可能。透过铁丝网远远望去，几只白鹳在天空中翩翩起舞，那一大片芦苇丛显得更加宁静，与外面游人如织的喧嚣就是两个世界。很多人像我一样，为不能亲近湿地而带有几分遗憾。穿红马甲的工作人员连忙解释说，咱这是“国家级黄河湿地鸟类自然保护区”，铁丝网是按照上级要求去年冬天刚拉上的，为的就是不让人们再去打扰那些鸟儿。

听完这番话，我不禁心生感慨：在黄河下游由东向北的拐弯处，这一大片芦苇、蒲草曾经给附近居民带来过不菲的收入；如今，生活富裕的人们不用再去收割了，终于让它休养生息为国家级的鸟类天堂。

如果说儿时的我是“虽不能至，然心向往之”，那么现在那些轻易就能来到这里的孩子们，应该会很容易就记住“憨老等”这个有趣的名字吧！

（选自《光明日报》2021 年 11 月 6 日）

西顶写意

毅　剑

一

许多年来，我一直不知道顶和底的距离，就像我不知道的高和低、天和地的距离、水和山的距离，不知道一片飞越山顶的云，它自身是否高过了山的高度。

在西顶，一粒流落于尘土的草籽，生命的高度高过了远去的飞鸟。十月的柿树下，一只过时的昆虫用鸣叫宣告了一个季节的结束。

二

西顶是南太行的一个山村。我看到的西顶的样子，不是我想象的样子，就如我多次走进西顶，并一住多天，我每一次的样子也不是西顶想象的样子。西顶一直被一条曲折的山道围困着，几百年前的山道与今天的山道是同一条山道，也不是同一条山道。

我走来又离去的那条山道，原本就是西顶的，但我一直走在属于我自己的山道中。

我的山道，注定也同样只围困我一生。

三

一个与世隔绝六百年的小村，事实上自己就是一个世界。

我和你的走进和走出，是一个世界和另一个世界的碰撞和交流。像一片林子里的鸟入侵到另一片林子，我们的鸣叫，也犹如它恍若隔世的心跳。

它的土地太贫瘠，它的饮水太珍贵，它的村民太纯朴，它的树木太顽强。它攀缘六百年岁月的双手太沉重，它的每一块石头，都活过了我和你无法想象的高度和深远。

四

云端的西顶，我不知道该如何认识你，但我知道我一直的生活方式，就是用你活出自己的方式活出我自己，我身上没有你的光，没有你六百年的魂魄和精神，也没有你的血脉和气息。但多年来我努力活出我自己，也就能像你一样地活下去。

云端在云的端头，西顶在西的顶端。我一路赶来，像你六百年中，迎来又送去的一只又一只飞鸟、一片又一片云朵、一缕又一缕山风，而你——依然固守只属于你的样子和方式。

五

一片状若凤鸟的山峦之中，一个坐落于凤脊的村子。

凤从何而来？村何日始建？一个六百年的传说和故事，不是始点，更不会是终点。你和我的走近和走远，也像它的风和雪，它昨夜的那场雨，它前日飘来又飘去的那片云。

千百年来，没有人听得见凤鸟振翅的声音，没有人听得见小村的叹息，也没有人听得见你和我曾经错乱的足音。

凤鸣于山，它最终穿越时空的飞翔，早已超越了我们的想象。

六

想象不出漫山遍野柿树开花的样子。已是十月，挂满枝头犹如小灯笼似的红柿子，让我们缅怀遥远的童年。

秋天开始在山野里向更深处奔跑。

阳光下，石头似乎越发显得冰冷起来。那道多年前就隐藏其中的闪电，看来已不会在今年暴发。

它将与石头沉睡，并与我们一起过冬。

七

一只滞留的苍蝇找不到了归路，它搭乘免费的车辆沿山道而来。它的家在另一座深远的城市，十月的山风让它感到了季节的变更。许多天了，它在西顶的世界撞来撞去，它找不到那辆早已随主人下山的车辆，它焦躁失落又低沉的呻吟，与我擦肩而过。秋风深处，它一直思索着在这一片陌生的山地，自己又该如何过冬。

在西顶，一块在千年之前就裂开的巨石，打扮成闪电的样子，将自己果敢地裸露给前来的游客。它深不可测的裂缝，超过了那只撞来撞去的苍蝇的想象。

八

一只蚂蚱隐身在一片枯黄的草丛中，它也知道时日不多，但还在努力坚持着飞舞和蹦跳。渐深的秋天，让它来不及过多地设想。

一座砌在一整块大石头上的石房子已有百年。它的主人早已举家搬迁到了遥远的城市，一拨又一拨的新客住进又离去，它早已忘记了原本的房主，将它装饰一新的开发公司老总也从不住进来，让这所百年的老房，时常找不到归属。

许多次了，我习惯一个人悄悄地走进这所原生的农家小院，习惯在这座百年石房子前的悄然伫立。

我一直想象它下面那一整块巨石的样子，想象它的前世和今生，想象它被院落覆盖着的百年岁月，对它来说时间又是多长？想象如果不是院落的遮盖，它会不会早已被先民炸开？它炸开的样子会不会也四分五裂？

那样——它也会有一颗坚硬的石心从中滚落下来吗？

滚落的石心会不会也有血水迸溅出来？

飞溅的血水会不会将西顶染成红色？

会不会将四周的山岭也变成一片燃烧的火海？

这——一切的一切，最终都不可知。

九

只有在西顶，在西顶秋天黄昏的深处，你拖着爬山后疲惫的身体回到客居的农家小院，才会发现，除了低沉或尖锐的一两声鸟鸣，这渐渐深入的秋天里，还有另一些不曾断绝的声音。

四周高高隆起的圆形山峦，如一张加厚的密纹唱片，隔着不高不矮的石头院墙，你仔细倾听：群山缓慢、磅礴、低沉的声音。那高悬枝条顶端留给飞鸟作为食物的柿子，在夕晖里像早亮的灯盏。

山道尽头，一个年老的村民深弯着腰，赶着他不多不少的羊群，像唱片旋转中的卡顿，涌动出只属于大山自己的声音。

十

一只鸟寻找着它的旧巢。

一条离开西顶多年的老狗还记得回家的山路。

一只青山羊它出生在对面的山坡，记住了大山的家园。

一头小狗獾误闯进一户农家的小院。它昨天刚糟蹋过的一片玉米也正是这户农家的，说不上是前世注定还是今生有缘，它终被逮入笼，努力挣扎，却并不申辩。

在西顶，一株枯死多年的老树，在今年春天忽然又开花了。一户家养了多年的一箱蜜蜂，在一个晴朗的早上，忽闪闪地全飞到对面的山上去了。

在西顶，它知道，你不会来，却一直都在等。

十一

深秋的风挟裹不近不远的钟声由静安寺而来，一些往事从岁月深处牵出。一路惊扰的落叶沉重而又迟缓地翻转，折转的一行脚步，在山道因为刚刚离开寺庙而变得沉稳和慈悲。

一阵风声就是一道山路，沿途的红叶正悄然走向飘零。

时光如刀，利刃正被日子在风中打磨，四处飞溅的碎屑像炸开的阳光，在一片炫目的光芒中，辉映出西顶的前世今生。

大风吹呀，吹乱了云端的西顶。

风吹树响，一只蚂蚱抱紧枝条，在一片树叶下避风。

十二

西顶的西河沟很少有水。

很少有水的西河沟总是等待一个季节，也像西顶人等待五月的麦浪，等待一年一度秋后的金黄。

我从没有见过西河沟暴涨的洪流，但我想象出它曾拥有过的奔涌和波浪，也像那位八十多岁的老阿婆，她硬朗健康的身体，让我相信她曾经的青春和美丽。

在西顶，一座还在使用的石碾讲述着一个不老的故事。

在西顶，一株高大的黄楝树支撑着河谷里一片倾斜的天空。

十三

在西顶的山上，看似漫山遍野的柿子，其实都有人家。

秋天的深处，那挂满枝条小灯笼似的甜蜜膨胀着季节的馈赠，一枚枚高度的甜蜜和坦坦荡荡的诱惑，等待着你深情的吮吸。

还是不要挤捏它吧。对于一枚盈满诚实甜汁的柿子而言，它几近膨胀爆裂的甘甜，只需要你的倾心吮吸。

能小心翼翼地摘下就摘下吧；实在不好摘取，也不要拿棍子将它打下，掉在石头上摔成泥的柿子，还不如留在树上。

即便让鸟儿啄食了，也是帮它完成生命的轮回，完成对天地日月的反哺和感恩。

十四

看古村落，还是去西顶吧。它六百年的风雨，承载着太多的故事。

看原生态的草场，石头砌成的房子，石缝里长出的酸枣树，你就去云端的西顶。

你会遇到消磨时光的羊群，还有一只总也赶不走的土狗，四周的高山围起的一个圆。

你站在这个圆的圆心，看山山相连，峰峰相依，在日暮黄昏里，你一定会想起身后久违的家园，想起彼此相依为命大半生的父亲母亲。

十五

我想，西顶的样子，也就是我多年前一直寻找的山村模样。

那时，你还在我的身边。你说，在这么一个村子与我相伴终老，将是你一生最幸福的事。

你说这话的时间也是秋天，也是在南太行的一片叫万仙山的山地，一个被称为郭亮的山村里正下着雨。

山岩、石壁、河流、小庙，果实累累的山楂树。

离别送走了诺言和心愿。一晃多年，烟雨淹没了黄昏。一个人内心的灯最终在现实里暗淡。

我终于知道，没有任何笼子是真正属于一只鸟的。空中相遇的两只鸟，只是为了注定的错过。

没有谁能摁住命运的轨迹，复制流年的印痕。就像曾经握紧最终还是又松开的——那只手。

（选自《地火》2021 年第 1 期）

雪之畅想

宋宛容

雪花如同天外来客，终于翩然而至。人们对她期盼了很久。

飞雪连天，漫空洒落。初始细小如沙，继而大如鹅毛，时而还夹带雨滴。迷迷茫茫，飘飘洒洒，又纷纷扬扬；斜飞乱舞，如雾似烟，旖旎多姿，轻灵曼妙。它飘在眼前，落在肩上，洒在马路上；但当你热情迎接时，它似乎并不领情，立刻化在了你的脸上或手中。你仿佛看清了它的身影，但又感觉朦胧，且转瞬即逝，让人依稀间来到了梦幻之境——传说中的“天女散花”，犹如此景否？

雪随风舞，铺天盖地，霎时，白色一统天下，大地一派肃杀。远望高山白头，大河冰封，近看枝丫低垂，百草残压；原野虎狼藏形，百鸟不惊，曾经随处可见的小蚂蚁也不知去向。大千世界，千里一色，朴身素颜，万籁俱寂。

然而，除个别遭际之外，人们并不畏雪，而是发自内心地欢迎。你看雪中的孩童，跑来跑去，欢喜非常。用手接雪，用脚踩雪，有时还仰脸张口，体验雪的融化。时久雪积，孩子们就堆雪人、打雪仗、踏雪、滚雪、卧雪；有的还把雪搦成“鸭蛋”，垒成“城墙”或“山峰”，再插上树枝当旗帜，用彩笔画上人头、小鸟或花朵，宛然进入了童话世界，充满了童真童趣，以至于衣鞋湿透也浑然不顾。

雪天是儿童的乐园，而大人们则像往常一样忙碌。大街上依然车水马龙，小巷里照旧行人匆匆。商业街区买卖如故，交易照常，不论开店的，还是摆摊的，吆喝声不断，降价声不绝，东来西往的人们，并未因风吹雪打而乱了脚步，只是多了几把伞和几个眉发皆白的客商，平添了些许色彩。一旦雪厚，人们又忙着扫雪，铲雪，清除道路，有心者把雪堆到树根处或菜地里，以待雪融，滋润万物。

文人墨客则不同，雪历来就是他们的助兴剂。白居易《问刘十九》：“绿蚁新醅酒，红泥小火炉。晚来天欲雪，能饮一杯无?”张九龄《答陆澧》：“松叶堪为酒，春来酿几多？不辞山路远，踏雪也相过。”可见，下雪天是喝酒天，趁下雪得闲，相约会面，把酒言欢，畅叙友情，同时以酒壮怀，写诗作赋，给后人留下了许多佳作和佳话。当然，志宏善学之士则借雪攻读，演绎出惊世骇俗的“程门立雪”和“映雪读书”的励志故事。晋代才女谢道韫不满兄长“撒盐空中”的比喻，一句“未若柳絮因风起”，被人赞为“咏絮才”。不少诗人则把雪比喻为花：“忽如一夜春风来，千树万树梨花开”“千峰笋石千株玉，万树松萝万朵银”“长天远树山山白，不辨梅花与柳花”“春雪满空来，触处似花开”“白雪却嫌春色晚，故穿庭树作飞花”，等等。

诗人们想象力之丰富，比喻之恰切，由此可见一斑。李白则把雪之大夸张到惊人："燕山雪花大如席，片片吹落轩辕台""地白风色寒，雪花大如手"，充分显示出诗仙的浪漫。"七星仗剑搅天池，倒卷银河落地机。战退玉龙三百万，断鳞残甲满天飞。"西夏张元将雪写成了天兵激战，击落了龙鳞，使雪具有了侠客和战士的性格与形象，表现出作者不同凡响的胸怀和抱负。清朝著名诗人纳兰性德作《长相思》："风一更，雪一更，聒碎乡心梦不成，故园无此声。"用雪寄托了对故园的思念，想到了家乡的温暖。卓文君曾写过《白头吟》，用"皑如山上雪，皎若云间月"喻义爱情的纯洁，并表达出"愿得一人心，白头不相离"的忠贞。然而"青山原不老，为雪白头"拟人写法更显生动，将爱情的纯洁、坚守、付出表达得淋漓尽致，直击内心。是啊，青山本来无情，但遇雪生情，情之所至，甘愿白头到老，这不正是中国传统文化的内涵吗？

其实，雪乃天成，遵循自然规律，并不随文人的情感而变化，也不会关心人间的悲欢离合、嬉笑怒骂。雪因寒而生，又助寒生冷。毛主席《沁园春·雪》可谓千古名篇，其"北国风光，千里冰封，万里雪飘。望长城内外，惟余莽莽；大河上下，顿失滔滔"的优美描写，客观上表述了雪与寒的相依相生，主观上抒发了"数风流人物，还看今朝"的豪迈情怀。

在古诗词中，描述最多的还是雪与梅。仅以宋诗为例：陆游的"闻道梅花坼晓风，雪堆遍满四山中"；吴淑姬的"烟霏霏，雪霏霏，雪向梅花枝上堆"；吕本中的"雪似梅花，梅花似雪，似和不似都奇绝”；王安石的“墙角数枝梅，凌寒独自开。遥知不是雪，为有暗香来”；卢梅坡的“有梅无雪不精神，有雪无诗俗了人”；李清照的“雪里已知春信至，寒梅点缀琼枝腻”；等等，可见，在诗词中雪与梅往往是同时出现的。梅以雪相托，雪以梅相衬，梅与雪相映成趣。表面上看，这得益于诗人对世界的敏锐观察，深层看，则源于诗人对社会的深邃思考。在自然界，梅花与雪花同处一个时令，而雪的纯洁，梅的孤傲，正是文人独立人格的向往和写照，也是仁人志士“为天地立心，为生民立命”的精神追求。正因为如此，雪与梅是历代文人魂牵梦萦之物。另外，雪与梅还是春天的信使，正如毛主席《卜算子·咏梅》中所述，“风雨送春归，飞雪迎春到……俏也不争春，只把春来报”。瑞雪兆丰年，也寄托着人们的希望。

百姓们没有太多的浪漫情思，他们重视现实，看重经验，千百年的生活实践，使他们深知，雪对人类是有益的。雪净化了空气，有利于人们的健康；“麦盖三床被，头枕馒头睡”，雪覆大地，给麦苗、蔬菜挡风御寒，同时还在较长时间里滋润它们，使之茁壮成长，既省钱又省力，还会带来好收成。所以雪历来是人们的希望和祈盼。

雪，生于天堂，归于地表，用激情亲吻一切，用躯体化育绿苗。

雪，象征着纯洁，昭示着力量，呼唤着春天，寄托着希望。

雪，来时浩浩，问世间哪个敢露真面？去时渺渺，看万象谁人崭露头角。

雪，孩子为你欢笑，农民为你祈祷，画家为你欣然泼墨，哲人为你深度思考，文人为你放歌抒情，文思滔滔。

啊，雪！

（选自《莽原》2021 年第 6 期）

聆听风声

水　兵

万籁俱寂，夜晚非常安静的时候，才能听到来自天地万物间的奇妙声音。

几场雨后，秋已走到深处。一阵风吹来缤纷的落叶，也传来秋蝉清瘦寂寥的哀鸣。这时候，容易悲秋，更容易悲人。哪个秋声不催人。

我常常想起多年前和女儿去看的一场奇特演出。

在一个小型表演厅里，中央围着一个黑色的大幕布，里面放着封箱、锣鼓、风铃等许许多多奇怪的物件，孩子们都依偎在幕墙的周围。灯光突然停下来，有孩子“哇”一声呼喊着爸爸、妈妈，可当帷幕上方慢慢出现天空的蔚蓝和点点星光，并伴着风铃般的风声，孩子们安静了。接着是各种各样的声音：春天小鸟的鸣叫和淅淅沥沥的雨声；夏天轰隆隆的雷声、响亮的蝉鸣和呼呼的风声；秋天汩汩的溪流声和蝈蝈蛐蛐等的虫鸣声；冬天大雪落地的窸窣声和冰雹砸窗的噼啪声……然后是好些声音的汇合，嘈嘈杂杂，喧闹异常。猛然，一切静止，听不到任何声响，几秒钟后，帷幕的上方，飘起一个个蒲公英花絮一样的小花伞，向着蔚蓝，向着点点星光，孩子们仿佛进入了一个童话般的世界，现场静极了，宛若清凉的小水珠滴在孩子们可爱的眼睫毛上……

这场演出叫《四季》，没有故事，没有主角，也没见表演者，更没有我们能够想到的精美服饰，甚至戏剧因素。据说，这是主创者精心选取的一年四季中典型的声音，录音后稍稍剪辑而成。但是，这真是一场无比美好的演出，那些平时半分钟也坐不住的孩子们，却静静地坐了十几分钟。那一刻，我彻底颠覆了曾经以为给孩子们演出就需要喧嚣热闹、需要满场蹦蹦跳跳打打闹闹的想法，我们离开天籁太久了。

而天籁，唯有心里安静才能抵达。

而这一点经过加工合成的四季之声，竟让孩子们安静而梦幻。

我们内心无数次地被风声、雨声带来的原初魅力征服——鬼斧神工、神来之笔、天地大美，都是人类为大自然奇妙之造叹服后的讴歌、赞美。

我们离开安静和敬畏有多远，我们就离开原初的世界有多远。

而此前不久，我在一位儿童文学作家的新书分享会上，听他谈到一个引起诸多与会者共鸣的观点：今天，儿童生活在远离大自然的状态，轮番在家庭、幼儿园、学校、培训班、技能班的学习环境中，不少孩子，头上只一片蓝天，脚下只一片大地，存在着“去自然化”的趋势，存在着“自然缺失”的状况，只在书本照片影像里认识植物和庄稼、大地和四季，稍大一点儿的孩子更是以电视、手机、平板为伴，却因此错过本应与自然亲近的天真童年……这非常令人担忧。

其实，岂止儿童，成人也莫不如此。说来也就是一两代人，从20世纪80年代始，短短三四十年的时间，我们跟大自然似乎已漠然相隔，与山川、森林、溪流和原野渐行渐远。

暑期中，我带着七岁多的儿子去西峡老界岭小住，一进山中，小家伙就狂呼乱叫，兴奋异常。在一溪水边小憩，看到潺潺有声的山涧溪流，他顾不上脱鞋就奔跑到小溪中，两只小手在水中拍打着水花，捡起一个又一个小石子抛向远方，激起的水花反吹到身上，一会儿工夫，全身湿透，干脆脱掉衣服躺在水中。鹅卵石铺底的清澈溪流，好像是孕育他的母腹羊水，小鱼般自由欢畅。别的车上的孩子看到，也纷纷惊叫着跑过来，小女孩们也顾不上花裙子和小花辫上的蝴蝶结，扑腾腾撩打着水花，往对方红扑扑的小脸蛋上随意泼去。童真的嬉笑和尖叫回荡溪间，飘满山谷，连白云也低低飘下来，想要和孩子们一起玩耍。

看着孩子们亲水的快乐，大人们也绽开了难得的笑容。

可我们平时很难给孩子们这样亲近大自然的机会。

童真，天性，原初，赤子之心，在慢慢衰减，这不得不让我们深深沉思：在一个浮躁的时代，如何亲近大自然，唤醒与大自然共同命运最深切的情感。

每一朵花的绽放都在演绎延续数亿年的生命传奇，更何况人类神奇复杂的生命。因为在自然界里没有什么会真正死去，各种形式的生命体都在自我更新、转化。相比“死亡”，“更新”才是更适合用于描述生命进程的词。

今天，人类已经能够登上月球、探测火星、走向太空，并且有机会能够用一种新的视野重新审视人类自身和我们所处的宇宙空间，日渐认识到我们不能把自己从整体中分离出来。地球只是星际间的一粒微尘，地球上的所有生命都是相互关联的，每个物种都与地球和人类息息相关。我们不是地球上唯一的生命，我们的生命和自然界的生命，是相生相克、环环相扣的。

地球的存在已长达46亿年，生命的出现也有35亿年之久，人类只不过是一个到访者、匆匆过客而已，唯有带着尊重和自律前行，才能与自然和谐共生，与天地万物共存。

这也是我借助万物之声在反省：尽量排除一己之利的私心杂念，珍爱自然，敬畏天地，用一颗赤子之心去聆听万物之声，感受一切生命的存在和歌唱，如是思考和心境，才能享受到真正的天籁。

（选自《躬耕》2021年第9期）

童年的零食

赵一伟

一开春，小棉袄还没有甩掉，沟边的野蔷薇就抽出了嫩绿的新枝。新枝上的刺儿也是鲜嫩的，没有老刺那样坚硬扎手。剥掉新枝外面的一层皮，嘎吱咬下去，脆嫩，有点甜，还有点涩。就像牛羊春天吃到的第一口青草，哪儿还顾得上挑剔，味蕾里滋生的都是贪婪。

茅芽儿和茅草叶同时从地底钻出来，刚探出头，就被小孩子们发现了。茅芽儿拔出来有一虎口长，上部浅绿，顶尖透点红，下部白嫩，形状就像刚打苞的麦穗。茅芽儿的肉嫩嫩的、白白的，吃起来甜甜糯糯的。女孩子们会拿一把茅芽儿肩并肩坐在沟坎上，细致地剥开，慢慢地品味。聪明的小孩儿总能准确地从茅草丛中辨认出哪个是茅芽儿，哪个是茅草叶。毛糙的孩子只有等到茅芽儿抽出白穗了才反应过来，但那时，茅芽儿就像老草一样，嚼不动了。因为不可多得，小孩子们常拿它做“石头剪刀布”的赌注。

大麦还没有黄的时候，豌豆荚就变成了豌豆角，绿绿的，扁扁的，籽儿才一丁点儿。一场雨水，豌豆荚就被豌豆籽撑得圆鼓鼓的。一阵风吹过，所有的人就都知道豌豆可以吃了。这时候是煮豌豆的好时节。此时，整个庄稼地都被希望涨得满满的，所有的村庄都被喜悦笼罩了。那些在冬天里饿得瘪瘪的肚皮，那些在春天里备受煎熬的肚皮，马上就可以被撑圆了。

吃豌豆当然不能吃自家地里的，要摘就摘别人的。口袋里、草捆里、竹筐底部……都是藏匿豌豆的好地方。更甚至，你什么道具都没有也不用着急，用辫子草把裤脚一扎，从裤腰里装豌豆就行了。从来没有什么事情能难倒一个馋嘴的孩子。

哪家不是一群孩子呢？哪个孩子回家的时候口袋不是鼓鼓囊囊的呢？再说，那一望无际的田野，少几个豌豆，连豌豆秧子都不去计较，更何况邻里之间呢？

土地上不只长素的，还长荤的。

夏天的雨后，爬叉（知了的幼虫）会在一夜之间钻出地面。第二天早晨，你会看见树干上上下下趴满了它们丢弃的壳——爬叉变成知了"远走高飞"了。小孩子们早总结出了一套经验：在爬叉要钻出地面的前一天夜里，他们拎着铲子，打着手电筒，在树下对着一个个小孔挖下去，笨拙的爬叉就提前面世了。不管挖到多少，都要现炒了吃。有一次挖了半盆爬叉，实在太困想等到第二天再炒，结果第二天早晨一看，只剩下一个空盆。知了到处飞，它们的壳挂在窗帘上、电灯线上……

秋天来了，苞谷秆子砍倒后，还没有拉回家，一堆一堆地散布在田野里。苞谷秆子下面是蟋蟀最好的栖身之所。扒开堆苞谷秆子，肥大的蟋蟀便惊慌地四下乱跳。准备一个带盖儿的罐头瓶子，小手要和蟋蟀比速度了。有经验的小孩儿手都是弓着，手掌里留足够大的空隙，否则一巴掌下去就把蟋蟀拍得稀巴烂。不长时间，罐头瓶子就满了。抱着满满一瓶子蟋蟀，擦一擦额上的汗水，比一比胜利的果实，一路欢歌地回家去。

水烧开后，连瓶子一起放进开水里，先把蟋蟀烫死，否则一打开盖子，蟋蟀全蹦跑了。然后把蟋蟀捞出来控水，再把锅清干净，烧热后，放少许油，倒进蟋蟀，文火炒。不一会儿，蛋白质特有的香味儿就飘散开来。吃的时候，用食指和拇指夹着蟋蟀的头，轻轻一拔，头连着肠子一股脑儿全出来了，剩下的就是肥美的大腿和肚子。这可都是上好的肉啊！

漫长的冬天来临了，田野里空荡荡的。冬小麦紧伏着地面，默默地生长着。馋得要命时，主意只能在家里打了。

花生种子？眼睛一亮，心中一喜。从麻袋的一角下手，那个角正好已经不太结实了，手指一戳一抠就一个洞。花生米一粒一粒地抠出来，不能偷太多，更不能明目张胆地炒着吃。有了第一次，就忍不住有第二次、第三次……虽然一次次跟自己作思想斗争，但到春天的时候，麻袋的一角还是瘪了下去。想到妈妈只骂句“家贼难防”，并没有要深究的意思，这真让人窃喜。

农村的孩子，吃着五谷，与庄稼一起成长。麦禾的香味儿、泥土的气息浸润着他们，使他们的心里慢慢长出最纯朴的思想。以后的日子，无论他们走到哪里，过着怎样的生活，他们都会懂得：人和庄稼一样，只有把根扎得深、扎得稳，才能结出饱满的谷穗。

（选自《青年文学家》2021 年第 1 期）

太行山石

张君燕

在南方的一座小城，和朋友走进一家小店，我的目光立即被休息区的一方石桌吸引了过去。这方石桌——也许更应该称之为石块，未经太多加工和打磨，几乎保持着原始的状态，仿佛刚从山里开采出来，就直接运到了这里。粗犷、朴实、本真，以至于我只看了一眼，便入了心，而且熟悉的感觉越来越强烈。问店主，这块石头是从哪里来的？店主的回答完全印证了我的猜测——它来自太行山。

没错，这是一块太行山石。店主和我一样，是北方人，生活在太行山下。来到南方发展后，多年的生活已经让他完全融入了当地。只是，在他的内心深处，一直忘不了家乡，尤其是他从小流连其间的太行山，以及儿时抚摸过多次的太行山石。于是，他千方百计托人从千里之外运来这么一块石头，经过简单地修饰后，变成了休息区的茶几。路过的顾客可以坐在旁边歇脚，时间充裕的话，还能沏一杯茶，一边品味茶香，一边品读太行山石。

“当茶水泼洒在上面的时候，我能闻到家乡的味道。”店主说着，将新沏的一杯热茶倒在石桌上。茶香袅袅中，另有一股质朴的气息扑面而来，与泥土的芬芳相似，却又多了几分硬朗。那是太行山石独有的味道。

对于有的人来说，第一次看到“太行”二字，是在书本上的课文《愚公移山》里，“太行、王屋二山，方七百里，高万仞”。事实上，当你真正站在太行山上，方知眼前真实的情形，较之书本上的描述有过之而无不及。太行山巍峨雄伟，叠石成山，而且山石格外坚硬。远古的神话故事，历史的刀光剑影，以及英雄志士不屈不挠的精神，都随着亘古不变的太行山石一同流传下来，延续至今。

在太行山，石头是绝对的“主角”。石头铺的路，石头砌的桥，石头盖的房子，包括这里的人们生活中的各种用具——石磨、石碾、石桌、石凳、石碗、石斧……都与石头有关。太行山石为人们的日子增添了一道道风景，或者说，太行山石本身就是最美的风景。

看着眼前这块远道而来的太行山石，我不禁想，在来到这里之前，它有过怎样的经历呢？它曾经站在高高的太行山上，历经千百年的时间流转。它一定目睹了无数往事，收集了无数故事。如果用心倾听，它或许会告诉你，它所经历过的那些烈日，那些风雨，那些地动山摇。那么多的壮观和震撼，它都经历过，却依然岿然不动、坚硬如铁。

那一刻，我好想去太行山，亲手抚摸那些太行山石，感受它们的硬朗、稳固与坚韧，以及藏在其背后的那些打动人心的岁月时光。

（选自《人民日报》2021 年 10 月 27 日）

每个人心中都应种一棵树

杜思高

院子里的玉兰树开花了，花瓣上沾满雨滴，洁白的花朵宛如一盏盏盛满琼浆玉液的酒杯，在风里微微抖动，让人心中猛然一震。这树啊，真像一个剑胆琴心的侠女子，以一身傲骨身披寒凉孑然伫立，向世界捧出它内心的热爱。其实，每个人心中都有一棵树，支撑着生命的高度，养育着思想，滋润着灵魂。

我老家在豫西南乡村宛东杜岗。少年时候，我在村边自家的菜地头，插下一排杨树枝条，形成栅栏篱笆，防止猪羊入地践踏、啃食蔬菜。在松软潮湿的泥土地上，这些枝条竟扎根发芽，长成了一排小树。后来，小树们迎风沐雨，汲取日月光华，经历优胜劣汰，有两株长成大树，现在已达两米多粗，需二人合抱。它们昂然挺立，冲向蓝天，成为村庄的地理坐标，人们站在村外几里远的地方，就知道那是我们村。

每次我从城市回到故乡，远远望见它们就倍感亲切，总要到树下看看。龟裂的树皮沟壑纵横，刀割一般，深褐的树干刚硬伟岸，树梢上几只老鸹窝安稳地把岁月编织。就在这树旁，我弯腰种菜，提水浇地，洒下汗水，收获成果。这两株大杨树兄弟一般陪我成长，见证苦难岁月里荒凉童年的劳作、悲苦、辛酸和欢乐。三十多年来，它们是我对故乡回忆的最好印记之一，与我血肉相连，长在故乡，长在我心中。

当年高考成绩出来后，在夏日骄阳下，父亲和我在树旁劳作。老实的父亲忧虑地问我：“大学报哪儿好?”年轻的我毫不犹豫地说：“报林业大学，有个西北林学院，在陕西省杨陵镇，把握比较大!”父亲皱了皱眉头，忧心地说：“从种庄稼到种树，你是离不开土地了!”随后父亲沉思了一会儿，缓缓吐出一口气，又说：“也好，种树踏实!”那时从未走出过南阳盆地的我，心中的西北林学院是这样一幅景象：在大西北苍凉辽阔的土地上，一个古朴沉稳的小镇，镇上遍植高大的榆树，树干笔直冲向天空，枝柯纵横，在蓝天下，在轻风里微微摇曳，而西北林学院就掩隐于绿树之中。

开学时，父亲顺道把我送到郑州就走了。望着郑州火车站纵横交错的众多铁轨，我很迷茫：自己的未来究竟在哪里？怀着忐忑不安的心情，一个人拎着行李，坐了两天两夜的火车到达陕西省杨陵镇，之后坐上学校接新生的通勤校车。迎新的客车沿着渭惠渠旁的公路向学校驰去，沿途车窗外接连而过的是毛白杨、榆树、柳树、苹果树浓密枝叶织就的绿网，柔和的枝条拂过车窗，飘扬着无边无际的蓬勃气息。渭惠渠里，浊黄的河水打着漩涡，平稳里显得匆匆，印证着从地理课本上学过的黄土高原的浑厚。

我在这所高等林业院校内，像树木一样，踏实地学习、锻炼，度过了人生中最美好快乐幸福的时光，树立起百折不挠的信心和永不言败的勇气，成为学校五公里和十公里长跑冠军，外语成绩第一名。我把“诚朴勇毅”的校训永远铭记于生命中。毕业时，师兄杜荣在我的毕业留言册上写道：“我殷切的祝福是一株树，生长在你生命的路口，洒下绿荫，为你抚去艰辛旅途的风尘，滋润你干渴的灵魂！”

却顾所来径，苍苍横翠微。我毕业后，从西北回到南阳，从事林业工作。先后干过林业公司业务员、售货员、技术员，后来从事林业宣传、材料写作和组织人事等工作，从基层一步一步干起，像树木一样扎实地生活、工作，不挥霍美好的时光，在理想光芒的照耀下，拼搏进取，用心血和汗水浇灌心灵之树。今天南阳大地山清水秀，林茂粮丰，也有我的默默付出。

2016 年夏天，我来到腾格里沙漠参观，在一望无际热气腾腾的满目黄沙里，惊奇地发现了几株沙蓬。它们油油的葱绿在黄色的单调里分外醒目，针状的叶片喷发着生命的昂扬，让人肃然起敬。而在新疆玛纳斯，当我目睹一株株胡杨遒劲的枝干顽强地支撑着蓝天时，震撼不已，悲壮生命的坚强和身处逆境的不屈在心里掀起阵阵巨浪。树木啊，无论条件再艰苦、环境再恶劣，绿叶总是铺展。

歌曲《小白杨》记述的故事动人心肠。戍守边疆的战士在哨所旁种下一株株小白杨，随着岁月流转，战士们换了一茬又一茬，白杨树一天天长大，白杨精神融入战士们的血脉，成为钢铁战士的象征。

树木，隐忍刚强，是生命不屈的壮美和蓬勃希望的象征。平淡的日子里，无论环境怎样，树木吸收二氧化碳和毒气，阻挡风沙，维护生态，释放氧气，为人类源源不断地提供绿意和生命食粮。它宽容正直，无私付出，让世界美好博大，景色秀丽。

在苍凉人世的茫茫原野上，我们每个人都应种一棵树，用生命的激情浇灌，让它蓬勃生长，抗击雨雪霜寒；它枝柯葳蕤，弥漫绿意，让生命充满希望，让世界满含善良；它春天开花，展示生命的美好和芬芳，秋天硕果盈枝，在静谧的天空下，展现收获的欢乐美好。

种下一棵树吧，在自己心上！

（选自《快乐阅读》2021年5月下半月刊）